中國古典文學基本叢書

讀杜心解

上册

〔清〕浦起龍 著

中華書局

圖書在版編目(CIP)數據

讀杜心解/(清)浦起龍著. —2版. —北京:中華書局,
2023.1
(中國古典文學基本叢書)
ISBN 978-7-101-15591-4

Ⅰ.讀… Ⅱ.浦… Ⅲ.杜詩-詩歌評論
Ⅳ.I207.227.42

中國版本圖書館CIP數據核字(2022)第004070號

責任印製:管 斌

中國古典文學基本叢書
讀杜心解
(全三册)
〔清〕浦起龍 著
*
中華書局出版發行
(北京市豐臺區太平橋西里38號 100073)
http://www.zhbc.com.cn
E-mail:zhbc@zhbc.com.cn
三河市宏盛印務有限公司印刷
*
850×1168毫米 1/32 · 44⅞印張 · 6插頁 · 621千字
1961年10月第1版 2023年1月第2版
2023年1月第10次印刷
印數:61051-64050册 定價:128.00元

ISBN 978-7-101-15591-4

點校說明

《讀杜心解》，清浦起龍（一六七九—？）撰。浦起龍，字二田，無錫人，雍正八年進士，曾任蘇州府教授，所撰尚有《史通通釋》及《釀蜜集》。

本書注釋簡明扼要，不作過於繁瑣的引徵和考證。雖未免簡而近略，却没有「釋事忘義」的弊病。如本書第二篇「天闕象緯逼」一句，前人聚訟紛紜，甚至臆改文字。浦氏維持原文，提出「不執死法爲文家妙用」，排除了宋人許多異説，就比較通達。

作者參考了宋朝至清朝各家的注本，加以抉擇，並在研究的基礎上提出一些自己獨立的見解。如《前出塞》九首，各本多説是天寶年間哥舒翰征吐蕃時作，浦則説「不必泥定哥舒」；又如《後出塞》五首，各本編年多在安禄山已叛之後，浦編未叛之前，釋云：「彼直認良家子爲實有是人耳，不知此特賦家所謂東都賓、西都主人，皆託言也。則是二十年者，亦泛言黷武之久也。」都是不拘泥于歷史事實，作機械的聯繫，而能注意到文學作品反映現實的特點。作者這種見解是正確的。

作者相當注意歷史背景，結合歷史事實的考核，對杜詩作了比較具體的分析。他所以能提出一些新的見解，就是這種具體分析的結果。同時書中着重講章節大意，所作分析一般都有助于對全篇的了解。根據詩意劃分段落，也很醒目。

基于以上特點，我們認爲這個注本對于研究杜詩的人，還是有參考價值的。

當然，這部書也有很多缺點。主要是片面地强調了杜甫的忠君思想，藉以宣揚封建倫理。突出的例子如《兵車行》一詩，明明是杜甫尖鋭地抨擊了統治階級窮兵黷武的罪惡，他却强調説它是「欲人主鑒既往而憫將來」，從而硬把「君不見」的「君」字當作君主的「君」字講，説：「兩呼君不聞、君不見，喚醒激切。」這真是無理的穿鑿附會！又如「朱門酒肉臭，路有凍死骨」兩句，他也説是「以窮民相形，動人主之惻隱也」。總是渲染杜甫對于人主的幻想，就鮮明地表現了他的封建主義思想。

其次是偏重形式。他在講解段落大意時往往用八股文的套子來分析杜詩，分所謂「接」、「頂」、「提」、「應轉」等等，甚至把一首詩割裂得支離破碎，曲解作者原意。如《茅屋爲秋風所破歌》的最後幾句，正是表現杜甫崇高理想的所在，他却專從形式着眼，説什麽「末五句，翻出奇情，作矯尾厲角之勢。宋儒曰：包與爲懷。吾則曰：狂豪本色」，就把這首詩的思想性抹煞了。

最後是沿襲舊注。前人錯誤的地方未能完全改正。注中疏略之處很多，引書往往删節得意思都不完整，使人很難理解。現在我們已經改正了一些顯著的錯誤，如《史記索隱》誤作《漢書索隱》、引宋玉《諷賦》句誤作《風賦》、引賈誼《弔屈原文》句誤作《鵩鳥賦》、引《吴越春秋》「宛委之山」誤作「委宛之山」之類。其他疏漏之處，如卷三之一《春宿左省》詩引黄鶴注説：「拾遺屬門下省，在東，故曰左省，亦曰左掖。」同卷《奉答岑參補闕見贈》詩引朱鶴齡注説：「補闕屬中書省，拾遺屬門下省。」按唐制，門下、中書二省俱有拾遺、補闕，並非分屬二省，在門下省曰左補闕、左拾遺，在中書省曰右補闕、右拾遺。像這類問題，只能暫時保留原狀，不加改正。

我們選用的底本是雍正間浦氏寧我齋自刊本。原書分段處以符號標識，現在都空一格以求醒目，並把句下的注釋按順序移在每首詩之後。

王志庚　一九六一年五月三日

目録

卷一之六　五古三十七首

讀杜心解卷二

卷二之一　七古四十二首

讀杜心解卷三

卷三之二　五律九十五首

讀杜心解卷四

卷四之一　七律七十四首

卷四之二 七律七十七首

讀杜心解卷五

卷五之一　五排二十四首

讀杜心解卷六

篇目索引

卷首

發凡

西河不云乎：在心爲志，發言爲詩，聲成文謂之音。是故詩之興也，心聲之；其傳也，心宅之。作詩、讀詩、解詩，胥是物焉。千載遇之，旦暮也；毫釐失之，千里也。夫鋒麗於刃，却刃求鋒而尋諸歐冶，則近而遠之也；月入於櫑，倚櫑求月而問諸方空，則遠而近之也。吾讀杜十年，索杜於杜，弗得；索杜於百氏詮釋之杜，愈益弗得。既乃攝吾之心印杜之心，吾之心悶悶然而往，杜之心活活然而來，邂逅於無何有之鄉，而吾之解出焉。合乎百氏之言十三，離乎百氏之言十七。合乎合，不合乎不合，有數存焉於其間。吾還杜以詩，吾還杜之詩以心，吾敢謂信心之非師心與，第懸吾解焉，請自今與天下萬世之心乎杜者潔齊相見。命曰《讀杜心解》，别爲發凡以繫之。

詩運之杜子，世運之管子也。具有周公制作手段，而氣或近於霸。詩家之子美，文家之子長也。别出春秋紀載體材，而義乃合乎風。

太史公之言曰：「《小雅》怨誹而不亂。」杜集千四百有餘篇，大抵皆怨詩也，變雅也，故其文爲《史記》之繼別，而其志則《離騷》之外篇，須識取不亂處乃得。

注與解體各不同：注者其事辭，解者其神吻也。神吻由事辭而出，事辭以神吻爲準。故體宜勿混，而用貴相顧。

《騷》、漢、鄴中、江左諸詩，代各有注。李善、五臣注《選》，解行於注之中。降自唐初以後詩，注本漸少，大都所謂流連景光，陶寫性靈之什，不注可也。惟少陵、義山兩家詩，非注弗顯，注本亦獨多。然義山詩可注不可解，少陵詩不可無注，並不可無解。

凡注之例三：曰古事，曰古語，曰時事。古事、古語，自魯訔、王洙、師氏、夢弼之徒，援據亦略備矣。其謬者，牧齋、長孺駁正特多。近時仇本搜羅更富，集中節採，大率本此三書。間有參易論著，十得二三耳。至時事則例等於注，而義通於解。所引用諸書如新舊二史、《通鑑》、《會要》、《國史補》、《明皇雜録》、《禄山事蹟》之類，出入比附，先後主奴。自錢、朱以後，諸家依傍黄鶴舊本，互相違反，其謬又與宋人等。兹焉或仍或改，務使本文主意與當年故實，若符節之合，水乳之投。此中頗費苦心，異同殆參半焉。

虞山持論見於《鼓吹》者，嘗言郝本專取注事，猶得注家之遺，頗以廖解爲多事。而其箋杜，則解義間綴篇末。至朱氏本亦錯見於節間，是仍不廢解説矣。此外則有若《演義》、《本義》、《博議》、《愚得》、《會稡》、《胥鈔》、《説詩》、《論文》、《集注》、《詳注》、《杜通》、《杜臆》、《杜闡》、《杜解》、《杜釋》、《律注》、《律箋》、《律解》等書，又青門邵氏、旅農俞氏諸評本，及唐氏《唐詩解》、顧氏《日知録》、沈氏《别裁集》所論載，不下數十種；句紬字繹，解乃繁然競起焉。雖然，杜未有解，杜自不亡；杜未有解，解猶可不作。吾嘗謂杜之禍一烈於宋人之注，再烈於近世之解。《心解》之所爲，不得已於作也。

老杜天姿惇厚，倫理最篤。詩凡涉君臣、父子、兄弟、夫婦、朋友之間，都從一副血誠流出，而語及君臣者尤多。虞山輕薄人，每及明皇晚節、肅宗内蔽、廣平居儲諸事跡，率以私智結習，揣量周内，因之編次失倫，指斥過當。繼有作者，或附之以揚其波，或糾之而不足關其口。使藹然忠厚之本心，千年負疚，得罪此老不少。愚不惜刓精盡氣，疏通證明者，於此益力。

昔人云：不讀萬卷書，不行萬里地，不可與言杜。今且於開元、天寶、至德、乾元、上元、寶應、廣德、永泰、大曆三十餘年事勢，胸中十分爛熟。再於吴、越、齊、趙、東西京、奉先、白水、鄜州、鳳翔、秦州、同谷、成都、蜀、緜、梓、閬、夔州、江陵、潭、衡，公所至諸地面，以及安孽之幽、薊，肅宗之朔方，吐蕃之西域，洎其出没之松、維、邠、靈，藩鎮之河北一帶地形，胸中亦十分爛熟。則於公詩，亦思過半矣。

詩中關合地志處，不可悉數，間又涉天官家言。注家承訛於地志，十有三四，至舉天官等書，則不謬者十無一二矣。今地界則取衷於《唐書》，而證之輿圖、統志以求其合。天文則取衷於《晉書》。蓋《晉・天文志》於諸史最詳，其星象名號與世傳《觀象清類》所云，並皆吻合。歷歷白榆，舉目瞭然也。惟《傷春》詩之執法則指勢星而言，《晉志》以後無此名，參之石氏《星經》始定。

當時亂端不一。其大頭腦，前曰安、史，後曰吐蕃，曰藩鎮。他如蜀之徐知道、段子璋、崔旰，湖南之臧玠輩，又錯起其間。注家遇説亂處，往往東西混淆，甲乙回迕。此亦大費考覈。又其時稔亂不已，宦豎典兵。重帥權，輕守令，貴武夫，賤儒術，勞遣戍，困征徭，三致意焉。最足考鏡世變，亦特爲捻出。

解之爲道，先篇義，次節義，次語義。語失而節紊，節紊而篇晦；紊斯舛，晦斯畔矣。而説者每喜摘一句、兩句，甚或一兩字，别出新論。不顧篇幅宗主如何歸宿，上下文勢如何連綴。此最害事，凡是必痛削之。

孔氏序《春秋正義》曰：「經注易者，必具飾以文辭；理致難者，乃不入其根節。」誠哉，古今義疏之通病也。杜自入蜀以後，艱奥彌繁。不揆檮昧，妄意鈎索。偏遇艱處奥處，不肯一字放過，不敢一言牽率。蓋每讀一詩，必疏觀前後數册而創通其大致。非鐫搜之難，而穿穴之難。讀書往往如此。

凡見解之大反乎舊説者，間舉一二相質辯，皆最有關係處也。其大概則直據臆見書之，實則苟同者絶少。然雖不舉舊説，而拙解獨見處，必一一疏言其故。若曰意在矜伐，性好非毁，蠹生於木，而還食其木。律諸劉炫之攻武庫，則予滋戚已。

舊説合者，採摭略盡。更有幾處，經友人酌定，及弟手訂改，俱不敢掠爲己功。其詩詞明了，初學悉能通曉，則不贅一語。

注列句下，解附篇末，體例庶乎不紊。引古必載某書，遵往例也。然多節文，省方幅也。再見則更節，熟事則全省。他如注本有句解可採，亦列句下。其篇後總解，則低一格分書。

編杜者，編年爲上，古近分體次之，分門爲類者乃最劣。蓋杜詩非循年貫串，以地繫年，以事繫地，其解不的也。余此本則寓編年於分體之中。

忽古，忽近，忽五言，忽七言，初學觀詩每苦之。今統分六卷：一，五古；二，七古；三，五律；四，七律；五，排律；六，絶句。而每卷篇數不均，則竊取詩傳之例，各就卷内析之，使楮葉停勻。其七排、五絶篇數最少，則一附卷五之末，一附卷六之前。

集既離爲六體，而各體纘年，大非草草。蓋舊本以編非其時，而詩失其旨者，動以百數也。道在準居處，酌時事，證朋遊，得者八九矣。其無甚關係，無從印合者，略依舊次，不敢妄有牽附焉。錢氏譏銓次之勞，比之鼷鼠食角。余則謂汗漫之見，特如矮人觀場。正未可以相笑。

古人遺集，不得以年月限者，其故有三：生逢治朝，無變故可稽，一也；居有定處，無征途顯迹，二也；語在當身，與庶務罕涉，三也。杜皆反是。變故、征途、庶務交關而互勘，而年月昭昭矣。惟天寶以前，事端未起，則不得泥。詩亦寥寥。

《少陵年譜》輯自汲公、權道、魯、黄諸家，功不可泯。行本小有異同，例載卷首。今則各依年分重加訂定，析置逐卷之前，以便觀省。

詩雖編年，體各分見。則有同時各體詩，須彼此參看者，即互注云：有某篇見卷幾之幾。又恐不能悉備，特於卷首另列編年詩目譜一册，仍序時不序體，使身事世事，先後犁然。

秦淮海論子美之長，格窮蘇、李之高妙，氣埒曹、劉之豪逸，趣包陶、阮之沖澹，姿兼鮑、謝之峻潔，態備徐、庾之藻麗，擬諸孔子集清任和之大成，信乎其爲知言矣。愚又謂子美往體詩不作古樂府及擬古篇，最其超軼群子處。譬則骨董器物，肖古便是贋古，惟命世豪傑，卓然獨成，乃所以爲集大成。

篇法變化，至杜律而極。後人執成法以繩杜，如欲懲中四排比之患，而爲前解後解之説者，又欲矯兩截判隔之失，而爲七轉八收之説者，概乎未有當也。夫杜一片神行而已，烏乎執！

法之變既不容以一律繩之，乃其連章詩又通各首爲大片段，却極整齊，極完密。少陵此體，千古獨嚴，要其融貫處在神理，在紀法，不在字句也。前人嘗論及之。但標舉幾字爲串插鈎帶，實無當於位置渾成之妙，故不免來世口實。

千言、數百言長律，自杜而開，古今聖手無兩。每見名家評杜，至此尤無把鼻。其與聞緒論，確有禀承者，大率本元氏鋪陳排比之言爲之主張。不知鋪陳排比但可概長慶諸公鉅篇，若杜排之忽遠忽近、虚之實之、逆來順往、奇正出没種種家法，未許尋行數墨者一獵藩籬也。唯斷句詩讓龍標、太白獨步，杜體自是旁宗。然多叠章而下，須通長打片看去，才顯真面目。

自昔以攻杜爲快者，在宋惟楊大年，在明則有王遵巖慎中、鄭善夫繼之、郭相奎子章、楊用修慎、譚友夏元春。之數人者，吾不責之而哀之。即看翡翠，誰掣鯨魚；可笑蚍蜉，争撼大樹。南華老人云：「朝菌不知晦朔，蟪蛄不知春秋。」唯不知，故不嘿也。

題下篇中時載原注，公自注也。昔人以謂王原叔、王彦輔諸家附益。今細繹之，僞者文必平順，其枯澀者斷屬的筆，悉照原文登録。坊本多任意削去，或混列注中，俱非體。

今本於古體詩多將原句顛倒，看來顛倒處反覺文法減致，兹悉訂正。又集中有一二長題，諸本亦輕爲改竄，愚不敢從。

宋、元諸刻，傳寫字樣互有不同，舊本刻某一作某，最稱得體，並兩存之。其决定訛易者，則汰去。

蔡傅卿《草堂箋》别爲逸詩一卷，蓋以載後來增益諸詩，若卞圜、吴若、員安宇、裴煜輩所收是也。錢、朱因之，仇則編入正集，今從仇例。但仇本太無分辨，今於題下明注集外二字，庶不盡失其舊。

書有圈點鈎勒，始自前明中葉選刻時文陋習。然行間字裏，觸眼特爲爽豁，故仿而用之。但鈎勒祇可施之長古、長排，彼八句亦截者，非法也。又如轉韻古風，自宜依韻分截，節族天然，否則使讀者縮脚停聲，攔腰换調，多少不自在。

杜集中有同人酬唱詩，舊本附載，悉如本集大書之例，頗似不辨主客。兹則低一格分書，載本篇詩解後。

集後有賦、讚、表、狀、策問、記述、説文、碑誌一卷，凡三十餘篇，或且不能悉舉其名矣。今按諸篇於集中詩多有關會者，亦用附載酬唱詩例，分録詩篇之後，各以類從。學者或反因參考詩義，逐一留覽，似爲兩得。此皆别立義例，世或不病余妄。

世既崇尚韓、柳八家，於三唐人古調、别調之文，不彈久矣。杜賦直追漢、魏，其雜文拙趣横生，最古最别。然而人非屈到，强與薦芰，摇手去之矣。故雖意有獨賞，概不詮釋論列。

唐、宋、元、明以來，序記、題咏及詩話，積册盈寸，不復贅録。衹録《舊書》、《新書》本傳兩篇，並元微之撰《工部墓係銘》一篇，列諸卷端。

去者其遠矣，後世誰相知定文？蒙也有猜焉。小兒喜强作解事，敢云往哲功臣，衹益名流罪我。揭來公案，罕襲舊窠；勉就開雕，遍呈生面。文章有神交有道，誰得其皮與其骨？茫茫千載，眇眇予懷，吾惡乎使正之？世豈無惠教者！

事始辛丑夏五，期而稿削，又八月而稿一易，又十一月稿再易。寒暑晦明，居遊動息，必於是焉，匆敢廢也。龍也十蹶蹄霜，雙凋鬢雪，摒擋時文，分張兒輩。乃者杜家驥子，行居再索，身共我長，夭同潘瘞。每一念及，輒復潸然。仲兒敬輿，字又陸，頗悦學，能文。今春病殁，年二十二。閉户纍歲，終無送窮之方；斷手兹晨，轉益斂愁之具。虞卿著書，不其然乎！

皇帝雍正二年，歲在閼逢執徐，陽月哉生明，無錫前碉後學浦起龍二田氏寧我齋謹書。

舊唐書文苑本傳

杜甫，字子美，本襄陽人，後徙河南鞏縣。曾祖依藝，位終鞏令。祖審言，終膳部員外郎，自有傳。父閑，終奉天令。

甫天寶初〔一〕應進士不第。天寶末，獻三大禮賦，玄宗奇之，召試文章，授京兆府兵曹參軍〔二〕。十五載，禄山陷京師，肅宗徵兵靈武。甫自京師宵遁赴河西〔三〕，謁肅宗於彭原〔四〕，拜右〔五〕拾遺。房琯布衣時，與甫善。時琯爲宰相，請自帥師討賊，帝許之。是年十月，琯兵敗於陳濤斜。明年春，琯罷相。甫上疏言琯有才，不宜罷免。肅宗怒，貶琯爲刺史，出甫爲華州司功參軍。時關輔亂離，穀食踴貴，甫寓居成州同谷縣〔六〕，自負薪採梠，兒女餓殍者數人。久之，召補京兆府功曹〔七〕。

上元二年冬，黄門侍郎鄭國公嚴武鎮成都〔八〕，奏爲節度參謀、檢校尚書工部員外郎，賜緋魚袋〔九〕。武與甫世舊，待遇甚隆。甫性褊躁，無器度，恃恩放恣，嘗憑醉登武之床，瞪視武曰：「嚴挺之乃有此兒！」武雖急暴，不以爲忤。甫於成都浣花里，種竹植樹，結廬枕江，縱酒嘯咏，與田夫野老相狎蕩，無拘檢。嚴武過之，有時不冠，其傲誕如此。永泰元年夏，武卒，甫無所依〔一〇〕。

及郭英乂代武鎮成都，英乂武人，粗暴，無能刺謁，乃遊東蜀，依高適〔一一〕。既至而適卒。是歲，崔寧〔一二〕殺英乂，楊子琳攻西川，蜀中大亂，甫以其家避亂荆楚〔一三〕，扁舟下峽。未維舟而江陵亂〔一四〕，乃泝沿湘流，遊衡山，寓居耒陽〔一五〕。甫嘗遊岳廟，爲暴水所阻〔一六〕，旬日不得食。耒陽令知之，自櫂舟迎甫而還。永泰二年〔一七〕，啗牛肉白酒，一夕而卒於耒陽〔一八〕，時年五十有九。子宗武，流落湖湘而卒。元和中，宗武子嗣業自耒陽遷甫之柩〔一九〕，歸葬於偃師西北首陽山之前。

天寶末詩人，甫與李白齊名，而白自負文格放達，譏甫齷齪，有飯顆山頭之嘲誚〔二〇〕。元和中，詞人元稹論李、杜之優劣〔二一〕，自後屬文者，以稹論爲是。

甫有集六十卷。

〔一〕當在開元末。

〔二〕當云右衛率府參軍。

〔三〕時未嘗到河西。

〔四〕謁於鳳翔，非彭原也。

〔五〕當作左。

〔六〕成州之上漏去秦州。

〔七〕公不赴功曹之命，係代宗廣德元年居梓、閬間事。在嚴武初鎮既罷，再鎮未來之間。

〔八〕武凡兩鎮成都，其在上元二年，則以綿州刺史遷東川節度，兼除西川。至以黄門侍郎再帥劍南，乃代宗廣德二年事。

〔九〕此在嚴再鎮後，非上元也。

〔一〇〕公之去蜀東行，以公詩證之，當在嚴武未卒之前。

〔一一〕時適已官京朝，不在東蜀，公亦並未依適。

〔一二〕即崔旰。

〔一三〕去蜀後居夔且二年，史漏。

〔一四〕朱注云：其時江陵無警。

〔一五〕自衡往郴，舟泊耒陽耳，未嘗寓居也。

〔一六〕阻水不在岳廟。

〔一七〕當作大曆五年。

〔一八〕此説出於唐小説家，不可信，當以公詩正之。辯詳詩解。

〔一九〕元氏撰墓係，無自耒陽之文。

〔二〇〕唐《本事詩》云：太白戲杜曰：「飯顆山頭逢杜甫，頭戴笠子日卓午。借問别來太瘦生，總爲從前作詩苦。」蓋譏其拘束也。朱注謂飯顆詩太白集不載，苕溪漁隱亦有辯。

〔二一〕文詳元微之《墓係銘》叙，今另載。

新唐書本傳

甫字子美，少貧，不自振，客吴、楚、齊、趙間。李邕奇其材，先往見之。舉進士，不中第，困長安。天寶十三載，玄宗朝獻太清宫、饗廟及郊，甫奏賦三篇〔一〕。帝奇之，使待制集賢院，命宰相試文章，擢河西尉，不拜；改右衛率府胄曹參軍。數上賦頌，因高自稱道，且言：「先臣恕、預以來，承儒守官，十一世迨審言，以文章顯中宗時。臣賴緒業，自七歲屬辭，且四十年，然衣不蓋體，常寄食於人。竊恐轉死溝壑，伏惟天子哀憐之。若令執先臣故事，拔泥塗之久辱，則臣之述作，雖不足鼓吹六經，先鳴諸子，至沈鬱頓挫，隨時敏給，揚雄、枚臯可企及也。有臣如此，陛下其忍棄之！」

會禄山亂，天子入蜀，甫避走三川〔二〕。肅宗立，自鄜州羸服欲奔行在，爲賊所得。至德二載，亡走鳳翔，上謁，拜左拾遺。與房琯爲布衣交。琯時敗陳濤斜，又以客董廷蘭，罷宰相。甫上疏言罪細，不宜免大臣。帝怒，詔三司雜問。宰相張鎬曰：「甫若抵罪，絶言者路。」帝乃解。甫謝，且稱：「琯宰相子，少自樹立，爲醇儒，有大臣體。時論許琯才堪公輔，陛下果委而相之。觀其深念主憂，義形於色。然性失於簡，酷嗜鼓琴。廷蘭託琯門下，貧疾昏老，依倚爲非。琯愛惜人情，一至玷污。臣歎其功名未就，志氣挫衄。覬陛下棄細録大，所以冒死稱述。涉近訐激，違忤聖心，陛下赦臣百死，再賜骸骨，天下之幸，非臣獨蒙。」然帝自是不甚省録。

時所在寇奪，甫家寓鄜，彌年艱窶，孺弱至餓死，因許甫自往省視。從還京師〔三〕，出爲華州司功參軍。關輔饑〔四〕，輒棄官去。客秦州，負薪採橡栗自給。流落劍南，結廬成都西郭。召補京兆功曹參軍，不至〔五〕。會嚴武節度劍南東西川，往依焉。武再帥劍南，表爲參謀檢校工部員外郎。武以世舊，待甫甚善，親至其家。甫見之，或時不巾。而性褊躁傲誕，嘗登武床，瞪視曰：「嚴挺之乃有此兒！」武亦暴猛，外若不爲忤，中銜之。一日，欲殺甫及梓州刺史章彝，集吏於門。武將出，冠鉤於簾三。左右白其母，奔救得止，獨殺彝〔六〕。武卒，崔旰等亂，甫往來梓、夔間〔七〕。大曆中，出瞿塘，下江陵，泝沅湘以登衡山，因客耒陽，游嶽祠，大水遽至，涉旬不得食，縣令具舟迎之，乃得還。令嘗饋牛炙白酒，大醉，一昔卒〔八〕，年五十九。

甫放曠不自檢，好論天下大事，高而不切。少與李白齊名，時號「李杜」。嘗從白及高適過汴州，酒酣，登吹臺，慷慨懷古，人莫測也。數嘗寇亂，挺節無所污。爲歌詩，傷時橈一作澆弱，情不忘君，人憐其忠云。

贊曰：唐興，詩人承陳、隋風流，浮靡相矜。至宋之問、沈佺期等，研揣聲音，浮切不差，而號律詩，競相沿襲。逮開元間，稍裁以雅正。然恃華者質反，好麗者壯違，人得一概，皆自名所長。至甫，渾涵汪茫，千彙萬狀，兼古今而有之。他人不足，甫乃厭餘。殘膏賸馥，沾丐後人多矣。故元稹謂詩人已來，未有如子美者。甫又善陳時事，律切精深，至千言不少衰，世號詩史。昌黎韓愈於文章慎許可，至於歌詩，獨推曰：「李杜文章在，光焰萬丈長。」誠可信云。

〔一〕朱氏曰：獻賦在天寶十載，《新史》誤。
〔二〕仇注云：三川縣屬鄜州。
〔三〕朱氏曰：孺弱餓死，乃天寶十四載自京赴奉先時事。若往鄜迎家，則在至德二載。
〔四〕更以東都殘毀，故鄉不可歸。
〔五〕此二句當在往依焉之下。
〔六〕朱氏曰：此説出《雲溪友議》，不可信。魯訔曰：以甫詩考之，嚴武來鎮蜀，章彝已入覲，史當失之。
〔七〕遊梓乃寶應、廣德間事，至是惟寓夔耳。
〔八〕此段之謬，與《舊史》同。

二史並有沿訛，篇中第摘舉數處，不詳辯也。讀公詩者，留心檢覈，當自得之。

元稹撰唐故檢校工部員外郎杜君墓係銘江陵士曹時作

叙曰：余讀詩至杜子美，而知大小之有所總萃焉。始堯舜時，君臣以賡歌相和，是後詩人繼作，歷夏、殷、周千餘年，仲尼緝合選練，取其干預教化之尤者三百篇，其餘無聞焉。騷人作而怨憤之態繁，然猶去《風》《雅》日近，尚相比擬。秦、漢已還，採詩之官既廢，天下妖謡民謳、歌頌諷賦、曲度嬉戲之詞亦隨時間作。至漢武帝賦《柏梁》詩，而七言之體興。

蘇子卿、李少卿之徒，尤工爲五言。雖句讀文律各異，雅鄭之音亦雜，而詞意簡遠，指事言情，自非有爲而爲，則文不妄作。建安之後，天下文士，遭罹兵戰。曹氏父子鞍馬間爲文，往往横槊賦詩，其遒壯抑揚，冤哀悲離之作，尤極於古。晉世風概稍存。宋、齊之間，教失根本，士子以簡慢歙習舒徐相尚，文章以風容色澤放曠精清爲高。蓋吟寫性靈、流連光景之文也，意義格力固無取焉。陵遲至於梁、陳，淫豔刻飾、佻巧小碎之詞劇，又宋、齊之所不取也。

唐興，官學大振。歷世之文，能者互出。而又沈、宋之流，研練精切，穩順聲勢，謂之爲律詩。由是而後，文變之體極焉。然而莫不好古者遺近，務華者去實，效齊、梁則不逮於魏、晉，工樂府則力屈於五言，律切則骨格不存，閒暇則纖濃莫備。至於子美，蓋所謂上薄《風》《雅》，下該沈、宋，言奪蘇、李，氣吞曹、劉，掩顔、謝之孤高，雜徐、庾之流麗，盡得古今之體勢，而兼人人之所獨專矣。使仲尼鍛其旨要，尚不知貴其多乎哉！苟以其能所不能，無可無不可，則詩人以來，未有如子美者。

是時山東人李白亦以奇文取稱，時人謂之「李杜」。余觀其壯浪縱恣，擺去拘束，模寫物象，及樂府歌詩，誠亦差肩於子美矣。至若鋪陳終始，排比聲韻，大或千言，次猶數百，詞氣豪邁而風調清深，屬對律切而脱棄凡近，則李尚不能歷其藩翰，況堂奥乎！

予嘗欲條析其文，體别相附，與來者爲之凖，特病懶未就耳。適遇子美之孫嗣業啓子美之柩，襄祔事於偃師，途次於荆，雅知余愛言其大父之爲文，拜余爲誌。辭不能絶，余因係其官閥而銘其卒葬云。

係曰：昔當陽成侯姓杜氏，下十世而生依藝，令於鞏。依藝生審言，審言善詩，官至膳部員外郎。審言生閑，閑生甫；閑爲奉天令。甫字子美，天寶中獻三大禮賦，明皇奇之，命宰相試文，文善，授右衛率府胄曹。屬京師亂，步謁行在，拜左拾遺。歲餘，以直言失官，出爲華州司功，尋遷京兆功曹。劍南節度嚴武狀爲工部員外郎，參謀軍事。旋又棄去，扁舟下荆、楚間，竟以寓卒，旅殯岳陽，享年五十九。夫人弘農楊氏女，父曰司農少卿怡，四十九年而終。嗣子曰宗武，病不克葬，殁，命其子嗣業。嗣業貧無以給喪，收拾乞丐，焦勞晝夜，去子美殁後餘四十年，然後卒先人之志，亦足爲難矣。

銘曰：維元和之癸巳粤某月某日之佳辰，合窆我杜子美於首陽之山前。嗚呼！千載而下，曰此文先生之古墳。

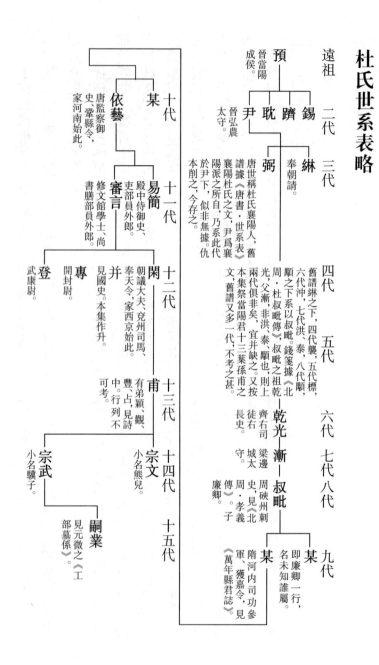

杜氏世系表略

遠祖

- **預** 晉當陽成侯。

二代

- **錫**
- **躋**
- **耽**
- **尹** 晉弘農太守。

三代

- **緌** 奉朝請。
- **弼** 唐世稱杜氏襄陽人，舊譜據《唐書·世系表》襄陽杜氏之文，尹爲襄陽派之所自，乃系此代於尹下，似非無據。仇本削之，今存之。

四代　五代

舊譜緌之下，四代襲，五代標，六代沖，七代洪、泰，八代顒，顒之下系以叔毗。錢箋據《北周·杜叔毗傳》，叔毗之祖乾光，父漸，非洪、泰、顒也，則上兩代俱非矣，宜并缺之。又按本集祭當陽君十三葉孫甫之文，舊譜又多一代，不考之甚。

六代

- **乾光** 齊右司徒右長史。

七代

- **漸** 梁邊城太守。

八代

- **叔毗** 周硤州刺史，見《北周·孝義傳》。子廉卿。

九代

- **某** 即廉卿一行，名未知誰屬。
- **某** 隋河内司功參軍、獲嘉令，見《萬年縣君誌》。

十代

- **某**
- **依藝** 唐監察御史、鞏縣令，家河南始此。

十一代

- **易簡** 殿中侍御史、吏部員外郎。
- **審言** 修文館學士、尚書膳部員外郎。

十二代

- **閑** 朝議大夫、兗州司馬、奉天令，家西京始此。
- **并** 見國史。本集作升。
- **專** 開封尉。
- **登** 武康尉。

十三代

- **甫** 有弟穎、觀、豐、占，見詩中。行列不可考。

十四代

- **宗文** 小名熊兒。
- **宗武** 小名驥子。

十五代

- **嗣業** 見元微之《工部墓係》。

少陵編年詩目譜

往近體裁，卷分各種，既不病其奪倫；遷流人事，義取互相，或頗嫌乎離立。將以還詩史之面目，厥惟寓年譜於篇題，若網在綱，其比如櫛。爲便讀計，則古、律、絶六集，居然案部就班；爲尚論資，則玄、肅、代三朝，從此發凡起例。作編年詩目譜。

玄宗開元間

二十四年後公年二十五，下第遊齊、趙。○無遊趙詩，但有齊、魯間詩，亦約略相附。

望嶽一之一　　登兗州城樓三之一

題張氏隱居二首其一四之一，其二三之一　　劉法曹鄭瑕丘石門宴集三之一

與任城許主簿遊南池三之一　　對雨書懷走邀許主簿三之一

巳上人茅齋三之一　　房兵曹胡馬三之一

畫鷹三之一

開元二十九年至天寶三載

此四年俱在東都。○公有舊廬在河南偃師縣，曰陸渾莊，後有詩又云土婁莊，宜即一處。

遊龍門奉先寺一之一　過宋員外之問莊三之一

天寶初南曹舅於太夫人堂下壘土爲山三之一

龍門三之一　夜宴左氏莊三之一

贈李白一之一　重題鄭氏東亭三之一

天寶四載

是年再遊齊州。

臨邑舍弟書至苦雨黃河泛溢五之一　陪李北海宴歷下亭一之一

同李太守登歷下新亭一之一　暫如臨邑至𡺚山湖亭三之一

與李白同尋范隱居五之一　贈李白六之下

冬日有懷李白三之一

天寶五載至十三載

此九年俱在長安。〇六載應詔，李林甫下之。八載，間至東都。十載，進三大禮賦，命待制集賢院。十一載，召試文章，參列選序。十三載，進《封西嶽賦》。〇長安少陵原，公亦有舊業。〇開、寶間詩，於全集不過十分之一，有不得專繫某年者。

春日憶李白三之一　鄭駙馬宅宴洞中四之一

送孔巢父歸江東兼呈李白二之一　贈特進汝陽王二十韻五之一

今夕行二之一
贈韋左丞丈五之一
贈比部蕭郎中十兄五之一
兵車行二之一
飲中八仙歌二之一
冬日洛城謁玄元皇帝廟五之一
麗人行二之一
城西陂泛舟四之一
投簡咸華兩縣諸子二之一
李監宅二首三之一
歎庭前甘菊花二之一
白絲行二之一
送高三十五書記一之一
敬贈鄭諫議十韻五之一
奉贈鮮于京兆二十韻五之一
奉寄河南韋尹五之一
奉贈韋左丞丈一之一
前出塞九首一之一
高都護驄馬行二之一
玄都壇歌寄元逸人二之一
贈翰林張學士五之一
虢國夫人六之下
樂遊園歌二之一
杜位宅守歲三之一
曲江三章章五句二之一
貧交行二之一
同諸公登慈恩寺塔一之一
奉留贈集賢院崔于二學士五之一
送韋書記赴安西三之一
奉陪鄭駙馬韋曲二首三之一

天寶十四載

是年在長安。秋往奉先、白水，遂置家奉先。尋還京，授河西尉，不拜，改右衛率府胄曹參軍。冬，又赴奉先。○是冬安禄山反。

上韋左相二十韻五之一

夜聽許十一誦詩一之一

夏日李公見訪一之一

沙苑行二之一

後出塞五首一之一

九日楊奉先會白水崔明府三之一

奉先劉少府山水障歌二之一

去矣行二之一

自京赴奉先咏懷五百字一之一

送蔡都尉還隴右因寄高書記五之一

戲簡鄭廣文兼呈蘇司業一之一

天育驃圖歌二之一

驄馬行二之一

白水明府舅宅喜雨三之一

橋陵詩三十韻五之一

官定後戲贈三之一

奉同郭給事湯東靈湫作一之一

肅宗至德元載即天寶十五載。

是年往來白水、奉先、鄜州，移家寓鄜。六月，長安陷，玄宗幸蜀。七月，肅宗即位靈武。公自鄜出，陷賊中，羈長安。

蘇端薛復筵醉歌二之一

送率府程録事還鄉一之一

晦日尋崔戢李封一之一

白水崔翁高齋一之一

送韋評事充同谷判官一之一　送長孫侍御赴武威判官一之一

送從弟亞赴河西判官一之一　奉送郭中丞充隴右節度使五之一

送楊判官使西番五之一　得家書五之一

哭長孫侍御三之一　奉贈嚴八閣老三之一

八月自鳳翔還鄜省家。

留別賈嚴二閣老三之一　晚行口號三之一

獨酌成詩三之一　行次昭陵五之一

徒步歸行二之一　九成宮一之一

玉華宮一之一　北征一之二

羌村三首一之二　彭衙行一之二

喜聞官軍已臨賊境五之一　收京三首三之一

冬西京既復，帝還京。公自鄜至京，仍任拾遺。○舊譜謂扈上還京，不合。

重經昭陵五之二　送鄭虔貶台州司户四之一

奉贈王中允維三之一　臘日四之一

乾元元年

春夏間在諫省。

春宿左省三之一　　晚出左掖三之一

奉和賈舍人早朝大明宮四之一　　宣政殿退朝晚出左掖四之一

紫宸殿退朝口號四之一　　題省中壁四之一

送賈閣老出汝州三之一　　送翰林張司馬南海勒碑三之一

曲江陪鄭南史飲四之一　　曲江二首四之一

曲江對酒四之一　　曲江對雨四之一

奉答岑參見贈三之一　　送許八歸江寧覲省五之二

因許八奉寄旻上人四之一　　題李尊師松樹障子歌二之一

得舍弟消息一之二　　送李校書二十六韻一之二

偪側行贈畢曜二之一　　贈畢四曜三之一

端午日賜衣三之一　　題鄭十八著作丈五之末

義鶻行一之二　　畫鶻行一之二

酬孟雲卿三之一

六月至冬出爲華州司功參軍，以房琯罷故。○是冬，九節度之師圍安慶緒於鄴。

至德二載自京金光門出乾元初有悲往事三之一

獨立三之一

寄高三十五詹事三之一

贈高式顏三之一

題鄭縣亭子四之一

望岳四之一

早秋苦熱堆案相仍四之一

觀安西兵過二首三之一

觀兵三之一

寄李白二十韻五之二

九日藍田崔氏莊四之一

崔氏東山草堂四之一

留花門一之二

瘦馬行二之一

至日遣興奉寄北省二首四之一

冬晚自華州至東都。

湖城東遇孟雲卿復歸劉顥宅宴二之一

路逢襄陽楊少府三之一

閿鄉姜少府設鱠二之一

戲贈閿鄉秦少公短歌二之一

李鄠縣胡馬行二之一

憶弟二首三之一

得舍弟消息三之一

乾元二年

春夏自東都回華州官所。○是時，師潰於鄴。

秋棄官西客秦州。○此作客之始，爲東都舊廬殘毁之故，自是長别兩京矣。

白沙渡一之三

水會渡一之三

飛仙閣一之三

五盤一之三

龍門閣一之三

石櫃閣一之三

桔柏渡一之三

劍門一之三

鹿頭山一之三

成都府一之三

酬高使君相贈三之二

上元元年

是年在成都，卜居城西浣花溪，營草堂。冬晚間至新津。

卜居四之一

王司馬弟遺營草堂貲三之二

蕭明府處覓桃栽六之下

從韋明府處覓緜竹六之下

憑何少府覓榿木栽六之下

詣徐卿覓果栽六之下

憑韋少府覓松樹子栽六之下

又於韋處乞大邑瓷盌六之下

蜀相四之一

梅雨三之二

江漲三之二

爲農三之二

有客四之一

賓至三之二

寄贈王將軍承俊三之二

上元二年

是年居草堂，間至新津、青城。○時成都無可倚仗，往來謀食。

奉酬李都督早春作三之二　題新津北橋樓得郊字三之二
遊修覺寺三之二　後遊三之二
遣意二首三之二　漫成二首三之二
客至四之一　絶句漫興九首六之下
春夜喜雨三之二　春水三之二
春水生二絶六之下　江上值水如海勢聊短述四之一
江亭三之二　早起三之二
落日三之二　可惜三之二
獨酌三之二　徐步三之二
寒食三之二　贈别何邕三之二
石鏡三之三　琴臺三之三
水檻遣心二首三之三　朝雨三之三

枯柟一之三
不見三之三
草堂即事三之三
徐少尹見過三之三
范員外吴侍御枉駕闕展待三之三
王侍御許攜酒至草堂請邀高使君同到四之一
王竟攜酒高亦同過三之三
陪李司馬觀造竹橋四之一
觀橋成有述呈李司馬三之三
李司馬橋了高使君自成都回六之下
得廣州張判官書使還以詩代意三之三
魏侍御就敝廬相別三之三

代宗寶應元年四月以前尚繫肅宗。

正二月居草堂。

絶句六之上
江畔獨步尋花七絶句六之下
贈別鄭鍊赴襄陽三之三
重贈鄭鍊絶句六之下
廣州段功曹到得楊五書三之三
送段功曹歸廣州三之三
江頭五咏目在後
丁香一之三
麗春一之三
梔子三之三
鸂鶒三之三
花鴨三之三
野望四之一
堂成四之一

畏人三之三

屏跡三首前一首一之三，後二首三之三

春晚至夏嚴武自東川移成都，公依焉，亦居草堂。

奉酬嚴公寄題野亭之作四之一

嚴中丞枉駕見過四之一

遭田父泥飲美嚴中丞一之三

奉和嚴中丞西城晚眺五之二

中丞嚴公垂寄奉答二絶六之下

謝嚴中丞送乳酒六之下

三絶句六之下

戲爲六絶句六之下

戲贈友二首一之三

野人送朱櫻四之一

嚴公枉駕草堂得寒字四之一

嚴公廳宴咏蜀道圖三之三

大雨一之三

溪漲一之三

大麥行二之二

秋冬嚴武還朝，送至緜州。會西川徐知道反，因入梓州。《年譜》云：冬，迎家至梓。○武去，公失所依。梓在成都東，漸有東遊之志。

奉送嚴公入朝十韻五之二

送嚴侍郎到緜州得心字五之二

奉濟驛重送嚴公三之三

送梓州李使君之任五之二

寄高適三之三

觀打魚歌二之二

又觀打魚二之二
海棕行二之二
東津送韋諷攝閬州録事三之三
苦戰行二之二
入奏行贈竇侍御二之二
題玄武禪師屋壁三之三
客夜三之三
九日登梓州城三之三
翫月呈漢中王三之三
秋盡四之一
聞官軍收河南河北四之一

冬晚往射洪、通泉，皆梓屬邑。

冬到金華山觀得陳公學堂遺跡一之三
謁文公上方一之三
早發射洪途中作一之三

越王樓歌二之二
姜楚公畫角鷹歌二之二
光禄坂行二之二
去秋行二之二
相從行贈嚴別駕二之二
悲秋三之三
客亭三之三
九日奉寄嚴大夫三之三
戲題上漢中王三首三之三
野望四之一
陳拾遺故宅一之三
奉贈射洪李四丈一之三
通泉驛山水作一之三

廣德元年

春夏秋在梓州，間往鹽亭、漢州。○是春，僕固懷恩奏留降將，河北擅命始此。

遣憂三之三　巴山三之三

冬晚自閬還梓。

發閬中二之二　贈裴南部五之二

天邊行二之二　冬狩行二之二

山寺一之三　桃竹杖引贈章留後二之二

將適吳楚留別章使君一之三　早花三之三

歲暮三之三　江陵望幸五之二

廣德二年

春首復往閬。〇帝已於上年冬還京，閬州僻遠，至春始得信。〇至是，東遊之意已決。

傷春五首五之二　送李卿曄三之三

城上三之三　收京三之四

巴西聞收京闕送班司馬入京三之四　釋悶五之末

憶昔二首二之二　閬山歌二之二

閬水歌二之二　贈別賀蘭銛一之四

江亭王閬州筵餞蕭遂州三之四　陪王使君晦日泛江二首三之四

王録事許修草堂貲不到六之上　絶句二首六之上

絶句六首六之上　黄河二首六之下

絶句四首六之下　寄司馬山人十二韻五之二

揚旗一之四　嚴鄭公階下新松得霑字三之四

嚴鄭公宅同咏竹得香字三之四　丹青引贈曹將軍霸二之二

韋諷宅觀曹將軍畫馬圖二之二　送韋諷上閬州録事一之四

夏末至冬嚴武表公爲檢校工部員外郎，賜緋魚袋，入幕參軍事。

立秋雨院中有作五之二　奉和嚴公軍城早秋六之下

宿府四之一　院中晚晴懷西郭茅舍四之一

太子張舍人遺織成褥段一之四　軍中醉歌寄沈八劉叟三之四

到村五之二　村雨三之四

獨坐三之四　倦夜三之四

寄董嘉榮十韻五之二　陪嚴公秋晚北池臨眺五之二

晚秋陪嚴公摩訶池泛舟三之四　奉觀嚴公岷山沱江圖五之二

遺悶呈嚴公二十韻五之二　送舍弟潁赴齊州三首三之四

永泰元年

春初辭幕歸草堂。

春夏間離蜀南下，至戎，至渝，至忠等州。○此行當在嚴武未卒之前。

渝州候嚴侍御不到先下峽三之四　宴忠州使君姪宅三之四

聞高常侍亡三之四　禹廟三之四

題忠州龍興寺院壁三之四　哭嚴僕射歸櫬三之四

旅夜書懷三之四

秋冬下雲安。○時回紇、吐蕃入寇，京師戒嚴，蜀又有崔旰等之亂。

撥悶四之二　放船三之四

雲安九日鄭十八攜酒三之四　答鄭十七郎一絕六之上

別常徵君三之四　長江二首三之四

懷錦水居止二首三之四　將曉二首三之四

青絲二之二　三絕句六之下

遺憤三之四　十二月一日三首四之二

又雪三之四

大曆元年

春首在雲安。

雨三之四　南楚三之四

水閣朝霽簡雲安嚴明府 一之四　　杜鵑 一之四
子規 三之四　　石硯 一之四
贈鄭十八賁 一之四　　別蔡十四著作 一之四
客居 一之四　　客堂 一之四
寄常徵君 四之二　　寄岑嘉州 五之末
存殁口號二首 六之下

春以後 自雲安至夔州。據《年譜》，秋寓西閣。然其先不言他寓，恐到夔未久即居之。○此行一留雲安，再留夔頗久，究其離蜀初意，本欲出峽也。

船下夔州雨溼不得別王判官 三之四　　移居夔州作 三之四
引水 二之二　　示獠奴阿段 四之二
曉望白帝城鹽山 三之四　　上白帝城 三之四
上白帝城二首 五之三　　陪諸公上白帝城宴越公堂 五之三
白帝城最高樓 四之二　　武侯廟 六之上
八陣圖 六之上　　灩澦堆 三之四
負薪行 二之二　　最能行 二之二

夔州歌十絶句六之下
寄韋有夏郎中五之三
憶鄭南三之四
奉寄李秘書文嶷二首三之四
雷一之四
熱三首三之四
貽華陽柳少府一之四
牽牛織女一之四
驅豎子摘蒼耳一之四
雨一之四
晚晴三之四
種萵苣一之四
返照四之二
黄草四之二
奉漢中王手札報韋侍御蕭尊師亡五之三

近聞二之二
峽中覽物四之二
贈崔十三評事五之三
課伐木一之四
火一之四
毒熱寄簡崔評事弟一之四
七月三日亭午後戲呈元曹長一之四
信行遠修水筒一之四
催宗文樹雞柵一之四
雨一之四
雨三之四
雨二首一之四
白帝四之二
白鹽山三之四
奉漢中王手札五之三

見王監説近山有白黑二鷹羅取未得二首四之二　醉爲馬墜諸公攜酒相看二之三

奉送蜀州柏別駕將命赴江陵因示從弟位四之二　寄杜位三之五

瀼西寒望三之五

大曆二年

春初在西閣。

立春四之二　愁四之二

江梅三之五　庭草三之五

鸚鵡三之五　孤雁三之五

鷗三之五　猿三之五

麂三之五　雞三之五

黄魚三之五　白小三之五

老病三之五　雨三之五

晴二首三之五　寄從孫崇簡五之末

奉送韋中丞赴湖南三之五　別崔潩因寄薛據孟雲卿三之五

寄薛郎中璩一之五　送王十六判官三之五

又呈吴郎四之二

晚晴吴郎見過北舍三之六

九日五首其一四之二，其二、其三三之五，其四五之三，其五以《登高》足之

登高四之二

寒雨朝行視園樹五之末

傷秋五之三

覃山人隱居四之三

秋峽三之六

秋清三之六

峽隘三之六

曉望三之六

摇落三之六

日暮三之六

耳聾三之六

即事四之二

大曆二年九月三十日三之六

十月一日三之六

孟冬三之六

獨坐二首三之六

悶三之六

返照三之六

向夕三之六

晚三之六

暝三之六

夜三之六

雲三之六

雷三之六

朝二首三之六

夜二首三之六

後苦寒行二首二之三

續得觀書迎就當陽正月出峽五之三

大曆三年

春夏正二月，在夔，三月，出峽至江陵。

元日示宗武五之四

遠懷舍弟穎觀等五之四

人日二首其一三之六，其二四之二

送大理封主簿親事不合却赴通州五之四

敬寄族弟唐十八使君一之六

遠遊三之六

歸雁六之上

行次古城店呈江陵幕府五之四

漫成一首六之下

乘雨入行軍六弟宅三之六

宴胡侍御書堂三之六

奉送蘇州李長史之任五之四

又示宗武五之四

太歲日五之四

喜聞盜賊總退口號五首六之下

將別巫峽贈南卿果園五之四

巫山縣唐使君宴別題於屋壁三之六

歸雁三之六

春夜峽州田侍御留宴三之六

泊松滋江亭三之六

大曆三年春出峽將適江陵漂泊有詩五之四

上巳日徐司録林園宴集三之六

書堂飲既夜復下馬月下六之下

暮春江陵送馬卿恩命赴闕五之四

官亭夕坐戲簡顏少府三之六　醉歌行贈顏少府請顧八題壁二之二
送顧八分適洪吉州一之六　公安送韋少府匡贊四之二
公安縣懷古三之六　呀鶻行二之三
宴王使君宅二首三之六　公安送李晉肅入蜀余下沔鄂三之六
留別公安大易沙門四之二

冬晚之岳州。自是不常所處，舟居爲多。

別董頲一之六　別張十三建封一之六
曉發公安四之二　發劉郎浦二之三
久客三之六　冬深三之六
夜聞觱篥二之三　歲晏行二之三
泊岳陽城下三之六　纜船苦風簡鄭判官三之六
登岳陽樓三之六

大曆四年

是年自岳之潭州，尋之衡州，又回潭州。○《年譜》有在衡畏熱回潭之文，潭、衡相違不遠，氣候未必大殊，其說不允。蓋回潭本不欲留，欲北還而不果耳。

衡州送李大夫赴廣州三之六
江閣對雨懷行營裴端公三之六
哭韋大夫之晉五之四
潭州送韋員外牧韶州三之六
樓上三之六
奉贈盧五丈參謀五之四
重送劉十弟判官五之四
湖中送敬使君適廣陵五之四
蘇大侍御涣静者也一之六
奉贈李八丈曛判官一之六
奉送魏少府之交廣一之六
幽人一之六
舟中夜雪有懷盧侍御三之六
冬晚送長孫漸舍人五之四
客從一之六
湘江宴餞裴端公赴道州一之六
江閣卧病寄崔盧兩侍御三之六
迴棹五之四
酬韋韶州見寄三之六
千秋節有感二首五之四
惜别行送劉判官二之三
登舟將適漢陽五之四
晚秋長沙蔡侍御筵送殷參軍覲省三之六
暮秋枉裴道州手札遣興寄遞呈蘇侍御二之三
送盧侍御護韋尚書櫬歸五之四
北風三之六
送覃二判官五之四
對雪三之六
暮冬送蘇徯適桂州五之四
蠶穀行二之三

白鳧行二之三　　朱鳳行二之三

大曆五年

春在潭州。

追酬故高蜀州人日見寄二之三　　送重表姪王評事使南海一之六

贈韋七贊善四之二　　燕子來舟中作四之二

小寒食舟中作四之二　　江南逢李龜年六之下

清明二之三　　風雨看舟前落花戲爲新句二之三

奉贈蕭十二使君五之四　　奉送二十三舅之攝郴州五之四

送魏司直充嶺南掌選兼寄韋韶州五之四　　同豆盧峰知字韻五之四

歸雁二首三之六　　送趙十七明府之縣三之六

奉酬寇侍御見寄復寄寇三之六

夏潭有臧玠之亂，遂入衡州。欲如郴州依舅氏崔偉，至耒陽，不果。

入衡州一之六　　逃難一之六

白馬一之六　　題衡山縣文宣王廟呈陸宰一之六

聶耒陽以僕阻水書致酒肉詩得代懷一之六　　舟中苦熱呈陽中丞簡臺省諸公一之六

秋冬之間回湖，欲北還，未遂，竟以旅卒，年五十九。

過洞庭湖三之六　長沙送李十一四之二

暮秋將歸秦留別湖南親友三之六　風疾舟中伏枕呈湖南親友五之四

訂少陵詩目譜成，客有諗於余曰：「昔先正之緒言，子亦有聞乎？年經月緯，若親與子美游從而籍記其筆札者，近於愚矣，牧齋氏之説也；某詩必繫某年，則拘固可笑，長孺氏之説也。吾子畢力於杜，頗指抉諸書之紕繆，而躬蹈兩家之詆訶，不亦與於愚且固之甚者乎？」余應之曰：「有是哉！雖然，子輿氏蓋嘗言之：『頌其詩，讀其書，不知其人可乎？是以論其世也。』少陵之詩，一人之性情而三朝之事會寄焉者也。《新》《舊書》本傳，擇焉不精，語焉不詳。賴其自壯而老，發憤好論事，一攄斥於詩。所言類皆搤腕時艱，動心形要。其諸留題、贈處之作，亦必根極於掌故而論著其土風。是使讀者指事以麗辭，察辭以辯志，得有所據以要其會而不忒，則少陵爲詩，不啻少陵自爲譜矣。昔者汲公、魯、黄諸君子勾稽貫穿，作爲《年譜》，功亦不細，特其間舛盭横陳，有待來者之是正爾。乃議者但襲宋儒論小序之餘旨，交口相誚讓。彼舛盭之不問而愚固是懲，詎知纘年不的則徵事錯，事錯則義不可解，義不可解則作者之志與其辭俱隱而詩壞。有生而不識日者，方且奮然援筆而直之，揆厥所由，誰執其咎？其亦有無關事會，强附而或未盡允。

然齊、宋、東西京之詩之不爲秦、成，秦、成之不爲蜀與夔，蜀與夔之不爲荆、湖，砉然也。於此等處，略準舊編，類相從，年相比，如是焉又奚取譏之有！且夫引繩墨，切事情，明是非，用之名法則太礉，不用之文章則太疏。少陵之詩，一人之性情而三朝之事會寄焉者也。其地其時，全局可覆顧。以儱侗爲圓融，爲通脱，游光掠影，於少陵未有處也。然且捐捐焉箋之而注之，其不比於詭億射意也幾何矣！夫游光掠影，害如是止爾，而又不憚煩而每卷卷首標某時某地作，後之人據爲定本，傅以曲説，如《前》《後出塞》之害於其志，《留花門》《傷春》《有感》之害於其辭，若斯之類，指不勝屈。始於模稜，卒於捫籥，拍肩求道，夫誰使正之哉！若乃行世諸刻，譜自譜，詩自詩，是謂見譜不見詩。離固雙美，合非兩傷，孰便孰不便，將無同？吁！余則爲勞人，蘄免於愚且固焉，庸可得乎？」客聞之，軒渠以去。

讀杜提綱

杜集不應稱草堂。草堂特流寓之一，該不得此老一生。

讀杜逐字句尋思了，須通首一氣讀。若一題幾首，再連章一片讀。還要判成片工夫，全部一齊讀。全部詩竟是一索子貫。

讀杜須耐拙句、率句、狠句、質實句、生硬句、粗糙句。

天寶間詩，大抵喜功名、憤遇蹇、憂亂萌三項居多。

玄、肅之際多微辭。讀者要屏去逆料意見、腹誹意見、追咎意見。老杜愛君，事前則出以憂危，遇事則出以規諷，事後則出以哀傷。這裏蹉一針，厚薄天淵。

客秦州，作客之始。當日背鄉西去，爲東都被兵，家毁人散之故。河北一日未蕩，東都一日不寧。曉此，後半部詩了了。本傳舊譜並説是關輔饑，没交涉。

蜀中詩只「劍外官人冷」一句蓋却。設不遇嚴武，蚤已東下。夔州詩口口只想出峽，荆州、湖南詩口口只想北還。

説杜者動云每飯不忘君，固是。然只恁地説，篇法都壞。試思一首詩本是貼身話，無端在中腰夾插國事，或結尾拖帶朝局，没頭没腦，成甚結構？杜老即不然。譬如《恨别》詩，「聞道河陽近乘勝，司徒急爲破幽燕」，是望其掃除禍本，爲還鄉作計。《出峽》詩，「朝士兼戎服，君王按湛盧」、「五雲高太甲，六月曠摶扶」，是言國亂尚武，恥與甲卒同列，因而且向東南。以此推之，慨世還是慨身。太史公《屈平傳》謂其「繫心君國，不忘欲反，冀君之一寤，俗之一改也。然終無可奈何，故不可以反」數語，正蹋着杜氏鼻孔。益信從前客秦州之始爲寇亂，不爲關輔饑，原委的然。

代宗朝詩，有與國史不相似者。史不言河北多事，子美日日憂之；史不言朝廷輕儒，詩中每每見之。可見史家只載得一時事蹟，詩家直顯出一時氣運。詩之妙，正在史筆不到處。若拈了死句，苦求證佐，再無不錯。

杜詩合把做古書讀。小年子弟揀取百篇，令熟復，性情自然誠慤，氣志自然敦厚，胸襟自然闊綽，精神自然鼓舞。讀杜不顓是學作詩。

讀杜心解卷一

卷一之一　五古　起玄宗開元間至肅宗至德二載

《纂年譜》：公生於睿宗先天元年。至玄宗開元十九年，遊吴越。二十三年，赴京兆貢舉，不第。二十五年，年二十六，遊齊、趙。詩起於是時。二十九年至天寶三載，在東都。四載，在齊州。五載，歸長安。六載，應詔轂下，李林甫下之，留長安。八載，間至東都。九載，在長安。十載，進三大禮賦，命待制集賢院。十一載，召試文章，參列選序。十四載，授河西尉，不拜，改右衛率府參軍。秋，往奉先。是冬，安禄山反。十五載，往白水，又往鄜州。七月，肅宗即位，改元至德。自鄜出，陷賊中。二載，脱賊，謁上鳳翔，拜左拾遺。疏救房琯。八月，還鄜州省家。

望　嶽〔一〕

岱宗夫如何〔二〕，齊魯青未了。造化鍾神秀，陰陽割昏曉。盪胸生曾雲，决眥音恣入歸鳥〔三〕。會當凌絶頂，一覽衆山小。

〔一〕按履歷，公遊齊魯，在開元二十五六年間。公集當以是爲首。

〔二〕《前漢・郊祀志》：岱宗，泰山也。

〔三〕《廣韻》：眥，目睫也。

公望嶽詩凡三首，此望東嶽也。越境連綿，蒼峰不斷，寫嶽勢只「青未了」三字，勝人千百矣。「鍾神秀」，在嶽勢前推出；「割昏曉」，就嶽勢上顯出。「盪胸」、「決眥」，明逗「望」字。末聯則以將來之凌眺，剔現在之遥觀，是透過一層收也。仇氏《詳注》以遠望、近望、細望、極望，分配四聯，未見清楚。○杜子心胸氣魄，於斯可觀。取爲壓卷，屹然作鎮。豈惟鐫刻年月云爾。

遊龍門奉先寺〔一〕

已從招提遊，更宿招提境〔二〕。陰壑生虛籟，月林散清影。天闕象緯逼，雲卧衣裳冷。欲覺聞晨鐘，令人發深省。

〔一〕朱鶴齡注：龍門，即伊闕。《元和郡縣志》：伊闕山在河南府伊闕縣。按：此在東都，非禹貢之龍門。

〔二〕《僧輝記》：招提者，梵言拓鬬提奢，唐言四方僧物，傳筆者訛拓爲招，去鬬奢字。即今十方住持寺院耳。

各本多以此詩爲首，但按公遊東都，在開元二十九年後，則不應編在《望嶽》詩前也。○題曰遊寺，實則宿寺詩也。「遊」字只首句了之，次句便點清「宿」字。以下皆承次句説。中四，寫夜宿所得之景，虛白高寒，塵府已爲之一洗。結到「聞鐘」、「發省」，知一宵清境，爲靈明之助者多矣。「欲覺」正與「更宿」呼應。○「天闕」、「雲卧」，諸説紛紛。王安石改爲「天閲」，蔡興宗正義作「天闚」，是欲以虛對虛也。文翔鳳云：「伊陽之北山，如雲卧然。」將「雲卧」與「天闕」俱作地名解，是又欲以實對實也。其説俱不穩。朱注則曰：「古體詩何必拘拘偶對。」似屬超解矣。然此詩中四，却非散體。按「天闕」字出韋述《東都記》，其爲地名無疑。若「雲卧」，正形容宿處之高迥，定屬虛用。而「雲」自與「天」對，「卧」自與「闕」對，正以不執死法爲文家妙用。彼聚訟者，皆方隅之見耳。

贈李白

二年客東都〔一〕，所歷厭機巧。野人對腥羶，蔬食常不飽。豈無青精飯〔二〕，使我顔色好。苦乏大藥資〔三〕，山林跡如掃。李侯金閨彦〔四〕，脱身事幽討。亦有梁宋遊〔五〕，方期拾瑶草〔六〕。

〔一〕《唐書》：東都，隋置。

〔二〕《登真隱訣》：太極真人青精乾食飿飯法，用南燭草木葉雜莖皮，煮取汁，浸米三蒸曝，日可服二升，勿服血食。

〔三〕《大藥證》曰：須煉砂中汞，能取鉛裏金。
〔四〕《别賦》注：金閨，金馬門也。
〔五〕梁、宋，今開封歸德境。
〔六〕江淹《登廬山詩》注：瑶草，玉芝也。

天寶三載，太白由翰林供奉被放東遊，與公遇於東都。公贈之此詩也。太白棲神世外。自相遇之後，即有齊州受籙、王屋訪隱之事。其地皆於梁、宋爲近。所謂「梁、宋遊」者，必邂逅盟心之語。公述其語爲贈，則李是主，身是賓也。今乃先云自「厭」「腥羶」，將託跡神仙，而後言李亦有「脱身幽討」之志。自叙反詳，叙李反略。則似翻賓作主，翻主作賓矣。不知其自叙處多用「青精」、「大藥」等語，正爲太白作引。落到李侯，只消一兩言雙綰。而上八句之煙雲，都成後四句之烘托。明乎彼己虚實之用，可與説杜矣。

陪李北海宴歷下亭〔一〕

東藩駐皂蓋〔二〕，北渚臨清河一作青荷〔三〕。海右此亭古，濟南名士多〔四〕。雲山已發興，玉佩仍當歌。修竹不受暑，交流空涌波。藴真愜所遇，落日將如何。貴賤俱物役，從公難重過。

〔一〕黄鶴注：歷下，在齊州。李北海，即李邕。按史：邕天寶初爲汲郡、北海二太守。《舊唐書·志》：青州，天寶元年改爲北海郡。按：李自青來齊也。

〔二〕《後漢書》：太守秩二千石，皂蓋，朱兩轓。

〔三〕《通典》：清河實荷澤、汶水合流。

〔四〕原注：時邑人蹇處士等在坐。

起四叙事，中四寫宴，末四惜别。○首言李之來。次言到之處。三點歷下亭。四兼坐中客。「發興」則酒懷動矣。「當歌」則酒興豪矣。而竹色波光，清涼交映，襟期正復灑然。「藴真」二字，無所不包。其人、其地、其景，皆是藴含真趣者。是以臨分逆計，重徘徊焉。

同李太守登歷下古城員外新亭〔一〕

新亭結構罷，隱見清湖陰〔二〕。跡籍藉通臺觀舊，氣冥一作溟海嶽深。圓荷想自昔，遺堞感至今。芳宴此時具，哀絲千古心。主稱壽尊客〔三〕，筵秩宴北林。不阻蓬蓽興，得兼梁甫吟〔四〕。

〔一〕原注：時之芳自尚書郎出齊州，製此亭○錢箋：李爲齊州司馬，新舊史闕。○員外，太守從孫。

〔二〕原注：亭對鵲山湖。

〔三〕曹子建詩：主稱千金壽。仇注：主，員外。客，太守。

〔四〕諸葛武侯《梁甫吟》云：步出齊東門，遥望蕩陰里。

此員外新亭始成，而相與落之也。與上篇之亭非一處。上云「海右此亭古」，乃舊亭也。○員外爲主，太守與公爲賓。太守邕亦有詩，叙賓主不詳。此則層次歷歷。四叙亭成之景。四借寓慨意，帶出宴會。四叙主客登亭賦詩之興。想古城原屬舊時勝地，已廢而復新之，故多今昔廢興之感。結聯見同賦意，兼切齊州。蓋以《梁甫吟》借比同賦之詩，故曰「得兼」也。○附李邕詩。

登歷下古城員外孫新亭　　李　邕

吾宗固神秀，體物寫謀長。形制開古迹，曾冰延樂方。太山雄地里，巨壑眇雲莊。高興泊煩促，永懷清典常。含弘知四大，出入見三光。負郭喜粳稻，安時歌吉祥。

奉贈韋左丞丈二十二韻〔一〕

紈袴不餓死，儒冠多誤身。丈人試静聽，賤子請具陳。甫昔少年日，早充觀國賓〔二〕。讀書破萬卷，下筆如有神。賦料揚雄敵，詩看子建親。李邕求識面，王翰願卜一作爲鄰〔三〕。自謂頗挺出，立登要路津。致君堯舜上，再使風俗淳。此意竟蕭條，行歌非隱淪。騎驢十三諸本作三十載，旅食京華春〔四〕。朝扣富兒門，暮隨肥馬塵。殘杯與冷炙，到處潛悲辛。主上頃見徵，欻許勿切然欲求伸。青冥却垂翅，蹭蹬無縱鱗〔五〕。甚愧丈人厚，甚知丈人真。每於百僚上，猥誦佳句新。竊效貢公喜〔六〕，難甘原憲貧。焉能心怏怏，祇是走踆踆。今欲東入海，即將西去秦。尚憐終南山，回首清渭濱〔七〕。常擬報一飯，況懷辭大臣。白鷗没浩蕩，萬里誰能馴？

〔一〕《舊書·韋濟傳》：天寶七載，遷尚書左丞。

〔二〕鶴注：公《壯遊》詩云：「中歲貢舊鄉，忤下考功第。」時年方二十餘歲。

〔三〕朱注：邕、翰皆公同時前輩。「識面」、「卜鄰」，乃當時實事。

〔四〕仇注：公至長安，自開元二十三年赴貢舉，至天寶六載應詔，爲十三載也。他本斷誤。

〔五〕木華《海賦》：蹭蹬窮波；元結《諭友文》：天寶六載，詔天下有一藝詣轂下。李林甫命尚書省試，皆下之，遂賀野無遺賢。

〔六〕《廣絶交論》：王陽登則貢公喜。

〔七〕《元和郡縣志》：終南在京兆萬年縣。渭水在萬年縣北。

此應詔退下後，將歸東都時作也。先是有《贈韋左丞丈》詩云：「君能微感激，亦足慰榛蕪。」蓋嘗以推奬望之。是後韋必嘗以公之才誦言於當軸而莫有應者，公遂决計遠引，贈此致感，且以告别也。不作悻悻急去語，亦不作脂韋無骨語。本心之厚，立品之高，俱見。○仇注分段極是。起四句，憤激而有古趣。既以自提，兼提韋丈，開手老到。「甫昔」一段，叙壯心也。志大言大，尤妙在「自謂」四句，横空盤鬱。此意一段，慨失職也。而前八泛述，後四入事，關目清晰。「甚愧」至末，乃贈韋本旨，接法古朴而陡健。「怏怏」、「踆踆」，心口問答，進退徘徊之狀。朱注云：「有去國之思，猶未忍决去，以眷眷大臣也。然去志終不可回，當如白鷗之遠。意最委折，而語非乞憐。應與昌黎《上宰相書》同讀。」愚按一結高絶，昌黎不及。

前出塞九首〔一〕

戚戚去故里，悠悠赴交河〔二〕。公家有程期，亡命嬰禍羅〔三〕。君已富土境，開邊一何多！棄絶父母恩，吞聲行負戈。

〔一〕王嗣奭《杜臆》：天寶間哥舒翰征吐蕃時事。愚按：征西已久，不必泥定哥舒，與《兵車行》所指之事同。詩見二之一。○樂府體。

〔二〕鶴注：交河郡在隴右道，備吐蕃之處也。

〔三〕師古《漢書注》：命，名也，謂脱其名籍而逃亡也。盧注：開元中，折衝未停，兵有定籍。不似召募無稽，可以逃脱。嵇康詩：常恐嬰禍羅。

《前出塞》，刺開邊也。物衆地大，有侈心焉。公所爲諷也。○首章述初出門情事。「赴交河」，點清出兵之路。「已富」而又「開邊」，乃九首寓諷本旨，在首章括破。結語黯然，戀親之情，赴國之義，俱見矣。

出門日已遠，不受徒旅欺。骨肉恩豈斷，男兒死無時。走馬脱轡頭，手中挑青絲〔一〕。捷下萬仞岡，俯身試搴旗。

〔一〕梁簡文帝詩：宛轉青絲鞚。

二章，述上路後情事。習於其途，便成慣家。起法如身歷語。三四言舍然竟去，非恩斷也。男兒死地無常，不如死綏爲烈耳。下截摹寫輕生喜事之狀，躍躍欲飛。少年初出路人，實有此概。

磨刀嗚咽水，水赤刃傷手。欲輕腸斷聲，心緒亂已久〔一〕。丈夫誓許國，憤惋復何有？功名圖麒麟，戰骨當速朽。

〔一〕《胡笳曲》：夜聞隴水兮聲嗚咽。《三秦記》：隴山頂有泉，清水四注。俗歌：隴頭流水，鳴聲幽咽。遥望秦川，肝腸欲絶。

三章，途中感觸，興體也。磨刀也而傷手矣。本欲不以此嗚咽之聲動心，無如心亂已久，不覺手之觸也。「腸斷聲」即指「嗚咽水」。以下又捷轉出一副血性語。心緒雖亂，終不以易吾誓死之志也。

《杜臆》云：化用《隴頭歌》入妙。

送徒既有長〔一〕，遠戍亦有身。生死向前去，不勞吏怒嗔。路逢相識人，附書與六親。哀哉兩決絶，不復同苦辛。

四章，擬征人跋涉既遠，而自吐其被驅之憤。「亦有身」，亦既拚身受苦也。「向前去」、「不勞嗔」，作索性語，憤所激也。首句另提。此三句皆對其長之詞。驅迫至此，無復還聚之望，六親自此丢開念頭矣。

〔一〕《史記》：以亭長爲縣送徒驪山。

迢迢萬里餘，領我赴三軍。軍中異苦樂，主將寧盡聞？隔河見胡騎，倏忽數百群。我始爲奴僕，幾時樹功勳！

五章，已到用武之場矣。至是各就營伍，遂總計來路之積勞積憤，而爲主將寧聞之歎，令聞者心惻。「倏忽」句，出没不常如畫。見敵而始思樹勳，知前此在途困頓，未暇念此也。讀「我始」二語，寒士淚下。○此章乃九詩之適中，爲前後過峽，如曲譜之有賺。

挽弓當挽强，用箭當用長。射人先射馬，擒賊先擒王。殺人亦有限，立一作列，誤國自有疆。苟能制侵陵，豈在多殺傷？

六章，已在功名之會矣。尚是矢志語，未是對敵事。上四如此飛騰，下四忽然掠轉。兔起鶻落，如是如是。要是上四作開勢，下四歸本旨也。如此方是下好義而上好仁。○此爲赴敵之始，故復提寓規之意。

驅馬天雨雪，軍行入高山。逕危抱寒石，指落曾冰間〔一〕。已去漢月遠，何時築城還？浮雲暮南征，可望不可攀。

〔一〕《漢書》：高帝自將，會久雨雪，士卒墮指者什二三。

七章，言戍守也。戍守則須城築，城築必依山險。三四，寫衝寒陟危之苦，設色黯慘，邊庭之苦極矣。苦極故思家也。六親之念，前已丢開，此又提起，有雪舞迴風之致。龍門云：「人窮則反本。」讀《東山》之詩，知此爲變風矣。

單于寇我壘，百里風塵昏。雄劍四五動，彼軍爲我奔。虜其名王歸〔一〕，繫頸授轅門。潛身備行列，一勝何足論。

〔一〕《漢書注》：名王，謂有大名，以别於諸小王也。

八章，言戰陣也。起二，彼勢之盛。中四，我軍之勇。劍纔動而奔者已奔，繫者已繫，筆妙正在不費張皇。一結窅然以遠，却爲下章引脉。○「名王」「繫頸」，懸擬以壯軍志也。錢箋引燕將張守珪誘殺奚、契丹事以實之，兩地相懸，毫無干涉。

從軍十年餘，能無分寸功。衆人貴苟得，欲語羞雷同。中原有鬬爭，况在狄與戎？丈夫四方志，安可辭固窮。

卒章説到論功處，接前章潛身何論來。他手至是，定用「策勳」、「進爵」等語，未爲不合體也。不知如此，則下以啓軍士倖功之心，即上益以長人君喜功之志。而前所云「開邊何多」、「豈在多殺」者，不復相顧，而規諷之意隱矣。公則以超語淡之。曰「十年」、「寸功」，得失之相償無幾也。曰「苟得」、「羞同」，誇大之初念頓消也。内地且將致亂，還宜大度包荒。遠志不妨固窮，自是收心妙訣。此正明皇躁急中一服清涼散也。舊説謂爲冒功者發，尚是皮相。至詫云行伍中安得有此人，直癡人説夢耳。○漢魏以來詩，一題數首，無甚銓次。少陵出而章法一綫。如此九首，可作一大篇轉韻詩讀。

同諸公登慈恩寺塔〔一〕

高標跨蒼穹，烈風無時休。自非曠士懷，登兹翻百憂。方知象教力，足可追冥搜。仰穿龍蛇窟，始出枝撑幽。七星在北户〔二〕，河漢聲西流〔三〕。羲和鞭白日〔四〕，少昊行清秋〔五〕。秦山忽破碎，涇渭不可求〔六〕。俯視但一氣，焉能辨皇州。迴首叫虞舜，蒼梧雲正愁〔七〕。惜哉瑤池飲，日晏崑崙丘〔八〕。黄鵠去不息，哀鳴何所投。君看隨陽雁，各有稻粱謀。

〔一〕原注：時高適、薛據先有作。○《兩京新記》：京城東慈恩寺西院浮圖六級，高三百尺，沙門玄奘所立。○天寶之季作。

〔二〕指北斗。

〔三〕天漢秋漸轉西，聲字借用。

〔四〕《楚辭注》：羲和，日馭也。

〔五〕《月令》：孟秋之月，其帝少昊。

〔六〕鶴注：涇、渭，關西大川。

〔七〕《山海經》：南方蒼梧之丘，中有九疑，舜所葬。朱注：《兩京新記》載浮屠前階，立太宗《三藏聖教序》碑。「叫舜」，寓意太宗。《博議》云：高祖號神堯。太宗受内禪，故以虞舜方之。

〔八〕《列子》：穆王升崑崙之丘，遂賓於西王母，觴於瑤池之上。程燧曰：明皇遊宴，皆貴妃從幸，故諷之。

詩本用四句領勢，次段言登塔所見，後段言登塔所感也。然亂源已兆，憂患填胸，觸境即動。祇一憑眺間，覺山河無恙，塵昏滿目。於是追想國初政治之隆，預憂日後荒淫之禍，而有高舉遠患之思焉。顧此詩之作，猶在昇平京闕間也。恐所云「秦山破碎」、「不辨皇州」，及「虞舜」「雲愁」、「瑤池」「日晏」等語，比於無病而呻。故起處先着「曠士」、「百憂」二語，憑空提破懷抱，以伏寓慨之根。此則匠心獨苦者也。○「仰穿」二句，刻劃登塔。「七星」二句，形其高。「羲和」二句，見時序。○説是詩者，三山謂譏切時事；邵長蘅非之，謂祇是登高警語；愚則以爲憂危所迫也。譏切則輕薄，憂危則忠厚。毫芒之辨，心術天淵矣。若泛作登高寫景，則語意又太涉荒淼。楚既失之，齊亦未爲得也。

送高三十五書記十五韻〔一〕

崆峒小麥熟〔二〕，且願休王師。請公問主將〔三〕，安用窮荒爲！饑鷹未飽肉，側翅隨人飛。高生跨鞍馬，有似幽并兒〔四〕。脱身簿尉中，始與箠楚辭〔五〕。借問今何官，觸熱向武威〔六〕？答云一書記，所愧國士知。人實不易知，更須慎其儀。十年出幕府，自可持旌麾。此行既特達，足以慰所思一云亦足慰遠思。男兒功名遂，亦在老大時。常恨結歡淺，各在天一涯。又如參與商〔七〕，慘慘中腸悲。驚風吹一作飄鴻鵠，不得相追隨。黄塵翳沙漠，念子何當歸。邊城有餘力，早寄從軍詩。

〔一〕《舊書》：高適，字達夫，渤海人。解褐封丘尉。去遊河右，河西節度使哥舒翰表爲左驍衛兵曹，充翰府掌書記。按：公時在京師，高或當受辟之時，正值解職來京耶？

〔二〕黄希云：山名崆峒者三：一在臨洮，一在安定，一在汝州。此指臨洮。

〔三〕指哥舒。

〔四〕梁簡文帝詩：家本幽并兒。師氏曰：其俗習騎射也。

〔五〕尉有刑人之責，今去封丘也。

〔六〕《舊書》：涼州屬河西道，天寶元年，改武威郡。

〔七〕《左傳》：辰爲商星，參爲晉星。

送高入哥舒幕也。送幕客而帶及主將，入手得體。且設爲商攉之詞，以諷窮兵之失，其味油然而長。「饑鷹」以下，入高書記。哀其志，叙其行，戒其慎周旋，祝其大建樹，凡四層。末段十句，見送之之情。結云「餘力」「寄書」，既欲得其遠耗，又欲悉其職業也。通首看來，時事憂危之情，朋友規切之誼，臨岐頌禱、贈處執别之忱，藹然具見於此詩。

渼陂西南臺〔一〕

高臺面蒼陂，六月風日冷。蒹葭離披去，天水相與永。懷新目似擊，接要心已領。仿像識鮫人〔二〕，空濛辨魚艇。錯磨終南翠〔三〕，顛倒白閣影〔四〕。崷崒增光輝，乘陵惜俄頃〔五〕。勞生愧嚴鄭〔六〕，外物慕張邴〔七〕。世復輕驊騮，吾甘雜鼃黽〔八〕。知歸俗可忽一作所忌〔九〕，取適一作足事莫並。身退豈待官，老來苦便静〔一〇〕。况資菱芡足，庶結茅茨迥。從此具扁舟，彌年逐清景。

〔一〕當與《渼陂行》連看，見二之一。

〔二〕《海賦》：仿像其色。《搜神記》：南海有鮫人，水居如魚，不廢績紡。

〔三〕束晳《補亡詩》：如磨如錯。按：終南，長安山名。

〔四〕《通志》：紫閣、白閣、黄閣三峰，俱在圭峰。

〔五〕《風賦》：乘陵高城，入於深宫。

〔六〕《漢書》：谷口有鄭子真，蜀有嚴君平，皆修身自保。

〔七〕謝靈運詩：偶與張邴合。注：張謂張良，邴謂邴漢及曼容。

〔八〕《國語》：鼃黽之與同渚。《説文》：鼃即蛙，黽即青蛙也。

〔九〕《王儉集序》：盈量知歸。

〔一〇〕靈運詩：還得静者便。

前與岑參爲泛陂之遊，作《渼陂行》。此則登臺所成也。前半景，後半情。斂馳驟爲整飭，似選體詩。○起四句，洒然意開。「錯磨」、「顛倒」，即《渼陂行》所云「半陂以南純浸山，動影裊窕沖融間」也。「惜俄頃」者，俄頃登臨，便有戀而不舍之意，語已拖下。以上寫臺景，純寫望陂之景，臺之勝在陂也。「外物」，欲自外於物。「知歸」、「取適」，言能知歸隱，薄俗便可忽忘；自取適情，萬事誰堪比並。時必參列選序，尚未授官，故有「身退」二句。「苦便」猶云苦愛，與「豈待」

對，言深便此寂静之境也。舊解俱失。詩本臺上所咏，末云「資茨」、「結茅」，「扁舟」、「逐景」，妙能帶定渼陂。

九日寄岑參〔一〕

出門復入門，雨脚但如舊。所向泥活活，思君令人瘦。沉吟坐西一作秋軒，飲食錯昏晝。寸步曲江頭〔二〕，難爲一相就。吁嗟乎舊作呼蒼生，稼穡不可救。安得誅雲師〔三〕，疇能補天漏〔四〕。大明韜日月，曠野號禽獸。君子强逶迤，小人困馳驟。維南有崇山，恐一作漭與川浸溜。是節一作時東籬菊，紛披爲誰秀？岑生多新詩，性亦嗜醇酎直又反。采采黄金花，何由滿衣袖。

〔一〕與《秋雨歎》參看，見二之一。

〔二〕曲江在杜陵西北。

〔三〕《廣雅》：雲師謂之豐隆。

〔四〕《梁益記》：雅州有大小漏天。

《通鑑》：天寶十三載秋八月，淫雨傷稼。國忠取禾之善者獻之。高力士侍側。上曰：「淫雨不已，卿可盡言。」對曰：「自陛下以權假宰相，陰陽失度，臣何敢言？」詩正其時作。寄岑非祇寄懷，實寄憂也。以兩頭之憶岑，隱中間之含諷。大臣蒙蔽，上掩聰明，而悍帥將恣横焉。皆寓於「安得誅雲師」數語中。意本仇氏。

苦雨奉寄隴西公兼呈王徵士〔一〕

今秋乃淫雨，仲月來寒風。群木水光下，萬家雲氣中。所思礙行潦，九里信不通。悄悄素滻路〔二〕，迢迢天漢東〔三〕。願騰六尺馬一作駒，背若孤征鴻。劃見公一作君子面，超然歡笑同。奮飛既胡越，局促傷樊籠。一飯四五起，憑軒心力窮。嘉蔬没溷濁，時菊碎榛叢。鷹隼亦屈猛，烏鳶何所蒙。式瞻北鄰居，取適南巷翁。挂席釣川漲，焉知清興終。

〔一〕原注：隴西公即漢中王瑀。徵士，瑯琊王徹。○《舊書》：瑀，讓皇帝子。十五載從幸蜀，因封漢中王。

〔二〕《長安志》：滻水在萬年縣，流入渭。

〔三〕《三輔黄圖》：渭水貫都，以象天漢。

四句起，四句結，中間一大段。寄岑則寓諷時局，寄隴西則起處微露，以其爲親王也，有觸忌之恐乎！中段，詳相憶阻雨之意。末及王徵士。徵士必與隴西爲南北近鄰，北居即指隴西，南翁當指徵士。遥想兩人不時還往，以形己之岑寂也。注家混甚。

示從孫濟〔一〕

平明跨驢出，未知適誰門。權門多噂沓，且復尋諸孫。諸孫貧無事，宅一作客舍如荒村。堂前自生竹，堂後自生萱。萱草秋已死，竹枝霜不蕃。淘米少汲水，汲多井水渾。刈葵莫放手〔二〕，放手傷葵根。阿翁懶惰久，覺兒行步奔。所來爲宗族，亦不爲盤飧。小人利口實一云實利口，薄俗難具論。勿受外嫌猜，同姓古所敦。

〔一〕朱注：濟字應物。

〔二〕後漢《永平詔》：殘吏放手。

濟或年少孤孑，由讒言搆釁。而猜嫌族屬，故諄諄告之如此。起四句，迤邐而來，即以「權門噂沓」做個影子。中十句，既憫之，復戒之，皆所以發動其天良也。後八句，説透本旨，娓娓惻惻，確是一篇宗老訓誡之文。○中入比體，似歌似謡，只是家常話，直入兩漢風格矣。

夜聽許十一誦詩愛而有作

許生五臺賓〔一〕，業白出石壁〔二〕。余亦師粲可〔三〕，身猶縛禪寂〔四〕。何階子方便，謬引爲匹敵。離索晚相逢，包蒙欣有擊〔五〕。誦詩渾遊衍，四座皆辟易。應手看捶鈎〔六〕，清心聽鳴鏑〔七〕。精微穿溟涬〔八〕，飛動摧霹靂。陶謝不枝梧〔九〕，風騷共推激。紫鷰舊作鸞自超詣〔一〇〕，翠駮同駁誰翦剔〔一一〕。君意人莫知，人間夜寥闃。

〔一〕《水經注》：五臺山，五巒巍然，其北臺即文殊師利常鎮毒龍之所。

〔二〕《翻譯名義集》：五戒、十善、四禪、四定，此屬於善，名爲白業。

〔三〕《唐書》：達摩傳慧可，慧可嘗斷臂求法。慧可傳粲。

〔四〕《維摩經》：一心禪寂，攝諸亂意。

〔五〕《蒙》：九三包蒙，上九擊蒙。

〔六〕《莊子》：大馬之捶鈎者，年八十矣，而不失豪芒。

〔七〕《史記注》：髐箭也。按：今俗名響箭。

〔八〕《帝系譜》：天地初起，溟涬濛鴻。

〔九〕淵明、靈運。

〔一〇〕《昭陵六馬贊》：紫鷰超躍。

〔一一〕《子虛賦》：楚王乃駕馴駮之駟。

鶴云：許十一，當是居五臺學佛者。愚按公亦妙解禪理，故前段因以發端。而「何階」四句，即借邂逅談禪，陪起中幅「誦詩」，要非正文也。中段正寫聽詩而末以知音自許作結。○「應手」二句，誦者聽者身段神情俱見。「精微」四句，詩之超詣處也。「紫鸞」二句，語氣轉側。言許詩自妙，而抉剔其妙者少也。結用反跌法。「夜寥闃」句，意境廓然，恰好借點「夜」字。

戲簡鄭廣文虔兼呈蘇司業源明

廣文到官舍，繫馬堂階下。醉即一作則騎馬歸，頗遭官長駡。才名三一作四十年，坐客寒無氈。賴有蘇司業，時時乞酒錢乞讀作氣〔一〕。

〔一〕《廣韻》：與人也。

兩人狂態俠態如生。○開宋調。

夏日李公一云李家令見訪〔一〕

遠林暑氣薄，公子過我遊。貧居類村塢，僻近城南樓。傍舍頗淳樸，所須亦易求。隔屋喚西家，借問有酒不？牆頭過濁醪，展席俯長流。清風左右至，客意已驚秋。巢多衆鳥喧一作鬭，葉密鳴蟬稠。苦遭此物聒，孰謂吾廬幽？水花晚色静一作净〔二〕，庶足充淹留。預恐樽中盡，更起爲君謀。

〔一〕鶴注：考《宗室表》，蔡王房炎爲太子家令。

〔二〕《古今注》：芙蓉花名荷花，一名水花。

詩似擬陶，非杜老本色。當時此種，惟王右丞、儲太祝輩擅長。

後出塞五首〔一〕

男兒生世間，及壯當封侯。戰伐有功業，焉能守舊丘？召募赴薊門〔二〕，軍動不可留。千金裝馬鞍一作鞭，百金裝刀頭。閭里送我行，親戚擁道周。斑白居上列，酒酣進庶羞。少年別有贈，含笑看吴鈎〔三〕。

〔一〕安禄山以邊功市寵，數侵掠奚、契丹，徵兵東都，重賞要士。朝廷狥之，志益驕而反遂决矣。故作是詩以諷。當在禄山將叛之時。諸本或編叛後，或編秦州，大謬。○樂府體。

〔二〕《一統志》：古薊門關，在今順天府薊州。

〔三〕《吴越春秋》：闔閭命作金鈎，有人殺其二子以釁，獻之。王曰：「何以異乎？」鈎師呼二子名：「吴鴻、扈稽，我在此。」聲絶於口，兩鈎俱飛着父之胸。吴王大驚。

五詩如《前出塞》，逐層下。但交河之役，其情苦，故叙別家在路特詳。薊門之役，其氣豪，故叙跋涉行程較略。又河隴之開邊，其禍猶緩，故紆徐入後，以遏人主喜功之心。漁陽之促叛，其禍已迫，故懇切具陳，以明即日凶鋒之熾。憂愈急，詞愈危，有祖伊奔告之苦衷焉。○首章，便作高興語，往從驕帥者，賞易邀，功易就也。起四句，作冒頭。「召募」四句，點事生色。「閭里」至末，以旁筆襯行色。就中又分出老少兩層，加意挑剔。結語肉飛眉舞，恰與「及壯封侯」對照。○「赴薊門」，點眼。

朝進東門營〔一〕，暮上河陽橋〔二〕。落日照大旗，馬鳴風蕭蕭。平沙列萬幕，部伍各見招。中天懸明月，令嚴夜寂寥。悲笳數聲動，壯士慘不驕。借問大將誰？恐是霍嫖姚〔三〕。

〔一〕《寰宇記》：上東門，洛陽東面門也。

〔二〕《通典》：河陽縣，古孟津，亦曰富平津。跨河有浮橋，杜預所建。

〔三〕《史記》：霍去病爲剽姚校尉。《漢書》：去病從大將軍出塞。

二章，寫軍容也，又點清徵兵之地。前後各章，俱極有興，不可無此約束。「進營」，始就伍也。「上橋」，初登程也。「落日」將暮，則須列幕安營。初從軍者紀律未嫻，故部伍須「招」。此時尚覺囂擾，入夜則寂無聲矣。「悲笳」，静營之號也。「大將」，指召募統軍之將，故以「嫖姚」比之。蓋去病嘗從大將軍衛青出塞者。注家即指禄山，非。時尚未到也。○須看層次精密，又須看夾景夾叙，有聲有彩。

古人重守邊，今人重高勳。豈知英雄主，出師亘長雲。六合已一家，四夷且孤軍。遂使貔虎士，奮身勇所聞。拔劍擊大荒，日收胡馬群。誓開玄冥北〔一〕，持以奉吾君。

〔一〕《淮南子》：北方，水也。其帝顓頊，其佐玄冥。

三章，寫到擊敵之事，純用虛機，而含諷之旨，即從此露出。其章法更屈曲出奇。以「重守」剔「重勳」，主意提破矣。「英主」「出師」，本是直接。却下「豈知」二字，便無顯斥之痕。「亘長雲」下，宜接「遂使」句矣，却用「六合」兩句，横鯁在中，又隱然見此舉之多事。且「孤軍」下，似宜用「重高勳」意作一轉落，却又直接「遂使」一句，此中又有無限含蓄。以少陵之才，豈難作條暢文字，而斷續如此。其吞吐妙用，但可與會心人道。後作敵凱語，君實導之也。妙以「奉吾君」三字逗出，妙又不露。

獻凱日繼踵，兩蕃静無虞〔一〕。漁陽豪俠地〔二〕，擊鼓吹笙竽。雲帆轉遼海，粳稻來東吳〔三〕。越羅與楚練，照耀輿臺軀〔四〕。主將位益崇，氣驕凌上都〔五〕。邊人不敢議，議者死路衢〔六〕。

〔一〕朱注：《舊書》：奚與契丹兩國，遞爲表裏，號曰兩蕃。《新書・禄山傳》：天寶四載，奚、契丹叛。

八月，禄山紿諸酋，大置酒毒焉。悉斬其首，獻馘闕下。《通鑑》：十三載，禄山奏擊破奚、契丹，擄其王。十四載，奏破奚、契丹。

〔二〕《漢·地理志》：漁陽郡屬幽州。

〔三〕朱注：隋、唐時於揚州置倉，以備海運。禄山鎮范陽，江淮輓輸，千里不絕。

〔四〕《左傳》：士臣皂，皂臣輿，輿臣隸，隸臣僚，僚臣僕，僕臣臺。《唐書》：十三載，禄山奏請立功將士告身。於是超授將軍五百餘人，中郎將三千餘人。

〔五〕《唐書》：七載，禄山賜鐵券，封柳城郡公。九載，進爵東平郡王。《禄山事蹟》：禄山自歸范陽，逆節漸露，無復臣禮。

〔六〕《禄山事蹟》：或言禄山反，帝必縛送之。道路相目，無敢言者。

四章，説到冒功濫恩，隨手逗出驕凌之勢，殷憂已見於此。朝廷曲意奉之，形容盡態。彼之倖，正我之愚也。結語尤妙。本是當時實事，而作者却以所言太露，借此縮住。觀下章假詞於逃軍，知此處不得縱筆矣。

我本良家子，出師亦多門。將驕益愁思，身貴不足論。躍馬二十年，恐孤一作辜明主恩。坐見幽州騎〔一〕，長驅河洛昏〔二〕。中夜間道歸，故里但空村。惡名倖脱免，窮老無兒孫。

〔一〕仇注：唐范陽屬幽州。

〔二〕河洛即東都之地。自幽州抵長安，必先河洛。

卒章如何着筆？文勢至此，不得不説破禄山即反矣。然前章云「議者死路衢」，作者獨不畏之乎？且文章家亦無一口直喊之理也。公妙在託詞以達之。曰「良家子」，素知禮義者也。曰「亦多門」，習見主軍心事者也。習見心事，故「益愁」。素知禮義，故不慕非義之貴。「恐孤恩」，申「不足論」。「騎長驅」，申「益愁思」。「坐見」猶言行見、立見，其期已迫也。後四句，蓋以見此語出之逃軍之口，述而誌之云爾。曰「窮老無兒孫」者，見雖爲犯諱之言，死亦無所顧惜也。作者實實説出，實實不曾説出。是爲空裏騰身妙訣。所謂言之者無罪，聞之者足以戒也。惜乎解者千年夢夢。○總看五詩，文勢一步緊一步，局勢一着危一着。○仇氏惑於錢箋「幽州騎」之注，引《禄山事蹟》「十四載十一月，馬步十萬鼓行而西」等語，遂謂此詩是舉兵犯順後作。試思反叛既起，鼙鼓動地，搶攘極矣，雖復悔及養癰，亦已事殊曲突，尚何須從容追論如前四章耶？且至此何嫌直陳禍亂，而必託一逃軍口語以爲隱諷耶？況募兵之人已反矣，更何須代從軍者作出塞詩也。又錢、朱、盧諸本皆以此詩編秦州詩内。盧元昌以爲追諷玄宗寵任禄山，此尤可恨。公詩自玄宗失國後，但有哀痛語、感激語，並無一語涉刺譏者。此風人忠厚之遺也。況公在秦州，係乾元二年。是時肅宗方惑於良娣，不朝南内，父子已成隙矣。公反追述上皇喪敗之由，益啓時君懟親之罪，果何心歟？又有名士評此詩，執五章「躍馬二十年」句，以二十年前燕將係張守珪，遂謂前三章詩不指禄山。此無論前事無關，公不必寄諸咏歎，即使五詩兩橛，有是體否？彼直認「良家子」爲實有是人耳，不知此特賦家所謂東都賓、西都主人，皆託言也。則是「二十年」者，亦泛言黷武之久也，何膠柱若是？説杜紛紛，徒增霾霧，冤哉！

奉同郭給事湯東靈湫作〔一〕

東山氣濛鴻〔二〕，宫殿居上頭〔三〕。君來必十月，樹羽臨九州。陰火煮玉泉，噴薄漲巖幽。有時浴赤日，光抱空中樓。閬風入轍跡〔四〕，曠原延冥搜〔五〕。沸一作拂天萬乘動，觀水百丈湫。幽靈斯一作新可怪，王命官屬休。初聞龍用壯〔六〕，擘石摧林丘。中夜窟宅改，移因風雨秋。倒懸瑶池影，屈注滄一作蒼江流。味如甘露漿，揮弄滑且柔。翠旗澹偃蹇〔七〕，雲車紛少留。簫鼓蕩四溟，異香泱漭浮。鮫人獻微綃〔八〕，曾祝沉豪牛〔九〕。百祥奔盛明，古先莫能儔。坡陀金蝦蟆〔一〇〕，出見蓋有由。至尊顧之笑，王母不肯一作遣收〔一一〕。復歸虚無底，化作黄長虬同虯〔一二〕。飄飄青瑣郎〔一三〕，文采珊瑚鈎。浩歌渌水曲〔一四〕，清絶聽者愁。

〔一〕湯，驪山湯泉也。靈湫當由異物破山而成。在泉之東，相去當不遠。朱注：公往奉先時作。

〔二〕《述征記》：長安東則驪山。

〔三〕《唐書》：驪山宫，天寶十載，改曰華清宫。

〔四〕《十洲記》：崑崙三角，其一角曰「閬風巔」。

〔五〕《穆天子傳》：自西王母之邦，北至於曠原之野。

〔六〕《易》：小人用壯。

〔七〕《七發》：翠旗偃蹇。

〔八〕《述異記》：鮫人，即泉先也。南海出鮫綃紗，泉先潛織。

〔九〕《穆天子傳》：天子大朝於燕然之山，奉璧南面，曾祝佐之。祝沉牛馬豕羊。

〔一〇〕《埤雅》：一名蟾蜍，或作詹諸。

〔一一〕錢箋：唐人多以王母比貴妃。

〔一二〕《玉篇》：虯，無角龍也。

〔一三〕《漢舊儀》：給事黄門侍郎，每日暮，向青瑣門拜，謂之夕郎。

〔一四〕朱注：《淥水》，古曲名。

明皇每與妃子行幸湯泉，因而駐蹕靈湫，褻舉祀禮，詩乃紀其事以爲諷也。浴湯泉是陪筆，幸靈湫是正文。起八句，揭過浴泉事。「濛鴻」，淫氣也。「宮殿」，荒制也。「必十月」，頻也。「臨九州」，誇也。「陰火」二句，刻劃湯泉。「有時」二句，比擬褻浴。此下引入幸靈湫。「閬風」、「曠原」，借喻深切。「斯可怪」，一挑。「官屬休」，一頓。「初聞」以下，詳叙靈湫之由及臨觀親祀之事。「龍用壯」而曰「聞」，是與否未可知之詞也。自「擘石」移窟之後，其地遂有湫，其水可比瑶池等，此志湫之來歷也。「翠旗」至「莫能儔」，述臨祀之致異也。按錢箋：《長安志》：湯泉在陰盤故城東門外。貞觀中，乘輿自東門入。水暴漲，見物狀如猪，當上門卧。命有司致祭，其物起向北。開元八年，乘輿自南入。黑風從東北起，倏忽滿城，從官相失。時學士王翰作詞曰：「龍躍湯泉雲漸回，龍飛香殿氣還來。」又按《禄山事蹟》：帝宴禄山，禄山醉卧，化爲猪而龍頭。帝曰：「渠猪龍耳，無能爲也。」據此，則湫中之物，信爲禄山之應矣。明皇毫不知警。漫逞嬉遊，可歎也！故下文又幻出「蝦蟆」「化虯」一段以深惕之。考「金蝦蟆」乃月中蝕月之物。月，貴妃象也。禄山通宵禁中，宮闈濁亂，帝以寵貴妃故不問，「蝦蟆」亦舉其類歟？又《通鑑》：國忠言：「禄山必反，陛下試召之，必不來。」禄山聞命即至，上益親信之。續遣歸范陽。禄山驚喜，疾驅出關。明年遂反。今詩曰「至尊顧笑」、「王母不收」，意舉朝議收之，妃陰勸上縱遣之歟？噫！詞旨微矣。末帶和郭意。《渌水曲》，不必專指郭詩。總言兩人和歌靈湫，有無限深愁在。〇公有《天狗賦》，以類附録。

天狗賦 并序

天寶中，上冬幸華清宮。甫因至獸坊，怪天狗院列在諸獸院之上。胡人云：此其獸猛健，無與比者。甫壯而賦之，尚恨其與凡獸相近。

瀺華清之莘莘漠漠，而山殿戌削。縹焉天風，崛乎回薄。上揚雲旓兮，下列猛獸。夫何天狗嶙峋兮，氣獨神秀。色似狻猊，小如猿狖。忽不樂，雖萬夫不敢前兮，非胡人焉知其去就！向若鐵柱欹而金鎖斷兮，事未可救。瞥流沙而歸月窟兮，斯豈踰晝。日食君之鮮肥兮，性剛簡而清瘦。敏於一擲，威解兩鬬。終無自私，必不虛透。嘗觀乎副君暇豫，奉命于畋。則蚩尤之倫，已脚渭戟涇，提挈丘陵，與南山周旋。而慢圍者戮，實禽有所穿。伊鷹隼之不制兮，呵犬豹以相蹥。蹙乾坤之翕習兮，望麋鹿而飄然。由是天狗捷來，發自於左。頓六軍之蒼黄兮，劈萬馬以超過。材官未及唱，野虞未及和。冏髐矢與流星兮，圍要害而俱破。洎千蹄之迸集兮，始拗怒以相賀。真雄姿之自異兮，已歷塊而高卧。不愛力以許人兮，能絶甘以爲大。既而群有噉咋，勢争割據。垂小亡而大傷兮，翻投跡以來預。劃雷殷而有聲兮，紛膽破而何遽。似爪牙之便禿兮，無魂魄以自助。各弭耳低回，閉目而去。每歲，天子騎白日，御東山。百獸蹴蹌以皆從兮，肆猛仡銛鋭乎其間。夫靈物固不合多兮，胡役役隨此輩而往還。惟昔西域之遠致兮，聖人爲之豁迎風，虛露寒，體蒼虬，軋金盤。初一顧而雄才稱是兮，召群公與之俱觀。宜其立閶闔而吼紫微兮，却妖孽而不得上干。時駐君之玉輦兮，近奉君之渥歡。使臭處而誰何兮，備周垣而辛酸。彼用事之意然兮，匪至尊之賞闌。仰千門之崚嶒兮，覺行路之艱難。懼精爽之衰落兮，驚歲月之忽殫。顧同儕之甚少兮，混非類以摧殘。偶快意於校獵兮，尤見疑於蹻捷。此乃獨步受之於天兮，孰知群材之所不接。且置身之暴露兮，遭縱觀之稠叠。俗眼空多，生涯未愜。吾君儻憶耳尖之有長毛兮，寧久被斯人終日馴狎已！

自京赴奉先咏懷五百字〔一〕

杜陵有布衣〔二〕，老大意轉拙。許身一何愚，竊比稷與契。居然成濩落，白首甘契闊。蓋棺事則已，此志常覬豁。窮年憂黎元，歎息腸内熱。取笑同學翁，浩歌彌激烈。非無江海志，蕭灑送日月。生逢堯舜君，不忍便永訣。當今廊廟具，構厦豈云缺！葵藿傾太陽，物性固難一作莫奪。顧惟螻蟻輩，但自求其穴。胡爲慕大鯨，輒擬偃溟渤。以兹悟生理，獨恥事干謁。兀兀遂至今，忍爲塵埃没。終愧巢與由，未能易其節。沈飲聊自遣，放歌破一作頗愁絶。歲暮百草零，疾風高岡裂。天衢陰崢嶸，客子中夜發。霜嚴衣帶斷，指直不得一作能結。凌晨過驪山〔三〕，御榻在嵽徒結切嵲〔四〕。蚩尤塞寒空〔五〕，蹴踏崖谷滑。瑶池氣鬱律〔六〕，羽林相摩戛〔七〕。君臣留歡娱，樂動殷膠葛〔八〕。賜浴皆長纓〔九〕，與宴非短褐。彤庭所分帛，本自寒女出。鞭撻一作箠其夫家，聚斂貢城闕。聖人筐篚恩，實願一作欲邦國活。臣如忽至理，君豈棄此物？多士盈朝廷，仁者宜戰慄。况聞内金盤，盡在衛霍室〔一〇〕。中堂有神仙，煙霧蒙玉質〔一一〕。暖客貂鼠裘，悲管逐清瑟。勸客駝蹄羹，霜橙壓香橘。朱門酒肉臭，路有凍死骨！榮枯咫尺異，惆悵難再述。北轅就涇渭，官渡又改轍〔一二〕。群冰一作水從西下，極目高崒兀。疑是崆峒來，恐觸天柱折〔一三〕。河梁幸未拆，枝撐聲窸窣。行李相攀援，川廣不可越。老妻寄異縣〔一四〕，十口隔風雪。誰能久不顧，庶往共飢渴。入門聞號咷，幼子餓已卒當作殁！吾寧捨一哀，里巷亦嗚咽。所愧爲人父，無食致夭折。豈知秋禾登，貧寠有倉卒。生常免租税，名不隸征伐。撫跡猶酸辛，平人固騷屑。默思失業徒，因念遠戍卒。憂端齊終南，澒胡孔切洞不可掇〔一五〕。

〔一〕《長安志》：蒲城縣，開元四年，建睿宗橋陵，改爲奉先縣。朱注：《舊書》：天寶十四載冬十月，上幸華清宫。十一月，禄山反。公赴奉先時，玄宗正在華清宫。

〔二〕長安諸陵，皆漢帝后所葬處。《杜臆》：長安城東有霸陵。霸南五里即杜陵。其東南十餘里，有陵差小，謂之少陵。東即杜曲。西即子美舊宅。

〔三〕即華清宫處。

〔四〕《雍録》：温泉在驪山，玄宗即山建立百司。十月往，至歲盡乃還宫。又緣楊妃之故，奢蕩益著。宫包驪山，牆周其外，下有夾城通禁中。

〔五〕《甘泉賦》：蚩尤之倫，帶干將，秉玉戚。

〔六〕《江賦》：時鬱律其如煙。

〔七〕《唐·兵志》：高宗置左右羽林軍，朝會以衛階陛，行幸則夾馳道。

〔八〕《上林賦》注：廣大貌。

〔九〕《明皇雜録》：置長湯數十，賜從臣。《津陽門詩注》：除供奉兩湯外，更有湯十六所。長湯每賜諸嬪。

〔一〇〕朱注：衛、霍皆漢内戚，比楊國忠。

〔一一〕朱注：指貴妃諸姨。

〔一二〕過驪山，向北往奉先。

〔一三〕《水經注》：《神異經》曰：「崑崙有銅柱焉，其高入天。」

〔一四〕魯曰：公在率府，其家先在奉先。

〔一五〕魏武樂府：明明如月，何時可掇？憂從中來，不可斷絶。

是爲集中開頭大文章，老杜平生大本領。須用一片大魄力讀去，斷不宜如朱、仇諸本，瑣瑣分裂。通篇只是三大段。首明賫志去國之情，中慨君臣耽樂之失，末述到家哀苦之感。而起手用「許身」「比稷、契」二句總領，如金之聲也。結尾用「憂端齊終南」二句總收，如玉之振也。其「稷契」之心，「憂端」之切，在於國奢民困。而民惟邦本，尤其所深危而極慮者。故首言去國也，則曰「窮年憂黎元」。中慨耽樂也，則曰「本自寒女出」。末述到家也，則曰「默思失業徒」。一篇之中，三致意焉。然則其所謂比「稷、契」者，果非虚語。而結「憂端」者，終無已時矣。○首大段，在未出京前，直從《孟子》去齊，宿晝等篇脱出。此「稷、契」之素志，「憂端」之在夙昔者。「意轉拙」三字，全局函蓋。「居然」四句，又爲本段提筆。「憂黎元」，爲本段主筆。「非無」四句，欲高蹈而不忍也。「當今」四句，戀君恩之至性也。「顧惟」四句，揣分引退之詞。「以兹」四句，浩然歸隱之概。「終愧」四句，雖秉藏身之節，仍懷不舍之志也。自「非無」至此，一氣讀下，乃見曲折。注家以「螻蟻輩」指居廟廊者，大乖口吻。中大段是中途所觸，直從《孟子》雪宫、明堂等篇翻出。此「稷、契」之忠悃，「憂端」之在目擊者。「歲暮」四句，提起出京景事，筆力聳拔。「霜嚴」二句，上承「中夜」，下起「凌晨」，而「過驪山」，乃本段感事之根。「蚩尤」四句，狀旌旗衛士之盛。「君臣」四句，爲本段主筆。以下皆分應「長纓」「與宴」也。「彤庭」四句，推「筐篚」之由來，以見不堪暴殄也。「聖人」四句，言厚賜諸臣，望其活國。如共佚豫，便同棄擲矣。此以責臣者諷君也。「多士」二句，束上「分帛」，渡下「賜宴」。「衛霍」、「神仙」，就「賜宴」上借點諸楊。「暖客」四句，隔聯對法，統言與宴諸人。「朱門」四句，以窮民相形，動人主之惻隱也。而「榮枯」「咫尺」，亦正與己相對，又暗挑下段矣。以上「分帛」、「賜宴」二條，意平而局側，文家化板法也。末大段，叙至家時事。正言赴奉先之故。戀國而不顧家者，非情也。此雖一己之「憂端」，而後文復轉到民窮上，仍然稷契之存心也。「北轅」二句，提清過驪山後赴奉先之路。「群冰」八句，點綴行役景色，自不可少。「老妻」四句，在途内顧之思。「入門」四句，到家所值惡趣。「所愧」四句，借子死跌落家貧，乃本段主筆。「生常」四句，就身貧引動結意。言免租免役之平人，猶不免如此之苦。下文「失業徒」，乃不免租税者。「遠戍卒」，乃常隸征伐者。此正與前幅「黎元」、「寒女」等意一串。在本段爲帶筆，在全篇却是主筆也。時禄山反信即至矣，篇中不及之，蓋此詩乃自述生平致君澤民之本懷，意各有主也。

晦日尋崔戢李封〔一〕

朝光入甕牖，尸一作晏寢驚敝裘。起行視天宇，春氣漸和柔。興來一作乘興不暇懶，今晨梳我頭。出門無所待，徒步覺自由。杖藜復恣意，免值公與侯。晚定崔李交，會心真罕儔。每過得酒傾，二宅可淹留。喜結仁里歡，況因令節求。李生園欲荒，舊竹頗修修。引客看掃除，隨時成獻酬。崔侯初筵色，已畏空樽愁。未知天下士，至一作志性有此不？草芽既青出，蜂聲亦暖遊。思見農器陳，何當甲兵休。上古葛天民，不貽黃屋一作綺憂。至今阮籍等，熟醉爲身謀〔二〕。威鳳自高一作高其翔，長鯨吞九州。地軸爲之翻，百川皆亂流。當歌欲一放，淚下恐莫收。濁醪有妙理，庶用慰沈浮。

〔一〕鶴注：唐以正月晦日爲令節。○依《杜詩闡》編十五載。是年正月，禄山遣其將寇潼關。

〔二〕《阮籍傳》：魏晉之際，天下多故，名士少有全者。籍由是不與世事，遂酣飲爲常。

來時甚閒適，入後多煩憂。公欲以酒慰，轉以酒觸矣。○層次叙起，到點落「崔李」「會心」處一頓，接下合提「得酒」，復分表兩君，作一段。「草芽」以下，撫時感事，假「濁醪」以爲任運之助。而紆迴繾綣，憂正長也。「威鳳高翔」，喻言治運既遠，亦隱寓己與崔、李輩不得事權意。

送率府程録事還鄉〔一〕

鄙夫行衰謝，抱病昏忘一作妄集。常時往還人，記一不識十。程侯晚相遇，與語才傑立。薫然耳目開，頗覺聰明入。千載得鮑叔，末契有所及。意鍾老柏青，義動修蛇蟄。若人可數見，慰我垂白泣。告别無淹晷，百憂復相襲。内愧突不黔，庶羞以賙給。素絲挈長魚，碧酒隨玉粒。途窮見交態，世梗悲路澀。東風吹春冰，泱漭后土濕。念君惜羽翮，既飽更思戢。莫作翻雲鶻，聞呼向禽急。

〔一〕原注：程攜酒饌相就取别。

首段以相遇數見，翻起取别來。「内愧」八句，叙攜酒取别情事。末四句，臨行囑咐之詞，處亂世宜佩斯言。杜老艱苦備嘗，故爲良友持贈。

白水崔少府十九翁高齋三十韻〔一〕

客從南縣來〔二〕，浩蕩無與適。旅食白日長，况當朱炎赫。高齋坐林杪，信宿游衍閴。清晨陪躋攀，傲睨俯峭壁。崇岡相枕帶，曠野迴一作廻咫尺。始知賢主人，贈此遣愁寂。危階根青冥，曾冰生淅瀝。上有無心雲，下有欲落石。泉聲聞復息，動静隨所激。鳥呼藏其身，有似懼彈射。吏隱適情性，兹焉其窟宅。白水見舅氏，諸翁乃仙伯〔三〕。杖藜長松下，作尉窮谷僻。爲我炊雕胡〔四〕，逍遥展良覿。坐久風頗怒一作愁，晚來山更碧。相對十丈蛟，欻翻盤渦坼。何得空裏雷，殷殷尋地脉。煙氛靄崷崒，魍魎森慘戚。崑崙崆峒巔，回首如不隔。前軒頽一作摧反照，巉絶華嶽赤。兵氣漲林巒，川光雜鋒鏑。知是相公軍，鐵馬雲一作煙霧積〔五〕。玉觴淡無味，胡羯豈强敵。長歌激屋梁，淚下流衽席。人生半哀樂，天地有順逆。慨彼萬國夫，休明備征狄一作敵。猛將紛塡委，廟謀蓄長策。東郊何時開〔六〕，帶甲且未釋。欲告清宴罷，難拒幽明迫〔七〕。三歎酒食傍，何由似平昔！

〔一〕鶴注：十五載夏，公自奉先來依舅氏崔十九。

〔二〕纂《寰宇記》：後魏分白水縣，置南白水縣。南縣後改蒲城，蒲城即奉先舊名。

〔三〕仇注：崔翁作尉，諸舅在焉。

〔四〕《風賦》：主人之女，爲臣炊雕胡之飯。

〔五〕《唐書》：禄山反，以哥舒翰爲太子先鋒兵馬元帥。明年正月，進位尚書左僕射。朱注：時翰統兵二十萬守潼關。潼關屬華州，與白水近，故見兵氣之盛如此。按：白水去潼關且四百里，安得云近？亦遥相虚摹之詞耳。

〔六〕《書序》：淮夷徐戎並興，東郊不開。

〔七〕幽明即晦明。

祇是相依舅氏高齋清宴之詩耳，中有無窮比例，無數波瀾，遂令人莫窮其涯際。粗分之，凡四段：首從來踪説到贈齋爲寓，虚合崔翁。次從齋景説到設飧相待，明點崔翁。又次從「坐久」境遷，寫出感發深情。末則就情悲徹宴，反顧崔翁見款。此其大略也。細繹之，憂危之切慮，避亂之孤踪，兵形勝負之機，世運循環之望，并集於客齋朋宴之餘。然其寫時危而引避也，但借齋頭之景形之。當暑而境反凛冽，則「泉息」、「鳥藏」，皆是匿跡之影像矣。是「危階根清冥」一段意境也。其寫兵形與世運也，亦借坐久風急，顯出賊勢猖狂。旋又借高軒望嶽，摹擬出官軍勢盛以壓之。而後申之以在亂思治之情，以致其三歎焉。是「坐久風頗怒」至末一段意境也。要之，無限意境，總攝於開首之「浩蕩無與適」，結尾之「何由似平昔」兩句中。而前之「炊雕胡」、後之「罷清宴」，又其照應關目處。噫！如此詩，吾亦歎知之者鮮矣。

三川觀水漲二十韻〔一〕

我經華原來〔二〕，不復見平陸。北上惟土山，連天走穹一作窮谷。火雲出無時一作無時出，飛電常在目。自多窮岫雨，行潦相豗蹙。蓊匒口答切川氣黄，群流會空曲〔三〕。清晨望高浪，忽謂陰崖踣音匐。恐泥竄蛟龍，登危聚麇鹿。枯查卷拔樹，礧磈共充塞叶粟。聲吹鬼神下，勢閲人代速。不有萬穴歸，何以尊四瀆？及觀泉源漲，反懼江海覆。漂沙圻岸去〔四〕，漱壑松柏禿。乘凌一作陵破山門，迴斡裂一作倒地軸。交洛赴洪河〔五〕，及關豈信宿〔六〕。應沈數州没，如聽萬室哭。穢濁殊未清，風濤怒猶蓄。何時通舟車，陰氣不黲黷。浮生有蕩汩音聿，從曰，吾道正羈束。人寰難容身，石壁滑側足。雲雷屯不已，艱險路更跼。普天無川梁，欲濟願水縮。因悲中林士，未脱衆魚腹。舉頭向蒼天，安得騎鴻鵠！

〔一〕《舊書》：三川縣屬鄜州。鶴注：自白水之鄜州，道出華原。是年史不書大水，可以補史之闕。○時遂寄家口於鄜，蓋欲詣靈武耳。此正肅宗新即位時。

〔二〕《長安志》：華原縣屬雍州。

〔三〕色帶山土，故黄。連山屈蟠，故會空曲。

〔四〕《玉篇》：圻與垠同，魚斤切。岸也，界也。

〔五〕《舊書》：洛交縣屬鄜州，洛水之交，故名。按：此洛水，出鄜州境。下流亦入於河，非河南之洛水也。詩意不指縣名言，謂驟漲之水，交接於洛，以赴黄河耳。

〔六〕朱注：關謂潼關，在華州。按：關當河水轉屈處，去鄜州尚遠。此則形容其流之急。

是紀事賦物之詩。起六，叙清來路，隨用反呼法。「自多」十二句，記山内水漲。前六統領，後六曲描。「氣黄」、「空曲」，確是山内暴水。「恐泥」，揣蛟龍之情。「登危」，寫麋鹿之狀。「枯查」句倒裝，言卷去之拔樹，浮若枯查也。「共充塞」者，石與樹交横壅塞也。水「聲」高處衝落，直「吹鬼神」使「下」；水「勢」迅疾奔流，如「閲人代速」移也。「不有」四句，撇上提下。「漂沙」十二句，記原隰水漲。前四，刻劃由山及原；中四，形容川原瀰漫；後四，又是總束暗度。「浮生」至末十二句，乃觀漲之情，都從身世民生設想，而語語交映水漲。斯又正喻夾寫之法。○雕鎪刻深，仿像飛動，遂爲昌黎《石鼎聯句》等詩及宋元以來體物律古之祖。

塞蘆子〔一〕

五城何迢迢，迢迢隔河水〔二〕。邊兵盡東征，城内空荆杞〔三〕。思明割懷衛，秀巖西未已〔四〕。迴略大荒來，崤函蓋虚爾〔五〕。延州秦北户〔六〕，關防猶可倚。焉得一萬人，疾驅塞蘆子。岐有薛大夫，旁制山賊起。近聞昆戎徒，爲退三百里〔七〕。蘆關扼兩寇，深意實在此。誰能叫帝閽，胡行速如鬼！

〔一〕《一統志》：蘆子關在延安府安塞縣。○入肅宗至德間。

〔二〕朱注：《唐・方鎮表》：朔方節度領定遠、豐安二軍及三受降城。按：城在塞外黄河之邊，與今河套相近。

〔三〕《通鑑》：禄山反，邊兵皆徵發入援，謂之行營。留兵單弱。

〔四〕《唐書》：史思明本名窣干，玄宗改爲思明。高秀巖本哥舒翰將，降賊，爲僞河東節度。至德二載正月，思明自博陵、秀巖自大同引兵寇太原。思明以爲指掌可取，當遂長驅朔方、河、隴。朱注：懷、衛俱屬河北道。是時思明舍河北而西，故曰割懷、衛。

〔五〕崤山、函谷俱在潼關之東。

〔六〕延，即今延安府治，在長安東北六百餘里。

〔七〕岐，謂扶風郡，即今鳳翔府也。在長安之西北，延州之西南。《通鑑》：至德元載七月，以陳倉令薛景仙爲扶風太守，兼防禦使。賊寇扶風，景仙擊却之。京畿豪傑，往往殺賊遥應。江淮奏請者，皆自襄陽取上津路抵扶風。道路無壅，景仙力也。

此杜氏籌邊策也。灼形勢，切事情，以韻語爲奏議，成一家之言矣。○蓋爲太原事急，邊兵撤備而作，意豁然也。乃錢箋謂得延州兵一萬，塞蘆關而入，直擣長安，收復可奏。則是本題三字爲不了語矣。且與詩中「關防」、「扼寇」之旨不合。朱注以「塞」字作壅塞解，是爲得之。但云憂在朔方，專意靈武，則又與詩中「崤函蓋虚爾」、「延州秦北户」之旨不合。今考當日肅宗在靈武，賊將據長安，而延州當靈武、長安南北之間。隔河東面，則爲太原。太原即「思明」、「秀巖」諸寇合力來攻處也。太原失則延州當其衝。脱或無備，賊且横貫而西，南北梗截。上而靈武危，下而長安益不可復矣。故須「塞斷蘆子」，預遏賊人西進之路。「蘆子」即在延州北也。○起四句，從帝所在説起，謂朔方懸遠而空虚也。「思明」四句，指出時事危機，趁勢將靈武、長安一筆囊括。言兩寇乘鋭西衝，略西北而大荒盡，則靈武去矣。回馬崤函，長安至是乃終非我有矣。統曰「大荒」，不敢斥言靈武也。「蓋虚爾」者，猶俗言此是空帳，非無備之謂，時已爲賊所有也。「延州」四句，乃是扼要本旨。曰「秦北户」者，自靈武來由此入，南達長安由此過。而河東之賊，來截兩頭，亦由此進。以我塞之，則我可通而彼可扼也。「岐有」四句，插入絶奇。一見設守有成效，一見助守有聲援。岐在延西，尚且如此得力，況延州尤據形要而逼賊衝者乎？末四句，表明本意，復爲危詞以惕之。「速如鬼」者，稍遲則彼乘之矣。幸而當日太原不破，賊不得西耳。不然，亦危矣哉！由錢之説，顧南則失北。由朱之説，顧北則失南。不特疏於索解，亦遜其長算矣。

大雲寺贊公房四首〔一〕

心在水精域，衣霑春雨時。洞門盡徐步，深院果幽期。到扉開復閉，撞鐘齋及兹。醍醐長發性〔二〕，飲食過扶衰。把臂有多日，開懷無愧辭。黄鸝度結構〔三〕，紫鴿下罘罳〔四〕。愚意會所適，花邊行自遲。湯休起我病〔五〕，微笑索題詩〔六〕。

〔一〕《長安志》：大雲經寺，本名光明寺。武后幸此，沙門宣政進《大雲經》，經中有女主之符，因改名焉。○舊編陷賊時詩。

〔二〕潘鴻曰：《涅槃》譬云：從熟酥出醍醐。醍醐者，譬於佛性。佛性即是如來。又《止觀輔行》云：見是慧性，發必依觀。禪是定性，發必依止。此發字所本。

〔三〕《景福殿賦》：其結構則修梁彩制。

〔四〕《雍録》：罘罳，鏤木爲之，其中疏通，或爲方空，或爲連鎖。其狀扶疏，制類青瑣。又有網户者，連文綴屬，其形如網。世遂有直織絲網，張之簷窗，以護禽雀者。

〔五〕《南史》：沙門惠休善屬文，本姓湯。

〔六〕《傳燈録》：釋迦拈起一花，迦葉微笑，遂受以正法眼藏。

四詩似古似排，係雜詩體。此章到寺未久，因贊公索詩而成也。首六，叙初到事。中四，叙幾日相周旋事。後六，叙留連作詩事。起筆便幽。「心在」，神先往也。「衣霑」，身初去也。「洞門」，外山門。「深院」，贊公院。「開復閉」，房寮之扉。「齋及兹」，適然初款。「醍醐」、「飲食」，特設矣，正述「多日」「開懷」時。仇即指及兹之齋，非是。但「開懷」自有心心相契處。吴論云「開懷享食」，陋甚。「意會」、「行遲」，贊公同步，與前「徐步」「幽期」各別。結亦有神，一往幽微，盡入拈花一笑也。○鍾惺曰：詩有一片幽潤靈妙之氣，浮動筆端。

細軟青絲履，光明白氎巾〔一〕。深藏供老宿，取用及吾身。自顧轉無趣，交情何尚新。道林才不世，惠遠德過人〔二〕。雨瀉暮簷竹，風吹春井芹。天陰對圖畫，最覺潤龍鱗。

〔一〕《後漢注》：《外國傳》：諸薄國女子，織作白氎花巾。

〔二〕《高僧傳》：支遁，字道林，聰明秀徹。一代名流，皆著塵外之狎。慧遠，性度弘偉，風鑒朗拔。居廬阜，化兼道俗。

此只謝贈物，而寫晚來雨景，與前首不連。仇謂設齋後所記，太黏滯矣。「圖畫」、「龍鱗」，定指山林遠色。

燈影照無睡，心清聞妙香。夜深殿突兀，風動金琅璫〔一〕。天黑閉春院，地清棲暗芳。玉繩迥斷絶〔二〕，鐵鳳森翱翔〔三〕。梵放時出寺，鐘殘仍殷床。明朝在沃野，苦見塵沙黄。

〔一〕《漢·西域傳注》：琅璫，長鎖也。一曰殿角懸鈴之聲。按：錢箋泥定長鎖，不必。

〔二〕《春秋元命苞》：玉衡南兩星爲玉繩。按：此亦泛指星光。

〔三〕《西京賦》注：作鐵鳳皇，張翼舉頭敷尾以函屋上中央。下有轉樞，向風如飛。

此夜寢不寐所得。除起二結二，皆寫景也。而筆意清幽，深領寂而常照，照而常寂之旨。「明朝」「苦塵」，知將去矣。

童兒汲井華〔一〕，慣捷瓶上一作在手。霑灑不濡地，掃除似無帚。明一作晨霞爛複閣，霽霧搴高牖。側塞被徑花，飄飄委墀一作堦柳。艱難世事迫，隱遁佳期後。晤語契深心，那能總鉗口。奉辭還杖策，暫別終回首。泱泱于黨切泥污人，听听當作犷，與狺通，音銀國多狗〔二〕。既未免羈絆，時來憇奔走。近公如白雪，執熱煩何有〔三〕。

〔一〕《本草》：平旦第一汲爲井華水。

〔二〕《九辨》：猛犬狺狺而迎吠兮。

〔三〕遠注：公詩用「執熱」，俱作熱不可解言。

此曉景話別之詩。起四，别甚。非贊公如白雪，不能畜此童兒。次四，寫灑掃後之景，清芬可戀。中四句轉關。其「晤語」云云，即所謂「開懷無愧辭」也。後八句，皆叙别之語。「污人」、「多狗」，舊注俱主至德二載春賊以僞命污朝士之説，姑仍之。「未免羈絆」，謂爲賊所拘留，非受僞命也，勿誤認。結法高潔，恰好與首章起句「心在水精域」對照。

雨過蘇端〔一〕

鷄鳴風雨交，久旱雨亦好。杖藜入春泥，無食起我早〔二〕。諸家憶所歷，一飯跡便掃。蘇侯得數過，歡喜每傾倒。也復可憐人，呼兒具梨棗。濁醪必在眼，盡醉攄懷抱。紅稠屋角花，碧秀一作委牆隅草。親賓縱談謔，喧閙慰衰老。况蒙霈澤垂，糧粒或自保。妻孥隔軍壘〔三〕，撥棄不擬道。

〔一〕原注：端置酒。
〔二〕仇注：猶陶詩言「饑來驅我去」。
〔三〕家寄鄜州。

乞食詩也。雨只起訖一帶。中間詳寫貧窮乞食，開懷無愧，益見此老胸襟。只「也復」句似嫩。「紅稠」、「碧秀」，亦爲雨色點染。

喜　晴

皇天久不雨，既雨晴亦佳。出郭眺西一作四郊，肅肅春增華。青熒陵陂麥，窈窕桃李一作杏花。春夏各有實。我饑豈無涯？　干戈雖橫放，慘澹鬬龍蛇。甘澤不猶愈，且耕今未賒。丈夫則帶甲，婦女終在家。力難及黍稷，得種菜與麻。　千載商山芝〔一〕，往者東門瓜〔二〕。其人骨已朽，此道誰疵瑕。英賢遇轗軻，遠引蟠泥沙。顧慚昧所適，回首白日斜。漢陰有鹿門〔三〕，滄海有靈一作雲查槎同〔四〕。焉能學衆口，咄咄空咨嗟。

〔一〕《高士傳》：四皓避秦入商雒山，作歌曰：「曄曄紫芝，可以療饑。」
〔二〕邵平事。
〔三〕希曰：鹿門在漢水之陰，地屬襄陽，非指漢陰郡。

〔四〕《博物志》：有人居海上，年年八月，見浮查去來不失期。齎糧乘查而往，至一處。遥望宫中有織婦，一丈夫牽牛渚次飲之。牽牛人曰：「君還至蜀郡，問嚴君平。」因還問，君平曰：「某年某月，客星犯牽牛宿。」正是此。

當與前詩同時作。二詩起法學陶。○起八，從喜晴暗引可耕意。次八，言亂世歸耕，猶勝於從征荒業者。「千載」以下，乃援古言懷，却又翻去前首貧困仰人之狀。

述　懷〔一〕

去年潼關破，妻子隔絶久〔二〕。今夏草木長，脱身得西走〔三〕。麻鞋見天子，衣袖露兩肘。朝廷愍生還，親故傷老醜。涕淚受拾遺，流離主恩厚。柴門雖得去，未忍即開口。寄書問三川〔四〕，不知家在否？比聞同罹禍，殺戮到雞狗〔五〕。山中漏茅屋，誰復依户牖？摧頹蒼松根，地冷骨未朽。幾人全性命，盡室豈相偶？嶔岑一作崟猛虎場，鬱結迴我首。自寄一封書，今已十月後〔六〕。反畏消息來，寸心亦何有？漢運初中興，生平老耽酒。沈思歡會處，恐作窮獨叟。

〔一〕赴鳳翔拜左拾遺後作。

〔二〕家在鄜州。

〔三〕有《喜達行在》詩，見三之一。

〔四〕舊注：三川在鄜州南，公之家寓焉。

〔五〕《通鑑》：禄山反後，京畿、鄜、坊，所在寇奪。

〔六〕次公云：自去年寄書，已經十月。

詩從一片至情流出。自脱賊拜官後，神魂稍定，因思及室家安否也。首十二句，詳叙來歷，而起手即提破「妻子隔絶」，以爲一篇之主。後以「得去」「未忍」頓住，暗從「國爾忘家」意化出。中十二句，叙遥憶之情。爲寄書去後，但有傳聞惡耗，久無的實回書也。後八句，四應中段，四應首段，而「窮獨叟」仍綰定妻子，收束完密。○申涵光曰：「反畏消息」二句，非身經喪亂，不知此語之確。

送樊二十三侍御赴漢中判官〔一〕

威弧不能弦，自爾無寧歲。川谷血横流，豺狼沸相噬〔二〕。天子從北來〔三〕，長驅振凋敝。頓兵岐梁下〔四〕，却跨沙漠裔。二京陷未收，四極我得制。蕭索一作瑟漢水清，緬通淮湖税〔五〕。　使者紛星散，王綱尚旒綴〔六〕。南伯從事賢〔七〕，君行立談際。坐知七曜曆〔八〕，手畫三軍勢。冰雪净聰明，雷霆走精鋭。幕府輟諫官，朝廷無此例〔九〕。至尊方旰食，仗爾布嘉惠。補闕暮徵入，柱史晨征憩〔一〇〕。正當艱難時，實藉長久計。　迴風吹獨樹，白日照執袂。慟哭蒼煙根，山門萬重閉。居人莽牢落，遊子方迢遞。徘徊悲生離，局促老一世。陶唐歌遺民，後漢更列帝。我無匡復資一作姿，聊欲從此逝。

〔一〕《唐書》：梁州漢川郡，天寶元年，改漢中郡。按：其地係當日鳳翔行在通江淮饋運之襟喉，即今漢中府。

〔二〕《晉書·天文志》：狼一星，在東井東南。弧九星，在狼東南。主備盜賊，當向於狼。按：史記作弧四星，當從《晉書》。

〔三〕自靈武至鳳翔。

〔四〕二山俱在鳳翔。

〔五〕《通鑑》：至德元載，第五琦請以江淮租庸市輕貨，泝江漢而上，令漢中王瑀陸運至扶風以助軍。

〔六〕劉琨《勸進表》：國家之危，有若綴旒。

〔七〕南伯即漢中王。《通鑑》：元載以瑀爲梁州都督。

〔八〕《唐·藝文志》：吴伯善《陳七曜曆》五卷。

〔九〕按：後長孫九亦以侍御出爲判官，或當日新有此例也。

〔一〇〕《通典》：侍御史於周爲柱下史。

在鳳翔五古中，送判官凡四。看其各篇首尾結構迥別。○此篇分三段，首叙時事起，從喪亂説到興復。中則表其智能，詳其委任，而昜其弘濟也。末乃送別而致自謙之詞。◯「四極我制」，語有斤兩。「漢通淮稅」者，淮與漢不通，謂淮湖地稅，運入於漢，以通行在之餉也。「使者」二句引下語。判官爲僚職，故提出幕主，所謂「南伯」者也。餘三篇仿此。「冰雪」、「雷霆」，警拔絶倫。行色布景，語語峭特。結言我將歸田永澤，以觀君之成功，非祇泛然引避也。◯諸判官篇無一通行贈送語。

送韋十六評事充同谷防禦判官〔一〕

昔没賊中時，潛與子同遊。今歸行在所，王事有去留。偪側兵馬間〔二〕，主憂急良籌。子雖軀幹小，老氣橫九州。挺身艱難際，張目視寇讎。朝廷壯其節，奉仇作特詔令參謀。鑾輿駐鳳翔，同谷爲咽喉。西扼弱水道〔三〕，南鎮枹罕陬〔四〕。此邦承平日，剽劫吏所羞。況乃胡未滅〔五〕，控帶莽悠悠。府中韋使君〔六〕，道足示懷柔。令姪才俊茂，二美又何求？受詞太白脚〔七〕，走馬仇池頭〔八〕。古色一作邑沙土裂，積陰雲雪稠一作積雪陰雲稠。羌父豪猪靴，羌兒青兕裘別作漢兵黑貂裘。吹角向月窟，蒼山旌旆愁。鳥驚出死樹，龍怒拔老湫。古來無人境，今代橫戈矛。傷哉文儒士，憤激馳林丘。中原正格鬭〔九〕，後會何緣由？百年賦命定，豈料沈與浮。且復戀良友，握手步道周。論兵遠壑静，亦可縱冥搜。題詩得秀句，札翰時相投。

〔一〕《舊書》：成州同谷郡，秦隴西郡。天寶元年，改爲同谷郡。按：今屬鞏昌府。○此下三篇，皆屬西路備禦，地逼羌蕃也。與安、史事各別。

〔二〕帶安、史之亂。

〔三〕《寰宇記》：弱水自甘州删丹縣界流入張掖縣北。按：其時武威有九姓商之叛，詳《長孫九》篇。武威西連張掖，東南去同谷爲近。

〔四〕《唐書》：河州治枹罕縣。按：在今河州、西寧之間。

〔五〕《唐書》：至德元載，吐蕃陷威、戎等諸軍，入屯石堡。按：亦兼安、史在内。

〔六〕於評事爲叔伯行，係是當日府主。仇以爲幕府同事，恐非。

〔七〕太白山在鳳翔。

〔八〕《舊書》：成州，白馬羌所處。州南有仇池山。

〔九〕仍帶安、史。

此篇起結各四句，中分兩長段。○公詩每於篇末叙交誼，此獨從頭叙起，格變。「偪側」以下，表其軀幹氣節，受命巖疆，而適與其叔兼濟厥美也。贊評事處有丰稜。說同谷處有關係。「受詞」以下，言之官作別之事。寫羌土風俗，有聲有光。「文儒」「憤激」，應「氣横九州」。注家指公自謂，非。「中原格鬭」，應「偪側兵馬」。「豈料沈浮」，應「王事去留」。「戀友」「握手」，應「昔時」「同遊」。

結四，直透到勳成之後。吴論云：論兵既定，使遠壑清静，亦可冥搜得句，投寄相慰矣。此解最得，非徒望尋常消耗也。○仇以此前兩篇屬未拜拾遺時。今按「王事有去留」句，知其未的。

送長孫九侍御赴武威判官〔一〕

驄馬新鑿蹄〔二〕，銀鞍被來好。繡衣黄白郎〔三〕，騎向交河道。問君適萬里，取别何草草。天子憂涼州，嚴程到須蚤。去秋群胡反〔四〕，不得無電掃。此行收一作牧遺甿，風俗方再造。族父領元戎〔五〕，名聲國一作閣中老。奪我同官良，飄颻按城堡。使我不能餐，令我惡懷抱。若人才思闊，溟漲浸一作漫絶島。樽前失詩流，塞上得國寶。皇天悲送遠，雲雨白浩浩。東郊尚烽火〔六〕，朝野色枯槁。西極柱亦傾，如何正穹昊！

〔一〕《唐書》：涼州，天寶元年改武威郡。按：今爲涼州衛。

〔二〕《漢書》：桓典爲御史，常乘驄馬。

〔三〕《漢書》：武帝遣直指使者，衣繡衣，持斧，分部逐捕群盜。北齊樂曲：懷黄綰白，鵷鷺成行。

〔四〕朱注：《通鑑》：「至德二載，河西兵馬使蓋庭倫與武威九姓商胡安門物等殺節度周密，武威小城據其五，度支判官崔稱討平之。」曰「去秋」者，討平在正月，發難則在去秋也。

〔五〕《唐書》：二載，以武部侍郎杜鴻漸爲河西節度使。

〔六〕東郊，兼兩京言，俱在鳳翔行在之東也。

此篇前分兩段，後四句結。○直從赴官起，然後找出所以赴官之故。是倒勢，又一變格。「驄馬」本切侍御，却便借作上任脚力，用古入化。「問君」四句，寫出慷慨赴國家之急。仇氏從中截開，何故？下四，點清本事也。「族父」一段，叙彼之幕主，叙我之交情，文致纏綣。「樽前失」，「塞上得」，無限摇曳。昌黎《送温處士序》本此。結又帶「東」事來，與「西」事陪説。不特局陣開拓，當時兩京未收，視河西倍急。於題雖有賓主，於事則分重輕，自不容闊起一邊也。結作請教口氣，妙。

送從弟亞赴河西判官〔一〕

南風作秋聲，殺氣薄炎熾。盛夏鷹隼擊，時危異人至。令弟草中來〔二〕，蒼然請論事。詔書引上殿，奮舌動天意。兵法五十家〔三〕，爾腹爲篋笥〔四〕。應對如轉丸一作圓，疏通略文字。經綸皆新語，足以正神器。宗廟尚爲灰，君臣俱下淚。崆峒地無軸，青海天軒輊。西極最瘡痍，連山暗烽燧。帝曰大布衣，藉卿佐元帥〔五〕。坐看清流沙〔六〕，所以子奉使。歸當再前席，適遠非歷試。須存武威郡，爲畫長久利。孤峰石戴驛〔七〕，快馬金纏轡。黄羊飫不羶，蘆酒多還醉〔八〕。踴躍常人情，慘澹苦士志。安邊敵何有，反正計始遂。吾聞駕鼓車，不合用騏驥〔九〕。龍吟迴其頭，夾輔待所致。

〔一〕朱注：貞觀元年，分隴坻以西爲隴右道。景雲二年，自黄河以西，分爲河西道。按：今所屬東至臨洮，西至甘肅。○《舊書》：亞字次公，少涉學。善言物理及成敗事。肅宗在靈武，上書論時政，擢校書郎。其年，杜鴻漸節度河西，辟爲從事。

〔二〕應亨詩：濟濟四令弟。

〔三〕《漢·藝文志》：曰兵權謀，曰兵形勢，曰陰陽，曰兵技巧，凡五十三家。

〔四〕《後漢·邊韶傳》：腹便便，五經笥。

〔五〕謂杜鴻漸。

〔六〕今沙州外曰大流沙。

〔七〕《爾雅》：石戴土謂之崔嵬。

〔八〕蔡曰：大觀三年，郭隨出使，舉黄羊蘆酒問外使時立愛。立愛云：「黄羊，野物，獵取食之，不羶。蘆酒，糜穀醖成，不醉也。但力微，飲多則醉。」楊慎曰：蘆酒，以蘆爲筒，吸而飲之，亦名鈎籐酒。此見《溪蠻叢笑》。

〔九〕《後漢書》：異國有獻名馬者，日行千里，詔以駕鼓車。

此篇起四結四，中只作一片讀。○起四，興而比也，手法又别。「異人」二字，一篇標目。「蒼然」，便是「異人」氣色。富腹笥而略文字，不爲書縛，才是善讀書人。「宗廟」二句，本是陪筆，却是結處伏筆。「石戴驛」，是送别處。「金纏轡」，是行客裝。自「令弟」至「計始遂」，大意言從弟異才挺出，故以西陲危地，簡任責成。而亞即慷慨登程，知其有安邊成算也。結四，神龍掉尾。言遠地小官，非所以屈「異人」。即日成功歸國，乃勳當在王室耳。《杜臆》云：起結皆用比興，英矯不凡。○胡夏客曰：送韋、送樊、送亞三詩，感慨悲壯，使懦氣亦奮。宜其躬遇中興。此聲音之通乎時命者也。愚按所論極允。盧世㴶亦云：但俱不及長孫篇。不知何分去取。

九成宮〔一〕

蒼山入百里，崖斷如杵臼。曾宮憑風迴一作迥，岌嶪土囊口〔二〕。立神扶棟梁〔三〕，鑿翠開户牖。其陽産靈芝，其陰宿牛斗。紛披長松倒一作側，揭𡾋怪石走。哀猿啼一聲，客淚迸林藪。荒哉隋家帝〔四〕，製此今頹朽。向使國不亡，焉爲巨唐有？雖無新增修，尚置官居守。巡非瑶水遠〔五〕，跡是雕牆後。我行屬時危，仰望嗟歎久。天王狩太白〔六〕，駐馬更搔首。

〔一〕《唐書》：在鳳翔麟遊縣西，本隋仁壽宫。貞觀間修之以避暑，因更名焉。周垣千八百步，并置禁苑及府庫官寺等。

〔二〕《風賦》：風起於池，浸淫溪谷，盛怒於土囊之口。

〔三〕《靈光殿賦》：神靈扶其棟宇。

〔四〕《通鑑》：隋開皇十三年，詔營仁壽宫。夷山堙谷，役使嚴急，丁夫多死。

〔五〕《曲水詩序》：穆滿八駿，如舞瑶水之陰。

〔六〕太白山在鳳翔郿縣。

歸鄜途經所作，是紀行詩體。前半記宫制之壯麗，而「哀猿」二句，乃束上引下之文。後半明叙來歷，夾入議論。既傷荒製，復慨危端。所傷就宫上生發，所慨由在途興感，一即一離。

玉華宫〔一〕

溪迴松風長，蒼鼠竄古瓦。不知何王殿，遺構絶壁下。陰房鬼火青，壞道哀湍瀉。萬籟真笙竽一作竽笙，秋色一作氣，一作光正蕭灑。美人爲黄土，况乃粉黛假！當時侍金輿，故物獨石馬〔二〕。憂來藉草坐，浩歌淚盈把。冉冉征途間，誰是長年者！

〔一〕《舊書》：貞觀二十一年，作玉華宫，務從菲薄，更令卑陋。明年，詔曰：「土無文繪，木不雕鏤，矯鋪首以荆扉，變綺窗於甕牖。」《地理志》：在坊州宜君縣北鳳皇谷。永徽二年，廢爲寺。

〔二〕趙曰：當時必有隨輦美人，歿葬宫旁。

前八直寫廢宫起，冷色逼人。後八撫跡增慨。〇明是唐時所建，而曰「不知何王」，正以先世卑宫遺意，子孫有愧敬承。若明言貞觀之儉，則顯形天寶之奢矣。而况本朝舊物，一旦荒凉，又有不忍言者也。朱氏以爲宫廢爲寺，土人不知。土人豈有不知之理，不亦闇於本意歟？篇末「誰是長年」

之感，單讀本篇，不過傷心物化。合觀前首，仍然隕涕時衰。曰「誰是」，身世俱該。○九成、玉華，用意各别。一爲隋代所建，故明誌來歷，有借秦爲喻之意。一爲國初所作，故不忍斥言，有黍離行邁之思。又彼承荒主而踵事也，故由盛及衰，意存追感。此則儉德而終廢也，故因衰起興，淚灑當前。

卷一之二　五古　起肅宗至德二載閏八月至乾元二年十月

《纂年譜》：至德二載八月，公自鳳翔行在還鄜州省家。十月，上還京，公亦歸朝。乾元元年，任左拾遺。六月，出爲華州司功。冬，間至東都。二年春，回華州，故鄉毀。七月，西度隴，客秦州。卜居西枝村，未就而行。

北征〔一〕

皇帝二載秋，閏八月初吉〔二〕。杜子將北征，蒼茫問家室。維時遭艱虞一作危，朝野少暇日。顧慙恩私被，詔許歸蓬蓽。拜辭詣闕下一云閤門，怵惕久未出。雖乏諫諍姿，恐君有遺失。君誠中興主，經緯固密勿。東胡反未已〔三〕，臣甫憤所切。揮涕戀行在，道途猶恍惚。乾坤含瘡痍，憂虞何時畢！靡靡踰阡陌，人煙眇蕭瑟一作索。所遇多被傷，呻吟更流血。回首鳳翔縣，旌旗晚明滅。前登寒山重，屢得飲馬窟。邠郊入地底〔四〕，涇水中蕩潏〔五〕。猛虎立我前，蒼崖吼時裂。菊垂今秋花，石戴一作載，一作帶古車轍。青雲動高興，幽事亦可悦。山果多瑣細，羅生雜橡栗〔六〕。或紅如丹砂，或黑如點漆。雨露之所濡，甘苦齊結實。緬思桃源内，益歎身世拙。坡陀望鄜畤〔七〕，巖谷互出没。我行已水濱，我僕猶木末。鴟梟一作鳥鳴黄桑，野鼠拱亂穴。夜深經戰場，寒月照白骨。潼關百萬師，往者散一作敗何卒〔八〕。遂令半秦民，殘害爲異物。况我墮一作隨胡塵〔九〕，及歸盡華髮。經年至茆屋，妻子衣百結。慟哭松聲迴一作迴，悲泉共幽一作鳴咽。平生所嬌一作驕兒，顔色白勝雪。見耶背面啼，垢膩脚不襪。床前兩小女，補綴一作綻才纔通過膝。海圖拆波濤，舊繡移曲折。天吴及紫鳳〔一〇〕，顛倒在裋一作短褐〔一一〕。老夫情懷惡，數日卧嘔泄一云嘔泄卧數日〔一二〕。那無囊中帛，救汝寒凜慄。粉黛亦解苞，衾裯稍羅列。瘦妻面復光，癡女頭自櫛。學母無不爲，曉妝隨手抹。移時施朱鉛，狼籍畫眉闊。生還對童稚，似欲忘饑渴。問事競挽鬚，誰能即嗔喝？翻思在賊愁，甘受雜亂聒。新歸且慰意，生理焉得説？至尊尚蒙塵〔一三〕，幾日休練卒。仰觀一作看天色改，坐覺妖一作祆氛豁。陰風西北來，慘澹隨回紇一作鶻〔一四〕。其王願助順，其俗善馳突。送兵五千人，驅馬一萬匹〔一五〕。此輩少爲貴，四方服勇决。所用皆鷹騰，破敵過一作如箭疾。聖心頗虚佇，時議氣欲奪。伊洛指掌收〔一六〕，西京不足拔。官軍請深入，蓄鋭可一作伺俱發。

此舉開青徐〔一七〕，旋瞻略恒碣〔一八〕。昊天積霜露，正氣有肅殺。禍轉亡胡歲，勢成擒胡月。胡命其能久，皇綱未宜絶。

憶昨狼狽初〔一九〕，事與古先别。奸臣竟葅醢，同惡隨蕩析〔二〇〕。不聞夏殷衰，中自誅褒妲〔二一〕。周漢獲再興，宣光果明哲〔二二〕。桓桓陳將軍，仗鉞奮忠烈〔二三〕。微爾人盡非，於今國猶活。淒涼大同殿〔二四〕，寂寞白獸闥〔二五〕。都人望翠華，佳氣向金闕。園陵固有神，灑掃數不缺。煌煌太宗業，樹立甚宏達。

〔一〕《輿地圖》：鄜在鳳翔東北。仇注：班彪作《北征賦》，用以爲題。

〔二〕《詩注》：初吉，朔日也。

〔三〕謂安慶緒。

〔四〕邠州在鳳翔東北。入地底，正顯四面之高。

〔五〕《括地志》：涇水發源涇州東，南流邠州界，至高陵入渭。

〔六〕《本草》：橡，一名皂斗，其實似栗實而小。

〔七〕《漢·郊祀志》：秦文公作鄜畤，用三牲郊祀白帝。綖注：鄜畤即鄜州。

〔八〕《哥舒翰傳》：率兵出關，次靈寶縣之西原，爲賊所乘，自踐躪死者數萬。按：此禄山入關之始。

〔九〕不指陷賊中，謂此生落在塵擾之際。

〔一〇〕《山海經》：天吴，是爲水伯，虎身人面，背青黄色。丹穴之山有鸑鷟，鳳之屬也，五色而多紫。朱注：海圖、天吴、紫鳳，皆所繡之物。

〔一一〕《方言》：關西謂襜褕短者爲裋褐。

〔一二〕按：日字韻複，倒轉者是。

〔一三〕帝在鳳翔。

〔一四〕趙曰：當以紇爲正。德宗時，始請易號回鶻。

〔一五〕《唐・回鶻傳》：回紇，其先匈奴。元魏時，號高車部，或曰敕勒，訛爲鐵勒。隋曰回紇，亦曰韋紇。至德元載，遣其太子葉護率兵助國討賊，肅宗宴賜甚厚，命廣平王約爲兄弟。

〔一六〕指東京。

〔一七〕二州更在伊洛東。

〔一八〕恒山、碣石，俱屬燕，指安賊巢穴。

〔一九〕謂玄宗去國。

〔二〇〕謂國忠諸楊。

〔二一〕本應作妺、妲。夏妺喜、殷妲己也。痛快疾書，涉筆成誤。

〔二二〕周宣、漢光武，比肅宗。

〔二三〕《舊書》：上幸蜀，至馬嵬驛。左龍武大將軍陳玄禮整比六軍以從，以禍由國忠，欲誅之。會吐蕃使者遮國忠馬，訴無食。軍士呼曰：「國忠與虜謀反。」遂殺之。上出驛門，令收隊，不應。玄禮對曰：「國忠謀反，貴妃不宜供奉。」上令力士引妃於佛堂，縊殺之。

〔二四〕《長安志》：勤政樓之北曰大同門，其内大同殿。

〔二五〕朱注：即白獸門。《三輔黄圖》：未央宫有白虎殿。唐避太祖諱，改爲獸。

《北征》爲杜古眉目。直抒胸臆，渾灝流轉，不以烹詞煉句爲工。宋、元而後，論贊蓋詳。小子敢復以醯雞之智，測量滄海哉！姑參定段落，標明節旨，以便雒誦云。○通首但分五大段。歸省家人，本事也。回念國事，本心也。第一段，叙清還鄜事蹟。先以「問家室」三字提出省家，隨以「遭艱虞」三字提出念國，復申之以「拜辭」十二句。蓋内「顧」則思家，陛「辭」則戀主，私誼公忠，一時迸露，遂爲一詩之綱領。第二段，詳叙歸途景物。所值之境，好惡不齊。所觸之懷，傷殘滿目。所以節末就「月」中「白骨」，追憤「潼關」一敗。見近畿「殘害」，皆由於此。然此尚屬帶筆。此處主意，只是鋪寫途景也。第三段，備述到家景況。於篇法爲中腹，於題目爲正面。俗情妙語，時以詼諧破涕。而節末「翻思」四句，忽然借徑搭入國事，是下半轉關處。第四段，撥家計而憂國恤，爲當時反正之急務。深以速收京闕，直搗賊巢爲望。其云：「此輩少爲貴，時議氣欲奪。」在叙借助「回紇」處，須下此分寸語，其實不重。文勢直趕到「蓄鋭可俱發」，仍以「回紇」、「官軍」總統言之。蓋此時所急，尤在克復，不與《留花門》詩同旨。朱、仇諸家，忒煞版看，遂使文氣縱緩。節末數語，猶岳少保所謂「與諸君痛飲」者也。第五段，追頌上皇聖斷，預卜新主中興，亟反神京，重開治象。直欲追盛業於貞觀之初。爲通篇大歸宿。○《魏道輔詩話》云：唐人咏馬嵬之事，世所稱者，劉禹錫：「官軍誅佞倖，天子捨妖姬。」白居易：「六軍不發争奈何，宛轉蛾眉馬前死。」此乃官軍背叛，逼迫明皇，不得已而誅貴妃也。豈特不曉體裁，亦失事君之禮。老杜則曰：「不聞夏殷衰，中自誅褒妲。」乃是明皇畏天悔禍，無與官軍也。愚按：玄禮爲親軍主帥，縱凶鋒於上前，無人臣禮。老杜既以「誅褒妲」歸權人主，復贅「桓桓」四語，反覺拖帶，不如并隱其文爲快。願與海内有識者商之。○讀《詠懷》，見杜子一生學識。讀《北征》，見杜子一腔血性。○按還鄜詩古律凡數首，俱不及救琯被放事。意未上疏前，先許歸省。本傳與年譜漏也。

羌村三首〔一〕

崢嶸赤雲西，日脚下平地。柴門鳥雀噪，歸客一作客子千里至。妻孥怪我在，驚定還拭淚。世亂遭飄蕩，生還偶然遂。鄰人滿牆頭，感歎亦歔欷。夜闌更秉燭，相對如夢寐！

〔一〕 彄曰：鄜州，治洛交縣。羌村，洛交村墟也。按：此當即子美寓家處耳。

仇云：旅人初至家而喜也。前四，景真，後八，情事真。《杜臆》云：家書往來，已知兩存矣。直至兩相面而後信，此亂世實情也。愚按：「鄰人」「感歎」，生發好。「秉燭」「如夢」，復疑好。公凡寫喜，必帶淚寫，其情彌摯。

晚歲迫偷生，還家少歡趣。嬌兒不離膝，畏我復却去。憶昔好追涼，故繞池邊樹。蕭蕭北風勁，撫事煎百慮。賴知禾黍收，已覺糟床注。如今足斟酌，且用慰遲暮。

仇云：此叙還家後事，承上妻孥來。愚按：「不離」、「復却」，眼前態，拈出如生。中四，天然波致。遠注云：即「昔我往矣」、「今我來思」意。按末四，預信得酒之詞，期常共家人歡叙也。公於天倫無所不篤，知其質地之敦厚。

群雞正亂叫，客至雞鬭争。驅雞上樹木，始聞叩柴荆。父老四五人，問我久遠行。手中各有攜，傾榼濁復清。苦一作莫辭酒味薄，黍地無人耕。兵革既未息，兒童盡東征。請爲父老歌，艱難愧深情。歌罷仰天歎，四座涕縱横。

仇云：此記鄰里之情，承上「鄰人」來。愚按：興體起，朴而雋。「苦辭」四句，借風生浪。末四句，兩答兩推開，纔喜又悲矣。〇三詩俱脱胎於陶。

彭衙行〔一〕

憶昔避賊初〔二〕，北走經險艱。夜深彭衙道，月照白水山〔三〕。盡室久徒步，逢人多厚顔。參差谷鳥吟，不見遊子還。癡女饑齩我，啼畏虎狼一作猛虎聞。懷中掩其口，反側聲愈嗔。小兒强解事，故索苦李餐。一旬半雷雨，泥濘相牽攀。既無禦雨備，徑滑衣又寒。有時經契闊〔四〕，竟日數里間。野果充糇糧，卑枝成屋椽。早行石上水，暮宿天邊煙。小留同家窪〔五〕，欲出蘆子關〔六〕。故人有孫宰，高義薄曾雲。延客已曛黑，張燈啓重門。暖湯濯我足，剪紙招我魂。從此出妻孥，相視涕闌干〔七〕。衆雛爛熳睡，唤起霑盤餐。誓將與夫子，永結爲弟昆〔八〕。遂空所坐堂，安居奉我歡。誰肯艱難際，豁達露心肝。別來歲月周，胡羯仍構患。何當有翅翎，飛去墮爾前。

〔一〕《元和郡縣志》：同州白水縣，漢彭衙縣地。

〔二〕當指十五載自奉先往白水時。

〔三〕謂白水縣之山。

〔四〕《詩·毛傳》解契闊爲勤勞。

〔五〕地名，當即在彭衙境。

〔六〕更在彭衙北，相去甚遠，是達靈武之路。

〔七〕古詞注：萑蘭，涕泗闌干也。洙云：淚墮多貌。

〔八〕述孫宰語公之詞。

疑亦還鄜時，路經彭衙之西，回憶去歲孫宰周旋之誼，不克枉道相訪，聊作此志感。公篤厚性成，於斯可見。◯孫宰必白水人。「同家窪」當是白水鄉村之名，即孫宰所居也。公因取白水之古名，命題作歌，以表其人，故曰《彭衙行》。非路出「彭衙」後，再歷一旬之泥塗，然後到「同家窪」，遇孫宰也。其曰「欲出蘆子」者，公往白水時，初意直欲挈家竟達靈武行在，未嘗決計寓白水也。適於此遇孫宰，兼得舅氏崔十九翁，因暫止焉。盧元昌不察，遂認「同家窪」與「蘆子關」相近。不知關在延州北，公生平未嘗到延州。且此詩本美孫宰，其家既不在「彭衙」，則宜曰「同家窪行」，不宜曰「彭衙行」矣。凡注皆混，盧尤謬，故特正之。○起四，即點「彭衙」，是先出題法。「盡室」以下，乃追叙初起身至「彭衙」一旬以内所歷之苦。正以反蹴下文「延客」「奉歡」一段深情也。看其寫小兒女態，畫不能到。由奉先至白水，本無一旬之行程，不應遲遲若此。故前後用「盡室徒步」、「竟日數里」點破之。「小留」以下，備述孫宰高義。先着「欲出」一句，益顯得高義出。見此來本非有意駐足，而款留不放，全由故人情重也。下則先叙安頓自身，次叙安頓妻孥，再總寫四句，再致感兩句。非此入情曲筆，那顯此曾雲高義。結則所謂「静言思之、不能奮飛」也。○仇注云：合六韻於一篇，古韻也。

得舍弟消息

風吹紫荆樹，色與春庭暮。花落辭故枝，風回反無處〔一〕。骨肉恩義重，漂泊難相遇。猶有淚成河，經天復東注。

〔一一〕《續齊諧記》：田廣、田真、田慶兄弟欲分財。其夜庭前三荆便枯。兄弟歎之，却合，樹還榮茂。比而賦也。劉會孟曰：鮮終之痛，憯於脊令死喪之喻。

送李校書二十六韻〔一〕

代北有豪鷹，生子毛盡赤〔二〕。渥洼騏驥兒，尤異是虎一作龍脊〔三〕。李舟名父子〔四〕，清峻流輩伯〔五〕。人間好妙年，不必須白晳。十五富文史，十八足賓客。十九授校書，二十聲輝一作烜赫。衆中每一見，使我潛動魄。自恐二男兒〔六〕，辛勤養無益。乾元元一作二年春，萬姓始安宅。舟也衣綵衣，告我欲遠適。倚門固有望，斂衽就行役。南登吟《白華》〔七〕，已見楚山碧〔八〕。藹藹咸陽都，冠蓋日雲積。何時太夫人，堂上會親戚。汝翁草明光〔九〕，天子正前席。歸期豈爛漫一作熳〔一〇〕，別意終感激。顧我蓬屋姿，謬通金閨一作門籍。小來習性懶，晚歲慵轉劇。每愁悔吝作，如覺天地窄。羨君齒髮新，行已能夕惕。臨岐意頗切，對酒不能喫。迴身視緑野，慘澹如荒澤。老雁忍春一作春忍飢，哀號待枯麥。時哉高飛燕，絢練新羽翮。長雲濕褒斜，漢水饒巨石〔一一〕。無令軒車遲〔一二〕，衰疾悲宿昔。

〔一〕《唐書・宗室表》：舟字公受。父岑，水部郎中、眉州刺史。○入乾元間，在京師。

〔二〕魏彦深《鷹賦》：白如散花，赤如點血。
〔三〕《天馬歌》：虎脊兩，化若鬼。
〔四〕名父之子也。《漢蕭育傳》：以育名父子，除爲功曹。
〔五〕柳宗元《石表先友記》：李舟，隴西人。有文學，俊辨，高志氣。
〔六〕謂熊兒、驥子。
〔七〕《詩序》：《白華》，孝子之潔白也。
〔八〕《史記·秦紀》：楚自漢中，南有巴黔。朱注：校書自京歸省，道經漢中，在長安南，爲楚北境。觀詩末「褒斜、漢水」語可見。按：柳州謂李隴西人，似不相合。意校書家時寓蜀地歟？
〔九〕《漢官儀》：尚書直宿建禮門，奏事明光殿下。下筆爲詔策，出言爲誥令。按：《唐書》，舟父岑，不言曾掌制誥，史闕也。又按：漢尚書令，爲少府屬官，後代專領部曹。草制非其職。此云「草明光」，乃當時中書舍人之事，非用尚書故實也。
〔一〇〕《琴賦》：留連爛漫。
〔一一〕《後漢·順帝紀注》：褒斜，漢中谷名。南谷曰褒，北谷曰斜。首尾七百里。按：漢水亦在漢中。
〔一二〕暗用潘岳版輿事。

校書與其父，皆官京朝。此因兩京既復，告歸迎母，而公送之也。凡三段，首叙校書之不凡；次叙其迎母來京，乃正文；後則相形生慨。○比起得體。不專美校書，而首叙其世類。凡父在官而送其子者，須以此爲法。美校書後，自插入二男，筆有波瀾。「乾元」以下入本事。先提國運，次及「衣綵」，處處有法。而「衣綵」二字，先着在未登程時，能使父母兩耀。「倚門」四句，覲母而去。「藹藹」四句，迎母而來。「汝翁」四句，仍挽其父，隨束隨渡。「豈爛漫」，言來無逗留。「終感激」，言我忽生慨。「顧我」以下，妙將己與校書，兩兩比較，相間成章。見李壯而我衰，李爲親而勇往，我無家而安歸。慕之祝之，文情淒婉。

義鶻行

陰崖有蒼一作二蒼，一作有二鷹，養子黑柏巔。白蛇登其巢，吞噬恣朝餐。雄飛遠求食，雌者鳴辛酸。力强不可制，黄口無半存。其父從西歸，翻身入長煙。斯須領健鶻，痛一作冤憤寄所宣。斗上捩孤影，嗷哮來九天。修鱗脱遠枝，巨顙拆老拳〔一〕。高空得蹭蹬，短草辭蜿蜒。折尾能一掉，飽腸已皆穿。生雖滅衆雛，死亦垂千年。物情有報復，快意貴目前。兹實鷙鳥最，急難心炯一作皎然。功成失所往，用捨何其賢！近經潏水湄〔二〕，此事樵夫一作人傳。飄蕭覺素髮，凜欲一作若，一作烈衝儒冠。人生許與分，亦在顧眄間。聊爲義鶻行，永激壯士肝。

〔一〕朱注：巨顙，白蛇之首。周注：鶻拳堅處，大如彈丸。鳩鴿中其拳，隨空中墮，即側身自下承之，捷於鷹隼。

〔二〕《漢書音義》：潏水在長安杜陵，自皇子陂西北流入渭。

奇情恣肆，與子長《游俠》、《刺客列傳》，争雄千古。首一段，原題也。叙事明净，而「斯須領健鶻」一句驀入，手法矯捷。中一段，先八句寫生，筆筆叫絶。其來有聲勢，其擊有精神，其負痛伏辜有波折。「飽腸已穿」，令我一歎，炯鑒在一「飽」字。次八句，咏嘆，筆又超絶。「死垂千年」，猶所謂「遺臭萬年」也。「心炯然」，所謂較然不欺其志者也。「失所往」，更超，所謂不矜其能，羞伐其德，世所稱賢豪間者也。後一段，明作詩之由。「飄蕭」十字作一句讀。「許與」、「顧眄」，通篇結穴。讀此而無動於中者，全無心肝人也。○評者云：假事爲比，用意在末。其説非也。公自是聞此事而作。大手筆人，正要即物寫照，不肯學躲閃法。○公有《鵰賦》，天寶間作。類附於此。

進鵰賦表

臣甫言：臣之近代陵夷，公侯之貴磨滅，鼎銘之勳，不復炤燿於明時。自先君恕、預以降，奉儒守官，未墜素業矣。亡祖故尚書膳部員外郎先臣審言，修文於中宗之朝，高視於藏書之府。故天下學士，到於今而師之。臣幸賴先臣緒業，自七歲所綴詩筆，向四十載矣，約千有餘篇。今賈、馬之徒，得排金門、上玉堂者，甚衆矣。惟臣衣不蓋體，嘗寄食於人。奔走不暇，祇恐轉死溝壑，安敢望仕進乎。伏惟天子哀憐之。明主倘使執先祖之故事，拔泥塗之久辱，則臣之述作，雖不能鼓吹六經，先鳴數子，至於沉鬱頓挫，隨時敏捷，揚雄、枚皋之徒，庶可企及也。有臣如此，陛下其舍諸！伏惟明主哀憐之，無令役役便至於衰老也。臣甫誠惶誠恐，頓首頓首，死罪死罪。臣以爲鵰者，鷙鳥之殊特，搏擊而不可當。豈但壯觀於旌門，發狂於原隰。引以爲類，是大臣正色立朝之義也。臣竊重其有英雄之姿，故作此賦。實望以此達於聖聰矣。不揆蕪淺，謹投延恩匭，進表獻上以聞。謹言。

鵰　賦

當九秋之淒涼，見一鶚而直上。以雄才爲己任，橫殺氣而獨往。梢梢勁翮，肅肅逸響。杳不可追，俊無留賞。彼何鄉之性命，碎今日之指掌。伊鷙鳥之累百，敢同年而爭長？此鵰之大略也。若乃虞人之所得也，必以氣稟玄冥，陰乘甲子。河海蕩潏，風雲亂起。雪沍山陰，冰纏樹死。迷向背於八極，絕飛走於萬里。朝無以充腸，夕違其所止。頗愁呼而蹭蹬，信求食而依倚。用此時而椓杙，待尤者而綱紀。表狎羽而潛窺，順雄姿之所擬。欻捷來於森木，固先擊於利觜，解騰攫而竦神，開網羅而有喜。獻禽之課，數備而已。及乎閩隸受之也，則擇其清質，列在周垣。揮拘攣之掣曳，挫豪梗之飛翻。識畋遊之所使，登馬上而孤騫。然後綴以殊飾，呈於至尊。搏風槍櫐，用壯旌門。乘輿或幸別館，獵平原。寒蕪空闊，霜仗喧繁。觀其夾翠華而上下，卷毛血之崩奔。隨意氣而雹落，引塵沙而晝昏。豁堵牆之榮觀，棄功効而不論。斯亦足重也。至如千年孽狐，三窟狡兔。恃古塚之荆棘，飽荒城之霜露。迴惑我往來，趑趄我場圃。雖青骹帶角，白鼻如瓠。蹙奔蹄而俯臨，飛迅翼以遐寓。而料全於果，見迫寧遽。屢攬之而穎脱，便有若於神助。是以曉哮其音，颯爽其慮。續下韝而繚繞，尚投跡而容與。奮威逐北，施巧無據。方蹉跎而就擒，亦造次而難去。一奇卒獲，百勝昭著。宿昔多端，蕭條何處？斯又足稱也。爾其鶬鴰鴇鶂之倫，莫益於物，空生此身。聯拳拾穗，長大如人。肉多奚有，味不足珍。輕鷹隼而自若，託鴻鵠而爲鄰。彼壯夫之慷慨，假强敵而逡巡。拉先鳴之異者，及將起而遄臻。忽隔天路，終辭水濱。寧掩群而盡取，且快意而驚新。此又一時之俊也。夫其降精於金，立骨如鐵。目通於腦，筋入於節。架軒楹之上，純漆光芒；掣梁棟之間，寒風凛冽。雖趾蹻千變，林嶺萬穴。擊叢薄之不開，突杈枒而皆折。又有觸邪之義也。久而服勤，是可吁畏。必使烏攫之黨，罷鈔盜而潛飛；梟怪之群，想英靈而遽墜。豈比乎虚陳其力，叨竊其位。等摩天而自安，與搶榆而無事者矣。故其不見用也，則晨飛絶壑，暮起長汀。來雖自負，去若無形。置巢巘嵲，養子青冥。倏爾年歲，茫然闕廷。莫試鉤爪，空回斗星。衆雛倘割鮮於金殿，此鳥已將老於巖扃。

畫鶻行

高堂見生鶻，颯爽動秋骨。初驚無拘攣，何得立突兀？乃知畫師妙，巧一作功刮造化窟。寫此神俊姿，充君眼中物。烏鵲滿樛枝，軒然恐其出。側腦看青霄，寧爲衆禽没。長翮如刀劍，人寰可超越。乾坤空崢嶸，粉墨且蕭瑟。緬思一作想雲沙際，自有煙霧質。吾今意何傷，顧步獨紆鬱。

公《畫鷹》詩云：「素練風霜起，蒼鷹畫作殊。」是言畫者欲飛也。公題畫詩，多如此作意。今此詩却又筆筆翻轉，都從不能飛去生情。解者俱未會其竅。詩凡三層。八叙事，八寫意，四寄慨。言所見者生鶻也，無拘無攣，何以不去，緣是畫耳。頓住。接云衆禽恐其出擊，彼則寧没而不舉也。夫固可超越人寰者，而乃天自高空，鶻自戢翼耶？則畫者過耶？又頓住。接云雲際自有飛擊者，吾重爲此不去者傷之矣。意似深怨此畫手者，大奇大奇！公殆有志不得伸者乎！

留花門〔一〕

北門正異作花門天驕子〔二〕，飽肉氣勇決。高秋馬肥健，挾矢射漢月。自古以爲患，詩人厭薄伐。修德使其來，羈縻固不絶。何爲傾國至，出入暗金闕。中原有驅除，隱忍用此物。公主歌黄鵠〔三〕，君王指白日。連雲屯左輔〔四〕，百里見積雪〔五〕。長戟鳥休飛，哀笳曙一作曉幽咽。田家最恐懼，麥倒桑枝折。沙苑臨清渭，泉香草豐潔。渡河不用船，千騎常撇烈〔六〕。胡塵踰太行〔七〕，雜種抵京室〔八〕。花門既須留，原野轉蕭瑟。

〔一〕《唐·地理志》：甘州北千里有寧寇軍，軍東北有居延海，又北有花門堡，又東北千里，至回紇帳。《舊書》：肅宗還京，葉護辭歸，奏曰：「回紇戰兵在沙苑。今且歸靈夏取馬，更爲陛下收范陽餘孽。」

〔二〕謂天之驕子，出《漢書》。

〔三〕《綱目》：乾元元年七月，册回紇英武可汗，以寧國公主歸之。寧國，帝幼女也。可汗受册，立公主爲可敦。遣騎三千助討安慶緒。《漢書》：元封中，以公主妻烏孫。公主作歌曰：「願爲黄鵠兮歸故鄉。」

〔四〕謂沙苑，本唐時監牧重地。

〔五〕樓鑰曰：回紇之俗，衣冠皆白。朱注：回紇曳白旗。

〔六〕《上林賦》：轉騰潎洌。

〔七〕《述征記》：太行首始河内，自河内至幽州，凡有八陘。按：胡塵謂安、史。時慶緒在鄴，猶據七郡，地皆在太行之旁。

〔八〕雜種，指回紇。舊注非。

此當是乾元元年秋，寧國出塞後，回紇復遣騎入助，仍屯沙苑。公憂其繹騷無已，乃作是詩。劈提四句領局，下作兩扇格分應。紀律整嚴。若仇本割截，全無斷制矣。曰「氣勇決」，其力可借也。「自古」以下十二句應之。此層是開。曰「射漢月」，其鋒可駭也。「長戟」至末十二句應之。此層是闔。○中段着筆極難。看其斟酌回護，言今之親暱此輩，非得已也。彼制御邊人，自古爲患，但懷來勿絶而已。兹何以使之出入無禁哉？特以中原多事，隱忍用之。是用締婚姻，申盟誓，以固其心。而沙苑一帶，遂許爲屯牧之區也。然則朝廷用心，亦良苦矣。下段乃正言其不可。「長戟」、「哀笳」，即「射漢月」之驕態也。「麥倒」、「桑折」，患在民間者也。以監牧之善地而與之，以虜騎之騰躍而狎之。且若寇兵一踰太行，此輩即抵京室。要約相繼，需索不支。此患在國家者也。結聯點睛。○朱、仇諸家誤認「抵京室」爲思明猖獗，遂以此詩編入二年之秋。時公已入秦州，遼遠叫閽，甚無當也。且如此説，與下聯如何綴屬？

贈衛八處士

人生不相見，動如參與商。今夕復何夕，共此燈燭光。少壯能幾時，鬢髮各已蒼。訪舊半爲鬼，驚呼熱中腸。焉知二十載，重上君子堂。昔别君未婚，兒女忽成行。怡然敬父執，問我來何方？問答乃未已一作未及已，驅兒一作兒女羅酒漿。夜雨剪春韭，新炊間黄粱。主稱會面難，一舉累十觴。十觴亦不辭一作醉，感子故意長。明日隔山岳，世事兩茫茫。

古趣盎然，少陵别調。一路皆屬叙事，情真、景真，莫乙其處。只起四句是總提，結兩句是去路。

新安吏〔一〕

客行新安道，喧呼聞點兵。借問新安吏，縣小更無丁。府帖昨夜下，次選中男行〔二〕。中男絶短小，何以守王城〔三〕？肥男有母送，瘦男獨伶俜。白水暮東流，青山猶一作聞哭聲。莫自使眼枯，收汝淚縱横。眼枯即見骨，天地終無情！我軍收一作取相州〔四〕，日夕望其平。豈意賊難料，歸軍星散營。就糧近故壘，練卒依舊京〔五〕。掘壕不到水，牧馬役亦輕。况乃王師順，撫養甚分明。送行勿泣血，僕射如父兄〔六〕。

〔一〕原注：收京後作。雖收兩京，賊猶充斥。○《唐書》新安縣屬河南府。○師氏曰：從《新安吏》至《無家别》蓋紀當時鄴師之敗，朝廷調兵益急也。按：係乾元二年三月後事。六詩皆戍河陽。○《三吏》、《三别》，皆少陵樂府。

〔二〕顧炎武曰：唐制：人有丁、中、黄、小之分。天寶二載，令民十八以上爲中男，二十三以上成丁。

〔三〕仇注：唐之東都，即周之王城。

〔四〕即鄴城。

〔五〕即東都也。《通鑑》：九節度圍鄴，自冬涉春。慶緒食盡，克在朝夕。而諸軍既無統帥，城久不下，上下解體。思明自魏州引兵趨鄴，日於城下抄掠。諸軍乏食思潰。三月，戰於安陽河北，大風晝晦。官軍潰而南，賊潰而北。子儀以朔方軍斷河陽橋，保東京，築南北兩城而守之。

〔六〕僕射，指子儀。

《新安吏》，借提鄴城軍潰也。統言點兵之事，是首章體。如《石壕》、《新婚》、《垂老》、《無家》等篇，則各舉一事爲言矣。○分三段。首叙其事，中述其苦，末原其由。先以惻隱動其君上，後以恩誼勸其丁男。義行於仁之中，此豈尋常家數？○起處不叙初選正丁，突提次點中男，見抽丁之極弊。「天地無情」，固是爲朝廷諱。然相州之敗，實亦天地尚未悔禍也。篇中「守王城」、「依舊京」，皆點清戍守眉目處。○張綖曰：凡此等詩，不專是刺。兵者，聖人不得已而用之。若《兵車》、《出塞》之類，皆刺也，可已而不已者也。若《新安》之類，則慰也。《石壕》、《三别》之類，則哀也。不得已而用之者也。然天子有道，守在四夷。則所以慰、哀之者，亦刺也。

潼關吏〔一〕

士卒何草草〔二〕，築城潼關道。大城鐵不如，小城萬丈餘。借問潼關吏，修關還備胡。要我下馬行，爲我指山隅。連雲列戰格〔三〕，飛鳥不能踰。胡來但自守，豈復憂西都〔四〕？丈人視要處，窄一作穿狹容單車。艱難奮長戟，千一作萬古用一夫〔五〕。哀哉桃林戰〔六〕，百萬化爲魚！請囑防關將，慎勿學哥舒〔七〕！

〔一〕《雍録》：潼關在華州華陰縣東北。按：地偪長安，爲衛京重險。

〔二〕《詩疏》：草草，勞苦貌。

〔三〕舊注：戰格即戰棚，所以捍敵者。

〔四〕指長安。

〔五〕《三都賦》：一夫守隘，萬夫莫向。

〔六〕《元和郡國志》：桃林塞，自靈寶以西至潼關皆是。

〔七〕哥舒翰潼關之敗，見本卷首《北征》詩注。

《潼關吏》别爲一例。前後俱言抽點，此獨言督役，詩亦獨爲正告之語，以此係京師要衛故也。○起四句，虚籠築城之完固。中十二句，詳述問答之語，神情聲口俱活。蓋借其言以鼓舞其所事也。末四句，乃作者戒詞。所謂「殷鑒不遠」，并以堅後日守者之志也。意重在警督築者。○《杜闡》以哥舒相持半載爲守之明效，由國忠促戰而敗，遂摘此詩「但自守」一語爲眼目。不知此句不如是解。正以鞭緊築城之宜固耳。且此日之潼關，與前事異。前以寇偪而守關，此因鄴潰而修備。乃先事之防，寇之離此尚遠也。詩正言修築事，與守無涉。其曰「勿學哥舒」，謂將來宜懲其敗，勿輕舉耳。蓋題後餘論，非正文也。盧氏不識輕重，無乃喧客奪主。况如其説，則凡偪處之日，單議守不議戰，且日蹙矣，豈通論哉！

石壕吏〔一〕

暮投石壕村，有吏夜捉人。老翁踰牆走，老婦出看門一作門看。吏呼一何怒，婦啼一何苦！聽婦前致詞：「三男鄴城戍。一男附書至，二男新戰死。存者且偷生，死者長已矣！室中更無人，惟一作所有乳下孫。有孫母未去，出入無完裙一云孫母未便出，見吏無完裙。老嫗力雖衰，請從吏夜歸，急應河陽役〔二〕，猶得備晨炊。」夜久語聲絶，如聞泣幽咽。天明登前途，獨與老翁别。

〔一〕王應麟曰：石壕，陝州陝縣之石壕鎮也。

〔二〕《唐書》：河陽縣屬孟州。按：此即子儀斷橋保守處，今爲孟津縣。仇注謂孟縣，非。孟縣在河之北，不當云河陽。且尚在河北，不須斷橋矣。

《石壕吏》，老婦之應役也。丁男俱盡，役及老婦，哀哉！○首尾各四句叙事。中二段叙言。「老翁」首尾一見，中間在「老婦」口中，偏以箇個訴出，顯其獨匿老翁。是此詩作意處。○起有猛虎攫人之勢。前云「踰牆走」，後云「與翁别」，明係此翁爲此婦所匿。蓋翁不匿，則老亦不免。婦出應，則身猶可脱也。偏云「力衰」、「備炊」，偏不告哀祈免，其膽智俱不可及。此意《杜臆》語焉而不詳。至所事之慘苦，更不待言。○「河陽役」與《新安吏》之「守王城」，同一役也。河陽在東都東甚邇。

仇氏分作兩處，誤矣。○《三吏》夾帶問答叙事，《三別》純託送者行者之詞。

新婚别

兔絲附蓬麻，引蔓故不長〔一〕。嫁女與征夫，不如棄路傍。結髮爲君妻一作妻子，席不暖君床。暮婚晨告别，無乃太匆忙！君行雖不遠，守邊赴一作戍河陽。妾身未分明，何以拜姑嫜〔二〕！父母養我時，日夜令我藏。生女有所歸，雞狗亦得將。君今往死地，沈痛迫中腸。誓欲隨君去，形勢反蒼黄。勿爲新婚念，努力事戎行。婦人在軍中，兵氣恐不揚〔三〕。自嗟貧家女，久致一作致此羅襦裳。羅襦不復施，對君洗紅妝。仰視百鳥飛，大小必雙翔。人事一作生多錯迕，與君永相望！

〔一〕《古詩》：與君爲新婚，兔絲附女蘿。《埤雅》：在木爲女蘿，在草爲兔絲。

〔二〕《漢書》：背尊章，嫖以忽。師古曰：尊章，舅姑也。章與嫜通。

〔三〕《李陵傳》：我士氣少衰，而鼓不起者何也？軍中豈有女子乎？搜得皆斬之。

《新婚别》，送者之詞也。比體起，比體結。語出新人口，情緒紛而語言澀。依仇本瑣瑣分段爲合。「結髮」八句，仇云：叙初婚惜别，語意含羞。愚按：此點題處。「父母」八句，仇云：憶前後情事，詞旨慘切。愚按：此柔腸九回時。「勿爲」八句，仇云：既勉其夫，且復自勵。上二段發乎人情，此乃止乎禮義。愚按：至此激於義憤，淋漓出之，忘乎其爲新人矣。○真德秀曰：先王之政，新有婚者，期不役政。此詩所怨，盡其常分，而能不忘乎禮義。

垂老别

四郊未寧静，垂老一作死不得安。子孫陣亡盡，焉用身獨完！投杖出門去，同行爲辛酸。幸有牙齒存，所悲骨髓一作肉乾。男兒既介胄，長揖别上官。老妻卧路啼，歲暮衣裳單。孰知是死别，且復傷其寒。此去必不歸，還聞勸加餐。土門壁甚堅，杏園度亦難〔一〕。勢異鄴城下，縱死時猶寬。人生有離合，豈擇衰盛一作老端。憶昔少壯日，遲迴竟長歎。萬國盡征戍，烽火被岡巒。積屍草木腥，流血川原丹。何鄉爲樂土，安敢尚盤桓？棄絶蓬室居，塌然摧肺肝！

〔一〕土門、杏園，俱未詳所在。大約皆去河陽不遠。亦當是河以南地。

《垂老别》，行者之詞也。《石壕》之婦，以智脱其夫。《垂老》之翁，以憤捨其家。其爲苦則均。○凡三段。首段叙出門，用直起法，開首即點。「子孫」二句，抵《石壕》中十六句。中段叙别妻。忽而永訣，忽而相慰，忽而自奮，千曲百折。末段又推開解譬，作死心塌地語，猶云無一寸乾净地，愈益悲痛。○元昌云：《周禮》鄉大夫之職，辨其所任者，其老者則舍。如此别者傷矣。○考史：是時官軍既潰而南，退保東京。史思明還屯鄴，殺安慶緒，使其子朝義留守而去。至十月，思明且濟河會汴，勢日益偪。則鄴城以北，官軍安得越境而守之？朱注以「土門」爲井陘關。井陘在鄴北六七百里，漸近范陽賊巢矣。詩乃反云「勢異鄴城」，「縱死猶寬」耶？何不考之甚也！至以李光弼救常山爲證，猶錢箋之引顔魯公誌，皆係天寶末禄山初反時事，與此何涉。即以「杏園」爲汲縣鎮，雖在鄴南，亦恐未合。《唐書》云：子儀自杏園渡河，圍衛州。「自」之云者，從此處渡過也。其地在河以南審矣。至舊注以爲長安地，朱氏已非之，兹不復辯。大抵即在河陽左近也。

無家别

寂寞天寶後，園廬但蒿藜。我里百一作萬餘家，世亂各東西。存者無消息，死者爲一作委塵泥。賤子因陣敗〔一〕，歸來尋舊一作故蹊。久行見空巷，日瘦氣慘悽。但對狐與貍，豎毛怒我啼。四鄰何所有？一二老寡妻。宿鳥戀本枝，安辭且窮棲。方春獨荷鋤，日暮還灌畦。縣吏一作令知我至，召令習鼓鞞。雖從本州役，内顧無所攜。近行止一身，遠去終轉迷。家鄉既盪盡，遠近理亦齊。永痛長病母，五年委溝谿。生我不得力，終身兩酸嘶。人生無家别，何以爲蒸黎！

〔一〕當即是鄴圍之潰。

《無家别》，亦行者之詞也。通首只是一片。起八句，追叙無家之由。「久行」六句，合里無家之景。「宿鳥」以下，始入自己，反踢「别」字。言既歸來，雖無家，且理生業耳。「縣吏」四句，引題。「近行」八句，本身無家之情。其前四極曲，言遠去固艱於近行，然總是無家，亦不論遠近矣。翻進一層作意，舊未得解。末二，以點作結。「何以爲蒸黎」，可作六篇總結。反其言以相質，直可云：「何以爲民上？」○《三别》體相類，其法又各别。一比起，一直起，一追叙起。一比體結，一别意結，一點題結。又《新婚》婦語夫。《垂老》，夫語婦。《無家》，似自語，亦似語客。○元昌云：先王以六族安萬民。今《新安》無丁，《石壕》遺嫗，《新婚》怨曠，《垂老》訣絶。至敗歸者又不免，幾於靡有孑遺矣。夏客云：國家不幸多事，猶幸有繕兵中興之主，上能用其民，下能應其命。至殺身棄家不顧，以成恢復之功。故娓娓言之，義合風雅。○仇云：唐人作詩，多言遺戍從軍之苦，宋以下無聞焉。蓋唐用府兵，兵即取之於民。宋、明之師，皆其身所習熟，分所當爲者，故詩人亦不復爲哀吟矣。愚按：府兵敝而有抽丁之慘，軍籍分則有餽餉之艱。參用而得其平，宜何如籌畫，學者當留意焉。

夏日歎〔一〕

夏日出東北，陵天經一作經天陵中街〔二〕。朱光徹厚地，鬱蒸何由開！上蒼久無雷，無乃號令乖〔三〕！雨降不濡物，良田起黄埃。飛鳥苦熱死，池魚涸其泥舊作涯。萬人尚流冗，舉目唯蒿萊。至今大河北，盡作虎與豺。浩蕩想幽薊，王師安在哉！對食不能餐，我心殊未諧。眇然貞觀初，難與數子偕。

〔一〕《舊書》：乾元二年四月，久旱，徙市，雩祭祈雨。按：是時關輔飢。

〔二〕朱注：《天官書》有街南、街北。街南，畢主之。街北，昴主之。按：此援據最合。蓋四五月之交，日行正在昴、畢之界。昴在畢西，入黄道内。畢在昴東，出黄道外。其間有二小星曰天街，正跨黄道，故可云中街也。是時日初出在東北。

〔三〕《易傳》曰：當雷不雷，陽位弱也。雷者號令，其德生養。《杜臆》：輔國專掌禁兵，制敕皆其所爲。

語云：兵旅之後，必有凶年。繼《三吏》、《三别》而《二歎》作焉，良有以也。○以「鬱蒸」二字提起。「鬱蒸」以況中心之煩悶。中間隱歎病民，明歎河北，皆是也。必如置身貞觀，乃始開釋耳。

夏夜歎

永日不可暮，炎蒸毒中一作我腸。安得萬里風，飄颻吹我裳。昊天出華月〔一〕，茂林延疏光。仲夏苦夜短，開軒納微涼。虚明見纖毫，羽蟲亦飛揚。物情無巨細，自適固其常。念彼荷戈士，窮年守邊疆。何由一洗濯，執熱互相望〔二〕。竟夕擊刁斗〔三〕，喧聲連萬方。

青紫雖被體，不如早還鄉。北城悲笳發，鸛鶴號且翔。況復煩促倦，激烈思時康。

〔一〕江淹詩：華月照芳草。

〔二〕鍾惺曰：「執熱」猶云「熱不可解」。此古文用字奥處。按：後皆倣此。

〔三〕《李廣傳》：程不識正部曲，擊刁斗，至天明自便。注：以銅作鐎，受一斗。晝炊飯食，夜擊持行。

此以「萬里風」三字提起。「萬里風」能吹去「刁斗」，亦能吹至「時康」。「昊天」以下，由涼月中群物，而歎竟夕之戍士。末遂以夜短熱「煩」，歎「時康」難遇也。

立秋後題

日月不相饒，節序昨夜隔〔一〕。玄蟬無停號，秋燕已如客。平生獨往願〔二〕，惆悵年半百〔三〕。罷官亦由人，何事拘形役？

〔一〕立秋次日也。

〔二〕《莊子》：江海之士，山谷之人，輕天地，細萬物而獨往也。

〔三〕時公年四十八。

鶴云：本傳：甫爲華州司功。屬關輔饑，棄官客秦州。此蓋欲棄官時作。

貽阮隱居昉〔一〕

陳留風俗衰〔二〕，人物世不數〔三〕。塞上得阮生〔四〕，迥繼先父祖。貧知静者性，白益毛髮古。車馬入鄰家〔五〕，蓬蒿翳環堵〔六〕。清詩近道要，識子一作字，非用心苦。尋我草徑微，褰裳踏寒雨。更議居遠村，避喧甘猛虎。足明箕潁客，榮貴如糞土。

〔一〕以下秦州詩。

〔二〕《世説》：王平子經陳留界，曰：舊名此邦有風俗。

〔三〕《晉書》：阮籍，陳留人。父瑀，魏丞相掾。子渾、姪咸、咸子瞻、瞻弟孚、咸從子修、孚族弟放、放弟裕，皆知名。當世推人物第一。

〔四〕朱注：《古今注》：「塞者，所以壅塞夷狄也。」公秦州、夔州詩，每用塞上字。蓋秦界羌、夔界蠻，皆有關隘之設。

〔五〕見氣類各别。

〔六〕《高士傳》：張仲蔚所居，蓬蒿没人。

黄生云：有此高士，賴公詩以傳。「貧知」二句，見古心古貌。愚按：末四句，更進一層，直欲相與絶人逃世。

赤谷西崦人家〔一〕

躋險不自安一作喧，出郊已清目。溪迴日氣暖，逕轉山田熟。鳥雀依茅茨，藩籬帶松菊。如行武陵暮，欲問桃源宿。

〔一〕《地理志》：秦州有崦嵫山，在赤谷之西。按：舊注引此，似亦未合。此云西崦，不過赤谷西之巖嵌耳。

仇云：如一幅《桃花源記》。

西枝村尋置草堂地夜宿贊公土室二首〔一〕

出郭眄細岑，披榛得微路。溪行一流水，曲折方屢渡。贊公湯休徒〔二〕，好靜心跡素。昨枉霞上作，盛論巖中趣。怡然共攜手，恣意同遠步。捫蘿澀先登，陟巘眩反顧。要求陽岡暖，苦涉一作陟陰嶺沍。惆悵老大藤，沉吟屈蟠樹。卜居意未展，杖策迴且暮。層巔餘落日，草蔓已多露。

〔一〕公在京時，有《大雲寺贊公房》詩四首，見一之一。贊今謫此。

〔二〕公《大雲寺》詩：湯休起我病。

二詩與後寄贊一首連看。源出陶之《移居》、謝之《石門》等篇。○自郭而來，先至土室。西枝村更與土室岡嶺相隔。○起四，先叙來到贊室之路。中十二，四叙來尋之由，八叙同尋之事。結四，明未得置草堂地，抵暮回室，爲下篇夜宿作引。

天寒鳥已歸，月出山一作人更靜。土室延白光，松門耿疏影。躋攀倦日短，語樂寄夜永。明燃林中薪，暗汲石底井。大師京國舊，德業天機秉。從來支許遊〔一〕，興趣江湖迥。數奇謫關塞，道廣存箕潁。何知戎馬間，復接塵事屏。幽尋豈一路，遠色有諸嶺。晨光稍朦朧，更越西南頂。

〔一〕洙注：講《維摩詰經》，支遁爲法師，許詢爲都講。

前八，接上篇「落日」、「多露」來，從夜景叙出迴土室之景。中八，喜宿之情。結四，叙去路。與上篇篇首來路作章法。○時猶未到西枝。

寄贊上人

一昨陪錫杖，卜鄰南山幽。年侵腰脚衰，未便陰崖秋。重岡北面起，竟日陽光留。茅屋買一作置兼土，斯焉心所求。　近聞西枝西，有谷杉桼古漆字稠。亭午頗和暖，石一作沙田又足收。當期塞一作寒雨乾，宿昔齒疾瘳。徘徊虎穴上，面勢龍泓頭。　柴荆具茶茗，逕一作遥路通林丘。與子成二老，來往亦風流。

玩詩意，係回寓後所寄，究未嘗身到西枝也。起八，穩括前二詩之意。曰「心所求」者，意猶未決也。中八，始點出西枝。祇是傳聞其美，期置草堂，非身到語。結四，預擬定居後情事，蕭然有高致。〇按公已旅寓東柯谷矣，見《秦州雜詩》中。今三詩之首曰「出郭」，意城中仍有寓歟？

太平寺泉眼

招提憑高岡，疏散連草莽莫補切。　出泉枯柳根，汲引歲月古。　石間一作門見海眼，天畔縈水府。廣深丈尺間，宴息敢輕侮？青白二小蛇，幽姿可時睹。　如絲氣或上，爛熳爲雲雨。　山頭到山下，鑿井不盡土。取供十方僧，香美勝牛乳。　北風起寒文，弱藻舒翠縷。　明涵客衣凈，細蕩林影趣。　何當宅下流，餘潤通藥圃。　三春濕黄精〔一〕，一食生毛羽〔二〕。

〔一〕《博物志》：太陽之草名黄精，餌之長生。

〔二〕《拾遺記》：昭王夢有人，服皆毛羽，因名羽人。

起四點題。中二段各八句，叙其幽異而清美。結四，羡而欲居之。此虚致，非實情也。

昔遊〔一〕

昔謁華蓋君〔二〕，緑袍崑玉脚一作深求洞宫脚。玉棺已上天〔三〕，白日亦寂一作冥寞。暮升艮岑一作峰頂〔四〕，巾几猶未却。弟子四五人〔五〕，入來淚俱落。余時遊名山，發軔在遠壑。良覿違夙願，含凄向寥廓。林昏罷幽磬，竟夜伏石閣。王喬下天壇，微月映皓鶴。晨溪響虚駚〔六〕，歸徑行已昨。豈辭青鞋胝，悵望金匕藥〔七〕。東蒙赴舊隱，尚憶同志樂〔八〕。伏事董先生，於今獨蕭索。胡爲客關塞，道意久衰薄。妻子亦何人？丹砂負前諾。雖悲髮鬢變一作髮變鬢，一作鬢髮變，未憂筋力弱。杖藜望清秋，有興入廬霍〔九〕。

〔一〕范元實編入夔州，究無的據。且依舊編。

〔二〕《神仙傳》：王子喬養道於華蓋山，號華蓋君。按：當時道士，必亦有號華蓋者。

〔三〕《神仙傳》：天降玉棺，王子喬由是尸解。

〔四〕遠注：艮岑，東北之岑。

〔五〕即《憶昔行》所云盧老輩。

〔六〕音快，溪流之疾也。一作駛。

〔七〕鮑照樂府：金鼎玉匕合神丹。

〔八〕李白之流。

〔九〕《水經注》：尋陽郡南有廬山，九江之鎮也。《爾雅》：霍山爲南岳。注：在廬江西。按：後《憶昔行》云：「更討衡陽董鍊師，南浮早鼓瀟湘柁。」意董師今在西江，後又居湖南耶？

此因客途多累，思與學道者遊。「華蓋」之「謁」，係遊梁、宋間事。「董先生」之「赴」，係遊齊、魯時事。華蓋君久殁，董先生尚存。而董復不在舊隱，移棲廬、霍，欲往從之，故作此以見意。其向往之處在後半，而前半歷叙先訪之人，乃追遡因由，於本篇爲陪客也。分前後兩段看。中四句，則上下樞紐。○起四句，提起往訪已殁大意。「暮升」四句，叙訪而已殁之事。「余時」四句，述訪而已殁之情。「林昏」四句，託宿闃寂之景。其曰「王喬下天壇」者，意中如見其神靈也。中四句，上下摇曳，情景俱會。言昨日之來踪，乃今日之歸徑。足胝非所惜，金丹常繫思也。遥遡當日不遇斯人，復尋他隱，神致躍躍。「東蒙」以下入正文。此四句，亦是援往以遞今，乃引下口氣。「胡爲」四句，悵目前之負約。「雖悲」四句，冀將來之重赴。全首主意，歸結在此。朱注云：當與《憶昔行》互證。今見二之三。

佳　人

絶代有佳人，幽居在空谷。自云良家子，零落依草木。關中昔喪敗一作亂，兄弟遭殺戮。官高何足論，不得收骨肉。世情惡衰歇，萬事隨轉燭。夫壻輕薄兒，新人美如玉。合婚尚知時〔一〕，鴛鴦不獨宿。但見新人笑，那聞舊人哭？在山泉水清，出山泉水濁〔二〕。侍婢賣珠迴，牽蘿補茅屋。摘花不插鬢，采柏動盈掬一作握。天寒翠袖薄，日暮倚修竹。

〔一〕《風土記》：合婚，槿也，華晨舒而昏合。《本草》：合歡，即夜合也，人家多植庭除，一名合昏。

〔二〕仇注：謂守正清而改節濁也，他説皆未當。

依仇本分三段：「幽居在空谷」一句領一篇，筆高品高。此段叙不得宗黨之力。提出「良家子」三字，見其出身正大。中段叙見棄其夫之由。末段美其潔清自矢之操。「在山清」、「出山濁」，可謂貞士之心，化人之舌矣。建安而下，齊、梁而上，無此見道語。只以寫景作結，脱盡色相。○此感實有之事，以寫寄慨之情。

夢李白二首〔一〕

死别已吞聲，生别常惻惻。江南瘴癘地〔二〕，逐客無消息。故人入我夢，明我長相憶。恐非平生魂，路遠不可測！魂來楓林青，魂返關塞黑。今君在羅網，何以有羽翼？落月滿屋梁，猶疑照顔色〔三〕。水深波浪闊，無使蛟龍得！

〔一〕曾鞏《李白集序》：白卧廬山，永王璘迫致之。璘敗，白坐繫尋陽獄，得釋。乾元元年，終以污璘事，長流夜郎。至巫山，以赦得還。

〔二〕趙注：潯陽，今之江州也，屬江南西路。

〔三〕楊慎曰：二句所謂夢中魂魄，猶言是覺後精神尚未回也。蔡絛傳神之説非是。

人之相知，貴相知心。公當日文章契交，太白一人而已。二詩傳出形離精感心事，筆筆神來。○首章處處翻寫。起四，反勢也。説夢先説離，此是定法。中八，正面也，却純用疑陣。句句喜其見，句句疑其非。末四，覺後也。夢中人杳然矣，偏説其神猶在，偏與叮嚀囑咐，此皆意外出奇。○從來説別離者，或以死別寬生別，或以死別況生別。此反云「死」則「已」矣，「生常惻惻」，亦是翻法。「入夢」，我憶彼也。此竟云彼「魂來」，亦是翻法。

浮雲終日行，遊子久不至。三夜頻夢君，情親見君意。告歸常局促，苦道來不易。江湖多風波一云秋多風，舟楫恐失墜。出門搔白首，若負平生志。冠蓋滿京華，斯人獨顦顇。孰云網恢恢？將老身一作才反累。千秋萬歲名，寂寞身後事！

次章，純是遷謫之慨。爲彼耶？爲我耶？同聲一哭。起法，簇前十二句爲四句。中八，述其語，揣其情。述語而曰「局促」、「風波」，暗從「無使蛟龍得」來。揣情而曰「負志」、「顦顇」，則予懷耿耿，情見乎辭矣。末四，則所謂彼我同聲者也。厄其身而永其名，已是慰勞苦語。今且云「名」亦「寂寞」。此老下筆後，直使來者没處轉身。○始於夢前之淒惻，卒於夢後之感慨，此以兩篇爲起訖也。「入夢」，明我憶。「頻夢」，見君意。前寫夢境迷離，後寫夢語親切。此以兩篇爲層次也。○吴山民曰：子美《天末懷李白》云：「應共冤魂語，投詩贈汨羅。」今云：「無使蛟龍得。」又云：「舟楫恐失墜。」後世遂有沈江騎鯨之説，蓋因公詩附會耳。太白卒於李陽冰家，葬於謝家青山，二史可考。

有懷台州鄭十八司户〔一〕

天台隔三江一云江海〔二〕，風浪無晨暮。鄭公縱得歸，老病不識路。昔如水上鷗，今爲一作如罝中兔。性命由他人，悲辛但狂顧。山鬼獨一脚〔三〕，蝮蛇長如樹〔四〕。號呼傍孤城，歲月誰與度！從來禦魑魅〔五〕，多爲才名誤。夫子嵇阮流，更被時俗惡。海隅微小吏，眼暗髮垂素。黄帽映一作鳩杖近青袍〔六〕，非供折腰具。平生一杯酒，見我故人遇。相望無所成，乾坤莽迴互。

〔一〕鶴注：至德二載，虔貶台州司户。

〔二〕《爾雅注》：三江：岷江、浙江、松江也。一不言松江，言曹娥江。一曰浙江、松江、浦陽江。其説紛紛，要不必泥。

〔三〕《述異記》：山鬼，嶺南所在有之，獨足反踵。

〔四〕《山海經》：蝮蛇色如綬紋，一名反鼻蛇。《嚴助傳》：越地林中，多蝮蛇猛獸。

〔五〕《左傳》：投諸四裔，以禦魑魅。

〔六〕《隋・禮儀志》：年七十以上，賜鳩杖黄帽。

此亦披腹見愫之詩。起四，痛其隔遠不歸，而曰「老病迷路」，便見作意。如是，則永無歸日矣。次八句，叙事也。叙其放逐遠惡之處，源出《招魂》。又次八句，憂危之旨也。言既以才名誤於前，懼其復以放曠招時惡也。屈首暮途，則以不恭而招惡者一。年老脱略，則以疏節而招惡者一。此段本一片下，舊解失之。結四，又悲惋深至。後無見期，而念及從前杯酒。我亦漂泊，而兩爲翹首乾坤。落句更欲括一篇《天問》矣。

遣興三首

我今日夜憂，諸弟各異方。不知死與生，何况道路長！避寇一分散，飢寒永相望。豈無柴門歸，欲出畏虎狼。仰看雲中雁，禽鳥亦有行。

詩爲步兵《咏懷》體。此章，仇云：思兄弟也。按：結語徑住好。

蓬生非無根，漂蕩隨高風。天寒落萬里，不復歸本叢。客子念故宅，三年門巷空。悵望但烽火，戎車滿關東〔一〕。生涯能幾何？常在羈旅中！

〔一〕謂函關以東。

仇云：念故居也。按：起四比興，類魏、晉氣體。

昔在洛陽時，親友相追攀。送客東郊道，遨遊宿南山。煙塵阻長河，樹羽成皋間〔一〕。迴首載酒地，豈無一日還？丈夫貴壯健，慘戚非朱顏。

〔一〕陸機《洛陽記》：洛陽四關，東有成皋關，在汜水縣東南。

懷舊遊也。○觀此等詩，即知背鄉而西，爲逃亂，不爲逃飢矣。後凡懷鄉詩皆然。

遣興三首

下馬古戰場，四顧但茫然。風悲浮雲去，黄葉墜我前。朽骨穴螻蟻，又爲蔓草纏。故老行歎息，今人尚開邊。漢虜互勝負，封疆不常全。安得廉頗將？三軍同晏眠。

詩眼在「尚開邊」，咎兆釁也。「邊」，指吐蕃界。

高秋登寒山，南望馬邑州〔一〕。降虜東擊胡，壯健盡不留。穹廬莽牢落，上有行雲愁。老弱哭道路，願聞甲兵休。鄴中事反覆，死人積如丘。諸將已茅土，載軀誰與謀？

〔一〕非代州之馬邑。鶴注：《唐書志》：羈縻州内有馬邑州，開元十七年置，在秦、成二州山谷間。

詩眼在「願兵休」，憤賊熾也。此憤安史時秦隴屬羌皆東征。「已茅土」，激之之詞。

豐年孰云遲，甘澤不在早。耕田秋雨足，禾黍已映道。春苗九月交，顏色同日老。勸汝衡門士，勿悲尚枯槁。時來展材力，先後無醜好。但訝鹿皮翁，忘機對芝一作芳草〔一〕。

〔一〕《列仙傳》：鹿皮翁，淄川人也。少爲府小吏。岑山上有神泉，作祠屋留止其傍。食芝飲泉，七十餘年。淄水來山下，呼宗族上山半，水漂一郡。遺宗族令下山，著鹿皮衣，復上閣。

詩眼在「鹿皮翁」，傷老廢也。前以禾之晚成，興士之晚遇，皆屬激射語。身則甘爲「鹿皮翁」矣，而語仍瀟灑。

遣興五首

蟄龍三冬卧，老鶴萬里心。昔時賢俊人，未遇猶視今。嵇康不得死〔一〕，孔明有知音。又如壠坻一作底松，用舍在所尋。大哉霜雪榦，歲久爲枯林。

〔一〕《晉書》：鍾會以舊憾言於文帝曰：「公無憂天下，顧以康爲慮耳。」因譖康欲助毋丘儉，殺之。嗣宗《咏懷》、太沖《咏史》、延年《五君咏》，公蓋兼而用之。○賢俊生世，遇不遇皆不係於己。忽而比，忽插古人，忽又比，章法逼古。○「不得死」，不得其死也。

昔者一作在昔龐德公，未曾入州府。襄陽耆舊間〔一〕，處士節獨苦。豈無濟時策，終竟畏羅罟一云終歲罪畏罟。林茂鳥有歸，水深魚知聚。舉家隱鹿門，劉表焉得取〔二〕？

〔一〕晉習鑿齒撰《襄陽耆舊記》。

〔二〕《後漢書》：龐德公居峴山南，未嘗入城府。荆州刺史劉表就候之，謂曰：「夫保全一身，孰若保全天下乎？」龐公笑曰：「鴻鵠巢於高林，暮而得所棲。黿鼉穴於深淵，夕而得所宿。夫趣舍行止，亦人之巢穴也，且各得其栖而已。」因釋耕壟上。表歎息而去。後遂攜妻子登鹿門山，採藥不返。

「豈無濟時策，終竟畏羅罟。」公所以飄然遠行也。

陶潛避俗翁，未必能達道。觀其著詩集，頗亦恨枯槁〔一〕。達生豈是足？默識蓋不早。有子賢與愚，何其挂懷抱〔二〕。

〔一〕陶《飲酒》詩：雖留身後名，一生亦枯槁。

〔二〕陶《責子》詩：雖有五男兒，總不好紙筆。又有《命子》詩及《與五子疏》。

嘲淵明，自嘲也。假一淵明爲本身像贊。

賀公雅吴語，在位常清狂。上疏乞骸骨，黄冠歸故鄉。爽氣不可致，斯人今則亡。山陰一茅宇〔一〕，江海日清錢作淒涼〔二〕。

〔一〕仇注：山陰在會稽山北，故名。

〔二〕《舊書》：賀知章爲禮部侍郎，取舍非允。門蔭子弟，喧訴盈庭。於是以梯登牆首出決事，時人咸嗤之。晚尤縱誕，自號四明狂客，又稱秘書外監。天寶三載，請度爲道士，仍捨本鄉宅爲觀。

吾憐孟浩然，裋一作短褐即長夜。賦詩何必多，往往凌鮑謝〔一〕。清江空舊魚一作舊美魚〔二〕，春雨餘甘蔗〔三〕。每望東南雲，令人幾悲吒〔四〕。

〔一〕鶴注：二句乃孟詩也，就舉其詩以稱之。

〔二〕浩然詩：試垂竹竿釣，果見查頭鯿。

〔三〕張載詩：江南郡蔗。《浩然集序》：灌園藝圃以全高。

〔四〕《舊書》：孟浩然隱鹿門，以詩自適。年四十，應進士不第，還襄陽卒。

賀、孟皆同時先輩，欲如賀之「黄冠故鄉」，今已家園殘廢矣。或如孟之「裋褐長夜」，且將窮死客途矣。感慨係之。

遣興五首

朔風飄胡雁，慘澹帶沙礫。長林何蕭蕭，秋草淒更碧。北里富薰天，高樓夜吹笛。焉知南鄰客，九月猶絺綌！

古雜詩體。○此見客旅悲秋之旨。

長陵鋭頭兒〔一〕，出獵待明發。騂一作解弓金爪鏑〔二〕，白馬蹴微雪。未知所馳逐，但見暮光滅。歸來懸兩狼，門户有旌節〔三〕。

〔一〕《漢書》：高祖葬長陵。按：在長安。《春秋後語》：武安君小頭而鋭。

〔二〕朱注：梁元帝詩：「金爪鬭雞場。」此言箭鏃之利，如金爪然。

〔三〕《唐·百官志》：節度使雙旌雙節。《車服志》：旌以絳帛五丈，粉畫虎。有銅龍一，首纏緋幡。紫縑爲袋，油囊爲表。節垂畫木盤，相去數寸。隅垂尺麻。餘與旌同。

亂後武夫得志，見於詩者始此。

漆以用而割，膏以明自煎。蘭摧白露下，桂折秋風前。府中羅舊尹，沙道尚依然〔一〕。赫赫蕭京兆，今爲時所憐〔二〕！

〔一〕《國史補》：凡宰相禮絶班行，府縣載沙填路，號曰沙路。

〔二〕錢箋：史稱京兆尹蕭炅，林甫所親善。國忠倚勢遣逐，林甫不能救。㢸云：于兢《大唐傳》：天寶三載，因蕭京兆炅奏，於要路築甬道，載沙實之，屬於朝堂。

仇云：慨趨炎附勢之徒。

猛虎馮其威，往往遭急縛。雷吼徒咆哮，枝撑已在脚〔一〕。忽看皮寢處，無復睛閃爍。人有甚於斯，足以勸元惡。

〔一〕枝撑者，桎梏虎脚之具。

仇云：戒憑威肆虐者。錢箋云：蓋指吉温之流。温嘗曰：「若遇知己，南山白額虎，不足縛也。」故借以爲喻。愚按：詩非正用此事，蓋以「虎」比吉温輩。

朝逢富家葬，前後皆輝光。共指親戚大，緦麻百夫行。送者各有死，不須羨其强。君看束練一作縛去，亦得歸山岡。

吴注云：富貴貧賤，同歸於盡。按：此屬憤激之詞。○《唐詩解》云：章法簡净，不露才情，有建安風骨。

遣興二首

天用莫如龍，有時繫扶桑〔一〕。頓轡海徒涌，神人身更長。性命苟不存，英雄徒自强。吞聲勿復道，真宰意茫茫。

〔一〕劉向《九歎》：維六龍於扶桑。

地用莫如馬，無良復誰記〔一〕。此日千里鳴，追風可君意。君看渥洼種，態與駑駘異。不雜蹄齧間，逍遥有能事。

〔一〕謝瞻詩：蹇步愧無良。

二詩不知何指，不敢强爲之説。朱氏以龍擬安、史，以馬喻李、郭，恐亦未妥。

别贊上人〔一〕

百川日東流，客去亦不息。我生苦飄蕩，何時有終極！贊公釋門老，放逐來上國。還爲世塵嬰，頗帶憔悴色。楊枝晨在手〔二〕，豆子雨一作兩已熟叶熱〔三〕。是身如浮雲，安可限南北？異縣逢舊友，初欣寫胸臆。天長關塞寒一作遠，歲暮饑凍逼。野風吹征衣，欲別向曛一作昏黑。馬嘶思故櫪，歸鳥盡斂翼。古來聚散地，宿昔長荆棘。相看俱衰年，出處各努力。

〔一〕將去秦州赴同谷。

〔二〕《涅槃經》：於晨朝日初出，離常住處，嚼楊枝。遇佛光明，疾速漱口澡手。

〔三〕《華嚴疏鈔》：譬如春月，下諸豆子，得煖氣色，尋便出土。

依仇注截。起四，興起去秦，筆致飄忽。次八，慨贊公竄跡，而以隨緣慰之。又次八，叙客遇即別之情。末四，仇云：臨別交勉之詞。

兩當縣吴十侍御江上宅〔一〕

寒城朝煙淡，山谷落葉赤。陰風千里來，吹汝江上宅〔二〕。鵾雞號枉渚〔三〕，日色傍阡陌。借問持斧翁〔四〕，幾年長沙客〔五〕？哀哀失木狖羊就切，矯矯避弓翮。亦知故鄉樂，未敢思宿昔。昔在鳳翔都，共通金閨籍。天子猶蒙塵，東郊暗長戟。兵家忌間諜，此輩常接跡。臺中領舉劾，君必慎剖析。不忍殺無辜，所以分白黑。上官權許與，失意見遷斥〔六〕。仲尼甘旅人，向子識損益〔七〕。朝廷非不知，閉口休歎息。余時忝諍臣，丹陛實咫尺。相看受狼狽，至死難塞責。行邁心多違，出門無與適。於公負明義，惆悵頭更白。

〔一〕《唐書》：鳳州兩當縣，取水名。按：今屬鞏昌府。《杜臆》：時侍御尚在長沙，公過其空宅，思其往事而賦此。按：侍御名郁，見成都詩內。

〔二〕鶴注：鳳州有嘉谷，嘉陵江所出。

〔三〕《楚辭》：鵾雞啁哳而悲鳴。《湘州記》：枉山在郡東溪口，有小灣，謂之枉渚。

〔四〕《漢書》：繡衣御史，使持斧逐捕群盜。

〔五〕長沙，今爲府，在洞庭湖南。

〔六〕趙注：吴之謫遷，爲辨論良民，以此取忤朝貴。

〔七〕《後漢書》：向長，字子平。讀《易》至《損》、《益》卦，喟然歎曰：「吾已知富不如貧，貴不如賤，但未知死何如生耳。」

侍御之謫長沙，詩義明了，不知錢、朱輩何爲回易其詞？詳詩意，侍御在鳳翔行在，以言事見謫。公方任拾遺，闕爲疏救。今過其宅，慨然觸起。特爲暴其事蹟，而自陳其疚心。非公衷腸坦白，斷斷不肯如此剖露。◯起四，提初到空宅，蕭颯逼人。次八，想其貶所，而代揣其憂畏之情。次十六，詳述其得罪之由。當時軍興戒嚴，凡關津隘口，多有以平民迹類間諜而羅禍者，吴竟以辨冤招尤也。「仲尼」兩聯照舊勿倒轉，尤有味。言子其遠法聖賢，安於義命乎？彼舉朝上下，非不心知無罪，而莫肯抗言者。或惡直醜正，或阿合取容，古今一轍。子第「閉口」，勿復「歎息」也。末八，明白認咎，毫無掩飾，可以想其心地。○此係發秦州後所經，但不得混入紀行詩内。故先編此。

卷一之三　五古　起肅宗乾元二年至代宗廣德元年

《纂年譜》：乾元二年十月，公自秦州往同谷。不盈月，入蜀至成都。上元元年，卜居浣花溪，營草堂居之。二年，間至新津、青城。代宗寶應元年，居草堂。嚴武鎮成都。七月，送嚴武到綿州。西川徐知道反，因入梓州。冬，迎家至梓。廣德元年，公在梓。秋往閬州。冬復歸梓。

發秦州〔一〕

我衰更懶拙，生事不自謀。無食問樂土，無衣思南州〔二〕。漢源十月交〔三〕，天氣如涼秋。草木未黄落，况聞山水幽。栗亭名更嘉〔四〕，下有良田疇。充腸多薯音殊蕷〔五〕，崖蜜亦易求〔六〕。密竹復冬筍，清池可方舟。雖傷一作云旅寓遠，庶遂平生遊。此邦俯要衝〔七〕，實恐人事稠。應接非本性，登臨未銷憂。谿谷無異石，塞田始微收。豈復慰老夫，惘然難久留！日色隱孤戍，烏啼滿城頭。中宵驅車去，飲馬寒塘流。磊落星月高，蒼茫雲霧浮。

大哉乾坤内，吾道長悠悠！

〔一〕原注：乾元二年，自秦州赴同谷縣紀行。

〔二〕同谷在秦州南。

〔三〕《一統志》：漢江自沔縣嶓冢山發源。按：沔與成縣接界。今之成縣，即古同谷。

〔四〕《九域志》：栗亭在成州東。按：成州即今成縣也。其附郭縣曰同谷，則栗亭不在秦州審矣。《杜臆》乃謂公在秦州寓此、去東柯谷不遠，彼蓋誤認此段爲仍指秦州言耳。仇氏既知此爲預述同谷，何仍其説以自矛盾耶？

〔五〕《本草》：薯蕷俗名山藥。

〔六〕《圖經本草》：石蜜即崖蜜。其蜂黑色，作房於巖窟，以長竿刺取之。

〔七〕此指秦州。

自秦州抵同谷，又自同谷抵成都，前後紀行詩各十二首，此其首篇也。須看二十四首，蹊徑各各不同。○的是發端。玩此詩純從未發前落筆，明所以去此就彼之故。却用逆局，使文格不平直。起四句，提發秦州之由，實則提赴同谷之由也。故先逗出「樂土」、「南州」。接下十二句，竟寫同谷。此所謂逆入勢也。既使讀者曉然知向往之處，又以懸擬作描寫，爲能運實於虚。朱云：「漢源」等句，言同谷風土之煖，利於無衣。「栗亭」等句，言同谷物産之嘉，利於無食。愚按：「傷遠」、「遂遊」作一束。此下八句，倒找秦州之宜去。末八句，寫啓行景色，又寫臨行胸襟。是皆所謂逆捲勢也。《杜臆》云：此詩難於作結。乾坤悠悠，亦近亦遠，收得恰好。愚按：的是首篇結法。

赤　谷〔一〕

天寒霜雪繁，遊子有所之。豈但歲月暮，重來亦未一作未有期。　晨發赤谷亭，險艱方自兹。亂石無改轍，我車已載脂。山深苦多風，落日童稚饑。悄然村墟迥，煙火何由追？　貧病轉零落一作飄零，故鄉不可思。常恐死道路，永爲高人嗤。

〔一〕《一統志》：秦州西南七里，有赤谷川。前卷有《赤谷西崦人家》詩，即此。

此纔是發足之始，故景少情多。○起四，接上篇來。「豈但」二句，無限衷曲。情隨事遷之悲、饑來驅我之苦俱見。中八，叙發赤谷以後情狀，不黏赤谷説。「險艱自兹」一語，直將各首通盤提起。末四，是初到道中結法。「不可思」三字，讀之淚落。越思腸越斷，故若作戒詞者。

鐵堂峽〔一〕

山風吹遊子，縹緲乘險絶。硤形藏堂隍〔二〕，壁色立積一作精鐵。徑摩穹蒼蟠，石與厚地裂。修纖無根竹，嵌空太始雪。威遲哀壑底，徒旅慘不悦。水寒長冰横，我馬骨正折。生涯抵弧矢〔三〕，盗賊殊未滅。飄蓬踰三年〔四〕，回首肝肺熱。

〔一〕《通志》：峽有鐵堂莊，四山環抱，面有孤冢，傳是姜維祖塋。

〔二〕硤與峽，古通用。隍，《爾雅注》作堭，《漢書》作皇。《胡廣傳》：列坐堂皇上。注：室無四壁曰皇。

〔三〕趙曰：抵，當也。抵弧矢，言當用兵之時。

〔四〕總計奉先、白水、鄜州以來。

上下截各八句。上截狀硤形。下截述行旅。○此從到硤直起。「硤形」、「壁色」二句、「鐵」「堂」二字，得此刻劃，「徒慘」「馬折」之悲，從「盗賊未滅」生來。言苟非世亂，何至重累爾輩也。

鹽井〔一〕

鹵中草木白，青者官一云直者青鹽煙。官作既有程，煮鹽煙在川。汲井歲搰搰舊作榾，非〔二〕，出車日連連。自公斗三百〔三〕，轉致斛六千〔四〕。君子慎止足，小人苦喧闐。我何良歎嗟，物理固自一作亦固然。

〔一〕《水經注》：鹽官水南入漢水，在嶓冢西五十許里，相承營煮。《一統志》西河縣北有井，煮水成鹽。按：西河縣在秦州南。

〔二〕《莊子》：搰搰然用力甚多而見功寡。

〔三〕希曰：唐初鹽斗十錢。乾元初，第五琦爲鹽鐵使，斗加百錢，而出之爲二百一十。此乃云斗三百，當是天下用兵，税愈重，直愈昂矣。

〔四〕弼曰：官賣斗三百，商販石六千，倍其利也。據此，斛字當作石字用。

忽作述事詩，眼色一换。上八下四截。起二，「鹵」場景逼真。以下由「煮」而販，用蟬聯叙。七八，特誌時價。「止足」，隱諷在公，明引下文。「小人」，兼煮者販者。爲世亂民困作勞求活而憫之，非譏其逐利也。

寒　峽〔一〕

行邁日悄悄，山谷勢多端。雲門轉絶岸，積阻霾天寒。寒硤郭作峽不可度，我實衣裳單。况當仲冬交，泝沿增波瀾。野人尋煙語，行子傍水餐。此生免荷殳，未敢辭路難。

〔一〕見《宋書·氐胡傳》。

全從「寒」字落想，上八下四截。○「行邁」四句，從「硤」字滚出「寒」字。接寫四句，本説硤寒，反將衣單、冬半翻轉來説，涉筆便活。「尋煙」、「傍水」，硤外都無村落，寒苦更甚。結作自解語，又翻轉前篇「死道路」、「肝肺熱」等句意。

法鏡寺〔一〕

身危適他州，勉强終勞苦。神傷山行深，愁破崖寺古。嬋娟碧蘚一作鮮，非净，蕭摵寒籜聚。回回一作洄洄山根水，冉冉松上雨。洩雲蒙清晨〔二〕，初日翳復吐。朱甍音門半光炯，户牖粲可數。拄策忘前期，出蘿已亭午。冥冥子規叫，微徑不敢一作復取。

〔一〕寺無考。

〔二〕《魏都賦》：窮岫洩雲，日月恒翳。

讀諸詩如看横卷。險者、夷者、奥者、曠者，更變迭换。此乃其夷且曠之處也。起四，從行役跌落崖寺，以苦剔樂也。中八，寫寺間卉物晴旭之趣，忽欲意開。結四，就過境作餘韻，留取不盡。

青陽峽〔一〕

塞外苦厭山，南行道一作登路彌惡。岡巒相經亘，雲水氣參錯。林迥硤角來，天窄壁面削。磎西五里石，奮怒向我落。仰看日車側，俯恐坤軸弱。魑魅嘯有風，霜霰浩漠漠。

昨憶一作憶昨踰隴坂〔二〕，高秋視吴嶽〔三〕。東笑蓮華卑，北知崆峒薄〔四〕。超然侔壯觀，已謂殷寥廓。突兀猶趁人，及兹歎冥漠。

〔一〕峽亦無考。
〔二〕弼曰：秦州隴城縣，有大隴山，亦曰隴首，其坂九回。按：此條舊注《赤谷》下，非也。隴坂雖唐屬秦州，實在其東境，今在平涼、鳳翔之界。公來秦時，已過此矣。故《秦州詩》曰：「遲回度隴怯。」若赤谷，則自秦南行之路，與隴坂無涉。移此回憶處爲是。
〔三〕《周禮》：雍州，其鎮曰嶽山。注：吴嶽也。《唐志》：肅宗在鳳翔，改汧陽郡吴山爲西嶽。
〔四〕蓮華，華山峰名，在東。崆峒，近今平涼府城，在吴嶽北。

起四，就題前迤邐而來。中八，入正面，斗然而起。四實寫，四虛摹。石壁插天，欹危倒瞰如畫。已後八，用陪襯法，但舊解多混，詩蓋特提「吴嶽」一山爲襯耳。言當日「踰隴」觀嶽，覺他山皆小，已謂超然獨出，至今猶似突兀趁人。及觀兹硤，乃始歎爲直凌天表，非「吴嶽」之可喻也。兜題只一句。

龍門鎮〔一〕

細泉兼輕冰，沮洳棧道濕。不辭辛苦行，迫此短景急。石門雲雪一作雷隘〔二〕，古鎮峰巒集。旌竿暮慘澹，風水白刃澀〔三〕。胡馬屯成皋〔四〕，防虞此何及。嗟爾遠戍人，山寒夜中泣！

〔一〕《一統志》：在成縣東。按：志不記里，去成縣當尚遠。

〔二〕《蜀都賦》注：石門在漢中之西，褒中之北，蜀之險隘。按：石門即指龍門，當在兩當、成縣之間，正是漢西、褒北也。

〔三〕時必依鎮設戍。

〔四〕成皋在東都東。《唐書》：是年九月，史思明陷東京及齊、汝、鄭、滑四州。

上四，亦寫來路。下八，四叙景事、四寄慨歎。○「古鎮峰巒集」一語可畫。其曰「防虞何及」，非譏此之多事也。寬遠鎮，正以緊中原耳。舊注太認煞。

石龕〔一〕

熊羆咆我東，虎豹號我西。我後鬼長嘯，我前狨又啼〔二〕。天寒昏無日，山遠道路迷。驅車石龕下，仲冬見虹霓。伐竹者誰子，悲歌上雲梯。爲官採美箭〔三〕，五歲供梁齊〔四〕。苦云直簳一作笴盡，無以應提攜。奈何漁陽騎，颯颯驚蒸黎。

〔一〕亦無考。
〔二〕《埤雅》：狨，猿屬，尾作金色，俗謂之金線狨。
〔三〕朱氏引《一統志》漢陰縣之箭箭山爲證，與此地無涉，蓋龕旁亦産竹箭耳。
〔四〕安、史之亂，起天寶十四載，至是五年。

上下各八句，石龕本面無寫。前但寫龕邊呼嘯陰霾之象，知其地漸近同谷矣。《同谷歌》曰：「白狐跳梁黄狐立」、「天寒日暮山谷裏」，與此正相類也。後又因龕邊所值之人事，觸手生出文情。

積草嶺〔一〕

連峰積長陰，白日遞隱見。颼颼林響交，慘慘石狀變。山分積草嶺，路異鳴舊作明水縣〔二〕。旅泊吾道窮，衰年歲時倦。卜居尚百里，休駕投諸彦。邑有佳主人〔三〕，情如已會面。來書語絶妙，遠客驚深眷。食蕨不願餘，茅茨眼中見。

〔一〕原注：同谷界。
〔二〕《舊書》：縣屬興州。蔡曰：此嶺之外，東西别行。東同谷，西鳴水也。按：鳴水，今爲漢中之略陽縣，在同谷東。蔡説非是。
〔三〕謂同谷宰。

亦上下各八句。上八，四寫積草之狀，四叙入界之路及行役之困，以挑下文。下八，開出别致。行已及境，漸有即次之喜，早爲收局張本也。○末二句，作致意主人語。言供具一蕨已足，跋涉勞人，本是飽諳苦味者也。

泥功山〔一〕

朝行青泥上，暮在青泥中〔二〕。泥濘一作穽非一時，版築勞人功。不畏道途一作路遠，乃一作反將汩没同。白馬爲鐵驪，小兒成老翁。哀猿一作猱透却墜，死鹿力所窮。寄語北來人，後來莫怱怱。

〔一〕《唐書》有泥公山，在同谷西境。今爲考從前來路，多從東北來。舊注引泥公證泥功，恐非。此云泥功，即是青泥嶺之别名也。

〔二〕《元和郡縣志》：青泥嶺，在長舉縣西北五十三里，上多雲雨，行者屢逢泥淖。按：長舉縣即長慶中以鳴水縣省入者，其在同谷東境無疑。而前篇之鳴水，在同谷東，益信。

前四，直起。「版築」句不脱功字，時或有命工填築之事，因紀其實也。後八，都從泥濘上生發。「不畏」、「乃將」，借景以洩其憤。而細玩作意，却因將次息足，特地志慨，以束全局。結聯，勸世語，恰是到頭語也。

鳳凰臺〔一〕

亭亭鳳凰臺，北對西康州〔二〕。西伯今寂寞，鳳聲亦悠悠。山峻路絶蹤，石林氣高浮。安得萬丈梯，爲君上上頭。恐有無母雛，饑寒日啾啾一作啁啾。我能剖心血一作出，飲啄慰孤愁。心以當竹實，炯然無外求。血以當醴泉〔三〕，豈徒比清流。所重王者瑞，敢辭微命休。坐看綵翮長，舉一作縱意八極周。自天銜瑞圖〔四〕，飛下十二樓〔五〕。圖以奉至尊，鳳以垂鴻猷。再光中興業，一洗蒼生憂。深衷正爲此，群盜何淹留〔六〕？

〔一〕原注：山峻，人不至高頂。◯《一統志》：在成縣鳳凰山，山在縣東南十里，漢世曾有鳳凰棲其上。按：成縣即同谷。

〔二〕《唐書》：武德初，置西康州。貞觀初，州廢爲同谷縣，屬成州。

〔三〕《詩疏》：鳳非竹實不食，非醴泉不飲。

〔四〕《春秋元命苞》：黄帝游洛水之上，鳳凰銜圖置帝前。

〔五〕《漢·郊祀志》：方士言：黄帝時爲五城十二樓，以候神人於執期。

〔六〕謂史孽。

是詩想入非非。要只是鳳臺本地風光，亦只是杜老平生血性。不惜此身顛沛，但期國運中興。刳心瀝血，興會淋漓。爲十二詩意外之結局也。○起八，立案。「西伯」二句，爲一篇命脉。玆臺非岐山鳴處，公特因臺名想到「鳳聲」，因「鳳聲」想到「西伯」。先將注想太平之意，於此逗出。「山峻」四句，從人不至頂落想。以下奇情橫溢，都從此蹴起。中十二，欲養成鳳質，爲黼黻「鴻猷」之具，乃後段張本。後八，作盡興酣暢語。歸結到「再光中興」，而深衷披露，始無遺憾矣。結又冷雋，使群盜聞之，當廢然消沮。要之，中後兩段，悉是空中樓閣，只用「恐有」二字領起。而「恐有」二字，却從「安得」「上上頭」引出，其根則從「鳳聲」悠悠生出也。○《杜闡》以「無母雛」一段爲肅宗惑良娣張諸子而發，彼盧氏不嘗讀至下文耶？下云「坐看綵翮長，舉意八極周」是何等説話，不幾欲輔廣平以行篡逆耶？藉非中風狂易，當不至是，而繼作者猶切切焉信之。噫！杜子往矣，群言淆亂。辭而闢之，安在其能廓如也！

萬丈潭〔一〕

青溪含一作合冥寞，神物有顯晦。龍依積水蟠，窟壓萬丈內。跼步凌垠堮，側身下煙靄。前臨洪濤寬，却立蒼石大。山危一徑盡，岸絶兩壁對。削成根虚無，倒影垂澹瀩。黑知一作如，一作爲灣潭底，清見光炯碎。孤雲到來深，飛鳥不在外。高蘿成帷幄，寒木壘一作疊旌旆。遠川曲通流，嵌竇潛洩瀨。造幽無人境〔二〕，發興自我輩。告歸遺恨多，將老斯遊最。

閉藏修鱗蟄，出入巨石一作爪礙。何當炎一作暑天過，快意風雨一作雲會〔三〕。

〔一〕原注：同谷縣作。○《方輿勝覽》：在同谷縣東南七里，俗傳有龍自潭飛出。

〔二〕造，天造地設之造。此句指天事。

〔三〕時值冬遊，故懸想炎天快意。

是篇不在紀行之數。○詩凡二十八句，其製局之妙，即取天工布置此潭爲法。於適中四句，摹寫潭身。「黑知」、「清見」、「孤雲」、「飛鳥」，兩實寫，兩虛摹也。其前後貼身各四句，前寫到潭俯瞰，後寫臨潭外望，是近潭着筆也。又前後各四句，前以「跼步」「側身」提遊興，後以「發興」「告歸」繳遊興。前來路，後收局也。此二十句只是一片，重重包絡，恰好將潭身置在中間。如觀秋月之暈，層層圈裹也。而其首尾各四句，「神物」、「蟄鱗」，只此兩現。其始也，將「神物」一提，隨手捺住；其末也，將「蟄鱗」再擬，舉意欲飛。得奥區而未得時會，爲此生寄慨，正爲斯潭生色。

發同谷縣〔一〕

賢有不黔突，聖有不煖席〔二〕。況我饑愚人，焉能尚安宅！始來兹山中，休駕喜地僻。奈何迫物累，一歲四行役〔三〕。忡忡去絶境，杳杳更遠適。停驂龍潭雲〔四〕，迴首虎崖石〔五〕。臨岐別數子，握手涙再滴。交情無舊深，窮老多慘慼。平生懶拙意，偶值棲遁跡。去住與願違，仰慚林間翮。

〔一〕原注：乾元二年十二月十一日，自隴右赴成都紀行。
〔二〕《淮南子》：墨子無黔突，孔子無煖席。
〔三〕趙曰：春自東都回華，秋自華州客秦，冬自秦赴同谷，又自同谷赴劍南。
〔四〕即萬丈潭。
〔五〕《一統志・古蹟》：有虎穴，在成縣西。

此爲後十二首之開端。亦如《發秦州》詩，都叙未發將發時情事。但彼則偷起所赴之區，逆探其景。此則祇就別去之地，曲道其情。◯起四，又是第二次登程起法。中十二，所謂將發之情也。結四，又是暫止即行結法。

木皮嶺〔一〕

首路栗亭西〔二〕，尚想鳳凰村〔三〕。季冬攜童稚，辛苦赴蜀門〔四〕。南登木皮嶺，艱險不易論。汗流被我體，祁寒爲之暄。遠岫争輔佐，千巖自崩奔。始知五嶽外，別有他山尊。仰干一作看塞大明〔五〕，俯入裂厚坤。再聞虎豹鬭，屢跼風水昏。高有廢閣道，摧折如斷轅。下有冬青林，石上走長根。西崖特秀發，煥若靈芝繁。潤聚金碧氣，清無沙土痕。憶觀崑崙圖，目擊玄圃存〔六〕。對此欲何適，默傷垂老魂。

〔一〕《方輿勝覽》：在同谷縣東二十里。杜甫發同谷，取路栗亭，南歷當房村，度木皮嶺，由白水峽入蜀。即此。

〔二〕《發秦州》詩云：栗亭名更嘉。

〔三〕朱注：當與鳳凰臺相近。

〔四〕旨曰：即劍門也。

〔五〕《廣雅》：日名耀靈，一名大明。

〔六〕《神仙傳》：崑崙，一名玄圃。

起四，纔是啓行之始。點出「赴蜀門」，亦猶《發秦州》之預提同谷也。中十六，俱就木皮寫。四泛提其險，四正狀其高，八又逐層渲染，總見度此之難也。結入妙，又轉出好景，使人留戀。纔動足，便思住足。是作者有意留「西崖」在後作翻身勢，是謂波瀾老成。

白沙渡〔一〕

畏途隨長江〔二〕，渡口下絶岸。差池上舟楫，杳窕入雲漢。天寒荒野外，日暮中流半。我馬向北嘶，山猿飲相喚。水清石礧礧，沙白灘漫漫。迥一作倏然洗愁辛，多病一疏散。高壁抵嶔崟一作岑，洪濤越凌亂。臨風獨回首，攬轡復三歎。

〔一〕舊據《勝覽》以白沙、水回二渡俱屬劍州，誤也。劍州在劍門南，此去劍門尚遠。當即成州渡嘉陵江處。

〔二〕《一統志》：嘉陵江，源出鞏昌府鳳縣，東歷兩當、略陽，會東谷等水，流經四川，入大江。

仇注：起四，渡口登舟。中八，舟中之景。結四，捨舟登陸。愚按：此寫江景極可悦。而首言「畏途」，末言「三歎」，中以「洗愁辛」三字，挑起兩頭，饒有別趣。○「天寒荒野」六句入畫。

水會渡〔一〕

山行有常程，中夜尚未安。微月没已久，崖傾路何難。大江動一作當我前〔二〕，洶若溟渤寬。篙師暗理楫，歌笑輕波瀾。霜濃木石滑，風急一作烈手足寒。入舟已千憂，陟巘仍萬盤。迴出一作迴眺積水一作石外，始知衆星乾。遠遊令人瘦，衰疾慚加餐。

〔一〕《一統志》：嘉陵江過略陽，會東谷等水，恐即此處。

〔二〕亦指嘉陵江。

仇注：上八，從山行説向水渡。下八，從渡水説到登岸。愚按：前篇寫薄暮，此篇寫向曉。前寫江行之趣，此寫江勢之險。前用正筆寫，此多旁筆寫。如「篙師」二句，從反面顯出風勢。「迥出」二句，從過後剔出水勢是也。

飛仙閣〔一〕

土門山行窄，微徑緣一作徑微上秋毫。棧雲闌干峻，梯石結構牢〔二〕。萬壑欹疏林，積陰帶奔濤。寒日外澹泊，長風中怒號。歇鞍在地底，始覺所歷高。往來雜坐卧，人馬同疲勞。浮生有定分，饑飽豈可逃？歎息謂妻子，我何隨汝曹！

〔一〕朱注：在今漢中府略陽縣東南四十里。或云，即三國時馬鳴閣。

〔二〕《梁州圖經》：棧道連空，興利州至三泉縣，橋閣共一萬九千三百八十間。護險編欄，共四萬七千一百三十四間。

自此以下四篇，俱志棧道之景。○上八記敘。下八感慨。記敘處，但寫閣道之凌空危峻。而行役之苦，都從感慨處發之。○「萬壑」、「積陰」，以下句形上句。「奔濤」，即疏林之欹勢。身度林壑之上，俯瞰陰林擺動，如濤奔也。「外澹泊」，内陰而光在遠也。「中怒號」，度狹而聲愈猛也。「外」、「中」二字，妙於體物，讀者如行峻嶺空衖間。「疲勞」反從「歇鞍」後託出，絶無呆相。結，笑貌歎聲俱有。

五　盤〔一〕

五盤雖云險，山色佳有餘。仰凌棧道一作閣細，俯映江木疏。地僻無網罟，水清反多魚。好鳥不妄飛，野人半巢居。喜見淳樸俗，坦然心神舒。東郊尚格鬪〔二〕，巨猾何時除？故鄉有弟妹，流落隨丘墟〔三〕。成都萬事好，豈若歸吾廬！

〔一〕《一統志》：七盤嶺在保寧府廣元縣北一百七十里，一名五盤嶺。

〔二〕東郊即東都。

〔三〕弟在濟州，妹在鍾離，俱不在故土。

棧道四篇，一苦一愉，相間成章。○起四，叙過題面。中四、後八，皆即景言情。五盤本亦險境，要説向喜邊。妙在首句即點即撇。上不履「棧」，下不涉「江」，正寫出盤紆避險之趣。「地僻」四句，述其風土，忽到羲皇以上。惟所見淳樸如此，因想到故鄉經亂，離散不還，則不如入蜀好矣。而詩却云「豈若吾廬」，乃知思歸心切，仍是望治情殷也。○鄉國之思，都從前文好景觸起。不然，則此等意篇篇可入。

龍門閣〔一〕

清江下龍門，絶壁無尺土〔二〕。長風駕高一作白浪，浩浩自太古。危途中縈盤，仰望垂綫縷。滑石攲誰鑿，浮梁裊相拄。目眩隕雜花，頭風吹過一云過飛雨。百年不敢料，一墜那得取？飽聞經瞿唐〔三〕，足見度大庾〔四〕。終身歷艱險，恐懼從此數。

〔一〕《元和郡縣志》：在利州綿谷縣東北八十二里。《寰宇志》：一名葱嶺山。按：利州即今廣元縣。

〔二〕《方輿勝覽》：他雖險，然在山腰亦微有徑，可以增置閣道。惟此閣石壁斗立，虛鑿石竅，架木其上。比他處極險。《一統志》：在廣元縣嘉陵江東岸。

〔三〕峽名，在夔州。

〔四〕嶺名，在江西南安府。

飛仙之險在山。龍門之險，尤在下臨急水。起四，領清。中八，先述閣道之攲危，次述臨江之恐墜，其意承遞而下。後四，經險之歎也。○「目眩」、「頭風」，接「浮梁」來。臨迅駛之流，故「目眩」如「花隕」；騰澎湃之響，故「頭風」若「雨吹」。朱注欲實指花雨，則途中或有花飛，篇內全無雨景。且於江險意，含藴不着矣。引「瞿唐」，切水。引「大庾」，切山。「飽聞」、「足見」者，即此已兼有其險也。○「危途」四句，棧道圖未必能爾。太白《蜀道難》，亦未免虛摹多，實際少。

石櫃閣〔一〕

季冬日已長，山晚半天赤。蜀道多早一作草花，江間饒奇石。石櫃曾波上，臨虚蕩高壁。清暉回群鷗，暝色帶遠客。羈棲負幽意，感歎向絶跡。信甘孱懦嬰，不獨凍餒迫。優游謝康樂，放浪陶彭澤。吾衰未自由，謝爾性所適。

〔一〕《方輿勝覽》：石欄橋在綿谷縣北。自城北至大安軍界，橋閣萬五千有奇。著名者，石櫃閣、龍門閣。

此亦臨江之棧也。又言「幽」，不言險，所謂相間成章者也。○上八景，下八情。上竟作遊賞意境，下還行役本色。○「回鷗」、「帶客」，亦是畫句。「羈棲」四句，轉若深幸此來者。「優游」四句，仍以「不自由」爲謝。則境雖幽，亦聊自遣耳。

桔柏渡〔一〕

青冥寒江渡，架竹爲長橋。竿濕煙漠漠，江永風蕭蕭。連笮動嫋娜〔二〕，征衣颯飄颻。急流鴇鷁同鶂散〔三〕，絶岸黿鼉驕。西轅自兹異，東逝不可要。高通荆門路〔四〕，闊會滄海潮。

孤光隱顧眄，遊子悵寂寥。無以洗心胸，前登但山椒〔五〕。

〔一〕《方輿勝覽》：在利州昭化縣。按：此渡亦當屬嘉陵江，但漸近蜀門。
〔二〕《梁益記》：笮橋，連竹索爲之，亦名繩橋。
〔三〕《西都賦》注：鴇似雁，無後趾。鶂，水鳥。
〔四〕嘉陵江下流入大江，江出夔峽，達荆州。
〔五〕《廣雅》：土高四墮曰椒。

嘉陵江勢東下，公則渡橋而西以上劍閣也。上八，可作長橋行旅圖。公少遊吴越，樂其風土，素有東遊之志。觀入蜀以後詩，每每情見乎辭。此來連日緣江，至是則長謝於「東逝」之水，故致慨「西轅」也。「不可要」者，不得與水相期會也。是篇爲近蜀門之界，故下八特寄依違之意，於文情亦有將合故離之致焉。

劍　門〔一〕

惟天有設險，劍門一作閣天下壯。連山抱西南，石角皆北向。兩崖崇墉倚，刻畫城郭狀。一夫一作人怒臨關，百萬未可傍。川嶽儲精英，天府興寶藏〔二〕。珠玉一作玉帛走中原，岷峨氣悽愴。三皇五帝前，雞犬各相放。後王尚柔遠，職貢道已喪。至今一作令英雄人，高視見霸王〔三〕。并吞與割據，極力不相讓。吾將罪真宰，意欲鏟疊嶂。恐此復偶然，臨風默一作黯惆悵。

〔一〕即劍閣之門也。《一統志》：大劍山在劍州北，蜀所恃爲外户。峭壁中斷，兩崖相嶔，如門之闢，如劍之植，故又名劍門山。

〔二〕仇注：往見舊人手卷，「珠玉」上有此二句。今按：杜詩多四句轉意，此段獨闕兩句。且得此一提，文氣愈暢。仇氏非僞撰也。脱簡無疑。

〔三〕霸如公孫述、李特輩。王如後漢先主。

《劍門》與《鹿頭》篇，皆别立議論之文。從來注家於篇首八句反看了，遂令本段語意不明，并通篇氣脉不貫。兹特正之。○首尾各八句，俱以地險易動立論。中間八句，乃深論後王柔遠之失宜。則恃險者在彼，而結怨者仍在我矣。兩頭，主中賓。中腹，賓中主也。○「抱西南」，見曲爲彼護；「角北向」，見顯與我敵；爲篇末「欲鏟疊嶂」之根。舊以爲面内之義，何耶？「怒臨關」、「未可傍」，見扼險可虞，爲篇末「英雄」「高視」之根。舊以爲中原賴之，何耶？「川嶽」四句，言彼利可欲，而盡利則怨。「三皇」四句，言古風闊達，而末法誅求。是則結怨之根也。「至今」四句，恐彼見扼險之已事而欲效之。「鏟疊嶂」，惡其抱南角北也。「恐復偶然」，深致戒於撫馭之人。道在寬其職貢而已。○夏客云：《劍門》詩，因《劍閣銘》而成，用古而能勝於古者。愚按：孟陽之銘，是一篇《喻蜀文》，有德不在險意，故其詞曰：「憑阻作昏，鮮不敗績。」爲反側子告也。子美之詩，是一篇籌邊議，有懷遠以德意，故其詞曰：「後王尚柔遠，職貢道已喪。」爲當宁者告也。翻古而非用古，夏客誤矣。

鹿頭山〔一〕

鹿頭何亭亭，是日慰饑渴。連山西南斷，俯見千里豁〔二〕。遊子出京華，劍門不可越。及兹險阻盡，始喜原野闊。　殊方昔三分，霸氣曾間發。天下今一家，雲端失雙闕〔三〕。悠然想揚馬，繼起名硉兀〔四〕。有文令人傷，何處埋爾骨？　紆餘脂膏地，慘澹豪俠窟。仗鉞非老臣，宣風豈專達。冀公柱石姿，論道邦國活。斯人亦何幸〔五〕，公鎮踰歲月〔六〕。

〔一〕《唐書》：漢州德陽縣有鹿頭關，在鹿頭山上，南距成都百五十里。

〔二〕《益州記》：沃野千里，謂之陸海。

〔三〕《蜀都賦》：華闕雙邈，重門洞開。

〔四〕《華陽國志》：司馬相如、揚子雲，斯蓋華岷之靈標、江漢之精華也。

〔五〕斯人，謂蜀人。

〔六〕《舊書》：右僕射裴冕，拜冀國公。乾元二年六月，拜成都尹，充劍南西川節度使。仇注：據詩

「踰歲月」，則拜尹當在六月之前。《舊書》恐有誤。

亦前中後各八句。起處忽與上篇作鈎連體，其立論正復相發，作法又變。○前八叙事。中八弔古。後八發議。入蜀者，過鹿頭便無山路，皆成沃野矣。曰「連山斷」，曰「險阻盡」，將前來無數奇險，一筆掃空。眼界曠然，又恰是將到之體。「殊方」四句，憑古以慶今。「悠然」四句，傷往以悼己。然本意重在「霸氣間發」上，與末段關生。其慨「想揚、馬」，乃是帶筆。連者斷之，古法往往有此。「紆餘」句，即前篇「川嶽」一段意。「慘澹」句，即前篇「英雄」一段意。「仗鉞」二句，呼起下文「冀公」撫蜀。以「冀公」作結，於廟謨，於地主，兩俱得體。而以頌爲規，原與「霸氣間發」相迴顧，亦復與前篇相證明。總要見懷遠以德意。仇云：未幾，段子璋、徐知道、崔旰、楊子琳輩，果據險爲亂。

成都府〔一〕

翳翳桑榆日，照我征衣裳。我行山川異，忽在天一方。但逢新人民，未卜見故鄉。大江東流去〔二〕，遊子日月長。曾城填華屋，季冬樹木蒼。喧然名都會，吹簫間笙簧。信美無與適〔三〕，側身望川梁。鳥雀夜各歸，中原杳茫茫。初月出不高，衆星尚爭光〔四〕。自古有羈旅，我何苦哀傷！

〔一〕今隸四川布政司。

〔二〕即岷江也。環府城西北，轉而東南流。

〔三〕《登樓賦》：雖信美而非吾土兮，曾何足以少留。

〔四〕錢箋引《困學記聞》云：比肅宗初立，盜賊未息也。

前後各八，中四句。前後皆言遊子羈旅之情，是稅駕語，亦是二十四首總結語。只中四，還成都正面。○「信美」而猶「望川梁」者，見「鳥雀各歸」，而傷故鄉之不可歸也。所以然者，由寇擾中原，如星爭月彩，人思避亂，是以不免「羈旅」也。比意側重「衆星」。○朱氏以《困學》借喻爲曲說，不知不借喻，則結聯如何綴屬？○楊德周曰：紀行諸篇，幽靈危險，直令氣浮者沈、心淺者深。刻畫之中，元氣渾淪；窈冥之内，光怪迸發。

贈蜀僧閭丘師兄〔一〕

大師銅梁秀〔二〕，籍籍名家孫。嗚呼先博士，炳靈精氣奔。惟一作往昔武皇后，臨軒御乾坤。多士盡儒冠，墨客藹雲屯。當時上紫殿，不獨卿相尊。世傳閭丘筆，峻極逾崑崙。鳳藏丹霄暮，龍去白水渾。青熒雪嶺東〔三〕，碑碣舊製存。斯文散都邑，高價越璵璠。晚看作者意，妙絶與誰論。吾祖詩冠古，同年蒙主恩〔四〕。豫章夾日月〔五〕，歲久空深根。小子思疏闊，豈能達詞門？窮愁一作秋一揮淚，相遇即諸昆。我住錦官城〔六〕，兄居祇樹園〔七〕。地近慰旅愁，往來當丘樊。天涯歇滯雨，粳稻卧不翻。漂然薄遊倦，始與道侶敦。景晏步修廊，而無車馬喧。夜闌接軟語〔八〕，落月如金盤。漠漠世界黑，驅驅争奪繁。惟有摩尼珠〔九〕，可照濁水源〔一〇〕。

〔一〕原注：太常博士均之孫。○《舊書》：成都人閭丘均，以文章稱。景龍中，爲安樂公主所薦，拜太常博士。公主誅，均坐貶卒。○編上元元年，在成都草堂。

〔二〕銅梁，山名。《蜀都賦》：外負銅梁於宕渠。

〔三〕雪嶺在維州。

〔四〕《杜審言傳》：武后授著作郎，遷膳部員外郎。

〔五〕豫、章，二木名，挺生之木也。

〔六〕《華陽國志》：成都西城，故錦官城也。

〔七〕《金剛經》：祇樹給孤獨園。按：是佛説法處也。

〔八〕《法華經》：如來能種種分別巧説諸法，言詞柔輭，悦可衆心。

〔九〕《圓覺經》：譬如清凈摩尼寶珠，映放五色，隨方各現。

〔一〇〕《宣室志》：嚴生家漢南，得一珠如彈丸。胡人曰：「此西國清水珠，至濁水，泠然洞徹矣。」

詩以世誼作合，分兩大段看。於閭丘先提「大師」，後叙「博士」。於己先提「吾祖」，後叙「小子」。

是爲立言有體，而法則順逆相間矣。叙「博士」繁，叙「吾祖」簡。自叙客途敦好之情繁，叙閭丘宗門習静之語簡。可見訂交不泛，而法則詳略相因矣。○「多士」、「雲屯」，叙博士也。已含着膳部。「鳳藏」、「龍去」，或云稱其文，或云比其歿。愚意博士必以碑版之文名世，二句當即摘其文中警策語。即下所云「雪嶺」、「舊製」，蓋指博士所製也。乃與「斯文」、「高價」一串，莫認「碑碣」爲表博士之墓者。「同年蒙恩」，叙膳部也。仍帶定博士。「漠漠」、「驅驅」，將世亂作一跌。而彼之心地益顯，我之羈愁亦釋，八面玲瓏。

泛　溪〔一〕

落景下高堂，進舟泛迴溪。誰謂築居小，未盡喬木西。遠郊信荒僻，秋色有餘凄。練練峰上雪〔二〕，纖纖雲表霓。兒童戲左右一云童戲左右岸，罟弋畢提攜。翻倒荷芰亂，指揮徑路迷。得魚已割鱗，採藕不洗泥。人情逐鮮美，物賤事跡一作已睽。吾村靄暝姿，異舍雞亦棲。蕭條欲何適，出處勢可齊。衣上見新月，霜中登故畦。濁醪自初熟，東城多鼓鼙。

〔一〕西城外浣花溪也，即置草堂處。

〔二〕拆用雪嶺，非曾雨雪也。雪嶺在蜀西，遥望可見，夏秋常白。

秋溪晚泛也，兼陶、謝風味。前八，叙題寫景。中八，溪邊幽事。後八，回舟情景。結語正喜身超事外。仇反謂未可安枕，失其本旨。

病柏〔一〕

有柏生崇岡，童童狀車蓋〔二〕。偃蹇一作蹙龍虎姿〔三〕，主當風雲會〔四〕。神明依正直，故老多再拜。豈知千年根。中路顔色壞。出非不得地，蟠據亦高大。歲寒忽無憑，日夜柯葉改。丹鳳領九雛〔五〕，哀鳴翔其外。鴟鴞志意滿，養子穿一作窟穴内。客從何鄉來，佇立久吁怪。静求元精理，浩蕩難倚賴。

〔一〕編上元二年。

〔二〕《蜀志》：先主舍東角籬，有桑樹，遥望見童童如小車蓋。

〔三〕《大人賦》注：偃蹇，夭矯也。

〔四〕主當，猶言主持。

〔五〕樂府：鳳凰鳴啾啾，一母將九雛。

《病柏》，比也。志士失路，用以自况焉。○「豈知千年根，中路顔色壞。」一詩之眼。前八，從得氣落出病來。中八，咏歎其病。四實拈，四旁寫。後四，寄慨作結。○「龍虎」而「主風雲」，器量不凡也。「神依」而「故老拜」，志操夙秉也。何等位置，使人起立。「千年根」「壞」，仍擔觔兩。「得地」、

「高大」，并見世胄。「無憑」、「改柯」，百方摧折，非其節喪也。「鳳領」、「雛翔」，挈家漂蕩。「鵾鶚」、「穿穴」，鼠輩得時。「客來」、「吁怪」，緊頂「鳳」、「鶚」，詫其倒置也。「元精」、「難賴」，志節之士欲自立於此時，難矣！

病橘

群橘少生意，雖多亦奚爲！惜哉結實小，酸澀如棠梨〔一〕！剖之盡蠹蟲一作蝕，采掇爽其一作所宜。紛然不適口，豈止一作只存其皮？蕭蕭半死葉，未忍一作忽忽別故枝。玄冬霜雪積，況乃迴風吹。嘗聞蓬萊殿，羅列瀟湘姿〔二〕。此物歲不稔，玉食失光輝。寇盜尚憑陵，當君減膳時。汝病是天意，吾愁舊作諗，一作敢罪有司。憶昔南海使，奔騰獻荔支。百馬死山谷，到今耆舊悲〔三〕。

〔一〕《爾雅注》：棠，今之杜梨。陸曰：其子有赤白。白爲甘棠，赤者澀而酢。

〔二〕鮑照詩：橘生瀟湘側。

〔三〕《後漢・和帝紀》：南海獻龍眼、荔支，十里一置，五里一候。《唐國史補》：貴妃生於蜀，好食荔支。南海所生，尤勝蜀者，每歲飛馳以進。

《病橘》，比而賦也。口腹疲民，用告尚方焉。○「汝病是天意，吾愁罪有司。」一詩之眼。前十二，狀其病，謂宜停貢矣。中八，諷時事。後四，再徵一影子以警醒之。○「少生意」，民窮之象也。「采掇爽宜」，徵斂非時，致窮之本也。「死葉」、「別枝」，窮而離散。「霜雪」、「迴風」，又迫以刑威。比意如此，而其文則隱指貢橘也。時或尚食頗貴遠物，或中宮頗襲故事，故着「蓬萊」、「羅列」等語。「寇盜」、「減膳」，以頌爲規。「天意」而「罪」且隨之，含諷婉切。「憶昔」以下，因前文於貢獻之事，究未顯言，特以往事借影，含吐入妙。

枯椶

蜀門多椶一作栟櫚〔一〕，高者十八九。其皮割剥甚，雖衆亦易朽。徒布一作有如雲葉，青青歲寒後。交横集斧斤，凋喪先蒲柳〔二〕。傷時苦軍乏，一物官盡取。嗟爾江漢人〔三〕，生成復何有？有同枯椶木，使我沈歎久。死者即已休，生者何一作能自守？啾啾黄雀啄一作啅，側見寒蓬走。念爾形影乾一作枯形影，摧殘没藜莠。

〔一〕《廣志》：椶，一名栟櫚，有葉無枝。陳藏器云：其皮作繩，入水不爛。

〔二〕《世説》：蒲柳之質，望秋先零。

〔三〕嘉陵水，兼江、漢之名，全注於蜀，故謂蜀爲江、漢人。

《枯椶》，比而賦也。軍興賦繁，爲民請命焉。○「傷時苦軍乏，一物官盡取。」一詩之眼。前八，先叙其枯。中八，入事，明所以枯之故。後四，就其枯而慨之。○「皮剥」、「易朽」，與「少生意」同旨，亦比民窮也。「布葉」，寬一筆。「集斤」，緊一筆。「傷時」以下，顯入窮民。「一物盡取」，所該者廣。「人同枯棱」，明比以顧題。「已休」、「何守」，傷之亦望之也。「啾啾」以下，收還本題。「雀啄」、「寒蓬」，再用一興，活甚。蓋謂雀所集處，見蓬不見棱矣。向也「如雲」，今也「没莠」，凋喪立見。

枯柟

楩柟枯崢嶸，鄉黨皆莫記。不知幾百歲，慘慘無生意〔一〕。上枝摩蒼天，下根蟠厚地。巨圍雷霆拆，萬孔蟲蟻萃。涷音東雨落流膠〔二〕，衝風奪佳一作嘉氣〔三〕。白鵠遂不來，天雞爲愁思〔四〕。猶含棟梁具，無復霄漢一作雲霄志。良工古昔少，識者出涕淚〔五〕。種榆水中央，成長何容易〔六〕？截承金露盤〔七〕，裊裊不自畏。

〔一〕公有《柟樹爲風雨所拔歎》，見二之二，另是一株。

〔二〕《楚辭》：使涷雨兮灑塵。《爾雅注》：江東呼夏月暴雨爲涷雨。

〔三〕《楚辭》：衝風至兮水揚波。注：衝風，隧風也。

〔四〕《爾雅》：鶾，天雞。注：赤羽鳥。

〔五〕公《祭清河文》：「自古所歎，罕聞知己。」即此意。

〔六〕《齊民要術》：榆性軟弱，久無不曲。

〔七〕《三輔故事》：武帝於建章宮立銅柱，上有仙人掌承露盤。

《枯柟》，比也。老成擯棄，懷思柱石焉。◯「猶含棟梁具，無復霄漢志。」一詩之眼。前四，直叙其枯。中十二，原其具，傷其今，推其隱。後四，用託法。◯「鄉黨莫記」，失勢後，人無語及者。「摩天」、「蟠地」，幹濟之姿。「雷拆」、「氣奪」，一跌不振也。「白鵠不來」，賓客皆散。「天雞愁思」，故交惋惜也。「無霄漢志」，哀其隱衷。「良工」、「出涕」，知己之感。「榆」欲「承盤」，不勝任，不自量矣。只就小材咏嘆，若合若離，結法冷雋。葉石林云：爲房相作。殆非臆説。◯《病柏》、《枯柟》，是一類。《病橘》、《枯椶》，是一類。四詩寄託遥深，吐屬温雅。蓋斂鋒鍔爲之。力追古作者。

江頭五咏〔一〕

丁　香〔二〕

丁香體柔弱，亂結枝猶墊〔三〕。細葉帶浮毛，疏花披素艷。深栽小齋後，庶使幽人占。晚墮蘭麝中，休懷粉身念。

〔一〕其後三首曰《梔子》、《鸂鶒》、《花鴨》，係五律，見三之三。○編寶應元年。是春尚繫肅宗。

〔二〕《圖經本草》：丁香，木類桂，高丈餘，凌冬不凋。花圓細、黄色。《齊民要術》：雞舌香，一名丁子香是也。《碎録》：一名百結。子出枝葉上，如釘，長三四分。

〔三〕按義山詩：本是丁香樹，春條結始生。蓋其枝常相結也。《説文》：墊，下也。

幽芳之品，墮入靡麗，鮮不自失矣。若護之，若誡之，深哉。

麗　春〔一〕

百草競春華，麗春應最勝。少須顔色好，多漫枝條賸。紛紛桃李枝，處處總能移。如何此貴重，却怕有人知。

〔一〕《圖經本草》：麗春一名仙女蒿。顧注：《群芳譜》：麗春，罌粟别種。根苗一類，而數色咸具。

有「最勝」之姿，而能自保，「少」故也。少則不等近玩，故莫奪其「好」也。彼「多」而衒美者，只「賸枝條」耳。三四，憑空説法，爲上下樞機，解家無得其旨者。「桃李」，即所謂「多」者也。多故易「移」，則賸者僅矣。然則兹何以擅此「貴重」乎？其可自輕乎？稍欲見「知」，則「怕」者亦至矣。○垂誡何等微婉，須合五律三首看。

屏跡三首〔一〕

衰年一作顔甘屏跡，幽事供高卧。鳥下竹根行，龜開萍葉過。年荒酒價乏，日併園蔬課。獨酌甘泉一云酣且歌〔二〕，歌長擊樽破〔三〕。

〔一〕其後二首爲五律，見三之三。

〔二〕秦始皇之民作甘泉之歌。

〔三〕趙曰：暗使王敦酒後擊缺唾壺事。

此與五律兩首，皆隨興而得，無分淺深。◯第七句，自是獨酌而歌《甘泉》之歌。時或適吟此歌，即事成句耳。舊謂酌甘泉而歌，恐酌是酌酒。

遭田父泥飲美嚴中丞〔一〕

步屧隨春風，村村自花柳〔二〕。田翁逼社日〔三〕，邀我嘗春酒。酒酣誇新尹，畜眼未見有。迴頭指大男，渠是弓弩手。名在飛騎籍，長番歲時久〔四〕。前日放營農，辛苦救衰朽。差科死則已〔五〕，誓不舉家走。今年大作社，拾遺能住否？叫婦開大瓶，盆中爲吾取此苟切。

感此氣揚揚，須知風化首。語多雖雜亂，説尹終在口。朝來偶然出，自卯將及酉。久客惜人情，如何拒鄰叟？高聲索果栗，欲起時被肘。指揮過無禮，未覺村野醜。月出遮我留，仍嗔問升斗。

〔一〕按：唐御史大夫，有中丞、臺院等職，大夫其統號也。今據公詩，嚴武以御史中丞鎮蜀，而二史俱云御史大夫。注家遂有稱中丞、稱大夫之辯。愚謂不必。

〔二〕暗使潘岳河陽事。

〔三〕《月令》：擇元日，命民社。鄭注：以祈農祥，近春分戊日。元，吉也。

〔四〕《唐·兵志》：擇材勇者爲番頭，習弩射。

〔五〕謂雜色差科，非指長番。

筆筆泥飲，却字字美嚴，此以田家樂爲德政歌也。如此稱美上官，纔得喫緊，纔是脱套。舊説將泥飲美嚴，横截疏解，大非。○起四句雙關，是村景，是政化，其妙可思。次十句，以「酒酣誇尹」作提，點眼簡括。以下節述放番一事，而弊政頓除可知。誓死不走，以輸誠語作束。上感下應，得情得體。又次八句，以「大作社」籠起。見泥飲者在一家，而歡樂者遍境内矣。「叫婦」二字一讀，如聞其聲。此下叙「泥飲」，仍拍合政化，以「説尹在口」作束。前後醒眼。末十句，分三層收應。以「朝來」四句收篇首。以「高聲」四句收「泥飲」，以「月出」二句收「美嚴」，滴水不漏。「問升斗」，舊云：問酒數，吾謂是問生産也。見有此好官，不須記挂口料，不怕没飯喫。吾曹今日，只管開懷痛飲耳。

戲贈友二首

元年建巳月〔一〕，郎有焦校書〔二〕。自誇足膂力，能騎生馬駒。一朝被馬踏，脣裂板齒無。壯心不肯已，欲得東擒胡。

〔一〕元年，是年去年號也。建巳月，四月也。是月，肅宗寢疾，詔改元寶應。稱月復舊，蜀遠猶未聞詔也。

〔二〕《唐書》：崇文館有校書郎二人。

此詩末聯，以矯强嘲之。

元年建巳月，官有王司直〔一〕。馬驚折左臂，骨折面如墨。駑駘漫一作慢深泥，何不避雨色？勸君休歎恨，未必不爲福叶偪〔二〕。

〔一〕《唐書》：東宮官司直一人。又大理寺司直六人。

〔二〕《淮南子》：塞上翁馬亡入邊，曰「何知非福？」居數月，其子引邊馬而歸，曰「何知非禍？」及其子好騎，墮而折髀，又曰「何知非福？」

此詩末聯，以正論慰之。

大雨〔一〕

西蜀冬不雪，春農尚嗷嗷。上天回哀眷，朱夏雲鬱陶。執熱乃沸鼎，纖絺成縕袍。風雷颯萬里，霈澤施蓬蒿。敢辭茅葦漏，已喜黍豆高。三日無行人，二一作大江聲怒號〔二〕。流惡邑里清，矧茲遠江皋。荒庭步鸛鶴，隱几望波濤。沉疴聚藥餌，頓忘所進勞。則知潤物功，可以貸不毛。陰色靜壠畝，勸耕自官曹。四鄰耒耜出，何必吾家操？

〔一〕入代宗初。

〔二〕二江，内江、外江也。《水經注》：成都有二江，雙流郡下。故揚子雲《蜀都賦》曰：「兩江珥其前。」

久旱得雨而喜也。前八，從旱入雨，兩層申説。中八，雨後之景。不特旱苗復醒，而暑氣亦清。後八，暢言喜雨之情。○附《説旱》。

説旱 原注：初中丞嚴公節制劍南日，奉此説。

《周禮·司巫》：「若國大旱，則率巫而舞雩。」《傳》曰：「龍見而雩。」謂建巳之月，蒼龍宿之體，昏見東方。萬物待雨盛大，故祭天，遠爲百穀祈膏雨也。今蜀自十月不雨，抵建卯。非雩之時，奈久旱何？得非獄吏只知禁繫，不知疏决。怨氣積，冤氣盛，亦能致旱。是何川澤之乾也，塵霧之塞也，行路皆菜色也，田家其愁痛也。自中丞下車之初，軍郡之政、罷弊之俗，已下手開濟矣。百事冗長者，又已革削矣。獨獄囚未聞處分，豈次第未到，爲獄無濫繫者乎？穀者，百姓之本，百役是出。況冬麥黄枯，春種不入。公誠能暫輟諸務，親問囚徒。除合死者之外，下筆盡放，使囹圄一空，必甘雨大降。但怨氣消，則和氣應矣。躬自疏决，請以兩縣及府繫爲始。管内東西兩川，各遣一使。兼委刺史縣令對巡，使同疏决，如兩縣及府等囚例處分。衆人之望也，隨時之義也。昔貞觀中，歲大旱。文皇帝親臨長安、萬年二赤縣决獄，膏雨滂足。即獄鎮方面歲荒札，皆連帥大臣之務也，不可忽。凡今徵求無名數，又耆老合侍者，兩川侍丁，得異常丁乎？不殊常丁賦斂，是老男及老女，死日短促也。國有養老，公遽遣吏存問其疾苦，亦和氣合應之義也，時雨可降之徵也。愚以爲至仁之人，常以正道應物。天道遠，去人不遠。

溪漲

當時浣花橋，溪水纔尺餘。白石明可把，水中有行車〔一〕。秋夏忽泛溢，豈惟入吾廬。蛟龍亦狼狽，况是鼈與魚？兹晨已半落，歸路跬步疏。馬嘶未敢動，前有深填淤。青青屋東麻，散亂床上書。不知一作意遠山雨，夜來復何如？我遊都市間，晚憇必村墟。乃知久行客，終日思其居。

〔一〕《華陽風俗録》：浣花亭在州之西南，江流至清，其淺可涉。

阻水不得歸草堂而作也。前八，從常景入溪漲。中八，述初退仍阻，而更爲後慮。末四，閒情作結。「村墟」，即指草堂。暫行猶憶家，况遠客而不思鄉乎？雖閒情，亦本懷也。語意甚明。仇本支離，不解所謂。

冬到金華山觀因得故拾遺陳公學堂遺跡〔一〕

涪右衆山内〔二〕，金華紫崔嵬。上有蔚藍天〔三〕，垂光抱瓊臺〔四〕。繫舟接絶壁一作壑，杖策窮縈回。四顧俯層巔，淡然川谷開。雪嶺日色死，霜鴻有餘哀。焚香玉女跪，霧裏仙人來。　陳公讀書堂，石柱灰青苔。悲風爲我起，激烈傷雄才。

〔一〕《輿地紀勝》：陳拾遺書堂在射洪縣北金華山。按：射洪，梓州屬縣，在州南。拾遺，名子昂。○編梓州詩。時移家在梓。

〔二〕涪江右也。

〔三〕杜田曰：《度人經》：諸天皆有隱名。第一太黃皇曾天，鬱鑑玉明。蔚藍，即鬱鑑也。趙曰：蔚藍，謂天之青色如此。若如杜説，豈有兩字俱易之理。今按：題雲山觀，乃道觀也，杜田得之。放翁亦主杜説。然今人襲訛久矣。

〔四〕《太平經》：太空瓊臺，洞門列真之殿。金華之内，侍女衆真之所處。

仇云：起四，記山觀。中八，記登山瞻眺。後四，歎學堂遺跡。

陳拾遺故宅〔一〕

拾遺平昔居，大屋尚修椽。悠揚荒山日，慘澹一作崔崒故園煙。位下曷足傷，所貴者聖賢。有才繼騷雅，哲匠不比肩。公生揚馬後〔二〕，名與日月懸〔三〕。同遊英俊人，多秉輔佐權。彦昭超玉價，郭震一作振起通泉。到今素壁滑，灑翰銀鉤連〔四〕。盛事會一時，此堂豈千年？終古立忠義，感遇有遺篇〔五〕。

〔一〕楊德周曰：陳拾遺故宅，在射洪縣東武山下，去縣北里許。

〔二〕皆蜀人。

〔三〕盧藏用《子昂别傳》：尤善屬文，雅有相如、子雲風骨。

〔四〕《舊書》：趙彦昭，累遷中書侍郎，同三品。《新書》：郭元振，以兵部尚書，同三品。鶴注：元振嘗爲梓州通泉縣尉。碑目云：拾遺宅，有趙、郭題壁。

〔五〕《舊書》：子昂苦節讀書，爲《感遇》詩三十首。王通見而驚曰，此必爲天下文宗矣。

起四，記故宅。中段，曲折叙其才高。「位下」二句，泛提。故着「聖賢」字，然正以抬起才高。見「有才」則位雖下，而「同遊」者盡當代宗工矣。故以「到今」二句，指點束住。末四，咏歎作結。見堂之傳，全係乎其人也。

謁文公上方

野寺隱喬木，山僧高下居。石門日色異，絳氣横扶疏。窈一作窅窕入風磴，長蘿紛卷舒。庭前猛虎卧〔一〕，遂得文公廬。俯視萬家邑，煙塵對堦除。吾師雨花外〔二〕，不下十年餘〔三〕。長者自布金〔四〕，禪龕只宴如。大珠脱玷翳，白月當空虛〔五〕。甫也南北人，蕪蔓少耘鋤〔六〕。久遭詩酒污，何事忝簪裾？王侯與螻蟻，同盡隨丘墟。願聞第一義〔七〕，迴向心地初〔八〕。金篦刮眼膜〔九〕，價重百車渠〔一〇〕。無生有汲引〔一一〕，茲理儻吹噓。

〔一〕《高僧傳》：惠永，住廬山西林寺，屋中常有一虎。又：潭州善覺禪師，以二虎爲侍者。

〔二〕《續高僧傳》：法雲講《法華經》，忽感天花。狀如飛雪，滿空而下。延於堂内，升空不墜。

〔三〕仇注：久不下接塵世。

〔四〕《西域記》：善施長者，號給孤獨，願建精舍。惟太子逝多園地爽塏。太子戲言金遍乃賣。即出藏金，隨言布地。

〔五〕《法苑珠林》：西方一月分爲黑白。初一至十五，名爲白月。十六至月盡，名爲黑月。

〔六〕朱注：言性地荒穢。

〔七〕《涅槃經》：出世人所知，名第一義諦。

〔八〕《華嚴經》：菩薩摩訶薩，有十種迴向。《華嚴論》有心地法門。錢箋：心地者，以心有能生可依止義，喻之如地。發心最重初心。如《華嚴》云「初發心時，便成正覺」是也。舊引《楞嚴》初地，不切。

〔九〕《涅槃經》：如盲目人，良醫即以金篦決其眼膜。

〔一〇〕《廣雅》：車渠，石次玉。

〔一一〕《楞嚴經》：是人即獲無生法忍。

公謁文公，見禪心瑩徹，如「大珠脱翳」，「白月當空」。因自傷世諦糾纏，「心地」「蕪蔓」。欲向文公叩安心法。乃是實見，非寓言也。首段從上方着筆，徐徐引入。後兩段一彼一此，緊相對照。○詩有似偈處，爲坡公佛門文字之祖。

奉贈射洪李四丈明甫

丈人屋上烏，人好烏亦好〔一〕。人生意氣豁，不在相逢早。南京亂初定〔二〕，所向色舊作邑枯槁。遊子無根株，茅齋付秋草〔三〕。東征下月峽〔四〕，挂席窮海島。萬里須十金〔五〕，妻孥未相保。蒼茫風塵際，蹭蹬騏驎老〔六〕。志士懷感傷，心胸已傾倒。

〔一〕《説苑》：愛其人，兼屋上之烏。憎其人者，惡其儲胥。

〔二〕南京，謂成都。時徐知道已平。

〔三〕茅齋，謂草堂。

〔四〕明月峽，三峽之始。

〔五〕舊注：古者一兩金，直十千。

〔六〕騏驎，良馬。

起四，用興體叙相逢。中八，述來梓之故，兼言遠去無資。末四，感其知己。

早發射洪縣南途中作〔一〕

將老憂貧窶，筋力豈能及。征途乃一作復侵星，得使諸病入。鄙人寡道氣，在困無獨立。俶裝逐徒侶〔二〕，達曙凌險澀。寒日出霧遲，清江轉山急。僕夫行不進，駑馬若維縶。汀洲稍疏散，風景開怏一作娟悒。空慰所尚懷，終非曩遊集。衰顏偶一破，勝事難屢挹。茫然阮籍途，更灑楊朱泣〔三〕。

〔一〕鶴注：南之通泉時作。

〔二〕《思玄賦》：簡元辰而俶裝。注：俶，始也。

〔三〕《淮南子》：楊朱見岐路而泣之，謂其可以南，可以北。

悲饑驅也。前十二句，總從早發落想。四提明，四原其故，四寫景。後八句，借途景略一颭開。結仍撥轉，文致不直。○簡古有骨。

通泉驛南去通泉縣十五里山水作〔一〕

溪行衣自濕，亭午氣始散。冬温蚊蚋集，人遠鳧鴨亂。登頓生一作坐曾陰，攲傾出高岸。

驛樓衰柳側，縣郭輕煙畔。一川何綺麗，盡日窮壯觀。山色遠寂寞，江光多滋漫。傷時愧孔父，去國同王粲〔二〕。我生苦飄零，所歷有嗟歎。

〔一〕通泉，唐縣，屬梓州，在射洪南不遠。今併入射洪縣。《寰宇記》：通泉山在縣西北二十里，東臨涪江。水從山頂涌出，下注江。

〔二〕王粲《七哀詩》：西京亂無象，豺虎方搆患。復棄中國去，遠身適荆蠻。

與上篇連作。起四句，從早行脱下。一、二，山水間氣象，畫不能到。中八句，出山及驛，過驛望郭。緣江迤邐，恍若身歷。如此亦足怡情矣。後四，仍收本色。

過郭代公故宅〔一〕

豪俊初未遇，其跡或脱略。代公尉通泉，放意何自若〔二〕。及夫登衮冕，直氣森噴薄。磊落見異人，豈伊常情度〔三〕。定策神龍後〔四〕，宫中翕清廓。俄頃辨尊親，指揮存顧託。群公有慚色，王室無削弱。迥出名臣上，丹青照臺閣。我行得遺跡一作址，池館皆疏鑿。壯公臨事斷，顧步涕横落。精魄凜如在，所歷終蕭索〔五〕。高咏寶劍篇〔六〕，神交付冥漠。

〔一〕朱注：元振，魏州人，宅在京師宣陽里。今云故宅，當是尉通泉時所居。

〔二〕《唐書·郭傳》：授通泉尉，任俠使氣，撥棄小節。

〔三〕張説撰《行狀》：則天聞其名，引見。先天二年，知政事。太平公主、竇懷貞結凶黨，謀廢皇帝。惟公廷諍不受詔。及兵誅懷貞等，睿宗觀變。公獨登樓躬侍。睿宗聞兵至，將欲投樓下。公親扶聖躬，敦勸乃止。及即位，封代國公。

〔四〕次公曰：定策在先天二年，去中宗神龍改元，凡八年。今詩云云，蓋太平擅寵，禍胎在神龍而下也。

〔五〕二句依草堂本。

〔六〕行狀：則天令録舊文，乃上《古劍歌》。則天覽而佳之，令寫數十本，遍賜學士。歌云：「昆吾鐵冶飛炎煙，紅光紫氣俱赫然。」末云：「雖復沈埋無所用，猶能夜夜氣衝天。」

純是論斷體，筆筆堅卓。前八句，總挈生平。中八句，特表勳伐。後八句，憑弔還題。格復峻整。

觀薛稷少保書畫壁〔一〕

少保有古風，得之陝郊篇〔二〕。惜哉功名忤一作誤〔三〕，但見書畫傳。我游梓州東，遺跡涪江邊。畫藏青蓮界〔四〕，書入金牓懸。仰看垂露姿〔五〕，不崩亦不騫。鬱鬱三大字〔六〕，蛟龍岌相纏。又揮西方變〔七〕，發地扶屋椽。慘淡壁飛動，到今色未填。此行叠壯觀，郭薛俱才賢。不知百載後，誰復來通泉？

〔一〕《唐書·薛傳》：稷，字嗣通。外祖魏徵家，多藏虞、褚舊跡。鋭精模仿，遂以書名天下。畫又絶品。睿宗踐阼，歷太子少保。

〔二〕稷有《秋日還京陝作》云：驅車越陝郊，北顧臨大河。

〔三〕本傳：竇懷貞伏誅，稷坐知謀，賜死萬年獄。

〔四〕謂佛寺。

〔五〕王愔《文字志》：垂露書，如懸針，而勢不遒勁。阿那如濃露之垂。

〔六〕《輿地紀勝》：薛稷書「慧普寺」三字，徑三尺，在通泉善慶寺。

〔七〕謂畫諸佛變相。

起四，以詩才引書畫，而又以功名作翻剔，亦見直筆。中十二句，將「書」「畫」並提分寫，紀法整齊。末四，縈帶郭公，波瀾輕便。結語，仇云：含自負意。

通泉縣署壁後薛少保畫鶴〔一〕

薛公十一鶴，皆寫青田真〔二〕。畫色久欲盡，蒼然猶出塵。低昂各有意，磊落如長人。佳此志氣遠，豈惟粉墨新？萬里不以力，群遊森會神。威遲白鳳態〔三〕，非是倉鶊鄰〔四〕。高堂未傾覆，常一作幸得慰嘉賓。曝一作暴露牆壁外，終嗟風雨頻。赤霄有真骨，恥飲洿池津。冥冥任所往，脱略誰能馴？

〔一〕《名畫記》：稷尤善花鳥人物雜畫，屏風六扇鶴樣自稷始也。《名畫録》：今秘書省有稷畫鶴。又蜀郡亦有，并佛像菩薩，並稱神品。

〔二〕《晉永嘉郡記》：沐溪野去青田九里。此中有雙白鶴，生子長大便去。只餘父母，多云神仙所養。

〔三〕《禽經》：白鳳謂之鷫。

〔四〕《爾雅疏》：黄鸝留，一名倉庚，一名商庚。

畫鶴名蹟，見之敗屋壁間，慨然有作也。起四句，總領。中一段，申「十二」、「青田真」。後一段，申「畫久」「猶出塵」。「未傾」，將傾也。「赤霄」四句，本由將傾發慨，却以真鶴之隱形，設一解譬，超然以遠。

寄題江外草堂〔一〕

我生性放誕，雅欲逃自然。嗜酒愛風一作修竹，卜居必林泉。遭亂到蜀江，卧疴遺所便。誅茅初一畝，廣地方連延。經營上元始，斷手寶應年。敢謀土木麗，自覺面勢堅。臺亭一作亭臺隨高下，敞豁當清川。惟有會心侶，數能同釣船。干戈未偃息〔二〕，安得酣歌眠？蛟龍無定窟，黄鵠摩蒼天。古來賢達士一作達士志，一作賢達志，寧受外物牽？顧惟魯鈍姿，豈識悔吝先。偶攜老妻去，慘澹凌風煙。事跡無固必，幽貞愧一作貴雙全。尚念四小松，蔓草易拘纏。霜骨不堪一作甚長，永爲鄰里憐。

起四，原卜築草堂之由。次十二，仇云：歷叙草堂始末。又次十二，仇云：述去草堂之故。末四，但憶植物，而不言草堂。與篇首作章法。蓋起訖皆以寄情松竹立意，則中間草堂之位置去留，直如太虛浮雲，了無凝滯，胸襟曠絶矣。○「干戈」一段，用兩句領起。「蛟龍」四句，言「賢達」之高超。「顧惟」四句，言播遷之拖帶。兩層一揚一抑。束兩句，又轉得地步高。仇解謂各四句轉意，不清楚。

〔一〕廣德元年梓州詩。
〔二〕仇注：徐知道之亂。

喜　雨

春旱天地昏，日色赤如血。農事都已休，兵戈況騷屑。巴人困軍須，慟哭厚土熱。滄江夜來雨，真宰罪一雪。穀根小一作少蘇息，沴音戾氣終不滅。何由見寧歲，解我憂思結。

崢嶸群山雲，交會未斷絶。安得鞭雷公，滂沱洗吴越〔一〕！

〔一〕原注：時聞浙右多盜賊。○《舊書》：寶應元年八月，台州人袁晁反，陷浙東州郡。廣德元年四月，李光弼討之。

詩兼「農事」、「兵」事兩意。然「農事」意輕，「兵」事意重。語勢俱側下。通篇兵事統説，結另誌所聞。○「赤如血」三字奪目。但形容亢陽，而全旨都顯。

述古三首〔一〕

赤驥頓長纓，非無萬里姿。悲鳴淚至地，爲問馭者誰？鳳凰從東一作天來，何意復高飛。竹花不結實〔二〕，念子忍朝饑。古時君臣合，可以物理推。賢人識定分，進退固一作因其宜。

〔一〕依鶴編。

〔二〕李畋《該聞集》：舊稱竹實爲鸞鳳食。今見竹間花開，結實如麥，江淮號爲竹米。乃荒兆，非鸞鳳之食。近餘干人言，彼有竹實，大如雞子。竹葉包裹，味甘勝蜜。食之心肺清冷。乃知鸞鳳所食，必非常物。

傷君臣之分不終也。次公曰：肅宗初，任用李泌、張鎬、房琯諸賢。其後或罷、或斥、或歸隱，故云。愚按：「爲問馭者誰？」一篇之主。連用兩喻，而主意逗在前喻之末，錯綜入古。後四露正意，不責上而安分有道之言。

市人日中集，於利競錐刀。置膏烈火上，哀哀自煎熬〔一〕。農人望歲稔，相率除蓬蒿。所務穀一作農爲本，邪贏無乃勞〔二〕？舜舉十六相〔三〕，身尊道何高。秦時任商鞅，法令如牛毛〔四〕。

〔一〕《莊子》：膏火自煎也。

〔二〕《西京賦》：何必昏於作勞，邪贏優而足恃。

〔三〕八元、八愷。

〔四〕《史記》：商鞅，天資刻薄少恩。變秦法令，密如牛毛。

刺利盡也。大臣專利，政體失而民病矣。朱注云：時第五琦、劉晏，皆以宰相領度支鹽鐵使。盧注云：寶應間，元載代劉晏。按八年租調之逋負者，計數籍其所有，謂之白著，不專指晏、琦也。愚按：首以「市人」鄙之，繼以「自煎」惕之，又以「身尊」推之，終以「秦法」擬之。有國家者，可以悟矣。

漢光得天下，祚永固有開。豈惟高祖聖，功自蕭曹來〔一〕。經綸中興業，何代無長才？吾慕寇鄧勳〔二〕，濟時信良哉！耿賈亦宗臣〔三〕，羽翼共徘徊。休運終四百，圖畫在雲臺〔四〕。

〔一〕《漢書》：蕭何、曹參，爲一代宗臣。

〔二〕寇恂、鄧禹。

〔三〕耿弇、賈復。四人皆光武功臣。

〔四〕《東觀漢記》：顯宗追畫二十八將於南宮雲臺，即寇、鄧諸人。

勸時君厚勳臣也。仇云：忠如李、郭，尚懷憂畏，故借漢以諷唐。愚按：首提「漢光」，意在收京諸將矣。而間以「高祖」，再接「中興」者，非文氣斷續也。提「漢光」，祇言「祚永」有自，尚未實拈功臣。「功」臣就「開」國上抬出。見創業且賴之，况「中興」乎？論既探本，筆復不平。結到「休運」，仍應「祚永」，最得欣動人主之道。〇此亦古雜詩體。諷切時事，俱關治要。天地間有用文章。

椶拂子

椶拂且薄陋，豈知身效能。不堪代白羽〔一〕，有足除青一作蒼蠅〔二〕。熒熒金錯刀〔三〕，擢擢朱絲繩〔四〕。非獨顏色好，亦用一作由顧盻一作眄稱。吾老抱疾病，家貧卧炎蒸。咂膚倦撲滅，賴爾甘服膺。物微世競棄，義在誰肯徵。三歲清秋至，未敢闕緘縢〔五〕。

〔一〕《蜀志》：諸葛亮以白羽扇指揮軍事。

〔二〕《詩序》：《青蠅》，刺讒也。

〔三〕《漢·食貨志》：新室更造契刀、錯刀，以黃金錯其文。

〔四〕朱注：金錯、朱絲，皆樓拂之飾。

〔五〕《莊子》：惟恐緘縢扃鐍之不固。

此當是緘藏敝拂時所作。前八，泛言其用，有足顧惜。後八，言嘗賴其用，故不忍棄捐。

閬州東樓筵奉送十一舅往青城得昏字〔一〕

曾城有高樓，制古丹雘存。迢迢百餘尺，豁達開四門。雖有一作會車馬客，而無人世喧。遊目俯大江〔二〕，列筵慰別魂。是時秋冬交，節往顏色昏。天寒鳥獸伏一作休，霜露在草根。今我送舅氏，萬感集清樽。豈伊山川間，迴首盜賊繁。高賢意不暇，王命久崩奔〔三〕。臨風欲慟哭，聲出已復吞。

〔一〕閬州，今保寧府。《一統志》：東樓在府治南嘉陵江上。○其時有《送二十四舅赴任青城》五律，見三之三。十一舅蓋往其任也。又有《酬十一舅惜別》五排，見五之二。○閬州詩。

〔二〕謂嘉陵江。

〔三〕謂二十四舅。

分兩段。前叙樓境及時令，而「列筵」句逗眼目。後叙送行并附候，而「迴首」句見本懷。

山寺〔一〕

野寺根石壁，諸龕遍崔嵬。前佛不復辨，百身一莓苔。雖一作唯有古殿存，世尊亦塵埃。如聞龍象泣〔二〕，足令信者哀。使君騎紫馬，捧擁從西來。樹羽静千里，臨江久徘徊。山僧衣藍縷，告訴棟梁摧。公爲顧一作領賓從一作徒，咄嗟檀施開〔三〕。吾知多羅樹〔四〕，却倚蓮華臺〔五〕。諸天必歡喜，鬼物無嫌猜。以兹撫士卒，孰曰非周才？窮子失净處，高人憂禍胎。歲晏風破肉，荒林寒可迴。思量入道苦，自哂同嬰孩。

〔一〕原注：章留後同遊，得開字。○留後名彝，時爲梓州守。○還梓詩。時代宗避吐蕃幸陝。

〔二〕《維摩經》：菩薩勢力，譬如龍象蹴踏。

〔三〕僧肇曰：天竺言檀，此言布施。《大乘論》：檀越者，檀施也。謂此人行檀，能越貧窮海故。

〔四〕《酉陽雜俎》：貝多樹，長六七丈，經冬不凋。有三等：一多羅婆力叉貝多，二多梨婆力叉貝多，三部闍婆力叉貝多，貝多翻爲葉，婆力叉翻爲樹。西域經書，用此三種皮葉。

〔五〕《大智度論》：漫陀耆尼池中，蓮華大如車蓋。天上寶蓮華，復大於此。嚴净香妙，可坐。朱注：章彝，二史無考。公詩《桃竹杖》、《冬狩行》，語皆含刺。大抵彝之爲人，將略似優，乃心不在王室。是冬，天子幸陝。彝從容校獵，未必無擁兵觀望之意。公窺其微而不敢誦言，因遊寺以諷諭之。愚按：起八句，述山寺傾毀，隱然描出至尊蒙塵之象。次八句，言盛儀從而厚施捨，見其專事奉佛，言外便露無心報主之意。然此兩段，要是叙事體也。以下故爲深晦之文，乃屬諷詞。「吾知」八句，言氣象一新，諸佛必喜。「以兹」佛佑，而「撫」用其「士卒」，孰謂非惟我所使之「周才」乎？但「窮子」而不潔其行，高識憂其禍胎矣。「窮子」，泛指士卒，不便斥言留後也。末四句，暗從「憂禍胎」遞出。蓋有若將浼焉、褰裳去之之意。託云「入道苦」、「同嬰孩」者，言不與使君同此信心，真若懵無知識。此則妙於措詞，能使聞者釋然無所芥蔕。舊解未愜。

將適吴楚留别章使君留後兼幕府諸公得柳字

我來入蜀門，歲月亦已久〔一〕。豈惟長兒童，自覺成老醜。常恐性坦率，失身爲杯酒。近辭痛飲徒，折節萬夫後。昔如縱壑魚，今如喪家狗。既無遊方戀，行止復何有？相逢半新故，取别隨薄厚。不意青草湖〔二〕，扁舟落吾手。眷眷章梓州，開筵俯高柳。樓前出騎馬，帳下羅賓友。健兒簸紅旗，此樂或難朽。日車隱崑崙，鳥雀噪户牖。波濤未足畏，三峽徒雷吼。所憂盗賊多，重見衣冠走〔三〕。中原消息斷，黄屋今安否〔四〕？終作適荆蠻，安排用莊叟〔五〕。隨雲拜東皇〔六〕，挂席上南斗〔七〕。有使去聲即寄書，無使如字長迴首。

〔一〕五年於此。

〔二〕《元和志》：巴丘湖，又名青草湖，在巴陵縣。

〔三〕禄山、吐蕃，兩陷京師。

〔四〕帝在陝州。

〔五〕《莊子》：安排而去化，入於寥天一。

〔六〕《楚辭注》：太乙，天之尊神。祠在楚東，以配東帝，故曰東皇。

〔七〕《晉書》：自南斗十二度至須女七度，吴越之分。

分兩段看。前從留蜀内説出去蜀緣由，落到「青草」、「扁舟」，逗出適吴楚之路，作一頓。後從飲餞徘徊時，説出北歸不得，所以且到吴楚，就吴楚回憶上作收繳。○申涵光曰：「常恐性坦率，失身爲杯酒。」飽更患難，遂得老成。方是豪傑歸落處。○公此行自梓往閬，本欲東下。故在閬又有《將赴荆南》等七律。尋因嚴武復鎮，遂還成都。《杜臆》謂託詞以避留後，未是篤論。

卷一之四　五古　起代宗廣德二年至大曆元年

《纂年譜》：廣德二年春，公復自梓往閬州。春晚，嚴武再鎮蜀，遂歸成都草堂。六月，武表爲參謀工部員外郎。永泰元年，辭幕歸草堂。三四月間，離蜀南下，自戎州至渝，至忠，至雲安。大曆元年春，至夔州，暫寓西閣。

贈别賀蘭銛

黄雀飽野粟，群飛動荆榛。今君抱何恨，寂寞向時人。老驥倦驤首，蒼一作饑鷹愁易馴。高賢世未識，固合嬰饑貧。國步初返正，乾坤尚風塵〔一〕。悲歌鬢髮白，遠赴湘吴春。我戀岷下芋〔二〕，君思千里蓴〔三〕。生離與死别，自古鼻酸辛。

〔一〕《通鑑》：元年十月，吐蕃入寇，帝幸陝州。十二月，車駕還長安。《唐書》：吐蕃屯原、會、成、渭間，自如。

〔二〕《貨殖傳》：岷山之下，沃野千里，下有蹲鴟。按：蹲鴟，芋也。

〔三〕《世説》：陸機曰：「千里蓴羹」。《一統志》：千里湖在溧陽縣，至今産美蓴。

此詩先發意，後叙事。「寂寞向時人」一語，能使依人生活者墮淚。爲賀蘭撫膺，正爲自己寫憤也。○「黄雀」二句，爲「向人」反興。「老驥」四句，爲「抱恨」解嘲。「悲歌」、「遠赴」，俱指賀蘭。

南　池〔一〕

崢嶸巴閬間，所向盡山谷。安知有蒼池，萬頃浸坤軸。呀然閬城南，枕帶巴江腹。芰荷入巽縣，稉稻共比屋〔二〕。皇天不無意，美利戒止足。高田失西成，此物頗豐熟。清源多衆魚，遠岸富喬木。獨歎楓香林〔三〕，春時好顔色叶速。南有漢主一作王祠〔四〕，終朝走巫祝。歌舞散靈衣〔五〕，荒哉舊風俗。高皇亦明王一作主，魂魄猶正直叶蜀。不應空陂上，縹緲親酒肉。淫祀自古昔，非唯一川瀆。干戈浩茫茫，地僻傷極目。平生江海興，遭亂身局促。駐馬問漁舟，躊躇慰羈束。

〔一〕《後漢書》：巴郡閬中縣南有彭池。

〔二〕《一統志》：南池，自漢以來，堰大斗之水灌田，里人賴之。

〔三〕《爾雅翼》：楓脂甚香，謂之楓香脂，一名白膠香。

〔四〕《方輿勝覽》：南池在高祖廟旁。

〔五〕《楚辭》：靈衣兮披披。

起四，以山剔池，逗出勝境。「呀然」十二句，記風土之美。四就地形寫其膏腴，四就年歲寫其獨稔，四又就雜植誌其景物。「南有」十二句，記祠祀之舊俗，嗤尚鬼之陋習，表明神之大義。又借徑度入跼處以引下文，言巫風自昔已然，不足深責，而蒼波所在多有，愧未遍遊也。結四，羈棲之感，仍照定南池。

草　堂〔一〕

昔我去草堂，蠻夷塞成都〔二〕。今我歸草堂，成都適無虞。　請陳初亂時，反覆乃須臾。大將赴朝廷，群小起異圖〔三〕。中宵斬白馬，盟歃氣已粗。西取邛南兵〔四〕，北斷劍閣隅〔五〕。布衣數十人，亦擁專城居。其勢不兩大，始聞蕃漢殊〔六〕。西卒却倒戈，賊臣互相誅〔七〕。焉知肘腋禍，自及梟獍徒〔八〕。　義士皆痛憤，紀綱亂相踰。一國實三公，萬人欲爲魚。唱和作威福，孰肯一作能辨無辜。眼前列杻械〔九〕，背後吹笙竽。談笑行殺戮，濺血滿長衢。到今用鉞地，風雨聞號呼。鬼妾與鬼馬〔一〇〕，色悲充爾娱。國家法令在，此又足驚吁。賤子且奔走，三年望東吴。弧矢暗江海，難爲遊五湖〔一一〕。不忍竟舍此，復來薙榛蕪。入門四松在，步屧萬竹疏。舊犬喜我歸，低徊入衣裾。鄰里喜我歸，沽酒攜胡蘆一作提榼壺。大官喜我來，遣騎問所須。城郭喜我來，賓客隘一作溢村墟〔一二〕。　天下尚未寧，健兒勝腐儒。飄飄風塵際，何地置老夫？於時見疣音尤贅〔一三〕，骨髓幸未枯。飲啄愧殘生，食薇不敢餘。

〔一〕以下係嚴武復鎮，重歸成都詩。

〔二〕盧注：徐知道糾集蠻夷爲亂。

〔三〕錢箋：嚴武内召，知道遂反。

〔四〕卭州在成都西。

〔五〕劍閣在成都北。

〔六〕賊徒中有領蕃兵者，知道則專領漢兵，而强脅蕃兵者。

〔七〕錢箋：知道爲其下李知厚所殺。

〔八〕《漢書》：梟，鳥名，食母。破鏡，獸名，食父。按：鏡，通作獍。

〔九〕《爾雅》：杻謂之桎，械謂之梏。

〔一〇〕趙曰：鬼妾、鬼馬，謂已殺其主。

〔一一〕往來梓、閬三年，屢有東遊之興，見於詩者不一，竟未果。

〔一二〕《劉後村詩話》：其體用木蘭詩：「爺娘聞我來，出郭相扶將。阿姊聞妹來，當户理紅妝。小弟聞姊來，磨刀霍霍向猪羊。」

〔一三〕朱注：疣，瘤也。《莊子》：彼以生爲附贅懸瘤。

仇注：起四句，以成都治亂爲草堂去來，領起全意。「請陳」一段，言知道倡亂而自敗。「義士」一段，言賊徒乘亂而殘民。以上兩段，申明「昔去草堂」二句。「賤子」一段，申明「今歸草堂」二句。末八句，歸後寄慨。愚按：徐知道事，史俱不載，此詩可作史補，而古質之趣，流衍洋溢。

四松

四松初移時，大抵三尺强。别來忽三載，離立如人長。會看根不拔，莫計枝凋傷。幽色幸一作會秀發，疏柯亦一作已昂藏。所插小藩籬，本亦有隄防。終然振撥損〔一〕，得吝一作愧千葉黄〔二〕。敢爲故林主〔三〕，黎庶猶未康。避賊今始歸，春草滿空堂。覽物歎衰謝，及兹慰凄涼。清風爲我起，灑面若微霜。足爲一作以送老資一作姿，聊待偃蓋張〔四〕。我生無根蒂，配爾亦茫茫。有情且賦詩，事跡兩可一作可兩忘。勿矜千載後，慘澹蟠穹蒼。

〔一〕謝惠連文：以物振撥之。注：南人以觸撥爲振。

〔二〕得吝，有幾不自保之意。

〔三〕敢爲，何敢爲也。

〔四〕《抱朴子》：天陵偃蓋之松，大谷倒生之柏。

只分兩段，前段叙松始末，移松、别松、見松，順叙而下。所插四句是護松，乃追叙而來。後段因松寄慨，「故林主」三字，借松入己，便甚。此四句叙身之去來。「覽物歎」者，覽「秀發」「昂藏」而自歎。「及兹慰」者，及「故林」「始歸」而自慰。二句鈎上搭下，又是提掇。自此以下，松與身膠黏融化而出，而以「我生無根」，與前「會看不拔」作照應。末四句，付之不可知之「千載」，識解尤爲超曠。仍是松與身互説，作法又密。

水檻

蒼江多風飆，雲雨晝夜飛。茅軒駕巨浪，焉得不低垂。遊子久在外，門户無人持。高岸尚爲谷，何傷浮柱欹〔一〕。扶顛有勸誡，恐貽識者嗤。既殊大厦傾，可以一木支。臨川視萬里，何必欄檻爲。人生感故物，慷慨有餘悲。

〔一〕《西京賦》：跱遊極於浮柱。注：三輔名梁爲極，作遊梁置浮柱上。

前八句，言檻壞，後八句，言修檻。每八句又三層曲折。

破船

平生江海心，宿昔具扁舟。豈惟青溪上，日傍柴門遊。蒼皇避亂兵，緬邈懷一作懷邈舊丘。鄰人亦已非，野竹獨修修。船舷不重扣，埋没已經秋。仰看西飛翼，下愧東逝流。故者或可掘〔一〕，新者亦易求。所悲數奔竄，白屋難久留。

〔一〕《幽明録》：陽羨小吏吴堪，乘掘頭船過溪。仇注：船去頭尾者，江南謂之掘頭船。

起四，述具船之由，中八，述歸來船壞，末四，述不修之故。○「可掘」者，可截補爲掘也，終似不雅。○二詩俱具達士胸襟，然一修一否，緩急之辨也。

揚　旗〔一〕

江雨颯長夏，府中有餘清。我公會賓客，肅肅有異聲。初筵閲軍裝，羅列照廣庭。庭空六一作四馬入，駊騀揚旗一作旆旌〔二〕。迴迴偃飛蓋，熠熠迸流星。來纏一作銜風飆急，去擘山嶽傾。材歸俯身盡，妙取略地平。虹霓就掌握，舒卷隨人輕。三州陷犬戎〔三〕，但見西嶺青。公來練猛士，欲奪天邊城。此堂不易升，庸蜀日已寧〔四〕。吾徒且加餐，休適蠻與荊。

〔一〕原注：二年夏六月，成都尹嚴公置酒公堂，觀騎士試新旗幟。

〔二〕《説文》：駊騀，馬摇頭也。

〔三〕謂上年十二月高適在事時，吐蕃陷松、維、保三州。

〔四〕庸蜀，蜀也。《公孫述傳注》：王莽改益州爲庸部。

是篇竟是以詩爲賦。前八句叙事，中八句摹寫，後八句屬望，體製秩如。○夏景遞入，筆情清灑。「偃飛蓋」，盤旋之狀也。「迸流星」，絡繹之狀也。「纏風急」，團簇而聚也。「擘嶽傾」，分布而却也。「俯身盡」，隨身齊倒，而材若爲之盡也。「略地平」，捲地疾馳，而妙在隊之平也。「虹霓就掌」，「舒卷隨人」，總上作一束。此段句法險奧，與《長楊》、《羽獵》争奇。着「三州」四句，見此舉非徒耀耳目之觀。「不易升」，慎重職業之詞。「日已寧」，頌禱欣動之詞。結又就自身作預爲慶幸之詞，而「加餐」字又恰與篇首「會客」、「初筵」映帶，不肯絲毫滲漏如此。○前妙在簡净，中妙在鑱刻，後妙在嚴重。

送韋諷上閬州録事參軍〔一〕

國步猶艱難，兵革未衰息。萬方哀一作尚嗷嗷，十載一作年供軍食〔二〕。庶官務割剥，不暇憂反側。誅求何多門，賢者貴爲德。韋生富春秋，洞澈有清識。操持紀綱地，喜見朱絲直。當令一作因循豪奪吏，自此無顏色。必若救瘡痍，先應去蝥賊。揮淚臨大江，高天意淒惻。行行樹佳政，慰我深相憶。

〔一〕韋諷，成都人。上，恐當作赴。公寶應初，先有《送韋攝閬》詩，兹豈歸後即真，公復送歟？

〔二〕自天寶十四載至是爲十載。

起四句，述時艱，中段，抉積弊而正告之，後四句，丁寧以送之。不獨爲當時藥石，直説破千古病痛。

太子張舍人遺織成褥段

客從西北來，遺我翠一作細織成〔一〕。開緘風濤涌，中有掉尾鯨。逶迤羅水族，瑣細不足名〔二〕。客云充君褥，承君終宴榮。空堂魍魎一作魑魅走，高枕形神清。領客珍重意，顧我非公卿。留之懼不祥，施之混柴荆。服飾定尊卑，大哉萬古程。今我一賤老，裋褐更無營。煌煌珠宮物〔三〕，寢處禍所嬰。歎息當路子，干戈尚縱横。掌握有權柄，衣馬自肥輕。李鼎死岐陽〔四〕，實以驕貴盈。來瑱賜自盡〔五〕，氣豪直阻兵。皆聞黄金多，坐見悔吝生〔六〕。奈何田舍翁，受此厚貺情。錦鯨卷還客，始覺心和平。振我粗席塵，愧客茹一作飯藜羹。

〔一〕《廣雅》：天竺出細織成。按《廣志》：氍毹、白氎，近出南海，織毛褥也。今織成而曰翠，豈是類歟？

〔二〕以上皆織文。

〔三〕趙曰：珠宫言龍宫。

〔四〕《舊書》：上元二年，以羽林大將軍李鼎爲鳳翔尹，興、鳳、隴等州節度使。朱注：鼎之死，史鑑不載。按：岐陽即鳳翔。

〔五〕《舊書》：寶應元年，來瑱爲山南東道節度，裴茙表瑱倔强難制，帝令茙圖之。瑱擒茙，入朝謝罪。廣德元年，賜死。

〔六〕二人之死以驕盈金多，可補史缺。前言珍貴之品，不宜以非分受。後言奢侈必敗，聊且以守分終。錢箋云：史稱武在蜀，肆志逞欲，窮極奢靡。公在幕下，作此諷諭，至舉李鼎、來瑱以深戒之，朋友責善之道也。不然，辭一織成之遺，而侈談殺身之禍，不病而呻，豈詩人之意乎！愚按：題中無答、謝、却等字，此亦事後感賦，自存箴衍耳，非以與張也。然今人不敢學。

別唐十五誡因寄禮部賈侍郎〔一〕

九載一相逢，百年能幾何！復爲萬里別，送子山之阿。白鶴久同林，潛魚本同河。未知棲集期，衰老强高歌。歌罷兩悽惻，六龍忽蹉跎〔二〕。相視髮皓白〔三〕，况難駐羲和〔四〕。胡星墜燕地〔五〕，漢將仍横戈〔六〕。蕭條四海内，人少豺虎多。少人慎莫投，多虎信所過。饑有易子食，獸猶畏虞羅。子負經濟才，天門鬱嵯峨。飄飄適東周〔七〕，來往若崩波。南宫吾故人〔八〕，白馬金盤陀〔九〕。雄筆映千古，見賢心靡一作匪他。念子善師事，歲寒守舊柯。爲吾謝賈公，病肺卧江沱。

〔一〕《舊書·賈至傳》：廣德二年，轉禮部侍郎。又云：是年九月，賈至知東京舉。

〔二〕《楚辭》：維六龍於扶桑。

〔三〕唐必是老舉子。

〔四〕阮籍詩：願攬羲和轡。

〔五〕《唐書》：廣德元年，史朝義縊死於幽州醫巫閭祠下，傳首京師。

〔六〕漢將，朱注謂僕固懷恩及其子瑒。按：上年瑒已死，懷恩亦走靈武，與東京無涉，詩意泛指河北拒命諸鎮耳。

〔七〕《戰國策注》：東周，今洛陽。

〔八〕後世皆以禮部爲南宫。凡舉進士者，曰南宫登選。杜田《正謬》：漢建尚書百官府曰南宫。考禮部之名起於江左，而南宫自漢有之，猶言南省。專謂禮部，非也。

〔九〕金盤陀，鞍轡飾也。

朱注：唐十五必往東京赴舉，公寄詩於賈，爲之先容也。愚按：首十二句，叙過别情。次八句，横插中間，奇絶。爲東都發慨，爲遊子戒心。蓋公河南人，故鄉殘破，久致漂泊，每念及之，不勝憤懣也。「少人莫投」、「多虎則過」者，少人之處且將食人，多虎之處，猶有禦虎者也。以下二句足上二句，暗用「苛政猛於虎」意，此爲憤詞。末十二句，乃因唐寄賈之正文。但言唐具高才，賈能好賢，唐必秉心不二，賈自鑒别無爽。絶不代作乞憐之語，脱盡薦書套子，乃深於薦引者。結語寄聲，簡而不漏。

除　草〔一〕

草有害於人，曾何生阻修。其毒甚蜂蠆〔二〕，其多彌道周。清晨步前林，江邑未散憂。芒刺在我眼，焉能待高秋。霜露一作雪一霑凝一作衣，蕙葉亦難留。荷鋤先童稚，日入仍討求。轉致水中央，豈無雙釣舟〔三〕。頑根易滋蔓，敢使依舊丘。自兹藩籬曠，更覺松竹幽。芟夷不可闕，疾惡信如讐。

〔一〕原注：去蘞草也。○蘞，音潛。《益部方物贊》：𤊾麻自劍以南處處有之，或觸其葉，如蜂螫人，以溺灌之，即解，善治風腫。考杜詩當作蘞。○依朱本入永泰元年辭幕歸草堂後。

〔二〕《左傳》：蜂蠆有毒，而况國乎。

〔三〕晏殊曰：《周禮》：薙人，掌殺草，有水火之化。以釣舟載而置之，此水化也。

借除草以喻除奸也。起四句總領。「曾何生阻修」者，言何嘗盡在遼遠，雖肘腋間亦有之。「毒甚蜂蠆」，領去之貴速。「多彌道周」，領去之貴盡。中間十二句，一段分兩層看，前六，言去之速，後六，言去之盡。末四句，覺眼中一爽，速與盡兼收在「芟夷」二句中。結出「疾惡如讐」四字，略露本意。申涵光謂正意多則反淺者是也。○從來去奸而奸反爲害者，不速不盡故也。解此詩者，總不得肯綮，非胸有千古，目有時艱，深識禍亂之源，歷鑒優柔之弊，未易語此。

營屋

我有陰江竹，能令朱夏寒。陰通積水内，高入浮雲端。甚疑鬼物憑，不顧剪伐殘。東偏若面勢，户牖永可安。愛惜已六載〔一〕，兹晨去千竿。蕭蕭見白日，洶洶開奔湍。度堂匪華麗，養拙異考槃。草茅雖薙葺，衰疾方少寬。洗洒通然順所適〔二〕，此足代加餐。寂無斤斧響，庶遂憩息歡。

〔一〕自上元元年營草堂植竹時，至永泰元年，已六載。

〔二〕《潘岳傳》：吾子洗然，恬澹自逸。

起四句，從度地之前叙起。「甚疑」八句，叙除地經始。「度堂」四句，叙營治。末四句叙屋成，然只一片下。○起聯極聳，大有遠勢。結聯極真。方經營時，斤斧嘈雜，不勝其擾。及至落成之日，却掃晏坐，始覺洒然。

三韻三首一作篇

高馬勿唾一作捶面，長魚無損鱗。辱馬馬毛焦，困魚魚有神。君看磊落士，不肯易其身〔一〕。

〔二〕易，猶輕也。輕身則困辱至。

比也。「唾」之、「損」之者不足責，要在「高馬」、「長魚」之能不受「困」「辱」也。結二語矯然。

蕩蕩萬斛船，影若揚一作搖白虹。起檣必椎牛，挂席集衆功。自非風動天，莫置大水中。

比也。志大言大，不知此公自命何等！

烈一作列士惡多門，小人自同調。名利苟可取，殺身傍權要。何當官曹清，爾輩堪一笑。

賦也，名利二句，名言可佩。此輩營營，不足供烈士一笑矣。〇申涵光曰：《三韻》三篇甚古悍。愚按三篇乃古雜詩體，不得定爲何時所作，亦不必强求其何所指切。左太沖詩云：「振衣千仞岡，濯足萬里流。」可髣髴其命意之高。

宿青溪驛奉懷張員外十五兄之緒〔一〕

漾舟千山内，日入泊枉一作荒渚〔二〕。我生本飄飄，今復在何許！石根青楓林，猿鳥聚儔侶。月明遊子静，畏虎不得語。中夜懷友朋，乾坤此深阻。浩蕩前後間，佳期赴一作付荆楚。

〔一〕《輿地紀勝》：青溪驛在嘉州犍爲縣。《高力士外傳》：李輔國弄權，但經推按不死，則流黔中道尤多。員外，則張謂、張之緒、李宣。○此去成都以後詩也。此行取道於江，故南至嘉，又南至戎，又東北轉而至渝，又東至忠。所歷諸州皆緣江。

〔二〕洲渚之曲處也，非《楚辭》之枉渚。

前八，寫宿驛。「月明」二句，惟更歷世故，飽經行役者，乃知其妙。後四，寫懷張。張此時必遇赦後留荊楚，而適楚又公素志，故有佳期之句。

水閣朝霽奉簡雲安嚴明府 一作嚴雲安〔一〕

東城抱春岑，江閣鄰石面。崔嵬晨雲白，朝日一作旭射芳甸。雨檻卧花叢，風床展書卷。鈎簾宿鷺起，丸藥流鶯囀。呼婢取酒壺，續兒誦文選。晚交嚴明府，矧此數相見。

〔一〕時在雲安，入大曆元年。

詩意明秀，於杜詩中別爲一種。宋、元以後五古多祖之。黄生所云全首風致者也。

杜鵑

西川有杜鵑，東川無杜鵑。涪萬一作南無杜鵑，雲安有杜鵑〔一〕。我昔遊錦城，結廬錦水邊。有竹一頃餘，喬木上參天。杜鵑暮春至，哀哀叫其間。我見常再拜，重是古帝魂。生子百鳥巢，百鳥不敢嗔。仍爲餧其子，禮若奉至尊〔二〕。鴻雁及羔羊，有禮太古前。行飛與跪乳，識序如知恩〔三〕。聖賢古法則，付與後世傳。君看禽鳥情，猶解事杜鵑。今忽暮春間，值我病經年。身病不能拜，淚下如迸泉。

〔一〕吴曾《漫録》：樂府《江南詞》：「魚戲蓮葉東，魚戲蓮葉西，魚戲蓮葉南，魚戲蓮葉北。」子美正用此格。

〔二〕仇注：杜鵑養子於百鳥巢，百鳥共養其子而不敢犯。

〔三〕《春秋繁露》：雁有行列，羔飲其母必跪，皆類知禮者，故以爲贄。

詩咏杜鵑，而主意乃在禽鳥之事。杜鵑者，蓋託物以爲臣節諷也。起四句，以二「無」陪二「有」。《杜臆》所謂就所歷而紀所聞，「有」「無」字勿泥。中一大段，從昔日西川作引，因發出君臣名分大義，其間「鴻雁」、「羔羊」，又是推類言之。「雲安」、「杜鵑」，只末四句一找，前義已透，不須贅也。此亦虚實互用之法。若在拙筆，則詩作於雲安，必昔略而今詳矣。○時蜀亂相仍，如段子璋、徐知道、崔旰之徒，皆不修臣節者。託諷之意，蓋在於此。僞蘇注刺史忠逆之説，謂尊君爲「有」，懷貳爲「無」。錢氏斥爲鄙倍。愚謂其并語意不解也。公蓋以「百鳥」比事君者，若「杜鵑」則固以比君矣。

石硯〔一〕

平公今詩伯，秀發吾所羨。奉使三峽中，長嘯得石硯。巨璞禹鑿餘，異狀君獨見。其滑乃波濤，其光或雷電。聯坳各盡墨，多水遞隱見。揮灑容數人，十手可對面。比公頭上冠〔二〕，貞一作正質未爲賤。當公賦佳句，況得終清宴。公含起草姿，不遠明光殿〔三〕。致於丹青地，知汝隨顧眄。

〔一〕原注：平侍御者。

〔二〕《唐書》：法冠者，御史大夫、中丞、御史之服也，一名獬豸冠。

〔三〕《三秦記》：未央宮漸臺西有桂宮，內有明光殿，金玉珠璣爲簾箔，金戺玉階，晝夜光明。按：漢王商借明光殿。起草，作制誥。

前四，叙得硯。中八，就硯實寫。「禹鑿餘」，借映峽內。下言質之美，製之善，用之廣。後八，四言硯可配平公，四言平公能重此硯，文情互發，以法「冠」爲「比」，言其有丰稜，然句頗礙眼。「當公」，言足與「佳句」相當，就平時説。「況得」句，引動「起草」。《杜臆》云：「汝」，指硯。朱注云：亦得蒙天子盼睞也。

贈鄭十八賁

温温士君子，令我懷抱盡。靈芝冠衆芳，安得闕親近。遭亂意不歸，竄身跡非隱。細人尚姑息，吾子色愈謹。高懷見物理，識者安肯哂。卑飛欲何待，捷徑應未忍〔一〕。示我百篇文，詩家一標準。羈離交屈宋，牢落值顔閔。水陸迷畏一作長途，藥餌駐修軫〔二〕。古人日已遠，青史字不泯。步趾咏唐虞，追隨飯葵堇音謹〔三〕。數杯資好事，異味煩縣尹〔四〕。心雖在朝謁，力與願矛盾〔五〕。抱病排金門，衰容豈爲敏。

〔一〕張衡《應間》：捷徑邪至，吾不忍以投步。

〔二〕江逌賦：駐修軫乎平原。仇注：謂暫輟行踪。

〔三〕《爾雅》：齧苦堇。注：今堇葵也，葉似柳，子如米，汋食之滑。

〔四〕謂雲安令嚴明府，公嘗贈以詩。

〔五〕《尸子》：以子之矛，陷子之盾。

趙注以詩有「縣尹」句，謂鄭十八爲雲安令，非也。鄭亦有品之士，流寓於此者，公高其行而贈之以此。起四句，一篇之綱，即見傾倒之甚。次八句，表鄭之品，「遭亂」「竄身」，指鄭。朱注作公自言，誤。下六句，反覆推明此二句意。言「姑息」者，或勸之屈身求仕，而鄭色愈謹，由其高懷見理也。

故「細人」或哂之，「識者」實重之也。是其洒然無所「待」，而不趨「捷徑」者也，此與「温温士君子」應。又次十二句，合叙彼此客中高尚之概，正是「芝芳」親近處。後四，自言戀闕願違，今見子之高致，不復敏求趨謁矣，乃所謂相「親近」而「懷抱盡」者也。三段皆貫入篇首。

別蔡十四著作

賈生慟哭後，寥落無其人。安知蔡夫子，高義邁等倫。獻書謁皇帝〔一〕，志已清風塵。流涕灑丹極，萬乘爲酸辛。天地則瘡痍，朝廷多正臣。異才復間出，周道日惟新。使蜀見知己，別顔始一伸〔二〕。主人薨城府〔三〕，扶櫬歸咸秦。巴道此相逢，會我病江濱。憶念鳳翔都，聚散俄十春〔四〕。我衰不足道，但願子意一作章陳。稍令社稷安，自契魚水親〔五〕。我雖消渴甚，敢忘帝力勤？尚思未朽骨，復睹耕桑民。積水駕三峽，浮龍倚長津。揚舲洪濤間〔六〕，仗子濟物身。鞍馬下秦塞，王城通北辰〔七〕。玄甲聚不散，兵久食恐貧〔八〕。窮谷無粟帛，使者來相因。若馮同憑南轅吏一作使，書札到天垠。

〔一〕此當是肅宗鳳翔行在時。

〔二〕此言蔡會郭英乂於蜀也。仇謂公遇蔡於成都，非。

〔三〕朱注：《舊書》：英乂奔簡州，普州刺史韓澄斬其首送崔旰。此云薨，隱之也。

〔四〕鶴注：公在鳳翔至大曆元年爲十春。

〔五〕冀其君臣契合。

〔六〕《楚辭注》：舲，船有窗牖者。

〔七〕指帝居。

〔八〕指京師禁兵。

初嚴武之歿，州將請郭英乂爲節度，朝廷許之。蔡著作當是奉除敕而詣郭，因留郭幕者。郭既遇害，蔡以扶櫬下峽，會公於雲安，其人爲公鳳翔舊交，故贈此爲别。○起十二句，美其忠義有素，正復攝起中後囑告之神。「使蜀」八句，歷叙本事。篤故主，念貧交，其人誠可重矣。「我衰」八句，以匡時致治望之，其根已伏於篇首之「慟哭」、「獻書」，其脉已透到篇末之「北辰」、「仗子」，而又彼我夾寫，極纏綿悱惻之致。末十二句，就其别後途經，囑其處處留心，而歸結到兵食糜費，窮民不支，此則所當陳告之實際也。末即借徵餉之南使，引出寄慰之來書。筆情不測，神致關生，何等飄忽，何等勤惓。是時宦官典兵，禁旅耗餉，此詩所規，洵乃救時切務。

客居

客居所居堂，前江後山根〔一〕。下塹萬尋岸，蒼濤鬱飛翻。葱青衆木梢，邪竪雜石痕。子規晝夜啼，壯士斂精魂。峽開四千里，水合數百源。人虎相半居，相傷終兩存。蜀麻久不來，吴鹽擁荆門。西南失大將〔二〕，商旅自星奔。今又降元戎，已聞動行軒。舟子候利涉，亦憑節制尊〔三〕。我在路中央〔四〕，生理不得論。卧愁病脚廢，徐步視小園。短畦帶碧草，悵望思王孫。鳳隨其凰去，籬雀暮喧繁〔五〕。覽物想故國，十年别荒一作鄉村。日暮歸幾翼，北林空自昏。安得覆八溟，爲君洗乾坤。稷契易爲力〔六〕，犬戎何足吞。儒生老無成，臣子憂四藩魯直刊作思翻。篋中有舊筆，情至時復援。

〔一〕有《水閣朝霽贈嚴雲安》詩，即此。

〔二〕謂郭英乂。本朝廷而言，故以成都爲西南。

〔三〕錢箋：上年郭英乂爲崔旰所殺，蜀中大亂，今年以杜鴻漸爲山南西道劍南東西川副元帥。

〔四〕朱注：雲安在荆蜀之間。

〔五〕趙曰：見碧草則思王孫，見雀喧則懷鳳舉，皆因小園感興。按：此總由羈旅所感，他説支離，皆不可從。

〔六〕此屬望當國之人。《杜臆》謂自比稷契，非。

分上下半篇看。上半在川言川，從客居景況引出「人虎相半」。見此地官民，順逆雜處，故及蜀中近事，傷前鎮之遇害，冀後鎮之綏輯也。下半去國懷鄉，因客居景物想到故國未歸。是時吐蕃患劇，藩鎮擁兵，故望天公之「覆溟」一「洗」，以靖四國，國靖而中原安枕，久客可歸也。

客堂

憶昨離少城，而今異楚蜀。捨舟復深山，窅窕一林麓。棲泊雲安縣，消中内相毒。舊疾甘載一作再來，衰年得無足一作得弱足，一作弱無足。死爲殊方鬼，頭白免短促。老馬終望雲，南雁意在北。別家長兒女，欲起慚筋力。客堂序節改，具物對羈束。石暄蕨芽紫〔一〕，渚秀蘆筍緑〔二〕。巴鶯一作稼紛未稀，徼麥早向熟。悠悠日動江，漠漠春辭木。臺郎選才俊，自顧亦已極。前輩聲名人，埋没何所得。居然綰章紱，受性本幽獨。平生憩息地，必種數竿竹。事業只濁醪，營葺但草屋。上公有記者〔三〕，累奏資薄禄〔四〕。主憂豈濟時，身遠彌曠職。循一作修文廟算正〔五〕，獻可天衢直。尚想趨朝廷，毫髮裨社稷。形骸今若是，進退委行色。

〔一〕陸璣《詩疏》：蕨，山菜。初生似蒜，莖紫墨色。

〔二〕《爾雅疏》：葭，一名蘆菼。郭云：今江東人呼蘆筍爲虇。

〔三〕朱注：上公，謂嚴鄭公。

〔四〕嚴武表公爲工部郎。

〔五〕循文，繼體守文之謂。

起二句，全篇綱領。「棲泊」以下，分兩大段申説。前段承「異楚蜀」，羈雲安而叙其景物也。夔爲楚地，故云「楚」。後段承「憶少城」，趨幕府而曾無報稱也。少城，即成都置草堂處。直至結處「若是」，收轉起處，而今見衰病身遥，計無復之矣。此篇起結各四句。起四，二句爲綱，二句誌客堂所在。結四，後聯爲應，前聯爲上下過文。○「老馬」二句，非本段正文，乃跌起「懶筋力」意，謂心欲往而身不能赴也。「臺郎」一段，凡作四層轉折。薄才「綃紱」一層是總領，「幽獨」、「營葺」一層是自述所性，「上公」、「累奏」一層是追表爲郎之由，「豈濟」、「天衢」一層是幕寮無補，致治由人之意。○《客居》，傷世之亂。《客堂》，歎身之衰。

課伐木　并序〔一〕

課隸人伯夷、辛秀、信行等，入谷斬陰木〔二〕，人日四根止，維條伊枚〔三〕，正直挺然。晨征暮返，委積庭内。我有藩籬，是缺是補，載伐篠簜〔四〕，伊杖〔五〕支持，則旅次於小安〔六〕。山有虎，知禁〔七〕，若恃爪牙之利，必昏黑摚一作撐突。夔人屋壁，列一作例樹白菊一作桃，鏝爲牆〔八〕，實以竹，示式遏。爲與虎近，混淪乎無良〔九〕。賓客㥄一作憂害馬之徒，苟活爲幸〔一〇〕，可默息已。作詩示宗武一作文誦。

〔一〕此下入夔州詩。
〔二〕《周禮》：仲冬斬陽木，仲夏斬陰木。
〔三〕《詩》注：枝曰條，幹曰枚。
〔四〕《書》注：篠，箭竹。簜，大竹。
〔五〕意同仗，詩中仿此。
〔六〕於，於是也。
〔七〕虎知畏忌也。
〔八〕張溍注：白蒻易生，如此地榆柳，可作牆。按：列樹，恐非種樹之謂，蓋植以爲柱，以竹編之，而加之塗鏝也。
〔九〕混淪，没於虎也。
〔一〇〕齒，談及也。害馬之徒，即所云無良，蓋指虎言。《莊子》：爲天下，亦奚以異乎牧馬者哉。亦云去其害馬者而已。

自「課隸」至「小安」，皆叙事之文，言伐木所以補籬也。「山有虎」以下，反覆推明補籬之故，爲禁虎害也。○「苟活」四字，屬賓客句，言旅客談及凶類，以「苟活爲幸」。今「籓籬」、「補」而「旅次安」，庶可静「默」而寧「息」已。「可默」句，遥接前文，以爲束筆。其特下「無良」、「害馬」等字，亦帶隱諷，即苛政猛於虎之旨。○仇氏釋「爲與虎近」一段，闌入盜賊，又以「默息」爲柏公默息之，俱是别生枝節，由其不曉詩中「賢府主」數語，遂多方牽率耳。

長夏無所爲，客居課童僕。清晨飯其腹，持斧入白谷〔一〕。青冥曾巔後，十里斬陰木。人肩四根已，亭午下山麓。尚聞丁丁聲，功課日各足。蒼皮成一作見委積，素節相照燭〔二〕。藉汝跨小籬，當杖苦一作若虛竹〔三〕。空荒咆熊羆，乳獸待人肉〔四〕。不示知禁情，豈惟干戈哭。城中賢府主〔五〕，處貴如白屋。蕭蕭理體净，蜂蠆不敢毒。虎穴連里閭，隄防舊風俗。泊舟滄江岸，久客慎所觸。舍西崖嶠壯，雷雨蔚含蓄〔六〕。牆宇資屢修，衰年怯幽獨。爾曹輕執熱，爲我忍煩促。秋光近青岑，季月當泛菊。報之以微寒，共給酒一斛。

〔一〕夔地谷名。
〔二〕仇注：蒼皮指木，素節指竹。
〔三〕苦虛竹，即苦竹。
〔四〕乳獸，即《漢書》之乳虎。
〔五〕謂夔州柏都督。《晉書·孫楚傳》：參軍不敬府主。
〔六〕暗用「深山大澤實生龍蛇」意。

詩凡四段：首叙課伐木而人效其勤，次言得木而兼得竹，欲爲籬以禦虎患，又次曲爲柏公回護，終則期於旅舍得安，將給酒以勞僕也。○「尚聞」二語，爲第一段住句，蓋贊其僕之勤，「晨入」「午下」，山中尚多「丁丁」之響，而我僕已「四根」「課足」也。「蒼皮」二句，由「木」渡「竹」。「不示」二句，言若不使之「知禁」，害豈減於兵刃哉！「城中」一段，用意委曲，措詞圓妙，乃通篇斟酌處。昔以劉琨爲弘農，猛虎渡河。今有柏公爲夔州，「乳獸待肉」，得毋於「府主」有礙乎！故特爲斡旋曰，「府主」爲治，真能「理體浄」而「蜂蠆」遠矣。乃若「虎穴」之「隄防」，特此中「舊風俗」耳。臨文瞻顧如此，惜千年無得其解。或云，亦隱諷柏公宜檢核酷吏，此在言外。結法韻而樸，又能使首尾一片。○鍾惺云：此等詩，處家常瑣細事，有滿腔化工，全副主政。

雷〔一〕

大旱山嶽焦，密雲復無雨。南方瘴癘地，罹此農事苦。封内必舞雩〔二〕，峽中喧擊鼓〔三〕。真龍竟寂寞〔四〕，土梗空傴俯〔五〕。吁嗟公私病，税斂缺不補。故老仰面啼，瘡痍向誰數。暴尪或前聞〔六〕，鞭巫非稽古〔七〕。請先偃甲兵，處分聽人主。萬邦但各業，一物休盡取。水旱其數然，堯湯免親睹。上天鑠金石，群盗亂豺虎。二者存一端，愆陽不猶愈。昨宵殷其雷，風過齊萬弩。復吹霾翳散，虚覺神靈聚。氣暍腸胃融〔八〕，汗濕衣裳污一作腐。吾衰尤計拙，失望築場圃。

〔一〕以下數篇皆説旱。

〔二〕《周禮》：司巫，國大旱，則率巫而舞雩。

〔三〕《神農求雨書》：積薪擊鼓而焚山。

〔四〕許慎《淮南子》注：遭大旱，作土龍。

〔五〕《汝南先賢傳》：葛玄與吳大帝坐樓上，見作請雨土人，即書符着社，須臾雨。

〔六〕《左傳》注：尪者其面上向，俗謂天哀其病，恐雨入其鼻，故旱。《檀弓》：天久不雨，吾欲暴尪而奚若。

〔七〕《左傳》：僖二十一年，旱，公欲焚巫尪。張遠改巫作石，引《初學雜記》：宜都二大石，鞭陽石則晴，鞭陰石則雨。按：事既有典，不得云非稽古矣。此句鞭巫，恐指實事。

〔八〕仇注：融，謂腹瀉。

記旱而空雷也。凡三段，而前兩大段俱在題前，至末段入題。首段從歲旱、民病説起。「封内」四句，祈禱不驗，承上「無雨」，即起下「暴尪」、「鞭巫」。「吁嗟」四句，税缺無償，承上「農苦」，即起下「各業」、「休取」。中段蒙上祈禱「税斂」意，而爲諷勸方鎮之詞。寢兵薄賦，活民之本，縱有旱災，猶勝寇盜。雖激論，實正論也，而於上兩層又能翻騰變意，破盡板法。末段乃正寫空雷，點還題面。而「氣喝」四句，則收入自身作結。

火〔一〕

楚一作焚山經月火，大旱則斯舉。舊俗燒蛟龍，驚惶致雷雨〔二〕。爆嵌魑魅泣，崩凍嵐陰昈〔三〕。羅落沸百泓，根源皆太一作萬古。青林一灰燼，雲氣無處所。入夜殊赫然，新秋照牛女。風吹巨焰作，河掉一作漢，非騰煙柱〔四〕。勢欲焚崑崙，光彌焮香靳切洲渚〔五〕。腥至焦長蛇，吼爭一作聲吼纏猛虎。神物已高飛，不一作只見石與土〔六〕。爾寧要謗讟，憑此近熒侮〔七〕。薄關長吏憂，甚昧至精主。遠遷誰撲滅，將恐及環堵。流汗臥江亭，更深氣如縷。

〔一〕原注：楚俗大旱，則焚山擊鼓，有合神農書。

〔二〕《水經注》：峽北山上有神淵，天旱，燃火岸上，推其灰燼，下穢神淵，則降雨。

〔三〕《西京賦》：赫昈昈以弘敞。李善注：《埤蒼》曰：「昈，赤文也。」

〔四〕仇云：拄通。

〔五〕《左傳》：行火所焮。

〔六〕《貴耳集》：古傳龍不見石，人不見風，魚不見水。

〔七〕熒惑而侮狎之也。

記要雨之陋俗也。四句起，八句結，中作一長段。《雷》詩猶是凌空寫，《火》詩純用刻劃寫，更無躲閃處。起四句，仇云：先叙舉火之由也。「燒蛟龍」，出語便奇。中十六句，臚列盡變，仍復層次歷然，又能句句切山上。「嵌」空之處，「魑魅」所藏。「爆」，火熾而裂也。「涷」沍之土，「嵐陰」爲甚。「崩」，火力所摧也。火「羅泓」旁而水「沸」，「泓」、「源」、「沸」盡而「根」見，二句以串爲對。「皆太古」，從未見底也。「雲氣」，即燼煙。「無處所」，無山不然也。以上寫日中之火，此處一束。「入夜」句，轉遞清醒。「照牛女」，警絶。「河掉」對「風吹」，「騰煙柱」對「巨焰作」，仍以下句足上句，言風焰上衝，一若天「河」欲「掉」，而「騰」高「煙」以撐拄者。「焚崑崙」，貼山，却是虚擬。「燬洲渚」，帶水，却是實境。以上寫夜間之火。此處連日中并束。「焦蛇」、「纏虎」，陪起「神物」，「神物」指龍。言人方欲燒龍致雨，彼已穿石破土，杳不知其所之矣。使愚夫爽然，妙不可言。此又總束正旨。末八句，搭入有司，託諷深切，想此舉亦必請於官而後行者。言爾輩爲此，豈樂於取罪神物乎，亦由長吏之姑且徇俗以塞責。然於消弭災沴之精理，實甚昧而不講也，遠遷「環堵」，徒滋害耳。結聯收入自身。「氣如縷」，非指火言，自謂熱勢蒸迫，喘氣如絲也。○韓、孟聯句，歐、蘇禁體諸詩，皆源於此。然雖窮極奇險，只是堆垛鑲嵌，絶少段落兜收。觀此詩逐層刻露，逐層清晰，正復莫躐其藩籬。

毒熱寄簡崔評事十六弟

大火一作暑運金氣〔一〕，荆揚不知秋〔二〕。林下有塌翼，水中無行舟。千室但掃地，閉關人事休。老夫轉不樂，旅次兼百憂。蝮蛇暮偃蹇，空床難暗投。炎宵惡明燭，况乃懷舊丘。開襟仰内弟〔三〕，執熱露白頭。束帶負芒刺，接居成阻修。何當清霜飛，會子臨江樓。載聞大《易》義，諷咏《詩》家流。藴藉異時輩，檢身非苟求。皇皇使臣體，信是德業優。楚材擇杞梓，漢苑歸驊騮。短章達我心，理待一作爲識者籌。

〔一〕《月令》：孟秋之月，盛德在金。

〔二〕荆揚二字作南方用。

〔三〕《白帖》：舅子爲内兄弟。

前十二，極言毒熱難堪，千室閉關，行人絶跡也。仇氏解作卧地，穉甚。「蝮蛇」四句，逐層逼下。畏蛇則須「燭」，對「燭」又增煩，如此則不成寐矣，况更擾之以懷歸之念耶。所謂「旅次百憂」者以此。中八，期以熱退晤言，是寄簡本意。「接居成阻」，仇氏所謂「寸步難相就」者也。崔必長於《易》、《詩》之學，論《易》誦《詩》，以相啓發，所謂「開襟仰弟」者以此。後八，贊美而申訂之。崔必奉使來夔，故有「皇皇」二句；崔必回京在邇，故有「楚材」二句；然則相會無幾矣，故亟與「達心」，而待其籌理也。如上所云「兼憂」、「懷舊」、「聞《易》」、「咏《詩》」，皆是「待籌」處。

貽華陽柳少府[一]

繫馬喬木間，問人野寺門。柳侯披衣笑，見我顔色温。並坐石堂下一作石下堂，一作堂下石，俯視大江奔。火雲洗月露，絶壁上朝暾。自非曉相訪，觸熱生病根。南方六七月，出入異中原。老少多暍死，汗踰水漿翻。俊才得之子，筋力不辭煩。指揮當世事，語及戎馬存。涕淚一作流涕濺我裳，悲風拂帝閽。鬱陶抱長策，義仗知者論。吾衰卧江漢，但愧識璵璠[二]。文章一小技，於道未爲尊。起予幸斑白，因是託子孫。俱客古信州[三]，結廬依毁垣。相去四五里，徑微山葉繁。時危挹佳士，況免軍旅喧。醉從趙女舞，歌鼓秦人盆。子壯顧我傷，我歡兼淚痕。餘生如過鳥，故里今空村[四]。

[一]《唐書》：華陽縣屬成都府。

[二]《家語》：美哉璵璠，遠而望之，奂若也。

[三]《唐書》：夔州，本信州巴東郡。武德二年改州名。

[四]指河南舊廬。

少府當亦罷官而寄籍於夔者，詩則往訪而面貽之也。前十六句，詳叙訪柳之事，先從曉晤叙起，情致如生。「火雲」爲「月露」所「洗」，宿暑方清也；「絶壁」而「朝暾」甫「上」，初日未高也；所以趁曉避熱，爲「俊才」而「煩筋力」，以成此會晤。此言早到之故。中十二句，極形容少府肝膽照人，篤於君者，必不薄於文字相知之友，故欲以「子孫」「託」之。後十二句，復叙客夔相過，而終致自傷之語。結處曲甚，言對「壯」而我自「顧」，則我老可「傷」矣；得「子」而我始「歡」，而老「淚」更深矣。蓋以餘生無幾，故里已空，裕後之謀，茫無可據，是以「子孫」之「託」，不能無望於方「壯」之「俊才」也。

七月三日亭午已後校較同熱退晚加小涼穩睡有詩因論壯年樂事戲呈元二十一曹長〔一〕

今兹商用事〔二〕，餘熱亦已末。衰年旅炎方，生意從此活。亭午減汗流，比鄰耐人聒。晚風爽烏匼〔三〕，筋力蘇摧折。閉目踰十旬，大江不止渴。退藏恨雨師〔四〕，健步聞旱魃〔五〕。園蔬抱金玉，無以供採掇。密雲雖聚散，徂暑終衰歇。前聖昚古慎字焚巫，武王親救暍〔六〕。陰陽相主客，時序遞回斡。灑落惟清秋，昏霾一空闊。蕭蕭紫塞雁，南向欲行列。欻思紅顔日，霜露凍階闥。胡馬挾雕弓，鳴弦不虚發。長鈚音披逐狡兔〔七〕，突羽當滿月〔八〕。惆悵白頭吟，蕭條遊俠窟。臨軒望山閣〔九〕，縹緲安可越。高人煉丹砂，未念將朽骨。少壯跡頗疏，歡樂曾倏忽。杖藜風塵際，老醜難剪拂〔一〇〕。吾子得神仙，本是池中物。賤夫美一睡〔一一〕，煩促嬰詞筆。

〔一〕《舊史》云：是年春旱，六月始雨。觀此詩，知夔尤甚。

〔二〕《月令》：孟秋之月，其音商，律中夷則。

〔三〕薛夢符曰：烏匼，烏巾也。吴若注：匼當作帢，音恰，殆是今字。《博物志》：魏武作白帢。《禮部韻略》：帽也，亦作帢。

〔四〕《山海經》：蚩尤請風伯、雨師縱大風雨。

〔五〕《神異經》：南方有人，長二三尺，裸身，而目在頂，走行如飛，名曰魃，俗曰旱魃。

〔六〕《帝王世紀》：武王自孟津還，見暍人，王自左擁而右扇之。

〔七〕《通俗文》：骨鏃曰骲，鐵鏃曰鏑，鳴箭曰骹，靃葉曰鈚，皆古制。

〔八〕趙曰：突羽，言羽箭奔突。

〔九〕朱注：山閣，曹長所居。

〔一〇〕《杜臆》：曹長喜燒丹。

〔一一〕《方書》云：修真者戒睡。

首八句，叙熱退小涼。次八句，追言旱熱。「抱金玉」，言園蔬俱荒。「終衰歇」，仍收到熱退。「前聖」八句，言熱則必涼，時序推移之常理。「欻思」八句，追論壯年樂事。壯時有詩云：「短衣匹馬隨李廣。」又《壯遊》詩云：「呼鷹皂櫪林，逐獸雲雪岡。」可見射獵俠遊，乃其少習。仇云：亦從秋景想出。末十二句，結出戲呈曹長之意，正與壯年意境反對。曹長必喜燒煉之術，故先自言遥「望」曹長「山閣」，忽羡遊仙之趣，悔少時不接「高人」，「不念朽骨」，至此日「風塵」、「老醜」，「難加剪拂」矣。因思子之得仙，本是凡胎所致，何難企及，而今但以「美睡」了殘年，念此能無「煩促」乎！是戲詞。

牽牛織女〔一〕

牽牛出河西，織女處其東〔二〕。萬古永相望，七夕誰見同〔三〕？神光竟難候〔四〕，此事終蒙朧。颯然精靈一作爽合，何必秋遂逢。亭亭新妝立，龍駕具層空一作穹〔五〕。世人亦爲爾，祈請走兒童〔六〕。稱家隨豐儉，白屋達公宫。膳夫翊堂殿，鳴玉凄房櫳〔七〕。曝衣遍天下〔八〕，曳月揚微風。蛛絲小人態，曲綴瓜果中〔九〕。初筵裛重露，日出甘所終。嗟汝未嫁女，秉心鬱忡忡。防身動如律，竭力機杼中。雖無舅姑事，敢昧織作功。明明君臣契，咫尺或未容。義無棄禮法，恩始夫婦恭。小大有佳期，戒之在至公。方圓苟齟齬〔一〇〕，丈夫多英雄。

〔一〕《爾雅》：河鼓謂之牽牛。《晉志》：織女三星在天紀東端，天女也，主果蓏絲帛珍寶。

〔二〕牽牛織女四字宜倒轉，牽牛三星如荷擔，在河東。織女三星如鼎足，在河西。公涉筆偶誤耳。

〔三〕《齊諧記》：桂陽成武丁，有仙道，忽謂弟曰：「七月七日，織女當渡河，吾被召。」弟曰：「何事渡河？」曰：「暫詣牽牛。」

〔四〕《漢武紀》：祭后土，神光三燭。周處《風土記》：七夕見天漢中奕奕正白氣，有光耀五色，以此徵之。

〔五〕謝朓《七夕賦》：回龍駕之容裔。

〔六〕《風土記》：七月七日夜，灑掃於庭，露施几筵，設酒脯時果，散香粉於筵上，以祀河鼓織女。少年守夜者，咸懷私願。

〔七〕《詩》：佩玉瓊琚。傳：環珮璆然。皆指婦人言。

〔八〕《四民月令》：七夕曝經書及衣裳。

〔九〕《荆楚歲時記》：七夕，人家婦女結翠樓，穿七孔針，陳瓜果於庭以乞巧。有蟢子網於瓜上者，則以爲得巧。

〔一〇〕《九辯》：圓鑿而方枘兮，吾固知其鉏鋙而難入。

此詩黜怪説，述群惑，以肅女誡，有補風化之言。○起八句，先言俗傳之妄。「誰見同」，闢《齊諧記》「成武丁」等語。「竟難候」，闢《風土記》「奕奕正白」等語。本言會合之誣，而反云靈且常逢，正剔醒不可信。中十四句，詳寫祈祀俗態，據事直書，而誣惑自見。「新妝」，舊云指織女，要非死句也。蓋設祀多屬女郎事，故特用「新妝」、「龍駕」等字，摹出女郎意想之癡態，恰與「未嫁女」映切，爲篇末張本。「走兒童」，喧攘助興也。「翊」，助勢也。「鳴玉」，定指婦人環佩聲。此上皆言日中治具之事。「曝衣」、「曳月」，由日引夕也。「小人態」，三字嚴冷。「日出」，候至將曉也。「甘所終」，甘心竟夜以終所事也。此句亦見終夕竟無所見，合前「終蒙朧」意。末十四句，全篇歸重在此，語意正與《風土記》「少年咸懷私願」對針，古質懇到。晦翁取以爲《女誡》，良有以也。「汝」，泛指之詞。「鬱忡忡」，體貼待嫁時心事，微甚。「防身」、「竭力」兩柱提起。「雖無」二句，申「竭力」。「舅姑事」，奉舅姑之事也。「明明」以下，俱申「防身」。君臣夫婦不並重，難合則可終，守正則不辱。反覆言之，至深切矣。「小大」，勿如舊注分指婚姻仕進，總以男女嘉會言。結語更凜然。

信行遠修水筒〔一〕

汝性不茹葷，清静僕夫内。秉心識本一作根源，於事少滯礙。雲端水筒坼，林表山石碎。觸熱藉子修，通流與厨會。往來四十里，荒險崖谷大。日曛驚未餐，貌赤愧相對。浮瓜供老病，裂餅嘗所愛〔二〕。於斯答恭謹，足以殊殿最。詎要方士符〔三〕，何假將軍佩舊作蓋〔四〕。行諸直如筆〔五〕，用意崎嶇外。

〔一〕原注：引泉筒。○信行，公之役隸也，見《伐木》詩序内。

〔二〕何曾餅裂十字文，見王隱《晉書》。

〔三〕《神仙傳》：葛玄取一符投水中，能使逆流而上。

〔四〕《東觀漢記》：李貳師將軍，拔佩刀刺山，而泉飛出。

〔五〕仇注：「行諸」，猶行乎，呼其名也。定功曰：後魏古弼，太武嘉其直而有用，以其頭尖，呼爲筆公。

用贊語起，亦淺亦深。惟「清静」故能「心識本源」，而「事少凝滯」也，與後「恭謹」「直」性對。蓋通曉之人，每難恭直，此信行所以可嘉也。中十二句，紀其績而憫其勞，「浮瓜」、「裂餅」，皆以分賜酬勞者。語本對舉，言「浮瓜」本以自「供」，「裂餅」亦吾宿「愛」，今以此「答」其「恭謹」，見恩意特殊。注多以「裂餅」作裂以與之解，則「浮瓜」句無着，且分裂少許，亦不足酬也。結則喜其功成，復用贊語，與起處作章法。朱注以「方士符」爲制虎豹之符，「將軍蓋」爲不煩張蓋，是重叙信行入山事矣，於收局體不合。

驅豎子摘蒼耳〔一〕

江上秋已分，林一作村中瘴猶劇。畦丁告勞苦，無以供日夕。蓬莠獨一作猶不焦，野蔬暗泉石。卷耳況療風〔二〕，童兒且時摘。侵星驅之去，爛熳任遠適。放筐亭午際，洗剥相蒙冪〔三〕。登床半生熟，下筯還小益。加點瓜薤間，依稀橘一作木奴跡〔四〕。亂世誅求急，黎民糠籺窄〔五〕。飽食復何心，荒哉膏粱客。富家厨肉臭，戰地骸骨白。寄語惡少年，黄金且休擲。

〔一〕《爾雅注》：卷耳，或曰苓耳，形似鼠耳，叢生如盤。陸璣《詩疏》云：可煮爲茹。《本草》云：即今蒼耳。

〔二〕《本草》：卷耳，主療寒痛，風濕周痺，四肢拘攣。

〔三〕舊注：洗其土，剥其毛。按：「相蒙羃」，乃信手堆放之謂，不必依舊注，以羃字作覆食巾實用。

〔四〕《荆州記》：李衡於武陵種甘橘千株，敕其子曰：「吾洲裏千頭木奴，歲可得絹千匹。」杜預《七規》云：糅以丹橘，雜以芳鱗。《杜臆》云：古人用橘調食，此以蒼耳當之也。

〔五〕籺，古作覈。《陳平傳》：亦食糠覈耳。

亦屬旱歲詩。仇本編二年，非。○此詩前都從歲旱畦荒發意，只中八句，詳製食之法。然曰「小益」，曰「依稀」，亦不得已而供乏耳，非真美蒼耳之功也。故後段推開寄慨。其曰「亂世」、「骸骨」，從歲旱推出一層。其曰「誅求」、「糠籺」，從畦荒推出一層。彼「肉臭少年」，麾金如土，正須以「驅摘野蔬」之窮况警省之。○「放筐」，就歸來説。

催宗文樹雞柵〔一〕

吾衰怯行邁，旅次展崩迫。愈風傳烏雞〔二〕，秋卵方漫喫。自春生成者，隨母向百翮。驅趁制不禁，喧呼山腰宅〔三〕。課奴殺青竹〔四〕，終日憎赤幘〔五〕。踏藉盤案翻，塞蹊使之隔。牆東有隙一作閒散地，可以樹高柵。避熱時來歸，問兒所爲跡。織籠曹其內，令入不得擲。稀間可一作苦突過，觜距一作爪還汚席。我寬螻蟻遭，彼免狐貉厄〔六〕。應宜各長幼，自此均勍敵。籠柵念有修，近身見一作知損益。明明領處分，一一當剖析。不昧風雨晨，亂離減憂慼。其流則凡鳥，其氣心匪石。倚賴窮歲晏，撥煩去一作及冰釋。未似尸鄉翁〔七〕，拘留蓋阡陌。

〔一〕宗文：公長子。
〔二〕《本草》：烏雌雞，治風濕麻痹。
〔三〕恐即指西閣。
〔四〕洙曰：以火炙竹去汗，令耐久也。
〔五〕《搜神記》：安陽城南，一書生入亭宿。夜半，有赤幘者來，或問曰誰，答曰：「西舍老雄雞也。」
〔六〕《齊民要術》：雞棲宜椓地爲籠，内著棧，安穩易肥，又免狐狸之患。

〔七〕《列仙傳》：祝雞翁，居尸鄉北山下，後昇吴山，莫知所終。

玩首尾意，蓋假畜雞爲旅食之資，正以自嘲此身維繫，不得遠逞也。「催宗文」者，非必宗文自爲之，但課奴而領其事也。開首四句一頓，以畏動而少休，反提篇末意。隨以喫卵引起中間正文，映帶成趣。「漫喫」，適意取食之狀。「自春」一段，追原樹柵之由。「課奴」二字，略讀作提，下即教以課奴之詞也。「牆東」一段，詳叙正面。「時來歸」，非言時時，言是時也。二句點「催宗文」，下乃命之課奴事。「稀間」二句，諄囑之詞，欲其密也。「我寬」一段，再疏言種種事宜。免戕賊，別群類，勤修整，親稽察，皆樹柵後事。總以「處分」、「剖析」二語，爲宗文瑣瑣申囑。至是叙題已完。束尾八句，零星收繳。「不昧」，喜其司晨。「減憂」，無亂群離散之患，「亂離」就雞言。「其流」二句，美其德，承「不昧」，收還畜雞之故。「倚賴」二句，資其利，承「減憂」，收還樹柵之功。末二句，言未能飄然而去，與篇首應，仇氏所謂自哂語也。盧元昌曰：本一瑣事，杜公説來，便見仁至義盡之意，可謂善勗其子矣。

雨〔一〕

峽雲行清曉，煙霧相徘徊。風吹蒼江樹朱子改作去，雨灑石壁來。淒涼生餘寒，殷殷兼出一作山雷。白谷變氣候，朱炎安在哉。高鳥濕不下，居人門未開。楚宮久已滅，幽佩爲誰哀〔二〕。侍臣書王夢，賦有冠古才。冥冥翠龍駕〔三〕，多自巫山臺〔四〕。

〔一〕依仇編。
〔二〕《神女賦》：摇珮飾，鳴玉鸞。
〔三〕《河東賦》：乘翠龍而超河兮。
〔四〕巫山縣屬夔州。

一片讀。起從雨前迤邐而來，中寫雨景，後引高唐事，是本地風光。言神女雨，本託詞耳，今果然耶？惝怳有靈氣。

雨

行雲遞崇高，飛雨靄而至。潺潺石間溜，汩汩松上駛。亢陽乘秋熱，百穀皆一作亦已棄。皇天德澤降，焦卷有生意。前雨傷卒暴，今雨喜容易。不可無雷霆，間作鼓增氣。佳聲達中宵，所望時一致。清霜九月天，髣髴見滯穗。郊扉及我私，我圃日蒼翠。恨無抱甕力〔一〕，庶減臨江費。

〔一〕《莊子》：漢陰一丈人，方爲圃畦，鑿隧而入井，抱甕而出灌。

亦一片讀。此篇直從雨勢起，總以雨澤蘇枯立意，先同慶而後私慶也。中間「雷霆」一段，本無雷而望之，蓋雷能鼓動群生，亦從澤物上作意。

種萵苣 并序〔一〕

既雨已秋，堂下理小畦，隔種一兩席許萵苣。向二旬矣，而苣不甲拆，伊人莧青青〔二〕。傷時君子或晚得微禄，轗軻不進，因作此詩。

〔一〕《本草》：萵苣，江東人謂之苣筍。

〔二〕《顔氏家訓》：河北俗人呼人莧爲人荇。舊本「伊人莧」作「獨野莧」，非。

種而不甲則惜之，不種而生則憎之，皆寓言也。究竟何愛何惡，必於兩物考其優劣，便非俊物。

陰陽一錯一作屯亂，驕蹇不復理〔一〕。枯旱於其一作此中，炎方慘如燬。植物半蹉跎，嘉生將已矣〔二〕。雲雷欻奔命，師伯集所使〔三〕。指揮赤白日，澒洞青光一作雲色起。雨聲先以一作已風，散足盡西靡。山泉落滄江，霹靂猶在耳。終朝紆颯沓，信宿罷瀟灑叶洗。堂下可以畦，呼童對經始。苣兮蔬之常，隨事藝其子。破塊數席間，荷鋤功易止。兩旬不甲拆，空惜埋泥滓。野莧迷汝來，宗生實於此〔四〕。此輩豈無秋，亦蒙寒露委。翻然出地速，滋蔓户庭毁。因知邪干正，掩抑至没齒。賢良雖得禄，守道不封己。擁塞敗芝蘭，衆多盛荆杞。中園陷蕭艾〔五〕，老圃永爲恥。登於白玉盤，藉以如霞綺。莧也無所施，胡顔入筐篚。

〔一〕驕者得氣，蹇者不達。

〔二〕《史記》：神降之嘉生。注：嘉，穀也。按：此處泛指植物之嘉者。

〔三〕師伯，雨師、風伯也，斷文爲用。

〔四〕《吴都賦》：宗生高岡，族茂幽草。

〔五〕《世説》：寧爲蘭摧玉折，不爲蕭敷艾榮。

當與《菁莪》、《巷伯》諸詩並讀，人知好前、後《出塞》、《三吏》、《三别》等篇，不知好此種。彼爲漢魏之後勁，此爲風、雅之希聲也。○兩句發議起，正喻兩關，通身全領。「陰陽一錯」，則「驕」者日驕，「蹇」者日蹇，造物直置之不理也。「驕」以比「此輩」，比「干正」。「蹇」以比「嘉生」，比「賢良」。而口氣却爲致旱而發，故下文接以「枯旱」。「枯旱」一段，從亢陽槁物説到得雨資生，一反一正，總是原題。「赤白」，總言日色。「散足」，散雨而足。「西靡」，雨脚從風而靡也。「霹靂在耳」，泉落聲，不指雷，舊注非。「苣兮」以下方入題。先叙「苣不甲」而「莧青青」。至「因知」八句，乃出議論。略露正旨，仍入喻言。「干正」、「没齒」，中傷之痛，正應「宗生」、「滋蔓」一層。「得禄」、「不封」，甘節之貞，正應「藝子」、「不甲」一層。「芝蘭」、「荆杞」，比物連類以致慨，可知苣、莧原是借景也。煞尾四句，兜轉萓、莧，咏歎雙收。萓也「霞綺」晦迹，莧也「筐篚」胡顏，所謂「驕蹇」、「錯亂」者以此，正類爲之一空。嘻笑甚於怒駡，如聞其太息之聲。

雨二首

青山澹無姿，白露誰能數〔一〕。片片水上雲，蕭蕭沙中雨。殊俗狀巢居〔二〕，曾臺俯一作附風渚。佳客適萬里，沈思情延佇。掛帆遠色外，驚浪滿吳楚。久陰蛟螭出，寇盜復幾許。

〔一〕誰能數，未詳。

〔二〕《夔州十絕句》云：閭閻繚繞接山巔。元微之詩自注亦云：巴人多在山陂架木爲居，自號閣欄頭也。

與前兩首《雨》詩，另爲一意。時或有荆、吴寇警，且似深秋久雨之詩。○此對雨懷人，而慮其逢寇，總從雨中寫出。○「曾臺」，即指巢居，仇注非。「驚浪滿」，以寇盜故。

空山中宵陰，微冷先枕席。回風起清曙一作曉，萬象萋已碧。落落出岫雲，渾渾倚天石。日假何道行〔一〕，雨含長江白。連檣荆州船，有士荷戈一作矛戟。南防草鎮慘〔二〕，霑濕赴遠役。群盜下辟山〔三〕，總戎備强敵〔四〕。水深雲光廓，鳴艣各有適。漁艇息一作自悠悠，夷歌負樵客。留滯一老翁，書時記朝夕。

〔一〕諸本引舊注云，日有黄道、赤道，其謬特甚。時以不見日光，故詭云假道何處，猶云不知何往耳。日者君象，止有黄道一行。注家承訛若此。

〔二〕草鎮，地名，未詳，當在荆南。

〔三〕《唐書》：渝州有壁山縣。《宋史》作辟山，隸重慶府。按：渝即重慶。

〔四〕總戎，統軍之人，非指大帥。

此對雨念遠行將士，又兼峽中之盜言。末致留滯之感，亦處處不脱雨意。◯起八，自宵而曙，而雲、而雨，淒迷動人。中段叙事。「荆州船」總領。「草鎮」，當即上篇所言「吴、楚」。「辟山」在峽中，又是向西一路，故下有「各有適」句。而「水深」、「各適」，又兩借得妙，正東軍行，即反呼「留滯」，且更能帶雨景也。後四以「漁艇」、「樵客」之朝夕於此，興己之「留滯」作結。◯「寇盜」無考。

殿中楊監見示張旭草書圖〔一〕

斯人已云亡，草聖秘難得。及兹煩見示，滿目一悽惻。悲風生微綃，萬里起古色。鏘鏘鳴玉動，落落群松直。連山蟠其間，溟漲與筆力。有練實先書，臨池真盡墨〔二〕。俊拔爲之主，暮年思轉極。未知張王後〔三〕，誰並百代則。嗚呼東吴精〔四〕，逸氣感清識。楊公拂篋笥，舒卷忘寢食。念昔揮毫端，不獨觀酒德。

〔一〕《唐書》：殿中省監一人，掌天子服御之事。《杜臆》：草書云圖，豈如右軍《筆陣圖》耶。

〔二〕衛恒《書勢》：弘農張伯英，凡家之衣帛，必先書而後染練之。臨池學書，池水盡黑，韋張仲謂之草聖。

〔三〕《王羲之傳》：我書比張芝草，猶雁行。

〔四〕本傳：旭，東吴蘇州人。李頎《贈張顛》詩：皓首窮草隸，時稱太湖精。

仇云：起四，總提，次六，叙其書法神妙，又六，贊其書學精深，末六，以賞玩結。◎「與筆力」，與助也。「俊拔爲之主，暮年思轉極」二語，公可自作詩斷。結意妙甚。論長史，脱却酒字便非；論長史之書，黏煞酒字又滯；如此恰好。

楊監又出畫鷹十二扇〔一〕

近時馮紹正〔二〕，能畫鷙鳥樣。明公出此圖，無乃傳其狀〔三〕。殊姿各獨立，清絶心有向。疾禁千里馬〔四〕，氣敵萬人將。憶昔驪山宫，冬移含元仗〔五〕。天寒大羽獵，此物神俱王。當時無凡材，百中皆用壯。粉墨形似間，識者一惆悵。干戈少暇日，真骨老崖嶂。爲君除狡兔，會是翻韝上。

〔一〕十二扇，恐是屏障之幀。

〔二〕《名畫記》：馮紹正，開元年爲户部侍郎。善畫鷹鶻雞雉，盡其形態，嘴爪毛彩俱妙。曾於禁中畫五龍堂，有降雲蓄雨之勢。

〔三〕朱注：謝赫《畫評》：畫有傳移摹寫，爲六法之一。張彦遠云：顧愷之有摹搨妙法。古時好搨畫，亦有御府搨本，謂之宫搨，此蓋搨馮監畫本也。

〔四〕禁，當也，勝也。

〔五〕《津陽門詩注》：申王有高麗赤鷹，岐王有北山黄鶻，上每校獵，必置於駕前，目爲決勝兒。

首八，叙畫鷹健旺，中八，從鷹生感，却有先朝舊事，供其援據，便不落空。末四，反以「真骨」既「老」，望畫影之飛「翻」。公鷹詩及畫鷹詩凡數首，首首轉意，使筆如陽羨鵝籠，幻化愈奇，而暮年壯心，亦不覺躍然一露。

送殿中楊監赴蜀見相公〔一〕

去水絶還波，洩雲無定姿〔二〕。人生在世間，聚散亦暫時。離別重相逢，偶然豈定一作足期。送子清秋暮，風物長年悲。豪俊貴勳業，邦家頻出師。相公鎮梁益，軍事無孑遺。解榻再見今〔三〕，用才復擇誰。况子已高位，爲郡得固辭。難拒供給費，慎哀漁奪私。干戈未甚息，綱紀正所持。泛舟巨石横，登陸草露滋。山門日易夕一作久，當念居者思。

〔一〕相公，杜鴻漸也。朱云：按史，是年二月，杜鴻漸始鎮蜀。

〔二〕仇注：洩雲，雲之飄散者。鮑照詩：洩雲去不極。

〔三〕《徐稺傳》：陳蕃爲太守，惟稺來，特設一榻，去則懸之。

首段興起别意。中幅言杜必急得子，子亦須就職。「無孑遺」，借言軍事無幾微不關相公之慮，是以需材亟亟也。末段告誡簡當，蓋拒費則病軍，漁奪則病民，不拒而不漁，交濟之術也。靖亂則未能息戈，尚武則倍難持紀。慎持於未息，審勢之務也。若泛戒侵漁，專言寬恤，便落經生家言。「泛舟」、「登陸」，囑其前途慎重。「山門」，謂夔峽，即己身所居者。「思」，思其莅職設施之事，是則楊監所「當念」也。别情亦在内。

贈李十五丈别〔一〕

峽人鳥獸居，其室附層巔。下臨不測江，中有萬里船。多病紛倚薄，少留改歲年。絶域誰慰懷，開顔喜名賢〔二〕。孤陋忝末親，等級敢比肩。人生意氣合，相與襟袂連。一日兩遣僕，三日一共筵。揚論展寸心，壯筆過飛泉。玄成美價存〔三〕，子山舊業傳〔四〕。不聞八尺軀，常受衆目憐。且爲辛苦行，蓋被生事牽。北迴白帝棹，南入黔陽天〔五〕。汧公制方隅〔六〕，迥出諸侯先。封内如太古，時危獨蕭然。清高金莖露一作掌露，一作莖掌，正直朱絲絃〔七〕。昔在堯四岳，今之黄潁川〔八〕。于邁恨不同，所思無由宣。山深水增波，解榻秋露懸。客遊雖云久，亦思一作主要月再圓。晨集風渚亭，醉操雲嶠篇。丈夫貴知己，歡罷念歸旋。

〔一〕先有《寄李十五秘書文嶷》，見三之四，即此人。

〔二〕前寄詩云：秋風早下來。又云：暫留魚復浦。爲李在雲安而招之也，茲果來而留此。

〔三〕漢韋玄成，文彩過其父。

〔四〕《北周書》：庾信，字子山。父肩吾，爲梁太子掌記室，信爲抄撰學士，父子在東宫，文並精麗。

〔五〕考《一統志》：重慶府彭水縣，舊名黔陽，黔江經其地，又東有黔江縣，在夔江南岸。

〔六〕原注：汧公，李勉也，宗室鄭惠王孫。〇鶴注：《新史》：勉封汧國，在大曆五年公殁之後，《新史》誤也。錢箋：肅宗初，勉爲梁州都督，後歷河南尹，徙江西觀察使，大曆二年來朝，李十五自峽往訪，正勉在江西時。

〔七〕《後漢·黨錮傳》：直如絃，死道邊。

〔八〕洙曰：黄霸爲潁川守，有治狀。

李十五自雲安來聚於夔，兹往豫章李勉之幕，公送之也。首段言客中相聚之樂，與篇末「知己」對照。發端甚奇。見此地各路可通，而我乃病羈於此，後得李丈，又極其親熱。「壯筆」句趁手拖下。中八句，言李才而貧，所以遠遊，此爲正文。「玄成」、「子山」，即頂壯筆。「八尺」、「受憐」，隨勢轉側。「苦爲」、「生事」，申上引下。「北迴」，顧夔峽。「南入」，起汧公。此段句句筋節。末段頌李所投之主，轉傷不得偕往，冀其無以新歡棄舊知，與篇首「慰懷」呼應。「解榻」以「懸」，客不留也，知前此「遣僕」、「共筵」、「連床」有日。「月再圓」，如月重圓，非必兩月即還也。「晨集」、「醉操」，舊指汧公處，或作預擬後會之趣，亦通。「知己」，謂己與李。〇「南入黔陽」，錢箋主取道黔陽以入豫章，其言甚合。考《圖經》，自夔截江而南，即黔江縣界，東達湖廣之施州，又東而洞庭，至武昌之蒲圻，即入江西界矣。黄生非之，謂李勉尚在梁州，從杜田訪勉於梁州之説，以此爲自北而南之路，何不學之甚也！梁州於唐爲興元府，即今漢中府，正在夔北，乃云南耶？彼又誤以黔陽爲貴州耳，豈知其非耶？仇氏舍錢而採黄，何故？

卷一之五　五古　代宗大曆元年二年之間

《纂年譜》：大曆元年秋，公寓夔之西閣。二年春，遷居赤甲。三月，遷瀼西，秋冬之間，往來瀼西、東屯。

八哀詩 并序

傷時盜賊未息，興起王公、李公〔一〕，歎舊懷賢，終於張相國。八公前後存殁，遂不銓次焉。

〔一〕興，讀去聲。《詩序疏》：起發己心也。

《杜臆》：此八公傳也。「王」、「李」名將，因「盜賊未息」，故「興起」二公。繼以嚴武、汝陽、李、蘇、鄭，皆素交，則「歎舊」。九齡名相，則「懷賢」。序簡而該，亦非後人所及。愚按每篇各有入情語，此致哀之本旨，與國史列傳體有別。

贈司空王公思禮

司空出東夷，童稚刷勁翮。追隨幽薊兒，穎鋭一作脱物不隔〔一〕。服事哥舒翰〔二〕，意無流沙磧。未甚拔行間，犬戎大充斥〔三〕。短小精悍姿，屹然强寇敵。貫穿百萬衆，出入由古通猶咫尺。馬鞍懸將首，甲外控鳴鏑〔四〕。洗劍青海水，刻銘天山石。九曲非外蓄，其王轉深壁。飛兔不近駕〔五〕，鷙鳥資遠擊〔六〕。曉達兵家流，飽聞春秋癖〔七〕。胸襟日沈静，肅肅自有適。潼關初潰散〔八〕，萬乘猶辟易。偏裨無所施〔九〕，元帥見手格〔一〇〕。太子入朔方〔一一〕，至尊狩梁益〔一二〕。胡馬纏伊洛，中原氣甚逆。肅宗登寶位，塞望勢敦迫。公時徒步至，請罪將厚責。際會清河公〔一三〕，間道傳玉册。天王拜跪畢〔一四〕，讜論一作議果冰釋〔一五〕。翠華卷飛雪一作飛雪中，熊虎亘阡陌。屯兵鳳凰山〔一六〕，帳殿涇渭闢〔一七〕。金城賊咽喉〔一八〕，詔鎮雄所搤〔一九〕。禁暴靖一作静無雙，爽氣春淅瀝。巷有從公歌，野多青青麥〔二〇〕。及夫哭廟後〔二一〕，復領太原役〔二二〕。恐懼禄位高，悵望王土窄。不得見清時，嗚呼就窀穸〔二三〕。永繫五湖舟〔二四〕，悲甚田横客〔二五〕。千秋汾晉間〔二六〕，事與雲水白。昔觀文苑傳，豈述廉頗一作藺績。嗟嗟鄧大夫，士卒終倒戟〔二七〕。

〔一〕《唐書》：思禮，高麗人也，少習戎旅，入居營州。

〔二〕《唐書》：翰爲隴右節度使，思禮與中郎將周泌爲翰押衙。

〔三〕謂吐蕃。

〔四〕鮮于注：甲外，軍陣之外，即遊騎掠軍離什伍者。

〔五〕《吕氏春秋》：飛兔、騕褭，古之駿馬。

〔六〕《唐書》：天寶十二載，翰攻破吐蕃大漠門等城，悉收九曲，築神策、宛秀二軍。《舊書》：思禮以拔石堡城功，充關西兵馬使，兼河源使。

〔七〕《晉書》：杜預有《春秋左傳》癖。

〔八〕天寶末，禄山叛，時翰已入朝，命守潼關，禄山陷之；思禮仍爲翰將。

〔九〕隱思禮。

〔一〇〕謂哥舒。

〔一一〕肅宗至靈武。

〔一二〕玄宗幸蜀。

〔一三〕謂房琯。

〔一四〕天王，謂肅宗。

〔一五〕《唐書》：翰敗潼關，思禮走行在。肅宗責不堅守，將斬之。會房琯自蜀奉上皇册命至，諫以爲可收後效，遂見赦。

〔一六〕《圖經》：岐山亦呼爲鳳凰堆，在鳳翔府。

〔一七〕肅宗至鳳翔。

〔一八〕金城縣屬京兆府，即今興平縣。

〔一九〕《唐書》：思禮除關内節度使，守武功。按：武功與興平接境。

〔二〇〕本傳：思禮善守計，持法嚴整，士不敢犯。

〔二一〕肅宗復國事。

〔二二〕《舊書》：長安平，思禮先入清宮，封霍國公。光弼徙河陽，代爲太原尹，尋加司空。

〔二三〕《舊書》：上元二年四月，以疾薨。

〔二四〕時雖在夔，常思出峽。

〔二五〕二句公自謂。

〔二六〕即太原。

〔二七〕《舊書》：思禮薨，管崇嗣代。數月，鄧景山代。景山以文吏見稱，至太原，檢覆軍吏隱没者。軍衆憤怒，遂殺景山。《左傳》：倒戟以禦公徒。

此篇四句起，四句結。中間凡三次叙功，各入贊語作收束。段落雖有長短，章法却極謹嚴。○起四，叙其奮跡，爲一詩之領。「服事」一段，名位未顯，而立功西域也，以「曉達」四句贊詞束之。「潼關」一長段，主恩寬釋，而立功關右也，以「禁暴」四句贊詞束之。「及夫」一小段，功在太原，年壽不永，是可惜也，以「永繫」四句哀而贊之之詞束之。結四妙甚，借繼起之拘文僨事者，相形咏歎，翻用左公潁考叔純孝結法。予考叔而莊公之罪見，傷景山而司空之才見也。而爲「盜賊」而「興起」之意，亦於斯寓焉。○中幅「潼關潰散」十六句，詳失守、走謁、赦免事，非叙功正文。其叙將斬而以「徒步」「請罪」爲言，使王公轉有地步。「翠華」以下，乃是關右叙功之文。○考本傳，惟相州軍潰，思禮完軍一事不叙，極有斟酌。蓋九節度之潰，咎由君上，故以不叙省手。

故司徒李公光弼

司徒天寶末〔一〕，北收晉陽甲〔二〕。胡一作獷騎攻吾城，愁寂意不愜。人安若泰山，薊北斷右脅〔三〕。朔方氣乃蘇〔四〕，黎首見帝業〔五〕。二宫泣西郊〔六〕，九廟起頽壓。未散河陽卒〔七〕，思明僞臣妾〔八〕。復自碣石來〔九〕，火焚乾坤獵。高視笑禄山〔一〇〕，公又大獻捷〔一一〕。　異王册崇勳〔一二〕，小敵信所怯〔一三〕。擁兵鎮汴河〔一四〕，千里初妥貼。青蠅紛營營，風雨秋一葉。内省未入朝，死淚終映睫〔一五〕。　大屋去高棟，長城掃遺堞。平生白羽扇，零落蛟龍匣〔一六〕。雅望與英姿，惻愴槐里接〔一七〕。三軍晦光彩，烈士痛稠疊。直筆在史臣，將來洗筐篋。吾思哭孤冢，南紀阻歸楫〔一八〕。扶顛永蕭條，未濟失利涉。疲苶乃結切。作薾，非竟何人〔一九〕，灑淚巴東峽。

〔一〕朱注：司徒已封王贈太保。止稱司徒者，功名著於司徒時，蓋從時人所稱。

〔二〕晉陽即太原。

〔三〕薊北在太原之東，指禄山巢穴。

〔四〕謂靈武即位。

〔五〕《舊書》：郭子儀爲朔方節度，薦光弼爲雲中太守，充河東節度副使。潼關失守，授户部尚書，兼太原尹、北京留守。按：此係至德元載鎮扼禄山事，注家復引二載擊破思明一段，與詩意無關。

〔六〕玄、肅還京。

〔七〕時郭子儀等新收東京，係至德二載。

〔八〕《通鑑》：是年，思明以所部十三州來降。

〔九〕碣石在燕地。考史：乾元元年，思明復反。二年，思明分軍四道濟河會汴，西攻鄭州。

〔一〇〕仇注：思明自矜。

〔一一〕《唐書》：思明縱兵河南，光弼與戰中潬西，大破之。又收懷州，擒安慶緒，獻俘太廟。

〔一二〕仇注：封臨淮郡王，在代宗初年。

〔一三〕魚朝恩趣光弼擊思明於邙山，敗績。

〔一四〕鎮臨淮也，在肅宗末年受事。

〔一五〕《唐書》：北邙之敗，魚朝恩羞其策謬，深忌光弼。及來瑱讒死，光弼愈恐。吐蕃寇京師，代宗詔入援，畏禍遷延不敢行。廣德二年，薨於徐州。

〔一六〕貴人送死之具。注別見。

〔一七〕《纂注》：漢武葬槐里，衛、霍墓亦接近，今光弼葬富平、三原之間，與高宗、中宗陵相近，故以比之。

〔一八〕考史：南紀，自上洛南逾江漢爲始。夔在洛與漢之南，故得稱南紀。

〔一九〕《莊子》：茶然疲役而不知所終。

此篇凡三段，前實叙，後虚寫。○首段叙功業，總撮其大者，守太原而靈武得以興帝業，捷河南而思明不敢犯京師，此司徒生平大有造於王室者也。事緒繁多，而檢舉扼要，最有斷制。中八句，叙其勳爵崇高，而卒以讒死。妙在抑揚其詞，言小挫雖若怯懦，而重鎮賴以寧謐，何讒人罔極如此也。後段都在身後着筆，惜倚重而述追感，與前幅勳功呼應。望「直筆」以「洗筐篋」，與中幅被讒呼應。末乃致其哀思，言國患未寧，重臣已往，但餘「疲茶」，何堪匡濟！序所謂「傷時盜賊未息，興起二公」，此物此志也。

贈左僕射鄭國嚴公武

鄭公瑚璉器，華岳金天晶〔一〕。昔在童子日，已聞老成名。嶷然大賢後〔二〕，復見秀骨清。漢儀尚整肅，胡騎忽縱横〔四〕。飛傳自河隴，逢人問公卿。不知萬乘出，雪涕風悲鳴〔五〕。受辭劍閣道，謁帝蕭關城〔六〕。寂寞雲臺仗，飄颻沙塞旌。江山少使者，笳鼓凝皇情。壯士血相視，忠臣氣不平。密論貞觀體，揮發岐陽征〔七〕。感激動四極，聯翩收二京〔八〕。西郊牛酒再一作至，原廟丹青明。匡汲俄寵辱〔九〕，衛霍竟哀榮〔一〇〕。四登會府地〔一一〕，三掌華陽

開口取將相，小心事友生。閱書百氏盡，落筆四座驚。歷職匪父任，嫉邪嘗力争〔三〕。

兵〔一二〕。京兆空柳色〔一三〕，尚書無履聲〔一四〕。群烏自朝夕〔一五〕，白馬休橫行〔一六〕。諸葛蜀人愛，文翁儒化成。公來雪山重，公去雪山輕。記室得何遜〔一七〕，韜鈐延子荆〔一八〕。四郊失壁壘，虚館開逢迎。堂上指圖畫，軍中吹玉笙。豈無成都酒，憂國只細傾。時觀錦水釣，問俗終相并。意待犬戎滅，人藏紅粟盈。以兹報主願，庶或一作獲裨世程。炯炯一心在，沈沈二豎嬰。顔回竟短折〔一九〕，賈誼徒忠貞。飛旐出江漢〔二〇〕，孤舟轉荆衡〔二一〕。虚橫一作無馬融笛〔二二〕，悵望龍驤塋〔二三〕。空餘老賓客，身上愧簪纓。

〔一〕《舊書》：先天二年，封華岳爲金天王。《新書》：武，華陰人。

〔二〕大賢，謂其父挺之。

〔三〕《舊書》：武弱冠，以門蔭策名，哥舒翰奏充判官，遷侍御史。按：詩則翻轉説才可自見，又不負言責。

〔四〕禄山。

〔五〕詳詩意，武似與乘輿相失，而追及之者。

〔六〕邵注：蕭關在今平凉府鎮原縣。按：其北即靈武。《唐書》：武從玄宗幸蜀，擢諫議大夫。至德初，赴肅宗行在，房琯薦爲給事中。

〔七〕岐陽，指鳳翔。肅宗收京，自鳳翔入也。

〔八〕玄、肅相繼還京，兩自西郊入也。
〔九〕匡衡爲丞相，坐免。汲黯數切諫，不久留内。
〔一〇〕衛青拜大將軍，尚公主，合葬起冢。霍去病秩與大將軍等。薨，上悼之。按：此比武除罷頻數，竟以節度殁。
〔一一〕《朱注》：會府，都會之府也。按：武兩爲京兆尹，兩鎮劍南，皆兼成都尹。
〔一二〕華陽謂蜀。仇注：武初出爲東川節度使，後又兩充劍南節度使。
〔一三〕《漢書》：張敞爲京兆尹，走馬章臺街。按：章臺多柳，唐人有《章臺柳》詩。
〔一四〕《漢書》：我識鄭尚書履。《唐書》：武加檢校吏部尚書。
〔一五〕《朱博傳》：御史府中列柏樹，有野烏數十，朝去暮來，號曰朝夕烏。
〔一六〕《南史》：侯景乘白馬渡江。朱云：次公引白馬生事，非。
〔一七〕《梁書》：遜爲建安王記室。
〔一八〕《晉書》：孫楚，字子荆，參石苞驃騎軍事。
〔一九〕武年止四十。
〔二〇〕出峽江入漢而北也。
〔二一〕自言行且南下。
〔二二〕馬融《長笛賦序》：有雒客舍逆旅吹笛，融去京師踰年，暫聞甚悲。

〔三三〕《晉・王濬傳》：濬爲龍驤將軍，葬柏谷山，大營塋城。

此篇以下，皆歎舊之作。嚴公一生事業，惟鎮蜀爲大。詩先舉履歷始終，撮叙梗概，然後用追叙法，詳寫在蜀之事及相知哀感之情，製局又變化有法。○起十二，以才質官階作冒。「漢儀」一段，叙扈從兩宮，帶述收京事，收京事於嚴無甚關會，但以「密論」、「發揮」等句，與給事官職相映帶，此文家排場處。「匡汲」八句，爲中腰樞紐，將仕宦存殁之概總挈一處，所謂率然之勢，擊中而首尾俱應者。此處看篇法紀律。「諸葛」一段，追叙鎮蜀功名，而悲其心事之未酬也。「失壁壘」，頂「公來」、「公去」。「開逢迎」，頂「記室」、「韜鈐」，而意已引到自身。「堂上」以下，推明其憂國報主心事，俱從歷歷親見處寫。末六句，以哀意作結，語極悽愴。嚴係知己中第一人，自爾情至。

贈太子太師汝陽郡王璡

汝陽讓帝子〔一〕，眉宇真天人。虬髯似太宗，色映塞外一作寒夜春〔二〕。往一作昔者開元中，主恩視遇頻。出入獨非時，禮異見群臣。愛其謹潔極，倍此骨肉親〔三〕。從容聽一作退朝後，或在風雪晨。忽思格猛獸，苑囿騰清塵。羽旗動若一，萬馬肅駪駪。詔王來射雁，拜命已挺身。箭出飛鞚內，上又回翠麟〔四〕。翻然紫塞翮，下拂明月輪〔五〕。從人雖獲多，天笑不爲新〔六〕。王每中一物，手自與金銀。袖中諫獵書，扣馬久上陳。竟無銜橛虞，聖聰一作慈矧多仁。官免供給費，水有在藻鱗。匪惟帝老大，皆是王忠勤。晚年務置醴，門引申白賓〔七〕。道大容無能，永懷侍芳茵。好學尚貞一作正烈，義形必霑巾。揮翰綺繡揚，篇什若有神。川廣不可泝，墓久狐兔鄰〔八〕。宛彼漢中郡一作王，文雅見天倫。何以開一作慰我悲，泛舟俱遠津〔九〕。温温昔風味，少壯已書紳。舊游易磨滅，衰謝增酸辛。

〔一〕《唐書》：讓皇帝憲，睿宗太子，以玄宗有平韋氏功，懇讓儲位。《舊書》：讓皇帝長子璡。

〔二〕狀其眉宇藹然，非汝陽嘗至塞外也。

〔三〕《唐書》：璡眉宇秀整，性謹絜善射，帝愛之，封汝陽王。

〔四〕上，謂玄宗。翠麟，駿馬。

〔五〕仇注：雁應手而落，下拂弓傍。

〔六〕天笑，見《説苑》。

〔七〕《漢書》：楚元王，少與魯穆生、白生、申生俱受詩於浮丘伯。元王敬禮申公等。穆生不嗜酒，元王常爲設醴。《舊書》：璡與賀知章、褚廷誨等善，爲詩酒之交。

〔八〕鶴注：汝陽薨在天寶九載。

〔九〕朱注：漢中王瑀，汝陽弟，公嘗與漢中王會於梓州。

此篇十句起，十句結，中以陪獵、下交二意分詳略叙次。○汝陽，親王也，故首段提姿表品格之貴，以及篤親恩禮之殊，體製峻潔。次長段叙射獵事。汝陽本以善射被恩遇者，故叙射特詳。析言之，則前八，言天子思獵。中八，言王射邀眷。後八，歸於諫獵止輦。贊頌有制，可謂「賦料揚雄敵」矣。次小段，叙交情文讌，以志感慕。「申、白」，概指賀、褚輩。「容無能」、「侍芳茵」，則自言受知宴賞也。前贈汝陽云「寸長堪繾綣，一諾豈驕矜」，又言「尊罍臨極浦，花月窮遊宴」，即此意。「好學」四句，亦前詩所云「學業醇儒富，辭華哲匠能」也。末段，哀其薨逝，而牽連近日梓州之遇漢中，波瀾老成。「温温」等句，仍收合汝陽結住，筆情如往而復。○須識此文處處是頌帝冑體。

贈秘書監江夏李公邕

長嘯宇宙間，高才日陵一作淪替。古人不可見，前輩復誰繼？憶昔李公存，詞林有根柢。聲華當健筆，灑落富清製。風流散金石，追琢山岳鋭。情窮造化理，學貫天人際。干謁走其門，碑版照四裔〔一〕。各滿深望還，森然起凡例。蕭蕭白楊路，洞徹寶珠惠〔二〕。龍宫塔廟涌，浩劫浮雲一作空衛〔三〕。宗儒俎豆事〔四〕，故吏去思計〔五〕。眄睞已皆虚，跋涉曾不泥。向來映當時，豈獨勸後世。豐屋珊瑚鈎，麒麟織成罽。紫騮隨劍几，義取無虚歲〔六〕。分宅脱驂間，感激懷未濟。衆歸賙給美，擺落多藏穢。獨步四十年，風聽九皋唳。嗚呼江夏姿〔七〕，竟掩宣尼袂〔八〕。往者武后朝，引用多寵嬖。否臧太常議〔九〕，面折二張勢〔一〇〕。哀俗凜生風，排蕩秋旻霽〔一一〕。忠貞負冤恨，宫闕深旒綴。放逐早聯翩，低垂困炎癘一作厲。日斜鵩鳥入，魂斷蒼梧帝〔一二〕。榮一作策枯走不暇，星駕無安税。幾分漢庭竹〔一三〕，夙擁文侯篲〔一四〕。終悲洛陽獄〔一五〕，事近小臣斃〔一六〕。禍階初負謗，易力何深嚌〔一七〕。伊昔臨淄亭，酒酣託末契〔一八〕。重叙東都别〔一九〕，朝陰改軒砌。論文到一作倒崔蘇〔二〇〕，指盡流水逝。近伏盈川雄〔二一〕，未甘特進麗〔二二〕。是非張相國，相扼一危脆〔二三〕。争名古豈然，關楗鍵通欻不閉〔二四〕。例及吾家詩〔二五〕，曠懷埽氛翳。慷慨嗣真作〔二六〕，咨嗟玉山桂〔二七〕。鐘律儼高懸，鯤鯨噴迢遰。坡陁青州血〔二八〕，蕪没汶陽瘞〔二九〕。哀贈晚一作竟蕭條，恩波延揭厲〔三〇〕。子孫存如綫，舊客舟凝滯。君臣尚論兵，將帥接燕薊〔三一〕。朗咏六公篇〔三二〕，憂來豁蒙蔽〔三三〕。

〔一〕《唐書》：邕之文，於碑頌是所長，雖詘不進，而文名天下。

〔二〕塋墓碑版。

〔三〕寺廟碑版。

〔四〕膠庠碑版。

〔五〕遺愛碑版。

〔六〕本傳：人奉金帛請其文，前後所受鉅萬計。

〔七〕《世系表》：後漢會稽太守高陽侯徙居江夏，遂爲江夏李氏，其後元哲徙居廣陵，元哲生善，善生邕。

〔八〕謂直筆難再矣。

〔九〕《舊書》：太常博士李處直議韋巨源謚曰昭，邕再駁之，文士推重。

〔一〇〕《唐書》：邕拜左拾遺，宋璟劾張昌宗兄弟反狀，武后不聽，邕大言曰：「璟所陳，社稷大計，當聽。」后色解，可璟奏。

〔一一〕《爾雅》：秋曰旻天。

〔一二〕《唐書》：邕累貶雷州司户、崖州舍城丞、欽州遵化尉。

〔一三〕漢與郡守竹使符。

〔一四〕魏文侯爲子夏擁篲。《舊書》：邕爲陳州刺史，歷括、淄、滑三州刺史。天寶初，爲汲郡、北海太守，上計京師。皆以邕重義愛士，古信陵之流。

〔一五〕《後漢書》：蔡邕下洛陽獄。

〔一六〕邕以杖死，注見篇末。

〔一七〕朱注：言排毀誠易爲力，何嚌禍之深一至於此乎！

〔一八〕昔在齊州，有《陪李北海宴歷下亭》詩。

〔一九〕仇注：公與邕初遇於東都，所謂「李邕求識面」也。按：重叙，即指臨淄叙舊之言。

〔二〇〕錢箋：崔融、蘇味道也。《唐書》：融爲文華婉，當時未有輩者。味道九歲能屬辭，以文翰顯。

〔二一〕《唐書》：楊炯遷盈川令。

〔二二〕《唐書》：李嶠加特進、同中書門下三品，富才思，前與王勃、楊盈川接，中與崔融、蘇味道齊名。張説曰：「盈川文如懸河注水，酌之不竭。李嶠文如良金美玉，無施不可。」

〔二三〕《舊書》：邕素輕張説，説甚惡之。會仇人告邕，下獄當死。

〔二四〕仇注：相扼幾危，亦由邕不能忘名善閉耳。

〔二五〕謂公祖審言。

〔二六〕朱注：審言有《和李大夫嗣真奉使存撫河東》詩，千家本載公自注，此僞託者。

〔二七〕邕比美審言詩如此。《晉書》：桂林一枝，崑山片玉。

〔二八〕青州即北海郡。

〔二九〕《唐書》：北海郡置汶陽縣。《舊書》：天寶五載，柳勣有罪下獄。邕嘗遺勣馬，吉温使引邕，陰賂李林甫。林甫素忌邕，因傅以罪，詔祁順之、羅希奭就郡杖殺之，年七十，客葬於此。

〔三〇〕朱注：高揭而揚厲之。《唐書》：代宗時，贈邕秘書監。

〔三一〕謂河北藩鎮。

〔三二〕原注：公有張桓等五王洎狄相六公詩。○朱注：五王，張柬之、桓彦範、敬暉、崔玄暐、袁恕己，狄相，則仁傑也。

〔三三〕董逌《書跋》：予見荆州《六公咏》石刻，文既不刓，詩尤奇偉，豪氣激發，如見斷鰲立極時，宜老杜有云。

此篇略與司空篇同格，亦四句起，四句結，中分三層叙次，各入哀意作收束。○起四，便爾寫哀，聲情感慨，與諸篇又别。「高才陵替」，全首提綱。仇云：「憶昔」一提。愚按此段叙其文才，而於碑版之製特詳，詳其所長也。「詞林有根柢」一語，爲一段之總。「聲華」四句，申「詞林」。「造化」、「天人」，申「根柢」。「碑版」諸作，皆由「根柢」而出，故可以「映當時」，「勸後世」。而「森然凡例」一語，又「碑版」之提綱也。「豐屋」以下，言致厚實而不自封，乃帶叙不重。「獨步」四句，哀意一束，着文名説。仇云：往者再提。愚按此段叙直節不伸，貶斥蒙謗而死。「終悲」四句，哀意再束，着被誣説。仇云：「伊昔」三提。愚按此段叙昔遊、論文之事，以「鐘律」、「鯤鯨」二句，略作總括，比其評論之卓越。而「坡陁」六句，哀意三束，着身後説。末四，又時事之感，却即從李詩觸起，用意不即不離，故妙。五王顯爲唐室起義，狄公隱爲唐室持危，皆心在王室者。而李詩豪氣激發，又能使讀者興起，故公有觸於河北擅命諸人，深致憤惋焉。

故秘書少監武功蘇公源明

武功少也孤，徒步客徐兗〔一〕。讀書東嶽中，十載考墳典。時下萊蕪郭〔二〕，忍饑浮雲巘。負米晚爲身，每食臉必泫。夜字照爇薪〔三〕，垢衣生一作帶碧蘚。庶以勤苦志，報兹劬勞願。學蔚醇儒資，文包舊史善。灑落一作淚辭幽人，歸來潛京輦。射君東堂策〔四〕，宗匠集精選〔五〕。制可題一作題墨未乾，乙科已大闡〔六〕。文章日自負，掾吏一作吏禄亦累踐。晨趨閶闔內，足踏宿昔趼〔七〕。一麾出守還，黃屋朔風卷。不暇陪八駿，虜庭悲所遺。平生滿樽酒，斷此朋知展。憂憤病二秋，有恨石一作不可轉〔八〕。肅宗復社稷，得無順逆辯。范曄顧其兒〔九〕，李斯憶黃犬〔一〇〕。秘書茂松色，再扈一作屢侍祠壇墠〔一一〕。前後百卷文，枕藉皆禁臠〔一二〕。篆刻揚雄流〔一三〕，溟漲本末淺。青熒芙蓉劍〔一四〕，犀兕豈獨剸。反爲後輩褻，予實苦懷緬。煌煌齋房芝，事絕萬手搴音蹇〔一五〕。垂之俟來者，正始徵勸勉〔一六〕。不要懸黃金，胡爲投乳贙音眩〔一七〕。

結交三十載，吾與誰游衍。滎陽復冥寞，罪罟已橫罥〔一八〕。嗚呼子逝日，始泰則終蹇。長安米萬錢，凋喪盡餘喘〔一九〕。戰伐何當解，歸帆阻清沔〔二〇〕。尚纏漳水疾〔二一〕，永負蒿里餞〔二二〕。

〔一〕《唐書》：源明，京兆武功人，初名預，少孤，寓居徐、兗。

〔二〕《唐書》：萊蕪縣屬兗州。

〔三〕《晉中興書》：范汪家貧好學，燃薪寫書。

〔四〕《晉書》：武帝詔諸賢良方正直言，會東堂射策。

〔五〕仇注：宗匠，指衡文者。

〔六〕《唐書》：諸進士試時務策五條，帖一大經，全得爲甲第，得四以上爲乙第。本傳：源明，天寶間及進士第。

〔七〕本傳：更試集賢院，累遷太子諭德。

〔八〕《唐書》：出爲東平太守，召還爲國子司業。禄山陷京師，源明以病不受僞署。

〔九〕《宋書》：范曄臨刑，其子藹取地土及果皮擲曄，曄曰：「汝嗔我耶？」藹曰：「今日何緣嗔？但父子同死，不得不悲！」

〔一〇〕《史記》：李斯論腰斬，顧其子曰：「欲復牽黄犬，出上蔡東門，逐狡兔，豈可得乎！」按：此比朝臣污僞命定罪者。

〔一一〕《唐書》：肅宗復兩京，擢源明考功郎中知制誥，後爲秘書少監卒。

〔一二〕《晉・謝混傳》：得一豚，項下一臠尤美，輒以薦帝，呼爲禁臠。《唐書》：《易元苞》，蘇源明傳。又有《源明前集》三十一卷。

〔一三〕《法言》：雕蟲篆刻，壯夫不爲。

〔一四〕《越絶書・寶劍篇》：揚其華，如芙蓉始出。

〔一五〕《漢書》：武帝大興祠祀，元封中，齋房生芝。《通鑑》：乾元二年，從王璵請，立太乙壇於南郊之東。《舊書》：上元二年，延英殿御座梁上生玉芝，一莖三花。

〔一六〕本傳：肅宗時，宰相王璵以祈禬進，禱祀窮日夜。中官用事，給養繁靡。源明數陳政治得失，上疏切諫。

〔一七〕《炙轂子・贊銘》：爰有獱獸，厥形似犬。源明上疏：不孝不忠，爲苟榮冒禄，圈牢之物不若也。

臣雖至賤，不能委身圈牢之中。按：不要懸金，即疏意。投，投鼠忌器之投，抵也。乳贙，比當時近幸，意謂不附近幸，以致貧困。

〔一八〕滎陽，鄭虔也，注詳下篇。公有哭鄭、蘇詩云「凶問一年俱」。

〔一九〕《舊書》：廣德二年，自秋及冬，斗米千文。按：公哭蘇詩云「穀貴歿潛夫」。

〔二〇〕沔即漢，漢源漸近武功。

〔二一〕劉公幹詩：余嬰沉痼疾，竄身清漳濱。

〔二二〕《古今注》：蒿里，喪歌也。

此篇當依仇本分五段，是挨叙正格。○首段，言孤貧游學，用意在「少孤」，見根本篤至。次段，言及第累試，筮仕京朝。「累踐」，屢試而踐掾吏之門也。「昔趼」，累遷而足趾常在闈闥内也。三段，言拒僞命而復爲朝官。「出守」下著一「還」字，隱括爲守、爲司業在内。「酒斷」、「朋知」，抉其心事。「憤病」、「不轉」，表其操守。四段，先言文才，次言直節，是類叙法。末段言其窮老以死，而已復不得歸奠以致哀也。蘇雅善鄭，又同年卒，又兩人與公最稱莫逆，常共杯酒，故連及之。

故著作郎貶台州司户滎陽鄭公虔

鶢居至魯門，不識鐘鼓饗〔一〕。孔翠望赤霄，愁思一作入雕籠養〔二〕。滎陽冠衆儒〔三〕，早聞名公賞〔四〕。地崇士大夫，況乃氣精一作精氣爽。天然生知資，學立游夏上。神農或闕漏〔五〕，黄石愧師長〔六〕。藥纂西極名〔七〕，兵流指諸掌〔八〕。貫穿無遺恨，薈蕞音同稡何技癢〔九〕。圭臬星經奥〔一〇〕，蟲篆丹青廣〔一一〕。子雲窺禾遍，方朔諧太枉。神翰顧不一〔一二〕，體變鍾兼兩〔一三〕。文傳天下口，大字猶在榜。昔獻書畫圖，新詩亦俱往。滄洲動玉陛一作階，寡鶴誤一響。三絶自御題〔一四〕，四方尤所仰。嗜酒益疏放，彈琴視天壤。形骸實土木，親近惟几杖。未曾寄一作記官曹，突兀倚書幌〔一五〕。晚就芸香閣〔一六〕，胡塵昏坱莽〔一七〕。反覆歸聖朝，點染無滌盪。老蒙台州掾，遐泛一作泛泛浙江槳。履穿四明雪〔一八〕，饑拾楢溪橡〔一九〕。空聞紫芝歌，不見杏壇丈。天長眺東南，秋色餘魍魎。別離慘至今，斑白徒懷曩。春深秦山秀，葉墜清渭朗〔二〇〕。劇談王侯門，野税林下鞅。操紙終夕酣，時物集遐想。詞場竟疏闊，平昔濫吹一作推奬。百年見存殁，牢落吾安放讀仿。蕭條阮咸在，出處同世網。他日訪江樓，含悽述飄蕩〔二一〕。

〔一〕《莊子》：昔者海鳥止於魯郊，魯侯奏九韶以爲樂，具太牢以爲膳，鳥乃眩視悲憂。

〔二〕張華《鷦鷯賦序》：孔雀翡翠，或凌赤霄之際，然皆負矰嬰繳，羽毛入貢。

〔三〕《唐書》：虔，鄭州滎陽人。

〔四〕原注：往者公在疾，蘇公頲位尊望重，素未相識，早愛才名，躬自撫問，臨以忘年之契，遠邇嘉之。

〔五〕藥。

〔六〕兵。

〔七〕原注：公著《薈蕞》等諸書之外，又撰《古本草》七卷。

〔八〕《唐書》：虔學長於地理，山川險易，方隅物産，兵戍衆寡，無不詳審，嘗爲《天寶軍防録》，言典事該。

〔九〕《唐書》：虔追紬故書可誌者，得四十餘篇，蘇源明名其書爲《會粹》。

〔一〇〕《石闕銘》注：圭以測日景，臬以平水也。

〔一一〕魚豢《魏略》：邯鄲淳善《蒼》《雅》蟲篆。

〔一二〕《陳書》：顧野王，蟲篆奇字，無所不通，又善丹青。

〔一三〕《金壺記》：鍾繇工三色書，草隸八分最優。

〔一四〕《唐書》：虔嘗自寫其詩并畫以獻，帝大署其尾曰：鄭虔三絶。

〔一五〕《唐書》：玄宗置廣文館，以虔爲博士。虔不知廣文曹司何在，訴宰相。宰相曰：「上增國學，置館以居賢者，令後世言廣文博士自君始，不亦美乎！」虔乃就職。久之，雨壞不完，寓治國子館。

按：詩特借此事以狀其落拓就官，非實拈。

〔一六〕《魏略》：芸香辟紙蠹，故藏書臺稱芸臺。按：此借映著作。

〔一七〕本傳：遷著作郎，安禄山反。

〔一八〕《山居賦注》：天台四明相接連，四明，方石四面，自然開窗。

〔一九〕《天台賦》：濟楢溪而直進。《唐書》：禄山僞授虔水部郎中，因稱風緩，求攝市令，潛以密章達靈武。賊平，免死，貶台州司户參軍，後數年卒。

〔二〇〕俱指長安。

〔二一〕原注：著作與今秘監鄭君審，篇翰齊價，謫江陵，故有阮咸江樓之句。

此篇一頭一尾，中兩段叙事，分一盛一衰。○比體起，作法又變。比意一賓一主，「鶢居」比俗眼，「孔翠」比滎陽。「氣精爽」三字，一篇之冠。「天然」一段，叙著述之富，才藝之博，邀主知而傾時望，此言其盛也，正是精爽處。「滄洲動玉陛」，猶云「草莽動宸居」。「寡鶴誤一響」，蓋謂「幽人倏自顯」。下一「誤」字，有不自覺其透露之意，正見絶藝之不能終閟也。朱氏以此二句單貼畫説，未妥。「嗜酒」一段，撮叙性情履歷，而不意其卒老「台州」，此言其衰也，至是忽覺精爽銷亡矣。「反覆」、「點染」二句，了不掩覆，了無痕迹，何等筆妙。末段，哀之之文，反以最初遊跡相形，見昔也京邑交歡，今也「存殁」兩地，愈益惻然。結處又生别致，於鄭則借猶子作波，於己則露下峽素志，自爾情文湊泊。○序言「歎舊」，至此篇止。

故右僕射相國一有曲江二字張公九齡

相國生南紀〔一〕，金璞無留礦古猛切〔二〕。仙鶴下人間〔三〕，獨立霜毛整。矯然江海思，復與雲路永。　寂寞想土階，未遑等箕潁。上君白玉堂，倚君金華省〔四〕。碣石一作竭力，非歲崢嶸〔五〕，天池一作地，非日蛙黽〔六〕。退食吟大庭〔七〕，何心記榛梗〔八〕。骨驚畏曩哲，鬒變負人境〔九〕。　雖蒙換蟬冠〔一〇〕，右地恧多幸〔一一〕。敢忘二疏歸〔一二〕，痛迫蘇耽井〔一三〕。紫綬一作紱映暮年，荆州謝所領〔一四〕。庾公興不淺〔一五〕，黄霸鎮每静〔一六〕。賓客引調同，諷咏在務屏。詩罷地有餘，篇終語清省。一陽發陰管，淑氣含公鼎。乃知君子心，用才文章境〔一七〕。散帙起翠螭，倚薄巫廬並〔一八〕。綺麗玄暉擁，牋誄任昉騁〔一九〕。自我一作成一家則，未闕隻字警。千秋滄海南，名繫朱鳥影〔二〇〕。　歸老守故林，戀闕悄延頸。波濤良史筆〔二一〕，蕪絶大庾嶺〔二二〕。向時禮數隔，制作難上請。再讀徐孺碑〔二三〕，猶思理烟艇。

〔一〕考史，北自上洛，南至衡，東循嶺嶠至閩，通謂之南紀。《唐書》：九齡，韶州曲江人。

〔二〕《説文》：礦，銅鐵樸石也。按：樸石，金鐵之根也，無留礦，則精金矣。

〔三〕《九齡家傳》：母夢九鶴自天而下，飛集於庭，遂生九齡。

〔四〕《唐書》：九齡歷中書舍人、秘書少監、集賢院學士、中書侍郎，遷中書令。

〔五〕碣石，燕地。考史：九齡以開元二十二年入相。二十四年，安禄山擊奚、契丹，軍敗，送京師。九齡謂其貌有反相，不宜免死。上曰：「卿勿以王夷甫識石勒，枉害忠良。」竟赦之。禄山得志自此始。

〔六〕東方朔《七諫》：蛙黽游乎華池。注：喻讒佞弄舌也。《唐書》：李林甫見九齡雅爲帝知，内忌之。後因帝不悦，進曰：「九齡文吏，失大體。」

〔七〕公詩：淳朴憶大庭。

〔八〕《本事詩》：曲江與林甫同列，林甫疾之若仇，曲江爲《海燕》詩曰：「無心與物競，鷹隼莫相猜。」

〔九〕本傳云：既戾帝旨，固内懼，恐遂爲林甫所危。此言「畏曩哲」，畏昔賢「積毁銷骨」之言也。「負人境」者，帶言禄山有負嵎之勢也。

〔一〇〕《舊書》：侍中中書令加貂蟬。

〔一一〕本傳：以尚書右丞相罷政事。

〔一二〕漢疏廣及兄子疏受。

〔一三〕《神仙傳》：蘇耽養母至孝，忽辭母云：「受性應仙，當違供養，明年天下疫，庭中井水，簷邊橘樹，可以代養。」按：本傳：九齡母喪解職，有紫芝白雀之祥。

〔一四〕《唐書》：九齡嘗薦周子諒爲御史。子諒劾牛仙客，援讖書，帝怒。九齡坐舉非其人，貶荆州長史。朱注：唐制，大都督府長史從三品，應紫綬。

〔一五〕《晉書》：庾亮鎮武昌，諸佐吏乘月共登南樓，亮至曰：「老子於此，興復不淺。」

〔一六〕《曹參傳》：黄次公之治静。

〔一七〕《唐書》：九齡雖以直道黜，不戚戚嬰望，惟文史自娱，朝廷許其勝流。

〔一八〕巫山、廬阜也。《江賦》：巫廬嵬崫而比嶠。

〔一九〕《南史》：謝玄暉善爲詩，任彦升工於筆。

〔二〇〕《天官書》：南宫朱鳥。

〔二一〕《舊書》：九齡嘗監修國史。又《會要》云：六典，九齡所上。

〔二二〕本傳：久之，封始興伯，請還展墓，病卒。

〔二三〕九齡《徐徵君碣》云：忝牧兹邦，風流是仰。在懸榻之後，想見其人；有表墓之儀，豈孤此地。

此篇爲八哀之殿，須融會老杜一生心跡看。識更卓，意更微，自來罕有窺測者。開元，唐業興衰之會也。曲江以前，姚、宋、張、韓皆賢相。曲江矜尚直節，尤著丰采。既得罪，權歸林甫，在廷專給唯諾，情同仗馬。相業治業，自是俱墮。曲江實身持其會，首被罷黜。公非有宿昔之雅如彼七公者。獨以相國終篇，「懷賢」專寄。此觀世之卓識也。玄宗，公生平知遇之主也。身雖未得官於其朝，而一再獻賦，待試參選，主上實心知而嚮用之。由林甫居中嫉才，卒以不第，有隱痛焉。要其許身稷、契，再使俗淳，即所云「結想土階，未遑箕潁」者。爾後蜀夔播越，陶冶詩篇，又所云「君子之心，用才文章」者。故於相國，雖名位懸絶，而被廢立言，顯晦一致。直借曲江作我前身，因而序中特許爲「賢」，詩中特略其彰彰事跡。專以憂讒寄興，爲一篇宗旨。此又寓懷之微意也。太史公作《史記》，杜公作詩，都是借題抒寫。彼曰「成一家之言」，此曰「自我一家則」，意在斯乎。論者徒觀曲江本傳，以爲能識禄山反相，乃一生大節，譏此詩不免挂漏。不知「傷時盜賊」之意，已發露於王、李兩篇。此篇本旨，不屬乎此。如云挂漏，則如《史記·管晏列傳》，挂漏多少。「蚍蜉撼大樹，可笑不自量」，先生休矣。○六句起，八句結，中只一片下。○起先賦而比。「鶴立」、「毛整」，領起歷官秉節。「矯然」、「雲永」，領起罷政賦詩。四語忽近忽遠，不可捉摸，而全神俱攝。中幅將「結想土階，不違箕潁」作提筆，非稷、契一輩人不能道。「玉堂」、「華省」，徑指相位。「碣石崢嶸」，陪起「天池蛙黽」，指出當時外内蘖芽，語意只作「當是時」三字解。下用側頂，言退食之餘，豈復容心傾軋；而讒口可畏，兼懼悍帥養驕。是以不安右相，便欲歸永一哀，居無何，竟至罷黜矣。然而殊不戚戚也。興則庾公，政則黄霸，偕客共咏，詩篇灑落，而文境遂與鈞陶並運，春靄同和。乃知君子之心，絶不攖情得失，彼自有所寄其興焉。一氣滾下，直歸宿到「用才文章」句，略一停頓。下再以八句贊歎之，口口哀張，即是口口自哀。故曰「一家則」。曰「隻字警」，幾爲自家著作逗破矣。曰「滄海南」，曰「朱鳥影」，略爲自家流寓影託矣。此上倘一分截，便失神理。結尾略叙其晚節存殁，而後四句亟亟搭入自身，以見本旨。「禮隔」、「難請」，向無交誼也。「讀碑」、「理艇」，欲附末行也。曲江《徐孺碑》之言曰「懸榻之後，想見其人」，公其神往斯語也哉。

壯遊

往者一作昔十四五，出遊翰墨場。斯文崔魏徒〔一〕，以我似一作比班揚。七齡思即壯，開口咏鳳皇。九齡書大字，有作成一囊。性豪業嗜酒，嫉惡懷剛腸。脱略一作落小時輩，結交皆老蒼。飲酣視八極，俗物多茫茫。東下姑蘇臺，已具浮海航。到今有遺恨，不得窮扶桑。王謝風流遠〔二〕，闔閭丘墓荒〔三〕。劍池石壁仄〔四〕，長洲芰荷香〔五〕。嵯峨閶門北〔六〕，清廟映迴塘〔七〕。每趨吴太伯，撫事淚浪浪。枕戈憶句踐〔八〕，渡浙想秦皇〔九〕。蒸魚聞匕首〔一〇〕，除道哂要腰同章〔一一〕。越女天下白〔一二〕，鑑一作鏡湖五月涼〔一三〕。剡溪蘊秀異〔一四〕，欲罷不能忘。歸帆拂天姥〔一五〕，中歲貢舊鄉〔一六〕。氣劘屈賈壘，目短曹劉牆。忤下考功第，獨辭京尹堂〔一七〕。放蕩齊趙間，裘馬頗清狂。春歌叢臺上〔一八〕，冬獵青丘旁〔一九〕。呼鷹皂櫪一作櫟林，逐獸雲雪岡〔二〇〕。射飛曾縱鞚，引臂落鶖鶬。蘇侯據鞍喜〔二一〕，忽如攜葛彊〔二二〕。快意八九年，西歸到咸陽。許與必詞伯〔二三〕，賞遊實賢王〔二四〕。曳裾置醴地，奏賦入明光〔二五〕。天子廢食召〔二六〕，群公會軒裳。脱身無所愛〔二七〕，痛飲信行藏。黑貂寧免敝，斑鬢兀稱觴。杜曲晚一作挽耆舊，四郊多白楊。坐深鄉黨敬，日覺死生忙。朱門任一作務傾奪，赤族迭罹殃〔二八〕。國馬竭粟豆，官雞輸稻粱〔二九〕。舉隅見煩費，引古惜興亡。河朔風塵起〔三〇〕，岷山行幸長〔三一〕。兩宫各警蹕，萬里遥相望〔三二〕。崆峒殺氣黑〔三三〕，少海旌旗黄〔三四〕。禹功亦命子〔三五〕，涿鹿親戎行〔三六〕。翠華擁吴岳〔三七〕，螭虎噉豺狼〔三八〕。爪牙一不中，胡兵更陸梁〔三九〕。大一作天軍載草草，凋瘵滿膏肓〔四〇〕。備員竊補衮〔四一〕，憂憤心飛揚。上感九廟焚，下憫萬民瘡。斯時伏青蒲，廷諍守御床〔四二〕。君辱敢愛死，赫怒幸無傷〔四三〕。聖哲體仁恕，宇縣復小康。哭廟灰燼中，鼻酸朝未央〔四四〕。小臣議論絶〔四五〕，老病客殊方〔四六〕。鬱鬱苦不展，羽翮困低昂。秋風動哀壑，碧蕙捐微芳。之推避賞從，漁父濯滄浪。榮華敵勳業，歲暮有嚴霜。吾觀鴟夷子〔四七〕，才格出尋常。群凶逆未定，側佇英俊翔。

〔一〕原注：崔鄭州尚、魏豫州啓心。○《唐科名記》：崔尚擢久視二年進士。《會要》：神龍三年，才膺管樂科，魏啓心及第。

〔二〕王、謝，東晉時南渡名族。

〔三〕《越絶書》：闔閭冢，在閶門外，葬以磐郢魚腸之劍。葬三日，白虎踞其上，號曰虎丘。

〔四〕《一統志》：虎丘山上有劍池。

〔五〕《吴越春秋》：走犬長洲。孟康曰：以江水洲爲苑。

〔六〕《吴越春秋》：闔閭立閶門以通天氣。

〔七〕《吴郡志》：太伯廟，東漢太守麋豹建於閶門外。

〔八〕前秦王永檄文：枕戈待旦，志雪大耻。

〔九〕《秦本紀》：始皇浮江過丹陽，至錢塘，臨浙江。

〔一〇〕《刺客傳》：吴公子光具酒請王僚，使專諸置匕首魚腹中，進之，僚死。光自立，是爲闔閭。

〔一一〕《朱買臣傳》：會稽聞太守至，發民除道。入吴界，見故妻。妻夫治道，買臣給食之。《西京雜記》：買臣懷章綬，還至都江亭。

〔一二〕李白越女詩：玉面邪溪女。

〔一三〕《會稽記》：鏡湖在會稽山陰界。《述異記》：世傳軒轅氏鑄鏡，因名。磨鏡石尚存，石畔常潔，不生蔓草。

〔一四〕《一統志》：剡溪在嵊縣。

〔一五〕白居易《沃州山記》：東南山水，越爲首，剡爲面，沃州天姥爲眉目。

〔一六〕舊鄉，謂東京。

〔一七〕《唐書》：舉選不由館學者，謂之鄉貢，懷牒自列於州縣，既至省，由户部集閲。按：此言不第而辭省堂也。

〔一八〕《漢書》師古注：叢臺，本六國時趙王故臺。在邯鄲城中。

〔一九〕《寰宇記》：青丘在青州千乘縣，齊景公田於此。

〔二〇〕弼注：皆齊地。

〔二一〕原注：監門胄曹蘇預。
〔二二〕《山簡傳》：舉鞭問葛彊，何如并州兒。朱注：葛彊，山簡愛將也。
〔二三〕如岑參、高適輩。
〔二四〕如汝陽王璡輩。
〔二五〕獻三大禮賦。
〔二六〕玄宗命待制集賢院。
〔二七〕授尉不拜。
〔二八〕謂林甫、國忠傾陷朝士。
〔二九〕皆煩費事。
〔三〇〕禄山。
〔三一〕幸蜀。
〔三二〕上皇在成都，肅宗在靈武。
〔三三〕謂助順者，詳螭虎句。
〔三四〕《東宫故事》：太子比少海，蓋謂廣平王。
〔三五〕肅宗以太子廣平王爲天下兵馬元帥，規復兩京。
〔三六〕涿鹿，指安、史，謂命子親征此賊。

〔三七〕肅宗留鳳翔。

〔三八〕杜篤賦：虓怒之旅，如虎如螭。《通鑑》：上至鳳翔，隴右、河西、安西、西域之兵皆會。

〔三九〕《通鑑》：李泌請以來會之衆，並塞東北取范陽，謂西北之兵，性耐寒，乘鋭必克，若春煖軍困而歸，賊來戰争，未有涯也。上以爲迂而不從。

〔四〇〕《通鑑》：賊至太和關，鳳翔大駭，子儀將兵赴鳳翔，賊爲長蛇陣，首尾兩翼夾擊，官軍大潰。是時庫府無蓄積，專以官爵賞功，大將軍告身一通，纔易一醉。

〔四一〕時公拜左拾遺。

〔四二〕時必有極陳時弊之事，惜不復傳。玩文氣，不專指救房琯也。

〔四三〕赦免三司推問。

〔四四〕上還京，公亦歸朝。

〔四五〕猶言絶口不談時事。

〔四六〕自秦州至蜀至夔。

〔四七〕《貨殖傳》：范蠡適齊爲鴟夷子皮。注：言若盛酒之鴟夷，多受而可卷懷。

此詩可續《八哀》，是自爲列傳也。分段全依仇本。首段，叙少年之遊。次段，叙吴越之遊。三段，叙齊趙之遊。以上皆在開元時。四段，叙長安之遊，此係天寶間。五段，叙京陷赴鳳翔及收京從入朝事，此在肅宗初。末段，叙去官以後，久客之跡，此兼肅、代兩朝。〇第一段，寫得目空一世，自少而然。第二段，從太史公南游江淮，上會稽，探禹穴化出。第三段，又似游俠氣味。第四段，便入感慨語，少也結交老蒼，至是則老蒼之景移及己身矣。第五段，帶叙國故。舊注多謬。「崆峒殺氣」，「少海旌旗」，分提下兩聯也，朱注謂是東西皆兵，混甚。「命子」、「戎行」，頂「少海」句，正言廣平爲元帥耳。仇謂上皇禪位，肅宗親征，不知靈武即位事，上文「兩宫」、「萬里」句内，業已叙過，此何複及？至肅宗並無親征事，舊引黄帝涿鹿之師爲證，誤矣。「吴岳」、「螭虎」，頂「崆峒」句，明言西師來會鳳翔耳。仇以靈武諸將當之，豈未聞吴岳在鳳翔耶？「二不中」，緊承來會之軍説，不因其耐寒新鋭之氣，藉爲東北搗巢之資，是謂違性而失時，故曰「不中」。盧氏乃指陳濤之敗，此係肅宗未至鳳翔以前事，於上聯如何接下。第六段，「小臣」二句，隱括拾遺被黜，數年遷播之事，筆力過人。「榮華」二句，通篇結穴。閲世則榮業已虚，閲身則暮年永廢，有無限感慨。「吾觀」四句，又作掉尾勢，諺所謂家貧望鄰富也，有無限期待。○一氣讀去，莽莽蒼蒼，宕往豪邁。劉克莊比之荆卿之歌、雍門之琴，信矣。

昔遊

昔者與高李〔一〕，晚一作同登單父臺〔二〕。寒蕪際碣石，萬里風雲來。桑柘葉如雨，飛藿去一作共徘徊〔三〕。清霜大澤凍，禽獸有餘哀。是時倉廩實，洞達寰區一作瀛開〔四〕。猛士思滅胡，將帥望三台〔五〕。君王無所惜，駕馭英雄材。幽燕盛用武，供給亦勞哉。吴門轉粟帛，泛海陵蓬萊〔六〕。肉食三十萬，獵射起黄埃。隔河憶長眺，青歲已摧頹。不及少年日，無復故人杯〔七〕。賦詩獨流涕，亂世想賢才。有能市駿骨，莫恨少龍媒。商山議得失〔八〕，蜀主脱嫌猜〔九〕。吕尚封國邑，傅説已鹽梅。景晏楚山深〔一〇〕，水鶴去低回。龐公任本性，攜子卧蒼苔。

〔一〕原注：高適、李白。
〔二〕《舊書》：單父古邑，屬宋州。
〔三〕阮籍詩：秋風吹飛藿。《廣韻》：藿，大豆葉。
〔四〕天寶盛時，行者萬里不賫糧。
〔五〕蔡注：禄山領范陽節度，求平章事。
〔六〕《後出塞》詩：雲帆轉遼海，粳稻來東吴。
〔七〕即指高、李輩。
〔八〕謂四皓之於漢高。
〔九〕《蜀志》：先主曰：「孤之有孔明，猶魚之有水也。」
〔一〇〕楚山，謂夔。

專憶東遊宋、齊時事，以致今昔之感。在昔朋遊寄興，正值國運豐盈之時；今觀亂後登庸，獨成羈孤遠引之跡，能無慨然！○首段，叙東遊事。中段，因登臺可望碣石，故及禄山邊功邀寵、給運養驕之事。其實意不重在諷刺，正見時方殷富，以影今之稔亂困竭。末段，落到目前，「隔河長眺」，正憶登臺望碣石時也。「賦詩」八句，即「同學少年多不賤」之意。「景晏」四句，則歲暮身遥之悲也。

遣懷

昔我遊宋中〔一〕，惟梁孝王都〔二〕。名今陳留亞〔三〕，劇則貝魏俱〔四〕。邑中九萬家，高棟照通衢。舟車半天下，主客多歡娱。白刃讐不義，黄金傾有無。殺人紅塵裏，報答在斯須〔五〕。憶與高李輩，論交入酒壚。兩公壯藻思，得我色敷腴。氣酣登吹臺〔六〕，懷古視平蕪〔七〕。芒碭雲一去〔八〕，雁鶩空相呼。先帝正好武，寰海未凋枯。猛將收西域〔九〕，長戟破林胡〔一〇〕。百萬攻一城，獻捷不云輸〔一一〕。組練棄一作去如泥〔一二〕，尺土負百夫〔一三〕。拓境功未已，元和辭大鑪〔一四〕。亂離朋友盡，合沓歲月徂。吾衰將焉託，存殁再嗚呼〔一五〕。蕭條益堪愧一作病益甚，獨在一作塊獨天一隅。乘黄已去矣，凡馬徒區區〔一六〕。不復見顔鮑〔一七〕，繫舟卧荆巫。臨餐吐更食，常恐違撫孤〔一八〕。

〔一〕今河南歸德府。

〔二〕《漢書》：梁孝王城睢陽。《一統志》：歸德，漢睢縣，屬梁國。
〔三〕《一統志》：陳留在開封府城東五十里。《史記》：陳留，天下之衝，四通五達之郊也。
〔四〕貝州，今在山東東昌府境。魏州，今大名彰德之間。皆在大河以北。
〔五〕劉禹錫《汴州廳壁記》：地爲四戰，故其俗右武；人具五都，故其氣習豪。
〔六〕《陳留風俗傳》：縣有蒼頡、師曠城，上有列仙之吹臺。
〔七〕本傳：甫從高適、李白過汴州，登吹臺，慷慨懷古，人莫測也。
〔八〕《漢書》：高祖隱於芒碭山，所居上嘗有雲氣。按：山在宋南。
〔九〕詳《前出塞》。
〔一〇〕詳《後出塞》。《通鑑》注：契丹，即戰國時林胡地。
〔一一〕《廣韻》：俗謂負爲輸。
〔一二〕《左傳》注：組甲，漆甲成組文。被練，練袍。
〔一三〕朱注：《國策注》云：「負，恃也。」愚按：當作拚舍之義。
〔一四〕郭璞《江賦》：稟元氣之靈和。《莊子》：以天地爲大鑪。
〔一五〕鶴注：李白以寶應元年卒。高適以永泰元年卒。
〔一六〕凡馬，猶言餘子。仇謂自喻，非。
〔一七〕仇注：顔延之、鮑照，以比高、李。

〔一八〕仇注：自恐客死，不見兩家子孫。

大意與《昔遊》同旨。但《昔遊》專慨本身，玆篇繫懷故友，由前詩遞及之也。首段從宋中形勝風俗説起，雄姿俠氣，足以助發豪情。次段入高、李同遊事，文酒相從，平臺弔古，誠爲不負名區。三段帶述明皇黷武，指出盛衰聚散關頭。末段遺懷本旨。「拓境」四句，綜括亂端離緒。十餘年事，一筆凌駕。以下客懷交誼，一往情深，此老生平肝膈，於斯見焉。

往在

往在西京日，胡來滿彤宫〔一〕。中宵焚九廟，雲漢爲之紅。解瓦飛十里，繐帷紛曾空。疚心惜木主，一一灰悲風。合昏排鐵騎〔二〕，清旭散錦幪一作幪〔三〕。賊臣表逆節，相賀以成功〔四〕。是時妃嬪戮，連爲糞土叢〔五〕。當宁陷玉座，白間剥畫蟲〔六〕。不知二聖處〔七〕，私泣百歲翁。車駕既云還〔八〕，楹桷欻穹崇。故老復涕泗，祠官樹椅桐。宏壯不如初，已見帝力雄。前春禮郊廟，祀事親聖躬。微軀忝近臣〔九〕，景從陪群公。登階捧玉册，峨冕聆金鐘〔一〇〕。侍祠恧先露一作霑〔一一〕，掖垣邇濯龍〔一二〕。天子惟孝孫，五雲起九重。鏡奩换粉黛，翠羽猶葱朧〔一三〕。前者厭羯胡，後來遭犬戎〔一四〕。俎豆腐羶肉，罘罳行角弓。安得自西極〔一五〕，申命空山東〔一六〕。盡驅詣闕下，士庶塞關中。主將曉逆順〔一七〕，元元歸始終。一朝罪己已一云自罪己，萬里車書通。鋒鏑供鋤犁，征戍聽所從。冗官各復業，土著還力農。君臣節儉足，朝野歡呼一作娱同。中興似一作比國初，繼體如太宗。端拱納諫諍，和風日沖融。赤墀櫻桃枝，隱映銀絲籠。千春薦靈寢，永永垂無窮。京都不再火，涇渭開愁容。歸號故松柏〔一八〕，老去苦飄蓬。

〔一〕祿山陷京。

〔二〕仇注：合昏，本屬草名，借作黄昏用。

〔三〕《廣韻》：驢子曰驣。徐陵詩：金鞍覆錦驣。

〔四〕《通鑑》：陳希烈以晚節失恩怨上，與張均、張垍等，皆降於賊。

〔五〕《幸蜀記》：祿山令張通儒害霍國公主、永王妃等八十餘人，又害皇孫妃主三十六人。

〔六〕《景福殿賦》：皎皎白間。注：青瑣之側，以白塗之。師氏本注：畫蟲，畫雉以飾之。

〔七〕玄、肅。

〔八〕二聖復國。

〔九〕公時爲左拾遺。

〔一〇〕《韓詩外傳》：古者天子左右五鐘，出撞黄鐘之鐘，右鐘皆應；入撞蕤賓之鐘，左鐘皆應。

〔一一〕先霑霧露，侵早伺駕也。舊注未愜。

〔一二〕杜田曰：《漢・桓紀》：祠老子於濯龍宫。或曰園名，或曰池名，或曰内廐名。

〔一三〕《後漢·陰后紀》：帝率百官上后陵，伏御床，視太后鏡奩中物，感動悲泣，令易脂澤妝具。

〔一四〕代宗廣德中，吐蕃陷京。

〔一五〕西極，即指京師，京師舊云西京也。公《建都》詩亦云：其如西極存。

〔一六〕統指河北諸鎮。

〔一七〕諸將，即諸鎮帥。

〔一八〕朱注：言歸展墳墓。

是亂極思治之詩。通首只合作兩段，前述既往，後冀將來。前實而後虚，實者眼見之亂端，虚者意中之治象也。又是創格。○自首至「百歲翁」，言天寶京陷出奔之事。自「車駕」至「猶葱朧」，言肅宗復國，身得侍從之事。前者四句，由安、史而兼及代宗初吐蕃陷京之事，安、史詳，吐蕃略，即彼可以例此也。又下文俱言藩鎮，藩鎮即安、史餘孽，與吐蕃無與。其中自有賓主，故詳略俱見作法。「安得」以下，皆言藩鎮。蓋安、史之孽，平於代宗，而河北之禍，亦成於代宗，故極言之。妙在以「安得」二字領起，純從對面着筆，一氣貫注，爲冀倖將來之詞。種種事實，都躍現於幻影之中。而所謂「逆順」、「始終」、「鋤犂」、「征戍」、「復業」、「還農」、「節儉」、「納諫」等語，又恰與當日鎮帥之驕，府兵之廢，官民之失業，君臣之奢玩，字字對針，不徒作憑空虚願。如此纔可謂實處皆虚，虚處皆實。注家屑屑徵引，概以已然爲證，都無是處。而「京都不火，涇渭開愁」，又就藩鎮内帶收吐蕃，滴水不漏。至「歸號松柏」，攬歸自己。見亂定便可還鄉，文勢已完。而結以「老去飄蓬」一語，忽然掉開。覺此願畢竟難遂，又使「安得」一段虛機再顯，奇絕奇絕。○玄、肅事在已往，故明叙；代宗事在當今，故虛運。此際有妙用。

聽楊氏歌

佳人絶代歌，獨立發皓齒。滿堂慘不樂，響下清虛裏。江城帶素月，況乃清夜起。老夫悲暮年，壯士淚如水。玉杯久寂寞，金管迷宮徵。勿云聽者疲，愚智心盡死。古來傑出士一作事，豈特一作待一知己。吾聞昔秦青〔一〕，傾側天下耳。

〔一〕《列子》：薛譚學謳於秦青，未窮青之技，辭歸，青餞之，撫節悲歌，聲振林木，響遏行雲。

通篇只摹寫歌聲之淒切，中間亦帶撫時感事意。「滿堂」二句，提筆。「玉杯寂」、「金管迷」，盛時京雒之遊，不可復再也。是以滿座茫然若失，幾疑「聽者之疲」，而非疲也，聲情哀而「心盡死」也。後四，言知希不足貴，傾世乃見奇，正形容滿堂感動之象。

贈蘇四徯〔一〕

異縣昔同遊，各云厭轉蓬。別離已五年，尚在行李中。戎馬日衰息，乘輿安九重。有才何棲棲，將老委所窮。爲郎未爲賤，其奈疾病攻。子何面黧黑，不得豁心胸。巴蜀倦剽劫一作掠〔二〕，下愚成土風。幽薊已削平〔三〕，荒徼尚彎弓〔四〕。斯人脱身來，豈非吾道東〔五〕。乾坤雖寬大，所適裝囊空。肉食哂菜色，少壯欺老翁。況乃主客間，古來偪側同。君今下荆揚，獨帆如飛鴻。二州豪俠一作傑場，人馬皆自雄。一請甘饑寒，再請甘養蒙。

〔一〕又有《别蘇徯》詩，見五之三。

〔二〕時多山賊，不獨崔旰。

〔三〕河北陽奉陰違，以其未動而云削平，亦爲南行者言之，意專有向也。

〔四〕粵中自吕太一之擾，諸酋寖不順命。

〔五〕《馬融傳》：鄭玄辭歸，融曰：「鄭生今去，吾道東矣。」

蘇徯將有湖南之行，贈此勗之也。前半述彼此行踪，以己之老病，惕彼之乘時。後半痛陳世情冷暖，而告以涉世之道。公爲蘇徯父執，故諄切如此。◯蘇亦久於蜀，故起四句云爾。蘇固有才者，如我則老而病耳。子面且黧，我心安豁，巴中不可居矣。南荒待撫，「斯人」行而「吾道東」，庶有濟乎。此段兩兩縈拂，筆筆曲致。「乾坤」六句，惟老於世途者知之，可慨也。一結，老趣溢出，「甘饑寒」則不取輕，「甘養蒙」則不取忌，可作遊子箴。「一請」、「再請」，切偲之誼如見。

西閣曝日

凜冽倦玄冬，負暄嗜飛閣。羲和流德澤〔一〕，顓頊愧倚薄〔二〕。毛髮且自私一作和，肌膚潛沃若。太陽信深仁，衰氣欻有託。欹傾煩注眼，容易收病脚。瀏漓一作流離木杪猿，翩躚山顛鶴。朋舊作用知苦聚散，哀樂日已作一云亦已昨。即事會賦詩，人生忽如昨一作錯。古來遭喪亂，賢聖盡蕭索。胡爲將暮年，憂世心力弱。

〔一〕《廣雅》：日御曰羲和。

〔二〕《月令》：孟冬之月，其帝顓頊。

分兩截看，只領現在暄和，無泥遷流幻影。

寄薛三郎中璩〔一〕

人生無賢愚，飄飄若埃塵。自非得神仙，誰克免一作免危其身。與子俱白頭，役役一作没没常苦辛。雖爲尚書郎〔二〕，不及村野人。憶昔村野人，其樂難具陳。藹藹桑麻交，公侯爲等倫〔三〕。天未厭戎馬，我輩本常貧。子尚客荆州，我亦滯江濱。峽中一卧病，瘧癘終冬春。春復加肺氣，此病蓋有因。早歲與鄭蘇〔四〕，痛飲情相親。二公化爲土，嗜酒不失真。余今委修短，豈得恨命屯。聞子心甚壯，所過信席珍。上馬不用扶，每扶必怒嗔。賦詩賓客間，揮灑動八垠。乃知蓋代手，才力老益神。青草洞庭湖〔五〕，東浮滄海漘。君山可避暑〔六〕，況足采白蘋。子豈無扁舟，往復江漢津。我未下瞿唐，空念禹功勤。聽説松門峽〔七〕，吐藥攬衣巾。高秋却束帶，鼓枻視青旻。鳳池日澄碧〔八〕，濟濟多士新。余病不能起，健者勿逡巡。上有明哲君，下有行化臣。

〔一〕《唐會要》：風雅古調科，薛璩及第。○薛璩時在荆州。
〔二〕俱嘗爲郎官。
〔三〕彼此未官時。
〔四〕蘇源明、鄭虔。
〔五〕二湖俱在荆州之南。
〔六〕《一統志》：君山在洞庭湖中。
〔七〕《杜臆》：《反照》詩「松門似畫圖」，蓋在夔江下流。
〔八〕鳳池，指朝端。

詩分三段。前十六，彼此合叙。先以塵世物役之概冒起，次追憶未仕之跡，以及遇亂作客，落到目前束住。中十八，彼此分叙，先自言峽中衰病之況，次言薛之心力强而詩格老。此一段申上「我滯江濱」，「子客荆州」，伏下「病不能起，健勿逡巡」，乃詩腹也。後十八，又彼此合叙，先想荆湖之景，羡薛縱遊，慨己不往。終言將下峽相訪，共商出處，勸其勿似己之病廢而自終。住法矯然。

晚登瀼上堂〔一〕

故躋瀼岸高，頗免崖石擁。開襟野堂豁，繫馬林花動。雉堞粉如雲〔二〕，山田麥無隴。春氣晚更生，江流静猶涌。四序嬰我懷，群盗久相踵。黎民困逆節，天子渴垂拱。所思注東北，深峽轉修聳。衰老自成病，郎官未爲冗。淒其望吕葛〔三〕，不復夢周孔。濟世數嚮時，斯人各枯冢〔四〕。楚星南天黑，蜀月西霧重。安得隨鳥翎，迫此懼將恐。

〔一〕此後居瀼西詩。

〔二〕雉堞，指夔城。

〔三〕吕望、諸葛。

〔四〕如《八哀詩序》所云：傷時盗賊未息，興起王公、李公，及終於張相國之類。

曠望寫懷之作。阻亂不歸，其大指也。○首八，書瀼上所望，皆暮春晚景。中十二，乃眺遠感懷處，值亂世，阻歸途，身既老而定亂之人亦亡，是以歎也。末四，仍收到瀼上晚望，而以不歸之感，咏歎終焉。「天黑」、「霧重」，亦含多梗意，「懼將恐」，爲此也。

園官送菜 并序〔一〕

園官送菜把，本數日闕。矧苦苣、馬齒〔二〕，掩乎嘉蔬，傷小人妬害君子，莧不足道也，比而作詩。

〔一〕管園之吏，當由柏都督所遣，故曰園官。

〔二〕《本草》：苦苣，苣野生者，又名褊苣。《圖經本草》：馬齒，莧類，而苗葉都不相似，一名五行草。

清晨送菜把，常荷地主恩〔一〕。守者愆實數，略有其名存。苦苣刺如針，馬齒葉亦繁。青青嘉蔬色，埋没在一作自中園。園吏未足怪，世事固堪論。嗚呼戰伐久，荆棘暗長原。乃知苦苣輩，傾奪蕙草根〔二〕。小人塞道路，爲態何喧喧。又如馬齒盛，氣擁葵荏昏〔三〕。點染不易虞，絲麻雜羅紈。一經器物内，永挂粗刺痕。志士採紫芝，放歌避戎軒〔四〕。畦丁負籠至，感動百慮端。

〔一〕地主，指柏都督。

〔二〕朱注：蕙草，薰草也。

〔三〕馬融《廣成頌》：桂荏鳧葵。

〔四〕翻用《採芝歌》「富貴畏人，貧賤肆志」語。

此詩與《種萵苣》篇，大旨相似。○篇首八句，清還眉目。「彸數」意輕，「埋没」意重，兩層側下。詩本爲妨害者傷之也。「園吏」四句，從喻意渡入正旨。「戰伐久」，乃小人得志之根。此小人，指武夫言，即後所云「戎軒」也。中幅十句，正喻夾寫入化。本因苣、莧掩嘉蔬，而以小人爲比，此反似正刺小人，而以苣、莧爲比者。結四句寄意高超，仍打轉篇首。

園人送瓜

江間雖炎瘴，瓜熟亦不早。柏公鎮夔國，滯務兹一掃。食新先戰士，共少及溪老〔一〕。傾筐蒲鴿青〔二〕，滿眼顔色好。竹竿接嵌竇，引注來鳥道。浮沈亂水玉〔三〕，愛惜如芝草〔四〕。落刃嚼冰霜，開懷慰枯槁。許以秋蒂除，仍看小童抱。東陵跡蕪絶，楚漢休征討〔五〕。園人非故侯，種此何草草韻複〔六〕。

〔一〕《劉宋鑑》謝弘微曰：「分多共少，不至有乏。」

〔二〕師注：蒲鴿、狸首，瓜之名。

〔三〕魏文帝書：浮甘瓜於清泉。《山海經注》：水玉，水精。

〔四〕嵇含《瓜賦》：其名龍膽，其味亦奇，是謂土芝。
〔五〕東陵侯邵平以楚漢滅秦，而隱於種瓜。
〔六〕《詩》：勞人草草。

此因食瓜而美，詳誌其事。凡地主之惠，供口之爽，園夫之勤，一一周悉，而著語不多。夔州五古，極難得此潔緻之作。○首八，推本地主，以著送瓜之由。中八，咏食瓜之事，先詳其法，次明其爽，復引其餘。而「許以」二句，已表出園人有不盡之美意，故後四以慰勞其人終焉。言其人豈如東陵之身經兵革而爲此乎，何草草而勞於所事也！○前詩借事感懷，故於送菜之園官則嗔之。此詩即事成咏，故於送瓜之園人則勞之。豈其偏有愛憎哉！

柴門

泛一作孤舟登瀼西，迴首望兩崖。東城乾旱天，其氣如焚柴。長影没窈窕，餘光散谽谺舊作唅呀。大江蟠嵌根，歸海成一家。下衝割坤軸，竦壁攢鏌鋣〔一〕。蕭颯灑秋色，氛一作氣昏霾日車。峽一作峡門自此始，最窄容浮查。禹功翊造化，疏鑿就欹斜。巨渠決太古，衆水爲長蛇。風煙渺吴蜀，舟楫通鹽麻。我今遠遊子，飄轉混泥沙。萬物附本性，約身一作性不顧奢。茅棟蓋一床，清池有餘花。濁醪與脱粟，在眼無咨嗟。山荒人民少，地僻日夕佳。貧窮一作賤固其常，富貴任生涯。老于干戈際，宅幸蓬蓽遮。石亂上雲氣，杉清延日一作月華。賞妍又分外，理愜夫何誇。足了垂白年，敢居高士差〔二〕。書此豁平昔，迴首猶暮霞。

〔一〕《吴越春秋》：吴王造劍二，一曰干將，二曰鏌鎁。

〔二〕仇注：義從差等之差，韻從本音。

時以事出遊峽間，舟迴瀼西，作是詩也。前半從登岸後回寫峽勢之奇險，後半由息足餘自述身謀之止足，有見險息機之思。主意在後半，故題曰「柴門」。◯篇首，點清登岸迴望，帶寫眼前近景。「大江」以下，極形容江身崖壁，水會舟集等氣象，與《發秦州》紀行詩同一筆力。此處寫得極震盪，正爲下文安閑自在一段光景作勢也。「我今」二句作轉語，此下皆述柴門自安之趣，是作詩本旨。「萬物附本性，約身不願奢」，下半篇提筆也。奉之儉，居之僻，恰與己稱。而門以内足以「遮」斷風塵，門以外又有「石雲」、「杉日」，更覺分外矣。自老有餘，敢參高士哉。「迴首猶暮霞」，正應起處「迴首」一段。詩成之後，此景依然。前此無窮奇險，忽若雲煙過眼，妙不可言。

槐葉冷淘〔一〕

青青高槐葉，采掇付中廚。新麪來近市，汁滓宛相俱。入鼎資過熟，加餐愁欲無。碧鮮俱照筯，香飯兼苞蘆〔二〕。經齒冷於雪，勸人投比珠。願隨金腰褭，走置錦屠蘇〔三〕。路遠思恐泥，興深終不渝。獻芹則小小，薦藻明區區。萬里露寒殿，開冰清玉壺。君王納涼晚，此味亦時須。

〔一〕朱注：以槐葉汁和麪爲冷淘。盧云：有槐牙温淘，有水花冷淘。

〔二〕盧注：蘆荻之屬，甲而未拆曰苞。

〔三〕朱注：本作廜廯，《通俗文》：屋平曰廜廯。又《廣韻》：廜廯，酒名，元日飲之，可除温氣。又大帽名。晉謡曰：「廜蘇障日覆兩耳。」仇云：此言馳貢，當用前説。

詩只從野人獻芹子脱出。前詳製食之美，後致入獻之情。○此等題必要説到奉君，亦是杜老習氣。

上後園山脚

朱夏熱所嬰，清旭一作旦步北林。小園背高岡，挽葛上崎崟。曠望延駐目，飄颻散疏襟。潛鱗恨水壯，去翼依雲深。勿謂地無彊，劣於山有陰。石㯓一作原，非遍天下〔一〕，水陸兼浮沈。自我登隴首〔二〕，十年經碧岑。劍門來巫峽〔三〕，薄倚即倚薄浩至今。故園暗戎馬〔四〕，骨肉失追尋。時危無消息，老去多歸心。志士惜白日，久客藉黄金。敢爲蘇門嘯〔五〕，庶作梁父吟〔六〕。

〔一〕張遠以榞爲原，引《尸子》莒國石焦原爲證。但石焦之義，謂其地熱不可近耳，無節去焦字之理。依舊本作榞爲是。沈存中云：石榞，木名，子如芎藭，皮可禦饑。按：此當即本山所産。舊泛謂天下石榞，則文義不屬。「遍天下」，謂遍及於天下也。

〔二〕公之作客，自乾元二年客秦州始。

〔三〕自入蜀以至來夔。

〔四〕謂東京。

〔五〕《阮籍傳》：籍嘗於蘇門遇孫登，還半嶺，聞有聲如鸞鳳之音，乃登嘯也。

〔六〕黄生注：非竊比諸葛也。陸機、沈約各有《梁父吟》，皆傷時運易逝之意。

前半，叙上山脚之事，并狀其地勢之險窄。後半，因山脚而感及歷年跋涉山路，遂動老而不歸之歎。○「劣於」句，言地雖平曠無疆，至此山陰，轉形其劣，謂其險窄之勢，足以奪地力也。

行官張望補稻畦水歸〔一〕

東屯大江北，百頃平若案〔二〕。六月青稻多，千畦碧泉亂。插秧適云已，引溜加溉灌。更僕往方塘〔三〕，決渠當斷岸。公私各地著〔四〕，浸潤無天旱。主守問家臣〔五〕，分明一作朋見溪一作蹊畔。芊芊一作芉芉烔翠羽，剡剡生銀漢〔六〕。鷗鳥鏡裏來，關山雪邊看〔七〕。秋菰成黑米，精鑿傳一作傳白粲。玉粒足晨炊，紅鮮任霞散。終然添旅食，作苦期壯觀。遺穗及衆多，我倉戒滋漫。

〔一〕朱注：韓文公《答孟簡書》：「行官自南來。」蓋唐時有此名號。

〔二〕《志書》：公孫述於東瀼水濱墾稻田百許頃，號東屯，米爲蜀第一。

〔三〕《記》：乃留更僕。注：以番次更代使之也。

〔四〕地著，出《食貨志》，此借言主客工人，各盡力於田地也。

〔五〕主守即家臣，謂行官張望也。主守以職司言，家臣以名分言。

〔六〕《玉藻》注：剡剡，起貌。

〔七〕言水光照耀之遠，關山勿專指。

此與下《秏稻》篇，少陵田家詩也。視紫桑之疏淡，此爲密緻。視太祝之真朴，此爲整秀。絶不規橅前哲，等量輩流，風調各成，體裁斯別，不得以彼專勝，詘此兼美。○前八，就「稻畦」寫，中八，就「行官歸」後寫，後八，就秋成寫。全首總屬虛摹，時未親閲東屯也。○起四句，以舊畦水作陪。「插秧」四句，正言督僕補水，以下則行官歸矣。「無天旱」，水足而雖旱無虞也。二句，行官歸白之語。「主守」二句，問之而分明如見也。以下四句，皆分明見之之景。「炯翠羽」，狀苗色也。「生銀漢」，苗沃於水也。「鏡裏」、「雪邊」，畦水之汪洋也。以下預擬秋成之樂，「秋菰」二句，不平以菰米爲輔也。「玉粒」、「紅鮮」，俱承「白粲」。「終然」二句，預望之詞。「作苦」，合到補水事。「壯觀」，收穫之富也。結語非專誇分惠，正形容「壯觀」處。言有餘尚可及人，則登場之「滋漫」可知，「我倉」之修治，其預「戒」哉。

秋行官張望督促東渚耗稻向畢清晨遣女奴阿稽豎子阿段往問〔一〕

東渚雨今足，佇聞粳稻香〔二〕。上天無偏頗，蒲稗各自長〔三〕。人情見非類，田家戒其荒。功夫競搰搰〔四〕，除草置岸旁。　穀者命之本，客居安可忘。青春具所務，勤墾免亂常。吴牛力容易〔五〕，並驅紛遊場〔六〕。　豐苗亦已概〔七〕，雲水照方塘。有生固蔓延〔八〕，静一資隄防。督領不無人，提挈一作攜頗在綱〔九〕。　荆揚風土煖，肅肅候微霜。尚恐主守疏〔一〇〕，用心未甚臧。清朝遣婢僕，寄語踰崇岡。　西成聚必散，不獨陵我倉。豈要仁里譽，感此亂世忙。北風吹蒹葭，蟋蟀近中堂。荏苒百工休，鬱紆遲暮傷。

〔一〕盧注：耗，損也。謂損去其草，使稻得長，猶耘苗也。按：朱注以耗作秏，謂稻名，非是。

〔二〕謝靈運詩：滮池溉粳稻。

〔三〕謝詩：蒲稗相因依。

〔四〕搰搰，見《莊子》，用力多貌。

〔五〕《世説》：滿奮曰：「臣猶吴牛。」注：水牛也。

〔六〕《籍田賦》：遊場染屨。

〔七〕《漢書》：深畊穊種。注：穊，稠也。

〔八〕有生，統言稻與蒲稗之屬。

〔九〕在綱，字本《盤庚》，而取義隱用《左傳》紀綱之僕。

〔一〇〕主守，謂張望。

前八，叙耗稻之由，及其事。中十八，詳述行官督促，及女豎往問等事。後八，感及民窮身老，兩層發慨作結。○中段前六句，原田穀所係之重，及田功始事之勞，以引起督促意。中六句，欲言行官督促，因複舉篇首稗長宜除意，以歸重領役之人。後六句點「秋」字，兼叙遣問事，至此叙題已竟。後段四句轉意。其一截，則由上文田事而計及秋成，由秋成而念及分惠，所以分惠者，傷世亂而民困也。其一截，則在「秋」字、「向畢」字生情，既爲「秋」字綴景，又因「向畢」則務閒歲晚，遂自傷遲暮也。

阻雨不得歸瀼西甘林甘同柑，後仿此〔一〕

三伏適已過，驕陽化爲霖。欲歸瀼西宅，阻此江浦深。壞舟百板坼，峻岸復萬尋。篙工初一棄，恐泥勞寸心。佇一作倚立東城隅，悵望高飛禽。草堂亂玄圃，不隔崑崙岑。昏渾衣裳外，曠絶同曾陰。園甘長成時，三寸如黄金〔二〕。諸侯舊上計，厥貢傾千林〔三〕。邦人不足重，所迫豪吏侵。客居暫封殖，日夜偶瑶琴〔四〕。虚徐五株態，側塞煩胸襟。安得一作焉能輟雨足〔五〕，杖藜出嶇嵚。條流數翠實〔六〕，偃息歸碧潯。拂拭烏皮几，喜聞樵牧音。令兒快搔背，脱我頭上簪。

〔一〕甘林，即瀼西果園。

〔二〕《南史·劉義康傳》：取柑大三寸者供御。

〔三〕《唐書》：夔州歲貢柑橘。

〔四〕弼注：謂聽其風韻，如鼓瑶琴。

〔五〕謝脁詩：森森散雨足。

〔六〕劉孝儀《緑李賦》：緑珠滿條流。

自篇首至「曾陰」，叙阻雨不得歸瀼西。自「園甘」至末，遥叙甘林景事，而預擬歸後之情，正與阻歸意相發。○「草堂」二句，極形容水勢之盛，言「草堂」之間如臨「玄圃」，雖「崑崙」不能「隔」也。玄圃在崑崙西，故云。「昏渾」二句，極形容煙霧之塞，言所見止及一身，但在「衣裳」之「外」，便「曠絶」如「曾陰」所遮也。「安得」二字，直貫至末，皆一派虚境。

又上後園山脚

昔我遊山東，憶戲東嶽陽。窮秋立日觀〔一〕，矯首望八荒。朱崖著毫髮〔二〕，碧海吹衣裳〔三〕。蓐收困用事，玄冥蔚强梁〔四〕。逝水自朝宗，鎮石各其方〔五〕。平原獨憔悴，農力廢耕桑。非關風露凋，曾是戍役傷。於時國用富，足以守邊疆。朝廷任猛將，遠奪戎馬場。到今事反覆，故老淚萬行。龜蒙不可見〔六〕，况乃懷故鄉。肺萎屬久戰〔七〕，骨出熱中腸。憂來杖匣劍，更上林北岡。瘴毒猿鳥落，峽乾南日黄。秋風亦已起，江漢始如湯。登高欲有往，蕩析川無梁。哀彼遠征人，去家死路旁。不及祖父塋，纍纍冢相當。

〔一〕《泰山記》：東南巖名日觀。

〔二〕《漢書》：珠崖郡在南海中，亦曰朱崖。

〔三〕《十洲記》：東有碧海，水不醎苦，正作碧色。

〔四〕《月令》：孟秋之月，其神蓐收。孟冬之月，其神玄冥。仇云：四句四面望。朱注：天寶間，公在齊州。其登太山，在秋冬之交。按：兩説詩意俱有。又按：「困用事」，隱明皇廢政，京師在西也。「蔚强梁」，隱禄山異志，范陽在北也。

〔五〕舊注：鎮石，即《周禮》九州之鎮山。

〔六〕龜、蒙二山，近東嶽。

〔七〕公《過王倚》詩：寒熱時交戰。

吴論云：前《上山脚》篇，寫景而後咏懷，此章咏懷而後寫景。愚謂此章寫景處殊少，上半下半皆述懷也。特以少年日觀之遊，引襯今日後園之上。上半所傷，傷在彼時世事，中乾外彊，滿目驕盈也。下半所傷，傷在此日情形，凋零漂泛，并憂客死也。仇云：託「征人」，乃自寄。

甘　林

捨舟越西岡，入林解我衣。青芻適馬性，好鳥知人歸。晨光映遠岫，夕露見日稀〔一〕。遲暮少寢食，清曠喜荆扉。經過倦俗態，在野無所一作或違。試問甘藜藿，未肯羨輕肥。喧静不同科，出處各天機。勿矜朱門是，陋此白屋非。明朝步鄰里，長老可以依。時危賦斂數，脱粟爲爾揮〔二〕。相攜行豆田，秋花靄飛飛。子實不得喫，貨市送王畿。盡添軍旅用，迫此公家威。主人長跪辭仇作問〔三〕，戎馬何時稀。我衰易悲傷，屈指數賊圍。勸其死王命，慎莫遠飛奮。

〔一〕複後韻，恐當作晞。

〔二〕公許貸之以粟也，即《秏稻》詩「豈要仁里譽，感此亂世忙」意。

〔三〕主人即鄰里之老。

此篇兩截，前後各意。前述歸林情事，意在厭喧而樂静也。後述鄰老情詞，傷在時危而斂數也。合觀之，樂少而憂多。其所值與所存，概可見矣。○「俗態」，指下「朱門」，謂酬應煩數之態也。「無所違」，不違本性也。舊説誤。「時危」以下，既云揮粟以相賙矣，又詳寫斂數之慘，蓋非升斗之賙所可濟也。「主人」二句，宛然相對歎惋之詞。末仍以奉公囑之，語苦而義正矣。

暇日小園散病將種秋菜督勒耕牛兼書觸目

不愛入州府，畏人嫌我真。及乎歸茅宇，旁舍未曾嗔。老病忌拘束，應接喪精神。江村意自放，林木心所欣。秋耕屬地濕，山雨近甚勻。冬菁飯之半〔一〕，牛力晚來新。深耕種數畝，未甚後四鄰。嘉蔬既不一，名數頗具陳。荆巫非苦寒，採擷接青春。飛來雙一作兩白鶴，暮啄泥中芹。雄者左翮垂，損傷已露筋。一步再流血，尚驚矰繳勤。三步六號叫，志屈悲哀頻。鸞凰不相待，側頸訴高旻。杖藜俯沙渚，爲汝鼻酸辛。

〔一〕冬菁，蕪菁、蔓菁之屬，蓋約舉秋菜之名。「飯之半」，謂其功半可敵飯。

首段與《甘林》上半同旨。仇云：叙暇日小園散病也。中段，仇云：記種菜督勒耕牛。愚按「冬菁飯之半」，儉歲貧人之計也。如此則菜之功用亦重，所以須督牛耕種，以供「採擷接春」之需。舊以「飯之半」作飯牛解，殊無理。後段，仇云：「兼書觸目」，隱以自況。愚按：此段文情，不知飄向何處，其實只是經亂挈家顛沛不能爲生影子，正以收繳種菜濟饑之故。妙絶妙絶。○古樂府《飛鵠行》云：「飛來雙白鵠，乃從西北來，十十五五，羅列成行。妻卒被病，行不能相隨，五里一反顧，六里一徘徊，我欲啣汝去，口噤不能開。我欲負汝去，毛羽何摧頹。」蔡注引此爲少陵所本，良是。少陵絶不作擬古詩，觀此知間一爲之，必臻妙境。

雨

山雨不作泥一作埿，江雲薄爲霧。晴飛半嶺鶴，風亂平沙樹。明滅洲景微，隱見巖姿露。拘悶出門遊，曠絶經目趣。　消中日伏枕，卧久塵及屨。豈無平肩輿〔一〕，莫辨望鄉路。兵戈浩未息，蛇虺反相顧。悠悠邊月破〔二〕，鬱鬱流年度。針灸阻朋曹〔三〕，糠籺對童孺。一命須屈色〔四〕，新知漸成故。窮荒益自卑，飄泊欲誰訴。尪羸愁應接，俄頃恐違迕。浮俗何萬端，幽人有高步。龐公竟獨往，尚子終罕遇。宿留洞庭秋〔五〕，天寒瀟湘素。杖策可入舟，送此齒髮暮。

〔一〕《晉書》：王獻之乘平肩輿，入顧辟疆園。

〔二〕仇注：月破，月殘也。公詩：二月已破三月來。

〔三〕言不得舊朋爲我開悶。

〔四〕一命，指當事之卑者。

〔五〕《漢·郊祀志》：宿留海上。注：謂有所須待也。

對雨抒悶之作也。發端寫微雨乍開乍暝之景，非繪畫能到。「拘悶」，暗領中段。「曠絶」，暗伏末段。中十六句，歷叙卧病離鄉，淹留寡歡，薄俗不投之苦，所謂「拘悶」也。篇尾志在出峽，所謂「曠絶」也。「浮俗」二句，轉筆灑落。「竟獨往」，「終罕遇」，正欲同往而相遇也。將爲洞庭瀟湘之遊，此物此志也。○中後於「雨」字，在不即不離之間。

卷一之六　五古　起代宗大曆二年訖五年

《纂年譜》：大曆二年秋冬之間，公往來瀼西、東屯。三年正月，去夔出峽，三月至江陵，秋移公安，冬之岳州。四年春，之潭州、衡州，夏復回潭。五年夏，避臧玠之亂，入衡州。欲如郴州，至耒陽，不果。秋，又回舟湖湘，竟以寓卒。年五十九。

奉酬薛十二丈判官見贈

忽忽峽中睡，悲風方一醒。西來有好鳥，爲我下青冥。羽毛净白雪，慘澹飛雲汀。既蒙主人顧，舉翮唳孤亭。持以比佳士，及此慰揚舲〔一〕。清文動哀玉〔二〕，見道發新硎。欲學鴟夷子〔三〕，待勒燕山銘〔四〕。誰一作國重斬邪一作斷蛇劍〔五〕，致君君未聽。志在麒麟閣，無心雲母屏〔六〕。卓氏近新寡〔七〕，豪家朱門扃。相如才調逸，銀漢會雙星〔八〕。客來洗粉黛，日暮拾流螢〔九〕。不是無膏火，勸郎勤六經。老夫自汲澗，野水日泠泠。我歎黑頭白，君看銀印青〔一〇〕。卧病識山鬼，爲農知地形。誰矜坐錦帳〔一一〕，苦厭食魚腥〔一二〕。東西兩岸坼，橫一作積水注滄溟〔一三〕。碧色忽惆悵，風雷搜百靈。空中有一作右，誤白虎〔一四〕，赤節引娉婷。自云帝季女〔一五〕，噀雨鳳凰翎〔一六〕。襄王薄行跡，莫學令威丁〔一七〕。千秋一拭淚，夢覺有微馨。人生相感動，金石兩青熒〔一八〕。丈人但安坐，休辨渭與涇。龍蛇尚格鬭，灑血暗郊坰〔一九〕。吾聞聰明主，活一作治國用輕刑〔二〇〕。銷兵鑄農器，今古歲方寧。天王日儉德，俊乂始盈庭。榮華貴少壯，豈食楚江萍〔二一〕。

〔一〕劉孝威詩：揚舲濯錦江。

〔二〕徐陵賦：哀玉發於新聲。

〔三〕志在勳成乃退。

〔四〕《後漢書》：竇憲大破北單于於稽落山，命班固作燕然山銘，勒石紀功。

〔五〕朱注：《五色線》：「張天師有斬邪劍。」按：作斷蛇亦通。以劍比薛，謂可作人主之利器。

〔六〕《西京雜記》：趙飛燕爲后，女弟昭儀遺雲母屏風。
〔七〕文君新寡，善琴，相如以琴心挑之。
〔八〕牛女事。
〔九〕暗用車胤事。
〔一〇〕印有青色，棄置已久也。柳柳州《寄周韶》詩：印文生緑經旬合，可以爲證。
〔一一〕舊引《漢官儀》尚書郎入直，供錦縹被，給帳帷事。又考李善《别賦注》：《典略》曰：「衛夫人南子，在錦帷中。」則指婦人所御言。按：句意似屬兩借。
〔一二〕《詩》：豈其食魚。興娶妻也。
〔一三〕暗用迢迢銀漢意境。
〔一四〕《漢武内傳》：王母至也，有似鳥集，或駕龍虎，或乘白麟。
〔一五〕《水經注》：宋玉謂天帝之季女，名曰瑶姬，封於巫山之臺。
〔一六〕《神仙録》：欒巴噀酒爲雨。按：此借作行雨用。
〔一七〕丁令威去家不顧。
〔一八〕《漢光武紀》：精誠所加，金石爲開。
〔一九〕吐蕃陷京後，連年入寇。
〔二〇〕《周禮》：刑新國，用輕典。

〔三二〕謂夔地。

一往奇詭飄忽，急切莫闚其所指。大抵薛之爲人，少年狎蕩俊邁士也，一時溺於臨邛之遇，以穢其跡，而功名奮迅之志，時見於辭氣之間，但恐清議及之，而趦趄於進退。其贈公詩，不無就問行藏之意，故公於篇中多用現身說法之語，以解其惑而鼓其興。○起二語，一「睡」一「醒」，似一篇破題。薛之繫情新寡，己之結夢陽臺，皆託之一「睡」者。前云「勒銘」、「圖閣」，後云「榮華少壯」，乃兩番振「醒」處也。「西來」一段，先作比體。「慘澹雲汀」，比未遇也，睡境也。「蒙顧」、「舉翮」，比得時也，醒境也。「慰揚舲」者，客中相值，足暫慰我栖栖欲去之人也。「清文」、「見道」，贊其詩，亦領下語。下皆詩中所述也。「鴟夷」等句，述其飛騰本志。「無心雲母」，即反帶起「會新寡」來。「客來」四句，借其新人相勵之事，以爲勸駕張本也。「老病爲農」，自言衰廢，與薛之壯志反對。「坐帳」、「食魚」，引下夢境，「東西」以下入夢矣。是所謂現身說法者，正與「會新寡」激射。蓋薛之徘徊行止，正爲此一事負慚也。公不便明言，而喻以己夢，出神入化之筆。「岸坼」、「水注」，兩相隔也。「惆悵」、「百靈」，精相通也。「空中」四句，叙神女之來。「襄王」二句，述神女之語。「拭淚」，狀其追恨襄王之寡情也。「微馨」，志已初醒時也。「人生」四句束上，作解惑之詞，乃對薛而言者。「丈人」，尊之之稱，非謂其年長。「休辨」，戒其勿以娶寡爲嫌也。此段猝難捉摸，不知根已伏於「峽中睡」句内，而感夢事，亦在夔爲本地風光。文境之奇，所謂遠不千里，近只目前者也。「格鬭」、「郊坰」，插京師時事。「吾聞」四句，泛論治術。「天王」四句，勸勉作結。「豈食楚萍」，仍以己相形，言豈如我之留滯於此，又恰與「揚舲」相照會。

同元使君春陵行 有序〔一〕

覽道州元使君結《春陵行》兼《賊退後示官吏作》二首〔二〕，志之曰：當天子分憂之地，效漢朝良吏之目。今盜賊未息，知民疾苦，得結輩十數公，落落然參錯天下爲邦伯，萬物吐一作姓壯氣，天下小安可待矣一作已。不意復見比興體制，微婉頓挫之詞，感而有詩，增諸卷軸，簡知我者，不必寄元。

〔一〕《水經注》：春陵縣，本泠道縣之春陵鄉，蓋因春溪爲名矣。漢長沙定王，分以爲縣。武帝封王仲子買，爲春陵節侯。

〔二〕《唐書》：道州，屬江南西道。顔魯公《表元次山墓碑》：上以君居貧，起家爲道州刺史。州爲西原賊所陷，人十無一。君下車，行古人之政，二年間，歸者萬餘家。賊亦懷畏，不敢來犯。

「今盜賊」至「可待矣」一段，讀者着眼，是作詩本旨。

遭亂髮遽一作盡白，轉衰病相嬰。沉緜盜賊際〔一〕，狼狽江漢行〔二〕。歎時藥力薄，爲客羸瘵成。吾人詩家流一作秀〔三〕，博采世上名。粲粲元道州〔四〕，前聖畏後生。觀乎春陵作，欻見俊哲情。復覽賊退篇，結也實國楨。賈誼昔流慟，匡衡嘗引經〔五〕。道州憂黎庶，詞氣浩縱橫。兩章對秋月，一字偕一作皆華星〔六〕。致君唐虞際，淳朴憶大庭。何時降璽書，用爾爲丹青〔七〕。獄訟永衰息，豈惟偃甲兵。悽惻念誅求，薄斂近休明。乃知正人意，不苟飛長纓〔八〕。涼飆振南嶽〔九〕，之子寵若驚。色阻一作沮金印大，興含滄浪清。我多長卿病，日夕思朝廷。肺枯渴太甚，漂泊公孫城〔一〇〕。呼兒具紙筆，隱几臨軒楹。作詩呻吟內，墨淡字欹傾。感彼危苦詞，庶幾知者聽。

〔一〕統計喪亂以來。

〔二〕江漢，謂嘉陵江。舉避亂來蜀之始以爲言。

〔三〕泛指時賢。

〔四〕粲粲，猶言表表。

〔五〕《匡衡傳》：朝廷有政議，傅經以對，言多法義。

〔六〕魏文帝時，華星出雲間。

〔七〕《莊子》：爲丹青則藻縟王猷，粉飾治具。

〔八〕陸機詩：長纓麗且光。謂纓組也。蓋言志在致君澤民，不肯濫紆青紫。

〔九〕南嶽，在道州之南。

〔一〇〕謂夔州。

出他人手，定應鋪寫道州政績，如何恤民紓困，如何感化賊徒。求之此詩，毫無一有，反疑此詩與元詩落落無所關會，不知人自墮入應酬套數耳。公之爲此，第借次山作一榜樣，亦聊以寓想望古治之思，爲武健嚴酷、滔滔不反者告也。故前後俱着自叙。前以「歎時」二句領起，作身世雙關語，隱然見民俗羸瘵日甚，無有能以救時藥石，一起此沈痼者。「吾人」一段，恰好接出得見元詩，此真能以古治爲心矣。只用「憂黎庶」三字，括盡兩篇，而「秋月」「華星」，仍能兼表詩品也。「致君」一段，純以虚運，言若結輩大用，何患古治不復。而「悽惻」等句，第將元詩作一印證。至「涼飆」等句，却祇就其高懷逸趣，咏歎束住。見其人既非爵禄可縻，而世亦無有識且感者，則古治終難冀也。故末段仍歸到己心之思朝廷，因而作詩以達其苦情焉。序所謂「簡知我者」，此也。然則公直自爲想望古治之詩，元特借爲感發之資矣。超極，脱極。○元詩作於甲辰歲，係廣德二年，至是已三年矣，何傳致之遲歟？○附元兩詩：

春陵行 有序

元結

癸卯歲，漫叟授道州刺史。道州，舊四萬餘户，經賊已來，不滿四千，大半不勝賦税。到官未五十日，承諸使徵求符牒二百餘封，皆曰：失其限者，罪至貶削。於戲！若悉應其命，則州縣破亂，刺史欲焉逃罪；若不應命，又即獲罪戾，必不免也。吾將守官，静以安人，待罪而已。此州是春陵故地，故作《春陵行》，以達下情。

軍國多所須，切責在有司。有司臨郡縣，刑法竟欲施。供給豈不憂，徵斂又可悲。州小經亂亡，遺民實困疲。大鄉無十家，大族命單羸。朝餐是草根，暮食乃樹皮。出言氣欲絶，意速行步遲。追呼尚不忍，况乃鞭撲之。郵亭傳急符，來往跡相追。更無寬大恩，但有迫促期。欲令鬻兒女，言發恐亂隨。悉使索其家，而又無生資。聽彼道路言，怨傷誰復知。去冬山賊來，殺奪幾無遺。所願見王官，撫養以惠慈。奈何重驅逐，不使存活爲。安人天子命，符節我所持。州縣忽亂亡，得罪復是誰。逋緩違詔令，蒙責固所宜。前賢重守分，惡以禍福移。亦云貴守官，不愛能適時。顧惟孱弱者，正直當不虧。何人采國風，吾欲獻此辭。

賊退示官吏 有序　　元　結

癸卯歲，西原賊入道州，焚掠幾盡而去。明年，賊又攻永破邵，不犯此州邊鄙而退。豈力能制敵歟？蓋蒙其傷憐而已。諸使何爲忍苦徵斂？故作詩一篇以示官吏。

昔歲逢太平，山林二十年。泉源在庭户，洞壑當門前。井税有常期，日晏猶得眠。忽然遭世變，數歲親戎旃。今來典斯郡，山夷又紛然。城小賊不屠，人貧傷可憐。是以陷鄰境，此州獨見全。使臣將王命，豈不如賊焉！今彼徵斂者，迫之如火煎。誰能絶人命，以作時世賢。思欲委符節，引竿自刺船。將家就魚菱，窮老江湖邊。

鄭典設自施州歸〔一〕

吾憐滎陽秀〔二〕，冒暑初有適。名賢慎出處，不肯妄行役。旅兹殊俗遠，竟以屢空迫。南謁裴施州〔三〕，氣合無險僻。攀援懸根木〔四〕，登頓入天石〔五〕。青山自一川，城郭洗憂戚。聽子話此邦，令我心悦懌。其俗則一作甚淳樸，不知有主客。温温諸侯門〔六〕，禮亦如古昔。敕厨倍常羞，杯盤頗狼籍。時雖屬喪亂，事貴當匹敵。中宵愜良會，裴鄭非遠戚。群書一萬卷，博涉供務隙。他日辱銀鉤〔七〕，森疏見矛戟。倒屣喜旋歸，畫地求所歷。乃聞風土質，又重田疇闢。刺史似寇恂，列郡宜競借叶咨昔切，一作惜。北風吹瘴癘，羸老思散策〔八〕。渚拂蒹葭寒，嶠穿蘿蔦冪〔九〕。此身仗兒僕，高興潛有激。孟冬方首路，强飯取崖壁。歎爾疲駑駘，汗溝血不赤〔一〇〕。終然備外飾，駕馭何所益。我有平肩輿，前途猶準的。翩翩入鳥道，庶脱蹉跌厄。

〔一〕《唐志》：東宫官，典設郎四人。按：施州，今爲衛，屬湖廣。
〔二〕滎陽，鄭氏郡名。
〔三〕公有《寄裴施州》詩，見二之三。
〔四〕江總賦：岸木懸根。

〔五〕公詩「入天猶石色」，意同。

〔六〕謂裴施州。

〔七〕仇注：裴曾寄書於公，公有「龍蛇動篋蟠銀鉤」之句。

〔八〕仇注：杖策而行。

〔九〕《詩注》：蔦，一名女蘿。

〔一〇〕《赭白馬賦》：膺門沫赭，汗溝走血。注：汗溝，馬中脊也。

此喜典設歸述施州之美，而首原其赴幕之因，次叙其口述之語，終之以欲往之情也。○起寫典設，極有身分。「氣合無險僻」一語，提掇有力。下兩聯，一險一僻束住。「聽子」一段，所謂氣之合也。「其俗」二句，施土之美。「溫溫」四句，裴誼之厚。「喪亂」句，泛插時事作開，而事則貴乎適當其匹。此句引下。蓋裴、鄭良會，皆世族而兼世誼也。聚書供「涉」，幕中樂事。「銀鉤」、「森疏」，帶表裴翰之工，亦正顯出雅韻相匹處。以上總見施幕之可依。「倒屣」一段，束前起後之文也，末自致欲往之情。「此身」二句，决行計。「孟冬」二句，擬行期。「歎爾」以下，姿趣橫生，言老不任騎，須就平輿。《杜臆》所謂對面商量之語，輒以入詩者也。公究不往施，而爲此云云者，特動於其娓娓之言，遂借作情文波致耳。

寫懷二首

勞生共乾坤，何處異風俗。冉冉自趨競，行行見羈束。無貴賤不悲，無富貧亦足。萬古一骸骨，鄰家遞歌哭。鄙夫到巫峽，三歲如轉燭。全命甘留滯，忘情任榮辱。朝班及暮齒，日給還脱粟。編蓬石城東，采藥山北一作林谷。用心霜雪間，不必條蔓緑。非關故安排，曾是順幽獨。達士如弦直，小人似鈎曲〔一〕。曲直吾不知，負暄候樵牧。

〔一〕後漢童謡：直如弦，死道邊；曲如鈎，封公侯。

久困於夔，而發爲達觀任運之詞，二詩同旨。◯首章分三段，起言世態之移人，中自叙其所事，末則超然於世俗見解之外矣。◯「勞生」、「何異」，舉世皆是也。「冉冉」、「行行」，所謂「勞生」也。「無貴」、「無富」，反踢語，言使遇無窮達，則人亦淡忘。而無如其不齊也，是以雖歸同盡，而當境之歌哭難免耳。「轉燭」，猶言轉瞬。「任榮辱」，不爲世態所移也。曾點「朝班」，忽焉「暮齒」。薄有「脱粟」之「給」，惟「編蓬」、「采藥」，以全其天而已，此正「任榮辱」處。「用心」二句，蒙「采藥」。「非關」二句，總束「全命」、「忘情」。末四，收全篇，「如弦直」，「順幽獨」而不安排也。「似鈎曲」，「勞生」而趨競羈束也。至曲直并付之不知，何其洒脱。

夜深坐南軒，明月照我膝。驚風翻河漢，梁棟日已出。群生各一宿，飛動自儔匹。吾亦驅其兒，營營爲私實〔一〕。天寒行旅稀，歲暮日月疾。榮名忽中人，世亂如蟣蝨。古者三皇前，滿腹志願畢〔二〕。胡爲有結繩〔三〕，陷此膠與漆〔四〕。禍首燧人氏，厲階董狐筆〔五〕。君看燈燭張，轉使飛蛾密。放神八極外，俯仰俱蕭瑟。終然契真如一作終契如往還〔六〕，得一作歸匪金一作合仙術〔七〕。

〔一〕《國語注》：實，財也。

〔二〕《莊子》：鼴鼠飲河，不過滿腹。

〔三〕《外紀》：燧人氏始作結繩之政。

〔四〕《莊子》：待繩約膠漆而固者，是侵其德也。

〔五〕《左傳》：董狐，古之良史也。

〔六〕《楞嚴經》：常住妙明，不動周圓，妙真如性。

〔七〕《太白詩注》：金仙，佛也。因緣九十一劫，身皆金光。

次章，亦分三段。起就現前景事發端。中段，追咎智計之所始，乃憤激之詞也。末則歸於真如不動之說。○起四，以夜引曉，「群生」「飛動」，興下「驅兒」「爲私」，即前篇「采藥」等事。「行旅」、「日月」，借曉景轉落。「榮名中人」，從「私實」觸起。「世亂」字不重。「如蟣蝨」，爲榮名也。上古得飽已足，自智巧日生，世味之沾染若「膠漆」矣。況階之載記分明，而沈悶日遠，而趨競愈淆，是猶「燭」明而「蛾」集，反爲明者所害也，所咎在「燭」。舊注失之。下乃吐出本旨。惟「放神」域外，身心廓然，覺局於「俯仰」者，俱成「蕭瑟」。「契真如」，則本性瑩徹，如如不動，此乃「金仙」之「術」，足以祛蔽錮而得解脱者。前篇言「日給」、「用心」，聊且安分。此言如是「營營」，尚屬沾滯，又就前意翻上一層也。要其大旨，總歸於達觀任運，以慰解其所遇之窮。張綖以前篇爲處困而亨，此篇爲絶聖棄智。忽聖賢，忽老佛，頃刻兩歧，誤矣。

別李義〔一〕

神堯十八子，十七王其門〔二〕。道國洎舒國〔三〕，實維親弟昆。中外貴賤殊，余亦忝諸孫〔四〕。丈人嗣三葉〔五〕，之子白玉温〔六〕。道國繼德業，請從丈人論。丈人領宗卿〔七〕，肅穆一作睦古制敦。先朝納諫諍，直氣横乾坤。子建文章在一作筆壯，河間經術存〔八〕。爾克富詩禮，骨清慮不喧。洗音洒然遇知己〔九〕，談論淮湖一作河奔。憶昔初見時，小襦繡芳蓀。長成忽會面，慰我久疾魂。三峽春冬交，江山雲霧昏。正宜且聚集，恨此當離樽。莫怪執杯遲，我衰涕唾煩。重問子何之，西上岷江源〔一〇〕。願子少干謁，蜀都足戎軒。誤失將帥意，不如一作知親故恩。少年早歸來，梅花已飛翻。努力慎風水，豈惟數盤飧。猛虎卧在岸，蛟螭出無痕。王子自愛惜，老夫困石根。生別古所嗟，發聲爲爾吞。

〔一〕《杜闡》：李義，李鍊之子，鍊乃宗室之賢，義能繼美。

〔二〕鮑注：高祖二十二子，衛王、楚王皆先薨。太子建成、巢王元吉以事誅，除籍，故言十八子。太宗有天下，止十七子封王。

〔三〕《唐書》：道王元慶，高祖第十六子，舒王元名，第十八子。

〔四〕錢箋：公爲舒國外孫之外孫，詳《祭外祖祖母文》。

〔五〕《舊書》：道王次子詢，詢子微，微子鍊。

〔六〕仇云：此指李義。

〔七〕《舊書》：鍊，襲封嗣道王，廣德中，官宗正卿。

〔八〕子建、河間，皆古親王有文學者。

〔九〕潘岳詩：吾子洗然，恬澹自逸。

〔一〇〕仇注：夔居下流，赴蜀爲西上。

詩分四段。首八句，仇云：從世系親誼叙起也。而「丈人」、「之子」，已爲下段提筆。次十二句，八應「丈人」，四應「之子」，朱注良是。而稱其人，必本其舊德者，見家聲遠而繼世賢也。又次十二句，爲篇中叙事處，《博議》云：公昔曾見義於京師，年尚少，義今來巫峽，將入蜀「干謁」也。末十四句，仇云：臨別戒勉之詞也。愚按「足戎軒」，言官其地者多武弁也。一失其意，不能如親故之肯以情諒矣。況少年涉世未深，宜及「梅花」而「早歸」也。「努力」四句，申「戎軒」易忤，言召尤之處甚多，不惟餔啜見輕而已。如虎伏蛟潛，隨地皆有風水之虞也。「王子」以下，彼此總束，而戒勉愈至，聲發仍吞，畏之甚。噫！武臣悍卒，奴隸士夫，居夔之詩，屢形歎憤，讀者觀此世而慨然也。○附《祭外祖祖母文》，往在東都作。

祭外祖祖母文

維年月日，外孫滎陽鄭宏之、京兆杜甫，謹以寒食庶羞之奠，敢昭告於外王父母之靈。嗚呼！外氏當房，祭祀無主。伯道何罪，陽元誰撫。緬惟夙昔，追思艱窶。當太后秉柄，内宗如縷，紀國則夫人之門，舒國則府君之外父，聿以生居貴戚，釁結狂豎。雌伏單棲，雄鳴折羽，憂心惙惙，獨行踽踽。悲夫逝景，分飛忽間於鳳凰。咄彼讒人，有詞何異於鸚鵡。初，我父王之遘禍，我母妃之下室。深狴殊塗，酷吏同律。夫人於是布裙扉屨，提餉潛出。昊天不傭，退藏於密。久成凋瘵，溘至終畢。蓋乃事存於義陽之誄，名播於燕公之筆。嗚呼哀哉！宏之等從母昆弟，兩家因依。弱歲俱苦，慈顔永違。豈無世親，不如所愛。豈無舅氏，不如所歸。誓以偏往，惻戀光輝。漸漬相勗，居諸造微。幸遇聖主，願發清機。以顯内外，何當奮飛。洛城之北，邙山之曲，列樹風煙，寒泉珠玉。千秋古道，王孫去兮不歸。三月清天，春草萋兮增緑。頃物將牽，累事未逐。欲使淚流頓盡，血下相續者矣。撫奠遲迴，炯心依屬。庶多載之灑掃，循兹辰之軌躅。

送高司直尋封閬州〔一〕

丹雀銜書來〔二〕，暮棲何鄉樹。驊騮事天子，辛苦在道路。司直非冗官，荒山甚無趣。借問泛舟人，胡爲入雲霧。與子姻婭間，既親亦有故。萬里長江邊，邂逅亦相遇。長卿消渴再，公幹沈綿屢〔三〕。清談慰老夫，開卷得佳句。時見文章士，欣然澹一作談情素。伏枕聞别離，疇能忍漂寓。良會苦短促，溪行水奔注。熊羆咆空林，遊子慎馳騖。西謁巴中侯，艱險如跬步。主人不世才〔四〕，先帝常特顧。拔爲天軍佐，崇大王法度。淮海生清風，南翁尚思慕〔五〕。公宫造廣厦，木石乃無數。初聞伐松柏，猶卧天一柱〔六〕。我病書不成，成字讀亦誤。爲我問故人，勞心練征戍。

〔一〕仇注：司直，大理寺官。

〔二〕《周禮疏》：《中候》云：「季秋甲子，赤雀銜丹書入豐。」

〔三〕劉公幹詩：余嬰沈痼疾，竄身清漳濱。

〔四〕謂封閬州。

〔五〕仇注：封蓋初爲宿衛官，又嘗仕於淮海。

〔六〕謂大木。

此平鋪直叙之文，總以高、封兩人不得登朝大用，深致婉惜，一勞於道塗，一屈於外吏也。而在己聚散之感，寄問之情，錯叙於其間。然高爲主，封爲賓，措詞自有先後。○首八句，惜司直之失位而奔走，用比興起。「與子」八句，叙舊誼而喜客遇。「時見」十句，叙乍遇而即别，且爲致戒前途。蓋蜀多戎軒，故動步即險，亦正爲「閬州」作反剔，封蓋循吏也。以上皆對司直語。「主人」十句，入「封閬州」，叙其歷官往跡，而惜其目前小用。「造厦」需材，遺此「天柱」，亦比語也。末四，自叙，而以寄語閬州作結。曰「爲我問」，仍是託高之詞，收縮不漏。

敬寄族弟唐十八使君〔一〕

與君陶唐後，盛族多其人。聖賢冠史籍，枝派羅源津。在今氣磊落，巧僞莫敢親。介立實吾弟，濟時肯殺身。物白諱受玷，行高無污真。得罪永泰末，放之五溪濱〔二〕。鸞鳳有鎩翮，先儒曾抱麟。雷霆劈長松，骨大却生筋。一失不足傷，念子孰（蔡云熟同）自珍。泊舟楚宫岸〔三〕，戀闕浩酸辛。除名配清江〔四〕，厥土巫峽鄰〔五〕。登陸將首途，筆札枉所申。歸朝跼病肺，叙舊思重陳。春風洪濤壯，谷轉頗彌旬。我能泛中流，唐突黿獺嗔。長年已省柂〔六〕，慰此貞良臣。

〔一〕公《萬年縣君杜氏誌銘》：其先系統於伊祁，分姓於唐杜。按：派别遼遠，竟以族弟稱之，甚奇。○將下峽時詩。

〔二〕時唐貶施州。

〔三〕入巫山之路。

〔四〕仇注：配，謂流配。《九域志》：施州清江縣，北至州界一百里。

〔五〕施在夔南一百里内。

〔六〕猶云理櫬。

公有《巫山縣唐使君宴别》詩，黄鶴謂别後復寄以此。愚按：此詩之寄，乃在未與唐巫山相遇之前，考詩尾語意了然也，若如鶴説，便多不可解。○詳詩意，唐以永泰末詿誤，至是被謫施州，將近貶所，書來道故，并邀公叙舊，公遂以此簡之，時公正在下峽啓行之會也。唐自北到施，必經巫山，公自夔出峽，亦必經巫山，故約晤於此。○起段，叙兩家譜系，并表唐君品概，作一冒。次段，叙唐得罪被放事，語語清勁，「雷霆」二句，比其受挫而不撓也。三段，叙唐赴貶惠札相邀事，「戀闕」，其書中語也。末段，答以正欲出峽，便道就巫握晤意。「貞良臣」，與前「介立」、「行高」等語相照。

送顧八分文學適洪吉州〔一〕

中郎石經後〔二〕，八分蓋憔悴。顧侯運鑪錘，筆力破餘地。昔在開元中，韓蔡同贔屭〔三〕。

玄宗妙其書，是以數子至。御札早流傳〔四〕，揄揚非造次。三人並入直，恩澤各不二。顧於韓蔡内，辨眼工小字。分日侍一作示諸王，鉤深法更秘。文學與我遊，蕭疏外聲利。追隨二十載〔五〕，浩蕩長安醉。高歌卿相宅，文翰飛省寺。視我揚馬一作班揚間，白首不相棄。驊騮入窮巷，必脱黄金轡。一論朋友難，遲暮敢失墜。古來事反覆〔六〕，相見横涕泗。嚮者玉珂人，誰是青雲器。才盡傷形骸一作體，病渴污官位。故舊獨依然，時危話顛躋。我甘多病老，子負憂世志。胡爲困衣食，顔色少稱遂。遠作辛苦行，順從衆多意。舟楫無根蔕，蛟鼉好爲祟。况兼水賊繁，特戒風飆駛。崩騰戎馬際，往往殺長吏。子干東諸侯〔七〕，勸勉防縱恣。邦以民爲本，魚餞費香餌。請哀瘡痍深，告訴皇華使〔八〕。使臣精所擇，進德知歷試。惻隱誅求情，固應賢愚異。烈士惡苟得，俊傑思自致。贈子猛虎行〔九〕，出郊載酸鼻去聲。

〔一〕歐陽《集古録》：唐吕諲表，顧戒奢八分書，余謫夷陵，過荆南，見此碑。《唐書》：洪州豫章郡、吉州廬陵郡俱屬江南西道採訪使，治洪州。〇在江陵之公安作。

〔二〕《水經注》：蔡邕奏求正定六經文字，靈帝許之，邕乃自書丹於碑，使工鐫刻，立太學門外。

〔三〕韓、蔡，謂韓擇木、蔡有鄰，俱工八分者。《西都賦》：綴以二華，巨靈贔屭。注：作力之貌。

〔四〕《書苑》：明皇好圖畫，工八分、章草，張説等獻詩，各賜贊褒美，自於綵牋上八分書之。

〔五〕通計在朝之始，及今再會之年。
〔六〕即反手作雲覆手雨意。
〔七〕仇注：洪、吉在荆州之東。
〔八〕《舊書》：大曆二年，魏少游爲洪州刺史，兼江西觀察史。
〔九〕《家語》：苛政猛於虎也。舊引陸機《猛虎行》，非本旨。

暢茂條達，得意疾書之作也。分四段寫。第一段，仇云：叙顧君書法見重朝廷。愚按：此以「筆力破餘地」一句作主。第二段，仇云：叙顧君交情，始終無間。愚按：此以「蕭疏外聲利」一句作主。第三段，叙顧君洪、吉之行，戒其慎於道路，以「遠作辛苦行」一句作主。第四段，囑顧君留心民瘼，望其勸誡當事，以「邦以民爲本」一句作主。○首段，贊顧書也。先溯八分之源，復以「韓、蔡」作陪，表其顯名朝宁，着「顧於韓、蔡」二語，鈎勒賓主，劃然清楚。次段「外聲利」是提筆。「追隨」六句，述當日長安相與，卿相省寺，聲利場也，乃獨以「揚馬視我，白首不棄」，真能「外聲利」者。「驊騮」二句，上括長安之過從，下括今日之來訪。「一論」，顧君論及也。「朋友難」，謂久要之難。「遲暮敢墜」，益見「白首不棄」，能「外聲利」矣。「事反覆」，指交誼之不終者，顧君論及此等，涕泗而深慨之。「鄉者」二句，約略顧君意中之語，謂窮達無常，前日「玉珂」，今爲貧薄，豈能常在「青雲」乎！惟在交情之不以今昔移耳。此四句，正推明其「論友難」之旨。「才盡」、「病渴」，己之窮也，「獨話顛躋」，顧之誼也。此四句正深感其不失墜之實。讀此數語，慷慨披豁，顧君誠高絶俗情哉。

三段，「我甘」、「子負」，牽上搭下。「憂世志」三字，直提動末段。「胡爲」以下折到適洪、吉而戒以路險也。末段，皆丁寧屬望之詞。「諸侯」，指守令。「縱恣」，肆虐於民也。「防」，勸諸侯自防也。「魚饑」句，喻言設法賑貸，以招流亡。「皇華使」，指大吏。「精所擇」，欲大吏爲民擇官。「進德歷試」，即精擇事。既囑以分勸諸侯，又囑以總告使臣，憂民之心至矣。「惻隱」四句，又於囑顧時自致激勵當官之意，爲之跌宕其詞曰，彼居民上者，惻然於勸告之慘形，雖賢愚不等乎。然豈無「烈士」「俊傑」其人者，必將「惡苟得」而「自致」循良也。結再以「猛虎」字醒之，而「載」字更覺雋絶。求仕者載質，勸當事者「載酸鼻」，直使聽者刺入心坎裏。讀此後幅，覺元道州《舂陵行》，殊少動人處。○淋漓揮灑，逐斷開叙，不復以前後映帶爲工。○老杜此等詩，今人只以尋常蕪語，混揭開去，豈不罪過。

別董頲

窮冬急風水，逆浪開帆難。士子甘旨闕，不知道里寒。有求彼樂土，南適小長安〔一〕。別我舟檝去，覺君衣裳單。素聞趙公節〔二〕，兼盡賓主歡。已結門閭望，無令霜雪殘。老夫纜亦解，脱粟朝未餐。飄蕩兵甲際，幾時懷抱寬。漢陽頗寧静〔三〕，峴首試考槃〔四〕。當念著皂帽一作褐，采薇青雲端。

〔一〕《續漢書》：淯陽縣有小長安聚，在鄧州南陽縣。按：南適恐誤，鄧在江陵西北也。

〔二〕仇注：指鄧州守。

〔三〕《唐書》：漢陽縣，屬鄂州。

〔四〕朱注：峴山在襄陽，與鄧州相近。

董貧，無以爲奉養計，黽勉出遊，公贈此爲別。前十二句，叙董出門之故，與之鄧之情，而囑其及早歸侍。後八句，自叙目前行踪，而告以意中所嚮，冀其垂念。亦河上之歌所云「同病相憐」者與！〇公意雖在漢陽，而此行竟適湖南，讀者須曉。

別張十三建封〔一〕

嘗讀唐實録，國家草昧初。劉裴首建議〔二〕，龍見尚躊躇。秦王撥亂姿，一劍總兵符〔三〕。汾晉爲豐沛，暴隋竟滌除。宗臣則廟食，後祀何疏蕪。彭城英雄種〔四〕，宜膺將相圖。爾惟外曾孫，倜儻汗血駒。眼中萬少年，用意盡崎嶇。相逢長沙亭，乍問緒業餘。乃吾故人子〔五〕，童丱聯居諸〔六〕。揮手灑衰淚，仰看八尺軀。内外名家流〔七〕，風神蕩江湖。范雲堪結友〔八〕，嵇紹自不孤〔九〕。擇材征南幕，潮落回鯨魚。載感賈生慟，復聞樂毅書〔一〇〕。主憂急盜賊，師老荒京都。舊丘豈税駕，大厦傾宜扶。君臣各有分，管葛本時須。雖當霰雪嚴，未覺栝柏枯。高議在雲臺，嘶鳴望天衢。羽人掃仇云：當作歸碧海〔一二〕，功業竟何如？

〔一〕《舊書》：湖南觀察使韋之晉辟署參謀，建封不樂職，輒去。○舊以詩中有霰雪句，編四年冬。考之晉於是年之夏物故，詩中不及，當編三年之冬。

〔二〕《劉文静傳》：大業末，爲晉陽令，與晉陽宮監裴寂善，文静見太宗，謂寂曰：「唐公子，非常人也。」因與定議起兵。

〔三〕《通鑑》：高祖鎮太原，劉、裴首建議，帝猶未允，賴秦王贊之，遂起兵汾晉。

〔四〕《劉文静傳》：文静自言系出彭城。

〔五〕《唐書》：建封，兖州人。父玠，少豪俠，禄山僞將脅下城邑，玠率鄉豪殺之，而不言功。

〔六〕朱注：公父閑爲兖州司馬，當是趨庭之日，與玠同遊，而建封相從也。

〔七〕仇注：内名家，爲玠之子。外名家，爲文静外曾孫。

〔八〕《梁書》：范雲專趣人之急，與王畡善，畡亡於官舍，雲乃迎喪還家，躬營唅殯。

〔九〕《晉書》：嵇康與山濤結神交，康臨誅，謂其子紹曰：「巨源在，汝不孤矣。」

〔一〇〕夏侯湛稱樂毅《報燕惠王書》謂其知幾合道，以禮終始。

〔一一〕朱注：史言建封不樂吏職，意其人有志神仙者。

觀詩意，以建封不樂就湖南幕職，將有歸隱之志，公與之別，勸其立功京朝也。○前段，特詳張氏淵源所自出，蓋張爲劉文静之外曾孫，故首叙劉勳，而裴特帶及之，不並重。「英雄種」，即外曾孫，即建封，本段歸重在此。中段，喜與張相遇長沙，乃叙事正文。「意崎嶇」，指當時年少，人情叵測也。「問緒業」，上照劉公，下貫故人，識建封時，彼方「童丱」，今日老淚相逢，偉然「八尺軀」矣，有俛仰今昔之慨。「内外名家流」一語，總攝「英雄種」、「故人子」在内。「風神蕩江湖」，只五字爲通篇贊詞，便覺其人氣概不凡。是以「堪友」、「不孤」，託身託子，於斯人有厚望焉。末段，乃因其辭歸，特爲激勸也。「擇材」，謂韋辟張。「回鯨」，喻張辭去。「賈慟」，見其本有心於當世者。「樂書」，比其長謝韋幕也。此四句叙辭職，下皆勸詞。「主憂」、「師老」，時事方殷。「豈税」、「宜扶」，隱心難遂。况君臣分定，管、葛才高，當窮陰用事之秋，正奇材見功之會，自應「議雲臺」而「鳴天衢」者，此非汝飄然長往之日也。故末以「羽人碧海，功業何如」諷之。所謂功業，即如内外家之舊勳，宜重光而勿替。首尾仍歸一片。

上水遣懷〔一〕

我衰太平時〔二〕，身病戎馬後〔三〕。蹭蹬多拙爲，安得不皓首！驅馳四海内，童稚日餬口。

但遇新少年，少逢舊親友。低頭一作顏下邑地，故人知善誘。後生血氣豪，舉動見老醜。

窮迫挫曩懷，常如中風走〔四〕。一紀出西蜀〔五〕，於今向南斗。孤舟亂春華一作草，暮齒依蒲柳。冥冥九疑葬〔六〕，聖者骨已朽。蹉跎陶唐人，鞭撻日月久〔七〕。中間屈賈輩〔八〕，讒毁竟自取叶此苟切。鬱没一作悒二悲魂〔九〕，蕭條猶在否。崷崒清湘石，逆行雜林藪。篙工密逞巧，氣若酣杯酒。歌謳互激越，回斡明一作相授受〔一〇〕。善知應觸類〔一一〕，各藉穎脱手。古來經濟才，何事獨罕有。蒼蒼衆色晚，熊掛玄蛇吼。黄羆在樹顛，正爲群虎守。羸骸將何適，履險顔益厚。庶與達者論，吞聲混瑕垢。

〔一〕趙子櫟譜：自岳之潭之衡，爲上水。○入大曆四年之潭、衡詩。

〔二〕我衰，廢棄之意。

〔三〕身病，疲病之病。

〔四〕朱浮《與彭寵書》：伯通獨中風狂走。

〔五〕自乾元元年入蜀，至大曆三年出峽，凡十一年。

〔六〕《山海經》：九疑山，舜所葬，在長沙零陵界中。

〔七〕仇注：猶云驅送歲月。

〔八〕屈、賈，俱流寓長沙者。

〔九〕朱注：指屈、賈。

〔一〇〕趙注：回斡，回旋斡轉其船。

〔一一〕善知，深識事機之謂。

此因水路漂流而歷溯惡況。中間即地即事，雜書所觸，末乃歸之混俗以遣懷也。○「我衰」八句，漂流至老之感，乃統述從前。「低頭」八句，叙客途交態，乃歷來所以不安其身，而飄飄遠適之故。蓋即有「故人」誘接之邦，每多「後生」輕薄之輩，是以無處可長依也。「孤舟」十句，即地所觸。仇云：上水而動弔古之思。是也。「嶜崒」十句，即事所觸。上水而見舟師之習熟，因悟凡事皆有動變如神之用。「明授受」者，首動尾應，極形容行所無事，喻於不言之妙。「蒼蒼」八句，喻言世途險惡，而衰年遠涉，故將「吞聲混」俗，不敢相犯也。此更歷世態語，亦正與「後生血氣」相關照。「熊」、「虎」等句，奪胎招魂。

遣遇

磬折辭主人，開帆駕洪濤。春水滿南國，朱崖雲日高〔一〕。舟子廢寢食，飄風争所操。我行匪利涉，謝爾從者勞〔二〕。石間采蕨女，鬻市輸官曹。丈夫死百役，暮返空村號。聞見事略同，刻剥及錐刀。貴人豈不仁，視汝如莠蒿。索錢多門户，喪亂紛嗷嗷。奈何黠吏徒，漁奪成逋逃。自喜遂生理，花時甘一作貫縕袍。

〔一〕《湘中記》：湘水清照見底，赤崖如朝霞。

〔二〕從者，指相隨僕役，助力濟險者。

此篇中間大半，皆目擊民窮、規切當事語。前後略及行踪旅況，則似規世爲主，慨己爲賓。然以身事起，以身事結。中間特借窮民之尤困者，作自己波瀾翻剔，則仍是安遇爲主，傷時爲賓。○起八句，言舟楫風濤之險，原非得已，忽然截住。中十二句，從「采蕨」寡婦觸發出來，隨以「聞見略同」句，推廣暢論，極淋漓愷惻之致。結只兩句收轉，言我駕濤遠涉，困亦甚矣，然較彼窮民，猶爲「生理克遂」，則亦「甘心緼袍」而已。通身神理一片，舊俱失之。

早行

歌哭俱在曉，行邁有期程。孤舟似昨日，聞見同一聲。飛鳥數一作散求食，潛魚何一作亦獨驚！前王作網罟，設法害生成。碧藻非不茂，高帆終日征。干戈未一作異揖讓，崩迫關一作開其情〔一〕。

〔一〕任昉表：無任崩迫之情。

前八句，疊聞窮民愁苦之聲而發慨也。四叙述，四比擬，歌哭皆作悲聲解。「俱在曉」，謂此悲聲，日日曉行俱有也。「飛鳥」自喻，「潛魚」喻民，言我之棲止不定，爲求食耳，彼民各安其居，何亦驚恐乃爾！祇緣誅求法密，害彼生成之故，即前詩「索錢多門戶，喪亂紛嗷嗷」意。後四句，結出舟中早行，而自明發歎之由，蓋前所爲慨者，由我之值亂「崩迫」，我心孔悲，故聞悲聲即關情焉。

解　憂

減米散同舟，路難思共濟。向來雲濤盤〔一〕，衆力亦不細。呀坑一作吭瞥眼過〔二〕，飛櫓本無蔕。得失瞬息間，致遠宜恐泥。百慮視安危，分明曩賢計。兹理庶可廣，拳拳期勿替。

〔一〕趙注：言雲濤之間，盤轉未出，方言所謂盤灘也。舊以爲灘名，恐是附會。

〔二〕趙注：呀坑，淤坑如口之呀開。蔡注：呀坑，乃灘口也。

此上水遇險，僥倖得脱，而舉爲前事之鑒，爲處世者告也。朱云：即安不忘危，存不忘亡意。

宿鑿石浦〔一〕

早宿賓從勞，仲春江山麗。飄風過無時，舟楫敢不繫。迴塘澹暮色，日没衆星嘒。闕月殊未生〔二〕，青燈死分翳〔三〕。窮途多俊異，亂世少恩惠。鄙夫亦放蕩，草草頻年歲。斯文憂患餘，聖哲垂彖繫韻複。

〔一〕邵注：在今長沙府湘潭縣西。

〔二〕殊，《説文》云：死也。《左傳》：斬其木而弗殊。月殊，《書》所云死魄也。正與下燈死對。

〔三〕燈死，燈未燃也。分翳，分星光之陰翳。

前八後六分截。前八句，四叙遇風早宿事。「敢不繫」，即早宿也。仇本改作不敢，非。四叙早宿時之景，筆力雋刻。後六句，本抱不平之懷，轉爲見道之語。落寞之中，每多奇士；分崩之際，定少高情，此古今同歎者。二句，泛慨以起下。「放蕩」、「頻年」，亦以「俊異」自負，不以「恩惠」期人也。結語，進乎道矣。前輩如王文成之於龍場，高景逸之於揭陽，皆終身得力處。

過津口〔一〕

南岳自兹近，湘流東逝深。和風引桂楫，春日漲雲岑。回道一作首過津口，而多楓樹林。白魚困密綱，黄鳥喧嘉音。物微限通塞，惻隱仁者心。瓮餘不盡酒，膝有無聲琴。聖賢兩寂寞，眇眇獨開襟。

〔一〕仇注：當在衡山相近處。

喜遇風水平和。而爲怡神之語，居然靖節風味，忘乎其爲窮途矣。仇云：前四，舟行之景；中六，咏物之情；後四，自叙己懷。愚謂不必分段。◯「風引」，逆風也，春多南風。水漲，逆流也，南行爲上水。風水雖逆，而春氣已融，故無苦趣。

次空靈岸〔一〕

沄沄逆素浪，落落展清眺。幸有舟楫遲，得盡所歷妙。空靈霞石峻〔二〕，楓栝隱奔峭。青春猶有一作無私，白日已一作亦偏照。可使營吾居一作屋，終焉託長嘯。毒瘴未足憂，兵戈滿邊徼〔三〕。鄉者留遺恨，恥爲達人誚。迴帆覬賞延，佳處領其要。

〔一〕《十道四蕃志》：湘水有空舲灘。《一統志》：空舲岸在湘潭西一百六十里。蔡注：靈，刀筆誤耳。

〔二〕張載賦：霞石駁落。

〔三〕如幽、薊、河、湟皆是。舊即以本處爲邊徼兵戈地，謬甚。

余率依仇本分截，解既就，弟麟易之云：當八句截，前叙事，後寫意也。起四在題前。「浪逆」、「舟遲」，偏得妙境，入手幽秀。次四，正言空靈曉趣，叙題已畢。「可使」以下設爲卜隱之思。情從景生也。南方雖多炎瘴，猶勝北地兵争。至此覺鄉來憒亂愁腸，頓然消釋。期以「迴帆」細「領」，綽有餘韻；恰與「行遲歷妙」，縈拂生姿。

宿花石戍〔一〕

午辭空靈岑，夕得花石戍。岸疏開闢水一作山，木雜古今樹。地蒸南風盛，春熱西日暮。四序本平分，氣候何回互。茫茫天造間一作開，理亂豈恒數。繫舟盤藤輪，杖策古樵路。罷人不在村，野圃泉自注。柴扉雖蕪没，農器尚牢固。山東殘逆氣〔二〕，吴楚守王度。誰能叩君門，下令減征賦。

〔一〕《唐書》：潭州長沙有渌口、花石二戍。

〔二〕河北諸鎮。

見戍間之民，困征役而逃亡，緣此發興。○起四，戍前之景。「地蒸」六句，借氣候引脉，言氣候尚且不齊，何况理亂無恒，豈能料其所止耶。如此冒下，意味深長。「繫舟」六句，正叙流散荒涼之象。「輪」，疑即轉水之具，即下所云「農器」也。「盤藤」，久廢而藤盤其上。此正樵路旁所見者。「罷人」，罷於征役之人。「不在村」，人去而村空也。結四句，以逆形順，急望寬政之及，見未被兵處，民窮亦然，天下幾無容足之地矣。

次晚洲〔一〕

參錯雲石稠，坡陀風濤壯。晚洲適知名，秀色固異狀。棹經垂猿把，身在度鳥上。擺浪散帙妨，危沙折花當〔二〕。羈離暫愉悦，羸老反惆悵。中原未解兵，吾得終疏放〔三〕。

〔一〕當亦在潭、衡之間。

〔二〕《杜臆》：以「當」對「妨」，乃便當之當。舊以爲花根，誤。

〔三〕吾得，吾豈得也。

起四，次洲之因。中四，申「濤壯」、「秀色」之景。結四，即景而悦，由悦轉悲。憂時之情，終無可遣也，亦不必截。○「雲石稠」，岸之高；「風濤壯」，水之高。中四，仇云：春水漲而船勢高也。

早　發

有求常百慮，斯文亦吾病。以兹朋故多，窮老驅馳併。早行篙師怠，席掛風不正。昔人戒垂堂〔一〕，今則奚奔命！濤翻黑蛟躍，日出黄霧映。煩促瘴豈侵，頹倚睡未一作還醒。僕夫問盥櫛，暮顔靦青鏡。隨意簪葛巾，仰慚林花盛。側聞夜來寇〔二〕，幸喜囊中净。艱危作遠客，干請傷直性。薇蕨餓首陽，粟馬資歷聘〔三〕。賤子欲適從，疑誤此二柄。

〔一〕相如文：語云，千金之子，坐不垂堂。

〔二〕寇非巨寇，止是偷兒。

〔三〕舊注：蘇、張歷聘，諸侯皆以粟馬迎。

此因怱怱早發，而爲奔逐謀生之歎。前八後八相呼應，皆作自問自答，去就兩難之詞。中八，述途景老態之不堪，與前後相耀。○起四，自明難合之故，「有求百慮」，不輕身也。「斯文吾病」，猶云儒冠誤我也。所以不敢輕身者，緣身繫斯文，不肯爲脂韋之態。以兹之故，朋舊雖多，而驅馳不止，語本條直，解者乃極支離。「篙師怠」，正見迫促欲行。「風不正」，冒險放船也。「昔戒」、「今奔」，自問何以怱遽若此。「瘴豈侵」，心自焦躁也。「睡未醒」，性急起促，身仍倦倚也。「僕夫」四句，皆老倦無聊之態。囊無可偷，故反言以爲幸。其貧如此，艱危甚矣。而「干請」又非本性，是以欲如夷、齊抗節而甚難，欲效蘇、張逢世而不可，去就之間，「疑誤」無適。然則前所謂「奚奔命」者，己亦無以自解矣。此從屈原《卜居》化出。○以上諸篇，如《發秦州》等詩，皆紀行之作也。彼多即景生情，此多撫時感事，蓋涉歷愈老，則悲歎愈多。

詠懷二首

人生貴是男〔一〕，丈夫重天機〔二〕。未達善一身，得志行所爲。嗟余竟轗軻，將老逢艱危。胡雛逼神器〔三〕，逆節同所歸。河洛化爲血〔四〕，公侯一作卿草間啼。西京復陷没，翠蓋蒙塵飛。萬姓悲赤子，兩宫棄紫微〔五〕。倏忽向二紀，奸雄多是非〔六〕。本朝再樹立〔七〕，未及貞觀時。日給在軍儲，上官督有司。高賢迫形勢〔八〕，豈暇相扶持。疲苶苟懷策〔九〕，棲屑無所施〔一〇〕。先王實罪己〔一一〕，愁痛正爲兹。歲月不我與，蹉跎病於斯。夜看酆城氣，回首蛟龍池。齒髮已自料，意深陳苦詞。

〔一〕語本《列子》。

〔二〕綖注：天機，謂天時之機會，即孟子乘勢待時之意。

〔三〕安、史。

〔四〕東京陷。

〔五〕玄宗、肅宗。

〔六〕又統言諸處叛亂之徒。

〔七〕泛指復國收京以來，未必專謂代宗。

〔八〕高賢，猶云時賢，蓋指當事。

〔九〕隱然自謂。

〔一〇〕棲屑，無所倚著之貌。

〔一一〕夢弼注：謂肅宗即位詔書。

首章，述素志也，爲後首引端，公蓋有志用世者。起四句，泛以人生立志言，重「得志行所爲」一句，爲全篇之主。「嗟余」一段，歷述禍亂始末，此不得志之由也。「本朝」一段，極言時弊難挽，此不能行所爲之歎也。末四句，見志雖在而身已老，反結「得志行所爲」意。夫既值此時世，不能得志大行，則惟有飄飄遠適而已。此所以爲後首之引也。

邦危壞法則，聖遠益愁慕。飄飄桂水遊〔一〕，悵望蒼梧暮〔二〕。潛魚不銜鉤，走鹿無反顧。皦皦幽曠心，拳拳異平素。衣食相拘閡同礙，朋知限流寓。風濤上春沙〔三〕，千里侵一作浸江樹。逆行值一作少吉日〔四〕，時節空復度。井竈任塵埃，舟航煩數具。牽纏加老病，瑣細隘俗務。萬古一死生，胡爲足名數〔五〕。多憂污桃源〔六〕，拙計泥銅柱。未辭炎瘴毒，擺落跋涉懼。虎狼窺中原，焉得所歷住。葛洪及許靖〔七〕，避世常此路。賢愚誠等差〔八〕，自愛各馳騖。羸瘠且如何，魄奪針灸屢。擁滯僮僕慵，稽留篙師怒。終當掛帆席，天意難告訴〔九〕。南爲祝融客，勉强親杖履。結託老人星，羅浮展衰步〔一〇〕。

〔一〕朱注：灕水與湘水，同出今桂林府。灕水一名桂水。

〔二〕《山海經》：長沙、零陵，古者總名其地爲蒼梧。

〔三〕自潭之衡爲上水。

〔四〕仇注：謂是清明令節。

〔五〕舊説：萬古同歸一死，何必取足於名數，蓋憤詞也。

〔六〕恐被桃源笑人。

〔七〕仇注：葛洪爲句漏令，後止羅浮山。《蜀志·許靖傳》：孫策來，渡江走交州以避其難。

〔八〕賢謂葛、許，愚自謂，蓋欲效之。

〔九〕猶云：天實爲之，謂之何哉。

〔一〇〕《羅浮記》：在增城、博羅二縣境。《茅君内傳》：羅浮之洞，名朱明曜真之天。

次章，叙近履也，爲前首結局。起四句，兩括上意，兩提南行，南行乃一篇之主。「潛魚」一段，述汲汲向南，自了生死之概。「多憂」一段，言所以不辭勞涉者，爲欲急遠「虎狼」，希踪「避世」，雖身憊役疲，終當一行也。結四句，足避世之意。仇云遥應前章「未達善一身」句。○篇中「桂水」、「羅浮」等，更在衡州之南，非遂往彼也，蓋借前路神仙之境，以寄全身棲隱之思。

望　嶽〔一〕

南嶽配朱鳥〔二〕，秩禮自百王。欻吸領地靈，鴻一作澒洞分一作半炎方。邦家用祀典，在德惟馨香。巡狩何寂寥，有虞今則亡。汨一作洎吾隘世網，行邁越瀟湘。渴日絶壁出〔三〕，漾舟清光旁。祝融五峰尊〔四〕，峰峰次低昂。紫蓋獨不朝，争長嶫相望。恭聞魏夫人〔五〕，群仙夾翺翔。有時五峰氣，散風如飛霜。牽迫限一作根修途，未暇杖崇岡。歸來覬命駕，沐浴休玉堂〔六〕。三歎問府主〔七〕，曷以贊我皇。牲璧忍一作感衰俗，神其思降祥。

〔一〕衡山在潭州之南，衡州之北。

〔二〕《史記索隱》：南宫赤帝，其精爲朱鳥。

〔三〕舊注：渴日，如渴虹渴雨之渴。

〔四〕《長沙記》：衡山七十二峰，最大者五：芙蓉、紫蓋、石廩、天柱、祝融爲最。

〔五〕《魏夫人傳》：夫人名華存，字賢安，晉司徒魏舒之女，適南陽劉文。幼而味真耽玄，忽太極真人授《黄庭内景經》，遂得冥心齋静，化形而去。詣上清宫，授夫人玉札金文，位爲紫虚元君，領上真司命南嶽夫人。

〔六〕《吴都賦》：玉堂對霤。注：仙人所居。

〔七〕當依仇氏指衡州守。朱氏謂洞府之主，非。

舊説，詩以修祀典立意，有郊壇登歌氣象。愚詳味詩旨，在勗時君以增修主德，勗當事以翊贊皇猷，乃爲昭格明神之本。其前曰「邦家用祀典，在德非馨香」；其後曰「牲璧忍衰俗，神其思降祥」，意可識矣。徒以崇祀立論，尚隔一鍼。○起八句，四就嶽言，四就祀嶽者言。舉「有虞」者，非謂當舉行巡狩，謂如「有虞」之德者鮮也。中十六句，望嶽正面。四述南來望見之由，四摹擬嶽之形勢，四想像嶽之仙靈，四矢後期續覿之願。而「沐浴」句，便拖起結意。結四句，與起處照應，「曷以贊」，含前所云「在德」意。「忍衰俗」，謂但如末俗之奉行故事，是不修德而徒薦馨者。「神其」句，反言以决其不能降祥也。○兩頭發議，中間叙事。

湘江宴餞裴二端公赴道州〔一〕

白日照舟師，朱旗散廣川。群公餞南伯，肅肅秩初筵。鄙人奉末眷，佩服自早年。義均骨肉地，懷抱罄所宣。盛名富事業〔二〕，無取愧高賢〔三〕。不以喪亂嬰，保愛金石堅。計拙百寮下，氣蘇君子前。會合苦不久，哀樂本相纏。交遊颯向盡，宿昔浩茫然。促觴激百慮，掩抑淚潺湲。熱雲初集一作集熏黑，缺月未生天。白團爲我破〔四〕，華燭蟠長煙。鴰鶡催明星〔五〕，解袂從此旋。上請減甲兵，下請安井田〔六〕。永念病渴老，附書遠山顛。

〔一〕浯溪觀唐賢題名：河東裴虬，大曆四年爲著作郎，兼侍御史、道州刺史。《御史記》：中丞爲端長。○道州，見《舂陵行》。

〔二〕謂裴。

〔三〕無取，謂一無足取，蓋自謂。《杜臆》之説牽强。

〔四〕即指缺月。六朝人月詩：翻與扇俱團。

〔五〕鴠鴠，蓋取《月令》鶡鴠之義。《月令注》：鶡鴠，求旦之鳥。

〔六〕井疆田里。

四起四結，中只一片説去，無分乙處。○起四，叙湘江宴餞之事，「群公餞」，公蓋陪宴也。中一長段，言早年相契，今不以我嬰亂落魄，而移其宿愛，是以計拙如我，遇君而氣暫得蘇。所恨暫相會而即相别，無多舊交，分離促迫，當此清霄易旦，難堪解袂作别耳。結四，特致爲民請命之苦詞，而望其報書，以徵其治效，洵無忝於良友箴規矣。

蘇大侍御涣静者也旅於江側凡是不交州府之客人事都絶久矣肩輿江浦忽訪老夫舟檝而已茶酒内余請誦近詩肯吟數首才力素壯辭句動人接對明日憶其涌思雷出書篋几杖之外殷殷留金石聲賦八韻記異亦見老夫傾倒於蘇至矣〔一〕

杜氏創體長題也。分兩層寫其有異，末以二語總之。上異其静者，下異其詩詞也。○「静者」字，從下五句生出，「不交」上著「凡是」字，「舟檝」下著「而已」字，乍讀疑衍，詳味之，轉覺意溢句外。言「凡是」，知其從不作熱鬧想。言「而已」，知其獨有意冷落人。故斷之曰「静者」，此一「異」也。「近詩」，舊俱引涣變體律十九首爲證，乃係涣入交廣後所作。今尚在湖南，何得援此。「辭句動人」一頓，蓋方吟而已覺動人矣。至明日而憶其金石流聲，更引聞者於無盡，此又一異也。「傾倒於蘇」，兩層雙攝。○「記異」二字，作詩之眼。

龐公不浪出〔二〕，蘇氏今有之。再聞誦新作，突過黄初詩〔三〕。乾坤幾一作洎反覆，揚馬宜同時。今晨清鏡中，勝食齋房芝〔四〕。余髮喜却變，白間生黑絲。昨夜舟火滅一作接天，湘娥簾外悲。百靈未敢一作永夜散，風破一作浪寒江遲。

〔一〕朱注詩止七韻，題云八韻恐誤。○舊編潭州詩。

〔二〕後漢龐德公，未嘗入城府。

〔三〕仇注：黄初七子，魏文帝時詩人。

〔四〕芝能返老。

起六句，分提題中兩項。「不浪出」，「静者」之異也，以「龐公」爲比。「過黄初」，「近詩」之異也，以「揚馬」爲比，詞氣一頓。下八句，統寫，而局又分兩層。先「今晨」，後「昨夜」，用逆勢追歎，以表其「異」。言今晨衰質，若爲轉旺，有如此之「異」者，由昨夜神靈且爲感動，先能致「異」如此也。本言在彼之可「異」，詩却言己髮變黑之「異」。本言在人之可「異」，詩却言湘靈風色之「異」。從對面旁面烘托，而其「異」益顯。歎「異」之中，「静者」與「近詩」俱該，不單指詩。○髮豈有一朝變黑之理，只是常時引鏡，滿頭俱白，其晨偶於白間露出幾莖黑者，遂設爲怪語耳。前夜必曾風浪昏黑，故有後四。○容齋以涣少喜剽盗，善用白弩，號白跖。其後走廣州，又與哥舒晃反，伏誅。疑此詩非實録。然公之取蘇，取其具冷眼，出奇句而已。至其起手結局，所謂不追既往，不逆將來，又何病焉。

奉贈李八丈曛判官

我丈特英特，宗枝神堯後。珊瑚市則無，騄驥人得有〔一〕。早年見標格，秀氣衝星一作牛斗。事業富清機，官曹貞獨守。頃來樹佳政，皆已傳衆口。艱難體貴安，冗長吾敢取〔二〕。區區猶歷試，炯炯更持久。討論實解頤，操割紛應手〔三〕。篋書積諷諫，宫闕限奔走。入幕未展材一作懷〔四〕，秉鈞孰爲偶〔五〕。所親問淹泊〔六〕，泛愛惜衰朽。垂白亂一作辭南翁〔七〕，委身希北叟〔八〕。真成窮轍鮒，或似喪家狗。秋枯洞庭石，風颯長沙柳。高興激荆衡，知音爲回首。

〔一〕人中那得有此。

〔二〕趙注：凡物之剩者爲冗長。

〔三〕《左傳》：未能操刀而使割也。
〔四〕時李必爲幕職。
〔五〕謂可大用。
〔六〕仇注：所親，謂李。
〔七〕亂南翁，猶柳子厚書云：居蠻夷中久，已與爲類矣。
〔八〕班固賦：北叟頗識其倚伏。

首段，總統作贊。中段，分疏稱美。末段，叙述深感。「清機」、「獨守」二句，前幅扼要處，中段皆從此申說。「高興」、「知音」二句，後幅歸宿處，乃所以贈詩之故也。○「艱難」、「冗長」，語平意側，仇云：艱難之時，安靜而無繁冗，言識治體也。「區區」、「炯炯」，亦語平意側，謂不卑小官，能盡職而弗懈，仇云：有定力也。「書積」、「闕限」，惜其志切而身遠也。「所親」、「惜朽」，述李問詞，下皆告以衷曲，大意言久滯不歸，心如死灰矣。而「興」發，而情「激」者，以動「問淹泊」，「知音」棖觸，聊一「回首」耳。

奉送魏六丈佑少府之交廣〔一〕

賢豪贊經綸，功成名空一作空名垂。子孫不振耀，歷代皆有之。鄭公四葉孫〔二〕，長大常苦饑。衆中見毛骨，猶是麒麟兒。磊落貞觀事，致君樸直詞〔三〕。家聲蓋六合，行色何其微。遇我蒼梧陰，忽驚會面稀。議論有餘地，公侯來未遲〔四〕。虛思黄金遺〔五〕，自笑青雲期。長卿久病渴，武帝元同時〔六〕。季子黑貂敝，得無妻嫂欺。尚爲諸侯客，獨屈州縣卑。南游炎海甸，浩蕩從此辭。窮途仗神道，世亂輕土宜〔七〕。解帆歲云暮，可與春風歸。出入朱門家，華屋刻蛟螭。玉食亞王者，樂張遊子悲。侍婢豔傾城，綃綺輕一作煙霧霏。掌中琥珀鍾，行酒雙逶迤。新歡繼明燭，梁棟星辰飛。兩情顧眄合，珠碧贈于斯〔八〕。上貴見肝膽，下貴不見一作相疑〔九〕。心事披寫間，氣酣達所爲。錯揮鐵如意，莫避珊瑚枝〔一〇〕。始兼逸邁興，終慎賓主儀。戎馬闇天宇，嗚呼生別離。

〔一〕交，即交趾郡，唐初改安南都護府，地與廣接。

〔二〕《魏徵傳》：貞觀七年，進左光禄大夫、鄭國公。

〔三〕《唐書》：徵犯顔正諫，雖賁、育不能過。

〔四〕用「公侯子孫，必復其始」意。

〔五〕《長門賦序》：武帝陳皇后，聞司馬相如天下工爲文，奉黄金百斤，爲相如、文君取酒。

〔六〕《相如傳》：武帝讀《子虛賦》，善之，曰：「朕獨不得與此人同時哉！」

〔七〕《吴越春秋》：相五土之宜。

〔八〕碧,寶石類。

〔九〕張綖注:交、廣風俗如此,自陸賈使南粤時已然。

〔一〇〕《石崇傳》:帝嘗以珊瑚樹賜王愷,高二尺許,愷示崇,崇便以鐵如意擊之,應手而碎。按:詩意則借言兩情投合,不知避嫌之狀。

詳詩意,魏爲名勳之胄,才高位下,遠客殊俗,而其年或尚少壯,奢淫易惑。故前半多惜詞,後半多戒詞。○此篇段落不齊。起四句,泛舉勳胄式微冒起。次八句,以魏君實之,四先抑後揚,四先揚後抑,筆情矯變,而「行色」句却已領下。「遇我」以下,正言其「行色」之微也。「議論餘」,富才情也。「公侯來」,宜貴顯也。乃買賦不如「長卿」,空囊竟同「季子」,虚縻散官,浩蕩遠客,豈不可惜!「仗神道」,以祝其平安。「輕土宜」,以諒其罔投。「春風歸」,以止其留戀。此四句,復爲「行色微」者曲曲慰勸。此上皆惜詞。交、廣多産珍寶,俗奢而淫,語有之:「少不入廣」,謂其易迷而喪志也。故「出入」十四句,備陳蠱惑客心之態。而「心事」四句,又申致沈溺喪守之虞。然後以「逸興」、「愼儀」二句,一縱一收,歸之正論。蓋非漫爲交、廣渲染,乃深爲少年警惕也,老成之言如此。以上皆戒詞。末兩句,另筆收住,與前文似不相屬,然動以臨岐歎息之聲,一以見遠離之苦,一欲其念别語之悲,蓋亦言中之惜詞,言外之戒詞也與。

幽　人

孤雲亦群游，神物有一作識所歸。靈鳳在赤霄，何當一來儀。往與惠詢輩〔一〕，中年滄洲期。天高無消息，棄我忽若遺。内懼非道流，幽人見瑕疵。洪濤隱笑語，鼓枻蓬萊池。崔嵬扶桑日，照曜珊瑚枝。風帆倚翠蓋一作蓋〔二〕，暮把東皇衣〔三〕。嚥漱元和津〔四〕，所思煙霞微。知名未足稱，局趣同促商山芝。五湖復浩蕩，歲暮有餘悲。

〔一〕舊指惠遠、許詢。朱氏援《送惠二過東溪》爲證，疑詢即其名，然須闕疑。

〔二〕《景福殿賦》：龍舟兮翳翠蓋。

〔三〕《九歌》有《東皇太乙》。

〔四〕《中黄經》：但服元和除五穀，必獲寥天得真籙。注：服元和，謂嚥津液。

此亦因流寓失所，結情於世外之侶耳。鍾氏所謂絶妙遊仙詩，無丹藥瓢笠氣，并無雲霞山澤氣者也。《杜臆》以「蓬萊」等爲青瑣之寓言，以「商山芝」爲扈從之寓言，全作戀戀朝廷之解，殊不類也。○起四，結四，中一片。○比興體起，見「幽人」亦好儔侶，宜彼高舉者之來引也。中十四，先言舊約之見遺，即繼之曰「内懼」、「瑕疵」，不責彼之棄我，而自省或有被棄之端，非虚心學問人不能道。「洪濤」四句，遥想「幽人」滄洲之趣。「風帆」四句，自致欲往從之之情。結歎此志之不遂也，既爲名累，而「商山」之伴，「局促」相違。又滯湖濱，而「遲暮」之年，「餘悲」莫解。然則衰老漂零，將誰適從！

客從

客從南溟來，遺我泉客珠〔一〕。珠中有隱字，欲辨不成書。緘之篋笥久，以俟公家須。開視化爲血，哀今徵斂無。

〔一〕《述異記》：鮫人，即泉先也，又名泉客。《博物志》：其眼能泣珠。

公詩云：「自平中官吕太一，收珠南海千餘日。」南中之困深矣。寓言隱痛，其有憂患乎！○都從「泉客珠」三字演出。言珠必言泉客，見此物爲淚點所成，非但貼切南方而已。字不成書，民欲自訴而不敢顯言也。「緘篋」、「俟須」，不徒欲以珠獻，正欲以「隱字」之珠獻，意將乘間代爲請命也。「化血」、「今無」，一見民脂竭而上供莫應，一見民瘼隱而入告終虚。言至此，哀音怨亂矣。○從「珠」上想出有「隱字」，從「泉客珠」上想出「化爲血」。盧世㴶云：情酸味厚，歌短泣長，而一唱三歎，藴藉優柔，《三百篇》、《十九首》，上下同流。

送重表姪王砯音冰評事使南海〔一〕

我之曾老一作祖姑，爾之高祖母讀如某。爾祖未顯時，歸爲尚書婦讀如缶〔二〕。隋朝大業末，房杜俱交友〔三〕。長者來在門，荒年自餬口。家貧無供給，客位但箕箒。俄頃羞頗珍，寂寥人散後。入怪鬢髮空，吁嗟爲之久。自陳翦髻鬟，市鬻充杯酒〔四〕。上云天下亂，宜與英俊厚。向竊窺數公，經綸亦俱有。次問最少年〔五〕，虯髯十八九。子等成大名，皆因此人手。下云風雲合，龍虎一吟吼。願展丈夫雄，得辭兒女醜。秦王時在坐，真氣驚户牖〔六〕。及乎貞觀初，尚書踐台斗。夫人常肩輿，上殿稱萬壽。六宫師柔順，法則化妃后。至尊均嫂叔，盛事垂不朽。鳳雛無凡毛，五色非爾曹。往者胡作逆〔七〕，乾坤沸嗷嗷。吾客左馮翊〔八〕，爾家同遁逃。爭奪至徒步，塊獨委蓬蒿。逗留熱爾腸，十里却呼號。自下所騎馬，右持腰間刀。左牽紫遊韁，飛走使我高。苟活到今日，寸心銘佩牢。亂離又聚散，宿昔恨滔滔。水花笑白首，春草隨青袍。廷評近要津〔九〕，節制收英髦〔一〇〕。北驅漢陽傳〔一一〕，南泛上瀧音雙舠〔一二〕。家聲肯墜地，利器當秋毫。番禺親賢領〔一三〕，籌運神功操。大夫出盧宋，寶貝休脂膏。洞主降接武，海胡舶千艘〔一四〕。我欲就丹砂，跋涉覺身勞。安能陷糞土，有志乘鯨鼇。或驂鸞騰天，聊作鶴鳴皋。

〔一〕時李勉爲嶺南節度觀察使，王砅豈奉使入幕歟？〇入大曆五年。

〔二〕《唐書》：王珪爲禮部尚書，兼魏王泰師。

〔三〕《唐書》：珪母李，嘗語珪曰：「而必貴，但不知所與遊者何如人？」會玄齡、如晦過其家，李窺大驚，敕具酒食，喜曰：「二客公輔才，汝貴不疑。」按：詩意與此事合，但史言珪母李，詩則謂珪妻杜，兹屬疑案矣。

〔四〕截髮易酒，本陶侃母待客事，豈夫人亦嘗有是與？

〔五〕《容齋隨筆》：唐高祖在位日，太子建成與秦王不睦，珪爲太子中允，説建成收劉黑闥以取功名，後高祖歸罪珪等而流之。太宗即位，乃召用之，則珪與太宗非素交，明矣。按：此亦疑案。

〔六〕史稱太宗龍鳳之姿，天日之表。

〔七〕謂禄山。

〔八〕朱注：同州也，天寶末，公避寇至同州。按：即奉先。

〔九〕廷評，謂王砅。

〔一〇〕節制，謂李勉。

〔一一〕漢陽，在湖北，時王砅必先有事漢陽。

〔一二〕《水經注》：武溪水，又南入重山，謂之瀧中，懸湍回注，崩浪震天，謂之瀧。

〔一三〕仇注：李勉，乃宗室，故曰親賢。番禺，今屬廣州府。

〔一四〕《舊書》：大曆四年，勉除嶺南節度。番禺賊帥馮從道、桂州叛將朱濟時，阻洞爲亂，勉悉斬之。先是西域船泛海至者纔四五，勉廉潔，都不檢閲。末年至者四十餘。代歸停舟，悉搜家人所貯南貨犀象，投之江中。耆老以爲可繼宋璟、盧奂之後矣。

是詩滔滔莽莽，如雲海蜃氣，不得以尋常繩尺束量之。坊本瑣碎横截，大非也。詩分兩韻，即照韻分段，前從「重表姪」生出文情，後就「使南海」發出意議。○「我曾姑，爾高母」，前半提筆。「爾祖」，泛言王之先世。自「隋朝」至「杯酒」，叙夫人具饌供客事，以「房杜交友」作挈。自「上云」至「户牖」，叙夫人識鑒英雄事，以「秦王」「真氣」作束。自「及乎」至「不朽」，叙夫人開國恩榮事。至此爲上半篇分界處。「鳳雛」、「五色」，後半提筆。自「往者」至「佩牢」，追叙始亂逃竄，王砯護救之事。「争奪」，謂奪路而走，不及具馬。「塊獨」，自謂奔走力竭，委頓草間。「下騎」數語，如史遷寫秦王負劍環柱時，倉皇有氣勢。自「亂離」至「千艘」，叙目前使南海事。而先以四語，隱括分散漂泊數年間踪跡，最爲輕逸。「廷評」以下，入本文，却將李勉夾説。於王則領「廷評」一句，而以「北驅」四句申之，冀其奉使以振家聲，只此爲送行正面也。於李則領「節制」一句，而以「番禺」六句申之，美其異政超前，見英髦之所走集也。自「我欲」至末，言我亦將圖南沖舉，聊以兹篇爲「鶴鳴」應和之徵。是爲贈行餘波。○夫人、尚書事蹟，或執史而駁詩，或信詩而疑史，愚未敢定所從。所聞異辭，所傳聞異辭，小心汲古之士，存疑焉爾。

入衡州〔一〕

兵革自久遠，興衰看帝王。漢儀甚照耀，胡馬何猖狂。老將一失律，清邊生戰場。君臣忍瑕垢，河岳空金湯。重鎮如割據，輕權絶紀綱。軍州體不一，寬猛性所將。嗟彼苦節士〔二〕，素於圓鑿方。寡妻從爲郡，兀者安堵一作短牆。凋弊惜邦本，哀矜存事常。旌麾非其任，府庫實過防。恕己獨在此，多憂增内傷。偏裨限酒肉，卒伍單衣裳。元惡迷是似，聚謀一作諜洩康莊。竟流帳下血，大降湖南殃〔三〕。烈火發中夜，高煙燋上蒼。至今分粟帛，殺氣吹沅湘。福善理顛倒，明徵天莽茫。銷魂避飛鏑，累足穿豺狼。隱忍枳棘刺，遷延胝趼瘡。遠歸兒侍側〔四〕，猶乳女在旁。久客幸脱免，暮年慚激昂。蕭條向水陸，汩没隨漁商。報主身已老，入朝病見妨。悠悠委薄俗，鬱鬱回剛腸。參錯走洲渚，舂容轉林篁。片帆左郴岸〔五〕，通郭前衡陽〔六〕。華表雲鳥埤一作陣〔七〕，名園花草香。旗亭壯邑屋，烽櫓蟠城隍。中有古刺史〔八〕，盛才冠巖廊。扶顛待柱石，獨坐飛風霜〔九〕。昨者間瓊樹〔一〇〕，高談隨羽觴。無論再繾綣，已是安蒼黄。劇孟七國畏〔一一〕，馬卿四賦良〔一二〕。門闌蘇生在〔一三〕，勇鋭白起强〔一四〕。問罪富形勢〔一五〕，凱歌懸否臧。氛埃期必掃，蚊蚋焉能當。橘井舊地宅〔一六〕，仙山有舟航。此行怨暑雨，厥土聞清涼。諸舅剖符近〔一七〕，開緘書札光。頻繁作蘋蘩，誤命屢及，磊落字百行。江總外家養〔一八〕，謝安乘興長〔一九〕。下流匪珠玉〔二〇〕，擇木羞鸞凰。我師嵇叔夜〔二一〕，世賢張子房〔二二〕。柴荆寄樂土，鵬路觀翱翔。

〔一〕鶴注：四年春，自潭如衡，復歸潭。五年夏，臧玠兵亂，故再入衡州。按：公本欲依崔舅於郴，而此行止泊於衡，故題云爾。

〔二〕《舊書》：四年七月，以澧州刺史崔瓘爲潭州刺史、湖南都團練觀察使。

〔三〕《舊書》：瓘以士行聞，莅職清謹，政在簡肅。將吏自經時艱，久不奉法，不便之。五年四月，會月給糧儲，兵馬使臧玠與判官達奚遘忿争，遘曰：「今幸無事。」玠曰：「有事何逃！」是夜玠遂犯州城，以殺遘爲名，瓘走，逢玠兵，遂遇害。

〔四〕遠歸，謂遠奔而歸旅次。

〔五〕郴在衡之東南，舟入衡，須從入郴水口邊經過。

〔六〕《唐書》：衡州倚郭爲衡陽縣。

〔七〕華表，《説文》所云亭郵表也。《韻會》：埤，增也，厚也。此言亭郵之間，旌幟稠叠也。

〔八〕朱注：時陽濟爲衡州刺史，兼御史中丞。

〔九〕後漢中丞與尚書令、司隸校尉，朝位皆專席，號三獨坐。

〔一〇〕濟或出見其子。

〔一一〕《漢書》：劇孟以俠顯，七國反時，條侯得之，隱若一敵國。

〔一二〕《相如傳》載《子虚》、《上林》、《哀二世》及《大人》四賦。

〔一三〕原注：蘇生，侍御涣。

〔一四〕仇注：涣號白跖，故以劇孟、白起爲比。公又嘗稱異其詩，故以馬卿爲比。

〔一五〕宜就濟、涣告變徵兵説，朱注引楊子琳輩各出兵爲言。時兵猶未動，且於文勢突出。

〔一六〕郴州馬嶺山，有蘇耽宅井。

〔一七〕謂崔偉，公有《送二十三舅攝郴州》詩。

〔一八〕《陳書》：江總，七歲而孤，依於外氏。

〔一九〕《晉書》：謝安寓會稽，出則漁弋山水，入則言咏屬文。

〔二〇〕孫林之《哀和氏外孫道生文》：嗟爾道生，和氏之寶，玉顔豐下，曜於懷抱。

〔二一〕《晉書》：嵇康疏放，有不堪者七。

〔二二〕原注：彼掾張勸。

首段，以上下失政，叛亂無常，作一冒頭。次段，叙潭亂，潭守賢而遇害，深致悼惜。三段，自叙倉皇避亂，躊躇於郴、衡之界，以衡近而姑就之。四段，記衡守之接納，并及蘇涣，以殄寇期之。此爲入衡正文。末段，思依親故於郴，於公爲本懷，於題爲餘波也。○劈然而起，作問答之詞，言人久習於兵争，亦當觀夫國運，何如此盛朝而敢肆猖狂耶！亦由「將失律」而邊釁生，朝廷含忍，致「金湯」殘破耳。甚其下以寬其上，立言得體，鎮權重，國法輕，體統既已不立，驟難峻猛相繩矣。此已暗引潭守之守法致禍，恰好接出下段。「嗟彼」二句，爲潭守崔瓘作提筆，「寡妻從」，見其約己。「兀者安」，見其仁民。「惜本」、「存常」，申仁民之政，贊瓘處無泛詞。「非任」、「過防」，轉到致禍之由，筆有分寸。「恕己」，安於不任旌麾。「多憂」，竭慮以防府庫。於是減驕縱之衣糧，致惡謀之洩忿，禍斯及矣。「竟流」四句，叙中夜遇害事，凶威震目。「至今」二句，寫劫横之餘殃。「福善」二句，歎賢守之可惜。文勢至此一束，而兵亂如此，安得不避，下便接落自己。「銷魂」四句，倉忙走匿之狀。「兒侍」、「女在」，喜得脱險。既「幸」、猶「慚」，憤彼鴟張。此四句，記奔竄稍定時。「蕭條」二句，記就舟時。「報主」四句，舟中輾轉之思。「參錯」四句，岐路旁皇之景。「左郴」而帆不轉，「前衡」而郭在望，既爲後兩段伏脉，又爲入衡州轉關，有雙提單落之妙。「華表」四句，緊承衡陽，皆望中所見者，此處已度「入衡」正面。接出「中有」四句，先美衡守陽濟，「柱石」，祝其後；「風霜」，頌其今。「昨者」四句，叙衡守接納之勤。「劇孟」四句，依仇注俱貼蘇涣，涣時或往來衡幕，於公又舊相識，故連及之。「問罪」四句，兼承濟、涣，冀以戮力請討。「富形勢」，謂其據必勝之資。「懸否臧」，謂宜示順逆之義。建議及此，不徒以顛沛依人爲安，而必以艱危共濟爲快。知前所云「委俗」、「回腸」，尚非衷語。此下又從題後轉拓一境。「橘井」四句，懸想郴土之美。「諸舅」四句，點所以就郴之故。「江總」四句，再詳欲往之情。能處處貼甥舅設色，到底不懈。「我師」四句，借挑筆帶筆，收足依舅本旨。「師叔夜」，師其絶交，以反挑攝郡任事者。其及張勸，或以舊曾相與，或以聲著當官，要之只是帶寫。「柴荆樂土」，結意已足，自比於嵇康懶放矣。又曰「鵬路翱翔」，仍以功名奮起，望之崔、張，猶前段之慫慂陽、蘇也。玩此一段，知公之留衡，元非初志，故於篇末表意，以爲收局波瀾。○此律古之體，亦可入五排。

逃　難〔一〕

五十白頭翁，南北逃世難〔二〕。疏布纏枯骨，奔走苦不暖。已衰病方入，四海一塗炭。乾坤萬里内，莫見容身畔。妻孥復隨我，回首共悲歎。故國莽丘墟，鄰里各分散。歸路從此迷，涕盡湘江岸。

〔一〕集外詩。

〔二〕肅宗上元二年，公年五十，時周流蜀中。注家釋世難者，以是年段子璋反東川當之。公值難甚多，何獨舉此耶。蓋公自乾元二年，客秦入蜀，時年四十八，是爲逃難之始耳。言五十，舉成數也。

從昔年逃難之始，迄於今日暮途之窮，一直寫下。

白　馬

白馬東北來，空鞍貫雙箭。可憐馬上郎，意氣今誰見。近時主將戮，中夜傷一作商於戰〔一〕。

喪亂死多門，嗚呼淚如霰！

〔一〕黄鶴指商於爲商州。大曆二年，商州有劉洽殺防禦使殷仲卿之事。朱注從蔡、趙作傷，指臧玠殺瓘事。今從朱説。

詩凡四層，逐層抽出。馬來一層，見馬而傷馬上郎一層，因馬上郎推到主將被戮本事一層，又因本事而遍慨死非其命者一層，末以單句總結四層。○須知馬非主將之馬，且馬亦借徑。○仇云：「死多門」一語極慘。兵刃饑凍，奔竄蹴踏，無非死法。

題衡山縣文宣王廟新學堂呈陸宰〔一〕

旄頭彗紫微〔二〕，無復俎豆事。金甲相排蕩，青衿一憔悴。嗚呼已十年〔三〕，儒服敝於地。征夫不遑息，學者淪素志。我行洞庭野，欻得文翁肆〔四〕。侁侁胄子行，若舞風雩至。周室宜中興，孔門未應棄。是以資雅才，焕然立新意。衡山雖小邑，首唱恢大義〔五〕。因見縣尹心，根源舊宫閟。講堂非曩構，大屋加塗墍。下可容萬一作百人，牆隅亦深邃。何必三千徒，始壓戎馬氣。林木在庭户，密幹叠蒼翠。有井朱夏時，轆轤凍階戺。耳聞讀書聲，殺伐災髣髴方未切。故國延歸望，衰顔減愁思。南紀改一作收波瀾，西河共風味〔六〕。

采詩倦跋涉，載筆尚可記一作嘗紀異。高歌激宇宙，凡百慎失墜。

〔一〕《唐・禮樂志》：開元二十七年，謚孔子文宣王。
〔二〕指安、史。
〔三〕十年，舉成數也，自天寶至是，已十五年。
〔四〕《水經注》：文翁爲蜀守，立講堂，作石室於南城。《朱注》：肆，即講肆之肆。
〔五〕劉歆書：七十子終而大義乖。仇注：此正指建學爲大義，朱氏謂唱義討玠，非。
〔六〕《史記》：子夏居西河教授。

此篇肅雝邃穆，居然閟宫清廟之音。本儒林盛事也，每以兵氣夾寫。本喜心激發也，每以鬱懷剔出。處處兩意關生入妙，各八句轉意。首段，言學校蕩廢，由於天寶肇亂之餘。次段，行至學堂，喜其重新。以「洞庭」虛提「衡山」，以「文翁」虛提「陸宰」。三段，乃實叙興學之地與其人，及其規制。「見根源」，言其心以振興文教爲根本也。四段，見文教之興，足以銷弭兵氣，言何必生徒衆多，始能銷亂，似此深林「蒼翠」之中，涼井「轆轤」之畔，一「聞書聲」，而殺氣漸衰息矣。「髣髴」，作稀微將止之義解。此正與首段相照。末則總束全篇，而以作詩警後爲結。「延歸」，本厭居於此者。「減愁」，則樂就乎此矣。蓋以耳目一换，覺叛亂之波瀾忽轉，而絃歌之風味可挹也。「倦跋涉」者，輶軒已廢。「尚可記」者，盛事宜傳。結即「作爲此詩」，「敬而聽之」之義，提撕聾聵不少，讀竟，知其喜動顔面。

聶耒陽以僕阻水書致酒肉療饑荒江詩得代懷興盡本韻至縣呈聶令〔一〕陸路去方田驛四十里舟行一日時屬江漲泊於方田〔二〕

公此行，爲往郴依舅氏崔偉也。自衡如郴，必經耒陽之方田，緣阻水不得遽達郴境，暫泊於此，聶令聞之，致書餽食，當時情事可按，公非久於耒陽者，亦非與聶令有舊者，但審詩題詩義，自然了了。《新》、《舊書》以爲先曾寓耒陽，非也。題又云至縣，則是受餽成詩後，仍登岸至縣呈謝，《新》、《舊書》謂啖炙醉酒，一昔而卒者，亦非也。

耒陽馳尺素，見訪荒江渺一作眇。義士烈女家〔三〕，風流吾賢紹。昨見狄相孫〔四〕，許公人倫表〔五〕。前朝一作期翰林後〔六〕，屈跡縣邑小。知我礙湍濤，半旬獲浩溔以沼切。麾下殺元戎，湖邊有飛旐〔七〕。孤舟增鬱鬱，僻路殊悄悄。側驚猿猱捷，仰羨鸛鶴矯。禮過宰肥羊，愁當置清醥。人非西諭蜀〔八〕，興在北坑趙〔九〕。方行郴岸靜〔一〇〕，未話長沙擾。崔師乞已至，澧卒用矜少〔一一〕。問罪消息真，開顏憩亭沼。

〔一〕題當止此，下疑小注原文，蓋以注明阻水之處耳。

〔二〕耒陽，在衡州東南境，又東南二百里許爲郴州。陸路，由衡至耒陽，登陸之路也。

〔三〕聶政及其姊。

〔四〕公在夔，有《寄狄明府博濟》詩，云梁公曾孫，或即此人。

〔五〕狄孫嘗推許聶令。

〔六〕趙注：聶祖父必嘗爲翰林。

〔七〕謂潭守之櫬。

〔八〕相如作《諭巴蜀檄》。人，自謂也。

〔九〕《史記》：秦白起破趙，坑其降卒。

〔一〇〕謂赴郴中途之岸，非謂行已及郴，蓋即方田驛也。

〔一一〕原注：聞崔侍御潩，乞師於洪府，師已至袁州北，楊中丞琳問罪將士，自澧上達長沙。

詩本爲致謝聶令而作，適聞討賊信確，故及之，不無激勸聶令之意。○首段，喜接聶書，因推其品望家聲也。觀狄孫推許之文，知非公舊交矣。中段，叙阻泊情事，以及聶之致餽。前八都貫入「知我」二字内。四言阻水見櫬，以伏後脉。四言身慚「猿」、「鶴」，以度聶餽。「禮過」二句，遥接「知我」，以點作束。末段，述傳聞討玠之喜，所以勸也。言我此行，雖非有傳檄之責，實素有屠賊之興者，乃方在中途，未遑告變，而「問罪」諸師，已一時俱發。則身雖阻泊，「顔」且爲之一「開」耳。吾賢豈有意乎！○「澧卒矜少」，仇謂楊子琳受玠賂之故，然是微詞。○酒炙夕卒之説，二史取之《明皇雜録》。録叙此事，終之云，今集中猶有贈耒陽詩。此正因「療饑」等語文飾而成，伎倆畢露。黄生之論如此，可謂深中其款矣。噫，由詩而之録，由録而之史，愈沿而愈離。賴公有詩，一徵其罔。

其他又曷可勝道，史學之難，信夫。○《舟中苦熱》詩，當在此篇之後。

舟中苦熱遣懷奉呈陽中丞通簡臺省諸公〔一〕

吾非丈夫特，没齒埋冰炭。恥以風病辭，胡然泊湘岸〔三〕。入舟雖苦熱，垢膩可溉灌。痛彼道邊人，形骸改昏旦。中丞連帥職〔四〕，封内權得按。身當問罪先，縣實諸侯半。士卒既輯睦，啓行促精悍。似聞上游兵〔五〕，稍逼長沙館。鄰好彼克修，天機自明斷。南圖卷雲水，北拱戴霄漢。美名光史臣，長策何壯觀。驅馳數公子，咸願同伐叛。聲節哀有餘，夫何激衰懦叶奴亂切。偏裨表三上〔六〕，鹵莽同一貫。始謀誰其間，回首增憤惋。宗英李端公〔七〕，守職甚昭焕。變通迫脅地，謀畫焉得算。王室不肯微，凶徒略無憚。此流須卒斬，神器資强幹〔八〕。扣寂豁煩襟，皇天照嗟歎。

愧爲湖外客，看此戎馬亂。中夜混黎甿，脱身亦奔竄。平生方寸心，反掌一作當帳下難〔二〕。嗚呼殺賢良，不叱白刃散。

〔一〕中丞，即衡守陽濟。臺省諸公，謂乞洪師之崔潩及楊澧州子琳、嶺南節度李勉，時皆赴長沙討臧玠。

〔二〕反掌，謂容易習見，如於蜀則一見徐知道，再見崔旰，於今又見臧玠矣。

〔三〕郴江與湘江合。

〔四〕衡守陽濟，兼御史中丞。

〔五〕鶴指裴道州虬，人盡因之，蓋以五律《對雨懷行營裴二》爲據。今按其詩，並無討玠明文，而《阻水》詩中自注，明有崔漠乞師洪府之事。洪師自袁州來，正在潭之上游也。捨此顯證，而强援行營二字以爲附會，其誤總坐認煞《阻水》篇爲絶筆，便節外生枝耳。

〔六〕《通鑑》：楊子琳討玠，取賂而還。詩言上表，當是子琳曲護玠罪也，仇云：隱諱其辭，歸於偏裨。

〔七〕此謂李勉，李係宗室。

〔八〕强幹，切宗人。

鶴謂亦避亂之衡時作。今按入衡在初亂時，討玠之師未集，安得有各路會兵之事。《阻水》詩云：「問罪消息真，開顔憩亭沼。」是則初聞會討之信而喜也。今諸師皆逼長沙矣，乃作此贈陽中丞，中丞蓋主軍也。若依舊編，則兩詩詞旨顛倒。○詩凡七節，首節叙遇亂情事，次節點舟中苦熱，以下逐節分叙四人，中丞則嘉其首義，崔師則喜其助討，澧州則諷其縱惡，端公則望其靖亂，所言或可與史傳互證，或可補史傳所缺。要在當日目擊情形，詞無曲諱，皆實録也。末二句，别爲一節收。○「方寸心」，照仇作自謂疾惡之心，與「不叱白刃」呼應，言空具此心，不能叱散凶賊也。「吾非」四句，蒙上憤「亂」，渡下「苦熱」。言志不得伸，胸中直須不分皂白，所謂「埋冰炭」也。於是不復以「風」、「熱」爲辭，而來「泊湘岸」。曰「恥以」，曰「胡然」，皆默默不自得之詞。以下説到「苦熱」正面，却以道邊被殺之人爲譬。筆忽飈開，都無死句。至此自遣之意已了。而大旨多以力不能殲賊爲言，正爲激勵諸公張本。下乃以殲賊之懷，寄之諸公。「中丞」一節，呈陽之懷也。「諸侯半」，謂南中軍州，半屬所轄。「似聞」一節，簡崔之懷也。長沙即潭，由洪而來，故曰「南圖」。「驅馳」一節，簡楊之懷也。「數公子」，帶説諸公，意在刺楊沮兵，故以「同聲」、「激懦」跌起。「鹵莽」，隱取賂還兵事。雖不斥言子琳，而曰「一貫」、「增憤」，微而彰矣。「宗英」一節，簡李之懷也。「變通迫脅」，婉詞以指諸從亂者，謂黨逆衆而勝算難也。筆意一折，隨即尊王室以壓之，仗親賢以勸之，簡李止此。結聯單拖，爲通局總束，呼天以警醒在事也。「豁煩襟」，仍回顧「苦熱」，須知此「熱」字，亦是兩借，中含憤亂躁急意。注家以此二語混入「端公」節，不曉結構苦心。○阻水之餘，尚有如此鉅篇，不待更援他詩，而公不卒於餽食之夕，亦已審矣。是故古人書，期與明眼人讀。

中國古典文學基本叢書

讀杜心解

中册

〔清〕浦起龍 著

中華書局

讀杜心解卷二

卷二之一　七古　起玄宗天寶初至肅宗乾元二年

《纂年譜》：玄宗天寶五載至十三載，公在長安，應詔退下，進三賦。待制集賢，召試參選。十四載，授河西尉，改右衛率府參軍。尋往奉先。十五載，往白水，又往鄜州。七月，肅宗即位，改元至德。陷賊中。二載，脱賊，謁上鳳翔，拜左拾遺。疏救房琯，還鄜州。十月，上還京，公亦歸朝。乾元元年，任拾遺。六月，司功華州。冬，間至東都。二年春，回華州。

送孔巢父謝病歸遊江東兼呈李白〔一〕

巢父掉頭不肯住，東將入海隨煙霧。詩卷長留天地間〔二〕，釣竿欲拂珊瑚樹。深山大澤龍蛇遠〔三〕，春寒野陰風景暮。蓬萊織女一云仙人玉女回雲車，指點虛無是征一作引歸路。自是君身有仙骨，世人那得知其故。惜君只欲苦死留，富貴何如草頭露。蔡侯静者意有餘，清夜置酒臨前除。罷琴惆悵月照席，幾歲寄我空中書〔四〕。南尋禹穴見李白〔五〕，道甫問訊今何如？

〔一〕《唐書》：巢父，字弱翁，少與韓準、李白、裴政、張叔明、陶沔隱居徂徠，號竹溪六逸。

〔二〕《本集注》：巢父有《徂徠集》行於世。

〔三〕《左傳》：深山大澤，實生龍蛇。

〔四〕《西溪叢語》：空中書，用史宗小使寄書事。《梁高僧傳》：史宗，不知何許人，常在廣陵白土埭。有一道人，取小兒至一山，山上人作書付小兒，令其捉杖，飄然而去。或聞足下波浪聲，送至白土埭。史宗開書大驚曰：「汝那得蓬萊道人書耶！」

〔五〕李白時遊吴越。

朱注云：天寶中在京師作。愚按：送人辭官，不作惜其去、挽其留話頭，非翻案也。巢父自是太白一輩人，其所往地近東海，亦所謂仙靈窟宅處，故爲超然出世之語也。通首旨趣，在「君身仙骨」句逗出。○起四，作一冒。「山澤龍蛇」，雖用《左》語，實暗用「老子猶龍」意，見此等人，定應遠引也。「春陰景暮」，點綴行色。「蓬萊織女」，即仙人玉女意。「回車」、「指點」，仙侣導引也。「惜君苦留」，正指不知仙骨之世人。此處反筆頓住。「蔡侯」，設餞之人。「罷琴惆悵」，搭入自己送行之感。「空中書」，冀其得道見招，非止泛然通信，故曰「幾歲」。星李白只一點，「今何如」者，前此贈白詩，一則曰「拾瑶草」，再則曰「就丹砂」，至此其果有得乎否也？亦非止平安套語，正與全篇贈孔意打成一片。○附《雜述》。

雜述

杜子曰：凡今之代，用力爲賢乎，進賢爲賢乎？進賢爲賢，則魯之張叔卿、孔巢父。二才士者，聰明深察，博辯閎大。固必能伸於知己，令聞不已，任重致遠，速於風飇也。是何面目黧黑，當不得飽飯喫，曾未如富家奴，兹敢望縞衣乘軒乎！豈東之諸侯，深拒於汝乎？豈新令尹之人，汝未之知也？由天乎？有命乎？雖岑子參、薛子據引知名之士，月數十百，填爾逆旅，請誦詩，浮名耳。勉之哉，勉之哉！夫古之君子，知天下之不可蓋也，故下之。又知衆人之不可先也，故後之。嗟乎，叔卿！遺辭工於猛健，放蕩似不能安排者，以我爲聞人而已，以我爲益友而已。叔卿静而思之。嗟乎，巢父！執雌守常，吾無所贈若矣。泰山冥冥崒以高，泗水瀰瀰瀰以清。悠悠友生，復何時會於王鎬之京？載飲我濁酒，載呼我爲兄！

今夕行

今夕何夕歲云徂，更長燭短不可孤。咸陽客舍一事無，相與博塞爲歡娱〔一〕。憑陵大叫呼五白，袒跣不肯成梟盧〔二〕。英雄有時亦如此，邂逅豈即非良圖。君莫笑劉毅從來布衣願，家無儋石輸百萬〔三〕。

〔一〕鮑宏《博經》：所擲投，謂之瓊，瓊有五采。《塞經》：塞有四采，謂之格五。

〔二〕《招魂》：成梟而牟，呼五白些。邵寶本注：以五木爲采，有梟、盧、雉、犢之形。《戰國策》：王不見夫博之用梟耶。《演繁露》：盧在樗蒱爲最高之采。

〔三〕《南史》：劉毅家無儋石儲，樗蒱一擲百萬。《漢書注》：齊人名甖爲儋。

在長安守歲，相與博塞爲樂，而叙其事也。意以劉毅自況，英氣自露。「邂逅」、「良圖」，乃旅遇消閑之謂，無深意。「布衣願」者，貧困中具此輕財願力，胸懷自然闊達也。

兵車行

車轔轔，馬蕭蕭，行人弓箭各在腰。耶孃妻子走相送〔一〕，塵埃不見咸陽橋。牽衣頓足攔道哭，哭聲直上干雲霄。道旁過者問行人，行人但云點行頻。或從十五北防河，便至四十西營田〔二〕。去時里正與裹頭，歸來頭白還戍邊。邊亭英華作庭流血成海水，武皇開邊意未已〔三〕。君不聞，漢家山東二百州〔四〕，千村萬落生荆杞。縱有健婦把鋤犂，禾生隴畝無東西。況復秦兵耐苦戰，被驅不異犬與雞。長者雖有問，役夫敢伸恨一作心益憤！且如今年冬，未休關西卒一作如今且得休，還爲隴西卒〔五〕。縣官急索租〔六〕，租稅從何出！信知生男惡，反是生女好。生女猶得嫁比鄰，生男埋没隨百草！君不見，青海頭，古來白骨無人收〔七〕。新鬼煩冤舊鬼哭〔八〕，天陰雨濕聲啾啾。

〔一〕古樂府：不聞耶孃唤女聲，但聞黄河流水鳴濺濺。

〔二〕《舊書》：開元十五年制，以吐蕃爲邊害，徵關中兵萬人，集臨洮防秋。至冬初，無寇而罷。《唐·食貨志》：開軍府以捍要衝，因隙地以置營田。有警，則以軍若夫千人助役。

〔三〕單復曰：託漢武以諷。

〔四〕不專指今之山東。閻璩曰：秦時河山以東，强國六。

〔五〕朱注：關西，即隴外。

〔六〕《史記索隱》：謂國家爲縣官者，畿内縣即國都。王者官天下，故曰官也。

〔七〕《舊書》：吐谷渾有青海，周圍八九百里。高宗龍朔三年，爲吐蕃所并。儀鳳中，李敬玄敗於青海。開元中，王君㚟、張景順、張忠亮、崔希逸、皇甫維明、王忠嗣先後破吐蕃，皆在青海西。

〔八〕《左傳》：吾見新鬼大，故鬼小。

是爲樂府創體，實乃樂府正宗。齊、梁間，擬漢、魏者，意在仿古，非有所感發規諷也。若古樂府，未有無謂而作者。舊注：明皇用兵吐蕃，民苦行役而作。○仇注：首段，叙送别悲楚之狀，乃紀事。下二段，述征夫苦役之情，乃紀言。是一頭兩脚體。愚按：仇氏分截是，但謂一頭兩脚則非。兩脚則分兩柱，詩非兩柱也。首段，瞥然而起，只寫行色，不言所事，如風來潮來，令人目眩。「道旁」一段，逗出「點行頻」三字，爲一詩之眼。又揭出「開邊未已」四字，見作詩之旨。然此段只是歷述從前，指陳慘苦；又泛舉天下，剔出秦中。蓋防秋戍卒，其來已久，還在題前一層也。自「長者」以下至末，纔入時事。「今冬」二句，乃是本題正面。末則慨歎現在行役之苦，蓋前段之苦，已事也，此段之苦，本事也。欲人主鑒既往而憫將來，假征人之苦語，轉黷武之侈心。此三百篇之遺也。噫！山東近在中土，乃事之可見者，而深宮竟不得聞。青海陷我窮民，宜君所習聞者，而絕域又不可見。兩呼「君不聞」、「君不見」，喚醒激切。○通篇以苦役作主，中間夾寫凋敝。

高都護驄馬行〔一〕

安西都護胡青驄〔二〕，聲價歘然來向東。此馬臨陣久無敵，與人一心成大功。功成惠養隨所致，飄飄遠自流沙至〔三〕。雄姿未受伏櫪恩，猛氣猶思戰場利。腕促蹄高如踣音匐鐵〔四〕，交河幾蹴曾冰裂〔五〕。五花散作雲滿身〔六〕，萬里方看汗流血〔七〕。長安壯兒不敢騎，走過掣電傾城知。青絲絡頭爲君老，何由却出橫音光門道〔八〕。

〔一〕黄鶴謂是高仙芝。按史：仙芝爲安西副都護。天寶六載，平小勃律。八載入朝。

〔二〕《舊書》：貞觀中，置安西都護府。于闐以西，波斯以東隸焉。按：胡青驄，青，毛色也。《日知錄》引《魏書》吐谷渾青海驄爲證，不合節去海字矣。

〔三〕《天馬歌》：天馬徠，從西極，涉流沙。

〔四〕《相馬經》：馬腕欲促，促則健。蹄欲高，高耐險峻。

〔五〕交河，今西番火州地。

〔六〕《李白集》注：五花，馬色也。

〔七〕《漢書》：李廣利獲汗血馬來。

〔八〕《三輔黄圖》：長安城北，出西頭第一門曰横門。《雍録》云：趨西域之路。

少陵馬詩，先後六七首，人但顯頊賞誦，而不知意象各出，首首有相題立論之妙。○此係有功西域之馬，新隨都護入京者。詩即從此作意，本地風光也。起四，還清來歷，以「欻然向東」爲一詩之根。而説馬帶人，兼表都護矣。「功成」四句，叙其新到，而擬其格性。「未伏櫪」、「猶思戰」，都從新到上摹想出來。「腕促」四句，寫其骨相，仍就來路生情。「交河蹴冰」，想在彼地如此也。「萬里方汗」，歷此長途而不疲也。末四，復就其氣概而推其心志曰：以兹「掣電」驚人之姿，今則安養退休矣，豈遂忘出建大功哉！又從來路轉一出路，其不作一通套語如此。至其高邁卓絶，不肯低頭傍人，讀者自領。

飲中八仙歌〔一〕

知章騎馬似乘船，眼花落井水底眠〔二〕。汝陽三斗始朝天，道逢麯車口流涎，恨不移封向酒泉〔三〕。　左相日興費萬錢，飲如長鯨吸百川，銜杯樂聖稱避舊作世，非賢〔四〕。　宗之蕭灑美少年，舉觴白眼望青天，皎如玉樹臨風前〔五〕。　蘇晉長齋繡佛前，醉中往往愛逃禪〔六〕。　李白一斗詩百篇，長安市上酒家眠。天子呼來不上船，自稱臣是酒中仙〔七〕。　張旭三杯草聖傳，脱帽露頂王公前，揮毫落紙如雲煙〔八〕。　焦遂五斗方卓然，高談雄辯驚四筵〔九〕。

〔一〕八人中，殁於開、寶之間者四。鶴謂詩是天寶中追賦。

〔二〕《舊書》：賀知章，會稽永興人，自號四明狂客，又稱秘書外監。天寶三載，請度爲道士，還鄉里。

〔三〕《舊書》：讓皇帝長子璡，封汝陽郡王，與賀知章、褚庭誨爲詩酒之交。《三秦記》：酒泉郡城下，有金泉，味如酒。

〔四〕《舊書》：李適之，雅好賓客，飲酒一斗不亂。天寶元年，爲左丞相，五載罷。賦詩曰：「避賢初罷相，樂聖且銜杯。爲問門前客，今朝幾個來。」

〔五〕《舊書》：崔宗之，日用之子，襲封齊公。《李白傳》：宗之與白，詩酒倡和。

〔六〕《唐書》：蘇晉，珦之子，數歲知爲文，官太子左庶子。師氏注：晉得胡僧慧澄繡彌勒佛一本，寶之，曰：「是佛好飲米汁，願事之。」按：師注，朱氏駁其爲僞，然《虞山集》襲用之，存考可也。逃禪，即是事佛。《杜臆》以背其教爲逃禪，穿鑿可笑。

〔七〕《唐書》：李白，興聖皇帝九世孫。賀知章見其文曰：「子謫仙人也。」玄宗詔供奉翰林，猶與飲徒醉於市。帝坐沈香亭子，欲得白爲樂章。白已醉，左右以水頮面，援筆成文。范傳正《白墓碑》：玄宗泛白蓮池，皇歡既洽，召公作序。時已被酒，命高將軍扶以登舟。

〔八〕《舊書》：吴郡張旭，善草書，每醉後，索筆揮灑，若有神助。《金壺記》：旭官右率府長史。

〔九〕袁郊《甘澤謡》：陶峴，開元中，家於崑山。自製三舟，客有孟彦深、孟雲卿、布衣焦遂，共載遊山水。

沈德潛曰：前不用起，後不用收，中間參差歷落，似八章，仍是一章。格法古未曾有。愚按：此格亦從季札觀樂、羊欣論書，及詩之《柏粱臺》體化出。其寫各人醉趣，語亦不浪下。知章必有醉而忘險之事，如公異日之醉爲馬墜也。以其爲南人，故以「乘船」比之。「汝陽」，封號也，故以「移封酒泉」爲點綴。左相有《罷政》詩，即用其語。宗之少年，故曰「玉樹臨風」。蘇晉耽禪，故繫之「繡佛」。李白，詩仙也，故寓於詩。張旭，草聖也，故寓於書。焦遂，國史無傳，而「卓然」、「雄辯」之爲實録，可以例推矣。即此識移掇不去之法。○寫來都有仙意。

玄都壇歌寄元逸人〔一〕

故人昔隱東蒙峰〔二〕，已佩含景蒼精龍〔三〕。故人今居子午谷，獨並一作在陰崖白一作結茅屋。屋前太古玄都壇，青石漠漠松一作常風寒。子規夜啼山竹裂〔四〕，王母晝下雲旗翻〔五〕。

知君此計成長往，芝草琅玕日應長〔六〕。鐵鎖高垂不可攀〔七〕，致身福地何蕭爽。

〔一〕夢弼注：玄都，漢武帝所築，在長安南山子午谷中。

〔二〕在魯地。

〔三〕潘鴻曰：《抱朴子》云：道術諸經，可以却惡防身者，如含景藏形等，不可勝計。又云：諸大符中有青龍符等，行用之，可以得仙。

〔四〕《禽經》：江介曰子規，蜀右曰杜宇，夜啼達旦，血漬草木。

〔五〕《酉陽雜俎》：函山有鳥，名王母使者，王椿齡云：其尾五色，飛則翩翻如旗狀。

〔六〕《漢武内傳》：太上之藥，有黄庭芝草，碧海琅玕。

〔七〕《舊注》：晉時戍卒，屯於子午谷。入水窮處，忽見鐵鎖下垂，約有百餘丈。欲挽而上，有虎蹲踞焉。

歌體之整飭精麗者。前四，志履歷。中四，寫壇景。後四，羡高隱。

麗人行〔一〕

三月三日天氣新，長安水邊多麗人。態濃意遠淑且真，肌理細膩骨肉匀。繡羅衣裳照暮春，蹙金孔雀銀麒麟。頭上何所有？翠微㔩音罨，一作匎葉垂鬢脣〔二〕。背後何所見？珠壓腰衱其輒切，一作攀穩稱身〔三〕。就中雲幕椒房親〔四〕，賜名大國虢與秦〔五〕。紫駝之峰出翠釜〔六〕，水精之盤行素鱗。犀筯厭飫久未下，鸞刀縷切空紛綸。黄門飛鞚不動塵〔七〕，御厨絡繹送八珍。簫管哀吟感鬼神，賓從雜一作合遝實要津。後來鞍馬何逡巡，當軒下馬立一作入錦茵。楊花雪落覆白蘋〔八〕，青鳥飛去銜紅巾〔九〕。炙手可熱勢一作世絶倫，愼莫近前丞相嗔〔一〇〕。

〔一〕樂府體。

〔二〕《玉篇》：㔩綵，婦人頭花髻飾。仇注：鬢脣，鬢邊也。

〔三〕《爾雅》：衱謂之裾。朱注：衣裾以珠綴之。

〔四〕雲幕椒房，謂帝居后室。

〔五〕《唐書》：太真姊三人，皆有才貌。並封國夫人。大姊韓國，三姨虢國，八姨秦國。《通鑑》：適崔者爲韓，適裴者爲虢，適柳者爲秦。

〔六〕王績《遊北山賦》：裛翠釜而出金精。

〔七〕《漢書注》：黄門，以其給事黄闥之内。《通俗文》：制馬口曰鞚。

〔八〕《廣雅》：楊花入水化爲萍。《爾雅翼》：萍大者曰蘋。樂府：願銜楊花入窠裏。

〔九〕《山海經注》：青鳥，爲西王母取食者。王勃詩：羅袂紅巾往復還。

〔一〇〕《通鑑》：天寶十一載，以楊國忠爲右相，兼文部尚書。

此刺諸楊遊宴曲江也。朱注：《舊書》云：玄宗每幸華清宫，國忠姊妹五家扈從。每家爲一隊，着一色衣，五家合隊，照映如花。遺鈿墜舄，瑟瑟珠翠，燦爛芳馥於路。而國忠私於虢國，不避雄狐之刺，聯鑣方駕，不施帷幔。其從幸華清如此，度上巳修禊，亦必爾也。愚按：起四句提綱，「態濃意遠」，「肌膩肉勾」，先標本色也。「繡羅」一段，陳衣妝之麗。「紫駝」一段，陳厨膳之侈。而秦、虢諸姨，却在兩段中間點出，筆法活變。其束處「賓從」句，又是蒙上拖下之文。末段以國忠壓後作收，而「丞相」字直到煞句點出，冷雋。要之「椒房」是主，「丞相」是客，説「丞相」，正以醜「椒房」耳。「楊花雪落」，「青鳥銜巾」，隱語秀絶，妙不傷雅。○無一刺譏語，描摹處，語語刺譏。無一慨歎聲，點逗處，聲聲慨歎。陸時雍曰：言窮則盡，意褻則醜，一以雅道行之，故君子言有則也。

樂遊園歌〔一〕

樂遊古園崒昨律切森爽，煙綿碧草萋萋長。公子華筵勢最高，秦川對酒平如掌〔二〕。長生木瓢樂一作示真率〔三〕，更調鞍馬狂歡賞。青春波浪芙蓉園，白日雷霆夾城仗〔四〕。閶闔晴開詄大結切蕩蕩〔五〕，曲江翠幕排銀牓〔六〕。拂水低回舞袖翻，緣雲清切歌聲上。却憶年年人醉時，只今未醉已先悲。數莖白髮那抛得，百罰深杯亦不辭。聖朝已知賤士醜，一物自一作但荷皇天慈。此身飲罷無歸處，獨立蒼茫自咏詩。

〔一〕原注：晦日賀蘭楊長史筵醉中作。○《漢書》：神爵三年，起樂遊苑。《三輔黄圖》：苑在杜陵西北。《兩京新記》：太平公主於原上置亭遊賞，每正月晦日，三月三日、九月九日，士女咸即此祓禊登高。詞人樂飲歌詩，翌日傳於都市。

〔二〕《三秦記》：秦川，一名樊川。《長安志》：樂遊原，居京城之最高，四望寬敞。

〔三〕晉嵇含有《長生木賦》。

〔四〕《雍録》：漢樂遊廟唐世基跡，與芙蓉園相並。張禮《遊城南記》：芙蓉園在曲江西南，園内有池，謂之芙蓉池。《兩京新記》：開元二十年，築夾城，自大明宫夾亘羅城複道，經通化門觀，以達興慶宫。次經春明、延喜門，至曲江芙蓉園。而外人不知也。

〔五〕《天門歌》：天門開，詄蕩蕩。

〔六〕《北史》：姚萇張翠幕繡簾，挂金篆銀牓。

以下諸詩，大抵皆天寶十載後獻賦召試屢見擯斥時所作。○因遊宴而發感慨也。「煙綿草長」，是正二月間之景。「勢最高」，據原上最高處也。「長生」二句，牽上搭下。「青春」六句，一氣讀。雖紀遊，實感事也。是時諸楊專寵，宫禁蕩軼，輿馬填塞，幄幕雲布。讀此如目擊矣。「却憶」以下云云，蓋自應詔退下後，雖居京師，而旅困無聊，情緒如此。公之自言曰：我棄物也，四十無位。正其時也。○「聖朝已知賤士醜」，謂我當此聖朝，已自知賤士之醜也。勿以辭害志。

投簡咸一作成華兩縣諸子〔一〕

赤縣官曹擁才傑〔二〕，軟裘快馬當冰雪。長安正異作夜苦寒誰獨悲〔三〕，杜陵野老骨欲折〔四〕。南山豆苗早荒穢〔五〕，青門瓜地新凍裂〔六〕。鄉里兒童項領成，朝廷故舊禮數絶。自然棄擲與時異，况乃疏頑臨事拙。饑臥動即向一旬，弊當作敝衣何啻聯百結。君不見空牆日色晚，此老無聲淚垂血。

〔一〕鶴注：梁權道編成都詩内，以成華爲成都、華陽兩縣。然詩云「長安苦寒」，又南山、青門，皆長安事。當是天寶間在京師，簡咸陽、華原二縣。

〔二〕《元和郡縣志》：唐縣，有赤、畿、望、緊、上、中、下七等之差。京都治爲赤縣。仇注：官曹，指朝貴，不指諸子。

〔三〕苦寒，猶云嚴寒。義見《夔州苦寒行》。

〔四〕《漢·地理志》：杜陵，屬長安。

〔五〕《漢·楊惲傳》：田彼南山，蕪穢不治。種一頃豆，落而爲萁。

〔六〕《蕭何世家》：秦東陵侯種瓜長安城東，有五色，謂之東陵瓜，又曰青門瓜。

此當失意之時，值苦寒而作。一篇不平之鳴，不敢聞於朝貴，姑訴之兩縣諸子。想諸子皆非官於朝者也。説朝官得志，只一句，筆勢凌厲。「項領成」，「禮數絶」，語太忿激矣，故以「疏頑」自任，而結復歸之不敢聲言。

曲江三章章五句〔一〕

曲江蕭條秋氣高，菱荷枯折隨風濤，遊子空嗟垂二毛。白石素沙亦相蕩，哀鴻獨叫求其曹。

〔一〕相如賦注：曲江，在杜陵西北五里。

在第三句頓。仇云：上二興，下二比也。愚按：妙在下二句懸空挂脚，而落魄孤另之況可想。

即事非今亦非古，長歌激越捎林莽莫補切，比屋豪華固難數。吾人甘作心似灰，弟姪何傷淚如雨。

亦三句頓。「非今亦非古」五字，自道其詩。語非誇而格獨立，於漢魏六朝之外，闢我堂階。於輕薄爲文之倫，任渠嗤點。不擬古，不諧今。確然自信。《杜臆》謂即指本篇，何其拘也。「比屋」句，以不即不離見致。前章云「哀鴻獨叫」，似不偕弟姪者，此云「弟姪何傷」，或有來諗之書，或是遥致之語也。

自斷此生休問天。杜曲幸有桑麻田〔一〕，故將移住南山邊。短衣匹馬隨李廣，看射猛虎終殘年〔二〕。

〔一〕《雍録》：樊川韋曲東十里，有南杜、北杜，曲謂北杜。二曲，名勝之地。

〔二〕《李廣傳》：廣屏居南山中射獵。

首句頓，第三又頓。詩只五句，凡作三截。如歌曲之有歇頭，歷落可喜。○「自斷此生」一讀，「休問天」另黏。「南山」，即杜曲，公詩云「南山豆苗早荒穢」，知其地有田園也。「短衣」、「射虎」，從「南山」字觸起。曰「移住南山」，則歸隱耳。設無後兩句，則真心似死灰，意索然矣。盧云：塌翼驚飛，忽遨天際。是也。

歎庭前甘菊花

庭一作階，一作簷前甘菊移時晚，青蕊重陽不堪摘。明日蕭條醉盡一作盡醉醒，殘花爛熳開何益。籬邊野外多衆芳，采擷細瑣升中堂。念兹空長大枝葉，結根失所纏一作埋風霜。

比也。賢士之顯，乘時以興，失其時則小材先之矣。「甘菊」有花，「重陽」是薦；「重陽」不花，「衆芳」斯「采」。當「重陽」而見「青蕊」之「菊」，形諸永歎焉。

貧交行

翻手作雲覆手雨，紛紛輕薄何須數。君不見管鮑貧時交〔一〕，此道今人棄如土！

〔一〕《史記》：管夷吾曰：生我者父母，知我者鮑子也。

詩如謠，樂府體也。只起一語，盡千古世態。

白絲行〔一〕

繰絲須長不須白，越羅蜀錦金粟尺〔二〕。象床玉手亂殷紅，萬草千花動凝碧。已悲素質隨時染一作改，裂下鳴機色相射。美人細意熨貼平，裁縫滅盡針線跡。春天衣著爲君舞，蛺蝶飛來黄鸝語。落絮遊絲亦有情，隨風照日宜一作疑輕舉。香汗清塵污顔色，開新合故置何許！君不見才一作志士汲引難，恐懼棄捐忍羈旅。

〔一〕樂府體。

〔二〕金粟，當是尺上分寸之星。

比體也。章末見意。照分韻截。上截，下截之病根；下截，上截之炯鑑。仇謂：士守潔白，則不隨人榮辱。所見極高。蓋以才悅人，早渝其素也。仇又云：當其渲染之初，便是沾汙之漸。是也。故開口即云：「須長不須白」。激於時態之急，衒其長而不潔其操，有慨乎言之也。又逗一語云「素質隨時染」，所悲正在乎此也。曰「細意熨貼」、「滅盡針線」，形容其軟熟無骨。曰「春天衣著」、「輕舉」、「污顔」，形容其因依喪己。是以新故之間，纔蒙「汲引」，旋遭「棄捐」。噫！士才而窮，可勿忍歟！公雖屢擯，丰節矯然矣。○讀此，知公爲有道之士。

渼陂行〔一〕

岑參兄弟皆好奇〔二〕，攜我遠來遊渼陂。天地黤慘忽異色，波濤萬頃堆琉璃。琉璃汗漫泛舟入，事殊興極憂思集。鼉作鯨吞不復知，惡風白浪何嗟及。主人錦帆相爲開，舟子喜甚無氛埃。鳧鷖散亂棹謳發，絲管啁啾空翠來。沈竿續縵一作蔓深莫測，菱一作芡葉荷花净如拭。宛在中流渤澥清，下歸無極一作下臨無地終南黑。半陂以南純浸山，動影裊窕沖融間。船舷暝戛雲際寺〔三〕，水面月出藍田關〔四〕。此時驪龍亦吐珠〔五〕，馮夷擊鼓群龍趨〔六〕。湘妃漢女出歌舞〔七〕，金支翠旗光有無〔八〕。咫尺但愁雷雨至，蒼茫不曉神靈意。少壯幾時奈老何，向來哀樂何其多！

〔一〕《長安志》：渼陂出於南山諸谷。《杜臆》：胡松《遊記》云：「渼陂上爲紫閣峰，峰下陂水澄湛，環抱山麓，方廣可數里。」

〔二〕《通考》：岑參，天寶三載進士。

〔三〕《長安志》：雲際山大定寺，在鄠縣東南。

〔四〕《長安志》：關在藍田縣，即秦嶢關也。《雍録》：嶢關，在渼陂東南。

〔五〕《莊子》：千金之珠，必在九重之淵，驪龍頷下。

〔六〕《海賦》注：冰夷，水仙人也。郭璞云：冰夷，馮夷也。

〔七〕《洛神賦》：從南湘之二姚，攜漢濱之遊女。

〔八〕《漢房中歌》：金支秀華，庶旄翠旌。

紀一遊耳，忽從始而風波，既而天霽，頃刻變遷上，生出一片奇情。便覺憂喜頓移，哀樂内觸，無限曲折。○「好奇」，從下文「風浪」、「泛舟」逆推出來。遊陂非奇，奇在「黤慘」、「波濤」中，猶欲泛入也。「黤慘」而曰「忽異色」，知初來時天尚未變，至此風浪起於猝然，眼色已不定矣。「主人開帆」、「舟子喜甚」，二句倒裝。此下描寫雲空水澄，眼色又一改。下又借夜色清皎，神靈惝怳之境，再幻出雷雨之愁，其實從向來之陰晴不定，感發而出也。身世幻影，不堪把玩，類如此矣。故落句不突出。○雲飛海涌，滿眼迷離。

醉時歌〔一〕

諸公衮衮登臺一作華省〔二〕，廣文先生官獨冷〔三〕。甲第紛紛厭粱肉，廣文先生飯不足。先生有道出羲皇，先生有才過屈宋。德尊一代常坎軻〔四〕，名垂萬古知何用！杜陵野客人更嗤，被褐短窄鬢如絲。日糴太倉五升米〔五〕，時赴鄭老同襟期。得錢即相覓，沽酒不復疑。忘形到爾汝，痛飲真吾師。清夜沈沈動春酌，燈一作簷前細雨簷一作燈花落。但覺高歌有鬼神，焉知餓死填溝壑！相如逸才親滌器〔六〕，子雲識字終投閣〔七〕。先生早賦歸去來，石田茅屋荒蒼苔。儒術於我何有哉，孔丘刊作父盜跖俱塵埃！不須聞此意慘愴，生前相遇且銜杯。

〔一〕原注：贈廣文館博士鄭虔。

〔二〕師氏曰：唐制：御史臺，其屬有三：曰臺院、曰殿院、曰察院。省有三：曰中書省、曰尚書省、曰門下省。皆清要之職。

〔三〕《舊書》：天寶九載，國子監置廣文館。《新書·鄭虔傳》：以虔爲博士，在官貧約。

〔四〕《楚辭》王逸注：坎軻，不遇也。

〔五〕《唐書》：天寶十二載八月，霖雨米貴，出太倉米十萬減糶。

〔六〕《漢書》：司馬相如令文君當壚，自着犢鼻褌，親滌器於市中。

〔七〕《揚雄傳》：雄校書天禄閣上，使者來收雄，雄從閣上自投下。莽問其故，乃劉棻嘗從雄學作奇字，雄不知情。

分兩大段。前段，先嘲廣文，次自嘲，而以「痛飲真吾師」作合，是我固同於先生也。後段，先自解，次爲廣文解，而以「相遇且銜杯」作合，是勸先生嘗與我同也。「廣文先生」，「杜陵野客」，迭爲賓主，同歸醉鄉。《杜臆》：公《詠懷》詩云「沈醉聊自遣，放歌破愁絶」，即可移作此詩之解。

醉歌行〔一〕

陸機二十作文賦〔二〕，汝更小年能綴文。總角草書又神速，世上兒子徒紛紛。驊騮作駒已汗血，鷙鳥舉翮連青雲。詞源倒傾一作流三峽水〔三〕，筆陣獨掃千人軍。只今年纔十六七，射策君門期第一。舊穿楊葉真自知，暫蹶霜蹄未爲失。偶然擢秀非難取，會是排風有毛質。汝身即一作已見唾成珠〔四〕，汝伯何由髮如漆。春光潭讀如澹沲秦東亭，渚蒲牙芽通白水荇青。風吹客衣日杲杲，樹攪離思花冥冥。酒盡沙頭雙玉瓶，衆賓皆一作已醉我獨醒。乃知貧賤別更苦，吞聲躑躅涕淚零。

〔一〕原注：別從姪勤落第歸。

〔二〕見《文選》。

〔三〕《益州記》：明月峽、巫山峽、廣濟峽。

〔四〕趙壹詩：咳唾自成珠。

凡三轉韻，層次分明。首贊其才，中慰其意，後惜其別。以半老人送少年，以落魄人送下第，情緒自爾纏綿。

病後過王倚飲贈歌

麟角鳳觜世莫辨一作識，煎膠續弦奇自見〔一〕。尚看王生抱此懷，在於甫也何由羨。且過一作遇王生慰疇昔，素知賤子甘貧賤。酷見凍餒不足恥，多病沈年苦無健。王生怪我顔色惡，答云伏枕艱難遍。瘧癘三秋孰可忍，寒熱百日相交戰。頭白眼暗坐有胝音支〔二〕，肉黄皮皺命如綫。惟生哀我未平復，爲我力致美肴膳。遣人向市賒香粳，唤婦出房親自饌。長安冬菹酸且緑〔三〕，金城土酥净如練〔四〕。兼求畜豪一作家且割鮮〔五〕，密沽斗酒諧終宴。故人情義一作味晚誰似，令我手脚一作足輕欲旋。老馬爲駒信不虚，當時得意况深眷。但使殘年飽喫飯，只願無事長相見。

〔一〕《十洲記》：鳳麟洲，專多鳳麟。仙家煮鳳喙及麟角，合煎作膠，名集弦膠，或云連金泥。

〔二〕《說文》：皮厚貌。
〔三〕《周禮》：七菹。注：全物若牒爲菹，細切爲齏。
〔四〕《長安志》：京兆府歲貢興平酥。《唐書》：金城縣，至德二載，更名興平。弼注：酥，牛羊乳。
〔五〕朱注：畜豪，即豪豬。

起四，以王生交誼作領局。中腹一片，先摹訴病之態，次表款厚之情。結四，以知己相感作收局。○起處比意，曲而顯。言雖有靈瑞之物，如「麟角鳳觜」，方其無所表異，世莫能知。至於見奇之會，能使斷者皆連，異斯顯也。若王生，敦篤士，尋常亦幾失之。今其懷抱，於誼深膠漆，徵其異矣。貧病如甫，舉世所棄，亦何一可羨，而愛我如此耶！中間寫王生不嫌貧病，刻意奉歡，超出世情萬萬。加倍着筆。結處「老馬爲駒」，頂上兩句來，兼兩意。初疑知交情義一時斷盡，正如《詩疏》所云：已老而孩童慢之也。乃今起舞輕旋，宿疾霍然，又如《朱傳》所云：已憊而若堪勝任也。是何也？當此時之「得意」，爲有加之「深眷」者也。下一「況」字，有筆不能罄之神。飽諳冷落，一爲傾倒，顛頷之士，其感易生。○開宋派。

秋雨歎三首

雨中百草秋爛死，階下决明顔色鮮〔一〕。著葉滿枝翠羽蓋，開花無數黃金錢。涼風蕭蕭吹汝急，恐汝後時難獨立。堂上書生空白頭〔二〕，臨風三嗅馨香泣。

〔一〕《本草圖經》：决明子，七月開黄花，結角，其子作穗。

〔二〕自謂。

三歎皆寓言。首章，傷直言不伸也。仇注：天寶十三載秋，大霖雨。房琯上言水災，楊國忠使御史按之。據此，則「决明」之「鮮」，比直節也。「後時獨立」，逗出主意。「涼風吹汝」，塞言路者，懷奸叵測焉。「臨風三嗅」，秉苦節者，孤芳相賞焉。思深哉。○「著葉滿枝」不平，言所「著」之「葉」，但見「滿枝」如「羽蓋」也。與下句對。

闌風伏雨秋紛紛〔一〕，四海一作萬里八荒同一雲。去馬來牛不復辨，濁涇清渭何當分〔二〕。禾一作木頭生耳黍穗黑〔三〕，農夫田婦一作父無消息。城中斗米換衾裯，相許寧論兩相直。

〔一〕趙云：闌珊之風，沈伏之雨，言風雨不已也。

〔二〕《關中記》：涇水入渭，清濁不相雜。

〔三〕《朝野僉載》：諺曰：「秋雨甲子，禾頭生耳。」

次章，傷政府蒙蔽也。盧注：帝憂霖雨，國忠取禾之善者以獻，曰：「雨雖多，不害稼。」是歲無敢言災者。愚按：主聽蒙而民病隱矣。故曰「八荒同雲」，又曰「農無消息」，微詞也。不辨不分，雨勢也，亦蒙象也。米不論直，饑不暇惜也。蒙者知之乎！

長安布衣誰比數，反鎖衡門守環堵。老夫不出長蓬蒿，稚子無憂走風雨。雨聲颼颼催早寒，胡雁翅濕高飛難。秋來未曾一作省見白日，泥污后土何時乾。

三章，傷潦倒不振也。「長安布衣」，即前所云「堂上書生」，皆自謂也。「反鎖」、「長蒿」，寥落如見。夾入「稚子」癡頑「走雨」，點綴生動。「翅濕飛難」，句中有淚，自歎本旨在此。結意更遠，日晦而土污，主德掩而庶事墮矣！推極言之，亦豈徒爲一身歎哉。○附《秋述》。

秋述

秋，杜子卧病長安旅次，多雨生魚，青苔及榻。常時車馬之客，舊雨來，今雨不來。昔襄陽龐德公，至老不入州府；而揚子雲草《玄》寂寞，多爲後輩所褻，近似之矣。嗚呼！冠冕之窟，名利卒卒，雖朱門之塗泥，士子不見其泥，矧抱疾窮巷之多泥乎！子魏子，獨踽踽然來。汗漫其僕夫，夫又不假蓋。不見我病色，適與我神會。我，棄物也，四十無位。子不以官遇我，知我處順故也。子，挺生者也，無矜色，無邪氣，必見用，則風后、力牧是已。於文章，則子游、子夏是已。無邪氣故也，得正始故也。噫！所不至於道者，時或賦詩如曹、劉，談話及衛、霍，豈少年壯志，未息俊邁之機乎！子魏子，今年以進士調選，名隸東天官，告余將行。既縫裳，既聚糧，東人怵惕，筆札無敵。

謙謙君子，若不得已。知禄仕此始，吾黨惡乎無述而止。

魏將軍歌

將軍昔著從事衫〔一〕，鐵馬馳突重兩銜。披堅執鋭略西極，崑崙月窟東嶄巖〔二〕。君門羽林萬猛士〔三〕，惡若哮虎子所監。五年起家列霜戟，一日過海收風帆〔四〕。平生流輩徒蠢蠢，長安少年氣欲盡。魏侯骨聳精爽緊，華岳峰尖見秋隼。星纏寶校音教金盤陀〔五〕，夜騎天駟超天河〔六〕。欃槍熒惑不敢動〔七〕，翠蕤雲旓相蕩摩〔八〕。吾爲子起歌都護〔九〕，酒闌插劍肝膽露，鈎陳蒼蒼玄武暮〔一〇〕。萬歲千秋奉明主，臨江節士安足數〔一一〕。

〔一〕杜箋：魏孝肅詔百司，不得以務衫從事。仇注：從事衫，乃戎衣。

〔二〕郭璞《崑崙贊》：崑崙月精，水之靈府。按：山在吐蕃境。

〔三〕洙曰：羽林軍，禁旅也。

〔四〕海，指吐蕃之青海。

〔五〕錢箋：校，當作鉸。《赭白馬賦》：寶鉸星纏，鏤章霞布。鮑照詩：金銅飾盤陀，日照光蹀躞。

〔六〕《漢書》：房曰天駟。按：此比天閑之騆。

〔七〕欃槍，妖星，見則爲災。熒惑，火星，變常則災。

〔八〕《子虚賦》：錯翡翠之葳蕤。注：葳蕤，羽毛貌。《西京賦》棲鳴鳶，曳雲旓。注：雲旓，謂旓旗之旒。

〔九〕古樂府有《丁都護歌》。宋武帝歌云：督護北征去，前鋒無不平。

〔一〇〕洙云：鈎陳六星，在紫宫中，故天子殿前亦有鈎陳。《漢書》：北宫玄武，虚危。其南有衆星，曰羽林天軍。按：玄武暮見，正是秋天。

〔一一〕纂朱注：《漢·藝文志》有《臨江王》及《愁思節士歌》四篇。景帝廢太子爲臨江王，後自殺，時人悲之，故爲作歌。其愁思節士無考，與臨江本各爲一事，宋陸厥乃作《臨江王節士歌》。庾信《哀江南賦》又曰：臨江有愁思之歌。皆相沿之誤，老杜亦襲用之耳。

此歌蓋仿樂府《丁都護歌》之體，以頌魏將軍者，故有「爲子歌都護」之句。觀其命題，明欲與古人各自成一樂府也。首八句，叙其履歷，而「從事西極」，乃昔日事，是陪筆。監軍「羽林」，則現在事，是主筆。「崑崙」而曰「東嶃巖」，西之極也。「五年起家」，與「從事衫」應。昔爲偏裨，今自開府也。「一日過海」，與「略西極」應，昔立功青海，今收帆歸京也。中兩段，頌魏正文。前四言，氣岸精爽，而後四則皆實事實景，正精爽之見於莅官者。末五句，自明會飲贈歌之意。曰「蒼蒼」，曰「暮」，正指酒闌時。曰「鈎陳」、「玄武」，又以星象映宿衛，且顯時令也。結乃勉其一心奉主，萬世爲昭，非特如一節之士而已。「臨江節士」，借用。

天育驃匹妙切圖歌〔一〕

吾聞天子之馬走千里，今之畫圖無乃是。是何意態雄且傑，駿尾蕭梢朔風起。毛爲緑縹普沼切兩耳黄，眼有紫燄雙瞳方。矯然一作矯矯龍性合一作含變化，卓立天骨森開張。伊昔太僕張景順，監牧攻駒閲清峻〔二〕。遂令大奴字一作守天育〔三〕，別養驥子憐神駿一作俊。當時四十萬匹馬，張公歎其材盡下。故獨寫真傳世人，見之座右久更新。年多物化空形影，嗚呼健步何由騁！如今豈無騕褭與驊騮，時無王良伯樂死即休。

〔一〕洙曰：天育，廄名。朱氏謂諸書無考。愚按：疑是當時稱天廄之俗名。

〔二〕張説《隴右監牧碑序》：開元元年，牧馬二十四萬匹。十三年，乃有四十三萬匹。上顧謂太僕少卿兼秦州都督監牧都副使張景順曰：「吾馬蕃，卿之力也。」對曰：「帝之力也，仲之令也，臣何力之有！」《周禮・夏官》：庾人，掌教駣攻駒。

〔三〕《漢書・張放傳》：使大奴駿等四十餘人群黨盛兵弩。

畫爲張太僕所傳，去此且廿年矣。首從寫真作意，中述作畫之由，末就今昔有無寄慨，自是題舊畫體也。顧炎武謂歸功景順，斥王毛仲爲大奴，似未解中幅爲實叙畫事，得非寱語耶。○起二句一提，下六句，都將真馬出色寫生，却用「是何」兩字領起，則句句説真馬，即句句是畫馬也。「伊昔」

以下，乃叙事體。以「閲清峻」三字作提，閲之既審，遂將「四十萬匹」付之「大奴」。獨取「别養驥子」，狀其「神駿」。覺此馬此畫，俱横絶千古，而此圖來歷，更極明悉。至其筋脉靈動，則「寫真傳世」，應還首段；「座右更新」，挑動末段也。結更從畫馬空存，翻出異材常有來。既爲畫馬轉一語，亦爲奇士叫一屈，又恰與篇首呼應。其寓意也悲矣，其運法也化矣！

沙苑行〔一〕

君不見，左輔白沙如白水〔二〕，繚以周牆百餘里。龍媒昔是渥洼生〔三〕，汗血今稱獻於此。苑中騋牝三千匹，豐草青青寒不死。食之豪健西域無，每歲攻駒冠邊鄙。王有虎臣司苑門〔四〕，入門天廄皆雲屯。驌驦一骨獨當御〔五〕，春秋二時歸一作朝至尊。内外馬數將盈億一作至尊内外馬盈億，伏櫪在坰空大存。逸群絶足信殊傑，倜儻權奇難具論。纍纍塠阜藏奔突，往往坡陀縱超越。角壯翻騰一作同麋鹿遊，浮深簸蕩黿鼉窟。泉〔六〕出巨魚長比人，丹沙作尾黄金鱗。豈知異物同精氣，雖未成龍亦有神。

〔一〕《元和志》：沙苑在同州，東西八十里，南北三十里。其處宜六畜，置沙苑監。《杜闡》：唐有四十八監以牧馬，設苑總監。天寶十三載，以安禄山知總事。

〔二〕《漢書》：京兆尹，左馮翊，右扶風，謂之三輔，夢弼云：同州屬馮翊，故曰左輔，其境多白土。

〔三〕《漢·禮樂志》：天馬徠，龍之媒。《武帝紀》：馬生渥洼水中。

〔四〕即指禄山。

〔五〕《左傳》：唐成公如楚，有兩肅霜馬。

〔六〕唐諱淵作泉。

《沙苑行》，危詞也。禄山叛志已萌，明皇使總監事，私選健馬，驅歸范陽，是豢虎而傅之翼也。作者有憂之。首段重在地，言沙苑土宜孳畜，爲國家廄牧所由繫。次段重在馬，言良馬上供天閑，非人臣驅策所得私。此二段，逶迤而來，要非呆叙。此後又意外出奇。「纍纍」四句，即借馬群得地，顯出倔强難馴。末四句，又即借「浮深」一語，突出飛颺異志。奇奇怪怪，不可方物。而細尋脉理，其言「巨魚」，伏綫已在「龍媒」二句矣。馬入渥洼，神龍爲媒，馬浮苑水，巨魚合氣也。其以巨魚比禄山，點睛已在「王有虎臣」一句矣。「虎臣司苑」，一見此任非輕，一見所任非人也。○不曰「龍」而曰「魚」，筆法何等森嚴。按禄山本豬龍之精，當與《靈湫》詩參看，見一之一。

驄馬行〔一〕

鄧公馬癖人共知，初得花驄大宛種〔二〕。夙昔傳聞思一見，牽來左右神皆竦。雄姿逸態何崷崒，顧影驕嘶自矜寵。隅目青熒夾鏡懸〔三〕，肉騣舊作駿，非碨礧連錢動〔四〕。朝來少試華軒下，未覺千金滿高價。赤汗微生白雪毛〔五〕，銀鞍却覆香羅帕。卿家舊賜公有一作取之〔六〕，天廄真龍此其亞。晝洗須騰涇渭深〔七〕，夕一作朝趨可刷幽并夜〔八〕。吾聞良驥老始成，此馬數年人更驚。豈有四蹄疾於鳥，不與八駿俱先鳴。時俗造次那得致，雲霧晦冥方降精。近聞下詔喧都邑，肯使一作知有騏驎地上行〔九〕！

〔一〕原注：太常梁卿敕賜馬也。李鄧公愛而有之，命甫製詩。

〔二〕《明皇雜録》：上所乘馬，有玉花驄，照夜白。《漢書》：大宛國多善馬。

〔三〕《西京賦》：隅目高匡。顔延年賦：雙瞳夾鏡。

〔四〕《爾雅》：青驪驎曰驒。注：班駁如魚鱗，今連錢驄也。

〔五〕漢武帝歌：天馬霑赤汗。

〔六〕仇注：卿家，指梁氏。

〔七〕涇、渭，長安二水。

〔八〕幽、并、燕、趙地，乃安禄山節鎮處。

〔九〕《爾雅翼》：麒麟善走，故良馬亦名騏驎。

亦是禄山將反時作。李必老將，故有「老始成」句。寓老當益壯意。○前兩段叙事，後一段議論。仇云：首段言質相不凡，就見馬時寫。次段言才力殊特，就試馬時寫。愚按：前段，「顧影驕嘶」一語，顯出顧盼非常。次段，起二句，筆勢一跌。「赤汗」二句。筆勢一躍。「洗涇渭」而「刷幽并」，意蓋暗射禄山也。故後幅發議，眼光四射，一以激鄧公乘時奮起之思，一以表此馬有即日見功之會。曰「八駿先鳴」，曰「近聞下詔」，總見功名不遠意。意在禄山信矣。更看數虛字相鼓勵。

奉先劉少府新畫山水障歌〔一〕

堂上不合生楓樹，怪底江山起煙霧。聞君掃却赤縣圖，乘興遣畫滄洲趣〔二〕。畫師亦無數，好手不可遇。對此融心神，知君重毫素。豈但祁岳與鄭虔，筆跡遠過楊契丹〔三〕。得非玄圃裂一作拆〔四〕，無乃瀟湘翻〔五〕。悄然坐我天姥下〔六〕，耳邊已似聞清猿。反同翻思前夜風雨急，乃是蒲城鬼神入〔七〕。元氣淋漓障猶濕，真宰上訴天應泣。野亭春還雜花遠，漁翁暝踏孤舟立。滄浪水深青溟闊，欹岸側島秋毫末。不見湘妃鼓瑟時，至今斑竹臨江活〔八〕。劉侯天機精，愛畫入骨髓。自有兩兒郎，揮灑亦莫比。大兒聰明到，能添老樹巔崖裏。小兒心孔開，貌得山僧及童子。若耶溪，雲門寺〔九〕。吾獨胡爲在泥滓，青鞋布襪從此始。

〔一〕睿宗葬蒲城縣，改爲奉先，在長安東北。天寶四載，公未受官，往置家焉。

〔二〕仇注：赤縣圖，别是一幅。滄洲趣，指屏中山水。

〔三〕《畫録》：不見踪跡二十五人，祁岳在李國恒之下。《唐書》：鄭虔，善圖山水。《後畫録》：隋參軍楊契丹，六法頗該，殊豐骨氣。

〔四〕《穆天子傳》：乃爲銘跡於玄圃之上。

〔五〕《圖經》：湘水至零陵而營水會之，謂之瀟湘。

〔六〕《吴越郡國志》：天姥與括蒼相連，春月，樵者聞簫鼓笳吹之聲。

〔七〕蒲城即奉先。

〔八〕《楚辭》：使湘靈鼓瑟兮。《博物志》：舜崩於蒼梧，二妃啼，以淚揮竹，竹盡斑。

〔九〕《水經注》：若耶溪，上承樵峴麻溪，溪水至清，照衆山倒影，窺之如畫。又云：山陰縣南有玉笥、竹林、雲門、天柱精舍。

此歌筆勢飄灑，第就其句法長短，韻脚轉換處，尋出自然節奏，無若坊本横加割裂也。時公在奉先，少府列障於其堂，要公作歌。起就新障作虚摹勢，爲若疑若訝之詞，謂「煙霧」本出於深林，「堂上不合生樹」，何爲迷離忽起乎！下二句，乃落出畫來，又以别幅陪起本幅，此出題處也，一頓。「畫師」四句，泛言畫好，又一頓。「豈但」六句，就障上山水之勢，統爲形容，又一頓。「反思」四句，又就本處近日事，發出奇想，筆法倒裝。言山水之奇如此，豈人工能事哉！乃「元氣淋漓」，而天爲雨泣。前夜「蒲城」、「風雨」，職是故耳。此所謂本地風光也，又一頓。「野亭」六句，纔寫畫中景物。前皆虚擬，此乃實描也。至此叙畫已竟，又一頓。「劉侯」八句，明點少府之工畫，而并及其子。與前「畫師」一段作章法，又一頓。末忽因畫而動出世之思，更有含毫邈然之趣。

去矣行〔一〕

君不見鞲上鷹，一飽即飛掣。焉能作堂上燕，銜泥附炎熱。野人曠蕩無靦顏，豈可久在王侯間。未試囊中餐玉法，明朝且入藍田山〔二〕。

〔一〕時爲右衛率府參軍。

〔二〕《後魏書》：李預羡古人餐玉之法，乃採訪藍田，得若環璧雜器者，乃椎屑食之。

鮑欽止曰：天寶十四載，公在率府，因欲辭職，作《去矣行》。《杜臆》：「曠蕩無靦顏」，見浩然之氣。按：「餐玉」、「入山」，託詞以去也。

蘇端薛復筵簡薛華醉歌〔一〕

文章有神交有道，端復得之名譽蚤。愛客滿堂盡豪翰一作傑，開筵上日思芳草〔二〕。安得健步移遠梅，亂插繁花向晴昊。千里猶殘舊冰雪，百壺且試開懷抱。垂老惡聞戰鼓悲〔三〕，急觴爲緩憂心擣。少年努力縱談笑，看我形容已枯槁。座中薛華善一作能醉歌，歌辭自作風格老。近來海内爲長句，汝與山東一作東山李白好。何劉沈謝力未工，才兼鮑照愁絶倒〔四〕。諸生頗盡新知樂，萬事終傷不自保。氣酣日落西風來，願吹野水添金杯。如澠之酒常快意〔五〕，亦一作不知窮愁安在哉。忽憶雨時秋井塌，古人白骨生青苔。如何不飲令心哀！

〔一〕舊編十五載春首，禄山已反，未陷潼關時。

〔二〕時恐是元日。

〔三〕時京師方備禄山。

〔四〕《梁書》：何遜文章，與劉孝綽並見重於世。世謂之何、劉。世祖著論論之云：詩多而能者沈約，少而能者謝朓、何遜。《宋書》：鮑照嘗爲古樂府，文甚遒麗。計東曰：長句謂七言歌行，太白最擅場者。太白長句，源出鮑照，何、劉、沈、謝，但能五言。

〔五〕《左傳》：有酒如澠。

蘇、薛諸生。皆年少能文，公對之，動歎老嗟卑之感，一於醉後發之，直欲以醉鄉冥之也。首一句，半提蘇、薛文才，半提主賓宴會，遂爲全篇綱領。次句，即表端復，鬬筍緊健。先主人也。三句，兼伏己與薛華。四句，點過開筵事。只此一冒，便句句筋節。「安得」以下，擬助醉之興，推取醉之因，將自身安放於此。「座中」以下，另表「薛華」，次座客也。而「諸生」句隨手總束「端、復」，「萬事」句隨手蹴起醉懷，使筆正似梨花槍矣。看他將三人分作兩處，自身夾入中間，而末段之醉懷，正伏根於夾入一段内，既變化，復細密。○「秋井」，愚意即作廢井説。張綖謂井是貴者之墓，猶今言金井也。存參。

哀王孫〔一〕

長安城頭頭白烏〔二〕，夜飛延秋門上呼。又向人家啄大屋，屋底達官走避胡。金鞭折斷九馬死〔三〕，骨肉不得同馳驅。腰下寶玦青珊瑚〔四〕，可憐王孫泣路隅。問之不肯道姓名，但道困苦乞爲奴〔五〕。已經百日竄荆棘〔六〕，身上無有完肌膚。高帝子孫盡隆準音拙〔七〕，龍種自與常人殊。豺狼在邑龍在野，王孫善保千金軀。不敢長語臨交衢，且爲王孫立斯須。昨夜東風吹血腥，東來橐一作駱駝滿舊都〔八〕。朔方健兒好身手，昔何勇鋭今何愚〔九〕。竊聞天子已傳位，聖德北服南單于〔一〇〕。花門剺面請雪恥〔一一〕，慎勿出口他人狙〔一二〕。哀哉王孫慎勿疏，五陵佳氣無時無〔一三〕。

〔一〕《舊書》：十五載六月九日，潼關不守。十二日，凌晨，上自延秋門出。《通鑑》：妃主王孫之在外者，皆委之而去。仇注：肅宗即位，改元至德，在七月甲子。是月丁卯，禄山殺霍國長公主及王妃駙馬等。己巳，又殺王孫及郡縣主二十餘人。

〔二〕楊慎曰：《三國典略》：侯景篡位，飾朱雀門。有白頭烏萬計，集門樓。童謡曰：「白頭烏，拂朱雀，還與吴。」此蓋以侯景比禄山也。

〔三〕《西京雜記》：文帝自代來，有良馬九匹，號爲九逸。

〔四〕《陳平傳》：船人疑其亡將，腰下當有寶器金玉。《西京雜記》：昭儀遺飛燕珊瑚玦、瑪瑙彄。按《左傳》，申生有佩之金玦事。

〔五〕《日知録》：《南史》：齊明帝遣柯令孫殺建安王，叩頭乞爲奴。

〔六〕自明皇六月出狩，至此百日。仇云：蓋在九月間也。

〔七〕《漢高祖紀》：隆準龍顔。李斐曰：準，鼻也。

〔八〕《史思明傳》：禄山以橐駝運御府珍寶於范陽。按：肅宗時在靈武，故號長安爲舊都。

〔九〕朱注：時哥舒翰將河隴朔方兵拒賊，敗績於潼關。

〔一〇〕盧注：明皇臨行，諭太子曰：西北諸胡，我撫之最厚，汝必得其用。

〔一一〕朱注：花門，即回紇。按：剺面，剺割其面也。北俗有哀憤事則然。

〔一二〕《留侯傳》：良與客狙。《索隱》云：伏伺也。

〔一三〕《唐紀》：高祖獻陵，太宗昭陵，高宗乾陵，中宗定陵，睿宗橋陵。按：洙注引漢五陵，亦是。

錢箋云：當時逆臣，必有爲賊耳目，搜捕皇孫妃主以獻者。公作是詩，危之復戒之也。今依仇氏分截。起用原題法，興體也，亦似謡。《別裁》云：即風人「莫黑非烏」意。「金鞭」以下一段，叙事法：四出題，四記當日行徑，四就王孫飾色，以起下文告誡之詞。末一段，化用咏歎法，筆筆開擺。先着「不敢」二句，有添毫之妙。「東風」、「橐駝」，惕以賊形也。「健兒」、「何愚」，追慨失守也。「竊聞」四句，寄與不久反正消息，而戒其勿泄，慰之也。「慎勿疏」，申戒之。「無時無」，申慰之也。丁寧惻怛，如聞其聲。

悲陳陶〔一〕

孟冬十郡良家子，血作陳陶澤中水。野曠天清無戰聲，四萬義軍同日死。群胡歸來雪一作血洗箭，仍唱一云撚箭夷歌飲都市〔二〕。都人迴面向北啼，日夜更望官軍至。

〔一〕《通鑑注》：陳陶斜，在咸陽縣東。《唐書》：至德元載十月，房琯自請討賊，分軍爲三，南軍自宜壽入，中軍自武功入，北軍自奉天入。琯自將中軍爲前鋒。辛丑，中軍北軍遇賊於陳陶斜，接戰敗績。癸卯，琯自以南軍戰，又敗。

〔二〕朱注：謂禄山之衆。

陳陶之悲，悲輕進以致敗也。官軍之聊草敗没，賊軍之得志驕横，兩兩如生。結語兜轉一筆好，寫出人心不去。

悲青坂〔一〕

我軍青坂在東門，天寒飲馬太白窟〔二〕。黄頭奚兒日向西〔三〕，數騎彎弓敢馳突。山雪河冰野一作晚蕭颼一作瑟，青是烽一作人煙白人骨。焉得附書與我軍，忍待明年莫倉卒。

〔一〕朱注：史云：琯敗陳陶，殘卒數千不能軍。帝使裒夷散，復圖進取。青坂，東門駐軍之地也。錢箋：房琯次師便橋，青坂去陳陶便橋當不遠。

〔二〕錢箋：太白山，在武功。琯先分三軍，中軍自武功入，故云。

〔三〕《唐書》：室韋，黄頭奚部也。《禄山事蹟》：禄山反，發同羅、奚、契丹、室韋、曳落河之衆，號父子軍。

青坂之悲，悲屢敗而不懲也。與前篇一串。「雪」、「冰」、「烽」、「骨」，所見無餘物矣。朱云：考史：琯欲持重有所伺，中人邢延恩等促戰倉皇，遂及於敗。據此，則琯亦有分其責者矣。雖然，琯所爲堅持勝算者，果安在哉！曰「附書我軍」，曰「莫倉卒」，重爲國士危之也。○古來以宿望主軍，功名兩墜者，殷深源、房次律，其前車也。每見名士易言兵，將毋取鑒於此。

哀江頭〔一〕

少陵野老吞聲哭，春日潛行曲江曲。江頭宮殿鎖千門〔二〕，細柳新蒲爲誰緑〔三〕。　憶昔霓旌下南苑〔四〕，苑中萬物生顏色。昭陽殿裏第一人〔五〕，同輦隨君侍君側。輦前才人帶弓箭〔六〕，白馬嚼齧黄金勒。翻身向天仰射雲，一笑一作箭正墜雙飛翼〔七〕。　明眸皓齒今何在，血污遊魂歸不得〔八〕。清渭東流劍閣深〔九〕，去住彼此無消息。人生有情淚沾臆，江草江花豈終極。　黄昏胡騎塵滿城，欲往城南忘南北一作忘城北一作望城北。

〔一〕謂曲江。○至德二載，公陷賊時作。

〔二〕仇注：曲江南有紫雲樓、芙蓉苑，西有杏園、慈恩寺。

〔三〕《劇談録》：曲江入夏，則菰蒲葱翠，柳陰四合，碧波紅蕖，湛然可愛。

〔四〕即芙蓉苑。

〔五〕《漢書》：飛燕女弟絶幸，爲昭儀，居昭陽殿。按：此以比貴妃。

〔六〕《唐・百官志》：内官才人七人，正四品。

〔七〕朱注：按詩，則唐時天子遊幸，有才人射生之制矣。新舊諸書不載。愚按：恐屬明皇奢蕩時事，未必是定制。

〔八〕《國史補》：玄宗幸蜀，至馬嵬驛，縊貴妃於佛堂梨樹之前。《太真外傳》：瘞於西郭之外，道北坎下。時年三十八。

〔九〕清渭，貴妃縊處。劍閣，明皇入蜀所由。

黄生曰：詩意本哀貴妃，不敢斥言，故借江頭行幸處，標爲題目耳。愚按：起四，寫哀標意，浮空而來。次八，點清所哀之人，追叙其盛。「明眸」以下，跌落目前，而「去住彼此」，并體貼出明皇心事。「淚沾」、「花草」，則作者之哀聲也。又回映多姿。「黄昏」一結，憤賊而不咎其君，詩人忠厚。所由接三百、冠千古者，以此。又中間「雙飛翼」之下，「明眸皓齒」之上，不攙入「六軍不發，婉轉馬前」等語，蘇黄門論此詩，謂若百金戰馬，注坡蓦澗如履平地，正言此處也。更可識忠厚之遺。○舊謂：諷玄、肅父子，朱謂：憶明皇在蜀，總屬曲説。蘇黄門云：《哀江頭》即《長恨歌》也。《長恨歌》費數百言而成，杜則不然。潘耒駁之曰：《長恨歌》本因《長恨傳》而作，公則安得預知其事。《北征》詩：「不聞夏殷衰，中自誅褒妲」，公方以妃死卜中興，豈應於此爲天長地久之恨乎！愚謂：潘氏之説亦非也。黄門之意，謂與《長恨》同旨，非謂預知其傳而賦之。至以《北征》例此詩，則又迂甚。語有之：「對此茫茫，百端交集。」告中興之主，《北征》自應莊語；過傷心之地，《江頭》定激哀衷。發情止義，彼是兩行。一派頭巾氣，未可與言詩已矣。

徒步歸行〔一〕

明公壯年值時危，經濟實藉英雄姿。國之社稷今若是，武定禍亂非公誰。鳳翔千官且飽飯，衣馬不復能輕肥。青袍朝士最困者，白頭拾遺徒步歸。人生交契無老少，論心何必先同調。妻子山中哭向天，須公櫪上追風驃〔二〕。

〔一〕原注：贈李特進，自鳳翔赴鄜州，途經邠州作。○次公云：李嗣業也。朱注：《新書》：嗣業從平小勃律，加特進，有宛馬千匹。按：邠在鳳翔東北，特進，高陵人，時豈移家於此與，抑非其人與？

〔二〕《洛陽伽藍記》：後魏河間王琛，遣使波斯國，得馬曰追風。《廣韻》：馬黄白色曰驃。中途欲借馬也。與《北征》詩同時。起四，贊勉，發端語。中四，感慨，原題語。後四，道意，代札語。

題李尊師松樹障子歌〔一〕

老夫清晨梳白頭，玄都道士來相訪〔二〕。握髮呼兒延入户，手提新畫青松障〔三〕。障子松林静杳冥，憑軒忽若無丹青。陰崖却承一作成，非霜雪幹，偃蓋反走虬龍形。老夫生平好奇古，對此興與精靈聚。已知仙客意相親，更覺良工心獨苦。松下丈人巾履同，偶坐似一作自是商山翁。惆悵一作悵望聊歌紫芝曲〔四〕，時危慘澹來悲風。

〔一〕舊入乾元元年諫省詩。

〔二〕《唐會要》：京城朱雀街，有玄都觀。

〔三〕障，步障也。時畫幅尚未裝潢入障，故可手提。

〔四〕商山四皓歌。

上下分截，兩用「老夫」字提。上言畫松之妙，下言對畫之情，各四句轉意。○「無丹青」，若忘其爲丹青也。「雪幹」、「龍形」，正申「無丹青」。「却承」、「反走」，兩句相呼應，如見崖松倒盤之狀。「松下丈人」，畫上所有。○黄鶴以詩有「時危慘澹」句，編乾元初安、史未平之時。按：公有《太乙天尊圖文》，仇謂亦是其時作，今附於此。

前殿中侍御史柳公紫微仙閣畫太乙天尊圖文

石鼇老（自寓）放神乎始青之天，遊目乎浩劫之家。泠泠然御乎風，熙熙乎登乎臺。進而俯乎寒林，退而極乎延閣。見龍虎日月之君，亘於疏梁，塞於高壁。骨者、鬣者，皙者、黝者，視遇之間，若嚴寇敵者已。伊四司五帝天之徒，青節崇然，緑輿駢然，仙官洎鬼官無央數衆，陽者近，陰者遠，俱浮空不定，目所向如一。蓋知北闕帝君之尊，端拱侍衛之内，於天上最貴矣。已而左玄之屬吏三洞弟子某進曰：經始績事，前柱下史河東柳涉職是樹善，損於而家，憂於而國，剥私室之匱，渴蒸人之安，志所至也。請梗概帝君救護之慈，朝拜之功，曰：若人存思我主籙生之根、死之門，我則制伏妖之興、毒之騰。凡今之人，反側未濟。柳氏，柱史也，立乎老君之後，獲隱默乎，忍塗炭乎！先生與道而遊，與學而遊，可上以昭太乙之威神於下，下以昭柱史之告訴於上，玉京之用事也，率土之發祥也。惡乎寢而，庸詎仰而！先生藐然若往，頽然而止，曰：噫！夫鳥亂於雲，魚亂於水，獸亂於山，是罼弋、鈎罟、削格之智生，是機變、繳射、攫拾之智極。故自黄帝已下，干戈峥嶸，流血不乾，骨蔽平原。乖氣横放，淳風不返。雖《書》載「蠻夷率服」，《詩》稱「徐方大來」，許其慕中華與？夫容成氏、中央氏、尊盧氏輩，結繩而已，百姓至死不相往來，兹茂德困矣。矧賢主趣之而不及，庸主聞之而不曉，浩穰崩蹙，數千古哉！至使世之仁者，蒿目而憂世之患，有是夫。今聖主誅干紀，康大業，物尚疵癘，戰爭未息。必揆當世之變，日慎一日。衆之所惡與之惡，衆之所善與之善。敕有司寬政去禁，問疾薄斂，修其土田，險其走集。以此馭賊臣惡子，自然百祥攻百異有漸，天下汹汹，何其撓哉。已登乎種種之民，舍夫啍啍之意，是巍巍乎北闕帝君者，肯不乘道腴、卷黑簿，詔北斗削死，南斗注生，與夫圓首方足，施及乎蠢蠕之蟲，肖翹之物，盡驅之更始，何病乎不得如昔在太宗之時哉！石鼈老辭畢，三洞弟子某，又某，静如得，動如失，久而却走，不敢貳問。

偪側一作偪偪，詩中同行贈畢英華有四字曜〔一〕

偪側何偪側，我居巷南子巷北。可憐鄰里間，十日不一見顔色。自從官馬送還官，行路難行澀如棘。我貧無乘非無足，昔者相過今不得。實希本無此字未敢一作不是愛微軀，又希本無此字非關足無力。徒步翻愁官長怒，此心炯炯君應識。曉來急雨春風顛，睡美不聞鐘鼓傳。東家蹇驢許借我，泥滑不敢騎朝天。已令把牒還請假一云已令請急會通籍，男兒性命絶可憐。焉能終日心拳拳，憶君誦詩神凜然。辛夷始花亦已落〔二〕，况我與子非壯年。街頭酒價常苦貴，方外酒徒稀醉眠。徑須相就飲一斗，恰有三百青銅錢〔三〕。

〔一〕《上林賦》：偪側泌瀄。

〔二〕陳藏器《本草》：辛夷初發如筆頭，人呼爲木筆，南人呼爲迎春。

〔三〕舊注酒價一斗三百錢之辯，太泥，不録。

照轉韻截。上言無馬，貧而自憐。下約共飲，聊爾相遣。其「東家」四句，以請假不朝，足上無馬意。大旨只是傷貧。○率意之作，宋人每效之。

瘦別作老馬行

東郊瘦馬使我傷，骨骼音格硉兀如堵牆。絆之欲動轉欹側，此豈有意仍騰驤。　細看六印帶官字〔一〕，衆道三軍遺路旁。皮乾剝落雜泥滓，毛暗蕭條連雪霜〔二〕。去歲奔波逐餘寇，驊騮不慣不得將。　士卒多騎内廄馬，惆悵恐是病乘黄。當時歷塊誤一蹶〔三〕，委棄非汝能周防。見人慘澹若哀訴，失主錯莫無晶光。　天寒遠放雁爲伴，日暮不收烏啄瘡。誰家且養願終惠〔四〕，更試明年春草長。

〔一〕《唐六典》：諸牧監馬皆印，印右髆以小官字，右髀以年辰，尾側以監名。若形容端正，擬送尚乘，不用監名。二歲始春，則以飛字印，印其左髀髆。細馬、次馬，以龍形印，印其項左。送尚乘者，尾側印以三花。其餘雜馬送尚乘者，以風字印印左髆，以飛字印印左髀。官馬賜人者，以賜字印。配諸軍及充驛者，以出字印。並印左右頰。

〔二〕李實曰：凡馬病，毛頭生塵。

〔三〕王褒頌：過都越國，蹶如歷塊。

〔四〕《赭白馬賦》：願終惠養，蔭本根兮。

興宗云：乾元元年華州詩，公自傷貶官而作。其說是也。開口用「東郊」字，華在長安東也。○起句喝破，隨以三句寫其瘦態。不曰可惜，偏曰豈復有意於世，惋惜倍深。中以「細看」二字作提，四述其見遺於今，四推其立功在昔，二原其委棄所由，二狀其哀鳴失色，凡作四層，無限曲折。末以「遠放」二字自影被斥，「日暮」二字自影途窮，此正起句所謂「使我傷」者也。結聯，須體貼當日初謫官情事，從一片戀主效忠悃忱發出，非乞憐語也。○「去歲」四句，言當時逐寇，非慣戰之驊騮不得與也。此馬既是軍中所遺，必非街巷凡馬，定屬「内廄」之「乘黄」矣。「恐是」，正與「細看」呼應。「誤一蹶」，「非能防」，又從「病」字原其受挫，而諒其無辜。具此深衷，可以無失士矣。

湖城東遇孟雲卿復歸劉顥宅宿宴飲散因爲醉歌 一本題首有冬末以事之東都七字〔一〕

疾風吹塵暗河縣〔二〕，行子隔手不相見。湖城城南一作東，一作北一開眼，駐馬偶識雲卿面。向非劉顥爲地主，懶回鞭轡成高宴。劉侯歡我攜客來，置酒張燈促華饌。且將款曲終今夕，休語艱難尚酣戰〔三〕。照室紅爐促曙光一作簇曙花，縈窗素月垂文一作秋練。天開地裂長安陌，寒盡春生洛陽殿。豈知驅車復同軌，可惜刻漏隨更箭。人生會合不可常，庭樹雞鳴淚如綫一作霰。

〔一〕《唐書》：湖城縣，屬虢州。《唐詩紀事》：孟雲卿，河南人，與杜子美、元次山最善。○時從華州官所歸河南，途經湖城也。

〔二〕朱注：《水經注》：河水逕湖縣東，故曰河縣。

〔三〕時九節度之師圍安慶緒於鄴。

前十二句，叙事。後六句，感慨。一路將數虚字點撥，文機翔舞，情事活躍。盧世㴶云：子美已起身出城矣，於疾風暗塵中，忽見雲卿，喜出意外，遂攜手復造。當是時，劉侯歡甚，從殘局中翻出新興。賓主友朋，相視而笑，此段光景，至今使人迴環。詩欲不佳得乎！愚按：「天開」二句，插寫亂而復治。「豈知」二句，接寫聚而復散。爲通首出場，爲結聯轉境。○「暗塵」「隔手」，見昏黑已極，人事將轉之機。「紅爐」、「素月」，見熱鬧方酣，天心助興之美。「會合」、「雞鳴」，見闌珊分散，世局無常之態。吾讀此詩，用以觀化焉。○長吉酷效此種，却入鬼窟。

閿音文，古作閺鄉姜七少府設鱠戲贈長歌〔一〕

姜侯設鱠當嚴冬，昨日今日皆天風。河凍味一作鮇魚不易得〔二〕，鑿冰恐侵河伯宫。饔人受魚鮫人手〔三〕，洗魚磨刀魚眼紅。無聲細下飛碎一作素雪，有骨已剁觜讀如錐春葱〔四〕。偏勸腹腴愧年少，軟炊香飯緣老翁。落碪何曾白紙濕〔五〕，放筯未覺金盤空〔六〕。新歡便飽姜侯德，清觴異味情屢極。東歸貪路自覺難，欲別上馬身無力。可憐爲人好心事，於我見子真顔色。不恨我衰子貴時，悵望且爲今相憶。

〔一〕《元和志》：閿鄉，本漢湖縣地。開皇中，移湖城縣於今所，改名閿鄉，屬陝州。邵注：唐制：縣尉，即少府也。

〔二〕《潘淳詩話》：韓玉汝云：河中府，三面黄河，惟有味魚，似鯽而肥短，味亦美。朱注：《本草》有鮇魚，出黄河口。

〔三〕《西征賦》：饔人縷切，鑾刀若飛。

〔四〕《説文》：觜，鴟蘿頭上角也。今按：觜與飛字對，當屬虚用，借言斷骨芒露，如春葱之鋭也。舊注俱非。

〔五〕《齊民要術》：切鱠不得洗，洗則鱠溼。

〔六〕放筯，猶言縱啖，仇解非。按：原文如此，仇本將兩聯倒轉，未免妄作。集中凌亂甚多，悉改正，附識於此。

少府設鱠，曲盡敬長之誠，贈此志感也。與《病後過王倚飲贈歌》一類，見本卷前。○起四句，用反偪法，惟得魚之難，益見「設鱠」之情重也。中八句，詳叙「設鱠」，筆筆出色寫，正以顯其用心獨至。「無聲細下」，無骨處也。「有骨已剁」，留骨已無多也。如此而猶「偏勸腹腴」，更繼之以「軟飯」，居然祝鯁祝噎之隆禮也。是以對此落紙不濕之鱠，快意大嚼，若不覺盤之將空者。然則姜侯之用心至矣。後八句，遂以感佩終焉。「便飽」，見能施於乍相識之人。「清觴」，兼酒不漏。「貪路」，猶難遽别，感其情重可知。此四句，束上作收局。「可憐」二句，通篇結穴。其敬老尊賢之心事，於待我處見其「真」矣。故後日窮通，皆可「不恨」，只今恩誼，長足「相憶」也。若將中幅只作泛常饗客詩看，便是餔啜人語矣。○王倚、姜侯，俱當公失意時能加敬禮，故可嘉。

戲贈閿鄉秦少公一作府短歌〔一〕

去年行宮當太白〔二〕，朝回君是同舍客。同心不減骨肉親，每語見許文章伯。今日時清兩京道〔三〕，相逢苦覺人情好。昨夜邀歡樂更無，多才依舊能潦一作傾倒。

〔一〕朱注：少公即少府。《國史補》：張旭爲常熟尉，有老父曰：「睹少公筆跡奇妙，貴爲篋笥之珍。」可證唐人稱尉爲少公也。

〔二〕在鳳翔。

〔三〕東西京俱收。

結語雋。「多才」則不堪下位矣，少府乃依舊「能」之。「能」字絶難。

李鄠縣丈人胡馬行〔一〕

丈人駿馬名胡騮，前年避胡一作賊過金牛〔二〕。迴鞭却走見天子，朝飲漢水暮靈州〔三〕。

自矜胡騮奇絶代，乘出千人萬人愛。一聞説盡急難才〔四〕，轉益愁向駑駘輩。頭上鋭耳批秋竹，脚下高蹄削寒玉。始知神龍别有種，不比俗馬空多肉。洛陽大道時再清〔五〕，累日喜得俱東行。鳳臆龍鬐一作鬃，一作鱗，一作麟鬐未易識〔六〕，側身注目長風生。

〔一〕鄠縣，屬長安，即有扈氏之國，與扈同音。

〔二〕《蜀土記》：秦欲伐蜀，無路，遣人告蜀王曰：秦有金牛，其糞成金。蜀王使五丁力士開山，路通，秦遂取其國，因號其國曰金牛。按：此指其扈從明皇。

〔三〕漢水在漢中，近蜀。靈州，即靈武，乃肅宗即位處。此言走謁肅宗。

〔四〕朱注：如玄德之的顱，苻堅之騧馬，皆脱主於難。

〔五〕即東京。

〔六〕《晉·載記》：苻堅時千里駒，朱鬣五色，鳳膺麟身。

詩當是喜得借騎而作。公前往鄜州，曾借追風驃於李特進，蓋此老長技也。起四，叙此馬舊績。「朝漢」、「暮靈」，甚言其速，此借人事以寫馬事也。次四，過峽語。「急難才」，即指赴蜀赴靈武之事。「愁駑駘」，自醜其所乘者非良也。此即借騎之根。又次四，就「胡騮」實寫，仍以「駑駘」作襯。後四，説明本事，「俱東行」，與馬俱，非與李俱也。觀結聯，知此詩之作，在馴習既久，深得其力之餘。鄙見如此，未審合否。

洗兵馬〔一〕

中興諸將收山東，捷書夜一作夕報清晝同〔二〕。河廣傳聞一葦過，胡危命在破竹中。祇殘與餘字同用鄴城不日得〔三〕，獨任朔方無限功〔四〕。京師皆騎汗血馬，回紇餧努委切肉蒲萄宮〔五〕。已喜皇威清海岱〔六〕，常思仙仗過崆峒〔七〕。三年笛裏關山月〔八〕，萬國兵前草木風。成王功大心轉小〔九〕，郭相謀深古來少〔一〇〕。司徒清鑒懸明鏡〔一一〕，尚書氣與秋天杳〔一二〕。二三豪俊爲時出，整頓乾坤濟時了。東走無復憶鱸魚〔一三〕，南飛覺有安巢一作枝鳥〔一四〕。青春復隨冠冕入，紫禁正耐煙花繞。鶴駕通宵鳳輦備〔一五〕，雞鳴問寢龍樓曉〔一六〕。攀龍附鳳勢莫當，天下盡化爲侯王〔一七〕。汝等豈知蒙帝力，時來不得誇身強〔一八〕。關中既留蕭丞相〔一九〕，幕下復用張子房〔二〇〕。張公一生江海客，身長九尺鬚眉蒼。徵起適遇風雲會，扶顛始知籌策良〔二一〕。青袍白馬更何有〔二二〕，後漢今周喜再昌〔二三〕。寸地尺天皆入貢，奇祥異瑞爭來送。不知何國致白環〔二四〕，復道諸山得銀甕〔二五〕。隱士休歌紫芝曲〔二六〕，詞人解一作角撰清河一作河清頌〔二七〕。田家望望惜雨乾，布穀處處催春種〔二八〕。淇上健兒歸莫懶〔二九〕，城南思婦愁多夢。安得壯士挽天河，净洗甲兵長不用〔三〇〕。

〔一〕原注：收京後作。○收京，兼兩京言，時爲乾元二年初春，九節度圍鄴未潰也。

〔二〕《通鑑》：乾元元年十月，子儀自杏園渡河，至獲嘉，破安太清。太清走保衛州，進圍之，遣使告捷。魯炅、季光琛、崔光遠與李嗣業皆會於衛。慶緒來救，復大破之，遂拔衛州。慶緒走，子儀等追至鄴。許叔冀、董秦等皆引兵繼至。慶緒拒戰於愁思岡，又敗。慶緒入城固守，子儀等圍之。

〔三〕《舊書》：相州，屬河北道，天寶改鄴郡，乾元改鄴城。

〔四〕朔方，謂郭子儀。子儀官朔方節度使也。

〔五〕《漢·張耳傳》：如以肉餧虎。又《匈奴傳》：單于來朝，舍之上林苑葡萄宫。《通鑑》：是年八月，回紇遣驍騎三千，助討安慶緒。上命僕固懷恩領之。

〔六〕海岱，統指賊境。

〔七〕《括地志》：笄頭山，一名崆峒，在平涼縣西。朱注：肅宗自馬嵬至靈武，必由崆峒。及南回，亦自崆峒入。錢箋云：所謂「願君無忘在莒」者也。

〔八〕自至德元載至是，凡越三年。

〔九〕《唐書》：廣平王俶，進爵楚王，徙封成王。按：王已立爲太子，句意在於紀功，故稱其勳爵。又按：收復兩京，廣平爲帥。今圍鄴不與，而詩首及之者，誌元勳，尊主器也。然曰心轉小，則仍隱然事外矣。

〔一〇〕朱注：子儀時進中書令。

〔一一〕朱注：李光弼先加檢校司徒。

〔一二〕朱注：王思禮時遷兵部尚書。按史：合討慶緒之役，上命河東李光弼，澤潞王思禮二節度，將所部兵助之。

〔一三〕翻用張翰語。

〔一四〕翻用魏武詩。

〔一五〕《藝文類聚》：太子晉乘白鶴仙去，故稱太子之駕曰鶴駕。按史：乾元元年，立成王俶爲皇太子。《唐·儀衛志》：輦有七，一曰大鳳輦。

〔一六〕《漢書注》：門樓上有銅龍，若白鶴，飛廉之爲名也。

〔一七〕《漢書》：攀龍附鳳，並乘天衢。雲起龍驤，化爲侯王。

〔一八〕朱注：時加封扈從功臣。二句即介之推所謂貪天功以爲己力也。

〔一九〕夢弼云：杜鴻漸。《唐書》：肅宗按軍平涼，鴻漸首建朔方興復之謀。肅宗喜曰：靈武吾關中，卿吾蕭何也。錢箋則指房琯，謂琯自蜀奉册，留相肅宗。愚按：二説未知孰是。

〔二〇〕朱注：謂張鎬也。至德二載，琯罷，以鎬代。

〔二一〕《舊書》：張鎬，風儀魁岸，廓落有大志。自褐衣拜左拾遺，幸蜀步從，遣赴鳳翔，奏議多有弘益，尋爲相。按史：鎬性簡澹，不事中要，聞史思明降，上言：「思明凶險，人面獸心，願勿假以威權」；又言：「許叔冀狡猾多詐，臨難必變，請徵入宿衛」。上以爲不切事機。朱注：是時鎬已罷相，此盛稱之者，惜其去也。觀史、許果叛，則比以子房，豈過哉。

〔二二〕《南史·侯景傳》：童謡曰：「青絲白馬壽陽來。」渦陽之敗，朝廷給以青布，悉用爲袍。景乘白馬，青絲爲轡，以應謡。

〔二三〕漢光、周宣。

〔二四〕《竹書紀年》：帝舜九年，西王母獻白環玉玦。

〔二五〕《瑞應圖》：王者宴不及醉，刑罰中，則銀甕出焉。

〔二六〕四皓歌也。休歌者，有道則見也。

〔二七〕《南史》：宋元嘉中，河清爲瑞。鮑照作《河清頌》。

〔二八〕《爾雅》：鳲鳩，鴶鵴。注：今之布穀也。《御覽》：崔寔曰：夏扈趨耕鋤，即竊脂。

〔二九〕朱注：淇水在衛地，衛與相州相鄰。

〔三〇〕《説苑》：武王伐紂，風霽而乘以大雨，王曰：「天洗兵也。」

時慶緒圍困，官軍勢張，公在東都，作《洗兵馬》以鼓舞其氣，皆忻喜願望之詞。統言之，六韻四段，章法整齊。前二段，注意將。任將專，則現在廓清之功立奏。後二段，注意相。良相進，則國家治平之運復開。此本朱氏鶴齡所謂：「中興大業，全在將相得人。前云『獨任朔方』，後云『復用子房』，爲一詩眼目。」其説最爲的當矣。細繹之，則首段仍是全局總冒。先言鄴即捷，賊即清，以預爲欣動。而「常思仙仗」、「笛月」、「兵風」等句，便是圖治張本。其神直貫後幅也。至次段，纔是歸功諸將。見將帥得人如此，行且人安舊業，官慶隨班，君得從容以全慈孝，皆將見之寇盡之餘，此即篇首意而申之。第三段，乃出議論，先以濫恩宜抑，引起任相需賢。賢相久任，則餘寇不足平，盛業不難再。是皆本於人君圖治之心，正與「常思仙仗」相應。末段，純作注想太平、滿心滿願語，緊承「後漢今周」説下。至結處「淇上」四句，又兜轉圍鄴之事，遥應發端。警之祝之，仍是全局總收也。○「鶴駕」、「雞鳴」，錢氏以爲刺肅宗不能盡子道，朱氏非之，吴江潘氏駁之，允矣。但其立説，止據《博議》，以此二句望肅宗能修人子之禮也。愚謂大錯。夫「鶴駕」，太子故實也，而移之天子，不仍然錢氏「不欲其成乎君」之旨哉。《收京》詩不云乎：「羽翼懷商老，文思憶帝堯。」蓋兼父子道言之也。先是廣平有大功，良娣忌而譖之，動摇岌岌。至是已立爲太子，譖竟不行。乃若上皇長慶樓置酒之釁，全然未啓。公此時深幸外寇將盡，而内嫌不生。特爲工麗之辭，鋪張盛美。其曰「鶴駕通宵」，言東宮早晚入侍，愛子之誠，無嫌無疑也。其曰「雞鳴問寢」，言南内晨昏戀切，孝親之道，盡禮盡制也。或問：「鳳輦」，天子所御，何可移之太子？「問寢」，乃《文王世子》語，何偏以此爲帝孝？余曰：不然！此二句正須看得活相，益顯天倫之樂。「鶴駕」既來，「鳳輦」亦備，父子相隨以朝寢門。歡然交忻，「龍樓待曉」，豈不休哉！此以走馬爲對仗，乃杜公長技。至《文王世子》之文，本屬帝王通用。觀顔魯公《請立放生池表》云：「一日三朝，大昭天子之孝；問安視膳，不改家人之禮。」亦嘗以此頌帝矣。故余斷以此二句爲兼父子言之也。彼駁錢者，忘却太子一邊，强就肅宗回護，未足關其口矣。○錢氏以「蕭相」坐實房琯，以「關中」一段爲琯、鎬繼罷而諷之。其言曰：肅宗猜忌其父，因而猜忌其父之臣云云。潘氏駁之曰：房琯負重名而鮮實效，罷相亦不爲過。子美論救，踰年乃謫官，不知坐何事。今言其坐琯黨，亦臆詞耳。錢氏直欲以此爲杜一生氣節，欲推高杜，則極贊房，因極贊房，遂痛貶帝。明末黨人，多依傍一二大老。失路，輒言坐某人故。牽連怨誹，無所不至。此自門户習氣，杜豈有是哉！愚按：牧齋借面弔喪，次耕頂門下砭，快絶矣！但房之罷，實以喪師。杜之謫，自因琯黨。事蹟本明明白白。錢以罷房爲忌疾父臣，誠屬深文。潘以謫杜爲不知所坐，亦滋疑案。一因護杜故，而推房以貶帝。一因駁錢故，而挽杜以斥房。皆意見之未化也。○錢箋此等，壞心術，墮詩教，不可以不辯。予豈爲肅宗曲護哉！○此篇是初唐四家體，貌同而骨自異。今人好以亂頭粗服，優孟少陵，而於四家之清辭麗句，妄加嗤點。不知少陵固嘗爲之，曾不貶損其氣格也。○附《華州策問》。

乾元元年華州試進士策問五首

問：山林藪澤之地，各以肥磽多少爲差。故供甲兵士徒之役，府庫賜予之用，給郊廟宗社之祀，奉養禄食之出，辨乎名物，存乎有司。是謂公賦知歸，地著不撓者已。今聖朝紹宣王中興之洪業於上，庶尹備山甫補衮之能事於下。而東寇猶小梗，率土未甚闢。總彼賦税之獲，盡贍軍旅之用。是官御之舊典闕矣，人神之攸序乖矣。欲使軍旅足食，則賦税未能充備矣。欲將誅求不時，則黎元轉罹疾苦矣。子等以待問之實，知新之明，觀志氣之所存，於應對乎何有。佇渴救敝之通術，願聞强學之所措，意蓋在此矣。得游説乎？

問：國有輶車，廬有飲食。古之按風俗，遣使臣，在王官之一守，得馳傳而分命。蓋地有要害，郊有遠近，供給之比，省費相懸。今兹華惟襟帶，關逼輦轂，行人受辭於朝夕，使者相望於道路。屬年歲無蓄積之虞，職司有愁痛之歎。况軍書未絶，王命急宣，插羽先翥於騰鷹，敝帷不供於埋馬。豈芻粟之勤獨爾，實驂騑之價闕如。人主之軫念，屢及於兹；邦伯之分憂，何嘗敢怠。乞恩難再，近日已降水衡之錢；積骨頗多，無暇更入燕王之市。欲使輶軒有喜，主客合宜。閭閻罷杼軸之嗟，官吏得從容之計。側佇新語，當聞濟時。

問：通道陂澤，隨山濬川，經啓之理，疏奠之術，抑有可觀，其來尚矣。初聖人盡力溝洫，有國作爲隄防。洎後代控引淮海，漕通涇渭，因舟楫之利，達倉庾之儲，又賴此而殷。亦行之自久。近者有司相土，決彼支渠。既潰渭而亂河，竟功多而事寢。人實勞止，岸乃善崩。遂使委輸之勤，中道而棄。今軍用蓋寡，國儲未贍。雖遠方之粟大來，而助挽之車不給。是以國朝仗彼天使，徵兹水土，議下淇園之竹，更鑿商顔之井。又恐煩費居多，績用莫立，空荷成雲之鍤，復擁填淤之泥。若然，則舟車之用，大小相妨矣。軍國之食，轉致或闕矣。矧夫人煙尚稀，牛力不足者已。子等飽隨時之要，挺賓王之資，副乎求賢，敷厥讜議。

問：足食足兵，先哲雅誥。蓋有兵無食，是謂棄之。致能掉鞅靡旌，斯可用矣。况寇猶作梗，兵不可去。日聞將軍之令，親睹司馬之法。關中之卒未息，灞上之營何遠。近者，鄭南訓練，城下屯集，瞻彼三千之徒，有異什一而税。竊見明發教以戰鬭，亭午放其庸保。課乃菽麥，以爲尋常。夫悦以使人，是能用古。伊歲則云暮，實慮休工。未卜及瓜之還，交比翳桑之餓。群有司自救不暇，二三子謂之何哉？

問：昔唐堯之爲君也，則天之大，敬授人時，十六升自唐侯者已。昔舜帝之爲臣也，舉禹之功，克平水土，三十登爲天子者已。本之以文思聰明，加之以勞身焦思。既睦九族，協和萬邦，黜去四凶，舉十六相。故五帝之後，傳載唐虞之美，無得而稱焉。《易》曰：「君子終日乾乾。」《詩》曰：「文王小心翼翼。」竊觀古之聖哲，未有不以君倡於上，臣和於下，致乎人和年豐，成乎無爲而理者也。主上躬純孝之聖，樹非常之功，内則拳拳然事親如有闕，外則悸悸然求賢如不及。伊百姓不知帝力，庶官但恭己而已。寇孽未平，咎徵之至數也。倉廩未實，物理之固然也。今大軍虎步，列國鶴立。山東之諸將雲合，淇上之捷書日至。二三子議論弘正，詞氣高雅。則遺浸盪滌之後，聖朝砥礪之辰。雖遭明主，必致之於堯舜。降及元輔，必要之於稷契。驅蒼生於仁壽之域，反淳樸於羲皇之上。自古哲王立極，大臣爲體，眇然坦途，利往何順，子有説否？庶復見子之志，豈徒瑣瑣射策，趨競一第哉。頃之問孝秀，取備尋常之對，多忽經濟之體。考諸詞學，自有文章在。束以徵事，曷成凡例焉。今愚之粗徵，貴切時務而已。夫時患錢輕，以至於量資幣、權子母，代復改鑄，或行乎前榆莢、後契刀。當此之際，百姓蒙利厚薄，何人所制輕重。又穀者，所以阜俗康時，聚人守位者也。下至十室之邑，必有千鍾之藏。苟凶穰以之貴賤失度，雖封丞相而猶困，侯大農而謂何。是亦繼絶表微，無或區分踰越。蒙實不敏，仁遠乎哉！

卷二之二　七古　起肅宗乾元二年至代宗大曆元年

《纂年譜》：乾元二年七月，公棄官，西客秦州。十月，往同谷。不盈月，入蜀至成都。上元元年，營草堂於浣花溪。二年，間至新津、青城。代宗寶應元年，仍居草堂。嚴武鎮成都。七月，送武到綿州。西川徐知道反，因入梓州。廣德元年秋，往閬州，冬復回梓。二年春，復往閬。嚴武再鎮蜀，遂歸成都。六月，武表爲參謀工部郎。永泰元年，辭幕歸草堂。尋南下戎州，至渝，至忠，至雲安。大曆元年，至夔州居之。

乾元中寓居同谷縣作歌七首〔一〕

有客有客字子美，白頭亂一作短髮垂過一作兩耳。歲拾橡栗隨狙公〔二〕，天寒日暮山谷裏。中原無書歸不得，手脚凍皴七倫切皮肉死〔三〕。嗚呼！一歌兮歌已哀，悲風爲我從天來。

〔一〕《舊書》：成州，治同谷縣。《九域志》：秦州西南至成州二百六十五里。

〔二〕《莊子》：狙公賦芧。謂畜狙之人也。

〔三〕《説文》：皺，皮細起也。

七首皆身世亂離之感。徧閲舊注，疑後三首複雜不倫。杜氏連章詩，最嚴章法，此歌何獨不講？及反覆觀之，始歎其絲絲入扣也。蓋窮老作客，乃七詩之宗旨，故以首尾兩章作關照，餘皆發源首章，條疏於左。○一歌，諸歌之總萃也。首句，點清「客」字。「白頭」、「肉死」，所謂通局宗旨，留在末章應之。其「拾橡栗」，則二歌之家計也。「天寒」、「山谷」，則五歌之流寓也。「中原無書」，則三歌、四歌之弟妹也。「歸不得」，則六歌之值亂也。結獨逗一「哀」字、「悲」字，則以後諸歌，不復言悲哀，而聲聲悲哀矣。故曰諸歌之總萃也。○各章結句，亦首首貼定，語不浪下。

長鑱長鑱白木柄〔一〕，我生託子以爲命。黄精一作獨無苗山雪盛〔二〕，短衣數挽不掩脛。此時與子空歸來，男呻女吟四壁静。嗚呼！二歌兮歌始放，閭一作鄰里爲我色惆悵。

〔一〕《説文》：鑱，仕衫切，吴人云犁鐵。

〔二〕王彦輔云：《藥録》：黄精止饑。陳藏器云：黄獨，遇霜雪，枯無苗，蓋蹲鴟之類。

二歌，悲家計也。申「拾橡栗」。○一家倚仗，祇靠「長鑱」。仍復「空歸」，「呻」、「吟」曷已！呻吟則盈耳嘈嘈矣，却下一「静」字愈妙。「四壁静」者，空無所有也。「閭里」有相賙恤之義，故必於家計言之。

有弟有弟在遠一作各一方〔一〕，三人各瘦何人强！生别展轉不相見，胡塵暗天道路長。東飛駕鵝後鶖鶬〔二〕，安得送我置汝傍。嗚呼！三歌兮歌三發，汝歸何處收兄骨！

〔一〕趙曰：公四弟，穎、觀、豐、占，穎、觀、豐各在他郡，惟占從入蜀。後有《舍弟占歸草堂》詩。

〔二〕陶隱居云：野鵝大於雁，謂之駕鵝。毛萇曰：鶖，秃鶖。《埤雅》：狀如鶴而大，好啗蛇。楊慎曰：鶬有二種。《物類相感志》：玄鶬，鶴類。以其色蒼，故曰鶬。若《江賦》「奇鶬九頭」，此則妖鳥，别爲一種。

三歌，悲諸弟也。申「中原無書」之一。○「駕鵝」、「鶖鶬」，總是連翩飛逐之意。鳥群逐而已孤飛，所以興也。舊注好鳥、惡鳥之别，殊屬多事。結語又翻進一層，莫説各自漂流也，汝縱得歸故鄉，我究不知何適！語更悽惋。

有妹有妹在鍾離〔一〕，良人早殁諸孤癡〔二〕。長淮浪高蛟龍怒〔三〕，十年不見來何時一作遲〔四〕。扁舟欲往箭滿眼，杳杳南國多旌旗。嗚呼！四歌兮歌四奏，林猿一作竹林，非爲我啼清晝。

〔一〕唐爲濠州，今鳳陽府。

〔二〕公詩：「近聞韋氏妹，迎在漢鍾離。郎伯殊方鎮，京華舊國移。」在至德初。則良人未殁也。

〔三〕濠在淮南。

〔四〕良人歿未十年，别已十年也。

四歌，悲寡妹也。申「中原無書」之二。○「滿眼」上著一「箭」字，雋絶。結語下一「啼」字，便映切兒女子態。自是憶妹，不得移之憶弟矣。

四山多風溪水急，寒雨颯颯枯樹濕。黄蒿古城雲不開，白一作玄狐跳梁黄狐立。我生何爲在窮谷，中夜起坐萬感集。嗚呼！五歌兮歌正長，魂招不來歸故鄉。

五歌，悲流寓也。申「天寒山谷」。舊注泛言咏同谷，非也。七詩總是貼身寫。○上四，確是谷裏孤城，慘悽怕人。結語，恰好切合流寓。古曰招魂，今曰「魂招不來」，翻用更深。

南有龍兮在山湫〔一〕，古木巃嵸枝相樛。木葉黄落龍正蟄，蝮蛇東來水上游〔二〕。我行怪此安敢出，拔劍欲斬且復休。嗚呼！六歌兮歌思遲一云怨遲遲，溪壑爲我迴春姿。

〔一〕王道俊《博議》：同谷萬丈潭有龍。按：公有《萬丈潭》詩。

〔二〕《抱朴子》：蝮蛇中人至急，割創肉投地，其肉沸如火炙，須臾焦盡。人得活也。

六歌，悲值亂也，申「歸不得」。○僞蘇注以龍喻明皇在南内，《博議》非之，謂咏萬丈潭之龍。愚按：牽扯玄、肅父子，固爲不倫；泛咏龍湫，更没交涉。七歌總是身世之感，何容無慨世一詩。值亂乃作客之由也，不敢斥言五位，故借南湫之龍爲比。「龍在山湫」，君當厄運也。「枝樛」、「龍蟄」，干戈森擾也。「蝮蛇東來」，史孽寇逼也。「我安敢出」，所以遠避也。「欲斬且休」，力不能殄也。是皆「歸不得」之故也。各首結句多説悲，此獨言「溪壑迴春」，爲厭亂故，指望太平也。如此看，無一語落空矣。

男兒生不成名身已老，三一作十年饑走荒山道。長安卿相多少年，富貴應須致身早。山中儒生舊相識〔一〕，但話宿昔傷懷抱。嗚呼！七歌兮悄終曲，仰視皇天白日速。

〔一〕時亦有舊交寓同谷者。晚年《長沙送李十一銜》云「與子避地西康州」，亦一證也。西康即同谷。

七歌，仍收到窮老作客之感，與首章「白頭亂髮、凍皴肉死」相呼應。是爲收結之體。結語有汲汲顧影之意。公時年四十八，多愁者易老，無復出頭之望矣。○亦是樂府遺音，兼取《九歌》、《四愁》、《十八拍》諸調，而變化出之，遂成杜氏創體。文文山嘗擬之。

杜鵑行〔一〕

君不見，昔日蜀天子，化作杜鵑似老烏〔二〕。寄巢生子不自啄，群鳥至今與一作爲哺雛〔三〕。雖同君臣有舊禮，骨肉滿眼身羈孤。業工竄伏深樹裏，四月五月偏號呼。其聲哀痛口流血，所訴何事常區區。爾豈摧殘始發憤，羞帶羽翮傷形愚。蒼天變化誰料得，萬事反覆何所無。萬事反覆何所無一本無重句，豈憶當殿群臣趨。

〔一〕《華陽國志》：魚鳧王後，有王曰杜宇，教民務農，號曰望帝，更名蒲卑。《成都記》：望帝死，其魂化爲鳥，名曰杜鵑，亦曰子規。○上元元年，至成都以後詩。

〔二〕《華陽風俗録》：杜鵑大如鵲而羽烏，聲哀而吻有血。

〔三〕《博物志》：杜鵑生子，寄之他巢，群鳥爲飼之。

鶴注：上元元年七月，李輔國遷上皇於西內。高力士及舊宫人皆不得留，尋置如仙媛於歸州，出玉真公主居玉真觀。上皇不懌，寖成疾。詩蓋謂此也。愚按：此説信非附會，當是聞信後傷之。仇本編入二年，非也。起四，提清眼目，正其名分。中八，假物發難，推其隱微。結四，凌空寄慨，致其哀痛。但只在蜀言蜀，就鵑言鵑，故曰「蜀天子」，疑似之稱也。曰「四月五月」，爲七月諱也。曰「羞帶羽翮」，明爲鳥言，非他有所爲也。直至「萬事反覆」，亦復含而不露。文人曉此，可以免於詩禍矣。

又一首〔一〕

古時杜宇稱望帝，魂作杜鵑何微細。跳枝竄葉樹木中，搶佯瞥捩雌隨雄。毛衣慘黑貌一作自憔悴，衆鳥安肯相尊崇。隳形不敢栖華屋，短翮惟願巢深叢。穿皮啄朽觜欲禿，苦饑始得食一蟲。誰言養雛不自哺，此語亦足爲愚蒙。聲音咽咽如有謂，號啼略與嬰兒同。口乾垂血轉迫促，似欲上訴於蒼穹。蜀人聞之皆起立，至今相效傳微風。迺知變化不可窮，豈思昔日居深宮，嬪嬙一作妃左右如花紅。

〔一〕集外詩。○《文苑英華》刻司空曙，注云：又見杜甫集。於蜀既有前首，於夔又有五古一首。此篇必非杜作，題同而傳訛也。○筆亦高老，前幅似翻杜。

戲韋偃爲雙松圖歌〔一〕

天下幾人畫古松，畢宏已老韋偃少〔二〕。絶筆長風起纖末，滿堂動色嗟神妙。兩株慘裂苔蘚皮，屈鐵交錯迴高枝。白摧朽骨龍虎死，黑入太陰雷雨垂。松根胡僧憩寂寞，龐眉皓首無住著。偏袒右肩露雙脚，葉裏松子僧前落〔三〕。韋侯韋侯數相見，我有一匹好東絹〔四〕，重之不減錦繡段。已令拂拭光凌亂，請公放筆爲直幹。

〔一〕朱景玄《畫斷》：韋偃，京兆人，寓居於蜀。張彦遠《名畫記》偃作鶠。

〔二〕《聞見記》：畢宏，天寶中御史，善畫古松。後見張璪，於是閣筆。《名畫記》：大曆間，宏爲給事中。樹木改步變古，自宏始也。

〔三〕《名畫記》：韋鶠工山水，高僧、奇士、老松、異石，風格高舉。

〔四〕庚肩吾《答賚絹啓》：關東之妙，潛織陋其卷綃。又《唐志》：東川陵州，土貢鵝溪絹。

首四句，總統贊之。次四句，細摹其狀。「裂皮」「回枝」，寫出體幹。「白摧」，寫枯梗拗折處。「黑入」，寫風針鬖髿處。又次四句，點綴法。「無住著」，神理都現。「僧前落」，空寂蕭然。末五句，於諸題畫詩，結法又出一奇。與「心乎愛矣，遐不謂矣」，同一意境，蓋傾倒之極也。舊注認真作索畫解，便癡。

題壁上韋偃畫馬歌〔一〕

韋侯別我有所適，知我憐渠一作君畫無敵。戲一作試拈禿筆掃驊騮，欻見騏驎出東壁。一匹齕草一匹嘶，坐看千里當霜蹄。時危安得真致此，與人同生亦同死。

〔一〕《畫斷》：韋偃常以越筆點簇鞍馬，千變萬態。其小者，或頭一點，或尾一抹，巧妙精奇，韓幹之匹也。

仇云：韋偃臨行留蹟也。愚按：上兩聯，逆入得勢。「一匹」二句，簡括如飛。結聯，見公本色。

戲題王宰畫山水圖歌〔一〕

十日畫一水，五日畫一石。能事不受相促迫，王宰始肯留真蹟。壯哉崑崙方壺一作丈圖〔二〕，挂君高堂之素壁。巴陵洞庭日本東〔三〕，赤岸水與銀河通〔四〕，中有雲氣隨飛龍。舟人漁子入浦漵，山木盡亞洪濤風。尤工遠勢古莫比，咫尺應須論一作千萬里。焉得并州快剪刀，剪取吴淞一作松半江水〔五〕。

〔一〕張彦遠《名畫記》：王宰，蜀中人，多畫蜀山，玲瓏嵌空，巉嵯巧峭。

〔二〕崑崙，在西極，方壺，在海東。《拾遺記》：三壺，海中三山也。一曰方壺，則方丈。二曰蓬壺，則蓬萊。三曰瀛壺，則瀛洲。形如壺器。

〔三〕《山海經注》：長沙巴陵縣西，有洞庭陂潛伏通江。《唐書》：日本國者，倭國之别種也。

〔四〕舊引《南兗州記》：瓜步山東五里有赤岸山，南臨江中。按：赤岸，不必專指所在。

〔五〕吴淞，禹貢三江之一。

首六句出題，品高則畫自高，故先推畫品，次落圖名，得争上流法。中五句，叙畫正文，即上所謂「壯哉」，下所謂「遠勢」也。本寫水勢，兼帶風勢，筆墨生動。末四，咏歎以束前文。「焉得」，猶云何處得來，非有待將來之辭。言此非復筆墨之技，直是覓得「快剪」，剪來「江水」也。詩至此，亦化作煙波一片矣。

丈人山〔一〕

自爲青城客，不唾青城地〔二〕。爲愛丈人山，丹梯近幽意。丈人祠西佳氣濃，緣雲擬住最高峰。掃除白髮黄精在，君看他時冰雪容〔三〕。

〔一〕《御覽》：《玉匱經》云：黄帝遍歷五嶽，封青城山爲五嶽丈人，一名赤城，爲第五大洞寶仙九室之天。○乾元二年至青城作。

〔二〕《智度論》：若入寺時，當歌唄讚歎，不唾僧地。

〔三〕《莊子》：藐姑射之山，有神人焉，肌膚若冰雪。

因登覽而期棲託也。起筆尚在題前，先著「不唾」字，神已注入仙都。結作遊仙語，而帶詼諧出之，趣甚。

柟樹爲風雨所拔歎〔一〕

倚江柟樹草堂前，故一作古老相傳二百年。誅茅卜居總爲此，五月髣髴聞寒蟬。東南飄風動地至，江翻石走流雲氣。幹排雷雨猶力争，根斷泉源豈天意。滄波老樹性所愛，浦上童童一作亭亭一青一作車蓋。野客頻留懼雪霜，行人不過聽竽籟〔二〕。虎倒龍顛委榛一作荆棘，淚痕血點垂胸臆。我有新詩何處吟，草堂自此無顔色。

〔一〕自青城還成都草堂作。

〔二〕不過，猶言延佇。

大段前八叙事，後八歎詞。析之，則每四句轉意。起四，言草堂託庇，是追叙未拔前。次四，言厄運忽來，是拔去正面。「猶力争」，壯其節也。「豈天意」，非其罪也。又次四，回思嘉蔭依然，配首段。兩切己寫，兩推開寫。末四，深痛摧埋失色，配次段。「虎倒龍顛」，英雄失路；「淚痕血點」，人樹兼悲。「無顔色」，收應老辣。歎柟耶，自歎耶！殷仲文有言：「樹猶如此，人何以堪！」

茅屋爲秋風所破歌

八月秋高風怒號，卷我屋上三重茅。茅飛度江灑一作滿江郊，高者掛罥長林梢，下者飄轉沈塘坳。　南村群童欺我老無力，忍能對面爲盗賊。公然抱茅入竹去，脣焦口燥呼不得。歸來倚杖自歎息。　俄頃風定雲墨色，秋天漠漠向昏黑。布衾多年冷似鐵，驕兒惡如字卧踏裏裂。床床一作床頭屋漏無乾處，雨脚如麻未斷絶。自經喪亂少睡眠，長夜沾濕何由徹〔一〕。安得廣厦千萬間，大庇天下寒士俱歡顔，風雨不動安如山。嗚呼！何時眼前突兀見此屋，吾廬獨破一作壞受凍死亦足。

〔一〕仇注：徹，徹曉也。

依仇本截。起五句完題，筆亦如飄風之來，疾捲了當。「南村」五句，述初破不可耐之狀，筆力恣横。單句縮住黯然。「俄頃」八句，述破後拉雜事，停「風」接「雨」，忽變一境；滿眼「黑」、「濕」，筆筆寫生。「自經喪亂」，又帶入平時苦趣，令此夜徹曉，加倍煩難。末五句，翻出奇情，作矯尾厲角之勢。宋儒曰：包與爲懷。吾則曰：狂豪本色。結仍一筆兜轉，又復飄忽如風。《柟樹篇》峻整，《茅屋篇》奇奡。彼從拔後追美其功而惜之，此從破後究極其苦而矯之。不可軒輊。

石笋行〔一〕

君不見，益州城西門〔二〕，陌上石笋雙高蹲。古來相傳是海眼，苔蘚食蝕通盡波濤痕。雨多往往得瑟瑟〔三〕，此事恍惚難明論。恐是昔時卿相墓一作冢，立石爲表今仍存〔四〕。惜哉俗態好蒙蔽，亦如小臣媚至尊。政化錯迕失大體，坐看傾危受厚恩。嗟爾石笋擅虚名，後來未識猶駿奔〔五〕。安得壯士擲天外，使人不疑見本根。

〔一〕《風俗記》：蜀人曰：我州之西，有石笋焉。天地之堆，以鎮海眼。動則洪濤大濫。杜田云：在成都西門外，二株雙蹲，一南一北。北笋長一丈六尺，圍九尺五寸。南笋長一丈三尺，圍一丈二尺。

〔二〕《一統志》：成都府，秦置蜀郡。漢武帝置益州。

〔三〕《博雅》：瑟瑟，碧珠也。《成都記》：石笋之地，雨過必有小珠，或青黄如粟，亦有細孔，可以貫絲。

〔四〕《華陽國志》：五丁力士，能舉萬鈞。每王薨，輒立大石爲誌，今石笋是也。號曰笋里。

〔五〕《張衡賦》：殊方跋涉，駿奔來臻。

《石笋》、《石犀》，爲蜀郡淫雨江泛而作也。考《舊書》：上元二年，七月霖雨，至八月，灌口損户口。詩是其時作。〇八句截。「古來」四句，一詩之眼。謂「石笋」「傳是海眼」，宜能鎮壓水患矣。何乃本身「苔蘚」，翻爲「波濤」所「蝕」。徒假「瑟瑟」小玩，以媚世眼。而雨多泛溢，水患如故。則「海眼」之説，「恍惚難明」矣。正與後幅筆筆呼應。「恐是」二句，借《華陽志》語作一波折也。後八，發揮主意。「俗態」，譏相傳之人。「蒙蔽」以下，仍指「石笋」。言俗人好怪，專喜此輩之巧爲「蒙蔽」者，不知「石笋」享鎮海之名，特如獻媚小臣，政墮不知，厚恩空受，名直虚擅耳。恐俗人猶奔走而承奉之，不如投擲之爲快也。〇舊解都將本旨抛荒，純以輔國蔽主之説支離比附，已是喧客奪主。至誤以「惜哉」四句譏傳訛之人。則所云「蒙蔽」者，本是「石笋」也，忽又移之世人，而反以「石笋」

比至尊。前後語意兩岐，令讀者轉益尋思，轉入雲霧。

石犀行〔一〕

君不見，秦時蜀太守〔二〕，刻石立作三三字乃五字之訛，下同犀牛。自古雖有厭勝法，天生江水須一作向東流。蜀人矜誇一千載，泛溢不近張儀樓〔三〕。今年灌口損户口〔四〕，此事或恐爲神羞。終藉隄防出衆力，高擁木石當清秋。先王作法皆正道，詭怪何得參人謀。嗟爾三犀不經濟，缺訛只與長川逝。但見元氣常調和，自免洪一作波濤恣凋瘵〔五〕叶祭。安得壯士提天綱，再平水土犀奔忙。

〔一〕《華陽國志》：李冰作石犀五頭，以厭水精。穿石犀溪於江南，命曰犀牛里。《全蜀志》：五石犀，今一在府寺西南聖壽寺，寺有龍淵，以此鎮之。一在府城中衛金花橋。

〔二〕《華陽國志》：秦孝文王以李冰爲蜀郡太守。

〔三〕《華陽國志》：張儀築成都城，屢頹不立，忽有大龜旋走，巫言依龜行處築之得堅。城西南樓，名張儀樓。

〔四〕《元和志》：漢文翁穿湔江灌溉，故以灌口名山。按：今灌縣，在成都北。

〔五〕《海賦》：天綱浡潏，爲凋爲瘵。洪濤瀾汗，萬里無際。

就轉韻截。《石笋》以無實擅名立論，《石犀》以厭勝不正立論。此章明點「灌口損户口」。○「自古」二句，提破立論之旨。「蜀人」四句，見「厭勝」之不驗。「終藉」四句，見正道之勝邪。此八句雖貼「石犀」，却是衡論事理。「嗟爾」以下，纔是直斥「石犀」，而又歸到「元氣調和」，乃爲探本之論。「提天綱」，即調元氣也。正道伸而邪氣自屏絶矣。比前篇「擲天外」更上一層。觀此詩調氣提綱等語，斷無從實指何人。以與朝局紐合，則前詩刺李之説，其非本旨益信。○「石笋」、「石犀」，亦復何罪，特文章家假象立言耳。説者必將兩項搜剔根株，豈非讆語。○二詩舊本必欲與《杜鵑行》連編一例，撏撦輔國竊權，便滋曲説。

百憂集行

憶年十五心尚孩，健如黄犢走復來。庭前八月梨棗熟，一日上樹能千迴。即今倏忽已五十一云即今年纔五六十，坐卧只多少行立。强將笑語供主人〔一〕，悲見生涯百憂集。入門依舊四壁空，老妻睹我顔色同。癡兒不知父子禮，叫怒索飯啼門東。

〔一〕黄鶴多方考核，謂主人是成都尹李若幽、崔光遠輩。愚按：公在成都，與李、崔曾無往還之文，何得强派。且此詩是總慨入蜀以來落莫之况。居草堂席不及暖，之蜀州，之新津，之青城，又嘗簡彭州高適、唐興王潛。凡所待命，皆主人也。凡面談簡寄，皆笑語也。奚沾沾膠柱爲。

「强笑語」，「悲生涯」，一篇之主。○起四，奇，追憶少時，若將索食於庭樹者。結四，趣，偏值缺飯，偏群然向索。

徐卿二子歌〔一〕

君不見，徐卿二子生絶奇，感應吉夢相追隨。孔子釋氏親抱送〔二〕，並是天上麒麟兒〔三〕。大兒九齡色清澈，秋水爲神玉爲骨。小兒五歲氣食牛〔四〕，滿堂賓客皆回頭。吾知徐公百不憂，積善袞袞生公侯。丈夫生兒有如此二雛者此下一有異時二字，名位豈肯卑微休！

〔一〕公有《詣徐卿覓果栽》絶句，見六之下，或即其人。

〔二〕仇云：孔釋正述其夢。

〔三〕《陳書》：徐陵母夢五色雲化爲鳳，集左肩，誕陵焉。年數歲，寶誌摩其頂曰：「天上石麒麟也。」

〔四〕《尸子》：虎豹之駒，雖未成文，已有食牛之氣。

體涉應酬。申涵光曰：此等題，雖老杜亦不能佳。

戲作花卿歌〔一〕

成都猛將有花卿，學語小兒知姓名。用如快鶻風火生，見賊唯多身始輕。綿州副使著柘黄，我卿掃除即日平。子章史作璋髑髏血模糊，手提擲還崔大夫。李侯重平聲有此節度〔二〕，人道我卿絶代一作世無。既稱絶代無，天子何不唤取守東都〔三〕。

〔一〕《舊書·肅宗紀》：上元二年四月，梓州刺史段子璋反，襲東川節度使李奂於綿州，自稱梁王，改元黄龍，以綿州爲黄龍府，置百官。五月，成都尹崔光遠，率將花驚定攻拔綿州，斬子璋。

〔二〕朱注：奂領東川，以亂奔成都。及平，復之鎮。

〔三〕《舊書·高適傳》：花驚定恃勇，既誅子璋，大掠東蜀。天子怒光遠不能戢軍，乃罷止之。

前韻叙述，後韻賞嘆。本皆贊詞也，然前叙平亂，自有一種剽悍之氣，躍見出來。後言「髑髏」、「擲還」，「重有節度」，功已烈矣，而氣則傲睨，譽亦假託。結語亦於言外見非重用之器，即贊爲貶。使筆如駭雞之犀。○通體粗辣，「髑髏」二句精采。《唐詩紀事》有療瘧之説，理或然也。

大麥行〔一〕

大麥乾枯小麥黄，婦女行泣夫走藏。東至集壁西梁洋〔二〕，問誰腰鎌胡與羌〔三〕。豈無蜀兵三千人，部一作簿領辛苦江山長〔四〕。安得如鳥有羽翅，託身白雲歸故鄉。

〔一〕入寶應元年。

〔二〕《舊書》梁州都督：梁、洋、集、壁四州。屬山南西道。朱注：今寶寧、漢中二府地。

〔三〕《唐・党項傳》：上元二年，党項羌與渾奴剌連和，寇鳳州。明年，又攻梁州，進寇奉天。又《代宗紀》：寶應元年，吐蕃陷秦、成等州。

〔四〕朱注：是調發蜀兵，策應山南者。

《大麥行》，大麥謡也。曷言乎謡也？代爲遺調者之言也。漢桓時童謡曰：「小麥青青大麥枯，誰當穫者？婦與姑。丈夫何在？西擊胡！」今借蜀兵之口，反其意而歌之。謂梁州之民，被寇流亡，諸羌因糧於野，客兵難與争鋒，思去而歸耳。刺寇横，傷兵疲，言外無窮愷切。仇氏誤認「託身歸鄉」爲自欲避之，了無意味。且公在蜀中，與梁州風馬牛不相及。

觀打魚歌〔一〕

綿州江水之東津，魴魚鱍鱍色勝銀〔二〕。漁人漾舟沈大網，截江一擁數百鱗。衆魚常才盡却棄，赤鯉騰出如有神。潛龍無聲老蛟怒，迴一作西風颯颯吹沙塵。饔子左右揮霜刀〔三〕，鱠飛金盤白雪高。徐州禿尾不足憶一作惜〔四〕，漢陰槎頭遠遁逃〔五〕。魴魚肥美知第一〔六〕，既飽歡娛亦蕭瑟。君不見朝來割素鬐，咫尺波濤永相失。

〔一〕綿州詩。

〔二〕陸璣疏：魴魚廣而薄，肌肥，甜而少肉。

〔三〕《西征賦》：饔人縷切，鑾刀若飛。

〔四〕錢箋：《詩義疏》：鱮似魴而大頭。里語曰：「買魚得鱮，不如啖茹。」徐州謂之鰱，秃尾殆指此也。

〔五〕《襄陽耆舊傳》：漢水中出鯿魚，常禁人採捕，以槎斷水，因謂之槎頭縮項鯿。

〔六〕《洛陽伽藍記》：洛鯉伊魴，貴于牛羊。

此詩從來誤會，以「魴」爲「鱠」，且須「霜刀」、「割鬐」，幾令人不可解，更使篇末數語索然。今詳玩詩意，乃知作鱠者謂「赤鯉」，「魴」其陪襯也。○前八句，叙打魚事。「鱍鱍」、「數百」，皆「衆魚常材」耳，「赤鯉騰出」，特筆以表之，乃是主句。鯉，陶隱居所謂魚之能神變者。鯉爲人得，蛟龍惡之，故怒而鼓風。二句爲赤鯉分外增勢。後八句，誌啖鱠事。鱠鯉堆盤，使人神旺，則凡「秃尾」、「槎頭」之類魴者，俱退舍矣。末再繳醒之，言「魴魚」固其「美」者，然當厭飫之餘，無復朶頤焉。况忍多戕物命乎！不見赤鯉就烹，朝來之苦若是乎！此必因主人盛誇魴美而解之，主人見下章。黄生曰：必綿州杜使君。

又觀打魚

蒼江漁子清晨集，設網提綱萬一作取魚急。能者操舟疾若風，撑突波濤挺叉入。小魚脱漏不可記一作紀，半死半生猶戢戢。大魚傷損皆垂頭，屈倔通强泥沙一云沙頭有時立。東津觀魚已再來，主人罷鱠還傾杯。日暮蛟龍改窟穴，山根鱣鮪隨雲雷〔一〕。干戈兵革鬬未止一云鬬格尚未已，鳳凰麒麟安在哉〔二〕！吾徒胡爲縱此樂，暴殄天物聖所哀。

〔一〕《爾雅注》：鱣，大魚，似鱏而鼻短，口在頷下，甲無鱗，肉黄，江東呼爲黄魚。《詩疏》：鮪，似鱣而青黑，頭小而尖，似鐵兜鍪。大者爲王鮪，小者爲鮇魚。肉白。

〔二〕朱注：《家語》：覆巢破卵，則鳳凰不翔。剖胎刳孕，則麒麟不至。即此意。

上八句，亦叙打魚。下八句，發慨。前篇注意專在「赤鯉」，此篇則在盡族而取，恰好合着。又觀上半寫生極興會，然已見竭澤之慘。「已再」、「還傾」，爲「暴殄」引脉。「罷鱠」，非不設鱠也，正見筵宴相尋無已。以下見停杯而歎神理。干戈鬬而麟鳳潛，只以指點蛟鮪匿迹之象。解者紐入吐蕃史孽事，離其宗矣。「縱樂」、「暴殄」，一篇致戒之主。○公詩多寓慨時事，此獨不然，義各有當也。

越王樓歌〔一〕

綿州州府何磊落，顯慶年中越王作〔二〕。孤城西北起高樓，碧瓦朱甍照城郭。樓下長江百丈清〔三〕，山頭落日半輪明。君王舊蹟今人賞，轉見千秋萬古情。

〔一〕《綿州圖經》：州城外西北，有臺百尺。上有樓，下瞰州城。太宗子越王貞，任綿州刺史日作。

〔二〕顯慶，高宗年號。

〔三〕長江，涪江也。由西北而來，過緜境，東南入大江。

朱注：越王於則天時起兵興復，不克，死。蓋賢王也。據此，公殆以斯樓爲峴山碑歟！

海棕行〔一〕

左緜公館清江濆〔二〕，海棕一株高入雲。龍鱗犀甲相錯落，蒼稜白皮十抱文。自是衆木亂紛紛，海棕焉知身出群。移栽北辰一作地不可得，時有西域胡僧識。

〔一〕宋祁《益部方物贊》：海椶不皮而幹，葉叢於杪，至秋乃實，似楝子，理緻幹堅，風雨不能撼。劉恂《嶺表録異》：廣中有波斯棗，木無旁枝，直聳三四丈，至顛四向生十餘枝。葉如椶櫚，彼土人呼爲海椶。三五年一著子。

〔二〕《蜀都賦》：於東則左緜巴東。按：左緜，對蜀都而言。舊注謂緜居涪水左，誤。

驁然自負。

姜楚公畫角鷹歌〔一〕

楚公畫鷹鷹戴角，殺氣森森到幽朔。觀者貪愁一作徒驚掣臂一作壁飛，畫師不是無心學。此鷹寫真在左縣〔二〕，却嗟真骨遂虚傳。梁間燕雀休驚怕，亦未摶空上九天。

〔一〕《名畫記》：姜皎，上邽人，善畫鷹鳥。玄宗即位，累官太常卿，封楚國公。《埤雅》：鷹鷂頂有角毛微起，通謂之角鷹。

〔二〕陸游曰：畫鷹在録參廳。

公畫鷹詩，率以飛颺摶擊寄興，此獨以不飛爲慨，蓋亦失職者之言也。○三四，呼下語，不是無心，謂亦嘗盡心作勢者。

光禄坂行〔一〕

山行落日下絶壁，西望千山萬山赤。樹枝有鳥亂鳴一作棲時，暝色無人獨歸客。馬驚不憂深谷墜，草動只怕長弓射。安得更似開元中〔二〕，道路即今多擁隔。

〔一〕入梓州詩。弼曰：坂在梓州銅山縣。按：梓州，今爲潼川州。

〔二〕《玄宗紀》：開元間，海内富安，行者雖萬里，不持寸刃。年譜：西川兵馬使徐知道反，因入梓州。今詩中多行旅憂危之嗟，良是。

苦戰行〔一〕

苦戰身死馬將軍，自云伏波之子孫〔二〕。干戈未定失壯士，使我歎恨傷精魂。去年江南一作南行討狂賊〔三〕，臨江把臂難再得〔四〕。別時孤雲今不飛，時獨看雲淚横臆。

〔一〕鶴注：上元二年，段子璋反，陷遂州。馬將軍會兵攻之，爲所敗，死於遂州。
〔二〕《後漢·馬援傳》：拜伏波將軍。
〔三〕鶴云：遂在涪江之南。
〔四〕子璋反時，公在成都，馬亦當是成都軍官，故有送別之事。

悲死事也。首句單點，「自云」句追述，即向者「臨江把臂」時語也。「干戈未定」，開説，非專指子璋。惜其死狂賊，不得遠建功業也。通從把別一見上生情。

去秋行〔一〕

去秋涪扶鳩切江木落時，臂槍走馬誰家兒。到今不知白骨處，部曲有去皆無歸。遂州城中漢節在〔三〕，遂州城外巴人稀。戰場冤魂每夜哭，空令野營猛士悲。

〔一〕黃、鮑俱指上年討段事。

〔三〕鮑注：子璋反，遂州刺史嗣虢王巨被殺。按：遂州，今遂寧縣。

曉叛兒也。昔也「臂槍」，今也「白骨」，曾不旋踵，「人稀」、「魂哭」，何爲者哉！「漢節在」，雖死猶生也。「巴人」、「野營」，都指叛者部曲，蓋舉此以警他叛也。舊解非。○朱氏據史，子璋以五月誅，與詩「木落時」不合。仇氏謂事與地皆合，惟時月不符，其誤在史。今再以《花卿歌》證之。花卿誅子璋，在崔光遠尹成都時。則史實非誣，而詩之所指，意子璋誅後，部曲尚有怙亂者，至秋始定耶。

入奏行贈西山檢察使竇侍御〔一〕

竇侍御，驥之子，鳳之雛，年未三十忠義俱，骨鯁絕代無。炯如一段清冰出萬壑，置在迎風露寒舊作寒露之玉壺〔二〕。蔗漿歸厨金碗凍，洗滌煩熱足以寧君軀。政用疏通合典則，戚聯豪貴耽文儒。兵革一作甲兵未息人未蘇，天子亦念西南隅。吐蕃憑陵氣頗粗，竇氏檢察應時須樊作才能俱。運糧繩橋壯士喜〔三〕，斬木火井窮猿呼〔四〕。八州刺史思一戰〔五〕，三城守邊却可圖〔六〕。此行入奏計未小，密奉聖旨恩宜殊。繡衣春當霄漢立，綵服日向庭闈趨樊本此下有「開濟人所仰，飛騰正時須」二句。省郎京尹必俯拾〔七〕，江花未落還成都。江花未落還成都一無此複句，肯訪浣花老翁無？爲君酤酒滿眼酤二句一作攜酒肯訪浣花老，爲君著衫揢髭鬚〔八〕，與奴白飯馬青芻一無此句。

〔一〕鶴云：考《新》、《舊史》、《會要》諸書，無檢察使。愚按：此必非常設之官，時西川有備蕃軍務，特命檢察，即謂之檢察使耳。

〔二〕《西京賦》：既新作於迎風，增露寒與儲胥。注：皆館名。

〔三〕《元和志》：繩橋，在茂州汶川縣西北。架大江水，篾笮四條，以葛藤緯絡，布板其上。從風搖動，而牢固有餘。

〔四〕《蜀都賦注》：火井，先以家火投之，須臾焰出，以竹筒盛其光而無炭，還煮井水，斛得四五斗鹽。按：邛州有之，在蜀西境。

〔五〕《舊書》：西川節度，統松、維、恭、蓬、雅、黎、姚、悉八州兵馬。公《兩川説》：八州歸心於其世襲刺史。

〔六〕高適《論西山三城列戍疏》：平戎以西數城，皆窮山之顛，蹊隧險絶，運糧束馬之路，坐甲無人之境。按：其地今爲威、保、松、潘等處，即《唐史》廣德初，吐蕃所陷之松、維、保三州也。州陷即在明年。三城戍，當在其處。蔡注以保爲姚。姚在瀘水之南，與蕃無涉。至朱注以彭州羊灌、田朋、笮等三守捉城當之。彭去成都僅百里，蕃馬之所不及，當時並未於此專設重戍，與高適所論，尤爲風馬也。若所云守捉城，則西川諸州，在處有之，如翼州守捉三，維州守捉九，姚州守捉二，其餘鎮城各州更多寡不均。朱氏於《唐書》劍南道首見彭州之三守捉，即用爲證，不曾檢及以後諸州，未免脱卯矣。

〔七〕京尹，即謂成都尹。成都時號南京，祝其增秩來鎮也。舊解京尹含糊，便與下文不粘。

〔八〕滿眼酤，猶言儘量酤也。

竇奉命檢察劍南軍務，事竣還朝，公贈以此詩。當是嚴武召還後作。若嚴在，公必不以鎮蜀祝竇也。公時在梓州，竇北歸而相值耳。舊編失之。○首段從「侍御」領起。侍御，諫職也，即借官職空中作意，美其能釋君憂，而中段之克供使事，已隱動矣。中段，詳叙使蜀檢察之事，就勢落出還朝，以清題眼。末段，寫到入奏以後，祝其來鎮兩川，而已亦得與之周旋也。○「驥子」、「鳳雛」，起法得體，竇之父方官於朝也。爲後「綵服」伏脉。「骨鯁」，切侍御，爲本段主句。「冰置玉壺」，「蔗歸金碗」，《杜臆》所謂清心冷面人，方能直言時事，足以制强寇而釋主憂也。「疏通合典」，總括莅官；「豪貴耽儒」，暗伏交誼。二句隱然分提下兩段矣。「兵革」二句，提筆俊爽，是時松、維、保三州雖未陷，而地逼吐蕃，不時騷擾。故於三城設戍。竇之奉使檢察，正爲此也。輸餉度材，激守臣，警邊備，皆其實事。「此行入奏」，點題。「聖旨恩殊」，起下。「繡衣」至末八句，除複筆，衹七句，却説七件事。自承恩而鎮蜀，而訪舊，筆如快馬輕刀。「繡衣」，了侍御。「綵服」，應篇首。「江花未落」，期以來春莅蜀，就「訪浣花」。竇來則可以還歸草堂，相訪處不復在梓也。「爲君酤」，詩已竟，兼及「奴」「馬」，拖尾趣甚。

相從疑當作逢行贈嚴二別駕一云《嚴別駕相逢歌》〔一〕

我行入東川〔二〕，十步一迴首。成都亂罷氣蕭索一作颯〔三〕，浣花草堂亦何有！梓中豪俊大者誰，本州從事知名久〔四〕。把臂開樽飲我酒，酒酣擊劍蛟龍吼。烏帽拂塵青騾舊作螺粟〔五〕，紫衣將炙緋衣走。銅盤燒蠟光吐日，夜如何其初促膝。黃昏始扣主人門，誰謂俄頃膠在漆〔六〕。萬事盡付形骸外，百年未見歡娛畢。神傾意豁真佳士，久客多憂今愈疾。高視乾坤又可愁，一體一作軀交態同悠悠。垂老遇君未恨晚，似君須向古人求。

〔一〕魯訔諸本題下並注云：時方經崔旰之亂。鶴曰：崔亂在永泰元年，公已次雲安，此是徐知道之亂耳。

〔二〕《元和志》：梓州，今爲東川節度治所。

〔三〕《通鑑》：寶應元年七月，劍南兵馬使徐知道反。八月，爲其將李知厚所殺，劍南悉平。

〔四〕舊注：別駕，古稱從事。嚴二梓州人，即爲本州別駕也。

〔五〕朱注：青騾粟，即「與奴白飯馬青芻」意。

〔六〕《後漢書》：陳重與雷義爲友，鄉里語曰：「膠漆自謂堅，不如雷與陳。」

初識面而能罄歡，故即席爲贈。公詩所謂「久客惜人情」者，此也。起四反勢。中段，上六下八，述相待之厚。或順叙，或倒找，不分兩層，總見傾倒之至。後四，感歎作結。

陪王侍御同登東山最高頂宴姚通泉晚攜酒泛江〔一〕

姚公美政誰與儔，不減昔時陳太丘〔二〕。邑中上客有柱史〔三〕，多暇日陪驄馬遊。東山高頂羅珍羞，下顧城郭銷我憂。清江白日落欲盡，復攜美人登綵舟。笛聲憤怨哀中流，妙舞逶迤夜未休。燈前往往大魚出，聽曲低昂如有求〔四〕。三更風起寒浪涌，取樂喧呼覺船重。滿空星河光破碎，四座賓客色不動。請公臨深莫相違，迴船罷酒上馬歸。人生歡會豈有極，無使霜露一作過霑人衣。

〔一〕有《陪王侍御宴通泉東山野亭》詩，見三之三。○通泉，梓屬邑。

〔二〕《後漢書》：陳寔，除太丘長，修德清静，百姓以安。

〔三〕指侍御。

〔四〕《荀子》：昔者瓠巴鼓瑟，而游魚出聽。

姚爲主，王爲賓，公爲陪客。起四句，總領大意。次八句，先叙東山頂宴，次叙攜酒泛江，蟬聯而下。「三更」四句，借風勢蹴起一波。末四句，趁風勢就作收局。

漁　陽〔一〕

漁陽突騎猶精鋭〔二〕，赫赫雍王都節制〔三〕。猛將飄然恐後時〔四〕，本朝不入非高計。禄山北築雄武城〔五〕，舊防敗走歸其營。繫書請問燕耆舊，今日何須十萬兵。

〔一〕史孽所據爲根本，與范陽相連屬，今直隸密雲等處。

〔二〕《後漢書》：吴漢説彭寵曰：「漁陽突騎，天下所聞也。」

〔三〕《唐書》：寶應元年九月，魯王适改封雍王。十月，以爲天下兵馬元帥，統河北、朔方及諸道行營回紇等兵十餘萬，進討史朝義，會軍陝州。即德宗也。

〔四〕仇注：時河北將薛嵩、張忠志，各以州來降。

〔五〕《舊書》：禄山反時，築壘范陽北，號雄武城，峙兵聚糧。

朱注：公聞雍王授鉞，作此以諷河北也。愚按：首句放單，次句立一詩之柱。只一句，已足壓倒群凶。以下都頂首句説。三四，假歸順者以動之。五六，又援往轍以曉之。七八，只作詰詞，冷甚。讀此如楚歌吹散矣。

春日戲題惱郝使君兄〔一〕

使君意氣凌青霄，憶昨歡娛常見招。細馬時鳴金騕褭〔二〕，佳人屢出董嬌嬈〔三〕。東流江水西飛燕，可惜春光不相見。願攜王趙兩紅顔，再騁肌膚如素一作雪練。通泉百里近梓州，請公一來開我愁。舞處重看花滿面，尊前還有錦纏頭。

〔一〕廣德元年，自通泉還梓州作。

〔二〕《唐書》：細馬稱左，粗馬稱右。希曰：馬謂之金騕褭，因漢武鑄金爲麟趾褭蹄也。

〔三〕《玉臺新咏》宋子侯有《董嬌嬈》詩。

鶴云：去年冬在通泉時，郝出二姬以侑樽。今在梓州，作此戲之。愚按：情因出伎而動，郝實牽引之也。情既引矣，而又難必其再攜，故曰「惱」。〇通泉，梓屬邑，不應有使君。郝豈通泉人，嘗爲州使者耶！

短歌行送祁録事歸合州因寄蘇使君〔一〕

前者途中一相見，人事經年記君面。後生相動一作勸何寂寥，君有長才不貧賤。君今起柂春江流，余亦沙邊具小舟。幸爲達書賢府主，江花未盡會江樓。

〔一〕《唐書》：合州，涪陵郡，屬劍南東道。

「相動」，謂才足以動人。所以人事經年，猶記其面。祁先行，約以隨後即到，合在梓東，亦下峽之志歟！

嚴氏溪放歌行一無行字〔一〕

天下甲一作兵馬未盡銷，豈免溝壑常漂漂。劍南歲月不可度〔二〕，邊頭公卿仍獨一作何其驕。費心姑息是一役〔三〕，肥肉大酒徒相要。嗚呼古人已糞土！獨覺志士甘漁樵。況我飄轉無定所，終日慽慽忍羈旅。秋宿霜溪素月高，喜得與子長夜語〔四〕。東遊西還力實倦，從此將身更何許。知子松根長茯苓，遲暮有意來同煮。

〔一〕《華陽國志》：閬中有三狐、五馬、蒲、趙、任、黄、嚴爲大姓。○依朱本編閬州。

〔二〕閬屬山南，此曰劍南者，統指蜀中也。

〔三〕句晦。

〔四〕子，謂嚴氏主人。

嚴氏主人，隱者也。喜其相待意厚，作歌以贈。言劍外官人，莫可相依。漁樵志士，差堪作伴。蓋有激而云然。

發閬中〔一〕

前有毒蛇後猛虎〔二〕，溪行盡日無村塢。江風蕭蕭雲拂地，山木慘慘天欲雨。女病妻憂歸意急一作速〔三〕，秋花錦石誰能一作復數。別家三月一得書，避地何時免愁苦。

〔一〕冬末自閬還梓。

〔二〕時吐蕃肆虐，北陷長安，而蜀邊亦將失。

〔三〕時家寄梓州。

上四，歸途所值。下言所以歸之故。○歸梓在冬，此云「秋花」者，來時曾見，歸路已無，途次往來，每多斯感。公是時則意急而不暇數其枯落者幾處也。

天邊行

天邊老人歸未得叶篤，日暮東臨大江哭〔一〕。隴右河源不種田〔二〕，胡騎羌兵入巴蜀〔三〕。洪濤滔天風拔木，前飛禿鶖後鴻一作黄鵠。九度附書向洛陽，十年骨肉無消息叶蘇六切。

〔一〕江指嘉陵、涪江之屬。

〔二〕《通鑑》：廣德元年十月，吐蕃入長安，自鳳翔以西，邠州以北，盡爲蠶食。

〔三〕是年十二月，吐蕃陷松、維、保三州。朱注：《唐書》：吐蕃，西羌屬。党項，西羌別種。此羌兵。《通典》：吐谷渾，本鮮卑慕容之支，晉時西徙枹罕，此胡騎也。按：詩特渾言外寇耳，吐谷渾未嘗入蜀。

亦是秦、蜀蕃警時作。舊與辭嚴幕詩同編，不類。

冬狩行〔一〕

君不見，東川節度兵馬雄，校獵亦似觀成功。夜發猛士三千人，清晨合圍步驟同。禽獸已斃十七八，殺聲落日迴蒼穹。幕前生致九青兕〔二〕，駱駞嵒峞垂玄熊。東西南北百里間，髣髴蹴踏寒山空。有鳥名鸜鵒〔三〕，力不能高飛逐走蓬。肉味不足登鼎俎，何爲見羈虞羅中。春蒐冬狩侯得同韻複〔四〕，使君五馬一馬驄〔五〕。況今攝行大將權〔六〕，號令頗有前賢風。飄然時危一老翁，十年厭見旌旗紅。喜君士卒甚整肅，爲我迴轡擒西戎〔七〕。草中狐兔盡何益，天子不在咸陽宮〔八〕。朝廷雖無幽王禍〔九〕，得不哀痛塵再蒙〔一〇〕！嗚呼！得不哀痛塵再蒙。

〔一〕原注：時梓州刺史章彝兼侍御史，留後東川。

〔二〕《楚辭》注：郭璞曰：角青色，重千斤。

〔三〕《左傳》：童謡曰：「鸜鵒鸜鵒，往歌來哭。」《禽經》：鸜鵒剔舌而語。

〔四〕趙注：蒐狩本天子事，而諸侯得行之。

〔五〕朱注：《潘氏詩話》：漢制，太守駟馬，其加秩中二千石，乃右驂。按：馬驄，兼侍御也。

〔六〕爲留後。

〔七〕謂吐蕃。

〔八〕十月，吐蕃猝至長安，帝幸陝州。

〔九〕《史記》：申侯與犬戎攻殺幽王於驪山之下。

〔一〇〕前明皇幸蜀，今代宗幸陝。

夏客云：因校獵之盛，思外清西戎，内匡王室。愚按：諷章之旨，最爲深切。起四句，明提出獵，暗擊勤王。次十句，詳校獵之事，是題面。先兩句挈，再兩層寫，見得遊畋之樂，恣意縱殺，對面便是置國禍於度外，與篇末激射，即所謂「草中狐兔盡何益」也。中四句，上下關鈕，以「蒐」、「狩」了上，以「將權」起下。後九句，借軍容以諷勤王，是本旨。「老翁」、「厭見」，插入自己，生動。「甚整肅」，應前「步驟」、「號令」。「草中」句，撇開前幅。「不在咸陽」，點醒主腦。結用複筆，大聲疾呼。

桃竹杖引贈章留後〔一〕

江心蟠石生桃竹，蒼波噴浸尺度足。斬根削皮如紫玉，江妃水仙惜不得叶篤。梓潼使君開一束〔二〕，滿堂賓客皆歎息叶蘇六切。憐我老病贈兩莖，出入爪甲鏗有聲。老夫復欲東南征，乘濤鼓枻白帝城〔三〕。路幽必爲鬼神奪，拔劍或與蛟龍爭。重爲告曰：杖兮杖兮，爾之生也甚正直，慎勿見水踴躍學變化爲龍〔四〕！使我不得爾之扶持，滅跡於君山湖上之青峰〔五〕。噫！風塵澒洞兮豺虎齩人，忽失雙杖兮吾將曷從。

〔一〕《蜀都賦》：靈壽桃枝。注：桃枝，竹屬，可以爲杖。《一統志》：潼川州土産有桃竹。

〔二〕鶴注：梓州，梓潼郡，東倚梓林，西枕潼水。

〔三〕下峽之處。

〔四〕《神仙傳》：壺公遺費長房歸，以一竹杖與之。長房騎杖，忽然到家。以杖投葛陂中，視之乃青龍耳。

〔五〕《博物志》：君山，洞庭湖山也。帝之二女居之，曰湘夫人。

前幅兩韻，一原杖，一感贈，皆屬叙事。後段借告杖以告章。人知後段之奇，而不知其根已伏於「江妃、水仙」之句，其緒再引於「鬼神奪」而「蛟龍爭」之句。吴論云：「重告」，猶《楚辭》「亂曰」之類。愚按：「爾生正直」，應「江妃、水仙」以上等語。「見水」、「滅跡」，應「鬼神」、「蛟龍」以上等語。合前後觀之，可知文欲出奇，先着呆語不得。而出奇之處，又離宗不得。其云「風塵」、「豺虎」，又映蕃寇時事。而曰「白帝」、「君山」，則出峽之素志也。隨有《將適吴楚留別章使君》詩。○《同遊山寺》詩云：「窮子失净處，高人憂禍胎。」章似有不臣心迹，此云「慎勿學變化爲龍」，諷意正同。○《適吴》、《山寺》兩詩並見一之三。

憶昔二首〔一〕

憶昔先皇巡朔方〔二〕，千乘萬騎入咸陽〔三〕。陰山驕子汗血馬〔四〕，長驅東胡胡走藏〔五〕。鄴城反覆不足怪〔六〕，關中小兒壞紀綱〔七〕。張后不樂上爲忙〔八〕。至令今上猶撥亂，勞身焦思補四方〔九〕。我昔近侍叨奉引〔一〇〕，出兵整肅不可當〔一一〕。爲留猛士守未央〔一二〕，致使岐雍防西羌。犬戎直來坐御床〔一三〕，百官跣足隨天王〔一四〕。願見北地傅介子〔一五〕，老儒不用尚書郎〔一六〕。

〔一〕舊編嚴武幕中，非。當屬吐蕃陷京後，代宗復國時作。蓋在廣德二年之春，時復在閬。

〔二〕肅宗靈武之立。

〔三〕肅宗還京。

〔四〕《通典》：陰山，唐安北都護府也。按：此謂借兵回紇。

〔五〕回紇助討安慶緒，收復兩京。

〔六〕九節度圍安慶緒於鄴，師潰，東京尋復陷。

〔七〕謂李輔國。《舊書·宦官傳》：輔國，閑廏馬家小兒，粗知書計，爲僕，事高力士。

〔八〕謂良娣。《舊書》：張后寵遇專房，與輔國持權禁中，帝無如之何。

〔九〕代宗初，僕固懷恩破史朝義，克東京，河北諸將皆降。

〔一〇〕肅宗之初，公爲拾遺。唐制，拾遺掌供奉。

〔一一〕時代宗以廣平王爲太子，拜天下兵馬元帥，習於兵事。

〔一二〕代宗初，程元振用事。關中百姓，專給禁軍，朝廷之上，邊警莫聞。

〔一三〕廣德元年十月，吐蕃入長安。《唐書》：吐蕃，本西羌屬，拜必手據地爲犬號。《南史·侯景傳》：齊文宣夢獼猴坐御床。

〔一四〕帝出奔陝。

〔一五〕《漢書》：傅介子，北地人也。持節使樓蘭，斬其王首歸，封義陽侯。

〔一六〕《木蘭行》：欲與木蘭賞，不用尚書郎。舊注：指嚴武表爲工部郎，誤。

首章，歷叙肅宗臨御，以及代宗之蒙塵。其中關目，在肅宗，則以輔國、張后之蔽，致師潰鄴城，遺憂繼世。在代宗，則不能借鑒前車，信任程元振，豢禁旅而忽邊防，致宗社再傾，身羈取辱。「先皇」其炯鑒，今日其覆轍也，陳戒之旨切矣。結仍作望詞。「老儒」，自謂。「不用尚書郎」，只是使成語。言倘得殄寇再興，雖窮老亦足。

憶昔開元全盛日，小邑猶藏萬家室。稻米流脂粟米白，公私倉廩俱豐實。九州道路無豺虎一作狼，遠行不勞吉日出。齊紈魯縞車班班，男耕女桑不相失〔一〕。宫中聖人奏雲門〔二〕，天下朋友皆膠漆。百餘年間未災變，叔孫禮樂蕭何律。豈聞一絹直萬錢，有田種穀今流血！洛陽宫殿燒焚盡〔三〕，宗廟新除狐兔穴〔四〕。傷心不忍問耆舊，復恐初從亂離説。小臣魯鈍無所能，朝廷記識一作憶蒙禄秩〔五〕。周宣中興望我皇，洒淚一作血江漢身衰疾〔六〕。

〔一〕柳芳《唐曆》：開元季年，天下雄富。京師米價，斛不盈二百，絹亦如之。東由汴宋，西歷岐鳳，夾路列店，陳酒饌待客。行人萬里，不持寸刃。

〔二〕《周禮》：大司樂，歌大吕，舞雲門，以祀天神。

〔三〕安史所殘。

〔四〕《唐書》：吐蕃留京師十五日乃走。

〔五〕公《别馬巴州》詩自注云「時甫除京兆功曹」，知是代宗初復國事。

〔六〕嘉陵江兼有江漢之名，在閬州無疑。若嚴幕則在成都，有江無漢也。

前章戒詞，此章祝詞。述開元之民風國勢，津津不容於口，全爲後幅想望中興樣子也。○前説開元。「豈聞」四句，直説目下。中間隔一大段時光，故用「傷心」二句搭連之。意以其間亂離之事，不忍再提，但遠追盛事，以冀今之克還其舊耳。○二詩編入嚴武幕中，殊爲不類，蓋爲「尚書郎」三字所誤也。

閬山歌

閬州城東靈一作雪山白〔一〕，閬州城北玉臺碧〔二〕。松浮欲盡不盡雲，江動將崩未一作已，非崩石。那知根無鬼神會，已覺氣與嵩華敵。中原格鬬且未歸，應結茅齋著一作看青壁。

〔一〕《唐書》：閬州閬中縣有靈山。《輿地圖》：昔蜀王鼈靈登此，因名。

〔二〕《輿地紀勝》：玉臺山，在閬州城北。

二歌誌閬中之勝，亦聊爲不歸者解嘲耳。○起聯提明「山」字。「松雲」、「江石」，美其景物。「那知」、「已覺」，壯其形勢。結語歎其仙境可隱，非果欲「結茅」也。○「松雲」寫得縹緲，「江石」寫得玲瓏。「那知」其「無」，正見其有。舉「嵩華」相形，恰與「中原未歸」合縫。

閬水歌

嘉陵江色一作水何所似〔一〕？石黛碧玉相因依〔二〕。正憐日破浪花出，更復春從沙際歸。巴童蕩漿欹側過，水雞一作鳥銜魚來去飛〔三〕。閬中勝事可腸斷，閬州城南天下稀〔四〕。

〔一〕《寰宇記》：嘉陵水，一名西漢水。《地圖》：源出秦州嘉陵谷，因名。經閬中即閬水，又曰渝水。

〔二〕《六書故》：黛，青黑色，用爲畫眉墨。《爾雅注》：碧亦玉類。

〔三〕朱注：聞蜀士云：水雞，狀如雄雞，短尾，好宿水田中，今川人呼爲水雞公。

〔四〕樓鑰曰：嘉陵江至閬州西北，折而南，而東，而北，城三面皆水，故曰閬中。城南正當佳處，對面即錦屏山。馮忠恕記云：有五城十二樓之勝概。

首句問，次句答。「石黛碧玉」，寫水正筆已竟。「日出」、「春歸」，從生色處寫。「巴童」、「水雞」，又從點綴處寫。都是烘染法。結有贊不容口之致。○苦愛「閬中」二句，似舊歌謠。

丹青引贈曹將軍霸下五字諸本作小注〔一〕

將軍魏武之子孫，於今爲庶爲清門〔二〕。英雄割據雖一作皆已矣，文彩風流今一作猶尚存。學書初學衛夫人〔三〕，但恨無過王右軍〔四〕。丹青不知老將至，富貴於我如浮雲。開元之中常引見，承恩數上南薰殿〔五〕。凌煙功臣少顏色〔六〕，將軍下筆開生面。良相頭上進賢冠〔七〕，猛將腰間大羽箭。褒公鄂公毛髮動〔八〕，英姿颯爽來一作猶酣戰。先帝天一作御馬玉花驄〔九〕，畫工如山貌不同。是日牽來赤墀下，迥一作敻立閶闔生長風。詔謂將軍拂絹素，意匠慘澹經營中。須臾九重真龍出，一洗萬古凡馬空。玉花却在御榻上，榻上庭前屹相向。至尊含笑催賜金，圉人太僕皆惆悵。弟子韓幹早入室〔一〇〕，亦能畫馬窮殊相。幹惟畫肉不畫骨，忍使驊騮氣凋喪。將軍畫善一作妙蓋有神，偶一作必逢佳士亦寫真。即今飄泊干戈際，屢貌尋常行路人〔一一〕。途窮反遭俗眼白，世上未有如公貧。但看古來盛名下，終日坎壈纏其身。

〔一〕《名畫記》：曹霸，曹髦之後，髦畫稱於魏代。霸在開元中已得名。天寶末，每詔畫御馬及功臣，官至左武衛將軍。○復還成都詩。

〔二〕《左傳》：三后之姓，於今爲庶。

〔三〕張懷瓘《書斷》：衛夫人，名鑠，字茂猗，汝陰太守李矩之妻也。隸書尤善，規矩鍾公，右軍少嘗師之。

〔四〕《書斷》：篆、籀、八分、隸書、章草、飛白、行書、草書，通謂之八體。惟王右軍兼工。

〔五〕《長安志》：南内興慶宫内，有南薰殿。

〔六〕《唐書》：貞觀十七年，圖功臣於凌煙閣。

〔七〕《舊書》：武德中，制有爵弁、遠遊、進賢、武弁、獬豸諸冠。

〔八〕《舊書》：凌煙功臣二十四人，開府儀同三司鄂國公尉遲敬德第七，故輔國大將軍揚州都督褒國忠壯公段志玄第十。

〔九〕先帝，謂玄宗。

〔一〇〕《名畫記》：韓幹，大梁人，善寫貌人物，尤工鞍馬。初師曹霸，後獨自擅。玄宗好大馬，西域歲有獻者，命幹悉圖其駿，則有玉花驄、照夜白等。

〔一一〕疑當時曹爲公寫照。

讀此詩，莫忘却「贈曹將軍霸」五字，猶《入奏行》之「贈竇侍御」，《桃竹杖引》之「贈章留後」也。通篇感慨淋漓，都從此五字出。自來注家只解作題畫，不知詩意却是感遇也。但其盛其衰，總從畫上見，故曰《丹青引》。○起四句，兩層抑揚，總爲下文四段作地。「於今爲庶」，照到末段「漂泊」、「途窮」。「文采尚存」，照起中三段奉詔作畫。而「學書」二句乃陪筆，「丹青」二句乃點筆也。中三段，是追昔之盛。末一段，是歎今之衰。析言之，則「開元」八句，叙奉詔重畫功臣。四總提，四分寫，抽寫也。「先帝」八句，叙奉詔畫「玉花驄」，二襯筆，二生馬，二畫態，二畫妙也。「玉花」八句，再就畫馬申讚。「榻上」是貌得者，「庭前」是牽來者。寫生出色，又以「韓幹」作襯，非貶韓，乃尊題法也。而三段中人略馬詳，章法相間。以上總言其盛，應篇首「文采風流」句。末段，「畫善」句，總筆束前。「佳士」句，補筆引下。須知將軍畫不止前二項，故以寫佳士補之。其前只鋪排奉詔所作者，正與此處「屢貌尋常」相照耀。見今昔異時，喧寂頓判，此則贈曹感遇本旨也。結聯又推開作解譬語，而寄慨轉深。此段極言其衰，與篇首「於今爲庶」應，其命意作法蓋如此。至於摹寫丹青之絶特，前人論之詳矣。○此白傅《琵琶行》等詩所自出。○附《畫馬讚》。

畫馬讚

韓幹畫馬，毫端有神。驊騮老大，騕褭清新。魚目瘦腦，龍文長身。雪垂白肉，風蹙蘭筋。逸態蕭疏，高驤縱恣。四蹄雷雹，一日天地。御者閑敏，去何難易。愚夫乘騎，動必顛躓。瞻彼駿骨，實惟龍媒。漢歌燕市，已矣茫哉。但見駑駘，紛然往來。良工惆悵，落筆雄才。

韋諷録事宅觀曹將軍畫馬圖一有歌字〔一〕

國初已來畫鞍馬，神妙獨數江都王〔二〕。將軍得名三一作四十載，人間又見真乘黄。曾貌先帝照夜白〔三〕，龍池十日飛霹靂〔四〕。内府殷紅馬腦盤一作碗，婕好傳詔才人索叶所革切。碗賜將軍拜舞歸，輕紈細綺相追飛一作隨。貴戚權門得筆跡，始覺屏障生光輝。昔日太宗拳毛騧〔五〕，近時郭家師子花〔六〕。今之新圖有二馬，復令識者久歎嗟。此皆戰騎一作騎戰一敵萬，縞素漠漠開風沙。其餘七匹亦殊絶，迥若寒空動煙一作雜霞雪。霜蹄蹴踏長楸間〔七〕，馬官廝養森成列。可憐九馬争神駿，顧視清高氣深穩。借問苦心愛者誰，後有韋諷前支遁〔八〕。憶昔巡幸新豐宫〔九〕，翠華拂天來向東。騰驤磊落三萬匹，皆與此圖筋骨同。自從獻寶朝河宗〔一〇〕，無復射蛟江水中〔一一〕。君不見，金粟堆前松柏裏〔一二〕，龍媒去盡鳥呼風〔一三〕。

〔一〕鶴注：韋諷爲閬州録事。諷之居在成都。

〔二〕《名畫記》：江都王，太宗皇帝猶子也。善書，畫鞍馬擅名。

〔三〕《明皇雜録》：上所乘馬，有玉花驄、照夜白。《畫鑑》：曹霸人馬圖：紅衣美髯奚官，牽玉面騂，緑衣閹官，牽照夜白。

〔四〕《長安志》：龍池，在南内南薰殿北，躍龍門南。垂拱後，因雨潦成小池，後又引龍首支渠溉之，滋廣瀰深，常有雲氣，或見黄龍出其中。

〔五〕《金石録》：太宗六馬，其一曰拳毛騧，黄馬黑喙，平劉黑闥時所乘。

〔六〕《杜陽雜編》：代宗自陝還，命御馬九花虬并紫玉鞭轡以賜郭子儀。額高九寸，毛拳如麟。《天中記》載：杜詩師子花即九花虬。

〔七〕曹植詩：走馬長楸間。

〔八〕《世説》：支道林嘗養數匹馬，或言道人畜馬不韻，支曰：「貧道重其神駿耳。」

〔九〕《唐書》：京兆府昭應縣，本新豐，有宮在驪山下。

〔一〇〕《水經注》：玉果璿璣，燭銀金膏，皆河圖所載，河伯所獻。穆王視圖，乃導以西邁矣。舊注：穆王自此歸而上昇，以比玄宗之升遐也。

〔一一〕《漢・武紀》：自潯陽浮江，親射蛟江中。

〔二〕《舊書》：明皇嘗至橋陵，見金粟山岡，有龍盤虎踞之勢，曰：「吾千秋萬歲後，葬此。」暨升遐，遵先旨葬焉。

〔三〕《漢書》：天馬來，龍之媒。

中間九馬是主，前後總是陪。○此篇馬詩，又出一奇。奇不在九馬正筆，奇在前後「照夜白」、「新豐宮」兩段烘托出色。前以盛事烘托，用意近而濃，即將軍他畫也。後以衰氣烘托，用意遠而悲，乃先朝舊馬也。○起四句提。「曾貌」八句，言皇情好畫，貴臣爭效。此以將軍所畫他馬作襯，以一匹襯九匹，是少襯多。「貴戚屏障」，借徑起下。「昔日」十四句，乃本題九馬圖正文。另敘兩匹，補寫七匹，總束九匹。極錯綜中，却極整飭。帶韋諷，不漏。末八句，言昔畫猶存，而舊御無馬。此以先朝已往之真馬作襯，以三萬匹襯九匹，是多襯少。○張溍曰：杜詩咏物，必及時事，故能淋漓頓挫。愚按：身歷興衰，感時撫事，惟其胸中有淚，是以言中有物。

莫相疑行〔一〕

男兒生無所成頭皓白，牙齒欲落真可惜。憶獻三賦蓬萊宮〔二〕，自怪一日聲烜一作輝，一作燀赫。集賢學士如堵牆，觀我落筆中書堂〔三〕。往時文彩動人主，此一作今日饑寒趨路旁。晚將末契託一作末節契年少，當面輸一作論心背面笑。寄謝悠悠世上兒，不一作莫爭好惡俱如字莫相疑。

〔一〕舊編永泰元年，辭嚴武幕職後。

〔二〕天寶十載，公年四十，進三大禮賦，命待制集賢院。

〔三〕李華《中書政事堂記》：武德以來，於門下省議事，謂之政事堂。高宗光宅元年，裴炎自侍中除中書令，乃遷政事堂於中書省。

公在幕時呈嚴公詩云：「平地專欹側，分曹失異同。」則知辭幕之故，半以同列見嫉。此詩追昔撫今，不勝悲慨，於篇尾流露其意。○「不争好惡」，猶言不與汝鬬高低也。盧注讀去聲，作此輩好惡無常解，語氣不順。

赤霄行

孔雀未知牛有角叶谷，渴飲寒泉逢觝觸。赤霄玄圃須往來，翠尾金花不辭辱〔一〕。江中淘河嚇飛燕〔二〕，銜泥却落羞華屋。皇孫猶曾蓮勺困〔三〕，衛朱注云：當作鮑莊見貶傷其足〔四〕。老翁慎莫怪少年，葛亮貴和書有篇〔五〕。丈夫垂名動萬年，記憶細故非高賢。

〔一〕《埤雅》：《博物志》：孔雀，尾多變色，如雲霞無定。人採其尾，有金翠。

〔二〕《爾雅》：鵜，鴮鸅。注：今之鵜鶘也。好入水食魚，俗呼爲淘河。《莊子》：鴟得腐鼠，鵷雛過之，仰而視之曰：「嚇！」

〔三〕《漢·宣帝紀》：帝初爲皇曾孫，喜遊俠，常困於蓮勺鹵中。

〔四〕《左傳》：齊靈公刖鮑牽，仲尼曰：「鮑莊子之智不如葵，葵猶能衛其足。」注：葵傾葉向日，以蔽其根。

〔五〕《諸葛亮傳》：亮集目録，凡二十四篇，《貴和》第十一。

此與《莫相疑》同旨。連設四喻，兩以物，兩以古，結語付之不復記憶，絶高。◯「孔雀」詳，「飛燕」略，參差有致。燕被嚇而泥落不得上巢，故曰「羞華屋」。◯二詩中多名語，微欠蘊藉。

狂（一作短）歌行贈四兄〔一〕

與兄行年校一歲，賢者是兄愚者（一作是）弟。兄將富貴等浮雲，弟竊（一作切）功名好權勢。長安秋雨十日泥，我曹鞴馬聽晨雞〔二〕。公卿朱門未開鎖，我曹已到肩相齊。吾兄睡穩方舒膝，不襪不巾踏曉日。男啼女哭莫我知，身上須繒腹中實。今年思我來嘉州〔三〕，嘉州酒重（一作香）花繞（一作滿）樓。樓頭吃酒樓下卧，長歌短咏（一作歌）迭（一作遠，一作還）相酬。四時八節還拘禮，女拜弟妻男拜弟。幅巾鞶帶不掛身〔四〕，頭脂足垢何曾洗。吾兄吾兄巢許倫，一生喜怒長任真。日斜枕肘寢已熟，啾啾唧唧爲何人？

〔一〕夏客云：公諸弟見於詩者不一，此兄又其諸從也。○集外詩。

〔二〕《説文》：鞴，車鞁也。

〔三〕《唐書》：嘉州屬劍南道。按：今爲嘉定州，在成都南。公時去蜀而暫留於此也。

〔四〕《通典》：漢末王公名士以幅巾爲雅。《説文》：鞶，大帶也。

此係去成都以後詩。公留嘉非久，而四兄乃適來看者，必其赴成都相候，值公已行而追及之也。首四句，先領出彼此性格。次八句，追叙在長安時彼此行徑，用分寫。又次八句，正叙此日嘉州彼此情景，用合寫。末四句，彼此咏歎作結。○曰「我曹」、「我曹」，厭苦之甚。曰「吾兄吾兄」，健羡之甚。一忙一閒，一苦一樂，勞人對之，不覺内愧。○有少陵筆力，方許使常談。

青絲〔一〕

青絲白馬誰家子〔二〕，粗豪且逐風塵起〔三〕。不聞漢主放妃嬪〔四〕，近静潼關掃蜂蟻。殿前兵馬破汝時，十月即爲虀粉期。未如面縛歸金闕，萬一皇恩下玉墀〔五〕。

〔一〕在雲安秋盡作。

〔二〕以侯景比僕固懷恩之反。

〔三〕《唐書》：廣德二年，懷恩與回紇、吐蕃進逼奉天。永泰元年九月，誘回紇、吐蕃、吐谷渾、党項、奴剌，俱入寇。
〔四〕朱注：不聞，豈不聞也。《舊書》：是年二月，出宫女千人。
〔五〕仇云：上初遣裴遵慶諭懷恩，諷令入朝。又下詔稱其功勞，許以但當詣闕，更勿有疑。曉叛臣也。兩叙反者，兩述主威。兩惕之，兩勸之。妙以數虚字唤醒。

引水〔一〕

月峽瞿唐雲作頂〔二〕，亂石崢嶸俗無井。雲安沽水奴僕悲，魚復移居心力省〔三〕。白帝城西萬竹蟠〔四〕，接筒引水喉不乾。人生留滯生理難，斗水何直百憂寬。

〔一〕峕注：夔俗無井，以竹引山泉而飲，蟠屈山腹間，有至數百丈者。○此後入夔州詩。
〔二〕明月峽，在渝州。瞿唐爲夔州出峽之門。雲作頂，言多高山。
〔三〕《舊書》：奉節縣，屬夔州，本漢巴郡魚復縣。
〔四〕白帝城，在夔州府治東。

首句「月峽瞿唐」連用，乃泛舉渝、忠、夔數州之地而言。結云「何直」，何啻也。人當窮困已極，則曰略得少資，如邀大惠。詩正此意，亦解嘲語也。仇謂一水未足解憂，反其旨矣。

負薪行

夔州處女髮半華，四十五十無夫家。更遭喪亂嫁不售，一生抱恨長一作堪咨嗟。土風坐男使女立，男一作應當門户一作應門當户女出入。十猶一作有八九負薪歸，賣薪得錢應一作當供給。至老雙鬟一作環只垂頸，野花山葉銀釵並〔一〕。筋力登危集市門，死生射利兼鹽井〔二〕。面妝首飾雜啼痕，地褊衣寒困石根。若道巫山女粗醜，何得北一作此有昭君村〔三〕。

〔一〕陸游《入蜀記》：峽中負物賣，率多婦人。未嫁者爲同心髻，高二尺，插銀釵至六隻，後插象牙梳如手大。

〔二〕公《雲安》詩：負鹽出井此溪女。

〔三〕《方輿勝覽》：歸州東北四十里，有昭君村，《琴操》云：鄉人爲立廟，廟有大柏。有擣練石，在廟側溪中，今香溪也。《寰宇記》：村連巫峽。按：歸在峽東北。

起四句，傷老女之失時，在題前。次四句，指出峽中土風，是點題。此却統説，不專指未嫁者。「至老」四句，復承「無夫」者言，就述「射利」之苦。「鹽井」帶説。後四句，仇氏所謂形容其困悴，而爲憫惜之詞也。不必分段，下篇仿此。○峽女多勞苦，就中且有老而未嫁者。故篇中述風土處則統言，而前後則謂無夫者亦不免，蓋傷之也。若認十有八九皆無夫之女，則礙理矣。

最能行〔一〕

峽中丈夫絶輕死，少在公門多在水。富豪有錢駕大舸，貧窮取給行䑨音葉子〔二〕。小兒學問止論語，大兒結束隨商旅。欹帆側柂入波濤，撇漩捎濆無險阻〔三〕。朝發白帝暮江陵〔四〕，頃來目擊信有徵。瞿唐漫天虎鬚怒〔五〕，歸州長年與一作行最能〔六〕。此鄉之人器一作氣量窄〔七〕，悮競南風疏北客。若道士一作土無英俊才，何得山有屈原宅〔八〕。

〔一〕劉須溪云：最能，水手之稱。

〔二〕杜田《補遺》：䑨，小舟名。

〔三〕左峴曰：蜀諺云：「濆起如屋，漩下如井。」王周《峽船具詩序》：峽水湍浚，激石忽發者，謂之濆。淹洑而漩者，謂之腦。

〔四〕《水經注》：有時朝發白帝，暮到江陵。雖乘奔御風，不以疾也。《荆州記》：其間千二百餘里。

〔五〕《一統志》：瞿唐峽，兩崖對峙，灩澦堆當其口。《水經注》：江水又逕虎鬚灘，灘水廣大，夏斷行旅。

〔六〕《宋景文筆記》：蜀人謂柁師爲長年、三老。

〔七〕《水經注》：袁山松曰：歸鄉地險流絶，故其性亦隘。

〔八〕《水經注》：秭歸，故歸鄉縣，北有屈原故宅，累石爲屋基，今曰樂平里。宅之東，有女嬃廟。起四句，先提出峽中風氣。「公門」，謂文章學殖之門。「富豪」句是陪筆。「小兒」四句，申言陋而習水。「朝發」四句，徵之「目擊」，以作點題。後四句，因其見小而鄙，特致激勵之語也。「競南疏北」者，競爲南中輕生逐利之風，而疏於北方文物冠裳之客也。解者以爲恃强慢客，謬甚。○此二詩，鶴云：初至夔州，見其習俗而作。

近聞

近聞犬戎遠遁逃，牧馬不敢侵臨洮。渭水逶迤白日净，隴山蕭瑟秋雲高。崆峒五原亦無事〔一〕，北庭數有關中使〔二〕。似聞贊普更求親〔三〕，舅甥和好應難棄〔四〕。

〔一〕朱注：崆峒有三，此指在平凉者。五原，今榆林地。

〔二〕《通鑑》：北庭節度，統瀚海、天山、伊吾三軍。按：關中使，我使通好於彼也。二句兼言吐谷渾、党項等。

〔三〕吐蕃號其君長曰贊普。

〔四〕唐初有文成、金城兩公主降吐蕃。

朱注：《唐書》：永泰元年十月，郭子儀與回紇約，擊退吐蕃。時僕固名臣，及党項帥皆來降。大曆元年，命楊濟修好吐蕃，吐蕃遣首領論泣陵來朝。此詩蓋記其事。

古柏行〔一〕

孔明廟前一作堦有老柏，柯如青銅根如石。霜一作蒼皮溜雨四十圍，黛色參天二千尺。君臣已與時際會，樹木猶爲人愛惜。雲來氣接巫峽長，月一作日出寒通雪山白〔二〕。憶昨路繞錦亭一作城東〔三〕，先主武侯同閟宮〔四〕。崔嵬枝幹郊原古，窈窕丹青户牖空。落落盤踞雖得地，冥冥孤高多烈風。扶持自是神明力，正直元因造化功。大厦如傾要梁棟，萬牛迴首丘山重。不露文章世已驚，未辭剪伐誰能送。苦心豈免容螻蟻〔五〕，香葉終經宿鸞鳳〔六〕。志士幽人莫怨嗟，古來材大難爲用。

〔一〕《夔州十絶句》：「武侯祠堂不可忘，中有松柏參天長。」即指此。

〔二〕雪山在成都西。

〔三〕即成都錦江亭。

〔四〕《成都記》：先主廟西院，即武侯廟。廟前有雙大柏，人云諸葛手植。

〔五〕《記》：如松柏之有心也。

〔六〕謝承《後漢書》：方儲種松柏，鸞棲其上。

首段，用直起法，是夔柏正文。四實拈，四咏歎。「君臣」二句，已逗着末段。「寒通雪山」，恰好引出成都。中段，追昔撫今，以彼形此，文勢摇擺。當依朱注四成都、四本地看。朱言：成都廟柏，在郊原平地，故可久存。若此之盤踞高山，而烈風莫撼者，誠得於神明造化之功耳。愚按：須如此說，下文纔好接連。末段，因咏古柏，顯出自負氣概，暗與「君臣際會」反對。「不露文章」，寫得身分高。「未辭剪伐」，寫得意思曲。言本不炫俗，而英采自露；並非絶俗，而扶進自難。「容螻蟻」，媒孽何傷；「宿鸞鳳」，德輝交映。俱爲「志士幽人」寫照。結語一吐本旨，而「材大」兩字，仍與「古柏」雙關。

卷二之三　七古　起代宗大曆元年訖五年

《纂年譜》：大曆元年，公在夔，寓西閣。二年春，遷赤甲，尋遷瀼西。秋，往來東屯、瀼西之間。三年正月，去夔出峽。三月，至江陵。秋，移公安。冬晚，之岳州。四年正月，自岳之潭，未幾，入衡山。夏，復回潭。五年夏，復自潭避亂入衡。欲如郴州，至耒陽不果。秋，回泊湖湘，竟以寓卒。

秋風二首

秋風淅淅吹巫山，上牢下牢修水關〔一〕。吴檣楚柂牽百丈，暖向成都寒未還。要路何日罷長戟，戰自青羌連白蠻。中巴不得一作曾消息好，暝傳戍鼓長雲間。

〔二〕《十道志》：三峽口，地曰峽州。上牢、下牢，楚蜀分畛。

傷蜀亂也。「修水關」一頓，是現在事。「吴檣楚柁」，當是餽運遣戍之舟。暖時過水關而西，寒猶未還，亂未已也。「要路」，拒扼羌蠻之處。「中巴」，在蜀之東，夔之西。結言「長雲」之間，鼓聲遠遞。自蜀夔一帶多警也。舊以「雲間」二字連讀，非。○通觀去蜀至夔各體詩，時忠、渝之間，必多山賊煽亂，羌、蠻亦乘釁而擾，不單指崔旰之徒。

秋風淅淅吹我衣，東流之外西日微。天清一作晴小城擣練急，石古細路行人稀。不知明月爲誰好，早晚孤帆他夜歸。會將白髮倚庭樹，故園池臺今是非。

動鄉思也。砧急路梗，狀景波峭，即蒙上章羌、蠻擾亂來。此中不可久留，所以思歸也。結語又令讀者眼光一閃。蓋歸鄉倚樹，意欣然矣。又恐故園殘毁，此志仍灰。讀至此，忽覺煙波淼瀰。○邵長蘅云：作律詩讀，格轉高老。

寄韓諫議注

今我不樂思岳陽〔一〕，身欲奮飛病在床。美人娟娟隔秋水，濯足洞庭望八荒。鴻飛冥冥日月白，青楓葉赤天雨霜。玉京群帝集北斗〔二〕，或騎麒麟舊作騏驎翳鳳凰〔三〕。芙蓉旌旗煙霧落一作樂，影動倒景摇瀟湘〔四〕。星宫之君醉瓊漿，羽人稀少不在旁。似聞昨者赤松子〔五〕，恐是漢代韓張良。昔隨劉氏定長安，帷幄未改神慘傷。國家成敗吾豈敢，色難腥腐餐風一作楓香〔六〕。周南留滯古所一作莫惜，南極老人應壽昌〔七〕。美人胡爲隔秋水，焉得置之貢玉堂。

〔一〕師注：岳州巴陵郡曰岳陽，有君山、洞庭、湘江之勝。按：此係諫議隱居處。

〔二〕《靈樞注》：玉京者，無爲之天也。《晉志》：北斗，人君之象，號令之主。

〔三〕《集仙録》：群仙畢集，位高者乘鸞，次乘麒麟，次乘龍。

〔四〕《大人賦》注：陵陽子曰：列缺气，去地二千四百里。倒景气，去地四千里。其景皆倒在下。

〔五〕《張良傳》：願棄人間事，從赤松子遊耳。

〔六〕《爾雅注》：楓有脂而香。《鶴林玉露》作風香，佛書云：凡諸所齅，風與香等。按：仲長統云：「噓吸清和，求至人之彷彿。」可作餐風香之解。

〔七〕《晉志》：老人一星，一曰南極，見則治平，主壽昌。

錢箋引申程孟陽之指，謂：「安劉、帷幄等語，非李泌莫當。」其言殊不孟浪。潘耒、黄生駁之，一云題中不一見鄴侯姓氏；一攻箋中欲諫議貢泌於玉堂之説，以爲韓在岳陽，安得以此望之。其言亦善求間。今按：韓注史傳所遺，非有名德奇勳，在人耳目，以此詩當之，不無溢美。記有之，詩之失誣，亦風人之常也。就題言題，即指諫議爲直截。朱注云：諫議必肅宗收京時，嘗與密謀，後屏居衡湘，修神仙羽化之道。公思之而作。○首六句，仇云：致懷思韓君之意。按次六句，喻言貴胄盈朝，而高人遠引也。「群帝」猶言群仙。「集斗」、「騎鳳」，謂得時而馭之徒。「芙蓉」、「落影」，謂屏居岳陽之客。「星君醉」，承「集斗」。「羽人稀」，承「落影」。此段將朝貴、韓君，兩兩虚形，情文絶妙，而解者失之。又次六句，明諫議去職歸山之蹟。言此學仙者，本嘗立功帝室者也。當時雖參密謀，志不以貴近爲樂，決意舍去。彼豈謂「國家成敗」無虞，而飄然自遠乎？但厭「腥腐」而樂清虚耳。末四句，乃惜其終隱，而望其再出也。○源出楚騷，氣味大類謫仙。

可　歎

天上浮雲似白衣，斯須改變如蒼狗。古往今來共一時〔一〕，人生萬事無不有。近者抉眼去其夫〔二〕，河東女兒身姓柳〔三〕。丈夫正色動引經，酆城客子王季友〔四〕。群書萬卷常暗誦，孝經一通看在手。貧窮老瘦家賣屩或作履〔五〕，好事就之爲攜酒〔六〕。豫章太守高帝孫〔七〕，引爲賓客敬頗久。聞道三年未曾語，小心恐懼閉其口。太守得之更不疑，人生反覆看已醜。明月無瑕豈容易〔八〕，紫氣鬱鬱猶衝斗〔九〕。時危可仗真豪俊，二人得置君側否？太守頃者領山南〔一〇〕，邦人思之比父母。王生早曾拜顔色，高山之外皆培塿。用爲羲和天爲成，用平水土地爲厚。王也論道阻江湖，李也疑作凝者非丞曠前後〔一一〕。死爲星辰終不滅〔一二〕，致君堯舜焉肯朽。吾輩碌碌飽飯行，風后力牧長迴首〔一三〕。

〔一〕共一時，猶言古今一轍。

〔二〕趙注：東北人方言，不喜見者，每云「抉眼」。按：猶俗云拔去眼中釘。

〔三〕河東，柳氏郡名。

〔四〕《唐書》：豐城縣，屬洪州豫章郡。

〔五〕《後漢》：劉勤家貧，作屩供食。嘗作一屩，已斷，置不賣，妻竊以易米。勤知之，責妻欺取直，棄不食。《杜闡》：王季友有詩：「亦知世上公卿貴，且養山中草木年。」其食貧勵志可知。

〔六〕《揚雄傳》：好事者，載酒餚從游學。

〔七〕李勉也。《世系表》：鄭王元懿生琳，琳生擇言，擇言生勉。《舊書》：勉徙洪都刺史、江西觀察使。

〔八〕《淮南子》：明月之珠，不能無纇。

〔九〕借劍氣擬珠光，於豐城爲切。

〔一〇〕《舊書》：寶應初，勉爲梁州刺史、山南西道觀察使。

〔一一〕《書大傳》：古者天子必有四鄰：前曰疑，後曰丞，左曰輔，右曰弼。

〔一二〕《莊子》：傅説比於列星。

〔一三〕《帝王世紀》：黄帝得風后於海隅，得力牧於大澤。

詳詩意，爲酆城王季友食貧苦志，嘗見棄於妻，俗人或有醜之者，故作此以破衆惑。題曰《可歎》，非以夫婦乖違而歎，亦非以懷才不用而歎，乃歎其見毁衆口耳。主意本爲王而發。而王爲豫章守李勉之部民，人多醜之，太守獨引而親之，此其有特達之識者。故後半美王生，兼美太守。以謂二人之才，皆可爲良相。其言不無過當。然公之識鑒，度越流俗矣。○比興起，飄忽。「無不有」三字，已暗逗作詩大意，見人生異變，不足醜也。「近者」四句，點見棄於妻事。「群書」四句，表其經明行修，窮而得友，爲王生申獨斷也。「豫章」八句，表太守之特識，又爲王生解衆惑也。「三年閉口」，堅操可知。就在幕言，太守既得之耳聞目見，更不以妻棄之嫌，而疑其有遺行矣。無如人生不幸反覆至此，看者久已醜之，此句爲作詩之由。然明珠豈盡無瑕，英氣自不可掩，無害其爲重寶也。此二句爲作詩本旨。局至此已竟，以下王、李合贊，乃一派虚機，直説到可當大任，皇古輔相，且引爲徒，此餘波之最淋漓者。此段一氣讀，勿斷。

君不見簡蘇徯

君不見道邊廢棄池，君不見前者摧折桐。百年死樹中琴瑟〔一〕，一斛舊水藏蛟龍。丈夫蓋棺事始定，君今幸未成老翁，何恨憔悴在山中！深山窮谷不可處，霹靂魍魎兼狂風！

〔一〕《異苑》：勾章門外青桐，上有歌謡之聲。吴平惡而砍之，其後樹自立，又聞歌聲曰：「死樹今更生！」平以爲琴瑟，事始定。

蘇君，公故人子也。此是勸年少人語，結暗用《招魂》意。

李潮八分小篆歌〔一〕

蒼頡鳥跡既茫昧〔二〕，字體變化如浮雲。陳倉石鼓又一作文已訛〔三〕，大小二篆生八分〔四〕。秦有李斯漢蔡邕〔五〕，中間作者絶不聞。嶧山之碑野火焚，棗木傳刻肥失真〔六〕。苦縣光和尚骨立一作力〔七〕，書貴瘦硬方通神。惜哉李蔡不復得，吾甥李潮下筆親。尚書韓擇木〔八〕，騎曹蔡有鄰〔九〕。開元已來數八分，潮也奄有二子成三人。况潮小篆逼秦相，快劍長戟森相向。八分一字直百金，蛟龍盤拏肉屈倔通强。吴郡張顛誇草書〔一〇〕，草書非古空雄壯。豈如一作知吾甥不流宕，丞相〔一一〕中郎〔一二〕丈人行。巴東逢李潮，逾月求我歌。我今衰老才力薄，潮乎潮乎奈汝何！

〔一〕周越《書苑》：李潮善小篆，師李斯《嶧山碑》。《金石録》：唐慧義寺《彌勒像碑》，李潮八分書也。

〔二〕衛恒《書勢》：黄帝之史沮誦、蒼頡，眺彼鳥跡，始作書契。

〔三〕《元和志》：石鼓文，在鳳翔天興縣南，石形如鼓，其數有十。蓋紀周宣王田獵之事，即史籀大篆也。鶴曰：鳳翔寶雞縣，本陳倉縣。王厚之曰：石鼓，粗有鼓形，字刻於旁，類今碓磑。韓愈以爲宣王鼓。韋應物以爲文王鼓，宣王刻。

〔四〕《書勢》：史籀著大篆十五篇，與古文或異。時人即謂之籀書。李斯作《倉頡篇》，趙高作《爰歷篇》，胡母敬作《博學篇》，皆取籀式，或頗省改，所謂小篆者也。《書苑》：八分者，秦羽人上谷王次仲飾隸書爲之。鍾繇謂之章程書。《蔡文姬列傳》：臣父邕言：割程邈隸字八分取二，割李斯小篆二分取八，故名八分。又曰：皆似八字，勢有偃波。

〔五〕《書斷》：李斯小篆入神，大篆入妙。伯喈八分、飛白入神，大小篆、隸書入妙。

〔六〕歐陽《集古録》：俗所謂《嶧山碑》，秦二世詔李斯篆，《史記》不載。其字特大，不類泰山存者。其本出於徐鉉，自唐封演已謂非真，杜甫直謂棗木傳刻。

〔七〕《金石録》：苦縣《老子銘》，舊傳蔡邕文并書，然而邊韶延熹八年作，非光和中。未知杜所云是此碑否。《書苑》以爲韶文而邕書，亦無所據。潘淳曰：樊毅《西岳碑》，後漢光和二年立。苦縣《老子碑》，亦漢碑，其字刻極勁。杜詩謂二碑也。

〔八〕《宣和書譜》：擇木，昌黎人。竇臮《述書賦》：韓常侍，則八分中興，伯喈如在，光和之美，古今遠代。

〔九〕《書史會要》：有鄰，邕十八代孫。《述書賦》：衛包蔡鄰，工夫亦到，出於人意，乃近天造。

〔一〇〕張旭草聖。

〔二〕斯。

〔三〕邕。

篇中述書學源流。最委悉矣。其將古今書家，拉雜援引，目爲之迷。不知其中具有洞宗四賓主法，識得四種法門，方許徹底勘破。起處「鳥跡」、「石鼓」，書之祖，徵求作引，賓中賓也。後幅「吴郡張顛」，書之變，借來作託，亦賓中賓也。斯、邕小篆八分，爲李潮本派，此屬正陪，乃賓中主也。擇木、有鄰，時代與潮爲近，貼身又入一陪，主中再請賓也。然則潮爲主中主矣，而着筆反不多，惟以奄有韓、蔡，輩行斯、邕爲稱許。則仍用借賓定主法。至其評書之旨，則以「肥」爲賓，以「瘦硬」爲主。「光和骨立」，「瘦硬」中之賓也。「劍戟森向」，「蛟龍盤拏」，乃李潮瘦硬真形，則主也。結以作歌「力薄」自謙，亦是「瘦硬」反面話頭。故曰「潮乎潮乎奈汝何」，言「力薄」之歌，如何配汝「瘦硬」之字也。又是一樣借賓定主法。解者不曉作法，但演其論書牙後，蘇學士云「杜陵評書貴瘦硬，此論未公吾不憑」，旨趣不妨異尚，固無須於附和耳。◯韓、蘇之祖。

縛雞行

小奴縛雞向市賣，雞被縛急相喧争。家中厭雞食蟲蟻，不知雞賣還遭烹。蟲雞於人何厚薄，吾叱奴人解其縛。雞蟲得失無了時，注目寒江倚山閣。

張遠云：大有「螻蟻何親，魚鼈何讎」意。愚按：結語更超曠。蓋物自不齊，功無兼濟，但所存無間，便大造同流，其得其失，本來無了。「注江倚閣」，海闊天空，惟公天機高妙，領會及此。解者謂公於兩物，計無所出，一何黏滯耶！

折檻行〔一〕

嗚呼房魏不復見！秦王學士時難羨〔二〕。青衿胄子困泥塗，白馬將軍若雷電〔三〕。千載少似朱雲人，至今折檻空嶙峋。婁公不語宋公語〔四〕，尚憶先皇容直臣。

〔一〕《漢·朱雲傳》：雲請賜上方斬馬劍，斬佞臣一人頭。上問：「誰也？」對曰：「安昌侯張禹。」帝怒，命御史將雲下，雲攀殿檻，檻折。

〔二〕《唐書》：太宗爲天策上將軍，寇亂稍平，乃作文學館，收聘賢才。三番遞宿，號十八學士。朱注：魏徵不在十八人之内。

〔三〕《魏志》：龐德常乘白馬，自謂白馬將軍。

〔四〕婁師德以謹厚稱，則天時相。宋璟以忠讜稱，開元時相。

三四，爲作詩之主。公有詩云：「志士採紫芝，放歌避戎軒。」又詩云：「甲卒身雖貴，書生道固殊。」蓋自四方用武，宦豎典兵，賤儒術而貴軍功，積重之勢已成。如國初登瀛洲、增學舍諸盛事，不可復睹矣。公乃睪然高望，以爲轉移風化，存乎當宁主持，而主上意嚮，因乎在廷開導。故發端起興，神遊往日。以「房、魏」興後半，以「學士」興次聯也。主意在於仰羡國初文治，以庶幾今日「泥塗」、「雷電」之風，翻然一變。而其動懷「房、魏」，即下文「朱、宋」直言之旨。所謂開導意嚮之所寄也。結到「先皇容直」，則轉移仍望之主權矣。思深哉！○起聯一頓，軒然。結語不盡，悠然。

荆南兵馬使太常卿趙公大食刀歌〔一〕

太常樓船聲嗷嘈〔二〕，問兵刮寇趨下牢〔三〕。牧出令奔飛百艘，猛蛟突獸紛騰逃。白帝寒城駐錦袍，玄冬示我胡國刀。壯士短衣頭虎毛，憑軒拔鞘天爲高。翻風轉日木一作水怒號，冰翼雪一作雲澹傷哀猱〔四〕。鎸錯碧罌鸊鵜膏〔五〕，鋩鍔一作銛鋒已瑩虚秋濤。鬼物撇捩辭一作亂坑壕〔六〕，蒼水使者捫赤絛〔七〕，龍伯國人罷釣鰲〔八〕。芮公回首顔色勞〔九〕，分閫救世用賢豪。趙公玉立高歌起，攬環結佩相終始。萬歲持之護天子，得君亂絲與君理〔一〇〕。蜀江如線針如水，荆岑彈丸心未已〔一一〕。賊臣惡子休干紀，魑魅魍魎徒爲耳。妖腰亂領敢欣喜，用之不高亦不庳〔一二〕，不似長劍須天倚。吁嗟光禄疑當作太常英雄弭，大食寶刀聊可比。丹青宛轉麒麟裏，光芒六合無泥滓。

〔一〕仇注：夔隸荆南節度，趙太常刮寇至此。《舊書》：大食在波斯之西，兵刀勁利，其俗勇於戰鬭。

〔二〕馬明生詩：嗷嘈天地間，嚻聲安得附。

〔三〕下牢，在夔峽口。

〔四〕《酉陽雜俎》：王天運征勃律還，忽驚風四起，雪花如翼。

〔五〕舊注：罌，長頸瓶，以盛膏者。按：鸊鵜膏至毒，用傅刀鍔。

〔六〕逃遁也。

〔七〕《搜神記》：秦時有人夜渡河，見人長丈餘，横刀而立。叱之，乃曰：「吾蒼水使者也。」

〔八〕《列子》：龍伯之國有大人，舉足不盈數步，而暨五州之所。一釣而連六鼇。

〔九〕朱注：《舊書·衛伯玉傳》：廣德元年，拜江陵尹，充荆南節度。大曆初，再爲節度。二年，封陽城郡王。或由芮公進封陽城，史不詳耳。

〔一〇〕《北齊書》：神武使諸子理亂絲，文宣抽刀斬之，曰：「亂者必斬！」

〔一一〕《登樓賦》：蔽荆山之高岑。

〔一二〕《射雉賦》：揆懸刀，騁絶技，如輊如軒，不高不埤。按：埤、庳俱作卑字用，此讀上聲。

一詩兩韻，直無處分乙。中間芮公兩句，韻則蒙前，意實領後，此其過接處也。以前寫刀，以後寫用刀者，先主後賓。然説用刀之人，仍處處歸功於刀，則仍於賓中見主。○起四，先叙太常來夔之故。「牧令飛艘」，郊迎雜遝也。「蛟獸紛逃」，賊徒駭散也。「白帝」二句，落題。「短衣」、「拔鞘」，先一層出色。「翻風」四句，正面出色。出鞘聲光，磨瑩吐鍔，字字駭目。「鬼物」三句，後一層出色。「捫赤條」，不敢横刀相比也。「罷釣鼇」，刀能剸鼇，不須釣也。「芮公」二句，提出任賢遣將之主人。在荆而顧峽盜，故曰「回首」。「賢豪」，即指趙太常。「趙公」以下，朱云：趙承主帥之命，佩服此刀，安王室而除亂萌，區區荆蜀，無足難者。彼干犯之臣，用此以誅斬其腰領，高下不差。豈似「倚天」、「長劍」，徒爲夸大之詞哉！愚按：此段本寫趙公，却處處不脱寶刀之用，爲能顧母也。結處反以刀比趙，又是翻主作賓，變幻不測。而住法兩句，仍是一趙一刀，則又有如青烏家所云雙龍合氣之奇。

王兵馬使二角鷹〔一〕

悲臺蕭瑟石巃嵸上聲，哀壑杈枒浩呼洶上聲。中有萬里之長江，迴風滔日孤光動。角鷹倒翻壯士臂，將軍玉帳軒翠一作昂氣。二鷹猛腦絛徐墜一作徐絛毬〔二〕，目如愁胡視天地。杉雞竹兔不自惜〔三〕，孩一作溪虎野羊俱辟易〔四〕。鞲上鋒稜十二翮〔五〕，將軍勇鋭與之敵。將軍樹動起安西〔六〕，崑崙虞泉入馬蹄〔七〕。白羽曾肉三狻猊〔八〕，敢决豈不與之齊。荆南芮公得將軍〔九〕，亦如角鷹下翔一作入翔雲。惡鳥飛飛啄金屋，安得爾輩開其群，驅出六合梟鸞分。

〔一〕王亦承荆南之命，治兵來夔者。

〔二〕潘尼賦：始蒙濊而徐墜。

〔三〕《臨海異物志》：杉雞，頭有長黄毛，冠頰正青。竹兔，小如野兔，食竹葉。

〔四〕孩虎，猶言乳虎。《上林賦》：手熊羆，足野羊。《顔注》：野羊，山羊。

〔五〕傅玄《鷹賦》：勁翮二六，機連體輕。

〔六〕王必曾立功西域。

〔七〕崑崙，西域之山。《淮南子》：日入於虞淵。仇云：唐諱淵，故云泉。

〔八〕《爾雅》：狻猊如虦猫，食虎豹。

〔九〕芮公，即衛伯玉。

此篇運法更奇，《大食刀》賓主劃分，此則賓主鎔化，幾於莫可窺尋。起四句，突如其來，如臺形壑勢，江光動摇，令讀者移時目眩。而凝神求之，乃即寫峽間氣象，爲王兵馬駐軍處也。其語勢則人鷹雙攫矣。故斗然落出「角鷹倒翻」句，又緊接「將軍玉帳」句。二句，一篇筋節處。以下寫「二鷹」纔四句，隨以將軍來伴説。一則曰「與之敵」，再則曰「與之齊」，贊將軍者，全爲二鷹寫照也。而已偷叙將軍矣。「荆南」以下，本申寫將軍。纔一句，隨以角鷹來比並。曰「驅惡鳥」，曰「分梟鸞」，望角鷹者，全爲將軍策勵也。而又借表角鷹矣。噫，運法至此，魚龍曼延，不足爲其幻也。

醉爲馬墜諸公攜酒相看

甫也諸侯老賓客，罷酒酣歌拓金戟。騎馬忽憶少年時，散蹄迸落瞿唐塘、唐，通寫石。白帝城門水雲外，低身直下八千尺。粉堞電轉紫游繮，東得平岡出天壁。江村野堂争入眼，垂鞭彈鞚凌紫陌。向來皓首驚萬人，自倚紅顔能騎射。安知決臆追風足〔一〕，朱汗駼驔猶噴玉〔二〕。不虞一蹶終損傷，人生快意多所辱。職當憂戚伏衾枕，況乃遲暮加煩促。朋知來問腆一作愧我顔，杖藜强起依僮僕。語盡還成開口笑，提攜别掃清溪曲。酒肉如山又一時，初筵哀絲動豪竹。共指西日不相貸，喧呼且覆杯中渌。何必走馬來爲問，君不見，嵇康養生被殺戮〔三〕！

〔一〕決臆，奔放不羈之意。

〔二〕仇注：盧照鄰詩：「琱弓夜宛轉，鐵騎曉駼驔。」以駼驔對宛轉，乃飛騰迅疾之貌。

〔三〕嵇康嘗著《養生論》，卒不得其死。

前半在題前，極言醉後忘險，乘興馳馬之狀。以夔地作點染，以老少字作眼目。「向來」二句，言「皓首」如此，「萬人」皆爲「驚」懼，而己猶以爲自少習慣事也。「安知」四句，叙馬墜。至此入題。後半叙諸公攜酒情事。「職當」，正當也。「指西日」，流光易逝也。結語忽復颺開，言何必值此危事，有勞問訊乎！彼禍患之來，亦有以安居無意而得者。知爲此言時，公又醉矣。

別李秘書始興寺所居〔一〕

不見秘書心若失，及見秘書失心疾。安爲動主理信然，我獨覺子神充實。重聞西方止舊作之，一作正，俱非觀經〔二〕，老身古寺風泠泠。妻兒待米一作我且歸去，他日杖藜來細聽。

〔一〕鶴注：李秘書有二，一是李十五，一是李八。

〔二〕朱注：李華《左溪大師碑》：左溪所傳，止觀爲本。祇樹園內，常聞此經。楊慎曰：佛經云：「止能捨樂，觀能離苦。」

提出「心」字，是禪定主腦。「安爲動主」二語，並不襲用内典文句，而大旨已盡。此本贊秘書，而公實深領斯旨。故一「聞止觀」，身便灑然。無如家累饑驅，交相促迫，那得如如不動，正恐心疾又來。

寄狄明府博濟

梁公曾孫我姨弟〔一〕，不見十年官濟濟。大賢之後竟陵遲，浩蕩古今同一體。比看伯叔四十人，有才無命百寮底。今者兄弟一百人，幾人卓絶秉周禮。在汝更用文章爲，長兄白眉復天啓〔二〕。汝門請從尊翁説〔三〕，太后當朝多巧詆舊作計。狄公執政在末年，濁河終不污清濟。國嗣初將付諸武，公獨廷諍守丹陛。禁中決策請房陵，滿一作前朝長老皆流涕〔四〕。太宗社稷一朝正，漢官威儀重昭洗。時危始識不世才，誰謂荼苦甘如薺！汝曹又宜列鼎一作裂土食，身使門户多旌棨。胡爲飄泊岷漢間，干謁侯王頗歷抵舊作詆，非〔五〕。況乃山高水有波，秋風蕭蕭露泥泥。虎之饑，下巉巖；蛟之横，出清泚。早歸來，黄土污衣眼易眯〔六〕。

〔一〕《狄仁傑傳》：中宗贈司空，睿宗封梁國公。

〔二〕《蜀志》：馬良，字季常。諺曰：「馬氏五常，白眉最良。」良眉中有白毛。《左傳》：以是始賞，天啓之矣。

〔三〕尊翁，指梁公。

〔四〕《唐書》：武后革唐爲周，廢中宗爲廬陵王，遷於房州。欲以武三思爲太子。仁傑數諫，且曰：「子母姑姪孰親？」后悔悟，即日迎中宗還宫。

〔五〕仇注：方事干謁，豈可詆毀！

〔六〕梁末童謡：黄塵污人衣，皂莢相料理。《莊子》：簸糠眯目。

舊説此詩，俱以憐狄漂零爲解。今玩篇尾一段，乃與昌黎《送董邵南序》同意。蓋博濟必不得志於朝，而歷干藩鎮者。時河北方多擅命，意頗不喜其往也。先以賢裔陵遲爲多才惜，乃詩人忠厚之旨。中間追叙舊德，詳言勳在反正，舉家聲爲表率。末則以宜貴爲慰，以歷抵爲非，而諷之使止也。○開口「梁公曾孫」四字，一篇眼目。次句言「不相見」者「十年」，宜其「官濟濟」矣。「大賢」二句作轉。「比看」，往見也。博濟前一輩人，先不顯也。「今者」四句，惜其兄弟徒有文才也。「汝門」一段，詳叙梁公社稷之勳。「荼苦如薺」，唱歎中宗復辟，以歸功不世之才也。「又宜」者，不特文才宜貴，在勳德之後，又宜列鼎也。即「公侯子孫，必復其始」意，第須静候之而已。曰「歷抵」，則干謁不始於岷漢間，或曾往來河北等鎮也。着「胡爲」字，「頗」字，有不滿意。以下皆諷詞，「山高水波」，「風蕭露泥」，皆非正大光明之路。「下巖」、「出洮」，諒其饑驅。「土污」、「眼眯」，幾於顯諫矣。

大覺高僧蘭若〔一〕

巫山不見廬山遠〔二〕，松林蘭若秋風晚。一老猶鳴日暮鐘，諸僧但乞齋時飯〔三〕。香爐峰色隱晴湖〔四〕，種杏仙家近白榆〔五〕。飛錫去年啼邑子，獻花何日許門徒〔六〕。

〔一〕原注：和尚去冬往湖南。○《釋氏要覽》：梵言阿蘭若，唐言無諍，《四分律》云：空净處。

〔二〕舊注：廬山遠，遠公也。太白詩：笑别廬山遠。

〔三〕荆公《楞嚴疏》：佛與比丘，辰巳間應供，名爲齋時。

〔四〕遠師《廬山記》：山東南有香爐山，孤峰秀起，游氣籠其上，即焚熅若香煙。按：晴湖，當指彭蠡湖。

〔五〕《神仙傳》：董奉居廬山治病，病愈，重者種杏五株，輕者一株，號董仙杏林。朱注：《春秋運斗樞》：玉衡星散爲榆。近白榆，言其高近乎天。

〔六〕謝靈運《遠師誄》：今子門徒，實同斯艱。

原注云：和尚往湖南。而詩所云，皆謂廬山，則湖是江西之彭蠡也。公遊巫山蘭若，因題此詩。○首句總挈有力。次三句，近寫蘭若。五六，遥想廬山。七八，惜其去，而思欲往從之遊。

久雨期王將軍不至

天雨蕭蕭滞茅屋，空山無以慰幽獨。鋭頭將軍來何遲〔一〕，令我心中苦不足。數看黄霧亂玄雲，時聽嚴風折喬木。泉源泠泠雜猿狖，泥濘一作滓漠漠饑鴻鵠。歲暮窮陰耿未已，人生會面難再得叶篤。憶爾腰下鐵絲箭，射殺林中雪色鹿。前者坐皮因問毛，知子歷險人馬勞。異獸如飛星宿落，應弦不礙蒼山高。安得突騎只五千，崒然眉骨皆爾曹。走平亂世相催促，一豁明主正鬱陶。恨一作憶昔范增碎玉斗〔二〕，未一作來使吴兵著白袍〔三〕。昏昏閶闔閉氛祲〔四〕，十月荆南雷怒號。

〔一〕白起頭小而鋭，詩用其語。

〔二〕鴻門之會事。

〔三〕《南史》：陳慶之麾下，悉着白袍。先是謡曰：「名軍大將莫自牢，千兵萬馬避白袍。」

〔四〕時吐蕃寇靈州等處。

目前之期王將軍者，「慰幽獨」也。意中之期王將軍者，平禍亂也。至則將與之言定亂之謀，故不至則遥憶其有定亂之具。前寫題面，後寫衷腸。每四句轉意。○「天雨」四句，雨中不至之情。「數看」四句，雨中獨處之況。此以上叙事也。「歲暮」四句，由今之不見，溯昔之已事。兩蒙上，兩起下。「前者」四句，述問獵之情節，申射獵之勇概，所由憶將軍者在此，正爲後文張本。此一段，上下關目也。「安得」四句，冀多得其人而建功。「恨昔」四句，惜久廢其身而長亂。「恨玉斗」，成謀終棄也。「未白袍」，奇勳莫建也。朝廷多難，楚蜀少寧，有遠慨焉！此以上發意也。約分三截看。

虎牙行〔一〕

秋一作北風欻吸吹南國，天地慘慘無顔色。洞庭揚波江漢迴，虎牙銅柱皆傾側〔二〕。巫峽陰岑朔漠氣，峰巒窈窕溪谷黑。杜鵑不來猿狖寒一作啼，山鬼幽陰雪霜逼。楚老長嗟憶炎瘴，三尺角弓兩斛力。壁立石城横塞起，金錯旌竿滿雲直。漁陽突騎獵青丘〔三〕，犬戎鎖甲圍一作聞丹極〔四〕。八荒十年防盜賊，征戍誅求寡妻哭叶克。遠客中宵淚霑臆。

〔一〕《水經注》：荆門狀如門，虎牙在北，石壁色紅，間有白文，類牙形。謝省曰：因篇内有「虎牙」二字，摘以爲題，非正賦虎牙也。《錦樹行》亦然。今按：王洙載原注，有蕭銑屯兵於此之文，必後人妄添，與詩意無涉。

〔二〕《一統志》：銅柱灘，在重慶府，涪陵江口。

〔三〕謂安史。

〔四〕謂吐蕃。

值寒風猛烈而作，蓋世亂民貧之歎也。上八句，狀朔風陰慘之景，在經亂作客者當之，覺肅殺之氣，正應兵象。此段摹寫，早爲後幅作地矣。下八句，述時事，而前四指目前之弓勁旌多，後四推禍始而總計之，以寄其慨。而其景色，亦從陰風中顯出。結只用單句收住。兩截總括，神致黯然。

錦樹行〔一〕

今日苦短昨日休，歲云暮矣增離憂。霜凋碧樹作一作待錦樹，萬壑東逝無停留。荒戍之城石色古，東郭老人住青丘。飛書白帝營斗粟，琴瑟几杖柴門幽。青草萋萋盡枯死，天馬跛一作跂足隨氂牛〔二〕。自古聖賢多薄命，奸雄惡少皆封一作公侯。故國三年一消息，終南渭水寒悠悠。五陵豪貴反顛倒，鄉里小兒狐白裘。生男墮地要膂力，一生富貴傾邦國。莫愁父母少黄金，天下風塵兒亦得。

〔一〕錦樹，霜林也。

〔三〕《山海經》：荆山，其中多犛牛。注：旄牛屬也。

客途遲暮，久於困窮，因動武夫得志之慨。起四，情景交會，蓋興體也。中十二，傷窮老而託驟貴者。四自叙，四泛言「顛倒」，四實指時局。此段叙意已竟，而此輩得貴之由，尚未説明。末四，結出武力來，爲全旨歸宿。此輩貴而我輩其終窮矣，可勝浩歎！○「東郭老人」，非公自號。「青丘」，非寓夔地名。蓋因「惡少」、「小兒」等語，太覺顯斥，故自隱其名，而託爲子虛、無是之人，以避時忌耳。朱注强辭坐實，反失作者之意。「草枯」，故天馬乏食，而混於犛牛，喻「聖賢之薄命」。讀結語，令我喟然！喜亂樂禍，長此安窮，又不徒爲此輩慨，直爲世道人心慨也。

自　平

自平中官吕太一〔一〕，收珠南海千餘日。近供生犀翡翠稀，復恐征戍干戈密。蠻溪豪族小動摇，世封刺史非時朝〔二〕。蓬萊殿前諸主將，才如伏波不得驕。

〔一〕《舊書·代宗紀》：廣德元年，宦官市舶使吕太一，逐廣南節度張休。《通鑑》：張休棄城走端州，太一縱兵焚掠，官軍討平之。

〔二〕《唐書》：太宗時，溪洞蠻酋歸順者，皆世授刺史。

錢箋、朱注，俱主蠻方有警，中官喜兵，殊未得旨。詳詩義，當由太一既平，朝廷不以爲鑒，仍遣中使攘利市舶而發。觀起二語了了。公意以太一之亂，其已事矣，仍蹈覆轍，後將復有滋擾激變之事。蓋憑威肆貪，土物有限，上供一缺，征伐必興。貨竭患生，禍且不測。故以蠻豪易動，世封不朝惕之。迨至遠人負險，雖命將勞師，恐不得逞，不獨損威辱國而已。明神宗之季，礦璫稅璫，毒流海内，邊陲騷動，國運隨之。誦斯言也，爲之三歎。

寄裴施州〔一〕

廊廟之具裴施州，宿昔一逢無此一作比流。金鐘大鏞在東序，冰壺玉衡一作珩懸清秋。自從相遇減多病，三歲爲客寬旅一作邊愁。堯有四岳明至理，漢二千石真分憂。幾度寄書白鹽北，苦寒贈我青羔一作絲裘。霜雪迴光避錦袖，龍蛇動篋蟠銀鈎〔二〕。紫衣使者辭復命，再拜故人謝佳政。將老已失子孫憂，後來况接才華盛。

〔一〕黄鶴謂是裴勉，朱氏據史辯其非，謂其名不可考。《唐書》：施州屬黔中道。按：今爲衛，屬湖廣，在夔州東南。

〔二〕王僧虔《論書》：索靖甚矜其書，名其字書曰銀鈎蠆尾。

此以裴寄書贈裘而復之也。前兩四句，頌美之詞。後兩四句，寄謝之旨。細分之，起一層，就平時器識言。次一層，就現在設施言。寄書而「篋動龍蛇」，贈裘而「光迴霜雪」，敘高誼也。「辭復命」，收第三段。「謝佳政」，收第二段。「子孫」可訂世講，「才華」再接後來，及到兩家繼起，交誼更長，餘音鏗爾。

觀公孫大娘弟子舞劍器行 并序

大曆二年十月十九日，夔州別駕元持宅，見臨潁李十二娘舞劍器，壯其蔚跂〔一〕。問其所師一有答字，曰：「余公孫大娘弟子也。」開元五一作三載〔二〕，余尚童稚，記於郾城〔三〕，觀公孫氏舞劍器、渾脱〔四〕，瀏灕頓挫，獨出冠時〔五〕。自高頭宜春、梨園二伎坊内人〔六〕，洎外供奉一有舞女二字〔七〕，曉是舞者，聖文神武皇帝初〔八〕，公孫一人而已。玉貌錦一作繡衣，况余白首，今兹弟子〔九〕，亦匪盛顏。既辯其由來，知波瀾莫二。撫事慷慨，聊爲《劍器行》。昔者吴人張旭，善草書書帖，數嘗於鄴縣見公孫大娘舞西河劍器，自此草書長進〔一〇〕。豪蕩感激，即公孫可知矣。

〔一〕蔚跂，言其光彩蔚然，而有舉足凌厲之勢。

〔二〕錢箋：五載，公年六歲。

〔三〕《唐書》：臨潁、郾城二縣，俱屬許州。

〔四〕《樂府雜録》：健舞曲有稜大、阿連、柘枝、劍器、胡旋、胡騰等；軟舞曲有涼州、緑腰、蘇合香、屈柘、團圓旋、甘州等。《正字通》：劍器，武舞，用女妓雄妝，空手而舞，見《文獻通考》。或以劍器爲刀劍，誤也。《通鑑》：中宗宴近臣，將作大匠宗晉卿舞渾脱。注：《唐·五行志》：長孫無忌以烏羊毛爲渾脱氊帽，謂之趙公渾脱，因演以爲舞。

〔五〕《明皇雜録》：安禄山獻白玉簫管數百事，陳於梨園。諸公主及虢國以下，競爲貴妃弟子。時公孫大娘能爲鄰里曲及裴將軍滿堂勢、西河劍器、渾脱舞，妍妙皆冠絶於時。

〔六〕《教坊記》：右教坊，在光宅坊。左教坊，在延政坊。右多善歌，左多工舞。妓女入宜春院，謂之內人，亦曰前頭人。按：高頭，疑即前頭之謂。《雍録》：開元二年，置教坊於蓬萊宮側，上自教法曲，謂之梨園弟子。

〔七〕此指雜應官妓。

〔八〕謂明皇。

〔九〕謂李十二娘。

〔一〇〕《國史補》：旭嘗言：始吾見公主擔夫争路，而得筆法之意。後見公孫氏舞劍器，而得其神。舞劍器者，李十二娘也。觀舞而感者，乃在其師公孫大娘也。感公孫者，感明皇也。是知劍器特寄託之端，李娘亦興起之藉。此段情景，正如湘中採訪使筵上，聽李龜年唱「紅豆生南國」，合坐淒然，同一傷惋。觀命題之法，知其意之所存矣。序中「公孫大娘弟子」句及「聖文神武皇帝」句，爲作詩眼目。「玉貌」，憶公孫。「白首」，悲今我。轉屬閒情襯貼，而所謂「撫事慷慨」者，則在前所云云也。末引張顛以顯其舞之神妙，又公詩所稱「餘波綺麗爲」者。

昔有佳人公孫氏，一舞劍器動四方。觀者如山色阻喪，天地爲之久低昂。爠如羿射九日落〔一〕，矯如群帝驂龍翔〔二〕。來如雷霆收震怒，罷如江海凝清光。絳脣珠袖兩寂寞，晚有弟子傳芬芳。臨潁美人在白帝，妙舞此曲神揚揚。與余問答既有以，感時撫事增惋傷。先帝侍女八千人，公孫劍器初第一。五十年間似反掌〔三〕，風塵澒洞一作傾動昬王室〔四〕。梨園弟子散如煙，女樂餘姿映寒日。金粟堆南木已拱〔五〕，瞿唐石城草一作暮蕭瑟。玳筵急管曲復終，樂極哀來月東出。老夫不知其所往，足繭荒山轉愁寂一作疾〔六〕。

〔一〕《淮南子》：堯時十日並出，羿射中九日，日烏皆死。
〔二〕夏侯玄賦：又如東方群帝兮，騰龍駕而翺翔。
〔三〕自開元五年至是，凡五十一年。
〔四〕《淮南子》：鴻濛澒洞，莫知其門。
〔五〕金粟堆，謂明皇泰陵。
〔六〕《國策》：蘇子足重繭，日百而後舍。

序從弟子逆推至公孫，詩從公孫順拖出弟子。首八句，先寫公孫劍器之妙，忽然而伏，忽然而起，狀其舞態也。忽然而來，忽然而罷，總始末而形容也。有末句，益顯上三句之騰踔。有上三句，尤難末句之安閒。序所謂「蔚跂」者正如此。「絳唇」六句，落到李娘，爲篇中叙事處。舞之妙，已就公孫詳寫，此只以「神揚揚」三字括之，可識虚實互用之法。「感時撫事」句，逗出作詩本旨。「先帝」六句，往事之慨，此本旨也。言公孫而統及女樂，言女樂，即是感深先帝。故下段竟以「金粟堆」作轉接，此下正寫惋傷之情。一句着先帝，一句收歸本身。「玳筵」、「哀樂」，并帶別駕宅。結二語，所謂對此茫茫，百端交集。行失其所往，止失其所居，作者讀者，俱欲噭然一哭。

寄柏學士林居〔一〕

自胡之反持干戈〔二〕，天下學士亦奔波。歎彼幽棲精一作載典籍，蕭然暴露依山阿。青山萬重静散地，白雨一洗空垂蘿。亂代一作世飄零予到此，古人成敗子如何。荆揚冬春異風土，巫峽日夜多雲雨。赤葉楓林百舌鳴，黄泥一作花野岸天雞舞。盜賊縱横甚密邇，形神寂寞甘辛苦。幾時高議排金門，各使蒼生有環堵。

〔一〕有《題柏學士茅屋》詩，見四之二。

〔二〕禄山始亂。

學士無考，亦亂後寓夔者。前叙學士寄跡林居之由，後言俗殊盜逼，以幹濟期之，又若幾幾不可得。〇有率直處。

夜　歸

夜半歸來衝虎過，山黑家中已眠臥。傍見北斗向江低，仰看明星當空大。庭前把燭喚一作嗔兩炬，峽口驚猿聞一個。白頭老罷舞復歌，杖藜不睡誰能那。

即景成詩，極有孤興，別無寓言。

晚　晴

高唐暮冬雪壯哉，舊瘴無復似塵埃。崖沈谷没白皚皚〔一〕，江石缺裂青楓摧。南天三旬苦霧開，赤日照耀從西來。六龍寒急光徘徊〔二〕。照我衰顔忽落地，口雖吟咏心中哀。未怪及時少年子，揚眉結義黄金臺。汩一作汨乎吾生何飄零，支離委絶同死灰。

〔一〕劉歆《遂初賦》：漂白雪之皚皚。

〔二〕仇注：六龍，日馭也。

此因雪後晚晴，寒光照影，而感及身衰也。前四句，從積雪起，筆勢飄飄。中三句，晚晴正面。後六句，思路幻，筆情曲，衰頹之狀，己亦無由自見，忽從晴光斜影，照出龍鍾老態，觸目生哀，極奇極確。又謂年少角逐，及時馳騁，向或怪之，今無怪也。功名須早立也，不見我飄零委絶，壯心灰盡如此乎！意似衰颯，語實磊落英多。

復　陰

方冬合沓玄陰塞，昨日晚晴今日黑。萬里飛蓬映天過，孤城樹羽揚風直。江濤簸岸黄沙走，雲雪埋山蒼兕吼。君不見，夔子之國杜陵翁，牙齒半落左耳聾。

似接《晚晴》篇來，故題曰《復陰》也。境象黯慘如此，况以客子衰翁值之，當復奈何！

前苦寒行二首〔一〕

漢時長安雪一丈，牛馬毛寒縮如蝟〔二〕。楚江巫峽冰入懷，虎豹哀號又堪記。秦城老翁荆揚客〔三〕，慣習炎蒸歲絺綌。玄冥祝融氣或交〔四〕，手持白羽未敢釋。

〔一〕苦寒，猶云嚴寒、盛寒，苦字不作活字用。公詩凡言熱處，多云執熱，執字亦不作活字用，與此同。◯夔楚多炎瘴，少冰雪。公客居二年，稔其風土。是歲忽遇大雪，夔俗以爲異。作《苦寒行》，蓋紀事詩也。

〔二〕《西京雜記》：元封二年大寒，雪深五尺。牛馬踡跼如蝟，三輔人民凍死。

〔三〕荊揚與夔近。

〔四〕玄冥主冬，祝融主夏。

此以古時北地之寒，形起今日南方之寒。下半仍以南方氣暖，作翻身勢結。通首俱在南北異候上立意。○北寒其常也，尚有元封之記。今南方如此，可勿記乎。四句乃作詩之故。然公雖北翁，久爲南客，已曾慣習土風。則今茲寒氣，恐當即轉，姑持扇以俟之耳。

去年白帝雪在山〔一〕，今年白帝雪在地。凍埋蛟龍南浦縮，寒刮一作割肌膚北風利。楚人四時皆麻衣，楚天萬里無晶輝。三尺恐當作足之烏骨一作足恐斷〔二〕，羲和送之將安歸。

〔一〕前年有詩云：「南雪不到地。」

〔二〕《古今注》：日中無光者，三足烏也。

此即就本地兩年異候説起，下仍以地本暖而忽寒作結。與上篇結意正相反。○「雪在山」，高處微有寒氣，正言不寒也。「雪在地」，則寒甚矣。「蛟龍縮」，即虎豹號意。「刮肌膚」，即冰入懷意。「楚人」、「楚天」二句，一縱一擒。末言日光匿耀，中「無晶輝」也。○須知當時之寒，原未必如《西京雜記》所云，特於夔爲寒耳。解者認是災變，太看深了。

後苦寒行二首〔一〕

南紀巫廬瘴不絶〔二〕，太古以來無尺雪。蠻夷長老畏苦寒，崑崙天關凍應折〔三〕。玄猿口噤不能嘯，白鵠翅垂眼出一作流血。安得春泥補地裂。

〔一〕蔡編以晴陰二詩隔開前後兩行，説者稱爲具眼。不知前後初無兩番意，特既成二首後，復作二首，故分兩題耳。

〔二〕僧一行分山河兩戒，有北紀、南紀之説。廬山在今江西境，去巫山甚遠，以二山俱屬南紀，故連及之。

〔三〕崑崙天關，渾言西界高山，不必分疏。

此即隱括前二首之意。「蠻夷長老」，即指夔人。曰「長老」者，見年老之人，尚未經此也。「凍應折」者，苦寒若此，想是關柱折去，寒氣無從捍蔽耳。春温則土潤，故可以補裂，此祇是後一層託題法，無别意。○「崑崙關折」，已逗動後首作意。

曉一作晚來江門一作閒失大木，猛風中夜吹白屋。天兵斬斷青海戎〔一〕，殺氣南行動坤軸，不爾苦寒何太酷！巴東之峽生凌澌，彼蒼迴斡舊作轁人一作那得知。

〔一〕謂吐蕃。

此一起，就風勢上見出苦寒。二句用倒勢。「天兵」三句，作意絶奇，言此殆天心厭亂，厲威殺賊，寒氣激而南行乎？不爾，何寒之酷若此！「巴峽凌澌」，就「苦寒」敷衍一筆。「彼蒼迴斡」，即繳足「天兵斷戎」意。蓋言西戎熾盛久矣，意者氣機旋轉，將欲滅此醜類耶！「人得知」，若曰：天意蓋可知矣，借寒威殺氣，一暢殄寇之懷，思入非有想天。○四首中惟此最奇，徧閲箋注，未有得解者。

短歌行贈王郎司直〔一〕

王郎酒酣拔劍斫地歌莫哀〔二〕，我能拔爾抑塞磊落之奇才。豫章翻風白日動〔三〕，鯨魚跋浪滄溟開。且脱劍佩休徘徊。西得諸侯掉錦水，欲向何門趿先答切珠履〔四〕。仲宣樓頭春色深〔五〕，青眼高歌望吾子。眼中之人吾老矣。

〔一〕大曆三年荆南詩。

〔二〕《世説》：王曇首年十四五，往土山下庾家墓中，作一曲，歌卒曲便去。妓白謝公曰：「此是王郎歌。」

〔三〕陸賈《新語》：楩柟豫章，天下之名木。

〔四〕《説文》：趿，進足有所擷取也。

〔五〕《荆州記》：當陽縣城樓，王仲宣登之而作賦。

王郎將遊西蜀，干諸侯，酒酣哀歌，公乃當筵贈此也。上下各五句，依轉韻截。上勸其莫哀，下望其知遇。○首句「莫哀」二字另讀，斫劍而歌，哀情發矣，故勸之「莫哀」也。爾才絶奇，我能拔之也，非公能拔之，其才自挾振拔之具，故能决之也。「白日」、「滄溟」喻當時之有勢力者。「白日」爲「動」，「滄溟」爲「開」，正其必能見拔處。「徘徊」，即哀歌之態。曰「脱」、曰「休」，即「莫哀」意，重言以勸之也。「西得」二句，點赴蜀。「掉錦水」，奇才激盪，錦水且爲之騰躍也。「向何門」，勗其擇地而蹈也。「仲宣」句，點地點時。在王則勸之「莫哀」，在我則「高歌」以「望」。照耀生動。結又以單詞鼓勵之，以爲「眼中之人」，如吾者則老而無所用耳，言下躍然。○如此歌，纔配副得英年人。

盧世潅曰：突兀横絶，跌宕悲涼。

憶昔行

憶昔北尋小有洞〔一〕，洪河怒濤過輕舸〔二〕。辛勤不見華蓋君〔三〕，艮岑青輝慘么麼〔四〕。千崖無人萬壑静，三步回頭五步坐。秋山眼冷魂未歸，仙賞心違淚交墮。弟子誰依白茅屋，盧老獨啓青銅鎖〔五〕。巾拂香餘搗藥塵，階除灰死燒丹火。玄圃滄洲莽空闊，金節羽衣飄婀娜。落日初霞閃餘映，倏忽東西無不可〔六〕。松風澗水聲合時，青兕黄熊啼向我。

徒然咨嗟撫遺跡，至今夢想仍猶左。秘訣隱文須内教〔七〕，晚歲何功使願果。更討衡陽董鍊師〔八〕，南浮早鼓瀟湘柂。

〔一〕在王屋山。《王君内傳》：三十六洞天之第一。

〔二〕由梁、宋間至彼，當過河。

〔三〕即小有洞之道者。

〔四〕艮，東北方。《通俗文》：不長曰幺，細小曰麽。

〔五〕仇注：盧老，華蓋君弟子。

〔六〕舊載《苕溪詩話》「王屋山中，日西而影反在西，日東而影反在東」之説，其實詩意不爾。詩乃是恍惚若遇華蓋之情。

〔七〕《玉清石刻隱銘》：佩玉帝隱文者，得爲上仙。梁武帝文：早念身空，棲心内教。按：内教，借用釋門語。

〔八〕即《昔遊》詩之董先生。

當與五古《昔遊》篇參看，見一之二。《昔遊》詩云：「杖藜望清秋，有興入廬霍。」素有訪隱之志矣。今董師在衡陽，去荆南非遠，决欲一訪，以遂宿願，此詩所爲作也。首段，述當年尋訪華蓋，初聞羽化之事。「千崖」四句，摹擬「不見」情景也。二段，述當年入其室，衹見其弟子，因而徘徊室中，望其仙魂重返。虚神全在「玄圃」四句。言仙界雖遠，仙馭或來，落霞交映，庶幾左右遇之也。以上兩段，層次而下，亦如《昔遊》詩之前幅，都非正文，俱爲後幅引子。末段，曲曲寫出本意。「風」、「水」、「兕」、「熊」，凶慘滿目，不學仙而不可也；「遺跡」、「夢想」，杳然無踪，欲學仙而何適也。「内教」須求，此「願」宜「果」，「衡陽董師」，其所歸往矣。主意至此結出。

惜别行送向卿進奉端午御衣之上都

肅宗昔在靈武城，指揮猛將收咸京。向公泣血灑行殿〔一〕，佐佑卿相乾坤平。逆胡冥寞隨煙燼〔二〕，卿家兄弟功名震。麒麟圖畫鴻雁行，紫極出入黄金印。尚書勳業超千古〔三〕，雄鎮荆州繼吾祖〔四〕。裁縫雲霧成御衣，拜跪題封賀端午。向卿將命寸心赤〔五〕，青山落日江潮一作湖白。卿到朝廷説老翁，漂零已是滄浪客。

〔一〕向公，當是向卿之兄。

〔二〕仇注：指安、史。

〔三〕《舊書》：衛伯玉，拜江陵尹、荆南節度使，尋加檢校工部尚書，封城陽郡王。

〔四〕晉杜預都督荆州諸軍事。

〔五〕此向卿，乃將命進奉御衣之人。

上下八句截，各四句轉意。起四，述其兄先朝扈蹕之功。次四，兼述兄弟勳秩之盛。以上皆頌美向氏之詞也。以下乃叙事送别之文。「尚書」四句，叙製衣賀節，出自衛公。末四，纔是本題正面，送之入朝，因而囑訴飄零。垂老作客，情所必至，而神味正復翩翩。

醉歌行贈公安顔十一無十字少府請顧八朱云疑脱分字題壁〔一〕

神仙中人不易得〔二〕，顔氏之子才孤標。天馬長鳴待駕馭，秋鷹整翮當雲霄。　君不見東吴顧文學，君不見西漢杜陵老〔三〕。詩家筆勢君不嫌，詞翰升堂爲君掃。是日霜風凍七澤，烏蠻落照銜赤壁〔四〕。酒酣耳熱忘頭白，感君意氣無所惜，一爲歌行歌主客。

〔一〕公安，在江陵南。邵注：顔少府，公安尉也。朱注：顧八即顧八分戒奢。按：公有《送顧八分文學》詩。〇移居公安詩。

〔二〕鶴注：梅福爲南昌尉，謂之神仙尉。

〔三〕仇注：杜陵在西京，故曰西漢。

〔四〕仇注：烏蠻在西，赤壁在東，落照自西而映東也。

顔少府乞公作詩，乞顧八分書於壁。公即述其事以爲詩，軒爽無奥句。

呀鶻行〔一〕

病鶻孤飛俗眼醜，每夜江邊宿衰柳。清秋落日已側身，過雁歸鴉錯迴首〔二〕。緊腦雄姿迷所向，疏翮稀毛不可狀。强神非舊作迷復皂雕前，俊才早在蒼鷹上〔三〕。風濤颯颯寒山陰，熊羆欲蟄龍蛇深〔四〕。念爾此時有一擲，失聲濺血非其心〔五〕。

〔一〕呀，張口貌。○集外詩。

〔二〕言凡鳥不復喫驚。

〔三〕皂雕，蒼鷹，亦鶻類。

〔四〕仇注：言天寒物藏之候。

〔五〕失聲濺血，猶云哀鳴瀝血。

「呀鶻」，鶻病而張口，借以自況也。少時《畫鷹》詩云：「何當擊凡鳥，毛血灑平蕪」，其氣概可想。乃今病泊江邊，見嗤俗眼，故見「呀鶻」而寄慨焉。前四，惜其病。中四，原其才。後四，推其心。○「俗眼醜」三字，抹殺可憐。中四之方病而顯其俊才，後四之凌秋而想其心事，都從另眼看出，正對此三字。○與前華州詩《瘦馬行》一類。

發劉郎浦〔一〕

掛帆早發劉郎浦，疾風颯颯昏亭午。舟中無日不沙塵，岸上空村盡豺虎。十日北風風未迴，客行歲晚晚相催。白頭厭伴漁人宿，黄帽青鞋歸去來。

〔一〕《江陵圖經》：劉郎浦，在石首縣，先主納吴女處。○發公安詩。

此連日舟行所感。拂意南行，風催不轉，聊以歸懷矯之，然亦託之懸想而已。

夜聞觱篥〔一〕

夜聞觱篥滄江上，衰年側耳情所嚮。鄰舟一聽多感傷，塞曲三更欻悲壯。積雪飛霜此夜寒，孤燈急管復風一作奔湍。君知天地干戈滿，不見江湖行路難！

〔一〕《樂府雜録》：觱篥者，本龜兹國樂，亦名悲栗。以竹爲管，以蘆爲首，有類於笳。

舟中聞悲急之音，而自訴苦衷也。「情所嚮」者，其聲足以動情，故引之而去。黄生欲改「情」爲尋，則將改「所嚮」爲「所響」乎？不成語矣。結聯，謂君知亂離之苦，爲此悲急矣，獨不見行旅漂零之慘，易增忉怛乎！仇氏作語觱篥者之詞，得之。

歲晏行

歲云暮矣多北風，瀟湘洞庭白雪一作雲中。漁父天寒網罟凍，莫徭射雁鳴桑弓〔一〕。去年米貴闕軍食〔二〕，今年米賤太傷農。高馬達官厭酒肉〔三〕，此輩杼柚茅茨空。楚人重魚不重鳥一作肉〔四〕，汝休枉殺南飛鴻。況聞處處鬻男女，割慈忍愛還租庸。往日用錢捉私鑄，今許鉛鐵和青銅〔五〕。刻泥爲之最易得，好惡不合長相蒙。萬國城頭吹畫角，此曲哀怨何時終。

〔一〕《隋・地理志》：長沙郡，雜有夷蜑，名曰莫徭。自言其先祖有功，嘗免征役。

〔二〕朱注：《舊書》：大曆二年冬，率百官京城士庶，出錢以助軍。按：詩所指，恐湖南亦災。

〔三〕黄鶴引《舊史》「元載、裴冕、魚朝恩等，宴郭子儀，酣酒縱樂」爲證。然詩意乃指湖南官長。

〔四〕《風俗通》：吴楚之人，重魚鹽，不重禽獸之肉。

〔五〕《舊書》：天寶數載之後，奸人漸收好錢，潛往江淮之南，每錢貨得私鑄惡者五文，假託私用。鵝眼、鐵錫、古文、綖環之類，每貫重不過三四觔。

《歲晏行》，哀民之困於徵斂也。起四，點題。中間一片下。勿如仇氏分截，使節節俱斷。蓋斂重由於軍興，軍不息，則斂不輕，故結聯道破。○起勢飄然，「網凍」、「弓鳴」，書所見也，已引動民窮意。中段俱屬議論，以「軍食」「傷農」作提筆。「高馬」六句，諷朘民之「達官」也，爲一篇之主。「重魚不重鳥」，借舊語爲興。「南飛鴻」，比窮民也。「汝」，即指「達官」。仇氏以此二語承「漁父」、「莫徭」，謬甚。「割慈還租」，以慘語動上之惻隱。窮民盜鑄，「往捉」、「今許」，好惡相蒙，非泛爲錢法興慨，正譏爲民上者，致民重困，驅爲奸利而不能制也。結云「萬國吹角」，言各處用兵如此，則橫征無已，而止亂益難。此「哀怨」之所以長也。二句所謂辨其所從生，推之至於其所終極。

惜別行送劉僕射判官〔一〕

聞道南行市駿馬，不限匹數軍中須。襄陽幕府天下異〔二〕，主將儉省憂艱虞〔三〕。祇收壯健勝鐵甲，豈因格鬭求龍駒。而今西北自反胡〔四〕，騏驎蕩盡一匹無。龍媒真種在帝都，子孫未落東一作西南隅〔五〕。向非戎事備征伐，君肯辛苦越江湖。江湖凡馬多顛頇，衣冠往往乘蹇驢。梁公富貴於身疏，號令明白人安居〔六〕。俸錢時散士子盡，府庫不爲驕豪虛。以兹報主寸心赤，氣却西戎回北狄。羅網群馬籍一作藉馬多，意一作氣在驅除一作馳出金帛。劉侯奉使光推擇，滔滔才略滄溟窄。杜陵老翁秋繫船，扶病相識長沙驛。强梳白髮提胡盧，手把菊花路旁摘。九州兵革浩茫茫，三歎聚散臨重陽。當杯對客忍流涕一作涕淚，不覺老夫神內傷。

〔一〕下五字，謂其人姓劉，而爲僕射之判官。僕射，乃其主將之加銜，即指山南東道節度梁崇義。○大曆四年秋潭州詩。○集外。

〔二〕《唐書》：襄州襄陽郡，山南東道節度所治。

〔三〕史稱崇義以地褊兵少，折節遇士。

〔四〕西謂吐蕃，北謂安、史餘孽。

〔五〕子孫，謂龍媒之種。

〔六〕史稱崇義法令最治。

仇云：劉判官括馬至此，公與相晤而贈之。愚按：《唐史》：廣德初，梁崇義據襄州，代宗不能討，因拜山南東道節度使。是則崇義臣節已失，括馬豈無異志。贈詩只作世故語，子美不爲也，而又不便顯言。故篇中着句，都非實筆，純作懸擬反撲口氣，一氣轉拓。○起二句記事。「襄陽」四句，以贊美爲諷也。果其折節憂國，異於他鎮，則此之市馬，止收健足以捍患，非求龍駒以僭擬者。「而今」四句，以曉喻爲諷也。「龍媒」、「子孫」，句中有眼。曰「帝都」有而「東南」無，既以外無龍種曉之，亦以尊王室而抑藩服也。「向非」四句，以揣度指點爲諷也。言所以市馬者，定爲國家備伐叛之用，不然，何爲辛苦搜括至此。况此處馬疲，未足驅使，亦可暫休矣。「梁公」四句，就儉省憂虞而申之。「以兹」四句，就戎事征伐而申之。以上須看許多虛字轉折。曰「祇收」，曰「豈因」，曰「向非」，曰「君肯」，曰「以兹」，曰「意在」，無數摹擬，總從空中敲擊，諷意顯然。以下韻則仍前，意領惜别。「劉侯」二句另提，與首二配。「杜陵」四句，紀别筵也。「九州」四句，訴别情也。曰「兵革茫茫」，曰「對客神傷」，其中有欲明言而不可明言者在。○此解從意言之表悟入。○崇義入德宗朝，卒以拒命取死。

暮秋枉裴道州手札率爾遣興寄遞句呈蘇渙侍御〔一〕

久客多枉友朋書，素書一月凡一束。虚名但蒙寒暄問，泛愛不救溝壑辱。齒落未是無心人，舌存恥作窮途哭〔二〕。道州手札適復至，紙長要自三過讀。盈把那須滄海珠，入懷本倚崑山玉。撥棄潭州百斛酒〔三〕，蕪没瀟岸千株菊。使我晝立煩兒孫〔四〕，令我夜坐費燈燭〔五〕。　憶子初尉永嘉去〔六〕，紅顔白面花映肉。軍符侯印取豈遲，紫燕騄耳行甚速。聖朝尚飛戰鬬塵，濟世宜引英俊人。黎元愁痛會蘇息，戎狄跋扈徒逡巡。授鉞築壇聞意旨，頽綱漏網期彌綸。郭欽上書見大計〔七〕，劉毅答詔驚群臣〔八〕。他日更僕語不淺，明公論兵氣益振。傾壺簫管動一作理白髮，舞劍霜雪吹青春。　宴筵曾語蘇季子，後來傑出雲孫比〔九〕。　茅齋定王城郭門，藥物楚老漁商市〔一〇〕。　市北肩輿每聯袂，郭南抱甕亦隱几。無數將軍西第成〔一一〕，早作丞相東山起〔一二〕。　鳥雀苦肥秋粟菽，蛟龍欲蟄寒沙水〔一三〕。　天下鼓角何時休，陣前部曲終日死。　附書與裴因示蘇，此生已愧須人扶。　致君堯舜付公等，早據要路思捐軀。

〔一〕有《湘江宴餞裴二端公赴道州》及《贈蘇侍御渙》二詩，俱見一之六。○時蘇與公同在潭。

〔二〕《史記》：張儀爲楚相笞掠，謂其妻曰：「視吾舌在否？」妻笑曰：「在。」儀曰：「足矣！」

〔三〕《荆州記》：長沙郡有酃湖，周三里，取湖水爲酒，極甘美。

〔四〕晝立，謂兒孫侍立，候讀札不得休也。

〔五〕夜坐，貼自身。

〔六〕公在京時，有《送裴二虯尉永嘉》詩。

〔七〕《晉書》：郭欽上疏曰：宜及平吴之威，漸徙内郡雜虜於邊地，峻出入之防，明荒服之制。

〔八〕《晉書》：武帝問劉毅曰：「朕可方漢何主？」對曰：「桓、靈。」曰：「何至此？」對曰：「桓、靈賣官，錢入官庫。陛下賣官，錢入私門。殆不如也。」

〔九〕渙亦挾縱横之才，故從其姓領趣。

〔一〇〕舊注：定王城，漁商市，皆指潭州。

〔一一〕《後漢書》：馬融爲《大將軍西第頌》，頗爲正直所羞。

〔一二〕《晉·謝安傳》：卿累違朝指，高卧東山。

〔一三〕遠注：所謂「侏儒飽欲死，臣朔饑欲死」也。

裴之官之始，公嘗有《湘江宴餞》詩。裴到官後，致札來諗，故復作此寄遞。其「呈蘇渙」者，當餞裴時，涣亦在坐，今作此詩，省憶往事，遂連及之。蓋公自呈蘇，非託裴轉寄，涣亦在潭故也。讀者須認清。○首段，喜得裴札也。泛將應酬書問，形起道州。「虛名」、「泛愛」，説盡世態。「齒落」、「舌存」，占盡地步。「盈把」以下，言「珠」、「玉」非寶，「酒」、「菊」都捐，捧讀之餘，晝夜忘倦。皆極寫得書喜劇之情。「憶子」四句，另爲一段，韻脚仍前，意思領下。蓋以昔年送尉作波致，以起期望之因。下段，皆望裴之詞也。「飛塵」、「引俊」，以乘時大用期之。「黎元」六句，即「英俊」、「濟世」之實，是所期於裴公者。「他日」四句，又另爲一段，韻亦仍前，意亦轉遞。蓋追寫湘江宴餞時氣概，即爲渡入蘇涣張本。下段惜蘇之文，恰好借裴公當日筵間語蘇領起也。「茅齋」以下，四言蘇之寥落不偶，四代蘇作不平之鳴。「天下」二句，言如上文所云，用舍倒置如此，則治平無日也。以慨歎束住。末四句，與中間兩四句相配，附裴示蘇，兩人雙綰。「此生須扶」，自謂老廢，故「致君堯、舜」，專屬「公等」。着「早據要路」四字使前文望裴惜蘇等意，收攝無遺。○每長段後，各另綴四語，篇法玲瓏。經此點出。或當以杜氏功臣許之。

蠶穀行

天下郡國向萬城，無有一城無甲兵〔一〕。焉得鑄甲作農器，一寸荒田牛得耕。牛盡耕一有田字，蠶亦成。不勞烈士淚滂沱，男穀女絲行復歌。

〔一〕仇注：大曆三年，商州劉洽反，幽州朱希彩反。四年，廣州馮從道、桂州朱濟時反。又連年吐蕃入寇。按：河北又各擁兵。

征戍數，農桑廢，《蠶穀行》所爲作也。但語似平直。

白鳧行

君不見，黄鵠高於五尺童，化爲白鳧似老翁〔一〕。故畦遺穗已蕩盡，天寒歲暮波濤中。鱗介腥膻素不食，終日忍飢西復東。魯門鶢鶋亦蹭蹬，聞道于一作如今猶避風〔二〕。

〔一〕朱注：黄鵠化爲白鳧，猶五尺童化爲老翁。

〔二〕《國語》：鶢鶋止於魯東門之外。展禽曰：「今兹海其有災乎！夫廣川之鳥獸，常知而避其災也。」是歲海多大風。按：《莊子》有「魯侯設樂具膳，海鳥眩視」之語。

《白鳧行》，貞苦節也。君子固窮，不變所守焉。○俱就「白鳧」言，只「似老翁」三字略逗。「黄鵠」以喻壯志，「白鳧」以喻漂泊，「畦盡」以喻離鄉去夔，「濤中」以喻湖南舟宿。此皆逼起下文，蓋如此則窮亦甚矣。而「腥膻不食」，「忍飢西東」，以喻寧任運飄轉，不受非義之惠。落句即上意而申之。董斯張曰：隱然不饗太牢，不樂鐘鼓之態。愚按：「不食」、「忍飢」四字，乃一詩之質幹，是何等志節。

朱鳳行

君不見，瀟湘之山衡山高，山巔一作巖朱鳳聲嗷嗷〔一〕。側身長顧求其群一作曹，翅垂口噤心勞勞一作甚勞。下愍百鳥在羅網，黄雀最小猶難逃。願分竹實及螻蟻，盡使鴟梟相怒號。

〔一〕劉公幹詩：鳳凰集南嶽。

《朱鳳行》，憫窮黎也。達則兼善，欲澤民而止暴焉。○亦俱就「朱鳳」言，主意在下半截，而其本却原於上半。蓋品地不高，則與群庶爲伍，安能澤及於彼。起曰「衡山高」，而鳳又在其巔，自能籠罩萬物矣。「聲嗷嗷」，仁心之發爲仁聲也。「側身」、「垂翅」，喻不遇時。文勢得此一曲。「鳥雀」、「螻蟻」，俱喻困征斂之窮民。「鴟梟」，喻剥民之凶人。惠及「螻蟻」，則無不徧。獨屏「鴟梟」，則不見奪。此「朱鳳」素志也。噫，託之空言而已！

追酬故高蜀州人日見寄 并序

開文書帙中，檢所遺忘，因得故高常侍適，往居在成都時高任蜀州刺史，人日相憶見寄詩。淚灑行間，讀終篇末。自枉詩，已十餘年。莫記存没，又六七年矣。老病懷舊，生意可知。今海内忘形故人，獨漢中王瑀，與昭州敬使君超先在〔一〕。愛而不見，情見乎辭。大曆五年正月二十一日，却追酬高公此作，因寄王及敬弟。

〔一〕《舊書》：昭州屬嶺南道，以昭岡潭爲名。

自枉一作蒙蜀州人日作，不意清詩久零落。今晨散帙眼忽開一作明，迸淚幽吟事如昨。嗚呼壯士多慷慨！合沓高名動寥廓。歎我悽悽求友篇〔一〕，感君鬱鬱匡時略。錦里春光空爛熳〔二〕，瑶墀侍臣已冥寞〔三〕。瀟湘水國傍黿鼉，鄠杜秋天失鵰鶚〔四〕。東西南北更誰一作堪論，白首扁舟病獨存。遥一作猶拱北辰纏寇盜，欲傾東海洗乾坤。邊塞西羌最充斥〔五〕，衣冠南渡多崩奔〔六〕。鼓瑟至今悲帝子，曳裾何處覓王門〔七〕。文章曹植波瀾闊，服食劉安德業尊。長笛鄰家一作誰能亂愁思，昭州詞翰與招魂。

〔一〕公在蜀，常以詩寄高。

〔二〕錦里，草堂所在。

〔三〕高鎮蜀後，復内召而殁。

〔四〕鄠杜，指京輦。

〔五〕三年四年，吐蕃連寇。

〔六〕仇注：本用晉元帝渡江事。然《唐史》謂：至德之後，中原多故，兩京衣冠，盡投江湖。荆南井邑，十倍於初。

〔七〕泛指京國侯王之門。仇即指漢中，非是。

上下六韻截，各四句轉意。起四句，叙明見詩。「嗚呼」四句，推其才望，帶表相契。「錦里」四句，傷高殁也。「錦里空」而身「傍黿鼉」，惠詩之處，不堪回首矣。「瑶墀冥」而人「失鵬鶚」，作詩之人，杳然長逝矣。彼此互歎，文情摇曳。「東西」四句，就高詩結語，推透一層。而「纏寇盜」、「洗乾坤」，則申上「扁舟」無着之故，引下「充斥」、「崩奔」之因也。「邊塞」四句，謂值亂世而遠國門。「悲帝子」，南滯之情；「覓王門」，北望之情也。末四句，兩寄漢中王，兩寄敬使君。於王則泛稱才德，於敬則寄意招尋。蓋亦絶意還鄉，彌思遠去之苦衷耳。舊説以「招魂」爲招蜀州之魂，非也。○附高詩。

人日寄杜二拾遺　　高　適

人日題詩寄草堂，遥憐故人思故鄉。柳條弄色不忍見，梅花滿枝堪斷腸。身在南蕃無所預，心懷百憂復千慮。今年人日空相憶，明年此日知何處。一卧東山三十春，豈知書劍老風塵。龍鍾還忝二千石，愧爾東西南北人。

清　明

著處繁華矜是日〔一〕，長沙千人萬人出。渡頭翠柳艷明眉，争道朱蹄驕齧膝。此都好遊湘西寺〔二〕，諸將亦自軍中至。馬援征行在眼前，葛强親近同心事〔三〕。金鐙下山紅日一作粉晚，牙檣捩柁青樓遠〔四〕。古時喪亂皆可知，人世悲歡暫相遣。弟姪雖存不得書，干戈未息苦離居。逢迎少壯非吾道，況乃今朝更祓除。

〔一〕用「着處」字，即「西蜀櫻桃也是紅」之意。

〔二〕朱氏謂即岳麓、道林二寺，公有詩，見五之末。

〔三〕葛强，晉山簡將。

〔四〕《齊書》：武帝興光樓，上施青漆，謂之青樓。按：後人多作妓樓用。

客中見令節繁華，自傷孤另也。每四句轉韻轉意。起四，泛言士人之遊，兼遊士遊女。次四，又言在位之遊，兼主帥偏裨。此上寫出遊，此下誌晚歸也。而「喪亂」、「悲歡」，都從興闌人散觸起。「皆可知」，視此「暫相遣」者而可知耳。結四，所謂觸繁華而自感，書絶居離，蓋傷之矣。平時或以不逢少壯，暫爾相忘，乃若今朝祓除，都人競逐，而老我孑然，可堪悽愴。

風雨看舟前落花戲爲新句〔一〕

江上人家桃樹一作李枝，春寒細雨出疏籬。影遭碧水潛勾引，風妬紅花却倒吹。吹花困癲一作懶傍舟楫，水光風力俱相怯。赤憎輕薄遮入懷〔二〕，珍重分明不來接。濕久飛遲半欲高，縈沙惹草細於毛。蜜蜂蝴蝶生情性，偷眼蜻蜓避伯勞〔三〕。

〔一〕盧世潅曰：句不新，則詩朽，句徒新，則詩亡。下一戲字，有無限防閑在。
〔二〕鶴注：赤憎，猶云生憎。
〔三〕《物理論》：伯勞，衆鳥畏之，性好獨。

全首賦物，不攙情語。黃鶴謂有比意，兆鰲謂寓感詞，都非超解。○一二，先逗「樹枝」，在「花」前一層，單點「雨」字，不混入「風」內。三四，曰「水勾引」，在「落」前一層，且爲「舟前」伏根。曰「風倒吹」，纔點「風」字，到「落花」正面。此上俱屬點題。五六以下，乃細摹其態。「困癲」二字總領。又隨手點還「舟前」。「俱相怯」，申寫「困癲」。七八，正是「困癲」情態。遮莫「入懷」，若將近者，近，故下「輕薄」字。究「不來接」，仍似遠者，遠，故下「分明」字。須味此四句，中間俱藏得「雨」字在。故九、十，緊接「濕久飛遲」以醒之。又恐雨意太重，故以「細於毛」清出之。此句言雨不言花，乃花飛不高之故也。十一、十二，妙在不脱不黏。「生情性」，言若裝模作態者，惟其花片分飛，是以物情撩亂。「偷眼」，謂漸欲相即。「避伯勞」，謂又忽而開去。二句總是互寫「蜂」、「蝶」、「蜻蜓」，若戀若捨光景。不着題面，而題神在個中。○體物微妙，毫端活潑，不虞老境擅此冶情。○王嗣奭曰：纖濃綺麗，爲後來詞曲之祖。愚謂惟其體屬此種，須着如此巧密，解者須着如此細膩。

讀杜心解卷三

卷三之一　五律　起玄宗開元間至肅宗乾元二年

《纂年譜》：玄宗開元二十五年，公遊齊、趙。二十九年後，在東都。天寶四載，在齊州。五載，至長安。六載，應詔退下。八載，間至東都，尋返長安。十載，進三賦，待制集賢院。十一載，召試參選。十四載，授河西尉，改右衛率府參軍。秋冬，往來奉先、白水。十五載，往白水，又往鄜州。七月，肅宗即位，改元至德，陷賊中。二載，脱賊，謁上鳳翔，拜左拾遺，尋放還鄜州。十月，上還京，公亦至京。乾元元年，任拾遺。六月，司功華州。冬，間至東都。二年春，回華州。

登兗州城樓〔一〕

東郡趨庭日〔二〕，南樓縱目初。浮雲連海岱一作嶽，平野入青徐。孤嶂秦碑在〔三〕，荒城魯殿餘〔四〕。從來多古意，臨眺獨躊躇。

〔一〕邵寶注：兗州，魯所都。

〔二〕《前漢·志》：東郡，秦置，屬兗州。㴸注：公父閑爲兗州司馬，公時省侍。

〔三〕《秦本紀》：始皇東行郡縣，上鄒嶧山，刻石頌秦德。

〔四〕《魯靈光殿賦》：殿本景帝子魯共王所立。《後漢書注》：在兖州曲阜縣城中。

首、二，點事。三、四，横説，緊承「縱目」。五、六，豎説，轉出「古意」。末句仍繳還「登」字，與「縱目」應。局勢開拓，結構謹嚴。

題張氏隱居二首〔一〕

之子時相見，邀人晚興留。霽一作濟，非潭鱣發發音撥，春草鹿呦呦。杜酒偏勞勸〔二〕，張梨不外求〔三〕。前村山路險，歸醉每無愁。

〔一〕其一爲七律，見四之一。

〔二〕《急就篇注》：杜康又作秫酒。

〔三〕潘岳《閑居賦》：張公大谷之梨。

「春山無伴」篇，寫得張君清虚蕭淡。此篇記其留飲，又似極有人群之興。蓋空谷跫然，雖習静之流，未免有情也。此與前詩未必一時所作，公留寓山村有日矣，玩時相見可知。○顧宸云：酒本出於杜，故云「偏勞勸」。梨自出於張，故云「不外求」。

劉九法曹鄭瑕丘石門宴集〔一〕

秋水清無底，蕭然净客心。掾曹乘逸興，鞍馬去相尋一作到荒林。能吏逢聯璧，華筵直一金〔二〕。晚來横吹好，泓下亦龍吟〔三〕。

〔一〕《唐書》：府州各有法曹參軍事。邵注：瑕丘，兖州府治。鄭是官於瑕丘者。

〔二〕《淮南子》：秦以一鎰爲一金，漢以一斤爲一金。《漢·食貨志》：黄金方寸重一斤。

〔三〕化用游魚出聽事。

此逐層叙事之詩。一、二，石門領起。三指劉，四含鄭。「相尋」，絡繹之義也。五、六，叙宴集。下一「逢」字，連己在内。結乃酒酣樂湊之趣。「龍吟」，爲「横吹」生色，亦與「秋水」相顧。

與任城許主簿遊南池〔一〕

秋水通溝洫，城隅進一作集小船。晚涼看洗馬，森木亂鳴蟬。菱熟經時雨，蒲荒八月天。晨朝降白露，遥憶舊青氈〔二〕。

〔一〕《唐志》：任城縣，屬兖州。

〔二〕《世説》：王獻之夜卧，有盗入室，獻之語曰：「青氈我家舊物，可特置之。」

「秋水」二字全提。中四，皆進船之景，句句不脱「秋」字。第七，乃作詩之根。節逢「白露」，感觸而成也。「憶舊氈」，寒意動，鄉思亦動矣。

對雨書懷走邀許主簿〔一〕

東嶽雲峰起，溶溶滿太虚〔二〕。震雷翻幕燕，驟雨落河魚。座對賢人酒〔三〕，門聽長者車〔四〕。相邀愧泥濘，騎馬到階除。

〔一〕走，走筆也。

〔二〕《公羊傳》：觸石而出，膚寸而合，不崇朝而遍雨乎天下者，其泰山之雲乎。

〔三〕《魏志》：以酒清者爲聖人，濁者爲賢人。

〔四〕《陳平傳》：平家負郭窮巷，門外多長者車轍。

八句一滚下，作一幅尺牘看。上四，由「雲」而「雷」而「雨」，從雨前遞到對雨也。五、六，對酒懷人，所謂書懷也。七、八，結出走邀意。○「落河魚」本常語，注家雜引書符隕魚等事，直堪捧腹。盧元昌説此詩亦太遠。

巳上人茅齋〔一〕

巳公茅屋下，可以賦新詩。枕簟入林僻，茶瓜留客遲。江蓮摇白羽〔二〕，天棘蔓舊作夢青絲〔三〕。空忝許詢輩，難酬支遁詞〔四〕。

〔一〕《般若經》：佛言：若菩薩一心行阿耨菩提，心不散亂，是名上人。

〔二〕《華嚴會玄記》：青松爲麈尾，白蓮爲羽扇。

〔三〕纂朱注：杜田《正謬》：夢，當作蔓。《抱朴子》及《博物志》皆云：天門冬，一名顛棘。《本草圖經》云：春生藤蔓，葉如絲而細散。然不載天棘之名。夢弼云：天與顛聲相近也。

〔四〕《世説》：支遁、許詢，共在會稽王齋。支爲法師，許爲都講。

須識此詩首尾一貫。巳公當亦能詩者，公蓋與之酬和而作也。「可以賦」，兩人並提。與結聯呼應。「枕簟」、「茶瓜」，點事也。「白羽」、「青絲」，固是寫景，亦以映帶上人麈扇捉拂風致也。中四，都是助發兩人詩興處。故七、八，雙綰應前。若以「賦新詩」單看作公自賦，則結語爲突出矣。

房兵曹胡馬〔一〕

胡馬大宛於爰切名〔二〕，鋒稜瘦骨成。竹批雙耳峻〔三〕，風入四蹄輕。所向無空闊，真堪託死生。驍騰有如此，萬里可横行。

〔一〕《唐書》：諸衛府州，各有兵曹參軍事。

〔二〕《史記》：得大宛汗血馬，名曰天馬。

〔三〕《齊民要術》：馬耳欲小而鋭，狀如斬竹筒。

此與《畫鷹》詩，自是年少氣盛時作，都爲自己寫照。○前半先寫其格力不凡，後半并顯出一副血性，字字凌厲。其煉局之奇峭，一氣飛舞而下，所謂鑿蝕不斷者也。

畫鷹

素練風霜起〔一〕，蒼鷹畫作殊〔二〕。攫身思狡兔〔三〕，側目似愁胡〔四〕。絛鏇光堪摘〔五〕，軒楹勢可呼〔六〕。何當擊凡鳥，毛血灑平蕪。

〔一〕素練，畫絹也。

〔二〕畫作二字平用，猶所謂工作、耕作之類。

〔三〕晉灼曰：攫，古竦字。

〔四〕孫楚《鷹賦》：深目蛾眉，狀如愁胡。

〔五〕絛，同絲。鏇，轉軸。朱注：以絛縶鷹足，而繫之於鏇。

〔六〕孫楚《鷹賦》：麾則應機，招則易呼。

與《胡馬》篇競爽。入手突兀，收局精悍。○起作驚疑問答之勢。言此素練也，而風霜忽起，何哉？由來蒼鷹畫作，殊絶動人也，是倒插法，又是裁對法，「攫身」、「側目」，此以真鷹擬畫，又是貼身寫。「堪摘」、「可呼」，此從畫鷹見真，又是飾色寫。結則竟以真鷹氣概期之。乘風思奮之心，疾惡如讎之志，一齊揭出。

過宋員外之問舊莊〔一〕

宋公舊池館，零落首陽阿〔二〕。枉道祇從入，吟詩許更過。淹留問耆老一作舊，寂寞向山河。更識將軍樹〔三〕，悲風日暮多。

〔一〕原注：員外季弟執金吾，見知於代，故有下句。○《唐書》：之問，字延清。景龍中遷考功員外郎。弟之悌，開元中自右羽林將軍出爲劍南節度使。

〔二〕《一統志》：首陽山，在河南偃師縣。按：之問有《陸渾别業》詩。陸渾、首陽，俱在洛陽之南。公亦有陸渾莊，當相去不遠也。

〔三〕馮異事。庾信《哀江南賦》：將軍一去，大樹飄零。

之問與公祖審言爲唐律之祖，於公則東山所謂契家前輩，亦詩法淵源也。故因其廢莊相近，枉道入訪。而以隔世酬吟，致傾仰焉。五、六，則徘徊而慨歎之也。末并及其弟。蓋之悌官宿衛時，亦曾居此莊者。今皆物故，是以兼致其悲。○黄鶴以之悌不曾爲金吾官，疑原注誤。仇氏因并原注削之，遂使落句無着。殊不知執金吾乃宿衛官之號，之悌嘗官羽林，何不可稱之有。○朱注：開元二十九年，公築室首陽。祭遠祖當陽君，應在是時。今附祭文。

祭遠祖當陽君文

維開元二十九年，歲次辛巳月日，十三葉孫甫，謹以寒食之奠，敢昭告於先祖晉駙馬都尉、鎮南大將軍、當陽成侯之靈。初陶唐氏出自伊祁，聖人之後，世食舊德。降及武庫，應乎虬精。恭聞淵深，罕得窺測。勇功是立，智名克彰。繕甲江陵，祲清東吴。建侯於荆，邦於南土。河水活活，造舟爲梁。洪濤奔汜，未始騰毒。春秋主解，稾隷躬親。嗚呼筆迹，流宕何人。蒼蒼孤墳，獨出高頂。静思骨肉，悲憤心胸。峻極於天，神有所降。不毛之地，儉乃孔昭。取象邢山，全模祭仲。多藏之戒，焯序前文。小子築室首陽之下，不敢忘本，不敢違仁。庶刻豐石，樹此大道。論次昭穆，載揚頭號。于以采蘩，于彼中園。誰其尸之，有齊列孫。嗚呼！敢告兹辰，以永薄祭。尚饗。

天寶初南曹小司寇舅〔一〕於我太夫人堂下〔二〕壘一作累土爲山一匱一作簣盈尺以代彼朽木承諸焚香瓷甌甌甚安矣旁植慈竹〔三〕蓋茲數峰〔四〕嶔岑嬋娟宛有塵外數致乃不知興之所至而作是詩〔五〕

一匱功盈尺，三峰意出群。望中疑在野，幽處欲生雲。慈竹春陰覆，香爐曉勢分。惟南將獻壽，佳氣日氤一作氛氳。

〔一〕《唐志》：吏部員外郎二人，一人主判南曹。朱注：權德輿《吏部南曹廳壁記》云：高宗上元初，請外郎一人顓南曹之任。後或詔他曹郎權居之。此云南曹小司寇，當是以秋官權職者。

〔二〕太夫人，盧氏，公祖審言繼室。

〔三〕《述異記》：南中生子母竹，即今之慈竹也，又謂之孝竹。

〔四〕蓋，竹叢蓋覆也。

〔五〕照舊本作長題。仇刻屬改本。

錯綜還題，又極安頓。「惟南」句取如南山之壽意，映切壘山太夫人堂下也。然「惟南」字似穉。〇

附《盧太君誌》，並《萬年縣君誌》。

唐故范陽太君盧氏墓誌　錢箋：此代其父閑作也。

五代祖柔，隋吏部尚書、容城侯。大父元懿，是渭南尉。父元哲，是廬州慎縣丞。維天寶三載五月五日，故修文館學士、著作郎、京兆杜府君諱某（審言）之繼室范陽縣太君盧氏，卒於陳留郡之私第，春秋六十有九。嗚呼！以其載八月旬有一日，發引歸葬於河南之偃師。以是月三十日庚申，將入著作之大塋。在縣首陽之東原。我太君用甲之穴，禮也。墳南内大道百二十步奇三尺，北去首陽山二里。凡塗車芻靈設熬置銘之名物，加庶人一等，蓋遵儉素之遺意。塋内西北去府君墓二十四步，則壬甲可知矣。遣奠之祭畢，一二家相進曰：斯至止，將欲啓府君之墓門，安靈櫬於其右。豈敂飾未具，時不練與？前夫人薛氏之合葬也，初太君令之，諸子受之；流俗難之，太君易之。今兹順壬取甲，又遺意焉。嗚呼孝哉！孤子登，號如嬰兒，視無人色。且左右僕妾洎厮役之賤，皆蓬首灰心，嗚呼流涕。寧或一哀所感，片善不忘而已哉！實惟太君積德以常，臨下以恕，如天之厚，縱天之和，運陰教之名數，秉女儀之標格。嗚呼！得非太公之後，必齊之姜乎！薛氏所生子：適曰某（閑），故朝議大夫兗州司馬；次曰升（唐書作并），幼卒，報復父讎，國史有傳；次曰專，歷開封尉，先是不禄。息女：長適鉅鹿魏上瑜，蜀縣丞；次適河東裴榮期，濟王府録事；次適范陽盧正鈞，平陽郡司倉參軍。嗚呼！三家之女，又皆前卒。而某等夙遭内艱，有長自太君之手者。至於昏姻之禮，則盡是太君主之。慈恩穆如，人或不知者，咸以爲盧氏之腹生也。然則某等亦不無平津孝謹之名於當世矣。登即太君所生，前任武康尉。二女：曰適京兆王佑，硤石尉；曰適會稽賀撝，卒常熟主簿。其往也，既哭成位，有若冢婦同郡盧氏（朱云：當作清河崔氏）、介婦滎陽鄭氏、鉅鹿魏氏、京兆王氏，女通諸孫三十人。内宗外宗，寖以疏闊者，或玄纁玉帛，自他日互有所至。若以杜氏之葬，近於禮而可觀，而家人亦不敢以時繼年。式志之金石，銘曰：太君之子，朝議所尊。貴因長子，澤就私門。亳邑之都，終天之地。享年不久，殁而猶視。

唐故萬年縣君京兆杜氏墓誌

甫以世之録行跡、示將來者多矣。大抵家人賄賂，詞客阿諛。真僞百端，波瀾一揆。夫載筆光芒於金石，作程通達於神明。立德不孤，揚名歸實。可以發皇内則，標格女史，竊見於萬年縣君得之矣。其先系統於伊祁，分姓於唐杜。吾祖也，吾知之。遠自周室，迄於聖代。傳之以仁義禮智信，列之以公侯伯子男。《春秋傳》云穆叔謂之世禄，其在兹乎。曾祖某（名無考），隋河内郡司功、獲嘉縣令。王父某（依藝），皇朝監察御史、洛州鞏縣令。前朝咸以士林取貴，辛邑成名。考某（審言），修文館學士、尚書膳部員外郎，天下之人謂之才子。兄升，國史有傳，縉紳之士誄爲孝童。故美玉多出於崑山，明珠必傳於滄海。蓋縣君受中和之氣，成肅雍之德，其來尚矣。作配君子，實爲好仇。河東裴君諱榮期，見任濟王府録事參軍。入在清通，同行領袖。素髮相敬，朱紱有光。縣君既早習於家風，以陰教爲己任。執婦道而純一，與禮法而終始，可得聞也。昔舅没姑老，承順顔色。侍歷年之寢疾，力不暇於須臾。苟便於人，皆在於手。淚積而形骸奪氣，憂深而巾櫛生塵。尊卑之道然，固出自於天性。孝養哀送，名流稱仰。允所謂能循法度，則可以承先祖，供給祭祀矣。惟其矜莊門户，節制差服。功成則運，有若四時。物或猶乖，匪踰終日。黼畫組就之事，割烹煎和之宜，規矩數及於親姻，脱落頗盈於歲序。若其先人後己，上下敦睦。縣罄知歸，揖讓惟久。在嫂叔則有謝氏光小郎之才，於娣姒則有鍾琰洽介婦之德。周給不礙於親疏，泛愛無擇於良賤。至如星霜伏臘，軒騎歸寧，慈母每謂於飛來，幼童亦生乎感悦。加以詩書潤業，導誘爲心，遏悔吝於未萌，驗是非於往事。内則置諸子於無過之地，外則使他人見賢而思齊。爰自十載已還，默契一乘之理，絶葷血於禪味，混出處於度門。喻筏之文字不遺，開卷而音義皆達。母儀用事，家相遵行矣。至於膳食滑甘之美，紕結縫綫之難，展轉忽微，欲參謀而縣解。指麾補合，猶取則於垂成。其積行累功，不爲熏修所住著，有如此者。靈山鎮地，長吐煙雲。德水連天，自浮聖象。則其著心定慧，豈遥於揚摧者哉。天寶元年某月八日，終於東京仁風里，春秋若干，示諸生滅相。越六月二十九日，遷殯於河南縣平樂鄉之原，禮也。嗚呼哀哉！琴瑟罷聲，蘋蘩晦色。骨肉號兮天地感，中外痛兮鬼神惻。有子長曰朝列；次朝英，北海郡壽光尉；次朝牧。女長適獨孤氏，次閻氏，皆禀自胎教，成於妙年。厥初寢疾也，惟長女在，列、英、牧或以遊以宦，莫獲同曾氏之元申。號而不哭，傷斷鄰里。悠哉少女，未始聞哀，又足酸鼻。嗚呼！縣君有語曰：「可以褐衣斂我，起塔而葬。」裴公自以從大夫之後，成縣君之榮，愛禮實深，遺意蓋闕。但褐衣在斂，而幽隧爰封。其所麽飾，咸遵儉素。眷兹邑號，未降天書。各有司存，成之不日。嗚呼哀哉！有兄子曰甫，制服於斯，紀德於斯，刻石於斯。或曰：「豈孝童之猶子歟，奚孝義之勤若此？」甫泣而對曰：「非敢當是也，亦爲報也。」甫昔卧病於我諸姑，姑之子又病，問女巫。巫曰：「處楹之東南隅者吉。」姑遂易子之地以安我。我用是存，而姑之子卒。後乃知之於走使。甫嘗有説於人，客將出涕感者久之，相與定謚曰義。君子以爲魯義姑者，遇暴客於郊，抱其所攜，棄其所抱，以割私愛。縣君有焉。是以舉兹一隅，昭彼百行。銘而不韻，蓋情至無文。其詞曰：嗚呼！有唐義姑京兆杜氏之墓。

龍門〔一〕

龍門横野斷〔二〕，驛樹出城來。氣色皇居近〔三〕，金銀佛寺開〔四〕。往來時屢改，川陸日悠哉。相閲征途上，生涯盡幾回。

〔一〕鶴注：指東京而言。

〔二〕顧注：杜預云：洛陽西南伊闕口，俗名龍門。

〔三〕《元和志》：煬帝登邙山，望伊闕，曰：「此非龍門耶？」詔營東京於此。按：唐仍之。

〔四〕舊注：佛地有金色世界、銀色世界。元人《龍門記》：舊有八寺。

前有《遊龍門奉先寺》五古，此再經其地也。後半，俱由屢過發慨。

夜宴左氏莊

風林纖月落〔一〕，衣露静一作净琴張。暗水流花徑，春星帶草堂。檢書燒燭短，看劍引杯長。詩罷聞吴咏，扁舟意不忘。

〔一〕古詩：兩頭纖纖月初生。

此詩意象都從「纖月落」三字涵泳出來，乃春月初三四間天清夜黑時作也。月落則坐久，故接「衣露」字。「静琴張」，設而未必彈也。三、四中有詩魂。「燭短」「杯長」，已到半酣時節，知前半皆宴時景也。「吴咏」恐是櫂歌欸乃之聲，故忽動「扁舟」之興。此聲正得之吟成之頃者，故以「詩罷」字作點逗。○自然流出，静細幽長。黄生云：夜景有月易佳，無月難佳。按此偏於無月中領趣。

重題鄭氏東亭〔一〕

華亭入翠微，秋日亂清暉一作輝。崩石欹山樹，晴舊作清漣曳水衣〔二〕。紫鱗衝岸躍，蒼隼護巢歸。向晚尋征路，殘雲傍馬飛。

〔一〕原注：在新安界。○《唐書》：新安縣，屬河南府。○不見初咏，想未愜而去之也。仍不削重題字，可見古人之質。

〔二〕張洽詩注：水衣，水苔也。

適興清遊之作，故景多情少。中四，仰而俛，俛而復仰，有流利迴環之妙。第六着一「歸」字，便暗引結聯。鳥歸而人亦動歸思矣。第八着一「殘」字，便暗收全局。興殘而目遇皆殘境矣。

暫如臨邑至㟙山湖亭奉懷李員外率爾成興〔一〕

野亭逼湖水，歇馬高林間〔二〕。鼉吼風奔浪，魚跳音迢日映山。暫遊阻詞伯〔三〕，却望懷青關〔四〕。靄靄生雲霧，惟應促駕還。

〔一〕《博議》：㟙山當是鵲山之訛。按：天寶四載，在齊州，有《同李北海太守登歷下員外新亭》詩。原注云「亭對鵲山湖」，即此也。見一之一。今此詩亦當不甚相後。

〔二〕按志：臨邑在州北百五十里，鵲山在州北二十里，故自齊如臨邑，當經其地。

〔三〕暫遊，自謂。舊指員外，非。

〔四〕當即指齊州。却望，回望也。

此律詩而帶古意者。先是有臨邑弟河泛書至，公嘗寄詩寬意矣，至是復往省之。〇時員外官於齊州，公亦在齊。就道而經湖亭，與員外別，當未經宿也，何爲即有奉懷之作？人情於朋好遊歷之地，偶一經過，必留連追感。湖亭，即前此與北海、員外諸人賦詩處也。故當歇馬觸景時，慨行踪之暫阻，憶觴咏之同人，因寄言促駕來歸，即還相聚耳。舊注誤認青關爲他郡地名，仇氏遂以「暫遊」屬員外。一似公從他處來，李先往他處去，至此不值而懷之者。於行踪地境，皆失考也。與《登新亭》詩互證自明。

冬日有懷李白

寂寞書齋裏，終朝獨爾思。更尋嘉樹傳，不忘角弓詩〔一〕。短褐風霜入，還丹日月遲。未因乘興去，空有鹿門期〔二〕。

〔一〕《左傳》：晉韓宣子來聘，公享之。韓宣子賦《角弓》。既享，燕於季氏，有嘉樹焉。宣子譽之。武子曰：「宿敢不封植此樹，以無忘《角弓》。」遂賦《甘棠》。

〔二〕《後漢書》：龐德公攜妻子登鹿門山，採藥不反。

天寶四載，公與白同在齊、魯間。是秋，白即別公再遊東吳。此詩當作於是年之冬，公仍在山東也。「書齋」，即《與李同尋范隱居》詩所云「醉眠共被」處。情好如此，故「嘉樹」、「角弓」誌不忘焉。二句非特古雅可誦，用在東魯，尤爲典切也。五，見時序。六，與李對針。兩人向有瑤草丹砂之約者。七、八，蓋以酬話別時之語也。以上四句皆屬自述。

春日憶李白〔一〕

白也詩無敵，飄然思不群。清新庾開府〔二〕，俊逸一作豪邁鮑參軍〔三〕。渭北春天樹，江東日暮雲。何時一樽酒，重與細論一作話斯文。

〔一〕五載歸長安後詩。

〔二〕《北周書》：庾信，字子山，聰明絶倫。遷驃騎大將軍、開府儀同三司。

〔三〕《宋書》：鮑照，字明遠，文詞贍逸。臨江王子頊爲荆州，照爲參軍。

公歸長安，白在東吴，思之而作也。此篇純於詩學結契上立意。方其聚首稱詩，如逢庾、鮑，何其快也。一旦春雲迢遞，「細論」無期，有黯然神傷者矣。四十字一氣貫注，神駿無匹。或以「細論文」爲譏其才疏，或以爲别後悟入，比前更細。又或以五、六爲懷其人，前後爲懷其文。種種瞽説，皆當一掃而空。

杜位宅守歲〔一〕

守歲阿戎一作咸家〔二〕，椒盤已頌花〔三〕。盍簪喧櫪馬〔四〕，列炬散林鴉。四十明朝過，飛騰暮景斜。誰能更拘束，爛醉是生涯。

〔一〕《唐·世系表》：位爲考功郎中。公後有《寄杜位》詩，自注：位京中宅近西曲江。

〔二〕《宋書》：謝惠連不爲父所知。族兄靈運曰：「阿戎才悟如此，何作常兒遇之！」《南史》：齊王思遠，小字阿戎，王晏從弟也。《通鑑注》：晉宋間多呼弟爲阿戎。胡儼曰：注家改爲阿咸，不知阿咸乃叔姪事。

〔三〕崔實《四民月令》：正月一日，以盤進椒飲酒，號椒盤焉。《晉書》：劉臻妻陳氏，元旦獻椒花頌。

〔四〕《易》：朋盍簪。

「守歲接清筵」，孟襄陽句也，知歲除聚宴，唐時風俗如此。《困學紀聞》云：位，李林甫諸壻也。「盍簪」、「列炬」，其炙手之徒與？愚按：公四十獻賦，此云「明朝過」，正是年之冬，待制集賢時也。時林甫方擅權，在嗜進者，於其戚屬之家，宜何如翕熱。此乃曰吾老將至矣，「誰更拘束」，惟有「爛醉」而已。宜趙氏稱之曰：「感慨豪縱，可想公之爲人也。」

李監宅二首 一作李鹽鐵〔一〕

尚覺王孫貴〔二〕，豪家意頗濃。屏開金孔雀〔三〕，褥隱繡芙蓉〔四〕。且食雙魚美，誰看異味重〔五〕。門闌多喜色，女壻近乘龍〔六〕。

〔一〕朱注：後一首見吴若本逸詩，草堂本入正集。

〔二〕仇注：李係宗室。

〔三〕《舊唐書》：高祖皇后竇氏，父毅，於門屏畫二孔雀，有求婚，輒與兩箭，潛約中目者許之。

〔四〕王僧孺《述夢詩》：以親芙蓉褥，方開合歡被。

〔五〕誰看，乃意所不料之義。

〔六〕吴曾《漫録》云：用《神仙傳》弄玉乘鳳，蕭史乘龍語。

二詩各意，非一時之作，此章專述招壻張宴之事，結處點出。曰「尚覺」，曰「頗濃」，見帝胄舉事，氣象不同。曰「且食」，曰「誰看」，就美饌疊進，駭其珍異。皆若意外驚見之詞，所謂王孫公子，不鏤自雕者也。舊云意主含諷，似非本旨。

華館春風起，高城煙霧開。雜花分户映，嬌燕入簾回。一見能傾座，虚懷只愛才。鹽車雖絆驥〔一〕，名是漢庭來。

〔一〕《戰國策》：騏驥駕鹽車，上吴坂，遷延負轅而不能進。

此春日偶過監宅而作也，與上首意無涉。上四，景色韶艷，自是貴家園亭氣象。五、六，流水對，美李也。却從客心傾倒處顯出，愈覺懇摯。七、八，以卑官高胄，跌宕作收，與五、六在離即之間。言外見官居鹽鐵，本無汲引之柄，而愛才若此。由其種自帝庭，胸襟自然闊達耳。

送韋書記赴安西〔一〕

夫子欻通貴，雲泥相望懸。白頭無藉在，朱紱有哀憐〔二〕。書記赴三捷，公車留二年〔三〕。欲浮江海去，此别意茫然。

〔一〕鶴注：安西都護府，治龜兹國。天寶十一載，封常清知節度事，韋必爲其書記。

〔二〕朱注：唐御史賜金印朱紱。韋必兼官御史。

〔三〕《漢書注》：公車令，上書者所詣。

此獻賦召試不遇後詩。韋就辟而己將隱，送韋兼以别韋也。一、二，由韋合己。三、四，一己一韋。五、六，一韋一己。七、八，由己及韋。通首如羅文然。

奉陪鄭駙馬韋曲二首〔一〕

韋曲花無賴，家家惱殺人。緑樽須盡日，白髮好禁春。石角鈎衣破，藤梢刺音七眼新。何時占叢竹，頭戴小烏巾〔二〕。

〔一〕《通志》：韋曲在樊川。

〔二〕《南史》：劉巖隱逸不仕，常著緇衣小烏巾。

二詩一滚遞下，直滚到下章末聯，反點奉陪作結。○韋曲花繁，乃當時行樂勝地。如公則所謂「僕本恨人」者也，見花之繁，見賞花者之盛，轉覺攪動春愁，故曰「無賴」，曰「家家惱殺」。非盡日騰騰取醉，無由禁此老將至之春光也。下遂激爲遯世之思，曰「鈎衣」，曰「刺眼」，景物若爲之勾引耳。

野寺垂楊裏，春畦亂水間。美花多映竹，好鳥不歸山。城郭終何事，風塵豈駐顔。誰能與公子，薄暮欲俱還〔一〕。

〔一〕還，還歸城郭也。

此即蒙上章結聯意而申之。上四，布景閒適，猶所謂「到來生隱心」者也。五、六，露出本旨。「城郭」内盡是「風塵」，「風塵」中百端戕賊。爲公子汩於聲色下矽，正爲自己役於名利收韁也。韋曲之西即杜曲，即所謂少陵原，公之族屬在焉。其有歸根之志歟？

陪鄭廣文遊何將軍山林十首〔一〕

不識南塘路，今知第五橋〔二〕。名園依緑水，野竹上青霄。谷口舊相得〔三〕，濠梁同見招〔四〕。平生爲幽興，未惜馬蹄遥。

〔一〕廣文名虔。《長安志》：塔坡者，在韋曲西，何將軍之山林也。

〔二〕張禮《遊記》：第五橋在韋曲之西，橋以姓名。

〔三〕朱注：谷口，謂廣文。

〔四〕《南華經》：莊子與惠子遊於濠梁之上。

十首未必一日所成。○此從來路寫起，却是十首之標題。曰「不識」、「今知」，初遊也。先山林，次廣文，次陪遊，而總括之以「幽興」兩字。既收本首，亦領諸首也。○看來山林以水勝，着眼處在此，向後讀去便知。

百頃風潭上，千章夏木清。卑枝低結子，接葉暗巢鶯。鮮鯽銀絲鱠，香芹碧澗羹。翻疑柂樓底，晚飯越中行。

起筆自是初到山林語。此處借點時序。三、四，承「夏木」。五、六，暗藏將軍雅致。蓋咏山林而忘其主人，無是體也。故纔入正文即及之。又妙在即借風潭點綴，恰好與結聯一串。玩起結，其勝在水無疑。

萬里戎王子〔一〕，何年別月支〔二〕。異花來從《杜臆》，舊作開絶域，滋蔓匝清池。漢使徒空到，神農竟不知。露翻兼雨打，開拆日一作漸離披。

〔一〕《日華子》：獨活，一名戎王使者。仇云：當是其類。

〔二〕《漢書注》：西域外國也。

以下皆鋪叙山林景事。此以其名奇種遠，故專咏之。「匝清池」句，帶定山林，針線細密。

旁舍連高竹，疏籬帶晚花。碾渦深没馬，籐蔓曲藏一作垂蛇。詞賦工何一作無益，山林跡未賒〔一〕。盡捻奴兼切書籍賣，來問爾東家〔二〕。

〔一〕此遊當在獻賦被讒不遇之後。

〔二〕《邴原傳》：原曰：「以鄭君爲東家丘，以僕爲西家愚夫耶？」

此必當時居停之處，故篇首着「旁舍」字，便若以所處爲居室也。而後半之興感，亦自宜發於棲止信宿之中。不然，則首首可以闌入，而獨繫於此，得不爲此詩詬病耶。〇三、四，本寫景也。然當屢擯之餘，見馬没而悟逐世之徒勞，想蛇藏而畏讒人之隱中。亦可以拋詞賦，就山林矣。時蓋去獻賦試文未久也。七、八，非謂欲賣書買園，蓋憤讀書無用，將以結避地之鄰耳。山林定在杜曲之東，故曰「東家」。〇是詩已似收局，後復以留連得句，遂成十咏耳。

賸剩同水滄江破，殘山碣石開。緑垂風折筍，紅綻雨肥梅。銀甲彈箏用〔一〕，金魚換酒來〔二〕。興移無灑掃，隨意坐莓苔。

〔一〕古詩：十五學彈箏，銀甲不曾卸。

〔二〕《車服志》：武后改佩魚爲龜。中宗初，仍給魚。楊慎曰：杜爲此詩時用魚矣。李白詩云：「金龜換酒處」，係往時舊物耳。

公之留此，固非一日。此似更端而起，故結處又入「興移」字。○詩則合「坐莓苔」會飲時所成，用倒點法也。前半其景，後半其事。首、二刻劃，三、四風致。「彈箏」、「換酒」，又表將軍。○時已初夏，「紅綻」當指梅實。實初綻時，多有帶紅色者。

風磴吹陰雪，雲門吼瀑泉。酒醒思卧簟，衣冷欲裝緜。野老來看客，河魚不取錢。祇一作只疑淳樸處，自有一山川。

疑與前首同時。此蓋飲罷後，起遊雲門而作也。仇云：「風磴」而「吹陰雪」者，乃「雲門」之「吼瀑泉」也。此解得旨。蓋夏本無雪耳。方「思卧簟」，又「欲裝緜」者，雖候當初夏，而身則近瀑也。「野老」俱來，將軍無貴官氣；「河魚」任取，山林有太古風，其「淳樸」何如。此不獨表主人雅致，兼表此中土俗矣。洪云：結語暗用桃花源事。

棘樹寒雲色〔一〕，茵蔯春藕香〔二〕。脆添生菜美，陰益食單涼〔三〕。野鶴清晨出一作至，山精白日藏。石林蟠水府，百里獨蒼蒼。

〔一〕《説文》：棘，小棗叢生。朱注刊作棟。云寒雲色，似是高大之木。《爾雅注》：白棟，葉圓而岐，爲大木。愚謂：不必。

〔二〕《本草》：茵蔯，蒿類。經冬不死，更因舊苗而生，故名。李時珍曰：氣芳烈，昔人多蒔爲蔬。

〔三〕當主《戎幕閒談》所載范尼家紫絲布食單爲證。注家又引韋巨源燒尾食單，黄生駁之。

解者紛紛於棘與棟之辯，知其於此詩結構未曉也。此咏石林曉景，而帶紀晨膳之事耳。蓋樹非平地之樹，即石林之蟠於水府者也。曰「石林」，則必有危峰峭壁，高據水涯，群樹叢生其上，雖小木亦有寒雲之色，遠覆之陰矣。須知此與「茵蔯」，語對而意不對。主意在石林之樹，茵蔯特其膳品也。故三、四倒轉作承，歸重在陰之益涼。而「鶴出」、「精藏」，亦俱爲寒林生色。結曰「百里蒼蒼」，其高可知。一片看，乃得解。

憶過楊柳渚，走馬定昆池〔一〕。醉把青荷葉〔二〕，狂遺白接䍦〔三〕。刺郎達切船思郢客，解水乞吳兒。坐對秦山晚，江湖興頗隨。

〔一〕《唐・安樂公主傳》：嘗請昆明池爲私沼，不得，乃自鑿定昆池。

〔二〕《酉陽雜俎》：魏慤取大荷葉盛酒，刺葉令與柄通，名碧筒杯。

〔三〕《晉・山簡傳》：時人歌曰：「時時能騎馬，倒著白接䍦。」謂白帽也。

上來叙山林景物已畢。此以其擅勝在水，特爲洗發，使人知眼目所在。却借昔日遊池之事，相形取致，筆下都無死句。「把葉」、「遺䍦」，定昆之遊興依然也。今對此汪洋水勢，忽動「刺船」、「解水」之想。身居秦地，興若江湖。與向者之持杯、脱帽，逸趣同飛矣。觀此知吾前此點出擅勝一語，實爲非謬。不然，則此首竟成野戰。

床上書連屋，階前樹拂雲。將軍不好武，稚子總能文。醒酒微風入，聽詩静夜分。絺衣挂蘿薜，涼月白紛紛。

從前歷咏山林，上章又穩括繳過。至此歸美將軍，一定之體。好文不奇，在將軍乃爲難得。下截更深細。罷酒多時，聽詩不倦。起看夜候，月在薜蘿。武人中那得有此，可謂絶頂擡高。

幽意忽不愜，歸期無奈何。出門流水住，回首白雲多。自笑燈前舞，誰憐醉後歌。衹應與朋好，風雨亦來過。

十首總結，無筆不應。「幽意」之應「幽興」，「流水」之應「濠梁」，「朋好」之應「廣文」，「來過」之應「不識」，人所知也。其曰「自笑」、「誰憐」，正暗與「詞賦何益」、「山林未賒」相應。名流集而起「舞」「燈前」，陪遊其可樂矣；娟嫉多而悲「歌」「醉後」，暗投能勿傷乎？選勝則愁懷解，離群則舊恨來，人之至情也。獻賦被斥，自是爾時關目，故應不漏。○此詩須看其筆筆動、字字飛。○凡數首宜章法一線，理固然也。但紀遊題又稍異。隨所歷而述爲詩，非如發議寫懷諸作，須通體盤旋也。特於首尾各一兩章，自成布置。

重過何氏五首〔一〕

問訊東橋竹，將軍有報書。倒衣還命駕，高枕乃吾廬。花妥鶯捎蝶，溪喧獺趁魚。重來休沐地，真作野人居。

〔一〕朱注：前遊在夏，後遊在明年之春。

論者云：五首全寫重過，每於虛字刻劃。愚謂此語墮入小家也。前十首逐層題咏，此只疏落寫去，不再將山水竹木鋪排，則作法自別。○此五詩之總起，從「賓至如歸」意脱出。詩成於既到之後。首、二，原題也。三、四，遞入正面。五、六，逗出春候。七、八，明點「重過」。言得書即去，竟似吾廬。雖係將軍別業，儼然入我故居矣。習熟之甚，使「重過」意活躍而出。○近解謂「高枕吾廬」，即報書中語，邀公夜宿也，則「乃」字如何安放？謂「野人居」就「將軍」言，則於「真作」二字不合。上年熟遊，今日始覺耶？

山雨樽仍在，沙沈榻未移。犬迎曾宿客，鵶護落巢兒。雲薄翠微寺〔一〕，天清皇子陂〔二〕。向來幽興極，步屧一作屣，一作屐過一作到東籬。

〔一〕《唐書》：長安有太和宫，貞觀年廢復置，曰翠微宫。元和中，廢爲寺。仇注：公詩已云寺，恐非元和所改。

〔二〕《十道志》：秦葬皇子，起冢陂北原上。

此與下首皆重遊正文。○時必雨後也。前四，接重來説起。「山雨」從「沙沈」推出，時已無雨矣。「沙沈」者，水漲也。「樽仍在」，非謂前歲之樽尚在，言置酒留賓，主人情重，依然如昨。下四，放開，有闊勢。「翠寺」、「皇陂」，向來望中所見，而「天清」「雲薄」，此番新霽又別。興之所至，欣然縱步矣。

落日平臺上，春風啜茗時。石欄斜點筆，桐葉坐題詩。翡翠鳴衣桁下浪切〔一〕，蜻蜓立釣絲。自今幽興熟，來往亦無期。

〔一〕《廣韻》：竹竿也。

疑即接上「步屧」來。步屧所向，原無定主，到此「平臺」，觸景息足，猶前遊所云「隨意坐莓苔」也。「點筆」、「題詩」，境與情湊；「翠鳴」、「蜻立」，物與春偕。上曰「幽興極」，此曰「幽興熟」。顧宸謂兩章緊相照應。

頗怪朝參懶，應耽野趣長。雨拋金鎖甲〔一〕，苔卧緑沈槍〔二〕。手自移蒲柳，家纔足稻粱。看君用幽意，白日到羲皇。

〔一〕薛蒼舒曰：車頻《秦書》：苻堅造金銀細鎧，金爲綫以縲之。今謂甲之精細者爲鎖子甲，謂相銜之密也。

〔三〕《武庫賦》：緑沈之槍。《西溪叢語》：緑沈，以調緑漆之，其色深沈。

此猶十首之第九首，專美將軍也。彼美其好文，此美其幽意。幽意正與己同趣。當時君心黷武，邊帥貪功，亂端已兆。將軍不驕不奢，超然物外。故雖用「拋甲」、「卧槍」之語，而無曠廢厥職之嫌。《杜臆》云，「白日羲皇」，不須高卧，乃翻用陶語。

到此應嘗常通宿，相留可判年〔一〕。蹉跎暮容色一作鬢，悵望好林泉。何日霑微禄，歸山買薄田。斯遊恐不遂，把酒意茫然。

〔一〕《禮記注》：判，半也。

此五詩之總結，乃是謝别主人之詞。言此中固可常留矣，其如容色將衰，林泉難戀。尚期「霑禄」以「買田」，即未能脱屣於朝市，是以顧「斯遊」而「茫然」自失耳。舊解俱蒙。○此固與前之第十章同一收局也，然須看他句句翻轉。彼云「歸期無奈」，此云「常宿」、「相留」。彼云「出門」、「回首」，此云「霑禄」、「歸山」。彼云「風雨亦來」，此云「斯遊不遂」。善解翻法，便脱板樣，觀此可悟。

陪李金吾花下飲

勝地初相引，徐行得自娱。見輕吹鳥毳，隨意數花鬚。細草偏稱坐〔一〕，香醪懶再沽。醉歸應犯夜，可怕李張遠作執金吾〔二〕。

〔一〕稱字，義作去聲，讀作平聲。

〔二〕《唐六典》：金吾將軍掌宫中及京城晝夜巡警之法。

八句流衍而下。三、四，體物屬詞，有意無意。「鳥毳」，即花片也。因風吹落，見其輕颺以去，而「花鬚」露矣。因隨意「數」之，意非必於數也。「懶再沽」，已醉矣。結語謔詞。

陪諸貴公子丈八溝攜妓納涼晚際遇雨二首〔一〕

落日放船好，輕風生浪遲。竹深留客處，荷净納涼時。公子調冰水，佳人雪藕絲〔二〕。片雲頭上黑，應是雨催詩。

〔一〕鶴注：丈八溝，天寶元年韋堅所通漕渠。《通志》：下杜城西有第五橋、丈八溝。

〔二〕《家語注》：雪，拭也。

仇云：「輕」、「遲」、「深」、「净」四字，詩眼甚工。○結語稱氣。

雨來霑席上，風急一作惡打船頭。越女紅裙濕，燕姬翠黛愁。纜侵堤柳繫，幔卷浪花浮。歸路翻蕭颯，陂塘五月秋。

《杜臆》云：二首相爲首尾。以「雲」「雨」爲過脉，而「歸路蕭颯」，與「放船好」相照，故下「翻」字。○三四，亦似合掌率句。

與鄠縣源大少府宴渼陂得寒字〔一〕

應爲西陂好，金錢罄一餐。飯抄雲子白〔二〕，瓜嚼水精寒。無計迴船下，空愁避酒難。主人情爛熳，持答翠琅玕〔三〕。

〔一〕《唐書》：鄠縣，屬京兆府。《長安志》：渼陂在鄠縣西。

〔二〕《漢武内傳》：太上之藥，有風實、雲子、玉津、金漿。朱注：雲子，擬飯之白。

〔三〕《四愁詩》：美人贈我青琅玕，何以報之雙玉盤。

不經意詩。方回云：「無計迴船」有投轄意。

送裴二虬尉永嘉〔一〕

孤嶼亭何處，天涯水氣中〔二〕。故人官就此，絶境與誰同。隱吏逢梅福〔三〕，遊山憶謝公〔四〕。扁舟吾已具一作就，把釣待秋風。

〔一〕蔡曰：虬字深源。《唐書》：永嘉縣，屬温州。

〔二〕《寰宇記》：孤嶼在温州南永嘉江中，嶼有二峰。

〔三〕《漢書》：梅福補南昌尉，棄妻子去，隱於會稽，至今傳爲仙。

〔四〕《宋書》：謝靈運爲永嘉太守。郡有名山水，肆意遨遊。

局用倒勢，如凌虚御風而來也。而「官就此」，恰提五、六。「與誰同」，恰提七、八。仇云：「梅」切縣尉，「謝」切永嘉。黄生曰：東道有知交，遊踪有前哲，故起「扁舟」之興。愚按：時方失志。其亦激爲逃世之思歟！

崔駙馬山亭宴集〔一〕

蕭史幽棲地，林間踏鳳毛〔二〕。洑流何處入，亂石閉門高。客醉揮金椀，詩成得繡袍。清秋多宴會一云賞樂，終日困香醪。

〔一〕仇注：玄宗女晉國公主下嫁崔惠童。咸宜公主下嫁崔嵩。

〔二〕借用超宗鳳毛，以貼蕭史跨鳳。

仇云：時公主蓋已逝世，此想當然語，却有會。山亭當是公主墓田別館，故見「洑流」門閉，有「林間鳳毛」之感焉。否則三、四之景，與主家不稱也。當日楊氏專寵，於從前貴主遺踪，罕復垂盼，而駙馬之宴集賓朋，豪興不改，亦當有新故之换矣，言外凄然。

九日曲江

綴席茱萸好〔一〕，浮舟菡萏衰〔二〕。百年秋已半〔三〕，九日意兼悲。江水清源曲〔四〕，荆門此路疑〔五〕。晚來高興盡，摇蕩菊花期〔六〕。

〔一〕《荆楚歲時記》：茱萸九月九日熟，折其房插頭，可辟惡氣。

〔二〕《爾雅》：荷，芙蕖。其花菡萏。

〔三〕時公年四十餘。

〔四〕指曲江。

〔五〕《九域志》：江陵府龍山上有孟嘉落帽臺。舊注：其地在荆門東。按：荆門爲川江門户，亦以映切曲江。

〔六〕《荆楚歲時記》：九日爲菊花會。仇云：上四，拈「九日」，下四，拈「曲江」。愚按：拈「九日」處着「浮舟」句，仍帶「曲江」。拈曲江處着「菊花」句，仍含「九日」。《杜臆》云：即「老去悲秋」之意。

寄高三十五書記〔一〕

歎息高生老，新詩日又多。美名人不及，佳句法如何〔二〕。主將收才子，崆峒足凱歌〔三〕。聞君已朱紱，且得慰蹉跎。

〔一〕即高適，時在哥舒翰幕。

〔二〕《唐書》：適年過五十，始留意篇什。數年之間，體格漸變，以氣質自高。

〔三〕隴右有崆峒山。

前有《送高三十五》詩，見一之一，是初就幕時也。此則寄候之詞。高名之重以詩，公之契高亦以詩，故問詩特詳。「才子」、「凱歌」，仍就詩説，而幕主與軍功兼表矣。「朱紱」、「慰蹉跎」，彼此詩人，一遇一否。即遇者亦微，幸與慨俱有。

送張十二參軍赴蜀州因呈楊五侍御〔一〕

好去張公子〔二〕，通家別恨添。兩行秦樹直，萬點蜀山尖。御史新驄馬〔三〕，參軍舊紫髯〔四〕。皇華吾善處上聲〔五〕，于汝定無嫌。

〔一〕鶴注：楊侍御使蜀，張參軍往依之。《唐書》：蜀州屬劍南道。
〔二〕漢童謡：張公子，時相見。
〔三〕《後漢·桓典傳》：語曰：「行行且止，避驄馬御史。」
〔四〕《晉書》：郄超爲桓温參軍，府中號曰髯參軍。
〔五〕皇華指楊。

「好去」直管到底。中四，兩地兩人，面面俱到。「吾善處」，言是吾往年游處之人，極相好者也。舊都鶻突。「無嫌」，首尾呼應。○此本薦書也，却祗是告張之詞，無贊語，無囑託語。但云張也吾「通家」，楊也「吾善處」，「好去」、「無嫌」而已，超絶。

贈陳二補闕

世儒多汩没，夫子獨聲名。獻納開東觀〔一〕，君王問長卿〔二〕。皂鵰寒始急，天馬老能行。

自到青冥裏，休看白髮生。

〔一〕《後漢書》：永光年，帝幸東觀，博選藝術之士以充其官。

〔二〕《漢書》：上讀《子虛賦》而善之。狗監楊得意曰：「臣邑人司馬相如自言爲此賦。」上驚，召問。

陳除補闕而賀之也。陳遇既晚，公且中年未遇，故詞氣間喜憾交集。「世儒」，隱然自謂。三、四，是叙其得官，非稱其供職也。後半露意。若曰如君者，遇雖晚乎，亦聊可自寬耳，言外有不遇者在。試思通套賀人者，豈作是言，故讀書貴設身處地也。

故武衛將軍挽詞三首〔一〕

嚴警當寒夜，前軍落大星。壯夫思敢决〔二〕，哀詔惜精靈。王者今無戰，書生已勒銘〔三〕。封侯意疏闊，編簡爲誰青。

〔一〕《唐書》：左右衛將軍掌統領宫禁警衛之法。

〔二〕壯夫，謂將士。

〔三〕班固作《燕然山銘》，勒石紀功。按：此勒銘，只作立功解。

首章，總領哀挽大意，三四，用旁筆贊，後半以有功不侯而惜之。大抵將軍嘗立功塞外，而未加爵賞者。結語有味外味。

舞劍過人絶，鳴弓射獸能。銛音纖鋒行愜順，猛噬失蹻丘妖切騰。赤羽千夫膳，黄河十月冰。橫行沙漠外，神速至今稱。

次章，追叙身前也。上四，紀其絶技，劍弓分承。下四，正紀塞外立功之事，即申明首章「已勒銘」意。「赤羽」會「膳」，「黄河」履「冰」，設色精彩。「黄河」，指塞外者。結語逗出「至今稱」三字，拍合挽詞；不然，直是紀勳詩矣。〇此詩脱胎《李廣傳》。

哀挽青門去〔一〕，新阡絳水遥〔二〕。路人紛雨泣，天意颯風飆。部曲精仍鋭，匈奴氣不驕。無由睹雄略，大樹日蕭蕭〔三〕。

〔一〕《三輔黄圖》：長安城東出第一門，曰霸城門。民見其青色，因名青城門。

〔二〕應劭曰：絳水出絳縣。邵注：去長安六百里。

〔三〕《後漢·馮異傳》：諸將並坐論功，異獨屏樹下，軍中稱大樹將軍。

卒章，紀送葬情事，哀挽正文也。五六，就現在餘威，檃括前二章邊功意。七八，咏歎「封侯疏闊」意作收。

白水明府舅宅喜雨〔一〕

吾舅政如此，古人誰復過。碧山晴又濕，白水雨偏多。精禱既不昧，歡娱將謂何。湯年旱頗甚，今日醉絃歌。

〔一〕邵注：白水在今西安府。舅是崔十九翁。○此與下首俱秋往白水、奉先之詩。年譜謂十一月，蓋泥於《咏懷五百字》一詩耳。豈知秋時先往置家。殆因留京久困，絶意引去也。

時必白水苦旱，崔明府爲民精禱致雨，故作此美之。首即提出「政」字，便得主腦，却以劈空見奇。至五、六點破「歡娱謂何」，猶云「樂不可支」也。末聯，收足「喜」意。

九日楊奉先會白水崔明府〔一〕

今日潘懷縣〔二〕，同時陸浚儀〔三〕。坐開桑落酒〔四〕，來把菊花枝。天宇清霜净，公堂宿霧披。晚酣留客舞，鳧舄共差池〔五〕。

〔一〕《長安志》：奉先縣西南至京兆府二百四十里。

〔二〕《晉書·潘岳傳》：岳爲河陽令，轉懷縣令。

〔三〕《晉書·陸雲傳》：出補浚儀令。

〔四〕《月令廣義》：晉宣帝時，羌人獻桑落酒，九日以賜百官飲。

〔五〕《後漢書》：王喬爲葉令，入朝，有雙鳧飛來，乃舉網張之，但得雙舄。

時或在奉先，則楊主崔賓；或在白水，則崔主楊賓，俱可不泥。總之，潘比主，陸比賓；坐屬主，來屬賓也。仇注：五、六雖云即景，亦見二公之肅清洞達。按：「留客」之客，公自謂。「鳧舄」又挽合崔、楊。

官定後戲贈〔一〕

不作河西尉，淒涼爲折腰。老夫怕趨走，率府且逍遥。耽酒須微禄，狂歌託聖朝。故山歸興盡〔二〕，回首向風飆。

〔一〕原注：時免河西尉，爲右衛率府參軍。○《杜臆》：戲贈，公自贈也。按：係十四載秋後。

〔二〕時家在奉先。

此解嘲之什也。尉職爲人屬吏，率府定是閒曹。上四，明辭就之故，五、六，自贈語也，可作一主總贊。結言不得歸，言外正有不樂久居之情。官雖定，仍未得志耳。

避　地〔一〕

避地歲時晚，竄身筋骨勞。詩書遂牆壁，奴僕且旌旄。行在僅聞信，此生隨所遭。神堯舊天下〔二〕，會見出腥臊。

〔一〕編至德元載，即天寶十五載，時安禄山已陷長安矣。

〔二〕唐高祖稱神堯皇帝。

苦奔竄而望治也。三、四，世亂情事，古今同狀。七、八，是公素心。

送靈州李判官〔一〕

羯胡腥四海〔二〕，回首一茫茫。血戰乾坤赤，氛迷日月黄。將軍專策略，幕府盛才良。近賀中興主〔三〕，神兵動朔方〔四〕。

〔一〕靈州即靈武。○編靈武初即位時。○集外。

〔二〕謂禄山。

〔三〕謂肅宗。

〔四〕靈武屬朔方節度。

考史：禄山反，以郭子儀爲靈武太守，充朔方節度使。李必節度所辟也。結有遠神。

月夜〔一〕

今夜鄜州月〔二〕，閨中只獨看。遥憐小兒女，未解憶長安。香霧雲鬟濕，清輝玉臂寒。何時一作當倚虛幌，雙照淚痕乾。

〔一〕此下編陷賊時詩。

〔二〕《唐書》：鄜州屬關内道。

鶴云：十五載，公自鄜州赴行在，爲賊所得。時身在長安，家在鄜州。○心已馳神到彼，詩從對面飛來。悲婉微至，精麗絶倫，又妙在無一字不從月色照出也。○是時肅宗在靈武。自鄜北出，亦爲賊得，知京畿旁邑皆戎馬場矣。

對雪

戰哭多新鬼，愁吟獨老翁。亂雲低薄暮，急雪舞迴風。瓢棄樽無渌，爐存火似紅。數州消息斷，愁坐正書空。

非泛咏雪也。上提傷時之意，遞到雪景。下借對雪之景，兜回時事。雖似中間咏雪，隔斷兩頭，實則中皆苦況，正足綰攝兩頭也。

元日寄韋氏妹〔一〕

近聞韋氏妹，迎在漢鍾離〔二〕。郎伯殊方鎮〔三〕，京華舊國移〔四〕。秦一作春城迴北斗〔五〕，郢樹發南枝〔六〕。不見朝正使〔七〕，啼痕滿面垂。

〔一〕鶴注：是至德二載元日。韋氏妹，妹嫁韋氏也。

〔二〕《漢志》：屬九江郡。邵注：今鳳陽府臨淮縣。

〔三〕朱注：婦人稱其夫曰郎、曰伯。按：二字疊用，或是當日方言。

〔四〕爲賊所據。

〔五〕長安城本似斗形，見《三輔黃圖》。迴北斗，又是用斗柄東而天下皆春意，既切地，亦紀時也。舊注皆偏。

〔六〕希曰：《楚辭·哀郢》：「望長楸而太息兮。」此郢樹所由來也。仇云：鍾離，春秋時屬楚，故云郢。古詩：越鳥巢南枝。

〔七〕《唐會要》：天寶六載，敕自今諸道應賀正使，並取元日，隨京官例，序立便見。

起二，叙事。「殊方」即指「鍾離」。妹也「郎伯」遥隨，此則「京華」改觀矣。五、六，就兩地納入元日。七、八，即借韋郎感及國事。言若宫廷如舊，彼且以朝正來聚耳，今也事異境遷，豈獨兄妹相睽之感已哉。要之，此句之根已伏在「京華舊國移」也。○舊於「殊方」、「朝正」兩句錯會，便通首撒開。

得舍弟消息二首

近有平陰信〔一〕，遥憐舍弟存。側身千里道，寄食一家村。烽舉新酣戰，啼垂舊血痕。不知臨老日，招得幾人一作時魂。

〔一〕《唐書》：平陰縣，屬鄆州。公後有《憶弟》詩云：「饑寒傍濟州。」即此。仇引《左傳》：晉師在平陰。此係今開封府河陰縣，相懸甚矣，宜急正之。

上四，舍弟消息，下四，得消息而悲亂離也。趙云：次句有「吾以汝爲死矣」之意。按：「側身」「寄食」，申「舍弟存」。「千里」、「一家」，申「平陰信」。此與《春望》之次聯，皆横劈承頂之法。第五拓開，第六收攏。一「新」一「舊」，見亂方殷而悲已久也。曰「幾人魂」，則彼此存亡難卜，不知兄招弟，弟招兄，語極深痛。比「幾時」神味較長。

汝懦歸無計，吾衰往未期。浪傳烏鵲喜〔一〕，深負鶺鴒詩。生理何顔面，憂端且歲時。兩京三十口〔二〕，雖在命如絲。

〔一〕《西京雜記》：乾鵲噪而行人至。

〔二〕弟之家口在東京陸渾莊。公時家寄鄜州。鄜州屬西京。

即就前章下截意申寫，要是從得消息撇進一層作意也。言汝不能歸，吾不能往，消息亦徒然耳。下截詠歎法。「三十口」，正與前「幾人魂」相照。○「何顔面」，言作何狀貌，不説慚。○旅農云：老杜至性人，每於憂國思家，各見衷語。若徒爲一飯不忘君，而不動心骨肉者，必僞人也。

憶幼子〔一〕

驥子春猶隔，鶯歌暖正繁。别離驚節换，聰慧與誰論。澗水空山道，柴門老樹村。憶渠愁只一作即，一作正睡，炙背俯晴軒。

〔一〕朱注：公幼子宗武，小名驥子。

憶子，因節换而觸也。二與一借對，要是逗破感觸情節。五、六，泛言家，放鬆一筆。結又收合幼子。

一百五日夜對月〔一〕

無家對寒食，有淚如金波〔二〕。斫却月中桂〔三〕，清光應更多。仳離放紅蕊〔四〕，想像顰舊作嚬青蛾〔五〕。牛女漫愁思，秋期猶渡河。

〔一〕《荆楚歲時記》：去冬至一百五日，即有疾風甚雨，謂之寒食。注：據曆合在清明前二日。

〔二〕《漢郊祀歌》：月穆穆以金波。

〔三〕《酉陽雜俎》：月桂高五百丈，一人常斫之，樹創隨合。人姓吴名剛，學仙有過，謫令伐樹。

〔四〕朱注：紅蕊，丹桂花也。

〔五〕朱注：世傳月中有嫦娥，故云。

賦而比也，得力在「無家」二字。全局都領，總從離懷吐出。○「寒食」字只一借逕，通首不黏，意只趨向對月去也。「如金波」，本説淚，却便搭上月光。愁眼對月，纖翳盡屬可憎，故有「斫桂」、「光多」之想。實則此二句正爲五、六生根。蓋不斫則「紅蕊」撩人，在「仳離」之嫦娥，厭看久矣。夫桂蕊何辜而嗔怪若此，總由離愁所激耳，故末又借有離必合之「牛女」託醒。曰「漫愁」，曰「猶渡」，若羨之，若妒之，妙不可言。○此首咏月，從月中黑翳落想。○黄生以「紅蕊」爲春花，於咏月不倫。仇氏以「牛女」即月下所見，不知春時牛女不現。○《夢溪筆談》云：次聯不對，謂之偷春格。

春　望

國破山河在，城春一作荒草木深。感時花濺淚，恨别鳥驚心。烽火連三月，家書抵萬金。白頭搔更短，渾欲不勝簪。

温公説是詩有人物散亡、意在言外之歎。趙汸説是詩明照應相生、引申作法之端。其實詞旨顯淺，不須疏解。○鶴云：「三月」，季春三月也。按：自禄山禍起，至此已一年餘，鶴説良是。但如此則不成句法矣。考史：上年之春，潼關雖未破，而寇警不絶。此云「連三月」者，謂連逢兩個三月。詩作於季春，故云然耳。

喜達行在所三首〔一〕

西憶岐陽信〔二〕，無人遂却回〔三〕。眼穿當落日〔四〕，心死著寒灰。霧别作茂樹行相引，連山别作蓮峰望忽開。所親驚老瘦，辛苦賊中來。

〔一〕原注：自京竄至鳳翔。○《唐書》：至德二載二月，肅宗自彭原幸鳳翔。時改扶風爲鳳翔郡。舊注：公至鳳翔，在夏四月。

〔二〕鳳翔，古岐地。

〔三〕遂却，猶言即便。

〔四〕向西而望。

題眼在一「喜」字。三章逐層下。一章，從未達前落到初達，是「喜」字根苗。○起倒提鳳翔，暗藏在京。四句一氣下，是未達前一層也。五爲竄去之路徑，六爲將至之情形，七、八，就已至倒點自京。妙在前説在京時，着「西憶」、「眼穿」、「心死」等字，精神已全注欲達矣。又妙在結聯説至鳳翔處，用貼身寫，令「喜」字反迸而出。而自身「老瘦」，又從旁眼看出。筆尤跳脱也。

愁思胡笳夕〔一〕，淒涼漢苑春〔二〕。生還今日事〔三〕，間道暫時人。司隸章初睹，南陽氣已新〔四〕。喜心翻倒極，嗚咽淚沾巾。

〔一〕蔡琰有《胡笳十八拍》。

〔二〕《三輔黄圖》：漢有三十六苑。

〔三〕拔賊而歸帝所，故曰還。

〔四〕《光武紀》：帝行司隸校尉，置官屬，作文移，一如舊章。又：望氣者至南陽，遥望見春陵郭，唶曰：「氣佳哉！鬱鬱葱葱。」

二章，寫初達時之情事氣象，是「喜」字正面。○前首本從未達起也，却預憶行在。此則寫初達之情矣。起反轉憶賊中，筆情往復入妙。三、四，洗發「竄至」二字。而此四句正對「所親驚老瘦」，作歎息聲也。五、六，明寫「達」，暗寫「喜」。七、八，明言「喜」，反説悲。而喜彌深，筆彌幻矣。○此爲「喜」字點睛處，看翻點法。

死去憑誰報，歸來始自憐。猶瞻太白雪，喜遇武功天〔一〕。影静千官裏，心蘇七校前〔二〕。今朝漢社稷，新數中興年。

〔一〕《唐書》：鳳翔府郿縣有太白山。《三秦記》：在武功縣南。《地圖記》：上常積雪，無草木。又記云：武功太白，去天三百。

〔二〕《漢書》：京師有南北軍屯，至武帝平百越，内增七校。

三章，透出達後本懷，是「喜」字結穴。○起以上句剔下句，勿如俗解硬尋上篇一句作頂也。「猶瞻」，從死去説來。死則不得瞻，今猶得瞻矣。來歸而遇光天，喜可知矣。五、六，纔是面君，而以「心蘇」對「影静」，仍不脱「竄至」神理也。七、八，結出本願，乃爲「喜」字真命脉。○文章有對面敲擊之法，如此三詩寫「喜」字，反詳言危苦情狀是也。○言言着痛，筆筆能飛，此方是欲歌欲哭之文。

月

天上秋期近，人間月影清。入河蟾不没〔一〕，擣藥兔長生〔二〕。只益丹心苦，能添白髮明。

干戈知滿地，休照國西營〔三〕。

〔一〕《靈憲序》：嫦娥託身於月，是爲蟾蜍。

〔二〕《擬天問》：月中何有，白兔搗藥。

〔三〕鳳翔行在所在長安西。

對月而傷時事也。二載閏八月，始有收京之命，時尚未有此舉，故傷之也。○此詩咏月，全從清皎上出意，口氣直滚下。月本欲其明者，此則因帝座久偏而怪之。曰：月獨何爲「不没」也？「長生」也？秖「益」我悲而「添」我老也。能照如此，則賊鋒「滿地」，豈不知之，宜無照此偏處之御營矣。奚而清皎若是？趕至七、八，露意，妙下一「知」字，貼月説，有味。

哭長孫侍御〔一〕

道爲詩書重，名因賦頌雄。禮闈曾擢桂〔二〕，憲府屢乘驄。流水生涯盡，浮雲世事空。惟餘舊臺柏〔三〕，蕭瑟九原中〔四〕。

〔一〕有《送侍御赴武威判官》詩，見一之一。鶴云：豈其未到官而死耶？○集外詩。或刻杜誦。

〔二〕晉郤詵云：臣舉賢良方正，爲天下第一，猶桂林一枝。

〔三〕《漢·朱博傳》：御史府中列柏樹，常有野烏數千棲宿其上。

〔四〕《記》：趙文子與叔譽觀乎九原，文子曰：「死者如可作也，吾誰與歸！」

淺俗而平，不類少陵。

奉贈嚴八閣老〔一〕

扈聖一作今日登黄閣〔二〕，明公獨妙年。蛟龍得雲雨，鵰鶚在秋天。客禮容疏放，官曹可一作許接聯〔三〕。新詩句句好，應任老夫傳〔四〕。

〔一〕鮑曰：嚴武也，時爲給事中。蔡曰：《國史補》：宰相相呼爲堂老，兩省相呼爲閣老。

〔二〕在鳳翔，故曰扈聖。

〔三〕公已拜拾遺。《困學紀聞》：給事中屬門下省。開元曰黄門省，故曰黄閣。左拾遺亦東省之屬，故曰接聯。近世用此詩爲宰輔事，誤。

〔四〕顧注：武父挺之與公友善，故稱武妙年而自稱爲老夫。

地方、官職、時序、輩行、才藻，色色俱到。

留别賈嚴二閣老兩院遺補諸公得聞字一作兩院補闕得雲字〔一〕

田園須暫往〔二〕，戎馬惜離群。去遠留詩别，愁多任酒醺。一秋常苦雨，今日始無雲。山路時一作晴吹角，那堪處處聞。

〔一〕朱注：時賈至爲中書舍人，嚴武爲給事中。兩院，謂拾遺、補闕也。

〔二〕《新書》本傳：甫家寓鄜，彌年艱窶，許甫自往省視。

一、二，别之故，三、四，留别之情，五、六，别之時，七、八，預想别途之感。

晚行口號

三川不可到〔一〕，歸路晚山稠。落雁浮寒水，饑烏集戍樓。市朝今日異，喪亂幾時休。遠愧梁江總，還家尚黑頭〔二〕。

〔一〕邵注：三川在鄜州南六里。按：即寓家處。

〔二〕考：《陳書》：江總，濟陽考城人，仕梁。侯景陷臺城，避難會稽，憩龍華寺。寺即其上世都陽里居舊基，故作《修心賦》曰：「是豫章之舊圃。」又曰：「庶忘累於妻子。」詩所謂還家，當指此，正以自况值亂而歸寓宅也。以江總十八解褐之年計之，避難時纔三十餘耳，而公年已望五，故曰遠愧。劉辰翁謂自梁入陳、入隋，乃著一梁字愧之。錢箋駁之是矣。但於還家二字欠明。至《日知録》以陳天嘉四年徵還，年四十五爲解，亦不合。還家非還朝之謂，頭亦未可云黑也。

此將到時作。將到而反恨途長，反嫌日晚，遠歸心急人，確確如此。三、四之景，正是姑且問宿時。下四，書感。

獨酌成詩

燈花何太喜，酒綠正相親。醉裏從爲客，詩成覺有神。兵戈猶在眼，儒術豈謀身。苦被微官縛，低頭愧野人。

應即口號之夜所成，故云家尚未到，燈亦何勞爾花。正須把酒取醉，解我客愁，而興之所至，不覺觸口成吟耳。此述得詩之由，所以有詩成句。五、六雖屬推開，仍是離家之感。謂於時無濟，於業無成，徒然匏繫一官，轉愧村民團聚也。上下一片。

收京三首〔一〕

仙仗離丹極〔二〕，妖星照一作帶玉除〔三〕。須爲下殿走〔四〕，不可好樓居一云得非群盜起，難作九重居〔五〕。暫屈汾陽駕〔六〕，聊飛燕將書〔七〕。依然七廟略，更與萬方初。

〔一〕收西京也。仇注：此是在家聞詔也。肅宗於二載十月還京，時公尚在鄜州。《年譜》謂扈從還京，與詩不合，當以詩爲正。

〔二〕上皇幸蜀。

〔三〕賊入長安。

〔四〕《梁・武帝紀》：熒惑入南斗，天子下殿走。

〔五〕《漢・武帝紀》：公孫卿曰：「仙人好樓居。」

〔六〕《莊子》：堯往見四子藐姑射之山，汾水之陽，窅然喪其天下焉。

〔七〕《史記》：燕將下聊城，田單攻之，不下。仲連乃爲書射城中，燕將得書自殺。按：此比九月之師，發鳳翔，克西京，曾不盈月，如聊城之一紙下之也。賊將亦自燕來，故用其事。

首章，原題也。須識此時聞信而喜，全無追咎上皇之意。上四，特追叙緣由，以爲「仙仗」之遠去，由「妖星」之肆虐耳。如此，則須爲出走，不可安居矣。或謂三、四譏其好神仙，或謂尤其寵妃子，此皆以輕薄之見測渾厚之語也。觀別本「得非」、「難作」二語，兩存互證，可以窺其意矣。五、六，在一詩轉關之界，言出狩曾無幾時，而蕩寇捷於一紙，依然舊物重光，豈不休哉！錢箋以飛書爲禄山招李光弼，大謬。朱注以爲河北折簡可定，則又太落後層。

生意甘衰白，天涯正寂寥。忽聞哀痛詔，又下聖明朝〔一〕。羽翼懷商老〔二〕，文思憶帝堯。叨逢罪己日〔三〕，霑灑一作灑涕望青霄〔四〕。

〔一〕《舊書》：肅宗還京，十一月朔，御丹鳳樓，下制曰：「早承聖訓，常讀禮經。義切奉先，恐不負荷。」仇注：先是元載七月，即位靈武，制書大赦，故云又下也。按：舊又引此後十二月之制，錯。

〔二〕《張良傳》：四人者，隱商雒山，從太子。上召戚夫人指示曰：「彼羽翼已成，難動矣。」

〔三〕《左傳》：禹湯罪己，其興也勃焉。

〔四〕青門評：即喜極霑巾意。

次章，題正面也。上四，反折醒跳，聲與淚與眉端喜氣，一并躍出。五、六於正始之日，首舉其重且大者以爲頌禱，斷非小家數所及。言我君從此安儲位，戀寢門，和氣薰蒸，重開太平。小臣何幸，叨逢於此日矣，能不「望青霄」而感泣哉！時上皇尚未還京，故曰「憶」。○朱氏云：肅宗前以良娣、輔國之譖，賜建寧王死。至是廣平又爲良娣所忌，雖李泌力爲調護，而時已還山，公恐復有建寧之禍也。又肅宗於上皇，失在還京後，使良娣、輔國得媒孽其間，以致子道不終。公若深有見其微者。仇氏解末二句，遂云：「恐罪己之日，又增闕失，是以灑涕耳。」噫！爲此説者，不已薄哉！公爾時身遠闕廷，忽聞新詔，此心何等雀躍，旋即逆料其君將必戕子、拂親，有是理乎？夫黄臺瓜之諷，公與泌諒有同心。而其還山與否，爾時恐猶未悉。至上皇爲上着黄袍，尚屬後事，况媒及興慶，更隔二年也。總之，彼以上句例下句，解爲億逆。愚以下句例上句，解爲願望。毫釐千里，必有能辯之者。○總由錢箋流毒，傳染而不能出。甚矣錢氏之爲詩禍也！至箋所云云之誖盭，不待明者而見之矣。

汗馬收宮闕，春城鏟賊壕。賞應歌杕杜〔一〕，歸及薦櫻桃〔二〕。雜虜橫戈數〔三〕，功臣甲第高〔四〕。萬方頻送喜〔五〕，無乃聖躬勞〔六〕！

〔一〕《詩序》：《杕杜》，勞還役也。

〔二〕《月令》：仲夏之月，天子乃羞以含桃，先薦寢廟。注：含桃，櫻桃也。

〔三〕謂回紇、北庭諸助順者。

〔四〕《鑑》：安史亂後，法紀隳弛，將相競治第宅，時謂之木妖。

〔五〕《易林》：謳歌送喜。

〔六〕晉羊祜既請伐吴，乃曰：「正恐平吴之後，方勞聖慮耳。」意與此同，非「無使君勞」之謂也。

三章，題後也。遥想還京之後，整頓維新，如鏟壕、燕勞、薦享諸事，次第舉行，殆無寧晷。他若助順之遠人，猝難遣發；中興之將士，漸啟驕奢；此又目前事勢所當深慮者。在萬方臣民，不特聞克復而一喜，且將續聞新君廟略，措置得宜，頻頻而喜矣。而在聖躬，無乃焦勞方始乎？此乃是「跂予望之」之詞。時東京未收，慶緒未滅，城闕寢廟，殘破必多。削平修理，尚需時日，故用「春城」、「薦櫻桃」等字。

奉贈王中允維〔一〕

中允聲名久，如今契闊深〔二〕。共傳收庾信〔三〕，不比得陳琳〔四〕。一病緣明主，三年獨此心。窮愁應有作，試誦白頭吟。

〔一〕《唐書》：天寶末，維官給事中，爲賊所得，服藥取痢，詐稱瘖病。禄山遣人迎至洛陽，拘於普施寺，迫以僞署。賊平，維以《凝碧》詩聞於行在。肅宗特宥之，責授太子中允。○還京後作。

〔二〕《詩毛傳》：契闊，勤苦也。

〔三〕《梁書》：侯景之亂，簡文帝使庾信營於朱雀航。及景至，信以衆奔江陵。元帝承制除信御史中丞。

〔四〕《魏志》：琳避難冀州，袁紹使典文章。袁敗，琳歸太祖。太祖曰：「卿昔爲本初移書，可罪狀孤而已，何乃上及祖父耶？」琳謝罪。

《杜臆》：此直是王維辯冤疏。愚按：是先叙事後議論之文。言中允負才蒙難，今則人共傳之曰：幸邀收録，不加責問矣。要其得此，豈倖致哉？惟其戀主寸心，足以一誠相感。試索誦其哀吟，可灼知其不二。中允洵完士哉。吁！公之樂成人美有如此。

春宿左省〔一〕

花隱掖垣暮，啾啾棲鳥過。星臨萬户動，月旁九霄多。不寢一作寐聽金鑰一作鎖，因風想玉珂。明朝有封事〔二〕，數問夜如何。

〔一〕鶴注：拾遺屬門下省，在東，故曰左省，亦曰左掖。○乾元元年諫省作。

〔二〕《唐書》：補闕、拾遺掌供奉諷諫。大事廷諍，小則上封事。

仇云，自暮而夜而朝，叙述詳明。而忠勤爲國之意，即在其中。按三、四只是寫景，而帝居高迥，全已畫出。後四，本貼「宿」字，反用「不寢」二字，翻出遠神，都無滯相。

晚出左掖

晝刻傳呼淺〔一〕，春旗簇仗齊。退朝花底散，歸院柳邊迷〔二〕。樓雪融城濕，宫雲去殿低。避人焚諫草，騎馬欲雞棲〔三〕。

〔一〕《漏刻銘》注：衛宏著《漢儀》：使夜漏起，宫衛傳呼爲備。趙曰：淺，謂在晝不若夜也。

〔二〕院，即左掖。

〔三〕雞棲不過言晚。《日知録》述張錦衣之説，據《後漢書》：「車如雞棲馬如狗，疾惡如風朱伯厚。」謂公欲效敝車羸馬之意。此亦矜奇之僻。且此語出於單超，超爲伯厚奏辭所連而譴，自言行時車馬淹蹇如此，非謂伯厚也。

由入朝而退朝而歸院，再從院中回寫宫景并院中之事，然後結到出掖，時自晚矣。《春宿》、《晚出》二詩，作法正相反。《春宿》就題直起，結處繞出題後。《晚出》題前徐引，末句煞出本題。其中二聯，《春宿》寫景在三、四，言情在五、六。《晚出》叙事在三、四，補景在五、六。

送賈閣老出汝州〔一〕

西掖梧桐樹〔二〕，空留一院陰。艱難歸故里〔三〕，去住損春心。宫殿青門隔，雲山紫邏深〔四〕。人生五馬貴〔五〕，莫受二毛侵。

〔一〕今屬河南南陽府。

〔二〕《初學記》：中書省在右，因謂中書爲右曹，又稱西掖。按：賈至時爲中書舍人。

〔三〕黄曰：至，河南洛陽人。汝與河南府爲鄰。

〔四〕《九域志》：汝州梁縣有紫邏山。

〔五〕《漢官儀》：太守四馬，行部加一馬，故稱五馬。

起聯破空而來，絶奇。他人用作落句，則常調矣。賈之出守，大抵是失意事，故皆作惋惜慰遣之詞。

送翰林張司馬一云學士南海勒碑〔一〕

冠冕通南極，文章落上台〔二〕。詔從三殿去〔三〕，碑到百蠻開。野館濃花發，春帆細雨來。不知滄海使別作上，天遣幾時迴。

〔一〕鶴注：《唐志》翰林無司馬。按：時或奉詔勒碑，新授兼銜也。其云勒碑者，姜氏謂即《新書》所載，詔吕向爲鎸勒使之類。《唐書》：廣州南海郡屬嶺南道。

〔二〕原注：相國製文。

〔三〕《兩京新記》：大明宫有麟德殿，在仙居殿西。此殿三面，故以三殿爲名。

一、二原題，三、四奉使，五、六張去，七、八祝詞。黄生云：結暗用張騫事，既同姓，又出使，又海上，用事精切。○堂皇而綿邈，自是傑作。

奉答岑參補闕見贈

窈窕清禁闥，罷朝歸不同。君隨丞相後，我往日華東〔一〕。冉冉柳枝碧，娟娟花蕊紅。故人得佳句，獨贈白頭翁。

〔一〕朱注：補闕屬中書省，拾遺屬門下省。《唐六典》：宣政殿前有兩廡，廡各有門。東曰日華，東則門下省也。西曰月華，西即中書省也。凡兩省官繫銜以左右者，皆分屬焉。

詩不須解。○附岑詩，并《薦岑狀》。

寄左省杜拾遺　岑參

聯步趨丹陛，分曹限紫微。曉隨天仗入，暮惹御香歸。白髮悲花落，青雲羨鳥飛。聖朝無闕事，自覺諫書稀。

爲遺補薦岑參狀

宣議郎、試大理評事、攝監察御史、賜緋魚袋岑參。右臣等竊見岑參，識度清遠，議論雅正，佳名早上，時輩所仰。今諫諍之路大開，獻替之官未備。恭惟近侍，實藉茂材。臣等謹詣閤門奉狀陳薦以聞，伏聽進止。至德二載六月十二日左拾遺内供奉臣裴薦。左拾遺内供奉臣杜甫、左補闕臣韋少游、右拾遺内供奉臣魏齊聃、右拾遺内供奉臣孟昌浩等狀。

李柴莊云：據狀，遺補各有左右。前注分屬東西之說，非是。

贈畢四曜〔一〕

才大今詩伯，家貧苦宦卑。饑寒奴僕賤，顔狀老翁爲。同調嗟誰惜，論文笑自知。流傳江鮑體〔二〕，相顧免無兒〔三〕。

〔一〕公有《偪側行》，贈畢邀飲，見二之一。此必就飲時作。

〔二〕《詩品》：江文通詩，筋力於王微，成就於謝朓。鮑參軍詩，善製形狀，寫物之詞，貴尚巧似，不避危仄。

〔三〕《杜臆》：江、鮑有詩傳後，必定無兒，故有下句。

玩此詩贈畢，非止贈畢，兼自寫抱。狀己況以形容畢況，實借畢況以感慨己況也。意畢亦與公貧薄相類，故云然，觀末句「相顧」字可悟。

端午日賜衣

宫衣亦有名，端午被恩榮。細葛含風軟，香羅疊雪輕。自天題處濕，當暑著來清。意内稱

音平，義仄長短，終身荷聖情。

鍾惺曰：是近臣謝表。

酬孟雲卿

樂極傷頭白，更長一作深愛燭紅。相逢須衮衮，告别莫怱怱。但恐天河落，寧辭酒盞空。明朝牽世務，揮淚各西東。

鶴注：出華州將行時作。愚按：雲卿亦當有他行也。

至德二載甫自京金光門出間道歸鳳翔乾元初從左拾遺移華州掾與親故别因出此門有悲往事〔一〕

此道昔歸順，西郊胡正一作騎煩。至今猶破膽，應有未招魂。近侍歸京邑〔二〕，移官豈至尊。無才日衰老，駐馬望千門。

〔一〕《長安志》：唐京師外郭城，西面三門：北開遠，中金光，南延平。《唐書》：華州在京師東一百八十里。按：二載出金光，即喜達行在時。今出爲華州司功，貶也。公之救琯在去歲。琯雖罷，猶在朝。今琯以五月貶，公遂以六月出。師氏云：賀蘭進明譖之。按：華在東而出西面門，爲與親故別；親故有在西者也。

〔二〕近侍，謂爲拾遺。曲江詩亦云：近侍即今難浪跡。京邑，謂華州。題曰「有悲往事」，而詩之下截并悲今事矣。妙在三、四説往事，却以「至今」爲言，下便可直接移掾。顧云：「移官豈至尊」，不敢歸怨於君也。當時讒毁，不言自見。又以無才自解，更見深厚。結句，汸云：雖遭讒黜，終不忘君也。○附《奉謝口敕狀》。

奉謝口敕放三司推問狀

右臣甫，智識淺昧，向所論事，涉近激訐，違忤聖旨。既下有司，具已舉劾。甘從自棄，就戮爲幸。今日巳時，中書侍郎平章事張鎬奉宣口敕，宜放推問。知臣愚戇，赦臣萬死。曲成恩造，再賜骸骨。臣甫誠頑誠蔽，死罪死罪。臣以陷身賊庭，憤惋成疾。實從間道，獲謁龍顔。猾逆未除，愁痛難遏。猥厠衮職，願少裨補。竊見房琯以宰相子，少自樹立，晚爲醇儒，有大臣體。時論許琯必位至公輔，康濟元元。陛下果委以樞密，衆望甚允。觀琯之深念主憂，義形於色。况畫一保泰，其素所蓄積者已。而琯性失於簡，酷嗜鼓琴。董庭蘭，今之琴工，遊琯門下有日。貧病之老，依倚爲非。琯之愛惜人情，一至於玷污。臣不自度量，歎其功名未垂，而志氣挫衄，覬望陛下棄細録大，所以冒死稱述。何思慮始竟，闕於再三。陛下貸以仁慈，憐其懇到，不書狂狷之過，復解網羅之急，是古之深容直臣，勸勉來者之意。天下幸甚！天下幸甚！豈小臣獨蒙全軀，就列待罪而已。

無任先懼後喜之至，謹詣閤門進狀奉謝以聞。至德二載六月一日。宣議郎、行在左拾遺臣杜甫狀進。

獨　立

空外一鷙鳥，河間雙白鷗。飄飖搏擊便，容易往來遊。草露亦多濕，蛛絲仍未收。天機近人事，獨立萬端憂。

比物連類，刺譏之意深焉。彼鷙鳥逞其搏擊，白鷗敢任其往來乎？蓋霑衣張網，中傷無已時也。一氣趕至七、八，微露本旨。

寄高三十五詹事〔一〕

安穩高詹事，兵戈久索居。時來知一作如宦達，歲晚莫情疏。天上多鴻雁，池中足鯉魚。相看過半百，不寄一行書。

〔一〕《唐書》：至德二載，高適除揚州大都督府長史、淮南節度使。李輔國數短毁之，下除太子少詹事。

慰而候之。後四若作怪詞，彌顯交厚。仇云：「宦達」，以將來言。

贈高式顔〔一〕

昔别是何處，相逢皆老夫。故人還寂寞，削跡共艱虞〔二〕。自失論文友，空知賣酒壚〔三〕。平生飛動意，見爾不能無。

〔一〕錢箋：高適有《宋中送族姪式顔》詩云：「惜君才未遇，愛君才若此。」

〔二〕仇注：故人，指式顔。削跡，兼言己。

〔三〕朱注：公《遺懷》詩：「昔與高李輩，論文入酒壚。」今適在遠，故慨及之。

詳詩意，公與高適輩遊梁宋時，式顔亦在。此日失意相逢，式顔亦正落寞。回首舊遊，風流雲散，因憶及其叔輩諸人也。「飛動意」，從當日梁宋間氣概觸起。○清空一氣。

觀安西兵過赴關中待命二首〔一〕

四鎮富精鋭〔二〕，摧鋒皆絶倫。還聞獻士卒，足以静風塵。老馬夜知道〔三〕，蒼鷹饑一作秋著人。臨危經久戰〔四〕，用急始如神。

〔一〕《通鑑》：乾元元年六月，李嗣業爲懷州刺史，充鎮西北庭行營節度使。八月，同郭子儀等討安慶緒。按：自懷州赴關中待命，道經華州，乃八月以前未赴討時事也。

〔二〕《舊書》：龜兹、畋沙、疏勒、焉耆四鎮都督府，皆安西都護所統。

〔三〕《韓非子》：齊桓公伐孤竹還，迷失道。管仲曰：「老馬之智可用也。」乃放馬而隨之。

〔四〕朱注：按史：嗣業討小勃律，執一旗引陌，緣險先登。及收西京，官軍幾敗，嗣業執長刀陷陣，賊遂潰。

首章，單就「安西兵」着筆，述其前效，以鼓舞其新功也。前四，泛言其可用。後言惟其慣戰，故可信之。

奇兵不在衆，萬馬救中原〔一〕。談笑無河北〔二〕，心肝奉至尊。孤雲隨殺氣，飛鳥避轅門。竟日留歡樂，城池未覺喧。

〔一〕時九節度將步騎二十萬。此云萬馬，祇就嗣業所統言。中原，統河北在内。

〔二〕《唐書》：河北道領孟、懷、魏、博、相、衛、貝、澶等二十九州。朱注：時安慶緒據相、衛。

次章，就兵過待命着筆。上四，美其忠勇，五、六見軍容，七、八見紀律。〇二詩能以勁筆畫出勝兵。「心肝」句使筆太狠。

觀　兵〔一〕

北庭送壯士，貔虎數尤多〔二〕。精鋭舊無敵，邊隅今若何〔三〕。妖氛擁白馬〔四〕，元帥待琱戈〔五〕。莫守鄴城下〔六〕，斬鯨遼海波〔七〕。

〔一〕元年十一月，郭子儀等九節度討安慶緒，圍鄴城。按：此舊編東都詩内。公之之東都，在冬末，是時兵已在鄴矣，安得復於東都觀之耶？愚謂：前觀其赴關中，此觀其赴討，當在九十月間，仍是華州詩也。

〔二〕顧注：北庭謂李嗣業。時統四鎮之兵，故尤多。

〔三〕邊隅指延州、雁門等，東抵燕塞之邊。

〔四〕《南史·侯景傳》：童謡曰：「青絲白馬壽陽來。」

〔五〕《漢書》：賜爾鑾旂、黼黻、琱戈。

〔六〕鄴在今彰德府界。

〔七〕遼地南臨渤海。此指安、史巢穴。

時朝廷命九節度討鄴，軍無統帥，委一中人魚朝恩爲觀軍容使，公甚危之，故作是詩。按是時慶緒據鄴，史思明據范陽，雖寢不相能，而聲援遥應。若頓兵鄴下，則范陽必來援。若直擣東北之巢，則鄴城不攻自棄矣。公特借所見嗣業討鄴之兵而發之。只首二叙事。「舊無敵」，即前詩久戰如神之旨也。「今若何」，猶李泌並塞北出之旨也。言精鋭若此，邊隅豈難度耶？「擁白馬」，比安、史諸賊。「待琱戈」，宜權歸主帥。七、八，點破本旨，心手了然。觀此，知公之論事，不在鄴侯下矣，尚安得以詩人目之！○附《進滅殘寇狀》。

爲華州郭使君進滅殘寇形勢圖狀

右臣竊以逆賊束身檻中，奔走無路，尚假餘息，蟻聚苟活之日久。陛下猶覬其匍匐相率，降款盡至。廣務寬大之本，用明惡殺之德，故大軍雲合，蔚然未進。上以稽王師有征無戰之義，下以成古先聖哲之用心。兹事玄遠，非愚臣所測。臣聞易載隨時，不俟終日。先王之用刑也，抑亦小者肆之市朝，大者陳諸原野。今殘孽雖窮蹙日甚，自救不暇，尚慮其逆帥望秋高馬肥之便，蓄突圍拒轍之謀。大軍不可空勤轉輸之粟，諸將宜窮犄角之進。頃者河北初收數州，思明降表繼至。實爲平盧兵馬在賊左脅，賊動静乏利，制不由己，則降附可知。今大軍盡離河北，逆黨意必寬縱。若萬一軼略河縣，草竊秋成，臣伏請平盧兵馬及許叔冀等軍，從鄆州西北渡河，先衝收魏，或近軍志避實擊虚之義也，伏惟陛下圖之。遣李銑、殷仲卿、孫青漢等軍，邐迤渡河佐之，收其貝、博。賊之精鋭，撮在相、魏、衛之州。賊用仰魏而給。賊若抽其鋭卒，渡河救魏、博，臣則請朔方、伊西、北庭等軍，渡沁水，收相、衛。賊若迴戈距我兩軍，臣又請郭口、祁縣等軍，驀山風馳，屯據林慮縣界，候其形勢漸進。又遣季廣琛、魯炅等軍，進渡河，收黎陽、臨河等縣，相與出入犄角，遂便撲滅。則慶緒之首，可翹足待之而已。是亦恭行天罰，豈在王師必無戰哉。愚臣聞見淺狹，承乏待罪。未精慎固之守，輕議擒縱之術。抑臣之夢寐，貴有裨補。謹進前件圖如狀，伏聽進止。乾元元年七月日某官臣狀進。

狀議與詩不甚合。此或就郭圖形勢規畫其事理也。

路逢襄陽楊少府入城戲題四韻附一無此四字呈楊四員外綰〔一〕

寄語楊員外，山寒少茯苓〔二〕。歸來稍暄暖，當爲斸青冥〔三〕。翻動神仙一作龍蛇窟，封題鳥獸形〔四〕。兼將老藤杖，扶汝醉初醒。

〔一〕原注：甫赴華州日。許寄員外茯苓。○《舊書》：綰字公權，華陰人。肅宗即位，除起居舍人，歷司勳員外郎。○冬自華歸東都作。

〔二〕《唐書》：華州上輔，土貢茯苓、茯神。

〔三〕《圖經本草》：茯苓生大松下，二月八月采，陰乾。《説文》：斸，斫也。

〔四〕陶隱居《本草》：茯苓形如鳥獸龜鼈者良。

黄生曰：八句一氣叙來，酷似途次乍逢，立寄口信之語。按自華之東都，須經華陰。時楊綰當已家居，公本欲面致斯語，適逢少府入城，因附此也。

憶弟二首〔一〕

喪亂聞吾弟，饑寒傍濟州〔二〕。人稀書不到，兵在見何由〔三〕。憶昨狂催走，無時病去憂。即今千種恨，惟共水東流〔四〕。

〔一〕原注：時歸在河南陸渾莊。

〔二〕前有《得舍弟消息》詩云：「近有平陰信。」即此。

〔三〕時河南雖復，而討鄴之兵尚往來不絶。

〔四〕濟州在河南之東。

首章，遥想弟所在而憶之，傷不得見也。○「憶昨催走」，逃亂也。「無時去憂」，傷離也。着「狂」字、「病」字，句似拙而轉深。

且喜河南定，不問鄴城圍。百戰今誰在，三年望汝歸。故園花自發，春日鳥還飛。斷絶人煙久，東西消息稀。

次章，就今身所歸而憶之，意其暫可還聚也。○一、二，略作喜詞。言此間既定，且莫問河北矣，可以歸矣。三、四，表出不歸而望之情，五、六，描出舊莊無人之象，七、八，復推出所以不歸之故，爲亂久信訛也。凡四層曲折。

得舍弟消息

亂後誰歸得，他鄉勝故鄉。直爲心厄苦，久念與存亡。汝書猶在壁，汝妾已辭房。舊犬知愁恨，垂頭傍我床。

雖得消息。而仍不見，依舊作苦語。上四，屈曲作意，言故鄉值亂難住，不如他鄉好矣。然且不能已於憶者，直爲此心以亂而厄，離而苦，存亡莫保，故久念不釋也。「與」字内含存亡不可知之意。《説杜》不會一轉一折看，便混。下四，轉説與舊莊消息。通首俱若不勸其歸者，其悲更甚。公不久亦西客秦成。舊莊殘廢可知。

不　歸〔一〕

河間尚征一作戰伐，汝骨在空城〔二〕。從弟人皆有，終身恨不平。數金憐俊邁〔三〕，總角愛聰明。面上三年土，春風草又生。

〔一〕顔延之詩：死爲長不歸。

〔二〕《唐書》：河間郡屬河北道。按：從弟之死必在河間。

〔三〕弼曰：數金，幼時識數錢也。夏客曰：用「河間姹女數錢」語，以應河間。按：兼此二説乃全。偶憶少時聽慧事，適與河間故實湊泊，故云。

悲從弟之客夭也。語質而悲，結更深痛。

卷三之二　五律　起肅宗乾元二年秋至上元二年

《纂年譜》：乾元二年七月，自華州棄官西去，客秦州。十月，往同谷。不盈月，入蜀至成都。上元元年，卜居浣花溪，營草堂。二年春，居草堂，間至新津。

秦州雜詩二十首〔一〕

滿目悲生事，因人作遠遊。遲迴度隴怯〔二〕，浩蕩及關愁〔三〕。水落魚龍夜〔四〕，山空鳥鼠秋〔五〕。西征問烽火，心折此淹留。

〔一〕《唐書》：秦州在京師西七百八十里。仇注：今屬鞏昌府。

〔二〕《寰宇記》：秦州本秦隴西郡。《三秦記》：隴坂九迴，七日乃得越。按：此指來路。

〔三〕關謂邊關，此已透到蕃警。舊指煞隴之安戎關，便滯。

〔四〕《水經》：汧水東北流歷澗。注：以出五色魚，俗以爲龍，因謂魚龍水。

〔五〕《水經注》：渭水出隴西渭谷亭南鳥鼠山。《爾雅》：鳥鼠同穴，其鳥爲鵌，其鼠爲鼵。

初謂雜詩無倫次。及仔細尋繹，煞有條理。二十首大概只是悲世、藏身兩意。其前數首悲世語居多，其後數首藏身語居多。惟其值世多事，是以爲身謀隱也。至如首尾兩章，固顯然爲起結照應矣。○其一爲二十首之冒，首言「生事」「因人」，籠後藏身等篇。末言「烽火」「心折」，籠後悲世等篇。此蓋以自明來秦之故也。○起聯字字清徹。「生事」而曰「滿目悲」，爲世亂可知。「因人」之「人」，或即指姪佐。公之來此，以姪佐在東柯也。三、四，縈前透後，開擺非常。不獨來路艱難，而「問烽」之神已攝。五、六，乃貼秦州。「問烽火」者，向久歷中原之亂，今更恐蕃寇之偪。着一「問」字，覺一路驚惶，姑就此棲託矣。

秦州城一作山北寺，勝跡一作傳是隗囂宮〔一〕。苔蘚山門古，丹青野殿空。月明垂葉露，雲逐度溪風。清渭無情極，愁時獨向東。

〔一〕《元和志》：秦州伏羌縣，後漢隗囂稱西伯都此。《方輿勝覽》：秦州麥積山之北，舊有隗囂避暑宮。

其二，就秦咏秦，明點出「秦州」字。意在通盤布局安頓，但就其名勝處述而誌之，不專爲寺咏也。故下半不黏寺説，仍就「清渭無情」，縈拂遠遊一筆。

州圖領同谷〔一〕，驛道出流沙〔二〕。降虜兼千帳，居人有萬家。馬驕朱一作珠汗落，胡舞白題舊作蹄斜〔三〕。年少臨洮子〔四〕，西來亦自誇。

〔一〕《唐書》：秦州都督領天水、隴西、同谷三郡。

〔二〕《六典》：隴右道東接秦州，西踰流沙。

〔三〕《西域傳》：白題國，在滑國東，西極波斯。薛夢符曰：題者，額也。其俗以白塗垩其額，因名。

〔四〕臨洮在秦州西，今爲府。

其三以下，雜咏邊事。吾所謂悲世等篇，顧宸所謂在西言西者也。其後有帶慨河北處，亦由本地觸發。○此誌地界土俗。「同谷」領於本州，故曰「領」。「流沙」遠出西北，故曰「出」。蓋言地當衝要，所以羌民雜處也。而俗近蕃風，但見驕悍成習，亦重地矣。○此首將秦州地勢總寫。

鼓角緣邊郡，川原欲夜時。秋聽殷地發，風散入雲悲。抱葉寒蟬静，歸山獨鳥遲。萬方聲一概，吾道欲何之！

其四，言此地亦多邊警，試聽「鼓角」而慨然矣。莫認作咏鼓角死句。曰「夜」，曰「秋」，曰「風」，都爲邊聲託出淒苦。五、六，興起「何之」。結意更悲。本因避亂而來，到此仍無寧宇，直是無處安身。

南使宜天馬〔一〕，由來萬匹强。浮雲連陣没，秋草遍山長。聞説真龍種〔二〕，仍殘作餘字解，唐詩皆然老驌驦。哀鳴思戰鬬，迥立向蒼蒼。

〔一〕南使，猶言漢使。張騫通西南夷，可言西，亦可言南。

〔二〕《寰宇記》：秦州清水縣有馬池。《開山圖》云：隴西神馬山有淵池，龍馬所生。

其五，見秦州牧馬，而動殄寇之思。起二，只是借漢事點馬之多。以此地爲西域途經之處，故借以發端，亦興體也。三、四，正形其多。言馬群如雲，秋原盡掩，忽然没去，見草色青青滿山也。諸解不悟「没」字爲出没之没，而扯入鄴城軍潰，誤矣。五、六，就馬群中提出異種，以起下文。七、八，乃因神馬而思建功。衹就馬説，壯心自露。○朱氏倡爲鄴潰馬盡之説，説者靡然從之。則是眼不見馬，感觸無端，懸空駕到鄴事，萬無是理。要知此首與後「胡笳」、「尋源」二首各意。

城上胡笳奏，山邊漢節歸。防河赴滄海〔一〕，奉詔發金微〔二〕。士苦形骸黑，林疏鳥獸稀。那堪往來戍，恨解鄴城圍。

〔一〕朱注：唐河北道滄、景等州，皆古渤海郡地。黄河於此入海。按：此係安、史充斥處。

〔二〕《唐志》：羈縻州有金微都督府，隸安北都護府。

其六，徵兵入援之事。事雖係於河北，而途則經於秦州。故因目擊而咏之。考史，自武德以來，地連西域。開元中，置朔方、隴右、河西、安西、北庭諸節度統之，歲發山東丁壯爲戍。及禄山反，邊兵皆徵發入援，留兵單弱。據此，則是時常有徵兵西北之事。兹因鄴潰而再徵，詩義了然，錢箋指爲遣戍河西，直不足辯矣。結句點清徵兵之由。「圍」不曰潰而曰「解」，諱之也。○或因此詩言邊兵單少，疑前首秦州之馬，未必尚多，拙解亦恐不的。余曰：不然，其所徵發，皆在邊外，來往經臨於此，故及之，詩固未言秦亦單少也。更觀前詩「馬驕汗落」等句可悟。

莽莽萬重山，孤城石谷間。無風雲出塞，不夜月臨關。屬國歸何晚〔一〕，樓蘭斬未還〔二〕。煙塵一一作獨長望，衰颯正摧顔。

〔一〕蘇武爲典屬國。又外域内附者，皆謂之屬國。

〔二〕《漢書》：傅介子持節至樓蘭，斬其王，持首還。《西域傳》：鄯善本名樓蘭。

其七，憂吐蕃之不庭也。一、二，身所處。三、四，警絶。一片憂邊心事，隨風飄去，隨月照著矣。五、六，言西人向化無期也。「長望」、「摧顔」，憂何時解！

聞道尋源使，從天此路迴。牽牛去幾許〔一〕，宛馬至今來。一望幽燕隔，何時郡國開〔二〕。東征健兒盡〔三〕，羌笛暮吹哀。

〔一〕考《漢書》張騫尋河源，無乘查到天河遇牽牛、織女事。到天河，乃《博物志》所載海上查事。唐人多因宗懍有乘查尋河之説，誤合爲一。

〔二〕朱注：時河北幽、冀諸州皆陷於史思明。

〔三〕亦指鄴潰。

其八，心感秦州故事，神傷河北擅兵。架空立説，不離乎宗。趙汸曰：因秦州爲西域驛道，歎漢以一使窮河源，且通大宛，如此其易。今以天下之力，不能戡定幽、燕，至令壯士幾盡，一何難耶？是可哀也！○「去幾許」，言用力甚省。○此詩之格絶奇。以上半作對面影子，下半翻轉印證。

今日明人眼，臨池好驛亭。叢篁低地碧，高柳半天青。稠叠多幽事，喧呼閲使星〔一〕。老夫如有此，不異在郊坰。

〔一〕《後漢·李郃傳》：和帝遣使二人到益部。郃曰：「有二使星入蜀分野。」《晉·天文志》：流星，天使也。

其九，咏驛亭也。用意曲甚。想其地本多幽趣，公仍不以閒適之筆出之，致章法不倫。故言今日而始得此一處，居然勝地矣。其奈仍爲騷擾之區何！若使我而有此，堪作幽人别墅。乃倥偬若是，豈不負此好景哉！○須知此詩是强將好境作惡境，人多反看。

雲氣接崑崙，涔涔塞雨繁。羌童看渭水，使一作估客向河源。煙火軍中幕，牛羊嶺上村。所居秋草静，正閉小蓬門。

其十，對雨而傷邊事，已是束上體。亂端至此一總，下首便作轉關。○雨勢直接西蕃，行人宜稍休矣。乃彼方内擾，而我亟往通，屈體實甚。五、六，見雨中防秋不寧。七、八，收雨景，兼有不忍見意。○前篇言「老夫如有此」，此篇言「正閉小蓬門」，已引動藏身棲隱之神。○按詩中屢言出使事，史無考。

蕭蕭古塞冷，漠漠秋雲低。黄鵠翅垂雨，蒼鷹饑啄泥。薊門誰自北〔一〕，漢將獨征西〔二〕。不意書生耳一作眼，臨衰厭鼓鞞。

〔一〕謂思明。

〔二〕謂吐蕃。

其十一，蒼蒼莽莽，以古爲律，乃前後關鍵也。舊解與諸篇一例，全不曉斷制。○前四，興而比也。身值此世，殊無活計矣。後四，見作法。蓋此前多言世亂，故以「自北」、「征西」，雙舉作繳。此後多説身謀，故以「書生耳」「厭」，提破作引。

山頭南一作東郭寺，水號北流泉〔一〕。老樹空庭得，清渠一邑傳。秋花危石底，晚景卧鐘邊。俛仰悲身世，溪風爲颯然。

〔一〕《秦州記》：天水縣有水一泒，北流入長道縣界。

其十二以下，咏尋寓事。吾所謂藏身等篇，即首章所謂「生事」「因人」者也。○非呆咏此寺也。是必往東柯谷所經。三、四，分頂寺泉。「空庭得」，映出老境蕭索意。「一邑傳」，映出空名誤我意。至五、六，竟顯比不舒暢矣。故結聯直接而「悲身世」句，正爲前後映帶。

傳道東柯谷〔一〕，深藏數十家。對門藤蓋瓦，映竹水穿沙。瘦地翻宜粟，陽坡可種瓜。船人近相報，但恐失桃花〔二〕。

〔一〕《通志》：在秦州東南五十里。宋栗亭令王知章記云：工部棄官，寓東柯谷姪佐之居。

〔二〕用桃花源事。

其十三，未到東柯，就傳聞語預寫其勝，有運實於虚之妙。○東柯爲姪佐所居，傳道其幽勝久矣。囑船人將近即報，如恐失之者。意此中果可避世，非止急於一遊也。○家藏於谷，屋又藏於藤，水又藏於竹，而又宜粟宜瓜，直將桃源畫出，故知落句有根。

萬古仇池穴，潛通小有天〔一〕。神魚今不見，福地語真傳〔二〕。近接西南境〔三〕，長懷十九泉〔四〕。何當一作時一茅屋，送老白雲邊。

〔一〕《名山記》：王屋山有洞，名小有清虚之天。趙德麟曰：仇池，小有洞天之附庸也。

〔二〕舊注：世傳仇池穴出神魚，食之者仙。

〔三〕仇池山在秦州西南二百餘里。

〔四〕舊志：仇池山上有田百頃，泉九十九眼。仇注：此云十九，乃省文。

其十四，因上避世桃源語，忽然想到仇池，乃空中樓閣，非實境也。上四，舊聞如此。下四，嚮慕之情。○前後三篇，皆言東柯。此以仇池隔斷，章法變化。要其意，却借仇池作一避世樣子，正爲東柯照出棲身影子。任公垂釣，意不在魚。如此運局，公豈知千載後有會心人耶！

未暇泛滄海，悠悠兵馬間。塞門風一曰風寒落木，客舍雨連山。阮籍行多興，龐公隱不還。東柯遂疏懶〔一〕，休鑷鬢毛斑〔二〕。

〔一〕遂，可以自遂也。

〔二〕左思《白髮賦》：將拔將鑷，好爵是縻。

其十五，定計東柯而作。首句翻乘桴浮海意。次句有吾何爲於此意。三、四，兵馬間所值，皆追寫以剔後半也。下四正文。結即上篇「送老」，下篇「將老」意。

東柯好崖谷，不與衆峰群。落日邀雙鳥，晴天卷吴作養片雲。野人矜一作吟險絶，水竹會平分。採藥吾將老，兒童未遺聞。

其十六，才是在東柯寫景言情之作。「野人」，自謂。「矜險絶」，謂可不與世通。結言此意非兒輩所知。言下有裝聾做啞，由他背後嘖嘖之慨。

邊秋陰易夕一作久，不復辨晨光。簷雨亂淋幔，山雲低度牆。鸕鷀窺淺井〔一〕，蚯蚓上深堂〔二〕。車馬何蕭索，門前百草長。

〔一〕陶隱居云：鸕鷀不卵生，口吐其雛，今謂之水老鴉。

〔二〕《古今注》：蚯蚓，江湖謂之歌女。

其十七，東柯寓中雨景。一、二，見易昏難曉。五、六，見人跡罕到。七、八，對庭草而自嘲枯寂之詞。只此與前首是寓東柯正文，然亦有層次。

地僻秋將盡，山高客未歸。塞雲多斷續，邊日少光輝。警急烽常報，傳聞檄屢飛。西戎外甥國〔一〕，何得迕天威。

〔一〕《吐蕃傳》：開元十年，贊普請和，上表曰：「外甥是先皇帝舊宿親，千歲萬歲，外甥終不敢先違盟誓。」

其十八，亦在東柯作。從谷中想着外間邊警也。一、二，就谷中寫，三、四，引到邊塞，五、六，落出烽檄。七、八，點明吐蕃，妙在逐層拓出。○舊解泛云秦州憂吐蕃，則前言西事詳矣，此不爲贅附耶？按「東柯」曰「好崖谷」，曰「矜險絶」，故知此云「地僻」、「山高」，定指谷中。○須知此處漸近收局，故就寓中再將世事兜裹，所謂規重矩叠者也。

鳳林戈未息〔一〕，魚海路常難〔二〕。候火雲峰一作烽峻，懸軍幕一作暮井乾〔三〕。風連西極動，月過北庭寒。故老思飛將，何時議築壇。

〔一〕《舊書》：鳳林縣屬河州。

〔二〕魚海在吐蕃境。

〔三〕《易》：井收勿幕。注：井口曰收，勿遮幕之。按：此借言軍幕之井。

其十九，與前首相連，故接蕃警申説。至後半則明頂西陲，并暗籠全勢矣。左瞻右矚，眼盻登壇。筆飛墨舞，至是乃包裹完密耳。○曰「連西極」，則烽檄之連延而起者，不止西極也。曰「過北庭」，如所云發金微以戍中原者，皆過北庭而來也。外攘内寧，思一舉以奠四國。忠誠蘊結，情文旁暢。至哉詩乎，觀止矣！

唐堯真自聖，野老復何知。曬藥能無婦，應門亦有兒。藏書聞禹穴〔一〕，讀記憶仇池。爲報鴛行舊，鷦鷯在一枝。

〔一〕《吴越春秋》：禹登宛委之山，發石得金簡玉字之書。山中有一穴，謂之禹穴。

其二十，爲通局總結。首聯言聖主自寧國步，野人何用杞憂，結完悲世等篇。中四，言偕隱亦既有人，探奇聊可遂志，結完藏身等篇。末正與首篇「心折淹留」相應。○仇注以「自聖」爲讜言不入，是爲腹誹矣，公不然也。「真自」二字連讀。公入蜀之初，即有東遊之興，故有「聞禹穴」句。此句一放，「憶仇池」一收。仇池與東柯相近也。「一枝」，謂東柯谷。○詳結聯，知此二十首故是入秦以來，詳揭行踪心事，投寄中朝朋舊者。通盤布置，用代書箋，體裁自宜渾成。若云雜詩無倫次，則以後《天河》、《初月》等篇，皆雜詩也，何不統入於此？願學者逐首看畢後，再整精神，連章覆誦數過。

送人從軍〔一〕

弱水應無地〔二〕，陽關已近天〔三〕。今君度砂磧〔四〕，累月斷人煙。好武寧論命，封侯不計年。馬寒防失道，雪没錦鞍韉。

〔一〕原注：時有吐蕃之役。○觀此，知雜詩所咏奉使，實有所指。史失書耳。

〔二〕弱水，今自甘州界流入肅州之西南出塞。

〔三〕《元和志》：陽關在沙州西，居玉門之南，故曰陽關。西趣鄯善、莎車。

〔四〕《楚辭》：西方之害，流沙千里。按：西州有礌石等磧。《北邊備對》：磧者，沙積也。

若將上兩聯倒轉，便平坦。如此起勢，分外突兀。下四，既悲之，復壯之，又叮嚀之，恩誼備至。

示姪佐〔一〕

多病秋風落，君來慰眼前。自聞茅屋趣，只想竹林眠。滿谷山雲起，侵籬澗水懸。嗣宗諸子姪，早覺仲容賢〔二〕。

〔一〕原注：佐草堂在東柯谷。

〔二〕《晉書》：阮孚，字仲容，籍之姪。

此似卜寓東柯時所示。觀此及後三首，知予「生事」、「因人」之解，即指姪佐，非無據也。

佐還山後寄三首〔一〕

山晚黄雲合，歸時恐路迷。澗寒人欲到，林一作村黑鳥應棲。野客茅茨小，田家樹木低。舊諳疏懶叔，須汝故相攜。

〔一〕公寓東柯。姪佐先在東柯，當是附近而別居者。舊譜俱云在西枝村，及閲五古《西枝村尋置草堂地》等篇，訖未有所就，譜不足信也。

首篇，追想其還山時之景，歷歷在念，具見關情。結聯引動下二首。疏懶則拙於生計，故須汝提攜，即所云「生事」、「因人」者也。

白露黃粱熟，分張素有期〔一〕。已應舂得細，頗覺寄來遲。味豈同金菊〔二〕，香宜配緑葵。老人他日愛，正想滑流匙。

〔一〕曾有分餉之期約。

〔二〕《本草》：菊一名金蕊。

次章，望寄「黃粱」。「黃粱」其必需者也，故通首詳述，作諄復之詞。○五、六，非衹陪筆，其意謂只靠餐「菊」、烹「葵」，未足度日，正見「黃粱」之不可緩耳。

幾道泉澆圃，交橫幔落（一作落幔，非）坡〔一〕。葳蕤秋葉少〔二〕，隱映野雲多。隔沼連香芰，通林帶女蘿。甚聞霜薤白〔三〕，重惠意如何。

〔一〕《後漢書注》：落，藩也。《字書》：落與籠絡之絡同。《莊子》「落馬首」是也。觀此，知詩蓋言以幔絡坡，如今人編箔以防雞鶩之類。注俱未合。

〔二〕司馬相如《封禪書》注：葳蕤，委頓也。

〔三〕《唐本草》：薤是韭類，白者補而美。

三章，望寄「霜薤」。「霜薤」其兼及者也，故通首旁襯，作婉商之詞。○二詩俱足首章「須汝相攜」意。

宿贊公房〔一〕

杖錫何來此〔二〕，秋風已颯然。雨荒深院菊，霜倒半池蓮。放逐寧違性，虚空不離禪。相逢成夜宿，隴月向人圓。

〔一〕原注：贊，京師大雲寺主，謫此安置。○汸注：贊亦房相之客。朱云：此語未詳所本。同病相憐之作也。有驚愕意，有贊意，有聊相慰藉意，無怨意。

〔二〕邵注：經云：杖錫又名智杖，又名德杖。遊行僧爲飛錫，安住僧爲挂錫。

秋日阮隱居致薤三十束〔一〕

隱者柴門内，畦蔬遶舍秋。盈筐承露薤，不待致書求。束比青芻色，圓齊玉筯頭。衰年關鬲冷，味暖復一作腹無憂〔二〕。

〔一〕阮亦秦州人，又見五古。

〔二〕《本草》：陶隱居曰：「薤性温補，服食家須之。」以詩作寄謝之簡。

從人覓小胡孫許寄

人説南州路，山猿樹樹懸。舉家聞若咳舊作駭〔一〕，爲寄小如拳〔二〕。預哂愁胡面〔三〕，初調見馬鞭〔四〕。許求聰慧者，童稚捧應癲。

〔一〕《山谷别集》：禺屬猿猴，喜怒飲食常作咳。

〔二〕《崇安志》：武彝山多獮猴，小者僅如拳。

〔三〕蔣之翹曰：猿與沐猴相類，狀似愁胡。

〔四〕《齊民要術》：常繫獮猴於馬坊，令馬不畏，辟惡消百病。

以詩作向索之簡。

遣懷

愁眼看霜露，寒城菊自花。天風隨斷柳，客淚墮青笳。水静樓一作城陰直，山昏塞日斜。夜來歸鳥盡，啼殺後棲鴉。

只「愁眼」二字，提出「懷」字，以下皆欲即景遣之也。顧云：却句句不能遣。

寓目

一縣葡萄熟〔一〕，秋山苜蓿多〔二〕。關雲常帶雨，塞水不成河。羌女輕一作摇烽燧，胡兒掣一作制駱駝。自傷遲暮眼，喪亂飽經過。

〔一〕《永徽圖經》：葡萄生隴西五原、燉煌山谷，今處處有之。汁可釀酒。

〔二〕《爾雅翼》：苜蓿似灰藋，今謂鶴頂草。黑房纍纍如穄。

朱注謂以羌胡雜處，關塞無阻而發，是也。一、二屬興。三、四屬比，逗出「關」「塞」二字，更着「常帶」、「不成」四字，見界限不清之象。下四屬賦，其神理，上四都已領出。

野望

清秋望不極，迢遞起層陰。遠水兼天净，孤城隱霧深。葉稀風更落，山迥日初沈。獨鶴歸何晚，昏鴉已滿林。

邊秋晚望之作。首聯總領。「望不極」，猶云望不盡也，故以「迢遞起」三字承之，言層疊到眼也。中四，皆所謂「迢遞起」者。結亦「望」中事，然帶比意。凡鳥有巢，而鶴獨遲歸，以況己之無家也。

雨　晴一作秋霽

天外秋雲薄，從西萬里風。今朝好晴景，久雨不妨農。塞柳行疏翠，山梨結小紅。胡笳樓上發，一雁入高空。

喜晴而作，竟體高潔。

日　暮

日落風亦起，城頭烏尾訛〔一〕。黄雲高未動，白水已揚波。羌婦語還笑一作哭，胡兒行且歌。將軍別换一作上馬，夜出擁雕戈。

〔一〕《詩傳》：訛，動也。後漢童謡：城上烏，尾畢逋。

上四，皆興也。析觀之，又以「日落風起」興三、四，「城烏尾訛」興五、六。「語笑」、「行歌」，得志之象。結聯是勇敢，是急遽，兩牆頭語，妙極。然則彼得志而我可憂矣。

東樓

萬里流沙道，西行過此一作北門。但添新一作征戰骨，不返舊征一作死生魂。樓角凌風迥，城陰帶水一作雨昏。傳聲看驛使，送節向河源。

通首先遠而後近，故有闊勢。先往事而後今事，益見可悲。蓋言昔之去者無還矣，今去者又去，其謂之何！

山寺

野寺殘僧少，山園細路高。麝香眠石竹〔一〕，鸚鵡啄金桃〔二〕。亂水通人過，懸崖置屋牢。上方重閣晚，百里見秋毫。

〔一〕嵇康《養生論》：麝食柏而香。《酉陽雜俎》：蜀中石竹有碧花。

〔二〕《唐·西域傳》：貞觀中，康國獻金桃、銀桃。

山野荒墟中，廢寺如畫。

天河

常時任顯晦，秋至轉一作最分明。縱被微雲掩，終能永夜清〔一〕。含星動雙闕〔二〕，伴月落邊城。牛女年年渡〔三〕，何曾風浪生。

〔一〕天河春現於初更，冬現於將曉，惟夏秋終夜現，而秋夜彌皎。

〔二〕《晉書》：天漢起箕尾之間，在七星南而没。考其間所含之星，凡三十有奇。《史記》：秦作前殿阿房，表南山之巔以爲闕。爲複道渡渭，以象天極閣道絶漢抵營室也。按：雙闕，本出《周禮》象魏注，而此於天河言動闕，則用秦紀絶漢事。

〔三〕公後有《牽牛織女》詩，深斥渡河之罔。

此下十六首，皆秦州咏物詩。題俱兩兩成對，故類編一處。○上四，只在空際寫，一氣下。咏天河必於秋，如此四句，一字不着迹，却字字是秋夜天河也。下四，方是實拈。而戀闕之誠，遠客之感，與隱慝中傷之不足相撓，躍躍毫端。益見身雖冷落，心自分明。與上意自然融會。○舊云：公之黜，由賀蘭進明譖之。

初　月

光細弦欲一作初上，影斜輪未安。微升古塞外，已隱暮雲端。河漢不改色，關山空自寒。庭前有白露，暗滿菊花團。

上四，確是秦州之初月。其竅在三、四。蓋秦州近塞，而塞正在其西，初月必在西而易没也。五、六，不即不離更妙，而客中尤切。七、八，又妙在「暗滿」字，而時序又清。王原叔謂爲肅宗新自外入受蔽婦寺而作，存其説於言外可爾。

擣　衣〔一〕

亦知戍不返，秋至拭清砧〔二〕。已近苦一作暮寒月，况經一作驚長別心。寧辭擣衣倦，一寄塞垣深。用盡閨中力，君聽空外音。

〔一〕爲寄寒衣也。古樂府《擣衣篇》皆託從軍者之婦言。

〔二〕《玉篇》：砧，擣石也。

上四，俱在題前領意。趕至五、六，纔以落題爲點題，却仍是凌架過去。雖兩字明點，實不曾着紙也。結聯乃咏歎法。旅農云：全以神行。

歸燕

不獨避霜雪，其如儔侶稀。四時無失序，八月自知歸〔一〕。春色豈相訪，衆雛還識機。故巢儻未毁，會傍主人飛。

〔一〕《月令》：二月，玄鳥至。八月，玄鳥歸。

一、二，代燕表歸意，第三陪筆，第四正點。下半皆作送歸者囑之之詞。曰：春至豈復肯相訪乎，爾雛其識之也。故巢儻在，勿他往也。蓋設爲君不忍終棄其臣之語，用意彌厚。

促織〔一〕

促織甚微細，哀音何動人。草根吟不穩，床下意相親。久客得無淚，故妻難及晨。悲絲與急管，感激異天真。一作絃

〔一〕《爾雅釋》：蟋蟀，一名蛬，今促織也。《古今注》：促織，一名梭機、莎雞，一名絡緯。

「哀音」爲一詩之主，而曰「不穩」，曰「相親」，又表出不忍遠離，常期相傍意。爲「哀音」加意推原，

則聞之而悲，在作客被廢之人爲尤甚。感以其類，故深也，絲管不足擬矣。識得根苗在三、四，則落句不離。○音在促織，哀在衷腸。以哀心聽之，便派與促織去，《離騷》同旨。

螢火〔一〕

幸因腐草出〔二〕，敢近太陽飛。未足臨書卷，時能點客衣。隨風隔幔小，帶雨傍林微。十月清霜重，飄零何處歸。

〔一〕《爾雅》：螢火，一名即照。《古今注》：一名暉夜，一名宵燭。

〔二〕《爾雅注》：腐草得暑濕之氣爲螢。

「幸因」，微之也。「敢近」，斥之也。「未足臨」，不齒於《爾雅》也。「能點客」，深懼其陰賊也。「隔幔」、「傍林」，仇氏所謂潛形而匿迹。「十月」「飄零」，乃以末梢澌滅警醒之。黄鶴云：指李輔國輩。良不爲鑿。蓋以「腐草出」比刑餘也。

蒹葭

摧折不自守，秋風吹若何。暫時花帶一作戴雪，幾處葉沉波。體弱春苗一作風早，叢長夜露多。江湖後摇落，亦一作只恐歲蹉跎。

《秋雨歎》云：「涼風蕭蕭吹汝急，恐汝後時難獨立。」即此詩之旨。一、二，歸咎於風，中傷者急也。三、四，申摧折。五、六，原天恩之無私，作一縱。七、八收轉，見終必不振。總由吹者之太刻耳。

苦竹

青冥亦自守，軟弱强扶持〔一〕。味苦夏蟲避，叢卑春鳥疑。軒墀曾不重，剪伐欲無辭。幸近幽人屋，霜根結在兹〔二〕。

〔一〕劉琨詩：咨余軟弱，弗克負荷。

〔二〕《語林》：張廌隱居頤志，家有苦竹。

前云「不自守」，被傷也，非其罪也。此云「亦自守」，甘貧也，乃其節也。「青冥」，作僻遠意看。三、四，就僻處中寫其舉世疏棄，益顯强持之難，非謂其在富貴場時也。五、六緊承三、四，卑苦如此，高華自非其分。七、八應轉一、二。「幽人屋」，即所謂「青冥」處也。「結在兹」，正其所以得自持者也。○公素不作軟語。此二詩乃睹其物而哀之，不覺自露苦衷。

除　架

束薪已零落，瓠葉轉蕭疏。幸結白花了〔一〕，寧辭青蔓除。秋蟲聲不去，暮雀意何如。寒事今牢落，人生亦有初。

〔一〕《杜臆》：瓠與瓜有别。瓜乃總名，瓠是開白花者。

此爲瓜蔓作安分之詞。大意謂時過身藏，則親密者亦徘徊莫戀，寒至固應爾也。結語露而不露。仇云：「靡不有初，鮮克有終」，截用含蓄。○此章「除」字，説得和平。

廢　畦

秋蔬擁霜露，豈敢惜凋殘。暮景數枝葉，天風吹汝寒。緑霑泥滓盡，香與歲時闌。生意春如昨，悲君白玉盤〔一〕。

〔一〕公詩云：「春日春盤細生菜。」蓋唐制有立春頒賜之典。

此詩前六即上篇意，結聯又翻轉説，見雖能順命，未免有情也。回思玉盤春薦，曾幾何時，而今零落如許，是可悲也。「君」字勿黏定所指。前云「寧辭青蔓除」，此云「豈敢惜凋殘」，皆見道語。然此詩首聯乃撇開口氣。○此章「廢」字，寫得感慨。

夕烽

夕烽來不近，每日報平安〔一〕。塞上傳光小，雲邊落點殘。照秦通警急，過隴自艱難。聞道蓬萊殿，千門立馬看。

〔一〕《六典》：放烽有一炬、二炬、三炬、四炬者，隨賊多少而爲差焉。朱注：唐鎮戍，每日初夜放煙一炬，謂之平安火。

本咏平安火也，乃從平安内看出警急，深致戒於守者，是綢繆未雨深心。○上半寫所見平安之火，但借來作一鬆步，以跌重下文。言今日「光小」「點殘」，可幸無事矣。然惟邊將「照秦」知「警」，則蕃兵「過隴」斯「難」，所謂「將軍且莫破愁顔」也。結更將廟廊憂思醒惕守者。曰「蓬萊」「立馬」，恍見君心安不忘危之象，足使聞者矍然。此詩杜漸防微，憂深思遠，自解者劃作兩橛，深負婆心矣。

秋笛

清商欲盡奏〔一〕，奏苦血霑衣〔二〕。他日傷心極，征人白骨歸。相逢恐恨過，故作發聲微。

不見秋雲動，悲風稍稍飛。

〔一〕宋玉《笛賦》：吹清商，發流徵。

〔二〕蔡琰詩：長笛聲奏苦。

是就遠笛微聲作意，非泛咏笛聲也。前半故作虛勢，至五、六露意，末以指點作結。言非不欲盡情苦奏，而盡奏則淚霑，彼或以此間慘景滿目傷心，恐逢此者，聽高響而恨過，故作此微聲乎。不見悲風輕激，雲已輕飛者乎。筆筆凌空，着紙飛去，律體至此，超神入化矣。千古未窺其妙。

空　囊

翠柏苦猶食〔一〕，明霞高可餐〔二〕。世人共鹵莽，吾道屬艱難。不爨井晨凍，無衣牀夜寒。囊空恐羞澀，留得一錢看。

〔一〕《列仙傳》：赤松子好食柏實。

〔二〕相如《大人賦》：呼吸沆瀣餐朝霞。

拈結聯爲題，總皆自嘲自解之詞。俗語嘲不食者爲昇仙，起即此意。三四原其故，却以莊語見清操。五六實拈。末則所謂解嘲者也。

病馬

乘爾亦已久，天寒關塞深。塵中老盡力，歲晚病傷心。毛骨豈殊衆，馴良猶至今。物微意不淺，感動一沈吟。

即上篇「吾道屬艱難」之意。此所云「病」，多從勞苦困頓中來。感不在病，而在致病之先。其力盡，故其心傷也。五、六莫淺看，直與「恒産恒心」、「歲寒後凋」同旨。言此豈獨堪磨折，而竟能不改貞操。所謂「意不淺」者，正謂此。「沈吟」非吟詩之謂，蓋傷之也。後半又從病中特表其志節。舊説亦莫有合者。

蕃劍

致此自僻遠，又非珠玉裝。如何有奇怪，每夜吐光芒。虎氣必騰上〔一〕，龍身寧久藏〔二〕。風塵苦未息，持汝奉明王。

〔一〕《吴越春秋》：闔閭死，葬以扁諸之劍。金精上揚，爲白虎踞其上，號曰虎丘。

〔二〕《豫章記》：有紫氣見牛斗間。張華問雷孔章。孔章言寶物之精，在豫章豐城。遂以爲豐城令。

掘獄得二劍，牛斗氣不復見。孔章乃留其一，匣而進之。華遇害，此劍飛入襄城水中。孔章臨亡，戒其子恒以劍自隨。後爲建安從事，經瀨，劍忽腰間躍出，見二龍相隨遊焉。

借蕃劍聊一吐氣，作作有鋩。起聯兩層一跌，三、四，作疑詞一揚，五、六，一解，七、八，究言其用。顧云：豐城獄底、秦州旅次，同一感慨。

銅　瓶〔一〕

亂後碧井廢，時清瑶殿深。銅瓶未失水，百丈有哀音〔二〕。側想美人意，應悲寒甃沈。蛟龍半缺落，猶得折黄金〔三〕。

〔一〕汲水器。

〔二〕《杜臆》：蜀中牽船竹緪曰「百丈」，此借以明汲水之緪。按：「哀音」，謂轆轤牽轉之音。

〔三〕楊慎曰：折，當也。

此詩龍門所謂意有所鬱結，不得通其道者。與吾友華渭光烈竟夜竦誦，乃得其解。首句另提，爲現在零落之由，乃是後半伏脉。次句直貫三、四，是追想其得時遇主之日。當是時也，激昂慷慨，不嘗吐氣揚眉耶。想到「美人」一段，收用之意，知既破格，恩足鏤心，而乃拋擲至此，應自悲此日之沈淪矣。此與首句應。掉尾更一轉云，雖然，豈尋常物哉。雖遭顛躓，詎貶聲價，其高貴自若也。伸縮轉運之奇，能以萬言長篇，搏挖在四十字内，非止數尺竹有萬丈勢也。○「美人」，借汲井之人，影知己之人，蓋謂君也。注家不察，將「美人」認煞宫人，遂使作者一段感泣深情消歸烏有，而於上下轉接處，亦復意味索然。得此夜一番洗刷，生面獨開。○《天河》以後諸篇，夭矯騰趠，百出不窮。如天馬神龍，急切莫尋其蹄痕爪影。他人難得之長古，此獨得之短律，咄咄怪事！鍾惺曰：有讚羡者，有悲憫者，有痛惜者，有懷思者，有慰藉者，有嗔怪者，有嘲笑者，有勸戒者，有計議者。咏物至此，難着手矣。

月夜憶舍弟

戍鼓斷人行，邊秋一作秋邊一雁聲。露從今夜白〔一〕，月是故鄉明。有弟皆分散〔二〕，無家問死生。寄書長不達，况乃未休兵。

〔一〕仇注：逢白露節。

〔二〕鶴注：二弟，一在許，一在齊。

上四，突然而來，若不爲弟者，精神乃字字憶弟，句裏有魂也。「書長不達」，平時猶可，「况未休兵」，可保無事耶？二句從五、六申寫。○不曰月傍，而曰「月是」，便使兩地皆懸。

天末懷李白〔一〕

涼風起天末，君子意如何。鴻雁幾時到，江湖秋水多。文章憎命達，魑魅喜人過。應共冤魂語，投詩贈汨羅〔二〕。

〔一〕陸機詩：遊子渺天末。

〔二〕《水經注》：湘水又北，汨水注之。汨水東出經羅縣北，謂之羅水。又西爲屈潭，屈原自沈於此。

太白仙才，公詩起四句，亦便有仙氣，竟似太白語。五、六，直隱括《天問》、《招魂》兩篇。七、八，顧云：「冤魂」指屈原。白得罪之枉，其心事惟原得以知之而語之，故欲白投詩以問之也。鍾云：「贈」字説得精神，若用予字則淺矣。

所　思〔一〕

鄭老身仍竄，台州信始傳。爲農山澗曲，卧病海雲邊。世已疏儒素，人猶乞音氣酒錢〔二〕。徒勞望牛斗〔三〕，無計斸龍泉〔四〕。

〔一〕原注：得台州司户虔消息。

〔二〕郝敬曰：乞，分給之也。

〔三〕《晉書》：自南斗十二度至須女七度，爲吴越之分。按：牛在南斗、須女之間。

〔四〕《越絶書》：歐冶子爲鐵劍三枚：一曰太阿，一曰龍淵，一曰工市。按：唐諱淵爲泉。

起二，明點，中四，來信中意，七、八，以鄭所處在斗牛之分，故借用豐城獄底事。

即　事〔一〕

聞道花門破〔二〕，和親事却非。人憐漢公主，生得渡河歸〔三〕。秋思抛雲髻，腰支賸寶衣。群凶猶索戰〔四〕，回首意多違。

〔一〕有《留花門》詩，見一之二，須參看。

〔二〕花門，謂回紇。

〔三〕《舊書》：乾元二年三月，回紇從郭子儀戰於相州城下，不利。四月，可汗死。寧國公主依本國法，剺面大哭，竟以無子歸。八月，詔百官於鳴鳳門外迎之。

〔四〕朱注：是年九月，史思明分兵四道濟河，李光弼棄東都。

《留花門》詩云：「公主歌黄鵠。」方出降之始，不敢斥言其非也。至是卒歸恩斷，失策見矣，故歎之。

送遠

帶甲滿天地，胡爲君遠行。親朋盡一哭，鞍馬去孤城。草木歲月晚，關河霜雪清。别離已昨日，因見古一作故人情。

不言所送，蓋自送也，知公已發秦州。玩下四，當是就道後作也。上四，從道中追寫起身之情事，感慨悲歌，盡空作者。五、六，乃眼前身歷之景。結聯尤有味。回想親朋執别，鞍馬臨分，雖甚難堪，猶覺熱鬧，至此四顧蕭然，聲淚俱絶矣。不曰故人情，而曰「古人情」，不獨聚散之悲，兼見炎涼之態，又知公在秦州，人情冷落也。

酬高使君相贈〔一〕

古寺僧牢落，空房客一作得寓居。故人供禄米，鄰舍與園蔬。雙樹容聽法〔二〕，三車肯載書〔三〕。草玄吾豈敢，賦或似相如。

〔一〕鶴注：公初到成都，寓浣花溪寺。時高適爲彭州刺史，以詩寄贈，公酬以此。

〔二〕《翻譯名義集》：娑羅樹，東西南北四方各雙。方面悉皆一榮一枯。《涅槃經》：世尊在雙樹間演法。

〔三〕《法華經》：長者以牛車、羊車、鹿車立門外，引諸子出離火宅。按：詩謂假僧車以載書耳。錢箋引《窺基傳》三車乘經、乘妓、自乘之説，毋乃多事。

仇云：與高詩逐聯分答。○附高詩。

贈杜二拾遺　　高適

傳道招提客，詩書自討論。佛香時入院，僧飯屢過門。聽法還應難，尋經賸欲翻。草玄今已畢，此後更何言。

王十五司馬弟出郭相訪遺營草堂資〔一〕

客裏何遷次〔二〕，江邊正寂寥。肯來尋一老，愁破是今朝。憂我營茅棟，攜錢過野橋。他鄉唯表弟，還往莫辭勞。

〔一〕上元元年，卜居成都西郭外浣花溪上，置草堂。

〔二〕言何所藉以爲遷次之資。

詩似太樸。

梅　雨

南京犀浦道〔一〕，四月熟黃梅。湛湛一作灩灩長江去，冥冥細雨來〔二〕。茅茨疏易濕，雲霧密難開。竟日蛟龍喜，盤渦與岸迴。

〔一〕《唐書》：玄宗幸蜀還，改成都府，置尹視二京，號南京。按：犀浦縣屬成都。

〔二〕《風土記》：夏至前雨名黃梅雨，霑衣服皆敗黦。

公在北方，無此蒸濕之象，故特以首句全領通篇，誌風土也。

江　漲

江漲柴門外，兒童報急流。下床高數尺，倚杖沒中洲。細動迎風燕，輕搖逐浪鷗。漁人縈小楫，容易拔一作捩船頭。

江漲與居室相連也。亦嫌有朴直處。

爲農

錦里煙塵外〔一〕，江村八九家。圓荷浮小葉，細麥落一作墮輕花。卜宅從茲老，爲農去國賒。遠慚勾漏令，不得問丹砂。

〔一〕成都號錦官城，故曰錦里。

《杜臆》：首句「煙塵外」爲一詩之骨。遍地兵戈，「江村」獨在「煙塵」之外，故有終焉之志。「煙塵」不到，便同仙隱，乃以「不得丹砂」爲慚，戲詞也。

賓至

患氣經時久〔一〕，臨江卜宅新。喧卑方避俗，疏快頗宜人。有客過茅宇，呼兒正葛巾。自鋤稀菜甲，小摘爲情親。

〔一〕師氏曰：公嘗有肺疾。

趙汸曰：自一句順説至八句，散淡率直，偶爾成章。而厭世避喧，少求易足之意，自在言外，所以爲不可及。

田舍

田舍清江曲，柴門古道旁。草深迷市井，地僻懶衣裳。櫸同柜，或作楊柳枝枝弱〔一〕，枇杷樹一作對對香。鸕鷀西日照，曬翅滿漁梁〔二〕。

〔一〕《爾雅注》：柜柳似柳，皮可煮飲。

〔二〕朱曰：鸕鷀，水鳥，蜀人以之捕魚。

叙意在前，綴景在後，倒格見致。

雲山

京洛雲山外，音書静不來。神交作賦客〔一〕，力盡望鄉臺〔二〕。衰疾江邊卧，親朋日暮迴。白鷗元水宿，何事有餘哀。

〔一〕司馬相如、揚雄輩。

〔二〕《成都記》：隋蜀王秀所築。

懷故鄉也。全首都打入末句「哀」字中，而末句却又撇開，使人不可捉摸。一、二，「哀」之由。「神交」將以寄哀，「力盡」將以舒哀，五、六，莫可言哀，如此則哀甚矣。末乃借眼底江鷗以自況自解，通首俱化煙雲。

遣興

干戈猶未定〔一〕，弟妹各何之？拭淚霑襟血，梳頭滿面絲。地卑荒野大〔二〕，天遠暮江遲。衰疾那能久，應無見汝期。

〔一〕中原之亂。

〔二〕蜀地不卑，成都四遠皆山，故云卑。

傷離歎老，一詩之幹。以三、四作轉樞。「霑襟血」，申上「弟妹何之」之慘。「滿面絲」，起下「衰疾那久」之悲。既以亂而分離，且恐老而長別，誰能堪此乎！

遣愁

養拙蓬爲户，茫茫何所開。江通神女館〔一〕，地隔望鄉臺。漸惜容顏老，無由弟妹來。兵戈與人事，回首一悲哀。

〔一〕神女廟在巫山縣，蜀江下峽處也。

與《遣興》詩相類。

北　鄰

明府豈辭滿〔一〕，藏身方告勞。青錢買野竹，白幘岸江皋。愛酒晉山簡〔二〕，能詩何水曹〔三〕。時來訪老疾，步屧到蓬蒿。

〔一〕《賓退録》：明府，漢人以稱太守，唐人以稱縣令。縣令，漢人謂之明庭。靈運詩：辭滿豈多秩，謝病不待年。

〔二〕《晉書》：山簡，濤之子。假節鎮襄陽，惟酒是耽。

〔三〕《梁書》：何遜，八歲能賦詩，爲建安王水曹行參軍，兼記室。

美其薄官而耽隱，喜得高懷爲近鄰。

過南鄰朱山人水亭

相近竹參差，相過人不知。幽花欹滿樹，細一作小水曲一作細通池。歸客村非遠，殘樽席更移。看君多道氣，從此數追隨。

最愛起二句，蕭然塵外，又確是村舍往還之趣。「村非遠」，不妨稍晚也。「席更移」，堪與盡興也。其於朋情厚矣，所謂「多道氣」者也。然「道氣」字闊綽，不止於上所云。

出郭

霜露晚淒淒，高天逐望低。遠煙鹽井上〔一〕，斜景雪峰西〔二〕。故國猶兵馬，他鄉亦鼓鼙〔三〕。江城今夜客，還與舊烏啼。

〔一〕《蜀都賦》：家有鹽泉之井。

〔二〕《元和志》：雪山在松州。

〔三〕他鄉，即身所在，西逼吐蕃故。

散步傷世之作。下四，與「萬方聲一概」同旨。

散愁二首

久客宜旋旆，興王未息戈。蜀星陰見少，江雨夜聞多。百萬傳深入，寰區望匪他〔一〕。司徒下燕趙〔二〕，收取舊山河。

〔一〕盧諶詩：綢繆委心，自同匪他。

〔二〕司徒謂李光弼。上元元年三四月間，破安太清於懷州，破史思明於河陽。

二詩與七律《恨別》同旨。時以避亂作客，聞官軍捷於河懷，望其急進。主意仍歸到亂定還鄉上，以兩首爲起結。〇首句正提三、四，次句反呼下截，總是翹首切望之詞。

聞道并州鎮〔一〕，尚書訓士齊〔二〕。幾時通薊北，當日報關西〔三〕。戀闕丹心破，霑衣皓首啼。老魂招不得，歸路恐長迷。

〔一〕《唐書》：太原府本并州。

〔二〕《肅宗紀》：以兵部尚書、潞沁節度使王思禮兼太原尹。《思禮傳》：思禮爲河東節度，用法嚴整，人不敢犯。

〔三〕當日猶言即日。關西謂京師。

與前首作倒轉勢。以上半配前首下半，以下半配前首上半。合兩首而觀，恰好將靖亂意包在中間，將思歸意管在兩頭。〇朱云：鄴城之潰，惟思禮與光弼軍獨完，乃當時名將也。公意思明在東都，范陽必虛。欲光弼乘勝長驅，傾其根本，思禮以潞澤之兵會之也。愚按：是秋制郭子儀統諸道兵取范陽，魚朝恩沮之而止，惜哉！

奉簡高三十五使君〔一〕

當代論才子，如公復幾人？驊騮開道路，鷹隼出風塵。行色秋將晚，交情老更親。天涯喜相見，披豁對吾真。

〔一〕高適由彭州刺蜀州，公於元年秋曾至蜀之新津，不久即歸。晤後而簡之也。一、二，不獨贊其才，言才子之淪落者多矣，如公之致位通顯，有幾人乎？故三、四節拍緊湊。「驊騮」、「鷹隼」比其才，「開路」、「出塵」，美其遇也。如此而能垂盼窮交，乃爲真氣誼。結語寫出坦白襟懷，喜可知矣。

和裴迪登新津寺寄王侍郎〔一〕

何恨倚山木，吟詩秋葉黄。蟬聲集古寺，鳥影度寒塘。風物悲遊子，登臨憶侍郎。老夫貪佛日〔二〕，隨意宿僧房。

〔一〕原注：王時牧蜀。○《地理志》：新津縣，屬蜀州。按：州在成都之南，今爲崇慶州。縣又在州東南。裴或官於新津。

〔二〕《金光明經》：佛日輝耀，放於光明。

仇氏概指自言，以遊子指裴，不合吻。詩言「僕本恨人」耳，君復「何恨」而爲此乎？意者撫景而且悲且憶，因爲此苦吟乎？結乃示以己懷，言我則任運安之而已。「隨意」，正與彼「何恨」對。畢竟此之恨深於彼，詩却以翻寫見超。○玩詩意，知題中「登新津」以下八字，乃裴原題。仇則誤以寄王屬公耳。

村　夜

風色蕭蕭暮，江頭人不行。村舂雨外急，鄰火夜深明。胡羯何多難，樵漁寄此生。中原有兄弟，萬里正含情。

江秋夜雨，亂離遠客之悲。

西　郊

時出碧雞坊〔一〕，西郊向草堂。市橋官柳細〔二〕，江路野梅香。傍架齊書帙，看題檢一作減藥囊。無人覺一作與來往，疏懶意何長。

〔一〕《梁益州記》：成都之坊，百有二十，第四曰碧雞坊。

〔二〕《華陽國志》：成都西南石牛門外，曰市橋。

獨步歸來，蕭然無俚，觸興而得。

寄楊五桂州譚〔一〕

五嶺皆炎熱，宜人獨桂林〔二〕。梅花萬里外〔三〕，雪片一冬深〔四〕。聞此寬相憶，爲邦復好音。江邊送孫楚〔五〕，遠附白頭吟。

〔一〕原注：因州參軍段子之任。◯《唐書》：桂州始安郡屬嶺南道。按：始安本嶺名，即五嶺之一，在今廣西桂林府界。

〔二〕鶴注：白樂天云：「桂林無瘴氣。」

〔三〕《南康記》：大庾嶺多梅而先發，亦曰梅嶺。按：梅嶺在今江西、廣東接界處，去桂林幾及千里，途徑各別。考：《唐書》：嶺南道治廣州，桂林乃其屬郡。詩蓋本府會爲言也。

〔四〕鶴注：范成大云：靈州、興安之間，謂之嚴關，朔雪至關輒止。大盛則度關至桂州城下，不復南矣。北城舊有樓，曰雪觀。

〔五〕仇云：孫楚爲石苞參軍，比段也。

清空一氣如話。

寄贈王十將軍承俊

將軍膽氣雄，臂懸兩角弓。纏結青驄馬，出入錦城中。時危未授鉞，勢屈難爲功。賓客滿堂上，何人高義同？

「將軍」當是駐成都屬郡，嘗往來成都者。詩則以古爲律，壯之惜之，一氣貫注，筆力極雄恣。結聯作問詞曰同君氣誼者幾人乎，微以相知自許。

奉酬李都督表丈早春作〔一〕

力疾坐清曉，來詩悲早春。轉添愁伴客，更覺老隨人一作身，非。紅入桃花嫩，青歸柳葉新。望鄉應未已，四海尚風塵。

〔一〕入上元二年。

因來詩而翻出己愁，筆勢跳脱。三、四即作轉。《杜臆》云：「來詩」但「悲早春」，我則有「轉添」而更甚者。愚按：愁伴我，猶可言也；「伴客」，則蕭條甚也。老隨身，猶可言也；「隨人」，則俯仰難也。已透下「望鄉未已」意。「桃嫩」、「柳新」，歲序則轉矣。而歸期無日，不見「風塵」猶是乎？仇謂下截申明上截，是也。「悲」因「來詩」而「添」，亦因「早春」而「添」，鎔化入妙。

題新津北橋樓得郊字〔一〕

望極春城上，開筵近鳥巢。白花簷外朵，青柳檻前梢。池水觀爲政，厨煙覺遠庖。西川供客眼，偏愛一作惟有此江郊。

〔一〕年譜有二年間至新津之文。

《杜臆》：此蓋新津令設宴樓上也。愚按：五、六，就俯仰之景打合縣令，然欠老成。

遊修覺寺〔一〕

野寺江天豁，山扉花竹幽。詩應有神助，吾得及春遊。徑石深一作相縈帶，川雲自一作晚去留。禪枝宿衆鳥〔二〕，漂轉暮歸愁。

〔一〕《蜀志》：修覺山在新津縣治東南。山有寺，有絶勝亭。

〔二〕庾信《安昌寺碑》：禪枝四静，慧窟三明。

「江豁」、「花幽」，觸句之本，故三、四一直趕出「及春遊」三字，管攝上下。石似有情，雲如無意，皆景從情得者。蓋當遊而已動偶依難戀之本懷矣，故結借「宿鳥」興出「漂轉」字。○觀此等詩，「生事」「因人」之感，都從有意無意中流露出來。蓋新津、青城之行，皆所謂「老隨人」者也。

後　遊

寺憶曾遊處，橋憐再渡時。江山如有待，花柳更無私。野潤煙光薄，沙暄日色遲。客愁全爲減，捨此復何之。

與前首作意迥然各别，而衷懷只是一副。○「憶」字、「憐」字全提，「客愁爲減」全束，格整而意流。○三、四，脱口而成，要其中有性情在，七八之神已攝。

遣意二首〔一〕

囀枝黄鳥近，泛渚白鷗輕。一逕野花落，孤村春水生。衰年催釀黍，細雨更移橙。漸喜交游絶，幽居不用名。

〔一〕還草堂作。

首章，仇云：草堂春日之景。

簷影微微落，津流脉脉斜。野船明細火，宿鷺起舊作雁聚圓沙〔一〕。雲掩初弦月，香傳小樹花。鄰人有美酒，稚子夜能賒。

〔一〕《杜臆》：雁，當作鷺。蓋因「建子月」詩句同而兩誤也。春來則雁北向，白露降則鷺飛去。

次章，仇云：草堂春夜之景。○二詩輕圓明秀，集中另是一種。

漫成二首

野日荒荒一作茫茫白，春一作江流泯泯清。渚蒲隨地有，村徑逐門成。只作披衣慣，常從漉酒生。眼邊無俗物，多病也身輕。

全首總歸到「無俗物」。○洪注：「荒荒」，不甚「白」，「泯泯」，不甚「清」，按「生」字作生涯之生解，與「慣」字對。

江皋已仲春，花下復清晨。仰面貪看鳥，迴頭錯應人。讀書難字過，對酒滿壺頻。近識峨嵋老〔二〕，知余懶是真。

〔二〕原注：東山隱者。○《益州記》：峨嵋在南安縣界，去成都南千里。然秋日清澄，望見兩山相峙，如蛾眉焉。

全首總見得「懶是真」。○「難字過」，正見懶趣，五柳先生不求甚解，意亦猶是。夏客云：經眼之字，難於輕過。仇云：難於字過，老年眼鈍也。謂恐以粗心涉獵，枉屈少陵。愚謂如此回護，都成死句矣。「峨嵋老」，當是隱者自號，非定是峨嵋人。○二詩似啓宋調。

春夜喜雨

好雨知時節，當春乃發生。隨風潛入夜，潤物細無聲。野徑雲俱黑，江船火獨明。曉看紅濕處，花重錦官城。

起有悟境，從次聯得來。於「隨風」、「潤物」悟出「發生」，於「發生」悟出「知時」也。五、六拓開，自是定法。結語亦從悟得，乃是意其然也。通身下字，個個咀含而出。「喜」意都從罅縫裏迸透。○上四俱流對。○仇云：曰「潛」，曰「細」，脉脉緜緜，寫得造化發生之機，最爲密切。○寫雨切夜易，切春難。此處着眼。

春水

三月桃花浪一作水，江流復舊痕。朝來没沙尾，碧色動柴門。接縷垂芳餌，連筒灌小園。已添無數鳥，争浴故相喧。

寫春雨後水漲，能一字不混入雨，能字字切春，斷非他手能辦。通首生趣盎然，活潑潑地。○前四，走馬偷春而下，流活之極。人事偏置五、六，物情偏置七、八，倒拈更别。

江亭

坦腹江亭卧，長吟野望時。水流心不競，雲在意俱遲。寂寂春將晚，欣欣物自私。江東猶苦戰〔一〕，回首一顰眉一作故林歸未得，排悶强裁詩。

〔一〕江東匆泥，蓋指中原故鄉而言。身在大江上源，中原正直其東境，故云然。

發端極優緩，故次聯透出胸襟，便極閒適。至三聯通之化象，漸已逼到身家，故結語直吐心事。須知七、八離鄉之感，從「物自私」三字帶出，非硬裝也。○中四，饒有「點也」氣象。○通觀三首，時時流露道機，知此老天資高妙，從性分中來，非從道學中來也。帶道學氣則腐矣。

早　起

春來常早起，幽事頗相關。帖石防隤徒回切岸，開林出遠山。一丘藏曲折，緩步有躋攀。童僕來城市，瓶中得酒還。

「幽事」二字全提，事幽故興亦幽。

落　日

落日在簾鈎，溪邊春事幽。芳菲緣岸圃，樵爨倚灘舟。啅雀争枝墜，飛蟲滿院游。濁醪誰造汝，一酌散千愁。

亦與前詩一類。○「緣岸」、「倚灘」略讀。結比前詩稍作意。《杜臆》云：歸功於酒。

可　惜

花飛有底急，老去願春遲。可惜歡娱地，都非少壯時。寬心應是酒，遣興莫過詩。此意陶潛解，吾生後汝期。

三、四即作轉語。上言年老還藉春光，是欲留春也；此言雖留得春住，而嬉春之興已盡索矣，故須以詩酒遣之。五、六，反是順承，破盡常格，獨嫌詩酒出筆太滑耳。結亦有味。

獨酌

步屧一作倚杖深林晚，開樽獨酌遲。仰蜂黏落絮一作蕊，行户郎切蟻上枯梨。薄劣慚真隱，幽偏得自怡。本無軒冕意，不是傲當時。

一種幽微之景，悉領之於恬退之情，律體正宗。

徐步

整履一作屐，一作屧步青蕪，荒庭日欲晡〔一〕。芹泥隨燕嘴，蕊粉一作花蕊上蜂鬚。把酒從衣濕，吟詩信杖扶。敢論才見忌，實有醉如愚。

〔一〕《廣雅》：日晚曰晡。

蹊徑與《獨酌》詩相類。○仇注以結聯分承詩酒，太呆。○公晚年此等詩，猶見何將軍山林風味。

寒食

寒食江村路，風花高下飛。汀煙輕冉冉，竹日淨暉暉。田父要皆去，鄰家問不違。地偏相識盡，雞犬亦忘歸一作機。

風致何減桃花源。不作玩世語，故厚。

贈別何邕〔一〕

生死論交地，何由見一人。悲君隨燕雀，薄宦走風塵。緜谷元通漢〔二〕，沱江不向秦〔三〕。五陵花滿眼，傳語故鄉春。

〔一〕嘗憑何少府覓榿木栽，即此人。

〔二〕《唐書》：緜谷縣屬利州。按：今爲保寧府廣元縣。乃邕還京所經。

〔三〕《漢·地理志》：沱水，一在蜀郡郫縣西，東入大江。

起筆直提中朝朋舊，通首靈動。「論交」處着一「地」字，指京師也。言往時彼處結交之輩，此間難得一人。君逐凡流而官此，在君雖悲，於我則客舍相逢，反幸甚矣。乃今君也循漢而北往，我也背秦而南留。君到五陵，爲我寄語春光也。○黄鶴以邕爲緜谷尉；又謂公送嚴武至綿州時作。皆誤也。緜谷去成都將及千里，公覓榿木，豈千里能致百根耶？又緜谷、綿州，緜字雖同，地實相左，安得編入綿州耶？邕蓋官於成都近境，上元二年春，在草堂送之入京耳。

卷三之三　五律　起肅宗上元二年至代宗廣德二年

《纂年譜》：肅宗上元二年，居成都草堂，間至青城。明年四月，代宗即位，改元寶應，居草堂。七月，送嚴武還朝，到綿州。西川徐知道反，因入梓州。冬，迎家至梓。廣德元年秋，往閬州。冬，復回梓。是歲召補京兆功曹，不赴。二年春，復自梓往閬。

石　鏡〔一〕

蜀王將此鏡，送死置空山。冥寞憐香骨，提攜近玉顔。衆妃無復歎，千騎亦虚還。獨有傷心石，埋輪月一作玉宇間〔二〕。

〔一〕《華陽國志》：武都有一女子，美而艷，山精也，蜀王納爲妃。物故，遣五丁之武都，擔土作冢，上有石鏡表其門。今成都北角武擔是也。王悲悼，作臾邪之歌，龍歸之曲。《寰宇記》：冢上有石，厚五寸，徑五尺，瑩徹，號曰石鏡。

〔二〕江總詩：月宇照方疏。

《石鏡》、《琴臺》，弔古也。○上半叙事。五、六，不過言當日送喪情景，今皆杳然，爲上下過脉。解者紛紛推測。總道不着，但嫌句率耳。結有神韻。

琴　臺〔一〕

茂陵多病後〔二〕，尚愛卓文君。酒肆人間世，琴臺日暮雲。野花留寶靨〔三〕，蔓草見羅裙〔四〕。歸鳳求凰意〔五〕，寥寥不復聞。

〔一〕《益部耆舊傳》：相如宅在州西笮橋北，有琴臺在焉。《成都記》：琴臺院非其舊，舊在浣花溪之海安寺南，今爲金花寺。元魏伐蜀營此，掘塹得大甕二十餘口，蓋以響琴也。蜀王秀更增五臺，并舊爲六。

〔二〕《史記》：相如既病免，家居茂陵。

〔三〕《酉陽雜俎》：近代妝尚靨如射月，曰黄星靨。靨，鈿之名。蓋自孫和鄧夫人始。

〔四〕江總妻《庭草詩》：門前君試看，似妾羅裙色。

〔五〕《玉臺新咏》：相如琴歌曰：鳳兮鳳兮歸故鄉，遨遊四海求其凰。

三、四，即含憑弔。以玩世行雲之地，而成閱世看雲之區，此從有處慨其無。五、六，又從無處想其有。七、八，再轉出寥寥作結。八句凡作四轉，但「鳳求凰」近俗。

水檻遣心二首〔一〕

去郭軒楹敞，無村眺望賒。澄江平少岸，幽樹晚多花。細雨魚兒出，微風燕子斜。城中十萬户，此地兩三家。

〔一〕邵注：草堂水亭之檻。

首章横寫。從檻外之景，空闊縱目也。◯一、二，從置檻處起，是首章體。「無村」，檻外即江也，恰接第三。江岸有樹，恰接第四。五、六，接江邊寫。七、八，應轉一二。偏説有「家」，正使「無村」益顯。

蜀天常夜雨，江檻已朝晴。葉潤林塘密，衣乾枕席清。不堪祇老病，何得尚浮名。淺把涓涓酒，深憑送此生。

次章竪寫。就檻内之身，安排送老也。◯上四，從外入内，從景及身，漸漸逼近，亦逐句頂，引動下四矣。下四亦一滾。「浮名」不「尚」，則寄此生於此間，不言檻而檻見也。細密乃爾，勿曰平平。

朝　雨

涼氣曉蕭蕭，江雲亂眼飄。風鳶一作鴛藏近渚，雨燕集深條。黄綺終辭一作投漢，巢由不見堯。草堂樽酒在，幸得過清朝。

明是四句頓，却從「鳶藏」、「燕集」處，傳出「黄、綺」、「巢、由」之神，不是兩橛。

晚　晴

村晚驚風渡，庭幽過雨霑。夕陽薰細草，江色映疏簾。書亂誰能帙，杯乾自可添。時聞有餘論，未怪老夫潛〔一〕。

〔一〕後漢王符著《潛夫論》。

夕陽拈題。江色又含夕照，映簾又引書帷。只此寫景，已藏幾許金針。「書誰帙」，可以容懶；「杯自添」，可以忘憂。「有餘論」三字極含畜。意談世局，或述宦途，悉是身外之餘論，俱非容懶忘憂處也；惟此中足可潛身耳。神理一片。舊或云公自著論，或云蜀人論公，罔非瞽説。

高枏俗作楠〔一〕

枏樹色冥冥，江邊一蓋青。近根開藥圃，接葉製茅亭。落景陰猶合，微風韻可聽。尋常絶醉困，卧此片時醒。

〔一〕《爾雅》梅枏注：似杏，實酸。

蓋將以此枏爲江邊盟主。第七句不佳。

惡樹

獨遶虚齋徑，常持小斧柯。幽陰成頗雜，惡木剪還多。枸杞因一作固吾有〔一〕，雞棲奈汝一作爾何〔二〕。方知不材者，生長漫婆娑。

〔一〕《道書》：千年枸杞，形似犬，故名。《高隱外書》：朱孺子居大若巖，食枸杞根，身輕。

〔二〕《急就篇注》：皂莢樹，一名雞棲。《魏志》：劉放、孫資，久典樞要。殿有雞棲樹，人言此亦久矣，其能復幾。

除惡務盡，其初心也。下忽從「惡木」易長，轉出「不材」寄老，以全吾天。不測。

一　室〔一〕

一室他鄉遠一作老，空林暮景懸。正愁聞塞笛，獨立見江船。巴蜀來多病，荆蠻去幾千一作年。應同王粲宅，留井峴山前〔二〕。

〔一〕即草堂。

〔二〕《襄沔記》：王粲宅在襄陽縣西峴山坡下。宅前有井，人呼仲宣井。

此自表東遊之興。公詩云「劍外官人冷」，故思去也。首句便領厭蜀意。「愁笛」，頂「他鄉」，引「多病」。「見船」，暗渡「去荆」。「多病」，不止是病。「幾千」，遠而不嫌遠也。「留井」者，留跡於此，身其遠矣。神致低徊。仇説非。

聞斛斯六官未歸〔一〕

故人南郡去，去索作碑錢。本賣文爲活，翻令室倒懸。荆扉深蔓草，土銼冷疏煙〔二〕。老罷休無賴，歸來省醉眠。

〔一〕《尋花七絶》自注：「斛斯融，吾酒徒。」當即此人。今俗呼平人曰幾官，想唐時已然。

〔二〕《篇海》：小釜曰銼。

斛斯本爲製碑資養計而出，乃久滯而家坐困，故爲遥促之詞。無一世情語，純乎休戚相關之愛。解者於「索錢」、「賣文」，强分雅俗。以「無賴」指爲譏諷。不知「賣文」即複上作轉落勢耳。酒徒定是狂生，「無賴」正是狂生性格，平素熟識其性，故揣而勸之，何譏之有。如此明朗之章，遍身荆棘，可怪也。

赴青城縣出成都寄陶王二少尹〔一〕

老恥妻孥笑一云老被樊籠役，貧嗟出入勞。客情投異縣，詩態憶吾曹。東郭滄江合〔二〕，西山白雪高〔三〕。文章差楚懈切底病，迴首興滔滔。

〔一〕《唐書》：青城屬蜀州。按：今爲灌縣，去府不遠。時成都稱南京，故如京兆置少尹。

〔二〕向西而行，故以成都爲東郭。其城西亦緣江也。舊引二江合於城東，非是。

〔三〕即指雪嶺。

仇云：此蓋出郭後寄二尹者。愚按衷實牢騷，音無噍殺。若訴之，若戀之。東顧西瞻，舍然而去。至今如見其情形。

野望因過常少仙〔一〕

野橋齊渡馬，秋望轉悠哉。竹覆青城合，江從灌口來〔二〕。入村樵徑引，嘗果栗皺側尤切開〔三〕。落盡高天日，幽人未遣回。

〔一〕《容齋隨筆》：蜀本注云：應是縣尉。尉謂少府，而梅福爲尉，有神仙之稱也。愚按：詩云「入村」，又云「幽人」，恐是青城隱者。少仙或其名字，非尉也。

〔二〕《元和志》：灌口山，在彭州導江縣。按：唐縣青城與導江接界。

〔三〕《漢上題襟》詩：開栗弋之紫皺。

逐層引出，景事情意俱到。

送裴五赴東川〔一〕

故人亦流落，高義動乾坤。何日通燕塞，相看老蜀門〔二〕。東行應暫別〔三〕，北望苦銷魂。凜凜悲秋意，非君誰與論。

〔一〕東川，今潼川州。○還成都詩。

〔二〕北亂未定，歸期難卜。

〔三〕東川在成都東。

裴與公同爲北人。其在蜀當亦無官而流寓，故作同病相憐之語。

逢唐興劉主簿弟〔一〕

分手開元末，連年絶尺書。江山且相見，戎馬未安居。劍外官人冷〔二〕，關中驛騎疏。輕舟下吴會，主簿意何如？

〔一〕《唐書》：唐興縣屬遂州。天寶元年，改蓬溪。按：此言唐興，因舊名也。今爲遂寧縣，屬潼川州，在成都東三百餘里。公未嘗至唐興，豈主簿爲王宰來成都求作《客館記》，公因贈以此詩，遂附簡王宰，并寄館記歟？

〔二〕《博議》：官人乃隋唐間語。《舊書》：高祖即位，官人百姓，賜爵一級。

先叙離合之踪，而兼及世亂，則來蜀之故已見矣。因言旅况之苦，而意將東下。末句「主簿」字，須一讀，呼而就商之，以定行止也。大有身分，宛如面談。○「劍外官人冷」，所謂「多病獨愁常闃絶」也。「關中驛騎疏」，所謂「厚禄故人書斷絶」也。二句足概在蜀之况。前後諸詩，悉以此意推之。

敬簡王明府〔一〕

葉縣郎官宰〔二〕，周南太史公〔三〕。神仙才有數，流落意無窮。驥病思偏秣，鷹秋一作愁怕苦籠。看君用高義，恥與萬人同。

〔一〕唐興宰王潛也。公爲作《客館記》。恐是附劉主簿簡之。

〔二〕葉縣，用王喬事。明府必以郎官出爲宰。

〔三〕《司馬遷傳》：太史公留滯周南。《後漢書》：古之周南，今之洛陽。

上四，彼此疊句分提，意則側注，故五、六單落自身，而七、八兜回明府。○「葉縣」，切王姓，又領「仙才」。「周南」，映故鄉，實括「流落」。「思秣」，欲往就也。「怕籠」，厭此故思就也。是皆由王君「高義」所感。王來書必有周旋羈旅之誼，出「劍外官人」上矣。○附《客館記》。

唐興縣客館記

中興之四年，王潛爲唐興宰，修厥政事。始自鰥寡惸獨，而和其封内。非侮循循，不畏險膚而行一。咨於官屬、於群吏、於衆庶曰：邑中之政，庶幾繕完矣。惟賓館上漏下濕，吾人猶不堪其居。以客四方賓，賓其謂我何？改之重勞，我其謂人何？咸曰：誕事至，濟厥載，則達觀於大壯。

作之閈閎，作之堂構，以永圖。崇高廣大，踰越傳舍。通梁直走，嵬將墜壓。素柱上承，安若泰山。兩旁序開，發洩霜露，潛靚深矣。步櫊複霤，萬瓦在後。匪丹雘爲，實疏達爲。迴廊南注，又爲覆廊，以容介行人。亦如正館，制度小劣。直左階而東，封殖修竹茂樹。挾右階而南，環廊又注，亦可以行步風雨。不易謀而集事，邑無妨工，亦無匱財。人不待子來，定不待方中矣。宿昔井樹，或相爲賓，或與之毛。天子之使至，則曰：邑有人焉，某無以栗階。州長之使至，則曰：某非敢賓也，子無所用祖。四方之使至，則曰：子既某多矣，敢辭贄。或曰：明府君之侈也，何以爲人？皆曰：我公之爲人也，何以侈！子徒見賓館之近夫厚，不知其私室之甚薄。器物未備，力取諸私室，人民不知賦斂。乃至於館之醯醢闕，出於私厨。使之乘駟闕，辦於私廄。君豈爲亭長乎，是躬親也。若館宇不修，而觀臺榭自好，賓至無所納其車，我浩蕩無所措手足，獲高枕乎？其誰不病吾人矣。疵瑕忽生，何以爲之？是道也，施舍不幾乎先覺矣。杜之朋友歎曰：美哉！是館也成，人不知，人不怒。廨署之福也，府君之德也。府君曰：古有之也，非吾有也，余何能爲！是亦前州府君崔公之命也，余何能爲！是日，辛丑歲秋分。大餘二，小餘二千一百八十八，杜氏之老記。

重簡王明府

甲子西南異〔一〕，冬來只薄寒。江雲何夜盡一作静，蜀雨幾時乾？行李須相問，窮愁豈自一作有寬。君聽鴻雁響，恐致稻粱難。

〔一〕程曉詩：龍集甲子，四時成歲。朱注：甲子，謂歲序。

上四，述氣候風土之殊，厭之也，故須商及行李，欲他適矣。然囊空，豈自能寬之乎。結露意，却合時序。

不　見〔一〕

不見李生久，佯狂真可哀。世人皆欲殺，吾意獨憐才。敏捷詩千首，飄零酒一杯。匡山讀書處〔二〕，頭白好歸來。

〔一〕原注：近無李白消息。○曾鞏《李集序》：乾元元年，長流夜郎。以赦得釋。憩岳陽、江夏，復如潯陽，過金陵。族人陽冰爲當塗令，白過之，以病卒，年六十有四。寶應元年也。

〔二〕匡廬爲太白舊隱。

「不見」、「可哀」四字，八句之骨。只五、六着李説，餘俱就自心上寫出「不見」之哀。筆筆凌空。○上四，泛言其概，下乃從放逐後招之。然放逐之由，已含「欲殺」内；招之之神，已含「憐才」内。公憶李詩，首首着痛癢。○顧宸曰：公與白最稱交好。考其相從歲月，僅在遊齊魯時。愚按：自此篇後，不復見於詩矣。

草堂即事

荒村建子月〔一〕，獨樹老夫家。霧一作雪裏江船渡，風前竹徑斜。寒魚依密藻，宿雁聚舊作鷺起圓沙〔二〕。蜀酒禁愁得，無錢何處賒？

〔一〕《肅宗紀》：上元二年九月，詔去上元年號，稱元年。以十一月爲歲首，月以斗所建辰爲名。建子月朔，受朝賀，如正旦儀。

〔二〕雁聚，依《杜臆》以《遺意》詩互轉。《臆》云：冬寒但有雁耳。

詩必月朔所作。全注一「愁」字，爲逢「建子月」也。想此日朝班上賀，新象蔚然，而我則「霧江」、「風竹」，村老羈棲，宛似「魚依」、「雁聚」之淒然矣。左省趨陪，不堪回首。此愁非酒曷消乎。◎此亦創解。

徐九少尹見過

晚景孤村僻，行軍數騎來〔一〕。交新徒有喜，禮厚愧無才。賞静憐雲竹，忘歸步月臺。何當看花蕊，欲發照江梅。

〔一〕鶴注：少尹與行軍不同。凡都城各少尹二人，天下兵馬帥府有行軍長史。今題云少尹，詩云行軍，當是時亂故兼也。愚按：此行軍恐指傔從，非謂官銜。

少尹有周急之誼，故感而頌之。來在冬月，故期以花發再過也。

范二員外邈吴十侍御郁特枉駕闕展待聊寄此作〔一〕

暫往比鄰去，空聞二妙歸〔二〕。幽棲誠簡略，衰白已光輝。野外貧家遠，村中好客稀。論文或不愧，重肯款柴扉。

〔一〕公過兩當吴宅時，郁尚謫楚，茲必放還遊蜀也。

〔二〕《晉書》：尚書令衛瓘與尚書郎索靖，俱善草書，號一臺二妙。

叙事達情，重訂後款，如辭令脱口。

王竟攜酒高亦同過〔一〕

卧疾荒郊遠，通行小徑難。故人能領客，攜酒重相看。自愧無鮭一作鰕菜〔二〕，空煩卸馬鞍。移樽勸山簡〔三〕，頭白恐風寒〔四〕。

〔一〕王掄刺彭州，高適攝尹成都。○先是有《王侍御許攜酒至請邀高使君同到》七律，見四之一。
〔二〕《集韻》：鮭，吴人魚菜總稱。
〔三〕前詩云：「戲假霜威促山簡」。山簡指高。
〔四〕原注：高每云：「汝年幾小，且不必小於我。」故此句戲之。
七律以詩代簡。此竟似説話，如聞款洽笑語之聲。結聯，高以老戲公，公亦以老答戲也。

觀作橋成月夜舟中有述還呈李司馬〔一〕

把燭橋成夜，迴舟客坐時。天高雲去盡，江迥月來遲。衰謝多扶病，招邀屢有期。異方乘此興，樂罷不無悲。

〔一〕有《陪李七司馬皂江上觀造竹橋》七律，見四之一。○二年冬又至蜀州作。
題曰「有述」，欲述悲也。一路都將樂興趯出悲情，然結語少力。○三、四，景好。○公於蜀夔詩内，每用「異方」、「異域」等字，不可學。

得廣州張判官叔卿書使還以詩代意〔一〕

鄉關胡騎滿一作遠，宇宙蜀城偏。忽得炎州信〔二〕，遥從月峽傳〔三〕。雲深驃騎幕〔四〕，夜隔孝廉船〔五〕。却寄雙愁眼，相思淚點懸。

〔一〕廣州，今屬廣東。朱注：叔卿，魯人。見《雜述》。

〔二〕《楚辭》：嘉南州之炎德。

〔三〕《十道志》：渝州有明月峽。

〔四〕《漢書》：霍去病爲驃騎將軍。

〔五〕《世説》：張憑謁丹陽尹劉惔，明日還船。須臾，惔出傳教覓張孝廉船同載。時人榮之。

張來書必詢及入蜀之由，故一、二答之，爲避亂也。三言廣州之書，四言書來之路。張必在節鎮幕僚，孝廉亦被榮遇於大尹者，又切姓。此二句，遥想判官所在，而帶表其主人，爲得體也。結，寄詩而曰寄淚，其情深矣。

魏十四侍御就敝廬相别〔一〕

有客騎驄馬，江邊問草堂。遠尋留藥價，惜别倒文場〔二〕。入幕旌旗動，歸軒錦繡香。時應念衰疾，書疏及滄浪。

〔一〕復還草堂。

〔二〕《杜預傳贊》：元凱文場，號爲武庫。

「留藥價」，謝其贈遺。「文場」，指魏言。傾倒其才華，故「惜別」也。魏去必是就幕職，故有五、六。

贈別鄭鍊赴襄陽〔一〕

戎馬交馳際〔二〕，柴門老病身。把君詩過日一作目，非，念此別驚神。地闊峨眉晚一作曉，天高峴首春〔三〕。爲於耆舊内〔四〕，試覓姓龐人〔五〕。

〔一〕襄陽，今隸湖廣。◯編寶應元年。

〔二〕西山時有吐蕃之警。

〔三〕《元和志》：峴山在襄陽縣東南，東臨漢水。

〔四〕晉習鑿齒作《襄陽耆舊傳》。

〔五〕龐德公隱襄陽之鹿門山。

鄭蓋罷官而歸襄陽也。有《重贈》七絶，見六之下。◯一，時危。二，身老。三，平日。四，目前。五，別處。六，赴處。七、八，囑之而欲從之。頂接而下。

廣州段功曹到得楊五長史譚書功曹却歸聊寄此詩〔一〕

衛青開幕府，楊僕將樓船〔二〕。漢節梅花外〔三〕，春城海水邊〔四〕。銅梁書遠及〔五〕，珠浦使將旋〔六〕。貧病他鄉老，煩君萬里傳。

〔一〕鮑曰：前有《寄楊五桂州》詩，楊蓋自桂徙廣也。按：《唐志》：廣即桂之會城，今屬廣東。
〔二〕《漢・南越傳》：主爵都尉楊僕爲樓船將軍。
〔三〕梅嶺之南。
〔四〕《一統志》：廣州，秦、漢爲南海郡。
〔五〕《一統志》：銅梁山在合州。按：由峽入成都所經。
〔六〕《唐書》：廉州合浦縣出珠。按：廉在廣州西。

一，表府主。二，貼楊、譚。三、四，點綴廣州。五，書來。六，段去。七、八，寄意。

送段功曹歸廣州

南海春天外，功曹幾月程一作行。峽雲籠樹小，湖日落一作蕩船明〔一〕。交趾丹砂重〔二〕，韶州白葛輕〔三〕。幸君因旅客，時寄錦官城。

〔一〕三峽、洞庭，由蜀至廣所經。
〔二〕《唐書・志》：交趾郡，屬嶺南道。
〔三〕韶在廣州之東。

逐層説下，亦與上篇一類。五、六，索此於段。

江頭五咏 其前曰《丁香》、《麗春》二首，係五古，見一之三。

梔　子〔一〕

梔子比衆木，人間誠未多。於身色有用，與道氣傷一作相，非和〔二〕。紅取風霜實，青看雨露柯。無情移得汝，貴在映江波〔三〕。

〔一〕《圖經本草》：高七八尺。二三月生白花，六出，甚芬香。俗説即西域薝蔔也。夏秋結實如訶子狀，生青熟黄，中仁深紅。

〔二〕陶隱居云：今人皆入染，用於藥甚稀。《本草》：味苦寒。

〔三〕謝朓《梔子》詩：有美當階樹，霜露未能移。還思照緑水，君家無曲池。

挾異材者，惟不戾於俗，爲能處衆；「傷和」，則有用而見忌矣。夫既賦此戾俗之禀，則安於偏遠可已。「風霜」亦成我者，「雨露」亦滋我者，「映」此偏遠之「江波」，無須更動移植上苑之心情也。結正翻用謝詩，謝則期在見用也。公本傳謂其性褊躁，至是亦飽經顛沛而自悔其初歟？

故使籠寬織，須知動損毛。看雲猶一作莫悵望，失水任呼號。六翮曾經翦〔二〕，孤飛卒猝通未高。且無鷹隼慮，留滯莫辭勞。

鸂鶒〔一〕

〔一〕陳藏器《本草》：鸂鶒，水鳥。形小如鴨，毛有五采。

〔二〕顧注：凡鳥之勁羽，止於六片。《韓詩外傳》：鴻飛千里，特六翮耳。

中能自寬，則所處皆寬，「使」字内有學問。雖羈此一方，「雲」、「水」相失，亦聽之而已。夫摧傷之餘，猝難高舉，固可悲也。五、六一宕，然此中與人無患，自可安身耳。「勞」字作苦字解。○通首都從「籠」字作意。

花鴨

花鴨無泥滓，階前一作中庭每緩行。羽毛知獨立，黑白太分明。不覺群心妒，休牽衆眼驚。稻粱霑汝在，作意莫先鳴〔一〕。

〔一〕《尸子》：戰如鬬雞，勝者先鳴。公《進鵰賦表》：雖不能鼓吹六經，先鳴諸子。

潔其外者，必明其中。「無滓」、「獨立」，行自得也。然「太明」則孤，易於招「妒」而觸「驚」矣。斂之又斂，猶恐或傷之，況其可「先鳴」乎。○合五古兩首及此三首觀之，進乎道矣。江頭之五物，即是草堂之一老。時而自防，時而自惜，時而自悔，時而自寬，時而自警，非觀我、觀世，備嘗交惕者，不能爲此言。先儒每於困頓流離中，煉出身心學問，此詩庶有合焉。俗眼刻舟而求，如嚼木柹，輒以八點了之，自取罪過。

畏人〔一〕

早花隨處發一作發處，春鳥異方啼。萬里清江上，三年一作峰落日低。畏人成小築，褊性合幽棲。門逕一作遥没從榛草，無心待馬蹄。

〔一〕曹丕詩：客子常畏人。

是篇詩題，直可作「賦得客子常畏人」。○玩「畏人成小築」句，當是斷手實應之時。玩「褊性合幽棲」句，可作《江頭五咏》之注。

屏跡三首其前一首，係五古，見一之三。

用拙存一作誠吾道，幽居近物情。桑麻深雨露，燕雀半生成。村鼓時時急，漁舟個個輕。杖藜從白首，心跡喜雙清。

有静觀自得之妙。「心跡雙清」，關鎖既緊，正復蕭灑出群。

晚起家何時，無營地轉幽。竹光團野色，舍一作山影漾江流。失學從兒懶，長貧任婦愁。百年渾得醉，一月不梳頭。

冥情放達，又似極不清者。然惟任運安貧，心跡所以無累。此則歸於老莊之旨。

嚴公廳宴同咏蜀道畫圖得空字〔一〕

日臨公館静，畫列一作滿地圖雄。劍閣星橋北〔二〕，松州雪嶺東〔三〕。華夷山不斷，吴蜀水相通。興與煙霞會，清樽幸不空。

〔一〕時嚴武鎮蜀，時相往來。

〔二〕《華陽國志》：李冰沿水造橋，上應七宿。世祖謂吴漢曰：安軍宜於七星連橋間。

〔三〕《唐書》：松州，取界内甘松嶺爲名。按：即今之松潘。

一、二提，中四腹，七、八收。〇中間二十字，門户阨塞俱盡。

奉濟驛重送嚴公四韻〔一〕

遠送從此別，青山空復情。幾時杯重把，昨夜月同行。列郡謳歌惜〔二〕，三朝出入榮。江村獨歸處一作去，寂寞養殘生。

〔一〕郭知達本注：驛去綿州三十里。○先有《奉送入朝》及《送嚴到綿州》二詩，見五之一。

〔二〕謂東西川諸郡。

只一句送別已了。以下曲曲寫出衷語，都從次句領出，總攝在「空復情」甲裏也。前半彼此合寫，後半彼此分寫。公於嚴去，有如失慈母之悲，不知是墨是淚。

寄高適〔一〕

楚隔乾坤遠，難招病客魂〔二〕。詩名惟我共，世事與誰論。北闕更新主〔三〕，南星落故園〔四〕。定知相見日，爛熳倒芳尊。

〔一〕嚴武被召，大約在夏秋之交。蜀州刺史高適，代尹成都。

〔二〕「楚」字、「病」字，疑當互轉。西川不得云楚，招魂正可云楚客。定屬互錯。

〔三〕是年四月，代宗即位。

〔四〕南星指高。西川本南郡，蜀州又在成都南也。公稱後尹杜鴻漸，亦云南極一星。仇見《史記》南河北河注有南星北星字，引以爲證，可笑。注特省文耳，非可以爲名也。如房旁之有東咸西咸，不得云東星西星，降婁之有左更右更，不得云左星右星也。故園，即指草堂。

詩當是送嚴到縣後聞高代尹而作。時本欲即還草堂，且聞代尹之信，歸志頗決。特以徐知道之亂不果耳。○一、二，自慨。非謂與高隔，與鄉國隔也。言魂已不能北返，則客居之需故人亟矣。三、四，見聲氣投合。五、六，借新君遞落新尹，幸高代鎮，與草堂相即。七、八，直吐歸就本懷。○是詩疑團在「故園」二字，或指適滄洲之故園，或指公京師之故園，輾轉不合。不知公入蜀後，三年而成一草堂，身雖頻出，家口寄焉，草堂固可云故園也。嚴武再鎮成都，公寄詩云：「故園猶得見殘春」。是顯證也，諸家何遂忘之！解此，則詩意豁然，而編次亦屬一定。

東津送韋諷攝閬州録事〔一〕

聞説江山好〔二〕，憐君吏隱兼。寵行舟遠泛，怯別酒頻添。推薦非承乏，操持必去嫌。他時如按縣，不得慢陶潛〔三〕。

〔一〕東津在綿州，閬州今保寧府。○集外。

〔二〕嘉陵江遶閬州城三面，又近郭有錦屏、蟠龍諸山，最勝。公後有《閬山》、《閬水歌》。

〔三〕用郡督郵至束帶折腰事。《白帖》：録事參軍，即古督郵之職。

如面相贈處，字字親切。

題玄武禪師屋壁〔一〕

何年顧虎頭〔二〕，滿壁畫滄一作瀛洲。赤日石林氣，青天江海一作水流。錫飛常近鶴〔三〕，杯渡不驚鷗〔四〕。似得廬山路，真隨惠遠遊〔五〕。

〔一〕《唐書》：玄武縣屬梓州。《華陽國志》：玄武山，一名三隅山，其山六曲三起。○梓州詩。

〔二〕顧愷之。

〔三〕《高僧傳》：舒州灊山最奇，而麓尤勝，誌公與白鶴道人欲之。武帝俾各以物識，道人以鶴，誌公以錫。鶴先飛，至麓將止，忽聞空中錫飛聲，錫遂卓於山麓。道人不懌，然各於所識築室焉。

〔四〕《晉書・鳩摩羅什傳》：有杯渡比丘。《高僧傳》：劉宋時，杯渡者至孟津，浮木杯，無假風，棹如飛。仇注：「不驚鷗」，參用《列子》海鷗事。

〔五〕《高僧傳》：惠遠住廬山。劉遺民、雷次宗、周續之、畢穎之、宗炳、張萊民、張季碩等，並棄世遺榮，依遠遊止。

通首總就題畫命意。黄生作贊畫贊師劃解，便失神。蓋睹此滄洲遠趣，忽如身與禪師一齊度世。既使此畫此師，雙超絶頂，而於己羈棲之愁，亦片時消釋。

悲　秋

涼風動萬里，群盜尚縱横〔一〕。家遠待一作傳書日〔二〕，秋來爲客情。愁窺高鳥過，老逐衆人行。始欲投山峽，何由見兩京。

〔一〕遠而史孽、吐蕃，近而徐知道。

〔二〕即下首所云老妻書。

至梓未久，家寄草堂，兹因未得家人報書而作也。前在綿州，因聞蜀亂，不迴家而東入梓，已動出峽之興矣。出峽可上洛陽，而中原猶未靖，故篇末寄慨焉。

客　夜

客睡何曾著，秋天不肯明。卷簾殘月影，高枕遠一作送江聲。計拙無衣食，途窮仗友生。老妻書數紙，應悉未歸情。

此因得家書後有感不寐而作。家書中定有催歸之語，今所云云，皆「未歸情」也。故結言客情若此，老妻亦應悉之，何書中云爾乎。黯然神傷。舊以「數紙」爲寄妻之書，恐非。

客亭

秋窗猶曙色，落木更高一作天風。日出寒山外，江流宿霧中。聖朝無棄物，衰一作老病已成翁。多少殘生事，飄零任轉蓬。

申上章也。三、四，曉景，有向曉而光明動蕩之意，以反興下截也。知分定而甘饑驅，亦云能任運矣。「飄零」句，又結清「客」字。○意此後不久，便迎家至梓。

九日登梓州城

伊昔黄花酒，如今白髮翁。追歡筋力異，望遠歲時同。弟妹悲歌裏，乾坤一作朝廷醉眼中。兵戈與關塞〔一〕，此日意無窮。

〔一〕朱注：徐知道兵守劍閣。按：句中下一與字，兼言值亂而遠竄。

同是「黄花酒」也，向嘗與朝士家人同把，今大不然矣。只一句，全神都現，蓋以七句對射此一句也。

九日奉寄嚴大夫

九日應愁思，經時冒險艱。不眠持漢節，何路出巴山〔一〕。小驛香醪嫩，重巖細菊斑。遥知簇鞍馬，回首白雲間。

〔一〕錢箋：徐知道反，武阻兵，九月尚未出巴嶺。《通鑑》載六月以武爲西川節度，知道守要害拒武。誤矣。

《杜臆》：通篇不説憶嚴武，只寫其客行之景，與思己之情，正是深於憶者。○上四亦由己心憤叛發出，若云以鎮帥而懾一小蠢，未免不留嚴地。觀嚴答詩，絶不及阻兵事，善於立言。○附嚴答詩。

巴嶺答杜二見憶　　嚴　武

卧向巴山落月時，兩鄉千里夢相思。可但步兵偏愛酒，也知光禄最能詩。江頭赤葉楓愁客，籬外黄花菊對誰。跋馬望君非一度，冷猿秋雁不勝悲。

戲題寄上漢中王三首〔一〕

西漢親王子，成都老客星。百年雙白鬢，一别五秋螢〔二〕。忍斷杯中物，祇看座右銘。不能隨皂蓋，自醉逐浮萍。

〔一〕原注：時王在梓州。初至，斷酒不飲。篇中戲述。○天寶中，有《苦雨寄隴西公》詩，即漢中王也。名瑀。《新書》：肅宗詔收群臣馬助戰，瑀與魏少游持不可，貶瑀蓬州長史。鶴曰：據詩云皂蓋，又奉手札詩云剖符，當是刺史，而史誤耳。按：蓬州，今屬順慶府，在唐梓州之東。○同在梓而曰寄，未會而先之以詩也。

〔二〕朱注：《舊書·魏少游傳》收群臣馬，在乾元二年冬。公以是年出華州，因與王别，至是爲五年也。

三詩訴别踪，悲窮客，欣旅遇，情致纏緜。説斷酒處帶戲，都是情生文也。○首章，彼此雙提，以叙别作領。如此而忍斷合歡之助，祇看斷酒之文乎！相對索然，則且萍踪自遣耳。○公既置草堂於成都，則蜀中往來屬郡，總以成都爲主，故雖在梓州，亦曰「成都客星」也。「座右銘」，當是漢中自製斷酒文。詩指實事，非泛用古。

策杖時能出，王門異昔遊。已知嗟不起〔一〕，未許醉相留。蜀酒濃無敵，江魚美可求。終思一酩酊〔二〕，净掃雁池頭〔三〕。

〔一〕《博議》：舊注「病酒不起」，可笑。《晉·殷浩傳》：「深源不起，當如蒼生何。」蓋用此語。按：盧元昌又以《博議》爲非。盧説謬。
〔二〕《山簡傳》：日夕倒載歸，茗艼無所知。《集韻》：通作酩酊。
〔三〕《西京雜記》：梁孝王兔園有雁池，池間有鶴洲、鳧渚。

次章，著自身作意，言被廢作客，更須假酒以遣之。「異昔遊」，非謂王不燕客也，在京結契，此身尚列朝班，今日相從，轉眼而成浪跡。《博議》云：已知王歎我不起矣，獨未許一醉相留乎？愚按：下四翻轉説。「净掃」，囑王掃徑待我也。

群盜無歸路，衰顔會遠方。尚憐詩警策〔一〕，猶記酒顛狂。魯衛彌尊重〔二〕，徐陳略喪亡〔三〕。空餘枚叟在〔四〕，應念早升堂。

〔一〕《文賦》：立片言以居要，爲一篇之警策。
〔二〕傅亮奏：地均魯衛，德兼庸賢。錢箋：明皇幸寧憲王宅，賦詩曰：「魯衛情先重，親賢尚轉多。」瑀，寧王子也。
〔三〕魏文帝《與吴質書》：徐、陳、應、劉，一時俱逝。
〔四〕《雪賦》：召鄒生，延枚叟。按：枚叟，即枚乘，客梁孝王。

三章作意，又在打動王心，自是收局神理。言客中逢我，即向者詩酒從遊之舊客也，況當履綦零落之餘，王能漠然於僅存之一老乎？○「無歸路」，身爲亂阻也。○首章斷酒，用正筆。次章酒濃，用反挑筆。三章酒狂，用往事作影筆。

翫月呈漢中王

夜深露氣清，江月滿江城〔一〕。浮客轉危坐〔二〕，歸舟應獨行〔三〕。關山同一照一作點，烏鵲自多驚。欲得淮王術，風吹暈已生〔四〕。

〔一〕江，謂涪江。

〔二〕自謂。

〔三〕朱注：漢中王自梓歸蓬也。按：仇謂公獨行，無據。

〔四〕《淮南子》：畫蘆灰而月暈闕。許慎注：有軍士相圍守。月暈，以蘆灰環月，闕其一面。月暈亦闕於上。

咏月以送行也。「月滿」人離，神情在有意無意之間。「危坐」而念「獨行」，神如俱去；「同照」而「驚」「烏鵲」，情怯孤棲。忽往忽回，無窮縣邈。結亦雅韻，適見有暈，恰切親王。

陪王侍御宴通泉東山野亭〔一〕

江水東流去，清樽日復斜。異方同宴賞，何處是京華。亭景臨山水，村煙對浦沙。狂歌遇形舊作於勝，得醉即爲家。

〔一〕通泉，唐縣，在梓東南。

作上下截翻手格。上送一難，下還一解。慨「異方」者，正爲「形勝」挑逗；賞「形勝」者，仍爲「異方」慰譬也。

舍弟占歸草堂檢校聊示此詩

久客應吾道，相隨獨爾來〔一〕。熟舊作孰知江路近，頻爲草堂迴。鵝鴨宜長數，柴荆莫浪開。東林竹影薄，臘月更須栽。

〔一〕陶開虞曰：公弟潁、觀、豐各在他鄉，惟占從入蜀。

鍾云：家務瑣屑，有一片友愛在内，只見其真，不見其俚。黄云：竹稀而曰「影薄」，杜善練字。

春日梓州登樓二首〔一〕

行路難如此，登樓望欲迷。身無却少壯，跡有但羈棲。江水流城郭，春風入鼓鞞〔二〕。雙雙新燕子，依舊已銜泥。

〔一〕編廣德元年。

〔二〕時東京新經戰鬬。

二詩皆羈旅阻歸之感，以一意爲兩層。○首章，空寫羈旅，爲下章引子也。起句飄然，思鄉之感，已全領矣。「望欲迷」，神已注着故園，却還未露。三、四，就「難」字申寫。五、六，就「望」字申寫。結聯，妙又只將春意點綴，而客懷如見。

天畔登樓眼，隨春入故園〔一〕。戰場今始定〔二〕，移柳豈一作更能存〔三〕。厭蜀交遊冷，思吴勝事繁。應須理舟楫，長嘯下荆門〔四〕。

〔一〕後《聞官軍收兩河》詩自注云：田園在東京。

〔二〕初收河南。

〔三〕《哀江南賦》：釣臺移柳，非玉關之可望。

〔四〕在三峽外。

次章，明寫阻歸，爲前章出路也。「天畔」，躡「羈栖」。「登樓」、「隨春」，帶題目。「入故園」，點眼。三、四，承「故園」作轉，言亂雖定矣，家豈存乎。下又翻出他往以醒之。蓋家園殘破，既不可歸，而蜀中冷落，又無可倚，則且遊吴出峽而已。客感都在言外。

送司馬入京〔一〕

群盜至今日，先朝忝從臣〔二〕。歎君能戀主，久客羨歸秦。黄閣一作閤長司諫，丹墀有故人。向來論社稷，爲話涕霑巾。

〔一〕司馬不知何姓。詩言群盜，恐當指河南北。仇因黄鶴之説，遂與廣德二年巴州聞收京送班司馬併爲一題，豈知所指各别。○集外詩。

〔二〕公爲拾遺，在肅宗朝。

首句，單提縮住。中四，都從「忝從臣」生出，而頷聯却就司馬之去，渡入回「羨」緣由。「司諫」，謂在朝之爲從臣者。「故人」，謂從臣中有爲我先朝同官者，恰好接落「向來」字。而「論社稷」，則指先朝在官光景。「涕霑巾」，則因今日群盜。至此纔兜回首句，又却倩司馬爲傳達。處處仍不抛送行本色。初看，語語若斷；細玩，節節相通。作意作法之奇，至此極矣。

遠遊

賤子何人記，迷方著處家。竹風連野色，江沫擁春沙。種藥扶衰病，吟詩解歎嗟。似聞胡騎走〔一〕，失喜問京華。

〔一〕正月，史朝義走河北。

聞故鄉賊退而不得親見，故以「遠遊」命題，非行役詩也。慨意少，喜意多。

柳邊〔一〕

只道梅花發，那知柳亦新。枝枝總到地，葉葉自開春。紫燕時翻翼，黄鸝不露身。漢南應老盡〔二〕，霸上遠愁人。

〔一〕依鶴編。○集外，下同。

〔二〕《枯樹賦》：昔年移柳，依依漢南。

公上世漢南襄陽人。霸上又舊遊也。

花底

紫萼扶千蕊，黄鬚照萬花。忽疑行暮雨，何事入朝霞。恐是潘安縣〔一〕，堪留衛玠車〔二〕。深知顔色好，莫作委泥沙。

〔一〕河陽事。

〔二〕《晉書》：衛玠風神秀異，乘羊車入市，見者以爲玉人。

仇云咏梅，愚謂咏桃也。「潘縣」、「衛車」，亦以洛陽爲憶。

奉送崔都水翁下峽〔一〕

無數涪江筏，鳴橈總發時。别離終不久，宗族忍相遺。白狗黄牛峽〔二〕，朝雲暮雨祠〔三〕。所過頻問訊，到日自題詩。

〔一〕崔爲公之舅。○集外。

〔二〕《十道志》：白狗峽在歸州。黄牛峽在夷陵州。

〔三〕《高唐賦》：朝爲行雲，暮爲行雨。

翁之下峽，想當北歸，故驚心橈發。思欲歸見宗族，因囑其隨處通問，謂己即到也。○深曲。

郪城西原送李判官兄武判官弟赴成都府〔一〕

憑高一作登送所親，久坐惜芳辰。遠水非無浪，他山自有春。野花隨處發，官柳著行新。天際傷愁別，離筵何太頻。

〔一〕《唐志》：梓州治郪，今併入潼川州。

起、結寫惜別，而中四俱從去後途景取致，爲前後激射，格奇。

題郪原一作縣郭三十二明府茅屋壁〔一〕

江頭且繫船，爲爾獨相憐。雲散灌壇雨〔二〕，春青彭澤田〔三〕。頻驚適小國，一擬問高天。別後巴東路，逢人問幾賢。

〔一〕集外詩。

〔二〕《搜神記》：文王以太公爲灌壇令，風不鳴條。文王夢一婦當道哭曰：「我泰山之女，爲西海婦，欲歸。灌壇令有德，廢吾行。吾行必有大風疾雨。」

〔三〕《陶潛傳》：潛爲彭澤令，公田五十畝種秫，三十畝種秔。

上表郭君治化，下見賢才每屈於小位。「問幾賢」者，小位中往往有人也。語似泛慨，而郭之賢已顯。

涪江泛舟送韋班歸京得山字〔一〕

追餞同舟日，傷春一作心一水間。飄零爲客久，衰老羨君還。花遠一作雜重重樹，雲輕處處山。天涯故人少，更益鬢毛斑。

〔一〕築草堂時，曾憑覓松樹子。

以久客人送還京客，自應神往於彼，而心傷於此。

泛舟送魏十八倉曹還京因寄岑中允參范郎中季明〔一〕

遲日深春水，輕舟送别筵。帝鄉愁緒外，春色淚痕邊。見酒須相憶，將詩莫浪傳。若逢岑與范，爲報一作問各衰年。

〔一〕《岑參集序》：參出爲虢州長史，改太子中允。范無考。

詩與前篇一類。「報衰年」，着一「各」字，顯出兩下遥意神情。

泛江送客

二月頻送客，東津江欲平〔一〕。煙花山際重，舟楫浪前輕。淚逐勸杯下，愁連吹笛生。離筵不隔日，那得易爲情。

〔一〕東津，在綿州。縣與梓相鄰，或時往來也。

作意都在「頻送客」、「不隔日」上。

雙燕

旅食驚雙一作雙飛燕，銜泥入此一作北堂。應同避燥濕〔一〕，且復過炎涼。養子風塵際，來時道路長。今秋天地在〔二〕，吾亦離殊方。

〔一〕《左傳》：吾儕小人，皆有闔廬，以避寒暑燥濕。

〔二〕顧注：猶云：「天空任鳥飛。」

對雙燕而言懷也。公之去志久矣，何必在秋，燕以秋歸，假此見志耳。

百　舌〔一〕

百舌來何處，重重祇報春。知音兼衆語，整翮豈多身。花密藏難見，枝高聽轉新。過時如發口〔二〕，君側有讒人〔三〕。

〔一〕王十朋曰：百舌，反舌也，春囀夏止。

〔二〕《張儀傳》：陳軫曰：「軫可發口言乎？」

〔三〕《汲冢周書》：芒種之日，螳螂生。又五日，鵙始鳴。又五日，反舌無聲。反舌有聲，佞人在側。

按：程元振方用事。

聞百舌以自警也。好議論而身羈孤，跡雖韜晦，篇咏濫觴，禍之招也。前云「將詩莫浪傳」，即此志也。詩蓋用《汲冢書》而不同其意，書比讒，詩自比也。舊解誤會，便通身齟齬。

登牛頭山亭子〔一〕

路出雙林外〔二〕，亭窺萬井中。江城孤照日，春一作山谷遠含風。兵革身將老，關河信不通。猶殘數行淚，忍對百花叢。

〔一〕《寰宇記》：牛頭山在鄞縣西南。四面孤絶，俯臨州郭。樓閣煙花，爲一方勝概。

〔二〕《傅大士傳》：大士捨宅於松下建寺，因名雙林。

由「孤」字影出「身」字，由「遠」字影出「信」字。要是由身孤信遠，纔於寫景處，落得此兩字下也。蓋景情相生，篇法乃融。

上牛頭寺〔一〕

青山意不盡，袞袞上牛頭。無復能拘礙，真成浪出遊。花濃春寺静，竹細野池幽。何處鶯啼切，移時獨未休。

〔一〕《寰宇記》云：山下有長樂寺。按：此所咏乃在山頂。

「無拘礙」者，到此心斷諸緣；「浪出遊」者，且得身堪一散。所謂「意不盡」者也。「寺静」、「池幽」，皆足引人不盡，轉惱鶯聲聒耳矣。

望牛頭寺〔一〕

牛頭見鶴林〔二〕，梯逕繞幽深。春色浮山外，天河宿殿陰。傳燈無白日〔三〕，布地有黄金〔四〕。休作狂歌老，迴看不住心〔五〕。

〔一〕先上寺，後望寺，猝然難解。《杜臆》認爲題誤，欲以望字置在寺下，則兜率寺不應兩誤，且使解詩都錯。玩詩意，始知望乃出寺後回望耳。

〔二〕《涅槃後分》：佛入涅槃，東西南北，合爲一樹，慘然變白，故名鶴林。

〔三〕《釋迦成道記》：一燈滅而一燈續。

〔四〕《觀經》：琉璃地上，以黄金繩雜厠間錯。

〔五〕《衆香偈》：轉不住心，退無因果。

解者認題不清，又誤看首句，遂引《地志》州南鶴林寺爲證，大非也。愚意此詩傍晚出寺，回望而得耳。「鶴林」，即寺旁之林，乃佛門林木通稱也。林深則寺藏，但見鶴林矣。三、四，景愈闊。「天河」，春夜初昏見西隅，故曰「宿殿陰」。五、六，由望而憶及寺中所見。即長明之燈，寶勝之地，而喜其法輪昭焕，境界清華，遂猛然自悔曰：吾何戚戚狂歌爲也！回看禪心，何其毫無繫著如此也！回望之義了然矣。要惟心戀安禪，故爾回望。下四實是上四之根。

上兜率如字寺〔一〕

兜率知名寺，真如會法堂〔二〕。江山有巴蜀，棟宇自齊梁。庾信哀雖久〔三〕，周舊作何，誤顒好不忘〔四〕。白牛車遠近〔五〕，且欲上慈航。

〔一〕侯圭《觀音寺記》：梓州浮圖，大小十二。慧義居其北，兜率當其南，牛頭據其西，觀音距其東。按：《成道記》注：梵云兜率陀，或云睹史陀，此云知足，即欲界第四天也。愚嘗聞一老堂頭曰：率，當讀如字。凡梵語之不譯者，祇取此方字音相近。睹史、兜率，音相近也。譯手不一，故各見。讀如律音者非。

〔二〕《圓覺經略疏》：圓覺自性，本無僞妄變易，即是真如。

〔三〕庾信常有鄉關之思，故作《哀江南賦》。

〔四〕《南史》：周顒音詞辨麗，長於佛理，於鍾山西立精舍。

〔五〕《法華經》：有大白牛，形體姝好，以駕寶車。

一、二，對體。三、四，氣象函蓋。五、六，將自身轉側牽搭。七、八，結出仰法意，收束完密。玩末句，已含泛江之意，恰好接着下首。

望兜率寺

樹密當山徑，江深隔寺門〔一〕。霏霏雲氣動一作重，閃閃浪花翻。不復知天大，空餘見佛尊。時應清盥罷，隨喜給孤園。

〔一〕涪江也。

舊解之誤同前，此蓋泛江回望而作。一、二，身在江間，見樹不見寺也。三、四，由彼及此，但見山雲遠動，江浪近翻而已。此時境界曠闊，宜「知天大」矣，而心依初地，猶然但「見佛尊」也，著一「餘」字，見過後之思。結言嗣此當常常「隨喜」，着「時應」字，見續叩之義。舊解之失，不辯可知。

甘　園甘，柑通〔一〕

春日清江岸，千甘二頃園。青雲羞葉密，白雪避花繁。結子隨邊使，開筒近至尊〔二〕。後於桃李熟，終得獻金門。

〔一〕李實曰：柑園在梓州城南，今猶名柑子鋪，園廢。

〔二〕《唐書》：梓州土貢有柑。

感意在奉貢，亦遠闕之思。

陪李一作章梓州王閬州蘇遂州李果州四使君登惠義寺〔一〕

春日無人境，虚空不住天。鶯花隨世界，樓閣倚一作寄山巔。遲暮身何得，登臨意惘然。誰能解金印，瀟灑共安禪〔二〕。

〔一〕《唐書》：閬州屬山南西道。遂州屬劍南道。果州屬山南西道。《地志》：惠義寺在郪縣北。

〔二〕《法華經偈》：安禪合掌。

「無人境」、「不住天」，静而超也。「鶯花」聽彼繁華，「樓閣」自成幽僻，亦可以了俗緣矣。全爲下半領神。「誰能解印」，非笑之，亦非勸之，正見世網難脱。借四君以影己，仍自歎不能灑然相就也。

惠義寺送王少尹赴成都得峰字〔一〕

苒苒谷中寺，娟娟林表峰。闌干上處遠，結構坐來重。騎馬行春徑，衣冠起暮一作晚鐘。雲門青寂寂一作寂寞，此别惜相從。

〔一〕集外詩。

上四，不獨寫寺，寫寺中相與流連也。第五，預擬程圖。第六，倒拈别况。七、八，接落自己稽留。成都，草堂在焉，能無深惜。

數陪李旹作章，下同梓州泛江有女樂在諸舫戲爲艷曲二首贈李

上客迴空騎，佳人滿近船。江清歌扇底，野曠舞衣前。玉袖凌一作臨風並，金壺隱浪偏。競

將明媚色，偷眼艷陽天。

看來女樂自在諸舫，本非使君所載。首章單就女樂點染，彼此尚未相接，下章始相狎近。○首句，只將使君下馬登舟略逗。次句，徑入諸舫女樂。三、四，寓目。五、六，見不一舫。七、八，妙盡女郎之態，與此微相引動矣。

白日移歌裛袖同，清宵近笛床。翠眉縈度曲，雲鬢儼分行。立馬千山暮，迴舟一水香。使君自有婦〔一〕，莫學野鴛鴦。

次章，近而即之。一、二，由日而夜，由離而合，提掇清醒。三、四，與上章之「江清」、「野曠」大別，此直圍遶使君矣。下四，更離合生動。「千山暮」，候騎久待也。「一水香」，花叢裏出也。二句可畫。結雅而韻，語氣似曉彼女郎，却以諷使君也，帶戲。

〔一〕《羅敷行》：使君自有婦，羅敷自有夫。

送何侍御歸朝〔一〕

舟楫諸侯餞，車輿使者歸。山花相映發，水鳥自孤飛。春日垂霜鬢，天隅把繡衣。故人從此去一作遠，寥落寸心違。

〔一〕原注：李梓州泛舟筵上作。

三、四，一喧一寂，景中帶比，下半從此領出。

江亭送眉州辛別駕昇之得蕪字〔一〕

柳影含雲幕，江波近酒壺。異方驚會面，終宴惜征途。沙晚低風蝶，天晴喜浴鳧。別離傷老大，意緒日荒蕪。

〔一〕眉在蜀州之南。

一，切亭。二，映江，即帶設餞。三、四，轉側，起下。五、六，即景，承三。七、八，言懷，承四。

○「喜」，「鳧」自喜也。

行次鹽亭縣聊題四韻奉簡嚴遂州蓬州兩使君咨議諸昆季〔一〕

馬首見鹽亭，高山擁縣青。雲溪花淡淡一作漠漠，春郭水泠泠。全蜀多名士，嚴家聚德星〔二〕。長歌意無極，好爲老夫聽。

〔一〕鹽亭在梓州東北九十里。《唐書》：蓬州，屬山南西道。《舊書》：嚴震，字遐聞，鹽亭人。授州長史、王府諮議參軍。《寰宇記》：震及弟礪，墓在縣西員戴山下。昆季或其人也。

〔二〕《異苑》：陳仲弓與諸子姪造荀季和父子，於時德星聚。太史奏五百里内，有賢人聚。

往來諸屬邑，不無望於諸地主也。「淡淡」、「泠泠」，景象殊落莫矣。所謂「意無極」者以此。顧注謂：欲其長吟此四韻，何異嚼蠟。○「嚴家」句太質。

倚　杖〔一〕

看花雖郭内一作外，倚杖即溪邊。山縣早休市，江橋春聚一作近船。狎一作野鷗輕白浪，歸雁喜青天。物色兼生意，淒涼憶去年。

〔一〕原注：鹽亭縣作。

郭内謂近郊，未必定是城内也。物皆生意，己獨淒涼。去年此時，方仗嚴武。

巴西驛亭觀江漲呈竇十五使君二首〔一〕

宿雨南江漲，波濤亂遠峰。孤亭凌噴薄，萬井逼春容。霄漢愁高鳥，泥沙困老龍。天邊同客舍，攜我豁心胸。

〔一〕《唐書》：綿州治巴西縣。按：緜與梓接壤，或時有往來。○集外詩。

上四，衹就江漲寫勢。五、六寫意，有怯遠舉、苦稽留之感。七、八，假同病以自寬，仍顧觀漲。仇云：此曰「同客舍」，又呈曰「同浮萍」，竇亦寄跡者。

轉驚波作惡一作怒，即恐岸隨流。賴有杯中物，還同海上鷗。關心小剡縣〔一〕，傍眼見揚州〔二〕。爲接情人飲，朝來減片愁。

〔一〕《九域志》：越州有剡縣。《一統志》：今紹興府嵊縣地。按：此即王子猷訪戴處，地近海。

〔二〕揚州境東連海門。

此就前首五、六意翻轉。因水漲以鼓浮海之興，亦因留滯而姑爲曠語也。一、二，故下「作惡」、「隨流」字，正以撥動本懷。三、四，露意，而句中有伴，便已帶着竇君矣。五、六，緊接「海」字，「小」之云者，似之也。七、八，以主挈賓，言外見浮海非無伴矣。「情人」字俚。

又呈竇使君〔一〕

向晚波微緑，連空岸却一作脚青〔二〕。日兼春有暮，愁與醉無醒。漂泊猶杯酒，踟躕此驛亭。相看萬里外，同是一浮萍。

〔一〕集外詩。

〔二〕却，轉也。

「波緑」，則漸澄矣；「岸青」，則漸殺矣；而暮愁不醒，則以跡類浮萍故也。劉逴謂三、四刻削，不當傚。

陪王漢州留杜綿州泛房公西湖〔一〕

舊相恩追後〔二〕，春池賞不稀。闕庭分未到，舟楫有光輝。豉化蓴絲熟〔三〕，刀鳴鱠縷飛。使君雙皂蓋，灘淺正相依。

〔一〕漢州今隸成都府，在綿州西南，去梓又稍遠。《舊書·房琯傳》：上元元年，出爲晉州刺史。八月，改漢州。寶應二年四月，拜特進、刑部尚書。仇云：寶應二年，即廣德元年也，其云夏召，誤。據詩，春已赴召矣。愚按：王漢州蓋繼房之任者。錢箋：《勝覽》云：房公湖，又名西湖。《壁記》云：房牧此邦時鑿。

〔二〕房先爲相，故云舊相。恩追，内召也。

〔三〕《説文》：豉，配鹽幽菽也。《世説》：陸機詣王武子，有羊酪，問吴中何以敵此。曰：千里蓴羹，但未下鹽豉耳。

湖爲房公舊蹟，而房又公之知己，篇中自宜首及。然現在同泛者，新使君也，此中却分賓主。看其落筆斟酌，言言得體。首提「舊相」，遥爲房賀也，却是遞下語。次句，則歸美使君，能增輝前政矣。三、四分頂，着到自身，言隨朝則無分，而陪宴實有光。兩邊氣誼俱見，筆復側注。五、六，又即以房湖物産作王宴鋪排，更能融洽入化。結聯恰好就宴上收合使君，而曰「雙皂蓋」，則不漏綿州，曰「正相依」，則仍綰陪泛，洵是規重矩疊。

舟前小鵝兒〔一〕

鵝兒黄似酒，對酒愛新鵝。引頸嗔船逼一作過，無行亂眼多。翅開遭宿雨，力小困滄波。客散層城暮，狐狸奈若何！

〔一〕原注：漢州城西北角官池作。

起聯似纖。「遭雨」、「困波」，寓言避亂而致羈窮也。「狐狸」，指群寇，正與五、六應，蓋用張綱「安問狐狸」語也。

漢川王大録事宅作〔一〕

南溪老病客，相見下肩輿。近髮看烏帽，催蓴煮白魚。宅中平岸水，身外滿床書。憶爾才名叔，含悽意有餘。

〔一〕漢川疑當作漢州。考《魏志》：漢川之民，户出十萬。蓋指張魯所據漢中爲言，公則未嘗留止漢中也。王録事，疑即前詩王漢州之姪。○集外。

似是適相值而邀入其宅者。宅恐是寓舍。「老病客」，公自謂。「近髮看帽」，録事惜公老也。「才名叔」，當即指王漢州，感其姪而兼憶其叔也。仇解疑非。

送韋郎司直歸成都

竄身來蜀地，同病得韋郎〔一〕。天下兵戈滿，江邊歲月長。别筵花欲暮，春日鬢俱蒼。爲問南溪竹一作筍，抽梢合過牆〔二〕。

〔一〕《吴越春秋》：子胥曰：子不聞河上歌乎？同病相憐，同憂相救。

〔二〕原注：余草堂在成都西郭。

韋郎想亦流寓者。篇中賓主融化，然着「同病」字，則純以自身驅駕。「歲月長」，言久淹也，何等藴藉。結聯從「别筵」、「春日」内抽出。囑「問」在韋，而「溪竹」仍歸自身，所謂融化而驅駕者也。色復通體蒼秀。

臺上得涼字〔一〕

改席臺能一作爲迴，留門月復光。雲霄遺暑濕，山谷進風涼。老去一杯足，誰憐屢舞長。何須把官燭，似惱鬢毛蒼。

〔一〕時有《陪章留後宴南樓》詩，見五之二。○留後名彝，以梓州守攝東川。

接《陪宴》篇來，從「南樓」移席「臺上」也。是篇無一語複前，却無一語雜出，與《陪宴篇》都不作世故周旋，疑俱是醉後作。○上，臺景；下，酒懷；本篇之格法也。「改席」，對前「樓宴」。「留月」，對前「江黑」；三、四，對前「雲低」、「雨細」；五、六，對前取「醉」、「窮途」；結聯對前「白頭翁」；此兩篇之脉理也。須合看。

章梓州水亭〔一〕

城晚通雲霧，亭深到芰荷。吏人橋外少，秋水席邊多。近屬淮王至〔二〕，高門薊子過〔三〕。荆州愛山簡〔四〕，吾醉亦長歌。

〔一〕原注：時漢中王兼道士席謙在會，同用荷字韻。○《吴郡志》：席謙，郡人，梓州肅明觀道士，善棋。

〔二〕《世説》：梁王、趙王，國之近屬。按：淮王，以漢淮南比漢中。
〔三〕《神仙傳》：薊子訓至京師，諸貴人二十三家，並時各有一子訓。
〔四〕荆比梓，山比章。
人知「秋水多」之曠懷，豈知「吏人少」之適意。「橋外」遠得妙，「席邊」近得妙。《杜臆》云：後半並列四人，却流利不板。

隨章留後新亭會送諸君〔一〕

新亭有高會，行子得良時。日動映江幕，風鳴排檻旗。絶葷終不改，勸醉一作酒欲無辭。已墮峴山淚〔二〕，因題零雨詩〔三〕。

〔一〕集外詩。
〔二〕《晉書》：羊祜嘗登峴山置酒。祜歿，百姓建碑其上，名爲墮淚碑。
〔三〕孫楚《陟陽候送别》詩：晨風飄岐路，零雨被秋草。
「諸君」疑皆是仕梓而去者。「行子」貼「諸君」。「映江」之「幕」，祖帳也。「排檻」之「旗」，行旌也。下四，舊都鶻突。愚意公自入梓以來，頻遊諸寺，往復依依，實有學佛之想，今云「絶葷」，非果斷肉，謂此志已決，幾幾謝絶人事矣。兹乃不辭共醉者，爲感於解組之知交，臨岐之送别，此情有難自禁耳。

客舊館〔一〕

陳迹隨人事，初秋别此亭。重來梨葉赤，依舊竹林青。風幔何時卷，寒砧昨夜聲聲字出韻，或作聽。無由出江漢，愁緒一作秋渚日冥冥。

〔一〕仇編梓州。時或周流近邑，復歸於此。○集外。

起句單提通首。卷幔則無熱，聞砧則近寒，節改而羈愁依舊也。

送竇九歸成都〔一〕

文章亦不盡，竇子才縱横。非爾更苦一作持節，何人符大名。讀書雲閣觀〔二〕，問絹錦官城〔三〕。我有浣花竹，題詩須一行。

〔一〕集外詩。

〔二〕未詳所在。乃是竇九現在寓館，不指成都也。仇注非。

〔三〕《魏志》：胡質爲荆州刺史。子威往省，自驅驢，不止傳舍。告歸，父賜縑一疋。威問曰：「大人清貧，何以得此？」曰：「此吾俸餘，聊助汝糧耳。」竇子有異才，而學或未優，故以「文章不盡」提起，意若勗之。「苦節」，猶云苦志也。「讀書」句，蒙上陪下。「問絹」，仇云：恐是竇少尹之子。理或然也。結又彼此切合，而「題詩」仍映文才。

有感五首〔一〕

將帥蒙恩澤，兵戈有歲年〔二〕。至今勞聖主，何以報皇天？白骨新交戰，雲臺舊拓邊〔三〕。乘槎斷消息〔四〕，無處覓張騫。

〔一〕或編廣德元年之春，則「風急」、「梧凋」之語無着；或編元年之冬，則吐蕃以十月陷長安，詩中不見。宜在元年之秋。

〔二〕開元、天寶之間，過寵邊將，邊將驕悍而輕朝廷，致滋叛亂。

〔三〕《通鑑》：上年冬，討史朝義。至洛陽北郊，驟擊之，朝義走。僕固懷恩及其子瑒乘勝逐之。於是賊將薛嵩、李抱玉、張忠志等，各以河北諸州降。廣德元年春，田承嗣亦降。范陽李懷仙殺朝義以降。按：雲臺舊邊，猶云朝廷舊物。

〔四〕乘槎斷，猶言聲教斷。庾肩吾《奉使江州》詩：漢使俱爲客，星槎共逐流。

五詩大意，總爲河北藩鎮而發。是年春，僕固懷恩奏留降將，意在豢賊。朝廷厭苦兵革，因而授之。魏博、盧龍，形勢連絡，又習見安、史已事，擅命之勢已成，公有憂之。一章言「雲臺舊拓邊」，二章言「諸侯春不貢」，三章言「盜賊本王臣」，四章言「未有不臣朝」，五章言「胡滅人還亂」，皆明指河北，全不及吐蕃。錢、仇諸人援據紛紛，蕃藩錯出，幾如亂絲難理，何其過歟！時雖吐蕃不久入寇，然詩固各有所指也。○首章，總領大旨。上四一直下，追原禍始，流毒多年，釀成今患，何以善後哉！是個統冒。下乃就時事推言以致慨，謂此史孽新殄之區，原係累朝舊境，而今聲教復阻，將無由可通矣。○「蒙恩澤」，斷指昔日過寵禄山。始與次句及「至今」字相貫。「報皇天」者，措置得宜，上當天心之謂，思善後之圖也。即下文行儉德、建親藩、重郡守等事，仍貼君説。「斷消息」，即下所云「春不貢」、「將自疑」等意。庾肩吾以使江州爲星槎，可知不坐煞西域事。舊注指李之芳使蕃被留，則上下宗旨各别，雜亂無章矣。

幽薊餘蛇豕〔一〕，乾坤尚虎狼〔二〕。諸侯春不貢〔三〕，使者日相望〔四〕。慎勿吞青海〔五〕，無勞問越裳〔六〕。大君先息戰，歸馬華山陽。

〔一〕諸鎮皆安、史餘孽。

〔二〕即謂諸鎮。

〔三〕李懷仙、田承嗣之徒，名雖來降，並未入朝歸命。

〔四〕河北等鎮，凡拜節度、防禦等使，皆命使持節就鎮授之。

〔五〕謂吐蕃。

〔六〕朱注：天寶後，南詔叛唐歸吐蕃。越裳，指南詔也。按：今爲雲南老撾境。

二章，明點河北，隱諷朝廷也。一、二，言降將擁兵，國患方大。三、四申之。「春不貢」，則彼爲我抗；「日相望」，則我爲彼下。如此，則噬人之勢可虞，宜發憤問罪矣。下乃重爲太息曰：今勿侈言遠略也，即此兩河近地，大君方以休息爲期耳。直探其心事，而不下斷詞。史所謂苟冀無事者，和盤託出。○非謂西南可置度外，特借來襯起河北耳。勿以辭害志。○仇注以「虎狼」指吐蕃，全無着落。渠蓋泥於「青海」兩句耳，何弗思之甚也。既曰「虎狼」，則宜驅之莫緩，何反云「勿吞」，反云「無問」。豈知此爲襯筆耶。

洛下舟車入，天中貢賦均〔一〕。日聞紅粟腐，寒待翠華春。莫取金湯固，長令宇宙新。不過行儉德，盜賊本王臣。

〔一〕《史記》：成王營洛邑，曰：此天下之中也。四方入貢，道里均焉。

自此以下三章，皆所謂「報皇天」者，乃條陳善後之圖也。○錢箋以此章爲避吐蕃，幸陝州，程元振勸都洛陽，郭子儀附章論之，謂東周險不足恃，天子躬儉節用，則寇盜自息，公正隱括其意。愚謂如錢所引，則詩當作於十月以後矣，何無一語及吐蕃陷京事耶。蓋嘗考之。洛陽爲關中漕運咽喉，自兵興陷没，道梗迂費，關中百姓，挼穗以給禁軍，公私兩竭久矣。時則東京再收，而元載，劉晏以宰相領度支，頗好言財利。必有議復舊運，而以遷都就餉之説進者，雖浚汴通漕之事，尚在明年，而諸臣預籌國計，所必然也。公得之傳聞，喜與懼交至焉，喜國用之復充，而懼根本之輕動，及專利之漸長也。上四，傳述所聞，下四，條陳理勢，句句有下落。〇「日聞」，言近日有聞。此二字直貫兩句，謂傳聞駕將東幸也。「金湯」，指洛下。「宇宙新」，起下「行儉」以安反側。

丹桂風霜急，青梧日夜凋。由來强幹地，未有不臣朝。受鉞親賢往，卑宮制詔遥〔一〕。終依古封建，豈獨聽簫韶。

〔一〕錢箋：上皇分封諸王，如禹之與子，故以「卑宮」言之。愚按：詩不言上皇事。「卑宮」猶云朝廷，「制詔遥」，如符券璽書之類。

四章，仇云：勸朝廷建宗藩以懾叛臣也。愚按觀此詩寫景，知作於吐蕃未入寇之前。一、二，即秋景爲比，不必如錢氏以桂梧分配王室宗藩也。三、四，接法敏捷。用「强幹」字，能令正喻交映。着「不臣」句，緊與藩鎮對針。五、六，仍蟬聯而下。「授鉞」，暗頂「不臣」。「制詔」，直起「封建」。謂使親賢得專征伐，而朝廷遥爲節制。深達封建事宜，不落迂儒泥古議論。結言如此則豈獨虚談偃武，粉飾太平而已哉。正與「大君息戰」相激射，而婉約其詞，愈見筆妙。此句舊亦不得解。〇盧注：公《爲王閬州進論安危表》，屢申親賢磐石之義，與此相表裏。

胡一作盜滅人還亂，兵殘將自疑〔一〕。登壇名絶假〔二〕，執玉爾何遲。領郡輒無色，之官皆有詞〔三〕。願聞哀痛詔，端拱問瘡痍。

〔一〕河北降附之後，僕固懷恩恐賊平寵衰，奏留降將分帥。

〔二〕後日賈林説成德叛帥王武俊曰：「大夫登壇之日，撫膺顧左右曰：我本徇忠義。」可證此句。

〔三〕錢箋：《國史補》：開元以前，有事於外，則命使臣，否則止。自置八節度、十採訪，始有坐而爲使。爲使則重，爲官則輕。按：後日烏重胤上言：河朔能拒朝命者，蓋刺史失其職，反使鎮將領兵事。若刺史各得職分，則節將雖有禄山、思明，豈能畔哉！所以六十年拒命者，祇以奪刺史縣令之職，自作威福故也。

末章，極言藩鎮之弊，以收束全詩。欲反其道，惟在重守權以蘇民困，民困蘇而國患亦息矣。一、二倒裝，推言驕恣之由，謂史孽殲矣，而諸降人猶然擁兵者，由於將臣有賊平失寵之疑，而奏留之也。三、四，直斥負固之罪。五、六，形容郡守積輕之情狀，最爲剴切。末冀君人者動心改轍。蓋是時諸鎮悉舉管内户口壯者籍爲兵，其孱弱顛連之慘，非得親民之官，莫與軫恤矣。歸結到「問瘡痍」三字。所謂「民惟邦本，本固邦寧」，其效不獨在鎮權之革而已。洵碩畫哉。○黄生曰：七律之《諸將》，責人臣也。五律之《有感》，諷人君也。《杜臆》曰：讀此五詩，自許稷契，信非虛語。

送元二適江左〔一〕

亂後今相見，秋深復遠行。風塵爲客日，江海送君情。晉室丹陽尹〔二〕，公孫白帝城〔三〕。經過自愛惜，取次莫論兵〔四〕。

〔一〕江左於唐爲江南東道。

〔二〕《宋書》：晉太康二年，分丹陽爲宣城郡，而丹陽移治建業。元帝改爲尹。梁元帝序：自二京板蕩，五馬南渡，即變淮海爲神州，亦即丹陽爲京尹。

〔三〕《元和志》：初公孫述至魚復，有白龍出井中，因號魚復爲白帝城。

〔四〕原注：元嘗應孫吴科舉。

元二必負氣好談兵，遊諸侯間者。昌黎《送董邵南序》，彷彿此詩語意。上四，趙汸云：亂離之際，作客送客，倍難爲情。愚按：「丹陽尹」、「白帝城」，比當時藩鎮跋扈。時雖江淮以南未有擅命者，然習見燕、齊連結，或將觀望生心。且元二苟得志於江左，或至呈身河北，是皆不可知。婉商微諷，意深遠矣。

薄遊〔一〕

淅淅一作漸漸風生砌，團團日一作月隱牆。遥空秋雁滅，半嶺暮雲長。病葉多先墜，寒花只暫香。巴城添淚眼〔二〕，今夜復清一作秋光。

〔一〕謂閬州之遊。此下皆閬州詩。

〔二〕朱注：閬州，漢巴郡地。

當是初至閬州所作，故題曰「薄遊」。通首只言景不言情，而悲懷盡吐。

薄暮

江水最深一作長流地〔一〕，山雲薄暮時。寒花隱亂草，宿鳥探一作擇深枝。故國見何日，高秋心苦悲。人生不再好，鬢髮自一作白成絲。

〔一〕最深，言水落。地字作處字解。

曰「最深」，曰「薄暮」，已含僻遠衰遲之意。曰「隱草」，曰「探枝」，宛然寄跡情形。下四神情，都具於此。

閬州奉送二十四舅使自京赴任青城〔一〕

聞道王喬舄，名因太史傳〔二〕。如何一作何如碧雞使〔三〕，把詔紫微天〔四〕。秦嶺愁回首一作馬，涪江醉泛船〔五〕。青城漫污雜，吾舅意淒然。

〔一〕《唐書》：閬州閬中郡，屬山南西道。按：今保寧府附郭曰閬中縣，即此。○集外詩。

〔二〕太史，伺王喬雙舄者。

〔三〕《王褒傳》：益州有金馬碧雞之神，使褒往祀焉。按：碧雞使，即指青城之任。蓋青城屬蜀州，即在成都西也。

〔四〕《晉書》：紫宮垣十五星，一曰紫微，大帝之坐也，天子之常居也。

〔五〕由閬赴青城，當從嘉陵江入涪江而下大江。

舅似爲縣而兼領使命者。「青城污雜」，大抵以備蕃軍擾之故。然通首不甚分曉，姑闕之。

放船

送客蒼溪縣〔一〕，山寒雨不開。直愁騎馬滑，故作放舟迴。青惜峰巒過，黄知橘柚來。江流大一作天自在〔二〕，坐穩興悠哉。

〔一〕縣屬閬州，在州北。

〔二〕謂嘉陵江。

自蒼溪乘船迴閬，蓋別客而返也。叙事明晰，寫景波峭，五律之開宋者。

贈韋贊善別〔一〕

扶病送君發，自憐猶不歸。祇應盡客淚，復作掩荆扉。江漢故人少〔二〕，音書從此稀。往還二十載，歲晚寸心違。

〔一〕《唐·志》：東宫官。

〔二〕江漢，統指嘉陵江。

贈别故人，純從自己羈棲苦衷，一片滚出。

愁　坐〔一〕

高齋常見野，愁坐更臨門。十月山寒重，孤城水氣昏〔二〕。葭萌氏種迥〔三〕，左擔犬戎屯〔四〕。終日憂奔走〔五〕，歸期未敢論。

〔一〕舊編在梓。詩言十月，應在閬州。○集外詩。

〔二〕閬水繞郡三面，即嘉陵江。

〔三〕《華陽國志》：蜀王封其弟葭萌於漢中，號曰苴侯，因命其地。《唐書》：縣屬利州。

〔四〕李克《蜀記》：自緜谷、葭萌，道徑險窄，北來負擔者不容易肩，謂之左擔道。

〔五〕憂蕃擾而欲避。

爲吐蕃寇擾而發。十月長安之陷，時猶未聞，但憂蜀秦道梗也。○「見野」而「更臨門」，寒景憂端，都從此觸起。

警急〔一〕

才名舊楚將〔二〕，妙略擁兵機。玉壘雖傳檄〔三〕，松州會解圍〔四〕。和親知計拙，公主漫無歸〔五〕。青海今誰得〔六〕，西戎實飽飛。

〔一〕原注：高公適領西川節度。○是年，吐蕃陷松、維、保三州。先是高適練兵於蜀，以備蕃警。以下諸篇，皆言蕃事，在三州未陷時。大約是冬初將欲還梓時作。

〔二〕朱注：至德初，適陳永王璘必敗，肅宗以適爲揚州左都督長史、淮南節度。

〔三〕玉壘山在灌縣西，去成都不遠。
〔四〕松州即今松潘，最偪蕃境。
〔五〕中宗曾以金城公主下嫁吐蕃。
〔六〕誰得，猶云奚似。

上四，援高公舊略，冀警檄之或解，不可必之詞也。下四，追和親失計，致蕃戎之益肆，不可測之詞也。妙在婉約其詞。○「玉壘傳檄」，主警報到蜀爲言。兩句本側下。仇解指威州。威即維州也，亦偪蕃境，則句法不應側矣。

王命

漢北豺狼滿〔一〕，巴西道路難〔二〕。血埋諸將甲，骨斷使臣鞍〔三〕。牢落新燒棧〔四〕，蒼茫舊築壇〔五〕。深懷喻蜀意〔六〕，慟哭望王官。

〔一〕《唐書》：寶應元年，吐蕃陷臨洮，取秦、成、渭等州。明年，又取蘭、河等州。隴右盡亡。按：其地皆在漢源西北。
〔二〕巴西，泛指蜀之西北邊。
〔三〕朱注：廣德元年，李之芳、崔倫往聘吐蕃，留不遣。

〔四〕《唐書》：上元二年，奴剌、党項寇寳雞，燒大震關。廣德元年七月，吐蕃入之。

〔五〕如子儀閒廢、嚴武罷鎮之類。

〔六〕《漢書》：唐蒙通夜郎，誅其渠帥，巴蜀大驚恐，上使相如喻告。

「漢北」、「巴西」並提。三、四，總統言之，五、六亦總，而詩意却借「舊築壇」句，度落「喻蜀」、「王官」。此則以「王命」命題之意，雙起單收，在蜀言蜀也。○「血埋將甲」，泛指禦藩將士耳。「蒼茫舊壇」，遥冀專委宿望耳。朱注以吕月將戰死當血埋，以命子儀出鎮咸陽當築壇，此係陷京幸陝時事。如此，則宜痛及蒙塵，不得但以「喻蜀」爲汲汲矣。今詩中不爾，可知詩作於九十月之交，無容漫引十月間三千里外長安之事也。

征夫

十室幾人在，千山空自多。路衢唯見哭，城市不聞歌。漂梗無安地〔一〕，銜枚有荷戈〔二〕。官軍未通蜀，吾道竟如何！

〔一〕用《説苑》桃梗泛泛語，蓋自謂。

〔二〕《漢書》顔師古注：枚狀如箸，横銜之，結紐而繞項，以止言語。

哀征戍之擾，而自憂轉徙也。上四，見人盡從征，而「無安地」之脉已引。「有荷戈」，正是跌實「無安地」。歸宿到託足無從作結。

西山三首〔一〕

夷界荒山頂，蕃州積雪邊〔二〕。築城依一作連白帝〔三〕，轉粟上青天。蜀將分旗鼓，羌兵助一作動鎧鋋〔四〕。西南背和好，殺氣日相纏。

〔一〕西山，即松、維等州諸山。

〔二〕李宗諤《蜀圖經》：岷山連嶺而西，不知其極。北望高山，積雪如玉，東望成都若井底，是西蜀控吐蕃之要衝。

〔三〕希云：白帝，西方之帝也。舊引夔州白帝城，非是。

〔四〕公《東西兩川説》：仍使羌兵各繫其部落。

統述西山時事，是首章體。上四，言地勢之險峻，五、六，言備禦之勞擾，結點清吐蕃。

辛苦三城戍〔一〕，長防萬里秋。煙塵侵火井〔二〕，雨雪閉松州。風動將軍幕，天寒使者裘。漫山賊營一作成壁壘，迴首得無憂。

〔一〕當在松、維、保三州之界，今爲松潘、威州、保縣等處。

〔三〕《唐書》：邛州有火井縣。按：邛在維、保之東。

次章，申前首五、六意，言防戍不支也。各兩句説我軍，兩句説賊勢，相間成章。下四即申上四。

子弟猶深入〔一〕，關城未解圍。蠶崖鐵馬瘦〔二〕，灌口米船稀〔三〕。辯士安邊策，元戎決勝威。今朝烏鵲喜，欲報凱歌歸。

〔一〕公《兩川説》有邛雅子弟、羌子弟，皆以備蕃者。

〔二〕《唐書》：導江縣有蠶崖關。

〔三〕《一統志》：唐初於灌口置盤龍縣，尋改導江縣。按：蠶崖灌口，在成都西五十里，爲備蕃饋運之出口。

上四，言供應之疲敝，乃是隱括上兩章所云。下四，冀其克捷功成，乃是收局翻身勢，末章體也。

對　雨

莽莽天涯雨，江邊獨立時。不愁巴道路，恐濕漢旌旗。雪嶺防秋急〔一〕，繩橋戰勝遲〔二〕。西戎甥舅禮，未敢背恩私。

〔一〕鶴曰：《高適傳》：適出西山三城置戍。西山，即雪嶺也。

〔二〕繩橋，據《元和志》在茂州，正是松、維之間。黄鶴謂是彭州三守捉城之繩橋。此去成都甚邇，吐蕃並未到此，何得有戰？

此與前數篇一類，欲由閬歸梓而作。雨阻行人，行猶可待。雨淋戍士，戍且無休。三、四，即借雨景搭上，手法便利。五、六，竟頂「漢旌旗」。此「漢」字，作中華解。末亦希冀之辭。○附《巴蜀安危表》。

爲閬州王使君進論巴蜀安危表

臣某言：伏自陛下平山東、收燕薊，自海隅萬里，百姓感動，喜王業再康，瘡痏蘇息。陛下明聖，社稷之靈，以至於此。然河南、河北，貢賦未入，江淮轉輸，異於曩時。惟獨劍南，自用兵以來，税斂則殷，部領不絶，瓊林諸庫，仰給最多，是蜀之土地膏腴，物産繁富，足以供王命也。近者賊臣惡子，頻有亂常，巴蜀之人，横被煩費。猶是勸勉，充備百役，不敢怨嗟。吐蕃今下松、維等州，成都已不安矣。楊琳師再脅普、合，顒顒兩川，不得相救。百姓騷動，未知所裁。况臣本州，山南所管，初置節度，庶事草創，豈暇力及東西兩川矣。伏願陛下聽政之餘，料巴蜀之理亂，審救援之得失，定兩川之異同，問分管之可否。度長計大，速以親賢出鎮，哀罷人以安反仄。犬戎侵軼，群盜窺伺，庶可遏矣。而三蜀大府也，徵取萬計，陛下忍坐見其狼狽哉！不即爲之，臣竊恐蠻夷得恣屠割耳，實爲陛下有所痛惜。必以親王，委之節鉞，此古之維城磐石之義，明矣。陛下何疑哉！在選擇親賢，加以醇厚明哲之老，爲之師傅，則萬無覆敗之跡，又何疑焉。其次付重臣舊德，智略經久，舉事允愜，不隕穫於蒼黃之際，臨危制變之明者，觀其樹勳庸於當時，扶泥塗於已墜，整頓理體，竭露臣節，必見方面小康也。今梁州既置節度，與成都足以久遠相應矣。東川更分管數州於内，幕府取給，破弊滋甚。若兵馬悉付西川，梁州益坦爲聲援。是重斂之下，免出多門，西南之人，有活望矣。必以戰伐未息，勢資多軍，應須遣朝廷任使舊人，授之使節留後之寄。緜歷歲時，非所以塞衆望也。臣於所守封界，連接梓州，正可爲成都東鄙，其中别作法度，亦不足成要害哉，徒擾人已，伏惟明主裁之。赦天下徵收赦文，減省軍用外諸色雜賦名目，伏願損之又損之，劍南諸州，亦困而復振矣。將相之任，内外交遷，西川分閫，以仗賢俊。愚臣特望以親王總戎者，意在根固流長，國家萬代之利也，敢輕易而言。次請慎擇重臣，亦願任使舊人，鎮撫不缺。借如犬戎假擾，臣素知之。臣之兄承訓，自没蕃以來，長望生還，僞親信於贊普，探其深意，意者報復摩彌青海之役決矣。同謀誓衆，於前後没落之徒，曲成翻動，陰合應接，積有歲時。每漢使回，蕃使至，帛書隱語，累嘗懇論。臣皆封進，上聞屢達。臣兄承訓，憂國家緣邊之急，顧亦勤矣。况臣本隨兄在蜀，向二十年。兄既辱身蠻夷，相見無日，臣比未忍離蜀者，望兄消息時通。所以戮力邊隅，累踐班秩，補拙之分淺，待罪之日深。蜀之安危，敢竭聞見。臣子之義，貴有所盡於君親，愚臣迂闊之説，萬一少裨聖慮，遠人之福也，愚臣之幸也。昨竊聞諸道路云：吐蕃已來，草竊岐隴，逼近咸陽。似是之間，憂憤隕迫。益增尸禄寄重之懼，寤寐報效之懇。謹冒死具巴蜀成敗形勢，奉表以聞。

遣　憂〔一〕

亂離知又甚〔二〕，消息苦難真〔三〕。受諫無今日，臨危憶古人〔四〕。紛紛乘白馬〔五〕，攘攘著黄巾〔六〕。隋氏留宫室〔七〕，焚燒何太頻〔八〕！

〔一〕亦當編閬州。○集外詩。

〔二〕《通鑑》：十月，吐蕃入寇，程元振皆不以聞。至武功，京師震駭。上方治兵，而吐蕃已渡便橋。倉猝出幸陜州。吐蕃入長安。

〔三〕《傷春》詩原注所云「巴閬僻遠」之故。

〔四〕盧注：先是郭子儀數爲上言：吐蕃、党項不可忽，宜早爲之備。上狃於和好，不納。公不忍明言，故託之古人。

〔五〕侯景事。

〔六〕後漢張角，自稱天公，其部皆著黄巾。仇注：是時高暉以城降吐蕃，王獻忠脅豐王以迎吐蕃，故云。

〔七〕唐都即隋都。

〔八〕長安前陷於禄山，今陷於吐蕃。

此初聞京陷而作，當在十一月。三、四非追咎語，乃聲淚俱下語。五、六憤詞。七、八歎詞。

巴山〔一〕

巴山遇中使，云自陜舊作峽，非城來。盗賊還奔突，乘義從去，讀從平輿恐未回。天寒邵伯樹〔二〕，地闊望仙臺〔三〕。狼狽風塵裏，群臣安在哉？

〔一〕亦指閬州。○集外詩。

〔二〕《九域志》：邵伯甘棠樹，在陜州府署。

〔三〕《三輔黄圖》：望仙臺，漢武所建，在華陰縣。

此續得幸陜之信而作，通篇悉是哭聲。「邵伯樹」，繫心行在之悲。「望仙臺」，遥意宫闈之隔。

早花〔一〕

西京安穩未，不見一人來。臘日巴江曲〔二〕，山花已自開。盈盈當雪杏，艷艷待春梅。直苦風塵暗，誰憂客鬢催。

〔一〕集外詩。

〔二〕《荆楚歲時記》：諺云：臘鼓鳴，春草生。

此逢臘而遥寄蒙塵之歎。月兩易矣，花又發矣，而安穩之信杳然，「鬢催」又何足慨。

歲　暮〔一〕

歲暮遠爲客，邊隅還用兵。煙塵犯雪嶺，鼓角動江城。天地日流血，朝廷誰請纓〔二〕？濟時敢愛死，寂寞壯心驚！

〔一〕還梓州。

〔二〕《終軍傳》：請受長纓，必羈南粤王，置之闕下。

雖還梓州，亦客也。中四，兩申用兵。兩起壯心。「寂寞」者，無事任也。

送李卿曄〔一〕

王子思歸日，長安已亂兵。霑衣問行在，走馬向承明〔二〕。暮景巴蜀僻，春風江漢清。晉山雖自棄〔三〕，魏闕尚含情。

〔一〕《世系表》：曄，太鄭王房淮安忠公琇之子。○二年春，復往閬。

〔二〕《漢書注》：張晏曰：承明廬，在石渠閣外。直宿所止曰廬。

〔三〕蔡曰：《地理志》：閬州有晉安縣。本晉城，故曰晉山。仇云：兼用介之推入緜上山中事。朱注：公嘗扈從肅宗，故自比之推。

送人還京，神馳魏闕，想行者之情，致居者之感，無限低徊。○帝已還京，公猶未聞，故《傷春》詩有巴閬僻遠之注，見五之二。

城上

草滿巴西緑，空城一作城空白日長。風吹花片片，春動水一作春送雨茫茫。八駿隨天子〔一〕，群臣從武皇〔二〕。遥聞出巡狩，早晚遍遐荒〔三〕。

〔一〕《拾遺記》：八駿名曰：絶地、翻羽、奔宵、超影、踰輝、超光、騰霧、挾翼。

〔二〕次公曰：漢武初幸汾陰，至洛陽，侵尋於泰山。

〔三〕所以有《江陵望幸》之詩，見五之二。

上四，景也，而其神理，便有寂寞遼遠、京信杳然之慨。憶帝之情，都已攝起，詩魂在筆墨之外也。

卷三之四　五律　起代宗廣德二年至大曆元年

《纂年譜》：廣德二年春，公往閬州。嚴武再鎮蜀。春晚，遂歸成都草堂。三四月間，去蜀至戎州，至渝，至忠，至雲安。大曆元年春，至夔州，寓西閣。

收　京〔一〕

復道收京邑，兼聞殺犬戎〔二〕。衣冠却扈從，車駕已還宮。尅復誠如此，安危在數公。莫令回首地，慟哭起悲風。

〔一〕代宗以上年十二月還京。二年正月，公猶未聞，故《傷春》詩有巴閬僻遠之注。茲則得信後作也。舊編《傷春》之前，誤。○集外詩。

〔二〕《唐書》：吐蕃退圍鳳翔，馬璘以千騎戰却之。

仇注：上四，收京而喜，下乃事後之望。○《杜臆》云。「却扈從」，有不滿諸臣意。愚謂：此屬深文，三、四乃喜詞也。當倉皇出幸時，諸臣必有不及奔赴者，天寶之事，公亦嘗陷城中，而茲顧云爾乎。

巴西聞收京闕送班司馬入京〔一〕

聞道收京闕一作宗廟，嗚鑾自陝歸。傾都看黃屋，正殿引朱衣〔二〕。劍外春天遠，巴西敕使稀。念君經世亂，匹馬向王畿。

〔一〕集外詩。

〔二〕仇注：黄屋，車上之蓋。朱衣，侍從之臣。

朝廷反正，喜動中外，入者之幸，留者之悲也。結好在「匹馬」字，鄭繼之謂有不盡之致。

江亭王閬州筵餞蕭遂州〔一〕

離亭非舊國，春色是他鄉。老畏歌聲斷一作短，一作繼，愁隨舞曲長。二天開寵餞〔二〕，五馬爛生光。川路風煙接，俱宜下鳳凰〔三〕。

〔一〕遂州，今潼川州遂寧縣。

〔二〕《後漢》：蘇章遷冀州刺史。有故人爲清河太守，喜曰：「人皆有一天，我獨有二天。」

〔三〕賈誼《弔屈原文》：鳳凰翔於千仞兮，覽德輝而下之。《漢書》：黄霸爲潁川太守。是時鳳凰神爵，數集郡國，潁川尤多。

仇注：上陪宴，下頌言。愚按：三、四，承上「他鄉」，故以「老」字、「愁」字點綴之；起下「寵餞」，故以「歌聲」、「舞曲」鋪張之。須放活看。注家只管於「斷」與「繼」之間，沾沾索解，都成死句。

陪王使君晦日泛江就黃家亭子二首〔一〕

山豁何時斷，江平不肯流。稍知花改岸，始驗鳥隨舟。結束多紅粉，歡娱恨白頭。非君愛人客，晦日更添愁。

〔一〕唐以正月晦日爲中和節。

仇注：此章陪使君泛江。

有徑金沙軟〔一〕，無人碧草芳。野畦連峽蝶，江檻俯鴛鴦。日晚煙花亂，風生錦繡香。不須吹急管，衰老易悲傷。

〔一〕《一統志》：保寧府、劍州、廣元、江油、巴縣，出麩金。按：保寧即閬州。

仇注：此章就黃家亭子。○二詩俱上半寫景，下述攜妓，結歸自己。

泛　江

方舟不用楫，極目縱無波。長日容杯酒，深江浄綺羅〔一〕。亂離還奏樂〔二〕，飄泊且聽歌。

故國流清渭，如今花正多〔三〕。

〔一〕方氏云：以奏樂聽歌照之，知綺羅爲妓女之衣。

〔二〕蜀之西偏松、維、保三州，新陷於吐蕃。

〔三〕長安既定。

時方多故，此尚安然，悲中有樂也。京闕回春，客途緜邈，樂中有悲也。○「容」字、「净」字，詩眼有神，都從「無波」生出，得舒遲澄澈之趣。與五、六對看，覺忙閒忻戚之情，一時并集。想「故國」，偏舉「清渭」，仍與「泛江」映切。只言「花多」，仍與三、四之春景一貫。此中須會脉理。○想亦地主相邀，故有妓樂。

暮寒

霧隱平郊樹，風含廣岸波。沈沈春色静，慘慘暮寒多。戍鼓猶長擊，林鶯遂不歌。忽思高宴會，朱袖拂雲和〔一〕。

〔一〕《周禮》：大司樂奏雲和之琴瑟。注：雲和，地名。産良材，中琴瑟。

玩結意，似去陪泛之時不遠，而晴陰喧寂，忽然改觀。○「拂雲和」，即指聲妓，非謂朝廷禮樂。仇注謬。

遊　子

巴蜀愁誰語，吳門興杳然。九江春草外，三峽暮帆前。厭就成都卜〔一〕，休爲吏部眠〔二〕。蓬萊如可到，衰白問群仙。

〔一〕嚴君平。

〔二〕《晉書》：畢卓爲吏部郎，比舍郎釀熟，卓因醉，夜至其甕間盗飲，爲掌酒者所縛。

公素有東遊之意，非喜吳，蓋苦蜀也，爲蜀無依也。三、四神往，五、六志决，七、八興遠，總是無聊之思。

滕王亭子二首〔一〕

寂寞春山路，君王不復行。古牆猶竹色，虚閣自松聲。鳥雀荒村暮，雲霞過客情。尚思歌吹入，千騎擁一作把霓旌。

〔一〕其一爲七律，見四之一。○亭在玉臺觀中，高祖少子滕王元嬰刺閬州所造。注詳七律。

七律着本身登覽説，此篇着昔人寂寞説，而「雲霞過客」，亦引到本身，恰拖起「尚思」之感。○元嬰遊畋多不法，部内病之，於七律論之詳矣。是詩只是弔古。

玉臺觀二首〔一〕

浩劫因王造，平臺訪古遊〔二〕。彩雲蕭史駐，文字魯恭留〔三〕。宫闕通群帝〔四〕，乾坤到十洲〔五〕。人傳有笙鶴，時過北山頭〔六〕。

〔一〕其一爲七律，見四之一。

〔二〕《漢書》：梁孝王大治宫室，爲複道，自宫聯屬於平臺。

〔三〕《漢書》：魯恭王壞孔子舊宅，以廣其居。聞鐘磬琴瑟之聲，於壁中得《古文尚書》、《論語》。

〔四〕公詩：玉京群帝集北斗。

〔五〕《十洲記》：四方巨海之中，有祖洲、瀛洲、玄洲、炎洲、長洲、兖洲、鳳麟洲、聚窟洲、流洲、生洲。

〔六〕《神仙傳》：王子喬，周靈王太子晉也。好吹笙作鳳鳴。後乘白鶴，駐緱氏山頂，舉手謝時人而去。

觀爲滕王所造。七律衹就觀言。此合到滕王也。一、二，點題。三、四，遺事。五、六，就形勢放開。七、八，仍從人地收合。○《唐詩解》云：蕭史，述滕王女遺蹟。按事雖無考，亦容有之。

渡江

春江不可渡，二月已風濤。舟楫欹斜疾，魚龍偃卧高。渚花張一作兼素錦，汀草亂青袍。戲問垂綸客，悠悠見一作是汝曹。

「風濤」是一詩眼目，次聯緊承以醒之，三聯即景以舒之，末借「悠悠」者以自形，與「風濤」激射。○此係行役之詩，恐是除京兆功曹往來梓、閬時作。

寄賀蘭銛〔一〕

朝野歡娱後，乾坤震蕩中〔二〕。相隨萬里日，總作白頭翁。歲晚仍分袂，江邊更轉蓬。勿云俱異域，飲啄幾回同。

〔一〕先有《贈别賀蘭銛》詩，見一之四。

〔二〕前贈别詩云：「國步初反正，乾坤尚風塵。」即此意。

此與《贈别》詩，當不甚相後。賀蘭别公而遊吴楚，時在春中，以「國步初反正」句定之也。此云「歲晚」者，乃遲暮之謂，頂上「白頭翁」來。「江邊轉蓬」，自言往來梓、閬也。結言雖各離鄉，曾相聚首。翻意生新，亦見别後無遽相忘也。〇通首一氣盤旋。

别房太尉墓〔一〕

他鄉復行役，駐馬别孤墳。近淚無乾土，低空一作空山有斷雲。對棋陪謝傅〔二〕，把劍覓徐君〔三〕。唯見林花落，鶯啼送客聞。

〔一〕《舊書·房琯傳》：上元元年八月，改漢州刺史。寶應二年，拜特進、刑部尚書。在路遇疾。廣德元年，卒於閬州僧舍。贈太尉。按：寶應二年，即廣德元年。〇公因嚴武復鎮，歸成都而别之也。

〔二〕遠注：謝傅與姪玄對棋，羊曇在側，曰：以墅乞汝。

〔三〕《説苑》：季札聘晉過徐，心知徐君愛其寶劍。及還，徐君已殁，解劍繫其樹而去。

上四，直將臨墓哀泣心事，盡情寫過，下乃分疏出所以哀泣之故來。追宿昔，感身後，傷謁别，皆其故也。此爲逆局。〇附祭房公文。

祭故相國清河房公文

維唐廣德元年，歲次癸卯，九月辛丑朔二十二日壬戌，京兆杜甫敬以醴酒茶藕蓴鯽之奠，奉祭故相國清河房公之靈。曰：嗚呼！純樸既散，聖人又没。苟非大賢，孰奉天秩。唐始受命，群公間出。君臣和同，德教充溢。魏杜行之，夫何畫一。婁宋繼之，不墜故實。百餘年間，見有輔弼。及公入相，紀綱已失。將帥干紀，煙塵犯闕。王風寢頓，神器圮裂。關輔蕭條，乘輿播越。太子即位，揖讓倉卒。小臣用權，尊貴倏忽。公實匡救，忘餐奮發。累抗直詞，空聞泣血。時遭祲沴，國有征伐。車駕還京，朝廷就列。盜本乘弊，誅終不滅。高義沈埋，赤心蕩折。貶官厭路，讒口到骨。致君之誠，在困彌切。天道闊遠，元精茫昧。偶生賢達，不必際會。明明我公，可去時代。賈誼慟哭，雖多顛沛。仲尼旅人，自有遺愛。二聖崩日，長號荒外。後事所委，不在卧内。因循寢疾，顑頷無悔。矢死泉塗，激揚風概。天柱既折，安抑翼戴。地維則絶，安放夾載。豈無群彦，我心忉忉。不見君子，逝水滔滔。泄涕寒谷，吞聲賊壕。有車爰送，有紼爰操。撫墳日落，脱劍秋高。我公戒子，無作爾勞。殮以素帛，付諸蓬蒿。身瘞萬里，家無一毫。數子哀過，他人鬱陶。水漿不入，日月其慆。州府救喪，一二而已。自古所歎，罕聞知己。曩者書札，望公再起。今來禮數，爲悲至此。先帝松柏，故鄉枌梓。靈之忠孝，氣則依倚。拾遺補闕，視君所履。公初罷印，人實切齒。甫也備位此官，蓋薄劣耳。見時危急，敢愛生死。君何不聞，刑欲加矣。伏奏無成，終身愧恥。乾坤慘慘，豺虎紛紛。蒼生破碎，諸將功勳。城邑自守，鼙鼓相聞。山東雖定，灞上多軍。憂恨展轉，傷痛氤氲。玄豈正色，白亦不分。培塿滿地，崑崙無群。致祭者酒，陳情者文。何當旅櫬，得出江雲。嗚呼哀哉！尚饗。

自閬州領妻子却赴蜀山行三首〔一〕

汩汩避群盜，悠悠經十年〔二〕。不成向南國〔三〕，復作遊西川。物役水虛照，魂傷山寂然。我生無倚着，盡室畏途邊〔四〕。

〔一〕赴蜀，依嚴也。○自閬州下，當有還梓州三字。蓋妻子在梓，從無迎家至閬之文，而自閬達成都，梓爲便道，正可領行耳。仇云：却赴，見此行出於意外。愚按：公本將自閬東下，而今反向西，故曰却。

〔二〕自天寶十五載避亂，至是十年。

〔三〕時有《將赴荊南》詩，見四之一。

〔四〕《左傳》：盡室以行。

首章述情，下兩章寫景，總不漏領妻子意。○首聯題前，次聯「却赴」，三聯「山行」，尾聯「領妻子」。全題字字穩攝。○五、六，古澹有味。

長林偃風色，迴復一作首意猶迷。衫裛翠微潤，馬銜青草嘶。棧一作逕懸斜避石〔一〕，橋斷却尋溪。何日干戈盡，飄飄愧老妻。

〔一〕朱注：此無棧道，只言架木爲路耳。

次章之景，紆回之意多，尚爲題中「却赴」傳神。○三、四，鮮秀可愛。結語不獨顧題有法，亦覺情致欲活也。

行色遞隱見，人煙時有無。僕夫穿竹語，稚子入雲呼。轉石驚魑魅〔一〕，抨弓落狖鼯〔二〕。真供一笑樂，似欲慰窮途。

〔一〕《天台賦》：始經魑魅之途。

〔二〕抨弓，張弓勢也。洙注：狖，猿屬。《爾雅》注：鼯，狀似蝙蝠。

末章之景，開暢之意多，全是挈家山行趣致。○三、四，正從「隱見」「有無」中來，合五、六看，性情都出。○始而傷，中而愧，終而笑，三首自然之結構。○每閱坊本次章領妻、三章領子詩柄，不覺啞然。

歸　來

客裏有所適一作過，歸來知路難。開門野鼠走，散帙壁魚乾〔一〕。洗杓開一作斟新醖，低頭著小冠一云拭小盤〔二〕。憑誰給麴蘖，細酌老江干。

〔一〕《爾雅》：蟫，白魚。注：衣中蟲，一名蛃魚。

〔二〕《漢書》：杜欽、杜鄴，並字子夏。欽爲小冠子夏，鄴爲大冠子夏。

舊編歸草堂作。「知路難」，上下關生。作客則誠難矣，歸來豈遂易乎！結聯所以有「憑誰」之歎。○起二，極淡，道盡世態人情。

過故斛斯校書莊二首〔一〕

此老已云殁，鄰人嗟未一作亦休。竟無宣室召〔二〕，徒有茂陵求〔三〕。妻子寄他食〔四〕，園林非昔遊。空餘一作堂繐帷在〔五〕，淅淅野風秋。

〔一〕原注：老儒艱難，病於庸蜀。歎其殁後，方授一官。○初築草堂時，《江畔尋花》絶句中自注云：「斛斯融，吾酒徒。」又有《聞斛斯六官未歸》詩，蓋草堂之南鄰也。

〔二〕賈誼被徵事。

〔三〕《司馬相如傳》：家居茂陵，病甚。武帝使往求其書，至則相如已死。

〔四〕公前詩云：「本賣文爲活，翻令室倒懸。」蓋其家貧甚，至此竟成空莊矣。

〔五〕陸機《弔魏武文》：悼繐帳之冥漠。

此初還草堂，失故交而作也。○首章，寫斛斯殁後之況，是叙事。

燕入非傍舍，鷗歸祇故池。斷橋無復板，卧柳自生枝。遂有山陽作〔一〕，多慚鮑叔知〔二〕。素交零落盡〔三〕，白首淚雙垂。

〔一〕《晉書》：向秀經嵇康山陽舊居，作《思舊賦》。

〔二〕《史記》：管仲曰：「生我者父母，知我者鮑子也。」

〔三〕《絶交論》：此賢達之素交。

次章，寫過莊哀感之思，是達情。○「鮑叔」，公自謂也。知其貧而不能存恤，是以「慚」也。○於貧交如此，委是至性人。

寄邛州崔録事〔一〕

邛州崔録事，聞在果園坊〔二〕。久待無消息，終朝有底忙。應愁江樹遠，怯見野亭荒〔三〕。浩蕩風塵一作煙外一作際，誰知酒熟香。

〔一〕邛州在成都府西南。

〔二〕坊在成都。公《覓果栽》詩有「果園坊裏爲求來」之句。

〔三〕仇注：江樹、野亭，即草堂。

聞録事在成都而不過草堂，故詩以招之。語帶謔。

嚴鄭公階下新松得霑字

弱質豈自負，移根方爾瞻。細聲聞一作侵玉帳，疏翠近珠簾。未見紫煙集，虚蒙清露霑。何當一百丈，欹蓋擁高簷。

語切「新松」，而「聞帳」、「近簾」，兼貼「鄭公階下」。

嚴鄭公宅同咏竹得香字

緑竹半含籜，新梢纔出牆。色侵書帙晚，陰過酒樽涼。雨洗娟娟净，風吹細細香。但令無剪伐，會見拂雲長。

亦是新竹也。○《杜臆》云：松竹各於結語微露本意。愚按：二詩皆寓依人意。松詩負氣不凡，竹詩託意又婉。

軍中醉歌寄沈八劉叟〔一〕

酒渴愛江清，餘甘漱晚汀。軟沙攲坐穩，冷石醉眠醒。野膳隨行帳，華音發從伶。數杯君不見，都一作醉已遣沈冥。

〔一〕軍中，指嚴武幕。○集外詩。

沈、劉恐是逃醉者。江濱罷宴，酒闌更酌之餘，倏爾不見。口占寄謔。

村　雨〔一〕

雨聲傳兩夜，寒事颯高秋。攬一作挐帶看朱紱〔二〕，開箱睹黑裘。世情只益睡，盜賊敢忘憂。松菊新霑洗，茅齋慰遠遊。

〔一〕已就嚴武幕職後暫歸草堂作。

〔二〕《年譜》：是年六月，武表爲工部員外郎，賜緋魚袋。

玩中四，有出處兩難意，辭幕之志，已萌於此矣。

獨坐

悲秋迴白首，倚杖背孤城。江斂洲渚出，天虚風物清。滄溟恨一作服衰謝，朱紱負平生。仰羨黄昏鳥，投林羽翮輕。

亦屬《江村》詩。「滄溟」句，見東遊未遂意。「朱紱」句，見一官羈絆意。上首言「松菊」「茅齋」，且就草堂託處；此言「投林羽翮」，則是故國歸思也。

倦夜

竹涼侵卧内，野月滿庭隅。重露成涓滴，稀星乍有無。暗飛螢自照，水宿鳥相呼。萬事干戈裏，空悲清夜徂。

亦似《村夜》作。黄生曰：前幅刻畫夜景，無字不工，結處點明，章法緊峭。愚按：此詩絶不明言所以，而羈孤老倦之態，溢於言表。

晚秋陪嚴鄭公摩訶池泛舟得溪字〔一〕

湍駛風醒酒，船迴霧起隄。高城秋自落，雜樹晚相迷。坐觸鴛鴦起，巢傾翡翠低。莫須驚白鷺，爲伴宿青一作清溪。

〔一〕《通鑑注》：《成都記》云：隋蜀王秀取土廣子城，因爲池。有一僧見之曰：「摩訶宫毗羅。」蓋摩訶爲大，宫毗羅爲龍，謂此池廣大有龍，因名。

一、二，作不了語，三、四，分頂「風」「霧」以足之，另是一奇。「鴛」「翠」與「鷺」，有何差别，公特以「鷺」自況。故見二物之振撥而喫緊告誡焉。辭幕之情見矣。

送舍弟穎赴齊州三首〔一〕

岷嶺南蠻北〔二〕，徐關東海西〔三〕。此行何日到，送汝萬行啼。絶域惟高枕，清風獨杖藜。危時暫相見〔四〕，衰白意都迷。

〔一〕從公入蜀者，惟弟占耳。穎來蜀，不知何時。

〔二〕《一統志》：唐羈縻馴、騁、浪、滈四州之地，名馬湖部，蠻獠所居。按：其地正在成都之南。舊指南詔蠻，乃今雲南地，則太遠。

〔三〕齊爲今青、濟之地，東北瀕海。徐關，在齊地。《左傳》：鞌之戰，齊侯自徐關入。

〔四〕穎之來，當亦未久。

上四，一片聲哭出，下乃敷衍咏歎法。○起四句，三首全意都攝。

風塵暗不開，汝去幾時來？兄弟分離苦，形容老病催。江通一柱觀〔一〕，日落望鄉臺〔二〕。客意長東北，齊州安在哉！

〔一〕在今荆州松滋縣東。

〔二〕在成都府。

上四，申前章之意，下乃計程而神送之。○「一柱觀」，去路所經。「望鄉臺」，分手之處。「客意」，作自己神往解，勿依仇注作穎意中想。

諸姑今海畔〔一〕，兩弟亦山東〔二〕。去傍干戈覓，來看道路通。短衣防戰地，匹馬逐秋風。莫作俱流落，長瞻碣石鴻〔三〕。

〔一〕諸姑，審言之女。見公《范陽盧氏誌》。

〔二〕兩弟，謂觀與豐。

〔三〕《廣絶交論》：軼歸鴻於碣石。按：碣石山，在齊州東北海中。

此復遍想親人，囑穎尋踪取信，又勗其戒心，而重爲叮嚀。倘俱如己之流落，則不知所稅駕矣。○「來看道路通」，非欲其挾昆季俱來蜀也。時則河南殘破，故廬已毁，望其相擇善地，以爲聚首之計耳。○公於骨肉間詩，每質而不文，乃所以爲至文。

懷舊〔一〕

地下蘇司業〔二〕，情親獨有君〔三〕。那因喪亂後，便作死生分。老罷知明鏡，悲來望白雲。自從失詞伯，不復更論文。

〔一〕原注：公前名預，緣避御諱，改名源明。

〔二〕仇注：源明舊爲司業，後爲秘書少監，卒於廣德二年。

〔三〕《唐書》：源明雅善杜甫。

仇云：悼蘇之亡，而自傷失侶。愚按：此等詩惟彼我交感，方見情至。

初冬

垂老戎衣窄，歸休寒色深。漁舟上急水，獵火著高林。日有習池醉，愁來梁父吟。干戈未偃息〔一〕，出處遂何心〔二〕。

〔一〕仇注：是年十月，嚴武攻吐蕃鹽城川。

〔二〕遂字，作遂意解。

亦是假歸草堂所作。大意言欲就事，則此身已老，欲謝事，則軍務方殷。起二句，便是一出一處，與末句相呼。「漁舟」本閒，而遇「急水」；「獵火」在下，而延「高林」，即欲處反出意。習池日醉，可以處矣，梁父愁吟，不得不出也，總是一貫。結出「遂何心」三字，見不知何適而可。

觀李固請司馬弟山水圖三首〔一〕

易簡一作簡易高人意一作體，匡床竹火爐。寒天留遠客，碧海挂新圖。雖對連山好，貪看絶島孤。群仙不愁思，冉冉下蓬壺。

〔一〕着一請字，當是新畫者。

詳詩意，知是海上神山圖。首章，前叙事，後題畫。而用意處，却在厭世亂而慕仙遊。故五、六即借畫上「連山」、「絶島」，轉側出本意來，主意在「絶島孤」處，爲三章之根柢。結聯解所以「貪看」之故，「不愁思」三字點眼。○此一結，以我望仙。

方丈渾連水，天台總映雲。人間長見畫，老去一作身老恨空聞。范蠡舟偏小，王喬鶴不群。此生隨萬物，何路出塵氛。

下兩章，本全首題畫也。仍處處見本意。此詩起二句，便含可望不可即意，正所云「絶島孤」者也。故以「見畫」、「空聞」申之。五、六，特借畫上舟鶴，尋出入仙之徑。結又用跌筆颺開，與上截應。○此一結，因仙慨我。

高浪垂翻屋，崩崖欲壓床。野橋分子細，沙岸繞微茫。紅浸珊瑚短，青懸薜荔長。浮查並坐得，仙老暫相將。

「高浪」、「崩崖」，即次章「連水」、「映雲」處，亦所云「絶島」也。「野橋」似可通，「沙岸」則又遠，但見浪隱「珊瑚」，崖「懸薜荔」而已。結又忽然收攏，與前篇下截用筆正相反。○此一結，我隨仙而仙接我。○三詩一意。總是因畫而動高隱之思。其次第更自秩然，首言「群仙不愁」，遥羨也；次言「何處出塵」，懼隔也；末言「浮查」「相將」，望引也。以此作題畫觀，又恰以不黏不脱見超。

送王侍御往東川放生池祖席〔一〕

東川詩友合，此贈怯輕爲。況復傳宗匠舊作近。仇本作匠。對工而意顯，又不複下近字，從之，空然惜别離。梅花交近野，草色向平池。儻憶江邊卧，歸期願早知。

〔一〕蔡注：梓州爲東川。○集外詩。

彼中詩友合，則此間詩友離矣，所以怯於贈别也。況以詩家能手，而竟忍遽離乎。下四，囑其睹景回憶。

正月三日歸溪上有作簡院内諸公〔一〕

野外堂依竹，籬邊水向城。蟻浮仍臘味，鷗泛已春聲。藥許鄰人斸，書從稚子擎。白頭趨幕府，深覺負平生。

〔一〕入永泰元年。自是辭幕府歸草堂矣。

《杜臆》云：溪上之樂，如鳥脱籠中。愚按：仕不成仕，隱不成隱，於末聯見意，以是爲奉别之簡也。

長　吟〔一〕

江渚翻鷗戲，官橋帶柳陰。花飛競渡日〔二〕，草見踏青一作春心〔三〕。已撥形骸累，真爲爛熳深。賦詩歌句穩，不免自長吟。

〔一〕集外詩。

〔二〕《荆楚歲時記》：屈原以五日死於汨羅，人以舟拯之。競渡是其遺俗。

〔三〕《壺中贅録》：蜀中風俗，舊以二月二日爲踏青節。

江畔行吟而成。競渡與踏青並用，亦以踏青之時，適見江邊争渡耳，非五日事也。然後人不得如此。

春日江村五首

農務村村急，春流岸岸深。乾坤萬里眼，時序百年心。茅屋還堪賦，桃源自可尋。艱難昧一作賤生理，飄泊到如今。

五詩是辭歸草堂後書懷之什，見去志焉◯。首章，就現在發興，有淵明避世之思。一、二，春江之景。三、四，以轉爲承。江村一曲，放眼「乾坤」，家國俱遠也。春日無多，傷心「時序」，身世靡常也。故「茅屋」雖堪寄跡，而「桃源」尚自繫思，此又以承爲轉。結聯收歸權且留居之意，言外見江上一堂，行將拋捨，讀至末章自明。仇謂即欲以茅屋當桃源，失其旨矣。○「萬里眼」、「百年心」，便已籠罩末章大意。

迢遞來三蜀，蹉跎有六年〔一〕。客身逢故舊，發興自林泉。過懶從衣結，頻遊任履穿。藩籬頗無限一作無限景，恣意向一作買江天。

〔一〕自乾元元年冬入蜀，至此已過六年。

二章，追叙來歷也。一、二，總計。三、四，指第一次來蜀初置草堂時，逢故舊如高適輩皆是。「自林泉」，即《寄題草堂》詩所云「卜居必林泉」者，明言初次營屋也。下半泛言置草堂後歷來游眺之事，非專指目前也。解者俱泥定嚴公再鎮後説，便與下首犯複，且未玩「逢」字、「發」字本義也。其誤在看呆「有六年」句。

種竹交加翠，栽桃爛熳紅。經心石鏡月，到面雪山風。赤管隨王命〔一〕，銀章付老翁〔二〕。豈知牙齒落，名玷薦賢中。

〔一〕《漢官儀》：尚書丞郎，月給赤管大筆一雙椽，題曰北宫著作。

〔二〕《漢·百官表》：凡吏秩比二千石，皆銀印青綬。顧注：唐時無賜印者。公已賜緋，因隨身魚袋而言耳。

三章，乃叙重來而蒙薦，與上首次第了然。言向時所栽者，「竹」「翠」已「交加」矣，「桃」「紅」已「爛熳」矣。題詩之「石鏡」，「月」又「經心」，烽火之「雪山」，「風」還「到面」，此正重來之景事也。下叙入幕授官。結聯有自顧失笑意，所以决辭無悔耳。意已引動下章。仇氏乃以下四承上首發興，不解所謂。

扶病垂朱紱，歸休步紫苔。郊扉存晚計，幕府愧群材。燕外晴絲卷，鷗邊水葉開。鄰家送魚鼈，問我數能來。

四章，還現在本面。一言辭之故，二言歸之趣。「存晚計」，申「步苔」。「愧群材」，申「扶病」。下四，仇云：景物堪娱，而人情相習，所謂「歸休」「晚計」也。○首章提出本懷，故見去就依違之志。此章對針辭幕，故以「歸休」「晚計」爲適。不得以此證首章之欲終老草堂。

群盜哀王粲，中年召賈生。登樓初有作〔一〕，前席竟爲榮〔二〕。宅入先賢傳〔三〕，才高處士名。異時懷二子，春日復含情。

〔一〕王粲客荆州思歸，作《登樓賦》。

〔二〕文帝徵賈誼，問鬼神事，帝爲之前席。

〔三〕王、賈身後，皆存遺蹟。

末章，俛仰上下，結想遥深，有武庫留碑之感。「登樓」，比生平哀時之著述。「初有作」，是引端語。自經喪亂，始有撫時感事之詩也。「前席」，比當年左掖之授官。「竟爲榮」，是解嘲語，半載登朝，便算此生榮幸之事也。此即下所云「異時之懷」。「懷二子」，正自懷前事也。今忽因所居非久，所負非常，而想到茫茫身後之名，亦從王、賈流寓垂名觸起，即下所云「春日含情」，其情無極也。此詩章法，以一、二提起通首，以七、八分收中兩聯，格極變而極緊，而其命意，非局於一時一事而言。注家黏煞幕職，「固哉高叟之爲詩也」！○古人與我，是一是二，總非死句。公詩千載，草堂千載，正不必此身長處此堂，乃始爲公有耳。此詩早已道着。○五詩「春」字起，「春」字結，還題精密如此。○細思拙解此五首，結構層次，有一毫矯揉否？前人説杜，何鹵莽耶！

春遠

肅肅花絮晚，菲菲紅素輕。日長唯鳥雀，春遠獨柴荆。數有關中亂〔一〕，何曾劍外清〔二〕。故鄉歸不得，地入亞夫營〔三〕。

〔一〕《唐書》：廣德二年十月，僕固懷恩誘回紇、吐蕃入寇。永泰元年二月，党項寇富平。鶴注：富平，屬京兆府。

〔二〕時蜀邊仍不撤戍防。

〔三〕顧注：亞夫營，在昆明池南。《通鑑》：是年正月，吐蕃請盟。郭子儀請城奉天，又遣兵巡涇原以覘之。

是傷亂阻歸之感。時有去草堂之志矣，而春深暫託者，「歸不得」故也。言外覺去住兩難。

去　蜀〔一〕

五載客蜀郡，一年居梓州。如何關塞阻，轉作瀟湘遊。萬一作世事已黄髮，殘生隨白鷗。安危大臣在〔二〕，不一作何必淚長流。

〔一〕舊譜：嚴武以四月卒，公以五月去。此説殊不確。公於嚴交誼何如，豈有在蜀親見其歿，無一臨哭之語見於詩者。且此後去蜀諸詩，亦絶無嚴卒始去明文也。愚意公之去，在四月以前嚴未歿時。○集外詩。

〔二〕公爲嚴幕軍事參謀。今謝事他往，則「大臣」定指嚴武，可見武未卒。仇謂郭子儀，無涉。

自此長别成都矣。此行本欲出峽，觀第四句可見，蓋素志也。○只短律耳，而六年中流寓之跡，思歸之懷，東遊之想，身世衰遲之悲，職任就舍之感，無不括盡，可作入蜀以來數卷詩大結束。是何等手筆！

承聞故房相公靈櫬自閬州啓殯歸葬東都有作二首〔一〕

遠聞房太尉一作守，非，歸葬陸渾山〔二〕。一德興王後，孤魂久客間。孔明多故事〔三〕，安石竟崇班〔四〕。他日嘉陵淚〔五〕，仍霑楚水還。

〔一〕與《别房太尉墓》參看，見本卷前。

〔二〕《十道志》：陸渾山，在洛陽。《唐書》：琯，河南人。少好學，隱陸渾山。按：公舊莊亦在陸渾。

〔三〕《蜀志》：陳壽與荀勗等定故蜀丞相諸葛亮故事二十四篇以進。

〔四〕《謝安傳》：安薨，賜東園秘器朝服，贈太傅，謚曰文靖。及葬，加殊禮。

〔五〕嘉陵江，經閬州。

首章逆局，專寫題事也。而「歸葬陸渾山」句，正爲下章之根。發慨總因乎此也。三、四，言勳在王室，竟以客死。一生梗概，括此十字中。五、六，言惟見故事空傳，崇班追錫而已。結語直顧到閬州别墓一詩，言往日之淚，又寄霑於此。曰「楚水」者，房櫬由江經楚，淚亦隨江流去也。

丹旐飛飛日，初傳發閬州。風塵終不解，江漢忽同流〔一〕。劍動親身匣〔二〕，書歸故國樓。盡哀知有處，爲客恐長休。

〔一〕公詩：「即從巴峽穿巫峽，便下襄陽向洛陽。」與此途經正同。

〔二〕謂劍匣。仇指蛟龍匣，非。

次章順局，兼寓心事也。而其切深隱痛之根，實因乎上章之「歸葬陸渾山」句。何則？房與公舊廬，同在河南，其地薦經喪亂，河北降將，仍然擅兵。今感房公歸殯，遂發匪夷之想，謂亂終未解，而公其返矣。以公之精爽，鑒茲逆節，得毋匣劍親飛，使故里可歸乎。果爾，則盡哀知有處矣；而不然者，休矣。魂飛色動，慷慨淋漓。歿存知己，交喚奈何！○詩當作於嘉州、戎州之間，皆遥哭之語，與歸櫬相懸，不得臨奠也。舊編雲安，則應在峽間見櫬矣，何得作如此語？

宴戎州楊使君東樓〔一〕

勝絶驚身老，情忘發興奇。座從歌妓密，樂任主人爲。重碧拈舊作酤，一作擎春一作筒酒〔二〕，輕紅擘荔枝〔三〕。樓高欲愁思，横笛未休吹。

〔一〕戎州，即今之叙州，在成都府東南。

〔二〕《藝苑洞酌》：叙州官醖，名重碧。

〔三〕《唐書》：戎州土貢荔枝。白居易《荔枝園序》：殼如紅繒，膜如紫綃，瓤肉瑩白如冰雪。

首聯，回曲見致，勝絶。全提樓宴，乃以老人雜其中乎。而乃「情忘」乎「老」，「發興」不已「奇」乎。

雜坐不嫌「歌妓」，行樂一「任主人」，所謂「發興奇」也。而下句又從上句生出，「拈酒」、「擘荔」，正「密坐」「爲樂」事。結忽轉云「横笛吹愁」，仇氏所謂衰年漂泊，仍不忘情者也。此乃與首聯反應。○起語斗然，結語憮然。「重碧」、「輕紅」，設色正與妓席輝映。○仇解「樂任主爲」，太褻。

喜 雨

南國旱無雨，今朝江出雲。入空纔漠漠，灑迥已紛紛。巢燕高飛盡，林花潤色分。晚來聲不絶，應得夜深聞。

由從前之旱，詳寫本日之雨，并夜來不盡之望，極清洒。

渝州候嚴六侍御不到先下峽〔一〕

聞道乘驄發，沙邊待至今。不知雲雨散〔二〕，虚費短長吟〔三〕。山帶烏蠻闊，江連白帝深。船經一柱觀，留眼共登臨。

〔一〕自戎州循江轉而東北，爲渝州，即今之重慶府。仇注：峽，渝州明月峽也。愚按：下峽直指三峽言。觀詩意，徑欲赴荆也。

〔二〕朱注：王粲詩云：風流雲散，一別如雨。按：詩本用朝雲暮雨意。

〔三〕古詩有長短吟。

第三句，注家皆以朋遊離散爲説，究與侯嚴不到不切。愚意嚴必留連聲妓，故戲之云爾。「短長吟」者，長吟復短吟，沈吟之謂也。五、六，下峽所由。七、八，言出峽相待。「一柱觀」在荆州。知公此行，本欲出峽，後乃一滯雲安，再滯夔州，不果所向耳。「留眼」二字有致。

宴忠州使君姪宅〔一〕

出守吾家姪，殊方此日歡。自須遊阮舍一作巷〔二〕，不是怕湖灘〔三〕。樂助長歌逸一作送，杯饒旅思寬。昔曾如意舞〔四〕，牽率强爲看〔五〕。

〔一〕《唐書》：忠州，屬山南東道。《地志》以巴蔓子及嚴顔皆忠烈，故名。

〔二〕比姪居也。

〔三〕《峽程記》：四百五十灘，有清水、重峰、湖灘、漢灘。《一統志》：湖灘，在夔州萬縣西。春夏水泛，江面如湖。

〔四〕庾信詩：王戎如意舞。王褒《餉酒》詩：未能扶畢卓，猶足舞王戎。

〔五〕謝瞻《答靈運》詩：牽率酬嘉藻。

全從姪宅設宴作意。行程甚緊，曲意留歡，姪意濃故也。

聞高常侍亡〔一〕

歸朝不相見，蜀使忽傳亡〔二〕。虚歷金華省〔三〕，何殊地下郎〔四〕。致君丹檻折〔五〕，哭友白雲長。獨步詩名在，祇令故舊傷。

〔一〕原注：忠州作。○《唐書》：適召還，轉左散騎常侍。永泰元年正月卒。

〔二〕蜀使，傳凶問之使自蜀來也。舊即指高適，非。適已進京職矣。

〔三〕《後漢書》：上方嚮學，鄭寬中、張禹，入説《尚書》、《論語》於金華殿。《漢宫闕記》：秘府圖書皆在。

〔四〕王隱《晉書》：蘇韶卒，韶伯父子節，夢見韶言：「顔回、卜商，今現在，爲修文郎。」

〔五〕用朱雲事。《博議》云：史稱適負氣敢言，權貴側目。

高還朝時，公嘗以詩寄别，則闕於面送矣，故曰「不相見」。總以質語見交情。

禹　廟〔一〕

禹廟空山裏，秋風落日斜。荒庭垂橘柚，古屋畫龍蛇。雲氣噓青一作生虚壁，江聲走白沙。

早知乘四載〔二〕，疏鑿控三巴。

〔一〕《方輿勝覽》：禹祠在忠州臨江縣南，過岷江二里。

〔二〕水、陸、泥、山，四種行具。

起筆便有神靈森爽之色。三、四，孫莘老云：苞「橘柚」、驅「龍蛇」，皆禹事。愚按：妙在只是寫景，有意無意。「青壁」，謂廟外崖壁，正在「白沙」之上。「嘘」之「走」之，造物之氣勢，即神禹之氣勢也。神理與結聯歎頌禹功一片。

題忠州龍興寺所居院壁〔一〕

忠州三峽内〔二〕，井邑聚雲根〔三〕。小市常争米，孤城早閉門。空看過客淚，莫覓主人恩。淹泊一作薄仍愁虎，深居賴獨園〔四〕。

〔一〕留忠時，寓居此寺。

〔二〕趙曰：三峽以明月峽爲首，巴、巫峽之類爲中，東突峽爲盡。按：明月峽在渝州，巫峽等在夔外，忠州在夔、渝之間。

〔三〕張協詩注：五嶽之雲，觸石出者，雲之根也。

〔四〕《彌陀經》：衹樹給孤獨園。按：獨園字截用，可議。

忠州主人，姪也，其情薄矣。今先寫小邑荒凉，見主人周旋力詘，足使其罪末減，正用意忠厚處。此解参用《杜臆》、黄生。○前宴姪宅，盛寫厚誼，豈不久即懈與。

哭嚴僕射歸櫬〔一〕

素幔隨流水，歸舟返舊京〔二〕。老親如一作知宿昔〔三〕，部曲異平生。風逆一作送蛟龍匣一作雨〔四〕，天長驃音票騎營〔五〕。一哀三峽暮，遺後見君情。

〔一〕《嚴武傳》：薨年四十，贈尚書左僕射。

〔二〕朱注：武本華陰人。

〔三〕武卒時，母猶在。

〔四〕《西京雜記》：帝及諸侯王送死，皆珠襦玉匣。匣形如鎧甲，連以金縷，鏤爲蛟龍鸞鳳之象。世謂蛟龍玉匣。按：人臣稱蛟龍匣，未詳所自。公於《八哀·李司徒篇》亦云。

〔五〕朱注：《漢書》霍去病以驃騎將軍薨，其年略與武同。

《八哀·嚴武篇》云：「飛旐出江漢。」則嚴櫬亦由峽返北者。時公在渝、忠間，蓋親臨哭送也。起點歸櫬。三、四，冷暖之慨。五、六，心目之悲。但有「老親」，無多「部曲」，靈轝忽覿，故府遥瞻，皆不能已於「一哀」者。「遺後」，猶言身後也。渝、忠之間，人地荒薄，於此而見君情。蓋所感者真，而所歎者隱矣。

旅夜書懷

細草微風岸，危檣獨夜舟。星垂平野闊，月涌大江流。名豈文章著，官應一作因，非老病休。飄零一作飄飄何所似，天地一沙鷗。

起不入意，便寫景，正爾淒絶。三、四，開襟曠遠，五、六，揣分謙和，結再即景自況，仍帶定「風岸」、「夜舟」，筆筆高老。

放　船〔一〕

收帆下急水，卷幔逐回灘。江市戎戎暗〔二〕，山雲淰淰寒〔三〕。荒林無徑入，獨鳥怪人看。已泊城樓底，何曾夜色闌。

〔一〕鶴編自忠下雲安。

〔二〕《詩·何彼襛矣》注：襛襛，猶戎戎。

〔三〕淰讀念上聲，水流濁也，此貼雲用。大約蔽揜日光，合散不定之狀。

一、二，放船之始，「急水」、「回灘」，不得復張帆幔，確極。中四，寫峽束林稠、昏黑蒙翳之景，幾疑爲暮色矣。結到出林繫泊時，居然未晚也。注家概解作暮景，尚隔一層。

雲安九日鄭十八攜酒陪諸公〔一〕

寒花開已盡，菊蕊獨盈枝。舊摘人頻異，輕香酒暫隨。地偏初衣裌同袷，山擁更登危。萬國皆戎馬〔二〕，酣歌淚欲垂。

〔一〕《舊書》：雲安縣，屬夔州。按：今爲雲陽縣，在夔州西百七十里。

〔二〕鶴注：是年九月，僕固懷恩誘吐蕃、回紇等入寇。又按：公詩云「巴人常小梗」，近處亦必多草竊。

攜宴山上之作，逐層連絡而下。「寒花」，泛指群卉。「人頻異」者，前年九日在梓州，上年在成都，今年又在雲安也。

別常徵君

兒扶猶杖策，卧病一秋强。白髮少新洗，寒衣寬總長。故人憂見及，此別淚相忘黄生改作望。各逐萍流轉，來書細作行。

開出郊、島一輩詩。○「憂見及」、「淚相忘」，似晦曲。

長江二首

衆水會涪萬〔一〕，瞿塘争一門〔二〕。朝宗人共挹，盗賊爾誰尊？孤石隱如馬〔三〕，高蘿垂飲猿〔四〕。歸心異波浪，何事即飛翻。

〔一〕涪州在岷江之南，萬州在岷江之北，俱在夔之上流。

〔二〕《寰宇記》：瞿塘，在夔州東一里，古西陵也。《勝覽》云：兩崖對峙，中貫一江，望之如門焉。

〔三〕《寰宇記》：灧澦堆在蜀江中心瞿塘峽口。《益州記》：夏月漲數十丈，其狀如馬。又曰猶預。《水經注》：名淫豫。《樂府》：淫豫大如馬，瞿塘不可下。

〔四〕《水經注》：瞿塘多猿，不生北岸。謝靈運語：觀挂猿下飲，百丈相連。

二詩，在雲安聞蜀亂，思下峽以遠之，故借長江寫意，非咏江也。解詳下。

浩浩終不息，乃知東極臨一作深〔一〕。衆流歸海意，萬國奉君心。色借瀟湘闊〔二〕，聲驅灧澦沈一作深。未辭添霧雨，接上過一作遇衣襟。

〔一〕東極，東海也。不言海而言極，喻朝廷也。

〔二〕瀟湘，荆楚之巨澤也。

《綱目》：嚴武卒，郭英乂代之。崔旰先請王崇俊爲節度。英乂殺崇俊而攻旰，爲旰所敗。英乂請玄宗道觀爲軍營，毁玄宗像而居之。旰宣言英乂反，襲殺之。於是邛、瀘、劍三州牙將柏茂林、楊子琳等，各舉兵討旰，蜀大亂。詩蓋感其事而賦也。○首章對亂者言。水則群赴所宗矣，爾爲亂者，獨誰尊乎？水也同歸，人如亂絲，此中不可久留，惟有下峽而歸耳。無如「石隱」、「猿垂」，漲方險而情徒切，只得姑待安流，不能如水之即日飛翻也。此猶帶遲疑意。次章直抒胸臆，見水之一往歸海，如人之一心向闕，此正從本心無二向流露出來也。出峽北歸之根，已伏於此。「借瀟湘」，神已遊於峽外；「驅灩滪」，身不跼於峽中。此不特江浪騰躍，即再添以霧雨，使衣襟濕透，亦所不辭矣。此竟作勇決語。○舊無得解，酷遭塗抹。

懷錦水居止二首

軍旅西征僻，風塵戰伐多。猶聞蜀父老，不忘舜謳歌。天險終難立，柴門豈重過。朝朝巫峽水，遠逗一作遠遠錦江波。

因崔旰之亂蜀，而懷思草堂也。○首章，由全郡想到錦水。○「舜謳歌」者，代爲蜀人設想，經兵亂而幸太平也。「立」字作定字解，指亂者言。結聯，景近而情遥。

萬里橋西一作南宅，百花潭北莊。層軒皆面水，老樹飽經霜。雪嶺界天白，錦城曛日黄。惜哉形勝地，回首一茫茫。

次章，由錦水慨到全部。○「界天白」，即所謂天險。「熏日黄」，即所謂風塵。「形勝」、「茫茫」，咏歎「難立」、「重過」也。解者但云寫景，未是。○前去成都，則有《寄題草堂》詩，此去成都，則有《懷錦水居》詩。公生平流寓之跡，惟草堂最費經營，宜其流連不舍歟！

將曉二首

石城除擊柝〔一〕，鐵鎖欲開關。鼓角悲荒塞，星河落曙山。巴人常小梗〔二〕，蜀使動無還〔三〕。垂老孤帆色，飄飄犯百蠻〔四〕。

〔一〕《巴漢志》：朐腮縣山，有大小石城。朱注：漢朐腮，唐雲安也。

〔二〕時巴渝間必有脅諸蠻爲亂者。鶴指段子璋、徐知道、崔旰等，皆在西蜀，不得云巴人也。

〔三〕如《三絶句》所云渝州、開州殺刺史之類。

〔四〕雲安、夔州之南，皆蠻地。今爲平茶、酉陽諸土官處。

二詩舊編雲安，乃登舟曉發之事也。此首似是未上船時緣城曉行景事，結出就船。

軍吏回官燭〔一〕，舟人自楚歌。寒沙蒙薄霧，落月去清波。壯惜身名晚，衰慚應接多，歸朝日簪笏，筋力定如何。

〔一〕當是縣邑主人遣役相送。

此首乃在發船之時。首句，岸上之送者已返；次句，舟人始發也。茲行當屬鄰近應酬往返之事，觀下四可見。○前首慨亂端，此首慨衰況。

遣憤

聞道花門將〔一〕，論功未盡歸〔二〕。自從收帝里，誰復總戎機？蜂蠆終懷毒，雷霆可震威。莫令鞭血地，再濕漢臣衣〔三〕。

〔一〕公有《留花門》詩，謂回紇也。

〔二〕《通鑑》：是年十月，郭子儀使白光元與回紇將藥葛羅，追吐蕃於靈臺西原，大破之。於是回紇都禄督等入見，前後贈繒帛十萬匹，府藏空竭。

〔三〕于慎行曰：初雍王見回紇可汗於黄河北，責雍王不於帳前舞蹈。車鼻遂引藥子昂、李進、章少華、魏琚，各榜棰一百。少華、琚一宿而死。

回紇此來，由叛將僕固懷恩誘之而入，尋以郭子儀挺身面説，乃從子儀追擊吐蕃。夫以大臣折之而助順，安知不又有奸人誘之而轉爲寇掠乎！其不可恃而可畏如此。「花門」「未歸」，可爲寒心也。「收帝里」，追溯肅、代兩朝收京之事。「總戎機」，深咎朝廷如郭子儀輩，任之不專；如魚朝恩輩，任之太過。蓋言國家頻經挫衄，尚復信任混淆，致悍帥懷疑，引盗入室，其誤已在前矣。然彼毒必不可狎，我威豈終不振，無使當年慘禍，今日再見哉。言言哀痛，字字披瀝，聞者能無動心。

又雪

南雪不到地，青崖霑未消。微微向日薄，脉脉去人遥。冬熱鴛鴦病，峽深豺虎驕。愁邊有江水，焉得北之朝。

語則咏雪，而意却是嫌暖。氣候迥非故鄉，是以對南雪而思北去也。

雨〔一〕

冥冥甲子雨〔二〕，已度立春時。輕箑煩一作須相向，纖絺恐自疑。煙添纔有色，風引更如絲。直覺巫山暮〔三〕，兼催宋玉悲。

〔一〕入大曆元年。

〔二〕《朝野僉載》：諺云：春甲子雨，赤地千里。

〔三〕《高唐賦》：妾在巫山之陽，朝爲行雲，暮爲行雨。

意猶前首，爲春陰蒸鬱而作。「煩相向」，用非其候也。「恐自疑」，服不以時也。「煩」，就人言，「自」，指「絺」言。五、六，正陰濕連緜之狀。巫山在雲安東不遠，故用宋玉《高唐賦》事。

南　楚〔一〕

南楚青春異，暄寒早早分。無名江上草，隨意嶺頭雲。正月蜂相見，非時鳥共聞。杖藜妨躍馬，不是故離群。

〔一〕戰國時，夔亦楚地。

此亦記南方土候之殊。時或雨後泥濘，有邀不赴，故結語云爾。

子　規〔一〕

峽裏雲安縣，江樓翼瓦齊〔二〕。兩邊山木合，終日子規啼。眇眇春風見，蕭蕭夜色淒一作棲。

客愁那聽此，故作傍一作傍旅人低。

〔一〕柳子厚記：多秭歸之禽。《史記·曆書》：秭鳺先滜。注：秭音姊。鳺音規，子規鳥也，一名鶗鴂。

〔二〕弼注：翼瓦，謂簷宇飛揚，如鳥之張翼。

絶無艱澀之態，杜律之最爽雋者。

船下夔州句郭宿雨濕不得上岸別王十二一作二十判官〔一〕

依沙宿舸船，石瀨月涓涓。風起春燈亂，江鳴夜雨懸。晨鐘雲岸一作外濕，勝地石堂煙一作偏。柔艣輕鷗外，含情一作悽覺汝賢。

〔一〕《唐書》：夔州屬山南東道。仇注：郭宿，宿於雲安郭外。王判官蓋在雲安。

起聯點「郭宿」。在未雨之前，以見月剔起下意。次聯寫「夜雨」一層，而又以「風起」作引，三聯寫「溼不得上」一層，而「石堂煙」句，已神往「王十二」處矣。結聯致詩遥別，而先以「柔艣」句帶定「郭宿」，後以「含情」意見作別無由。首尾一片，其層次之密，線索之清如此。○「覺汝賢」，不特感周旋之厚，兼羡其安處之適。

移居夔州作〔一〕

伏枕雲安縣，遷居白帝城〔二〕。春知催柳别，江與放船清。農事聞人説，山光見鳥情。禹功饒斷石，且就土微平〔三〕。

〔一〕入夔州詩。

〔二〕王彦輔曰：周魚復國，秦巴郡，漢公孫述更曰白帝，唐改夔州。

〔三〕夔峽少平土，此言選地而居。

叙事明了。○三、四，煉詞波峭。「春知」我之别意，故「催柳」成條。「江與」我以清波，故「放船」開抱。「與」是付與之與。

曉望白帝城鹽山〔一〕

徐步攜斑杖，看山仰白頭。翠深開斷壁，紅遠結飛樓。日出清一作寒江望，暄和散旅愁。春城見松雪〔二〕，始擬進歸舟。

〔一〕《全蜀志》：白帝城，在夔州府治東。下即西陵峽口，大江澎湃。信楚、蜀咽喉。《水經注》：峽間三十里，頽巖倚木。山上有神淵，淵北有白鹽崖。土人見其高白，故因名之。《方輿勝覽》：白鹽山，在城東十七里。按：城與山皆在夔城之東，《十絶句》云「白帝夔州各異城」，可證也。《杜臆》欲以曉望字置白帝城下，誤認白帝、夔城爲一耳。

〔二〕春城乃所處之夔城。

此初到夔州作，在未上白帝城之先。舊編皆非。〇遥望一片皆白，而三、四偏着「翠深」、「紅遠」四字，轉覺照耀璀璨。五、六切曉，流水對法。山城爲曉霧所蒙，日出而清我江行之望。得日則暖氣徐煦，暄和而散我旅次之愁。「清」字活用，與「散」字對。「暄和」字側下，與「日出」對，非散體也。第七，從「暄和」接出「春」字，「見松雪」者，松間皆白，晶瑩奪目也。「進歸舟」者，初到還思出峽，此舟尚猶艤待，故直命之曰「歸舟」。今望見此異境，將假斯舟之便，進窮其勝耳。

上白帝城

城峻隨天壁，樓高更一作望女牆。江流思夏后，風至憶襄王〔一〕。老去聞悲角，人扶報夕陽。公孫初恃險〔二〕，躍馬意何長〔三〕。

〔一〕《風賦》：楚襄王遊於蘭臺之宫，有風颯然而至。曰：「快哉此風！」按：襄王遊處，即在夔東。

〔二〕《後漢書》：公孫述，更始時起兵。有蜀土，僭立爲帝，都成都，色尚白。築城於魚復，號白帝城。

立十二年，爲光武所滅。

〔三〕《蜀都賦》：公孫躍馬而稱帝。

楊德周曰：提出禹、襄，便足壓倒公孫，引出公孫，又足折倒崔旰之徒。愚按：五、六本自叙登眺，然已影出下意。蓋「悲角」而在「夕陽」，光景無多，正擊動「恃險」「何長」也。其曰「初」、曰「意」，措語藴藉；若曰方其初也，意豈不長乎！

灩澦堆〔一〕

巨石水中央，江寒出水長〔二〕。沈牛答雲雨〔三〕，如馬戒舟航〔四〕。天意存傾覆，神功接混茫。干戈連解纜〔五〕，行止憶垂堂。

〔一〕《一統志》：堆在瞿塘峽口江心，突兀而出。瞿塘在府城東。

〔二〕《水經注》：白帝城西有孤石，冬出水二十餘丈，夏即没，秋時方出。

〔三〕公詩云：「曾祝沈豪牛。」又詩云：「起檣必椎牛。」

〔四〕諺云：「灩澦如象，瞿塘莫上。灩澦如馬，瞿塘莫下。」峽人以此爲水候。

〔五〕巴渝多盜。

結句「行止」二字，全首歸宿處。上半立案，言「沈牛」以祭則行，「如馬」而浮則止，此定例然也。下四發意，謂「天意所存」，或者其忍於「傾覆」乎，胡爲「神功」置此，接於「混茫」隱現之間也。今者欲止，則「干戈」可畏；欲行，則「解纜」堪虞，我是以戒心靡定耳。舊解下截總錯。

憶鄭南〔一〕

鄭南伏毒寺舊作守，誤〔二〕，瀟灑到江心〔三〕。石影銜珠閣，泉聲帶玉琴。風杉曾曙倚，雲嶠憶春臨。萬里蒼茫一作滄浪水一作外，龍蛇只自深。

〔一〕舊作憶鄭南玭。趙曰：師民瞻削去玭字。按：鄭，鄭縣也，屬華州。今爲渭南縣地。

〔二〕《劉禹錫別集》：舅氏牧華州，陪登伏毒寺。即此寺也。

〔三〕鄭縣無江，當即指渭。

與七律之《峽中覽物》一類。因見峽間江水，有似伏毒寺之景，遂賦此詩。劉禹錫有詩云：「曾作關中客，頻經伏毒巖。晴煙沙苑樹，曉日渭川帆。」下二，皆望中所得，則寺乃倚山而臨川者。今詩曰「到江心」，蓋謂當日之遊，「瀟灑」適意，此到江之心境，依然可憶也。中四，正述對景而心瀟灑之趣。結聯拍合本地，見峽江但竄「龍蛇」，「蒼茫」猶是，「瀟灑」全非，當年心境，渺不可追矣。○舊誤讀「到江心」句，全首都無入港處。

奉寄李十五秘書文嶷二首

避暑雲安縣，秋風早下來。暫留一作之魚復浦〔一〕，同過楚王臺〔二〕。猿鳥千崖窄，江湖萬里開。竹枝歌未好〔三〕，畫舸莫遲回。

〔一〕《寰宇記》：奉節縣北，有赤田城，舊魚復縣故基也。

〔二〕《寰宇記》：楚宫在巫山縣西，陽臺古城内。

〔三〕劉禹錫《竹枝詞序》：建平里中兒，聯歌竹枝，吹短笛擊鼓以赴節。歌者揚袂雜舞，音中黄鐘之羽。其卒章激訐如吴聲。舊注：竹枝歌，巴渝之遺音，惟峽人善唱。

此章期李來夔同下峽，亦是久淹峽中之感。一氣滚下，清空如話。

行李千金贈〔一〕，衣冠八尺身。飛騰知有策，意度不無神。班秩兼通貴，公侯出異人〔二〕。玄成負文彩〔三〕，世業豈沈淪。

〔一〕《杜臆》：見其交遊之廣。

〔二〕仇云：文嶷係宗室。

〔三〕《漢書》：韋玄成，韋賢之少子。持重不及於父，文彩過之。

上章寄意已完，此章但致頌禱。

熱三首

雷霆空霹靂〔一〕，雲雨竟虚無。炎赫衣流汗，低垂氣不蘇。乞爲寒水玉〔二〕，願作冷秋菰〔三〕。那一作何似兒童歲，風涼出舞雩。

〔一〕霹靂，作響聲用。

〔二〕《子虚賦》：水玉磊砢。注：水精也。

〔三〕《説文》：菰，同苽。彫苽，一名蔣。秋生米，名雕胡。

三首皆賦體。○曰「乞爲」，曰「願作」，直欲身入水府矣。《杜臆》疑「水玉」是瓜之别名，故對「秋菰」，以《園人送瓜》詩爲證。然瓜生田中，不得云「乞爲」也，依水精注爲是。

瘴雲終不滅，瀘水復西來〔一〕。閉户人高卧，歸林鳥却回。峽中都是火，江上只空一作聞雷。想見陰宫雪〔二〕，風門颯沓一作踏開。

〔一〕《益州記》：瀘水兩峰，有殺氣，暑月不可行。

〔二〕繁欽《暑賦》：雖託陰宫，罔所避旃。

峽中二句是實事。公有《雷》、《火》兩篇，見一之四，即其時作。

朱李沈不冷〔一〕，彫胡一作菰炊屢新。將衰骨盡病，被暍一作褐，非味空頻。欻翕炎蒸景，飄颻征戍人。十年可解甲〔二〕，爲爾一霑巾。

〔一〕魏文帝書：沈甘瓜於清泉，浸朱李於寒水。

〔二〕自天寶十四載至此爲十年。

上兩聯滚下，言清涼之味，頻進而不解也。下四，與夏夜歎意同。〇黄生云：説冷易佳，説熱難工。雖杜亦不免褦襶。愚謂：此等詩，作五古便好，束於短律，便難討好。

晚晴

返一作晚照斜初徹一作散，浮雲薄未歸。江虹明遠飲，峽雨落餘飛。鳧雁一作鶴終高去，熊羆覺自肥。秋分客尚在，竹露夕一作久微微。

「明遠飲」、「落餘飛」，景真而語澀。後半以五、六興下。客則止而不肥，飢而不去，可慨也。

雨

萬木雲深隱，連山雨未開。風扉掩不定，水鳥過一作去仍迴。鮫館如鳴杼，樵舟豈伐枚。清涼破炎毒，衰意欲登臺。

「鮫館」、「樵舟」二句，畢竟太晦。餘俱瀟灑。

白鹽山

卓立群峰外，蟠根積水邊。他皆任厚地，爾一作我獨近高天。白牓千家邑〔一〕，清秋萬估一作古，一作里船。詞人取佳句，刻畫竟誰一作難傳一作刷練始堪傳〔二〕。

〔一〕朱注：白牓，今懸額類也。

〔二〕青門評：戲用刻畫無鹽語。

三、四一聯，轉似刻劃太着力。

送十五弟侍御使蜀

喜弟文章進，添予別興牽。數杯巫峽酒，百丈内江船〔一〕。未息豺狼鬬〔二〕，空催犬馬年。歸朝多便道，搏擊望秋天〔三〕。

〔一〕侍御當是先使荆而入蜀者，故由峽而上。

〔二〕崔旰輩。

〔三〕師注：御史搏擊奸回，如秋鷹之搏擊鳥獸。

上叙事，下發意。

中宵〔一〕

西閣百尋餘，中宵步綺疏〔二〕。飛星過水白，落月動沙虚。擇木知幽鳥，潛波想巨魚。親朋滿天地，兵甲少來書。

〔一〕舊以此編西閣起。然從前不言他寓，勿泥。

〔二〕《梁冀傳》：窗牖皆有綺疏。

三、四，宵景動目。五、六，運思入微，正爲「親朋」「少書」領神。物自善全，人自多感，故同此寂寞，而志趣不侔。用意與「感時花濺淚，恨別鳥驚心」翻轉出奇。此可悟文心之變，不徒以「知」字、「想」字能鈎畫夜景爲佳。

不寐

瞿唐夜水黑，城内改更籌。翳翳月沈霧，輝輝星近樓。氣衰甘少寐，心弱恨容一作多，一作知愁。多壘滿山谷，桃源無一作何處求。

五、六爲本題正面，即爲一詩括囊，以「少寐」攝上四，以「容愁」逗末聯也。

中夜

中夜江山静，危樓望北辰。長爲萬里客，有愧百年身。故國風雲氣，高堂戰伐塵〔一〕。胡雛負恩澤〔二〕，嗟爾太平人。

〔一〕《哀王孫》詩：「又向人家啄大屋，屋底達官走避胡。」即此所指。

〔二〕《唐書》：張九齡見禄山入奏，氣驕蹇，曰：「亂幽州者，此胡雛也。」

此即「依斗望京」之旨。下四，仇云：追恨禄山。愚按身由亂起而遠，故望而嗟之。

垂白

垂白馮唐老，清秋宋玉悲。江喧長少睡，樓迥獨移時。多難身何補，無家病不辭。甘從千日醉，未許七哀詩〔一〕。

〔一〕葛常之曰：曹子建、王仲宣、張孟陽，皆有《七哀詩》。釋者謂：病而哀，義而哀，感而哀，悲而哀，耳目聞見而哀，口歎而哀，鼻酸而哀也。

此又作甘心孤另之語。「獨移時」三字領下，「多難」、「無家」，皆「獨移時」中所感者。「未許七哀」，謂牽情者未超，不若我之冥心一醉。亦是翻古法。

草閣

草閣臨無地，柴扉永不關。魚龍迴夜水，星月動秋山。久一作夕露晴一作清初濕，高雲薄未還。泛舟慚小婦〔一〕，飄泊損紅顏。

〔一〕邵注：蜀中多是婦人刺船。

三、四，相因而出。閣下皆水，水外皆山，惟「迴」故「動」，下句因上句也。「魚龍」虚擬，「星月」實拈，由「動」思「迴」，上句因下句也。五、六，即景寄意，隱然寓久滯不還之意，故結聯見舟婦損顔，暗傷飄泊。彼小年飄泊，猶改紅顔，况我老而爲客乎！評者説此一句云：亦見鍾情處。不似公本色語，且在閣而自言「泛舟」，亦不切題。

江　月

江月光於水，高樓思殺人。天邊長作客，老去一霑巾。玉露溥一作團清影，銀河没半輪。誰家挑錦字〔一〕，燭滅翠眉顰。

〔一〕《晉・列女傳》：竇滔妻蘇蕙，字若蘭，織錦爲迴文《璇璣圖詩》贈滔。宛轉循環讀之，詞甚淒婉，凡三百四十字。

上四，琅然清圓。五、六，無塵氣。七、八，更不即不離。○月得江而彌光，光滿樓而動思。思由「作客」，客故「霑巾」。觸之者「江月」，爲所觸者客「思」也。「玉露」、「銀河」，旁筆寫景。露映月，故溥者愈徹；河近月，故没而奪明。「挑錦」、「顰眉」，黄生所謂即男女之情，以喻君臣之義。如此看，則前半「思人」、「霑巾」轉有着落，而此兩句，不爲附贅矣。

月圓

孤月當樓滿，寒江動夜扉。委波金不定，照席綺逾依。未缺空山静，高懸列宿稀。故園松桂發，萬里共清輝。

起聯將月與樓與江，上下交光，發揮用意。次聯筆尤巧妙。古歌云「穆穆金波」，本就月言，此則借切江色；綺席則切樓上，承頂分明，而月光即從江光、樓光内顯出也。五、六，正拈題中「圓」字。結聯超脱無比，不涉客情愁思字樣，而情思都在個中。

宿江邊閣

暝色延山徑，高齋次水門。薄雲巖際宿，孤月浪中翻。鸛鶴追飛静一作盡，豺狼得食喧〔一〕。不眠憂戰伐，無力正乾坤。

〔一〕鶴注：鸛鶴，喻軍士。豺狼，喻盜賊。

上四，相承而下，亦於寫景中含旅泊意。五、六，引起結聯，亦於寫景中含稔亂意。「追飛静」，姑息了事也，隱諷鴻漸。「得食喧」，攻殺不休也，蓋指崔、楊。結語沈著，却能以「不眠」二字顧題。

西閣雨望

樓雨霑雲幔，山寒一作高著水城。逕添沙面出，湍減石稜生。菊蕊淒疏放，松林駐遠情。滂沱朱檻濕，萬里傍一作慮倚簷楹。

上六，俱秋深微雨之景。「沙面出」者，浮塵洗去也。「石稜生」者，寒水漸落也。七、八，則設爲大雨江漲之想，以寄出峽之思，是虛境，勿呆疏。

雨四首

微雨不滑道，斷雲疏復行。紫崖奔處黑，白鳥去邊明。秋日新霑影，寒江舊落聲。柴扉臨野碓，半濕一作得搗香秔。

四首亦皆深秋微雨中所得，《杜臆》所謂秋霖也。黄鶴編瀼西之作。今按諸篇中「崖奔」、「灩澦」、「神女」、「鮫人」等字，當是寓西閣時詩。前二首景，後二首情。〇「奔處黑」，山足連緜如奔，其凹處不得天光也。「去邊明」，白鳥飛翔既遠，晴光反奪，陰色反顯也。日乍漏而新霑之影的然，江常瀉而舊落之聲自若。四語狀乍晴乍雨，十分工緻。結就山家風物，點出「半濕」字，與起應。

江雨舊無時，天晴忽散絲。暮秋霑物冷，今日過雲遲。上馬回休出，看鷗坐不移。高一作層軒當灩澦，潤色靜書帷。

此與上章略同。峽内本多雲雨，故首句下一「舊」字。晴亦散絲，正所謂「舊無時」也。此二句泛言平時。三、四入題，而上句猶泛言連日少霽，下句乃專言本日多陰。五、六，一事一景。結就所居處設色。○「上馬」句似拙。

物色歲時晏，天隅人未歸。朔風鳴淅淅，寒雨下霏霏。多病久加飯，衰容新授衣。時危覺凋喪，故舊短書稀。

此與下章，對雨而志感。本章就身事言，阻歸期也。上四，爽朗一氣，從歲晚客居情事，帶出「雨」來，筆筆空靈。下將近況一頓，跌出「凋喪」、「書稀」。身雖粗安，鄉關難問，歸終未卜矣。

楚雨石苔滋，京華消息遲。山寒青兕叫，江晚白鷗饑。神女花鈿落，鮫人織杼悲〔一〕。繁憂不自整，終日灑如絲。

〔一〕《江賦》：鮫人構館於懸流。

此就世事言，即上章「時危」意。首句出題。次句出意。中四，貌則寫題，而神則寫意。「山寒」、「江晚」，「神女」、「鮫人」，切地而狀雨景也。曰「叫」、曰「饑」，曰「落」、曰「悲」，出字悽慘。正由京華信斷，故所聞所見，無非苦況。恰好接落「繁憂」，與「消息」應；隨即拍合「如絲」，與「楚雨」應。而雨細如絲，繁憂之緒似之，兩句又復自相湊泊。此詩所謂貌離而神合者。

江上

江上日多雨一作病，蕭蕭荆楚秋。高風下木葉，永夜攬一作挈貂裘。勳業頻看鏡，行藏獨倚樓。時危思報主，衰謝不能休。

高爽悲涼。於老杜難得此朗朗之語，不須注脚也。

雨晴

雨時一作晴山不改，晴罷峽如新。天路看殊俗，秋江思殺人。有猿揮淚盡，無犬附一作送書頻〔一〕。故國愁眉外，長歌欲損神。

〔一〕《述異記》：陸機有犬曰黄耳。機在洛，久無家問。爲書，盛以竹筒，繫犬頸，即馳還家。既得答，仍馳還洛。

上篇憂國之思，此篇懷鄉之感。

西閣夜

恍惚寒江舊作山暮，逶迤白霧昏。山虚風落石，樓静月侵門。擊柝可憐子，無衣何處村？時危關百慮，盜賊爾猶存。

亦是獨夜感時之作。「虚」「静」二字，理趣俱超。

月

四更山吐月，殘夜水明樓。塵匣元開鏡，風簾自上鈎。兔應疑鶴髮，蟾亦戀貂裘。斟酌姮一作嫦娥寡〔一〕，天寒奈一作耐九秋。

〔一〕姮音恒，即常之義也。楊慎《丹鉛録》：月中嫦娥，説始於《淮南》，其實因常儀而誤也。古者羲和占日，常儀占月，皆官名。《周禮注》：儀娥二字，古皆音俄。漢碑蓼莪，皆作蓼儀。

一、二，心境雙瑩，得此十字，在老杜亦不多有，東坡歎爲絶唱。次聯分頂以申之。五、六，貼身用意。七、八，借月暗傷。〇仇謂二十四五夜月，蓋泥於「四更山吐」之句耳。其實不然。看全首何等光爍。

西閣三度期大昌嚴明府同宿不到〔一〕

問子能來宿，今疑索故要。匣琴虚夜夜，手板自朝朝〔二〕。金吼霜鐘徹〔三〕，花催蠟炬銷。早鳧江檻底，雙影謾飄颻。

〔一〕《唐書》：大昌縣屬夔州。

〔二〕顧注：王子猷爲桓温參軍，以手板拄頰。宋野史：歐陽公與僚屬讌遊，錢思公諷之，永叔取手板起立。則守令對上官，亦以手板。按：顧以此句指明府爲官事羈身。愚謂即作公自寫坐待之景亦得。

〔三〕《山海經》：豐山有九鐘焉，是知霜鳴。

一、二拙句。三、四，摹擬不到情事。「夜夜」、「朝朝」，含三度意。「鐘徹」、「蠟銷」，在侵曉之際。結聯借江鳧映鳧舄，乃望其早至。詩蓋成於早起也。

巫峽敝廬奉贈侍御四舅别之澧朗〔一〕

江城秋日落，山鬼閉門中。行李淹吾舅，誅茅問老翁。赤眉猶世亂〔二〕，青眼只途窮。傳語桃源客〔三〕，人今出處同。

〔一〕盧繫巫峽，亦似指西閣。《一統志》：澧，今屬岳州府。朗，今爲常德府。

〔二〕西漢末，樊崇號赤眉賊。

〔三〕桃源，在澧、朗之間。

本是贈别詩，却只自言心事。○「閉門」字連讀，見滿廬陰慘氣。「問誅茅」，勸公卜居也。下四，答詞。多畏而寡歡，亦無處潛踪矣。結意雋永。○舅前稱「老翁」，不可學。

第五弟豐獨在江左近三四載寂無消息覓使寄此二首

亂後嗟吾在，羈棲見汝難。草黄騏驥病，沙晚一作暖鶺鴒寒。楚設關城險〔一〕，吴吞水府寬〔二〕。十年朝夕淚，衣袖不曾乾。

〔一〕《後漢·郡國志》：巴郡魚服縣，有扞關。

〔二〕《海賦》：爾其水府之内，極深之庭。

公以質語露至情，凡兄弟詩皆然，此詩起結亦是也。「草黄」，傷吾在也。「沙晚」，慨見難也。「楚關」，身所處。「吴水」，弟所在。仇云：此章致相思之意。○三四載無消息，轉恐弟疑我死矣。老人多疑類如此，故首句喫緊。

聞汝依山寺，杭州定越州〔一〕。風塵淹別日，江漢失清秋。影著啼猿樹，魂飄結蜃樓〔二〕。明年下春水，東盡白雲求。

〔一〕《唐書》：杭州餘杭郡，越州會稽郡，俱屬江南西道。

〔二〕《天官書》：海旁蜃氣，象樓臺。

「定」，不定也，即上章水寬難覓意。「風塵」句，追想方亂而別。「江漢」句，接言淹別過時。「影著」，身羈峽内。「魂飄」，神往海旁。四語緜邈而沈着。結句「求」字應「定」字。仇云：此章致欲訪之意。愚按：亦寄示出峽本志也。

九日諸人集於林

九日明朝是，相要舊俗非〔一〕。老翁難早出，賢客幸知歸。舊采黄花賸，新梳白髮微。漫看年少樂，忍淚已沾衣。

〔一〕在梓、在成都、在雲安、在夔，所遇九日，四年叠换。

題曰「九日」，詩曰「明朝」，則是未集而要集之詞也。而題祗曰「諸人集」，殆由年少諸人訂游，公懶於一出，以此爲謝却之簡也。◯令節又逢，客居頻改，轉覺對景增悲矣。故三、四言我恐艱於早出同行，幸諸君知所歸往而先集乎。下四皆訴詞。「賸」者，舊興都減，視賞節爲賸事也。「忍淚已沾」，忍不住也。是皆難出之故也。◯不善體詩題詩意，人人解錯。

卷三之五　五律　代宗大曆元年二年之間

《纂年譜》：大曆元年秋，公寓西閣。二年春，遷居赤甲。三月，遷瀼西。秋，往來東屯、瀼西之間。

洞房〔一〕

洞房環珮冷，玉殿起秋風。秦地應新月，龍池滿舊宮〔二〕。繫舟今夜遠，清漏往時同。萬里黃山北，園陵白露中〔三〕。

〔一〕趙注：此下八篇，蓋一時所作。愚按：每首皆摘首二字爲篇名，此公無題詩也。公之無題，皆追憶明皇事，與義山不同。

〔二〕《唐會要》：明皇在藩邸，居興慶里，有龍池湧出。開元中，爲興慶宮。

〔三〕錢箋：漢武茂陵在黃山宮北，以喻玄宗泰陵。

起四句，遥想長安秋夜之景，而冠之以「洞房」「玉殿」，所感乃在天寶已事，今不復睹也。著「新」、

「舊」字，所謂物是人非之感。五、六，逗出切身之思。「繫舟」非在舟中，即「孤舟一繫」意。「清漏」，待制集賢時亦聞之，不泥爲拾遺時。蓋爲明皇言也。由今夜而念往時，不覺魂飛泰陵矣。○此亦八詩總意。下三章，皆舊宮往時之樂事也。後三章，則秦地往時之慘事也。其末章，則以正論收之。位置必不可紊。

宿　昔

宿昔青門裏〔一〕，蓬萊仗數移。花嬌迎雜樹〔二〕，龍喜出平池〔三〕。落日留王母〔四〕，微風倚少兒〔五〕。宫中行樂秘，少有外人知。

〔一〕顧注：青門，長安城東門。

〔二〕《李翰林别集序》：禁中初重木芍藥，得四本，紅、紫、淺紅、通白者，因移植於興慶池東沈香亭前。上乘照夜白，太真以步輦從。

〔三〕《明皇十七事》：天寶中，興慶池小龍，常出遊宫垣水溝中。蜿蜒奇狀，靡不瞻睹。

〔四〕《漢武内傳》：王母嘯，命靈官駕龍嚴車，欲去。帝下席叩頭，請留殷勤。

〔五〕《衛青傳》：衛媪長女君孺，次女少兒，次則子夫。少兒先與霍仲孺通，生去病。及衛皇后立，少兒更爲陳掌妻。

「仗數移」，遊幸無度也，而語却渾然。「花嬌」、「龍喜」，天正以此表奢淫之應，而厚耽樂之毒者。句意則謂天公亦爲之助興也。「王母」比妃子，「少兒」比諸姨，只此兩句實拈。結云「行樂」「少知」，其事若託諸有無之間，絕不傷厚。

能　畫

能畫毛延壽〔一〕，投壺郭舍人〔二〕。每蒙天一笑〔三〕，復似物皆一作初春。政化平如水，皇明一作恩斷若神。時時用抵戲〔四〕，亦未雜風塵。

〔一〕《西京雜記》：畫工有杜陵毛延壽，寫人物好醜老少，必得其真。

〔二〕《雜記》：武帝時，郭舍人善投壺。取中而不求還，故入小豆，惡矢躍也。舍人則激矢令還，一矢百餘反，謂之驍。言驍傑也。

〔三〕《神異經》：東荒山大石室，東王公居焉。與一玉女投壺。設有入不出者，天爲之笑。

〔四〕《漢武紀》作角觝戲。文穎曰：兩兩相當，角力，角技藝，故稱角抵。蓋雜技樂也。

上四，一氣讀下，見褻恩濫賞之失。下四又遮護之，言當日久享清晏，政非阻化也，皇非不明也，而時時進用雜技，亦未值非意之警，乃昇平游戲之常耳。特爲曲諒之詞，語氣含蓄，意味深長。容齋說：此四句，用然使一轉，謂若治要既得，則「抵戲」無妨。未免語弊而神減也。○「能畫」、「投壺」，亦借漢言唐。節舉技巧，以概其餘耳。「抵戲」則總統言之，非於起聯外别生枝指也。

鬭雞

鬭雞初賜錦〔一〕，舞馬既一作解登床〔二〕。簾下宫人出〔三〕，樓前御曲一作柳長〔四〕。仙遊終一閟，女樂久無香〔五〕。寂寞驪山道，清秋草木黄。

〔一〕《東城老父傳》：玄宗立雞坊，索雄雞，金毫鐵距、高冠昂尾千數。選六軍小兒五百人，使馴飼之。帝出，見賈昌弄木雞，召入爲小兒長。金帛之賜日至，號爲神雞童。

〔二〕《明皇雜録》：令教舞馬四百匹，分左右部，目爲「某家龍」「某家驕」。衣以文繡，絡以金鈴，間以珠玉。其曲謂之《傾杯樂》，奮首鼓尾，縱横應節。又施三層板床，乘馬而上，抃轉如飛。或壯士舉榻，舞於榻上，樂工環立，皆淡黄衫、文玉帶，必年少姿美者。每千秋節，命舞於勤政樓下。

〔三〕《雜録》：每賜酺，太常陳樂，教坊大陳尋橦，走索，丸劍，角觝，鬭雞。令宫人數百，自幃中擊雷鼓，名《破陣樂》。

〔四〕《雜録》：製新曲四十餘，又新製樂譜，每初年望夜，御樓觀燈作樂。夜闌，懸散樂畢，遣宫女於樓前縛架出眺，歌舞以娱之。

〔五〕《開天傳信記》：明皇夢遊月宫，諸仙子娱以上清之樂。明皇以玉笛尋得之，名《紫雲迴》。

此首前後轉關處，述明皇兩頭事。中間播遷一段，泯然隱起，俟後兩篇敘出。但將上下半篇一翻轉看，盛衰存没之間，滿目淚痕矣。「驪山」，華清宫在焉，尤臨幸繁華處，故末用爲慨。○假使單讀此詩，似明皇一生，無失國之慘者。此意非元、白輩所曉。○黄生曰：第五句是通盤一大關節，蓋不以荒晏直接播遷，徑及崩駕之感，則有傷痛而無刺譏，是温柔敦厚之遺教也。愚按：黄生此言，洵篤論也。更由此通觀各章位置：此前二章，言荒樂之過，絶不牽連禍亂。此後二章，言禍亂之來，絶不歸咎荒樂。但將前盛後衰，逐章開列，令人次第讀去，隱然見荒樂爲喪敗之源，禍亂乃滔淫之報。意言之表，人自得之，作者不欲一語指斥也。其爲温柔敦厚，轉益入微，詩教不墜，俎豆千年，宜哉！

歷歷

歷歷開元事，分明在眼前。無端盜賊起〔一〕，忽已歲時遷。巫峽西江外〔二〕，秦城北斗邊〔三〕。爲郎從白首〔四〕，卧病數秋天。

〔一〕禄山始禍。

〔二〕《趙注》：蜀江從西來，故謂之西江。

〔三〕由夔望之，在直北也。

〔四〕《漢紀》：馮唐白首，屈於郎署。

此首亦在中腰，故自治及亂，由國及身，該括十餘年事，使湊理一總。○明皇之失在天寶，而轉提開元者，舉盛以蔽其失也。「無端」，直接盛世來，將天寶事一齊蓋却，言若出於不及料者。「忽已」句，是急遞法，作居無何三字用。五、六，即《秋興》「孤城」、「依斗」意。結言老署郎銜，長違故國，此情耿耿，秋復一秋，有黯然神傷者矣。○將亂端徑接開元，閣起天寶，亦非元、白輩所曉。

洛陽

洛陽昔陷没，胡馬犯潼關〔一〕。天子初愁思，都人慘别顏〔二〕。清笳去宫闕〔三〕，翠蓋出關山〔四〕。故老仍流涕，龍髯幸再攀〔五〕。

〔一〕天寶十五載六月，賊入潼關。

〔二〕是月十三日，帝出延秋門。

〔三〕清笳，指賊營之號。

〔四〕上皇狩蜀。

〔五〕《舊書·玄宗紀》：上皇至自蜀，士庶舞抃路側，曰：「不圖今日，復見二聖。」

歷叙陷京幸蜀事，還京只尾聯一帶，蓋此處本意，重在失國一邊也。「初」字，微詞，至是始「愁」也。

五、六，分頂上四而摇曳嗟歎之，若曰：胡馬之向闕，相去不知幾何，而天子則竟出矣。結云「流涕」「幸攀」，固是慶其復國，言下則謂車駕之得再返也，亦天幸耳。

驪　山

驪山絶望幸，花蕚罷登臨。地下無朝燭〔一〕，人間有賜金〔二〕。鼎湖龍去遠，銀海雁飛深〔三〕。萬歲蓬萊日，長懸舊羽林〔四〕。

〔一〕趙注：朝燭，當音朝覲之朝。凡朝在早，則秉燭受朝，地下無之也。按：朝與賜對，宜活用。趙説是。

〔二〕《漢書》：高后崩，遺詔賜諸王將相列侯郎吏金。《博議》云：此言明皇賜予之金，没後尚在。如千秋節賜百官珠囊金鏡是也。

〔三〕《漢書》：秦始皇葬驪山，下錮三泉，水銀爲江海，黄金爲鳬雁。

〔四〕《漢・禮樂志》：芬樹羽林，靈景杳冥。注：言所樹羽葆，其盛若林也。黄鶴主此説，不指羽林軍。

《洞房》落句云：「園陵白露中。」是首章總統言哀之語。此章乃正咏園陵，蓋傷之也。首以臨幸不再發端。中四，俱就園陵永閟後，深致其悲。結又回到平時臨御處，言舊時儀仗，長戴恩光，迄今猶在臣民目中也。其味油然而長。

提封

提封漢天下〔一〕，萬國尚同心。借問懸軍一作車守，何如儉德臨。時徵俊乂入，莫慮舊作草竊犬羊侵〔二〕。願戒兵猶火〔三〕，恩加四海深。

〔一〕《漢書》：提封頃畝。注：謂提舉四封之内，總計其數。

〔二〕仇注：所謂汲黯在朝，淮南寢謀。

〔三〕《左傳》：兵猶火也，不戢，將自焚也。

前詩皆敘事，此爲八詩之結，特申正論。中四鑒往，起訖告今，可知前七首皆非徒作。措詞雖婉，垂誡無窮也。○起勢高渾，就現在言，見累朝世業，永繫人心，保治之道，正須講求耳。往事其可鑒已。黷武而邊釁開，窮奢而戎心啓，前轍彰彰。曰「借問」，曰「何如」，婉詞以悟之也。五、六，又設爲懸想，言當時若能進用忠良，則戢兵行儉，亂端無自而召矣。末乃重爲誥誡，非謂代宗時可以寢兵不用，而能深戒乎此，則知兵者，不得已而用之，民亦受其福矣。意收天寶，語告時君，勤勤懇懇，身雖斥遠，不愧三朝老臣。○天都黄氏有傷痛而無刺譏一語，足以蔽此八詩。公於明皇，遇合雖淺，受知最深。不獨以温柔敦厚，上接風人，誼亦有不忍斥言者也。至其鋪陳始終，思深旨遠，足與國史並垂。○太白有《宫中行樂》八首，與此參校，兩家伯仲定矣。

覆舟二首

巫峽盤渦曉，黔陽貢物秋〔一〕。丹砂同隕石〔二〕，翠羽共沈舟〔三〕。羈使空斜景同影，龍居一作宮閟積流。篙工幸不溺，俄頃逐輕鷗。

〔一〕黔陽，今重慶府彭山縣。縣有黔江，下通黔中，上通夔峽。

〔二〕《本草》：丹砂，神仙能化爲汞。

〔三〕《汲冢周書》：蒼梧翡翠，所以取羽。

見採買丹藥之使，舟覆峽江而賦也。肅宗之季，從事齋房，時或尚沿其習，亦主文譎諫之遺歟！○首章記事，然「丹砂」二句，已透求仙消息矣。「空斜景」者，其人已没，空悵斜陽也。「閟積流」者，遥想使臣，深沈積水也。末言篙工之幸，正以形羈使之不幸。○丹砂，石類，故借用「隕石」字。鄒陽云：積羽沈舟，又化用其意。

竹宮時望拜〔一〕，桂館或求仙〔二〕。姹女凌波日〔三〕，神光照夜年。徒聞斬蛟劍〔四〕，無復爨犀船〔五〕。使者隨秋色，迢迢獨上天。

〔一〕《漢・志》：用事甘泉圜丘，夜常有神光，集於祠壇。天子自竹宮而望拜，侍祠者皆肅然動心焉。

〔二〕《郊祀志》：公孫卿曰：「仙人好樓居。」於是上令長安作飛廉桂館。

〔三〕《參同契》：河上姹女，靈而最神。真一子注：即真汞也。《洛神賦》：凌波微步。

〔四〕《呂氏春秋》：佽飛得寶劍，渡江，兩蛟繞舟。拔劍斬蛟，乃濟。

〔五〕《晉書》：温嶠宿牛渚磯，世云其下多怪物，嶠燃犀角照之，見水族覆火，奇形異狀。

次章純是諷詞。一、二，逗明求仙事。三、四，言砂汞波沈之日，正祠壇夜集之年，深歎其惑，可以一笑也，而語極藴藉。下四則慨方士之技窮。朱云：使者即方士一輩。《杜臆》云：帝未必昇天，而使者已獨上天矣。愚按：可謂滑稽之雄。〇「姹女凌波」，言語妙天下。

送李功曹之荆州充鄭侍御判官重贈〔一〕

曾聞宋玉宅〔二〕，每欲到荆州。此地生涯晚，遥悲一作通水國秋。孤城一柱觀，落日九江流。

使者雖光彩，青楓遠自愁。

〔一〕疑先有贈詩，今逸去。

〔二〕《渚宫故事》：庾信歸江陵，居宋玉故宅，宅在城北。

由出峽之素志激發而出，故送人純是寫懷，筆在空際。

夜宿西閣曉呈元二十一曹長〔一〕

城暗更籌急，樓高雨雪微。稍通綃幕霽〔二〕，遠帶玉繩稀〔三〕。門鵲晨光起一作喜，檣烏宿處飛。寒江流甚細，有意待人歸。

〔一〕仇注：昔曾同曹，故曰曹長。

〔二〕沈佺期詩：千金麗人掩綃幕。

〔三〕《元命苞》：玉衡北兩星爲玉繩。

表出峽之志也。由夜雨而曉霽，因啓門而望檣，遠見安流，似催發櫂。逐層卸下，漸引歸心。以此呈元，衷情若訴。

西閣口號呈元二十一

山木抱雲稠，寒空繞上頭。雪崖纔變石，風幔不依樓。社稷堪流涕，安危在運籌。看君話王室，感動幾銷憂。

元亦乃心王室者，冬日共話，述爲詩也。○「雲稠」則陰，故言「寒」。雲寒而動，故言「繞」。「寒」便帶出「雪」景，「繞」便逗起「風」勢，皆蒙翳擾亂之象也。已伏得後半神理。「堪涕」、「運籌」，即約舉元君話中意，頓爲同志銷憂，深許之也。

不離西閣二首〔一〕

江柳非時發，江花冷色頻。地偏應有瘴，臘近已含春。失學從愚子，無家任老身。不知西閣意，肯別定留人？

〔一〕命題奇。不離，欲離之至也。

即景起，四句連讀。花柳先時者，瘴暖而春早，異方氣候之殊也，是可感也。五、六，曰「從」、曰「任」，隨處可往也，而何以久不他往，結則對「西閣」而詰之。趙云：許我別乎，定留人也。

西閣從人別，人今亦故亭〔一〕。江雲飄素練，石壁斷空青。滄海先迎日，銀河倒列星。平生耽勝事，吁駭始初經。

〔一〕《復古編》云：亭、停通用。

以答上作起。西閣豈定相留，人自停耳。三、四，望到閣前之「江」「石」。五、六，又引到江外之「滄海」，又想到通海之「銀河」，而捨閣而去之興勃然矣。結又忽然縮住，曰：此去豈非勝事，其如峽勢險絶，動人「吁駭」何哉！依違往復，寫不離欲離心事，活躍毫端，奈解者未有曉人也。

覽鏡呈柏中丞〔一〕

渭水流關内，終南在日邊。膽銷豺虎窟，淚入犬羊天。起晚堪從事，行遲更學仙。鏡中衰謝色，萬一故人憐。

〔一〕或謂名茂林，或謂名貞節。時爲夔州都督。

上四，帝京遠隔，世亂誰依也。「起晚」、「行遲」，本言衰老，而反曰「堪從事」、「更學仙」，解嘲語也。結聯，《杜臆》云：與中丞素厚，故自陳苦衷。○三、四，或貼中丞邊，則主崔旰亂蜀；或接首聯來，則主京師多警。愚意概以世亂渾之爲是。

陪柏中丞觀宴將士二首

極樂三軍士，誰知百戰場。無私齊綺饌，久坐密金章〔一〕。醉客霑鸚鵡〔二〕，佳人指鳳凰〔三〕。幾時來翠節〔四〕，特地引紅妝。

〔一〕鮑照詩：左右佩金章。

〔二〕《嶺表録異》：鸚鵡螺，旋尖處屈而朱，如鸚鵡嘴。殼裝爲酒杯，可玩。

〔三〕朱注：《唐會要》：延載元年，内出繡袍，賜文武官。其袍文，宰相飾以鳳凰，尚書飾以對雁。

〔四〕即符節。注云：以旄牛尾爲之。

首聯得力，兩章俱寵。三與五應，四與六應。「鳳凰」注多未當，仇謂琴名，引《西京雜記》爲證，更於「指」字不合，還依朱本袍文之説爲近。又按《異苑》：「劉穆之居京口，鳳凰集其庭。韋藪謂之曰：『子必協贊大猷。』」公意隱以群官之會，當鳳凰之集，故借「佳人」之「指」以祝之。因而逗起下文，云行且邀寵命而引紅妝，重開盛宴也。下句正與「佳人」照耀。

繡段裝簷額〔一〕，金花帖鼓腰〔二〕。一夫先舞劍，百戲後歌鐎一作樵〔三〕。江樹城孤遠，雲臺使寂寥。漢朝頻選將，應拜霍嫖姚。

〔一〕仇注：結綵之類。

〔二〕庾信詩：圓花釘鼓床。

〔三〕鐎即刁斗。擊刁斗以爲歌節也。

舊説泛以上四爲樂舞之盛，愚意此志將士需醉以後情事。「一夫」、「百戲」，蓋即三軍之士起舞爲樂。如此恰合軍中置酒高會氣象。「城孤」、「使寂」，是頓挫法，非慨歎語。結即上章「來翠節」意也。

峽口兩首

峽口大江間，西南控百蠻。城欹連粉堞，岸斷更青山。開闢當天險，防隅一水關。亂離聞鼓角，秋氣動衰顔。

飽經蜀亂，身尚羈孌，兩首所爲作也。非泛咏峽口。本意趕入下章始足，説詳後篇。○注説蜀亂，動云崔旰。旰時實不動也，且與峽間無涉。《三絶句》云：「前年渝州殺刺史，今年開州殺刺史。」峽中固多山賊竊發耳。

時清關失險，世亂戟如林。去矣英雄事〔一〕，荒哉割據心。蘆花留客晚，楓樹坐猿深。疲苶煩親故，諸侯數賜金〔二〕。

〔一〕公孫述輩。

〔二〕原注：主人柏中丞，頻分月俸。

詩分兩章，意實一貫。上章從峽口形要領起，見乾坤設險，多爲反側憑凌。此章則以英雄事去，曉「割據」癡心，歎其徒滋擾攘也。顧我連年坐困，作活因人，何時得出乎！少陵連章詩多此格，他人無有。

瞿唐兩崖〔一〕

三峽傳何處，雙崖壯此門。入天猶石色，穿水忽雲根。猱玃鬚髯古〔二〕，蛟龍窟宅尊。羲和冬馭近，愁畏日車翻〔三〕。

〔一〕唐、塘通。

〔二〕蔡注：《爾雅》：猱善援，玃善顧。

〔三〕《淮南子》：日乘車，駕以六龍，羲和爲之馭。

極狀山高江險。三、四警絶。五、六，假物以助威。結言日行亦且危之。極力刻畫之作。○「冬馭」向南而漸低，夔峽在南而絶高，故曰「近」。

瞿唐懷古

西南萬壑注，勁敵兩崖開。地與山根裂，江從月窟來。削成當白帝，空曲隱陽臺。疏鑿功雖美，陶鈞力大哉。

上四造句皆䞺深鑿險而出。下雖懷古，實則皆狀其深險也。結聯抑禹功而揚造物，非不足於禹，特震於其勢而然耳。○「地與」之與，黄生作授與意解，極有會。

送鮮于萬州遷巴州〔一〕

京兆先時傑〔二〕，琳瑯照一門。朝廷偏注意一作壐，接近與名藩〔三〕。祖帳排舟數，寒江觸石喧。看君妙爲政，他日有殊恩。

〔一〕顔魯公《鮮于仲通碑》：仲通子萬州刺史炅，雅有父風。作牧萬州，政績尤異。詔遷秘書監，尋又改牧巴州。

〔二〕《唐書》：李叔明，本姓鮮于氏，與兄仲通俱尹京兆。按：公前有《贈鮮于京兆二十韻》。

〔三〕趙注：自萬遷巴。

率意爲之。

奉送十七舅下邵桂〔一〕

絶域三冬暮，浮生一病身。感深辭舅氏，别後見何人。縹緲蒼梧帝〔二〕，推遷孟母鄰。昏昏阻雲水，側望苦傷神〔三〕。

〔一〕《一統志》：邵州，屬寶慶府。桂陽州，屬衡州府。

〔二〕鶴注：蒼梧山，在道州，與邵、桂近。

〔三〕《四愁詩》：側身南望涕霑襟。

若常格，則先叙十七舅，次叙下邵、桂，然後作送别語矣。詩乃從客中親故别去之情，觸口流出，正是旅人送舅氏語，不須作文飾舊套也。○「孟母」句借用，蓋舅自有母，又在夔嘗與公爲鄰。語意只謂如此賢母之鄰，今别去矣。然終帶牽强。

寄杜位〔一〕

寒日經簷短，窮猿失木悲。峽中爲客久，江上憶君時。天地身何在一作往，風塵病敢辭。封書兩行淚，霑灑裛新詩。

〔一〕原注：頃者，與位同在故嚴尚書幕。○位今在江陵，爲行軍司馬。

起，興而比也，寓日暮途窮意。「江上」，指成都嚴幕。○公有《送柏二將中丞命赴江陵因示位》詩，見三之二，疑與此詩同寄。

瀼西寒望〔一〕

水色含群動，朝光切太虛。年侵一作終頻悵望，興遠一蕭疏。猿挂時相學，鷗行炯自如。瞿唐春欲至，定卜瀼西居。

〔一〕瀼西爲來春移居之處，注見後。

是詩爲居瀼根由。蓋西閣之寓，險絶人區，賙煩親故，久欲去此而謀居矣。後《登瀼上堂》詩云「頗免崖石擁」，又云「山田麥無隴」，可以就坦而資生。故知此時「寒望」，意有屬也。一、二，瀼景，即「頻悵望」所得，所謂「興蕭疏」者也。「猿」「鷗」盟誓，請自今日，祇緣年事相侵，故須待卜來春耳。通首一氣，總見「蕭疏」意。

江　梅〔一〕

梅蕊臘前破，梅花年後多。絶知春意好一作早，最奈客愁何。雪樹元同色，江風亦自波。故園不可見，巫岫鬱嵯峨。

〔一〕入大曆二年。

仇云：「客愁」二字，全詩之眼。愚按：下四，暗用新亭風景河山之感。

庭　草

楚草經寒碧，庭春入眼濃。舊低收葉舉，新掩卷牙重。步履宜輕過，開筵得屢供。看花隨節序，不敢强爲容。

發興之端，在結聯逗出，由踐損春草而作也。不如此會，末二句總無下落。○舊時之低委於地者，已「收葉」而舉去，言除訖也。新時之掩覆乎土者，方「卷牙」而重抽，表生機也。此雖入眼已濃，而其爲質方弱，惟躡履無戕，斯當筵長映耳。五、六，蓋拖起下意，踐損不自任咎，歸於看花之故，斯爲不拂生意。○舊說支離。

鸚　鵡 一作剪羽〔一〕

鸚鵡含愁思，聰明憶别離。翠衿渾短盡，紅嘴漫多知〔二〕。未有開籠日，空殘舊宿枝。世人憐復損，何用羽毛奇。

〔一〕此下八首，雜咏物類，舊與《洞房》八首連編。詩情各别。且《鷗》詩云：「隨意點春苗。」宜入二年春也。

〔二〕禰衡《鸚鵡賦》：紺趾丹嘴，緑衣翠衿。寓失路羈棲之感，似自嘲小兒女之詞。篇名一作《剪羽》，詩全從此發意也。○此小小者，亦知憶別。翮已短矣，多知何爲。既羈於此，懷想舊棲，亦虛願耳。結又就剪羽解嘲，言正不須豐滿見奇，有憐而收汝者，將復損之，不如息意於此。

孤雁

孤雁不飲啄，飛鳴聲念群。誰憐一片影，相失萬重雲。望斷一作盡似猶見，哀多如更聞。野鴉無意緒，鳴噪亦一作自紛紛。

寓同氣分離之感。兒女相聚則嘲之，兄弟相睽則痛之也。精神全注一「孤」字。○「飛鳴聲念群」，一詩之骨。「片影」、「重雲」，失群之所以結念也。惟念故飛，「望斷」矣而飛不止，似猶見其群而逐之者；惟念故鳴，「哀多」矣而鳴不絶，如更聞其群而呼之者。寫生至此，天雨泣矣。末用借結法。仇云：此乃題之外象。

鷗

江浦寒鷗戲，無他亦自饒。却思翻玉羽，隨意點春苗。雪暗還須浴一作落，風生一任飄。幾群滄海上，清影日蕭蕭。

羨其閒而自得，傷己之觸處多愁多障也。全從反面照出自身。○「無他」句，初看似不成語，通看八句，知皆從此出。惟其心裏「無他」，所以寬饒也。下皆描寫此句之趣。羅大經以「翻羽」、「點苗」爲逐逐於謀食，則失「江鷗」本色矣。

猿

裊裊啼虛壁〔一〕，蕭蕭挂冷枝〔二〕。艱難人不免，隱見爾如知。慣習元從衆，全生或用奇。前林騰每及，父子莫相離。

〔一〕謂峽壁之間。

〔二〕猿性喜抱枝而挂。

奇其智能遠患。公後日《移居瀼西》詩云「畏人江北草」，蓋深以閣寓爲嶮巇之惡境，情見乎此矣。〇此聞深峽中猿啼，而想像成之。彼聲傳虚峽者，必潛附泠枝也。爾何識隱見之宜，有藏身之智若此。夫狎俗何妨詭隨，然全生用奇，騰林相保，見幾宜不俟終日耳。

麂[一]

永與清溪别，蒙將玉饌俱。無才逐仙隱[二]，不敢恨庖厨。亂世輕全物，微聲及禍樞。衣冠兼盗賊，饕餮用斯須[三]。

〔一〕《爾雅》作麔。《本草演義》：麂，麞類。山僻處頗多，聲如擊破鈸。

〔二〕《神仙傳》：葛仙翁於女几山學道，登仙，化爲白麂。

〔三〕《左傳注》：貪財爲饕，貪食爲餮。

有戒心焉，猿之反也。〇此咏獵得之麂。非生麂也。上四，不作咎人語，絶高。下又隱寓世道。「亂世」本難自全，况以「微聲」致累，「衣冠」而與「盗賊」俱，自以其身委「饕餮」耳。純是戒儆之詞。舊注以衣冠即盗賊，作駡世語，非。〇五、六名言，漢、晉間士人之禍，十字括之。辟疆園亦見及此。

雞

紀德名標五[一]，初鳴度必三[二]。殊方聽有異，失次曉無慚。問俗人情似，充庖爾輩堪。

氣交亭育際〔三〕，巫峽漏司南〔四〕。

〔一〕《韓詩外傳》：頭戴冠，文也；足傅距，武也；見敵而鬭，勇也；得食相呼，義也；鳴不失時，信也。
〔二〕《史記》注：夜至雞三鳴，始爲正月一日。
〔三〕《列子》：亭之，毒之。注：化育之意。
〔四〕《韓非子》：先王立司南以端朝夕。

陋殊俗也，厭夔之至矣。○夔雞未必皆然，偶借「失次」者以見意耳。上四，開闔轉下。五、六，即「人而無禮，胡不遄死」意。「亭育際」，昏曉之候也。「司南」，司候之官。「漏司南」，昧昏晚矣。總刺其蠢蠢然無知也。○一、二近俚。

黄　魚〔一〕

日見巴東峽，黄魚出浪新〔二〕。脂膏兼飼犬〔三〕，長大不容身。筒桶相沿久〔四〕，風雷肯爲伸一作神。泥沙卷涎沫，回首怪龍鱗。

〔一〕《爾雅注》：鱣魚，體有甲，無鱗，肉黄，江東人呼爲黄魚。
〔二〕《杜臆》：夔州黄草峽出黄魚。
〔三〕《鹽鐵論》：江陵之人，以魚飼犬。

〔四〕筒桶，舊云捕魚之具，愚意或是盛魚器。

坐大者不神，刺蜀寇也。○此咏委泥沙之巨魚。「日見」者，此輩叠起也。「兼飼犬」，賤而惡之。「不容身」，引下。五、六，謂持久以困之，使不得展也。至於假息泥沙，猶將自詫爲神物哉！○中亦有質俗句。

白小〔一〕

白小群分命，天然二寸魚〔二〕。細微霑水族，風俗當園蔬〔三〕。入肆銀花亂，傾筐雪片虚。生成猶拾卵，盡取義何如〔四〕。

〔一〕舊注：即今麪條魚。

〔二〕庾信《小園賦》：一寸二寸之魚。

〔三〕《賓退録》：《靖州圖經》載其俗以魚爲蔬，今湖北多謂之魚菜。

〔四〕《西京賦》：獲胎拾卵，蚳蝝盡取。

誅求者無藝，傷民困也。自軍興餉急，孤嫠不免追呼。諷切時弊之言。○雖云微命，亦苟「生成」，奚至「盡取」乃爾！大旨如此。中四，措語風秀。

老　病〔一〕

老病巫山裏，稽留楚客中。藥殘他日裏，花發去年叢。夜足霑沙雨，春多逆水風〔二〕。合分雙賜筆〔三〕，猶作一飄蓬。

〔一〕舊編元年，非。

〔二〕春多東風，峽水東下，故逆。

〔三〕即郎官筆。

稽留則思出峽，而雨多風逆，殊難就道。結言自此合當分捨郎官雙筆矣。蓋出峽無期，則還朝無日，長作飄蓬，不須此也。

雨

始賀天休雨，還嗟地出雷。驟看浮峽過，密作一作塞渡江來。牛馬行無色，蛟龍鬭不開。干戈盛陰氣，未必自陽臺。

「驟」字、「密」字略讀。三、四，正筆寫，五、六，旁筆寫，結又借神女事翻落生新，與他日雨詩「多自巫山臺」、「行雲莫自濕仙衣」用法又別。

晴二首

久雨巫山暗，新晴錦繡文一作紋。碧知湖外草，紅見海東雲。竟日鶯相和，摩霄鶴數群。野花乾更落，風處急紛紛。

此章通首寫景，而下峽東遊心事，却從景中躍出。「草」「碧」，想到湖外。「雲」「紅」，望入海東。「鶯相和」，己則孤矣。「鶴」「摩霄」，身則滯矣。此皆躍出之神也，結則對景無賴矣。妙是語語新晴。

啼鳥争引子，鳴鶴不歸林。下食遭泥去，高飛恨久陰。雨聲衝塞盡，日氣射江深。回首周南客，驅馳魏闕心。

此章益暢上首之旨，亦都以寫景見心事，至結處逗破。上四，分頂而下，却皆以出句託對句，又皆從久雨後想出。彼烏以久雨艱食之故，急引子以索之泥中，正興己之謀食於此也。乃鶴以久雨斂翮之故，急出林而舒其宿恨，反興己之稽留不逞也。然則對此雨盡日暄之景，於人獨無去思乎？「周南客」，應「烏」「下食」。「魏闕心」，應「鶴」「高飛」。發揮至此，去峽之情暢矣。然有一語不從新晴中出否？

奉送韋中丞之晉赴湖南〔一〕

寵渥徵黄漸〔二〕，權宜借寇頻。湖南安背水，峽内憶行春。王室仍多故一作難，蒼生倚大臣。還將徐孺榻，處處待高人。

〔一〕舊注俱引《舊書》大曆四年二月，以湖南都團練衡州刺史韋之晉爲潭州刺史一條，以此詩編居潭、衡間。仇謂是在衡寄送者，則認爲送韋之潭也。兩人兩地。同在湖南，題不得泛云赴湖南。朱氏謂送韋之衡而作，則是韋之之衡，固在大曆四年之前矣。考《湖南哭韋》詩「犀牛蜀郡憐」，乃知韋先官川峽之間，此蓋送韋由川遷衡詩，亦是峽内作也。如此，詩意始明。

〔二〕黄霸爲潁川太守，治行天下第一，徵守京兆尹。

此送而勉之，亦兼寓出峽之意。首二，一起一落，言漸將内召矣，權復刺郡也。「安背水」者，湖南背湖爲治，而韋又有領軍制寇之責，故借用此二字。「憶行春」，記取峽中治效，望其新政有光舊績也。「仍多故」，則兵食須供。「倚大臣」，則民窮宜恤。結聯，勗其延訪諮諏，而南下之本心亦見焉。

别崔潩因寄薛據即璩孟雲卿〔一〕

志士惜妄動，知深難固辭。如何久磨勵，但取不磷緇。夙夜聽憂主，飛騰急濟時。荆州遇一作過薛孟，爲報欲論詩。

〔一〕原注：内弟潩，赴湖南幕職。

崔潩，有志節者，迫而後就，故有上二句。仇云：三、四承首句，諷其硜硜獨善。五、六承次句，勸以汲汲有爲。愚按：六句夭矯一氣，寄薛孟而曰「欲論詩」，爲其久無投寄之什也。

送王十六判官

客下荆南盡，君今復入舟。買薪猶白帝，鳴櫓已沙頭〔一〕。衡霍生春早〔二〕，瀟湘共海浮。荒林庾信宅〔三〕，爲仗主人留。

〔一〕《方輿勝覽》：沙頭市，去江陵十五里。

〔二〕《爾雅疏》：衡山，一名霍山。

〔三〕庾信宅，即宋玉宅，在江陵。

王亦赴湖南幕者。「主人」，幕主也。仇即指王十六，非。上言客皆遠去，結言我亦行且至矣，有古人荒宅在，爲語主人留以相待。前勢迅急，住法婉曲。

王十五前閣會〔一〕

楚岸收新雨，春臺引細風。情人來石上，鮮鱠出江中。鄰舍煩書札，肩輿强老翁。病身虚俊味，何幸飫兒童。

〔一〕是王閣，非西閣。

逐層叙下。當雨收風細之時，王君設鱠石上之閣，而致札迎輿，并霑童稚。意思款曲如此，故詩以誌之。○「情人」字俚。

懷灞上遊〔一〕

悵望東陵道〔二〕，平生灞上遊。春濃停野騎，夜宿敞雲樓。離別人誰在，經過老自休。眼前今古意，江漢一歸舟。

〔一〕《杜臆》：今西安城東三十里，有灞水。

〔三〕顧注：即長安東門，秦東陵侯種瓜處。「東陵」，古歸隱人。「灞上」，古送行處。我也憶舊遊，悲老别，今之視古當何居。上六句總攝入第七句中，而「江漢」通流，「歸舟」結想，眼中之歷歷，寄之意中之悠悠而已。

熟食日示宗文宗武〔一〕

消渴遊江漢，羈棲尚甲兵。幾年逢熟食，萬里逼清明。松柏邙舊作邛，誤山路〔二〕，風花白帝城。汝曹催我老，回首淚縱横。

〔一〕洙注：熟食日，即寒食節也。秦人呼爲熟食日，言預辦熟物過節也。齊人呼爲冷節，又曰禁煙節。

〔二〕北邙在河南偃師，公先壟在焉。

客路漂零，頻驚令節，老人揮淚顧兒，聲如在耳。此等詩本不須注脚，説者乃偏提一句作主，或主兒曹催老，或主兒須憶塋，紛紛争執，皆多事也。公此際心頭，追前慨後，無一様惡懷不轉到。

又示兩兒

令節成吾老，他時見汝心。浮生看物變，爲恨與年深。長葛書難得〔一〕，江州涕不禁〔二〕。

團圓思弟妹，行坐白頭吟。

〔一〕長葛，齊地，弟所在也。

〔二〕江州，在淮南，妹所在也。

此當與上篇連讀，亦不須詮解。只「見汝心」三字鶻突，或以爲身後見汝思親之心，或以爲到我之年，亦見汝悲老之心，又或以爲囑兒省墓之心，都是强下注脚。不知老杜原不曾説出甚心，只合云：吾則老矣，汝曹今日蚩蚩，毫無挂念，直待他年無人管顧，汝心方見出來也。衰遲易邁，成敗難期，齎恨在此。老年人慮少年子，實情如是。下并想到弟妹團圓，則吾所云心頭無所不轉，不得偏主一端者，審矣。

入宅三首〔一〕

奔峭背赤甲，斷崖當白鹽〔二〕。客居愧遷次，春色漸多添。花亞欲移竹，鳥窺新捲簾。衰年不敢恨，勝概欲相兼。

〔一〕遷赤甲。

〔二〕顧注：以二山之形勢，明宅之向背。按：其地當在西閣之北。

首章，正咏入宅也。雖遷流託迹，而尋幽綴景，聊復慰懷。○「花亞欲移之竹」，預派欲移名色，爲花枝低避故也。「鳥窺新捲之簾」，頓因新捲生疑，知鳥蹟入來久也。二句正見春色漸添，寫空宅換新人之景，畫不能到。「不敢恨」，爲欲兼收「勝概」，不惜相度補葺之僕僕也。

亂後居難定，春歸客未還。水生魚復音腹浦，雲暖麝香山〔一〕。半樊作竕頂梳頭白，過眉拄杖斑。相看多使者，一一問函關〔二〕。

〔一〕《一統志》：在城東南三十里。《寰宇記》：其山多麝。

〔二〕函谷關，在東西兩都之間。

次章推開說。雖新入此宅，而故鄉之思不能已也。連三章看，此爲擺蕩處。起即提出此意。三、四，且就新居邊布還春景。下言今雖老矣，而每看北使，無不動問鄉關者。

宋玉歸州宅〔一〕，雲通白帝城。吾人淹老病，旅食豈才名。峽口風常急，江流氣不平。只應與兒子，飄轉任浮生。

〔一〕歸州在峽外。

末章收轉說。雖羈旅堪悲，而勢猶相阻，姑且僦家焉。此於通局爲繳挽法。上四作不住口氣，以呼動下截。蓋言宋玉古才名人也，其宅與此相近，我之淹久於此，豈欲引與爲徒哉。接云風緊江喧，阻行故耳。必有勢不得行者，「風」、「江」亦託言也。如此則任運可已。仍收到入宅上。

卜　居〔一〕

歸羨遼東鶴〔二〕，吟同楚執珪〔三〕。未成遊碧海，著處覓丹梯。雲嶂寬江北〔四〕，春耕破瀼西。桃紅客若至，定似昔一作晉人迷。

〔一〕將遷瀼西。

〔二〕丁令威事。

〔三〕《選注》：越人莊舄，起家爲楚執珪，有病，猶爲越吟。

〔四〕夔在峽江之北。

「羨遼」、「吟楚」，則還歸無期。「碧海」，則東遊未遂。「丹梯」，則寓舍重尋。「寬江北」，仍在夔中。「破瀼西」，將就沃壤。蓋下得此地，姑欲以爲避世計云。

暮春題瀼西新賃草屋五首〔一〕

久嗟三峽客，再與暮春期〔二〕。百舌欲無語，繁花能幾時。谷虛雲氣薄，波亂日華遲。戰伐何由定，哀傷不在茲。

〔一〕《一統志》：大瀼水，在夔府城東，自達縣萬頃池發源經此，流入大江。又有東瀼水，亦在府城東。

〔二〕合雲安計之，則三年；就夔府言之，則兩春。

五詩乃始遷瀼西，題於屋壁者。中篇「身世雙蓬鬢，乾坤一草亭」兩句，爲通局之柱。於定居伊始，曲寫身世之悲，蓋有不得已而託於此者矣。○首章，泛提流寓，專咏「暮春」，未黏「瀼西」，在題前也。三、四，因暮春而動年衰之感。五、六，即借寫景影身世之思：曰「虚」、曰「薄」，隱然身計虚而生理薄矣；曰「亂」、曰「遲」，隱然世事亂而休運遲矣。然身計之虚，實由世事之亂，故「哀傷」在「戰伐」，而不在年衰。「茲」，即指三、四所云。

此邦千樹橘，不見比封君〔一〕。養拙干戈際，全生麋鹿群。畏人江北草，旅食瀼西雲。萬里巴渝曲〔二〕，三年實飽聞。

〔一〕《貨殖傳》：封者衣租稅，千户之君，歲率二十萬。蜀漢江陵千樹橘，其人與千户侯等。

〔二〕《漢志》：巴渝鼓員三十六員。注：其樂爲巴渝樂。

次章，拈出瀼西，明所以居此之故，爲身計也。起泛言峽土之貧瘠，將謀所以「養拙」「全生」者。四句乃引下語。接云甘同江草，欲伴瀼雲，正自養自全處也。此方落到本題。結又申繳上意，言所以必於此者，以峽中苦况，聞之已熟，惟此差堪賴藉耳。

綵雲陰復白，錦樹曉來青〔一〕。身世雙蓬鬢，乾坤一草亭。哀歌時自惜，醉舞爲誰醒。細雨荷鋤立，江猿吟翠屏。

〔一〕所謂緑暗紅稀。

三章，正咏居止瀼西行徑，舉身世無窮之感，一擺脱於新賃之居。五詩之關目，悉總於此。一、二，略逗暮春。三、四，言如此「身世」，而老於「蓬鬢」，則悲甚也。自有「乾坤」，而春在「草亭」，抑又洒然也。此兩句，所謂通局之柱也。以下皆屋裏屋邊，姑自排遣之詞。

壯年學書劍，他日委泥沙〔一〕。事主非無禄，浮生即有涯。高齋依藥餌〔二〕，絶域改春華。喪亂丹心破，王臣未一家。

〔一〕他日，渾指罷職之時。

〔二〕高齋，當指嚴武之幕。

四章，歷叙來踪，末又由身而感世。書劍乃用世之具，壯年學之，他日即委之者，非曰歷仕而無禄，實以知足而謝事也。是以寄蹟幕寮，嘗依故舊，春華再改，而竟來隱於此，然此身則可以草屋了矣。若夫世之喪亂，憂方大也。結是不了語，故下章申之。○注家以「高齋」即草屋，草屋不得云高齋。蓋此句跟上四一片下，正隱括入蜀依嚴事也。

欲陳濟世策，已老尚書郎。不息豺狼鬭，空慚鴛鷺行。時危人事急一作惡，風逆一作急羽毛傷。落日悲江漢，中宵淚滿床。

末章，又由世而慨身，接上章「喪亂」來。言雖出吾身，無補於世，是以爲郎老去，長謝鴛行，草屋其歸宿矣。獨是時方多事，則身終受傷，所爲連日連宵徬徨悲歎，未知瀼西一席，遂足安此暮景否？○老杜連章片段，大率如此精密，如何鹵莽讀得！

過客相尋〔一〕

窮老真無事，江山已定居。地幽忘盥櫛，客至罷琴書。掛壁移筐果，呼兒間一作問煮魚。時聞繫舟楫，及此問吾廬。

〔一〕相尋而至，客不一至也。公《石門宴集》詩：「鞍馬去相尋。」與此同義。舊混作尋訪之尋，使詩不可解。

峽居酬接疏簡，適此日過客踵至，喜而有作。一、二，以「無事」翻襯起。中四，寫「過客」。七、八，寫「相尋」，正款前客時，後客又至也。

竪子至

樝梨纔綴碧〔一〕，梅杏半傳黄。小子幽園至，輕籠熟柰香〔二〕。山風猶滿把，野露及新嘗。欹枕一作欲寄江湖客，提攜日月長〔三〕。

〔一〕《風土記》：樝，梨屬。

〔二〕《蜀都賦》：素柰夏成。《本草》：今名頻婆。

〔三〕公詩云：甕醬落提攜。

本爲竪子送柰而作，先以樝梨梅杏作引，却爲結語伏脉。結云「提攜日月長」，正與一、二映合。園果以次而熟，可得逐時攜送，所謂「日月長」也。舊説總不分曉。○《杜臆》云：五、六，語帶仙靈氣。

得舍弟觀書自中都已達江陵今兹暮春月末行李合到夔州悲喜相兼團圓可待賦詩即事情見乎詞〔一〕

爾過一作到江陵府，何時到峽州〔二〕？亂離生有别，聚集病應瘳。颯颯開啼眼，朝朝上水樓。

老身須付託，白骨更何憂。

〔一〕中都，謂長安。《唐書》：至德二載，以西京爲中京。

〔二〕峽州，今夷陵州，自江陵到夔所經。

只爾叙題，自然情至。

喜觀即到復題短篇二首

巫峽千山暗，終南萬里春〔一〕。病中吾見弟，書到汝爲人。意答兒童問，來經戰伐新一作塵。泊船悲喜後，款款話歸秦。

〔一〕終南山在長安。

題云「即到」，亦猶未到也。第一首從「即到」正面著筆，是初得信時第一層念頭，只是一喜，尚無雜想。○一、二，對峽景而統計來路。三、四，歡躍寬釋之詞，意則上句因下句。五、六，黃生云：開書之時，其子在旁，詢叔動定，且答且讀。愚按：此解最妙。「經戰伐」，即書中所讀語也。七、八，直摹擬到接見後，喜心翻倒之餘，即便商量歸計也。

待爾嗔烏鵲，抛書示鶺鴒〔一〕。枝間喜不去，原上急曾經。江閣嫌津柳，風帆數驛亭。應論十年事，撚趙作愁絶始星星趙作惺惺。

〔一〕書非泛指，即是弟所寄書。

第二首從「即到」對面着筆，是既得信後第二層念頭，全是心猜眼盼光景。「喜」字亦對託而出。○只爲待爾之故，嗔到鵲噪無憑，直欲將來書拋示鶻鴒，恐書詞虚報，不如物類急求耳。乃噪者不去也，相急者其素性也，是必不傳虚信者，何杳然乃爾，得毋柳遮津渡耶？不然，風帆曾過幾驛耶？幾於望眼將穿矣。直至結尾收轉云：想其到此之時，見我毛髮皓白，應論我十年前，撚鬚索句，纔星星數莖耳。趙汸改易原文，殆由不善體會。

舍弟觀歸藍田迎新婦送示二首〔一〕

汝去迎妻子，高秋念却回。即今螢已亂，好與雁同來。東望西江永舊作水誤，南遊北户開〔二〕。卜居期静處，會有故人杯。

〔一〕觀之來，在三四月間，其去當在五月。玩詩中「螢已亂」句可見。

〔二〕《吴都賦》：開北户以向日。

二詩於送觀之時，訂出峽之會，數其期，擬其地，丁寧詳複，言下藹然。○「念却回」，懸算也，此句兩詩宗旨。三、四囑之。以下俱自致其意，言己當在峽外相待，汝不須復到夔來也，但此意未透，故下章申之。○江自西來，故曰「西江」，即指峽外之江也。「北户」，本南方之俗，此借言到荆望弟之切。「東望」「南遊」，去夔向荆也。「故人」，指舊遊之宦於荆者，但未明點荆州耳。

楚塞難爲别一作路，藍田莫滯留。衣裳判平聲白露，鞍馬信清秋。滿峽重江水〔一〕，開帆八月舟。此時同一醉，應在仲宣樓〔二〕。

〔一〕鮑照賦：重江複關之隩。

〔二〕在荆州。

即申前旨。前章虚運，此章實拈也。○「難爲别」，包含無限。今與弟别，後且與夔别，意謂重逢不復在此，故此别難爲情也。「白露」、「清秋」，即「雁同來」意。「滿峽」、「開帆」，即「東下」、「南遊」意。結方説透相會荆州意。○後有《觀取妻子到江陵》七律三首，見四之二。究竟弟先到荆，公未出峽。

園〔一〕

仲夏流多水，清晨向小園。碧溪摇艇闊，朱果爛枝繁。始爲江山静，終防市井喧。畦蔬繞茅屋，自足媚盤飧。

〔一〕仇云：園隔瀼西之溪，别有茅舍。

自瀼西泛艇，行視果園也。○下半，皆咏歎自得之詞。五、六宕筆，猶言本欲如此也。七、八，言今果可自足矣。

歸

束帶還騎馬，東西却渡船。林中才有地，峽外絶無天。虚白高人静，喧卑俗累牽。他鄉閲一作悦遲暮，不敢廢詩篇。

自園而歸也。○三、四，見只此間是平土，此外皆高山，而身域其中，不能他出，亦在言外。

聞惠二過東溪特一送一作送惠二歸故居〔一〕

惠子白駒瘦，歸溪唯病身。皇天無老眼，空谷滯斯人。崖蜜松花熟一作古，一作白，山杯竹葉新一作春〔二〕。柴門了無一作生事，黄綺未稱臣〔三〕。

〔一〕集外詩。

〔二〕張華《輕薄篇》：「蒼梧竹葉清，宜城九醖酒。」蓋皆酒名。

〔三〕夏黄公、綺里季，四皓之二。

「惠子」不知何許人，得公詩，遂如凌霄一鶴。惜其「滯」，則非無才略矣。羨其「無事」，則超出塵鞅矣。結語贊得更高。黄生云：「黄、綺」尚多一出，惠乃「未稱臣」之黄、綺，出古人上矣。

月三首

斷續巫山雨，天河此夜新。若無青嶂月，愁殺白頭人。魍魎移深樹〔一〕，蝦蟆没半輪〔二〕。故園當北斗，直想照西秦。

〔一〕《左傳疏》：魍魎，川澤之神也。

〔二〕《酉陽雜俎》：月中有金背蝦蟆。

三首皆對月羈愁之作也。○上四，新晴得月而喜。五、六，敷衍法，切新霽「上弦」之候。結爲「羈棲」引端。

併照巫山出，新窺楚水清。羈棲愁裏見，二十四回明。必驗升沈體，如知進退情。不違銀漢落，亦伴玉繩横。

此及下章，明從「羈棲」中咏月。○此通計兩年居夔之月也。先寫意而後咏歎。「升沈」、「進退」，即是「羈棲」之神，「不違」、「亦伴」，所以能照出也。

萬里瞿唐月，春來六上弦。時時開暗室，故故滿青天。爽合風襟静，高當淚臉懸。南飛有烏鵲，夜久落江邊。

此專數本年之月，點出「上弦」字來。下六，俱情景交融而出。「烏鵲」、「江邊」，用魏武月明詩，正是「羈棲」之感也。

晨　雨

小雨晨光内，初來葉上聞。霧交纔灑地，風折一作逆旋隨雲。暫起柴荆色，輕霑鳥獸群。麝香山一半，亭午未全分。

無他寓意，總在「晨」字、「小」字上落想。結亦以「一半」見「小」，以「亭午」剔「晨」也。

夜　雨

小雨夜復密，迴風吹早秋。野涼侵閉户，江滿帶維舟。通籍恨多病，爲郎忝薄遊。天寒出巫峽，醉別仲宣樓。

當與下首連讀，亦對雨而動出峽北歸之思也。○三、四，本屬寫景，然以「涼侵户」申「早秋」，「江帶舟」引後半，實爲上下關鎖。五、六，衍滯峽之由。結聯十字一氣讀，出峽不停頓，一徑别樓北歸也。引其端而未達，故有下首。

更題

只應踏初雪，騎馬發荆州。直怕巫山雨，真傷白帝秋。群公蒼玉佩〔一〕，天子翠雲裘〔二〕。同舍晨趨侍，胡爲淹此留。

〔一〕《記》：大夫佩水蒼玉而絶組綬。

〔二〕《諷賦》：被翠雲之裘。

都對上首意翻轉落筆，一氣折旋而下。言本欲踏雪到荆，即發荆北上耳，而竟雨阻巫山，秋深白帝乎！遥想早朝氣象，同官正此趨蹌，我何獨以多病薄遊，淹久於此，亦足慨已。

溪上

峽内淹留客，溪邊四五家。古苔一作茗生迮一作濕地，秋竹隱疏花。塞俗人無井，山田飯有沙。西江使船至，時復問京華。

「溪上」棲身，殊無佳趣。「京華」問信，難得湍飛。所由徬徨而起興也。

樹　間

岑寂雙柑樹〔一〕，婆娑一院香。交柯低几杖，垂實礙衣裳。滿歲如松碧，同時待菊黄。幾回霑葉露，乘月坐胡床。

〔一〕樹在瀼西草屋間，非果園之甘也。果園不止雙樹矣。

閒中自遣之詩。「如松」，頂「交柯」。「待菊」，頂「垂實」。

白　露

白露團甘子〔一〕，清晨散馬蹄。圃開連石樹，船渡入江溪。憑几看魚樂〔二〕，回鞭急鳥棲。漸知秋實美，幽徑恐多蹊。

〔一〕此在果園。

〔二〕《莊子》：鯈魚出游從容，此魚樂也。

由草屋而之果園，朝往暮歸。上四往，下四歸也。○首句，遥想園中晨景。「連石樹」，連石之樹，隔溪已見也。「入江溪」，入江之溪，到園而登也。「恐多蹊」，收所以往視之故，籬缺須補也。

吾　宗〔一〕

吾宗老孫子，質朴古人風。耕鑿安時論，衣冠與世同。在家常早起，憂國願年豐。語及君臣際，經書滿腹中。

〔一〕原注：衛倉曹崇簡。○時崇簡亦寓家於夔，公有《寄從孫崇簡》詩，見五之末。「質朴古人風」五字，一詩總領，而詩之丰度亦似之。

秋日寄題鄭監湖上亭三首〔一〕

碧草違春意，沅湘萬里秋〔二〕。池要山簡馬，月静一作净庾公樓。磨滅餘篇翰，平生一釣舟。高唐寒浪減，髣髴識昭丘〔三〕。

〔一〕鄭監，鄭審也。湖亭，在江陵。

〔二〕邵注：沅水，在辰州。湘水，在長沙。

〔三〕《登樓賦》：北彌陶牧，西接昭丘。注：《荆州圖記》：當陽東南，有楚昭王墓。

湖亭在江陵，公尚未到，故三詩全不實寫亭景，都就賓朋文宴上結想，以致即欲出峽之情，直作一封尺牘看。舊説泛從湖亭之勝着解，失其旨矣。○一、二，提清時地。三、四，切湖亭。然「山簡」、「庾公」，已帶「鄭監」，不呆寫景也。「餘篇翰」，期分賦也。「一釣舟」，足行具也。七、八，結出本意，言稍俟浪平，便當相訪耳。

新作湖邊宅，還聞賓客過。自須開竹逕，誰道避雲蘿。官序潘生拙〔一〕，才名賈傅多。捨舟應卜地，鄰接意如何？

〔一〕潘岳《閒居賦序》：雖通塞有遇，抑亦拙者之效也。

次章，遥擬鄭亭賓客過從之多，作自家卜鄰引子。三、四，擬其愛客之誼，言定應相迎，决弗深避也。五、六，上下轉關，惟其宦情淡而詩興饒，雅人深致若此，故客過輒喜，而我來不拒。曰「意如何」，見其必能延納，語婉而神躍矣。

暫阻蓬萊閣，終爲江海人。揮金應物理〔一〕，拖玉豈吾身〔二〕。羹煮秋蓴滑，杯凝一作迎露菊新。賦詩分氣象，佳句莫頻頻一作辭頻。

〔一〕《漢書》：疏廣歸鄉里，數問所賜金餘尚有幾，趣具酒食，請族人故舊娱樂。

〔二〕《西征賦》：飛翠緌，拖鳴玉。

末章，上四見兩人志趣正同，大堪作合。「揮金」、「拖玉」，彼此牽搭緊湊。下皆預擬之詞。「煮蓴」、「凝菊」，到後款洽也。「賦詩」、「佳句」，宴遊酬和也。正與首章「餘篇翰」，次章「才名多」相應。「分氣象」，聯吟而分呈氣象也。「莫」，猶云得毋。○首章言「髣髴昭丘」，次章言「卜地」「鄰接」，末章言「蓴」酒「賦詩」，層次淺深秩然。

社日兩篇〔一〕

九農成德業〔二〕，百祀發光輝。報效神如在，馨香舊不違。南翁巴曲醉，北雁塞聲微。尚想東方朔，詼諧割肉歸〔三〕。

〔一〕《左傳》：共工氏有子曰勾龍，能平水土，故祀以爲社。

〔二〕《左傳》：少皞氏以九扈爲九農。

〔三〕《東方朔傳》：伏日賜從官肉，朔曰：「拔劍割肉，一何壯也。割之不多，又何廉也。歸遺細君，又何仁也。」《西溪叢語》：社日用伏日事。《史記·諸侯年表》：秦德公用伏日爲秋社，磔狗以禦災蟲。至漢方有春、秋二社，與伏分也。

因賽社而想朝賜，在「南翁」、「北雁」二句，轉遞出本意來。

陳平亦分肉，太史竟論功〔一〕。今日江南老，他時渭北童。歡娱看絶塞，涕淚落秋風。鴛鷺迴金闕，誰憐病峽中。

〔一〕《史記·陳平傳贊》：當割肉俎上時，意已宏遠矣。

次章，即前章下半意而申言之。○「歡娱」，即「巴曲醉」意。「絶塞」指夔。

八月十五夜月二首

滿目飛明鏡，歸心折大刀〔一〕。轉蓬行地遠，攀桂仰天高〔二〕。水路疑霜雪，林棲見羽毛。此時瞻白兔〔三〕，直欲數秋毫。

〔一〕古樂府：藁砧今何在，山上復有山。何當大刀頭，破鏡飛上天。

〔二〕李德林詩：月桂近將攀。

〔三〕《天問》：月中何有？玉兔搗藥。

此正咏當空之月，先情而後景。○「折」，歸心摧折也。與《秦州詩》「心折此淹留」同意。顧宸謂如大刀之折，滯甚。三、四，承此説下。後半，極言其明皎。

稍下巫山峽，猶銜白帝城。氣沈全浦暗，輪仄半樓明。刁斗皆催曉，蟾蜍且自傾一作清，非。

張弓倚殘魄〔二〕，不獨漢家營。

〔二〕朱注：倚，即「長劍倚天外」之倚。

此又咏將落之月，先景而後情。○「氣沈」，頂「稍下」。「輪仄」，頂「猶銜」。浦暗於峽下，樓明於城上，月落時之景也。下半言月非自傾，刁斗催之使傾，何軍旅繁興，久無休息耶！○前詩傷阻歸，此詩傷久亂，要之只是咏月，故妙。

十六夜翫月

舊挹金波爽，皆傳玉露秋。關山隨地闊，河漢近人流。谷口樵歸唱，孤城笛起愁〔一〕。巴童渾不寐，半夜有行舟。

〔一〕仇注：上四字一讀，下一字另讀。

上四，貼月光寫，下四，借人事襯出。○起只言月光之爽，於秋倍顯，自昔而然耳。勿依俗解，以「舊」指昨宵，泥定「十六夜」索解。「關山」明迥，而勢若加「闊」，於客中尤切。「河漢」逼近，而光如欲「流」，於夔地尤切。仇以「河漢」句承秋不承月，謂月明則天河光掩，則悖於「近人流」之旨矣。不知中秋之月，去河甚遠，遠則光不相掩，而河於此時，斜亘西南，於夔爲近，而夔地又高，所以清輝交映也。下皆言明月夜事，人人忘寢，愈爲月光增色。

十七夜對月

秋月仍圓夜，江村獨老身。捲簾還照客，倚杖更隨人。光射潛虯同虬動，明翻宿鳥頻。茅齋依橘柚，清切露華新。

此首上四，却從「十七夜」落想。「仍圓」，已不圓也。「還照」、「更隨」，連宵得月而喜也。此四句將月與身膠黏説。五、六，單就月所照説。七、八，月與身仍復膠黏。了無塵氣。

九月一日過孟十二倉曹十四主簿兄弟

藜杖侵寒露，蓬門起一作啓曙煙。力稀經樹歇，老困撥書眠。秋覺追隨盡，來因孝友偏孟有母。清談見滋味，爾輩可忘年。

逐句叙下，歷歷如話。策杖侵露，出門見煙，在中途則傍樹而歇，到孟舍則抛書而眠。「追隨盡」，寒温大意。「孝友偏」，周旋所仰。「清談味」，心醉於娓娓之後。「忘年」契，心許於款款之餘。黄生以「力稀」句即在孟園中説，未合。

孟　氏〔一〕

孟氏好兄弟，養親惟小園。承顏胼手足，坐客强盤飧。負米夕一作寒葵外〔二〕，讀書秋樹根。卜鄰慚近舍〔三〕，訓子學誰一作先門。

〔一〕編正。

〔二〕《家語》：子路負米百里之外。

〔三〕仇注：用孟母事。

一門孝友勤學，寫來可慕。此詩似是感其門風之美，而述以訓子者，非在孟居作也。故有結聯，言非此門之學而誰學乎。津津齒頰。

孟倉曹步趾領新酒醬二物滿器見遺老夫〔一〕

楚岸通秋屐，胡床面夕畦。藉糟分汁滓〔二〕，甕醬落提攜。飯糲添香味，朋來有醉泥。理生那免俗，方法報山妻。

〔一〕黄生云：製題即見手法，皆深荷之意。

〔三〕枕麴籍糟，本出《酒德頌》。此對甕言，當讀如字，疑是盛糟之器。汁滓，見《周禮·醴齊注》。恐是連滓見遺，即俗所云「酒孃」也。

彼着屐而來，我面畦而見，步趾領也。三、四，分寫二物。滿器見遺，五、六分承。美其功用，以乞取製法作結，涉筆成趣。

送孟十二倉曹赴東京選〔一〕

君行別老親，此去苦家貧。藻鏡留連客，江山憔悴人。秋風楚竹冷，夜雪鞏梅春〔二〕。朝夕高堂念，應宜綵服新。

〔一〕鶴云：《唐志》太宗時，以歲旱穀貴，東人選者，集於洛州，謂之東選。殆自此爲例。

〔二〕《唐書》：鞏縣，屬東都河南府。

「家貧」「親老」四字，見《韓詩外傳》，已極陳因，拆用便有無窮神味。蓋親老則應留侍，家貧又須就禄，不可得兼。含悲一出，有不能舍然者。全詩俱從此得間。〇謁選「留連」，別之故也，内顧「憔悴」，貧之累也。「楚冷」、「鞏春」，送者記程之語，即老親倚閭之思，其情亦足悲矣。故以「綵服」承歡祝之，冀其早晚得官迎養也。〇三、四，能使老於謁選之人，墮下淚來。

憑孟倉曹將書覓土婁舊莊〔一〕

平居喪亂後，不到洛陽岑。爲歷雲山問，無辭荊棘深。北風黄葉下，南浦白頭吟。十載江湖客〔二〕，茫茫遲暮心。

〔一〕土婁莊，當即偃師舊廬，所謂陸渾莊者。孟往東京，故託以訪覓。

〔二〕乾元間，公爲華州功曹，復一至東都，至是十載。

淺語自爾曲到。執别寄言，稽南翹北，千載下神情宛然。

秋野五首〔一〕

秋野日疏一作荒蕪〔二〕，寒江動碧虚。繫舟蠻井絡〔三〕，卜宅楚村墟。棗熟從人打，葵荒欲自鋤。盤飧老夫食，分去聲減及溪魚〔四〕。

〔一〕摘篇首爲題。

〔二〕謝朓詩：邑里向疏蕪。

〔三〕揚雄《蜀都賦》：稽乾度則井絡儲精。

〔四〕周靖曰：《華嚴經》十布施内，有分減布施。按：及溪魚，以食餘飼魚也。

久寓瀼西，俯仰無聊，而作是詩。○首章，上四述所處之地，直與末章結處相照，下四乃處此之所事也。此章蓋泛寫當前之況。曰「蠻絡」、「楚墟」，則處非其地可知。曰「繫舟」、「卜宅」，則留滯不去可知。其言平日所事，本甚無聊，却極恬適，非襟期高曠，不能有此。

易識浮生理，難教一物違。水深魚極樂，林茂鳥知歸。衰老甘貧病，榮華有是非。秋風吹几杖，不厭北山薇。

次章，言所以居此者，避世故也。首句提出正意，另作一頓，乃下半首之根。次句引入喻意，魚鳥藏身，正物性難違處，即投老「山薇」影子也。「浮生」之「理」，故應如此，是以甘而不厭也。彼榮華是非，何有於我哉！

禮樂攻吾短〔一〕，山林引興長。掉頭紗帽側，曝背竹書光。風落收松子，天寒割蜜房〔二〕。稀疏小紅翠，駐屐近微香。

〔一〕禮樂，猶所謂禮法之士。

〔二〕《蜀都賦》：蜜房郁毓被其阜。

三章，言吾所以甘此者，以「山林」之趣「引興」正「長」耳。此句是主，首句陪説。蓋榮華之途既遠，則禮樂之士亦疏，「掉頭」而獨吟，「曝背」而獨樂，正不妨於見短也。下四，詳言「引興」之「長」。

遠岸秋沙白，連山晚照紅。潛鱗輸駭浪，歸翼會高風。砧響家家發，樵聲個個同。飛霜任青女〔一〕，賜被隔南宮〔二〕。

〔一〕《淮南子》：秋三月，青女出以降霜。

〔二〕賜被，乃漢儀郎官事。

四章，言惟其引興之長，是以深投遠逝，往而不返，而嚮時官職，非所戀也。「秋白」、「晚紅」，複舉「山林引興」。「輸」，縱瀉而去也。「會」，乘勢而翔也。二句亦比體。「家家」、「個個」，則我身亦混於「砧響」、「樵聲」中。「任青女」者，一任寒氣之逼。蓋郎官既罷，賜被久隔也。安分中有寓慨意。〇次章，「水深魚樂」，「林茂鳥歸」，謂惟此奧區，真堪棲託，爲投老作引。此章「潛鱗輸浪」，「歸翼會風」，謂由來野性，合趁寬閒，與「引興」相承，句法一顛一倒，各還湊理，語相類而意不複。

身許麒麟畫，年衰鴛鷺群。大江秋易盛，空峽夜多聞。徑隱千重石，帆留一片雲。兒童解蠻語，不必作參軍〔一〕。

〔一〕《世説》：郝隆爲蠻府參軍，作詩曰：「娵隅躍清池。」蠻名魚爲「娵隅」。桓温曰：「何爲作蠻語！」隆曰：「千里投公，始得蠻府參軍，那得不蠻語也。」

末章，接「隔南宫」申説，而自嘲留滯之久，與首章起處相應。言許身之志，老而不遂，惟見江峽之間，秋高而百川奔赴，夜静而萬籟怒號。夔境大概如此。以下拍緊瀼上所處。「徑隱」，應「卜宅」。「帆留」，應「繫舟」。結應「蠻絡」、「楚墟」。蓋久稽而聊以解嘲，亦翻用古語法。○五詩俱見安貧適志氣象，此變風之正聲。

課小豎鋤斫舍北果林枝蔓荒穢净訖移床三首

病枕依茅棟，荒鉏净果林。背堂資僻遠，在野興清深。山雉防求敵〔一〕，江猿應獨吟。洩雲高不去〔二〕，隱几亦無心。

〔一〕《射雉賦》注：雉見敵必戰，不容他雜。按：求敵，猶言索戰。

〔二〕左思賦：窮岫洩雲。

三詩俱有憂讒畏譏，全身避世之想。○首章，上叙題，下寫意。其叙題處，叙「鋤斫」之事簡，叙「移床」之趣多。蓋三首情景，都就移床時領會也。其寫意處，「防敵」、「獨吟」，爲次章張本。「雲」共「無心」，爲末章張本。

衆壑生寒早，長林卷霧齊。青蟲懸就日，朱果落封泥。薄俗防人面，全身學馬蹄〔一〕。吟詩重回首，隨意葛巾低。

〔一〕黄生注：揚子《法言》云：「貌則人，心則獸。」《莊子·馬蹄篇》云：「至德之世，同與禽獸居，族與萬物並。」上句以人面影獸心，下句以篇名括篇意。

次章上四，仇云：舍北朝景。愚按：此正移床所得者。下四，申首章五、六意。「防面」、「學蹄」、「求敵」其可鑒也。「回首」、「巾低」，「獨吟」聊自適也。

籬弱門何向，沙虚岸只摧。日斜魚更食，客散鳥還來。寒水光難定，秋山響易哀。天涯稍曛黑，倚杖獨一作更徘徊。

末章，仇云：舍北晚景。愚按：大旨乃申首章七、八意。籬隨門向，沙聽岸摧，魚自食而鳥自來，水光摇而山響切，此時惟「倚杖徘徊」，不知天涯之爲近歟，爲遠歟！真同於「洩雲」之「無心」矣。○首章所云「資僻遠」，「興清深」，又是三詩總趣。

季秋蘇五弟纓江樓夜宴崔十三評事韋少府姪三首

峽險江驚急，樓高月迴明。一時今夕會，萬里故鄉情。星落黄姑渚〔一〕，秋辭白帝城。老人因酒病，堅坐看君傾。

〔二〕古樂府：黄姑織女時相見。按：黄姑，即河鼓。三星如擔，在天河東渚。此云星落，謂河鼓没也。季秋河轉西南，河鼓没，則夜半矣。

此夜江樓之宴，與他處不同。歷觀兩歲羈孾，絶少親朋高會，無論在兩都時，即視蜀中之况，亦遠不逮矣。值此一叙，覺種種江光月色，俱并入親情鄉思中，有爲之停杯而三歎者。三詩命意，只「一時今夕會，萬里故鄉情」十字盡之，他如佐觴閒話，有不遑鋪叙者爾。故讀杜須通十數卷疏觀其意境也。○一、二，誌其處。三、四，無限遥情，一并吐出。五、六，夜闌秋杪之景，起下「堅坐」。老人病酒，而猶久看客飲，顧宸所謂戀戀故鄉者也。

明月生長好，浮雲薄漸遮。悠悠照遠一作邊塞，悄悄憶京華。清動杯中物，高隨海上槎。不眠瞻白兔，百過落烏紗仇改作鴉，非。

次章於乘月命酒，見出故鄉情，所謂月色皆親情鄉思也。「清動」，月與酒映。「高隨」，月又與命酒之客映。結言乘興而頻頻出望，月光照落烏紗。「百過」，甚言望之數。竟夜追歡，躍躍飛動矣。

對月那無酒，登樓況有江。聽歌驚白鬢，笑舞拓秋窗。樽蟻添相續〔一〕，沙鷗並一雙。盡憐君醉倒，更覺片心降。

〔一〕曹植《七啓》：盛以翠樽，酌以雕觴。浮蟻鼎沸，酷烈馨香。

三章於把酒臨江，見出故鄉情，所謂江光皆親情鄉思也。「對月」，就前章脱下。六句皆酒與江溶化而出。結云客「醉倒」而我「心降」，老子興復不淺，總由冷落逢歡而發。

戲寄崔評事表姪蘇五表弟韋大少府諸姪

隱豹深愁雨〔一〕，潛龍故起雲。泥多仍徑曲，心醉沮賢群。忍待一作對江山麗，還披鮑謝文。高樓憶疏豁，秋興坐氤氳〔二〕。

〔一〕《列女傳》：陶答子妻曰：南山有玄豹，霧雨七日，不下食者，欲以澤其衣毛，而成其文章也。

〔二〕仇注：氤氳，意興之濃。

此阻雨而憶諸人，欲續前夜之會也。起筆涉戲，見此日忽然雲雨，爲有許多「隱豹」「潛龍」，噓結而成。豹龍統含賓主，不必分貼。下半言忍而「待江山麗」景，還欲「披鮑、謝文」章，需天霽以圖重晤也。蓋由回憶前宵，興復勃發耳。

季秋江村

喬木村墟古，疏籬野蔓懸。素一作清琴將暇日〔一〕，白首望霜天。登俎黄甘重，支床錦石圓。

遠遊雖寂寞，難見此山川。

〔一〕將，消遣之義。

秋村遣懷之作。

小　園〔一〕

由來巫峽水，本是楚人家。客病留因藥，春深買爲花。秋庭風落果，瀼岸雨頹沙。問俗營寒事，將詩待物華。

〔一〕瀼西之果園也。

公之賃居於瀼上也，在暮春時。今此秋深，見果熟雨霑，喜而有作。上四，追叙置園之由。川中故多藥物，故曰「留因藥」。「買」者，買園，非買花也。「寒事」，亦指藝植之事。《杜臆》云：素不習慣，故問俗而營也。愚按：「將詩待」者，吟詩以驗將來之發生也。

卷三之六　五律　起代宗大曆二年秋訖五年

《纂年譜》：大曆二年秋，往來瀼、屯。三年正月，出峽。三月，至江陵。秋，移公安。冬，之岳州。四年正月，之潭、之衡。夏，復回潭。五年四月，復入衡州，欲如郴州，不果。秋，回舟湖湘，卒。

自瀼西荆扉且移居東屯茅屋四首〔一〕

白鹽危嶠北，赤甲古城東。平地一川穩，高山四面同。煙霜淒野日，秔稻熟天風。人事傷蓬轉，吾將守桂叢〔二〕。

〔一〕《一統志》：東瀼水，公孫述於東濱墾稻田，號東屯。于㮚《東屯少陵故居記》：峽中地少平曠，東屯稻田水畦，延袤百頃，前帶清溪，後枕崇岡，氣象深秀，稱高人逸士之居。按：東屯，特公之農莊，移居，爲收穫計也。且者，不常止之詞。

〔二〕劉安《招隱士》：桂樹叢生兮山之幽。

首章叙述，先言東屯之勝。五、六，帶時序而逗本事。末結到移居。其移居之故尚未露，俟下章點出。

東屯復瀼西，一種住清溪。來往皆一作兼茅屋，淹留爲稻畦。市喧宜近利〔一〕，林僻此無蹊。若訪衰翁語，須令賸客迷〔二〕。

〔一〕公詩云：市暨瀼西巔。

〔二〕陸機詩：遊賞愧賸客。

次章，上四乃移居之故也。瀼、屯相去不遠。村景如畫。下四，愛其地之僻也，在瀼固樂其便，在屯亦喜其幽。抑揚其詞，以清賓主。不曰過客而曰「賸客」，乃與「衰翁」相稱。

道北馮都使〔一〕，高齋見一川。子能渠細石，吾亦沼清泉。枕帶還相似，柴荆即有焉。斫畬應費日〔二〕，解纜不知年。

〔一〕《晉書》：諸阮居道北。

〔二〕《爾雅》：田三歲曰畬。

三章，喜隔川鄰近有高人居止，因誌其事。五、六，將惟其有之，是以似之，倒轉看即得，彼之趣吾亦有之也。結有終焉之志，狎勝流故也。○申涵光曰：「即有焉」，不成句法。

牢落西江外，參差北户間。久遊巴子國，卧病楚人山。幽獨移佳境，清深隔遠關。寒空見鴛鷺，迴首憶一作想朝班。

末章，久客爲農之慨。上四，泛就夔言。五、六遞下。「移佳境」，拍合移居。「隔遠關」，引入去國。結聯承此説下。黄生曰：「鴛鷺」不列於朝，忽從「寒空」見之，猛然不堪「回首」。

東屯北崦

盗賊浮生困，誅求異俗貧。空村唯見鳥，落日不一作未逢人。步壑風吹面，看松露滴身。遠山回白首，戰地有黄塵。

經東屯之北崦而作也。因北崦人居稀少，遂寄遠慨焉。中四，所值荒凉之景。首尾，推言荒凉之故。〇一、二不平，惟「盗賊」故「誅求」，惟「誅求」故「俗貧」，意相因也。惟因「盗賊」而我生轉徙，且因轉徙而見此「俗貧」，事相因也。「盗賊」泛指。舊謂崔旰，非。看結處「回首」「黄塵」，所傷者遠。

從驛次草堂復至東屯茅屋一無此二字二首〔一〕

峽内歸田客一作舍，江邊借馬騎。非尋戴安道〔二〕，似向習家池。山一作地險風煙僻一作合，天寒橘柚垂。築場看斂積，一學楚人爲。

〔一〕草堂，即驛次之舍也。舊謂次瀼西之草堂，將次字活看，詩中無此意。

〔二〕《語林》：王子猷夜乘輕船就戴，既造門，不前便返。

時近收稻而來也。此首祇叙來到之事。三、四陪襯法。五、六布景法。結聯點出所事。

短景難高卧，衰年强去聲此身。山家蒸栗暖〔一〕，野飯射麋新〔二〕。世路知交薄，門庭畏客頻。牧童斯在眼，田父實爲鄰。

〔一〕王逸《玉論》：黄侔蒸栗。

〔二〕《左傳》：射麋麗龜。

此首發意，「難高卧」，不得安寢也，「强」，猶俗云裝强，「强此身」，打熬氣力也。二句質言之，只是窮健而老苦。三、四，言飽餐逐獸，正頂「强此身」來。五、六第三字讀，二句乃跌起結意。言交之薄，吾既知之，故客之頻，吾甚畏之，惟「牧童」「田父」，斯其常在眼而可爲鄰者，吾年雖老，亦偕此輩以黽勉此身，相與圖維生計而已。四句四虚字，緊相呼應。

暫往白帝復還東屯

復作歸田去，猶殘穫稻功。築場憐穴蟻，拾穗許村童。落杵光輝白，除一作殊芒子粒紅。加餐可扶老，倉廩慰飄蓬。

前紀事，後慰意。

茅堂檢校收稻二首

香稻三秋末，平田百頃間。喜無多屋宇，幸不礙雲山。御裌侵寒氣〔一〕，嘗新破旅顔〔二〕。紅鮮終日有〔三〕，玉粒未吾慳。

〔一〕裌，袷同。《秋興賦》：藉莞蒻，御袷衣。

〔二〕《吕氏春秋》：農乃登穀，天子嘗新。

〔三〕李百藥詩：落日照紅鮮。蓋謂稻也。

一、二，就平疇處寫景。三、四，就場圃間寫景。五記時，六主句。七、八，繳足「嘗新」。

稻米炊能白，秋葵煮復新。誰云滑易飽，老藉軟俱匀。種幸房州熟〔一〕，苗同伊闕春〔二〕。無勞映渠碗〔三〕，自有色如銀。

〔一〕房近夔。

〔二〕伊闕，在河南故鄉。

〔三〕魏文帝《車渠碗賦序》：車渠，玉屬也。多纖理縟文，生於西國。

上四，用賓主回文體。米既白而葵復新，兩俱美矣，然葵滑祇以佐飽，而米軟乃可扶衰，輕重自見。

「房州熟」，「伊闕春」，疑皆當時稻名，猶今所云松江糯、杭州秔也。蓋以客中之種，擬故鄉之種，亦聊以慰旅愁焉。結特爲炊白飾色。顧注云：與「莫笑田家老瓦盆，傾銀注玉驚人眼」同意。

刈稻了咏懷

稻穫空雲水，川平對石門。寒風疏草木，旭一作曉日散雞豚一作狁。野哭初聞戰，樵歌稍出村。無家問消息，作客信乾坤。

穫後寫客懷也。一、二不平，穫後野曠，故見雲川對門。「哭初聞」，平時慣聽惡聲也。「歌稍出」，此中略有生趣也。然則家鄉信斷，即於此任運全身可已。

晚晴吴郎見過北舍〔一〕

圃畦新雨潤，愧子廢鉏來。竹杖交頭拄，柴扉掃一作隔徑開。欲棲群鳥亂，未去小童催。明日重陽酒，相迎自醱醅。

〔一〕有《簡吴郎司法》詩，見四之二。公移東屯，借與瀼西爲寓者。

仇注：初喜其過，既惜其去，又望其來，直叙情事，有自然之致。愚按：三、四，詩中有畫。先言「交頭」，已接見矣，後言「掃徑」，蓋指内圃之扉。既入外門，而復向圃扉也。黄生以爲從後扉入，太鑿。

九日五首〔一〕

舊日重陽日，傳杯不放杯。即今蓬鬢改，但愧菊花開。北闕心長戀，西江首獨迴〔二〕。茱萸一作萸房賜朝士〔三〕，難得一枝來。

〔一〕吴本缺一首，趙本以《登高》一首足之。○其一及《登高》一首爲七律，見四之二，其四爲五排，見五之三。

〔二〕西江，即指夔。

〔三〕唐制：九日賜宴及茱萸。

五詩皆輟飲獨登之作，解見七律第一首。○此獨登而憶朝賜故事也。舊日，在朝之日，即指茱萸賜宴之時。

舊與蘇司業源明，兼隨鄭廣文虔。采花香泛泛，坐客醉紛紛。野樹歆還倚，秋砧醒却聞。歡娱兩冥漠一作寞，西北有孤雲。

此獨登而憶京華舊友也。「兩冥漠」者，蘇、鄭既亡而冥漠，己身羈孤而冥漠也。結用現成古詩，高老。○如此二詩，何能開懷而飲，可以證七律第一首之解。

秋峽

江濤萬古峽，肺氣久衰翁。不寐防巴虎，全生狎楚童。衣裳垂素髮，門巷落丹楓。常怪商山老，兼存翊贊功。

老客殊方，畏人混俗，自分此生不復能拔起峽中，故結聯云爾。我不能而「商山老」能之，故怪之也。到底有按捺不下氣概。

秋清

高秋蘇肺氣，白髮自能梳。藥餌憎加減，門庭悶掃除。杖藜還客拜，愛竹遣兒書〔一〕。十月江平穩，輕舟進所如。

〔一〕趙注：題字竹上。

病起而思出峽之作。

峽隘〔一〕

聞說江陵府〔二〕，雲沙静一作凈眇然。白魚如切玉，朱橘不論錢。水有遠湖樹，人今何處船。青山各一作若在眼，却望峽中天。

〔一〕《杜臆》：心欲出峽，故覺其隘也。

〔二〕即荆州。

亦厭峽思荆之作，而篇法用逆局，先掇江陵之勝，以志其所向，用「聞説」字領起；後言出峽無憑，以悲其尚留，用「却望」字捺住。

曉望

白帝更聲盡，陽臺曙色分。高峰寒一作初上日，叠嶺宿霾一作未收雲。地坼江帆隱，天清木葉聞。荆扉對麋鹿，應共爾爲群。

一、二，「曉」之候。三、四，「曉」之景。五、六，景中帶情，引動末聯。「地坼帆隱」，峽内仍淹矣。「天清葉聞」，山空無伴矣。如此則但當與「麋鹿」「爲群」。語似且留，而意實厭居於此。

摇　落

摇落巫山暮，寒江東北流。煙塵多戰鼓，風浪少行舟。鵝費羲之墨，貂餘季子裘。長懷報明主，卧病復高秋。

峽中兩歷秋暮，去住摇摇，自寫心事。○「費墨」，聊事詩翰。「餘裘」，略無斧資。

日　暮

牛羊下來久或作夕，各已閉柴門。風月自清夜，江山非故園。石泉流暗壁，草露滴秋根一作原。頭白燈明裏，何須花燼繁。

一、二，「暮」之候。三、四，詩之骨。五、六，申「自清夜」。七、八，申「非故園」。自嫌頭白不歸，反嗔燈燼相照，無聊而錯怪，情緒如見。○五、六，大似鬼語。

耳　聾

生年鶡冠子〔一〕，歎世鹿皮翁〔二〕。眼復幾時暗，耳從前月聾。猿鳴秋淚缺，雀噪晚愁空。

黄落驚山樹，呼兒問朔風。

〔一〕《真隱傳》：鶡冠子衣敝履，因服成號，著書言道家事。

〔二〕《列仙傳》：鹿皮翁，衣鹿皮，居岑山上，食芝草，飲神泉。

借耳聾激爲憤語。「生年」字，含衰老意。「歎世」字，含厭棄意。舉二隱者，意存乎絶俗也。以眼陪耳，偏作幸詞曰：豈亦能暗乎，幸已得聾矣！五、六，正説耳聾之幸，爲其可免愁淚也。末復有雖聾未暗之恨，「朔風」不聞，何快如之，而未免「黄落」之見，則尚留此一「驚」，是未能全付之漠然者。○要亦是翻案法。

大曆二年九月三十日

爲客無時了，悲秋向夕終〔一〕。瘴餘夔子國，霜薄楚王宫。草敵虚嵐翠，花禁冷葉一作蕊紅。年年小摇落，不與故園同。

〔一〕當是正值秋盡日。

起法跳脱。客無了時，秋有了時也。一撇一提，提句却是反勢。下俱在秋去冬來上用意，以一暖一寒分寫，貼夔土氣候説。「瘴餘」，仍得暖也。「霜薄」，有輕寒也。「草敵翠」「瘴餘」故也。「花禁紅」，「霜薄」故也。惟「霜薄」故「摇落」，惟「瘴餘」故「摇落」而「小」，此皆「與故園」不相類者，是以感物候而動爲客之悲。然則悲生於秋者雖可終，而悲生於客者仍不了矣。○黄生曰：杜詩有題事，有心事，因不能悉以心事爲題，故借題事以見心事。而巧生於規矩之中，則有單拋雙綰之法。如此詩首句，心事也，次句，題事也，中二聯止承次句，則首句是單拋，至尾聯則題事心事雙綰。詩中多用此法，即此可例。

十月一日

有瘴非全歇，爲冬亦不難。夜郎溪日暖〔一〕，白帝峽風寒。蒸裹如千室〔二〕，焦糖幸一柈同盤〔三〕。兹辰南國重，舊俗自相歡。

〔一〕夜郎在夔南。

〔二〕《齊民要術》：蒸裹方七寸准，豉汁煮秫米，薑、橘皮、芹、蒜、鹽細切蒸糁，膏油塗箬，十字裹之。

〔三〕《方言》：餳謂之糖。《四民月令》：十月先冰凍，作京餳，煮暴飴。

「爲冬」句，仇云記候也。愚按：「亦不難」者，氣在暖寒之間，緊頂上句，急呼次聯，亦爲客者强爲寬解之詩。「如千室」，盡室皆然。「幸一柈」，見遺甚罕。公豈以乾餱之微，稍留心迹，正見洽比之誼，難望殊方。故結云「自相歡」，彼自熱鬧也，而語氣渾然。○此詩與前首之旨大約相類。

孟冬

殊俗還多事，方冬變所爲。破甘柑同霜落爪，嘗稻雪翻匙。巫峽寒都薄，黔溪瘴遠隨。終然減灘瀨，暫喜息蛟螭。

時必有巴中小警，至此事平，玩起訖可見。結語，賦而比也。

獨坐二首

竟日雨冥冥，雙崖洗更青一作清。水花寒落岸，山鳥暮過庭。暖老思一作須燕玉〔一〕，充饑憶楚萍〔二〕。胡笳在樓上，哀怨不堪聽。

〔一〕錢箋：顧大韶曰：用玉田種玉事也。《搜神記》：雍伯葬父母無終山，有人與石一斗，命種之。玉生其田。北平徐氏有女，伯求之，要以白璧一雙。伯至玉田求得，徐妻之。北平、無終，故燕地也，今爲玉田縣。

〔二〕《家語》：楚王度江得萍實。大如斗，赤如日。剖而食之甜如蜜。

二詩恐是晝陰夜晴時所作，觀次首可見。惱其阻旅客之行期也。○首章，衹述居夔落莫之苦，以爲下章出峽之思作引。上四，淒其向晚，舉目寥寥之况也。五、六，《杜臆》最得解。蓋以温飽艱難，轉設爲不易得之想，以見一纘一餐，幾如「燕玉」、「楚萍」，猝不得致。居此亦哀怨甚矣，况更觸以「哀怨」之聲，能無汲汲思去哉。

白狗斜臨北〔一〕，黄牛更在東〔二〕。峽雲常照夜，江日會兼風。曬藥安垂老，應門試小童。亦知行不逮，苦恨耳多聾。

〔一〕《水經注》：秭歸白狗峽，兩面絶壁，隱出白石如狗，形狀具足。

〔二〕《一統志》：黄牛山，在湖廣夷陵州西，即黄牛峽。

次章，欲出峽而未遂，聊爲衰老自安之語，意中欲北欲東，故想到二峽所向。玩「照夜」字，知夜雨歇而星月微露也。玩「兼風」字，知日光吐而陰霾又霾也。晴而在夜，晝復得陰，則欲北不能，欲東不可矣。已隱含「行不逮」意。姑安老景，買童以供使令，夫亦知吾行之不逮也，即如衰徵見於耳聾，亦不逮之一驗也。噫！口言不逮，心固欲飛耳。○舊解「行不逮」，俱牽强。

悶

瘴癘浮三蜀，風雲暗百蠻。卷簾唯白水，隱几亦青山。猿捷長難見，鷗輕故不還。無錢從滯客，有鏡巧催顔。

亦爲淹久於夔而悶也。先着「瘴」、「蠻」兩句，則「白水」、「青山」，亦是限隔行人之穽矣。是以見「猿」「鷗」之「輕」「捷」，而傷己之「滯」且老也。下語偏瀟灑。

返照

反照開巫峽，寒空半有無。已低魚復暗，不盡白鹽孤。荻岸如秋水，松門似畫圖。牛羊識僮僕，既夕應傳呼。

此專咏也，與七律反照不同。「半有無」，領中四。但舊説四句俱以有無劈分，尚是混解。蓋「已低」、「不盡」，則一無一有，是分寫，「如水」、「似圖」，乃在有無之間，須合看。結更透後一層。「既夕」，則光全斂矣。「識僮僕」，各識其牧豎之聲，非識其狀也，故曰「應傳呼」。

向夕

畎畝孤城外，江村亂水中。深山催短景，喬木易高風。鶴下雲汀近，雞棲草屋同。琴書散明燭，長夜始堪終。

亦是客路衰遲，孤居岑寂之感。上半從「向」字着筆。三、四，本寫將夕，而景中有情，曰「催」，曰「易」，來日促而暮途危也。五、六，「夕」字正面。七、八，則方夕而先憂長夜之難度也。鋪列琴書，乃預爲度夜之計。玩一「始」字，深情畢露。

晚

杖藜尋巷晚，炙背近牆暄。人見幽居僻，吾知拙養尊。朝廷問府主〔一〕，耕稼學山村。歸翼飛棲定，寒燈亦閉門。

〔一〕疑指柏都督。

首聯叙事，「幽居」之事也。下半述情，「拙養」之情也。三、四，蓋一詩關目，語復清貴。「問府主」，時或有璽書問狀事。「學山村」，則無與我事矣。鳥定閉門，付之不管也，却又能以透後一層，收合「晚」字。

暝

日下四山陰，山庭嵐氣侵。牛羊歸徑險，鳥雀聚枝深。正枕當星劍〔一〕，收書動玉琴。半扉開燭影，欲掩見清砧。

〔一〕正，正之也。

上四，山間「瞑」色。下四，「瞑」中人事。「當劍」、「動琴」，誤觸也。結意更曲。蓋近燭者不見遠，身在門外，掩扉以蔽燈光，則清砧傳響，可循聲而得其影矣。○太着意，恐入拙路。五、六，又似盲詩，亦一病。

夜

絶岸風威動，寒房燭影微。嶺猿霜外宿，江鳥夜深飛。獨坐親雄劍，哀歌歎短衣〔一〕。煙塵繞閶闔，白首壯心違。

〔一〕甯戚《飯牛歌》：南山粲，白石爛。短布單衣適至骭，長夜漫漫何時旦！

此當在「寒房燭影」下所成。「猿宿」、「鳥飛」，聞聲而知，非書所見也。欲「親雄劍」，却「歎短衣」，志盛而身蹇，是以徒驚塵擾，長恨「心違」耳。

雲

龍以一作自瞿塘會，江依白帝深。終年常起峽，每夜必通林。收穫辭霜渚，分明在夕岑。高齋非一處，秀氣豁煩襟。

通首一氣呵成，亦如龍之噓氣成雲。○韓子曰：雲，龍之所能使爲靈也。可悟此詩咏雲，開口便提「龍」字。言龍，致雲之物也。此間「白帝」、「瞿塘」，乃其窟宅，故雲「常起峽」，而勢「每通林」。只今穫畢之處，雖與江口相懸，而一帶所見，無非雲氣秀發，豈不以近峽故乎。要之詩作於瀼西、東屯之間，因見近地山雲而發。上半特其落想耳，非遠近分咏之格。舊解俱非。○「高齋」非自指所居，凡參列山陂者皆是。陸游《入蜀記》歷舉杜詩所言高齋，皆强實其處，總屬附會。

雷

巫峽中宵動，滄江十月雷。龍蛇不成蟄，天地劃争迴。却碾空山過，深蟠絶壁來。何須妬雲雨，霹靂楚王臺。

黄生云：「十月雷」，紀異也。愚謂只是咏中宵之雷。蓋炎方十月而雷，殊非異事，故詩中全無指切。○起句警絶，先虚摹而後實點，有聲有勢。中四，皆中宵想像之詞。「碾山」，頂「劃争迴」。「蟠壁」，頂「不成蟄」。兩比兩賦，正喻都化。結又與篇首「巫峽」交映，作法緊，作意奇。

朝二首

清旭楚宫南〔一〕，霜空萬嶺寒。野人時獨往，雲木曉相參。俊鶻無聲過，饑烏下食貪。病身終不動，摇落任江潭。

〔一〕即夔。

兩詩亦淹留厭苦之詞。○上四，可作曉景圖。「鶻」「烏」二物，翔者翔，戀者戀，爲尾聯興也。「終不動」，若歸咎其身者，極見作意。

浦帆音泛晨初發，郊扉冷未開。林疏黄葉墜，野静白鷗來。礎潤休全濕〔一〕，雲晴欲半迴。巫山冬可怪，昨夜有奔雷。

〔一〕《淮南子》：山雲蒸而柱礎潤。

首聯，見發櫂者之早而羡之也。「未開」，指四野望見之扉。三、四，曉望之景。下乃欲得久晴，以效浦帆之發，「休濕」、「欲迴」，希冀之詞也。結又轉出夜雷可怪，終恐再爲雨阻。

夜二首

白一作向夜月休弦，燈花半委眠。號山無定鹿，落樹有驚蟬。暫憶江東鱠〔一〕，兼懷雪下船〔二〕。蠻歌犯星起，空覺在天邊〔三〕。

〔一〕張翰事。

〔二〕王子猷事。

〔三〕即指夔。

此是出峽之想，全首純以虛運。○月休來照，吾方委身就眠矣。無奈山鹿、樹蟬，時觸我心頭耳畔，使我出峽之情，猛然提起，竟似置身峽外者。忽聞犯曉蠻歌，仍舊身羈異俗，可慨也夫！

城郭悲笳暮，村墟過翼稀。甲兵年數久，賦斂夜深歸。暗樹依巖落，明河繞塞微。斗斜人更望，月細鵲休飛〔一〕。

〔一〕黄云：翻魏武樂府。

此是不歸之感。○上四，從初夜之景，引到深夜之情。下四，從深夜之景，引到將曉之情。「墟」冷「賦」繁，難以久處，歸思所由動也。「斗斜」猶「望」，思鄉不止也。囑「鵲休飛」，飛亦無益，傷不得歸也。○同一月耳，前首之月，似嫌其明，此首之月，似嫌其暗，可悟文心巧變。

戲作俳諧體遣悶二首〔一〕

異俗吁可怪，斯人難並居。家家養烏鬼〔二〕，頓頓食黄魚〔三〕。舊識能爲態，新知已暗疏。治生且耕鑿，只有不關渠。

〔一〕鶴注：俳諧，謂如俳優詼諧。

〔二〕烏鬼，蔡寬夫謂巴、楚間所賽之神，漫叟則以爲猪，夢溪則以爲鸕鷀。邵伯温云：夔近烏蠻，乃烏蠻之厲鬼，設牲酒而噪之，謂之養。按：邵説近是，然且存而不論。

〔三〕仇注：公《黄魚》詩云「脂膏兼飼犬」，其多可知。

兩詩志夔俗之可怪，總是厭居之詞。○此首中四，分承首聯。「爲態」，不以情實相與也。「暗疏」，相與非真契合也。七、八，仇云：欲付之不問，聊以遣悶而已。

西歷青羌坂〔一〕，南留白帝城〔二〕。於菟侵客恨〔三〕，粔籹作人情〔四〕。瓦卜傳神語〔五〕，畬田費火耕〔六〕。是非何處定，高枕笑浮生。

〔一〕朱注：唐嘉州，古青衣羌坂。按：句指遊蜀。

〔二〕原注：頃歲自秦涉隴，從同谷縣去遊蜀，留滯於巫山。

〔三〕《左傳》：楚人謂乳，穀。謂虎，於菟。

〔四〕《招魂》：粔籹蜜餌，有餦餭些。

〔五〕《風土記》：荆湖民俗，灼龜打瓦，俚巫治之。

〔六〕薛夢符曰：荆、楚畬田，先縱火燒榛，經雨下種。

一、二，叙年來遊跡，見久無定居，而忽此淹滯。「侵客恨」，所謂「揬突屋壁」者。「作人情」，所謂「焦糖一柈」者。五、六，略合自身。「神語」，暗用《卜居》「何去何從」意。「費耕」，暗指東屯督促檢校事。是非何定，誰與正之。此繳合「吁可怪」意。「笑浮生」者，不解此生何至混跡於此。着一「笑」字，亦「遣悶」意。

謁真諦寺禪師

蘭若山高處，煙霞嶂一作障幾重。凍泉依細石，晴雪落長松。問法看詩妄，觀身向酒慵。未能割妻子，卜宅近前峰。

黄云：平日所最耽者，莫如詩酒，今亦索然無味。此作悟後語。

奉送卿二翁統節度鎮軍還江陵〔一〕

火旗還錦纜，白馬出江城。嘹唳吟一作鳴笳發，蕭條别浦清。寒空巫峽曙，落日渭陽情。留滯嗟衰疾，何時見息兵！

〔一〕公有《上卿翁修武侯像絶句》，題末云：「時崔卿權夔州。」兹則權攝事竣，還就江陵本職也。卿二翁，姓崔，公之舅氏。

翁還之景，送别之情，蟬聯而下。結亦露出峽本志，而以「息兵」爲期，則所規遠矣。

送田四弟將軍將夔州柏中丞命起居江陵節度使陽城郡王衛公幕 一云《夔府送田將軍赴江陵》〔一〕

離筵罷多酒，起柁舊作地發寒塘。回首中丞座，馳牋異姓王。燕辭楓樹日，雁度麥城霜〔二〕。定醉山翁酒，遥憐似葛彊〔三〕。

〔一〕衛公名伯玉，以廣德元年鎮江陵。

〔二〕《元和志》：荆州當陽縣，有麥城。

〔三〕襄陽謠：舉鞭問葛彊，何如幽并兒！按：葛彊，山簡愛將也。

叙題明順。七、八，入題後去，預擬其到衛幕而相得也。

玉腕騮〔一〕

聞説荆南馬，尚書玉腕騮。駗驔飄赤汗〔二〕，跼蹐顧長楸〔三〕。胡虜三年入，乾坤一戰收〔四〕。舉鞭如有問，欲伴習池遊。

〔一〕原注：江陵節度衛公馬也。

〔二〕駗驔，與趁趕同。《吴都賦》：趁趕踸踔。善注：相隨驅逐貌。

〔三〕曹植詩：走馬長楸間。

〔四〕《舊書》：衛伯玉破史思明於疆子坂，遷神策軍節度。又破史朝義於永寧，進封河南郡公。

前半贊馬未奇，奇在後半，將衛公成績，攝入玉騮舊勞内，畫出功成身逸氣象。《杜臆》云：「有問」，問馬也。「伴遊」，代馬對也。愚按：如此着筆，妙在若頌若規，解人試於言外繹之。

題柏大兄弟山居屋壁二首〔一〕

叔父朱門貴，郎君玉樹高。山居精典籍〔二〕，文雅涉風騷。江漢終吾老，雲林得爾曹。哀絃繞白雪〔三〕，未與俗人操。

〔一〕有《寄柏學士林居》七古、《題柏學士茅屋》七律兩詩。學士蓋遭亂而攜子姪寓夔者。柏大兄弟，即其子姪也。從黄生説。

〔二〕《寄林居》云：歎彼幽居載典籍。

〔三〕謝希逸《琴論》：《白雪》，師曠所作，商調曲也。

首章，仇云：誌柏氏好學，喜得知音。

野屋流寒水，山籬帶薄雲〔一〕。静應連虎穴，喧已去人群。筆架霑窗雨，書籤映隙曛。蕭蕭千里足〔二〕，個個五花文〔三〕。

〔一〕《題茅屋》詩有「晴雲滿户」、「秋水浮堦」之句。

〔二〕《晉書》：苻朗，堅從兄子也。堅目之曰：「吾家千里駒。」

〔三〕《丹元子步天歌》：五個花文王良星。

次章，就山居摹寫，而「窗雨」「隙曛」，搭上「書籤」「筆架」，仍與前章「文雅」應合。「千里足」，又與「叔父」「郎君」關會。着「個個」字，又使題中「兄弟」清出。

白帝樓

漠漠虚無裏，連連睥睨侵〔一〕。樓光去日遠，峽影入江深。臘破思端綺〔二〕，春歸待一金〔三〕。去年梅柳意，還欲攪邊心。

〔一〕邵注：女牆名睥睨。

〔二〕古詩：遺我一端綺。

〔三〕《漢書》：一金直萬錢。

因登樓而歎久客也。仇云：臘盡春回，正可製春服而作行資，轉恐似去年留滯耳。

白帝城樓

江度寒山閣，城高絶塞樓。翠屏宜晚對，白谷會深遊。急急能鳴雁〔一〕，輕輕不下鷗〔二〕。夷陵春色起〔三〕，漸擬放扁舟。

〔一〕《莊子》：故人令殺雁，豎子曰：「其一能鳴，其一不能鳴，請奚殺？」

〔二〕《列子》：海上有人，每旦從鷗鳥游，其父曰：「汝取來，吾玩之。」明日，鷗鳥舞而不下也。

〔三〕在峽外。與上篇同旨。起聯，閣與樓混看，便合掌，蓋以來路之閣，陪所登之樓也。三、四，緩受一筆，此中宜若可留者，下乃逗出本懷，俛仰之間，見「雁」「鷗」而春興動；見「雁」「鷗」之「急急」「輕輕」，而放舟出峽之興亦動。神情躍躍。

有歎〔一〕

壯心久零落，白首寄人間。天下兵常鬬，江東客未還。窮猿號雨雪，老馬怯一作泣關山。武德開元際〔二〕，蒼生豈重攀。

〔一〕原注：傳蜀官軍，自普還却。○《唐書》：普州，析資州置，屬劍南道。按：自普還却，大抵戍防軍士往還多故之謂。

〔二〕自高祖武德至玄宗之開元，皆有唐全盛時。此因衰年羈旅，而歎兵端之未靖，客路之多艱也。追想盛時，穆然神遠。仇云：猶下泉之念周京歟！○「江東」，謂吴楚也。吴楚爲公舊遊，今又思往其地，故曰「還」。朱、盧諸家，將「江東客」三字連讀，生幾許穿鑿。

江　漲〔一〕

江發蠻夷漲〔二〕，山添雨雪流〔三〕。大聲吹地轉，高浪蹴天浮。魚鼈爲人得，蛟龍不自謀。輕帆好去便，吾道在滄洲。

〔一〕舊編上元二年成都詩，似不類。

〔二〕江源出岷山，在蠻境。

〔三〕鶴注：蜀山經年雪不消，雨水衝之而流也。

上寫「江漲」，氣勢洶涌。五、六，賦而兼比。結見避地東遊之興，遠脉在上四，近旨却由五、六也。山賊煽動，時時有之，首句及第三聯必非突然而下。

人日二首〔一〕

元日到人日，未有不陰時。冰雪鶯難至，春寒花較遲。雲隨白水落〔二〕，風振紫山悲〔三〕。蓬鬢稀疏久，無勞比素絲。

〔一〕其二爲七律，見四之二。東方朔《占書》歲後八日：一爲雞，二爲狗，三爲豕，四爲羊，五爲牛，六爲馬，七爲人，八爲穀。○入大曆三年。

〔二〕《山海經》：白水至蜀，而東南注江。

〔三〕《後漢·地志》：紫巖山，綿水之所出。按：山水不必專指。

此就連日陰寒寫意，以衰老作結。

巫山縣汾州唐使君十八弟宴別兼諸公攜酒樂相送率題小詩留於屋壁〔一〕

卧病巴東久，今年强作歸。故人猶遠謫，兹日倍多違。接宴身兼杖，聽歌淚滿衣。諸公不相棄，擁别借光輝。

〔一〕《九域志》：巫山縣，在夔州東七十二里。按：唐十八，係汾州人，時貶施州，道經巫山也。公先有《敬寄唐十八》詩，見一之六。○此下峽之始。

時則别瀼、屯而經巫山矣。此行將到江陵，而曰「强作歸」者，以就其弟觀居止，意欲相將北上也。黄生曰：稱唐爲「故人」，其餘以「諸公」概之，筆下自分涇渭。對故人語極悲涼，對諸公語如欣荷。悲涼者情切，欣荷者意泛。公詩言取别隨厚薄，其此之謂與！

遠　遊〔一〕

江闊浮高棟一作凍，雲長出斷山。塵沙連越巂音水〔二〕，風雨暗荆蠻。雁矯銜蘆内，猿啼失木間。敝裘蘇季子，歷國未知還。

〔一〕舊編潭、衡間，非。

〔二〕今四川行都司。

詩似出峽舟行之作。久困羈棲，乍臨昭曠，神理如是。上四，闊遠迷離，「遠遊」之景色也。下四，進退失據，「遠遊」之心事也。通體高亮。

歸　雁

聞道今春雁，南歸自廣州〔一〕。見花辭漲海〔二〕，避雪到羅浮〔三〕。是物關兵氣，何時免客愁？年年霜露隔，不過五湖秋〔四〕。

〔一〕《唐會要》：大曆二年，嶺南節度徐浩奏：「十一月，當管懷集縣陽雁來，乞編入史。」先是五嶺之外，朔雁不到，浩以雁隨陽者，臣歸君之象也。

〔二〕謝承《後漢書》：交阯七郡，土獻皆從漲海出入。

〔三〕《羅浮山記》：羅山、浮山，二山合體，在增城、博羅二縣境。

〔四〕朱注：雁至衡陽則回，此當指洞庭湖。

錢箋云：史稱浩貪而佞，公蓋深譏之。朱注云：浩以爲祥，公以爲異耳。○三、四，言今春之歸也，雖長謝極南之「漲海」，而去秋之來也，已曾至嶺表之「羅浮」。兩句作一縱一擒勢。五、六，全無依傍，直下斷語，老氣無敵。七、八，據常理反剔而醒，筆端矯變。○《杜臆》云：禽鳥得氣之先，後果有潭州臧玠、桂州朱濟時之亂。此與邵子洛陽聞杜鵑無異。

春夜峽州田侍御長史津亭留宴得筵字

北斗三更席，西江萬里船。杖藜登水榭，揮翰宿春天。白髮煩多酒，明星惜此筵。始知雲雨峽，忽盡下牢邊〔一〕。

〔一〕《唐志》：峽州，治下牢戍。

恐是宴罷入舟後所成，非席上作。「三更」，舉席終而言。散步仰觀，見斗柄所指，而識更次也。次句，已登舟矣。「杖藜」，追寫就宴時。「揮翰」，正舟宿興來之趣。五、六，醉後回思語。結意惟在舟中有此，有悵然相捨意。

泊松滋江亭〔一〕

紗帽隨鷗鳥，扁舟繫此亭。江湖深更白，松竹遠微一作還青。一柱全應近〔二〕，高唐莫再經〔三〕。今宵南極外，甘作老人星。

〔一〕松滋縣，在江陵府西南。《輿地紀勝》：江亭在松滋縣治後，杜子美、孟浩然皆有詩。
〔二〕《杜臆》：一柱觀，即在松滋縣東丘家湖。
〔三〕《下峽》五排云：「書史全傾撓，裝囊半壓濡。」時必有風浪之驚。

似因出峽遇險，今得安流繫泊而作。下半有痛定思痛之神。○邵寶曰：公竟卒於湘潭，豈此詩爲之讖與！

乘雨入行軍六弟宅〔一〕

曙角凌雲亂舊作罷，春城帶雨長。水花分塹弱，巢燕得泥忙。令弟雄軍佐，凡才污省郎。萍漂忍流涕，衰颯近中堂。

〔一〕鶴注：即杜位也，爲衛伯玉行軍司馬。按：六弟宅，疑位有寓宅，不似指官署。○江陵詩。

上四，乘雨入宅之景。五、六，美弟而慨己。結語以衰白而上堂皇，自顧殊闇然也。

上巳日徐司録林園宴集〔一〕

鬢毛垂領白，花蕊亞枝紅。欹倒衰年廢，招尋令節同。薄一作蕩衣臨積水，吹面受和風。有喜留攀桂〔二〕，無勞問轉蓬。

〔一〕《禮》：三月三日爲上巳。《舊書》：開元間，改録事參軍爲司録參軍。

〔二〕劉安《招隱士》：攀援桂枝兮聊淹留。

「鬢白」「花紅」，相形失笑；「衰年」「令節」，相值開懷。兩聯層遞而下，自饒生趣。當此水清風暖之辰，攀留色喜，便若好處安身矣。一語問及行踪，又不免憮然增慨，故反以「無勞問」杜其口也。旅人多感，身歷乃知。

宴胡侍御書堂〔一〕

江湖春欲暮，墻宇日猶微。闇闇書籍滿，輕輕花絮飛。翰林名有素，墨客興無違〔二〕。今夜文星動，吾儕醉不歸。

〔一〕原注：李尚書之芳、鄭秘監審同集，得歸字韻。○李自夷陵來會。

〔二〕《長楊賦序》：藉翰林爲主人，子墨爲客卿以諷。

仇注：「闇闇」，貼「日微」。「輕輕」，貼「春暮」。「翰林」，指李、鄭。「墨客」，公自謂。「文星」，兼賓主。○率筆。

和江陵宋大少府暮春雨後同諸公及舍弟宴書齋〔一〕

渥洼汗血種，天上麒麟兒。才士得神秀，書齋聞爾爲。棣華晴雨好，綵服暮春宜。朋酒日歡會，老夫今始知。

〔一〕顧注：弟指杜位。愚謂：恐指弟觀。

少府爲主，諸公及弟爲賓。詳詩意，少府開宴，似爲其親具慶而設。「日日歡會」，「今日始知」，頗致不得與宴之憾，蓋戲筆也。

暮春陪李尚書李中丞過鄭監湖亭泛舟得過字韻〔一〕

海内文章伯，湖邊意緒多〔二〕。玉樽移晚興，桂楫帶酣歌。春日繁魚鳥，江天足芰荷。鄭莊賓客地，衰白遠來過。

〔一〕《百韻》詩自注「鄭在江陵」，則湖亭明屬江陵矣。黄鶴前後諸注皆云在峽州，何也？

〔二〕意緒，猶言意興。

通身叙事體。二李一層，過湖亭一層，泛舟一層，帶暮春寫湖景一層，美鄭監一層，自述陪遊一層，清楚而聯絡。

夏日楊長寧宅送崔侍御常正字入京得深字韻〔一〕

醉酒揚雄宅，升堂子賤琴。不堪垂老鬢，還對欲分襟。天地西江遠，星辰北斗深。烏臺俯麟閣〔二〕，長夏白頭吟。

〔一〕《唐書》：長寧縣，屬鎮北大都督府。按：宅在江陵，此稱其原官也。韋蘇州有《答長寧令楊轍》詩，豈其人歟？正字，秘書省之職。

〔二〕烏臺，謂侍御。《唐六典》：秘書省，天授初，改爲麟臺。仇注：漢御史中丞，掌蘭臺秘書圖籍。故歷代以秘書與御史爲鄰。

一、二，了長寧宅，以下入送崔、常話頭。三、四，領脉。五、六，一我一彼。七、八，瞻彼而感我。

江邊星月二首

驟雨清秋夜，金波耿玉繩。天河元自白，江浦一作渚向來澄。映物連珠斷，緣空一鏡升。餘光隱更漏，况乃露華凝。

朱云：首章，咏雨後星月，按其時在更闌候矣。○三、四，暗接雨後，緊切江邊，亦顯上半夜昏黑，却是旁筆。五、六，乃星月正面，七、八，光復漸微也。仇云：已逗起下章。

江月辭風檻一作纜〔一〕，江星別霧船。雞鳴還曙色，鷺浴自晴川。歷歷竟誰種〔二〕，悠悠何處圓。客愁殊未已，他夕始相鮮。

〔一〕檻，船檻也。

〔二〕古詩：天上何所有，歷歷種白榆。按：《緯書》：玉衡星散爲榆。

朱云：次章，咏將曉星月。○此更奇，雖咏星月，却都是已没後語。亦三、四陪䞋，五、六正寫，七、八，則透到後夜。玩下句，益見此夕光透無幾。○皆舟中作。

舟月對驛近寺〔一〕

更深不假燭，月朗自明船。金刹青楓外，朱樓白水邊。城烏啼眇眇，野鷺宿娟娟。皓首江湖客，鈎簾獨未眠。

〔一〕題甚枯，蓋言舟中月夜對驛樓，驛近佛寺。

船窗對月，不寐得句。

舟中

風餐江柳下，雨卧驛樓邊。結纜排魚網，連檣並米船。今朝雲細薄，昨夜月清圓。飄泊南庭老〔一〕，祇應學水仙〔二〕。

〔一〕趙傁注：南庭，猶北地謂之北庭。

〔二〕《列仙傳》：琴高入涿水中，取龍子。諸弟子皆潔齋待於水旁，果乘赤鯉來，復入水去。吴均詩：是有琴高者，凌波去水仙。

此與前首即景短述耳，而皓首「漂泊」之況，蕭然在目。

江　漢〔一〕

江漢思歸客，乾坤一腐儒。片雲天共遠，永夜月同孤。落日心猶壯，秋風病欲蘇一作疏。古來存老馬〔二〕，不必取長途。

〔一〕漢水入江，在今漢陽府界，江陵之東境也。溯漢而上，可達長安。

〔二〕《韓非子》：老馬之智可用。

公至江陵，本欲北歸，此詩見志。○前四直下，後四掉轉。前見道遠而孤，後見氣盛宜返。結聯云云，寓不應遠棄萬里意。○黄生曰：有病此詩「日」「月」並見者，不知「落日」乃借喻暮齒。

地　隅

江漢山重阻，風雲地一隅。年年非故物，處處是窮途。喪亂秦公子〔一〕，悲涼一作秋楚大夫。平生心已折，行路日荒蕪。

〔一〕謝靈運《擬鄴中詩序》：王粲，家本秦川貴公子孫，遭亂流寓，自傷情多。

仇云：上，客遊之迹，下，漂泊之情。愚按：「非故物」，地與景與身，俱非舊也。「心已折」，不作歸想矣。「路荒蕪」，轉徙難堪也。

移居公安山館〔一〕

南國晝多霧，北風天正寒。路危行木杪，身迥一作遠宿雲端。山鬼吹燈滅，厨人語夜闌。雞鳴問前館，世亂敢求安。

〔一〕公安，在江陵東南百里内。

似是未至館之前夜，託宿山中時所作。上四，從途次説到投宿。五、六，就投宿處寫景。「吹燈滅」，上着「山鬼」字，此地之黯慘可知。「語夜闌」，上着「厨人」字，此時之闃寂可知。「前館」，乃是題中「山館」。今所宿之境如此，則山館之淒苦亦可知。問之必有云不安者，故解之曰「世亂敢求安」。此二句，記凌晨將赴館事。

重　題〔一〕

涕灑不能收，哭君餘白頭。兒童相識盡，宇宙此生浮。江雨銘旌濕，湖風井徑秋〔二〕。還瞻魏太子，賓客減應劉〔三〕。

〔一〕先有《哭李尚書之芳》五排一首，見五之四。

〔二〕《蕪城賦》：井徑滅兮丘壠殘。

〔三〕原注：李公薨於太子賓客。○魏文帝《與吴質書》：徐、陳、應、劉，一時俱逝。

五排之悲爲李悲，此篇之悲并爲身悲矣。「相識盡」，「此生浮」，己亦近死，而更漂流也。「江雨」「湖風」，爲歸櫬設色。「賓客應、劉」，又就官職生情。「太子」而以「客減」爲傷，則舊交益宜以友亡增痛。恰與上截關生。

哭李常侍嶧二首

一代風流盡，修文地下深。斯人不重見，將老失知音。短日行梅嶺，寒山一作江落桂林〔一〕。長安若個伴一作畔，猶想映貂金〔二〕。

〔一〕仇云：李常侍蓋死於廣南，歸葬長安。

〔二〕唐制：侍中冠金蟬珥貂。

首章，泛就常侍身歿歸櫬，致其哀情。下四句一氣讀，以他人之情，形出己情。扶櫬者已自「梅嶺」「桂林」而來，而「長安」舊「伴」，「猶想」生還也。説採仇。

青瑣陪雙入，銅梁阻一辭〔一〕。風塵逢我地，江漢哭君時。次第尋書札，呼兒檢贈詩。發揮王子表〔二〕，不愧史臣詞。

〔一〕唐銅梁縣，屬渝州。方公自蜀下夔時，李必嘗官於渝者。

〔二〕《漢書》有《王子侯表》，常侍亦係宗室。

次章，將舊交投贈之誼，縷縷叙出。在京則嘗同官，在渝則過其地，而闕於叙别。意謂後當重見也，乃今逢我之地，竟成哭君之時，誰能堪此乎！追維宿好，贈札如新；逆料後名，史書不泯。歿者之目可瞑，而存者之悲何能已已。

官亭夕坐戲簡顏十少府〔一〕

南國調寒杵〔二〕，西江浸日車。客愁連蟋蟀，亭古帶蒹葭。不返青絲鞚，虚燒夜燭花。老翁須地主，細細酌流霞。

〔一〕少府，即公安尉。

〔二〕庾信《擣衣》詩：南國女郎砧，調聲不用琴。《杜臆》：杵有音節，俗謂之花練槌。

上四，只是官亭夕坐耳，而不能無飲，不可無伴之意，已自躍然。五、六，待少府也，語復清麗奪目。

落句點破，且見戲意。○「調寒杵」，涼候也。「浸日車」，暮色也。

公安縣懷古

野曠吕蒙營〔一〕，江深劉備城〔二〕。寒天催日短，風浪與雲平。灑落君臣契，飛騰戰伐名。維舟倚前浦，長嘯一含情。

〔一〕《十三州志》：吴大帝封吕蒙爲孱陵侯。《寰宇記》：公安縣有孱陵城。

〔二〕《水經注》：沲水東至孱陵，入油水，其城背油向澤。《荆州記》：吴大帝推劉備爲左將軍、荆州牧，鎮油口。時人號爲左公，故名其城公安。

上言古，下言懷也。言古處接景，言懷處接情，章法相配。○營已無存，故曰「野曠」。城在江邊，故曰「江深」。「寒天」「風浪」不分頂。「君臣」謂劉，「戰伐」謂吕，指出當年氣誼功名來，正是懷處。結云「一含情」，爲此也。其間夾入「維舟」句，黄生謂以「前浦」二字縮住前半者也。

宴王使君宅題二首〔一〕

漢主追韓信，蒼生起謝安〔二〕。吾徒自漂泊，世事各艱難。逆旅招要近，他鄉思一作意緒寬。

不才甘朽質，高卧豈泥蟠〔三〕。

〔一〕邵注：王必荆州人，閒居邑中者。

〔二〕《謝安傳》：安石不起，其如蒼生何！

〔三〕《法言》：龍蟠於泥。

首章，抒寫酒間相感歎之語，起勢雙籠，負氣絶高，見賢豪遇主，今不如古矣。五、六，略帶題面。七、八，由我及彼，逆勢雙兜，言外見我則已矣，君亦長此廢棄耶！神味悠然。

泛愛容霜鬢，留歡卜夜闌一作閒。自吟詩送老，相對酒開顔。戎馬今何地，鄉園獨舊一作在山。江湖墮清月，酩酊任扶還。

次章，乃詳叙留宴，叙事之中，言情寓焉。「自吟」，莫相恤也。「相對」，罄交歡也。「今何地」，幾無措足，傷之也。「獨舊山」，王有寧居，羨之也。七、八，仍迴合宴事，而無家之狀，自在言下。

公安送李二十九弟晉肅入蜀余下沔鄂〔一〕

正解柴桑纜〔二〕，仍看蜀道行。檣烏相背發，塞雁一行鳴。南紀連銅柱，西江接錦城。憑將百錢卜，漂泊問君平。

〔一〕晉肅，見韓文《諱辯》。《唐書》：沔州，漢陽郡。鄂州，江夏郡。俱屬江南西道。按：此自荆至江州之路，時有此興，終不果往，竟至湖南。

〔二〕《通典》：潯陽縣南楚城驛，即漢柴桑縣。黄注：柴桑在江州，前詩云「江州涕不禁」，豈公有弟客此，欲訪之耶。

「柴桑纜」，舉欲往之處言。三、四，由合而分也。「銅柱」在南，與「柴桑」各路，下一「連」字，見此行不東下，即南下矣。此申首句，乃自謂。「接錦城」，申次句，謂晉肅。結就送入蜀邊，借商己之所往，筆筆活。

久　客〔一〕

羈旅知交態，淹留見俗情。衰顔聊自哂，小吏最相輕。去國哀王粲，傷時哭賈生。狐狸何足道，豺虎正縱横。

〔一〕依蔡編。

本爲薄俗相輕而發，下復就世亂翻開一步。

冬深〔一〕

花葉惟從仇本，舊作隨天意，江溪共石根。早霞隨類影，寒水各依痕。易下楊朱淚〔二〕，難招楚客魂。風濤暮不穩，捨棹宿誰門。

〔一〕依仇編。

〔二〕見岐路而泣。

舟中漂泊之詩也。花宜藻彩高揚，乃在「石根」之下，影落溪中者，以與寒水相依耳。身常水宿，因代爲近水之花慰解之，故曰「惟天意」，以憐花者自憐也。此三字正與下截關通。「淚」亦空垂，「魂」其何往，結復自商自答，蓋「不穩」則宜「捨棹」矣，「捨棹」又將「誰宿」乎，一歸之「天意」而已，所謂無可奈何，而安之若命。

泊岳陽城下〔一〕

江國踰千里，山城近一作僅百層。岸風翻夕浪，舟雪灑寒燈。留滯才難盡，艱危氣益增。圖南未可料，變化有鵾鵬。

〔一〕仇注：岳陽即岳州，在天岳山之陽，故名。

首句，漂流之遠。次句，仰眺之神。三、四之景，正從五、六之留滯艱危寫出，而忽以才氣變化，結出壯往興致。蓋因向南觸起，亦聊以自豪也。

纜船苦風戲題四韻奉簡鄭十三判官泛

楚岸朔風疾，天寒鶬鴰呼。漲沙霾草樹，舞雪渡江湖。吹帽時時落，維舟日日孤。因聲置驛外，爲覓酒家壚〔一〕。

〔一〕《漢書》師古注：賣酒之處，壘土爲壚，四邊隆起，其一面高，形如鍛壚。

爲苦風而索酒於鄭，以韻語代尺牘也。上寫風勢，筆筆猛厲，確是船中語，然未着身，五、六，乃着身寫。「因聲」，因而寄聲也，「置驛」切鄭。頗以「覓酒」爲面覥，故題曰「戲」。

登岳陽樓〔一〕

昔聞洞庭水，今上岳陽樓。吴楚東南坼，乾坤日夜浮。親朋無一字，老病有孤舟。戎馬關山北，憑軒涕泗流。

〔一〕《岳陽風土記》：岳陽樓，城西門樓也。下瞰洞庭，景物寬闊。

黄生云：寫景如此闊大，自叙如此落寞，詩境闊狹頓異，結語湊泊極難，轉出「戎馬」五字，胸襟氣象，一等相稱。愚按：不闊則狹處不苦，能狹則闊境愈空。然玩三、四，亦已暗逗遼遠漂流之象。○趙汸曰：公此詩，同時惟孟浩然足以相敵。孟詩云：「八月湖水平，涵虚混太清。氣蒸雲夢澤，波撼岳陽城。欲濟無舟楫，端居恥聖明。坐看垂釣者，徒有羨魚情。」愚按孟詩結語似遜。

陪裴使君登岳陽樓〔一〕

湖闊兼雲霧，樓孤屬晚晴。禮加徐孺子，詩接謝宣城〔二〕。雪岸叢梅發，春泥百草生。敢違漁父問，從此更南征？

〔一〕入四年春。

〔二〕《謝朓傳》：出爲宣城太守。鶴注：使君必岳州守，故用陳蕃、謝朓事。

黄生云：一、二，目前景，所以興三、四。五、六，意中景，所以起七、八。愚按：興三、四者，反興也。境闊勢孤，而乃有彼加此接之情，是以寥落興親熱。起七、八者，順起也，生趣發露，而默動不「更南征」之想，是以天機起人事。○結聯十字成句，言「敢違」垂「問」而更去乎，作心口相商之詞，於使君妙在不脱不黏，情分身分俱見。其用「漁父」字，兼兩意：一則自比於三閭之放逐，一則比裴爲桃源之接引。身久無依，裴如有意，不至爲自沈之屈子，即此是避世之武陵也。

發白馬潭〔一〕

水生春纜没，日出野船開。宿鳥行猶去，叢花笑不來。人人傷白首，處處接金杯。莫道新知要，南征且未迴。

〔一〕《一統志》：岳州巴陵縣，有白馬磯。按：舊編《發潭州》後，誤。

此詩注家不一，俱未愜心。愚謂當由客途情面不可倚恃而發。首聯叙事，次聯興也。謂「宿鳥」之成「行」者，猶背我而去；「叢花」之含「笑」者，不隨我而來。物情且然，而況世情乎！三聯作宕筆，言所值之「人」，亦多「傷」我「白首」也；所到之「處」，亦時「接」我「金杯」也。然「莫道新知」爲有關緊「要」，而輕於留戀，我姑舍然南向，且未須停棹耳。冷眼孤情，閒中閱破。讀此知上篇漁父相商之語，誠不得穩靠人情。

南　征

春岸桃花水，雲帆楓樹林。偷生長避地，適遠更霑襟。老病南征日，君恩北望心。百年歌自苦，未見有知音。

亦與前篇一脉轉下。楊慎曰：「桃水」，用秦人桃源事。「楓林」，用《楚辭·招魂》事。「避地」，接「桃花」句。「適遠」，接「楓樹」句。愚按：此四句，依違作態，若可依而避世，終將舍而適遠也。五、六，緣不得於交遊，聊結想於君父，人窮反本，《離騷》之志也。七、八，正見不得於交遊處，蓋以兩聯爲倒裝者。

歸夢

道路時通塞，江山日寂寥。偷生唯一老，伐叛已三朝〔一〕。雨急青楓暮，雲深黑水遥〔二〕。夢魂歸未得，不用楚辭招。

〔一〕玄、肅、代。

〔二〕黑水，勿黏看，總是夢中迢隔之景。惟在夢境，故言黑。

一與四應，二與三應。路之「通塞」，叛者疊起也；身之「寂寥」，生常匿迹也。老矣羈人，頻經喪亂，是以夢魂長結京國。五、六，正摹夢境，七、八，并夢亦不得歸。魂雖招而無益，撇開題面，更深。

宿青草湖〔一〕

洞庭猶在目，青草續爲名。宿槳依農事，郵籤報水程〔二〕。寒冰争倚薄，雲月遞微明。湖雁雙雙起，人來故北征。

〔一〕《名勝志》：湖，北連洞庭，南接瀟湘。每夏秋水泛，與洞庭爲一。水涸，此湖先乾，青草生焉，故名。○四年之潭州時詩。

〔二〕朱注：郵籤，驛館更籌也。

一、二，點地。三、四，點宿。「依農事」者，依泊之處，適傍農莊。「報水程」者，報更之聲，時到水驛也。結聯，顧宸云：「湖雁」豈爲我南征，「故」意以「北征」示人耶！見南行非本願矣。

宿白沙驛〔一〕

水宿仍餘照，人煙復此亭。驛邊沙舊白，湖外草新青。萬象皆春氣，孤槎自客星。隨波無限月一作景，的的近南溟。

〔一〕原注：初過湖五里。○朱注：《湘中記》云：「白沙如霜雪。」驛或以此名。

一、二，點宿之候，三、四，坼點地名。以「沙舊白」形起「草新青」，春意已逗矣。五、六，即物之得「春」呈「象」，慨己之作「客」偏「孤」。結又悄然。○黃生云：前詩先見地，後點宿，此詩反之，是章法變化處。愚按：前詩以「雁」「故北征」，傷己之向南，此詩又以「月」「近南溟」，傷己之遠北，亦變化法也。「的的」字，含的爍、的確兩意，有若從迷而得醒者，蓋至是始悟無還理也。

湘夫人祠〔一〕

肅肅湘妃廟，空牆碧水春。蟲書玉佩蘚，燕舞翠帷塵。晚泊登汀樹，微馨借一作香惜渚蘋。蒼梧恨不盡，染淚在叢筠。

〔一〕《山海經》：洞庭之山，帝之二女居之。《水經注》：二妃廟，世謂之黃陵廟。舜之陟方，二妃從征，溺於湘江。神遊洞庭之淵，出入瀟湘之浦，民爲立祠水側焉。

上四，黃生謂：本屬荒涼，語轉濃麗也。下四，一氣遞出，言此來登謁，別無長物，惟「借渚蘋」薦「馨」。蓋妃之「恨」，猶我之「恨」。《杜臆》所云臣望君，不減妻望夫，是也。

祠南夕望

百丈牽江色，孤舟泛日斜。興來猶杖屨，目斷更雲沙。山鬼迷春竹〔一〕，湘娥倚暮花。湖南清絶地，萬古一長嗟。

〔一〕《楚辭·山鬼》章：余處幽篁兮，終不見天。

上四，清還題事。下四，黄生謂：如見靈均所賦，妙有微會。蓋「山鬼」、「湘娥」，皆屈賦寓言，今於「夕望」「清絶」之餘，恍然遇之。此日之含情，即當年之託興，故曰「萬古一長嗟」。不如此會，結便索然。

野望

納納乾坤大，行行郡國遥。雲山兼五嶺〔一〕，風壤帶三苗〔二〕。野樹侵江闊，春蒲長雪消。扁舟空老去，無補聖明朝。

〔一〕《元和志》：晉懷帝置湘州，南以五嶺爲界，北以洞庭爲界。

〔二〕《書注》：三苗之國，左洞庭，右彭蠡。

斗然而來，飄然而去，格勢絶佳。其脉理則首句虛懸，次句總含下六。〇三、四，正是野望，五、六，乃引下舟行。

發潭州〔一〕

夜醉長沙酒，曉行湘水春〔二〕。岸花飛送客，檣燕語留人。賈傅才何一作未，非有，褚公書絶倫〔三〕。名高前後事，回首一傷神。

〔一〕鶴注：自潭之衡時作。

〔二〕《名勝志》：湘水，在潭州之西，環城而下。

〔三〕《唐書》：褚遂良工隸楷。高宗時，諫立武昭儀爲后，左遷潭州都督。

三、四，發船之景，洪仲所謂託物見人者也。蓋人情冷淡，在言下也。五、六，賈傅、褚公略讀。「才何有」，謂而今安在。「書絶倫」，謂只此流傳。上二字，見昔皆名臣；下三字，見其人已往。正與七、八呼應。洪仲云借人形己，是也。蓋前後事内，己亦包含也。舊但作贊詞解，遂將「何」字改作「未」字，既使聲韻不諧，復與末聯少會。

雙楓浦〔一〕

輟棹青楓浦，雙楓舊已摧。自驚衰謝力，不道棟梁材。浪足浮紗帽〔二〕，皮須截錦苔。江邊地有主，暫借上天迴。

〔一〕《方輿勝覽》：青楓浦在潭州瀏陽縣。《名勝志》：縣有八景，楓浦漁樵其一。

〔二〕隱者之冠。

全章都從楓摧託意，蓋自寓也。地名雖號青楓，其實「雙楓」已成枯樹，略似槎形。會得此意，便不訝此詩設想奇奥矣。○次句，一篇之根。三、四，言我則成老朽耳，不道大材亦然也。下四，轉從枯株上發出妙想，言春湖浪足，正好浮家，截去楓皮，可當槎泛。借之此地，直上高天，亦快事也。點化海槎字絶妙。○閱舊解，令人悶悶。

入喬口〔一〕

漠漠舊京遠，遲遲歸路賒。殘年傍水國，落日對春華。樹蜜早蜂亂，江泥輕燕斜。賈生骨已朽，悽惻近長沙。

〔一〕原注：長沙北界。○《唐書》：潭州有喬口鎮兵。

前只叙事寫景之文。結聯，胡夏客曰：賈生没後，又有「近長沙」而「悽惻」者，非歎賈也。

銅官渚守風〔一〕

不夜楚帆落，避風湘渚間。水耕先浸草，春火更燒山。早泊雲物晦，逆行波浪慳。飛來雙白鶴，過去杳難攀。

〔一〕《水經注》：湘水右岸，銅官浦出焉。《一統志》：銅官渚，在長沙府城北六十里。首聯，清還「守風」。三四，其時所見。五六，從首聯申説出阻滯意來，以起下文。結乃借物慨己，纔「飛來」，便已「過去」，我之阻滯，不如「白鶴」遠矣。下四，都從「守」字作意。

衡州送李大夫七丈勉赴廣州〔一〕

斧鉞下青冥，樓船過洞庭。北風隨爽氣，南斗避文星。日月籠中鳥，乾坤水上萍。王孫丈人行〔二〕，垂老見飄零。

〔一〕朱注：李勉自江西觀察使入爲京兆尹，兼御史大夫。大曆三年十月，拜廣州刺史，充嶺南節度使。按：公至衡州在四年春，李豈三年冬被命，至是始就任歟？

〔二〕勉係宗室。黄注：勉蓋公中表尊屬。

上寫李來聲勢光彩，使人耳改目化。下四，乃以漂零之狀告之。「日月」，至動也，自留滯者值之，覺年年坐困；「乾坤」，至常也，自流離者處之，覺在在無根。似此苦況，乃以「丈人」而見之耶？妙在不説破望援意。

江閣對雨有懷行營裴二端公〔一〕

南紀一作極風濤壯，陰晴屢不分。野流行地日，江入度山雲。層閣憑雷殷，長空面水文一作紋。雨來銅柱北〔二〕，應一作意洗伏波軍。

〔一〕公有《湘江餞裴赴道州》詩，見一之六。此則别後想其去程，故曰行營。鶴編十五年，謂裴與討臧玠，無據。

〔二〕道州近粤，故言銅柱北。

每句層遞而下。上截總在雨前，下截逐層還題。

江閣卧病走筆寄呈崔盧兩侍御

客子庖厨薄，江樓枕席清。衰年病祇瘦，長夏想爲情。滑憶一作喜雕胡飯〔一〕，香聞錦帶羹〔二〕。溜匙兼暖腹，誰欲致杯罌。

〔一〕林洪《山家清供》：雕菰似蘆，其米黑，曝乾礱洗，既香而滑。

〔二〕《本草》：蓴，作蒓，或謂之錦帶。生湖南者最美。

此訴卧閣衰薄之況，望崔、盧一爲存注也。「溜匙暖腹」，統承上聯。末句致索酒意。「誰欲」，兼問兩人之詞。不言我欲，而問彼「誰欲」，以戲語探其情也。○顧宸謂蓴性不暖，以「溜匙」承上，以「暖腹」指酒，拘攣文義，不可從。

潭州送韋員外迢牧韶州〔一〕

炎海韶州牧，風流漢署郎。分符先令望〔二〕，同舍有輝光。白首多年疾，秋天昨夜涼。洞庭無過雁，書疏莫相忘。

〔一〕韶州，唐屬嶺南道，今隸廣東。○秋復在潭。

〔二〕《漢紀》：與郡守爲符。注：各分其半，右留京師，左以與之。

韋先有《留别》詩，公以此送之也。上四，以同官之故，頌之如此。五、六，隱括以答韋詩之意，末又囑之。○附韋詩。

潭州留別杜員外院長　韋迢

江畔長沙驛，相逢纜客船。大名詩獨步，小郡海西偏。地濕愁飛鵩，天炎畏跕鳶。去留俱失意，把臂共潸然。

酬韋韶州見寄

養拙江湖外，朝廷記憶疏。深慚長者轍，重得故人書。白髮絲難理，新詩錦不如。雖無南過雁，看取北來魚。

韋復寄詩，公復酬之也。韋寄詩，與公前詩後四針對。此詩又與韋詩後四針對。仇氏所謂前後贈答，如塤箎相應者也。○附韋詩。

早發湘潭寄杜員外院長　韋迢

北風昨夜雨，江上早來涼。楚岫千峰翠，湘潭一葉黄。故人湖外客，白首尚爲郎。相憶無南雁，何時有報章。

樓上

天地空搔首，頻抽白玉簪。皇輿三極北〔一〕，身事五湖南。戀闕勞肝肺，論一作掄材愧杞柟。亂離難自救，終是老湘潭。

〔一〕仇注：地有四極，皇輿在東西南之北，故云。按：皇輿，指京都。起聯聲激而情壯，是虚領。次聯爲實拈，正指實「搔首」「抽簪」之故，而又已分引下截。蓋五、六即申「極北」，七、八即申「湖南」也。本舊説。

晚秋長沙蔡五侍御飲筵送殷六參軍歸澧一作灃州覲省〔一〕

佳士欣相識，慈顔望遠遊。甘從投轄飲〔二〕，肯作置當作致書郵〔三〕。高鳥黄雲暮，寒蟬碧樹秋。湖南冬不雪，吾病得淹留。

〔一〕澧州，今屬岳州府。

〔二〕《漢書》：陳孟公嗜酒，每大飲，賓客滿座。輒關門，取客車轄投井中。

〔三〕《世説》：殷羡爲豫章太守，將附書百許函悉擲水中，曰：「沈者自沈，浮者自浮，殷洪喬不能作致書郵！」

一，遇殷六。二，扣歸覲。三，蔡筵。四，切殷。黄生云：公有《送侍御四舅之澧朗》詩，疑即致書於此人。據此則用事亦不落空也。五、六寫景耳，而從殷渡己，暗藏針綫。蓋以「高鳥」比歸者，以「寒蟬」喻己之淹留也。故結聯直接。

北　風

北風破南極，朱鳳日威垂〔一〕。洞庭秋欲雪，鴻雁將安歸。十年殺氣盛，六合人煙稀。吾慕漢初老，時清猶茹芝。

〔一〕朱鳳，借指南方，蓋朱鳥爲南方之神也。趙注：威垂，無氣象也。

久客厭亂之詞，律體偏以古勝。○結意透深一層，言昔人時清猶隱，今值此亂世，固應長逝，蓋亦善自遣矣。

舟中夜雪有懷盧十四侍御弟〔一〕

朔風吹桂水，朔一作大雪夜紛紛。暗渡南樓月，寒深北渚雲。燭斜初近見，舟重竟無聞。不識山陰道，聽雞更憶君〔二〕。

〔一〕有《送盧十四弟護韋尚書靈櫬歸》詩，見五之四。

〔二〕黄注：七用王子猷訪戴事，八取《鄭風・雞鳴風雨》詩，而皆反之。

六咏雪，兩懷人，更句句切夜。◯三、四，只寫意，高絶。

對雪

北雪犯長沙，胡雲冷萬家。隨風且間一作開葉，帶雨不成花。金錯囊垂一作從罄〔一〕，銀壺酒易賒。無人竭浮蟻，有待至昏鴉。

〔一〕《藝苑雌黄》：金錯刀，王莽所鑄錢名。以黄金錯其文，曰一刀直五千。

上章夜間雪，此日間雪也。◯本在南方，而曰「北雪」、「胡雲」，知風從北來也。故恰好接「隨風」字，而對曰「帶雨」，知非成片之雪也。隨手寫來，風景如見。下四，寫雪中孤另之況，凡作三轉：曰「垂罄」，則無酒資矣，而曰「易賒」，則仍可得酒者，乃以無人與竭此壺，又且待而不賒。意曲而詞達。

歸雁二首〔一〕

萬里衡陽雁，今年又北歸。雙雙瞻客上，一一背人飛。雲裏相呼疾，沙邊自宿稀。繫書元浪語〔二〕，愁絶一作寂故山薇〔三〕。

〔一〕入大曆五年。

〔二〕《蘇武傳》：常惠教漢使者，詭言漢天子射雁上林，得武帛書。

〔三〕公故廬在首陽山。

首章，見歸雁而傷兄弟之睽離。○一、二，點題，作妒忌語。三、四，羨其形之不孤。五、六，想其情之欲伴。七、八，用事作意。無自通書諸弟，則「故山薇」發，欲如古兄弟之忍饑並採，亦不可得也。○「瞻客上」，似對我而長辭。「背人飛」，竟向北而偕去。

欲雪違胡地，先花别楚雲。却過清渭影，高起洞庭群。塞北春陰暮，江南日色曛〔一〕。傷弓流落羽，行斷不堪聞。

〔一〕《楚辭章句》：襄王遷屈原於江南。蓋謂江湘之間。

次章，見歸雁而歎一身之流落。○通首一氣盤旋，言向之「違北地」者，而今「别楚雲」矣。彼將來

「清渭」之「影」，即此日「洞庭」之「群」也，樂何如之。乃有以「南」「北」迢遥，而「傷弓」「行斷」者，其聲豈復忍「聞」哉！○弟隔固以身遥，身遥長使弟隔，二詩情辭互發。

送趙十七明府之縣

連城爲寶重〔一〕，茂宰得才新〔二〕。山雉迎舟楫〔三〕，江花報邑人〔四〕。論交翻恨晚，卧病却愁春。惠愛南翁悦，餘波及老身。

〔一〕《史記》：趙惠王得和氏璧，秦請以十五城易之。按：此借趙國比趙姓。

〔二〕謝朓《和伏武昌》詩：茂宰深遐睠。

〔三〕漢魯恭爲中牟令，童子化之，雉有雛，不忍捕。

〔四〕用潘岳河陽事。

前叙事而帶景，故色鮮。後寫意而切事，故情治。

奉酬寇十侍御錫見寄四韻復寄寇

往别郇瑕地，于今四十年〔一〕。來簪御府筆〔二〕，故泊洞庭船。詩憶傷心處，春深把臂前。

南瞻按百越〔三〕，黃帽待君偏〔四〕。

〔一〕朱注：《哭韋之晉》云：「悽愴郇瑕邑，差池弱冠年。」此復云云，則公十八九歲時，嘗至晉州。年譜俱失書。

〔二〕《魏略》：殿中侍御史，簪白筆，側陛而坐。

〔三〕今兩廣，古百越地。

〔四〕黃帽，顧氏云公自謂，極是。或引《漢書》櫂船人爲黃頭郎，或謂南人以水爲黃帽，皆好奇之癖。

「郇瑕」之「別」，固在「往」時，「洞庭」之遇，亦成往事矣。茲忽睹寇詩苦語，因憶到「春深把臂」時。「春深」，即「洞庭」相遇之候也。「南瞻」以待，冀其重逢，下一「偏」字，有侵侵乎不得再遇之恐。

過洞庭湖〔一〕

蛟室圍青草〔二〕，龍堆隱一作擁白沙〔三〕。護堤盤古木，迎櫂舞神鴉〔四〕。破浪南風正，收帆一作回檣畏日斜〔五〕。湖光與天遠，直欲泛仙槎一作雲山千萬疊，低處上星槎。

〔一〕集外詩。

〔二〕《洞庭記》：楊子洲常苦蛟患，昔佽飛入水斬蛟而去。

〔三〕《一統志》：金沙洲在洞庭湖中，一名龍堆。按：青草湖、白沙驛，見前。

〔四〕《岳陽風土記》：巴陵鴉甚多，謂之神鴉。

〔五〕《左傳》注：夏日可畏。

先景後事。○此詩得於洞庭石刻，不著姓名，論者疑信相半。然據微之誌「旋殯岳陽」之文，則五年夏秋間，當有向北入湖之事。

暮秋將歸秦留別湖南親友

水闊蒼梧野一作晚〔一〕，天高白帝秋〔二〕。途窮那免哭，身老不禁愁。大府才能會，諸公德業優。北歸衝雨雪，誰憫敝貂裘。

〔一〕顧注：公未至蒼梧，此言湖湘甚闊，直接蒼梧。

〔二〕顧注：白帝司秋。

泊湖淒苦，設爲歸秦之想，至是豈復能辨長途歸槖哉。詩則思悲而聲壯。○以「野」則闊，以「秋」則高，寫得時地曠眇，轉令窮老孤踪，懸空無着，覺下四神魂，都已攝盡也。入下只消逗破，更不費力，然精彩故自相配。○此詩主卒耒陽者，則編四年；主卒岳陽者，則編五年。究竟公之卒，不知何地何月，若耒陽阻水時，斷非遺蜕之日，説詳五古卷末兩篇。

中國古典文學基本叢書

讀杜心解

下册

〔清〕浦起龍 著

中華書局

讀杜心解卷四

卷四之一　七律　起玄宗開元二十五年至代宗大曆元年春

《纂年譜》：玄宗開元二十五年，公遊齊、趙。天寶五載，留長安。九載後，皆在長安，時則進三賦，待制集賢院，又召試參選。十四載，授率府參軍。十五載，往鄜州，七月，肅宗改元至德。二載，謁上鳳翔，拜左拾遺，尋還鄜。十月，上還京，公亦至京。乾元元年，任拾遺，六月，司功華州。二年秋，自華州棄官而西，尋入蜀，至成都。上元元年，卜居浣花溪，築草堂。二年，間至新津、青城。代宗寶應元年，到綿州，西川兵亂，因入梓州。廣德元年，往來梓、閬。二年，復歸成都，以嚴武再鎮蜀也。武表爲工部員外，參幕府。永泰元年，辭幕去蜀。

題張氏隱居二首〔一〕

春山無伴獨相求，伐木丁丁山更幽。澗道餘寒歷冰雪，石門斜日到林丘〔二〕。不貪夜識金銀氣〔三〕，遠害朝看麋鹿遊。乘興杳然迷出處上聲，對君疑是泛虛舟〔四〕。

〔一〕其二爲五律，見三之一。○或云，張即叔明，隱徂徠山，與李白輩號竹溪六逸者。

〔二〕鶴云：石門屬齊州。顧注：石門與澗道對，不必實指其地。

〔三〕《天官書》：敗軍場，破國之墟，下有積錢，金寶之上，皆有氣。

〔四〕舊引《莊子》「虚船來觸舟」，非本意。

向來以上四着公説，下四着張君説，愚意須翻轉看乃得。蓋詩成於既宿之後，係題壁詩，非訪隱詩也。訪隱則須由我及人，題壁定是因人感己。若認作初到，則「夜識」、「朝看」字如何下？〇一寫其人，二寫其居，「獨相求」與「我與我周旋久」，同一筆意。遶屋之「澗道」，「歷冰雪」而猶寒。透隙之斜陽，「到林丘」而遠射。人踪闃然，晚晴相對之景如畫，此正形容其居之幽也。五、六，本贊張也，妙就託宿之餘，見山中浮涌之氣，時現寶光；狉獉之遊，時還決驟。印到張君身上，顯其心地大段乾净，大段脱洒。以「不貪」「遠害」四字，比類品題，非謂張君識之，張君看之也。句在彀中，言超象外。七、八，拍合自身，緊躡「不貪」「遠害」來。公固志存用世者，今見張君恬退如此，不覺心爲之移，欲出焉而有愧斯人，欲處焉而有乖宿願，是以飄摇無着，如「泛虚舟」，不知繫泊誰邊耳。舊以「處」字作本音，「虚舟」貼張君，直使語氣不連。玩一「對」字，有「珠玉在前」之意，不合作「看」字解。

鄭駙馬宅宴洞中〔一〕

主家陰洞細烟霧，留客夏簟青琅玕〔二〕。春酒杯濃琥珀薄，冰漿椀碧瑪瑙寒。誤疑茅堂過江麓，已入風磴霾雲端。自是秦樓壓鄭谷〔三〕，時聞雜佩聲珊珊。

〔一〕鶴云：臨晉公主，皇甫淑妃所生，下嫁鄭潛曜。顧注：潛曜，鄭虔之姪，公與虔最善，故撰皇甫碑云。○錢箋：《長安志》：蓮花洞，在神禾原，所謂主家陰洞者也。○朱注：此歸長安後所作。

〔二〕趙曰：詩家多以琅玕比竹。顧注：此謂篁之色也。

〔三〕《列仙傳》：秦穆公以女弄玉妻蕭史，日於樓上吹簫作鳳鳴。《漢書》：鄭樸，字子真，隱居於雲陽縣谷口。

此夏宴也。寫來都有陰涼之色，令人忘暑。此正「主家陰洞」氣象不同處。○一、二，總點，三、四，寫宴，五、六，寫洞中，七、八，復繳醒「主家」。「琥珀」是「酒」是「杯」，「瑪瑙」是「漿」是「椀」，一色兩耀，精麗絶倫。後四，作一迷一悟看。洞内林亭，定多山野風味，故用「誤疑」、「已入」字，設爲迷陣，一似杳不知其所之矣。迨佩響遥傳，忽然醒覺，知身在「主家」，故用「自是」字，顯一悟機。此聯又是倒裝法，以「佩聲」作點醒語也。○起四字不雅。《杜闡》云：「壓」字諧詞。○附《淑妃碑》。

唐故德儀贈淑妃皇甫氏神道碑

后妃之制古矣，而軒轅氏、帝嚳氏次妃之跡，最有可稱，傳乎舊史。然則其義隱，其文略。《周禮》王者内職大備，而陰教宣。詩人《關雎》風化之始，樂得淑女。蓋所以教本古訓，發皇婦道。居具燕寢之儀，動有環佩之節。進賢才以輔佐君子，不淫色以取媚閨房。雖彤管之地，功過必紀；而金屋之寵，流宕一揆。稽女史之華實，嗣嬪則之清高，亦時有其人，偉夫精選。淑妃，諱□字□□，姓皇甫氏，其先安定人也。惟契封商，於赫有光。伊玄祖樹德，於今不忘。必宋之子，莫之與比。伊清風繼代，惠此餘美。夫其系緒蕃衍，紱冕所興，列爲公侯，古有皇父充石，則其宗可知已。夫其體元消息，經術之美，刊正帝圖，中有玄晏先生，則其家可知已。嗟乎！我有奕葉，承權輿矣。我有徽猷，展肅雍矣。積群玉之氣，自對白虹之天；生五色之毛，不離丹鳳之穴。曾祖烜，皇朝宋州刺史。祖粹，皇朝越州刺史、都督諸軍事。父日休，皇朝左監門衛副率，妃則副率府君之元女也。粤在襁褓，體如冰雪，氣象受於天和，詩禮傳於胎教，故列我開元神武之嬪御者，豈易其容止法度哉！今上昔在春宫之日，詔告良家女，擇視可否，充備淑哲。太妃以内秉純一，外資沈静。明珠在蚌，水月鮮白。美玉處石，雲崖津潤。結褵而金印相輝，同輦而翠旗交影。由是恩加婉順，品列德儀。雖掖庭三千，爵秩十四，掩六宫以取俊，超群女以見賢，豈渥澤之不流，曾是不敢以露才揚己，卑以自牧而已。夫如是言，足以厚人倫，化風俗，彌縫坤載之失，夾輔元亨之求。嗚呼！彼蒼也常與善，何有初也不久好，奈何！况妃亦既遘疾，怙如慮往。上以服事最舊，佳人難得，送藥必經於御手，見寢始迴乎天步。月氏使者，空説返魂之香；漢帝夫人，終痛歸來之像。以開元二十三年歲次乙亥，十月癸未朔，薨於東京某宫院。春秋四十有二。嗚呼哀哉！望景向夕，澄華微陰。風驚碧樹，霧重青岑。天子悼履綦之蕪絶，惜脂粉之凝冷。下麟鳳之銀牀，到梧桐之金井。嗚呼哀哉！厥初權殯於崇政里之公宅，後詔以某月二十七日己酉，卜葬於河南縣龍門之西北原，禮也。制曰：故德儀皇甫氏，贊道中壼，肅事後庭。孰云疾疢，奄見凋落。永言懿範，用愴於懷。宜登四妃之列，式旌六行之美，可册贈淑妃。喪事所需，並宜官供。河南尹李適之充使監護。非夫清門華胄，積行累功，序於王者之有始有卒，介於嬪御之不僭不濫，是何存榮没哀，視有遇之多也！有子曰鄂王，諱瑶，兼太子太保使持節幽州大都督事，有故在疢而卒。豈無樂國？今也則亡。匪降自天，云何吁矣！有女曰臨晉公主，出降代國長公主子滎陽鄭潛曜，官曰光禄卿，爵曰駙馬都尉。昔王儉以公主恩，尚帝女爲榮。何晏兼關内侯，是亦晉朝歸美。公主禮承於訓，孝自於心。霜露之感，形於顔色；享祀之數，闕於灑掃。嘗戚然謂左右曰：自我之西，歲陽載紀，彼都之外，道里遐絶。聖慈有蓬萊之深，異縣有松檟之阻。思欲輕舉，安得黄鵠！未議巡豫，徒瞻白雲。望闕塞之風煙，尋常涕泗；懷伊川之陵谷，恐懼遷移。於是下教邑司，爰度碑版。甫忝鄭莊之賓客，遊竇主之園林。以白頭之嵇、阮，豈獨步於崔、蔡。而野老何知，斯文見託；公子泛愛，壯心未已。不論官閥，游、夏入文學之科；兼叙哀傷，顔、謝有后妃之誄。銘曰：積氣之清，積陰之靈。漢曲迴月，高堂麗星。驚濤洶洶，過雨冥冥。洗滌蒼翠，誕生娉婷。（其一）婉彼柔惠，迥然開爽。綢繆之故，昔在明兩。恩渥未渝，康哉大往。展如之媛，孰與争長？（其二）珩珮是加，翬褕克備。先德後色，累功居位。壼儀孔修，宮教咸遂。王于奬飾，禮亦尊異。（其三）小苑春深，離宮夜逼。池畔臨風，花間度月。同輩未歸，焚香不息。嗚呼變化，惠好終極。（其四）馮相視祲，太史書氛。藏舟晦色，逝水寒文。翠幄成彩，金爐罷爇。燕趙一馬，瀟湘片雲。（其五）恍惚餘跡，蒼茫具美。王子國除，匪他之恥。公主愁思，永懷於彼。日居月諸，丘隴荆杞。（其六）巖巖禹鑿，濔濔伊川。列樹拱矣，豐碑闕然。爰謀述作，欻就雕鐫。金石照地，蛟龍下天。（其七）少室東立，緱垣西走。佛寺在前，宫橋在後。維山有麓，與碑不朽。維水有源，與詞永久。（其八）

城西陂泛舟

青蛾皓齒在樓船，横笛短簫悲遠天。春風自信牙檣動，遲日徐看錦纜牽。魚吹細浪摇歌扇，燕蹴飛花落舞筵。不有小舟能蕩槳，百壺那送酒如泉。

統觀公詩，或陪貴遊，或觀聲妓，未有不明列主賓，兼寓襟抱者。即其獨賞之篇，亦有貼身之句。此獨全然無所叙述，其必隱然有所感歎矣，意蓋在於諸楊也。開口瞥然云「青蛾皓齒在樓船」，其人便是御樓船之主人，非即謂歌扇舞衣一輩人也。中四，鋪寫水嬉之盛，滿眼嬌憨蕩佚，都爲個人烘染。結云「不有」、云「那送」，乃指點之詞，言只此供宴之需，費幾許舟船如織，猶所云「御厨絡繹送八珍」也。與《麗人行》參看自得。諸楊於曲江、華清，嬉遊無度，則西陂可以例推。試思身自泛舟，必無此没頭之體，顧注謂泛咏士女遊觀，則起筆亦不須如此鄭重。

贈田九判官梁丘〔一〕

崆峒使節上青霄〔二〕，河隴降王款聖朝〔三〕。宛馬總肥春一作秦苜蓿〔四〕，將軍只數漢一作霍嫖姚〔五〕。陳留阮瑀誰争長〔六〕？京兆田郎早見招〔七〕。麾下賴君才並美一作入，獨能無意向漁樵。

〔一〕朱氏引《唐書》：哥舒翰討禄山，以梁丘充行軍司馬。此禄山反後事，與詩不合。時翰方鎮隴右，梁丘已列翰幕，或以使事來朝，公贈之也。

〔二〕《唐書》：隴右道，有崆峒山。按：使節，指哥舒。

〔三〕《唐書·翰傳》：天寶十二載秋，翰擊吐蕃，悉收九曲部落。《王思禮傳》：十三載，吐谷渾款塞，詔翰應接之。

〔四〕《漢書》：大宛馬，嗜苜蓿，上遣使者持千金請宛馬，采苜蓿歸，種之離宫。

〔五〕《漢書》：霍去病爲嫖姚校尉。

〔六〕《魏志》：陳留阮瑀，字元瑜，太祖辟爲軍謀祭酒，管記室。仇注：阮瑀，指高適。按：適是時，充翰府掌書記。

〔七〕《三輔决録》：田鳳爲郎，容儀端正。靈帝目送之，題柱曰：「堂堂乎張，京兆田郎。」

贈田九也，先頌哥舒，何？翰，其主帥也。翰開軍閫，收蓄英豪之地也。故「宛馬」句微領此意，已打通下節矣。仇氏以「阮瑀」指高適，最爲讀書具眼。他日《送蔡希魯還隴右因寄高》詩云：「因君問消息，好在阮元瑜。」亦以是稱之矣，以其居記室之職，故舉以爲比也。「誰争長」而「早見招」者，見高適才高，宜爲當路所忌，而「田郎早招」致之。田必嘗薦高於翰，故云，蓋欲以高爲己例也。結聯露意。公嘗贈哥舒詩云：「防身一長劍，將欲倚崆峒。」與此同旨，此必參選未得官時詩也。○用事典切，煉句高渾，律詩正法眼藏。

贈獻納使起居田舍人澄〔一〕

獻納司存雨露邊一作偏，地分清切任才賢。舍人退食收封事，宫女開函捧一作近御筵〔二〕。曉漏追趨青瑣闥〔三〕，晴窗點檢白雲篇。揚雄更有河東賦〔四〕，唯待吹噓送上天。

〔一〕《唐書》：置匭以受四方之書，以諫議一人充使。天寶中，改爲獻納使。又，仗下議政事，置起居舍人，分侍左右秉筆。《演義》：田必起居而兼獻納。

〔二〕《唐書》：内官有掌書三人，掌宣傳啓奏。

〔三〕《宫闕簿》：青瑣門在南宫。

〔四〕《揚雄傳》：上陟西岳，以望八荒，迹殷周之虚，思唐虞之風。雄還，上《河東賦》以勸。

公獻三賦後，無所遇合，更欲上《封西岳賦》，故贈此詩。妙將獻納、起居兩職，羅文説下，益顯其清要有力。獻納，外班也，而得近雨露，何哉？以其爲起居清切之班之所兼任耳。既兼獻納矣，則記録之「舍人」，且得「退收封事」，傳進御筵矣。其兼綰要職如此，是以入「趨瑣闥」，仗前之筆斯簪；出「檢雲篇」，匭内之章待奏。則夫懷才欲獻之士，得不喁喁翹首哉！落到進賦，一筆便足。「白雲篇」，渾融得好，若黏用上書字面，便呆。○附《封西岳賦》并表。

進封西岳賦表

臣甫言：臣本杜陵諸生，年過四十，經術淺陋。進無補於明時，退嘗困於衣食，蓋長安一匹夫耳。頃歲國家有事於郊廟，幸得奏賦，待罪於集賢。委學官試文章，再降恩澤。仍猥以臣名實相副，送隸有司，參列選序。然臣之本分，甘棄置永休，望不及此。豈意頭白之後，竟以短篇隻字，遂曾聞徹宸極，一動人主。是臣無負於少小多病、貧窮好學者已。在臣光榮，雖死萬足。至於仕進，非敢望也。日夜憂迫，復未知何以上答聖慈，明臣子之效。況臣常有肺氣之疾，恐忽復先草露，塗糞土，所懷冥寞，孤負皇恩。敢攄竭憤懣，領略丕則，作《封西岳賦》一首以勸，所覬明主覽而留意焉。先是御製岳碑文之卒章曰：待余安人治國，然後徐思其事。此蓋陛下之至謙也。今兹人安是已，今兹國富是已。況符瑞翕集，福應交至，何翠華之默默乎？維岳固陛下本命，以永嗣業；維岳授陛下元弼，克生司空。斯又不可寢已。伏惟天子霈然留意焉。春將披圖視典，冬乃展采錯事。日尚浩闊，人匪勞止。庶可試哉！微臣不任區區懇到之極，謹詣延恩匭獻納，奉表進賦以聞。臣甫誠惶誠恐，頓首頓首，謹言。

封西岳賦 并序

上既封泰山之後，三十年間，車轍馬跡，至於太原，還於長安。時或謁太廟，祭南郊，每歲孟冬，巡幸温泉而已。聖主以爲王者之體，告厥成功，止於岱宗可矣。故不肯到崆峒，訪具茨，驅八駿於崑崙，親射蛟於江水，始爲天子之能事壯觀焉爾。况行在供給，蕭然煩費。或至作歌有慚於從官，誅求坐殺於長吏。甚非主上執玄祖醇醲之道，端拱御蒼生之意。大哉聖哲，垂萬代則。蓋上古之君，皆用此也。然臣甫愚，竊以古者，疆埸有常處，贊見有常儀，則備乎玉帛而財不匱乏矣，動乎車輿而人不愁痛矣。雖東岱五岳之長，足以勒崇垂鴻，與山石無極。伊太華最爲難上，至於封禪之事，獨軒轅氏得之，夫七十二君，罕能兼之矣。其餘或蹶踣風雲，碑版祠廟，終么麽不足追數。今聖主功格軒轅氏，業纂七十二君，風雨所及，日月所照，莫不砥礪。華，近甸也，其可恧乎！比歲鴻生巨儒之徒，誦古史，引時義云：「國家土德，與黄帝合。主上本命，與金天合。」而守闕者亦百數。天子寢不報，蓋謙如也。頃或詔厥郡國，掃除曾巔，雖翠蓋可薄乎蒼穹，而銀字未藏於金氣。臣甫誠薄劣，不勝區區吟咏之極，故作《封西岳賦》以勸。賦之義，預述上將展禮焚柴者，實覬
聖意因有感動焉。其詞曰：

惟時孟冬，百工乃休。上將陟西岳，覽八荒。御白帝之都，見金天之王。既刊石乎岱宗，又合符乎軒皇。茲事體大，越不可載已。先是禮官草具其儀，各有典司。俯叶吉日，欽若神祇。而千乘萬騎，已蠖略佁儗，屈矯陸離，惟君所之。然後拭翠鳳之駕，開日月之旗。撞鴻鐘，發雷鞀。辨格澤之修竿，決河漢之淋漓。彍天狼之威弧，墜魍魎之霏霏。赤松前驅，彭祖後馳。方明夾轂，昌寓侍衣。山靈秉鉞而踉蹡，海若護蹕而參差。風馭冉以縱嵕，雲螭縒而遲踠。地軸軋軋，殷以下折。原隰草木，儼而東飛。岐梁閃倏，涇渭反覆。而天府載萬侯之玉，上方具左纛黃屋，已焜煌於山足矣。乘輿尚鳴鑾和，儲精澹慮。華蓋之大角低回，北斗之七星皆去。屆蒼山而信宿，屯絕壁之清曙。既臻夫陰宮，犀象硉兀，戈鋋窸窣，飄飄蕭蕭，汹汹如也。於是太一抱式，玄冥司直，天子乃宿祓齋，就登陟。駢素虯，超崱屴。天語秘而不可知，代欲聞而不可得。柴燎上達，神光充塞。泥金乎菡萏之南，刻石乎青冥之北。上意由是茫然，延降天老，與之相識。問太微之所居，稽上帝之遺則。颯弭節以徘徊，撫八紘而黝黑。忽風翻而景倒，澹殊狀而異色。冏若褰袪開帷，下辨宸極者。久之，雲氣蓊以迴複，山嘑𣝕而未息。祀事孔明，有嚴有翼。神保是格，時萬時億。爾乃駐飛龍之秋秋，詔王屬以中休。覲群后於高掌之下，張大樂於洪河之洲。芬樹羽林，莽不可收。千人舞，萬人謳。麒麟踆踆而在郊，鳳凰蔚跂而來遊。雷公伐鼓而揮汗，地祇被震而悲愁。樂師拊石而具發，激越乎遐陬。群山爲之相峽，萬穴爲之倒流，又不可得載已。久而景移樂闋，上悠然垂思曰：嗟乎！余昔歲封泰山，禪梁父。以爲王者成功，已纂終古。嘗鑒前史，至於周穆、漢武，豫遊寥闊，亦所不取。惟此西岳，作鎮三輔，非無意乎？頃者，猶恐百姓不足，人所疾苦，未暇瘞斯玉帛，考乃鐘鼓。是以視岳於諸侯，錫神以茅土。豈惟壯設險於甸服，報西成之農扈。亦所以感一念之精靈，答應時之風雨者矣。今茲冢宰庶尹、醇儒碩生，僉曰：黃帝顓頊，乘龍游乎四海，發軔匝乎六合，竹帛有云，得非古之聖君。而太華最爲難上，故封禪之事，鬱没罕聞。以予在位，發祥隤祉者，焉可勝紀。而不得已，遂建翠華之旗，用塞雲臺之議。矧乎殊方奔走，萬國皆至。玄元從助，清廟歔欷也。臣甫舞手蹈足曰：大哉鑠乎！真天子之表，奉天爲子者已，不然，何數千萬載，獨繼軒轅氏之美，彼七十二君，又疇能臻此。蓋知明主，聖罔不克正，功罔不克成。放百靈，歸華清。

送鄭十八虔貶台州司户傷其臨老陷賊之故闕爲面別情見於詩〔一〕

鄭公樗散鬢成一作如絲，酒後常稱老畫師。萬里傷心嚴譴日，百年垂死中興時。蒼惶一作伶傳已就長途往，邂逅無端出餞遲。便與先生應永訣，九重泉路一作下盡交期。

〔一〕《通鑑》：肅宗至德二載，詔陷賊官六等定罪，次三等者流貶。按：台州，今爲府。○鄭被譴日，疑公方自鄜來，尚未到京。

詩從肺腑流出。四聯兩飄灑，兩沈痛，相間成章。一、二題前。三、四，還題中臨老貶台，妙着「中興時」三字，人沐更新雨露，鄭偏自外栽培也。五、六，還題中「闕爲面別」。七、八，更透題後。若應酬家數，但祝其旦夕還朝耳。胥鈔云：純是淚點，都無墨痕。

臘日〔一〕

臘日常年一作年年暖尚遥，今年臘日凍全消。侵陵雪色還萱草，漏洩春光有柳條。縱酒欲謀良一作長夜醉，歸家初散一作放紫宸朝。口脂面藥隨恩澤，翠管銀罌下九霄〔二〕。

〔一〕趙大綱《測旨》：唐以大寒後辰日爲臘。

〔二〕《酉陽雜俎》：臘日賜口脂、臘脂，盛以碧鏤牙筩。

二載冬還朝，仍任拾遺。適遇臘暖，又霑恩賜而作。杜七律多有開宋調者，此亦是。

奉和賈至舍人早朝大明宮〔一〕

五夜漏聲催曉箭〔二〕，九重春色醉仙桃〔三〕。旌旗日暖龍蛇動，宮殿風微燕雀高。朝罷香煙攜滿袖，詩成珠玉在揮毫。欲知世掌絲綸美，池上于今有鳳毛〔四〕。

〔一〕《唐書》：賈曾拜中書舍人，子至，字幼隣，從幸蜀，拜起居舍人、知制誥。帝傳位，至撰册進稿。帝曰：「昔先天誥命，乃父所爲，今又爾爲之，可謂濟美矣。」《雍録》：唐有三大内，太極宮在西，故名西内。大明宫在東,故名東内。别有興慶宫,號南内。三内更迭受朝,而大明最數。○入乾元元年。

〔二〕《漢舊儀》:晝漏盡,夜漏起,五夜者,甲、乙、丙、丁、戊。殷夔《刻漏法》:鑄金爲司晨,具衣冠,以左手抱箭,右手指刻。

〔三〕仇注:唐時殿庭,多植桃柳。朱注:春色之穠,桃花如醉,以在禁内,故曰「仙桃」,非用王母事。

〔四〕《宋書》:謝鳳子超宗,有文詞,帝謂謝莊曰:「超宗殊有鳳毛。」

一,言早。二,言入朝處。三、四,宫前景。而「朝」字正面,已藏在兩句下三字内,故第五徑接「朝罷」,此下俱貼和賈説。黄生曰:唐賢和詩,必見出和意,王、岑二結,並歸美於賈。少陵後半特全注之,此格律深老處。且王結美掌綸,岑結美倡咏,惟杜兼及之。又顯其世職,寫意周到。○楊仲弘曰:賈至諸公《早朝》篇,雄深嚴整,宫商迭奏,音韻鏗鏘,熟之可洗寒儉。愚按:前人優劣諸詩之説,各持所見,不敢妄採,第並列三詩於左。

早朝大明宫呈兩省僚友　賈　至

銀燭朝天紫陌長,禁城春色曉蒼蒼。千條弱柳垂青瑣,百囀流鶯遶建章。劍佩聲隨玉墀步,衣冠身惹御爐香。共沐恩波鳳池裏,朝朝染翰侍君王。

和　前　　王維

絳幘雞人報曉籌，尚衣方進翠雲裘。九天閶闔開宮殿，萬國衣冠拜冕旒。日色纔臨仙掌動，香煙欲傍袞龍浮。朝罷須裁五色詔，珮聲歸到鳳池頭。

和　前　　岑參

雞鳴紫陌曙光寒，鶯囀皇州春色闌。金闕曉鐘開萬户，玉階仙仗擁千官。花迎劍佩星初落，柳拂旌旗露未乾。獨有鳳凰池上客，陽春一曲和皆難。

宣政殿退朝晚出左掖〔一〕

天門日射黄金牓，春殿晴曛赤羽旗。宮草霏霏一作微微承委珮，鑪煙細細駐游絲。雲近蓬萊常五色〔二〕，雪殘鳷鵲亦多時〔三〕。侍臣緩步歸青瑣，退食從容出每遲。

〔一〕《唐會要》：宣政，正衙殿也。《六典》：殿東有東上閤門，西有西上閤門。朱注：東閤門，門下省在焉。西閤門，中書省在焉。公爲左拾遺，屬門下，故出左掖。

〔二〕《唐會要》：貞觀間，營永安宮，後改蓬萊宮。咸亨初，改含元殿，又爲大明宮。按：詩特以仙居比帝居耳。

〔三〕《上林賦》：過鳷鵲，望露寒。注：皆觀名，在雲陽甘泉宫外。

一，入門。二，見殿。三，在陛前。四，瞻殿上。五、六，即景設色。七、八，退朝晚出。金和玉節之篇。

紫宸殿退朝口號〔一〕

户外昭容紫袖垂，雙瞻御座引朝儀〔二〕。香飄合殿春風轉，花覆千官淑景移。晝漏稀聞高閣別作閤報〔三〕，天顔有喜近臣知〔四〕。宫中每出歸東省〔五〕，會送夔龍集鳳池〔六〕。

〔一〕《六典》：内朝正殿也。《雍録》：含元之北爲宣政，宣政之北爲紫宸。楊慎曰：唐之朝制：宣政，前殿也，謂之衙。衙有仗。紫宸，便殿也，謂之閤。不御前殿而御紫宸，謂之入閤。按：閣，《五代史》作閤。

〔二〕唐制：昭容，正二品，係九嬪。《酉陽雜俎》：閤門有宫人垂帛引百僚。或云自則天，或言因後魏。據《開元禮疏》，晉康獻后臨朝，不坐，則宫人傳百僚拜，周、隋相沿。

〔三〕朱注謂外庭報漏，黄生謂禁中報漏。未知孰是？

〔四〕仇云：諫官隨宰相入，得近御前。

〔五〕即左掖。

〔六〕上官儀表：接武夔龍，簉羽鵷鷺。《晉中興書》：荀勗從中書監遷尚書令，有賀之，曰：「奪我鳳凰池，何賀耶？」

確是咏内朝也。一、二，初御殿時。顧注：「袖垂」爲傴僂，「雙瞻」爲分行。愚按：「瞻座」爲側向，「引儀」爲傳呼。顧以二句單指導駕，愚謂總領設朝也。三，言殿上受朝。四，言殿下朝班。五，見深邃，切便殿。六，見近君，切拾遺。七，始退。八，退後餘波。○氣象似遜和賈，而委蛇丰度過之。

題省中壁

掖垣竹埤音皮梧十尋〔一〕，洞門對雪正異作霤常陰陰〔二〕。落花遊絲白日静，鳴鳩乳燕青春深。腐儒衰晚謬通籍，退食遲迴違寸心。衮職曾無一字補，許身愧比雙南金〔三〕。

〔一〕蔡曰：竹埤，言編竹爲儲胥，若城埤然。愚按：如今竹籬、竹屏之類，餘説俱謬。

〔二〕《正異》：《吴都賦》：「玉堂對霤，石室相距。」《説文》：霤，屋水流也。按：此改雪作霤，亦通。但「對雪」字須活看。洞門所對，即埤間植梧之處，其處或有牆隅石罅之雪，積而未銷。觀《晚出左掖》詩「樓雪融城濕」，亦一時之作，知此時春雪方晴也。

〔三〕張載《擬四愁詩》：美人贈我緑綺琴，何以報之雙南金。

省中春雪新晴時作。「常陰陰」，從「梧十尋」見出。「静」字、「深」字，都從「常陰陰」見出。生意、樂意、恬適意，毫端流露，而省院之清邃，悠然可想也。下四，寫懷，又是純臣心事。

曲江陪鄭八丈南史飲

雀啄江頭黄柳花，鵁鶄鸂鶒滿晴沙。自知白髮非春事，且盡芳樽戀物華。近侍即今難浪跡，此身那得更無家？丈人才力猶强健，豈傍青門學種瓜？

朱云：時已有去官之志。按：首二，即所謂「春事」「物華」也。三、四，由言以貼「陪飲」，而感已動矣，故五、六又申其感。拾遺近君，非禄仕之官，故「難浪跡」。洛陽舊宅當殘破之後，故曰「無家」。觀日後漸向西去，可知故鄉不可居矣。七、八，以鄭形己，時雖在位，必有不得行其志者，姑以年老託言，實未甚老也。

曲江二首

一片花飛減却春，風飄萬點正愁人。且看欲盡花經一作驚眼，莫厭傷多酒入脣。江上小堂一作棠巢翡翠，苑邊高冢卧麒麟。細推物理須行樂，何事一作用浮榮一作名絆此身？

二詩之旨，亦與《陪鄭八》略同。此章言物理推遷，且須遣之於酒。五、六，整煉，極振得起，要即是「經眼」、「愁人」之意。「推物理」，「花飛」「巢」「卧」，俱該。「須行樂」，把酒入唇莫緩也。

朝回日日典春衣，每日恐向字之譌江頭盡醉歸。酒債尋常行處有，人生七十古來稀。穿花蛺蝶深深見一作舞，點水蜻蜓款款一作緩緩飛。傳語風光共流轉，暫時相賞莫相違。

次章，言典衣盡醉，正因光景易流耳，與前章作往復羅文勢。結依《演義》作寄語風光解，言爾只管「共」物情「流轉」，豈知人生「相賞」，乃「暫時」事，爾「莫」便「相違」也。

曲江對酒

苑外江頭坐不歸，水精春一作宫殿轉霏微〔一〕。桃花細逐楊一作梨花落，黄鳥時兼白鳥飛。縱飲久判人共棄，懶朝真與世相違。吏情更覺滄洲遠，老大徒傷一作悲未拂衣〔二〕。

〔一〕《述異記》：闔閭構水精宫。《説詩》：借言宫殿近水。

〔二〕《南史·王僧虔傳》：如見惡，當拂衣去耳。

亦與前詩同旨。

曲江對雨

城上春雲覆苑牆，江亭晚色静年芳。林花著雨燕支一作脂濕，水荇牽風翠帶長。龍武新軍深一作經駐輦〔一〕，芙蓉別殿漫焚香〔二〕。何時詔此金錢會〔三〕？暫醉佳人錦瑟傍〔四〕。

〔一〕《唐·兵志》：高宗置左右羽林軍，玄宗改爲龍武軍，肅宗至德二載，置神武軍。《雍録》：唐諱虎，故曰龍武。

〔二〕《唐·地理志》：興慶宫，謂之南内。築夾城，入芙蓉園。仇注：園與曲江相接。按：上皇時居南内。

〔三〕顧注：《舊書》：開元間，宴王公百寮，令左右於門下撒金錢，許中書五品及諸司五品以上争拾之。

〔四〕《劇談録》：開元中，上巳賜宴，臣僚會於曲江山亭，恩賜教坊聲樂。

是詩不與諸篇一例，神遠思深，憶上皇也。「對雨」則景益寂寥，故回首繁華，不堪俯仰。只一「静」字，籠通首。首句便含静意。朱瀚曰：上半寫雨景之荒涼，新經喪亂也。下半傷南内之寂寞，向曾受知也。「花著雨」，見苑中車馬闃然。「荇牽風」，見江上綵舟絶迹。上皇平韋氏，改龍武軍，今曰「深駐輦」，不自臨閲矣。又常從夾城達芙蓉園，今曰「漫焚香」，無復遊幸矣。於掉尾拈一「詔」字，露出本意，含無限低徊。愚按：「詔」字宜貼肅宗説，深望其續舉此會，以慰親心。蓋耽遊則不可，娱親則可也。若着上皇邊，恐跡涉嫌疑。黄生曰：不露痕跡，不犯忌諱，本詩人之忠厚，法宜聖之微辭。○此處曲江詩，所言皆「花」「鳥」「蜻」「蝶」。一及宫苑，則云「巢翡翠」，「轉霏微」，「雲覆」、「晚静」而已。視前此所咏「雲幕」、「御厨」，覺盛衰在目，彼此一時。

因許八奉寄江寧旻上人〔一〕

不見旻公三十年，封書寄與淚潺湲。舊來好事今能否，老去新詩誰與傳？棋局動隨幽一作尋澗竹，袈裟憶上泛湖船。聞或改作問，不成語君話我爲官在，頭白昏昏只醉眠。

〔一〕有《送許八歸江寧覲省》詩，題云：甫昔嘗客遊此縣。見五之一。

親切如手札。五、六，申寫三、四意。末則傳聞旻公之語，而告以衰懶之况耳。○通首皆通問旻公之詞，何得結處忽致語許八。《杜臆》認煞「因許八」三字，遂改「聞」爲「問」，鑿也。

題鄭縣亭子〔一〕

鄭縣亭子澗之濱，户牖憑高發興新。雲斷岳蓮臨大路〔二〕，天清一作晴宫一作官柳暗長春〔三〕。巢邊野雀群欺燕，花底山蜂遠趁人。更欲題詩滿青竹，晚來幽獨恐傷神。

〔一〕時出爲華州功曹。《老學庵筆記》：華之鄭縣，有西溪，在官道旁七八十步，澄深可愛。亭曰西溪亭，即鄭縣亭子。

〔二〕《華州記》：山頂有池，生千葉蓮，因名蓮花峰。《通鑑》注：自澠池西入關，有兩路。南路由回谿阪，曹公惡路險，開北路，遂爲大路。

〔三〕唐同州朝邑縣，有長春宫。《寰宇記》：周宇文護所築。

本以憑高發興，而眼底迢遥，瞥見「雀欺」、「蜂趁」，不覺觸「幽獨」而「傷神」矣。公之黜，信有讒言歟？

望　岳

西岳危稜一作崚嶒竦處尊〔一〕，諸峰羅立如一作似兒孫。安得仙人九節杖〔二〕，拄到玉女洗頭盆〔三〕。車箱入谷無歸路〔四〕，箭栝箬通通天有一門〔五〕。稍待秋風涼冷後，高尋白帝問真源〔六〕。

〔一〕《唐書》：華州華陰縣，有華山。

〔二〕《真誥》：楊羲夢蓬萊仙翁，拄赤九節杖而視白龍。

〔三〕《集仙録》：明星玉女，居華山，祠前有石臼，曰「玉女洗頭盆」，水色碧緑澄徹，不溢不耗。

〔四〕《寰宇記》：車箱谷，一名車水渦，在華陰縣西南，祈雨者，以石投之，有一鳥飛出，獲雨。

〔五〕朱注一引《韓非子》：秦昭王梯上華山，以松柏心博箭，與天神博。一引《水經注》：歷列柏南行，至天井，井纔容人行，頓曲而上，出井望空，視明如在室窺窗矣。是則以箭栝爲列柏之訛。愚按：地名失考者頗多，存疑可也。黄生謂是形容語，不必泥於地名者，非是。

〔六〕《洞天記》：華山名太極總仙之天，即少昊，爲白帝，治西岳。

從貶斥失意，寫「望岳」之神，兼有兩意：一以華頂比帝居，見遠不可到；一以華頂作仙府，將遯焉相從。蓋寄慨而兼託隱之詞也，筆力朴老。

早秋苦熱堆案相仍〔一〕

七月六日苦炎蒸，對食暫餐還不能。每愁夜來一作中自足蝎，况乃秋後轉多蠅。束帶發狂欲大叫，簿書何急來相仍。南望青松架短一作絶壑，安得赤脚踏層冰。

〔一〕原注：時任華州司功。

借苦熱洩傲吏之憤，即嵇叔夜七不堪意。老杜每有此粗糙語。

九日藍田崔氏莊〔一〕

老去悲秋强自寬，興來今日盡君歡。羞將短髮還吹帽，笑倩旁人爲正冠〔二〕。藍水遠從千澗落〔三〕，玉山高並兩峰寒〔四〕。明年此會知誰健？醉把茱萸仔細看。

〔一〕《唐書》：藍田縣，屬京兆府，在長安東南七十里。

〔二〕王隱《晉書》：孟嘉爲桓温參軍，九日遊龍山，風至，吹嘉帽落，温命孫盛爲文嘲之。

〔三〕《三秦記》：藍田有川，方三十里，其水北流，出玉石，合溪谷之水，爲藍水。

〔四〕朱注：玉山，即藍田山。按：兩峰不必指實。

「老去」「興來」，一篇綱領。三、四，以翻爲切，仍緊抱「老去」「興來」。五、六，藍田莊之壯觀也。七、八，透後寫，仍應首聯。〇字字亮，筆筆高。三、四，宋人極口，然猶是隨波逐浪句，五、六，乃所謂截斷衆流句。

崔氏東山草堂〔一〕

愛汝玉山草堂静，高秋爽氣相鮮新。有時自發鐘磬響，落日更見漁樵人。盤剥白鴉谷口栗〔二〕，飯煮青泥坊底芹〔三〕。何爲西莊王給事，柴門空閉鎖松筠〔四〕。

〔一〕邵注：東山，即藍田山，又名玉山。

〔二〕《長安志》：白鴉谷，在藍田縣東南，中有翠微寺，其地宜栗。

〔三〕《長安志》：青泥城，在藍田縣南。又青泥驛，在縣郭下。

〔四〕《王維傳》：乾元中，拜給事中。又云：得宋之問藍田别墅，在輞川。《杜臆》：輞川必與崔莊東西相近。草堂稱東山，輞川固可稱西莊矣。借崔堂以呼給事，是公招隱詩也。朱瀚云：次聯即「衡門之下，可以棲遲」也。三聯即「泌之洋洋，可以樂飢」也。按崔堂之野趣，即是西莊之野趣。手寫此而神注彼。有此樂土，云胡不歸？故結語怪之。雖然，非真怪之也。在謫官匏繫之人，言固應爾。故曰，言者，心之聲也。

至日遣興奉寄北省舊閣老兩院故人二首〔一〕

去歲兹晨捧御床，五更三點入鵷行。欲知趨走傷心地，正想氤氳滿眼香。無路從容陪語笑，有時顛倒著衣裳。何人却一作錯憶窮愁日，愁日愁隨一綫長〔二〕。

〔一〕《通典》：唐謂門下中書爲北省。

〔二〕《歲時記》：魏、晉間，宫中以紅綫量日影，冬至後，日影添長一綫。

二詩同意，在貶所作。朱瀚謂此一首爲贋作。愚按：氣體罷軟不類，而語又與後首複。此老一題幾首，從無複出者。朱説宜允。

憶昨逍遥供奉班，去年今日侍龍顔。麒麟不動爐煙上〔一〕，孔雀徐開扇影還〔二〕。玉几由來天北極〔三〕，朱衣只在殿中間〔四〕。孤城此日腸堪斷，愁對寒雲雪一作白滿山。

〔一〕《晉禮儀》：大朝會，即填宫，皆以金鍍九尺麒麟香爐。

〔二〕《六典》：大朝會，則孔雀扇一百五十有六，分居左右。舊翟羽扇。開元初，改爲繡孔雀。

〔三〕《西京雜記》：天子玉几，冬則加錦其上，謂之綈几。

〔四〕《唐會要》：冬至，大禮朝參，并六品清官服朱衣，以下通服袴褶。

此首清響堅光，鑿與前首迴别。上四，追寫賀節朝儀。只用「憶昨」提起，絶不夾入傷心軟語。五、六，承上起下，筆法帶側。謂「龍顔」儼居天上，本難近瞻，而官班故在殿中，向曾接武，兹也頓成今昔矣。趙大綱平看，便不活。結句只寫景，高絶。

卜　居〔一〕

浣花溪一作之水水西頭〔二〕，主人爲卜林塘幽〔三〕。已知出郭少塵事，更有澄江銷客愁〔四〕。無數蜻蜓齊上下，一雙鸂鶒對沈浮。東行萬里堪乘興〔五〕，須向山陰上小舟。

〔一〕入蜀後詩。○顧注：至成都，卜浣花溪以居，公題草堂云「經營上元始」是也。黄、鮑皆云：劍南節度爲公卜居。無據。

〔二〕《寰宇記》：浣花溪，在成都西郭外，一名百花潭。

〔三〕仇注：主人，自謂。

〔四〕趙曰：公之居，在浣花溪西岸，江流曲處。

〔五〕《華陽國志》：蜀使費禕聘吴，孔明送之，歎曰：「萬里之行，始於此矣。」

此草堂未就時作。上明「卜居」之意，下都從江上生情。公雖入蜀，而東遊乃其素志，故結聯特緣江寄興。蓋當卜築伊始，而露棲止未定之情也。黄云：暗用孔明、子猷語，融會入妙。

蜀相

蜀相祠堂何處尋[一]？錦官城外柏森森[二]。映階碧草自春色，隔葉黄鸝空好音。三顧頻煩天下計[三]，兩朝開濟老臣心[四]。出師未捷身先死，長使英雄淚滿襟。

〔一〕《方輿勝覽》：武侯初亡，百姓遇節朔，私祭於道。李雄稱王，始爲廟於少城内。桓温平蜀，夷少城，獨存孔明廟。

〔二〕《華陽國志》：成都西城，故錦官城也。

〔三〕庾亮表：頻煩省闥，出總六軍。

〔四〕《桓宣傳》：開濟篤素。

因謁廟而感武侯，故題止云《蜀相》。一、二，叙事老境。三、四，「堂」、「柏」分承。此特一詩之緣起也。五、六，實拈，句法如兼金鑄成，其貼切武侯，亦如鎔金渾化。七、八，慷慨涕泗，武侯精爽，定聞此哭聲。○後來武侯廟詩，名作林立，然必枚舉一事爲句。始信此詩統體渾成，盡空作者。

有客

幽棲地僻經過少，老病人扶再拜難。豈有文章驚海内？漫勞車馬駐江干。竟日淹留佳客坐，百年粗糲腐儒餐。不一作莫嫌野外無供給，乘興還來看藥欄。

一、二，前一層。中四，正面，分喜客、待客兩層。七、八，後一層。而一賓，二主。三主，四賓。五賓，六主。七主，八賓。續麻而下，結體絶奇。

狂夫

萬里橋西一草堂〔一〕，百花潭水即滄浪。風含翠篠娟娟淨一作静，雨裛紅蕖冉冉香。厚禄故人書斷絶，恒飢稚子色淒涼。欲填溝壑唯疏放，自笑狂夫老更狂。

〔一〕《華陽國志》：少城西南兩江，有七橋，南渡流曰萬里橋，即諸葛亮送費禕處。

客中貧窶無聊之作，却説得極恬淡。上四，鮮秀悦目，本無願外之私。五、六，露意，公自以爲已涉狂夫之言，故急以自笑煞住。而因以「狂夫」命題，渾然無乖角。

江 村

清江一曲抱村流，長夏江村事事幽。自去自來一作歸堂上燕，相親相近水中鷗。老妻畫紙爲棋局，稚子敲針作釣鈎。多病所須惟藥物《英華》作但有故人供禄米，微軀此外更何求。

蕭閒即事之筆。

恨 別

洛城一别四一作三千里，胡騎長驅五六一作六七年〔一〕。草木變衰行劍外〔二〕，兵戈阻絶老江邊。思家步月清宵立，憶弟看雲白日眠。聞道河陽近乘勝〔三〕，司徒急爲破幽燕〔四〕。

〔一〕東都兩破。

〔二〕《發同谷》詩自注：乾元二年十二月，自隴右赴成都。

〔三〕《李光弼傳》：乾元二年十月，悉軍赴河陽，大破賊衆。上元元年，進圍懷州。《通鑑》：三月，光弼破安太清於懷州城下。四月，又破史思明於河陽西渚。

〔四〕時光弼爲檢校司徒。

人知上六爲恨別語，至結聯，則曰望切寇平而已。豈知《恨別》本旨，乃正在此二句結出，而其根苗，已在次句伏下也。公之長別故鄉，由東都再亂故也。解者不察，則七、八爲游騎矣。○夏間聞河陽克捷而作。河陽即在洛城，公之故鄉也。言故鄉長別者，爲數被兵也。是以凌寒入蜀，判「老江邊」，「步月」、「看雲」，「宵」反「立」，「晝」反「眠」，恨之至，不覺失其常度矣。何幸忽聞破賊，其爲我徑抵賊巢以除禍本，庶將遄反乎？此與卷後《聞官軍收河南河北》同意。○「草木變衰」，乃來蜀時之景，非作詩時之景。錯解者編入秋後，與「聞道」句戾矣。詩本雪亮，苦爲坊本所蒙，特與湔滌。

野　老

野老籬邊一作前江岸迴，柴門不正逐江開。漁人網集澄潭下〔一〕，賈客船隨返照來。長路關心悲劍閣，片雲何事一作意傍琴臺〔二〕？王師未報收東郡〔三〕，城闕秋生畫角哀〔四〕。

〔一〕朱注：下，下網也。

〔二〕《玉壘記》：相如琴臺，在浣花溪北。

〔三〕是年雖破思明於河陽，而東都尚未收復。

〔四〕原注：南京同兩都，得云城闕。○至德二載，陞成都府爲南京。臨江晚望而成。始望而得野趣，久望而動愁腸也。夏間聞故鄉之捷，入秋尚未收復，故憂之如此。○八句中，各次句尤勝。蓋出調猶見用意，接手全歸自然矣。

南鄰〔一〕

錦里先生烏角巾〔二〕，園收芋一作芧栗未全貧。慣看賓客兒童喜，得食階除鳥雀馴。秋水纔深一作添四五尺，野航恰受兩三人。白沙翠竹江村暮一作路，相送一作對柴門月色新。

〔一〕顧云，朱山人也。按：有《過南鄰朱山人水亭》詩，見三之二。

〔二〕錦里，錦官城之里也。

公造山人，而山人相送也。前半山莊訪隱圖，後半江村送客圖。

至後

冬至至後日初長，遠在劍南思洛陽。青袍白馬有何意〔一〕？金谷銅駝非故鄉〔二〕。梅花欲開不自覺，棣蕚一別永相望。愁極本憑詩遣興，詩成吟詠轉淒涼。

〔一〕青袍白馬，用侯景事，指史思明也。朱注引公詩「青袍也自公」、「歸來散馬蹄」爲證，謂是廣德二年在嚴武幕中作。似與下句不黏，且通首語氣，亦復不類。

〔二〕石崇《金谷詩序》：余别廬在河南縣界金谷澗。陸機《洛陽記》：漢鑄銅駝二枚，在宫南四會道頭，夾路相對。

朱、仇諸本，編入嚴幕詩内，非也。蓋爲故鄉未平，遠羈劍外而作，與《恨别》同旨。「有何意」者，憤極而爲致詰之詞。「非故鄉」者，謂非復舊時風景也。「梅」則應候將「開」，初不「自覺」，而見者因「梅」觸「棣」，「相望」各天，有不忍見者矣。○多率句。

和裴迪登蜀州東亭送客逢早梅相憶見寄〔一〕

東閣官梅動詩興〔二〕，還如何遜在揚州〔三〕。此時對雪遥相憶，送客逢春一作花可自由。幸不折來傷歲暮，若爲看去亂鄉一作春愁。江邊一樹垂垂發〔四〕，朝夕催人自白頭。

〔一〕《唐書》：蜀州，析益州置。按：今爲崇慶州，新津縣屬焉。裴時在其地。又按：蜀本兩川總名，因析爲州，有專指處。蜀中詩，須分别觀之。

〔二〕東閣，即東亭。

〔三〕錢箋：梁天監中，建安王遷都督揚、南徐二州，遜爲記室。遜《揚州早梅》詩：「銜霜當露發，映雪凝寒開。枝横却月觀，花遶凌風臺。朝灑長門泣，夕驅臨邛杯。應知早飄落，故逐上春來。」

〔四〕指草堂邊。

上四，作呼體，下四，作應體。○官亭梅放，「詩興」遄飛，高懷不減古人矣。爾時對景見憶者，當客别春回，旅懷棖觸，其亦情不自禁乎？然以予遲暮羈棲，亦幸未蒙折贈耳。倘一枝觸目，未免轉益「鄉愁」，即看此地江花早發，殊悲催老客途也。然則君而不念我也，君念我而寄我，不更使我徘徊難遣哉！意緒千端，衷腸百結。何圖於五十六字曲曲傳之。○「可自由」三字，由自己善悲，意其亦爾，恰好呼動下截。○本非專咏，却句句是梅，句句是和咏梅，又全不使故實。咏物至此，乃如十地菩薩，未許聲聞、辟支問徑。○亦是草堂詩。仇云：往蜀州作，未是。蓋遥和也。

暮登四一作西安寺鐘樓寄裴十迪〔一〕

暮倚高樓對雪峰，僧來不語自鳴鐘。孤城返照紅將斂，近市浮煙翠且重。多病獨愁常闃絶，故人相見未從容。知君苦思緣詩瘦，太向交游萬事慵。

〔一〕《蜀志》：新津縣南有四安寺，神秀禪師所建。或云即新津寺。有《和裴迪登新津寺》詩，見三之二。

此上元二年至新津詩。或於寺中期裴不至而作。「翠且重」，欠老成。

客至〔一〕

舍南舍北皆春水，但見群鷗日日來〔二〕。花徑不曾緣客掃，蓬門今始爲君開。盤飧市遠無兼味，樽酒家貧只舊醅。肯與鄰翁相對飲，隔籬呼取盡餘杯。

〔一〕原注：喜崔明府相過。○還草堂詩。

〔二〕瀚云：用海翁狎鷗事。

首聯興起，次聯流水入題，三聯使「至」字足意，至則須款也。末聯就「客」字生情，客則須陪也。○黄生曰：空谷足音之喜，村家真率之情，一時賓主忘機，斯可見矣。

江上值水如海勢聊短述

爲人性僻耽佳句，語不驚人死不休。老去詩篇渾漫與〔一〕，春來花鳥莫深愁〔二〕。新添水檻供垂釣，故著浮槎替入舟〔三〕。焉得思如陶謝手，令渠述作與同遊。

〔一〕諸本作興，鶴本、趙本作與。説者曲爲辯證，然不必執。

〔二〕退之《雙鳥詩》「百物皆生愁」，即此愁字。

〔三〕當時實事。

吴論云：水如海勢，見此奇景，偶無奇句，不能長吟，聊爲短述，題意在下三字。愚按：此論得旨。通篇只述詩思之拙，水勢只帶過。顧宸作翻案解，却非。○「爲人」，猶言平生，莫依顧氏指少年説。八句滚下甚緊，言句喜「驚人」，固其本性，乃忽然手澀，聊爾付與。彼「花鳥」不須「愁」得，吾亦不耐雕鎪矣。即如此番水勢，「添檻」「著槎」，大可放筆爲長篇者，今安得如陶、謝之瀾翻述作乎？以上四作案，下四作證。

進　艇

南京久客耕南畝〔一〕，北望傷神坐一作卧北窗。晝引老妻乘小艇，晴看稚子浴清江。俱飛蛺蝶元相逐，並蒂芙蓉本自雙。茗飲蔗漿攜所有，瓷罌無謝玉爲缸〔二〕。

〔一〕至德初，以成都爲南京。

〔二〕仇云：無謝，作不讓解。

一、二，有意嵌入「南」「北」字，殊減趣。或以「相逐」、「自雙」，分頂妻子，太板。

所　思

苦憶荆州醉司馬〔一〕，謫官樽俎一作酒定常開。九江日落醒何處〔二〕？一柱觀頭眠幾回〔三〕。可憐懷抱向人盡，欲問平安無使來。故憑錦水將雙淚，好過瞿塘灔澦堆〔四〕。

〔一〕原注：崔吏部漪。○弼云：漪蓋以吏部而謫司馬也。

〔二〕《禹貢》蔡傳：沅、漸、元、辰、叙、酉、澧、資、湘諸水，皆合於洞庭，是名九江。

〔三〕《渚宫故事》：宋臨江王鎮江陵，於羅公洲立觀甚大，而惟一柱。

〔四〕仇注：瞿塘峽，在夔州，峽口有灔澦石。

仇云：「苦憶」二字，直貫通章。愚按：三、四，醉況、謫況，歷歷想出，下乃一口氣吐出衷情，却只是「苦憶」二字，全神流露。○的是空思，不是投寄，一片神行。

寄杜位〔一〕

近聞寬法離新州〔二〕，想見歸懷尚百憂。逐客雖皆萬里去〔三〕，悲君已是十年流。干戈況復塵隨眼，鬢髮還應雪滿頭。玉壘題書心緒亂〔四〕，何時更得曲江遊〔五〕。

〔一〕原注：位京中宅，近西曲江，詩尾有述。○朱注：位，李林甫壻。林甫天寶十一載卒，位之貶，必十二載。愚按：即十一載冬，亦未可知。至上元二年，恰十年。○在青城詩。

〔二〕《唐書》：新州屬嶺南道。

〔三〕指同時貶官者。

〔四〕《一統志》：玉壘山，在灌縣西北。按：灌縣，即唐青城。

〔五〕天寶中，有《位宅守歲》詩，在長安作。

仇云：爲杜位移州而作。愚按：追昔撫今，通體流亮。

送韓十四江東省覲

兵戈不見老萊衣，歎息人間萬事非。我已無家尋弟妹，君今何處訪庭闈。黄牛峽静灘聲轉一作急〔一〕，白馬江寒樹影稀〔二〕。此别應須各努力，故鄉猶恐未同歸。

〔一〕《水經》：江水又東逕黄牛山。注：下有灘，南岸高崖間有石，如人負刀牽牛，人黑牛黄，謡曰：「朝發黄牛，暮宿黄牛。」《一統志》：在夷陵州。

〔二〕趙曰：白馬江，蜀州江名，乃韓與公别處。

猛觸起亂離心緒，情文惻惻。首提「萊衣」，扣題既緊，妙在不著韓説，虚從時會領起，故三、四便好彼此夾發。偏能筆勢側注，賓主歷然，使五、六單頂無痕。然先言「灘轉」，神則預馳。後言蜀江，袂才初判。是雖單寫彼行，仍已逆兜臨送，恰好雙拖「此别」，就勢總收回顧，神矣化矣。玩「各努力」句，當是送韓之時，正值公從青城起身還成都之時。如此看「未同歸」三字，亦有著落。〇筆筆凌架。

王十七侍御掄許攜酒至草堂奉寄此詩便請邀高三十五使君同到〔一〕

老夫臥穩朝慵起，白屋寒多暖始開。江鸛巧當幽徑浴，鄰雞還過短牆來。繡衣屢許攜家醖〔二〕，皂蓋能忘折野梅〔三〕。戲假霜威促山簡〔四〕，須成一醉習池迴〔五〕。

〔一〕朱注：掄終彭州刺史，後有《哭王彭州》詩。按：是時高適方刺蜀，偶以事至成都耳。而《舊書》本傳有崔光遠罷，以適代尹成都之文，仇本辯之甚悉。

〔二〕繡衣，侍御服。

〔三〕皂蓋，刺史儀。

〔四〕霜威，謂侍御。山簡，比使君。

〔五〕《晉書》：習氏，荆土豪族，有佳園池，山簡每遊池上，名之曰「高陽池」。

前四，述情寫景，都在題前，已畫出一個習家池矣。後四，分致合促，曲赴題面。○使事太黏。

陪李七司馬皂江上觀造竹橋即日成往來之人免冬寒入水聊題短作簡李公〔一〕

伐竹一作木爲橋結構同，褰裳不涉往來通。天寒白鶴歸華表〔二〕，日落青龍見水中〔三〕。顧我老非題柱客〔四〕，知君才是濟川功。合歡却笑千年事，驅石何時到海東〔五〕？

〔一〕《元和志》：鄠江，一名皂江。晏公《類要》：今在新津。○二年冬，復至蜀州。

〔二〕《異苑》：晉太康二年冬，南洲二白鶴，語於橋下曰：「今兹寒，不減堯崩年。」《搜神後記》：丁令威化鶴，歸集城門華表柱，徘徊而言曰：「去家千年今始歸，城郭猶是人民非。」

〔三〕《朝野僉載》：趙州石橋，如初月出雲，長虹飲澗。天后時，默啜欲南過橋。馬跪地，但見青龍卧橋上。按：句即杜牧《阿房宮賦》「長橋卧波，未雲何龍」意。

〔四〕《華陽國志》：蜀有昇仙橋，司馬相如題其柱曰：「大丈夫不乘赤車駟馬，不過汝下。」

〔五〕《齊地記》：秦始皇作石橋，欲過海觀日出處，有神人驅石下海，鞭之，石皆流血。

三、四，見成之甚速，忽然改觀也。五、六，一此一彼。結聯彼此合攏，以開爲託。○詩似拙。「結構同」三字無著。借用「華表」，終欠自然。「合歡」字，亦無根，亦費解。

野　望〔一〕

西山白雪三城一作奇，非戍〔二〕，南浦清江萬里橋。海内風塵諸弟隔，天涯涕淚一身遥。唯將遲暮供多病，未有涓埃答聖朝。跨馬出郊時極目，不堪人事日蕭條！

〔一〕編寶應元年。

〔二〕西山，即雪嶺。三城，在松、維等州之界，時爲吐蕃所擾。

國患家離，兩兩繫心。「三城戍」，提憂國。「萬里橋」，提思家。三、四，頂次句，思家之切也。五、六，頂首句，憂國之忱也。題中「望」字意，皆暗藏在内，七，點清，八，總收。○中四，思家憂國，分中有合。

堂　成〔一〕

背郭堂成蔭白茅，緣江路熟俯青郊。榿丘宜切林礙日吟風葉〔二〕，籠竹和煙滴露梢〔三〕。暫止飛烏將數子，頻來語燕定新巢。旁人錯比揚雄宅，懶慢一作惰無心作解嘲。

〔一〕舊編上元元年初置草堂時。今按：詩云「榿林礙日」、「籠竹和煙」，則是竹木成林矣。初築時，方各處乞栽種，未必速成如此也。公《寄題草堂》詩曰：「經營上元始，斷手寶應年。」又寶應元年春有詩曰：「畏人成小築，褊性合幽棲。」當是其時作也。蓋去年十二月，嚴武以節度來鎮，武與公最厚，公遂自蜀州還成都，至是，堂事始竟耳。

〔二〕《益部方物記》：榿木，蜀所宜，三年可爲薪。

〔三〕蔡云：蜀有竹，名籠鐘。朱注：節間容八九寸者，曰籠竹，弱梢垂地者，曰釣絲竹。

公置草堂三年矣。衣食於奔走，居此曾不滿歲，其中多未竟可知。至是以嚴公爲依，得有成構。然回念從前去住浮踪，居雖定而意未貼也。○「堂成」、「路熟」，「林」「竹」連陰，似可作送老寧居矣。五、六，著「暫止」、「頻來」字，即景爲比，意中尚有傍徨在。故結云「旁人錯」謂此堂爲此人宅也。然内顧遷流之身，而輾然自嘲，卒未能以終據焉。言外有神。

奉酬嚴公寄題野亭之作

拾遺曾奏數行書，懶性從來水竹居。奉引濫騎沙苑馬〔一〕，幽棲真釣錦江魚。謝安不倦登臨費一作賞〔二〕，阮籍焉知禮法疏〔三〕？枉沐一作何日旌麾出城府，草茅無一作蕪徑欲教鋤。

〔一〕《後漢書》：李奉引馬驚。按：《憶昔》詩云「我昔近侍叨奉引」，蓋自謂爲拾遺也。沙苑，唐監牧處。

〔二〕《謝安傳》：安於東山營墅甚盛，子姪遊集，肴膳亦屢費百金。

〔三〕《阮籍傳》：禮法之士，疾之如讎。

嚴詩上六句以負才而耽隱爲諷，七、八，致相訪之意。公則以上四答其上六，以下四答其七、八，自爲解而勸彼來也。○附嚴詩。

寄題杜二錦江野亭　嚴　武

漫向江頭把釣竿，懶眠沙草愛風湍。莫倚善題鸚鵡賦，何須不著鵕鸃冠。腹中書籍幽時曬，肘後醫方静處看。興發會能馳駿馬，終須重到使君灘。

唐小説家以嚴詩有「莫倚善題」之句，造爲杜慢嚴、嚴欲殺杜之説。《新書》據以立傳。但集中詩爲嚴作者，幾三十篇，語語深眷，無毫末嫌微。蓋俗説妄也，洪容齋辯之特詳。

嚴中丞枉駕見過〔一〕

元戎小隊出郊坰，問柳尋花到野亭。川合東西瞻使節，地分南北任流萍〔二〕。扁舟不獨如張翰〔三〕，皂一作白帽還應一作應兼似管寧〔四〕。寂寞江天雲霧裏，何人道有少微星〔五〕？

〔一〕原注：嚴自東川除西川，敕令兩川都節制。○纂注：至德二載，分劍南爲東西川，各置節度，是兩川始分也。上元二年十二月，以武爲東川節度，尋敕兼攝兩川。公上武《説旱》云「請管内東西兩川，各遣一使」，是合管而未合道也。

〔二〕公自北而南也。鄭玄《戒子書》：黄巾爲害，萍浮南北。

〔三〕用秋風起，見幾輒去意。朱注引賀循入洛，翰就同載一段，則以此句爲入京，似太曲矣。

〔四〕《魏志》：管寧居海上，著皂帽，布襦袴布裙，隨時單複。

〔五〕《隋書·志》：少微四星，在太微西，一名處士星。

「元戎」，特筆提起。「元戎」而「小隊」，脱盡官樣，偏饒野興，即此卸出「野亭」。「瞻使節」，了還「元戎」。「任流萍」，便就「野亭」申説。以下徑單頂「任流萍」，直至結句「何人」字，暗兜「元戎」。格奇而法。○一結悠然，爲住語正法眼藏。○今人作此題，鋪排使節滿紙矣。公偏詳此而略彼。然而滿紙鋪排，不及「何人道有少微星」一語，寫出忘分下交，推高絶世也。

野人送朱櫻

西蜀櫻桃也自紅，野人相贈滿筠籠。數回細寫愁仍破〔一〕，萬顆匀圓訝許同。憶昨賜霑門下省，退朝擎出大明宫〔二〕。金盤玉筯無消息，此日嘗新任轉蓬。

〔一〕《曲禮》：器之溉者不寫，其餘皆寫。

〔二〕唐李綽《歲時記》：四月一日，内園薦櫻桃，寢廟薦訖，頒賜各有差。

仇注：見蜀櫻而憶朝賜也。作於肅宗晏駕之後，故有第七。愚按：亦含休官遠客意。通體清空一氣，刷肉存骨，宋江西派之祖。

嚴公仲夏枉駕草堂兼攜酒饌得寒字 一作鄭公枉駕攜酒饌訪水亭

竹裏行厨洗玉盤〔一〕，花邊立馬簇金鞍。非關使者徵求急，自識將軍禮數寬。百年地闢一作僻柴門迥，五月江深草閣寒。看弄漁舟移白日，老農何有罄交歡？

〔一〕《神仙傳》：麻姑降蔡經家，各進行厨，皆金盤玉杯。

要合從前嚴武投贈、親造諸律、絶看，便得此詩神理。須知此詩之前，嚴使之頻數久矣，嚴蓋久欲爲公養之舉。而公猶未許也，今復慇然親致，因深感其勤而吐露焉。謂此日而又「行厨」「立馬」，躬親降重，則前此使命徵求，非「使者」飾爲「急」詞，「將軍」實急之也，「將軍」乃不怒我而貺我，又何「寬」也。夫「柴門」「草閣」，老狎耕漁，自顧「何有」，而「罄盡交歡」若此乎？神情欣躍，語致紆徐。◯或以「徵求」爲嚴使催促「行厨」，則扯淡無聊。或以爲中使徵求，則史無其事，且此意如何闌入？或以「使者」，即謂中丞有表薦之意，則與「將軍」句稱謂錯出，均之未會神理也。

秋盡〔一〕

秋盡東行且未迴〔二〕，茅齋寄在少城隈。籬邊老却陶潛菊，江上徒逢袁紹杯〔三〕。雪嶺獨看西日落〔四〕，劍門猶阻一作斷北人來〔五〕。不辭萬里長爲客，懷抱何時得好開？

〔一〕入梓州詩。

〔二〕梓在成都東。

〔三〕楊慎曰：《鄭玄傳》：「袁紹總兵冀州，要玄大會，玄後至，乃延上座，飲一斛，容儀温偉。」舊指河朔飲，非是。

〔四〕西逼吐蕃。

〔五〕時徐知道據劍閣。

梓州有《九日》五律矣，此詩亦與《九日》相近，蓋在刺史筵上作也。草堂已是客居。今則吐蕃出没於嶺畔，知道倔强於劍南，雖客居亦不得安處矣。悲更何如！

野望

金華山北涪水西〔一〕，仲冬風日始淒淒。山連越巂音水蟠三蜀〔二〕，水散巴渝下五溪〔三〕。獨鶴不知何事舞，饑烏似欲向人啼。射洪春酒寒仍緑，極目一作目極傷神誰爲攜？

〔一〕《方輿勝覽》：金華山，在梓州射洪縣。按：縣在州南百里，涪江在州與縣之東。

〔二〕《漢書》：越嶲郡，本益州西南外夷。常璩《蜀志》：三蜀，蜀郡、廣漢郡、犍爲郡。

〔三〕《寰宇記》：巴州北水，一名巴嶺水，一名渝州水，一名宕渠水。《水經注》：武陵有五溪，謂雄溪、樠溪、力溪、潕溪、西溪也，辰溪其一焉，夾溪悉是蠻夷所居。

此亦羈棲之歎也。一、二，風土之殊，三、四，區域之遠。寄跡此鄉，有何鼓舞？但欲悲啼耳！五、六，蓋賦而比也，「春酒」莫「攜」，結出無依苦況。顧云：「酒」暖則「緑」，應上「風日」。「極目」，點明「望」字。○蜀西南，山不斷；蜀東南，水所會。三、四盡之。

聞官軍收河南河北〔一〕

劍外忽傳收薊北，初聞涕淚滿衣裳。却看妻子愁何在〔二〕，漫卷詩書喜欲狂。白首一作日放歌須縱酒，青春作伴好還鄉。即從巴峽穿巫峽，便下襄陽向洛陽〔三〕。

〔一〕《唐書》：寶應元年十月，僕固懷恩等，屢破史朝義兵，克東京，其將薛嵩以相、衛等州降，張忠志以恒、趙等州降。次年正月，朝義走，田承嗣以莫州降，李懷仙以幽州降。

〔二〕時已迎家至梓。

〔三〕原注：余田園在東京。○出峽東北向，便由襄陽入洛陽。顧注：公先世襄陽人，曾祖依藝爲鞏令，徙河南。父閑爲奉天令，徙杜陵。

八句詩，其疾如飛。題事只一句，餘俱寫情。得力全在次句，於神理妙在逼真，於文勢妙在反振。三、四，以轉作承。第五，仍能緩受。第六，上下引脉。七、八，緊申「還鄉」。生平第一首快詩也。

送路六侍御入朝〔一〕

童稚情親四一作三十年，中間消息兩茫然。更爲後會知何地？忽漫相逢是別筵。不分桃花紅勝錦，生憎柳絮白於綿。劍南春色還無賴，觸忤愁人到酒邊。

〔一〕入廣德元年。

忽逢、即別，是主句。

涪城縣香積寺官閣〔一〕

寺下春江深不流，山腰官閣迴添愁。含風翠壁孤雲細，背日丹楓萬木稠。小院迴廊春一作深寂寂，浴鳧飛鷺晚悠悠。諸天合在藤蘿外〔二〕，昏黑應須到上頭。

〔一〕《一統志》：廢涪城縣，在潼川州西北，地有香積山，北枕涪江。

〔二〕陳注：自四天王天至非有想天、非無想天，皆諸天也。

寺在山頂，官閣在山半。三、四，從閣仰觀。五、六，就閣邊寫。七、八，寫到寺邊。○春無「丹楓」，反照映之故赤，著一「背」字，晚景可想。傍晚就閣盤桓，結聯透後，有不盡之致。

又送〔一〕

雙峰寂寂對春臺，萬竹青青送一作照客杯。細草留連侵坐軟，殘花悵望近人開。同舟昨日何由得，並馬今朝未擬迴。直到綿州始分首一作手，江邊樹裏共誰來？

〔一〕有《惠義寺送辛員外絶句》，見六之下，寺在梓州郪縣。○集外詩。

此非復惠義寺中作，乃中途臨分口贈也。「送客杯」三字全領。「未擬迴」，非真不迴。「直到綿州」，非真送到，言若果到，則歸路誰同？不如就此作別耳。須活看。

送王十五判官扶侍還黔中得開字〔一〕

大家讀姑東征逐子回〔二〕，風生洲渚錦帆開。青青竹筍迎船出〔三〕，白白一作日日，非江魚入饌來〔四〕。離别不堪無限意，艱危深仗濟時才。黔陽信使應稀少〔五〕，莫怪頻頻勸酒杯。

〔一〕《唐書》：黔川黔中郡，屬江南西道。
〔二〕曹大家《東征賦》：維永初之有七兮，余隨子乎東征。
〔三〕《楚國先賢傳》：孟宗母好食筍，冬月無之。宗入林中哀號，筍爲之生。
〔四〕《東觀漢記》：姜詩與婦，傭作養母。母嗜魚鱠，俄而涌泉舍側，每旦出雙鯉魚。
〔五〕黔陽縣，在黔江入巴江處，今爲重慶之彭水縣。

意味殊淺，只三、四最得用事化腐推陳之法。看去但似寫景，故妙。若改云「青青孟筍迎船出，白白姜魚入饌來」，便了無生趣矣。楊慎曰：「青青」自好，「白白」近俗，有似童謡「白白一群鵝」之句。愚謂正好在此兩字活潑。「江魚」白白，跳躍閃爍如生，群鵝白白，則呆而俚矣。用修好以攻杜爲事，儗非其倫，願與解人辨之。

章梓州橘亭餞成都竇少尹得涼字〔一〕

秋日野亭千橘香，玉杯錦席高雲涼。主人送客何所作讀做？行酒賦詩殊未央。衰老應爲難離去聲别，賢聲此去有輝光。預傳籍籍新京尹一作兆，青史無勞數趙張〔二〕。

〔一〕章名彝，以梓州守爲東川留後。

〔二〕《漢書》：趙廣漢、張敞，相繼爲京兆尹，吏民語曰：「前有趙張，後有三王。」

上四，有爽氣。

九　日

去年登高郪縣北〔一〕，今日重在涪江濱〔二〕。苦遭白髮不相放，羞見黄花無數新。世亂鬱鬱久爲客，路難悠悠常傍人。酒闌却憶十年事，腸斷驪山清路塵〔三〕。

〔一〕梓州，治郪縣。

〔二〕涪江，經梓州東。

〔三〕《杜臆》：天寶十四載，公自京赴奉先，路經驪山，玄宗方幸華清宫，至此十年矣。按：此爲治之終，亂之始。

字字爽朗。通首以「去年」、「今日」、「久」字、「常」字、「十年」字作線。回思作客之由，是以傷心亂始。

滕王亭子二首〔一〕

君王臺榭枕巴山，萬丈丹梯尚可攀。春日鶯啼修竹裏〔二〕，仙家犬吠白雲間〔三〕。清江錦石傷心麗，嫩蕊濃花滿目斑。人到於今歌出牧，來遊此地不知還。

〔一〕原注：在玉臺觀內。王調露中任閬州刺史。○《舊書》：滕王元嬰，高祖子，都督洪州，數犯憲章，滁州安置，起壽州，轉隆州。《唐·志》：避玄宗諱，改隆爲閬。○其二爲五律，見三之四。○入廣德二年閬州詩。

〔二〕孫綽《蘭亭詩》：啼鶯吟修竹。楊慎曰：修竹用梁孝王事。

〔三〕《神仙傳》：八公與淮南王升天，餘藥器，雞犬舐啄之，盡升。故雞鳴天上，犬吠雲中也。

詩本是弔古之篇，安章頓句，高曾矩矱也。按仇注：史云：「元嬰驕佚失度，供狗求罝，所過爲害，復以貪聞。」則詩中宜帶刺譏矣。今玩上四，敘還登眺遺蹟。五、六，曰「傷心麗」、「滿目斑」，即帶起結意。結言「人到於今」，猶「歌」其「出牧」時佚遊忘反也。可知「傷心」「滿目」，正爲當日州人雪涕，而詞旨渾然。此爲風人之極軌，正始之遺音。○末聯一氣讀，解本仇氏。

玉臺觀二首〔一〕

中天積翠玉臺遥〔二〕，上帝高居絳節朝。遂有馮夷來擊鼓〔三〕，始知嬴女善吹簫。江光隱見黿鼉窟，石勢參差烏鵲橋。更肯紅顔生羽翼，便應黄髮老漁樵。

〔一〕原注：滕王造。○《風俗通》：玉臺，上帝之所居。○其二爲五律，見三之四。

〔二〕《列子》：西極化人，見周穆王，爲改築宫室，名曰中天之臺。

〔三〕《洛神賦》：馮夷擊鼓。

此祇就玉臺寫仙靈之境也。首二，一篇之根。五、六，一篇之幹。「玉臺」，即帝居也。眼中止有玉臺帝居，玉臺之旁止有「江光」、「石勢」。因帝居，便想出「絳節來朝」。因絳節朝，便從「江」「石」上想出「鼉窟」、「鵲橋」。遂因「窟」與「橋」上，先着「馮夷」「鼓」、「嬴女」「簫」，以爲承引。總之，「帝居」實，「絳節」虚。三、四虚，五、六實。而五、六之「江」「石」則實，「窟」「橋」仍虚。結言倘能偕彼昇仙，定當長此託迹。而「紅顔羽翼」，又從虚處生來；「黄髮漁樵」，又從實境黏上也。○又按詩中有「嬴女」，其五律中，又言「蕭史」，唐仲言疑此觀爲滕王攜女朝真之處，則「絳節朝」，乃是實事，而「馮夷擊鼓」，爲擬爾時儀從之盛，五、六反是虚爲想像矣。如此看，則將前解盡情翻轉，亦通。

奉寄章十侍御〔一〕

淮海維揚一俊人〔二〕，金章紫綬照青春。指麾能事迴天地，訓練强兵動鬼神。湘一作襄西不得歸關羽〔三〕，河内猶宜一作疑借寇恂〔四〕。朝覲從容問幽仄，勿云江漢有垂綸。

〔一〕原注：時初罷梓州刺史東川留後，將赴朝廷。○奉寄，由閬而寄梓也。公在閬，尚屬春中，嚴武且未復鎮，而《舊書》云：武再鎮蜀，章彝爲武判官，武杖殺之。《新書》亦云爲武所殺。以詩斷之，直是史誤也。彝奉朝命在春初。武至，宜必不值。彝即遲行，武安得違命而留之？即留矣，彝以刺史爲留後，職在副貳，安得輒降爲判官？且無故殺一方面，朝廷竟不問耶？不足信矣。

〔二〕彝爲揚産也。

〔三〕《蜀志》：先主拜羽爲襄陽太守、盪寇將軍，又拜羽董督荆州事。陸機《辨亡論》注：湘西，荆州。

〔四〕《後漢書》：光武收河内，拜寇恂爲太守，後由潁川移汝南，潁川盗起，百姓請復借寇君一年。按：借寇乃潁川事，河内誤用。

一、二，美其人。三、四，稱其才。五、六，惜其去。七、八，致語於入朝之後，而詞旨瀟灑，一篇之勝。○前與章詩，多規諷臣節之語，此又盛稱之，豈以其歸朝解兵柄故耶？

奉寄别馬巴州〔一〕

勳業終歸馬伏波〔二〕，功曹非復漢蕭何〔三〕。扁舟繫纜沙邊久〔四〕，南國浮雲水上多。獨把魚竿終遠去，難隨鳥翼一相過。知君未愛春湖色〔五〕，興在驪駒白玉珂〔六〕。

〔一〕原注：時甫除京兆功曹，在東川。○巴州，在閬東北，今屬保寧府。東川，係梓州，公時本在閬，或因得除官之信，間歸梓耶？

〔二〕以同姓比巴州。

〔三〕《漢·高紀》：蕭何爲沛主吏。孟康注：主吏，功曹也。《吴志》：孫策謂虞翻曰：「孤未得還府，卿復以功曹爲吾蕭何，守會稽耳。」

〔四〕將赴荆南。

〔五〕春湖，勿如注家專指，猶言滄州趣耳。

〔六〕《大戴禮》：驪駒在路，僕夫整駕。仇注：此言巴州興在朝覲，玉珂乃早朝之事。

決於南下，不赴除目也。首句單提。「功曹」以下，皆是自述。第六，搭合巴州。結聯應還首句。自甘遠引，祝彼登朝，低徊無限。

將赴荆南寄别李劍州〔一〕

使君高義驅今古，寥落三年坐劍州。但見文翁能化俗〔二〕，焉知李廣未封侯〔三〕？路經灩澦雙蓬鬢，天入滄浪一釣舟。戎馬相逢更何日？春風迴首仲宣樓〔四〕。

〔一〕屢欲南下，至是遂決。設嚴武不再來，則此行果矣。劍在閬之西北，今屬保寧府。

〔二〕《漢·循吏傳》：文翁爲蜀郡守，修起學宫。蜀地學於京師者，比齊、魯焉。

〔三〕《李廣傳》：廣嘗與望氣者王朔燕語曰：「豈吾相不當侯耶？」

〔四〕《荆州記》：當陽縣城樓，仲宣登之作賦。

通體響亮，入後更勝，不須疏解。

奉待嚴大夫〔一〕

殊方又喜故人來，重鎮還須濟世才。常怪偏裨終日待，不知旌節隔年迴。欲辭巴徼啼鶯合，遠下荆門去鷁催。身老時危思會面，一生襟一作懷抱向誰開？

〔一〕在閬聞嚴再鎮之信，因不赴荆南而待之。錢箋：二年正月，武以黄門侍郎拜成都尹，充劍南節度使。《博議》：東西兩川之合，《唐會要》云「二年正月八日」。按《通鑑》是年嚴武劍南之命，不言西川，則兩川復合可知。又章彝亦以是春罷東川留後，則復合之日，《會要》爲是，《舊書》謂在廣德元年，誤。

一、二，分提。「終日待」者，來暮之望，常切群僚。「隔年迴」者，去後之思，兹方得釋。此承第二句。五、六，自言將去；七、八，自言仍留。此答第一句。結蓋言得與故人會面，更「向誰開」「襟抱」乎？此所以留而待也。

將赴成都草堂途中有作先寄嚴鄭公五首〔一〕

得歸茅屋赴成都，直爲文翁再剖符〔二〕。但使閭閻還揖讓，敢論松竹久荒蕪。魚知丙穴由來美〔三〕，酒憶郫筒不用酤〔四〕。五馬舊曾諳小徑，幾回書札待潛夫〔五〕？

〔一〕《嚴武傳》：寶應元年，召拜京兆尹。明年，爲二聖山陵橋道使，封鄭國公，遷黄門侍郎。廣德二年，復節度劍南。

〔二〕《漢·文帝紀》：初與太守爲銅虎符、竹使符。

〔三〕《蜀都賦》：嘉魚出於丙穴。按：諸注丙穴，有在沔、在興、在雅、在邛、在萬諸處。去成都遠近之辯，甚爲不必。詩但使蜀中故實耳，若必泥何處爲近，則公嘗有釣錦江之句，何不言魚知錦水美也？

〔四〕《華陽風俗録》：成都郫縣有郫池，池旁有大竹，刳其節，傾春酒於筒，苞以藕絲，蔽以蕉葉，信宿，香達於外，然後斷之以獻。《一統志》：相傳山濤治郫，用筠管釀酴醾作酒，經旬，香聞百步。

〔五〕仇云：知嚴先有書見招。

公所至落落難合，獨於嚴有親戚骨肉之愛，是亦宿世緣分。○看五詩，須記定「途中」字。○起聯，提清眉眼，與末章之結相呼應，乃五詩總起也。三、四，倒承上二，言且德政重歌，何妨故園再理，如是則歸計決矣。況草堂品物之佳，亦有足戀者。「五馬舊諳」，「幾回新札」，嚴公其亦知之而憶之歟？○「閭閻揖讓」，承頂甚明。顧宸乃謂重敦鄰好，豈非曲説？公家必自得釀法，故曰「不用酤」。《客至》詩云「樽酒家貧只舊醅」，可證也。顧云「憶嚴攜饌」，直看作餔啜是圖，陋亦甚矣。

處處青江帶白蘋，故園猶得見殘春。雪山斥候無兵馬〔一〕，錦里逢迎有主人〔二〕。休怪兒童延俗客，不教鵝鴨惱比鄰。習池未覺風流盡，況復荆州賞更新〔三〕。

〔一〕上年冬，吐蕃陷松、維等州，此句猶《揚旗》詩勗嚴云「庸蜀日以寧」。

〔二〕猶《歸草堂》詩云：「鄰里喜我歸，沽酒攜胡蘆。」

〔三〕荆州，謂山簡。

一、二，由途中之景想見草堂之景。「斥候無兵」，倚之嚴公者；「逢迎有主」，揣之鄰人者。一時村翁錯迕，畜産群分，居然太平氣象，亦是田野風光，新歸慰意，可預卜矣。而以較彼「習池」，豈復「風流」多讓？況得名賢新賞，不更使草堂生色乎？顧注以「休怪」句爲昔去草堂事，「不教」句爲今歸草堂事，説甚支離。

竹寒沙碧浣花溪，橘一作菱刺藤梢咫尺迷。過客徑須愁出入，居人不自解東西。書籤藥裹封蛛網，野店山橋送馬蹄。肯藉荒庭春草一作新月色，先判同拚一飲醉如泥〔一〕。

〔一〕蔡云：稗官小説，南海有蟲無骨，名曰泥，在水中則活，失水則醉如一塊泥。《杜臆》云：此曲説也。

上四，懸揣草堂之榛蕪。不獨「過客須愁」，且恐「居人不解」，非所謂「咫尺迷」乎？夫堂以外之蹊徑如此，而堂以内之塵封可知也。然堂内外之荒穢如此，而堂主人之還歸在邇也。「馬蹄」，自指歸途言。結云「藉草」取「醉」，主歸而賓可一顧矣，申訂之也。○顧宸云：因公不在，使馬蹄有送無迎。試思主人不在，本無來者，何有去者？鶻突之甚。

常苦沙崩損藥欄，也從江檻落風湍〔一〕。新松恨不高千尺，惡竹應須斬萬竿。生理祇憑黃閣老〔二〕，衰顔欲付紫金丹〔三〕。三年奔走空皮骨〔四〕，信有人間行路難。

〔一〕前有《水檻遣心》詩，即此檻也。歸後即有《水檻》詩，乃是誌檻之壞，在閬想已聞之。

〔二〕嚴以黃門侍郎來鎮，故曰黃閣老。舊引《國史補》「兩省相呼爲閣老」，不合。此處老字單黏。

〔三〕《雲笈七籤》：合丹法，火至七十日，藥成五色飛華，紫雲亂映，名曰紫金，其蓋上紫霜，名曰神丹。

〔四〕邵注：謂往來梓、閬之間。

上半，預擬整理草堂之事，與前篇次第而下。欄損檻落，或當補之；松埋竹裹，亦當薙之。但「生理」何資，「衰顔」莫駐，惟望之「黃閣」、「金丹」。蓋以「三年」「皮骨」，「奔走」「路難」，久已行囊罄盡耳。結是找上語，非空慨也。至此微露心事。○「欄」在内，「檻」在外，時聞「江檻」已落，更恐損及「藥欄」，故曰「常苦」也。「從」，隨也。三、四，寓鉏强扶弱意，已對著嚴公。

錦官城西生事微，烏皮几在還思歸〔一〕。昔去爲憂亂兵入〔二〕，今來已恐鄰人非。側身天地更懷古，回首風塵甘一作且息機。共説總戎雲鳥陣〔三〕，不妨遊子芰荷衣。

〔一〕仇注引《高士傳》：宋明不仕，杜門注黄老，孫登惠烏羔皮裹几。愚謂：烏皮几，即今髹漆器，非言皮裹也，謝朓有《烏皮隱几》詩。

〔二〕徐知道之反。

〔三〕《握奇經》：八陣，天、地、風、雲爲四正，飛龍、翼虎、鳥翔、蛇蟠爲四奇。

上四，收拾前文。五、六，爲一詩骨子，亦五詩質幹。「側身天地」，無處可容矣。「更懷古」者，在亂思治，在困思亨也。「回首風塵」，歷年滋久矣。「甘息機」者，還闕無期，依人送老也。尾聯再繳清眉眼，與首章之起相呼應，是五首總結。◯「共説」者，家人共説也。公意久思吴、楚，此之相就，當由家人敦勸。而嚴公之才略氣誼，信及閨房斯養，亦可以見其真矣。◯五詩之致嚴也，首篇述來因，二篇邀遊賞，三篇再速駕，四篇訴生計，末篇預歸功。其自叙也：首篇，提出將赴之由；二篇，泛説堂邊野趣；三篇，懸揣目今荒穢；四篇，逆計歸時整頓；末篇，申繳將赴之故。仇氏以謂意嫌重出，未審重出者何在？

題桃樹〔一〕

小徑升堂舊不斜，五株桃樹亦從遮。高秋總餽一作餧貧人實，來歲還舒滿眼花〔二〕。簾户每宜通乳燕，兒童莫信打慈鴉〔三〕。寡妻群盗非今日，天下車書正一作已一家。

〔一〕歸草堂詩。
〔二〕歸在晚春，花期已過。
〔三〕古樂府有《莫打鵶》。

讀書不得其命筆緣故，切勿浪下注脚。如此詩，顢頇索解，幾無證入處。參之《四松》、《水檻》等詩，乃知初歸之時，芟除堂徑，必有議去此桃者，公一觸於仁愛之本心而欲留之，故作此以曉之。一、二，即提明此意。三、四，申言其所以然。蓋「餽貧」則於人有濟，「舒眼」則與我偕春，物雖微而利亦溥矣。下半又勘進一層。更勿論其有利與否，而物本當愛者，非於桃外推廣之詞，乃即物指點之詞。推廣則題面全抛，無是理也。言「乳燕」、「慈鵶」，無補於世，而生機洋溢，人情類皆護惜之，桃非其類乎？不見顛連陷溺之倫，悉歸共患同憂之度，爲聖王無間之心體乎？乃以區區徑路之斜而絶其源，豈仁人君子之用心也哉！以託閑作收轉，此中有神而明之之用，難以言傳。○肫然胞與襟懷，何有頭巾氣味，小中見大，不是講道學也。

奉寄高常侍一云寄高三十五大夫〔一〕

汶上相逢年頗多〔二〕，飛騰無那一作奈故人何。總戎楚蜀應全未〔三〕，方駕曹劉不啻過〔四〕。今日朝廷須汲黯，中原將帥憶廉頗。天涯春色催遲暮，别淚遥添錦水波。

〔一〕《高適傳》：爲西川節度，亡松、維等州，以嚴武代，還爲刑部侍郎、左散騎常侍。
〔二〕仇注：開元間，相遇於齊、魯。
〔三〕朱注：應全未，未盡其長也。
〔四〕鍾嶸《詩評》：曹、劉殆文章之聖。

公於高，蜀中簡寄，非一次矣，起法似太遠。「應全未」三字欠妥，「方駕」句夾雜，後半穩當。

登樓

花近高樓傷客心，萬方多難此登臨。錦江春色來（一作水流）天地，玉壘浮雲變古今〔一〕。北極朝廷終不改，西山寇盗莫相侵〔二〕。可憐後主還祠廟〔三〕，日暮聊爲梁甫吟。

〔一〕玉壘山，在灌縣西。
〔二〕吐蕃去年冬，嘗陷長安，又陷松、維等州。
〔三〕吴曾《漫録》：蜀先主廟，在成都錦官門外，西挾，即武侯祠，東挾，即後主祠。

聲宏勢闊，自然傑作。須得其一綫貫串之法，蓋爲吐蕃未靖而作也。「花近高樓」，春滿眼前也。「傷客心」，寇警山外也。只七字，函蓋通篇。次句申説醒亮，三從「花近樓」出，四從「傷客心」出，五從「春來天地」出，六從「雲變古今」出。論眼内，則三、四實，五、六虚。論心事，則三、四影，五、六形也。而兩聯俱帶側注，爲西戎開示，恰好接出後主祠廟來。「後主還祠」，見帝統爲大居正，非么麽得以妄干矣，是以「梁甫」長「吟」，「客心」雖「傷」，而不改其浩落也。於正僞久暫之間，勘透根源，彼狡焉啓疆者，曾不能以一瞬，不亦太無謂哉！使頑獷有知，定當解體。○「西山寇盜」四字渾讀，只當吐蕃二字用，勿黏定蜀邊看，恐與「北極朝廷」拍合不上也。注家以「後主」比天子，無理之甚。「梁甫吟」句，兼對嚴公，蓋以諸葛勳名望之也。○附《兩川説》。

東西兩川説

聞西山漢兵，食糧者四千人。皆關輔山東勁卒，多經河、隴、幽、朔教習，慣於戰守，人人可用。兼羌堪戰子弟向二萬人，實足以備邊守險。脱南蠻侵掠，邛雅子弟不能獨制，但分漢勁卒助之，不足撲滅。是吐蕃憑陵，本自足支也。榷量西山、邛雅兵馬卒，畔援形勝明矣。頃三城失守，罪在職司，非兵之過也，糧不足故也。今此輩見闕兵馬使，八州素歸心於其世襲刺史，獨漢卒自屬裨將主之。竊恐備吐蕃在羌，漢兵小昵而釁郄隨之矣。况軍須不足，姦吏減剋未已哉！愚以爲宜速擇偏裨主之。主之勢，明其號令，一其刑賞，中其哀恤，致其歡忻，宜先自羌子弟始。自漢兒易解人意，而優勸旬月，大浹洽矣。仍使兵羌各繫其部落，刺史得自教閲，都受統於兵馬使。更不得使八州都管，或在一羌王，或都關一世襲刺史。是羌之豪族，發源有遠近，世封有豪家，紛然聚藩落之議於中，肆與奪之權於外已。然則備守之根危矣，又何以藉其爲本，式遏雪嶺之西哉！比羌族封王者，初以拔城之功得。今城失矣，襲王如故，總統未已，余諸董攘臂何？王尹之獄是已。由策嗣羌王，爾王氏舊親，西董族最高，怨望之勢然矣。誠於此時，便宜聞上，使各自統領，不須王區分易制，然後都静聽取别於兵馬使，不益元戎氣壯，部落無語哉！縱一部落怨，獲群部落喜矣。無爽如此處分，豈惟邛南不足憂，八州之人願賈勇，復取三城不日矣。幸急擇公所素諳明了將，正色遣之。獠賊内編屬自久，數擾背亦自久，徒惱人耳，憂慮蓋不至大。昨聞受鐵券，爵禄隨之。今聞已小動，爲之奈何？若不先招諭也，穀貴人愁，春事又起，緣邊耕種。即發精卒，討之甚易，恐賊星散於窮谷深林，節度兵馬，但驚動緣邊之人。供給之外，未見免劫掠，而還賃其地，豪族兼有其地而轉富。蜀之土肥，無耕之地，流冗之輩，近者交互其鄉村而已，遠者漂寓諸州縣而已，實不離蜀也，大抵祗與兼并豪家力田耳。但鈞畝薄斂，則田不荒。以此上供王命，下安疲人可矣。豪族轉安，是否非蜀，仍禁豪族受賃罷人田。管内最大，誅求宜約，富家辦而貧家創痍已深矣。今富兒非不緣子弟職掌，盡在節度衙府州縣官長手下哉。村正雖見面，不敢示文書取索，非不知其家處，獨知貧兒家處。西川縣令刺史，有權攝者，須盡罷免。苟得賢良，不在正授權，在進退聞上而已。

宿府〔一〕

清秋幕府井梧寒，獨宿江城蠟炬殘。永夜角聲悲自語，中天月色好誰看？風塵荏苒音書絶，關塞蕭條行路難。已忍伶俜十年事〔二〕，强移棲息一枝安。

〔一〕在嚴武幕中。

〔二〕邵注：自禄山初反，至此爲十年。

「獨宿」二字，一詩之眼。「悲自語」，「好誰看」，正即景而傷「獨宿」之况也。「荏苒」、「蕭條」，則從「自語」、「誰看」中追寫其故。而總束之曰「伶俜十年」，見此身甘任飄蓬矣。乃今「移息一枝」，而「獨宿」於此，亦姑且相就之詞。蓋初就幕職時作。○「府」字起訖一點。

院中晚晴懷西郭茅舍〔一〕

幕府秋風日夜清，澹雲疏雨過高城。葉心朱實看時落，階面青苔老更一作先自生。復有樓臺銜暮景，不勞鐘鼓報新晴〔二〕。浣花溪裏花饒笑，肯信吾兼吏隱名〔三〕。

〔一〕茅舍，即浣花草堂。

〔二〕舊注：俗以鐘鼓聲亮爲晴占。

〔三〕《汝南先賢傳》：鄭欽，吏隱於蟻陂之間。

上四，從秋院雨景説來，乃題前着筆。五、六，合到晚晴。七、八，有懷郭舍。氣韻絶佳。○張琎曰：詳此詩，見公不樂居幕府。胥鈔云：此詩舉束縛無奈意，一痕不露。只結語云云，既悲老趨幕府，爲「溪花」所「笑」，將欲駕言「吏隱」，又恐爲「溪花」所疑。幾多心事，俱聽命於「花」。深乎深乎！

卷四之二　七律　起代宗大曆元年訖五年

《纂年譜》：代宗永泰元年，去蜀至雲安。大曆元年，至夔州，寓西閣。二年春，遷赤甲，尋遷瀼西。秋冬，往來東屯、瀼西之間。三年正月，去夔出峽。三月至江陵。秋，移公安。冬晚，之岳州。四年，之潭州、衡州。夏，復回潭。五年四月，避亂入衡。欲如郴，不果。秋，回舟荆湖，寓卒。

撥悶

聞道雲安麴米春〔一〕，纔傾一盞即醺人。乘舟取醉非難事，下峽消愁定幾巡。長年三老遥憐汝〔二〕，棙柂開頭一作鳴鐃捷有神。已辦青錢防雇直，當令美味入吾脣。

〔一〕《舊書》：雲安縣，屬夔州。《東坡志林》退之詩「且可勤買抛青春」。《國史補》有滎陽之土窟春、富平之石凍春、劍南之燒春。杜子美亦云「雲安麴米春」。裴鉶記裴航事，亦有松醪春。乃知唐人名酒，多以春也。

〔二〕長年三老，操舟者之稱。

時在渝、忠間，寥落不堪。聞雲安可居，迫欲一赴。全託意於得酒之急，醉翁之意不在酒也。

○「美味」字俚。

十二月一日三首〔一〕

今朝臘月春意動，雲安縣前江可憐。一聲何處送書雁，百丈誰家上瀨一作水船〔二〕。未將梅蕊驚愁眼，要取椒一作楸花媚遠天。明光起草人所羨〔三〕，肺病幾時朝日邊。

〔一〕在雲安。

〔二〕《演繁露》：蜀人云：「劈竹爲大辮，用麻繩連貫，以爲牽具，是名百丈。」樂天《入峽》詩云：「荏苒竹篾篸。」篸，即百丈也。

〔三〕趙大綱云：公詩「翰林學士如堵牆，觀我落筆中書堂」，即此句意。

三詩總是思歸不歸之感。夔地方冬而暖，故見臘如見春，春到即行也。「春意動」三字，三篇之骨子。江邊見「雁」見「船」，便動鄉國之思。是以臘在而折梅之恨，未觸南方；春來而頌椒之懷，欲投北闕。因而想到「明光起草」時，覺得此身難再也。仇以「起草」爲自叙郎官事，與「朝日邊」不貫。○此篇先以北還見本意。

寒輕市上山煙碧，日滿樓前江霧黄。負鹽出井此谿女〔一〕，打鼓發船何郡郎〔二〕？新亭舉目風景切〔三〕，茂陵著書消渴長。春風不愁不爛熳，楚客唯聽棹相將。

〔一〕《唐書》：奉節、雲安，皆有鹽官。公詩：「男當門户女出入，死生射利兼鹽井。」坐男使女，夔俗類然。

〔二〕王周《峽船具詩序》：牽百丈者，擊鼓以號令之，人聲灘亂，無以相接，所以節動止進退。

〔三〕《王導傳》：中州士人，避亂江左，邀飲新亭，周顗中坐歎曰：「風景不殊，舉目有河山之異！」

惟「寒輕」「日滿」，故「煙碧」「霧黄」，俱於「臘」中見「春意」。「溪女」亦媚生計，「船郎」盡有歸期。江間所見如此，而客途撫景，作賦言愁，又何堪此留滯乎！急須待得春來，出峽遨遊耳。言「何郡郎」，即非本處船矣。意其爲歸舟，而因以自悼也。仇謂怪其冒險，乃是夔州詩《最能行》之旨，與此何涉？○此篇姑擬東遊以散懷。

即看燕子入山扉，豈有黄鸝歷翠微？短短桃花臨水岸，輕輕柳絮點人衣。春來準擬開懷久，老去親知見面稀。他日一杯難强進，重嗟筋力故山違。

上四句，竟寫春趣，而曰「即看」，曰「豈有」，仍是臘中預擬，而意更迫切。「準開懷」，必於出峽也。「稀見面」，仍未到家也。然則身雖入楚，而老不還鄉，此愁又何由可遣乎？○此篇仍恐阻歸而繫慨。○三篇皆逆計之詞，實境都成虚境。

寄常徵君〔一〕

白水青山空復春，徵君晚節傍風塵。楚妃堂上色殊衆〔二〕，海鶴階前鳴向人。萬事糾紛猶絶粒，一官羈絆實藏身。開州入夏知凉冷〔三〕，不似雲安毒熱新。

〔一〕鶴云：徵君去秋，曾訪公雲安。按：公有《别徵君》詩，見三之四。○入大曆元年。

〔二〕澤州注：楚妃，猶言宋子齊姜，喻仕途中名位相軋。舊引樊姬以比徵君之德，非也。

〔三〕開州，今漢中府開縣。

或主譏刺徵君晚出之説，於通首神味，全無理會，由不曾看清「徵君」兩字也。徵君則非山人之比。嘗徵入朝堂矣，而今詘爲外吏，必有嫉之使不容者，此詩所爲扼腕也。「晚節傍風塵」五字，一篇提掇。「色殊衆」，故舉朝莫容；「鳴向人」，乃下吏慘景。二句申明「傍風塵」之故，皆慨詞也。「事紛」則易於染指，而秉節清貧。「官絆」則難以怡神，而寄情蕭淡。此則朱氏所謂雖仕而非風塵之吏，乃贊詞也。末以己身所處之不堪，與彼地相形而慰解之。徵君蓋官於開州者，時未「入夏」。預擬也。

示獠奴阿段〔一〕

山木蒼蒼落日曛，竹竿裊裊細泉分。郡人入夜争餘瀝，竪一作稚子尋源獨不聞。病渴三更迴白首，傳聲一注濕青雲。曾驚陶侃胡奴異〔二〕，怪爾常穿虎豹群〔三〕。

〔一〕《北史》：獠，南蠻别種，丈夫稱阿謩、阿段，婦人稱阿夷、阿等之類，皆語之次第稱謂也。○夔州詩。

〔二〕舊注：陶侃嘗得胡奴，不喜言。侃出，奴隨，胡僧見而驚曰：「此海山使者也。」至夜，失奴所在。朱云：此事見劉敬叔《異苑》，説者疑之。澤州注：陶侃或是陶峴。峴，彭澤之孫，浮游江湖，人號水仙。有崑崙奴，名摩訶，善泅。後峴投劍西塞江，命奴取。久之，奴體裂浮水上。峴流涕回櫂。峴，公同時人，異事新聞，故用之耳。

〔三〕夔多虎，屢見公詩。

一、二，以興體點明引水事。三、四，將郡人摇曳出阿段來。見他人争利眼前，此子遠尋泉脉，所以表其績也。五、六，得水而喜。七、八，贊之亦誡之也。各兩句著泉説，兩句著奴説。

白帝城最高樓〔一〕

城尖徑仄舊作昃旌旆愁，獨立縹緲之飛樓。峽坼雲霾龍虎卧一作睡，江清日抱黿鼉遊。扶桑西枝對一作封斷石〔二〕，弱水東影隨長流〔三〕。杖藜歎世者誰子？泣血迸空回白頭。

〔一〕《水經注》：白帝山城，西南臨大江，瞰之眩目。

〔二〕《山海經》：大荒之中，陽谷上，有扶桑。

〔三〕《淮南子》：弱水自窮石。注：在張掖北。

二句起，二句結。「獨立」、「歎世」四字，以兩頭交貫中腹。「峽圻」、「江清」之外，「西枝」、「東影」之間，此中有無數起倒，無限合離，皆於「獨立」時覽之，是以「歎世者」悲之也。胸含元氣，眼窮大荒，如此詩，纔配得題中「最高」二字。○「雲霾」中，能收「龍虎」使不動，故曰「臥」。「日抱」處，能燭「黿鼉」使不昏，故曰「遊」。「扶桑」出海外，故曰「斷」。「弱水」言「影」，影能回耀，故曰「隨」。

峽中覽物

曾爲掾吏趨三輔〔一〕，憶在潼關詩興多〔二〕。巫峽忽如瞻華嶽，蜀江猶似見黃河〔三〕。舟中得病移衾枕，洞口經春長薜蘿。形勝有餘風土惡，幾時回首一高歌〔四〕。

〔一〕趙曰：公嘗爲華州司功。

〔二〕潼關，在華州華陰縣。

〔三〕嶽在華州南，河在華州北。

〔四〕回首，作回去意會。

何緣獨思華州？適覽「巫峽」、「蜀江」，有如「華嶽」、「黃河」，故以爲言耳。華在兩京之間，亦鄉思也。境雖相似，而病泊逾時，與「潼關詩興」迥別矣。○質實。

返　照〔一〕

楚王宫北正黄昏，白帝城西過雨痕。返照入江翻石壁，歸雲擁樹失山村。衰年病肺惟高枕，絶塞愁時早閉門。不可久留豺虎亂〔二〕，南方實有未招魂。

〔一〕《演義》：詩成後，偶舉二字爲題，非專咏返照也。

〔二〕鶴注：是時楊子琳攻崔旰未已，公知子琳將變。三年，子琳果殺夔州別駕張忠，據其城。黄生《説詩》云：前寫景，可作詩中圖畫；後言情，能濕紙上淚痕。又云，年老、多病、感時、思歸，集中不出此四意，而横説、竪説、反説、正説，無不曲盡其情。此詩四項俱見，結尤悽神戞魄。○「黄昏」，非指夜静，是日落蒼黄時也。結亦翻用法。

白　帝

白帝城中雲出門一作城頭雲若屯，白帝城下雨翻盆。高江急峽雷霆鬭，古一作翠木蒼一作長藤日月昏。戎馬不如歸馬逸，千一作百家今有百一作十家存。哀哀寡婦誅求盡，慟哭秋原何處村？

自是率筆，結語少陵本色。

黄　草

黄草峽西船不歸〔一〕，赤甲山下人行一作行人稀〔二〕。秦中驛使無消息，蜀道兵戈有是非〔三〕。萬里秋風吹錦水，誰家别淚濕羅衣？莫愁劍閣終堪據，聞道松州已被圍〔四〕。

〔一〕《益州記》：涪州黄葛峽，有相思崖，今名黄草峽。

〔二〕《荆州圖經》：赤甲山，東連白帝城，西臨大江。

〔三〕公詩：奸雄多是非。

〔四〕松州已於廣德元年陷吐蕃。朱注：此云已被圍，必中間嚴武又收復之。

考是時，杜鴻漸鎮蜀，未正崔旰專殺主帥之罪，其舉兵相攻殺者，楊子琳輩也，鴻漸又不能解其紛，此爲悍臣未靖；至吐蕃圍松州事，是年無考，然公詩定屬有據，此爲外寇又起。蓋在夔遥慨蜀亂也。○「不歸」、「行稀」，民多戍蜀也。「無消息」、「有是非」，朝廷置若罔聞，境内叠憂多事也。五、六，頂一、二，蓋指遣戍家人，臨風憶别之慘。七、八，頂三、四，申言内外交擾，起滅頻數之憂。○「兵戈」包崔、楊、吐蕃事，其間有是真患者，有非真患者，正與結聯口氣，低昂呼應。結言悍臣每倚「劍閣」爲險，此猶易於掃除；若「松州」蕃患，則不知其所終矣。舊解此詩，攙入自己旅情，使語意雜出。「有是非」，各以己意揣其誰是誰非，都屬假合。説詩最忌以臆見揣合古人。

諸將五首〔一〕

漢朝陵墓對南山〔二〕，胡虜千秋尚入關。昨日玉魚蒙葬地〔三〕，早時金碗出人間〔四〕。見愁汗馬西戎逼，曾閃朱旗北斗殷舊作閒，非〔五〕。多少材官守涇渭〔六〕，將軍且莫破愁顏。

〔一〕五首凡論五處，皆舉當時備禦重地而言，故曰諸將。

〔二〕《長安志》：終南山，連亘藍田諸縣，西漢諸陵及大臣墓，多與之對。

〔三〕《兩京新記》：宣政殿初成，每見數十騎馳突出，高宗使巫劉明奴問所由，鬼曰：「我漢楚王戊太子，死葬於此，改葬，幸甚！天子斂我玉魚一雙，今猶未朽。」及發掘，玉魚果宛然。

〔四〕《漢武故事》：鄴有一人貨玉杯，吏疑其御物，欲捕之，忽不見。霍光呼吏問之，説市人形貌如先帝。《南史》：沈烱表曰：「茂陵玉碗，遂出人間。」《搜神記》載盧充與崔少府女幽婚，崔與充金碗。崔女姨母見曰：「昔吾妹生女亡，贈一金碗著棺中。」按：廣德元年，柳伉疏：「犬戎不血刃而入，劫宮闕，焚陵寢。」

〔五〕公詩云：秦城北斗邊。

〔六〕《漢書》：材官蹶張。注：武技之臣。

此爲備吐蕃者告也。吐蕃於廣德元年，一陷京師。上年永泰元年，再偪京師。最爲邇年近患，故首及之。○焚陵係廣德事，「見愁」，指永泰事也。詩特用兩截遞寫者，蓋謂陷京之慘，前事痛心。曾不旋踵，震驚又告。益顯寇警非時，刻不可玩。向來讀者，都囫圇吞却。然使八句中，兩層纍墜，豈成篇法，公遂有一虚一實之妙用。上截意中之唐，言中則漢也。故下截用「見愁」字遞落，便無複舉之病。○既曰「千秋」，又曰「昨日」、「早時」，以「千秋」字避指斥之嫌，以「昨日」、「早時」，顯慘禍之速，既隱之，復惕之也。五、六，指再寇事，故曰「逼」，未入京也。下句申上句，言幾逼京城也。「北斗殷」，見賊幟之盛。錢箋以焚宫煙焰釋「閃旗」，仍混入初寇矣。至朱氏以「北斗」作旗上星文，更爲曲説。「材官」，泛指戍守之人。「將軍」，乃統帥也。此一結，用諷勸之詞。○兩「愁」字複，偶失檢耳。説者轉取作關照，墮入小家。

韓公本意築三城〔一〕，擬絶天驕拔漢旌〔二〕。豈謂盡煩回紇馬，翻然遠救朔方兵〔三〕。胡來不覺潼關隘〔四〕，龍起猶聞晉水清〔五〕。獨使至尊憂社稷，諸君何以答升平？

〔一〕《舊書·張仁愿傳》：景龍二年，封韓國公。先是朔方與突厥以河爲界，仁愿乘虚奪漢南之北，築三城，以拂雲祠爲中城，東西相去各四百里，皆據津濟，置烽燧一千八百所。《新書》：中城南直朔方，西城南直靈武，東城南直榆林。

〔二〕仇注：下五字連讀。

〔三〕至德間，郭子儀領朔方軍，回紇助討安慶緒。

〔四〕舊謂安賊，最是。蓋安賊自東來，故言潼關。

〔五〕《册府元龜》：高祖師次龍門，代水清。考史：至德二載七月，嵐州合關河清。九月，廣平王與郭子儀收復西京。次公云：以祖宗起兵，比廣平興復。

此爲借回紇者告也。肅宗收京討叛，屢藉回紇之力，而要求縱暴，公私苦之。至永泰元年，竟合吐蕃入寇。與上章連類及之，故次二。○借兵在昔，敗盟則在上年。公宜即舉近禍爲戒，而反述肅宗朝借助之事，何歟？蓋彼之肆志，成於我之借助也。而其時統軍元帥，即廣平王，廣平即今代宗也。初克京時，廣平親拜回紇馬前，祈免剽掠，則至尊憂國，自其撫軍時已然。諸臣不能仰體此心，設法謝却，顧且因循求助，致貽今患，是則諸臣之罪也。公欲以君惕臣，故原始爲言。○起借先臣拒突厥事作引，突厥、回紇，俱在漠北也。三、四，緊承作轉，手腕跳脱。五、六，正指廣平收京事，言安賊方熾，龍興兆祥，宗社恢矣。而至尊之憂，固在殊族要功，貽害方大也。邇來果遂敗盟，諸君何以懲前，又將何以善後乎？此一結，用詰問之詞。

洛陽宫殿化爲烽〔一〕，休道秦關百二重〔二〕。滄海未全歸禹貢〔三〕，薊門何處盡堯封〔四〕？朝廷衮職雖多預一作誰争補〔五〕，天下軍儲不自供〔六〕。稍喜臨邊王相國〔七〕，肯銷金甲事春農。

〔一〕一毁於禄山，再毁於朝義。

〔二〕《漢紀》：秦得百二焉。注：二萬人，足當諸侯百萬人。

〔三〕指淄、青等處。

〔四〕指盧龍等處。仇注：周封堯後於薊，故曰堯封。朱注：盡，如北不盡恒山，南不盡衡山之盡。

〔五〕朱注：唐諸節度，多加中書令、平章事，兼領内銜。

〔六〕朱注：府兵法壞，兵農遂分，天下軍需，皆仰給餽饟。

〔七〕《舊書》：廣德二年，王縉拜同平章事。八月，代李光弼都統河南、淮西諸節度行營事，兼領東京留守。歲餘，遷河南副元帥。請減軍資錢四十萬貫，修東都殿宇。按：史不言縉舉屯政，然減軍資以供他費，而士卒不譁，則必嘗講於給軍之道矣。史或失書也。

此爲制河北者告也。藩鎮之禍，河北最甚，延至末造，卒以亡唐。而其禍皆成於代宗之初。時成德則李寶臣，魏博則田承嗣，相衛則薛嵩，盧龍則李懷仙，淄青則李正己，各治兵完城，自署將吏，不供貢賦，其可憂更切於吐蕃、回紇。故雖次第三，實爲五首中權。○此篇意在勸屯，蓋以腹心之疾，盤踞牢固，關輔、河、淮等處，皆須頓宿重兵，自非經理屯種，爲持久之計不可也。此爲相時勢以立言。○一、二，原其始禍，言兩京殘破，安、史之前事如此。三、四，實拈藩鎮，謂此輩多其餘孽，至今猶然梗化也。五、六，彼此雙攝，作上下轉關。躡上截來，則謂强藩但邀王爵，而不奉職貢也。注下聯去，則謂諸將徒擁高官，而不求實政也。七、八，又獎借得好。此一結，用忻動之詞。

迴首扶桑銅柱標〔一〕，冥冥氛祲未一作不全銷。越裳翡翠無消息〔二〕，南海明珠久寂寥〔三〕。殊錫曾爲大司馬，總戎皆插侍中貂〔四〕。炎風朔雪天王地，只在忠良一作臣翊聖朝。

〔一〕《十洲記》：扶桑在碧海之卯地。《南史》：林邑國南界，馬援所植兩銅柱，表漢界處也。

〔二〕越裳，地接交趾。《後漢·賈琮傳》：交趾産明璣、翠羽、瑇瑁、異香、美木之屬。

〔三〕《嶺表録異》：廉州有大池，謂之珠池，每年刺史修貢。

〔四〕《唐書》：門下省侍中二人，正二品，與左右常侍、中書令，並金蟬珥貂。

此爲懷遠徼者告也。南詔閤羅鳳，自天寶中，以鮮于仲通不還俘掠，叛附吐蕃。廣南自廣德初，以中使呂太一之擾，蠻酋亦寖不順命。然荒遠略輕，故次四。○大意又與諸首不同，只要撫綏而安輯之，此懷遠之善術也。此詩之解，錢箋以「殊錫」貼李輔國，「總戎」貼魚朝恩，兩人並未南征，有何交涉？他解又謂南荒鎮帥，名位既崇，當思掃蕩。不知公意正謂羈縻之地，不當專示武威也。○「迴首」二字，蒙上三首來。「扶桑」，借指「南海」，謂廣南也。「銅柱」，正指「越裳」，謂南詔也。兩路勿混。五、六，極寫鎮帥武臣之威耀，言外正見其不必，故結言地雖遠乎，同此心知血氣也，只勿擾之可已。「炎風」帶「朔雪」，與前詩有左縈右拂之致，且與「迴首」相應，而略輕之意亦見矣。此一結，用開曉之詞。

錦江春色逐人來，巫峽清秋萬壑哀。正憶往時嚴僕射，共迎中使望鄉臺〔一〕。主恩前後三持節〔二〕，軍令分明數舉杯〔三〕。西蜀地形天下險，安危須仗出群材。

〔一〕臺在蜀中。

〔二〕嚴武初以御史中丞出爲綿州刺史，遷東川節度使，持節一。又自東川除西川，仍兼領東川，持節二。入朝後，復出爲劍南東西川節度使，持節三。

〔三〕《八哀·嚴武篇》：豈無成都酒，憂國只細傾。

此爲鎮西川者告也。嚴武初鎮而罷，高適代之，則有徐知道之反，及松、維等州之陷。再鎮而卒，郭英乂代之，則有崔旰等相攻殺之擾。迨杜鴻漸鎮蜀，卒不能制。此武所以出他人上也。借嚴績以明蜀險，以貼身事爲五首殿焉。○前四首各以寇擾言，此獨以舊帥之勳績言。昔嘗居其幕，親其事，故舉以爲表率也。别爲一例。○詩更以情致勝。其篇法，仇所謂逐句遞下，流水格也。一起便有睪然高望之想。倏言「春」，倏言「秋」者，前此會嚴别嚴，皆在春中，今日撫景興懷，乃在秋際也。「迎使」，正指往時春事。「主恩」句，總括有力。「軍令分明」，綴以「數舉杯」三字，寫出瀟灑安閒氣象。結就嚴公推開説，而「西蜀地形」句，補筆千鈞，將蜀中無數擾攘，盡包在七字中。如無此句，衹成憶嚴詩，不是諸將詩矣。故須推開唱歎，頌嚴正以策後也。此一結，用想望之詞。○五詩亦論次第，世必譏予爲固，豈知不如此位置便不妥。○五詩純以議論爲叙事，訏謨壯彩，與日月争光，出《秋興》之上。

夜

露下天高秋水一作氣清，空山獨夜旅魂驚。疏燈自照孤帆宿，新月猶懸雙杵鳴〔一〕。南菊再逢人卧病〔二〕，北書不至一作到雁無情。步簷倚杖看牛斗〔三〕，銀漢遥應接鳳城〔四〕。

〔一〕楊慎《丹鉛録》：古人搗衣，兩女子對立執杵，如舂米然。嘗見六朝人畫搗衣圖，其制如此。

〔二〕去秋在雲安，雲安亦屬夔。

〔三〕《楚辭·大招》：曲屋步櫚。櫚，即古簷字。

〔四〕趙曰：秦穆公女吹簫，鳳降其城，因號丹鳳城。

首聯，一景一情。自對格起，字字晶瑩。次聯，景由情出，惟其蕭然無侣，故得景於所見之「燈」「帆」；惟其悽然感懷，故得景於所聞之「月杵」。三聯，情就景生。「菊再逢」，實景也，而動「人」益向衰之慨；「書不至」，虚景也，而起「雁」仍空到之思。是則身雖在南，心長在北，「倚看」「遥接」，天各一方，能不驚秋夜之「旅魂」乎？結又情景雙融矣。○「步簷」二句，與「每依北斗望京華」意同而義不同，彼是北望，此則南望所觸也。秋夜牛斗在南，銀漢南端，正在斗旁，而直亘於北，故眼「看牛斗」，而意憑「銀漢」，以懸故國焉。蓋牛斗之斗，南斗也。○此詩可作《秋興》八首標題。

秋興八首

玉露凋傷楓樹林，巫山巫峽氣蕭森。江間波浪兼天涌，塞上風雲接地陰〔一〕。叢菊兩開他日淚〔二〕，孤舟一繫故園心〔三〕。寒衣處處催刀尺，白帝城高急暮砧。

〔一〕陳澤州注：塞上，即指夔州。《夔府書懷》詩「絶塞烏蠻北」，《白帝城樓》詩「城高絶塞樓」，可證。

〔二〕本去蜀後而言，則兩見菊開。

〔三〕公詩云：兩京猶薄産。此處則指西京。

「秋」爲寓「夔」所值，「興」自「望京」發慨。八詩總以「望京華」作主，在次章點眼。錢氏所謂截斷衆流句也。説者俱云：前三章主夔，後五章乃及長安，大失作者之旨。且於八章通身結構之法，全未窺見。○首章，八詩之綱領也，明寫「秋」景，虚含「興」意，實拈「夔府」，暗提「京華」。○首句拈「秋」，次句拍「夔」。「江間」、「塞上」，緊頂「夔」。「浪涌」、「雲陰」，緊頂「秋」。尚是縱筆寫。五、六，則貼身起「興」，「他日」、「故園」四字，包舉無遺。言「他日」，則後七首所云「香爐」、「抗疏」、「弈棋」、「世事」、「青瑣」、「珠簾」、「旌旗」、「綵筆」，無不舉矣；言「故園」，則後七首所云「北斗」、「五陵」、「長安」、「第宅」、「蓬萊」、「曲江」、「昆明」、「渼陂」，無不舉矣。舍蜀而往，仍然逗留。歷歷前塵，屢灑花間之「淚」；悠悠去國，暗傷客子之「心」。發興之端，情見乎此。第七仍收「秋」，第八仍收「夔」，而曰「處處催」，則旅泊經寒之況，亦吞吐句中，真乃無一賸字。

夔府孤城落日斜，每依北一作南，非斗望京華〔一〕。聽猿實下三聲淚〔二〕，奉使虚隨八月槎〔三〕。畫省香爐違伏枕〔四〕，山樓粉堞隱悲笳〔五〕。請看石上藤蘿月，已映洲前蘆荻花〔六〕。

〔一〕舊引長安城爲北斗形者固非，趙、蔡等云秦城上直北斗，亦非。斗身四時轉運，安得專直？蓋紫微垣爲天帝座，以象帝京。北斗正列垣旁，又名帝車，故依此以望耳。

〔二〕《水經注》：漁者歌曰：「巴東三峽巫峽長，猿鳴三聲淚霑裳。」

〔三〕張騫奉使乘槎事，出《荆楚歲時記》。

〔四〕《漢官儀》：尚書省中皆以胡粉塗壁，紫青界之，畫古列士。尚書郎更直，給縑綾幃茵、通中枕。女侍史二人，執香爐從入，護衣服。

〔五〕朱注：山樓，白帝城樓。

〔六〕樂府《烏夜啼》：巴陵三峽口，蘆荻齊如麻。

二章，乃是八首提掇處。提「望京華」本旨，以申明「他日淚」之所由，正所謂「故園心」也，如八股之有承題然。○首句，明點「夔府」。次句，所謂點眼也。三、四，申上「望京華」，起下「違伏枕」。「奉使」向無的解，仇指嚴武爲節度使，其説是也。「虚隨」者，隨使節而成虚也。五、六，長去「京華」，遠羈「夔府」也。「伏枕」，即所云「一卧滄江」，不必説病。「藤蘿月」，應「落日」。「蘆荻花」，合「秋」

字。此章大意，言留南望北，身遠無依，當此高秋，詎堪回首！正爲前後筋脉。舊謂夔州暮景，是隔壁話。

千家山郭静朝暉，日日江樓坐翠微。信宿漁人還泛泛，清秋燕子故飛飛。匡衡抗疏功名薄〔一〕，劉向傳經心事違〔二〕。同學少年多不賤，五陵衣馬自輕肥。

〔一〕《匡衡傳》：元帝初，衡數上疏陳便宜，遷爲光禄大夫、太子少傅。

〔二〕《劉向傳》：成帝詔向領校中五經秘書。哀帝時，子歆復領五經，卒父前業。

三章，申明「望京華」之故，主意在五、六逗出，文章家原題法也。○「山郭」、「江樓」，仍從「夔」起。「静朝暉」，即含「秋」意。「日日」，含留滯無聊意。「漁人」、「燕子」，日日所見，由漂泊者見之，故着「泛泛」、「飛飛」字。其所以觸緒依違者何哉？「功名」其遂已矣，「心事」其難副矣，「五陵」同學，長此謝絶矣乎！前二首「故園」、「京華」，雖已提出，尚未明言其所以。至是説出事與願違衷曲來，是吾所謂「望」之故，錢氏所謂文之心也。他説概謂夔州朝景，豈不辜負作者？

聞道長安似弈棋，百年世事不勝悲。王侯第宅皆新主〔一〕，文武衣冠異昔時〔二〕。直北關山金鼓震一作振〔三〕，征西車馬羽書馳一作遲〔四〕。魚龍寂寞秋江冷〔五〕，故國平居有所思。

〔一〕《洗兵馬》云：攀龍附鳳勢莫當，天下盡化爲侯王。

〔二〕《折檻行》云：青衿胄子困泥塗，白馬將軍若雷電。
〔三〕上年，回紇入寇。
〔四〕上年，吐蕃入寇。《暮歸》詩：北歸秦川多鼓鼙。即此二句意。
〔五〕《水經注》：魚龍以秋日爲夜。

四章，正寫「望京華」，又是總領，爲前後大關鍵。○「弈棋」、「世事」，不專指京師屢陷，觀三、四，單以「第宅」、「衣冠」言可見。「百年」，統舉開國以來，今昔風尚之感也。三、四，即衣馬輕肥而推廣言之，以映己之寂寞。曰「皆新」，曰「異昔」，則寓甲卒身貴，冠裳倒置之慨。是時朝局如此。「鼓震」、「書馳」，見亂端不已，歸志長違，所以滯「秋江」而懷「故國」，職此之由也。帶定「夔」「秋」，不脱題面。「故國思」，繳本首之「長安」，應前首之「望京」，起後諸首之分寫，通身鎖鑰。○通觀八首，帶言國事處，總是慨身事也。人知每飯不忘，不知立言宗主，徵引國故，文靡義雜，記曰：夫言豈一端而已，夫各有所當也。

蓬萊宮仇刊作高，不必闕對南山〔一〕，承露金莖霄漢間〔二〕。西望瑶池降王母〔三〕，東來紫氣滿函關〔四〕。雲移雉尾開宫扇〔五〕，日繞龍鱗識聖顔。一卧滄江驚歲晚，幾迴青瑣點一作照朝班。

〔一〕《唐會要》：大明宫，龍朔三年，號蓬萊宫，北據高原，南望終南山，如指掌。
〔二〕《西京賦》：抗仙掌以承露，擢雙立之金莖。

〔三〕《漢武内傳》：上齋居承華殿，忽青鳥從西來集殿前，東方朔曰：「此西王母欲來也。」

〔四〕《關尹内傳》：關令尹喜，望見東極有紫氣西邁，曰：「應有聖人經過。」果見老君乘青牛車來。

〔五〕《古今注》：雉尾扇，起於殷世，高宗有雉雊之祥，章服多用翟羽。

五章以後，分寫「望京華」。此溯宮闕朝儀之盛。首帝居也，而意却重在曾列朝班，是爲所思之一。○一、二，點宮闕。三、四，表形勝。其「金莖」、「瑶池」、「紫氣」等，總爲帝京設色。蓋以上帝高居，群仙拱向爲比。舊云譏册貴妃、祀玄元，澤州既非之矣。而説者以此四句，專指天寶之盛，亦非通論也。看五、六，即入身預朝班，係肅宗朝事，則上四便不得坐煞天寶，打成兩橛。大段言帝居壯麗，顯顯然在心目間，而扇影威顔，朝班曾點，不可復得於「滄江」「一卧」時矣。如此乃一片。「滄江」，帶「夔」。「歲晚」，本言身老，亦帶映「秋」。○聖子神孫，鐘虡無恙，於宮闕自不得參入今昔盛衰等語。識得文章體制，纔可與言詩。

瞿塘峽口曲江頭，萬里風煙接素秋。花萼夾城通御氣，芙蓉小苑入邊愁〔一〕。朱簾繡柱圍黄鵠一作鶴，錦纜牙檣起白鷗。迴首可憐歌舞地，秦中自古帝王州。

〔一〕《舊書》：開元二十六年，廣花萼樓，築夾城，至芙蓉苑。錢箋：禄山反報至，帝登花萼樓，置酒淒慘。

六章，就「曲江頭」寫「望京華」。次池苑也，爲所思之二。○此詩開口即帶夔州，法變。「瞿峽」「曲江」，相懸萬里，次句鈎鎖有力，趁便嵌入「秋」字，何等筋節。中四，乃申寫「曲江」之事變景象。末以嗟歎束之，總是一片身親意想之神，亦不必如俗解説衰説盛之紛紛也。○若黏定玄宗，則爲追咎先朝。若泛説君王遊幸，今昔改觀，則將使子孫尤效而後可乎？俱非著述之體。

昆明池水漢時功，武帝旌旗在眼中〔一〕。織女機絲虛夜月〔二〕，石鯨鱗甲動秋風〔三〕。波漂菰米沈雲黑〔四〕，露冷蓮房墜粉紅。關塞極天唯鳥道，江湖滿地一漁翁。

〔一〕《漢書》注：越巂昆明國有滇池，漢使求通身毒，爲昆明所蔽，故作池象之，以習水戰。《平準書》：武帝大修昆明池，治樓船，旗幟加其上，甚壯。仇注：公《寄賈司馬》詩「虛修水戰船」，知明皇曾置船於此。

〔二〕曹毗《志怪》：昆明池，作二石人，東西相望，象牽牛織女。

〔三〕《西京雜記》：昆明池，刻玉石爲鯨魚，每至雷雨，常鳴吼，鬐尾皆動。

〔四〕《本草圖經》：菰即茭白，後結彫菰米也。

七章，就「昆明池」寫「望京華」。次武事也，爲所思之三。○前詩尾云「回首」，此詩起云「在眼」，可知皆就身親見之設想。三、四，切「昆明」傅彩，五、六，從「池水」抽思，一景分作兩層寫。其曰「夜月」、「秋風」，「波漂」、「露冷」，就所值之時，染所思之色，蓋此章秋意，即借彼處映出，故結到「夔府」，不復帶「秋」也。「極天鳥道」，夔多高山也。「江湖滿地」，猶云漂流處處也。錢云「自傷僻遠，而不得見」，此得情之論也。必欲定盛象衰象之是非，則詩如孔翠奪目，色色變現，不可得而捉摸矣。

昆吾御宿自逶迤，紫閣峰陰入渼陂〔一〕。紅豆一作香稻啄餘鸚鵡粒〔二〕，碧梧棲老鳳凰枝。佳人拾翠春相問〔三〕，仙侶同舟晚更移。綵筆昔曾一作遊干氣象〔四〕，白頭吟望苦低垂。

〔一〕參諸地志，昆吾、御宿，皆在漢武所開上林苑中，方三百里，跨今盩厔、鄠、藍田、咸寧、長安五縣之境。紫閣峰，在圭峰東，旭日射之，爛然而紫，其峰亦在鄠縣。渼陂即在圭峰之旁。

〔二〕王右丞有《紅豆》詩。按：李紳《新樓琪樹詩序》：「琪樹條如弱柳，子如碧珠，一年緑，二年碧，三年者紅，綴於條上，璀錯相間。」紅豆或其類耶？

〔三〕《洛神賦》：或采明珠，或拾翠羽。

〔四〕公詩云：詞感帝王尊。又云：賦詩分氣象。兼此兩意。

卒章之在「京華」無專指，於前三章外，别爲一例。此則明收入自身遊賞諸處，所謂向之所欣，已爲陳迹，情隨事遷，感慨係之。此《秋興》之所爲作也，爲八詩大結局。○一、二，羅列長安諸勝，皆身所歷者。「鸚鵡粒」，即是「紅豆」。「鳳凰枝」，即是「碧梧」。猶飼鶴則云鶴料，巢燕則云燕泥耳。二句鋪排精麗，要亦借影京室才賢之盛，如詩咏搴萋，賦而比也。不著秋景説，舊解俱謬。「拾翠」、「同舟」，則當時身歷實事。澤州以城西陂泛舟，及與岑參兄弟遊渼陂證之，最合。「綵筆」句，七字承轉，通體靈動。末句以今日窮老哀吟，結本章，即結八首。再著一「望」字，使八首「京華」之想，眼光一亮，而又曰「低垂」，則嗒焉自喪之狀如見。○八首雖皆以「望京華」爲主，然首首不脱夔秋，或疑此首中四不黏秋説，便脱却矣。殊不知作者於此，偏將當日京華，寫出春夏麗景，末但用「吟望」、「低垂」一語翻轉，而夔遠秋高之況，悠然言表，所謂意到而筆不到者此也。○杜公《秋興》，三尺童子皆知道之。兹只疏言其命意引脉，布局謀篇之大凡。至其魄力氣骨，如何高妙，不敢妄贊一詞。

吹笛

吹笛秋山風月清，誰家巧作斷腸聲？風飄律吕相和切，月傍關山幾處明。胡騎中宵堪北走〔一〕，武陵一曲想南征〔二〕。故園楊柳今摇落〔三〕，何得愁中却盡生？

〔一〕《世説》：劉越石爲胡騎圍數重，乘月登樓清嘯，賊聞之淒然；中夜奏胡笳，賊皆流涕，人有懷土之思。周弘讓《長笛吐清氣》詩：胡騎争北歸。

〔二〕《古今注》：《武溪深》，乃馬援南征之所作也。援門生爰寄生善吹笛，援作歌以和之。顔廷榘曰：《武陵曲》即《武溪深》。

〔三〕《舊書·樂志》：梁樂府云：「上馬不捉鞭，反拗楊柳枝，下馬吹横笛，愁殺行客兒。」此歌元出北國之横笛。

咏笛而在厭寇離家之人，時地則「秋山」，光景則「風月」，我「腸」先「斷」，得不歸咎「吹」者乎？三、四，分承風月，以申「巧作」，而「律吕」「風」，反挑寇亂，「關山」「月」，正引家鄉，暗爲下四分領。五、六，用古而印合寇亂，而「北走」「南征」，又即「斷腸」之一證也。七、八，翻古而感切家鄉，而「摇落」「盡生」，却與「秋」字爲呼應也。句句咏物，筆筆寫意，格法又出一奇。○「却盡生」似拙。

咏懷古跡五首〔一〕

支離東北風塵際〔二〕，漂泊西南天地間。三峽樓臺淹日月〔三〕，五溪衣服共雲山〔四〕。羯胡事主終無賴，詞客哀時且未還。庾信生平最蕭瑟，暮年詩賦動江關〔五〕。

〔一〕朱本題下注云：吴本作《咏懷》一章，《古跡》四首，此頗有見，惜未疏言其故，愚則謂此題四字，本兩題也，或同時所作，誂合爲一耳。并讀殊不成語，必非原文，但沿襲既久，不敢擅分，有辯語在首章後。

〔二〕統言安、史以來藩鎮、吐蕃之擾，吐蕃雖在西偏，在夔言之，則「北」字内可該。

〔三〕《夔州十絶句》云：閶闔繚繞接山顛。元微之詩自注云：巴人都在山陂，架木爲居。

〔四〕《後漢書》：武陵五溪蠻，皆槃瓠之後。按：五溪在湖廣辰州界，正在夔南。

〔五〕《庾信傳》：信在周，常有鄉關之思，乃作《哀江南賦》，其詞曰：「年始二毛，即逢喪亂。」「燕歌遠別，悲不自勝；楚老相逢，泣將何及！」

此「咏懷」也，與「古跡」無涉，與下四首，亦無關會。通首以「漂泊西南」爲主句，首句，追言其由，三、四，正咏「漂泊」。五、六，流水，乃首尾關鍵。「終無賴」，申「支離」。「且未還」，起「蕭瑟」。末以庾信之懷況己懷也。即子山，即子美。○按舊説俱五詩例看，殊無具眼，《杜臆》疑首章不類，遂以爲五詩總冒，其説似是而非。古跡則各人其人，各事其事，與《諸將》一類，彼何以獨無冒乎？既云總冒矣，又謂其古跡則庾信宅也，一詩兩用，成何體裁？且詩中止言「庾信」，不言其宅，而宅又在荆州，公身未到，何得咏及之？自知不的，因以將至江陵爲言，枝梧特甚。至顧宸則謂因己懷而感古跡，黄生則謂因古跡而自咏懷。總緣胸中爲本章所礙，不得解脱，遂添幾許蛇足耳。予直以詩意詩法斷之，世或不以其言爲河漢也。

搖落深知宋玉悲，風流儒雅亦吾師。悵望千秋一灑淚，蕭條異代不同時。江山故宅空文藻〔一〕，雲雨荒臺豈夢思〔二〕！最是楚宫俱泯滅〔三〕，舟人指點到今疑。

〔一〕趙曰：歸州、荆州，皆有宋玉宅，此言歸州宅也。按：歸即在峽外。

〔二〕《高唐賦》陽臺夢事。

〔三〕《寰宇記》：楚宫在巫山縣西二百步。

此下四首，分咏峽口古跡也。俱就各人時事寄慨，益知因懷感古、因古抒懷諸説，俱爲臆語。○因宅而咏「宋玉」，親「風雅」也。四人中，獨宋玉文章，與公相似，通古今爲氣類，故以「摇落知悲」起興，而以「風雅吾師」推之，三四，空寫，申「知悲」。五六，實拈，申「吾師」。言宅已故而猶傳者，以「文藻」增華，對「江山」而感歎也。豈徒以「雲雨臺」存，勞吾「夢思」已乎！結以「楚宮泯滅」，與「故宅」相形，神致吞吐，擡託愈高。昔人題子陵臺云「嚴陵有釣臺，光武無寸土」，與此意同。

群山萬壑赴荆門，生長明妃尚有村〔一〕。一去紫臺連朔漠〔二〕，獨留青冢向黄昏〔三〕。畫圖省識春風面〔四〕，環珮空歸夜月魂。千載琵琶作胡語〔五〕，分明怨恨曲中論〔六〕。

〔一〕《漢書》注：昭君，本蜀郡秭歸人也。《一統志》：村在歸州東北。

〔二〕邵注：紫臺，漢宮名。《别賦》：明君去時，仰天太息。紫臺稍遠，關山無極。

〔三〕《圖經》：邊地多白草，昭君冢獨青。

〔四〕《西京雜記》：元帝後宮既多，使畫工圖形，按圖召幸，宫人皆賂畫工，昭君不與，乃惡圖之。後匈奴求美人爲閼氏，以昭君行，及見，貌第一，帝按其事，畫工毛延壽棄市。

〔五〕《釋名》：琵琶，本馬上所鼓也，推手曰琵，引却曰琶。

〔六〕石崇《明君詞序》：昔公主嫁烏孫，令琵琶馬上作樂，其送明君亦必爾也。《琴操》：昭君作怨思之歌。

因村而咏明妃，憫怨思也。結語「怨恨」二字，乃一詩歸宿處。起筆珍重，著遺村説，另爲一截。中四，述事申哀，筆情繚繞。「一去」，「怨恨」之始也。「獨留」，「怨恨」所結也。「畫圖識面」，生前失寵之「怨恨」可知；「環珮歸魂」，死後無依之「怨恨」何極！末即借出塞聲點明。○「省識」祇在畫圖，正謂不「省」也。

蜀主窺吴幸三峽，崩年亦在永安宫〔一〕。翠華想像空一作寒山裏，玉殿虚無野寺中〔二〕。古廟杉松巢水鶴，歲時伏臘走村翁。武侯祠屋長鄰近，一體君臣祭祀同。

〔一〕《蜀志》：先主忿孫權之襲關羽，遂帥諸軍伐吴，次秭歸。章武二年，敗於猇亭。還魚復，改魚復爲永安。三年，殂於永安宫。

〔二〕原注：殿今爲卧龍寺，廟在宫東。

因廟而咏蜀主，悲不祀也。一、二，仇云推廟祀之由。中兩聯，由廟而及祀。三、四語意，一顯一隱，空山殿宇，神理如是。五、六流水遞下，「走村翁」，言祀而正見不祀也。結以「武侯」伴説，波瀾近便，魚水「君臣」，殁猶「鄰近」，由廢斥漂零之人對之，有深感焉。「祭祀同」，亦只指「村翁」。顧宸轉羡其祭之勤，殆欲躋褻祀於典禮耶？

諸葛大名垂宇宙，宗臣遺像肅清高〔一〕。三分割據紆籌策，萬古雲霄一羽毛。伯仲之間見伊吕，指揮若定失蕭曹。運舊作福移漢祚終難復，志决身殲軍務勞。

〔一〕《蜀志》本傳注：張儼曰：「一國之宗臣，霸主之賢佐。」按：遺像，即前詩武侯祠廟中之像。因像而咏諸葛，申獨斷也。此章只「遺像」二字帶古跡，通體俱是論斷。舊解以「雲霄一羽」，作鸞鳳高翔，幾不成句，且使全神俱失，宜乎鍾、譚輩塗抹無忌矣。愚則謂此詩以唱歎法作提筆。「宗臣」，一詩之領，「伊、吕」，一詩之的，直以王佐許之，而末歸之天命，傷名世之不逢其會也。八句一氣轉掉，言此「名垂宇宙」，「肅然清高」者，非所謂「宗臣」也哉？功業所見，紆策三分，居之特輕若一羽耳。以彼其材，實堪「伯仲」「伊、吕」，向使滿其能事，「蕭、曹」且不足云，顧區區此割據之爲乎？而且止於此者，運實爲之，天不可挽，以言乎鞠躬盡瘁，則誠然王佐之志量也，是則所謂宗臣者也。以如許曲折，爲八句律詩，豈容但作律詩讀？○胸中拿定「運移漢祚」四字，便已識得帝統所歸。知前篇曰「幸」曰「崩」，及「翠華」、「玉殿」等字，不是浪下也。○此詩後四句，非窺見霸王器局，聖賢心事者不能道。今日兔園夫子，見坊本《史斷》，俗本《三國》，便道帝蜀之説，固然無足怪，不知當公之世，獨見惟公一人，由公而前，僅一習鑿齒耳。○宋儒定論，原本此詩。

閣　夜〔一〕

歲暮陰陽催短景〔二〕，天涯霜雪霽寒宵一作霄。五更鼓角聲悲壯，三峽星河影動摇。野哭幾一作千家聞戰伐〔三〕，夷歌是一作幾處起漁樵。卧龍躍馬終黄土〔四〕，人事音書漫一作久寂寥。

〔一〕即西閣。

〔二〕陰陽，猶言陰晴。

〔三〕峽内羌蠻多擾，不獨崔旰。

〔四〕《蜀志》：諸葛孔明，卧龍也。《蜀都賦》：公孫躍馬而稱帝。

「天涯」、「短景」，直呼動結聯。而流對作起，則以陰晴不定，託出「寒宵」忽「霽」。三、四，從「霽寒宵」生出。「鼓角」不值「五更」，則「聲」不透。「五更」，最淒切時也。再著「悲壯」字，直刺睡醒耳根也。「星河」不映「三峽」，則「影」不爍。「三峽」，最湍激處也。再著「動摇」字，直閃蒙曨眼光也。於「寂寥」中對此，況觸以「野哭」、「夷歌」，得不戚然傷心耶？老去傷多，焉能久視，故想到近地古跡，轉自寬解焉。彼定亂之「卧龍」，起亂之「躍馬」，總歸「黄土」。則「野哭」、「夷歌」，行且霎時變滅，顧猶以耳「悲」目「動」，寄虚願於紛紛漠漠之世情，天涯短景，其與幾何？曰「漫寂寥」，任運之旨也。噫！其詞似寬，其情彌結矣。

見王監兵馬使説近山有白黑二鷹羅者久取竟未能得王以爲毛骨有異他鷹恐臘後春生騫飛避暖勁翮思秋之甚〔一〕眇不可見請余賦詩二首〔二〕

雲一作雪飛玉立盡清秋，不惜奇毛恣遠遊。在野只教心力一作膽破，于一作千，非人何事網羅求？一生自獵知無敵，百中争能耻下鞲。鵬礙九天須却避，兔藏一作營三窟莫深憂。

〔一〕句法奇，不過云凌秋俊物耳。

〔二〕有《王兵馬使二角鷹》詩，見二之三，或即其人。但彼爲臂鷹，此爲野鷹，所咏各别耳。

自來説者曰，首章咏白鷹，次章咏黑鷹，乃兩章於白黑字，各無確切語，何也？時亦有疑焉。則從而爲之詞曰：詩家有明例暗例。或又曰：不落纖巧家數。吾知其口護而心不與矣，盍亦觀之製題乎？題不祇曰王監兵馬使白黑二鷹，而乃繁重其詞若此，可知用意在「羅取未得」、「騫飛不可見」等句，而不在毛色也。但既不分咏，篇首自須渾點，今又按首章「雪飛」舊作「雲飛」，原不專言白，則次章「黑」字，恐是異字之訛。〇首章從秋翮騫飛説起，曰「盡清秋」，則臘春漸近也。曰「恣遠遊」，則騫避眇然也。三、四，承寫出「恐」字、「未得」字。「在野」者，鷹也。「心力破」，猶言徒然費盡心機，正抉出王監未得而恐神情。「何事」，如何從事也，猶言何法，非何須、何必之謂。無法羅致，正申「心力破」。五、六，從「騫飛」上寫出性格，「自獵」，不受呼縱也。「争能」，争顯其能也。觀此句，益知統寫二鷹矣。七、八，唱歎法，言萬里之「鵬」須「避」，而此間之「兔」無「憂」，謂必不久於此，正形容「恣遠遊」也。

黑恐當作異鷹不省人間有，度海疑從北極來。正翮摶風超紫塞，玄冬幾夜宿陽臺〔一〕。虞羅自覺虛施巧，春雁同歸必見猜。萬里寒空祇一日，金眸玉爪不凡材。

〔一〕即夔、巫之山。

次章，上四，對「近山有」三字作意，設爲疑而未信之詞。言如此異鷹，定當從「北極」「紫塞」而來，夫豈近出「陽臺」者？「陽臺」，即近山也。下四折轉，言今雖在近，豈爲人得，行且逢春歸去耳。何則？性本不羈，其行如風飆迅疾，迥非凡品也。中間「玄冬」、「春雁」等，點還「臘後春生」、「鶱飛避暖」意。其云「金眸玉爪」，轉於白者爲近，益信二詩之不分咏矣。○須知二鷹在山，本非王監所有，亦非公所親見，自不應在毛色著想，正須凌空摹擬，以表其奇，此超與滯之辨也。而北歸本志，亦復吐露。○二詩大致，可以兩字蔽之，曰不羈。公老矣，尚作爾許語，可謂倔强猶昔。

冬至

年年至日長爲客，忽忽窮愁泥殺人。江上形容吾獨老，天涯一作邊風俗自相親。杖藜雪後臨丹壑，鳴玉朝來散紫宸。心折此時無一寸，路迷何處是一作見三秦？

「長爲客」三字，一詩綱領。「自相親」，彼自相親也。

小至〔一〕

天時人事日相催，冬至陽生春又來。刺音切繡五紋一作文添弱綫〔二〕，吹葭六琯動浮一作飛灰〔三〕。

岸容待臘將舒柳，山意衝寒欲放梅。雲物不殊鄉國異〔四〕，教兒且覆掌中杯。

〔一〕《唐會要》：《開元新格》：冬至日，祀圜丘，遂用小冬日視朝。朱注：小至，即小冬日也。

〔二〕《史記》：刺繡紋，不如倚市門。《唐雜録》：宫中以女工揆日之長短，至後增一綫之功。

〔三〕《後漢·志》：爲室三重，布緹縵，木爲案，内庳外高，加律其上，以葭莩灰抑其内端，按歷候之，氣至者灰飛。

〔四〕《左傳》：凡分至啓閉，必書雲物。

「鄉國異」三字，一詩歸結，大似中唐人詩。○玩詩意，當指至後一日，更以卷後《小寒食》詩證之，益信。

奉送蜀州柏二別駕將中丞命赴江陵起居衛尚書太夫人因示從弟行軍司馬位〔一〕

中丞問俗畫熊頻〔二〕，愛弟傳書綵鷁新〔三〕。遷轉五州防禦使〔四〕，起居八座太夫人〔五〕。楚宫臘送荆門水，白帝雲偷碧海春。與報惠連詩不惜〔六〕，知吾斑鬢總如銀。

〔一〕柏二，中丞弟。中丞，謂夔州都督柏茂林。衛尚書，謂荆南節度使衛伯玉。位，即李林甫壻，林甫敗，位亦貶，今官於江陵。時又有《寄杜位》五律，見三之五。

〔二〕《後漢書》：三公列侯車，倚鹿較，伏熊軾。

〔三〕劉孝綽詩注：彩鷁，船首畫鷁，以壓水神。

〔四〕《唐書》：廣德二年置使，領夔、峽、忠、歸、萬五州，隸荆南節度。

〔五〕《初學記》：隋以六尚書、左右僕射合爲八座，唐同。《後漢・岑彭傳》：大長秋問太夫人起居。

〔六〕《宋・謝惠連傳》：族兄靈運云：「每對惠連，輒得佳句。」

毛奇齡曰：此長題八句完點之法。黄生云：首聯平鈍。愚按：三、四爲嘉、隆間人嚼濫，然於杜首倡，不害爲莊重也。五、六，渲染送行。七、八，王維楨謂鬢白苦吟，不能別寄一詩，非惜詩也。愚以《寄杜位》詩互證，知不如是解。蓋言附此相示，未盡苦衷，不惜別爲一詩，以報老况也。正指所寄之五律言。

立　春〔一〕

春日春盤細生菜〔二〕，忽憶兩京全盛時。盤出高門行白玉，菜傳纖手送青絲。巫峽寒江那對眼，杜陵遠客不勝悲。此身未知歸定處，呼兒覓紙一題詩。

〔一〕入大曆二年。

〔二〕《摭言》：晉李鄂，立春日以蘆菔芹芽爲菜盤相餽貺。《四時寶鏡》：唐立春日食春餅生菜，號春盤。

「憶兩京」，全從「春盤生菜」觸起。故三、四，述兩京之盛，只用盤菜形容，不須别作鋪張，而太平氣象如見。此盤也，此菜也，何乃於客路江干，眼前振撥，在及見京華之盛者，惡能不悲？至此後茫茫，并江干亦非「定處」，悲更何如！惜結語減味。

愁〔一〕

江草日日喚愁生，春一作巫峽泠泠非世情。盤渦鷺浴底心性，獨樹花發自分明。十年戎馬暗南國，異域賓客老孤城。渭水秦山得見否？人今罷病虎縱横。

〔一〕原注：强戲爲吴體。

客阻言愁之作。「日日」而長者，既忌其形我憔悴；「泠泠」而淡者，又惱其對我寂寞。愁人所觸，無一而可。故於「鷺浴」、「花發」皆怪之。怪其當此「喚愁」「非情」之景，胡不類己之知愁也？下乃自言愁之故。

崔評事弟許相迎不到應慮老夫見泥雨怯出必愆佳期走筆戲簡

江閣邀賓許馬迎，午時起坐自天明。浮雲不負青春色，細雨何孤白帝城。身過花間霑濕好，醉於馬上往來輕。虚疑皓首衝泥怯，實少銀鞍傍險行。

杜豈急於一酒食者？而曰待邀久坐，起筆便是戲簡。「午時」二字一讀。五、六，言不須爲老夫慮也，二句極流利。朱瀚譏之，謂霑衣有何好處？蓋忘却「花間」字耳，花雨濕衣，轉屬韻事。謂醉則何能體輕？不知頹老之年，惟醉後尚有兒興，觀七古《醉爲馬墜》詩可見。結語，使評事通知其故也。邵寶云：通首逐句順下，俱帶戲謔之詞。

遣悶戲呈路十九曹長〔一〕

江浦雷聲喧昨夜，春城雨色動微寒。黄鸝並坐交愁濕，白鷺群飛太劇乾。晚節漸於詩律細，誰家數去酒杯寬？唯君最愛清狂客，百遍相過一作看意未闌。

〔一〕仇注：路爲拾遺，故曰曹長。愚按：稱曹長，恐是郎官。

舊以此詩爲索飲戲呈，遂來寒乞之誚，而不知其非也。詳詩意，平時常飲於路，此夜則留宿路齋而曉成者，故不曰簡，而曰「呈」。其曰「遣悶」者，居夔枯寂而「悶」，曹長多情，是可「遣」也。上四，春曉雨微之景，下乃跌宕其詞而嗟賞之。「鸝」見其「並坐」，因加以「愁濕」之情。「鷺」見其「群飛」，因許以「劇乾」之興。此皆硬派去者，勿疑兩言相背也。五、六，遞下之詞，言晚年失路，瑣事成吟，漸覺細碎矣。而杯酒往來，人情疏數，殊多冷淡也。今日愛客情長，孰有如君者乎？「意未闌」，指路言，難其不倦也。人多誤會。○峽中朋宴殊簡，得一曹長，便深嗟而樂道之。議者自家錯解，乃云不類少陵本色，不知此正少陵本色處也。夫享其施而匿其惠，人或指所從來，則怍於色而怒於言者，少陵不爲也。噫！一飲食、一議論之微，亦觀過知仁之一徵也。

晝夢

二月饒睡昏昏然，不獨夜短晝分眠。桃花氣暖眼自醉，春渚日落夢相牽。故鄉門巷荆棘底，中原君臣豺虎邊。安得務農息戰鬭，普天無吏横索錢！

上下截如不相蒙者，不知世亂民貧之思，除夢即已，夢醒即來，此自其性情所結。奈昏昏未幾，旋復昭昭，轉恨不得長遊夢境耳。

暮春

臥病擁塞在峽中，瀟湘洞庭虛映空。楚天不斷四時雨，巫峽長一作常吹萬里風。沙上草閣柳新闇一作暗，城邊野池蓮欲紅。暮春鴛鷺立洲渚，挾子翻一作翾飛還一叢。

厭稽夔峽，虛想瀟湘。一阻於臥病，再阻於風雨。況復柳蓮換景，長對「挾子翻飛」之鴛鷺，益自笑其留滯矣。

即事

暮春三月巫峽長〔一〕，皛皛行雲浮日光。雷聲忽送千峰雨，花氣渾如百和香〔二〕。黄鶯過水翻迴去，燕子銜泥濕不妨。飛閣卷簾圖畫裏，虛無只少對瀟湘。

〔一〕《荆州記》：謡曰：「巴東三峽巫峽長。」

〔二〕邵注：漢武帝時，月氏國進百和香。

通寫鬱蒸得雨之景。「翻迴去」，雨中棲止不定也。「不妨」對「迴去」，不作虛用，身雖「濕」而「不妨」其所事也。「濕」不指「泥」。結即前篇「瀟湘洞庭虛映空」意，恨不即爲峽外遊也。如此顯淺詩，都不曉作雨景看，何故？

赤　甲〔一〕

卜居赤甲遷居新，兩見巫山楚水春〔二〕。炙背可以獻天子，美芹由來知野人〔三〕。荆州鄭薛寄詩近〔四〕，蜀客郄岑非我鄰〔五〕。笑接郎中評事飲〔六〕，病從深酌道吾真。

〔一〕春日遷居於此。

〔二〕自去春至夔。

〔三〕語出《列子》。又，嵇康《絶交書》：野人有快炙背而美芹子者，欲獻之至尊，雖有區區之意，亦已疏矣。

〔四〕江陵鄭少尹審，石首薛明府據。

〔五〕梓州郄使君昂，岑嘉州參。

〔六〕郎中、評事，勿强指實。

將去赤甲時作。三、四，見朝廷闊絶。五、六，欲就荆遠蜀。第七，指在夔者。「道吾真」，即與言不久於此之情。然此詩頽唐之甚。

江雨有懷鄭典設〔一〕

春雨闇闇塞峽中，早晚來自楚王宫。亂波紛披已打岸，弱雲狼藉不禁風。寵光蕙葉與多碧〔二〕，點注桃花舒小紅〔三〕。谷口子真正憶汝，岸高瀼滑一作闊限西東。

〔一〕《唐書》：東宫官有典設郎。○入瀼西詩。

〔二〕古賦：天雨之施，惠於蕙葉。

〔三〕鍾會賦：五色點注，華羽參差。

一、二，點化神女事。三、四正寫，五、六旁寫，以上皆言江雨。「谷口子真」一讀，呼之也，此句聲口神情俱現。「限西東」，仇謂鄭必居瀼東也。按「滑」字帶雨。

雨不絶

鳴雨既過細雨一作漸細微〔一〕，映空摇颺如絲飛。階前短草泥不亂，院裏長條風乍稀。舞石旋應將乳子〔二〕，行雲莫自濕仙衣〔三〕。眼邊江舸何忽促一作遽，未待一作得安流逆浪歸。

〔一〕鳴雨，大雨也。

〔二〕《湘中記》：石燕在零陵縣，遇風雨則飛舞如燕，止則爲石。《水經注》：燕山有石紺色，狀燕，及雷風相薄，小者隨大者而飛，如相將乳子之狀。

〔三〕用神女事。

咎雨阻歸，託詞也。「鳴雨」内藏得「風」字，「摇颺」内藏得「稀」字。「如絲」申「雨微」，三、四，承「如絲」。「泥不亂」者，「風乍稀」也，兩句自相呼應。五、六，望晴之詞，祝其止舞而挾子以遊，停雲而振衣適志，已引動欲歸意。「乳子」本説燕雛，「仙衣」本説神女，公乃借形挈家歸去之志也，運古入化。結聯乃自傷留滯，而故作嗔人之詞。言去舸何太怱促，未肯稍待安流，偕我以行，而必乘雨「逆浪」以「歸」耶？婉曲之甚。◯有妄人者儘力吹索，實還未解。

灔　滪〔一〕

灔滪既没孤根深，西來水多愁太陰〔二〕。江天漠漠鳥雙去，風雨時時龍一吟。舟人漁子歌回首，估客胡商淚滿襟。寄語舟航惡年少，休翻鹽井擲黄金。

〔一〕瞿塘峽水中石。

〔二〕楊泉《五湖賦》：太陰之所毖。

咏水漲也，亦寓不得下峽之意。三、四，闊遠沈深，杜律名句。七、八，非唾罵年少，總由身不得往，故作懊惱聲。

季夏送鄉弟韶陪黄門從叔朝謁〔一〕

令弟尚爲蒼水使〔二〕，名家莫出杜陵人。比來相國兼安蜀，歸赴朝廷已入秦。捨舟策馬論兵地，拖玉腰金報主身。莫度清秋吟蟋蟀，早聞一作開黄閣畫麒麟。

〔一〕朱注：《唐書》：杜鴻漸以黄門侍郎同平章事，鎮蜀。二年六月，自蜀還朝。

〔二〕原注：韶比兼開江使，通成都外江下峽舟船。

首單領弟，次統舉杜門，三、四，卸入叔之朝謁。五、六，合指兩人。七、八，一弟一叔也。○結言弟莫耽隱而和蟲吟，其早聽從叔圖勳，亦思奮起功名之會哉。語平意側，頌禱交至。

七月一日題終明府水樓二首

高棟曾軒已自涼，秋風此日灑衣裳〔一〕。翛然欲下陰山雪〔二〕，不去非無漢署香〔三〕。絶壁過雲開錦繡，疏松夾水奏笙簧。看君宜著王喬履，真賜還疑出尚方〔四〕。

〔一〕仇謂此日立秋，後有《九月三十日》詩云「悲秋向夕終」，恰好秋盡。

〔二〕朱注：吐谷渾西附陰山，四時常有冰雪。

〔三〕黄生《説詩》：風雖灑衣，香故不去。人知尚書郎含香奏事，不考《漢官儀》有侍史執香爐、護衣服之文。

〔四〕原注：終明府，功曹也，兼攝奉節令，故有此句。佇觀奏即真也。○王喬賜履，出自尚方。

此從水樓秋日起。蓋由苦熱之餘，得此高爽之境，故語氣如此。三、四，緊頂涼風説下，而「不去」句，只就「秋風」與自身映帶取致，别無他意。但吐詞灑脱，了不以官職有無牽挂，亦見襟懷。五、六，從隔水對過寫景，顯出水樓更醒。結聯合到終明府。

虙舊作宓子彈琴邑宰日，終軍棄繻英妙時〔一〕。承家節操尚不泯，爲政風流今在兹。可憐賓客盡傾蓋，何處老翁來賦詩？楚江巫峽半雲雨，清簟疏簾看弈棋。

〔一〕《漢書》：終軍年十八入關，關吏與軍繻，軍問何爲，吏曰：「爲復傳還，當以合符。」軍曰：「丈夫西遊，不復傳還。」遂棄繻而去。

此贊美終明府，下半及到自身留連水樓而兼述衆賓之盛，而明府深情逸趣，悠然言下矣。一結瀟灑之極，使全首增致。

見螢火

巫山秋夜螢火飛，疏簾巧入坐人衣。忽驚屋裏琴書冷，復亂簷前星宿稀。却遶井欄添個個，偶經花蕊弄輝輝。滄江白髮愁看汝，來歲如今歸未歸？

「巫山秋夜」四字，提破尾聯。中四，俱寫螢火，尾聯，乃就「見」字發慨，蓋題首下一「見」字，《杜臆》所謂本意全在末二也。○「坐人」二字連讀，蓋自謂也。舊俱誤看，螢火無坐理也。時方垂簾夜坐，猝見螢火入衣，故接「忽驚」字。「琴書」正是坐處所對，因見入來之螢，便出外看到「簷前」群飛之螢，再看到「井欄」，再看到「花蕊」，層次如此。○中四句，犯平頭。

送李八秘書赴杜相公幕〔一〕

青簾白舫益州來〔二〕，巫峽秋濤天地迴。石出倒聽楓葉下，櫓搖背指菊花開。貪趨相府今晨發，恐失佳期後命催。南極一星朝北斗〔三〕，五雲多處是三台〔四〕。

〔一〕原注：相公朝謁，今赴後期也。○朱注：按史，杜鴻漸還朝，仍以平章事領山劍副元帥。

〔二〕《倦遊録》：劉濬白舫百棹，皆繡帆青簾。按：益州，即成都。

〔三〕《晉書》：東井分：老人一星，一曰南極。

〔四〕董仲舒曰：太平之時，雲則五色而爲慶。《晉書》：六星兩兩而居，在人曰三公，在天曰三台。

玩本題及原注，詩爲杜相朝回復鎮，李八應辟赴幕而作。自黄鶴以此行爲赴京，承譌久矣。○「益州來」，杜相命舫至夔迎李八也。「秋濤」，李八就舫之候也。解者乃云，李從益州來赴京。悖於題旨，且戾於下文句義矣。「石出」句，言去舫漸高，上水故也。「櫓摇」句，言去舫漸遠，急行故也。此句便引起五、六，然都是預擬，其時船尚未發也。五、六，點還赴後期之事，結聯，竟單就相公贊歎，而李八當赴之義自見「南極」、「三台」，俱指杜相。「南極」以出鎮言。「三台」以品位言。著「北斗」、「五雲」等字。以其新從朝謁來也。言自「一星朝北」，而「五雲」隨廕「三台」，其福德遥臨若此。李今入幕贊襄，其亦共凛威顔，而交宣雅化乎？朱氏以「南極」指李八，則亦紐於赴京之譬説矣。噫！抛題説詩，吾不知所説何詩？○結聯自對法，亦互對法。

簡吴郎司法〔一〕

有客乘舸自忠州，遣騎安置瀼西頭〔二〕。古堂本買藉疏豁，借汝遷居停宴遊。雲石熒熒高葉曙，風江颯颯亂帆秋。却爲姻婭過逢地，許坐曾軒數散愁。

〔一〕《唐書》：府州各有司法參軍事，○在東屯作。

〔二〕遠注：公移東屯時，以瀼西草堂借吴寓居。

上四，叙事明晰。五、六，疏豁之佳景。七、八，宴遊之韻事。本屬公堂，反以過逢一坐，問吴見許，賓主都化。説參仇本。

又呈吴郎

堂前撲棗任西鄰〔一〕，無食無兒一婦人。不爲困窮寧有此，祇緣恐懼轉須親。即防一作知遠客雖多事，便一作使插疏籬却甚一作任真。已訴徵求貧到骨，正思戎馬淚盈巾！

〔一〕即瀼西之堂。

公向居此堂，熟知鄰婦之苦，聽其竊棗以活。吴郎新到，不知其由，將插籬護圃，公於東屯聞之，喫緊以止之，非既插而責之也。首句提破，次句指出可矜之人，下皆反覆推明所以然。三、四，德水所云出脱鄰婦，又煦育鄰婦者。著「恐懼」字，體貼深至，蓋竊食者，其情必恧而怯也。五、六，更曲，婦防遠客，幾以吴爲刻薄人，固屬多心也。婦見插籬，將疑吴特爲我設，其迹似真也。此又德水所謂回護吴郎，又開示吴郎者。末又借鄰婦平日之訴，發爲遠慨，蓋民貧由於「徵求」，「徵求」由於「戎馬」，推究病根，直欲爲有民社者告焉，而恤鄰之義，自悠然言外，與成都《題桃樹》同一神味。盧云「百種千層，莫非仁音」，知言哉！○若只觀字句，如嚼蠟耳，須味於無味之表。

九日五首〔一〕

重陽獨酌杯中酒，抱病起登江上臺。竹葉於人既無分〔二〕，菊花從此不須開。殊方日落玄猿哭，舊國霜前白雁來。弟妹蕭條各何在一作往，干戈衰謝兩相催。

〔一〕其二其三爲五律，見三之六。其四爲五排，見五之三。其五缺，次公以《登高》足之。

〔二〕張衡《七辨》：玄酒白醴，葡萄竹葉。

即此上四，從没分曉，既云「酌酒」，又云「無分」，解者備極支離。○合考後數首，五律則曰「愧菊花」、「兩冥漠」，五排則曰「從兒具」，《登高》則曰「停酒杯」。乃知皆輟飲獨登之作也。故首句先提出「獨酌」二字，以見年年高會，今日淒涼，悶對一樽，全無飲興。隨以「抱病起登」撇却之，悟此，則三、四豁然也。擲杯而起，光景可想，賓朋既虚，乃想到弟妹。「玄猿」聞自「殊方」，「白雁」來從「故國」。顧云緊注末聯是也。而其情皆觸於獨登翹首之中，仍是一串。

登　高

風急天高猿嘯哀，渚清沙白鳥飛迴。無邊落木蕭蕭下，不盡長江滚滚來。萬里悲秋常作客，百年多病獨登臺。艱難苦恨繁霜鬢，潦倒新亭停通濁酒杯。

此輟飲獨登之總慨也。望中所見，意中所觸，層層清，字字響，胡應麟謂古今七言律第一。

覃山人隱居

南極老人自有星，北山移文誰勒銘〔一〕？徵君已去獨松菊，哀壑無光留户庭〔二〕。予見亂離不得已，子知出處必須經。高車駟馬帶傾覆，悵望秋天虛翠屏。

〔一〕《選注》：周顒先隱鍾山，後出爲海鹽令，孔稚圭乃假山靈意，作文移之。

〔二〕朱注：即《移文》「誘我松桂，欺我雲壑」意。

顧注：山人必老而就徵者。公過其居，傷其隱之不終也。愚按：「自有星」，見其久負重望也。「誰勒銘」，託之誰何之口也。三、四申之，五、六詰之，第七警之，第八惜之。○五、六，晦而率。

即　事

天畔群山孤草亭，江中風浪雨冥冥。一雙白魚不受釣，三寸黄甘猶自青。多病馬卿無日起，窮途阮籍幾時醒？未聞細柳散金甲〔一〕，腸斷秦川一作州，非流濁涇。

〔一〕仇注：周亞夫營故址，在長安昆明池南，時有吐蕃之警也。

明白而峭。

題柏學士茅屋〔一〕

碧山學士焚銀魚，白馬却走身巖居〔二〕。古人已用三冬足〔三〕，年少今開萬卷餘。晴雲滿户團傾蓋，秋水浮階溜決渠。富貴必從勤苦得，男兒須讀五車書〔四〕。

〔一〕學士亦亂後寓夔者，有《寄柏學士林居》詩，見二之三。

〔二〕《林居》詩：自胡之反持干戈，天下學士亦奔波。謂遭禄山之亂也。

〔三〕《東方朔傳》：三冬文史足用。

〔四〕《莊子》：惠施多方，其書五車，其道踳駮。

公過學士茅屋。喜其藏書之富，又有佳子弟能讀，率題於壁，「傾蓋」、「決渠」，當是現成名色。七、八，就學士家前效作指點歎羨語，舊解作勉語，便陋。○畢竟不佳。

舍弟觀赴藍田取妻子到江陵喜寄三首〔一〕

汝迎妻子達荆州〔二〕，消息真傳解我憂。鴻雁影來連峽内，鶺鴒飛急到沙頭〔三〕。嶢關險路今虚遠〔四〕，禹鑿寒江正穩流。朱紱即當隨綵鷁〔五〕，青春不假報黄牛〔六〕。

〔一〕先是有《舍弟觀歸藍田迎新婦送示》詩，見三之五。蓋公迫欲出峽，弟能踐江陵相就之約，故喜也。

〔二〕荆州即江陵。

〔三〕《方輿勝覽》：沙頭市，去江陵十五里。

〔四〕仇注：嶢關即藍田關。

〔五〕朱紱，自謂。

〔六〕黄牛灘，在夔州峽口之外。

首章，叙清題面，而急示往就之情。〇一、二，叙題已完。「連峽内」，弟至江陵，距此甚近也。「到沙頭」，神往弟處，急欲相依也。「嶢關虚遠」，申「連峽」，不消尋向藍田矣。「寒江穩流」，申「到沙」，正可安然就道矣。第七，點明即往，第八，囑其不必申訂，正繳足相就之决。「青春」，預定出峽之期也。〇舊解中四都非。

馬度秦山一作關雪正深，北來肌骨苦寒侵。他鄉就我生春色，故國移居見客心。歡劇一作賸欲提攜如意舞〔一〕，喜多行坐白頭吟〔二〕。巡簷索共梅花笑〔三〕，冷蕊疏枝半不禁。

〔一〕《世説》：王戎好作如意舞。

〔二〕朱瀚曰：《白頭吟》，六朝人孔德紹、袁朗皆通用，不專屬文君。

〔三〕《方言》有須索要之語，正此「索」字之解。

前章明己之志，此章表弟之情，因而預摹聚首歡會之樂。○一、二，慰勞之也；三、四，曲諒其誠也；五、六，淺深遞下。歡莫劇於乍見相「提攜」，而暢爲「如意之舞」；喜更多於習處同「行坐」，而訴與「白頭之吟」。當斯時也，撫斯景也，笑對梅花，花亦情不自禁矣。「梅花」，應青春時候。○黄生曰：「浣花溪裏花饒笑，肯信吾兼吏隱名。」言其不信己衷。「巡簷索共梅花笑，冷蕊疏枝半不禁。」言其善會人意。嚴滄浪所謂「詩有別趣，非關理也」。

庾信羅含俱有宅〔一〕，春來秋去作誰家？短牆若在從殘草，喬木如存可假花。卜築應同蔣詡徑〔二〕，爲園須似邵平瓜〔三〕。比年病一作斷酒開涓滴，弟勸兄酬何怨嗟。

〔一〕《九域志》：江陵宋玉故宅，庾信所居。《晉・羅含傳》：荆州城西小洲上，立茅屋而居。

〔二〕《高士傳》：蔣詡，杜陵人，移疾歸，荆棘塞門舍中三徑，終身不出。

〔三〕亦長安事。

卒章，直囑以謀居之事，亦結到定居相聚之樂。○庾、羅宅在江陵，蔣、邵家在長安。言買得他鄉之故宅，恍如故里之風景，因相與聚居於此。斷酒重開，弟兄相勸，樂可知已。○錢箋泥著長安，仇氏脱却長安，兩謬。○胥鈔云：三詩句句是喜，句句是寄。

人日二首〔一〕

此日此時人共得〔二〕，一談一笑俗相看。樽前柏葉休隨酒〔三〕，勝裏金花巧耐寒〔四〕。佩劍衝星聊暫拔〔五〕，匣琴流水自須彈〔六〕。早春重引江湖興，直道無憂行路難〔七〕。

〔一〕其一爲五律，見三之六。○入大曆三年。

〔二〕共得，有遇節相樂意。

〔三〕《四民月令》：元日進椒柏酒。按：休者，停也，非戒詞。

〔四〕賈充《李夫人典戒》：人日造華勝相遺，像瑞圖金勝之形，又像西王母戴勝也。

〔五〕衝星，用劍氣射斗事，又暗用侵星出行語。

〔六〕《吕氏春秋》：伯牙鼓琴，志在流水。按：此正映下峽。

〔七〕直道，有浩然一往不復回顧意。

前就人日風俗寫景，後寫出峽之興。

宇文晁尚書之甥崔彧司業之孫尚書之子〔一〕重泛鄭監審前湖〔二〕

郊扉俗遠長幽寂，野水春來更接連。錦席淹留還出浦，葛巾攲側未迴船。樽當霞綺輕初散，棹拂荷珠碎却圓。不但習池歸酩酊，君看鄭谷去夤緣〔三〕。

〔一〕黄生附説：此十七字本《夏夜李尚書筵送宇文石首赴縣聯句》詩自注之語，誤與此混也。按：其詩今見五之四。

〔二〕先有《暮春陪二李過鄭監湖亭泛舟》詩，見三之六。○出峽後到江陵詩。

〔三〕仇注：夤緣，連絡之意。澤州注：俗以濳通賄賂爲夤緣，與此不同。

一、二，寫前湖，地既勝而時復佳也。三、四，寫泛舟，遊興濃而飲興長也。五、六，就泛湖綴景。七、八，收歸鄭監。言趣類習池，固堪酩酊矣。不但此也，主人更能好客，得不夤緣而去乎！○「碎却圓」，似纖。

多病執熱奉懷李尚書之芳〔一〕

衰年正苦病侵淩，首夏何須氣鬱蒸。大水淼茫炎海接〔二〕，奇峰硉兀火雲升。思霑道暍黄梅雨，敢望宮恩玉井冰〔三〕。不是尚書期不顧，山陰夜雪興難乘。

〔一〕《百韻》詩自注：李在夷陵。

〔二〕《十洲記》：炎洲在南海之中。

〔三〕《鄴中記》：石季龍於冰井臺藏冰，三伏日以賜大臣。

李必有邀公之簡。題云「奉懷」，實則寄言不赴之故也。首聯，點「多病執熱」，以下句句就「執熱」作意。即末聯致語於李，亦就「執熱」生發。有意刻劃之作。

江陵節度使陽城郡王新樓成王請嚴侍御判官賦七字句同作〔一〕

樓上炎天冰雪生，高飛燕雀賀新成。碧窗宿霧濛濛濕，朱栱浮雲細細輕。仗鉞褰帷瞻具美，投壺散帙有餘清。自公多暇延參佐，江漢風流萬古情。

〔一〕陽城郡王，衛伯玉也。

起聯，點新樓成。三、四，即新成設色。五、六，拍合陽城。亦威嚴，亦瀟洒，確是樓中，綴語不泛。結聯貼到「判官賦詩」。黃生云：一席風流，與江漢相爲終古，命意弘遠。○「細細輕」，似欠老。

又作此奉衛王

西北樓成雄楚都，遠開山嶽散江湖。二儀清濁還高下，三伏炎蒸定有無。推轂幾年惟鎮靜，曳裾終日盛文儒。白頭授簡焉能賦，愧似相如爲大夫〔一〕。

〔一〕《雪賦》：梁王不悦，遊於兔園，授簡於司馬大夫。

黄生云：古詩「西北有高樓」，起語用之，愚意樓當正在開府西北隅也，用來恰好。接句又復壯闊。三、四，顯出樓頭俛仰披豁氣象。第五，即穩括前篇「具美」、「餘清」兩句意。第六，即穩括前篇「參佐」、「風流」兩句意。末聯貼合自己作詩，補前篇所不及。仇云，用梁王授簡語，正切郡王。

暮　歸

霜黄碧梧白鶴棲，城上擊柝復烏啼。客子入門月皎皎，誰家擣練風淒淒？南渡桂水闕舟楫〔一〕，北歸秦川多鼓鞞。年過半百不稱意，明日看雲還杖藜。

〔一〕《四愁詩》：我所思兮在桂林，欲往從之湘水深。

流寓江陵，棲止不定，發爲無聊之感，不久即有公安之行也。結語見去志。○盧世㴶曰：全首矯秀，讀去如竹枝樂府。

公安送韋二少府匡贊〔一〕

逍遥公後世多賢〔二〕，送爾維舟惜此筵。念我常能一作能書數字至，將詩不必萬人傳。時危兵革黄塵裏，日短江湖白髮前。古往今來皆涕淚，斷腸分手各風煙。

〔一〕公安詩。

〔二〕《北史》：周韋敻，養高不仕，明帝號爲逍遥公。《唐書》：韋嗣立，中宗亦封爲逍遥公。

韋將他適，公與酌別。次句言去之速，筵竟則解維矣。三、四，以寥落之感，爲送別之詞，俱上兩字一讀。爾垂念則常簡我，我之詩不必示人。言如爾之知己者絶少，不須浪以名通也。五、六，值亂向衰之慨，以「古」「今」「涕淚」接下，正如羊公峴山一歎也，如此，則惟藉朋友遺懷耳。况又「風煙」「分手」，能無「斷腸」？後半於送韋意，離而復合，無限遥情。

留別公安大易沙門〔一〕

隱居欲就廬山遠〔二〕，麗藻初逢休上人〔三〕。數問舟航留製作，長開篋笥擬心神。沙村白雪仍含凍，江縣紅梅已放春。先蹋鑪峰置蘭若〔四〕，徐飛錫杖出風塵。

〔一〕《後漢·郊祀志》：沙門，漢言息心。
〔二〕廬山，在江西九江府。晉惠遠居廬山，人號廬山遠。
〔三〕南朝惠休，姓湯氏，能詩，人號湯休。
〔四〕廬山有香鑪峰。

其時有《送李晉肅入蜀余下沔鄂》詩云：「正解柴桑纜。」此行志在江州也。合之此首益信，後竟不果，遂入湖南耳。〇上四，叙未别時事，客中得遇詩僧，乃深喜之詞。而首句已透欲赴江州消息，爲結聯引脉。「數問」，訪公行期而致以詩也。「長開」，覩彼來作而感其情也。五，見此地之景，六，擬彼地之景。結言到彼築室相待，回顧生情，非必大易果往。

曉發公安

北城擊柝復欲罷，東方明星亦不遲。鄰雞野哭如昨日〔一〕，物色生態能幾時。舟楫眇然自此去，江湖遠適無前期。出門轉眄已陳跡，藥餌扶吾隨所之。

〔一〕哭，即啼也，以哀心聽之，故云。

蒼茫而起，所寫者曉之景，所感者發之情也。「自此去」，則竟往矣。「無前期」，終誰依耶？「出門」攜「藥」，過眼總歸陳跡，未來亦只隨緣。留既無着，行亦何妨。信手信心，一氣旋轉，不煩繩削，化境也。

酬郭十五判官受〔一〕

才微歲晚尚虚名，臥病江湖春復生。藥裹關心詩總廢，花枝照眼句還成。只同燕石能星隕〔二〕，自得隋珠覺夜明〔三〕。喬口橘洲風浪促〔四〕，繫帆何惜片時程。

〔一〕《唐詩紀事》：郭受，大曆間爲衡陽判官。○入四年潭州詩。

〔二〕《韓非子》：宋之愚人，得燕石於梧臺，以爲大寶。《左傳》：隕石於宋五，隕星也。

〔三〕《搜神記》：隋侯見大蛇被傷，使以藥封之，蛇銜明珠以報。珠盈徑寸，夜有光明，可以燭室。

〔四〕公《入喬口》詩原注：在長沙北。又《嶽麓道林二寺行》云「橘州田土仍膏腴」，蓋在衡山之旁，潭、衡之界。

仇云，和意語無泛設。燕石，比己詩。隋珠，贊郭詩。愚按：七、八，更出來詩之外，情殷後會也，尤曲到。○附郭詩。

杜員外兄垂示詩因作此寄上

郭受

按：杜云酬郭，則郭詩先之矣。乃此題云爾，當必杜先有贈，而今逸也。

新詩海内流傳遍，舊德朝中屬望勞。郡邑地卑饒霧雨，江湖天闊足風濤。松花酒熟旁看醉，蓮葉舟輕自學操。春興不知凡幾首，衡陽紙價頓能高。

贈韋七贊善〔一〕

鄉里衣冠不乏賢，杜陵韋曲未央前。爾家最近魁三象〔二〕，時論同歸尺五天〔三〕。北走關山開雨雪，南遊花柳塞雲煙。洞庭春色悲公子，鰕一作鮭菜忘歸范蠡一作萬里船〔四〕。

〔一〕贊善，東宮官。○以下舊編大曆五年潭州詩。

〔二〕原注：斗魁下兩兩相比爲三台。

〔三〕原注：俚語曰：「城南韋杜，去天尺五。」○《唐·宰相世系表》杜氏宰相十一人，韋氏宰相十四人。

〔四〕《述異記》：洞庭湖中有釣洲，昔范蠡扁舟至此，釣於洲上，有一陂，陂中有范蠡魚。

韋七北歸而贈之也。上四，推韋家世，以杜陪説，非以競門地，正以叙世講也，都爲下截作勢。乃今去者北去，留者南留，其能對春色而忘情乎？結本欲言去者喜，留者悲耳，詩反以「悲」字嵌在「公子」邊，以「忘歸」貼在己「船」邊，轉饒別趣。○仇注云：五、六用「開」「塞」二字，景象便有舒慘之別。

燕子來舟中作〔一〕

湖南爲客動經春〔二〕，燕子銜泥兩度新〔三〕。舊入故園嘗識主，如今社日遠看人。可憐處處巢君一作居，非室〔四〕，何異飄飄託此身？暫語船檣還起去，穿花貼一作落水益霑巾。

〔一〕鶴注：公在湖南，率舟居。

〔二〕潭州，在洞庭湖南。

〔三〕公自上年正月來潭。

〔四〕《古詩》：願爲雙飛燕，銜泥巢君室。

詳觀詩體，知題句「來」字須讀，蓋六句只是咏燕子來，不黏舟也，七、八，乃貼舟中作。○題情全在一「來」字，故句無呆設。○「爲客經春」四字，一篇骨子。中四，句句自咏，仍是咏燕。句句咏燕，却是自咏。字字切，字字空。結聯方專就燕子寫其若捨若戀之情，而以十一字貼燕，旋以三字打入自心中。不知燕之爲子美歟？子美之爲燕歟？吾將叩之漆園。○讀「遠看人」三字，自然淚落。「巢君室」，本用成語，詩却借以「君」指燕，言寄爾迹處，無常所也。乃知下句「此」字，明是自指，或改「君」爲「居」，致不成語，只坐「君」字看不活泛耳。

小寒食舟中作〔一〕

佳辰强飲一作飯食猶寒〔二〕，隱几蕭條戴鶡冠〔三〕。春水船如天上坐，老年花似霧中看。娟娟戲蝶過閒幔，片片輕鷗下急湍〔四〕。雲白山青萬餘里，愁看直一作西北是長安。

〔一〕《杜臆》：《歲時記》云：冬至後一百五日爲寒食。《廣義注》云：禁火三日，謂至後一百四日五日六日，乃知小寒食是六日。

〔二〕看猶字指六日是。

〔三〕隱几，船中几也。袁淑《真隱傳》有鶡冠子。

〔四〕鷗謂之片片，指成群者言。

小寒食，只開頭一點，餘俱就舟中泛寫春況，不黏著。○首點節，次貼身。三、四，俱承次句寫出。朱瀚謂分承上二，非也。「娟娟蝶」，却似蒙花。「片片鷗」，却似蒙水。瀚又云：蝶鷗自在，而雲山空望，所以對景生愁，首尾又暗相照應。此解却得。其曰首尾暗應者，「雲白山青」應「佳辰」，「愁看直北」應「隱几」也。○三、四、第七，與沈雲卿詩偶相類，固非蹈襲，亦非有意損益也。黃魯直、范元實輩，斤斤辯之。前人詩話，多著相處，勿爲所惑。

長沙送李十一銜

與子避地西康州[一]，洞庭相逢十二秋[二]。遠愧尚方曾賜履[三]，竟非吾土倦登樓[四]。久存膠漆應難並，一辱泥塗遂晚收[五]。李杜齊名真忝竊[六]，朔雲寒菊陪離憂。

〔一〕即同谷縣。

〔二〕公以乾元二年寓同谷，至大曆五年爲十二秋。

〔三〕用王喬事，借比爲郎賜緋。

〔四〕《登樓賦》：雖信美而非吾土兮。

〔五〕收者，相存相恤之義。

〔六〕考《容齋隨筆》云：後漢李固、杜喬，又李雲、杜衆，又李膺、杜密，皆稱李杜。

一、二，志别後重逢。三、四，自叙，言昔曾遥賜緋魚，今乃淹留南紀，以别後之踪，爲舊交告也。五、六，叙李，謂西康往日，推心相與，洞庭此會，客路相存，以重逢之喜，爲知己誦也。第七，彼此一總，第八，結出送意。朱瀚云：别景别情，一語盡之。○黄鶴以此詩屬五年秋，自衡回北，爲不歿耒陽之證。錢、朱輩非之，黄生、仇氏是之，而黄、仇爲得。

讀杜心解卷五

卷五之一　五排　起玄宗天寶初至肅宗至德二載

《纂年譜》：玄宗天寶四載，公在齊州。五載，在長安。六載，應詔退下。八載，閒至東都。九載後，在長安。時則進三賦，召試參選。十四載，授河西尉，改率府參軍，尋往奉先。十五載，往白水，又往鄜州。七月，肅宗改元至德。自鄜出，陷賊中。二載，脱賊，謁上鳳翔，拜左拾遺。八月，還鄜省家。

臨邑舍弟書至苦雨黄河泛溢隄防之患簿領所憂因寄此詩用寬其意〔一〕

二儀積風雨，百谷漏波濤。聞道洪河坼，遥連滄海高。職司一作思憂悄悄，郡國訴嗷嗷。舍弟卑棲邑，防川領簿曹。尺書前日至，版築不時操。難假黿鼉力〔二〕，空瞻烏鵲毛〔三〕。燕南吹畎畝，濟上没蓬蒿〔四〕。螺蚌滿近郭，蛟螭乘九皋。徐關深水府〔五〕，碣石小秋毫〔六〕。白屋留孤樹，青天失萬艘。吾衰同泛梗〔七〕，利涉想蟠桃〔八〕。賴倚天涯釣，猶能掣巨鰲〔九〕。

之也。宜與此詩不甚相後。黄鶴以此詩編開元間，未是。

〔一〕《唐書》：臨邑，屬齊州。按：公有《暫如臨邑》詩，見三之一，作於天寶四載。蓋因得弟書而往省

〔二〕《竹書紀年》：周穆王東至於九江，叱黿鼉以爲梁。

〔三〕《淮南子》：烏鵲填河成橋，渡織女。

〔四〕燕南，今順天、保安州等地。濟上，今山東濟南、兖州等地。

〔五〕《左傳》：鞌之戰，齊侯自徐關入。師古曰：齊地。

〔六〕《山海經》注：碣石山，在右北平海邊。

〔七〕吾衰，非衰老之謂，蓋謂運蹇不遇也。湖南詩：「我衰太平時。」亦同此意。公年甫三十餘耳。

〔八〕《説苑》：土偶謂桃梗曰：子，東園之桃也。刻子以爲梗。水潦並至，必浮子，泛泛乎不知所止。

〔九〕《十洲記》：東海有度索山，山有大桃樹，屈蟠三千里，名曰蟠桃。

《列子》：龍伯之國有大人，一釣而連六鰲。

詩題主意，重在黄河泛溢。故起四句，即提出「苦雨河泛」事，作一頭。次八句，清還「舍弟書至」、「隄防」、「簿領」等意。而八句中，先以「悄悄」、「嗷嗷」作虚引，後以「假力」、「瞻毛」作收渡。一段内亦具結構。又次八句，復抽出泛溢水勢，鋪排一番。題中所重在是也。而八句中，上四下四，各兩句地名，兩句物害。上四則言水之泛，下四則言被泛於水者。層次井井，一段内又具章法。末四句，寄詩寬意也。不曰隨宜相治，而曰乘勢「掣鰲」，姑爲戲言以寬之。蓋以身方流浪，弟屈下

僚。借此水勢，作尺木乘飛之想。然畢竟近戲。倘所謂波瀾老成者，尚須學力耶。

與李十二白同尋范十隱居

李侯有佳句，往往似陰鏗〔一〕。余亦東蒙客〔二〕，憐君如弟兄。醉眠秋共被，攜手日同行。更想幽期處，還尋北郭生〔三〕。入門高興發，侍立小童清。落景影同聞寒杵，屯雲對古城。向來吟橘頌〔四〕，誰與一作欲討蓴羹〔五〕。不願論簪笏，悠悠滄海情。

〔一〕《南史》：陰鏗，字子堅。五歲能誦賦，日千言。及長，尤善五言詩。

〔二〕《寰宇記》：東蒙山，在費縣西北。

〔三〕錢箋：太白《尋魯城北范居士》詩：「酸棗垂北郭，寒瓜蔓東籬。」即其人也。

〔四〕《楚辭·九章》篇名。

〔五〕《晉書》：張翰在洛，見秋風起，思吴中菰菜、蓴羹、鱸魚鱠，遂命駕歸。

詩總在「同尋」上生情。公之交誼，李密而范疏。故其用意，亦李詳而范略也。起四，叙客誼相親，在「同尋」前一層。次四，度入尋范，正是「同尋」正面。又次四，范居隱趣，已引動出世之思。結四，遂堅出世之想。此兩層，皆「同尋」後之景與情也。○「橘頌」、「蓴羹」，吴楚故實。公向嘗遊此，而白今亦即有南中之行。故一觸於范之隱趣，再觸於李之行踪。而遠引之志，悠悠一往焉。

贈特進汝陽王二十韻〔一〕

特進群公表〔二〕，天人夙德升〔三〕。霜啼千里駿，風翮九霄鵬。服禮求豪髮，推一作惟忠忘寢興。聖情常有眷，朝退若無憑〔四〕。仙醴來一作醞求浮蟻〔五〕，奇毛或賜鷹。清關塵不雜〔六〕，中使日相乘〔七〕。晚節嬉遊簡，平居孝義稱。自多親棣萼〔八〕，誰敢問山陵〔九〕。學業醇儒富，辭一作才華哲匠能。筆飛鸞聳立，章罷鳳騫騰。精理通談笑，忘形向友朋。寸長一作腸，非堪繾綣，一諾豈驕矜。已忝歸曹植〔一〇〕，何知對李膺〔一一〕。招要恩屢至，崇重力難勝。披霧初歡夕〔一二〕，高秋爽氣澄〔一三〕。樽罍臨極浦，鳧雁宿張燈。花月窮遊宴，炎天避鬱蒸。硯寒金井水，簷動玉壺冰〔一四〕。瓢飲惟三徑，巖居異一塍一作巖棲在百層〔一五〕。謬持蠡測海，況挹酒如澠。鴻寶寧全秘〔一六〕，丹梯庶可凌他本作陵〔一七〕。淮王門有客〔一八〕，終不愧孫登〔一九〕。

〔一〕《舊書》：讓皇帝長子璡，封汝陽郡王。天寶初，終父喪，加特進。

〔二〕《唐書》：文散階正二品曰特進。

〔三〕《魏略》：邯鄲淳見曹植才辯，歎爲天人。

〔四〕鄭繼之曰：若無憑，猶漢高失蕭何，若失左右手意。

〔五〕《釋名》：酒有泛齊、浮蟻。

〔六〕清闕，猶言清門、清閥。

〔七〕《吴志·朱然傳》：中使醫藥口食之物，相望於道。

〔八〕仇注：明皇嘗造華萼相輝之樓，以友愛諸王。詩則言汝陽能善兄弟。

〔九〕《舊書》：寧王薨，謚曰讓皇帝。葬橋陵，號惠陵。璡上表懇辭。

〔一〇〕《魏志》：平原侯植，好文學。山陽王粲與北海徐幹、廣陵陳琳、陳留阮瑀、汝南應瑒、東平劉楨，並見友善。

〔一一〕《後漢書》：杜密與李膺，名行相次，時人亦稱李杜焉。

〔一二〕《北史》：李繪，儀容端偉。邢晏曰：「若披雲霧，如對珠玉。」

〔一三〕《世説》：王徽之以手板拄頰云：「西山朝來，致有爽氣。」

〔一四〕謂簷馬。

〔一五〕《説文》：塍，音成。田中畦埒也。

〔一六〕《劉向傳》：淮南王有枕中鴻寶苑秘書。

〔一七〕邵注：丹梯，山上升仙之路。

〔一八〕《神仙傳》：淮南王安養士數千人。

〔一九〕《晉·隱逸傳》：孫登好讀易，撫一絃琴，時時游人間。所經家或設衣食者，一無所受。

天寶四五載間，公歸京師，與汝陽遊處，此詩所爲贈也。分兩截看。前半頌美汝陽。四句冒起，以「天人夙德」總領。而「服禮」八句，叙其主眷。「晚節」八句，叙其備美也。後半總屬自述，亦用四句轉接。而「已忝」十二句，述禮遇之厚。「瓢飲」至末，明感頌之由也。○就汝陽起，開局峻整。「服禮」、「推忠」，亦在小承接。惟其循禮無愆、秉忠不貳，故能深結帝眷，邀此寵渥也。「嬉遊簡」，陪起「孝義稱」。「親萼」、「問陵」，正孝義處也。「誰敢問」者，不敢僭擬之謂。「精理」四句，似與上文一類，故仇注分段不清。不知公意實借「談笑」、「友朋」、「寸長」、「一諾」，引入下文自叙。言惟好士樂善如此之誠，故得彼此接遇也。「已忝」者，幸如建安諸子之「歸曹」；「何知」者，愧非杜密才名之「對李」。上句切親王，下句切兩姓。「披霧」一段，叙相見遊賞之事。大約時值殘暑，故先爲比語曰：披霧初見，襟期如秋爽之澄。是以燈疊花月，炎暑頓銷。惟見硯水寒而簷玉響，恍入清凉之界也。仇分作兩年接宴，未合。「瓢飲」以下，言以野處之人，而得與相親。則仙家鴻秘，庶可梯接，感佩之至也。結語又復矯然。孫登非淮王客，特以自况。見非輕身曳裾者，自占品地絶高。

奉寄河南韋尹丈人〔一〕

有客傳河尹，逢人問孔融〔二〕。青囊仍隱逸〔三〕，章甫尚西東〔四〕。鼎食分門户，詞場繼國風。尊榮瞻地絶〔五〕，疏放憶途窮。濁酒尋陶令〔六〕，丹砂訪葛洪〔七〕。江湖漂短褐，霜雪滿飛蓬。牢落乾坤大，周流一作旋道術空。謬慚知薊子〔八〕，真怯笑揚雄〔九〕。　盤錯神明懼，謳歌德義豐〔一〇〕。尸鄉餘土室，難説正異作誰話祝一作呪，一作喌雞翁〔一一〕。

〔一〕原注：甫故廬在偃師，承韋公頻有訪問，故有下句。○《舊書·韋濟傳》：天寶七載，爲河南尹。

〔二〕《後漢·孔融傳》：河南尹李膺，不妄接士。融年十歲，造門與交。

〔三〕《郭璞傳》：璞於鄭公得青囊書。

〔四〕出《家語》。

〔五〕任昉《齊竟陵行狀》：地尊禮絶。

〔六〕陶詩：濁酒半壺。

〔七〕《晉書》：葛洪聞交阯出丹砂，求爲勾漏令。

〔八〕《後漢書》：薊子訓有神異之道，到京師，公卿以下候之。

〔九〕《揚雄傳》：雄草《太玄》，或嘲雄以玄尚白，雄作《解嘲》。

〔一〇〕《唐書》：濟能修飭政事，所至以治稱。

〔一一〕《列仙傳》：祝雞翁，洛陽人也。居尸鄉，養雞至數千頭，皆有名字，呼則種別而至。錢箋：《説文解字》：「喌，讀若祝。」誘致禽畜之音。

公自天寶六載，應詔退下。意二年之中，在都失意，常縱浪近畿。詩正其時作也。前後俱在感其垂問上見意。中段自述近況，頌韋處只兩三言耳。故題曰「奉寄」，蓋答體，非贈體也。起即提出「問」字，四句一氣下。「有客」，指傳言之人，傳河尹之問己行踪也。孔、李，借比精切。三、四，即問詞。「鼎食」四句，足上意。言「門户」並高，「詞場」交騁。而韋則「地絶」遥「瞻」，己乃「途窮」蒙「憶」也。「濁酒」一段，叙述「途窮」，而語却壯往。「知薊」、「笑揚」，隨束隨渡。惟末段「盤錯」二句，意專頌揚。「神明懼」，美其臨民顧畏，非治稱神明之謂。結聯，歸結到頻問故廬，仍與篇首相顧。「難説」，猶言不可以告人也。

贈韋左丞丈濟〔一〕

左轄頻虚位〔二〕，今年得舊儒。相門韋氏在〔三〕，經術漢臣一作官須〔四〕。時議歸前列一作烈〔五〕，天倫恨莫俱。鴒原荒宿草〔六〕，鳳沼接亨衢〔七〕。有客雖安命，衰容豈壯夫。家人憂几杖，甲子混泥塗〔八〕。不謂矜餘力，還來謁大巫〔九〕。歲寒仍顧遇，日暮且踟蹰。老驥思千里，饑鷹待一呼。君能微感激，亦足慰榛蕪一云折骨效區區。

〔一〕《韋濟傳》：七載，爲河南尹，遷尚書左丞。

〔二〕《唐六典》：左右丞，掌管轄省事，糾察憲章。

〔三〕《舊書》：韋思謙，子承慶、嗣立，父子三人，皆至宰相。

〔四〕《漢書》：韋賢兼通禮、書、詩。子玄成，復以明經歷位丞相。

〔五〕前列，猶言前輩。

〔六〕《舊書》：嗣立三子：孚、恒、濟。孚至左司員外郎。恒拜殿中侍御史，爲河西黜陟使，出爲陳留太守，未行而卒。

〔七〕謝莊《讓中書令表》：璧門天邃，鳳沼神深。朱注：《通典》：「光宅元年，中書省改曰鳳閣。」濟父祖皆官鳳閣，故云。千家本有公自注：濟之兄洹，亦爲給事中。此出黄鶴補注，他本無之。

〔八〕《左傳》：絳縣老人曰：「臣生之歲，四百有四十五甲子矣。」趙孟曰：「使吾子辱在泥塗久矣。」

〔九〕《吴志》注：張紘見陳琳《武庫賦》，歎美之。琳答曰：「所謂小巫見大巫，神氣盡矣。」

前八，賀其遷官，述其門地，期其入相也。後十二，自言窮而來謁，望其薦拔也。〇「天倫」、「宿草」，以概其兄，作開筆。然於賀體不論。「几杖」、「泥塗」，甚言蹉跌之態，然非盛年本色。定是疵句。

贈比部蕭郎中十兄〔一〕

有美生人傑，由來積德門。漢朝丞相系，梁日帝王孫〔二〕。蘊藉爲郎久，魁梧秉哲尊。詞華傾後輩，風雅靄孤鶱。宅相榮姻戚〔三〕，兒童惠討論。見知真自幼，謀拙愧諸昆〔四〕。漂蕩雲天闊，沈埋日月奔。致君時已晚，懷古意空存〔五〕。中散山陽鍛〔六〕，愚公野谷村〔七〕。

寧紓長者轍，歸老任乾坤。

〔一〕原注：甫從姑之子。○《唐書》：比部，屬刑部。

〔二〕《唐書·世系表》：蕭氏，漢有丞相酇文終侯何，定著二房。一皇舅房，一齊梁房。齊梁房，即梁武帝之後。

〔三〕《晉書》：魏舒爲外家甯氏所養。甯氏起宅，相宅者云：「當出貴甥。」舒曰：「當爲外氏成此宅相。」

〔四〕洙曰：公與蕭爲姑舅昆仲。

〔五〕即所云「竊比稷與契」、「居然成濩落」也。

〔六〕《嵇康傳》：康拜中散大夫，居山陽。宅有一柳樹，每夏月，居其下以鍛。

〔七〕《説苑》：齊桓公逐鹿，入谷中，見一老公。問爲何谷，對曰：「爲愚公之谷，以臣名之。」

天寶八載，間至東都。蓋故廬在偃師，以應詔見退而歸也。此詩當是臨歸之時，比部至公所慰留，而公答之。主意篇末露出。仇云：前八句，叙蕭公。中四句，爲上下關鈕。後八句，自歎不遇。

愚按：前段，起四句，先叙蕭氏淵源。「有美」，即指比部。「生人傑」者，生人之傑也。勿依《杜闡》作「從姑篤生人傑」解。次四句，叙其官職才望。末段，「漂蕩」四句，正説不遇。「中散」二句，歸計也。結二句，言寧虚十兄之枉駕，而歸志决矣。答詞也。

冬日洛城北謁玄元皇帝廟〔一〕

配極玄都閟〔二〕，憑高禁籞一作禦長〔三〕。守祧嚴具禮〔四〕，掌節鎮非常〔五〕。碧瓦初寒外，金莖一氣旁〔六〕。山河扶繡户，日月近雕梁。仙李蟠根大〔七〕，猗蘭奕葉光〔八〕。世家遺舊史〔九〕，道德付今王〔一〇〕。畫手看前輩，吴生遠擅場〔一一〕。森羅移地軸，妙絶動宫牆。五聖聯龍衮〔一二〕，千官列鴈行。冕旒俱秀發，旌旆盡飛揚〔一三〕。翠柏深留景，紅梨迥得霜。風筝吹玉柱〔一四〕，露井凍銀床〔一五〕。身退卑周室〔一六〕，經傳拱漢皇〔一七〕。谷神如不死〔一八〕，養拙更何鄉。

〔一〕原注：廟有吴道子畫五聖圖。○《見聞記》：高祖武德三年，晋州吉善行於羊角山，見白衣老父呼謂曰：爲語唐天子，吾是老君，即汝祖也。《唐書》：高宗幸亳州，詣老君廟，追尊爲玄元皇帝。開元二十九年，制兩京諸州各置廟。鶴注：天寶二年，親祀玄元廟。改西京廟爲太清宫，東京爲太微宫，天下爲紫微宫。朱注：此詩所咏，即太微宫也。作於加謚五聖之後，當在八載冬。

〔二〕《道藏》：道君處大玄都，坐高蓋天。

〔三〕《漢紀》注：籞者，禁苑之遮衛也。

〔四〕《周禮》：守祧，掌守先王先公之廟祧。

〔五〕《周禮》：掌節，掌守邦節而辨其用。
〔六〕《西都賦》注：金莖，銅柱也。
〔七〕《老子内傳》：老君，姓李，名耳。其母見日精入口，有娠。於李樹下剖左腋而生。
〔八〕《漢武故事》：帝以七月七日旦，生於猗蘭殿。錢謂專比玄宗，於奕葉二字不合。
〔九〕《唐會要》：開元間，敕升老、莊爲列傳首，居伯夷之上。
〔一〇〕《聞見記》：明皇親注《道德經》，令學者習之。
〔一一〕《名畫録》：吴道子，明皇召入内供奉。凡畫人物、神鬼、山水、臺殿、草木，皆冠絶於世。
〔一二〕《通鑑》：天寶八載六月，上以符瑞相繼，皆祖宗休烈。上高祖謚曰神堯大聖，太宗曰文武大聖，高宗曰天皇大聖，中宗曰孝和大聖，睿宗曰玄貞大聖。
〔一三〕《劇談録》：玄元觀壁上，有吴道子畫五聖真容，丹青絶妙。
〔一四〕《丹鉛録》：古人殿閣簷稜間，有風琴風箏，皆風動成音。
〔一五〕《名義考》：銀床，轆轤架。
〔一六〕《列仙傳》：老子生於殷時，爲周柱下史。後周德衰，乃乘青牛而去。
〔一七〕《老氏聖紀圖》：河上公授漢文帝道德二經旨奥。
〔一八〕《老子》：谷神不死，是謂玄牝。

起四句，總冒也。廟貌祀典，稱尊追祖之意，靡不包舉。以下逐層鋪叙。「碧瓦」四句，紀廟制之盛。「外」字有高迴氣象，「旁」字有彌淪氣象。「仙李」四句，推崇奉之由，一順説下。惟其源遠，是以流長。世系雖莫稽，而玄旨實默契也。「遺舊史」，不必泥《史記》不列世家之説。「畫手」八句，贊畫壁之妙，上四虛引，下四實拈也。「翠柏」四句，寫景有森爽之色，確是神廟寒候也。末四句，就玄元咏歎作收。言其識高，其教遠，其神無所不之也。着「更何鄉」三字，仍與廟貌關照。字字典重，句句高華。據事直書，不參議論。純是頌體。而細繹之，「配極」四句，亦似鉅典，亦似悖禮。「碧瓦」四句，亦似壯觀，亦似踰制。「蟠根」、「奕葉」，亦似緜遠，亦似矯誣。「遺舊史」，亦似反挑，亦似實刺。「付今王」，亦似同揆，亦似假託。紀畫處，亦似尊崇，亦似涉戲。「谷神」「何鄉」，亦似呼吸可接，亦似神靈不依。而讀去毫無圭角，所以爲佳。錢箋語語指斥，意非不是也。但學者不善會之，偏在譏刺一邊看去，則失之遠矣。蓋題係朝廷鉅典，體宜頌揚。非比他事諷諫，尚可顯陳也。

贈翰林張四學士垍〔一〕

翰林逼華蓋〔二〕，鯨力破滄溟。天上張公子〔三〕，宫中漢客星〔四〕。賦詩拾翠殿，佐酒望雲亭〔五〕。紫誥仍兼綰，黄麻似六經〔六〕。内頒一作分金帶赤〔七〕，恩與去聲荔枝青〔八〕。無復隨高鳳〔九〕，空餘泣聚螢〔一〇〕。此生任春草，垂老獨漂萍。儻憶山陽會〔一一〕，悲歌在一聽。

〔一〕《舊書·張説傳》：二子均、垍，皆能文。

〔二〕《唐會要》：翰林院，在麟德殿西廂。《晉·天文志》：大帝上九星曰華蓋，所以蔽覆大帝之座。

〔三〕徐陵詩：張星舊在天河上，由來張姓本連天。漢成帝時童謡：燕燕，尾涎涎。張公子，時相見。

〔四〕《舊書》：垍尚寧親公主，玄宗許於禁中置南宅。

〔五〕《長安志》：東内翰林門北，曰九仙門、大福殿、拾翠殿。西内有景福臺，臺西有望雲亭。

〔六〕《隴右記》：武都紫水有泥，用貢封璽書，故詔誥有紫泥之美。《唐會要》：開元三年，始用黄麻紙寫詔。薛蒼舒曰：自别置學士院，專掌内命。其後禮遇益親，號爲内相。

〔七〕《唐書》：緋爲四品服，淺緋爲五品服，並金帶。

〔八〕朱注：貴妃嗜生荔枝，置驛傳送。垍得與此賜。

〔九〕顔延之詩：倚梧傾高鳳。

〔一〇〕《顔氏家訓》：古人勤學，照雪聚螢。

〔一一〕《魏氏春秋》：嵇康寓居河内山陽，與王戎、向秀同遊。

鶴注編在九載，當是退歸東都後，復至京師而作。公與學士必有舊，故贈詩以通意焉。起冒，典貴而周密。一言官高而親，二言才雄而顯，三言世胄，四言帝戚。「賦詩」以下，貴近一層，寵任一層，異數一層，凡作三層鋪寫，以申上意。後六句，見贈詩本旨。○「似六經」句不穩。

奉留贈集賢院崔國輔于休烈二學士〔一〕

昭代將垂白，途窮乃叫閽。氣衝星象表，詞感帝王尊。天老書題目〔二〕，春官驗討論。倚風遺鷁與鶂同路〔三〕，隨水到龍門〔四〕。竟與蛟螭雜，空聞燕雀喧。青冥猶契闊一作連澒洞，陵厲不飛翻。儒術誠難起，家聲庶已存。故山多藥物〔五〕，勝概憶桃源〔六〕。欲整還鄉旆，長懷禁掖垣。謬稱三賦在，難述二公恩〔七〕。

〔一〕天寶十載獻賦，待制集賢院，召試文章。鶴云：二學士，當是試文之官。愚謂不然。玩詩中倚風、隨水等句，殆由召試不遇，意將辭別而歸。二學士特集賢院長耳。

〔二〕《帝王世紀》：黃帝以風后配上台，天老配中台，五聖配下台，謂之三公。

〔三〕《左傳》：六鷁退飛過宋都，風也。

〔四〕《三秦記》：龍門每暮春，有黃黑鯉魚，自海及諸川來赴。得上者化爲龍，否則曝腮點額而去。

〔五〕朱注：公族在杜陵，而田園在洛陽。

〔六〕仇注：欲如秦人之避世。

〔七〕原注：甫獻三大禮賦出身，二公常謬稱述。○朱本年譜：天寶十載，公年四十，進三大禮賦。蓋據《玄宗紀》十載行三大禮，并《進賦表》生長四十載之文也。史云十三載，誤。

仇云：首叙獻賦之事，中言召試不遇，末叙東還留贈之意。愚按：「氣衝」、「詞感」二句，一篇警策。○附三大禮賦并表。

進三大禮賦表

臣甫言：臣生長陛下淳樸之俗，行四十載矣。與麋鹿同群而處，浪跡陛下豐草長林，實自弱冠之年矣。豈九州牧伯，不歲貢豪俊於外；豈陛下明詔，不仄席思賢於中哉！臣之愚頑，静無所取。以此知分，沈埋盛時。不敢依違，不敢激訐，默以漁樵之樂，自遣而已。頃者，賣藥都市，寄食朋友。竊慕堯翁擊壤之謳，適遇國家郊廟之禮。不覺手足蹈舞，形於篇章。漱吮甘液，游泳和氣。聲韻寖廣，卷軸斯存。抑亦古詩之流，希乎述者之意。然詞理野質，終不足以拂天聽之崇高，配史籍以永久。恐倏先狗馬，遺恨九原。臣謹稽首投延恩匭，獻納上表，進明主《朝獻太清宫》、《朝饗太廟》、《有事於南郊》等三賦以聞。臣甫誠惶誠恐，頓首頓首，謹言。

朝獻太清宫賦

冬十有一月，天子既納處士之議，承漢繼周。革弊用古，勒崇揚休。明年孟陬，將攄大禮以相籍，越彝倫而莫儔。歷良辰而戒吉，分祀事而孔修。營室主夫宗廟，乘輿備乎冕裘。甲子，王以昧爽，春寒薄而清浮。虚閶闔，逗蚩尤。張猛馬，出騰虬。捎熒惑，墮旄頭。風伯扶道，雷公挾輈。

通天台之雙闕，警溟漲之十洲。浩劫曇砢，萬仙飀飂。歘臻於長樂之舍，嵬入乎崑崙之丘。太一奉引，庖犧左右。堯步舜趨，禹馳湯驟。鬱閟宮之嵂崒，坼元氣以經構。斷紫雲而竦牆，撫流沙而承霤。紛隮珠而陷碧，燿波錦而浪繡。森青冥而欲雨，艷光烔而初晝。於是翠蕤俄的，藻藉舒就。祝融擲火以焚香，溪女捧盤而盥漱。群有司之望幸，辨名物之難究。瓊漿自間於粢盛，羽客先來於介胄。爍聖祖之儲祉，敬雲孫而及此。詔軒轅使合符，敕王喬以視履。積昭感於嗣續，匪正辭於祝史。若肸蠁之有憑，肅風飆而乍起。揚流蘇於浮柱，金英霏而披靡。擬雜珮於曾巔，孔蓋歙以颯纚。中濨濨以回復，外蕭蕭而未已。上穆然，注道爲身，覺天傾耳。陳僭號於五代，復戰國於千祀。曰：嗚呼！昔蒼生纏孟德之禍，爲仲達所愚。鑿齒其俗，窫窳其孤。赤烏高飛，不肯止其屋；黄龍哮吼，不肯負其圖。伊神器臬兀，而小人呴喻。曆紀大破，創痍未蘇。尚攫拏於吴蜀，又顛躓於羯胡。縱群雄之發憤，誰一統於亨衢。在拓跋與宇文，豈風塵之不殊。比聰、虎及堅、特，渾貔豹而齊驅。愁陰鬼嘯，落日梟呼。各擁兵甲，俱稱國都。且耕且戰，何有何無。唯累聖之徽典，恭淑慎以允緝。茲火土之相生，非符讖之備及。煬帝終暴，叔寶初襲。編簡尚新，義旗爰入。既清國難，方睹家給。竊以爲數子自誣，敢貞乎五行攸執。而觀者潛晤，或喜至於泣。矧鱗介之鳴虡，昆蚑以振蟄。感而遂通，罔不具集。仡神光而甜問，羅詭異以戢孴。地軸傾而融曳，洞宮儼以巍岌。九天之雲下垂，四海之水皆立。鳳凰威遲而不去，鯨魚屈矯以相吸。掃太始之含靈，卷殊形而可挹。則有虹蜺爲鈎帶者，入自於東。揭莽蒼，履崆峒。素髪漠漠，至精濃濃。條弛張於巨細，覬披寫於心胸。蓋修竿無隙，而仄席已容。裂手中之黑簿，睨堂下之金鐘。得非擬斯人於壽域，明返樸於玄蹤。忽翳日而翻萬象，却浮空而留六龍。咸礱跖而壯兹應，終蒼黄而昧所從。上猶色若不足，處之彌恭。天師張道陵等，洎左玄君者前千二百官吏，謁而進曰：今王巨唐，帝之苗裔，坤之紀綱。土配君服，宫尊臣商。起數得統，特立中央。且大樂在懸，黄鐘冠八音之首；太昊斯啓，青陸獻千春之祥。曠哉勤力耳目，宜乎大帶斧裳。故風后、孔甲充其佐，山稽、岐伯翼其旁。至於易制取法，足以朝登五帝，夕宿三皇。信周武之多幸，存漢祖之自强。且近朝之濫吹，仍改卜乎祠堂。初降素車，終勤恤其後；有客白馬，固漂淪不忘。伊庶人得議，實邦家之光。臣道陵等試本之於青簡，探之於縹囊。列聖有差，夫子聞斯於老氏；好問自久，宰我同科於季康。敢撥亂反正，乃此其所長。萬神開，八駿回。旗掩月，車奮雷。騫七曜，燭九垓。能事穎脱，清光大來。或曰：今太平之人，莫不優游以自得。况是蹴魏、踏晉、批周、抶隋之後，與夫更始者哉。

朝饗太廟賦

初高祖、太宗之櫛風沐雨，勞身焦思。用黄鉞白旗者五年，而天下始一；歷三朝而戮力，今庶績之大備。上方采厖俗之謡，稽正統之類。蓋王者盛事。臣聞之於里曰：昔武德已前，黔黎蕭條，無復生意。遭鯨鯢之蕩汩，荒歲月而沸渭。衮服紛紛，朝廷多闕者，仍亘乎晉魏。臣竊以自赤精之衰歇，曠千歲而無真人；及黄圖之經綸，息五行而歸厚地。則知至數不可以久缺，凡材不可以長寄。故高下相形，而尊卑各異。惟神斷繫之於是，本先帝取之以義。壬辰，既格於道祖，乘輿即以是日致齋於九室。所以昭達孝之誠，所以明繼天之質。具禮有素，六官咸秩。大輅每出，或黎元不知；豐年則多，而筐筥甚實。既而太尉參乘，司僕扈蹕。望重闈以肅恭，順法駕之徐疾。公卿淳古，士卒精一。默宗廟之愈深，抵職司之所密。宿翠華於外户，曙黄屋於通術。氣淒淒於前旒，光靡靡於嘉粟。階有賓阼，帳有甲乙。升降之際，見玉柱生芝；擊拊之初，覺鈞天合律。簨簴仡以碣磍，干戚宛而婆娑。鞉鼓塤篪爲之主，鐘磬竽瑟以之和。《雲門》、《咸池》取之至，空桑、孤竹貴之多。八音循通，既比乎旭日升而氛埃滅；萬舞淩亂，又似乎春風壯而江海波。鳥不敢飛，而玄甲嵂嵺以岳峙；象不敢去，而鳴珮焥爚以星羅。已而上乾豆以登歌，美《休成》之既饗。璧玉儲精以稠疊，門闌洞豁而森爽。黑帝歸寒而激昂，蒼靈戒曉而來往。熙事莽而充塞，群心麌以振蕩。桐花未吐，孫枝之鸞鳳相鮮；雲氣何多，宮井之蛟龍亂上。若夫生弘佐命之道，死配貴神之列。則殷、劉、房、魏之勳，是可以中摩伊、吕，上冠夔、契。代天之工，爲人之傑。丹青滿地，松竹高節。自唐興以來，若此時哲。皆朝有數四，名垂卓絶。向不遇反正撥亂之主，君臣父子之別，奕葉文武之雄，注意生靈之切。雖前輩之温良寬大，豪傑果決，曾何以措其筋力與韜鈐，載其刀筆與喉舌。使祭則與，食則血，若斯之盛而已。爾乃直於主，索於祊。警幽全之物，散純道之精。蓋我后常用，惟時克貞。膋以蕭合，酌以茅明。嘏以慈告，祝以孝成。故天意張皇，不敢殄其瑞；神姦妥帖，不敢秘其精。而撫絶軌，享鴻名者矣。於以奏《永安》，於以奏《王夏》。福穰穰於絳闕，芳菲菲於玉罜。沛枯骨而破聾盲，施夭胎而逮鰥寡。園陵動色，躍在藻之泉魚；弓劍皆鳴，汗鑄金之風馬。霜露堪吸，禎祥可把。曾宫歔欷，陰事儼雅。薄清輝於鼎湖之山，静餘響於蒼梧之野。上窅然漠漠，惕然兢兢，紛益所慕，若不自勝。瞰牙旗而獨立，吟翠駮而未乘。五老侍祠而精駭，千官遡聽以思凝。於是二丞相進曰：陛下應道而作，惟天與能。澆訛散，淳樸登。尚猶日慎業業，孝思烝烝，恐一物之失所，懼先王之咎徵。如此之勤恤匪懈，是百姓何以報夫元首，在臣等何以充其股肱。且如周宣之教親不暇，孝武之淫祀相仍。諸侯敢於迫脅，方士奮其威稜。一則以微言勸内，一則以輕舉虚憑。又非陛下恢廓緒業，其瑣細亦曷足稱。丞相退，上蹋天踏地，授綏登車。伊澒洞槍纍，先出爲儲胥。本枝根株乎萬代，睿想經緯乎六虚。甲午，方有事於采壇紺席，宿夫行所如初。

有事於南郊賦

蓋主上兆於南郊，聿懷多福者舊矣。今兹練時日，就陽位之美，又所以厚祖考、通神明而已。職在宗伯，首崇禋祀。先是春官條頌祇之書，獻祭天之紀。令泰龜而不昧，俟萬事之將履。掌次閲氈邸之則，封人考壝宫之旨。司馬轉致乎牲牢之繫，小胥專達乎懸位之使。二之日，朝廟之禮既畢，天子蒼然視於無形，澹然若有所聽。又齋心於宿設，將旰食而匪寧。旌門坡陀以前驀，彀騎反覆以相經。頓曾城之軋軋，軼萬户之熒熒。馳道端而如砥，浴日上而如萍。掣翠旄於華蓋之角，彗黃屋於鉤陳之星。神仙戌削以落羽，鬼魅幽憂以固扃。戰岐慄華，擺渭掉涇。地回回而風淅淅，天泱泱而氣清清。甲胄乘陵，轉迅雷於荆門、巫峽；玉帛清迥，霽夕雨於瀟湘、洞庭。於是乘輿霈然乃作，翳夫鸞鳳將至。以沖融寥廓，不可乎彌度。聲明通乎純粹，溟涬爲之垠堮。驅蒼螭而蜿蜒，若無骨以柔順；奔烏獲之黝蟉，徒有勢於殺縛。朱輪竟野而杳冥，金鍐成陰以結絡。吹堪輿以軒轅，搶寒暑以前却。中營密擁乎太陽，宸眷眇臨乎長薄。熊羆弭耳以相舐，虎豹高跳以虛攫。上方將降帷宫之綝縭，屏玉軑以蠖略。人門行馬，以拱乎合沓之場；皮弁大裘，始進乎穹崇之幕。衝牙鏗鏘以將集，周衛轇轕以咸若。月窟黑而扶桑寒，田燭稠而曉河落。肅定位以告絜，藹嚴上而清超。雲菡萏以張蓋，春葳蕤以建杓。簪裾斐斐，樽俎蕭蕭。方回曲折，周旋寂寥。必本於天，王宫與夜明相射；動而之地，山林與川谷俱標。於是官有御，事有職。所以敬鬼神，所以勤稼穡。所以報本反始，所以度長立極。玄酒明水之上，越席疏布之側，必取先於稻秫麴蘖之勤，必取著於紛純文繡之飾。雖三牲八簋，豐備以相沿，而蒼璧黃琮，實歸乎正色。先王之丕業繼起，信可以永其昭配；群望之遍祭在斯，示有以明其翼戴。由是播其聲音以陳列，從乎節奏以進退。《韶》《夏》《濩》《武》，采之於《訓》《謨》；鐘石陶匏，具之於梗概。變方形於動植，聽宫徵於砰礚。英華發外，非因乎簨簴之高；和順積中，不在乎雷鼓之大。既而膟膋胜胃，柴燎窟塊。騞砉擘赫，葩斜晦潰。電纏風升，雪颯星碎。拂勿侹濙，眇溟莅淬。聖慮岑寂，玄黃增霈。蒼生顒昂，毛髮清簌。雷公、河伯，或騷騤以修聳；霜女、江妃，乍紛綸而晻曖。執籥秉翟，朱干玉戚。鼓瑟吹笙，金支翠旌。神光倏斂，祀事虛明。於是涾沲乎渙汗，紆餘乎經營。浸朱崖而灑朔漠，汹暘谷而濡若英。耆艾涕而童子儛，叢棘坼而狴牢傾。是率土之濱，覃酺醵以涵泳；非奉郊之縣，獨宴慰以縱横。玄澤澹泞乎無極，殷薦綢繆乎至精。稽古之時，屢應符而合契；聖人有作，不逆寡而雄成。爾乃孤卿侯伯，雜群儒三老，儼而絶皮軒，趨帳殿，稽首曰：臣聞燧人氏已往，法度難知，文質未變。太昊氏繼天而王，根啓閉於厥初；以木傳子，攄終始而可見。洎虞、夏、殷、周，兹焕炳蒽蒨。秦失之於狼貪蠶食，漢綴之以蛇斷龍戰。中莽茫夫何從，聖蓄縮不下眷。伏惟道祖，視生靈之磔裂，醜害馬之蹄齧。呵五精之息肩，考正氣之無轍。協夫貽孫以降，使之造命更挈。累聖昭洗，中祚觸蹶。氣慘黷乎脂夜之妖，勢回薄乎龍蛇之孽。伏惟陛下勃然憤激之際，天闕不敢旅拒，鬼神爲之嗚咽。高衢騰塵，長劍吼血。尊卑配，宇縣刷。插紫極之將頹，拾清芳於已缺。鑪之以仁義，鍛之以賢哲。聯祖宗之耿光，捲戎狄之彯撇。蓋九五之後，人人自以遭唐、虞；四十年來，家家自以爲稷、契。王綱近古而不軌，天聽貞觀以高揭。蠢爾差僭，燦然優劣。宜其課密於空積忽微，刊定於興廢繼絶。而後覩數統從首，八音六律而維新；日起算外，一字千金而不滅。上曰：吁！昊天有成命，惟五聖以受。我其夙夜匪遑，實用素樸以守。吁嗟乎麟鳳！胡爲乎郊藪？豈上帝之降鑒及兹，玄元之垂裕於後。夫聖以百年爲鶉鷇，道以萬物爲芻狗。今何以茫茫臨乎八極，眇眇託乎群后。端策拂龜於周、漢之餘，緩步闊視於魏、晉之首。斯上古成法，蓋其人已朽，不足道也。於是天子默然而徐思，終將固之又固之。意不在抑殊方之貢，亦不必廣無用之祠。金馬碧雞，非理人之術。珊瑚翡翠，此一物何疑。奉郊廟以爲寶，增怵惕以孜孜。况大庭氏之時，六龍飛御之歸。

敬贈鄭諫議十韻

諫官非不達，詩義早知名。破的由來事，先鋒孰敢争。思飄雲物動一作外，律中鬼神驚。毫髮無遺憾，波瀾獨老成。野人寧得所，天意薄浮生。多病休儒服，冥搜信客旌。築居仙縹緲，旅食歲峥嶸。使者求顔闔〔一〕，諸公厭禰衡〔二〕。將期一諾重，欻使寸心傾。君見途窮哭，宜憂阮步兵。

〔一〕《莊子》：魯君聞顔闔，得道之士也，使人以幣先焉。闔對曰：恐誤聽而遺使者罪。使者還審之，復求之則不得已。

〔二〕《後漢書》：禰衡，氣剛傲，好矯時慢物。曹操懷忿，送劉表。表不能容，以江夏太守黄祖性卞急，送與之。爲所殺。

《杜臆》謂：贈諫議，止贊其詩。蓋自林甫爲相，諫諍路絶，故不作虚辭以諛。而詮末段處，則謂望諫議之汲引。如此説，前後矛盾矣。愚意此詩之作，蓋由召試不遇，諫議爲之不平，將期上狀稱枉，義形於色。公則慨然謝之耳。起手撇開諫官，專美詩義。非泛慨其諫不得行，胸中隱然有我命當窮，不必形之薦牘之意。故遂捨要職而綴閒情。觀中間云云，皆安分之辭也。後幅云云，乃感而謝却之辭，非望其將來之辭也。神理一片。○説詩處，言言警策。「思飄」矣，乃必期於「律中」，而「鬼神驚」者正在此。「無憾」矣，方可語於「波瀾」，而「獨老成」處正難言。韓子云：其皆醇也，然後肆焉。個中消息，非匠心不知。然此上，皆管攝於起處「非不」、「早知」四虚字中。意蓋謂官居要路，非我思存；詩學通神，聊堪投契。夫我固明時棄物，不足上塵啓事耳。故「野人」以下，便接自述語。「野人」，薄福之稱。言此等之人，寧能得所，天實厄之，無容致力。儒紳已矣，客旅蕭然。託身之所，轉如仙跡雲遊；「旅食」之餘，但覺歲華山積。語雖淒惻，意實瀟洒也。「使者」二句，略逗召試本事，是轉下語。言我已舉朝厭之，而君且爲我不平。將以一諾之重，庶幾遇合。使我傾倒者。夫亦親見其窮，固宜憂之如此耳。要亦豈有濟哉。注家認煞結處數語，遂使全篇失吻。○一百字無一字着紙。

奉贈鮮于京兆二十韻〔一〕

王國稱多士，賢良復幾人。異才應間世一作出，爽氣必殊倫。始見張京兆〔二〕，宜居漢近臣。驊騮開道路，鷹鶚離風塵。侯伯知何算一作等，文章實致身。奮飛超等級，容易失沈淪。脱略磻溪釣，操持郢匠斤〔三〕。雲霄今已逼，台衮更誰親。鳳穴雛皆好〔四〕，龍門客又新〔五〕。義聲紛感激，敗績自逡巡。途遠欲何向，天高難重陳。學詩猶孺子，鄉賦忝一作念嘉賓〔六〕。不得同晁錯〔七〕，吁嗟後郄音隙詵〔八〕。計疏疑翰墨，時過憶松筠〔九〕。獻納紆皇眷，中間謁紫宸。且隨諸彦集，方覬薄才伸。破膽遭前政，陰謀獨秉鈞〔一〇〕。微生霑忌刻，萬事益酸辛。交合丹青地〔一一〕，恩傾雨露辰。有儒愁餓死，早晚報平津〔一二〕。

〔一〕《唐·李叔明傳》：叔明，本姓鮮于氏。兄仲通，字向。楊國忠素德仲通，引爲京兆尹。朱注：天寶十一載十一月，國忠爲右相。仲通諷選人請爲刻頌，立於省門。

〔二〕《漢書》：張敞，治京兆。

〔三〕《莊子》：郢人堊墁其鼻端，若蟬翼。匠石運斤成風，盡堊而鼻不傷。

〔四〕顔魯公《仲通墓碑》：子六人，皆有令聞。

〔五〕《李膺傳》：膺性簡亢，被容接者，名爲登龍門。

〔六〕《年譜》：開元二十三年，赴京兆貢舉不第。按：公時年二十四。

〔七〕《晁錯傳》：文帝詔舉賢良文學，對策者百餘人，惟錯爲高第。

〔八〕《晉書》：泰始中，舉賢良直言之士。郄詵以對策上第。

〔九〕任昉《求立館啓》：竟松筠於歲晚。

〔一〇〕朱注：天寶六載，詔天下通一藝以上者，皆詣京師。林甫恐對策斥言其奸，乃委省覆試，無一人及第。仇注：初應詔而見黜，後召試而仍棄，皆林甫爲之。今林甫已去，故云前政。

〔一一〕《鹽鐵論》：公卿者，神化之丹青。

〔三〕《公孫弘傳》：元朔中，爲丞相，封平津侯，開閣延士。朱注：平津，謂國忠也。

時因召試後，仍不登選，故投詩京兆，冀其薦拔也。前半極離合曲折之妙，都爲注本所掩。今按起四另提。「始見」以下，頌京兆。中四，過脉。「途遠」以下，叙屢黜。末四露意。○起意隱然自負。其猶昌黎《應科目與人書》云「天池之濱，大江之濆，曰有怪物」之旨也。解者連入頌語内，混甚。其妙又在三、四。言有拔出之才，必遇絶倫之鑒。度下自然融洽。「始見」四句，叙鮮于之遇時。「侯伯」四句，忽將俗腸颺開，正以擊動京兆。言「侯伯」之人「何算」，非不以「文章致身」者。一自位登通顯，便爾膜視單寒，比比然矣。然後撥轉云：寂寞之釣徒，「脱略」其宜也；而權衡之哲匠，「操持」有柄也。今之「逼雲霄」、「親台衮」者，非公而誰乎？「台衮」，逗合國忠。下以「鳳穴」陪起「龍門」。又以容納之「義聲」，挑起「逡巡」之素履。過接流活。「途遠」「天高」，接法有力。「猶孺子」者，尚在孺子之年也。此先叙貢舉不第。既疑翰墨之無靈，希得松筠之晚遇，庶幾獻賦祈伸耳。此正叙召試集賢。「破膽」四句，忿蔽賢者之見黜也。結處，語簡而該。政府之交，推恩之易，久屈之狀，轉達之情，只四語了之。其得事在前無泛筆，故此際不須詞費也。

投贈哥舒開府翰二十韻〔一〕

今代麒麟閣，何人第一功？君王自神武，駕馭必英雄。開府當朝傑，論兵邁古風。先鋒百勝一作戰在，略地一作妙略兩隅空〔二〕。青海無傳箭〔三〕，天山早挂弓〔四〕。廉頗仍走敵〔五〕，魏絳已和戎〔六〕。每惜河湟棄〔七〕，新兼節制通〔八〕。智謀垂睿想，出入冠諸公。日月低秦樹，乾坤繞漢宮。胡人愁逐北，宛馬又從東。受命邊沙一作軍麾遠，歸來御席同。軒墀曾寵鶴，畋獵舊非熊〔九〕。茅土加名數，山河誓始終〔一〇〕。策行遺戰伐，契合動昭融。勳業青冥上，交親氣概中。未爲珠履客，已見一作是白頭翁。壯節初題柱〔一一〕，生涯獨轉蓬。幾年春草歇，今日暮途窮。軍事留孫楚一作鄉曲輕周處〔一二〕，行間識呂蒙一作將軍拔呂蒙〔一三〕。防身一長劍一作腰間有長劍，將欲倚崆峒〔一四〕。

〔一〕《唐書》：天寶十一載，翰自隴右節度副大使，加開府儀同三司。

〔二〕朱注：翰初事河西節度王倕。倕攻新城，使翰經略。又事王忠嗣，遷郎將。吐蕃寇邊，翰拒之於苦拔海。其衆三行，從山差池而下。翰持半段鎗迎擊，所向披靡。尋充隴右節度副使。設伏殲吐蕃於積石軍。

〔三〕《唐書》：翰代王忠嗣爲隴右節度。築神威軍於青海上，又築城於青海中龍駒島。吐蕃屏跡。趙注：寇兵起，則傳箭爲號。

〔四〕《史記索隱》：祁連山，一名天山，在張掖、酒泉界。《唐書》：開元二年，置天山軍，隸河西道。

〔五〕《史記》：廉頗，趙良將，破齊攻魏。

〔六〕《左傳》：晉魏絳説悼公和戎有五利，公賜之女樂歌鐘。錢箋：翰年已老。十二載，賜翰音樂田園。故以廉、魏爲比。

〔七〕《舊書·吐蕃傳》：湟水抵龍泉，與河合。世謂西戎地爲河湟。《新書》：睿宗時，楊矩奏請黄河九曲地爲公主湯沐，自是虜益張。按：公主，謂中宗女出嫁吐蕃者。

〔八〕朱注：十二載，進封涼國公，加河西節度使。攻破吐蕃，悉收九曲地，置洮陽郡。

〔九〕錢箋：《舊書》：翰與安禄山、安思順，並爲節度。禄山在范陽，思順、翰分控隴、朔。故曰受命遠。翰素與二人不協。十一載，並來朝。使高力士於駙馬山池會宴，以和解之。故曰御席同。寵鶴、非熊，以衛懿公諷玄宗。言禄山、思順，軒墀之鶴耳，豈如翰爲文王畋獵之非熊乎？

〔一〇〕《舊書》：十二載九月，進封西平郡王，食實封五百户。

〔一一〕《成都記》：司馬相如初西去，題昇仙橋柱曰：「不乘駟馬車，不復過此橋。」

〔一二〕《晉書》：孫楚爲石苞參軍，頗侮易苞。長揖曰：「天子命我參卿軍事。」

〔一三〕《孫討逆傳》：納魯肅於凡品，是其聰也。拔吕蒙於行陣，是其明也。

〔一四〕隴右山名。《大言賦》：長劍耿耿倚天外。

公有《贈田九判官》詩。田乃哥舒幕僚也，以事來京，而公贈之。有云：獨能無意向漁樵。蓋望其爲先容也。陳澤州云：此詩或即因田而投者。按是時當國忌才，參選坐廢。殆不得已而欲依翰以求禄仕歟？翰所薦拔，如嚴武、吕諲、高適、蕭昕輩，皆一時知名士。則開府亦英俊輻湊之場歟。○起四句，尊帝簡也。中二十四句，頌勳伐，紀錫命也。後十二句，陳情也。起法何等高亮。「開府」八句，看其提法，及總叙勳伐之法。「每惜」八句，先看轉接法，再看夾寫勳爵、飾色贊頌之法。「受命」八句，看其摇曳開擺及咏歎收束之法。其「策行」一聯，流水下。言帝心默契，不在迹而在神也。又恰好綰合篇首。以上頌哥舒凡作三層寫，無挨叙，無複筆，是爲龍門史法。「勳業」以下，蒙上轉落自己，亦健亦圓。其自叙，至「今日途窮」一頓，逐句用曲折遞卸之法。至結四句，纔是望其引拔。何等豪邁。却能仍切軍府，再切隴右，一絲不走。○公雖有此詩之投，後授河西尉，仍不拜，究亦非其志哉。

承沈八丈東美除膳部員外郎阻雨未遂馳賀奉寄此詩〔一〕

今日西京掾，多除南省郎〔二〕。通家惟沈氏，謁帝似馮唐〔三〕。詩律群公問，儒門舊史長。清秋便寓直〔四〕，列宿頓輝光〔五〕。未暇申晏一作安慰，含情空激揚。司存何所比，膳部默悽傷〔六〕。貧賤人事略，經過霖潦妨〔七〕。禮同諸父長，恩豈布衣忘。天路牽騏驥，雲臺引棟梁〔八〕。徒懷貢公喜〔九〕，颯颯鬢毛蒼。

〔一〕沈東美，佺期之子。

〔二〕原注：府掾四人，同日拜郎。○黄希云：掾，謂京兆府掾。《通典》：尚書省爲南省。

〔三〕《漢書》：馮唐年九十餘爲郎。
〔四〕《潘岳集》：余以太尉掾，兼虎賁中郎將，寓直於散騎之省。
〔五〕《史記正義》：郎位十五星，在太微中。《後漢書》：郎官上應列宿。
〔六〕原注：甫大父昔任此官。
〔七〕十三載八月，淫雨。公有《秋雨歎》等詩，或是其時。
〔八〕《淮南子》注：臺高際於雲，故曰雲臺。
〔九〕《廣絶交論》：王陽登則貢公喜。

朱注：東美父佺期，與公祖審言，同事武后。故詩中有「通家」、「諸父」等語。愚按：惟世誼親切，故語無文飾。通首叙次清轉。前用陪挑法，剔醒八丈除官。中言阻賀而遥致其歎，其間皆將世誼夾叙。末則喜慨交并，縷縷情悰，洵如面談也。惟「司存」二句，欠渾煉。

奉贈太常張卿垍二十韻〔一〕

方丈三韓外〔二〕，崑崙萬國西〔三〕。建標天地闊〔四〕，詣絶古今迷。氣得神仙迥，恩承雨露低。相門清議衆〔五〕，儒術大名齊。軒冕羅天闕，琳瑯識介圭〔六〕。伶官詩必誦，夔樂典猶稽。健筆凌鸚鵡〔七〕，銛鋒瑩鷿鵜〔八〕。友于皆挺拔，公望各端倪。通籍踰青瑣，亨衢照紫泥。靈虬傳夕箭〔九〕，歸馬散霜蹄。能事聞重譯，嘉謨及遠黎。弼諧方一展，班序更何躋。適越空顛躓，遊梁竟慘悽〔一〇〕。謬知終畫虎，微分是醯雞。萍泛一作跡無休日，桃陰想舊蹊。吹噓人所羨，騰躍事仍睽。碧海真難涉，青雲不可梯。顧深慚鍛煉，才小辱提攜。檻束哀猿叫一作巧，枝驚夜鵲棲。幾時陪羽獵，應指釣璜溪〔一一〕。

〔一〕前有贈詩，見本卷。

〔二〕《十洲記》：方丈洲，在東海中央。《魏志》：韓在帶方之南，有三種：曰馬韓、辰韓、弁韓。

〔三〕《水經》：崑崙墟在西北，去嵩高五萬里。

〔四〕《天台賦》：赤城霞起而建標。

〔五〕朱注：洎父説，相玄宗。

〔六〕《世説》：有人見王太尉諸公曰：「今日之行，觸眼見琳瑯珠玉。」《詩箋》：介圭長尺有二寸。

〔七〕《後漢書》：禰衡作《鸚鵡賦》，筆不停綴。

〔八〕《爾雅》注：鷿鵜膏，中瑩刀劍。

〔九〕《新漏刻銘》注：靈虬，刻漏之體。箭是刻漏浮水之物。

〔一〇〕自述往年遊迹。

〔一一〕《尚書大傳》：文王至磻溪，吕望曰：「望釣得玉璜，刻曰：姬受命，吕佐檢。」

詩分三截。起八句，先言其得致貴寵之由。次十六句，頌張正文。後十六句，自叙雙綰。○起勢闊遠，造次莫窺其涯涘。錢箋謂垍嘗求致寶符，得膺主眷，意主含諷。朱注謂垍由尚主身貴，得接禁掖，意主誇美。愚按：朱説爲長。蓋贈詩通意，主美不主諷，而此詩語氣亦見美不見諷也。其言「方丈」、「崑崙」者，唐人於貴主姻戚，多以仙家比之。言世間闊絶之區，平人迷不能到，今乃得合氣而承恩焉，其爲親貴何如。又况門閥既高，儒風克繼，可不謂備美者乎。此二句單拖頓住，先君後親，法律森然也。「軒冕」二句，以一門貴仕之多，陪出太常清卿之選。「伶官」、「夔樂」，點還本職。「健筆」四句，言文才華望。「通籍」四句，言寵遇親密。「能事」四句，言名動階級。自「軒冕」至此，處處看其渲染精彩。「適越」以下入自述，此四句叙身經之事。言遠遊浪跡，獻賦終落也。「萍泛」四句，由己合張。言到處奔馳，長懷雅誼，而張嘗見推，己終不振也。「桃陰」，隱寓公門桃李意。「碧海」四句，作决絶感激之詞。言仰接之階，則長已矣，而援手之誼，極不忘也。「碧海」、「青雲」，亦借用仙家語，與篇首照耀。末四句作鳴號企望之詞，望之雖切，而以賦才玉質自待，身分亦不卑矣。向者贈張云：「倘憶山陽會，悲歌在一聽。」意張曾於同官間稱引及之，故後幅云爾。

上韋左相二十韻〔一〕

鳳律軒轅紀，龍飛四十春〔二〕。八荒開壽域，一氣轉洪鈞。霖雨思賢佐，丹青憶舊一作老，一作直臣〔三〕。應圖求駿馬，驚代得騏驎一作麒麟〔四〕。沙汰江河濁〔五〕，調和鼎鼐新。韋賢初相漢〔六〕，范叔已歸秦〔七〕。盛業今如此，傳經固絶倫〔八〕。豫章深出地〔九〕，滄海闊無津。北斗司喉舌〔一〇〕，東方領搢紳〔一一〕。持衡留藻鑑，聽履上星辰〔一二〕。獨步才超古，餘波德照鄰。聰明過管輅〔一三〕，尺牘倒陳遵〔一四〕。豈是池中物，由來席上珍。廟堂知至理，風俗盡還淳。才傑俱登用，愚蒙但隱淪。長卿多病久，子夏索居頻。回首驅流俗，生涯倚衆人。巫咸不可問〔一五〕，鄒魯莫容身〔一六〕。感激時將晚，蒼茫興有神。爲公歌此曲，涕淚在衣巾。

〔一〕鶴注：見素，天寶十五載，從幸入蜀，詔兼左相。此詩是十三載初入相時投贈，題或後來追書耳。

〔二〕仇注：時玄宗在位四十二年，此舉成數也。

〔三〕原注：相公之先人，遺風餘烈，至今稱之。

〔四〕《梅福傳》：以伯樂之圖，求麒麟於市。朱注引錢云：上以見素經事相王府，有舊恩，遂用之。又引趙云：憶老臣，非公自注。愚按：頌得相，不應用駿馬騏驎。惟對其父而言，乃見清切。勿駁原注爲是。又按：父名湊。

〔五〕錢箋：十三載秋，霖雨。天子以宰輔或未稱職，見此咎徵。命楊國忠精求端士，乃言見素。

〔六〕《韋賢傳》：本始三年，代蔡義爲丞相。

〔七〕錢箋：見素雖國忠引薦，公望其秉正以去國忠，故有范叔之喻。蓋國忠以外寵擅國，猶穰侯之擅秦也。按：此見解本出於明季傾軋之習。然於本句實有會，但不可入正講。
〔八〕亦用韋賢事。父子皆以通經至相位。觀此，益知原注非僞。
〔九〕《高士傳》：豫章之木，生於高山。按：句意亦帶世冑言。
〔一〇〕《李固傳》：北斗爲天之喉舌，尚書亦陛下之喉舌。
〔一一〕《書》：畢公率東方諸侯。朱注：時見素以兵部尚書爲相。
〔一二〕《漢·鄭崇傳》：上笑曰：「我識鄭尚書履聲。」
〔一三〕《魏志》：管輅自言：「天與我才明。」
〔一四〕《漢書》：遵與人尺牘，主者藏弆以爲榮。
〔一五〕《列子》：鄭有神巫，自齊來，曰季咸，知人生死禍福。
〔一六〕用《家語》事。

上詩於韋，頌入相也。所以上詩，望汲引也。故篇首頌之。中言相職在於容賢，而末乃自叙見意。○起八句，以盛朝擇相，妙選世臣作冒，開局闊敞。次八句，以枋用得人，才猷出衆立論，而「豫章」、「滄海」二句妙絶，一以世冑崇高意束上，一以襟度宏遠意起下也。「北斗」十二句，純以虚懷好士爲頌揚之詞。舊解俱謂泛推才望，都是隔靴搔癢。詩意蓋云：今日位兼臺省，司王命而領群英。胸持藻鑑之衡，人聽星辰之履，爲天下所仰望深矣。如公者，具超古之才，而有照鄰之德。

雖復聰明絶世，定能尺牘下交。凡此日池中之物，皆將來席上之珍。共慶登龍，無悲懷璧。在斯時也，惟宰執急親賢，斯士風息奔競。所謂「知至理」、「盡還淳」者此也。昌黎《上宰相書》，誦菁莪，稱樂育，以爲舍此宜無大者焉，正脱胎於此。此段字字徵實，筆筆凌空。不特頌揚得體，而在我想望汲引之情，已從對面全副託出。下段，轉入自己，只消歷叙寥落，不須更作乞憐語。而聞者之心頭已動，而作者之地步絶高。此等用意，原非餘子所知。一朝領悟及此。千年杜老，其有相知定文之許哉！「才傑」以下，看其接遞輕矯。結處四句，想其興會激昂。

送蔡希魯一作曾都尉還隴右因寄高三十五書記〔一〕

蔡子勇成癖，彎弓西射胡。健兒寧鬭死，壯士恥爲儒。官是先鋒得，才緣挑戰須。身輕一鳥過，槍急萬人呼。雲幕隨開府〔二〕，春城赴上都。馬頭金匼匝〔三〕，駝背錦模糊。咫尺雪一作雲，非山路〔四〕，歸飛青海隅〔五〕。上公猶寵錫〔六〕，突將且前驅。漢水一作使，非黄河遠〔七〕，涼州白麥枯〔八〕。因君問消息，好在阮元瑜〔九〕。

〔一〕原注：時哥舒入奏，敕蔡子先歸。朱注：天寶十四載春，哥舒入朝，道得風疾，遂留京師。故都尉先歸，而公送之。高，即高適。

〔二〕開府，指哥舒。

〔三〕《韻會》：匼匝，周繞貌。

〔四〕《元和志》：雪山在瓜州，南連吐谷渾界。

〔五〕在吐蕃境，翰築城其中。

〔六〕指哥舒。

〔七〕漢字，作中華字用，非江漢之漢。舊俱誤會。河源在蕃境，中國之水，莫遠於此也。

〔八〕《唐・志》：涼州爲武威郡。《通典》：涼州貢白小麥。

〔九〕《魏志》：阮瑀，字元瑜。太祖以爲記室，軍國書檄，多其所作。

前八句，表蔡子氣概。用直起法。「身輕」一聯叫絶。中八句，四叙入朝，四叙歸隴。瞥然而來，瞥然而去。而若主帥、若時序、若行色、若地界，及一留一行，無筆不到。後四句，因蔡以寄高。先致遥想之慨，次見通候之意，逸趣翩然。◯筆力簡峭。

橋陵詩三十韻因呈縣内諸官〔一〕

先帝昔晏駕，兹山朝百靈。崇岡擁象設〔二〕，沃野開天庭。即事壯重險，論功超五丁。坡陀因厚地，却略羅峻屏〔三〕。雲闕虚冉冉，松風肅泠泠。石門霜霧一作露白，玉殿莓苔青。宫女晚一作曉知曙，祠官一作臣朝見星。空梁簇畫戟，陰井敲銅瓶。中使日相一作夜，非繼，惟王心不寧。豈徒恤備享，尚謂求無形。孝理敦國政，神凝推道經。瑞芝産廟柱，好鳥鳴一作巢巖扃。高嶽前嵂崒〔四〕，洪河左瀠瀯〔五〕。金城蓄峻趾，沙苑交迴汀〔六〕。永與奥區固，川原紛眇冥。居然赤縣立，臺榭争岧亭〔七〕。官屬果稱是，聲華宜一作真可聽。王劉美竹潤，裴李春蘭馨。鄭氏才振古，啖侯筆不停〔八〕。遣詞必中律，利物常發硎。綺繡相展轉，琳瑯逾一作愈青熒。側聞魯恭化〔九〕，秉德崔瑗銘〔一〇〕。太史候鳧影〔一一〕，王喬隨鶴翎〔一二〕。朝儀限霄漢，客思迴林坰。轣轆辭下杜〔一三〕，飄颻凌一作陵濁涇。諸生舊短褐〔一四〕，旅泛一浮萍。荒歲兒女瘦〔一五〕，暮途涕泗零。主人念老馬〔一六〕，廨署一作宇容秋螢〔一七〕。流寓理豈愜，窮愁醉不醒。何當擺俗累，浩蕩乘滄溟。

〔一〕《唐書》：開元初，葬睿宗於橋陵。奉先縣，本同州蒲城縣，以管橋陵，改屬京兆府，仍改爲奉先，制官員同赤縣。按：《唐・志》：京都所治爲赤縣。○年譜俱云：十四載十一月往奉先。玩此詩及五律之《崔白水》、《楊奉先》等篇，蓋在秋先往置家也。時猶未得官。魯訔譜云：公在率府，其家先在奉先。得之。○拗體排律。

〔二〕《招魂》：象設居室，静閒安些。

〔三〕古樂府：却略再拜。仇注：却略，狀山背後擁。

〔四〕蒲城在華陰北不遠。

〔五〕《水經注》：河水又南，經蒲城東。

〔六〕錢箋：《寰宇記》：秦孝公築長城，簡公壍洛，今沙苑長城是也。賈誼云：「關中之固，金城千里。」指長城也。舊引始平之金城，非是。按：沙苑與蒲城，俱屬同州。

〔七〕此臺榭，兼指縣治官廨，不專謂陵寢。仇注非。

〔八〕六人，即縣内諸官。

〔九〕《後漢書》：魯恭爲中牟令，專以德化爲理。

〔一〇〕《後漢書》：崔瑗爲汲令，作座右銘。

〔一一〕《後漢書》：王喬爲葉令，入朝數。帝令太史候望，言有雙鳧飛來。

〔一二〕《列仙傳》：王子喬，周靈王太子晉也。七月七日，乘白鶴於緱氏山頭，舉手謝時人。按：王子喬，與葉令之王喬本兩人。多訛爲一。

〔一三〕《長安志》：下杜城，在長安縣南。

〔一四〕公未受官，故有限霄漢及諸生之句。

〔一五〕與十一月《赴奉先》詩「幼子餓已卒」不合，可知此詩在前。

〔一六〕主人，指諸官。

〔一七〕明言秋期。

公凡遊歷所到必有詩。初至奉先而咏橋陵，爲紀地紀事之什，前半是也。公得朋舊周旋必有詩。

移家奉先而呈諸官，爲報謝地主之什，後半是也。本是兩首，合而爲一，乃屬創格。但中間「高嶽」一段，可作前半之尾，亦可作後半之頭。則上下仍有關鍵。〇「先帝」八句，言製陵之得地。「雲闕」八句，言寢殿之供奉。「中使」八句，言聖孝之致祥。以上咏橋陵。「高嶽」八句，先言四面形勢之勝，後言制同赤縣之宜。所謂上下關鍵者也。其「永與」四句，乃隔聯對。此以後，入呈諸官正文矣。「官屬」十四句，言王、劉六人，文才德化之美。「朝儀」八句，自言落魄寄家，深賴存恤之情。其云「流寓豈愜」，「擺累」、「浩蕩」，乃自憤其窮。而託言逃世，不作摇尾態，氣骨高。

遣興〔一〕

驥子好男兒〔二〕，前年學語時。問知人客姓，誦得老夫詩。世亂憐渠小〔三〕，家貧仰母慈〔四〕。鹿門攜不遂〔五〕，鴈足繫難期〔六〕。天地軍麾滿，山河戰角悲。儻一作東歸免相失，見日一作爾敢辭遲。

〔一〕肅宗至德初，陷賊時作。

〔二〕公幼子。

〔三〕禄山之亂。

〔四〕時公家寄鄜州。

〔五〕《後漢書》：龐德公攜妻子登鹿門山，採藥不返。

〔六〕用蘇武雁足繫書事。蘇武事本屬假託，前人多習用。

公幼子宗武，最所鍾愛。時又有《憶幼子》詩，見三之一。○四述驥子，四傷亂離，四期終聚。○「雁足」句，自況陷賊。《杜臆》云：儻歸一結，語寬心急。

鄭駙馬池臺喜遇鄭廣文同飲〔一〕

不謂生戎馬，何知共酒杯。燃臍郿塢敗〔二〕，握一作秃節漢臣回〔三〕。白髮千莖雪，丹心一寸一作片灰。別離經死一作此地，披寫忽登臺。重對秦簫發〔四〕，俱過阮宅來〔五〕。留連春夜舞，淚落强徘徊。

〔一〕鄭虔被賊拘東都，黄鶴因指此爲東都之遇。朱注：公陷賊時，不聞嘗至東都。此池臺，必是在京師者。鶴説當亟正之。愚按：時京師亦爲賊據。虔之入京，豈亦賊所遣赴耶。

〔二〕《後漢書》：董卓築塢於郿，號萬歲城。及吕布殺卓，尸卓於市。卓素充肥，守尸吏燃火置卓臍中，光明達曙。朱注：《唐書》：至德二載正月，禄山子慶緒，使帳下李猪兒斫禄山腹，腸潰於床。事與卓類。

〔三〕《漢書》：蘇武仗漢節牧羊，卧起操持，節毛盡落。留十九年而還。按：賊授虔官，虔稱風緩，以密章達靈武。其心可原。

〔四〕切駙馬。

〔五〕《晉書》：阮籍與兄子咸，居道南。諸阮居道北。按：駙馬定是廣文姪。

起四，叙事。驚疑曲折，情法雙妙。中四，一篇筋骨處。既表其心跡，隨帶出池臺，何等沈着，何等撇脱。後四，收縮密切。仇在六句截住，神氣索然。

得家書〔一〕

去憑休沐騎一云游客寄，來爲附家書。今日知消息，他鄉且舊居。熊兒幸無恙，驥子最憐渠〔二〕。臨老羈孤極，傷時會合疏。二毛趨帳殿〔三〕，一命侍鑾輿〔四〕。北闕妖氛滿〔五〕，西郊白露初〔六〕。涼風新過雁，秋雨欲生魚〔七〕。農事空山裹，眷言終荷鋤。

〔一〕當與《述懷》詩連讀，見一之一。○二載至鳳翔後詩。

〔二〕熊兒，宗文小名。驥子，宗武小名。

〔三〕二毛，《左傳》注：鬢毛斑白二色也。《唐六典》：凡大駕行幸，預設三部帳幕。

〔四〕時於行在授拾遺。

〔五〕指京師，賊將據之。

〔六〕《續漢書》：立秋迎氣西郊。按：此借指鳳翔。

〔七〕公《秋述》云：多雨生魚，青苔及榻。牧齋詩：閒看几榻走衣魚。即用此也。《述懷》云：「自寄一封書，今已十月後。」是鄜州消息久斷，至此始得家書也。得書而慰，冀圖歸聚。只如一片話。

奉送郭中丞兼太僕卿充隴右節度使三十韻〔一〕

詔發山西別作西山將〔二〕，秋屯隴右兵。淒涼餘部曲，燀赫舊家聲〔三〕。鵰鶚乘時去，驊騮顧主鳴。艱難須上策，容易即前程。斜日當軒蓋，高風卷旆旌。松悲天水冷〔四〕，沙亂雪山清〔五〕。和虜猶懷惠，防邊詎敢驚。古來於異域，鎮静示一作得專征。燕薊奔封豕〔六〕，周秦觸駭鯨〔七〕。中原何慘當作墋黷〔八〕，遺孽尚縱横〔九〕。箭入昭陽殿，笳吹細柳營〔一〇〕。內人紅袖泣，王子白衣行。宸極祆醯堅切，一作妖星動〔一一〕，園陵殺氣平。空餘金碗出〔一二〕，無復繐須兑切帷輕〔一三〕。毁廟天飛雨〔一四〕，焚宫火徹明。罘罳朝共落〔一五〕，棆桷夜同傾。三月師逾整，群胡勢就烹。瘡痍親接戰，勇決冠垂成〔一六〕。妙譽期元宰，殊恩且列卿。幾時迴節鉞，戮力掃欃槍抽庚切〔一七〕。圭竇三千士，雲梯七十城〔一八〕。恥非齊説客〔一九〕，祇似魯諸生〔二〇〕。通籍微班忝〔二一〕，周行獨坐榮〔二二〕。隨肩趨漏刻，短髮寄簪纓。徑欲依劉表〔二三〕，還疑厭禰衡。漸衰那此别，忍淚獨含情。廢邑狐狸語，空村虎豹争〔二四〕。人頻墜塗炭，公豈忘精誠。元帥調新律〔二五〕，前軍壓舊京。安邊仍扈從，莫作後功名。

〔一〕鮑曰：郭英乂也。鶴云：舊史不言兼太僕，可補史闕。按：隴右，在今鞏昌、臨洮之境。

〔二〕錢箋：《趙充國傳贊》：秦漢以來，山東出相，山西出將。天水、隴西、安定、北地，皆爲山西。

〔三〕朱注：《舊書》：英乂，知運之季子。知運爲鄯州都督、隴右諸軍節度，甚爲蠻夷所憚。卒於軍。至德初，英乂以將門子，特見任用。

〔四〕《唐書》：秦州爲天水郡。按：今屬鞏昌。

〔五〕《一統志》：雪山在河州衛，西南接洮州蕃境，又名雪嶺。

〔六〕謂禄山。《左傳》：封豕長蛇，薦食上國。

〔七〕周、秦，謂兩京。陳琳檄：若駭鯨之決細網。

〔八〕陸機《漢功臣贊》：上墋下黷。

〔九〕謂慶緒、思明。

〔一〇〕《括地志》：細柳倉，在咸陽縣西南，周亞夫屯兵處。

〔一一〕《漢·天文志》：祆星，其下有軍。

〔一二〕金碗，殉葬之物。

〔一三〕《鄴都故事》：西陵施六尺床，張繐帷。

〔一四〕《唐書》：東都太廟，禄山取爲軍營，神主棄街巷。

〔一五〕《酉陽雜俎》：蘇鶚云：罘罳，象羅網交文之狀。蓋宫殿簷户之間。

〔一六〕盧注：至德二載，肅宗至鳳翔，英乂軍東原。安守忠寇武功，英乂流矢貫頤而走。趙曰：微言激之。

〔一七〕《爾雅》：彗星爲欃槍。

〔一八〕《墨子》：公輸作雲梯以攻宋。

〔一九〕《漢書》：酈食其説田廣，馮軾下齊七十餘城。

〔二〇〕《漢書》：叔孫通曰：「臣願徵魯諸生，共起朝儀。」朱注：説客，申七十城。諸生，申三千士。

〔二一〕初拜拾遺。

〔二二〕梁武帝詔：方當置之周行，飾以青紫。《後漢書》：光武詔御史中丞，與司隸校尉、尚書令，並專席而坐，號三獨坐。

〔二三〕《魏志》：王粲，字仲宣。以西京擾亂，乃之荆州，依劉表。

〔二四〕指京畿郡縣。

〔二五〕即指郭。

此係别出意見之詩。尋常送行，送之而已，此獨不然。是時帝在鳳翔，兩京未復，而郭乃奉西陲之命。公審量時局，以爲緩在邊備，而急在中原。特借送郭發之。故首段，將中丞出鎮之事，輕輕了過，題面已完矣。中後，乃是心中欲建之議。中間一長段，先形容宫寢淪陷之慘，以見戮力雪恥之刻不可遲。因表其新績，而預祝歸圖。云「迴節鉞」、「掃欃槍」，是喝破宗旨處也。後幅一長段，先自謙才劣官微。亦注定時事，兼帶送行。以見收京非我能任，送君非我本懷。因申舉京邑之殘破，勉其竭誠，而率先恢復。此加意振醒之法也。輕議作法者，疑其客喧主位。强作解事者，於中後仍黏定送行詩索解。均失之矣。○起處顧題。「上策」兩句，已就出鎮上暗逗本旨。其説鎮隴，曰「猶懷惠」、曰「詎敢驚」、曰「古來」「鎮静」，蓋戒其生事喜功，深得安遠之道。而西陲省事，隱然已在言外。恰好跌起中原之宜急矣。曰「期元宰」、「且列卿」者，方期登之上輔，姑且榮以卿班也。曰「迴節鉞」，本欲其歸國也，却已照顧奉使。曰「那此别」，本不樂其去也，却已借點送行。「元帥」，舊指廣平王。「前軍」，舊指李嗣業。此從《官軍臨賊境》詩推來也。愚意此處不須支節。郭以節度兼中丞，即可稱元帥。公《送從弟亞》詩，稱節度杜鴻漸亦曰「元帥」，可證。蓋謂既調隴右軍律，速引軍士，來壓舊京。即下句「安邊仍扈從」意耳。着「安邊」字，十分筋節，仍能顧題也。

送楊六判官使西蕃〔一〕

送遠秋風落，西征海氣寒〔二〕。帝京氛祲滿，人世别離難。絶域遥懷怒〔三〕，和親願結歡。敕書憐贊普〔四〕，兵甲望長安。宣命前程急，惟良待士寬〔五〕。子雲清自守，今日起爲官〔六〕。垂淚方投筆〔七〕，傷時即據鞍〔八〕。儒衣山鳥怪，漢節野童看。邊酒排金碗，夷歌捧玉盤。草肥蕃馬健，雪重拂廬乾〔九〕。　慎爾參籌畫〔一〇〕，從茲正羽翰。歸來權可取，九萬一朝摶。

〔一〕朱注：《唐書》：至德元載，吐蕃遣使和親，請助國討賊。二載，遣給事中南巨川報命。楊蓋贊巨川以行。

〔二〕潘岳賦：憑軾西征。按：海謂青海。

〔三〕懷怒，猶言義憤。

〔四〕《唐書》：吐蕃俗謂彊雄曰贊，丈夫曰普。故號君長曰贊普，其妻曰末蒙。

〔五〕《杜詩博議》：漢宣帝曰：「與我共理者，其惟良二千石乎。」詩用惟良，本此。李嘉祐《送五叔守歙州》亦云：「明主重惟良。」時必膺郡守推薦，銜命入蕃也。

〔六〕《揚雄傳》：三世不徙官，有以自守，泊如也。朱注：《漢書》言子雲系出揚侯，字不從木。晉羊舌氏食邑於揚，後曰平陽楊氏，則揚與楊一姓。故楊修有吾家子雲之語。

〔七〕《班超傳》：超爲官傭書，投筆歎曰：「丈夫當立功異域。」

〔八〕《馬援傳》：援請討五溪蠻，據鞍顧盼。

〔九〕《唐書》：吐蕃贊普，聯毳帳以居，號大拂廬。

〔一〇〕謂爲巨川贊畫。

起四結四，俱就送楊邊着筆。中一片，俱就楊奉使邊着筆。○楊之副巨川出使，本爲借助而行，非美事也。公送之，處處有分寸。起四，面面皆到。京有氛而人乃別，不得已也。「遥懷怒」，謂蕃人知怒賊寇。「憐贊普」，謂朝廷鑒其誠而許之，若非我欲借力者，立言有體。此推命使之故。「宣命」四句，叙楊承使之由。「垂淚」，非言楊憚遠行，言其衷激時危，遂爾涕洟就道。忠心敢氣，兩言雙表。「儒衣」六句，《杜臆》所謂善摹邊景者也。結四，連讀方得解。言爾爲天朝命使，其正爾羽翰，無褻國體乎。爾其細審機宜，速歸報命。權此舉之可取與否，無久淹也。不曰權可否，而曰「權可取」，婉詞也。此行本欲取之，公則謂尚該商量。筆法森然。張注解作權且，則失之稚。仇注解作權位，可入笑林矣。

行次昭陵〔一〕

舊俗疲庸主，群雄問獨夫〔二〕。讖歸龍鳳質〔三〕，威定虎狼都〔四〕。天屬尊堯典〔五〕，神功協禹謨。風雲隨絶足，日月繼高一作亭衢。文物多師古，朝廷半老儒。直詞寧戮辱，賢路不崎嶇。往者災猶降〔六〕，蒼生喘未蘇。指麾安率土，盪滌撫洪鑪。壯士悲陵邑，幽人拜鼎湖〔七〕。玉衣晨自舉〔八〕，鐵一作石馬汗常趨〔九〕。松柏瞻虚一作靈殿，塵沙立暝途。寂寥開國日，流恨滿山隅。

〔一〕朱注：昭陵在醴泉，近涇陽。按：昭陵，太宗陵也。○草堂本編還鄜道中。

〔二〕群雄，李密、竇建德輩。《隋書》：楊玄感曰：「獨夫肆虐，陷身絶域，此天亡之時也。」

〔三〕《唐書》：太宗方四歲，有書生見之曰：「龍鳳之姿，天日之表。年將二十，必能濟世安民。」

〔四〕《蘇秦傳》：秦，虎狼之國也。綖注：太宗得天下，根本在先據關中。

〔五〕高祖先即大位。

〔六〕朱注：天寶之亂，乃隋末之災，再見於今也。

〔七〕《漢・郊祀志》：黄帝鑄鼎成，有龍垂胡髯下迎，帝騎龍上天。後人名其地爲鼎湖。

〔八〕師古《漢書注》：玉衣，以玉爲衣，如鎧狀。連綴之，以黄金爲縷。按：詩指寢殿所藏御衣也。《王莽傳》：杜陵便殿，乘輿虎文衣，廢藏在室匣者，出自樹立外堂上。莽惡之。

〔九〕仇注：《南史》：蕭猷爲益州刺史，齊苟兒反，猷禱楚王廟神。是日，有一騎浴鐵，從東來。俄有數百騎如風，時廟中土偶，皆泥濕如汗。錢箋：《禄山事蹟》：潼關之戰，我軍既敗。賊將崔乾祐，領白旗馳突。又見黄旗軍數百隊，與乾祐鬬。後昭陵奏，是日靈宫前，石人馬汗流。

上下截看。前頌太宗，後因行次生感。首句另提，反領前半，即暗引後半。言自南北諸朝，昏庸相繼。而民俗之敝，自昔然矣。次句，驀入除隋，而先以群雄一總，見天下共逐之。三、四，歸到太宗。曰「虎狼都」，比隋於秦也。「天屬」句，得體。業雖定於太宗，功必歸之高祖。替太宗心裏推出，故曰「尊堯典」。「神功」句，兼受禪致治在内。「風雲」六句，統言從龍之盛，復旦之休，稽古右文，聽言造士，無美不臻。數語可該一部《貞觀政要》，不必如舊注屑屑媲配。此段正與首句對照，蓋至是一起舊俗之疲也。「往者」以下，深憤於陷京之事，而乞靈於在天之神。而「往者」二句之根，亦正伏於首句中。言俗疲其再見矣，指麾蕩滌，庶祖烈其再揚乎。懷忠之壯士悲之，行邁之幽人拜之。其必「玉衣舉」，「鐵馬趨」，力佑子孫殺賊而後快也。乃「虛殿」徒瞻，「暝途」獨立。睹中興其何日，緬開國以增悲。吾何以爲懷也哉！望之切，憂之深，故其言鬱紆如此。○顧炎武以「往者」四句，指玄宗平武、韋之禍，謂詩作於未亂之前，則通身神理俱涣。錢氏改「鐵馬」作石馬，牢據昭陵事實，則「玉衣」又如何貼合。豈知此處皆想望難必之詞耶。爾許通人，都拈死句。其他則又何說。

喜聞官軍已臨賊境二十韻〔一〕

胡騎一作虜潛京縣，官軍擁賊壕。鼎魚猶假息〔二〕，穴蟻欲何逃〔三〕。帳殿羅玄冕〔四〕，轅門照白袍〔五〕。秦山當警蹕，漢苑入旌旄。路失羊腸險，雲橫雉尾高〔六〕。五原空壁壘〔七〕，八水散風濤〔八〕。今日看天意，遊魂貸爾曹。乞降那更得，尚詐莫徒勞。元帥歸龍種〔九〕，司空握豹韜〔一〇〕。前軍蘇武節〔一一〕，左將呂虔刀〔一二〕。兵氣回飛鳥，威聲沒巨鰲。戈鋋開雪色，弓矢向秋毫。天步艱方盡，時和運更遭。誰云遺毒螫，已是沃腥臊〔一三〕。睿想丹墀近，神行羽衛牢。花門騰絶漠〔一四〕，拓《唐書》作柘羯渡臨洮〔一五〕。此輩感恩至，羸俘何足操。鋒先衣染血，騎突劍吹毛。喜覺都城動，悲憐子女號。家家賣釵釧，只待獻香醪〔一六〕。

〔一〕《唐書》：至德二載閏八月，賊寇鳳翔。王伯倫等率衆捍賊，乘勝追擊。賊燒營而去。九月丁亥，廣平王將朔方等軍及回紇西域之衆十五萬，發鳳翔。壬寅，至長安城西。

〔二〕《南史》：丘遲書云：「將軍魚遊於沸鼎之中。」

〔三〕《異苑》：晉桓謙見人長寸餘，悉被鎧持槊乘馬，從堷中出，緣几登竈。蔣山道士令作沸湯，澆所入處。因掘之，有斛大許蟻死穴中。

〔四〕《唐書》：武德中，令侍臣服，有衮冕、鷩冕、毳冕、絺冕、玄冕。

〔五〕胡夏客指回紇衣色，不必泥。

〔六〕《唐書》：大駕鹵簿，有雉尾障扇之屬。按：此指旌旗之羽，不指鹵簿。

〔七〕《長安志》：有畢原、白鹿原、少陵原、高陽原、細柳原，謂之五原。

〔八〕《關中記》：涇、渭、滻、灞、澇、滈、灃、滴，爲關内八水。

〔九〕謂廣平王。廣平，肅宗太子，即代宗。

〔一〇〕時郭子儀爲副元帥。子儀先進位司空。

〔一一〕《唐書》：李嗣業統前軍。夏客云：嗣業所將，皆蕃夷四鎮，故以典屬國爲比。

〔一二〕僕固懷恩爲左廂兵馬使。《晉書》：呂虔有佩刀，工相之，以爲必三公可服。

〔一三〕仇云：蕩滌其穢也。

〔一四〕《唐·地理志》：居延海北有花門堡，又東北至回紇衙帳。按：回紇是時，遣太子助討。

〔一五〕《唐書》：安西，即康居小君長故地。募勇健者爲柘羯，猶言戰士也。《通鑑》：是年，安西、北庭諸國，兵至涼鄯。夏客云：時封常清以北庭都護入朝。詩蓋指北庭歸義者。

〔一六〕《董卓傳》：吕布殺卓。長安士女，賣珠玉衣裝，市酒肉相慶。按：獻香醪，用壺漿迎師意。

在鄜聞軍到長安而喜，尚未收京也。題眼在「已臨」二字。看他四十句詩，筆筆是已字，無一語放鬆。又且筆筆含着喜氣，不作兩層寫，真正神技。○起四，即擒「已臨」，全領大意。次十二句，飾色以申之。只「帳殿」、「轅門」，還貼行在出師説，下隨緊扣矣。「當警蹕」，預卜駕臨。「入旌旄」，劈清軍到。「今日」以下，言我得勢而彼喪膽。此段，上八，申起處「擁賊壕」。下四，申起處「假息」、「何逃」也。仇氏誤會「警蹕」、「雉尾」等字謂鑾輿至京，便夾雜矣。「元帥」十二句，鋪排軍隊軍容，而究言其必克也。前段「天意」，對賊言。此段「天步」，就國運言。不犯複。末十二句，全寫必克之勢。以「睿想」提起，言聖情遥暢，儀衛旁羅，可指日反正矣。試看遠人且皆奮勇，賊何足平乎。説遠人，不入前段隊伍正文，但借作襯託。措詞又能不予不奪，何工於布置若此。結處借點「喜」字，要之，喜意已灌滿通篇也。旅農評云：可作軍中露布讀。

卷五之二　五排　起肅宗至德二載至代宗廣德二年

《纂年譜》：肅宗至德二載，十月，上還京，公亦至京，乾元元年，任拾遺。六月，司功華州。二年，關輔饑，棄官客秦州。冬，入蜀，至成都。上元元年，築草堂。二年，居成都。嚴武來鎮。代宗寶應元年七月，送嚴武還朝，到綿州。西川徐知道反，因入梓州。廣德元年秋，往閬州。冬，復回梓。二年春，復往閬。嚴武再鎮蜀，遂歸草堂。六月，武表爲參謀、檢校工部員外郎。

重經昭陵〔一〕

草昧英雄起，謳歌曆數歸。風塵三尺劍，社稷一戎衣。　翼亮貞文德，丕承戢武威。聖圖天廣大，宗祀日光輝。　陵寢盤空曲，熊羆守翠微〔二〕。再窺松柏路，還有五雲飛。

〔一〕昭陵去鄜遠，去京近。定是收京後還京所作，舊編非。

〔二〕舊注：熊羆，謂守陵之軍。

旅農云：前篇傷亂，此篇望治，故以「五雲」爲結。愚按：口咏祖德，神含世運，有深感，有深幸焉。爲肅宗復國後無疑。前四，言武功定天下，專咏太宗也。中四，則兩句轉意。其言「貞文」、「戢武」，神注子孫之晏安致禍矣。故曰「丕承」，指後代言也。其言「聖圖」、「宗祀」，神注今日之光復舊物矣。故曰「圖」、曰「祀」，言靈長也。舊以此四句亦黏定太宗，殊未得神。後四點「陵」、點「重經」。前篇曰「寂寥流恨」，此曰「松柏」「雲飛」。一悲一喜，今曩改觀。

送許八拾遺歸江寧覲省甫昔時嘗客遊此縣於許生處乞瓦棺寺維摩圖樣志諸篇末〔一〕

詔許一作天語辭中禁，慈顔一作家榮赴北堂。聖朝新孝理，祖席倍輝光一云行子倍恩光。内帛擎偏重，宫衣著更香。淮陰清夜驛〔二〕，京口渡江航〔三〕。春隔雞人晝〔四〕，秋期燕子涼一云竹引趨庭曙，山添扇枕涼。賜書誇一作十年過父老，壽酒樂一作幾日賽城隍〔五〕。看畫曾饑渴，追蹤限一作恨淼茫。虎頭金粟影〔六〕，神妙獨難忘。

〔一〕舊編諫省詩。

〔二〕《唐書》：楚州淮陰郡，屬江南東道。

〔三〕《郡縣志》：孫權自吴治丹徒，號曰京城。遷都建業，於此爲京口鎮。

〔四〕《周禮》：雞人，夜嘑旦，以叫百官。《漢舊儀》：衛士候朱雀門外，專傳雞唱。

〔五〕《北齊書》：慕容儼鎮郢城，城中有神祠，號城隍神。

〔六〕《名畫記》：顧愷之，字長康，小字虎頭，晉陵無錫人。錢箋：《京師寺記》云：瓦棺寺初置，僧衆設會，請朝賢鳴刹注錢，莫有過十萬者。長康直打百萬，曰：宜備一壁。遂閉户絶往來。一月餘，畫維摩詰一軀。工畢，點眸子。及開户，光照一寺。施者填咽，俄而得錢百萬。《净名經義疏》：梵語維摩詰，此云净明。那提之子，過去成佛，號金粟如來。

前四，述榮餞，得體。中四，紀歸覲，周帀。後四，志憶圖，餘波。

寄李十二白二十韻〔一〕

昔年有狂客，號爾謫仙人〔二〕。筆落驚風雨，詩成泣鬼神。聲名從此大，汩没一朝伸〔三〕。文彩承殊渥，流傳必絶倫〔四〕。龍舟移棹晚〔五〕，獸錦奪袍新〔六〕。白日來深殿，青雲滿後塵。乞歸優詔許〔七〕，遇我宿心親。未負幽棲志，兼全寵辱身。劇談憐野逸，嗜酒見天真。醉舞梁園夜，行歌泗水春〔八〕。才高心不展，道屈善無鄰。處士禰衡俊，諸生原憲貧。稻粱求未足，薏苡謗何頻〔九〕。五嶺炎蒸地〔一〇〕，三危放逐臣〔一一〕。幾年遭鵩鳥，獨泣向一作不獨泣麒麟〔一二〕。蘇武元舊作先還漢，黄公豈事秦〔一三〕。楚筵辭醴日〔一四〕，梁獄上書辰。已用當時法，誰將此議一作義陳。老吟秋月下，病起暮江濱〔一五〕。莫怪恩波隔，乘槎與問津。

〔一〕在華州作。

〔二〕李白《憶賀監詩序》：賀公於紫極一見，呼余爲謫仙人。裴敬碑：太白之精下降，故字太白。賀監號爲謫仙，不其然乎。

〔三〕明皇召爲翰林供奉。

〔四〕《唐書》：金鑾殿奏頌，賜食，帝爲調羹。《别集序》：命李龜年持金花箋宣賜李白。白宿酲未解，援筆進清平調三章。

〔五〕泛白蓮池，召白作序。

〔六〕《舊書》：武后令從臣賦詩，東方虬先成，賜以錦袍。宋之問繼進尤工，奪袍賜之。按：此借比寵賜。

〔七〕《唐書》：白懇求還山，帝賜金放還。

〔八〕天寶初，白東遊。公亦在梁、齊間，與之遇。

〔九〕《馬援傳》：援征交趾，載薏苡種還。人謗之，以爲珠貝。

〔一〇〕鄧德明記：始興大庾嶺、桂陽騎田嶺、九真都龐嶺、臨賀萌渚嶺、始安越城嶺。按：説亦不一。

〔一一〕三危，當作三苗。蓋三危在今肅州外，三苗乃夜郎地也。以三危爲三苗放處，故誤用耳。按：白爲永王璘所致。璘敗，白繫獄潯陽。乾元元年，長流夜郎。後乃以赦得放。

〔一二〕孔子反袂拭面，作《獲麟歌》。

〔一三〕夏黄公，四皓之一。

〔一四〕《漢書》：穆生不嗜酒，楚元王嘗爲設醴。及王戊忘設，穆生謝病去。

〔一五〕夜郎，今遵義等處。其地有黔江、烏江，不必定是潯陽也。

此詩舊編秦州。今按詩意，乃在太白長流未赦時作。當是乾元初華州詩也。竟作兩截看，極停勻。前十韻，叙其才名寵渥，以及去官之後，文酒相從。後十韻，傷其蒙污被放。爲之力雪其誣，訴天稱枉。○「謫仙」之號，起筆現成，全神俱領。「聲名」等句，極寫隆遇，與後幅照耀。「白日」句，言禁苑直入也。「青雲」句，言群英却步也。「未負幽棲」、「兼全寵辱」，插在乞歸時，極有力。爲後立案。「才高」、「道屈」，折筆如鐵。「禰俊」、「憲貧」，與前反對。「稻粱」、「薏苡」，回護含蓄。言非逐利輕身，而已半生蒙詬矣。「蘇武」等句，盡情湔洗。「用法」、「誰陳」，寄慨沈着。「莫怪」，喻以安命；「問津」，代爲訴天也。語語見肝膈。○太白有《流夜郎書懷》詩云：「二聖出遊豫，兩京遂丘墟。帝子許專征，秉旄控强楚。節制非桓文，軍師擁熊虎。人心失去就，賊勢騰風雨。僕卧香爐頂，餐霞漱瑶泉。門開九江轉，枕下五湖連。半夜水軍來，潯陽滿旌旃。空名適自誤，迫脅上樓船。徒賜五百金，棄之若浮煙。辭官不受賞，翻謫夜郎天。夜郎萬里道，西上令人老。掃蕩六合清，仍爲負霜草。日月無偏照，何由訴蒼昊。」按李詩與公詩相發，故錢箋備録之。

秦州見敕一云除目薛三據一作璩授司議郎畢四曜除監察與二子有故遠喜遷官兼述索居凡三十韻〔一〕

大雅何寥闊，斯人尚典刑。交期余潦倒，材力爾精靈。二子聲同日，諸生困一經。文章開突正異作窔奧〔二〕，遷擢潤朝廷。舊好何由展，新詩更憶聽。别來頭併白，相見眼終青。伊昔貧皆甚，同憂歲一作心不寧。棲遑分半菽，浩蕩逐流萍。俗態猶猜忌一作忍〔三〕，妖一作祅氛忽杳冥〔四〕。獨慚投漢閣，俱議哭秦庭〔五〕。還蜀祇無補〔六〕，囚梁亦固扃〔七〕。華夷相混合，宇宙一羶腥。帝力收三統〔八〕，天威總四溟。舊都俄望幸，清廟肅惟馨。雜種雖高壘，長驅甚建瓴〔九〕。焚香淑景殿〔一〇〕，漲水望雲亭〔一一〕。法駕初還日，群公若會星〔一二〕。宫臣仍點染，柱史正零丁。官忝趨棲鳳〔一三〕，朝迴歎聚螢。喚人看騕褭〔一四〕，不嫁惜娉婷。掘劍知埋獄一本劍獄倒轉，提刀見發硎。侏儒應共飽〔一五〕，漁父忌偏醒。旅泊窮清渭〔一六〕，長吟望濁涇〔一七〕。羽書還似急，烽火未全停。師老資殘寇，戎生及近坰〔一八〕。忠臣辭憤激，烈士涕飄零。上將盈邊鄙，元勳溢鼎銘。仰思調玉燭〔一九〕，誰定握一作淬青萍〔二〇〕。隴俗輕鸚鵡〔二一〕，原情類鶺鴒〔二二〕。秋風動關塞，高卧想儀形〔二三〕。

〔一〕《唐書》：東宫官屬，有司議郎四人。○索居，指二子言。二子亦由陷賊之故，得官甚遲。追述其留京待命之况也。人俱誤會，辯在後。○秦州詩。

〔二〕《爾雅》：室西南隅謂之奥，東南隅謂之窔。

〔三〕謂李林甫輩。

〔四〕謂安禄山等。

〔五〕《左傳》：吴入郢，申包胥如秦乞師。立依庭牆而哭，日夜不絶聲。

〔六〕《蜀志》：黄權降魏，曰：「臣降吴不可，還蜀無路。」

〔七〕《漢書》：梁孝王下鄒陽獄，陽從獄中上書。

〔八〕《後漢・志》：聖人必定曆數，以收三統。

〔九〕《漢紀》：地勢便利，其以下兵於諸侯，如居高屋之上建瓴水也。

〔一〇〕《長安志》：西内綵絲院西，有淑景殿。

〔一一〕弼曰：亦在西内。

〔一二〕會星，猶云聚星。

〔一三〕《劇談録》：含元殿左右，立棲鳳、翔鸞兩閣。

〔一四〕唤人，馬長鳴狀。郭璞曰：騕褭，神馬。

〔一五〕《東方朔傳》：侏儒飽欲死，臣朔饑欲死。

〔一六〕秦州與渭源近。

〔一七〕涇在長安北。

〔一八〕時鄴圍既潰，史思明且濟河會汴。

〔一九〕《爾雅》：四時調，謂之玉燭。

〔二〇〕陳琳箋：君侯秉青萍、干將之器。

〔二一〕用禰衡作賦事，自謂文才也。

〔二二〕原情，在原之情。

〔二三〕從仇本。舊作刑，與典刑複。

分四段看。起十二句，總領大意。本是統提二字，每每夾寫客中遥想之情，筆致生動。四爲冒中之冒。四以昔日之有聲久困，蹴起目前除授。四致遠聞之悲喜。相見即在「敕目」上見其名字，非面見也。次段亦十二句。仇云：申彼此舊交，及遭逢亂離之故。愚按：「投漢閣」，陷賊中也。「哭秦庭」，望諸節鎮出師也。「無補」，自謙脱賊任拾遺之事。「固扃」，謂二子亦嘗被賊拘於洛陽也。「混合」、「羶腥」，兩京陷没也。三段二十句。八言肅宗收京。四言從駕皆歸。而兩人尚困，故曰「點染」、「零丁」。爲兩人曾被賊拘，遂致嫌疑蹭蹬也。而曰「宫臣」、「柱史」者，就今日之官稱之，非謂其已除官也。八又以己陪襯而轉惜其發迹之遲。「趨鳳」，則己亦官於朝矣。「聚螢」，歎二子尚微也。「唤人」、「不嫁」，向常悲之；「掘獄」、「發硎」，今始快之。「共飽」、「偏醒」，傷晚遇以束彼，傷轉徙以起己，兩借筆也。末十二句，遠傷軍敗賊熾，以時艱責之二子。「調玉燭」，「握青萍」，望其昌言悟主，委任得人，使將權有專屬也。「隴俗」，自慨邊俗不知愛才；「原情」，自明交情有如同氣。結二，思深望遠，情見乎辭。○此詩，盧、仇諸本謬解甚多。今摘其尤者。如以「宫臣」、「柱史」二句，即指二子除司議、監察，是忘却上文「法駕初還」句矣。駕還在三年前，公是時正官於朝。若二子亦於是時授此官，何得至「秦州」始「見敕目」也。又如以「唤人」等句爲公自述，則「看」字、

「惜」字、「知」字、「見」字，如何着落。且既自云索居，則身在秦州，當詳秦州之況矣。若當年在京之索居，二字稔知之，何瑣瑣細述爲也。總由誤看題中「索居」二字，遂觸處都錯。

寄彭州高三十五使君適虢州岑二十七長史參三十韻〔一〕

故人何寂寞，今我獨淒涼。老去才難一作雖盡〔二〕，秋來興甚長。物情尤可見，辭客未能忘。海内知名士，雲端各異方。高岑殊緩步，沈鮑得同行〔三〕。意愜關飛動，篇終接混茫。舉天悲富駱，近代惜盧王〔四〕。似爾官仍貴，前賢命可傷。諸侯非棄擲〔五〕，半刺已翺翔〔六〕。詩好幾時見，書成無信一作使將。男兒行處是，客子鬭身强。羈旅推賢聖，沈緜抵咎殃〔七〕。三年猶瘧疾〔八〕，一鬼不銷亡〔九〕。隔日搜脂髓，增寒抱雪霜。徒然潛隙地，有腼屢鮮妝。何太龍鍾極，于今出處妨。無錢居帝里，盡室在邊疆。劉表雖遺恨，龐公至死藏。心微傍魚鳥，肉瘦怯豺狼。隴草蕭蕭白，洮雲片片黄〔一〇〕。天彭一云彭門劍閣外〔一一〕，虢略鼎湖旁〔一二〕。荆玉簪頭冷〔一三〕，巴箋染翰光〔一四〕。烏麻蒸續曬〔一五〕，丹橘露應嘗〔一六〕。豈異神仙宅，俱兼山水鄉。竹齋燒藥竈，花嶼讀書床。更得清新否，遥知對屬忙。舊官寧改漢〔一七〕，淳俗本歸唐〔一八〕。濟世宜公等，安貧亦士常。蚩尤終戮辱，胡羯漫猖狂〔一九〕。會待妖氛静，論文暫裹糧。

〔一〕洙云：彭州，今成都府彭縣。虢州，今河南府盧氏縣。

〔二〕翻用江淹才盡語。

〔三〕沈約、鮑照。

〔四〕《唐書》：富嘉謨，文章本經術，官監察御史卒。又：駱賓王，七歲能賦詩。武后時，徐敬業舉兵，署爲府屬。後亡命不知所之。又：盧照鄰爲鄧王典籤，王重其文，待以相如。自沈潁水死。又：王勃六歲善文辭，爲虢州參軍。渡海溺水，悸而卒。

〔五〕《通典》：武德元年，罷郡置州，改太守爲刺史，即古諸侯。

〔六〕庾亮書：别駕舊與刺史别乘，其任居刺史之半。錢箋：《職原》云：别駕、長史、司馬，通謂之上佐。

〔七〕沈約《蕭愐碑》：因遇沈痾，繇留氣序。

〔八〕原注：時患瘧病。

〔九〕《漢舊儀》：顓頊氏有三子，生而亡去。一居江水，爲瘧鬼。

〔一〇〕隴坂、洮水，皆近秦州。

〔一一〕《水經注》：李冰見氏道縣有天彭山，兩山相對，其形如闕，謂之天彭門。張孟陽《劍閣銘》：惟蜀之門，作固作鎮。

〔一二〕《左傳》：東盡虢略。《唐書》：虢州先曰鼎州，以鼎湖名。

〔一三〕《寰宇記》：荆山在鼎湖縣，出美玉。

〔一四〕《紙譜》：蜀箋紙有玉版、貢餘、金屑、表光之名。
〔一五〕《本草》：胡麻生中原山谷。陶隱居云：烏者良。
〔一六〕《蜀都賦》：户有橘柚之園。
〔一七〕《漢·百官表》：武帝初置部刺史。
〔一八〕《詩傳》：成王封叔虞於唐，其俗有堯之遺風。按：二句舊箋如此分貼兩人，似不必。
〔一九〕皆比安、史。

高、岑雖典州郡，亦可謂官職聲名俱入手矣。公在羈旅沈疴中，慨然遠想，故寄此詩。只分三段。首大段，總以懷人意，攝起高、岑之文章官職。起法便妙。似以故人側到今我，却仍以老興呼起詞客。賓主互用，筆如游龍。「何寂寞」者，何與我遠也。「物情可見」，在客路無依者，自知其苦。惟其深悟涼薄之物情，是以懷思舊遊之詞客也。「高岑」以下，以文章攝官職，見文人之遇亦通矣。「詩好」、「書成」，一筆頓住。中大段，自叙在秦病瘧；隨以道遠、身羈意，拖起高、岑。「男兒」、「客子」，提掇聳拔。本欲自説淒涼，偏能着此健筆。「行處是」，起「羈旅」。「鬬身强」，起「沈緜」。「三年」以下，頂「沈緜」。「龍鍾」、「出處」，牽上搭下。「無錢」以下，頂「羈旅」也。妙在「劉表」四句，隨借「羈旅」，鈎搭「高、岑」。言無計相依，没身僻處，心雖戀而路難行。恰好走入下段。末大段，深致健羨。又以官職攝文章，而歸結到太平聚首，以慰懷人之思。「隴」、「洮」，公身所處，似屬上段。然巧借彼此地名，攏合作線。於「草白」、「雲黄」，含側身長望意；於「劍外」、「湖旁」，含道遠莫致意。四句一片讀，方見其佳。以下四分寫，四合寫。色澤鮮麗，而以「清新」、「對屬」，打合文章。隨手以「舊官」、「淳俗」，借表國運緜昌，使其勉建功名。又復插入自己。然後盡情説興頭話，以冀將來之賊平運復，終相聚會。仍嵌論文字，令首尾一綫。洵神工也。〇識得「意愜關飛動，篇終接混茫」二語，方許讀杜。

寄岳州賈司馬六丈巴州嚴八使君兩閣老五十韻〔一〕

衡岳猿啼舊本二字倒裏，巴州鳥道邊。故人俱不利，謫宦兩悠一作茫然。開闢乾坤正，榮枯雨露偏。長沙才子遠〔二〕，釣瀨客星懸〔三〕。憶昨趨行殿〔四〕，殷憂捧御筵。討胡愁李廣〔五〕，奉使待張騫〔六〕。無復雲臺仗，虚修水戰船。蒼茫城七十〔七〕，流落劍三千〔八〕。畫角吹秦晉，旄頭俯澗瀍〔九〕。小儒輕董卓，有識笑苻堅〔一〇〕。浪作禽填海〔一一〕，那將血射天〔一二〕。萬方思助順，一鼓氣無前。陰散陳倉北〔一三〕，晴熏太白巔〔一四〕。亂麻屍積衛〔一五〕，破竹勢臨燕〔一六〕。法駕還雙闕，王師下八川〔一七〕。此時霑奉引，佳氣拂周旋。貔虎開一作閒金甲，麒麟受玉鞭〔一八〕。侍臣諳入仗，廄馬解登仙。花動朱樓雪，城凝碧樹煙。衣冠心慘愴，故老淚潺湲。哭廟悲風急〔一九〕，朝正霽景鮮。月分梁漢米〔二〇〕，春給一作得水衡錢〔二一〕。内蕊繁于纈，宫莎俗作花，非軟勝緜。恩榮同拜手，出入最隨肩。晚著華堂醉，寒重繡被眠。轡齊兼秉燭，書枉滿懷箋。　每覺昇元輔，深期列大賢〔二二〕。　秉鈞方咫尺〔二三〕，鎩翮再聯翩〔二四〕。　禁掖朋從改，微班性命全。　青蒲甘受一作就戮〔二五〕，白髮竟誰憐。　弟子貧原憲，諸生老伏虔〔二六〕。　師資謙未達，鄉黨敬何先。　舊好腸堪斷，新愁眼欲穿。　翠乾危棧竹，紅膩小湖一作池蓮〔二七〕。　賈筆論孤憤，嚴詩一作君賦幾篇〔二八〕。　定知深意苦，莫使衆人傳。　貝錦無停織，朱絲有斷絃。浦鷗防碎首，霜鶻不空拳。　地僻昏炎瘴，山稠隘石泉〔二九〕。　且將棋度日，應用酒爲年。　典郡終微眇〔三〇〕，治中實棄捐〔三一〕。　安排求傲吏，比興展歸田。　去去才難得，蒼蒼理又玄。　古人稱逝矣，吾道卜終焉。　隴外翻投跡〔三二〕，漁陽復控弦〔三三〕。　笑爲妻子累，甘與歲時遷。　親故行稀少，兵戈動接聯。　他鄉饒夢寐，失侶自迍邅。　多病加一作成淹泊，長吟阻靜便。　如公盡雄俊，志在必騰騫一云公如盡憂患，何事有陶甄。

〔一〕巴州，今爲縣，屬重慶府。　岳州，今爲府，在洞庭湖北。　○《肅宗紀》：九節度潰，汝州刺史賈至奔襄鄧。　王道俊曰：至貶岳州，因棄汝之故。《嚴武傳》：坐房琯事，貶巴州刺史。

〔二〕《漢書》：賈誼謫長沙王太傅。《西征賦》：賈生洛陽之才子。

〔三〕《後漢書》：嚴光釣處，爲嚴陵瀨。　又：光武與光共卧，太史奏客星犯帝座。

〔四〕指鳳翔。

〔五〕潼關、陳陶之敗。

〔六〕徵兵回紇，兼有借助吐蕃事。

〔七〕河北皆陷。《杜臆》：用燕破齊七十餘城事。

〔八〕《莊子》：趙文王喜劍客，來者三千人。按：此借作劍佩用。時朝士多陷賊者。

〔九〕旄頭，昴星也。指禄山。

〔一〇〕朱注：董卓殺於吕布，苻堅亡於鮮卑，喻賊必亡。

〔一一〕《山海經》：赤帝之女，溺東海，化爲鳥，名精衛，取西山木石填海。

〔一二〕《史記》：宋王偃盛血以革囊，懸而射，謂之射天。

〔一三〕《唐書》：鳳翔府寶雞縣，本陳倉。

〔一四〕太白山，亦在鳳翔。

〔一五〕子儀等大破安慶緒於衛州。

〔一六〕指范陽。

〔一七〕《上林賦》：八川分流。按：關中有八水，詳前卷。

〔一八〕《杜陽雜編》：軟玉鞭，天寶中異國所獻。屈之則頭尾相就，舒之則勁直如繩。

〔一九〕《舊書》：太廟爲賊所焚。上皇還，謁廟請罪。肅宗素服向廟哭三日。

〔二〇〕謝承《後漢書》：章帝分梁漢儲米給民。

〔二一〕《風俗通》：水衡與少府，皆天子私藏。

〔二二〕指房琯也。舊云：即指賈、嚴。誤。

〔二三〕房相當國未幾。

〔二四〕同官遷謫多人。

〔二五〕《漢書》：史丹直入卧内，伏青蒲上泣諫。服虔曰：青緣蒲席也。朱注：謂疏救房琯。

〔二六〕《日知録》：用事之誤，古所不免。詩本用濟南伏生事。伏生名勝，非虔。後漢有服虔，非伏也。

〔二七〕朱注：棧竹，屬巴州。湖蓮，屬岳州。蓋巴在棧閣之外，岳多湖泊。

〔二八〕趙注：賈能文，嚴能詩。南史有三筆六書也。放翁云：南朝詞人，謂文爲筆。按：賈筆嚴詩，亦分貼以諧律耳。賈非不能詩者，勿泥。

〔二九〕二句不必分屬巴、岳。

〔三〇〕嚴貶刺史。

〔三一〕賈貶司馬。《通典》：高宗改諸州治中，並爲司馬。

〔三二〕身在秦州。

〔三三〕思明繼反。

盧氏《杜闡》，以「開闢」、「榮枯」二語，作全篇關鍵。仇本因之，將「憶昨」以下八十八句，分兩大段應之，另截拖尾四句作結。甚不然也。夫宦途投寄之篇，牽連國事，自是文章架子。至其貼皮貼肉處，乃在交遊踪跡，今昔合離之間。今直以國故、行踪，劈分兩扇，不辨主客，是有作意而無作法矣。至其末四之割裂，尤爲可笑。大抵此等題以清出眼目爲標頭，以世故更歷爲緣起，以舊時同事爲烘托，以異地相勗爲歸宿。而其間錯綜變化，不拘一方。如此篇，起八句，提兩人謫官直起，是吾所謂標頭也。「憶昨」二十句，述帝在鳳翔時事。十二叙喪亂，八叙克復。而用「憶昨」、「殷憂」作提，則所言雖屬國事，主意仍以原彼此遭逢世亂之由，是吾所謂緣起也。「法駕」二十四句，述乘輿反正後事。提出「奉引」、「周旋」作把握，而又以「貔虎」等句，寫主上還京之喜，襯起「月分」等句，鋪排同官共事之樂。總以反擊下文之遷逐，是吾所謂烘托也。「每覺」四句，位置通局中腰，另爲一段。特揭主盟之房琯，以表諸人起倒之因，爲上下轉樞，具大神力。「禁掖」二十四句，叙彼此遷謫。八先自慨，四乃寄慨兩人。又十二，諄諄以詩文之禍爲誡。世故不深者不能言，交情不篤者亦不肯言。末二十句，申彼此情懷。妙將賈、嚴與己，相間低昂。八作揣摩太息語，恐其效傲吏歸田，致類己之甘心遯世。十二作在遠憂時語，見己身終廢，而世患方殷，故寄詩慰勉。終以「雄俊」「騰騫」勗之。此與上段，乃投寄正文，是吾所謂歸宿也。極有間架，長律正宗。○高、岑、賈、嚴，俱典州郡。而高、岑爲簡任，賈、嚴則左遷。故前篇云：「諸侯非棄擲，半刺已翱翔。」此篇云：「典郡終微眇，治中實棄捐。」事同情別，識此乃悟兩詩神理。

寄張十二山人彪三十韻〔一〕

獨卧嵩陽客〔二〕，三違潁水春〔三〕。艱難隨老母，慘澹向時人。謝氏尋山屐〔四〕，陶公漉酒巾〔五〕。群凶彌宇宙，此物在風塵〔六〕。歷下辭姜被〔七〕，關西得孟鄰〔八〕。早通交契密，晚接道流新。靜者心多妙，先生藝絶倫。草書何太古一云應甚苦，詩興不無神。曹植休前輩〔九〕，張芝更後身〔一〇〕。數篇吟可老，一字賣堪貧。將恐曾防寇，深潛託所親。寧聞倚門夕，盡力潔飧晨。疏懶爲名誤，驅馳喪我真。索居尤寂寞，相遇益愁一作悲，一作酸辛。流轉一云轉徙依邊徼〔一一〕，逢迎念席珍。時來故舊少，亂後別離頻。世祖修高廟〔一二〕，文公賞從臣〔一三〕。商山猶入楚〔一四〕，渭水不離秦〔一五〕。存想青龍秘〔一六〕，騎行白鹿馴〔一七〕。耕巖非谷口，結草即河濱〔一八〕。肘後符應驗〔一九〕，囊中藥未陳〔二〇〕。旅懷殊不愜，良覿眇無因。自古皆悲恨，浮生有屈伸。此邦今尚武，何處且依仁〔二一〕。鼓角凌天籟，關山倚月輪。官壕一作場羅鎮磧，賊火近洮岷〔二二〕。蕭瑟論兵地〔二三〕，蒼茫鬬將辰。大軍多處所，餘孽尚紛綸〔二四〕。高興知籠鳥，斯文起獲麟。窮秋正摇落，回首望松筠。

〔一〕《唐詩紀事》：彪蓋潁洛間靜者。天寶末，將母避亂。嘗有詩曰：「善道居貧賤，潔服蒙塵埃。慈母憂疢疾，室家念栖栖。」又有詩曰：「五穀無長年，四氣乃靈藥。」

〔二〕《述征記》：嵩山，東太室，西少室。嵩其總名。按：在今河南登封縣界。

〔三〕《水經》：潁水出少室山，東南入於淮。

〔四〕《謝靈運傳》：尋山造幽峻。嘗着木屐，上山則去前齒，下山則去後齒。

〔五〕《陶潛傳》：取頭上葛巾漉酒畢，還復著之。
〔六〕朱注：此物，蒙屐巾言。
〔七〕歷下，謂齊州。《海内先賢傳》：姜肱事繼母，年少。兄弟同被，不入室，以慰母心。
〔八〕關西，謂潼關以西，當指華州。朱注以爲關隴之西，即指秦州，與後良覿無因相戾矣。
〔九〕鍾嶸《詩品》：子建骨氣奇高，辭采華茂，粲溢今古，卓爾不群。
〔一〇〕羊欣《論書》：弘農張芝善草書，清勁絶倫，人謂之草聖。
〔一一〕自言入秦州。
〔一二〕世祖，光武廟號。《後漢書》：建武二年，立高廟於洛陽。
〔一三〕錢箋：至德二載，功臣皆加封爵。次年，九廟成。借漢、晉爲喻。
〔一四〕《十道志》：商洛山，在商縣東南。王維詩亦云：商山包楚鄧。
〔一五〕朱注：與《謁先主廟》詩「錦江原過楚，劍閣復通秦」同意。言天下復歸於唐也。按：亦寓彼此兩地所處。
〔一六〕《老君存思圖》：凡行道時所存，清旦，青雲之氣，帀滿齋室。青龍、獅子，備守前後。
〔一七〕《神仙傳》：衛叔卿嘗乘駕白鹿，漢武將臣之，不言而去。
〔一八〕《神仙傳》：河上公結草爲庵於河濱，讀《老子》。
〔一九〕《神仙傳》：張道陵弟子趙昇，七試皆過，乃授肘後丹經。

〔二〇〕《後漢·志》：王初平，性好道術，有藥數囊。

〔二一〕《論語》古注：仁者功施於人，故可倚。

〔二二〕洮水、岷山，在秦州西南。此邦以下，謂吐蕃也。

〔二三〕指華州迤東一帶。

〔二四〕此謂思明復熾，河南關輔皆設戍。

公與山人遇，始於齊，繼於華州。其華州之遇，當在將起身客秦、隴時也。舊誤以張曾來秦州相遇，遂至偏身荆棘。山人將母避亂，公重其人而憶之以此。「艱難隨老母，慘澹向時人。」乃一篇之主。其多藝、學仙，都屬點綴。○起十二句，叙清將母避亂事，隨帶出兩次相遇。而「歷下」「早通」是陪，「關西」「晚接」是主。此四句最得力，早伏寄懷之根矣。「静者」十二句，原其濟貧之具。非泛作贊詞，而又扣定將母，一絲不走。「寧聞倚門」者，不暫相違也。「疏懶」八句，夾入在華即遇即别之情，而深致客秦愁緒，與前後相映帶。「世祖」十二句，以世事粗安，聊遂學道娱親之志，按落一層，爲下文餘寇未平作反射，隨又渡落自己。「自古」八句，以身所處之不寧，引下山人近況。末八句，乃遥想其所居之擾攘，而寄候安否也。着「望松筠」三字，妙。「松筠」以比晚節，不漏「老母」。可謂滴滴歸源。○「蕭瑟」等句，舊亦失解。「論兵地」，猶言當日相與聚談處也。「闘將辰」，今皆爲用武之場也。「籠鳥」，謂彼遇亂家居，雖高興而坐困也。「獲麟」，謂我發憤著述，假斯文以奮筆也。○此篇極斷續安插起伏之妙，須細尋之。

建都十二韻〔一〕

蒼生未蘇息，胡馬半乾坤。議在雲臺上〔二〕，誰扶黄屋尊〔三〕。建都分魏闕，下詔闢荆門。恐失東人望〔四〕，其如西極存〔五〕。時危當雪恥，計大豈輕論。雖倚三階正〔六〕，終愁萬國翻。牽裾恨不死〔七〕，漏網辱殊恩。永負漢庭哭〔八〕，遥憐湘水魂。窮冬客江劍，隨事有田園。風斷青蒲節，霜埋翠竹根。衣冠空穰穰，關輔久昏昏。願枉一作駐長安日，光輝照北原〔九〕。

〔一〕《通鑑》：至德二載，以蜀郡爲南京，鳳翔爲西京，西京爲中京。上元元年九月，改置南都於荆州。《唐書》：上元初，以吕諲爲荆州刺史。諲請以荆州置南都，從之。於是號江陵府，以諲爲尹。○是時，公在成都草堂。

〔二〕江淹書：高議雲臺之上。

〔三〕《漢書注》：黄屋，天子之車。

〔四〕荆州地控吴、楚，在京師東南。

〔五〕長安本云西京。西極，當即指長安。朱氏指蜀，恐非。

〔六〕《東方朔傳》：願陳泰階六符。注：泰階，天之三階也。按：三階，即三台。三台六星，兩兩而居，形如階級。《晉書》曰：主開德宣符也。

〔七〕集中此等句意最多。意公在諫垣，別有切論時局事，不專是救房。

〔八〕賈誼策：可爲痛哭者一。

〔九〕弼云：北原，河北之地也。

錢箋於此詩，牽合房琯分鎮之議。與《洗兵馬》箋，同一肺腸。總欲借房琯作護身符。朱氏、仇氏駁之，極允。考是時，思明尚據東都，朝廷不能專意進取，長驅北向。乃反納荆州之議，張賊勢而惑衆心，失策甚矣。是詩可作一篇諫止南都疏讀。◯詩妙在不沾沾以諫止本事立説。起四，劈提殄寇宜急，勢如高屋建瓴。南都之非，不言已見矣。次八句，轉入本事。如老吏斷獄。「東人望」，原分建之心也。「西極存」，明本圖之重也。「當雪恥」、「豈輕論」，隱譏怯敵，以摧浮議也。「倚三階」、「愁萬國」，謂乘輿縱不輕動，群情難免危疑也。又次八句，傷放廢遷流而不得進諫。「負漢」、「憐湘」者，空抱賈忠，徒同屈放也。「斷節」、「埋根」，雖點節序，亦寓言伏蒲不再，班筍難聯也。結四，綰合老到。「穰穰」，括朝議情狀。「昏昏」，括寇偪情形。「枉日」、「輝原」，握定殄寇本旨，而忠悃溢於言表矣。本篇棐以進訏謨，尚得以詩人目之哉。

贈虞十五司馬〔一〕

遠師虞秘監〔二〕，今喜識玄孫。形象丹青逼，家聲器宇存。淒涼憐筆勢，浩蕩問詞源。爽氣金天豁〔三〕，清談玉露繁。佇鳴南岳鳳〔四〕，欲化北溟鯤。交態知浮俗，儒流不異門。過逢聯客位，日夜倒芳尊。沙岸風吹葉，雲江月上軒。百年嗟已半〔五〕，四坐敢辭喧。書籍終相與〔六〕，青山隔故園。

〔一〕黄鶴編成都。

〔二〕《唐書》：虞世南爲秘書少監，封永興縣子。歿，太宗敕圖其像於淩煙閣。時稱世南五絶，四曰文詞，五曰書翰。

〔三〕張衡賦：顧金天而歎息兮。

〔四〕劉公幹詩：鳳凰集南嶽，徘徊孤竹根。

〔五〕上元元年，公年五十。

〔六〕《魏志》：蔡邕聞王粲在門，倒屣迎之。謂座客曰：「此王公孫也，有異材，吾家書籍文章，盡當與之。」

前八，贊司馬之象賢。中四，上下之鈕。言雖屈抑於此，不久飛鳴而去。但我寥落孤踪，得比名門之彦，爲樂有同群耳。後八，叙游宴而悲客老。意欲常親，而詞難直遂。「終相與」者。意若望其久聚。爲客裏寡歡故也。然口角間，則謂文章一道，終當付之此人。蓋不敢以私情絆其足也。正與「佇鳴」、「欲化」相應。○口祝其去，心欲其留。恬吟良久，乃得其神。

奉和嚴中丞西城晚眺十韻〔一〕

汲黯匡君切〔二〕，廉頗出將頻。直詞才不世，雄略動如神。政簡移風速，詩清立意新。層城臨暇一作媚景，絶域望餘春。旗尾蛟龍會，樓頭燕雀馴。地平江動蜀，天闊樹浮秦。帝念深分閫，軍須遠算緡〔三〕。花羅封蛺蝶，瑞錦送麒麟〔四〕。辭第輸高義〔五〕，觀圖憶古人〔六〕。征南多興緒〔七〕，事業闇相親。

〔一〕嚴武第一次鎮蜀。○入寶應元年。

〔二〕《漢·汲黯傳》：武帝召爲大中大夫，數切諫。

〔三〕《漢書》：元狩元年，初算緡錢。師古謂：有儲錢者，計其緡貫而算之。

〔四〕蛺蝶、麒麟，羅錦上綺文。

〔五〕《霍去病傳》：上爲治第，對曰：何以家爲。

〔六〕公有《同嚴公咏蜀道畫圖》詩。

〔七〕杜預，公之始祖。《晉書》本傳：預贈征南大將軍。

前後各八句。中四句爲鈕。前段，四言由臺諫而節鎮，首詳履歷也。四言倡咏西城，蒙上而美其政速。由「政速」脱出「詩新」，由「詩新」倒拈臨眺，因臨眺搭入「絶域」。即以起下，字字筋節。中四句，本形容「晚眺」氣勢也。借此即顯出重鎮規模，恰好引動下文贊揚奉和之脉，腕下如神輪鬼運。後段，見和詩情事。四頌其倚眷深至。「遠算緡」者，料檢軍儲，敉以上下交裕也。「羅」「錦」「封」「送」，鋪張寵渥也。四美其高懷逸興。「辭第」、「觀圖」，不顧私家，講求形要也。以自家遠祖事業相期，彼此交關，典重精切。而點逗「奉和」意，正在隱躍之間。其妙難言。

奉送嚴公入朝十韻〔一〕

鼎湖瞻望遠〔二〕，象闕憲章新〔三〕。四海猶多難，中原憶舊臣。與時安反側，自昔有經綸。感激張天步，從容靜塞塵。南圖迴羽翮，北極捧星辰。漏鼓還思晝，宮鶯罷囀春。空留玉帳術〔四〕，愁殺錦城人。閣道通丹地〔五〕，江潭隱白蘋。此生那老蜀，不死會歸秦。公若登台輔，臨危莫愛身。

〔一〕代宗既立，召武還朝。尋充二聖山陵橋道使。

〔二〕上皇及肅宗，俱以四月晏駕。

〔三〕代宗初踐位。

〔四〕《唐·藝文志》兵家，有《玉帳經》一卷。《雲谷雜記》：袁卓《遁甲專征賦》：或倚直使之遊宮，或居貴神之玉帳。乃兵家厭勝之方位。

〔五〕《晉書》：閣道六星，飛道也。按：詩又借映劍閣棧道。《漢官儀》：省中皆胡粉塗壁，以丹塗地。此未出成都贈之也。前八句，四提召還之由。見代嬗伊始，爲時艱而「憶舊臣」，鄭重得體。四頌舊績而勉新功，敲緊嚴公身上。中四句，叙入朝正面。後八句，從嚴入己。離別之情，留滯之感，責難之義，無處不到。○附嚴酬詩。

酬別杜二　　嚴武

獨逢堯典日，再睹漢官儀。未効風霜勁，空慚雨露私。夜鐘清萬户，曙漏拂千旗。並向殊庭謁，俱承別館追。斗城憐舊路，涪水惜歸期。峰樹還相伴，江雲更對垂。試迴滄海棹，莫妬敬亭詩。祇是書應寄，無忘酒共持。但令心事在，未肯鬢毛衰。最悵巴山裏，清猿惱夢思。

送嚴侍郎到綿州同登杜使君江樓宴得心字〔一〕

野興每難盡，江樓延賞心〔二〕。歸朝送使節，落景惜登臨。稍稍煙集渚，微微風動襟。重船依淺瀨，輕鳥度曾陰。檻峻背幽谷，窗虚交茂林。燈光散遠近，月彩静高深。城擁朝來客，天横醉後參〔三〕。窮途衰謝意，苦調短長吟。此會共能幾，諸孫賢至今〔四〕。不勞朱户閉，自待白河沈〔五〕。

〔一〕時稱侍郎，與二史不合。未知孰誤。○《一統志》：綿州在成都府東北三百餘里。唐天寶初，改巴西郡。乾元初，復爲綿州。

〔二〕江，涪江也。《一統志》：涪江，南經江油縣，至劍州南入綿州界。《方輿勝覽》：樓枕綿州城之東南隅。

〔三〕《晉書》：參十星，一曰參伐。按：七月見參，夜向闌矣。諸注俱引參分在蜀爲證，不知經星之現，各有時序，設在五六月間，亦用參橫，爲識者嗤矣。注之誤人如此。

〔四〕謂杜使君。

〔五〕白河，天河。

此晚登而夜宴也。起四，叙事。中八，登樓之景，由晚入夜。後八，就夜宴中觸起離情。直欲竟夜方休，蓋難爲別也。○「諸孫」句，帶筆太率。

送梓州李使君之任〔一〕

籍甚黄丞相，能名自潁川〔二〕。近看除刺史，還喜得吾賢。五馬何時到〔三〕，雙魚會早傳〔四〕。老思筇當作桃竹杖一作杖拄〔五〕，冬要錦衾眠〔六〕。不作臨岐恨，惟聽舉最先。火雲揮汗日，山驛醒心泉。遇害陳公殞〔七〕，于今蜀道憐。君行射洪縣，爲我一潸然。

〔一〕原注：故陳拾遺，射洪人也。篇末有云。○《唐書》：梓州梓潼郡。乾元後，分東西川，梓爲東川節度治。按：今爲潼川州。射洪縣，在州南。陳拾遺，謂子昂。○鶴編綿州詩。

〔二〕《漢書》：黄霸拜潁川太守，咸稱神明。後徵爲丞相。

〔三〕《遯齋閒覽》：漢制，太守四馬，其加秩乃右驂。

〔四〕古詩：遺我雙鯉魚。

〔五〕《竹譜》：笻竹，高節實中，剖爲杖，出邛都縣。按：詩似欲索此於李。邛去梓甚遠，不應以此爲囑。考志：潼川土産，有桃竹，出江心蟠石上，可爲杖。公有《桃竹杖引》，正謂此。笻字定誤。仇注以杖對眠，杖字活用。

〔六〕梓産當有織成被材。

〔七〕《舊書》：子昂父在鄉，爲縣令段簡所辱。子昂遽還鄉，簡乃因事收繫，憂憤而卒。

各四句轉意。首頌而祝之。次以書信土物爲期。次叙别景，而曰「聽舉最」，曰「醒心泉」，帶勗勉意。末囑其留心耆舊。雖冤不及伸，而家或可恤，刺史職也。於此見公古誼。

陪章留後侍御宴南樓得風字〔一〕

絶域長夏晚，兹樓清宴同。朝廷燒棧北〔二〕，鼓角漏舊作滿，誤天東〔三〕。屢食將軍第一作邸〔四〕，仍騎御史驄。本無丹竈術一作訣，那免白頭翁。寇盜狂歌外，形骸痛飲中。野雲低渡水，簷雨細隨風。出號江城黑〔五〕，題詩蠟炬紅。此身醒復醉，不擬哭途窮。

〔一〕鶴注：寶應及廣德元年之春，守梓州者，李使君也。是年夏，守梓州者，章侍御也。按：兩川既分，梓爲東川節度治所。前此嚴武兼攝，至是章彝以梓守爲留後。《通典》：節度使朝覲，則置留後。○廣德元年梓州詩。

〔二〕《漢書》：張良説高祖燒絶棧道。按：上年奴刺等入寇，燒大震關。然本句只是言去國之遠。

〔三〕《梁益記》：雅州西北，有大小漏天。按：雅州，西接蕃境。曰漏天東，見備蕃方急。

〔四〕章攝節度事，故稱將軍。

〔五〕《通鑑》注：凡用兵下營，就主帥取號。

詩當是醉後所成。但自寫牢騷，絶不周旋世法。狂豪之態如見。分兩截看：前言身遥世亂，而依人以老，是叙事；後言身世兩忘，一託之於酒，是述懷。其陪宴賦詩，前後略帶而已，故曰醉後詩也。○「燒棧北」，在燒棧之北也。下句倣此。「騎驄」，謂章授公以馬也。

陪章留後惠義寺餞嘉州崔都督赴州〔一〕

中軍待上客，令肅事有恒。前驅入寶地，祖帳飄金繩〔二〕。南陌既留歡，茲山亦深登。清聞樹杪磬，遠謁雲端僧。迴策匪新崖一作岸，非，所攀仍舊藤。耳激洞門飆，目存寒谷冰。出塵閟軌躅，畢景遺炎蒸〔三〕。永願坐長夏〔四〕，將衰棲大乘〔五〕。羈旅惜宴會，艱難懷友朋。勞生共幾何，離恨兼相仍。

〔一〕寺在梓州北山。《唐書》：嘉州屬劍南東道。《舊書》：乾元元年，升嘉州爲中都督，尋罷。

〔二〕《觀經》：琉璃地上，以黄金繩雜厠間錯。

〔三〕鮑照詩：侵星赴早路，畢景逐前儔。

〔四〕禪家有解制休夏之名。權德輿《酬靈徹上人》亦云：在薦福寺坐夏。

〔五〕李顒《大乘賦序》：大乘者，如來之道場也。故緣覺、聲聞，謂之小乘。

此詩可古可排。前四句，點題面。後四句，叙别情。中十二句，詳述登覽。○中段，四虚提登山向寺也。四實摹磴道盤紆，巖磴涼冷之趣也。四深致到寺留戀心事也。舊以「迴策」以下，作迴身下山解，謬以千里。

送陵州路使君之一作赴任〔一〕

王室比多難，高官皆武臣〔二〕。幽燕通使者〔三〕，岳牧用詞人。國待賢良急，君當拔擢新。佩刀成氣象〔四〕，行蓋出風塵。戰伐乾坤破，瘡痍府庫貧。衆寮宜潔白，萬役但平均。霄漢瞻佳士，泥途任此身。秋天正摇落，迴首大江濵。

〔一〕《唐書》：陵州仁壽郡。按：在今成都府仁壽縣境。

〔二〕朱注：是時諸州久屯軍旅，多以武將兼領刺史。按：《有感》詩：「領郡輒無色，之官皆有詞。」正謂此。

〔三〕時史朝義已死，諸將皆降順。

〔四〕《晉書》：吕虔爲刺史，有佩刀。相者以爲必三公可服。乃贈别駕王祥曰：「卿有公輔之望，故相與也。」

起四句，述簡用之由。一往一今，綜括玄、肅、代三朝之局。令千載了然。讀史歷數册，不如此四語也。中八句，正告使君，是詩腹。上四，作其鋭，壯其行。下四，剴切懇到，時弊政經，字字金石。末四句，致贈送之意。結語，望其念我流寓，正欲其思我箴規也。官郡守者，各宜銘一通於座右。○舊謂陵州經亂無考。不知「戰伐」字，詩原不指陵州。蓋自兵興以來，所在供應不支。雖未被寇，亦皆困竭。

與嚴二郎奉禮别〔一〕

别君誰暖眼，將老病纏身。出涕同斜日，臨風看去塵。商歌還入夜〔二〕，巴俗自爲鄰。尚愧微軀在，遥聞盛禮新〔三〕。山東群盜散，闕下受降頻。諸將歸應盡〔四〕，題書報旅人。

〔一〕《唐書》：太常寺奉禮郎二人，掌班會朝會之禮。○集外詩。
〔二〕《淮南子》：甯戚飯牛車下，擊牛角而疾商歌。
〔三〕是年春，史朝義死。田承嗣、李懷仙，各以州降。盛禮，言獻俘告廟等事。
〔四〕歸，謂歸命來朝。

詩作于秋間，所言皆春間河北降附之事。蓋以嚴二職掌朝會，故舉此爲祝。時諸將雖已順命，實未入朝。此亦冀望之詞也。○徑從送別起，中後轉出作意。○「暖眼」字新。

王閬州筵奉酬十一舅惜别之作〔一〕

萬壑樹聲滿，千崖秋氣高。浮舟出郡郭，别酒寄江濤〔二〕。良會不復久，此生何太勞。窮愁但一作惟有骨，群盜尚如毛〔三〕。吾舅惜分手，使君寒贈袍。沙頭暮黄鶴一作鵠，失侣自一作亦哀號。

〔一〕閬州，今保寧府治。其時有《送二十四舅赴任青城》詩，見三之三。又有《送十一舅往青城》詩，見一之三。蓋十一舅往二十四舅任所也。○閬州詩。

〔二〕嘉陵江，遶閬州城西。

〔三〕賈誼《新書》：反者如蝟毛而起。

十一舅先有留别之詩，而公酬之也。前四，虚寫别筵。中四，虚寫别况。末四，實點賓主。而惜别之情，則三層各見。不分段。○「别酒」，王之餞。「太勞」，舅之行。「窮愁」，身之苦。「群盜」，世之亂。「舅惜分」，點清留詩。「使君贈」，帶表主誼。「沙頭」「失侣」，自比酬别。

贈裴南部〔一〕

塵滿萊蕪甑〔二〕，堂横單父琴〔三〕。人皆知飲水〔四〕，公輩不偷金〔五〕。梁獄書應上〔六〕，秦臺鏡欲臨〔七〕。獨醒時所嫉，群小謗能深。即出黄沙在〔八〕，何須白髮侵〔九〕。使君傳舊德，已見直繩心〔一〇〕。

〔一〕原注：聞袁判官自來，欲有按問。○南部縣，屬閬州。

〔二〕《范丹傳》：甑中生塵，范史雲；釜中生魚，范萊蕪。

〔三〕《吕氏春秋》：子賤爲單父宰，彈琴不下堂而治。

〔四〕《晉書》：鄧攸爲吴郡守，載米之官，飲吴水而已。

〔五〕《漢書》：直不疑爲郎。有告歸者，持同舍郎金去。意不疑，不疑償之。後歸者歸金，金主慚。

〔六〕鄒陽事。

〔七〕《西京雜記》：高祖入咸陽宮，有方鏡。人直來照，影倒現。以手掩心，即見腸胃。女子有邪心，則膽張。

〔八〕仇注：黄沙，獄名。《魏高柔傳》注：柔爲黄沙御史。

〔九〕勸裴無過慮而髮白。

〔一〇〕《晉書》：李胤恭恪直繩，百官憚之。

裴以清節蒙獄。公爲此詩，一紙辨誣狀也。先表之，次原之，終慰之。「秦鏡」、「直繩」，兼頌判官。得體。

江陵望幸〔一〕

雄都元壯麗，望幸欻威神。地利西通蜀，天文北照秦〔二〕。風煙含越鳥，舟楫控吴人。未枉周王駕〔三〕，終期漢武巡〔四〕。甲兵分聖旨，居守付宗臣。早發雲臺仗，恩波起涸鱗。

〔一〕朱注：上元初，吕諲請荆州置南都。於是更號江陵府，以諲爲尹。置永平軍萬人，以遏吴、蜀之衝。廣德元年，乘輿幸陝。以衛伯玉有幹略，拜江陵尹，充荆南節度觀察使。時公在巴閬，傳聞欲幸江陵，故有此作。按：幸陝，以吐蕃陷京故。

〔二〕《晉志》：柳星張，周三輔。翼軫，楚荆州。按：秦分、楚分，諸宿相聯，皆南方朱鳥之宿。故云。

〔三〕用平王東遷事。

〔四〕《漢書》：武帝南巡，至於盛唐。按：盛唐，漢南郡地。

前叙形勢極簡要，後述望幸極委悉。○公作《建都》十二韻，大以江陵之舉爲非。兹顧若爲勸駕者，蓋以初聞幸陝之信，懸揣蕃寇披猖，深懼乘輿播越，姑結爲遠避其鋒之想。亦忠愛之心所迫耳，豈自背其初論哉。

傷春五首〔一〕

天下兵雖滿，春光日自濃。西京疲百戰，北闕任群凶〔二〕。關塞三千里，煙花一萬重。蒙塵清露急〔三〕，御宿且誰供〔四〕。殷復前王道，周遷舊國容〔五〕。蓬萊足雲氣〔六〕，應合總從龍。

〔一〕原注：巴、閬僻遠，傷春罷，始知春前已收宮闕。○帝以元年十二月還京，詩作於二年春首。所言乃皆未復國事，則紀事失實矣。原注明僻遠信遲之故，乃詩成得信後所記也。諸本多將此詩編在收京等篇之後，并原注亦不解矣。可怪也！

〔二〕《通鑑》：元年十月，吐蕃陷京。吕月將戰於盩厔，爲所擒。高暉、王獻忠等，迎蕃入長安。立邠王孫承宏爲帝。

〔三〕《通鑑》：吐蕃度渭橋，上倉卒幸陝。

〔四〕《漢書注》：御宿苑，在長安城南。或云御羞。按：此借作車駕止宿之義。

〔五〕遷字，作還字義看。

〔六〕《雍録》：自丹鳳門北，則有含元、宣政、紫宸三殿，皆在山上。又北而爲蓬萊，則山勢盡矣。

五詩大旨，誌失國之感，而切還京之望也。當是初逢春候所成。再遲則去冬反正之信已至，不復有此詩矣。○首章爲五詩之總。起二句，統冒本章，即統領五首。「西京」六句，應「兵滿」。「殷復」四句，應「春濃」。「兵滿」所謂失國之感，「春濃」所謂還京之望也。「春濃」直應到卒章「修德」、「時和」意。○一，領事。二，領春。三、四，點京陷。五、六，帶入自己，見身遠路遥。七、八，懸想行在之慘。九、十，冀幸反正之詞。「周遷」着「舊國」字，借言復國可知，與「殷復」句例看。結言群情樂於反正而從之也。舊於此四句，俱以車駕出奔，群臣莫從爲解，何其剌謬。

鶯入新年語，花開滿故枝。天清一作青風捲幔，草碧水連一作通池。牢落官軍遠〔一〕，蕭條萬事危。鬢毛元自白，淚點向來垂。不是無兄弟，其如有別離〔二〕。巴山春色静〔三〕，北望轉逶迤。

〔一〕《通鑑》：上徵諸道兵，忌程元振居中，莫有至者。

〔二〕公弟穎、觀、豐，皆在他鄉，惟占從入蜀。時又以檢校草堂往成都。

〔三〕《唐書》：閬州本隆州巴西郡。

次章，以身在閬州，故就閬中春景，寫望闕之懷。前後多述事，而此獨言情，正爲「傷」字空中洗發也。與首章之「關塞」、「煙花」，卒章之「人泣薜蘿」相應，確是第二首之體。本是憂朝廷，而兼及兄弟者，在羈旅言羈旅，情所必至耳。○一、二，春意起。三、四，便有引領北望之概。五、六，帶時事。七、八，清還傷字意。九、十，見我心之傷，無復親人告語，不止是離別之悲。結聯仍點題旨。

日月還相鬭，星辰屢合圍。不成誅執法〔一〕，焉得變危機〔二〕。大角纏兵氣〔三〕，鈎陳出帝畿〔四〕。煙塵昏御道，耆舊把天衣。行在諸軍闕，來朝大將稀。賢多隱屠釣，王肯載同歸。

〔一〕《石氏星經》：執法四星，在太陽首西北。主刑餘之人，内常侍官也。《晉・天文志》：太陽守西北四星曰勢。勢，腐刑人也。按：《星經》有執法，而無勢星。《晉書》有勢星，而無執法。總之皆謂此星，蓋古今異名。詩正以比宦官程元振也。注家或引《史記》南四星執法中端門，不知此爲太微之藩。或據《觀象書》熒惑一名執法，不知此爲火星之號。夫三垣五緯，色正芒寒，而可以擬閹人，且得戮辱之乎？悖矣！

〔二〕《通鑑》：程元振專權，諸將有功，皆欲害之。致上狼狽，徵兵莫至。柳伉上疏，略曰：「必欲存宗廟社稷，獨斬元振首，馳告天下。然後下詔引咎，募士西赴朝廷。如此而兵不至，人不感，臣請寸斬以謝陛下。」上但削元振官爵放歸。

〔三〕《晉·志》：大角在攝提間，天王座也。按：大角止一星，與斗杓相直。

〔四〕《星經》：鈎陳六星，主天子六軍。按：星在紫宫之内，華蓋之下，如斗形。其魁中又有一星，曰天皇大帝。

三章，正述時事。而前四後四，俱是發議。中四，乃是叙述。寬吐蕃而甚元振，探禍本，揭罪魁也。然君側不便指斥，故借懸象爲諷。○一，言寇擾。二，即引起蒙蔽。三、四，指出病根，言所以「危機」不轉之故，由於鉏奸不決也。中四，正叙「危機」。九、十，言諸道不至，申「焉得變」。結以進賢立論，正是去奸對面。誅奸以勸賢，允爲當時切務。

再有朝廷亂〔一〕，難知消息真。近傳王在洛〔二〕，復道使通一作歸秦〔三〕。奪馬悲公主〔四〕，登車泣貴嬪〔五〕。蕭關迷北上〔六〕，滄海欲東巡〔七〕。敢料安危體，猶多老大臣。豈無嵇紹血〔八〕，霑灑屬車塵。

〔一〕明皇一失國，此爲再失國。

〔二〕幸陝後，程元振曾有勸都洛陽之議。

〔三〕《唐書》：吐蕃留京師十五日，乃走。退圍鳳翔，鎮西節度使馬璘以千騎戰却之。

〔四〕《北魏鑑》：高歡出釜口，道逢北鄉長公主，有馬三百匹，盡奪而易之。

〔五〕《晉書》：成帝咸和年，蘇峻逼遷天子，帝哀泣升車，宮中慟哭。

〔六〕《一統志》：蕭關，在平凉府鎮原縣西北。考史：是時其地皆爲左衽，故曰迷。

〔七〕《史記》：秦始皇東巡郡縣。按：此即傳聞欲幸江陵之旨。

〔八〕《晉書》：惠帝北征，敗績於蕩陰。嵇紹以身捍衛。兵交御輦，紹被害，血濺帝服。

四章，亦述時事，却從僻遠不得實信摹寫出來，純是架虛立格。前八，詳傳聞之不一。後四，又出議論。○「難知消息」，全首總領。「近傳」，疑之。「復道」，幸之。五、六，想當然語。七、八，并不知所向。第九束上。第十是歸重處。時則專倚郭子儀，又如顔真卿輩，亦最稱忠懇。故曰「猶多」。「嵇血」「灑塵」，申「老大臣」之可仗。而自己一副血性，亦從此吐露。○首兩章，是兩層提挈體。末章，是收束體。故俱帶春意以還題。此與上章，爲五詩之腹，專行叙議，故不及春意。此等處，皆非苟作者。

聞説初東幸〔一〕，孤兒却走多〔二〕。難分太倉粟，競棄魯陽戈〔三〕。胡虜登前殿，王公出御河。得無中夜舞〔四〕，誰憶大風歌〔五〕。　春色生烽燧，幽人泣薜蘿。君臣重修德〔六〕，猶足見時和。

〔一〕陝在京師東。

〔二〕《漢紀》注：從軍死事者之子，養羽林，教以五兵，謂之羽林孤兒。

〔三〕《淮南子》：魯陽公與韓遘戰酣，日暮，援戈而麾之，日返三舍。考鑑：上幸陜，官吏六軍奔散，無復供擬。扈從將士，不免饑餒。乃幸魚朝恩營。

〔四〕《晉書》：祖逖與劉琨共寢，中夜聞雞鳴，因起舞曰：此非惡聲也。

〔五〕此取歌辭歸故鄉、得猛士之義。

〔六〕「重修」，猶云增修。重字讀從去，義從平。

卒章，爲五詩結局，上八，隱括失國流離之感。下四，重致還京興治之望。而主意歸到後幅，回合傷春，與一二兩章收應。旅農云：亂極思治，猶冬盡還春，故以時和爲歸結。〇前四，補寫前詩所未詳。五、六，括陷京事。七、八，括「嵇紹血」、「載同歸」等意。「春色」句還題。「春色」而「生烽燧」，用意慘澹。「幽人泣」，應還次章。「修德」、「時和」，應還首章之「蓬萊足雲」。必如是，而始覺春光日濃，重遊太和宇宙耳。允爲忠懇純臣之心事，吉祥可願之文章。盧世㴶曰：就排場中而封事出焉。本領體裁，絶世獨立。

春　歸〔一〕

苔逕臨江竹，茅簷覆地花。别來頻甲子，倏忽一作歸到又春華。倚杖看孤石，傾壺就淺沙。

遠鷗浮水静，輕燕受風斜。世路雖多梗，吾生亦有涯。且應一作此身醒復醉，乘興即爲家。

〔一〕以後係嚴武復鎮，公歸成都詩。

前四，叙述。中四，寫景。後四，遺意。○宋人極稱「輕燕受風斜」句。愚按：上句妙在「静」字，此句妙在「受」字。

贈王二十四侍御契四十韻〔一〕

往往雖相見，飄飄愧此身。不關輕紱冕，但一作俱是避風塵。一别星橋夜〔二〕，三移斗柄春〔三〕。敗亡非赤壁〔四〕，奔走爲黄巾〔五〕。子去何瀟灑〔六〕，余藏異隱淪。書成無過雁，衣故有懸鶉〔七〕。恐懼行裝數〔八〕，伶俜卧疾頻。曉鶯工迸淚，秋月解傷神。會面嗟黧黑，含悽話苦辛。接輿還入楚，王粲不歸秦。錦里殘丹竈，花溪得釣綸。消中祇自惜〔九〕，晚起索誰親。伏柱聞周史〔一〇〕，乘槎有漢臣。鵷舊作鴛鴻不易狎，龍虎未宜馴。客即一作則掛冠至〔一一〕，交非傾蓋新。由來意氣合，直取性情真。浪跡同生死〔一二〕，無心耻賤貧。偶然存蔗芋，幸各對松筠。粗飯依他日，窮愁怪此辰。女長裁褐穩，男大卷書勻。漰當作灌口江如練〔一三〕，蠶崖雪似銀〔一四〕。名園當翠巘，野棹没青蘋。屢喜王侯宅〔一五〕，時邀江海人。追隨不覺晚，款曲動彌旬。但使芝蘭秀，何煩棟宇鄰。山陽無俗物〔一六〕，鄭驛正留賓〔一七〕。出入並鞍馬，光輝參席珍。重遊先主廟〔一八〕，更歷少城闉〔一九〕。石鏡通幽魄，琴臺隱絳脣〔二〇〕。送終惟糞土，結愛獨荆榛〔二一〕。置酒高林下，觀棋積水濱。區區甘累趼，稍稍息勞筋。網聚黏圓鯽，絲繁煮細蓴。長歌敲柳癭〔二二〕，小睡凭藤輪〔二三〕。農月須知課〔二四〕，田家敢忘勤。浮生難去食，良會惜清晨。列國兵戈暗，今王德教淳。要聞除猰貐〔二五〕，休作畫麒麟〔二六〕。洗眼看輕薄，虛懷任屈伸。莫令膠漆地，萬古重雷陳〔二七〕。

〔一〕朱注：元結《别王佐卿序》：癸卯歲，京兆王契佐卿，年四十六。頃去西蜀，對酒欲别。仇注：黄鶴以王契爲蜀人者，得之。元結所云，另是一人。愚按：朱説爲是，詳詩解。

〔二〕蜀太守李冰，造七星橋。

〔三〕公實應初，送嚴武去蜀。至是歸，三年矣。

〔四〕《荆州記》：蒲圻縣沿江南岸，名赤壁。昔周瑜破曹操處。

〔五〕謂避徐知道之亂。

〔六〕侍御還京，即元結送别之時。

〔七〕《荀子》：子夏家貧，衣若懸鶉。《説文》：鶉，鴾屬。

〔八〕遊緜、遊梓、遊閬。

〔九〕《後漢·李通傳》：素有消疾。《素問》：多食數溲曰消中。

〔一〇〕王康琚詩：老聃伏柱史。

〔一一〕《後漢·逢萌傳》：解冠挂東都門而去。

〔一二〕《史記》：讀《鵩鳥賦》，同生死，輕去就。

〔一三〕朱注：湔，當作堋。謂導江縣有都安堰，蜀人謂堰爲堋。愚按：乃灌字之訛。《一統志》：唐於灌口置盤龍縣，尋改導江縣，即今灌縣也。公《西山》詩亦嘗以灌口、蠶崖對舉。

〔一四〕《寰宇記》：蠶崖在導江縣西。

〔一五〕仇注：王侯多第宅，本出古詩。此却指王姓言。愚按：此解亦未安。侍御恐是賃故侯廢宅爲居者，即上所云翠巘名園也。

〔一六〕嵇康等竹林遊跡。

〔一七〕鄭莊置驛馬於郊，以通賓客。

〔一八〕在成都城南。

〔一九〕在成都西門外。

〔二〇〕前在成都，有《石鏡》《琴臺》二詩。

〔二一〕朱注：送終蒙石鏡，結愛蒙琴臺。

〔二二〕曹植詩：我有柳癭瓢。

〔二三〕洙曰：藤輪，蒲團也。按：當如隱囊之類。

〔二四〕《後漢書》：每於農月，親度頃田。

〔二五〕《淮南子》：堯之時，猰貐爲民害。

〔二六〕朱注引《朝野僉載》：楊炯目朝官爲麒麟楦，言如弄假麒麟，刻畫角毛，覆驢而走，及脱皮，還是驢耳。今按：本文乃自謂，無規刺侍御之意。當主圖形麟閣。休作，猶言不作此想。

〔二七〕雷義、陳重，交如膠漆。

詳詩意，侍御亦以京兆人而流寓於蜀者。當公初入蜀時，侍御大約亦以事在蜀，與公相遇。屬公有梓、閬之行，侍御尋亦還京。而其意中或頗愛蜀中風土，遂復謝職移家於此。其留止處，蓋在導江縣。至是，公復自閬還成都，相距五十里間。往來過從，重尋舊好。此詩曲叙其事。○起四句，總領來蜀相逢大意，筆情飄忽。第二段，歷叙離合情節。「一别」四句，溯别之由。「子去」八句，先帶言侍御還朝，次自述梓、閬旅況。「會面」八句，先帶出重逢一筆，次詳訴歸蜀苦辛。「伏柱」八句，申叙侍御再來，而我得忘形相與，文勢一束。其曰「乘槎」，借言漂泛耳，非奉使也。第三段，詳叙彼此相過會宴之樂，是此詩正文，故片段較長。「浪跡」四句，小作提挈。「粗飯」四句，以固窮意作一折。「湔口」十二句，則公過侍御。「出入」十二句，則往復同遊。「網聚」八句，則侍御過草堂。文勢又一束。末八句，自感身世，而以古道交相勗。言「兵暗」、「德淳」，久已欲聞禍亂之平。而此身不作功名之想，人世多輕薄之，而我固屈伸自任也。君之愛我，不同流俗，他鄉結契，無使雷、陳專美哉。

寄司馬山人十二韻

關内昔分袂〔一〕，天邊今轉蓬。驅馳不可説，談笑偶然同。道術曾留意，先生早擊蒙。家家迎薊子〔二〕，處處識壺公〔三〕。長嘯峨嵋北，潛行玉壘東。有時騎猛虎〔四〕，虚室使仙童〔五〕。髮少何勞白，顔衰肯更紅。望雲悲轗軻，畢景羨沖融〔六〕。喪亂形仍役，淒涼信不通。懸旌要路口〔七〕，倚劍短亭中。永作殊方客，殘生一老翁。相哀骨可换〔八〕，亦遣馭清風。

〔一〕關内，謂長安。

〔二〕《神仙傳》：薊子訓至京師，諸貴人二十三家，並時各有一子訓到其家。明朝相問，所見皆同，唯所言話，隨主人意答，乃不同也。

〔三〕《後漢·方術傳》：費長房爲市吏，有賣藥老翁，懸一壺於肆。市罷，輒跳入壺中。

〔四〕《洞冥記》：東方朔出，遇蒼虎息於道。朔便騎而還。扞捶過痛，虎嚙之，脚傷。

〔五〕《雲笈七籤》：守元丹十八年，詣上清宫。受書佩符，役使童男童女，各十八人。

〔六〕《南史》：殷臻每造袁粲、褚彦回之席，輒清言畢景。

〔七〕遍處設戍。

〔八〕《漢武内傳》：一年易氣，二年易血，三年易精，四年易脉，五年易髓，六年易骨，七年易筋，八年易髮，九年易形。

山人，道流也。故所言皆仙家事。前後各六韻截。前叙舊交離合，及山人行跡。後自叙衰老亂離，而歸於向道。其脉絡呼應，細尋自得。

立秋雨院中有作〔一〕

山雲行絶塞，大火復西流〔二〕。飛雨動華屋，蕭蕭梁棟秋。窮途愧知己，暮齒借前籌〔三〕。已費清晨謁，那成長者謀。解衣開北户，高枕對南樓。樹濕風涼進，江喧水氣浮。禮寬心有適，節爽病微瘳。主將歸調鼎，吾還訪舊丘。

〔一〕在嚴武幕中。

〔二〕大火，心星也。凡三星。六月初昏，正在午位。七月則西流矣。

〔三〕嚴表爲工部，參謀軍事。

此院中對雨言懷之作。起四句，秋院雨景。「窮途」四句，到院之由。「解衣」四句，對雨自適。末四句，頌主寫懷。不必分段。〇三、四不對，是偷春體。結云「歸調鼎」、「訪舊丘」者，言主人功成内召，吾亦從之歸訪故鄉也。仇氏以「舊丘」指草堂，非是。

到村〔一〕

碧澗雖多雨，秋沙亦一作先少泥。蛟龍引子過，荷芰逐花低。老去參戎幕，歸來散馬蹄。稻粱須就列，榛草即相迷。蓄積思江漢，疏頑惑町畦〔二〕。稍酬知己分，還入故林棲。

〔一〕入幕後暫歸草堂也。

〔二〕《莊子》：彼且爲無町畦，亦與之爲無町畦。

起四，村雨秋景。中四，到村情事。末四，思歸本懷。◯「就列」，謂謀食則身須供職。「相迷」，謂離村則門徑就荒。「思江漢」者，歸路可以假途。「惑町畦」者，官身拂其本性。二句正喚起結聯來。「町畦」，猶言畛域，乃冠服形骸之謂也。舊俱作田畔爲農解，未合。「故林」從「江漢」説下，當指河南舊廬。所謂「便下襄陽向洛陽」也。仇解指草堂，亦非。

寄董卿嘉榮十韻

聞道君牙帳〔一〕，防秋近赤霄〔二〕。下臨千雪嶺一作仞雪〔三〕，却背五繩橋〔四〕。海内久戎服，京師今晏朝。犬羊曾爛熳〔五〕，宫闕尚蕭條。猛將宜嘗膽，龍泉必在腰。黄圖遭污辱〔六〕，月窟可焚燒〔七〕。會取干戈利，無令斥候驕。居然雙捕虜〔八〕，自是一嫖姚。落日思輕騎，高一作秋天憶射雕。雲臺畫形像，皆爲掃氛妖。

〔一〕朱注：建牙旗於帳前，謂之牙帳。仇注：君牙帳，謂董君之牙帳。

〔二〕高適《請減三城戍兵疏》：平戎以西數城，邈若窮山之顛。運糧於束馬之路，坐甲於無人之境。

〔三〕雪嶺，本一山專名。然其地連山高峻，山皆積雪不消，故曰千雪嶺。

〔四〕《元和志》：繩橋在茂州。按：防秋處更在橋外，故曰却背。

〔五〕謂吐蕃。

〔六〕《唐·藝文志》有《三輔黄圖》一卷。按：此不專指京師，包松、維、保之陷在内。

〔七〕《長楊賦》：西壓月窟。按：月窟在崑崙，指蕃境。可焚燒，言其罪當翦滅。

〔八〕《後漢·馬武傳》：武與蓋延等討劉永，拜捕虜將軍。

董卿爲邊城防將，公寄詩以相勗也。仇注：起四句，記董卿防秋之地。中十二句，叙吐蕃之亂，勉其敵愾也。末四句，結寄懷之意，重爲激勵也。○結聯作指點欣動口氣，有味。言彼圖像雲臺者，皆由建立奇勳而得，君得無羡之乎？

陪嚴鄭公秋晚北池臨眺〔一〕

北池雲水闊，華館闢秋風。獨鶴元依渚，衰荷且映空。采菱寒刺上，踏藕野泥中。素檝分曹往，金盤小逕通。萋萋露草碧，片片晚旗紅。杯酒霑津吏，衣裳與釣翁。異方初艷菊，故里亦高桐〔二〕。摇落關山思，淹留戰伐功。嚴城殊未掩，清宴已知終。何補參軍乏，歡娱到薄躬。

〔一〕集外詩。

〔二〕故里，指洛陽。

前十二句，秋池眺宴，寫景而兼叙事。後八句，幕職陪遊，言情而兼叙事。○「杯酒」「衣裳」，想是當時實事。「異方」四句，因目中菊綻，而想及故里桐枯。其所以不歸者，爲淹留軍事也。

奉觀嚴鄭公廳事岷山沱江畫圖十韻得忘字

沱水臨一作流中座，岷山到一作對，一作赴北一作此堂。白波吹一作侵粉壁，青嶂插雕梁。直訝松杉冷，兼疑菱荇香。雪雲虚點綴，沙草得微茫。嶺雁隨毫末，川蜺飲練光。霏紅洲蕊亂，拂黛石蘿長。谷暗一作暗谷非關雨，楓丹一作丹楓不爲霜。秋城玄圃外，景物洞庭旁。繪事功殊絶，幽襟興激昂。從來謝太傅，丘壑道難忘〔一〕。

〔一〕《晉書》：謝安放情丘壑，雖受朝寄，東山之志，始末不渝。

章妥句適，浪静風恬，猶似唐初人排律體製。○起四句，領清山水廳事，却不露畫圖字。中間十二句，細細分寫。俱以真境作畫境。但用「直訝」、「兼疑」，「毫末」、「練光」，「非關」、「不爲」等，隔聯隱逗，而又借「玄圃」、「洞庭」，作比例體束住。其「畫圖」字面，仍不實露也。至末四句，方以「繪事」點還「畫圖」，以「幽襟」點還「奉觀」，以「謝傅」點還「鄭公」，仍就鄭公拍上山水作結。

遣悶奉呈嚴一有鄭字公二十韻

白水魚一作漁竿客，清秋鶴髮翁。胡爲來一作居幕下，祇合在舟中〔一〕。黄卷真如律〔二〕，青袍也自公〔三〕。老妻憂坐痺，幼女問頭風。平地專欹側一作倒〔四〕，分曹失異同〔五〕。禮甘衰力就，義忝上官通〔六〕。疇昔論詩早〔七〕，光輝仗鉞雄。寬容存性拙，翦拂念途窮〔八〕。露裛思藤架，煙霏想桂叢。信然龜觸網〔九〕，直作鳥窺籠。西嶺紆村北，南江遶舍東。竹皮寒舊翠，椒實雨新紅。浪簸船應坼，杯乾甕即空。藩籬生野徑，斤斧任樵童。束縛酬知己，蹉跎效小忠。周防期稍稍，太簡遂忽忽。曉入朱扉啓，昏歸畫角終。不成尋别業，未敢息微躬。烏鵲愁銀漢〔一〇〕，鴛鴦怕錦幪。會希全物色〔一一〕，時放倚梧桐〔一二〕。

〔一〕謂宜作漁翁。

〔二〕《唐會要》：天寶四載，敕御史依舊置黄卷，書闕失。每歲比類能否，送中書褒貶。

〔三〕《唐・志》：員外郎，從六品。上元元年制：五品服淺緋，六品服深緑。按：公時已賜緋，而云青袍者，謂供事之便服也。朱謂在幕府，故服青袍，欠分曉。

〔四〕猶言無平不陂。

〔五〕指同事者。

〔六〕上官謂嚴。

〔七〕公在至德中，頻有贈嚴詩。

〔八〕《廣絶交論》：翦拂使其長鳴。

〔九〕《史記》：龜抵網，而遭漁者得之。

〔一〇〕朱注：愁無填河之力也。

〔一一〕猶莊子言使得全其天年。

〔一二〕《莊子》：倚樹而吟，據槁梧而瞑。

仇本分段最得。起四句，所謂致悶之由，幕僚非其本性也。末四句，所謂遣悶本意，草堂乃其繫思也。中二段，初看若言重意複，細玩則回互成文。前段從幕府之勞，順說到欲歸不能。後段又從草堂之想，逆説到欲出不敢。回環往復，形容盡致，無非推明起訖之情，總爲辭職張本也。○起作怪歎之詞。「黄卷」四句，前段總提。即昌黎所云「抑而行之，必發狂疾」意。「平地」八句，推言宦路齮齕，而勉强就職者，由與主人相知早而恩誼隆也。「露裛」四句，落到欲歸草堂而不得。「西嶺」四句，後段提筆，懸想草堂之趣如此。「浪簸」四句，接言入幕以來，遂致荒廢不理。「束縛」四句，申前段「平地」八句意。「曉入」二句，申前段「如律」、「自公」意。「不成」二句，申前段「露裛」四句意。末致懇辭之語。○黄生曰：公與嚴始終睽合之故，具見此詩。嚴於故舊之情，不可謂不厚。及居幕中，未免以禮數相拘，又爲同輩所譖。此所以不堪其束縛，往往寄之篇咏也。

哭台州鄭司户蘇少監〔一〕

故舊誰憐我，平生鄭與蘇。存亡不重見，喪亂獨前途。豪俊何人在，文章掃地無。羈遊萬里闊，凶問一年俱〔二〕。白日一作首中原上〔三〕，清秋大海隅〔四〕。夜臺當北斗〔五〕，泉路窅一作著，誤東吴〔六〕。得罪台州去，時危棄碩儒〔七〕。移官蓬閣後，穀貴没潛夫〔八〕。流慟嗟何及，銜冤有是夫。道消詩發興，心息酒爲徒。許與才雖薄，追隨跡未拘。班揚名甚盛，嵇阮逸相須。會取君臣合，寧銓品命殊〔九〕。賢良不必展，廊廟偶然趨。勝決風塵際，功安造化鑪〔一〇〕。從容詢一作拘舊學〔一一〕，慘澹閟陰符〔一二〕。擺落嫌疑久〔一三〕，哀傷志力輸〔一四〕。俗依緜谷異，客對雪山孤〔一五〕。童稚思諸子，交朋列友于。情乖清酒送，望絶撫墳呼。瘧病一作痢餐巴水，瘡痍老蜀都。飄零迷哭處，天地日榛蕪。

〔一〕鄭名虔，卒於台州貶所。蘇名源明，卒於京師。○集外詩。

〔二〕鶴注：蘇、鄭同是廣德二年卒。

〔三〕蘇所在。

〔四〕鄭所在。

〔五〕指蘇。公詩云：秦城北斗邊。

〔六〕指鄭。《唐書》：台州，屬淮南東道採訪使，治蘇州。

〔七〕禄山反，虔污賊命，貶台州司户參軍。

〔八〕王符著《潛夫論》。按：公《八哀詩》咏蘇云：「長安米萬錢，凋喪盡餘喘。」蘇蓋以窮餓死也。

〔九〕寧詮，猶言寧論。

〔一〇〕二句謂肅宗恢復。

〔一一〕《唐書》：肅宗復兩京，擢源明知制誥。

〔二〕《唐書》：虔長於山川險易，兵戍衆寡。按：肅宗初，蘇得官而鄭貶。被廢，故曰閟。

〔三〕統言二子吏議漸寬，時忌漸減。

〔四〕自言力不能爲之湔浣，爲之表彰。

〔五〕緜谷、雪山，皆蜀地。

起八句，總領合離生死之概，字字沈着。「白日」十二句，仇所謂傷其死後也。八分叙，四總束。其得罪二聯，乃隔句對法。其「道消」二句，謂知交謝而哀輓攖情，意緒孤而沈冥取醉，乃束上語。仇氏謂以詩酒分提下文者，非也。「許與」十二句，仇所謂憶其生前也。四叙同遊，四叙宦跡，四帶國事而述升沈。以上兩大段，由亡而溯存，是倒叙法。末十二句，自言身經播越，闕爲弔祭，而遥寄涕淚也。胥鈔云：此詩泣下最多，緣兩公與子美莫逆故也。

敝廬遺興奉寄嚴公〔一〕

野水平橋路，春沙映竹村。風輕粉蝶喜，花暖蜜蜂喧。把酒宜一作且深酌，題詩好細論。府中瞻暇日，江上憶詞源〔二〕。跡忝朝廷舊，情依節制尊。還思長者轍，恐避席爲門〔三〕。

〔一〕永泰元年作。

〔二〕朱注：詞源，謂嚴。

〔三〕《陳平傳》：家貧，以席爲門。然門外多長者車轍。時已辭幕職而歸草堂，寄詩以達情也。前四，草堂景物之佳。中四，爲上下過接。後四，深致眷念之意。然不言自往，而轉諷彼來。繾綣中正復介介。

卷五之三　五排　起代宗永泰元年至大曆二年

《纂年譜》：代宗永泰元年，辭幕歸草堂。三四月間南下，至渝、至忠、至雲安。大曆元年，至夔州，寓西閣。二年，遷赤甲，遷瀼西，又往來東屯。皆在夔。

上白帝城二首〔一〕

江城含變態，一上一回新。天欲今朝雨，山歸萬古春。英雄餘事業〔二〕，衰邁久風塵。取醉他鄉客，相逢故國人。兵戈猶擁蜀〔三〕，賦斂强輸秦〔四〕。不是煩形勝，深慚一作愁畏損神。

〔一〕白帝城，在夔州，公孫述所築。《十道志》：述稱白帝以據西方，色尚白也。○入大曆元年夔州詩。
〔二〕蜀地古多割據起滅之事。
〔三〕上年，崔旰賊殺節度使郭英乂。諸州牙將舉兵討旰，旰恃兵自若。
〔四〕長安屢有備蕃之費，又其時宦官魚朝恩典禁兵，横暴無厭。

公先有《上白帝城》詩，見三之四。茲則再登也。時必有京師算賦之使，在夔同登。○首章，泛咏登城之景，及登城所感之情事，是統舉之詞。○惟「變」故「新」，正是第二次登臨起法。「今朝雨」，變而新也。「萬古春」，新仍舊也。四句寫景。天機顯而人事亦含矣。「英雄」六句，又筆筆轉意。借古影今，因今傷己。由己接人，就人感事。凡地險身衰，務劇民困等意，歷歷敘出。憂心殷殷，填胸不去。如是而形勝雖可喜，損神行自慚也。末二句，結全首。

白帝空祠廟〔一〕，孤雲自往來。江山城宛轉，棟宇客徘徊。勇略今何在〔二〕，當年亦壯哉。後人將酒肉，虛殿日塵埃。谷鳥鳴還過，林花落又開。多慚病無力，騎馬入青苔。

〔一〕《方輿勝覽》：白帝廟，在奉節縣東舊城内。按：奉節，即夔州首縣。舊城，即白帝城。

〔二〕指公孫述。

次章，抽出上章英雄餘業，兵戈擁蜀意立說。自是眼中舊蹟，胸中積恨。定須另筆洗發。乃專咏之詞。○起聯是提筆。次聯是主筆。見其險猶是，其人已非也。中四，正所謂客徘徊處。「谷鳥」二句，即景作轉。「鳴還過」、「落又開」，言外亦有往者既滅，今者復起意。結出歸興，言外亦有力不能即殄意。○白帝本西方神。詩意蓋指公孫述，爲崔旰輩作影。○上城起，歸途結。兩首章法天然。

陪諸公上白帝城頭宴越公堂之作〔一〕

此堂存古製，城上俯江郊。落構垂雲雨，荒階蔓草茅。柱穿蜂留蜜，棧缺燕添巢〔二〕。坐接春杯氣，心傷艷蕊梢。英靈如過隙〔三〕，宴衎願投膠。莫問東流水一作水清淺，生涯未即抛。

〔一〕原注：越公，楊素也。有堂在城上，畫像尚存。○劉禹錫《夔州廳壁記》：隋初，楊素以越公領大總管張大之。李貽孫《夔州都督府記》：白帝城，東南斗上二百七十步，得白帝廟。又有越公堂，在廟南而少西，隋越公素所建。奇構隆敞，内無撑柱。五逾甲子，無土木之隙。按：記語與詩不合。

〔二〕朱注：閣木曰棧。

〔三〕朱注：英靈，謂越公。

詩似六句截。然觀往跡之易頹，而期朋交之勿替，仍爾一片也。末見姑且謀居意。

寄韋有夏郎中

省郎憂病士〔一〕，書信有柴胡。飲子頻通汗〔二〕，懷君想報珠〔三〕。親知天畔少，藥味一作餌峽中無。歸楫生衣卧，春鷗洗翅呼。猶聞上急水，早作取平途。萬里皇華使，爲僚記腐儒〔四〕。

〔一〕省郎謂韋，病士自謂。

〔二〕仇注：古人稱湯藥爲飲子。孫真人有甘露飲子。

〔三〕《四愁詩》：何以報之明月珠。

〔四〕彼此同官，故曰爲僚。

此以韋郎饋藥而寄謝之，且期其來會也。○「楫卧生衣」，出峽無期也。「鷗呼洗翅」，招朋引興也。故思韋郎來訪。曰「猶聞」，韋將有事入蜀。曰「上急水」，韋必在峽外。

贈崔十三評事公輔

飄飖西極馬，來自渥洼池。颯飄寒一作定，一作鄧山桂〔一〕，低徊風雨枝。我聞龍正直，道屈爾何爲。且有元戎命〔二〕，悲歌識者知一作誰。官聯辭冗長，行路徙一作洗欹危。脱劍主人贈〔三〕，去帆春色隨。陰沈鐵鳳闕〔四〕，教練羽林兒。天子朝侵早，雲臺仗數移。分軍應供給〔五〕，百姓日支離。黠吏因封己〔六〕，公才或守雌〔七〕。燕王買駿骨〔八〕，渭老得熊羆。活國名公在〔九〕，拜壇群寇疑。冰壺動瑶碧，野水失蛟螭。入幕諸彦集一作聚，渴賢高選宜。

鶱騰坐可致，九萬起於斯。復進出矛戟〔一〇〕，昭然開鼎彝。會看之子貴，歎及老夫衰。豈但江曾決，還思霧一披。暗塵生古鏡，拂匣照西施。舅氏多人物〔一一〕，無慚困翮垂。

〔一〕謝靈運詩：桂木凌雲山。

〔二〕元戎，謂羽林軍帥，即崔之舉主。

〔三〕崔蓋以評事出爲外州幕僚。主人，謂其幕主。

〔四〕《西都賦》注：圓闕上作鐵鳳凰，令張兩翼。

〔五〕考史：是年，魚朝恩典神策軍，分爲左右廂，居北軍之右。

〔六〕《國語》：引黨以封己。

〔七〕《晉書》：孔愉有公才而無公望。《老子》：知其雄，守其雌。

〔八〕《戰國策》：涓人曰：死馬且買之，况生馬乎。馬今至矣。

〔九〕《南史》：愛人活國，其副吾望。按：名公，即指前之元戎。

〔一〇〕仇注：再遷而專閫。

〔一一〕遠注：評事爲公諸舅之子。

時帶古意，實是排體。此篇俗解，謬戾特多。今按崔十三以外僚徵入爲羽林京職，由羽林軍帥所引拔也。詩凡四段。首段，表崔之才品出衆，今且由屈得伸也。起四，比體，又似隔聯對體，飄洒有勢。「龍正直」，指君言，易所謂龍德而正中者也。已含朝廷清明、賢才並進意。「爾何爲」者，爾何憂爲也。「元戎命」，點眼。「識者知」，言既邀特達之知矣。次段，叙崔之就職。因舉時弊，以規其潔己也。四寫遷官行色。四言職業近君。「分軍」以下，言當此軍囂民困吏墨之時，挾公才者，或且以廉潔退守爲先乎。三段，歸功主帥，更祝崔之名位通顯也。「買駿」、「得熊」，爲國進賢之謂。「活國」以下，言元戎才略，本能殄寇。而又冰壺朗徹，使在野英俊，一時奮飛。於是幕中彦集，遂極天下之選矣。「騫騰」四句，祝崔之詞。末段，羨崔之得志，而冀己或蒙照拂以還歸也。大意謂子貴雖遥，我衰可振。豈但此時決江河而論事，還思異日披雲霧而見天。拭塵照面，行有日矣。且子固我之中表也。中表多賢達，老我其無慚久困遐方乎。此爲屬望親故之至情。○永泰、大曆之間，掌禁旅者，内侍魚朝恩也。奈何以「元戎」、「活國」稱之。公豈畏其勢燄，而詭詞以媚之耶？抑別有主軍之重臣耶？或詩不作於是時耶？不可考矣。

奉漢中王手札報韋侍御蕭尊師亡〔一〕

秋日蕭韋逝，淮王報峽中。小一作少年疑柱史〔二〕，多術怪仙公〔三〕。不但時人惜，祇應吾道窮。一哀侵疾病，相識自兒童。處處鄰家笛，飄飄客子蓬。强吟懷舊賦〔四〕，已作白頭翁。

〔一〕王名瑀，前貶蓬州刺史。手札，漢中王札也。《杜臆》：題上加奉字，以天潢尊之。

〔二〕《莊子》：此小年也。按：韋必不壽。

〔三〕蕭係道士，故云。

〔四〕潘岳有《懷舊賦》。

前四，叙所報。中四，致其哀。後四，撫景而自危。

奉漢中王手札

國有乾坤大，王今叔父尊〔一〕。剖符來蜀道，歸蓋取荆門〔二〕。峽險通舟峻一作過，江長注海奔。主人留上客，避暑得名園。前後緘書報，分明饌玉恩〔三〕。天雲浮絶壁，風竹在華軒。已覺涼一作良宵永一作逸，何看駭浪翻。入期朱邸雪〔四〕，朝傍紫微垣。枚乘文章老，河間禮樂存〔五〕。悲秋宋玉宅，失路武陵源〔六〕。淹泊俱崖口，東西異石根。夷音迷咫尺，鬼物倚朝一作傍黄昏。犬馬誠爲戀，狐狸不足論。從容草奏罷，宿昔奉清罇。

〔一〕仇注：瑀，讓皇帝子，代宗之叔父。

〔二〕朱注：時罷郡歸朝，取道夷陵。

〔三〕《吴都賦》：珠服玉饌。

〔四〕《漢書注》：郡國朝宿之舍，在京師者，率名邸。諸侯朱户。

〔五〕《漢書》：景帝子河間獻王，武帝時來朝，獻禮樂，對三雍宫。

〔六〕公以失官來，王亦以貶謫來。

漢中將歸朝下峽，而寓夔避暑。主人宴王，王致札於公，公就宴。其詩似當筵奉贈之作。○起段，莊重而曲到，叙事神品。中段，述終宴歸朝情事。「前後緘書」，王之邀札連至也。「分明饌玉」，享主人之饌，如王之恩也。「已覺」二句，幸「宵永」而交酬，倏「浪翻」而將去，是過接語。末段，合叙作客，自傷留滯，而囑其去後存想。「狐狸」句，謂群盗未息。故里難歸也。蓋心雖戀切，而避地久淹，尚安足論哉！惟望王退食之餘，追思此夜一罇相對之景而已。結二語，似不相屬者，而爾時當饗囑咐神情，宛然猶在。

謁先主廟〔一〕

慘澹風雲會，乘時各有人。力侔分社稷，志屈偃經綸。復漢留長策，中原仗老臣。雜耕心未已〔二〕，歐嘔同血事酸辛〔三〕。霸氣西南歇，雄圖曆數屯。錦江元過楚，劍閣復通秦。舊俗存祠廟，空山泣一作立鬼神。虚簷交一作扶鳥道，枯木半龍鱗。竹送清一作青溪月，苔移玉座春〔四〕。閭閻兒女换，歌舞歲時新〔五〕。絶域歸舟遠，荒城繫馬頻。如何對摇落，况乃久風塵。孰與關張並，功臨耿鄧親〔六〕。應一作繼天才不小〔七〕，得士契無鄰〔八〕。遲暮堪帷幄〔九〕，飄零且釣緡。向來憂國淚，寂寞灑衣巾。

〔一〕《方輿勝覽》：廟在奉節縣東六里。

〔二〕《蜀志》：亮與司馬宣王對於渭南，分兵屯田，爲久駐之基。耕者雜於渭南居民之間，百姓安堵，軍無所私焉。

〔三〕《魏志》：亮糧盡勢窮，憂恚嘔血，燒營走入谷道卒。注：臣松之曰：蓋因孔明亡而自誇大也。夫以孔明之略，豈爲仲達嘔血乎？

〔四〕謝朓詩：玉座猶寂寞。

〔五〕《古跡詩》：歲時伏臘走村翁。夔俗如此。

〔六〕《後漢書》：耿弇，字伯昭，封好時侯。鄧禹，字仲華，封高密侯。按：此聯作十字句讀。

〔七〕《蜀志》：譙周等上言：願大王應天順民。

〔八〕《亮傳》：先主曰：「孤之有孔明，猶魚之有水。」

〔九〕堪，豈堪也。

說詩須認清主意。舊說此詩，前後都黏定武侯身上着解。此固先主廟也，不爲顧子失母乎。其以君臣契合立論者，總由世亂身窮，慨得時遇主之難。而先主能委心一德，是可興感也。○前段，本叙創業始末。而發端用「風雲」、「乘時」字，便呼動後幅「應天」、「得士」意。用「力分」、「志屈」字，便呼動後幅「憂國」、「灑巾」意。「各有人」，言爾時立國者，各有人才，正使前後靈通。仇謂孫、曹角立，非也。「復漢」四句，任臣而臣能盡瘁。「霸氣」四句，傷漢運之已終，非蜀都之無用也。「過楚」、「通秦」，就川中地勢作指點，見其可用。「元」字、「復」字宜玩。中段還題。後段，從「謁」字生感。純是對像撫膺，借古傷今之語。「絕域」，帶夔。「繫馬」，指廟。「摇落」、「風塵」，顯出身遥世亂氣象。撫斯景也，豈復有魚水契合之一時乎！只今老狎漁翁，但有「憂國淚」點耳。讀至此，回想篇首「慘澹」、「乘時」等句，倍覺有神。此等詩，所謂身踞題巔。

諸葛廟

久遊巴子國〔一〕，屢入武侯祠。竹日斜虛寢，溪風滿薄帷。君臣當共濟，賢聖亦同時。翊戴歸先主，并吞更出師。蟲蛇穿畫壁，巫覡醉蛛絲〔二〕。欻憶吟梁父，躬耕起一作也未遲。

〔一〕《元和志》：武王伐殷，巴人助焉。後封爲巴子。《三巴記》：東至魚復，西至僰道，北接漢中，南極牂牁。

〔二〕《國語》：在男曰覡，在女曰巫。

起四，入廟。中四，追論。後四，分收。蓋以兩句收起四，兩句收中四也。○「君臣」「賢聖」一聯，將《先主廟》一大篇，括此十字中。結語，舊解都不爽豁。蓋自嗟身老，以武侯作一影子也。言如上所云功業如此，雖嘗屏蹟躬耕乎，也不嫌建立之遲耳。今我何如！

贈李八秘書別三十韻

往時中補右，扈蹕上元初〔一〕。反氣凌行在，妖星下直廬〔二〕。六龍瞻漢殿一作闕〔三〕，萬騎略姚一作嫣墟〔四〕。玄朔迴天步〔五〕，神都憶帝車〔六〕。一戎纔汗馬，百姓免爲魚。通籍蟠螭印〔七〕，差肩列鳳輿〔八〕。事殊迎代邸，喜異賞朱虛〔九〕。寇盜方歸順〔一〇〕，乾坤欲宴如。不才同補袞，奉詔許牽裾。鵷鷺叨雲閣〔一一〕，騏驎滯石渠一作玉除〔一二〕。文園多病後，中散舊交疏。飄泊哀相見，平生意有餘。風煙巫峽遠，臺榭楚宮虛。觸目非論故，新文尚起予。清秋凋碧柳，別浦落紅蕖。消息多旗幟，經過歎里閭。戰連脣齒國，軍急羽毛書〔一三〕。幕府籌頻問〔一四〕，山家藥正鋤〔一五〕。台星入朝謁，使節有吹噓〔一六〕。西蜀災長弭，南翁憤始攄。對敭抗士卒〔一七〕，乾沒費倉儲〔一八〕。勢藉兵須用，功無禮忽諸〔一九〕。御鞍金騕褭，宮硯玉蟾蜍〔二〇〕。拜舞銀鉤落一作合，恩波錦帕舒。此行非不濟，良友昔相於〔二一〕。去棹一作帆依顏色，沿流想疾徐。沈緜疲井臼，倚薄似樵漁。乞米煩佳客，鈔詩聽小胥〔二二〕。杜陵斜晚照，潏水帶寒淤〔二三〕。莫話清溪髮，蕭蕭白映梳。

〔一〕二句費解。參錢箋：中補右者，肅宗初，李必先爲右補闕。中者，屬中書省也。上元初者，謂扈蹕於主上之初元。非如《寄題草堂》所云「經營上元始」也。按：此指在鳳翔時。

〔二〕其時鳳翔寇警疊報。

〔三〕志切收京。

〔四〕《帝王世紀》：安原謂之嫣墟，或謂之姚墟。《漢書》《世本》在漢中郡西城縣。按：地介岐、蜀之間。玄、肅雙關。

〔五〕肅宗於靈武始基，原始言之也。玄，北方色。

〔六〕望切還京。

〔七〕蔡邕《獨斷》：天子璽，以玉螭虎紐。

〔八〕天子之輦。

〔九〕《漢·文帝紀》：群臣奉天子法駕，迎代王於代邸。入未央宫，即天子位。益封朱虚侯二千户，賜金千斤。

〔一〇〕兩京初復。

〔一一〕還京後，公仍任拾遺。

〔一二〕《三輔故事》：天禄、石渠，並在未央宫北，以藏秘書。仇注：謂李遷秘書。

〔一三〕朱注：崔旰與楊、柏及張獻誠相攻。

〔一四〕原注：山劍元帥杜相公，初屈幕府，參籌畫。相公朝謁，今赴後期也。

〔一五〕原注：秘書比卧青城山中。

〔一六〕朱注：台星使節，謂杜鴻漸。

〔一七〕《上林賦》：抏士卒之精。注：抏，損也。

〔一八〕《張湯傳》：始爲小吏乾没。《正義》謂無潤及之，而取他人也。

〔一九〕《左傳》：見無禮於君者誅之。

〔二〇〕《西京雜記》：廣川王發晉靈公冢，得玉蟾蜍一枚，大如拳，腹空，取以盛水滴硯。

〔二一〕《易林》：患解憂除，良友相於。

〔二二〕小胥，見《周禮·春官》。

〔二三〕盧注：杜牧《期遊樊川》詩：杜村連潏水。

參諸注，秘書先自鳳翔扈肅宗復國，公與同朝。及公移居夔州時，秘書爲杜鴻漸參謀。今來訪於夔，值其將隨鴻漸入朝，乃作是詩，以贈其行。分三段看。首段，叙肅宗初元，扈蹕同官事。中段，叙夔遇而述蜀亂，喜其隨幕主北上，囑以入告時艱，爲贈李正文。末段，叙情作結。○起四，以扈從鳳翔作題頭。「六龍」六句，言復國。「通籍」、「差肩」，言扈駕。「事殊」、「喜異」，美玄、肅父子俱還，不私潛邸之賞。此益可正《洗兵馬》錢箋所云忌父臣之謬。「寇盜」六句，言彼此還京授官。「文園」二句，隱括罷官遠徙，以起下意。「飄泊相見」，徑落夔遇。「消息」四句，提蜀亂作案。「幕府」四句，叙其入朝之由。「西蜀」以下，言此邦之亂久矣，必得亂災長弭，而後吾憤始攄。弭災當如何？惟是對歟之頃，以師疲財耗爲言。雖今日勢須用兵，而徒然加功於無禮之臣，將忽焉而至於不可問矣。是則入朝時所當留意者。是時崔、楊等相攻未已，鴻漸惟事姑息，公甚憤之。黄生謂於贈李詩中，寓詞告杜，蓋深諷其處事之草草也。「御鞍」以下，則是祝彼邀恩。馳神去路，傷己流寓。寄候鄉風，情致欲絶。「清溪髮」，趣甚。言故人倘有問者，莫話我照溪之髮白雪盈梳也。老不得歸，不忍爲故鄉道也。

西閣二首〔一〕

巫山小摇落，碧色見松林。百鳥各相命〔二〕，孤雲無自心。層軒俯江壁，要路亦高深。朱紱猶紗帽〔三〕，新詩近玉琴。功名不早立，衰疾謝知音。哀世非王粲，終朝一作然學越一作楚吟〔四〕。

〔一〕在夔先寓此。

〔二〕《登樓賦》：鳥相鳴而舉翼。注：《大戴禮·夏小正》云：鳴也者，相命也。

〔三〕朱注：紗帽，當時以爲隱居之服。

〔四〕《史記》：越人莊舄，仕楚爲執珪，有頃而病。楚王曰：舄今富貴矣，亦思越不？使人往聽之，猶越聲也。《登樓賦》：莊舄顯而越吟。

二詩雖以「西閣」命題，乃是寫懷之什，不黏西閣。舊解俱不明白。○首章自叙，言遇合淺而飄泊長。前比後賦，在六句轉意。上六，書閣外所見，而本意已寓。木落松青，晚節孤苦也。鳥鳴雲起，胸無沾滯也。然憑軒静矚，覺要路崎嶇，宦途亦略可識矣。此皆即景寓懷，下乃明露其旨。「猶紗帽」，雖仕旋隱也。「近玉琴」，清吟自賞也。身無建立，世乏知音。遇合之淺如此，而徒然飄泊至今。故激而爲詩，非敢效鞏王粲之《七哀》，聊學越人之病聲而已。○「無自心」，猶云不住心，無所凝滯之謂也。

懶心似江水，日夜向滄洲〔一〕。不道含香賤〔二〕，其如鑷白休。經過凋碧柳，蕭瑟倚朱樓。畢娶何時竟〔三〕，消中得自由〔四〕。豪華看古往，服食寄冥搜〔五〕。詩盡人間興，兼須入海求〔六〕。

〔一〕《神異經》：東海滄浪之洲。

〔二〕《漢官儀》：尚書郎握蘭，含雞舌香奏事。

〔三〕向子平事。

〔四〕仇注：消渴有上中下三症。

〔五〕古詩：服食求神仙。

〔六〕《史記》：燕人羨門子高之徒，稱有形解銷化之術。齊威、宣、燕昭王使人入海，求蓬萊、方丈、瀛洲。

次章，設爲遠想，乃放闊一層。言自今無復當世之想，意將浪跡滄瀛。所謂有託而逃者也。亦六句轉意。就閣前江水借喻起，一氣下。「滄洲」，即入海求仙處也。言心亦久懶矣，乃如江流不舍，而向東海仙山者，非賤郎官而不爲，謂已髮白而老也。試看「凋柳」「倚樓」，物理固易謝耳。然則此生當作何歸宿？惟是婚娶畢而胸次寬，捨長逝之「豪華」，學輕舉之「服食」。悲歌盡興，入海尋求。乃爲不負滄洲之趣，又何役役於當世之思哉！

宗武生日

小子何時見〔一〕，高秋此日生〔二〕。自從都邑語〔三〕，已伴老夫名〔四〕。詩是吾家事〔五〕，人傳世上情。熟精文選理〔六〕，休覓彩衣輕。凋瘵筵初秩，欹斜坐不成。流霞分一作飛片片〔七〕，涓滴就徐傾。

〔一〕見，嶄然見頭角之見。

〔二〕肅宗至德二載陷賊時詩云：「驥子好男兒，前年學語時。」宗武之生，蓋在天寶末也。

〔三〕都邑，猶言鄉里。　謂其少時，宗黨已齒及之。

〔四〕伴，謂其器可以比配也。

〔五〕公祖審言，稱詩於初唐。

〔六〕梁昭明太子，集《文選》三十卷。

〔七〕《抱朴子》：項曼都自言到天上，遇紫府仙人，以流霞一杯飲之，輒不飢渴。按：句著片片字，作坐對霞彩解爲是。

前四提筆。中四，勗子正文。後四，以己之老憊，儆惕後生。○「何時見」，期以學成名立也。中四句，字字家常語。質而有味。由祖而來，詩學紹述。此事直是家業。人言傳説有子，特是世上俗情耳。須得學問淵源，本於漢魏，熟精《選》理，乃稱克家。豈必戲彩娱親，方爲孝子。面命之語，如聞其聲。

哭王彭州掄〔一〕

執友驚淪没，斯人已寂寥。新文生沈謝〔二〕，異骨降松喬〔三〕。北部初高選〔四〕，東堂早見招〔五〕。蛟龍纏倚劍〔六〕，鸞鳳夾吹簫〔七〕。歷職漢庭久，中年胡馬驕〔八〕。兵戈闇兩觀〔九〕，寵辱自三朝〔一〇〕。蜀路江干窄，彭門地里遥〔一一〕。解龜生碧草〔一二〕，諫獵阻青霄〔一三〕。頃壯戎麾出〔一四〕，叨陪幕府要〔一五〕。將軍臨氣候，猛士塞風飈。井渫一作漏泉誰汲，烽疏火不燒。前籌自多暇一作假，隱几接終朝。翠石俄雙表〔一六〕，寒松竟後凋。贈詩焉敢墜〔一七〕，染翰欲無聊。再哭經過罷，離魂去住銷。之官方玉折，寄葬與萍漂。曠望渥洼道，霏微河漢橋〔一八〕。夫人先即世，令子各清標。巫峽長雲雨，秦城近斗杓〔一九〕。馮唐毛髮白，歸興日蕭蕭。

〔一〕在成都時，有《王侍御掄許攜酒草堂》詩。
〔二〕沈約、謝靈運。
〔三〕赤松、王子喬。
〔四〕《魏志》：武帝舉孝廉爲郎，除洛陽北部尉。
〔五〕《晉書》：會東堂策問。
〔六〕《越絶書》：當造劍之時，蛟龍奉爐。
〔七〕仇注：掄必締姻宗室。
〔八〕安、史之亂。
〔九〕《東京賦》：建象魏之兩觀。
〔一〇〕玄、肅、代。
〔一一〕官彭州刺史。
〔一二〕解龜，解印也。《漢・表》：中二千石，銀印龜紐。
〔一三〕先官侍御，故用諫獵字。
〔一四〕仇注：謂嚴武鎮蜀。
〔一五〕同辟嚴幕。
〔一六〕潘岳《懷舊賦》：巖巖雙表，列列行楸。

〔一七〕朱注：謂掄贈公之詩。

〔一八〕錢箋：渥洼馬來，屬下令子。河橋鵲駕，屬下夫人。

〔一九〕《説文》：杓，音招。斗柄。

仇注：掄蓋先以侍御罷官，後在嚴武幕中，又遷彭州刺史而卒也。○前幅，總述梗概也。先四句提身歿。「降松喬」句裏，有訝其不壽意。次追叙遭遇之美，以及履官值亂，寓蜀刺彭之蹟。而「解龜」二句，仍收到身歿。「生碧草」，旋罷官而旋卒也。「諫獵阻」，言君門自此長謝也。中八句，抽出嚴幕參謀另寫，即以志彼此相與之情。此等皆史公叙事法。「井渫」以下，言澄清軍務，鎮定邊防，皆藉其前籌，而暇則相聚爲樂也。後幅，歷述歿後情事。詩有「雙表」、「寄葬」等語，當是聞其旅瘞於蜀，而作詩以哭之。趙汸謂櫬過夔州，殊無當也。再哭罷，謂前聞其死而哭之。今彼櫬不來，我身不往，欲臨送而不能再也。并及妻兒，朋情更長。末則寄聲地下，言君既以客葬，吾亦將以客老矣。卒讀後，悲從中來。

偶題

文章千古事，得失寸心知。作者皆殊列，名聲豈浪垂。騷人嗟不見，漢道盛於斯。前輩飛騰入，餘波綺麗爲。後賢兼舊例一作制〔一〕，歷代各清規。法自儒家有〔二〕，心從弱歲疲。永懷江左逸〔三〕，多謝一作病鄴中奇〔四〕。騄驥皆良馬，麒麟一作騏驎帶好兒。車輪徒已斲〔五〕，堂構肯一作惜仍虧。漫作潛夫論〔六〕，虛傳幼婦碑〔七〕。緣情慰漂蕩，抱疾屢遷移。經濟慚長策，飛棲假一枝。塵沙傍蜂蠆，江峽繞蛟螭。蕭瑟唐虞遠，聯翩楚漢危〔八〕。聖朝兼盜賊，異俗更喧卑〔九〕。鬱鬱星辰劍，蒼蒼雲雨池。兩都開幕府，萬寓宇同插軍麾。南海殘銅柱〔一〇〕，東風避月支〔一一〕。音書恨烏鵲〔一二〕，號怒怪熊羆。稼穡分詩興，柴荊學土宜。故山迷白閣〔一三〕，秋水憶皇舊作黃，誤陂〔一四〕。不敢要佳句〔一五〕，愁來賦別離。

〔一〕杜預《左傳序》：據舊例而發義。

〔二〕《漢·藝文志》：儒家言十篇。

〔三〕《謝靈運傳論》：降自元康，潘、陸特秀。遺風餘烈，事極江左。自建武暨於義熙，歷載將百。仲文始革孫、許之風，叔源大變太元之氣。爰逮宋氏，顏、謝騰聲。

〔四〕《典論》：今之文人，孔融、陳琳、王粲、徐幹、阮瑀、應瑒、劉楨。斯七人者，於學無所遺，於辭無所假。咸自以騁騄驥於千里，仰齊足而並馳。

〔五〕《莊子》：輪扁曰：不疾不徐，得之於手，應之於心。臣不能以喻臣之子，臣之子亦不能受之於臣。是以行年七十而老斲輪。

〔六〕後漢王符，著《潛夫論》。

〔七〕《魏略》：邯鄲淳作《曹娥碑》。蔡邕題其後曰：「黄絹幼婦，外孫齏臼。」

〔八〕《漢書贊》：楚、漢之際，豪傑相王。

〔九〕《舞鶴賦》：厭人寰之喧卑。

〔一〇〕南詔不庭。

〔一一〕吐蕃數寇。

〔一二〕《西京雜記》：乾鵲噪而行人至。

〔一三〕白閣在圭峰，其下即渼陂。

〔一四〕即皇子陂。

〔一五〕要，自期也。

如此鉅篇，中間只用「緣情慰漂蕩」一語，爲全幅綰結。前二十句，極論詩學。雖或繼體失傳，而毅然必以自任。所謂「緣情」之具也。後二十句，言寓夔厭亂。靖寇難期，還鄉無日，所謂「漂蕩」之跡也。仍以「佳句」「賦別」作結。則詩篇陶冶，正所用以自慰也。其中幅四句，乃前後轉樞。○起二，立言心印。次二，總領派別。騷以該前，漢以統後。所包者廣，皆前輩也。「飛騰」而「入」，兼有「千古」。「餘波綺麗」，到底不懈。此中「舊例」、「清規」，俱宜大費窺尋矣。以上泛論學詩之準，下乃實言一生從事之業。「江左」，晉後諸家。「鄴中」，建安諸子。「永懷」、「多謝」，景仰自謙之詞也。「良馬」、「好兒」，即因「鄴中」句，借曹家父子争奇，以與己子相形見短。然在己則必作而傳焉。所爲「寸心」、「千古」，自信無愧者在此。「緣情」，蒙上。「漂蕩」，起下。所謂一語綰結者也。「屢遷移」，括入蜀歷年事。「假一枝」，點在夔。此四句，轉樞處也。「塵沙」以下，承「漂蕩」説。「蜂蠆」、「蛟螭」，峽中惡况。「虞遠」、「漢危」，寇擾連年。「兼盜賊」，頂「蕭瑟」一聯。「更喧卑」，頂「塵沙」一聯。「星辰劍」，兵鋒森列也。「雲雨池」，戰氣蒸騰也。「兩都」二字用成語，不專所指，都會皆設重鎮也。「南海」、「月支」，舉一二以例餘寇。「音書」以下，束言久客厭亂，聊且謀食謀居。而此心則終念家山，惟託之賦詩傷別而已。正與「慰」字應，又與前幅應。此詩絲縷如此，諸家總無頭緒。○前半論詩，與《六絶句》「遞相祖述」、「轉益多師」一首互參。

別蘇徯〔一〕

故人有遊子〔二〕，棄擲傍天隅〔三〕。他日憐才命，居然屈壯圖。十年猶塌翼〔四〕，絶倒爲驚呼。消渴今如此，提攜愧老夫。豈知臺閣舊〔五〕，先拂鳳凰雛。得實一作食翻蒼竹，棲枝把翠梧。北辰當宇宙，南嶽據江湖。國帶煙塵色〔六〕，兵張虎豹符。數論封内事〔七〕，揮發府中趨。贈爾秦人策〔八〕，莫鞭轅下駒〔九〕。

〔一〕原注：赴湖南幕。○有《贈蘇四徯》，見一之五。

〔二〕故人，指徯父。仇注：公蓋徯父執。

〔三〕久遊蜀中。

〔四〕陳琳檄：忠義之徒，垂頭塌翼。

〔五〕指湖南主人。其人亦必與徯父及公有舊。

〔六〕湖南地接南粵，經吕太一之擾，時時阻化。

〔七〕謂湖南四封之内。

〔八〕《左傳》：秦伯使士會行。繞朝贈之以策，曰：莫謂秦無人。

〔九〕《灌夫傳》：今日廷論局趣，效轅下駒。

前十二句叙事，後八句勗詞，一氣滚出。寓散行於駢體，子美獨步。○言此子越在天隅，憐其久屈。每見塌翼，特爲驚呼也。無奈老病如我，有愧提攜。豈知又有故人，先爲拂拭。此亦翩羽奮飛之會矣。「北辰」本陪筆，然捧出當陽主宰，以堅年少向闕之心，最得頭腦。結以大有爲望之。○贈少年人，便有跅弛之氣。

南　極〔一〕

南極青山衆，西江白谷分〔二〕。古城疏落木，荒戍密寒雲。歲月蛇常見，風飆虎或一作忽聞。近身皆鳥道，殊俗自人群。睥睨登哀柝〔三〕，蝥舊作矛弧照夕曛〔四〕。亂離多醉尉，愁殺李將軍〔五〕。

〔一〕黄希曰：此用《爾雅》四極中之南極，夔在長安南也。

〔二〕公詩：白谷氣候殊。當是夔地名。

〔三〕睥睨，城垛也。

〔四〕《左傳》：穎考叔取鄭伯之旗蝥弧以先登。

〔五〕《李廣傳》：廣屏居藍田南山中。嘗夜出，還至亭，灞陵尉醉，呵止廣。廣騎曰：「故李將軍。」尉曰：「今將軍尚不得夜行，何故也？」

前四，峽中景色。中四，峽中土俗。後四，峽中時事。亦厭居南土，撫景感懷之作也。

夔府書懷四十韻

昔罷河西尉〔一〕，初興薊北師〔二〕。不才名位晚，敢恨省郎遲〔三〕。扈聖崆峒日〔四〕，端居灩澦時〔五〕。萍流仍汲引，樗散尚恩慈。遂阻雲臺宿，常懷湛露詩〔六〕。翠華森遠矣，白首颯淒其。拙被林泉滯，生逢酒賦欺。文園終寂寞，漢閣自磷緇。病隔君臣議，慚紆德澤私。揚鑣驚主辱，拔劍撥年衰。

社稷經綸地，風雲際會期。血流紛在眼，涕灑亂交頤。四瀆樓船泛，中原鼓角悲〔七〕。賊壕連白翟〔八〕，戰瓦落丹墀〔九〕。先帝嚴靈一作虚寢〔一〇〕，宗臣切受遺〔一一〕。恒山猶突騎〔一二〕，遼海競張旗〔一三〕。田父嗟膠漆，行人避蒺藜〔一四〕。總戎存大體，降將飾卑詞〔一五〕。楚貢何年絶，堯封舊俗疑〔一六〕。長吁翻北寇〔一七〕，一望卷西夷〔一八〕。不必陪玄圃〔一九〕，超然待具茨〔二〇〕。凶一作休兵鑄農器〔二一〕，講殿闢書帷〔二二〕。廟算高難測，天憂實在兹。形容真潦倒，答效莫支持。使者分王命，群公各典司〔二三〕。恐乖均賦斂，不似問瘡痍。萬里煩供給，孤城最怨思〔二四〕。緑林寧小患〔二五〕，雲夢欲難追〔二六〕。即事須嘗膽〔二七〕，蒼生可察眉〔二八〕。議堂猶集鳳，貞觀是元龜〔二九〕。處處喧飛檄，家家急競錐〔三〇〕。蕭車安不定〔三一〕，蜀使下何之〔三二〕？釣瀨疏墳籍，耕巖進弈棋。地蒸餘破扇，冬暖更纖絺。豺遘哀登粲一作楚〔三三〕，麟傷泣象尼〔三四〕。衣冠迷適越〔三五〕，藻繪憶遊睢〔三六〕。賞月延秋桂，傾陽逐露葵。大庭終反樸〔三七〕，京觀且僵尸〔三八〕。高枕虚眠晝，哀歌欲和誰。南宫載勳業〔三九〕，凡百慎交綏〔四〇〕。

〔一〕天寶末，授河西尉，不拜。

〔二〕是年，禄山反。

〔三〕在京任拾遺，則居省。嚴武表員外，則爲郎。

〔四〕受官鳳翔行在。

〔五〕今居夔。

〔六〕《詩序》：《湛露》，天子燕諸侯也。

〔七〕天寶之禍。

〔八〕《史記索隱》：唐鄜、延二州，即春秋白翟地。

〔九〕京師陷。

〔一〇〕玄、肅相繼晏駕。《梁宗廟登歌》：神宮肅肅，靈寢微微。

〔一一〕《通鑑》：代宗即位，素服與宰相相見。

〔一二〕謂成德、魏博等處。

〔一三〕謂盧龍、淄青等處。

〔一四〕吕祖謙曰：膠漆爲弓，誅求之多。蒺藜禦馬，所在布地。

〔一五〕《通鑑》：廣德元年，河北諸州皆已降，僕固懷恩奏留分帥。

〔一六〕《有感》詩「諸侯春不貢」「兵殘將自疑」，即此意。

〔一七〕回紇背盟入寇。

〔一八〕吐蕃屢次内擾。

〔一九〕暗使穆王荒遊事。

〔二〇〕《莊子》：黄帝將見大隗於具茨之山。

〔二一〕《孫子》：兵，凶器也。

〔二二〕《東方朔傳》：文帝集上書囊爲殿帷。

〔二三〕統指索餉之官。

〔二四〕指蜀夔言。

〔二五〕《後漢書》：諸亡命聚藏於緑林中。

〔二六〕《左傳》：楚昭王入雲中，盗攻之。注：雲中，雲夢澤中也。

〔二七〕《吴越春秋》：越王欲報吴，懸膽於户，出入嘗之。

〔二八〕《列子》：察眉睫之間，而得其情。

〔二九〕劉琨表：前事之不忘，後事之元龜也。

〔三〇〕江淹書：競刀錐之利。

〔三一〕《漢·蕭育傳》：南郡多盗，拜育爲太守。以三公使車，載育受策。

〔三二〕《史記》：司馬相如爲郎使蜀。

〔三三〕王粲《七哀詩》：西京亂無象，豺虎方遘患。按：登粲，謂登樓作賦之粲。

〔三四〕趙注：傳載孔子之首象尼山。

〔三五〕《莊子》：宋人資章甫而適越。

〔三六〕陳琳書：游睢涣者，學藻繪之彩。《陳留風俗傳》：睢涣之水，出文章，以奉宗廟御服焉。

〔三七〕上古有大庭氏。

〔三八〕《左傳》：古者明王伐不敬，取其鯨鯢而封之，於是乎有京觀。

〔三九〕《後漢書》：圖畫中興二十八將於南宮雲臺。

〔四〇〕《左傳》：出戰交綏。

解此詩者，莫尋其緒，棼如亂絲。不知其章程最整飭也。蓋此首書懷，歎老嗟卑之意輕，主憂臣辱之思切。在江湖而憂魏闕，所謂每飯不忘者也。藩鎮擅命可憂，西北又多不靖。兵不得休，故餉不得省，而民重困。意思一串。苦餉單就夔言者，志目擊耳。仇本分段却妥。首末兩段，著自身說，所懷在己。居中兩段，著時事說，所懷在國。而適中處八句，寫出屬望難必之想，以爲上下關捩。大概局段如此。而前半篇先己後國，是追憶追憤。後半篇先國後己，是在夔言夔。則所謂《夔府書懷》者，心傷在後半之民窮，而病源在前半之鎮權也。又首段之自叙，以「揚鑣」、「拔劍」，振起國是。末段之自叙，以「反樸」、「僵尸」，收到國恤。以此知歎己輕，憂國切也。又首二句，直爲全篇引端。以「河西尉」領遇之窮，以「薊北師」領亂之始也。末二句，統爲全篇煞拍。以「南宮業」結國亂而還治平。以「慎交綏」結身遠而勗在位也。可謂洋洋大文，絲絲入扣矣。○「罷尉」、「興師」，原始爲言。「名位」、「省郎」，遲晚得遇。此四，提綱。「扈崆峒」，遭際之始。「居灩澦」，現在之踪。「流」散「恩慈」，總言飄泊而繫虛銜。此四，梗概。「阻雲臺」，悲流散也。「懷《湛露》」，感「恩慈」也。「翠華遠」，承「遂阻」。「白首淒」，承「常懷」。「林滯」、「酒欺」，承「遠矣」。「文園」、「漢閣」，承「淒其」。「病隔」，再申「阻雲臺」。「慚紆」，再申「懷湛露」。「揚鑣」句起下，「拔劍」句撇上。「社稷」、「風雲」，從承平說起。「血流」、「涕灑」，提禍亂忽興。於是天寶之末，景象慘矣。「靈寢」、

「受遺」，遞落簡凈。言玄、肅賓天，今皇踐阼，正國威振刷之時也，而乃河北諸鎮，禍延至此，「田父」「行人」，莫不苦之，此由奏留分帥之失，以致諸方擅命。更加之以回紇北至，吐蕃西來，其何以堪！「西」「北」以帶筆及之。以下八句，乃中間頓宕摇曳之詞。言若能謹抑侈心，博求治道，息戰鬬而勤啓沃，豈不休哉！無如勝算實難，殷憂未已。而羈臣窮老，報效無從。是以悲耳。束前起後，無限文情。趙注支離，朱説呆滯，俱失口吻。「使者」四句，領入徵餉事。「萬里」、「孤城」，但就在夔所觸寫，非遺天下也。「緑林」、「雲夢」，惕以滋擾激變。是必「嘗膽」以需群寇之平，「察眉」以恤群黎之苦。使此日朝堂，復還「貞觀」，乃爲深願。而徒「飛檄」、「競錐」，「蕭車」、「蜀使」，紛紛不已，獨何爲乎！「釣瀨」四句，言身則遠矣，而「豺遘」、「麟傷」，不能釋於懷也。欲他適，則迷所往；憶前遊，則不可追。雖以「賞月」閒身，而惟「傾陽」憂國。或「反樸」其有日，覩「僵尸」之如斯。「高枕」「哀歌」，將誰訴耶！惟望在位者之勳名交勉，手致太平而已。○最可厭注家將河北、吐蕃等錯雜徵引，於頭緒既不清，於宗旨又不合。

覽柏中丞兼子姪數人除官制詞因述父子兄弟四美載歌絲綸〔一〕

紛然喪亂際，見此忠孝門。蜀中寇亦甚〔二〕，柏氏功彌存〔三〕。深誠補王室，戮力自元昆〔四〕。三止錦江沸〔五〕，獨清玉壘昏。高名入竹帛，新渥照乾坤〔六〕。子弟先卒伍，芝蘭疊璵璠〔七〕。同心注師律，灑血在戎軒。絲綸實具載，紱冕已殊恩。奉公舉骨肉，誅叛經寒温一作喧〔八〕。金甲雪猶凍，朱旗塵不翻。每聞戰場説，欻激懦氣奔。聖主國多盜，賢臣官則尊。方當節鉞用，必絶祲沴一作戾根。吾病日迴首，雲臺誰再論。作歌挹盛事，推轂期孤騫。

〔一〕柏中丞，即柏茂林。前以邛州牙將起兵討崔旰。此係綱目之文。《新》、《舊書》於《杜鴻漸傳》俱作柏貞節。而茂林之名，則見於《崔寧傳》，爲郭英乂前軍。《杜詩博議》以爲茂林、貞節即一人。錢箋又以爲兩人。今姑闕疑。按：林，一作琳。○詩是賡颺制詞之作，故曰「載歌絲綸」，蓋取《虞書》乃賡載歌之義。

〔二〕上年，嚴武歿。郭英乂代爲節度，崔旰襲殺之，蜀大亂。

〔三〕柏氏以邛州兵討崔旰。

〔四〕《爾雅》：長謂之元昆。按：元昆，即指中丞。時以一門同事，對弟而言，故云。

〔五〕柏與崔，必有三次攻殺之事。黄鶴兼指討段子璋、徐知道。時地相睽，朱注非之。

〔六〕錢箋：杜鴻漸入成都，請授茂林爲邛南節度使。邛南節度旋廢。史不書茂林他除，豈即拜夔州都督乎？又按：《柏二將中丞命》詩云：「遷轉五州防禦使。」督夔而兼領五州，所謂新渥也。

〔七〕《世説》：芝蘭玉樹，欲其生於階庭耳。

〔八〕歷時攻討也。

以律兼古之作，此詩蓋頌體也。四句提，十二句叙，十二句贊。○起四，提「忠孝」二字，得把柄，罩得通篇起。兩句寬籠，兩句緊籠，出清蜀事也。中十二，皆述制詞中語，非泛然叙事體，即所指「絲綸」者也。後十二，皆贊詞，所謂「載歌絲綸」者也。歎其奬率合門，義憤激發。當此亂世，有此賢臣。官既尊矣，行復加之節鉞。必能殄絶逆萌，使「雲臺」再見，而「作歌」以期「推轂」焉。蓋不獨以一方之鎮定望之矣。觀製題之法，直欲以此詩爲唐雅也。注家鮮有合者。○附代柏謝上表。

爲夔府柏都督謝上表

臣某言：伏見月日制，授臣某官。祇拜休命，内顧隕越。策駑馬之力，冒累踐之寵。自數勳力，萬無一稱。再三怵惕，流汗至踵。謹以某月日到任上訖。臣某誠戰誠懼，頓首頓首，死罪死罪。伏以陛下君父任使之久，掩臣子不逮之過。就其小效，復分深憂。詧臣劍南區區，恐失臣節如彼；加臣頻煩階級，鎮守要衝如此。勉勵疲鈍，伏揚陛下之聖德，愛惜陛下之百姓。先之以簡易，閒之以樂業，均之以賦斂，終之以敦勸。然後畢禁將士之暴，弘洽主客之宜。示以刑典難犯之科，寬以困窮計無所出。哀今之人，庶古之道。内救惸獨，外攘師寇。上報君父曲盡庸拙之分，下循臣子勤補失墜之目。灰粉骸骨，以備守官。伏推恩慈，胡忍容易。愚臣之願也，明主之望也。限以所領，未遑謁對，無任兢灼之極。謹遣某官陳謝以聞。臣誠喜誠懼，死罪死罪。

奉送王信州崟北歸〔一〕

朝廷防盗賊，供給愍誅求。下詔遷郎署，傳聲典信州。蒼生今日困，天子嚮時憂。井屋有煙起，瘡痍無血流。壞歌惟海甸〔二〕，畫角自山樓。白髮寐常早，荒榛農復秋。解龜踰卧轍〔三〕，遣騎覓扁舟〔四〕。徐榻不知倦，潁川何以酬〔五〕。老塵一作塵生彤管筆，寒膩黑貂裘。高義終焉在，斯文去矣休。别離同雨散，行止各雲浮。林熱鳥開口，江渾魚掉頭。尉佗雖北拜〔六〕，太史尚南留〔七〕。軍旅應都息，寰區要盡收。九重思諫諍，八極念懷柔。徙倚瞻王室，從容仰廟謀。故人持雅論，絶塞豁窮愁。復見陶唐理，甘爲汗漫遊〔八〕。

〔一〕信州，夔州舊名。錢箋：武德元年，改巴東郡爲信州。二年，改爲夔州。朱注：王以郎官出守夔州，今罷郡歸朝。

〔二〕時惟東吴不經寇擾。

〔三〕後漢侯霸被徵事。

〔四〕《世説》：劉真長遣騎覓張孝廉船。

〔五〕趙注：公以徐穉自方，比王爲陳蕃。潁川，陳氏郡號。

〔六〕《漢書》：高祖賜尉佗印爲南越王，佗北面稱臣。錢箋：當指崔旰輩，時旰入朝。按：是時旰改名寧。

〔七〕太史公留滯周南。公自比。

〔八〕《淮南子》：若士謂盧敖曰：吾與汗漫遊於九垓之外。

首段，叙王守夔之治效。中段，述王去夔之情節。末段，想王入朝之功名。處處夾入自己，縈拂生情。○起四句，原出守之由。推本天子憂民至意，立言有體。「蒼生」四句，兩句一折。民久困而君素憂者，今乃有炊煙，無鞭血矣。「壤歌」四句，即足前意，亦兩句一折。擊壤而歌，「惟海甸」則然，此地則角聲不絶也。今則夜無警矣，寢可早矣；野無擾矣，農有秋矣。「白髮」，帶插自己。「覓扁舟」，王要公以辭行也。「不倦」、「何酬」，感其誼。「老塵」、「寒膩」，自謂。「終在」、「去休」，彼此分指。「别離」、「行止」，彼此合説。「鳥開口」、「魚掉頭」，别時之景，然語似稺。「軍旅」以下，皆想望之詞。言朝廷所以召君者，想欲息兵收土，故思得諫諍之姿，以遠暨懷柔之化也。則我徙倚於斯，從容遥企，惟君是瞻是仰矣。結言果能致治，則漂泊無憾。

秋日夔府咏懷奉寄鄭監審李賓客之芳一百韻〔一〕

絶塞烏蠻北〔二〕，孤城白帝邊。飄零仍百里〔三〕，消渴已三年〔四〕。雄劍鳴開匣，群書滿繫船一作所向皆窮轍，餘生且繫船。亂離心不展，衰謝日蕭然。筋力妻孥問，菁華歲月遷〔五〕。登臨多物色，陶冶賴詩篇。峽束滄江起，巖排古樹圓。拂雲霾楚氣〔六〕，朝海蹴吴天〔七〕。煮井爲鹽速〔八〕，燒畬度地偏〔九〕。有時驚疊嶂，何處覓平川〔一〇〕。鸂鶒雙雙舞，獼猴壘壘懸。碧蘿長似帶，錦石小如錢〔一一〕。春草何曾歇，寒花亦可憐。獵人吹戍火〔一二〕，野店引山泉〔一三〕。喚起搔頭急〔一四〕，扶行幾屐穿〔一五〕。兩京猶薄産〔一六〕，四海絶隨肩。幕府初交辟，郎官幸備員〔一七〕。瓜時拘一作猶旅寓〔一八〕，萍泛苦夤緣〔一九〕。藥餌虚狼籍，秋風灑静便。開襟驅瘴癘，明目掃雲煙。高宴諸侯禮，佳人上客前。哀箏傷老大，華屋艷神仙。南内開元曲〔二〇〕，常時弟子傳〔二一〕。法歌聲變轉，滿座涕潺湲。弔影夔州僻，回腸杜曲煎〔二二〕。即今龍廐水〔二三〕，莫帶犬戎羶〔二四〕。耿賈扶王室〔二五〕，蕭曹拱御筵〔二六〕。乘威滅蜂蠆，戮力效鷹鸇。舊物森猶在，凶徒惡未悛。國須行戰伐，人憶止戈鋋。奴僕何知禮，恩榮錯與權〔二七〕。胡星一彗孛〔二八〕，黔首遂拘攣〔二九〕。哀痛絲綸切，煩苛法令蠲。業成陳始王〔三〇〕，兆喜出于畋〔三一〕。宫禁經綸密，台階翊戴全。熊羆載吕望〔三二〕，鴻雁美周宣〔三三〕。側聽中興主，長吟不世賢。音徽一柱數，道里下牢千〔三四〕。鄭李光時論，文章並我先。陰何尚清省〔三五〕，沈宋欻聯翩。律比崑崙竹〔三六〕，音知燥濕絃〔三七〕。風流俱善價，愜當久忘筌〔三八〕。置驛常如此〔三九〕，登龍蓋有焉〔四〇〕。雖云隔禮數，不敢墜周旋。高視收人表，虚心味道玄。馬來皆汗血，鶴唳必青田〔四一〕。羽翼商山起〔四二〕，蓬萊漢閣連〔四三〕。管寧紗帽净一作静〔四四〕，江令錦袍鮮〔四五〕。東郡時題壁〔四六〕，南湖日扣舷〔四七〕。遠遊凌絶境，佳句染華箋。每欲孤飛去〔四八〕，徒爲百慮牽。生涯已寥落，國步乃一作尚迍邅〔四九〕。衾枕成蕪没，池塘作棄捐〔五〇〕。别離憂怛怛，伏臘涕漣漣。露菊斑豐鎬〔五一〕，秋菰一作蔬影澗瀍〔五二〕。共誰論昔事，幾處有新阡。富貴空回首，喧争懶著鞭。兵戈塵漠漠，江漢月娟娟〔五三〕。局促看秋燕，蕭疏聽晚蟬。雕蟲蒙記憶，烹鯉問沈緜〔五四〕。卜羡君平杖〔五五〕，偷存子敬氈〔五六〕。囊虚把釵釧，米盡拆花鈿。甘子陰涼葉〔五七〕，茅齋八九椽〔五八〕。陣圖沙北岸〔五九〕，市暨瀼西巔〔六〇〕。羈絆心常折，棲遲病即痊。紫收岷嶺芋〔六一〕，白種陸池蓮〔六二〕。色好棃勝頰〔六三〕，穰多栗過拳〔六四〕。敕厨惟一味〔六五〕，求飽或三鱣〔六六〕。兒去看魚笱一作俗異鄰鮫室，明來坐馬韉〔六七〕。縛柴門窄窄，通竹溜涓涓。塹抵公畦稜〔六八〕，村依野廟壖。缺籬將棘拒，倒石賴藤纏。借問頻朝謁，何如穩醉一作晝眠？誰云行不逮，自覺坐能堅。霧雨銀章澀，馨香粉署妍。紫鸞無近遠，黄雀任翩翾。困學違從衆，明公各勉旃。聲華夾宸極，早晚到星躔〔六九〕。懇諫留匡鼎〔七〇〕，諸儒引服舊作伏，誤虔〔七一〕。不過輸鯁直，會是正陶甄〔七二〕。宵旰憂虞軫，黎元疾苦駢。雲臺終日畫，青簡爲誰編。行路難何有，招尋興已專。由來具飛檝，暫擬控鳴弦〔七三〕。身許雙峰寺〔七四〕，門求七祖禪〔七五〕。落帆追宿昔，衣褐向真詮。安石名高晉〔七六〕，昭王客赴燕〔七七〕。途中非阮籍，查上似張騫。披豁一作拂雲寧在，淹留景不延。風期終破浪，水怪莫飛涎。他日辭神女，傷春怯杜鵑〔七八〕。淡交隨聚散，澤國遶迴旋〔七九〕。本自依迦葉〔八〇〕，何曾藉偓佺〔八一〕。爐峰生轉盻〔八二〕，橘井尚高褰〔八三〕。東走窮歸鶴〔八四〕，南征盡跕都牒切鳶〔八五〕。晚聞多妙教，卒踐塞前愆。顧愷丹青列〔八六〕，頭陀琬琰鐫〔八七〕。衆香深黯黯〔八八〕，幾地肅芊芊〔八九〕。勇猛爲心極，清羸任體孱。金篦空刮眼〔九〇〕，鏡象未離銓〔九一〕。

〔一〕趙注：鄭審爲秘書少監。《舊書》：李之芳，拜禮部尚書，改太子賓客。按：兩人時俱在峽外。○古今百韻詩，自此篇始。○瀼西詩。

〔二〕今施州、酉陽、石砫等地，皆溪洞土司所屬，正在夔南。烏蠻，恐指此等。

〔三〕百里，本雲安而言。發雲安時，本欲下峽。今尚稽此，故云。

〔四〕統計在雲安、在夔。

〔五〕《卿雲歌》：菁華既竭，褰裳去之。

〔六〕頂巖樹。

〔七〕頂峽江。

〔八〕公夔州詩：負鹽出井此溪女。

〔九〕《農書》：荆楚畬田，先縱火熂爐，候經雨下種。

〔一〇〕夔地山高水駛。

〔一一〕東坡《怪石供》：齊安江上得美石，多紅黄白色，文如指上螺。小者如棗栗菱芡。得古盆，浥水注之，燦然。按：齊安即川江下流。意峽間亦有之也。

〔一二〕地有屯戍，故獵人就吹。

〔一三〕夔州詩：竹竿裊裊細泉分。

〔一四〕冷齋據退之詩，以喚起爲鳥名。《西京雜記》：武帝過李夫人，取玉簪搔頭。按：此處喚起，亦雙關活用。搔頭，亦借作搔首踟躕意。

〔一五〕舊注據《易林》「鳩杖扶老」之文，以扶行爲杖。按：此亦雙關用。《晉書》：阮孚曰：未知一生，能著幾兩屐。

〔一六〕東京偃師、西京杜陵，皆有故業。

〔一七〕嚴武辟爲參謀、工部員外郎。

〔一八〕《左傳》「瓜時而往」，遣戍之詞也。此借作授職用，即指嚴幕。

〔一九〕《韻會》：夤緣，連絡也。按：此句指羈夔。

〔二〇〕興慶宫，謂之南内，明皇每居之。

〔二一〕原注：都督柏中丞筵聞梨園弟子李仙奴歌。○《唐會要》：開元二年，上於梨園自教法曲，號皇帝梨園弟子。

〔二二〕杜曲，京師故里。

〔二三〕原注：西京龍廄門，苑馬門也。渭水流苑門内。

〔二四〕莫，得毋也。《唐書》：廣德元年，吐蕃入長安。永泰元年，寇奉天，京師戒嚴。大曆初，寇邠州。

〔二五〕統指將帥。

〔二六〕統指廷臣。

〔二七〕自宦竪典兵，厮養得志。

〔二八〕原安、史首禍爲言。

〔二九〕困於軍需征斂。

〔三〇〕《詩序》：《七月》，陳王業也。周公遭變，陳后稷先公風化，所由致王業之艱難也。

〔三一〕暗用西伯出獵得龍羆之兆。

〔三二〕《史記》兆辭作「非虎非羆」。崔駰《達旨》作「非熊非羆」。

〔三三〕《詩序》：《鴻雁》，美宣王也。美其能勞來還定安集也。

〔三四〕原注：鄭在江陵，李在夷陵。○一柱，指江陵；下牢，指夷陵。

〔三五〕《文心雕龍》：雅好清省。

〔三六〕《漢・志》：黄帝使伶倫去崑崙之陰，取竹嶰谷，以爲黄鐘。

〔三七〕《韓詩外傳》：天時有燥濕，絃有緩急。

〔三八〕《文賦》：恆心者貴當。《莊子》：得魚而忘筌。

〔三九〕鄭當時置驛通賓客。

〔四〇〕《後漢書》：李膺獨持風裁，被延接者，名爲登龍門。

〔四一〕青田雙鶴，云是神仙所養。

〔四二〕李爲東宫官。

〔四三〕鄭爲秘書監。《漢書》：學者稱東觀爲老氏藏室，道家蓬萊。

〔四四〕管寧皂帽家居。

〔四五〕江總有《山水衲袍賦》，序曰：皇儲監國餘辰，勞謙終宴，有令以衲袍降賜，何以奉揚恩德。

〔四六〕江陵、夷陵，並在夔東。

〔四七〕其地多湖。二句當統指兩人，舊分貼鄭、李，不穩。

〔四八〕以出峽北歸言。

〔四九〕蔡邕《述行賦》：塗迍邅其蹇連兮。

〔五〇〕俱指兩京故里。

〔五一〕西京。

〔五二〕東京。

〔五三〕遥想歸途，故言江漢。夔則有江無漢也。

〔五四〕時鄭、李必有札翰簡寄。

〔五五〕王勣詩：不應長賣卜，須得杖頭錢。按：杖頭錢，本阮宣事。唐人每移用。

〔五六〕《世説》：王獻之語盜曰：青氈我家舊物，可特置之。

〔五七〕瀼西果園多甘。

〔五八〕陶詩：草屋八九間。

〔五九〕《桓温傳》：初諸葛亮造八陣圖於魚復浦平沙之上。

〔六〇〕原注：峽人目市井泊船處曰市暨。江水横通山谷處，方人謂之瀼。

〔六一〕《貨殖傳》：岷山之下，沃野千里，下有蹲鴟。注：蹲鴟，芋也。

〔六二〕《述異記》：吴中有陸家白蓮種。

〔六三〕謂花之色。

〔六四〕《西京雜記》：嶧陽栗，大如拳。

〔六五〕《古隴西行》：右顧敕中厨。

〔六六〕《楊震傳》：有冠雀銜三鱣魚飛集講堂前。錢箋：鱣、鱓、鱔，古字通。《韓非》《説苑》皆曰：鱣似蛇。《爾雅·釋魚》音知然反，即黄魚也。杜蓋用楊震三鱣而兼取郭音。

〔六七〕《海録碎事》：蘇秦既貴，張儀來謁，坐於馬鞲而食之。

〔六八〕原注：京師農人，指田遠近，多云幾稜。稜音去聲。○張末曰：公畦，官田也。

〔六九〕洙云：諸侯象四七，宰相法三台，皆星躔也。

〔七〇〕《匡衡傳》：無説詩，匡鼎來；匡説詩，解人頤。《西京雜記》：鼎，衡小名。

〔七一〕《後漢・儒林傳》：服虔以清苦建志，善著文。

〔七二〕《揚子》：甄陶天下在和。

〔七三〕《西廂傳奇》：歸舟緊似弩箭離弦。即此二句意。

〔七四〕贊寧《高僧傳》：道信禪師，度江北黄梅縣，見雙峰寺有好泉石，即住蘄州東山。《寶林傳》：能大師傳法衣處，在曹溪寶林寺。後枕雙峰，人呼爲雙峰曹侯溪。據二説，則雙峰有兩。但曹溪不名雙峰寺，定指蘄之雙峰。且後文有爐峰轉眄句，爐峰即在蘄南也。

〔七五〕《舊書》：達磨傳慧可，慧可傳璨，璨傳道信，道信傳弘忍。按：此爲震旦五祖。自弘忍而下，則有南能、北秀之分，其弟子各立其師爲第六祖。獨孤及《三祖碑》：能公退老曹溪。秀公傳普寂，門徒萬人。是時曹溪頓門，孤行嶺南。秀公師弟，兩京法主，三帝門師，喧寂天淵。錢箋：開元末，荷澤會公直入東都，面抗北祖。致普寂之門，盈而復虚。能祖宗風，於斯大振。按：祖南祧北，自是宗門不刊之論。但南宗中，亦有旁嗣，有正嗣。如錢説，則以荷澤當南宗之七祖。今考臨濟祖系，自六祖能師而下，以南嶽懷讓爲第一世，而不繫以七祖之稱，實即七祖也。讓以天寶三年示寂。其嗣則爲江西道一，俗稱馬祖，居南康龔公山。山中猛鷙馴擾，四方學者雲集。此正當公作詩之時。而南康即廬山所在，下所謂爐峰轉盻者，正應指此。推其本師以立言，故尊之曰七祖。求七祖，即是依馬祖也。若荷澤則是六祖旁出之嗣，而主席兩京，又與江西無涉。錢氏但以其有振南抗北之功而偏舉之，豈定論哉。

〔七六〕原注：鄭高簡，得謝太傅之風。

〔七七〕原注：李宗親，有燕昭之美。燕，周之裔。

〔七八〕定期於來春。

〔七九〕旋字韻複，當刊作洄沿。

〔八〇〕《傳燈録》：迦葉爲天竺諸祖之首。

〔八一〕《列仙傳》：偓佺，槐山採藥父也。

〔八二〕廬山有香爐峰。公出峽後，又有《余下沔鄂》詩，知其素志有在。

〔八三〕《神仙傳》：蘇耽曰：庭中井水、簷邊橘樹，可以代養。

〔八四〕丁令威去家事。

〔八五〕《馬援傳》：援擊交阯還，曰：我在浪泊西里間，仰視飛鳶，跕跕墮水中。

〔八六〕仇注：顧愷之嘗於瓦棺寺畫維摩像。

〔八七〕《姓字英賢録》：王巾爲頭陀寺碑，文詞巧麗。《困學紀聞》作王屮。

〔八八〕《法華經》：燒衆名香。

〔八九〕舊引《决定經》初地、二地，乃至十地之文。然詩意但言幾處佛地耳。

〔九〇〕《涅槃經》：即以金篦刮其眼膜。

〔九一〕《圓覺經》：諸如來心，於中顯現，如鏡中象。朱注：銓，銓量也。

久稽夔府，空想京華。喜鄭、李僑居峽外，故於阻歸坐困之餘，思與共遊。雖祝彼登朝，而仍約就訪。因以投老空門，爲此生歸宿。此通首大旨也。析言之。首段，領在夔咏懷大意。是一詩總冒。二段，泛述夔土風景。三段，推來夔之由，與居夔大概，尚未貼到瀼西，是排場寬勢。四段，想到長安經亂圖治之事，是蕩開一步。五段，纔搭上鄭、李，是虛攏一步。六段，又插入不得北歸之情，是急脉緩受法。七段，接落現在瀼西枯寂之況，於前夔景，爲逼近一層；於後出峽，爲預詳其故。八段，再轉出期望二人功名等語，與就訪意反遠。是欲合故離法。九段，方合上出峽相就，乃是本旨。末段，以求禪爲歸結，究屬有託而逃，是爲煞拍尾聲。此通篇大局也。又細疏之。起二句，點夔。次二句，稽夔歲月。「劍鳴」、「船繫」，伏下峽之脉。「亂離」四句，約舉近況，見亂阻身衰，北歸無望矣。「登臨」、「陶冶」，借平日賦詩遣興，以逗此詩之作，領得通篇起。「峽束」以下，叙夔景，不須分解。「喚起」、「扶行」，承夔景，接到自身。「兩京猶薄産」，伏後不得北歸一段。「四海絶隨肩」，伏後欲就兩公一段。而於本處，則爲作客引端。「幕府」四句，自蜀來夔之由。「藥餌」四句，帶逗秋景。「高宴」四句，虛提下四。「南内」四句，本申在夔接宴。而即借筵上梨園舊人，驀渡京華也。「弔影」、「回腸」，折旋如意。以下述長安事蹟，勿如舊注逐句指實某事。大抵謂久亂難定，兵驕民困，而君宜望治求賢。略寓諷詞，却是頌體。爲度入鄭、李之因。「側聽」、「長吟」，搭合鄭、李。「一柱數」、「下牢千」，分誌二人所在。然語氣則謂其人與旅客親，與朝廷遠，傷其廢斥也。下乃撇開遇合，先贊文才。「置驛」四句，預逗欲就意。「高視」四句，美其虛懷樂善，以證其不拒。

「羽翼」八句，以兩層唱歎其蕭閒賦咏，漸漸引到詩翰相投。「每欲」以下，忽接自己，局陣迷離。此蓋申言「兩京猶薄産」，而蕪廢難歸，正有望於故交存問，而兩君詩翰果及之。與上段有忽遠忽近之致。「卜羡」一段，告以瀼西行徑。仇氏作答詞看，極有會。既與蒙問相顧有情，且使實叙悉成虛運矣。如此，則瀼西雖可送老，終覺寂寂難堪。欲去之機，已伏於此。「借問」四句，接上作自甘廢棄語。下乃一轉一側，落出期許之詞。「銀章澀」，我無分也。「粉署妍」，彼宜就也。「紫鸞」，喻彼沖飛。「黄雀」，喻我棲息。「困學」頂「雀」，「明公」頂「鸞」。「聲華」等句，皆勉詞。然此特祝之云爾。而兩人故在峽外也，故下段，竟接出峽圖晤之本心。身許求禪，先逗篇末意。而宗門法席，路亦正由荆門，故趁手帶出。「安石」、「昭王」，見其可就。「非阮」、「似張」，決於就矣。「披豁」以下，摹寫急赴之狀。此一段，暗與「四海絶隨肩」對射。寄詩之意，至此已盡。後則自傷終不得志之餘波也。蓋就身許求禪暢言之。「迦葉」，正筆。「偓佺」，託筆。「爐峰」，禪門之欲往者，故曰「生轉盻」。「橘井」，仙家之不就者，故曰「尚高褰」。言與我遠也。「東走」、「南征」，罔行皆錯。「晚聞」、「卒踐」，深信不疑。「顧愷」四句，就佛地鋪排。「勇猛」二句，就已心決定。結聯，仇氏作攝象歸空解。眼前身世交遊，從此一齊刊落。○元微之之言曰：「鋪陳始終，排比聲韻。大或千言，次亦數百。」其所推服，首在斯篇。顧予觀是詩製局運機之妙，在於獨往獨來，乍離乍合，使人不可端倪。如篇首數語，層層伏案，此十面之埋伏也。如因當筵聽曲，驀入長安；借明主懷賢，搭上鄭、李，此陳倉之暗度也。如以懷賢搭鄭、李，却只寫其詩才，將功名按住。既就鄭、李寫詩才，忽接自身北望，將兩人截住，此棧道之燒絶也。如以答書問之語，詳述瀼西貧况，使實處皆虛；以昜登朝之語，隔開就訪本懷，使連處反斷，此臨晉之疑兵也。直到明言出峽，而後若夔、若荆，若己、若鄭、李，一齊合攏，此諸侯之皆會也。乃於出峽就訪處，夾入求禪，其實只因便道帶出篇尾之根，主意却專在訪友，此又雲夢之僞遊也。至若束尾處，歸到「刮膜」、「離銓」，前塵影事，一切掃空，此直鳥盡而弓藏矣。故知善用多多，尤在善能將將，千古惟龍門有此筆陣。杜老以俳偶律切之體，與之分道揚鑣，不亦異乎！後來如白傅《代書》一詩，豈不條鬯流美。然只是始叙同官，中言被譴，末致懷思，視此不免直頭布袋。然則元氏所云，還説得自家一輩詩，於少陵堂奥，未在未在。善乎遺山子之論詩也：「排比鋪張特一途，藩籬如此亦區區。少陵自有連城璧，争奈微之識碔砆。」

寄峽州劉伯華使君四十韻〔一〕

峽内多雲雨，秋來尚鬱蒸。遠山朝白帝，深水謁夷陵。遲暮嗟爲客，西南喜得朋〔二〕。哀猿更起坐，落雁失飛騰。伏枕思瓊樹〔三〕，臨軒對玉繩。青松寒不落，碧海闊逾澄。昔歲文爲理〔四〕，群公價盡增。家聲同令聞〔五〕，時論以儒稱。太后當朝肅，多才接迹昇。翠虛捎魍魎，丹極上鯤鵬。宴引春壺酒，恩分夏簟冰。雕章五色筆〔六〕，紫殿九華燈〔七〕。學並盧王敏，書偕褚薛能。老兄真不墜，小子獨無承。近有風流作，聊從月竁一作峽徵〔八〕。放蹄知赤驥，捩翅服蒼鷹。卷軸來何晚，襟懷庶可憑。會期吟諷數〔九〕，益破旅愁凝。雕刻初誰料，纖毫欲自矜。神融躡飛動，戰勝洗侵陵。妙取筌蹄棄〔一〇〕，高宜百萬層。白頭遺恨在，青竹幾人登〔一一〕。回首追談笑，勞歌跼寢興。年華紛已矣，世故莽相仍。刺史諸侯貴〔一二〕，郎官列宿應。潘生雲一作駿閣遠〔一三〕，黄霸璽書增〔一四〕。乳竇號攀石〔一五〕，饑鼯訴落藤。藥囊親道士，灰劫問胡僧〔一六〕。憑久烏皮坼〔一七〕，簪稀白一作皂帽稜〔一八〕。林居看蟻穴，野食待魚罾。筋力交雕喪，飄零免戰兢。皆爲疑有誤百里宰〔一九〕，正似六安丞〔二〇〕。姹女縈新裹，丹砂冷舊秤〔二一〕。但求椿壽永〔二二〕，莫慮杞天崩〔二三〕。煉骨調情性，張兵撓棘矜〔二四〕。養生終自惜，伐叛一作數必全懲〔二五〕。政術甘疏誕，詞場愧服膺。展懷詩頌一作誦魯〔二六〕，割愛酒如澠〔二七〕。咄咄寧書字〔二八〕，冥冥欲避矰〔二九〕。江湖多白鳥，天地有青蠅〔三〇〕。

〔一〕峽州，即今夷陵州。

〔二〕借用《易》文。夔與峽，皆在中州之西南。

〔三〕江淹賦：願一見顔色，不異瓊樹枝。

〔四〕謂唐初文治之盛。

〔五〕《唐書》：劉允濟，武后朝上《明堂賦》，手詔褒美。豈即伯華之祖歟？又：公祖審言，亦顯於武后朝。

〔六〕《三國典略》：邢子才稱蕭慤之詩曰：可謂雕章間出。《南史》：江淹嘗夢郭璞謂淹曰：「吾有筆在卿處，可見還。」淹探懷中，得五色筆一，授之。

〔七〕《西京雜記》：元日燃九華燈。

〔八〕《宋郊祀歌》：月竁來賓，日際奉土。注：竁，窟也。

〔九〕會期，將期也。

〔一〇〕《莊子》：筌者所以取魚，得魚而忘筌。蹄者所以取兔，得兔而忘蹄。

〔一一〕青竹，即汗簡。

〔一二〕翟方進曰：今部刺史，居牧伯之位。

〔一三〕潘岳《秋興賦序》：寓直於散騎之省。高閣連雲，陽景罕曜。

〔一四〕《漢書》：二千石有治理效者，輒報璽書勉勵，增秩賜金。

〔一五〕《爾雅》：贙，有力。

〔一六〕漢武帝穿昆明池，悉是灰墨。外國道人曰：「經云：天地大劫灰。此劫燒之餘也。」《高僧傳》：道人乃竺法蘭。

〔一七〕公詩：烏皮几在還思歸。

〔一八〕《通典》：宋時制高屋白紗帽。按：髮稀則帽中空，故稜益峭。

〔一九〕漢明帝曰：郎官上應列宿，出宰百里。按：句義蓋謂郎官例宜出宰，今不復希此矣。皆爲二字，不可通，定誤。

〔二〇〕後漢桓譚諫用讖，光武怒，欲斬之。久之，出爲六安郡丞，意忽忽不樂，道病卒。

〔二一〕《大丹訣》曰：姹女隱在丹砂中。注：姹女，汞也。

〔二二〕庾闡詩：椿壽自有極。

〔二三〕《列子》：杞國有人，憂天地崩墜。

〔二四〕《徐樂傳》：陳涉起窮巷，奮棘矜。注：棘，戟也。矜者，棘之把。

〔二五〕時夔、峽間，必有竊發者。

〔二六〕朱注：公作詩以贈，猶史克之頌魯侯。

〔二七〕原注：平生所好，消渴止之。〇《左傳》：有酒如澠，有肉如陵。

〔二八〕《世説》：殷浩被廢，常晝空作「咄咄怪事」四字。

〔二九〕《法言》：鴻飛冥冥，弋人何慕焉。

〔三〇〕青蠅，刺讒。

首段，言地相近而相思，以爲發端。「峽内」二句，兩地全挈。「山朝」，峽近夔也。「水謁」，夔近峽也。「爲客」、「得朋」，兩人一總。「更起坐」、「失飛騰」，欲赴而仍止也。「瓊樹」徒「思」，「玉繩」空「對」。但遥想節概，如「青松」、「碧海」而已。「昔歲」一段，述通家舊學。而以「不墜」、「無承」，彼此並扼，即東即提。「近有」一段，劉必有新詩見及。故贊其近作之佳，意欲就訪聯吟焉。「來晚」、「可憑」，得詩恨晚，已足慰懷也。「雕刻」四句，預形容分賦爭奇氣概。「妙取」四句，懸擬劉詩超妙，而自恐己才不逮。正所云「不墜」、「無承」也。此段彼此兩闢，通篇精神處，舊俱錯解。以上皆就文學説，以下乃及境遇。「回首」一段，就己之詩才老退，轉落世故，隨手叙清彼此行藏。彼則刺史貴而秩增，此則郎官罷而身遠也。「乳贙」一段，自述客夔之況。此後每見畏讒之語。公固以讒失職，致此流離，故時形之齒頰。「贙號」，隱比讒言。蓋贙似狗而獷，狺狺之吠，《離騷》本以刺讒也。「齬訴」，遞落困頓之概。「免戰兢」，憤詞。言以「飄零」之故，反得遠讒口也。今也官休身斥，幾如「六安郡丞」，直自憂客死矣。末段，雖皆以學仙遺世，作自寓之詞。而用「杞天」、「張兵」，「伐叛」、「政術」等字，相間成文。言下見我則無官，而託於導引；世實多難，而責有攸歸。規諷最爲微婉。讀者宜得之吟諷之表也。「政術」句，足上語意。「詞場」句，回顧詩才。「展懷」、「割愛」，點逗過接之文。心無「咄咄」不平，身欲「冥冥」益遠。江皋湖畔，鷗鷺可盟。到處青蠅，令人削跡。仍以畏讒作收，而「江湖」則含出峽意。○「白鳥」注，朱氏引《夏小正》《金樓子》之文，以白鳥爲蚊蚋，凡有翼者爲鳥。齊威公卧柏寢，白鳥營饑求飽，公開翠厨以進云云。於本詩附會可笑。

天池〔一〕

天池馬不到〔二〕，嵐壁鳥纔通。百頃青雲杪，曾波白石中。鬱紆騰秀氣，蕭瑟浸寒空。直對巫山出一作峽，兼疑夏禹功。魚龍開闢有，菱芡古今同。聞道奔雷黑，初看浴日紅。飄零神女雨，斷續楚王風。欲問支機石〔三〕，如臨獻寶宮〔四〕。九秋驚雁序，萬里狎漁翁。更是無人處，誅茅任薄躬。

〔一〕《蜀志》：天池在夔州府治東，巫山縣亦有之。

〔二〕仇注：池在山頂。

〔三〕《荊楚歲時記》：張騫乘槎至河渚，織女取搘機石與騫而還。

〔四〕《水經注》：燭銀金膏，皆河圖所載，河伯所獻。

起四，點題。中十二，逐層鋪寫。後四，動棲隱之思。○「騰秀」、「浸空」，高渺而涼冷也；「對巫」、「疑禹」，險僻而奇奥也。四句就池身總寫。「魚龍」、「菱芡」，池中所有；「奔雷」，必有禱雨靈應之事；「浴日」，正值天光晴朗之時。四句就池之功用實寫。「神雨」、「楚風」，切夔故事；「支機」、「獻寶」，切水故事。四句皆迷離惝怳之景，是就池境虚寫。結言久客驚秋，厭居陋俗。不如來此「無人」之境，「誅茅」寄迹也。本甚明顯。仇乃以「誅茅」指夔居，何耶？

九日五首〔一〕

故里樊川菊〔二〕，登高素滻原〔三〕。他時一笑一作醉後，今日幾人存。巫峽蟠江路，終南對國門〔四〕。繫舟身萬里，伏枕淚雙痕。爲客裁烏帽，從兒具緑樽。佳辰對群盗，愁絶更堪論。

〔一〕其一爲七律，見四之二。其二、其三爲五律，見三之六。其五以《登高》足之，亦七律，見四之二。

〔二〕《長安志》：樊川，一名後寬川。《十道志》：即杜陵之樊鄉。

〔三〕《長安志》：少陵原，北直滻水。《西征賦》：南有玄灞素滻。

〔四〕終南，亦長安山。

五首不一體，皆輟飲獨登之作。此獨登而懷故里也。起四，俱着彼地説。五、六，兩地分開。七、八，一心遥寄。俱合彼此説。後四，俱着此地説。其起四、後四，俱切「九日」。中四泛説。

東屯月夜〔一〕

抱病漂萍老，防邊舊穀屯。春農親異俗，歲月在衡門。青女霜楓重，黄牛峽水喧〔二〕。泥留虎鬭跡，月掛客愁村。喬木澄稀影，輕雲倚細根。數驚聞雀噪，暫睡想猿蹲。日轉東方白，風來北斗昏。天寒不成寐一作寢，無夢寄歸魂。

〔一〕東屯，公孫述開屯積穀處。

〔二〕黄牛峽，雖屬夷陵，然近在夔江口外。

此月夜通宵不寐而成。起五字，已盡一詩之概。通首之景，皆從漂泊中出。而不寐之根，即因乎此。黄生曰：妙在先安首五字。覺全篇字字寫景，字字寫情。

傷　秋

村僻來人少，山長去鳥微。高秋收畫扇，久客掩柴扉。懶慢頭時櫛〔一〕，艱難帶減圍。將軍思一作猶汗馬，天子尚戎衣〔二〕。白蔣風飈脆〔三〕，殷檉曉夜稀〔四〕。何年滅一作减豺虎，似有故園歸。

〔一〕時櫛，常不櫛也。

〔二〕大曆二年九月，吐蕃寇邠、靈。

〔三〕《蜀都賦》注：蔣，菰名也。

〔四〕《爾雅》：檉，河柳。陸璣《詩疏》：皮赤如絳，枝葉如松，一名雨師。

久客傷時之作也。「村僻」四句，秋村枯寂之況。「懶慢」束上，「艱難」起下。「艱難」，爲亂阻也。「蔣脆」、「檉稀」，點綴秋色。而「脆」字、「稀」字，正興起「滅」字。

柳司馬至

有客歸三峽，相過問兩京。函關猶出將，渭水更一作自屯兵。設備邯鄲道〔一〕，和親邏沙城〔二〕。幽燕唯鳥去，商洛少人行〔三〕。衰謝身何補，蕭條病轉嬰。霜天到宮闕，戀主寸心明。

〔一〕謂河北。

〔二〕《舊書・吐蕃傳》：其國都城，號邏些城。《新書》：贊普居跋布川，或邏娑川。《韻會》：娑，或作沙，通作些。

〔三〕商洛，在長安西南。非指河南之洛水。

是時河北不朝，吐蕃復寇。司馬自北來，故問之也。中六句，述柳答詞，逐層分頂。「函關」，出而東也。句提河北，是近東京事。「渭水」，屯而西也。句提吐蕃，是近西京事。所爲問兩京者以此。「邯鄲」，正指河北，頂「出將」。「邏沙」，正指吐蕃，頂「屯兵」。「幽燕」，更從「邯鄲」說到遼遠處。地爲河北所隔，故曰「惟鳥去」。「商洛」，却從「邏沙」說歸密邇處。時以吐蕃漸逼，故曰「少人行」。後四，自述。「到宮闕」者，寸心到也。「明」字從「霜天」照耀而出。○坊本解「函關」六句，大紊圖經。○史不載命將河北事。意函關以東，當時亦曾爲諸藩設備耶？

奉賀陽城唐書作城陽郡王太夫人恩命加鄧國太夫人〔一〕

衛幕銜恩重〔二〕，潘輿送喜頻〔三〕。濟時瞻上將，錫號戴慈親。富貴當如此，尊榮邁等倫。郡依封土舊，國與大名新。紫誥鸞迴紙，清朝燕賀人〔四〕。遠傳冬筍味，更覺彩衣春。奕葉班姑史〔五〕，芬芳孟母鄰。義方兼有訓，詞翰兩如神。委曲承顏體，鶱飛報主身。可憐忠與孝，雙美畫麒麟。

〔一〕原注：陽城郡王，衛伯玉也。○《舊書》：大曆二年六月，荆南節度使衛伯玉，封城陽郡王。仇注：公詩乃賀其母受封。蓋伯玉封王後，母亦進封大國也。

〔二〕《漢書·衛青傳》：帝就拜大將軍於幕中。

〔三〕潘岳《閒居賦》：太夫人乃乘版輿，升輕軒。

〔四〕清朝，猶言清晨。

〔五〕《後漢·列女傳》：扶風曹世叔妻者，名昭，字惠姬。兄固，著《漢書》。其八表及《天文志》未竟，和帝詔昭就東觀踵而成之。

起八，直叙題面。除「富貴」、「尊榮」一聯外，俱一子一母，逐句分頂。於義則合從子之文，於法則以歸親爲主。中四，上下遞脉。上承封誥之榮，下起顯親之孝也。後八，曲暢題情。以母四、子四，兩層雙綰。有「班姑」之「詞翰」，兼「孟母」之「義方」，被恩命爲無愧矣。「承顔」歸於「報主」，移孝即以作忠，於恩命爲有光矣。蓋又以頌母之義，納入頌子文中。處處立言得體。○「畫麒麟」，夾入「孝」字，新甚。

續得觀書迎就當陽居止正月中旬定出三峽〔一〕

自汝到荆府，書來數喚吾。頌椒添諷咏〔二〕，禁火卜歡娛〔三〕。舟楫因人動〔四〕，形骸用杖扶。天旋夔子國一作峽，春近岳陽湖〔五〕。發日排南喜，傷神散北吁。飛鳴還接翅〔六〕，行序密銜蘆〔七〕。俗薄江山好，時危草木蘇。馮唐雖晚達，終覲在皇都。

〔一〕《唐書》：當陽縣，屬荆州府。○公有《舍弟觀到江陵喜寄》三首，見四之二。此則觀得公詩後，復以書來約也。《喜寄》詩云「青春不假報黄牛」，而觀仍有書，知其兄弟間友愛交至。○詩當是歲底作。舊編三年歲初，非。

〔二〕新正作計啓行。

〔三〕寒食決定聚會。

〔四〕有坐待行資意。

〔五〕湖在峽外巴陵。

〔六〕用《鸛鴿》詩。

〔七〕《淮南子》：雁順行以愛氣力。啣蘆而翔，以避矰弋。

上八敘題，下八發意。大旨謂身將就南，心終戀北也。○起四，敘述明了。「因人」、「用杖」，表出束裝情狀。「旋夔」、「近湖」，清還兩地去就，作一束。「排喜」、「散吁」，爲後半提筆。會面之喜，形於方發之初；故國之吁，終有暗傷之致。試觀禽鳥，方「接翅」而南翔，旋「銜蘆」而北向，伊可懷也。彼當陽居止，江山雖好，而草木漸蘇，吾輩亦當有欣欣順動之思矣。結語點破。

卷五之四　五排　起代宗大曆三年訖五年

《纂年譜》：大曆三年，去夔。三月，至江陵。秋，移公安。冬，之岳州。四年，之潭、之衡。夏，復回潭。五年四月，避臧玠亂，入衡州。欲如郴州，至耒陽，不果。秋，回舟荊湖，寓卒。年五十九。

元日示宗武〔一〕

汝啼吾手戰，吾笑汝身長。處處逢正月，迢迢滯遠方。飄零還柏葉一作酒〔二〕，衰病只藜床。訓喻青衿子〔三〕，名慚白首郎〔四〕。賦詩猶落筆，獻壽更稱觴。不見江東弟〔五〕，高歌淚數行。

〔一〕入大曆三年。

〔二〕《歲時記》：正月一日，進椒柏酒。凡飲，次第從小起。庾肩吾詩：聊用柏葉酒。

〔三〕謂宗武。

〔四〕公自謂。

〔五〕原注：第五弟漂泊江左，近無消息。

情真語質之篇，自然合律。起四句，四意，提盡通篇。「柏葉」、「藜牀」，從「逢正」、「滯遠」衍出。「青衿」、「白首」，從「笑汝」、「啼吾」衍出。「落筆」、「稱觴」，過遞語脉。臨觴而憶弟，正欲輟飲；振筆而高歌，聊託悲吟。一時情事，歷歷在目。此四句，亦從「處處」、「迢迢」內衍出也。

又示宗武

覓句新知律，攤書解滿床。試吟青玉案〔一〕，莫羨紫羅囊〔二〕。假一作暇日從時飲〔三〕，明年共我長。應須飽經術，已似愛文章。十五男兒志，三千弟子行。曾參與游夏，達者得升堂。

〔一〕《四愁詩》：何以報之青玉案。按：此是廷獻之具。

〔二〕《晉書》：謝玄，少好佩紫羅香囊。叔父安患之，因戲賭取之。按：此是少年分心服玩之習。

〔三〕《楚辭》：聊假日以媮樂兮。

前詩泛慨，此專語子。○夏客疑此詩有譽兒癖。愚則以爲訓子書也。宗武質美可教，故示之以此。「覓句」、「攤書」，鼓舞引進語。「試吟」、「莫羨」，一勉之，一戒之。「從飲」、「共長」，又復儆惕之。「應須」二句，上下轉側處。「飽經術」，告以務學之本，後所云云也。「愛文章」，引以可造之機，前所云云也。孔門弟子，經術之準，故舉以爲法，然則公非無本之學也。

遠懷舍弟穎觀等

陽翟空知處〔一〕，荆南近得書〔二〕。積年仍遠別，多難不安居。江漢春風起，冰霜昨夜除〔三〕。
雲天猶錯莫〔四〕，花蕚尚蕭疏。對酒都疑夢，吟詩正憶渠。舊時元日會，鄉黨羨吾廬。

〔一〕穎所在也。《唐書》：陽翟縣，屬洛州。

〔二〕觀所在也。

〔三〕前九月三十，有「悲秋向夕終」句。十月一日，有「爲冬亦不難」句。疑此元日，正值立春。

〔四〕梁范静妻詩：神往形返情錯莫。

張遠云：亦元日所作。因前「不見江東弟」句，故又有此。○一、二，提明兩弟處。三、四，點出分離。「春起」、「冰除」，輕逗時序。計其地，則悵望「雲天」；思其人，則空吟「花蕚」，二句括起四意。「疑夢」、「憶渠」，正所謂「遠懷」也。以舊時歡聚作結，掉尾悠然不盡。

太歲日〔一〕

楚岸行將老，巫山坐復春。病多猶是客，謀拙竟何人？閶闔開黃道，衣冠拜紫宸〔二〕。榮光懸日月，賜予出金銀。愁寂鴛行斷，參差虎穴鄰。西江元下蜀，北斗故臨秦。散地逾高枕，生涯脱要津〔三〕。天邊梅柳樹，相見幾回新？

〔一〕大曆三年，歲在戊申。《舊書》：是年正月丙午朔，則太歲乃初三日也。

〔二〕潘鴻曰：疑當時以太歲日爲慶。

〔三〕謂與朝宁相違。

通首皆羈棲之感。起四句，提出老而留滯意。次四句，述當年是日隨班之事。又次四句，傷去官而望闕。結四句，兩應中幅，兩應篇首。

送大理封主簿五郎親事不合却赴通州〔一〕主簿前閬州賢子〔二〕余與主簿平章鄭氏女子〔三〕垂欲納采鄭氏伯父京書至女子已許他族親事遂停

鄭氏女，時當在夔。五郎乃就婚而來者。至則事已不諧，因赴通州。通州或是其父閬州移官處，或是罷官移寓處。

禁鑾去東床〔四〕，趨庭赴北堂〔五〕。風波空遠涉，琴瑟幾虚張。渥水出騏驥〔六〕，崐山生鳳凰〔七〕。兩家誠款款，中道許蒼蒼〔八〕。頗謂秦晉匹，從來王謝郎。青春動才調，白首缺輝光〔九〕。玉潤終孤立〔一〇〕，珠明得暗藏〔一一〕。餘寒折花卉，恨別滿江鄉。

〔一〕《唐書》：通州郡，屬山南西道。○題已盡此，此下似是注語。

〔二〕前有《送高司直尋封閬州》詩。

〔三〕朱注：《太平廣記》：天寶中，盧子夢謁其從姑。姑曰：吾有外甥女，甚有容質，當爲兒平章。據此，則平章乃唐人通好語也。

〔四〕晉謝混議尚孝武女晉陵公主，未就而帝崩。袁崧欲以女妻之。珣曰：「卿莫近禁鑾。」

〔五〕謂赴通州。

〔六〕仇注：謂閬州子。

〔七〕仇注：謂鄭氏女。

〔八〕謂曾對天以盟。

〔九〕白首，公自謂。

〔一〇〕《晉史》：樂廣號冰鏡。壻衛玠，號玉人。議者以爲婦公冰清，女壻玉潤。

〔二〕珠藏，以況處女。

起四句，總挈大意。「渥水」四句，追述封、鄭約婚事。「頗謂」四句，惜其停婚。「缺輝光」者，爲人平章婚事，而虛費往來，故覺減色。後四句，慰而送之。「玉孤立」，憐其敗興。「珠暗藏」，祝其他遘。「餘寒拆卉」，別時景色，亦借映停婚。凡此皆五郎之恨，亦公一時之恨也。此別殊自恧然。

將別巫峽贈南卿一作鄉兄瀼西果園四十畝

苔竹素所好，萍蓬無定居。遠遊長兒子，幾地別林廬。雜蕊紅相對，他時錦不如。具舟將出峽，巡圃念攜鋤。正月喧鶯未，茲辰放鷁初。雪籬梅可折，風榭柳微舒。託贈卿家有〔一〕，因歌野興疏。殘生逗一作逼江漢〔二〕，何處狎樵漁？

〔一〕向爲我物，今爲卿有，寓保護無忽之意。

〔二〕《説文》：逗，投合也。按：詩是逗留之意。

公自計生平託迹周流，所拋棄者多矣。復此撇去，殆難爲懷。起四句，詞旨淒泊，感慨深長。「雜蕊」四句，落到「果園」，將去而繫念也。「正月」四句，敘將別時園中之景。結四句，纔説到贈園作詩。而蕭然一往，正不知何處因依，可悲也已！○前半皆作戀戀語，自爾情長。鍾氏云：若説作輕棄所有，反膚淺也。○説贈園處，又難在着語不多。他人至此，不免侈張矣。○自此一棄，後來竟無棲託之所。落拓之士，末梢多不得收場。爲之喟然。

行次古城店泛江作不揆鄙拙奉呈江陵幕府諸公〔一〕

老年常道路，遲日復山川〔二〕。白屋花開裏，孤城麥秀邊。濟江元自闊，下水不勞牽。風蝶勤依槳，春鷗懶避船。王門高德業〔三〕，幕府盛才賢。行色兼多病，蒼茫泛愛前。

〔一〕《荆州圖經》：夷陵縣南對岸，有陸抗故城，即山爲墉。按：古城或即指此。江陵幕，謂節度衛伯玉之幕。

〔二〕遲日，春日也。

〔三〕衛伯玉，時封陽城郡王。

上八，將古城泛江，分兩層寫。而「常道路」、「復山川」，便引動「行色」句。「蝶勤依」、「鷗懶避」，便引動「泛愛」句。後四，「王門」是陪，「才賢」是主。蓋是詩呈幕僚，非呈衛公也。結聯，露呈書本旨。

大曆三年春白帝城放船出瞿塘峽久居夔府將適江陵漂泊有詩凡四十韻〔一〕

老向巴人裏，今辭楚塞隅。入舟翻不樂，解纜獨長吁。窄轉深啼狖，虛隨亂浴鳬。石苔凌几杖，空翠撲肌膚。疊壁排霜劍，奔泉濺水珠。杳冥藤上下，濃淡樹榮枯。神女峰娟妙，昭君宅有無。曲留明怨惜〔二〕，夢盡失歡娛〔三〕。擺闔盤渦沸，欹斜激浪輸。風雷纏地脉，冰雪曜天衢。鹿角真走險〔四〕，狼頭如跋胡〔五〕。惡灘寧變色，高卧負微軀。書史全傾撓，裝囊半壓濡。生涯臨臬兀，死地脱斯須。不有平川決，焉知衆壑趨。乾坤霾漲海，雨露洗春蕪。鷗鳥牽絲颺，驪龍濯錦紆。落霞沈緑綺，殘月壞金樞〔六〕。泥筍苞初荻〔七〕，沙茸出小蒲〔八〕。雁兒争水馬〔九〕，燕子逐檣烏〔一〇〕。絶島容煙霧，環洲納曉晡。前聞辨陶牧〔一一〕，轉眄拂宜都〔一二〕。縣郭南畿好〔一三〕，津亭北望孤〔一四〕。勞心依憩息，朗咏劃昭蘇〔一五〕。意遣樂還笑，衰迷賢與愚。飄蕭將素髮，汩没聽洪鑪〔一六〕。丘壑曾忘返，文章敢自誣？此生遭聖代，誰分哭窮途。卧疾淹爲客，蒙恩早厠儒。廷争酬造化〔一七〕，樸直乞江湖。灔澦險相迫，滄浪深可逾〔一八〕。浮名尋已已〔一九〕，懶計却區區。喜近天皇寺，先披古畫圖〔二〇〕。應經帝子渚〔二一〕，同泣舜蒼梧〔二二〕。朝士兼戎服，君王按湛盧〔二三〕。旄頭初俶擾〔二四〕，鶉首麗泥塗〔二五〕。

甲卒身雖貴，書生道固殊。出塵皆野鶴，歷塊匪轅駒。伊吕終難降，韓彭不易呼〔二六〕。五雲高太甲〔二七〕，六月曠摶扶〔二八〕。迴首黎元病，争權將帥誅。山林託疲茶作薾者，非，未必免崎嶇。

〔一〕江陵即荆州。仇注：詩本四十二韻。

〔二〕《琴操》：昭君作怨思之歌。

〔三〕《神女賦》：寐而夢之，寤不自識。惘兮不樂，悵爾失志。

〔四〕《一統志》：鹿角灘，在夷陵。《左傳》：不德，則其鹿也。鋌而走險，急何能擇？

〔五〕《一統志》：狼頭灘，亦在夷陵。《詩》注：胡，頷下懸肉。

〔六〕《海賦》注：金樞，西方月没處。

〔七〕陸璣疏：亂，或謂之荻。三月中，其心挺出如箸。

〔八〕許氏《説文》：蒲，水草也。靈運詩：新蒲含紫芽。

〔九〕子瞻《蟲》詩：君不見水馬兒，步步逆流水。《物理小識》：水馬能化蜻蜓，則水鼈蟲耳，非四足之水秀才也。一名蝦扒蟲。

〔一〇〕陰鏗詩：檣轉向風烏。趙注：船檣上刻爲烏形，旋轉以占風者。

〔一一〕《登樓賦》：北彌陶牧。《荆州記》：江陵縣西，有陶朱公冢。

〔一二〕《唐書》：宜都屬峽州。《杜臆》：即夷陵。東抵江陵，尚二百餘里。

〔一三〕原注：路入松滋縣。○肅宗以江陵爲南都。松滋在江陵西南不遠。

〔一四〕津亭，津渡亭候也。勿如注家指實某地。

〔一五〕昭蘇，見《曲臺記》。

〔一六〕謂大造。

〔一七〕指爲拾遺疏諫事。

〔一八〕滄浪近江陵。

〔一九〕《世説》：何揚州曰：使人情何能已已。

〔二〇〕原注：此寺有晉王右軍書，張僧繇畫孔子及顔子十哲形像。○《名畫記》：江陵天皇寺，僧繇畫。梁武帝問：「釋門之内，如何畫孔聖？」僧繇曰：「後當賴此耳。」及後周滅佛法，此殿以有宣尼像，得不毁。

〔二一〕《九歌注》：帝子，堯二女湘夫人也。

〔二二〕帝子、蒼梧，皆在江陵之南。

〔二三〕《吴越春秋》：歐冶子作名劍五，一曰湛盧。

〔二四〕《晉書》：昴爲旄頭。按：此指禄山。

〔二五〕《晉書》：鶉首，於辰爲未，秦之分野，屬雍州。

〔二六〕呼字，與「軒楹勢可呼」同解。蓋馴服之謂。

〔二七〕《隋書》：天子氣，或如華蓋在霧中，或有五色。朱注：太甲，或出緯書。未可强解。王勃《夫子廟碑》：華蓋西臨，藏五雲於太甲。

〔二八〕《逍遥遊》語。

起四、結四，中間分五段寫。五段之中，前三段就出峽所經言，是叙事體。後二段就此身漂泊言，是議論體。少陵長律中，此篇最爲文從字順。○公雖久欲出峽，而居夔已兩載餘。一旦舍去，必有愀然不忍恝者。起四句，衷情若揭。「窄轉」一段，叙峽内舟行之景。「窄轉」、「虚隨」，船初放也。「石苔」六句，皆在峭壁之間。「濺水珠」，亦就石壁上見。「曲留」、「夢盡」，分頂上聯。本地本懷，兩映得好。「擺闔」一段，叙下峽經險之景。「風雷」，耳中聲。「冰雪」，目中象。「鹿」「狼」二灘，借成語，寫實境，琢句最巧。「惡灘」，即指「鹿角」、「狼頭」。「寧變色」，勉强禁持也。「負微軀」，判却身命也。「不有」一段，叙峽外曠淼之景，轉接飄曳。言若「不有」峽外「平川」，「焉知」峽間「衆壑」，何所底止乎？「霾漲海」，不見涯涘。「洗春蕪」，乍見清暉。「牽絲」、「濯錦」，晴光摇漾。「霞沈」、「月壞」，遠色模糊。此上皆實就平川寫。「荻」、「蒲」、「雁」、「燕」，又平川洲渚間幽趣。「絶島」二句，束平川，起都邑。「前聞」，透過一筆，先打逗江陵。「轉盻」，縮來一筆，謂才過夷陵。「南畿」，即江陵也。雖尚未到，將近則氣象已好。「北望」，望闕也。由「南畿」字觸起。「依憩息」，將依江陵。「劃昭蘇」，心胸且爲之一曠也。此四句，已拖起欲往江陵意，爲後半篇張本。其借「辨陶牧」，插入「南畿好」。借「南畿」字搭上「北望孤」，以引起下文不歸北而留南意來，有鬼神莫測之妙。「意遺」一段,歷述漂泊之情。而因以决今之所向。「意遺」四句,乃混俗任運意,是下半篇提筆也。「丘壑」四句,言當日自命不小。「卧疾」句,指在夔。下三句,原所以淹爲客之故。「灎澦」四句,明目前出峽之意。「喜近」四句,用隔聯對,落到「將適江陵」頓住。「朝士」一段,表所以祇到江陵,不即北歸之故。蓋朝廷久事戎兵,由首惡殃流京闕,是使甲士志得,儒生道消。君子居此世,固當如「出塵」之「鶴」,「歷塊」之「駒」,飄然遠遯,無與此輩同列也。下再以四句咏歎足之。「伊、吕」之純臣難致,「韓、彭」之悍帥難馴。回首帝廷,如「五雲太甲」,渺然天際。惟效鵬摶南徙,爲長往之計而已。此爲决就江陵之詞。要皆在未至時寫,正洗發題中「將適」字。至此,本意已盡。結四句,又作掉尾勢。言值此困擾之秋,雖姑且就此,恐終未得爲安居耳。公詩云「篇終接混茫」,其此類也夫。

奉送蘇州李二十五長史丈之任〔一〕

星拆台衡地〔二〕,曾爲人所憐。公侯終必復〔三〕,經術昔一作竟相傳〔四〕。食德見從事〔五〕,克家何妙年。一毛生鳳穴,三尺獻龍泉。赤壁浮春暮〔六〕,姑蘇落海邊〔七〕。客間頭最白,惆悵此離筵。

〔一〕《唐書》:蘇州,屬江南東道。○江陵詩。

仰藥死。

〔二〕朱注：長史父，必以宰相得罪，未詳其人。或云：是適之。夏客曰：明皇時，適之爲左相罷，後

〔三〕《左傳》：公侯之子孫，必復其始。

〔四〕漢韋賢，及子玄成，並以明經位宰相。

〔五〕《訟·六三》：食舊德，貞厲終吉，或從王事。

〔六〕《一統志》：周瑜與操遇於赤壁，在武昌府樊口之上，江之南岸。

〔七〕《越絶書》：闔廬起姑蘇臺，三年聚材，五年乃成，高見三百里。

起四，推本舊德。謂宜有後。中四，乃美長史才華，見家聲克振也。後四，叙還題面。「赤壁」，其所經處。「姑蘇」，其所赴處。「頭最白」，公自謂，送者非止一人也。樂天《琵琶行》結語云：「座中泣下誰最多？江州司馬青衫濕！」用此筆意。

暮春江陵送馬大卿公恩命追赴闕下〔一〕

自古求忠孝，名家信有之。吾賢富才術，此道未磷緇。玉府標孤映〔二〕，霜蹄去不疑。激揚音韻徹，籍甚衆多推。潘陸應同調，孫吴亦異時。北辰徵事業，南紀赴恩私。卿月昇金掌〔三〕，王春度玉墀。薰風行應律，湛露即歌詩〔四〕。天意高難問，人情老易悲。樽前江漢

闊，後會且深期。

〔一〕卿公稱謂複疊，尊禮之至。

〔二〕《穆天子傳》：群玉之山，四徹中繩，先王之所謂策府。

〔三〕《書》：卿士惟月。

〔四〕《詩序》：《湛露》，天子燕諸侯之詩。

起四句，本以渾然稱許之詞作冒。而音節遒上，便能隱對朝命，振喚靈動。中十二句，鋪叙條貼。「玉府」、「霜蹄」，其丰格也。「激揚」、「籍甚」，其才華也。此爲贊詞。「潘、陸」蒙上才華，「孫、吴」起下「事業」。玩「應」字、「亦」字，遞下可知。就「事業」搭合北闕之「徵」，就被「恩」點清南轅之「赴」。牽連鈎帶，字字筋節。此總爲過脉。「卿月昇」，恩命起召也。「王春度」，出命之始，在春初也。「薰風應」，暮春起赴也。「湛露歌」，面君有日也。此爲叙事。以上三層作一片。末四句，自傷而曲致其情。以多年去國之人，送新命趨朝之客。猛然感觸，真不能不問天而悲老。江漢迢迢，深期後會。非望馬卿復來，正冀此生復返。其情爲已切矣。

寄李十四員外布十二韻〔一〕

名參漢望苑〔二〕，職述景題輿〔三〕。巫峽將之郡〔四〕，荆門好附書〔五〕。遠行無自苦，内熱比何如？正是炎天闊，那堪野館疏。黃牛平駕浪〔六〕，畫鷁上凌虛。試待盤渦歇，方期解纜初。悶能過小徑，自一作日爲摘嘉蔬。渚柳元幽僻，村花不掃除。宿陰繁素柰，過雨亂紅蕖。寂寂夏先晚，泠泠風有餘。江清心可瑩，竹冷髮堪梳。直作移巾几，秋帆發敝廬。

〔一〕原注：新除司議郎，兼萬州別駕。雖尚伏枕，已聞理裝。○萬州今爲縣，屬夔州府。

〔二〕《漢書》：戾太子冠，武帝爲立博望苑，使通賓客。《唐志》：司議郎，東宮官屬。

〔三〕謝承《後漢書》：周景辟陳蕃爲別駕，不就。景題別駕輿曰：「陳仲舉座也。」不更辟。蕃惶恐，起視職。

〔四〕巫峽，由荊入萬之路。

〔五〕《唐志》：萬州，屬山南東道。山南，古荊、梁二州之地。

〔六〕黃牛灘，在峽口。時有水漲之事。

此非送行詩，乃留行詩也。原注云：雖尚伏枕，已聞理裝。是爲寄李之本旨。故前半戒其觸暑之官，後半邀其過家度夏。公之篤於友誼如此。○此詩朱本編大曆四年。是夏，公在湖南，常舟宿，則不應有「小徑」「摘蔬」等句。仇本編廣德二年。是夏，公在成都。而萬州亦在峽内，則不應有「巫峽」、「黃牛」等句。總由誤認「荊門附書」，爲公欲託李致札耳。不知詩意不爾也。詩應是三年之夏在荊州作。李亦當在荊州近境也。玩起四句，李承荊門節鎮舉辟，督促就官。故用「題輿」

事，見承命宜急。而「附書」句，正勸其奉狀舉主，請假寬期。而已亦可助之請也。「遠行」、「内熱」，一詩之主。「炎天」、「野館」，病熱所忌。「駕浪」、「凌虚」，兼值水漲難行。「試待」二句，頓上渡下。「悶過」、「自摘」，囑其來寓養痾。「悶」字跟「内熱」來，「自」字見親愛之極。「渚柳」以下，連叙清涼之景，語語與病熱對針。至於「江清可瑩」，「竹冷堪梳」。而後宿疾除，冠服理。趁勢一語放手，直作「移几」、「發帆」，聽其就道。手法又何輕脱也。○此等詩，當求之性情之間。

水宿遣興奉呈群公〔一〕

魯鈍仍多病，逢迎遠復迷。耳聾須畫字，髮短不勝篦。澤國雖勤雨〔二〕，炎天竟淺泥。小江還積浪，弱纜且長堤。歸路非關北，行舟却向西。暮年漂泊恨，久客一作今夕亂離啼。童稚頻書札，盤飧詎一作具糝藜〔三〕。我行何到此？物理直難齊。高枕翻星月，嚴城叠鼓鞞。風號聞虎豹，水宿伴鳧鷖。異縣驚虚往，同人惜解攜。蹉跎長泛鷁，展轉屢鳴雞。嶷嶷瑚璉器，陰陰桃李蹊。餘波期救涸，費日苦輕齎〔四〕。杖策門闌邃，肩輿羽翮低。自傷甘賤役，誰愍强幽棲？巨海能無釣〔五〕，浮雲亦有梯。勳庸思樹立，語默可端倪。贈粟囷應指〔六〕，登橋柱必題〔七〕。丹心老未折，時訪武陵溪〔八〕。

〔一〕群公，即江陵幕府諸公。

〔二〕《穀梁傳》：言不雨者，勤雨也。注：思雨之勤也。鶴云：此言得雨勤數，與傳異。

〔三〕孔子七日不食，藜藿不糝。語出《莊子》。

〔四〕《後漢·朱雋傳》：輕齎數百金到京師。

〔五〕《莊子》：任公爲大鉤，以五十犗爲餌，投釣於東海。

〔六〕《吴志》：魯肅家富於財，周瑜往求資糧。肅時有米二囷，各三千斛，直指一囷與瑜。

〔七〕相如志欲乘駟馬事。

〔八〕《杜臆》：武陵，即今常德府，在荆州西南。按：詩用桃源事。

公留江陵，或稍資衛陽城存濟。茲乃復向外邑，必有不得於中，而别圖倚毗者。栖泊之餘，蹙蹙靡騁，作此呈衛幕諸公以見志。首段，述水次漂零之概。中八句，述窮途鮮濟之悲。後段乃告哀幕府，布腹心焉。○起法儘占地步。「魯鈍多病」，本不善周旋者，而又汲汲遠去，是以「逢迎」益迷。「澤國」四句，落到水次。「歸路」，陪筆。「向西」，指今所往。此下皆漂零之概，而以「我到此」，「物難齊」，作一束。二語，聲情激越。「高枕」四句，水宿之景。「異縣」四句，徒然之歎。此前後轉捩處。「嶷嶷」四句，言群公皆呈材趨幕。我則雖沾餘潤，仍躓前途也。「杖策」四句，摹寫侯門伺候之難，以致羈棲莫恤。「巨海」以下，望群公達情幕主，爲釣海梯雲之媒，則赴會圖功，乘機進説，必有報効主人之處。蓋指困一濟間，而題橋自命之志猶存也。末又忽然飈開云，丹心雖老，未甘折服，亦何能瑣瑣乞憐哉！行訪武陵，與避世者遊耳。住法又高絶。

夏夜李尚書筵送宇文石首赴縣聯句〔一〕

愛客尚書重，之官宅相賢甫。酒香傾坐側，帆影駐江邊之芳。翟表郎官瑞〔二〕，鳧看令宰仙彧。雨稀雲葉斷，夜久燭花偏甫。數語欹紗帽，高文擲綵牋之芳。興饒行處樂，離惜醉中眠彧。單父長多暇，河陽實少年甫。客居逢自出〔三〕，爲别幾凄然之芳〔四〕。

〔一〕李尚書，名之芳。按：江陵七律《重泛鄭監前湖》題，其上有「宇文晁，尚書之甥。崔彧，司業之甥，尚書之子」十七字。黄生謂是此處自注之語，後人誤混於彼題之上耳。良然。《重泛》詩見四之二一。鶴注：石首縣，在江陵府東南。○仇注：西漢《柏梁臺》詩，聯句之始。

〔二〕蕭廣濟《孝子傳》：蕭芝至孝。除尚書郎，有雉數十飛鳴車前。按：宇文當是郎官出宰者。

〔三〕《爾雅》：謂姊妹之子爲出。《左傳》：康公，我之自出。

〔四〕會者四人，杜、李、崔皆送宇文出宰者。惟宇文無句。

首聯，餞行直起，却以李與宇文並提。蓋斯筵李爲主人，宇文爲行客，杜、崔特陪送也。次聯「酒香」，承「愛客」。「帆影」，承「之官」。三聯「翟郎」、「鳧令」，又就「之官」、「帆影」上清還職銜。四聯「雲葉」、「燭花」，又就「愛客」、「酒香」邊鋪陳景色。此八句，一綫穿下，俱言李餞宇文事也。五聯「欹帽」、「擲箋」，述諸人聯吟之趣。六聯「興饒」、「離惜」，暢當筵暫聚之歡。七聯「多暇」、「少年」，美將來之優於爲政。末聯「客居」、「爲別」，傷此日之淒然送行。此八句，四合叙諸公，四專收一賓一主，條理秩如。

遣悶

地闊平沙岸，舟虛小洞房。使塵來驛道，城日避烏檣〔一〕。暑雨留蒸濕，江風借夕涼。行雲星隱見，疊浪月光芒。螢鑑緣帷徹，蛛絲罥鬢長。哀箏猶憑几，鳴笛竟霑裳。倚著如秦贅〔二〕，過逢類楚狂。氣衝看劍匣，穎脱撫錐囊。妖孽關東臭〔三〕，兵戈隴右瘡〔四〕。時清疑武略，世亂蹋文場。餘力浮於海，端憂問彼蒼。百年從萬事，故國耿難忘。

〔一〕出峽詩：燕子逐檣烏。
〔二〕賈誼書：秦人家富子壯則出分，家貧子壯則出贅。
〔三〕藩鎮。
〔四〕吐蕃。

前十二景，後十二情。○前寫舟行夜泊之景，字字清峭。「秦贅」、「楚狂」，殊少安棲也。「氣衝」、「穎脱」，徒抱虛志也。藩鎮、羌戎，則東西多事矣。「世亂蹋文」，則時清難遘矣。以身若此，以世若彼。浮海而避地無從，問蒼而仰天誰語？「百年萬事」，亦姑聽之。獨無如一舟漂泊，故國迢遥。

耿耿此心，何時可釋？的是舟中感觸。

秋日荆南述懷三十韻

昔承推奬分〔一〕，愧匪挺生材。遲暮宫臣忝〔二〕，艱危衮職陪〔三〕。揚鑣隨日馭，折檻出雲臺〔四〕。罪戾寬猶活，干戈塞未開。星霜玄鳥變〔五〕，身世白駒催〔六〕。伏枕因超忽，扁舟任往來。九鑽巴噀火〔七〕，三蟄楚祠雷〔八〕。望帝傳應實，昭王問不迴〔九〕。蛟螭深作横，豺虎亂雄猜〔一〇〕。素業行已矣，浮名安在哉！琴烏曲怨憤〔一一〕，庭鶴舞摧頹。秋水漫湘竹，陰風過嶺梅。苦摇求食尾，常曝報恩鰓〔一二〕。結舌防讒柄，探腸有禍胎。蒼茫步兵哭，展轉仲宣哀。饑藉家家米，愁徵處處杯。休爲貧士歎，任受衆人咍音台〔一三〕。得喪初難識，榮枯劃易該。差池分組冕，合沓起蒿萊。不必伊周地，皆登一作知屈宋才。漢庭和異域〔一四〕，晉史坼中台〔一五〕。霸業尋常體〔一六〕，宗臣忌諱災〔一七〕。群公紛戮力，聖慮窅裴回。數見銘鐘鼎，真宜法斗魁〔一八〕。願聞鋒鏑鑄，莫使棟梁摧。磐石圭多翦〔一九〕，凶門轂少推〔二〇〕。垂旒資穆穆，祝網但恢恢。赤雀翻然至〔二一〕，黄龍詎假媒〔二二〕。賢非夢傅野，隱類鑿顔坏普回切〔二三〕。自古江湖客，冥心若死灰。

〔一〕公詩云：「李邕求識面，王翰願卜鄰。」又云：「憶與高李輩，論交入酒壚。」皆少時推奬之人也。

〔二〕爲拾遺。

〔三〕值肅宗在鳳翔時。

〔四〕疏救房琯。

〔五〕《月令》：二月，玄鳥至。八月，玄鳥歸。

〔六〕《史記》：魏豹曰：「人生一世間，如白駒過隙耳。」

〔七〕自乾元二年入蜀，至今下峽之年。

〔八〕自大曆元年至雲安，至今春下峽之時。

〔九〕追溯玄、肅相繼升遐。

〔一〇〕蕃戎叛帥等。

〔一一〕《琴録》：琴曲有《烏夜啼》。吴兢《樂府解題》：宋臨川王義慶被徵，家人懼。夜聞烏啼，憂思而成曲。

〔一二〕《三秦記》：魚集龍門下，不登者，曝鰓而退。《三輔決録》：昆明池人釣魚，綸絶而去。三日，池邊得明珠一雙。帝曰：「魚之報也。」

〔一三〕《楚辭》注：楚人謂相嘲笑曰咍。

〔一四〕震亨云：回紇和親。

〔一五〕《晉書》：中台星坼，張華被誅。震亨云：言房琯道卒。

〔一六〕蒙和異域。
〔一七〕蒙坼中台。
〔一八〕《晉書》：斗魁第一星西三星，曰三公。主宣德化，調七政。
〔一九〕《漢書》：高祖封王子弟，所謂磐石之宗也。《史記》：成王封唐叔，剪桐葉爲圭。
〔二〇〕《淮南子》：大將受命已，則設明衣，剪指爪，鑿凶門而出。
〔二一〕《尚書中候》：赤雀銜丹書入豐，止於昌前。
〔二二〕《尚書中候》：舜沈璧於河，黄龍負卷舒圖，出入壇畔。《漢郊祀歌》：天馬徠，龍之媒。
〔二三〕《淮南子》：魯君欲相顔闔，以幣先焉。鑿坏而遁之。

胡震亨以此詩通身主房琯言。愚謂篇首只述己得罪一句，與房有關會。然此段只是緣起耳。以下一大段，歷叙在蜀、在夔、在江陵流離漂泊之迹。又其下一大段，乃慨當時政府之濫陟，任相之失宜，而冀其改絃更化，以幾治平。中間只「坼台」、「忌諱」等句，意似指房。然亦止引以爲鑑，非正文也。不合屑屑牽扯，使上下文理不貫。末四句，又是閉口藏舌，深畏觸忌之旨。蓋以放廢遠臣，評論國是，有不容於不謹者。亦正與起處以言見斥相關照。○首八句，引起下文漂泊之由。次段内「素業」四句，謂有志莫伸，安身無所。乃停頓過接語。上東滯蜀、夔，下起寓江陵也。至「貧士歎」、「衆人咍」二句收住。以上諸苦，皆由言事所致也。三段，慨及朝局。「初難識」，訝其不可解也。「劃易該」，謂可舉而按也。二句爲下半提筆。「差池」四句，皆流對。「伊周地」，猶言政府地。「組冕」倏起「蒿萊」，冒濫必多；「政地」非皆「屈、宋」，儒紳太雜。正所謂「難識」而「易該」者。和親特尋常之治體，台位以忌諱而罹災。此豈國家盛事？夫亦冀今之居位者交相勵翼，任人者深加慎重。所云「戮力」「裴回」也。「戮力」維何？志必期於「銘鐘鼎」，事必期於「法斗魁」。使「鋒鏑」潛銷，而「棟梁」勿壞。此群公之所宜留意者也。「裴回」維何？樹親賢以固「磐石」，抑悍將以杜「凶門」。凝「穆穆」之神，擴「恢恢」之度。此聖慮所宜默持者也。如此，則嘉祥薦至不難也。詩至此，幾於顯斥朝端，攙謀國政矣。乃以言事被廢之人，而敢此饒舌乎？故後四句，隨手撇開作結。以爲「夢野」爰立之大權，非所宜預；「鑿坏」隱遁之往跡，吾甘蹈之。「江湖」之客，「冥心」若愚，固其所耳。噫！作詩者其有戒心乎！

秋日荆南送石首薛明府辭滿告别奉寄薛尚書頌德叙懷斐然之作三十韻〔一〕

南征爲客久〔二〕，西候别君初〔三〕。歲滿歸鳧舄，秋來把雁書〔四〕。荆門留美化，姜被就離居。聞道和親入〔五〕，垂名報國餘。連枝不日並〔六〕，八座幾時除？往者胡星孛〔七〕，恭惟漢網疏。風塵相澒洞，天地一丘墟。殿瓦鴛鴦坼〔八〕，宫簾翡翠虚〔九〕。鈎陳摧徼道〔一〇〕，槍欃失儲胥〔一一〕。文物陪巡狩，親賢病拮据。公時呵猰貐，首唱却鯨魚〔一二〕。勢愜宗蕭相〔一三〕，材非一范睢〔一四〕。屍填太行道，血走浚儀渠〔一五〕。滏口師仍會〔一六〕，函關憤已攄。紫微臨大角〔一七〕，皇極正乘輿。賞從頻峩冕〔一八〕，殊恩再直廬〔一九〕。豈惟高衛霍，曾是接應徐〔二〇〕。降集翻翔鳳，追攀絶衆狙。侍臣雙宋玉，戰策兩穰苴〔二一〕。鑒徹勞懸鏡，荒蕪已荷鋤。嚮來披述作〔二二〕，重此憶吹噓。白髮甘凋喪，青雲亦卷舒。經綸功不朽，跋涉體何如〔二三〕？應訝耽湖橘，常餐占野蔬。十年嬰藥餌，萬里狎樵漁。揚子淹投閣，鄒生惜曳裾。但驚飛熠燿，不記改蟾蜍。　煙雨封巫峽，江淮略孟諸〔二四〕。湯池雖險固，遼海尚填淤。努力輸肝膽，休煩獨起予。

〔一〕前有《送宇文石首》詩。此云石首薛明府辭滿，可知宇文正是代薛之任。告別，明府來荆南告別也。辭滿在夏，告別在秋。明府，薛尚書之弟。尚書，乃薛景仙。

〔二〕公自謂。

〔三〕朱注：孫子荆有《征西官屬送於陟陽候》詩。注：陟陽，亭名。候，亭也。

〔四〕謂其兄尚書之文，即後所云披述作者。

〔五〕《舊書·吐蕃傳》：大曆二年十一月，和蕃使檢校户部尚書薛景仙，自吐蕃使還。首領論泣陵隨入。

〔六〕連枝，謂兄弟。

〔七〕禄山。

〔八〕《鄴中記》：鄴城銅雀臺，皆鴛鴦瓦。
〔九〕《洞冥記》：甘泉宫招仙閣，編翠羽麟毫以爲簾。
〔一〇〕《西都賦》：周廬干列，徼道綺錯。
〔一一〕《長楊賦》：木擁槍纍，以爲儲胥。注：作木槍，相纍爲栅也。
〔一二〕《通鑑》：至德元載，以陳倉令薛景仙爲扶風太守。《塞蘆子》詩：「岐有薛大夫，旁制山賊起。」即此。
〔一三〕原注：郭令公。
〔一四〕原注：諸名將。
〔一五〕《舊書》：浚儀縣，屬汴州。
〔一六〕《元和志》：太行八陘，第四曰滏口陘，對鄴西。《唐書》：代宗討史朝義，右金吾大將軍薛景仙請以勇士二萬，摧鋒死賊。事載《逆臣傳》。
〔一七〕大角一星，與斗柄相直。
〔一八〕《左傳》：晉侯賞從亡者。
〔一九〕原注：公舊執金吾，新授羽林前後二將軍。
〔二〇〕應德璉、徐公幹，魏太子賓客。朱注：《通鑑》：「廣德二年，以太子賓客薛景仙爲五谷防禦使。」景仙嘗官宫僚，故以比之。

〔二一〕《誠齋詩話》：猶云三王不足四，五帝不足六。

〔二二〕原注：石首處，見公新文一通。

〔二三〕原注：公頃奉使和蕃。已見上。

〔二四〕《爾雅》：十藪，宋有孟諸。

是詩送石首，特一篇之媒，只起十句及之。然十句内已暗伏寄尚書之根。下則全爲尚書頌德叙懷而發，無一語更及石首也。「往者」一長段，述其勳伐也。「鑒徹」一段，述其交誼也。不必將「頌德叙懷」分配。後六句，另致勉詞。而結聯「努力」句，仍爲勳伐偪進一層作收。「休煩」句，仍爲交誼撇開一筆作收。○公之交契，必於石首淺，於尚書深。故首段本叙石首辭滿告别也，而「雁書」句，即借所攜兄文，暗伏尚書。「姜被」句，又借歸晤其兄，暗伏奉詩尚書之由。至「和親」、「報國」，明插尚書功業，却反將來作石首榜樣。故隨以「連枝」、「八座」，祝石首之比美尚書也。送别之文已了。「往者」十句，禄山陷京事，原尚書立功之由也。「呵猰」、「却鯨」，正指扶風却戎事。盧注以薛爲陳倉令時殺虢國等當之，非是。蓋婦女非「猰貐」比也。「勢愜」者，勢足以資汾陽之成功。「材非」句，見諸將併力擊賊，皆由尚書倡起也。仇本削原注，非是。「太行」、「浚儀」，指安、史蔓延之禍。新舊書不立景仙傳，此言「師會」「憤攄」，景仙必曾有立功河北之舉也。「紫微」十句，咏歎收京進秩，并其才品之超越。此以上，述勳伐也。「鑒徹」四句，叙薛舊誼。「懸鏡」、「荷鋤」，喻言照拂栽培也。「白髮」，自謂。「青雲」，謂薛。「功不朽」，指往績。「體何如」，問近狀。四句，述已通候意也。「應訝」八句，告以旅況淹留之概。此以上，述交誼也。總之，皆所云「頌德叙懷」也。「封巫峽」，兩川以上粗安。「略孟諸」，大河以南亦定。兩地之間，雖稍寧帖，而東北諸鎮，尚阻聲教。此陳目前事勢。「輸肝膽」，勗其報効；「休起予」，謝其存想。兩句仍具分收兩段之法。

舟出江陵南浦奉寄鄭少尹審〔一〕

更欲投何處？飄然去此都。形骸元土木，舟楫復江湖。社稷纏妖氣，干戈送老儒。百年同棄物，萬國盡窮途。雨洗平沙净，天銜闊岸紆。鳴螿隨泛梗，别燕起秋菰。棲託難高卧，饑寒迫向隅。寂寥相呴沫〔二〕，浩蕩報恩珠〔三〕。溟漲鯨波動，衡陽雁影徂。南征問懸榻，東逝想乘桴。濫竊商歌聽〔四〕，時憂卞泣誅〔五〕。經過憶鄭驛，斟酌旅情孤。

〔一〕將移居公安也。由江陵渡江而南，即公安。鶴注：時鄭爲江陵少尹。

〔二〕《莊子》：魚相呴以濕，相濡以沫。

〔三〕洙注：隋侯見傷蛇，以藥封之。蛇銜明珠以報。

〔四〕甯戚《飯牛歌》。

〔五〕《韓非子》：卞和得玉璞，以獻楚王，王刖其足。乃抱璞而哭於荆山之下。

通首皆情語。其寄鄭意，只結處一帶。◯起聯突然，作不能自解之詞。次聯，又作聊以自解之詞。

「社稷」四句，泛述漂泊至今之概。於出浦意，不黏不脱。「雨洗」四句，出南浦之景也。「棲託」四句，去江陵之故，爲相呴無人，報恩無所，是以舍然去此耳。「溟漲」四句，引到所往之處。本只之公安也，而曰隨雁「南征」，復想騎鯨「東逝」，所謂心摇摇如懸旌，正上文「萬國盡窮途」意也。任歌泣以誰憐，每經過而憶鄭，旅中豈復有少尹乎？此四句，借世途之冷落，挽合鄭尹作結。

移居公安敬贈衛大郎鈞

衛侯不易得，余病汝知之〔一〕。雅量涵高遠，清襟照等夷。平生感意氣，少小愛文詞。江海由來合，風雲若有期。形容勞宇宙，質樸謝軒墀。自古幽人泣，流年壯士悲。水煙過徑草，秋露接園葵。入邑豺狼鬭，傷弓鳥雀飢。白頭供宴語，烏几伴棲遲。交態遭輕薄，今朝豁所思。

〔一〕仇云：猶管仲言，知我貧故也。

初至公安，旅况蕭索。衛郎年少，乃知恤公慕公，翩然來候，不覺喜出望外矣。〇起手即提出知我一語。下六句，都從知我上寫出衛郎性情，有筆不能罄之致。「余病」，不專言病。「量雅」，故能涵物。「襟清」，故能照人。「感意氣」，言其熱腸。「愛文詞」，言其虚衷。凡此皆出於天分者。「風雲」與「江海」同意，不指運際言。「若有期」，言若出於彼此期會者。二句束上。中八句，爲知己訴衷腸也。無堪託庇，故「勞」。無肯援手，故「謝」。時或獨居而泣，時或撫景而悲。此言平日行踪。徑絶問遺之蹟，園資日給之需。所「入」則盡無情，受「傷」則寧忍餓。此言移居况味，如是而輕薄之態飽諳矣。末四，收轉衛郎之知我。以衆棄之翁，而來「供晏語」；以蕭然之室，而來「伴棲遲」。在遭輕薄者得之，此心能不爲之一「豁」乎？須識得神理一片。

哭李尚書之芳

漳濱與蒿里〔一〕，逝水竟同年。欲挂留徐劍〔二〕，猶迴憶戴船〔三〕。相知成白首，此别間黄泉。風雨嗟何及，江湖涕泫然！修文將管輅〔四〕，奉使失張騫〔五〕。史閣行人在，詩家秀句傳。客亭鞍馬絶，旅櫬網蟲懸。復魄昭丘遠〔六〕，歸魂素滻偏〔七〕。樵蘇封葬地，喉舌罷朝天〔八〕。秋色凋春草，王孫若個邊〔九〕。

〔一〕劉公幹詩：余嬰沈痼疾，竄身清漳濱。洙曰：魏文帝爲太子，應劉友善。李薨於太子賓客，故用之。按：《蒿里》，送喪歌也。

〔二〕季札過徐君墓事。

〔三〕《百韻》詩自注：李在夷陵。又《多病執熱懷李》詩：「不是尚書期不顧，山陰夜雪興難乘。」

〔四〕《魏志》：輅謂弟辰曰：天與我才明，不與我年壽。後卒，年四十八。

〔五〕《舊書》：廣德二年，之芳使吐蕃被留，二歲乃還。

〔六〕昭丘，荆州地。

〔七〕素滻，長安地。

〔八〕《後漢·李固傳》：北斗爲天之喉舌，尚書亦猶陛下之喉舌。

〔九〕《唐·宗室表》：之芳，蔣王惲之孫。

聞訃而兼聞歸櫬，闕於弔送，作此以哭之。上四韻，自述契闊存亡之感。下乃哀其死，而遥意其落莫歸葬也。○「漳濱」，謂疾歿。「蒿里」，謂歸葬。歿未幾而即移櫬，故曰「逝水同年」。「欲挂」「猶迴」者，顧徒結於送喪，迹已疏於存日也。「白首」交深，「黄泉」路阻。未歿而「風雨」相暌，既歿而「江湖」寄淚。長此負歉矣。有文而不享大年，故曰「將管輅」。出使爲生平大節，故曰「失張騫」。下二申上。「客亭」以下，帶客死以叙歸櫬。結語，化用《楚辭·招隱》，今雖歸，等於無歸也。

過南嶽入洞庭湖〔一〕

洪波忽争道，岸轉異江湖。鄂渚分雲樹〔二〕，衡山引舳艫。翠牙穿裛蔣〔三〕，碧節吐寒蒲。

病渴身何去，春生力更無。壤童犂雨雪，漁屋架泥塗。欹側風帆滿，微冥水驛孤。悠悠

回赤壁〔四〕，浩浩略蒼梧〔五〕。帝子留遺恨，曹公屈壯圖。聖朝光御極，殘孽駐艱虞。才

淑隨廝養〔六〕，名賢隱鍛鑪〔七〕。邵平元入漢，張翰後歸吴。莫怪啼痕數，危檣逐夜烏。

〔一〕《唐書》：湘潭縣有衡山。按：嶽在洞庭湖之南。○入大曆四年。

〔二〕《九州記》：鄂，今武昌是也。

〔三〕《唐雅》：裹蔣，蔣之瘦而未壯者。

〔四〕趙注：赤壁在夏口之東，武昌之西。

〔五〕蒼梧更在南。

〔六〕《史記》韋昭注：析薪爲廝，炊烹爲養。

〔七〕用嵇康事。

鶴云：自岳州之潭州作，是也。按自岳而南至潭，自應入湖。但南嶽更在湖南。題曰《過南嶽入洞庭》，舊注認爲過而後入。仇氏遂以前八爲過南嶽，中八爲入洞庭。詩義、圖經，兩俱背戾矣。不知過者，將然之事。入者，現在之事。題意蓋謂將欲過彼，故入此湖也。○前八句，明意中所嚮。中八句，正身之所經。後八句，結出不得已而爲此行之故。○「洪波」，即指洞庭。「忽争道」，始見之詞也。「異江湖」，見湖勢而覺其與江異也。「鄂分雲」，發棹之處。岳州北連鄂渚，故言「分」。「衡引舳」，欲赴之處。斯遊將抵衡山，故言「引」。「翠芽」、「碧節」，就湖景逗春意。「病渴」、「力無」，自訝行踪汲汲也。「壤童」、「漁屋」，湖邊土俗。「風帆」、「水驛」，入湖正面。「悠悠」四句，狀湖勢之闊，因即地而弔古也。「聖朝」四句，言時方用武，故儒術不尊。「邵平」四句，言古人值亂得歸，而我乃去家益遠。末句拍合入湖事。

北風〔一〕

春生南國瘴，氣待北風蘇。向晚霾殘日，初宵鼓大鑪。爽攜卑濕地，聲拔洞庭湖。萬里魚龍伏，三更鳥獸呼。滌除貪破浪，愁絶付摧枯。執熱沈沈在，凌寒往往須。且知寬病肺，不敢恨危途。再宿煩舟子，衰容問僕夫。今晨非盛怒，便道却長驅。隱几看帆席，雲山涌坐隅。

〔一〕原注：新康江口，信宿方行。○新康即今益陽縣，其江口蓋在湘潭。

仇云：自潭至衡，於北風爲順。愚按：詩意固喜其順，亦因其太大而稍停，兩情交迫。○前八句，風勢也。本待北風，而風來太急，此信宿之由也。中六句，預透急行之情。爲信宿作開勢。「執熱」，謂心中躁急，不專指氣候言。後六句，乃是信宿方行正面。蓋一信宿間，中腸已兩夜煎迫。○夏客曰：末二，寫舟行有興。

哭韋大夫之晉〔一〕

悽愴郇瑕邑一作地〔二〕，差池弱冠年。丈一作大人叨禮數，文律早周旋。臺閣黄圖裏〔三〕，簪裾紫蓋邊〔四〕。尊榮真不忝，端雅獨翛然。貢喜音容間〔五〕，馮招疾病纏〔六〕。南過駭倉卒，北思悄聯緜。鵩鳥長沙諱〔七〕，犀牛蜀郡憐〔八〕。素車猶慟哭〔九〕，寶劍欲高懸〔一〇〕。漢道中興盛，韋經亞相傳〔一一〕。沖融標世業，磊落映時賢。城府深朱夏，江湖渺霽天。綺樓高一作關樹頂，飛旐泛堂前。帟音亦幕旋一作疑風燕〔一二〕，笳簫咽一作急暮蟬。興殘虚白室〔一三〕，跡斷孝廉船〔一四〕。童孺交遊盡，喧卑俗事牽。老來多涕淚，情在强詩篇。誰繼方隅理〔一五〕？朝難將帥權。春秋褒貶例，名器重雙全。

〔一〕考《舊史》：之晉爲湖南觀察。大曆四年二月，由衡遷潭，因徙湖南軍於潭州。今蓋卒於潭也。〇衡州詩。

〔二〕《左傳》：必居郇瑕氏之地。《一統志》：在今平陽府猗氏縣。

〔三〕按江總賦：覽黄圖之棟宇。蓋指京師。

〔四〕按《樹萱録》：紫蓋一峰，勢轉東去。蓋指南岳之峰。岳跨潭、衡之間，潭、衡皆隸湖南。韋自衡移潭，總在管内。

〔五〕《絶交論》：王陽登而貢公喜。

〔六〕左思《詠史》：馮公豈不偉，白首不見招。

〔七〕卒於潭。

〔八〕在夔送韋云：「峽内憶行春。」蓋韋先官於蜀也。

〔九〕《後漢·范式傳》：素車白馬，號哭而來。

〔一〇〕用季札事。

〔一一〕漢韋賢父子。

〔一二〕王融《曲水詩序》：帟幕宵懸。

〔一三〕《憤賦》：棄虚白之室，歸長夜之臺。

〔一四〕公在湖南，常水宿。故以孝廉船自比。

〔一五〕《盧思道集》：外静方隅，内康庶績。

首八句，記早年交誼，與其中外歷官。「郇瑕」，指論交之地。「差池」，肩相隨也。「叨禮數」，言叨禮於丈人，是倒找句法。「尊榮」一聯束住。次八句，記韋之歿。「貢喜」，則韋繫官而迹與相暌；「馮招」，則已爲郎而身旋病廢；「南過」，昨歷潭而道經未幾；「北思」，今處衡而思緒長牽。何期遽接訃音，而代追遺愛哉！「哭車」、「懸劍」，又束住。此上皆屬叙事。「漢道」十二句，乃追思懸想，對景遥哭之情。前四，思其有盛朝丰采。下言「城深」、「天渺」，但遥意「綺樓」、「飛旐」，高高泛泛，「風燕」、「暮蟬」，迴旋淒咽而已。「興殘」、「跡斷」，又束住。後八句，四自言寄輓，四重爲韋君身後咏歎。「名器雙全」，謂聲實官位兩無愧也。語意與前幅錯綜回應。

迴棹[一]

宿昔試安命，自私猶畏天。勞生繫一物，爲客費多年。衡岳江湖大，蒸池疫癘偏[二]。散才嬰薄俗，有跡負前賢。巾拂那關眼，瓶罍易滿船。火雲滋垢膩，涷音冬雨裛沈緜[三]。强飯蓴添滑，端居茗續煎。清思漢水上，涼憶峴山巔[四]。順浪翻堪倚[五]，迴帆又省牽[六]。吾家碑不昧[七]，王氏井依然[八]。几杖將衰齒，茅茨寄短椽。灌園曾取適[九]，遊寺可終焉[一〇]。遂性同漁父，成名一作功異魯連。篙師煩爾送，朱夏及寒泉。

[一]《年譜》云：四年春，入衡州。夏，畏熱，復回潭。按：潭之熱，不減於衡。蓋欲北上而不果耳。

[二]《元和志》：衡陽城，東傍湘江，北背蒸水。《寰宇記》云：其氣如蒸。

[三]《爾雅》郭注：江東呼夏月暴雨爲涷。

[四]逗襄漢地。

[五]湘水北流。

[六]夏多南風。

[七]《晉書》：杜預平吴後，刻二碑紀績。一立萬山之上，一沈潭中。曰：「焉知此後不爲陵谷乎？」

[八]仇注：杜預碑，王粲井，皆襄陽舊蹟。

〔九〕於陵子仲事。

〔一〇〕梁劉慧，嘗游匡山，遂有終焉之志，因居東林寺。

此詩自是四年夏畏熱北回之作。黄生、仇氏諸人，欲以證耒陽夕卒之非，因編五年《阻水》詩後。不知公之不卒於療饑之夕，即《阻水》本篇可證，不必牽扯是篇也。至錢、朱輩欲即此爲證實飫死張本，則又信史之過。○此番迴棹，公意直欲徑歸襄漢，故詩中絶無留潭之語。其卒不果北還，中途止潭之故，不可考矣。○前十二，叙衡州畏熱。後十二，明歸襄陽。中四，作上下過文。○起二，是折筆。「安命」，本欲隨地自安也。「自私」者，貪安之謂。「畏天」，畏天之不與我安也。是何也？爲「繫物」謀生之故，長此「勞生」耳。「爲客費年」，即所爲「勞生」者。此四句，泛言久客之不得已。「衡岳」八句，畏熱正文。「嬰薄俗」，莫肯周旋。「負前賢」，徒然浪跡。插此意在畏熱内，可見此熱，半由心事煎熬也。中四，言「蓴添」、「茗續」，非無銷暑之方；「漢水」、「峴山」，還憶清涼之界。轉落之法，清麗絶倫。「順浪」以下，就舟行之頃，遥想襄陽，因自陳棲隱之志也。「寒泉」，借指襄漢之水，蓋以回顧畏熱。

千秋節有感二首〔一〕

自罷千秋節，頻傷八月來。先朝常宴會，壯觀已塵埃。鳳紀編生日，龍池塹劫灰。湘川新涕淚，秦樹遠樓臺。寶鏡群臣得〔三〕，金吾萬國迴〔三〕。衢尊不重飲〔四〕，白首獨餘哀！

〔一〕《舊書》：開元十七年八月癸亥，上以降誕日，宴百僚於花萼樓下。百僚請每年八月十五日爲千秋節。王公以下，獻寶鏡及承露囊。天下諸州，咸令宴樂休假三日。○復歸潭詩。

〔二〕張説詩：寶鏡頒神節。

〔三〕與「金吾不禁夜」同意。

〔四〕《淮南子》：聖人之道，其猶中衢而致樽耶。過者斟酌，多少不同而各得其所宜。

首章，統就「罷節」發慨。首聯點題，次聯、三聯，各一句昔時，一句今日，皆申「頻傷」之故。「涕新」、「樓遠」，拍合羈臣。後四，又兩句昔時，兩句今日，仍收到傷意。蓋反覆咏歎以致其哀。

御氣雲樓敞，含風綵仗高〔一〕。仙人張内樂〔二〕，王母獻宮桃。羅襪紅蕖艷，金羈白雪毛。舞階銜壽酒〔三〕，走索背秋毫〔四〕。聖主他年貴，邊心此日勞。桂江流向北，滿眼送波濤。

〔一〕雲樓含風，仇注不作樓殿名解，是。

〔二〕舊引夢遊月宫事，然詩止謂梨園教坊之類。

〔三〕《通鑑》：教舞馬百匹，銜杯上壽。

〔四〕《唐實録》：千秋節，内出舞人繩妓。

次章，詳述慶節奢麗之事，以寄目前時事身事之悲。先言儀仗宴樂之華，中言舞馬繩妓之戲。「背秋毫」，衹是高渺意。黄生改背作買，便着相。以下作轉筆。「他年」、「此日」，兩句各開。並不道破驕盈召亂，而致禍之由，悠然言下。結聯，悲不自勝。本接「邊心」寫，而故君之思，他鄉之慨皆寓。

奉贈盧五丈參謀琚〔一〕

恭惟同自出〔二〕，妙選異高標。入幕知孫楚〔三〕，披襟得鄭僑〔四〕。丈人藉才地，門閥冠雲霄〔五〕。老矣逢迎拙，相於契託饒。賜錢傾府待，争米駐一作貯船遥。鄰好艱難薄，甿心杼柚焦。客星空伴使，寒水不成潮。素髮乾垂領，銀章破在腰〔六〕。説詩能累夜，醉酒或連朝。藻翰唯牽率〔七〕，湖山合動摇〔八〕。時清非造次，興盡却蕭條。天子多恩澤，蒼生轉寂寥。休傳鹿是馬〔九〕，莫信鵩如鴞〔一〇〕。未解依依袂，還斟泛泛瓢。流年疲蟋蟀〔一一〕，體物幸鷦鷯。孤負滄洲願，誰云晚見招？

〔一〕原注：時丈人使自江陵，在長沙待恩旨先支率錢米。○朱注：時必有長沙錢米應輸江陵者，盧爲之請旨，支給本郡。

〔二〕兩母皆崔氏。

〔三〕楚爲石苞參軍。

〔四〕《左傳》：季札聘鄭，見子産，如舊相識。

〔五〕朱注：唐六品以上，通用烏頭大門。又曰閥閲。

〔六〕章謂章綬。公有詩云：除道哂腰章。

〔七〕牽率者，即事感觸之謂。

〔八〕二句猶供奉詩云「興酣落筆揺五岳」也。

〔九〕《史記》：趙高持鹿獻於二世，曰：「馬也。」

〔一〇〕《鵩鳥賦序》：鵩似鴞，不祥鳥也。

〔一一〕《古詩》：蟋蟀傷局促。

起八句，頌盧而兼叙誼。「賜錢」十二句，紀事而及客況。「時清」八句，傷時之語。末四句，自傷之詞。◯「入幕」，點盧本職。「披襟」，謂已遇盧。世故之文，首段了過。「傾府」、「駐船」，貧民待給之殷也。「鄰好薄」，未及輸江陵也。所以然者，長沙之民，杼柚已空故也。四句叙支率事。下乃轉到自身。公非真欲望此錢米，特自訴貧薄，故設言「客星空伴」，若與我無分者。而「水不成潮」，我亦故在窮涸也。「髮乾」、「章破」，正窮涸之狀。「詩」、「酒」、「藻翰」，聊對湖山遺興而已。此處夾入己況，而下段又慨及民瘼，極離合斷續之致。「非造次」，治平難得也。「却蕭條」，民生索然也。君本多澤，而民常寂寥者，正以在内多恩倖蒙朧，在外多兇殘掊克耳。目擊此景，姑相與把袂斟瓢，庶以忘其憂慘乎！末又轉合自身。「疲蟋蟀」，老猶急遽也。「幸鷦鷯」，遂彼安棲也。如此，則雖滄洲適志之願，亦成孤負矣。而此願之負，豈曰有招往仕途者，故不得遂耶？言外含身世無依之歎。語曲而婉。○此詩感民感己，有慨乎其言之。都從支率錢米觸來。

重送劉十弟判官〔一〕

分源豕韋派〔二〕，別浦雁賓秋〔三〕。年事推兄忝，人才覺弟優。經過辯豐劍，意氣逐吴鈎。垂翅徒衰老，先鞭不滯留。本支凌歲晚，高義豁窮愁。他日臨江待，長沙舊驛樓。

〔一〕公有《惜別行》送劉判官，見二之三，或即其人。

〔二〕范宣子曰：自虞以上爲陶唐氏，在夏爲御龍氏，在商爲豕韋氏，在周爲唐杜氏。蔡墨曰：陶唐氏既衰，其後有劉累，學擾龍於豢龍氏。

〔三〕《月令》：季秋之月，鴻雁來賓。

前四，冒起。中四，承「才優」、「年忝」。後四，承「分派」、「別秋」。

登舟將適漢陽〔一〕

春宅棄汝去〔二〕，秋帆催客歸。庭蔬尚在眼，浦浪已吹衣。生理飄蕩拙，有心遲暮違。中原戎馬盛，遠道素書稀。塞雁與時集，檣烏終歲飛。鹿門自此往，永息漢陰機〔三〕。

〔一〕漢陽在湖北，由潭、岳上襄陽，須經於此。
〔二〕朱注：二月到潭州，故曰春宅。
〔三〕《莊子》：漢陰丈人曰：「有機事者，必有機心。」

仍欲歸襄、漢，與《迴棹》詩同旨。但彼作於衡之夏，此作於潭之秋。第二次不果行之詩也。起四，寫北歸急迫之景，神情活現。中四，用兩路夾翻之法。曰「飄蕩」、「遲暮」，見留南已極厭苦；曰「馬盛」、「書稀」，見還鄉又極凋殘。是以將託跡於不南不北之間耳，襄、漢正其地也。結四，歸宿到此意，而以「雁」「烏」興出，姿趣生動。

湖中一作南送敬十使君適廣陵〔一〕

相見各頭白，其如離別何！幾年一會面，今日復悲歌。少壯樂難得，歲寒心匪他〔二〕。氣纏霜匣滿〔三〕，冰置玉壺多。遭亂實漂泊，濟時曾琢磨。形容吾較老，膽力爾誰過。秋晚嶽增翠〔四〕，風高湖涌波。鶱騰訪知己，淮海莫蹉跎〔五〕。

〔一〕《唐書》：揚州廣陵郡，屬淮南道。

〔二〕歲寒，喻晚景。

〔三〕《西京雜記》：高帝斬蛇劍，琉璃爲匣，刃上常如霜雪。

〔四〕嶽，謂南嶽。

〔五〕《書》：淮海維揚州。

開頭四句，竟從别意起，逆局也。中腹八句，贊美使君。美其交誼之堅久，氣宇之快爽。而「漂泊」自謂，「琢磨」謂敬。「形容」蒙「漂泊」，「膽力」蒙「琢磨」。又善用彼此相形之法。結四句，從别時之景，透到别後作收。「鶱騰」，謂我將奮然相訪。蓋對面激勵之詞，期以剋日報最也。《杜臆》以「鶱騰」指敬言，無理。

送盧十四弟侍御護韋尚書靈櫬歸上都二十四韻〔一〕

素幕度江遠，朱幡登陸微〔二〕。悲鳴駟馬顧，失涕萬人揮。參佐哭辭畢，門闌誰送歸？從公伏事久，之子俊才稀。長路更執紼，此心猶倒衣。感恩義不小，懷舊禮無違。墓待龍驤詔〔三〕，臺迎獬豸威〔四〕。深衷見士卒，雅論在兵機。戎狄乘妖氣，塵沙落禁闈〔五〕。往年朝謁斷，他日掃除非。但促銅壺箭〔六〕，休添玉帳旂。動詢黄閣老，肯慮白登圍〔七〕。萬姓瘡痍合，群凶一作雄嗜慾肥。刺規多諫諍，端拱自光輝。儉約前王體，風流後代希〔八〕。對敭同揚期特達，衰朽再芳菲。　空裏愁書字，山中疾采薇。　撥杯要忽罷，抱被宿何依？眼冷看征蓋，兒扶立釣磯。　清霜洞庭葉，故就別時飛。

〔一〕盧爲公祖母族，韋即之晉。

〔二〕朱幡，黄鶴謂部曲候送之旗幡。

〔三〕晉王濬爲龍驤將軍。　卒，大營塋兆。

〔四〕《舊書》：法冠，以鐵爲柱，其上施珠兩枚，爲獬豸之形。　御史臺服之也。

〔五〕舉陷京事。

〔六〕《漏刻銘》：銅史司刻，金徒抱箭。

〔七〕《漢書》：高帝至平城，冒頓圍帝於白登。

〔八〕垂法後來之意。　或作稀，韻複。

此詩護櫬，只作一頭，在十二句截。　中一長段，皆規勉盧十四歸朝以後之詞。　末則自叙客况别情也。○起從歸櫬入手。「參佐」四句，借世態剔盧君。「長路」四句，正摹寫其護送悲戀之情。「墓待」、「臺迎」，將韋櫬、盧官，作牽上搭下法；「深衷」、「雅論」，就練習抱負，作脱卸籠罩法。　以下竟入勉盧話頭矣。「戎狄」四句，言朝廷向來定亂無策。　促箭而勤朝政，休旂而戢禁兵；詢閣而親老成，慮圍而備外侮；念窮民之瘡痍，稔驕帥之嗜慾。　若此之類，皆須「刺規」盡職，以幾「端拱」之治。此八句，皆救時切務也。「儉約」句，總括治要。「風流」句，忻動盧君。「對歔」二句，束上引下。以下入自身。「空裏」四句，客中之況。「眼冷」四句，送別景色。

冬晚送長孫漸舍人歸州〔一〕

參卿休坐幄〔二〕，蕩子不還一作歸鄉。南客瀟湘外，西戎鄠杜旁〔三〕。衰年傾蓋晚，費日繫舟長。會面思來札，銷魂逐去檣。雲晴鷗更舞，風逆雁無行。匣裏雌雄劍，吹毛任選將〔四〕。

〔一〕非峽外之歸州。歸字下，疑有脱字。長孫蓋北歸者。

〔二〕參卿軍事，乃孫楚語。自比參嚴幕也。休，罷也。

〔三〕謂吐蕃長擾京畿。

〔四〕仇注：吹毛可斷，劍鋒之利。

起四，自述。中四，叙題。後四，景與情俱到。實則段段脉連，句句流對，筆力横絶。○由「休」官而「不還」。惟「不還」，故久「客」。其久「客」，因「戎」擾。此見人歸，先自歎不歸也。乃客衰而晚逢「傾蓋」，故遇晚而期共「繫舟」。而又暫會即別，預「思來札」；是以覊魂共往，常「逐去檣」。此叙送歸之事也。至於「雲」引「鷗」飛，去欲同去；究竟「風」吹「雁」斷，留者自留。則是不歸者長已矣，歸者可不急試其鋒乎？此諄諄致語，而暗束全篇也。

送覃二判官

先帝弓劍遠〔一〕，小臣餘此生。蹉跎病江漢，不復謁承明。餞爾白頭日，永懷丹鳳城。遲遲戀屈宋，渺渺臥荊衡。魂斷航舸失，天寒沙水清。肺肝若稍愈，亦上赤霄行。

〔一〕統指玄肅。牛弘《隋文帝頌》：哀傳弓劍。

覃二之行，必是歸京，故送別而三致戀闕之思。起四，自言去國既久，歸心漸歇。「餞爾」二句，見歸人而觸歸興也。「遲遲」四句，留滯之悲。「屈、宋」亦「荊、衡」逐臣而繫心君國者，故以自況。結聯，仍見歸志。

暮冬送蘇四郎徯兵曹適桂州〔一〕

飄飄蘇季子，六印佩何遲。早作諸侯客，兼工古體詩。爾賢埋照久，余病長年悲〔二〕。盧綰須征日〔三〕，樓蘭要斬時。歲陽初盛動〔四〕，王化久磷緇。爲入蒼梧廟，看雲哭九疑。

〔一〕公在夔有《贈別蘇徯》詩，原注云「赴湖南幕」，故今遇於此。

〔二〕長，剩也。

〔三〕《漢書》：高祖徵盧綰，綰稱病。上怒曰：「綰果反。」使樊噲擊之。鶴注：是年十二月，桂州人朱濟時反。

〔四〕趙注：十二月，二陽生。依仇本六句截，前惜之，後勉之也。借「余病」句作轉關，「長年悲」，悲老而無用也。今蘇郎握權以往，忍玩此「須征」「要斬」之黨，忍虚此「陽」轉「化」汚之機乎。結聯，又從「王化」句生出。殆神遊干羽格苗之世焉。

奉贈蕭十二使君〔一〕

昔在嚴公幕〔二〕，俱爲蜀使臣〔三〕。艱危參大府〔四〕，前後間清塵〔五〕。起草鳴先路〔六〕，乘槎動要津。王凫聊暫出，蕭雉只相馴〔七〕。終始任安義〔八〕，荒蕪孟母鄰。聯翩匍匐禮，意氣死生親〔九〕。張老存家事〔一〇〕，嵇康有故人。食恩慙鹵莽，鏤骨抱酸辛。巢許山林志〔一一〕，夔龍廊廟珍。鵬圖仍矯翼，熊軾且移輪〔一二〕。磊落衣冠地，蒼茫土木身。塤篪鳴自合，金石瑩逾新。重憶羅江外〔一三〕，同遊錦水濱。結歡隨過隙，懷舊益霑巾。曠絶含香舍〔一四〕，稽留伏枕辰。停驂雙闕早，迴雁五湖春。不達長卿病〔一五〕，從來原憲貧。監河受貸粟，一起轍中鱗〔一六〕。

〔一〕入大曆五年。

〔二〕此當是嚴公初次鎮蜀，蕭在其幕。

〔三〕時公但寓蜀，未入幕也。

〔四〕原注：嚴再領成都，余復參幕府。

〔五〕當是蕭先在幕，公不在幕。公後在幕，蕭不在幕。

〔六〕朱注：次公引唐制，凡詔令皆舍人起草。然此詩所云，則以郎官言之。

〔七〕錢箋：蕭芝至孝，除尚書郎。有雉數十頭，飲啄宿止。按詩意：蕭在京，先爲郎官。奉使居蜀，暫爲縣令。入幕當在其時。尋復還京爲郎。

〔八〕《漢書》：霍去病爲驃騎將軍，衛青故人門下，多去事去病，惟任安不去。

〔九〕原注：嚴公没後，老母在堂。使君温凊之問，甘脆之禮，名數若己之庭闈焉。太夫人頃逝，喪事又首諸孫。主典撫孤之情，不減骨肉。則膠漆之契可知矣。

〔一〇〕《晉語》：趙文子冠，見張老而語之。張老曰：「善矣，物備矣。」

〔一一〕自謂。

〔一二〕蕭今刺郡湖南。

〔一三〕《舊書》：羅江縣，屬綿州。

〔一四〕含香，郎官事。

〔一五〕不達，猶云不復出頭。

〔一六〕《莊子》：莊周往貸粟於監河侯曰：「昨周來，視車轍中有鮒魚焉。周問之，曰：我東海之波臣也。君豈有升斗之水而活我哉？」

公於嚴誼最深。蕭昔亦嘗從事嚴幕，後能經紀其母喪，故此詩津津道之不置。末不能無望於舊交，亦見其情之宿洽也。〇首段，追述彼此就幕，及蕭君履歷。雖幕僚未必同時，而交遊故有素矣。次段，美其周旋故主之誼，原注甚悉。「食恩」二句，自愧誼不如蕭也。須知此段係在京事。蓋蕭復官於京，嚴母亦卒於京也。三段，歷叙別來重遇情事。隨即回顧舊交，作一束。謂己常在遠，蕭以京職來爲外郡。以「衣冠」貴人，而顧「土木」窮客。其舊誼仍若「塤篪」之應，「金石」之堅。對此深情，回思往事，令人百感交集。以四句收束前文無數，氣足神完。末段，申上意而望濟於蕭也。「曠絶」、「稽留」，久經遠廢，而故友自京邑來。遇此「不達」而「貧」「病」者，能無借以升斗乎？非相知不爲此言。

奉送二十三舅録事崔偉之攝郴州〔一〕

賢良歸盛族，吾舅盡知名。徐庶高交友〔二〕，劉牢出外甥〔三〕。泥塗豈珠玉，環堵但柴荆。衰老悲人世，驅馳厭甲兵。氣春江上別，淚血渭陽情。丹鷁排風影，林烏反哺聲〔四〕。永嘉多北至〔五〕，勾漏且南征〔六〕。必見公侯復，終聞盗賊平〔七〕。郴州頗凉冷，橘井尚淒清〔八〕。從事一作役何蠻貊，居官志在行〔九〕。

〔一〕《唐書》：郴州桂陽郡，屬江南西道。

〔二〕《蜀志》：徐庶與崔州平友善。

〔三〕《晉書》：桓玄曰：何無忌，劉牢之之甥，酷似其舅。

〔四〕崔必奉母而行。

〔五〕《晉書》：永嘉之亂，元帝渡江，衣冠多自北至。

〔六〕用葛洪事。勾漏在南方。

〔七〕時廣州馮崇道、桂州朱濟時反。

〔八〕蘇耽别母仙去，指庭前橘井療病爲養。舊注：井在郴州城東耽之故宅，今爲觀。

〔九〕《左傳》：當官而行，何强之有？

起八，舅與己分提。而悲世厭兵，伏下勗崔之脉。次八，送而勗之。「北至」、「南征」，雖記崔行跡，亦隱寓欲就之意。「公侯復」，由於「盗賊平」。二語遞下，正與上「厭兵」應。末四，以地美相慰，復以盡職相勉也。○「高交友」及「氣春」字，似生。結兼用《論語》、《左傳》句，似拙。

送魏二十四司直充嶺南掌選崔郎中判官兼寄韋韶州〔一〕

選曹分五嶺，使者歷三湘。才美膺推薦，君行佐紀綱。佳聲期一作斯共遠，雅節在周防。明白山濤鑒〔二〕，嫌疑陸賈裝〔三〕。故人湖外少，春日嶺南長。憑報韶州牧，新詩昨寄將。

〔一〕《唐書》：高宗以嶺南五管黔中都督府，得任土人。而官或非才，乃選郎中御史爲選補使，謂之南選。按：去年秋，韋迢牧韶州，公與韋有相酬别之詩。

〔二〕《晉書》：山濤甄拔人物，各爲題目，時稱山公啓事。

〔三〕《漢書》：高祖使陸賈賜尉佗印，佗賜賈橐中裝，直千金。

起四，兩叙崔掌南選，兩叙魏充判官，是領局。中四，兩總㔁之，兩分㔁之。見老成忠告之悃。末四，兼寄韶州也。兩渾言客中憶友，兩即借前書寄懷。情文並至。着「憑報」字，仍不脱送魏。

同豆盧峰知字韻〔一〕

煉金歐冶子〔二〕，噴玉大宛兒〔三〕。符彩高無敵〔四〕，聰明達所爲。夢蘭他日應〔五〕，折桂早年知〔六〕。爛熳通經術，光芒刷羽儀。謝庭瞻不遠，潘省會于斯〔七〕。唱和將雛曲〔八〕，田翁號鹿皮。

〔一〕原注：貽主客李員外賢子棐也。
〔二〕《吴越春秋》：歐冶子合六金之英，煉而爲劍。
〔三〕《穆天子・黄澤謡》：黄之澤，其馬歕玉，皇人壽穀。按：皃，皃駒也。
〔四〕曹植《七啓》：符采照爛。
〔五〕《左傳》：鄭文公有賤妾，夢天使與己蘭。既而文公與之蘭而御之，生穆公，名之曰蘭。
〔六〕晉郄詵學博多才，猶桂林一枝。
〔七〕吴論：謝庭，指李員外。潘省，指豆盧家。
〔八〕《晉・樂志》：吴歌雜曲，一名《鳳將雛》。

參仇注。上八，美賢子也。下四，叙和詩也。以「煉金」、「噴玉」四字冒起。見惟是父乃有是子。三、四，外内俱見。五、六、七、八，質學俱見。謝庭以下，賓主四人俱見。仍着「將雛」字，到底不走作。

風疾舟中伏枕書懷三十六韻奉呈湖南親友〔一〕

軒轅休製律，虞舜罷彈琴。尚錯雄鳴管〔二〕，猶傷半死心〔三〕。聖賢名古邈，羈旅病年侵。舟泊常依震〔四〕，湖平早見參〔五〕。如聞馬融笛〔六〕，若倚仲宣襟〔七〕。故國悲寒望，群雲慘歲陰。水鄉霾白屋一作蜃，楓岸疊青岑。鬱鬱冬炎瘴，濛濛雨滯淫。鼓迎方一作非祭鬼〔八〕，彈落似鴞禽〔九〕。興盡纔無悶，愁來遽不禁。生涯相汨没，時物正蕭森。疑惑樽中弩〔一〇〕，淹留冠上簪〔一一〕。牽裾驚魏帝〔一二〕，投閣爲劉歆〔一三〕。狂走終奚適，微才謝所欽。吾安藜不糝〔一四〕，汝貴玉爲琛〔一五〕。烏几重重縛，鶉衣寸寸針。哀傷同庾信〔一六〕，述作異陳琳〔一七〕。十暑岷山葛〔一八〕，三霜楚户砧〔一九〕。叨陪錦帳坐，久放白頭吟。反樸時難遇，忘機陸易沈〔二〇〕。應過數粒食〔二一〕，得近四知金〔二二〕。春草封歸恨，源花費獨尋。轉蓬憂悄悄，行藥病涔涔〔二三〕。瘞夭追潘岳〔二四〕，持危覓鄧林〔二五〕。蹉跎翻學步，感激在知音。却假蘇張舌，高誇周宋鐔音尋〔二六〕。納流迷浩汗，峻址一作趾得嶔崟〔二七〕。城府開清旭，松篁一作筠起碧潯。披顔爭倩倩〔二八〕，逸足競駸駸。朗鑒存愚直，皇天實照臨。公孫仍恃險，侯景未生擒。書信中原闊，干戈北斗深。畏人千里井〔二九〕，問俗九州箴〔三〇〕。戰血流依舊，軍聲動至今。葛洪尸定解〔三一〕，許靖力難一作還任〔三二〕。家事丹砂訣，無成涕作霖。

〔一〕仇本編大曆五年冬，自耒陽回北，復泊洞庭之作。

〔二〕《漢志》：伶倫製十二筩，以聽鳳鳴。其雄鳴六，雌鳴亦六。

〔三〕《七發》：龍門之桐，高百尺而無枝，其根半死半生。

〔四〕時必在洞庭之東偏。《易》曰：震，東方也。

〔五〕參，西方七宿之一，冬月昏見東方。

〔六〕馬融去京師，作《長笛賦》。

〔七〕《登樓賦》：向北風而開襟。

〔八〕《風土記》：荆湖民俗，或禱祠，多擊鼓。男女踏歌，謂之歌場。

〔九〕《莊子》：見彈而思鴞炙。

〔一〇〕《風俗通》：應彬請杜宣飲，壁上挂赤弩，照杯中，影如蛇。宣惡之，及飲得疾。

〔一一〕仇注：謂朝簪。

〔一二〕魏辛毗進諫事。

〔一三〕朱注：子雲被收，本爲歆子棻獄詞連及。今借用。

〔一四〕《莊子》：孔子藜羹不糝。

〔一五〕《晉書》：太守馬岌造宋纖，銘於壁曰：其人如玉，爲國之琛。

〔一六〕庾信作《哀江南賦》。

〔一七〕魏文帝書云：斐然有述作意。

〔一八〕自乾元二年入蜀，至大曆三年出峽，爲十暑。

〔一九〕自三年至今五年，爲三霜。

〔二〇〕《莊子》：與世違而心不屑與俱，是陸沈者也。

〔二一〕《鶺鴒賦》：每食不過數粒。

〔二二〕《後漢》：王密懷金遺楊震。震曰：天知地知，子知我知。

〔二三〕鮑照《行藥城東橋》詩注：因病服藥，行以宣導之。《漢書》：許后曰：我頭涔涔也，藥得無有毒乎？

〔二四〕潘岳《西征賦》：夭赤子於新安，坎路側而瘞之。

〔二五〕《山海經》：夸父棄其杖，化爲鄧林。

〔二六〕《莊子·説劍篇》：周宋爲鐔。

〔二七〕《魏都賦》：亭亭峻址。

〔二八〕仇注：倩倩，笑容。

〔二九〕《金陵記》：南朝計吏上傳舍，以剉馬草瀉井中，謂無再過矣。不久復至，汲飲，爲昔剉刺喉死。故後人戒曰：千里井，不瀉剉。

〔三〇〕《左傳》：虞人之箴曰：芒芒禹跡，畫爲九州。

〔三一〕《晉中興書》：葛洪亡，顔色如平生。舉入棺，輕如空衣。咸以爲尸解得仙。

〔三二〕《蜀·許靖傳》：避難走交州，先載附從，疏親悉發，乃從後去。

仇本以是詩爲絶筆。玩其氣味，酷類將死之言。宜若有見。○絮絮叨叨，純是老人病憊時，追思歷歷寄謝種種情狀。然細尋之，條理仍復楚楚。分五節看。第一節，陡從風疾起，隨手點清舟中。第二節，書伏枕時所值景物，爲書懷緣起。第三節，自陳所以漂流至此，致煩親友周旋之故。第四節，備述近態，寄語諸公，感激中帶不平意。第五節，乃阻亂難歸，恐將客死，而仍寓無可告訴之慨也。○發端絶奇。言「軒律」、「虞琴」，本以調八風而應薰風者，乃今此之風，足以致疾。必其有管錯心傷處也。則不如勿製也、勿彈也。由其以風得疾，故詭爲追咎之語。「聖賢」，約指古之流寓客死於南中者，如帝巡、屈放之類。與下句「羈旅病侵」相引逗也。「病侵」蒙上，「羈旅」起下。「舟泊」句點題。「湖平」，無所障蔽，故東方初見之星，見之尤早。「馬笛」、「宣襟」，應「羈旅」「風疾」作一束。「故國」句，借「羈旅」意渡下。「寒望」，方寒候而北望也。「慘歲陰」，即從「寒」字引落。「水鄉」四句，即「慘歲陰」之景，又能切定湖景。「鼓迎」、「彈落」，即所聞見，而觸動送死之象。「悶」纔撥而「愁」復來，正以身常「汩没」，景復「蕭森」，如上所云也。此四句又束住。「樽罍」，疑畏多端。「冠簪」，淹泊負愧。所以累年如是者，爲當日「牽裾」「投閣」，以言得罪也。是以奔走窮途，謝絶親故，吾自爲吾，汝自爲汝，苦樂各不相謀也。「所欽」字、「汝」字，泛指朝貴言。解者俱指湖南親友，便與後複，且嫌面謾，無是體也。此上八句，追述羈旅因由。「烏几」八句，歷叙羈旅况味，以及年數地方。其云「陪坐」「放吟」者，謂十三年中，雖屢傍貴遊，到底老不諧俗也。「反樸」二句，言求樸厚之誼於今時，實爲難得；任浮沈之身於斯世，遂到此間。此纔引入本處。「應過」二句，纔合上湖南親友。緣不能無「數粒」之食，遂强顔而受「四知」之金也。「數粒」，自審本分之詞。「四知」，明取無嫌之詞。又作一束。「春草」

句，仍蒙「羈旅」意領下。「源花」，提醒湖中。「轉蓬」、「行藥」，正形容「羈旅病侵」也。「瘞夭」，時當有悼殤事。「持危」，狀衰憊也。「潘岳」、「鄧林」，假對偏工。此六句，皆指近態。「翻學步」，拙於逢世。「在知音」，望切故人。「假舌」、「誇鐔」，言欲藉以吹噓也。《杜臆》云：「納流」、「峻址」，言廣而難遍，高而難攀。朱注云：「城府」、「松篁」，言幕府所在。「披顔」、「逸足」，言歸往者多。愚按：此上十句，正是告親友之詞。謂我方仰賴其力，無奈扳援衆多，恩施易竭。廁在等夷之列，難邀破格之惠也。接下云，於儔人之中，「愚直」如我，乃若「朗鑒」相存。此恩此德，「皇天實照臨」之。忽然出以誓詞，要是不平所激。又束住。下以阻亂客死意作收局。「公孫」、「侯景」，如北邊藩鎮、近地叛將皆是。「中原」、「北斗」，仇指洛陽、長安。蓋是家破而國不寧之謂。「畏人」、「問俗」，投足多艱。「血舊」、「軍今」，驚心莫定。終將老死於此，故曰「尸定解」。永無自拔之期，故曰「力難任」。如此則目前所亟者，生計也。乃毫無可恃，爲之奈何？結聯語妙，思之失笑。家事只靠「丹砂」，則將登仙乎？況又「無成」也。「作霖」乃活人之本，而以「涕」爲之，則是飲泣待斃耳。言外若曰，親友亦念之否？○公詩本苦多樂少，然未有苦至此者。竟是一篇絶命詞。其中且多詩讖，神者告之矣。更觀「三霜楚户砧」之句，的係五年歲晚。其不卒於耒陽無疑。○胡夏客曰：四十年後，公之孫嗣業，能自豫至楚，迎櫬歸偃師首陽山，求元微之爲誌，此其家不衰。校李白僅二孫女爲農家婦者愈矣。

卷五之末　七排　詩甚少年譜不别纂

題鄭十八著作丈〔一〕

台州地闊海冥冥，雲水長和島嶼青。亂後一作繾綣故人雙别淚，春深一作飄飖逐客一浮萍。酒酣懶舞誰相拽？詩罷能吟不復聽。第五橋東流恨水，皇陂岸北結愁亭〔二〕。賈生對鵩傷王傅〔三〕，蘇武看羊陷賊庭〔四〕。可念此翁一作心懷直道，也霑新國用輕刑。禰衡實恐遭江夏〔五〕，方朔虚傳是歲星〔六〕。窮巷悄然車馬絶，案頭乾死讀書螢〔七〕。

〔一〕鄭虔，貶台州司户。朱注：鄭以陷賊得罪，公題此詩以洗雪之也。《杜臆》云：丈下疑脱故居二字。○舊編肅宗乾元元年，在諫省作。

〔二〕第五橋、皇子陂，皆在何將軍山林處，舊與虔同遊於此。

〔三〕《賈誼傳》：誼爲長沙王傅，有鵩飛入誼舍。誼傷謫居卑濕，爲賦以自廣。

〔四〕《蘇武傳》：匈奴徙武北海上無人處，使牧羝，羝乳乃得歸。

〔五〕衡爲江夏太守黄祖所殺。

〔六〕《漢武内傳》：西王母使者至，朔死。使者曰：「朔是木帝精，爲歲星，下游人中，以觀天下。」

〔七〕《晉・車胤傳》：囊螢讀書。

起四，遥想而惜别。次四，憶舊而生感。又次四，叙其得罪而傷之。末四，憂其貶死而憫之。○七排極難佳，古人亦不常爲，具體而已。

釋悶〔一〕

四海十年不解兵〔二〕，犬戎也復臨咸京〔三〕。失道非關出襄野〔四〕，揚鞭忽是過湖城〔五〕。豺狼塞路人斷絶，烽火照夜屍縱横。天子亦應厭奔走，群公固合思昇平。但恐誅求不改轍〔六〕，聞道嬖孽能全生〔七〕。江邊老翁錯料事〔八〕，眼暗不見風塵清。

〔一〕代宗廣德元、二年冬春之交，公往來於蜀之梓州、閬州。詩是其時作。

〔二〕自天寶十四載禄山始亂，至廣德初爲十年。

〔三〕廣德元年十月，吐蕃陷長安，帝奔陜州。

〔四〕《莊子》：黄帝將見大隗於具茨之山，至於襄城之野，七聖皆迷，無所問塗。

〔五〕《晉書》：明帝微行至於湖。《王敦傳》：帝至蕪湖，察敦營壘。朱注：於湖，即蕪湖也。《地志》：晉分丹陽，置於湖縣。《世説》：王大將軍頓軍姑孰。明帝乘巴賨馬，齎一金鞭，陰察軍形。敦晝寢，夢日遶城。

〔六〕《通鑑》：自喪亂以來，中外艱食，關中斗米千錢。百姓挼穗以給禁軍。按：誅求，統指天下。

〔七〕《通鑑》：宦者程元振專權，致上狼狽。上徵諸道兵，皆忌元振居中，莫有至者。十一月，柳伉論之。但削官爵，放歸田里。

〔八〕於梓則涪江，於閬則嘉陵江。

此篇可古可排，爲亂極思治之詩。憂國之忱，溢於言表。○起四，叙陷京出幸事。「出襄野」、「過湖城」，回護得體。中四，言亂既太甚，廟堂其有悔心乎！乃承上起下之文。後四，爲民不聊生，君仍護惡，翹首以望痛懲，庶轉亂其有機也。論事切中，語氣含蓄。當與《傷春》五首參讀，見本卷之二。

寄岑嘉州〔一〕

不見故人十年餘，不道故人無素書。願逢顏色關塞遠，豈意出守江城居〔二〕。外江三峽且相接〔三〕，斗酒新詩終自疏。謝朓每篇堪諷誦，馮唐已老聽吹噓〔四〕。泊船秋夜經春草〔五〕，伏枕青楓限玉除〔六〕。眼前所寄選何物？贈子雲安雙鯉魚〔七〕。

〔一〕杜確《岑參集序》：參自庫部正郎，出爲嘉州。杜鴻漸表爲職方郎中，兼侍御史，列於幕府。○公自代宗永泰元年，辭嚴武幕去蜀。嘗歷嘉州，而未有詩及岑，時必岑未到官也。此詩之作，在大曆元年寓雲安時。當是岑初莅事，公聞之而寄。

〔二〕原注：州據蜀江外。○嘉州，漢犍爲郡。今爲嘉定州，在成都府南。

〔三〕外江，一名汶江，即大江之經流也。由成都而經嘉州，北轉而東行，出三峽。雲安在三峽之間。

〔四〕仇注：謝，比岑；馮，自方。

〔五〕仇注：公自去年秋至雲安。大曆元年春，尚在其地。

〔六〕限玉除，久隔朝班也。

〔七〕雲安屬夔州，在夔西境。

此亦七排而帶古意者，流美可誦。前四，言久暌而今近，喜之也。中四，乃上下關生處。帶水相接，而觴咏終疏，承上作轉也。欲諷岑篇，而望噓我老，起下作引也。後四，自言旅食之況，而寄詩以達情。文致斐然。

寄從孫崇簡〔一〕

嵯峨白帝城東西，南有龍湫北虎溪。吾孫騎曹不記馬〔二〕，業學尸鄉常一作多養雞〔三〕。龐公隱時盡室去〔四〕，武陵春樹他人迷〔五〕。與汝林居未相失，近身藥裹酒長一作常攜。牧豎樵童亦無賴，莫令斬斷青雲梯。

〔一〕《唐·世系表》：崇簡，出襄陽房，益州司馬參軍。按：《吾宗》詩自注：崇簡爲倉曹。○大曆元、二年間夔州詩。

〔二〕《世説》：王子猷爲桓沖騎曹參軍。桓問：「何曹？」曰：「不知何曹。時見牽馬來，似是馬曹。」問：「管幾馬？」曰：「不知馬，何由知數？」

〔三〕仙者祝雞翁居尸鄉。

〔四〕鹿門山。

〔五〕桃花源。

亦是拗體。崇簡寓家於夔，公喜與往來而作。首二，誌夔地。中四，述其行徑居止。後四，喜得常通，而諷以往來勿絶也。「樵」「牧」，託詞。○起着「龍湫」、「虎溪」句，最妙。中間之「隱室」、「春樹」，結尾之「莫斬雲梯」，都已函蓋。

寒雨朝行視園樹〔一〕

柴門擁一作雜樹向千株，丹橘黄甘此地無〔二〕。江上今朝寒雨歇，籬邊新一作中秀色畫屏舒。桃蹊李徑年雖古，梔子紅椒艷復殊。鎖石藤梢元自落，倚天松骨見來枯。林香出實垂將盡，葉蔕辭枝一作離柯不重蘇。愛日恩光蒙借貸〔三〕，清霜殺氣得憂虞。衰顔動覓藜床坐〔四〕，緩步仍須竹杖扶。散騎未知雲閣處〔五〕，啼猿僻在楚山隅。

〔一〕大曆二年秋冬之交瀼西作。

〔二〕言橘甘特異於雜樹。

〔三〕愛日，言可愛之日。《左傳》：冬日可愛。

〔四〕《北堂書鈔》：向詡常坐藜床上。

〔五〕潘岳文：寓直於散騎之省。高閣連雲，陽景罕曜。

首句，雜樹是一項。次句，橘甘是一項。三、四，得雨曉色。此四句爲開局。中段，前四叙雜樹，應首句；後四言橘甘，應次句。此八句爲中腹布景。「藜牀」、「竹杖」，以坐襯行。結聯，乃行時自慨。此四句爲收局。〇「桃蹊」六句，一樣住脚，不可學。

清明二首〔一〕

朝來新火起新煙，湖色春光净客船。繡羽銜一作衡花他自得〔二〕，紅顔騎竹我無緣〔三〕。胡童結束還難有〔四〕，楚女腰肢亦可憐。不見定王城舊處〔五〕，長懷賈傅井依然〔六〕。虛霑周舉爲寒食〔七〕，實藉君平賣卜錢。鐘鼎山林各天性，濁醪粗飯任吾年。

〔一〕大曆四年後在湖南詩。

〔二〕鮑照賦：曜繡羽以晨過。

〔三〕《世説》：桓温少時，與殷洪共騎竹馬。

〔四〕湖南多苗種，故曰胡童。

〔五〕漢高祖封吴芮爲長沙王。景帝封子發，亦都此。《寰宇記》：潭州長沙縣定王廟，俗謂之定王岡。

〔六〕盛弘之記：湘州南市之東，有賈誼宅，中有井。上斂下大，狀似壺。井旁有石局脚食床，形制甚古。

〔七〕《後漢·周舉傳》：太原舊俗，以介子推焚骸，有龍忌之禁。士民每冬至，輒一月寒食。舉爲并州刺史，作書置子推廟，言盛冬去火，非賢者之意。《容齋隨筆》：此乃冬中，非今二三月間也。《鄴中記》：并州俗，冬至後一百五日，爲子推斷火。按：詩參用《周舉傳》《鄴中記》語。

二詩多平調，然章法自穩。各四句轉意。仇本六句截，未是。○首章，就清明興感。一點時，二點地，三、四流對。謂身老而倦遊。此處一頓。「胡童」、「楚女」，本地遊人。「定王」、「賈傅」，本地古跡。四語，時地雙關。又一頓。「虚霑」、「實藉」，帶節候而述貧況。因以任運意作結。蓋前後着身寫，中四不着身寫。此離合相間格。

此身飄泊苦西東，右臂偏枯半耳聾〔一〕。寂寂繫舟雙下淚，悠悠伏枕左書空〔二〕。十年蹴踘將雛遠〔三〕，萬里鞦韆習俗同〔四〕。旅雁上雲歸紫塞，家人鑽火用青楓〔五〕。秦城樓閣鶯一作煙花裏，漢主山河錦繡中。春一作風水春來洞庭闊，白蘋愁殺白頭翁。

〔一〕《素問》：風疾或爲偏枯。

〔二〕仇注：左書空，應右臂枯。

〔三〕《漢・藝文志》注：踘以韋爲之，實以物，蹴蹋爲戲樂也。

〔四〕《古今藝術圖》：以綵繩懸木立架，士女坐立其上，推引之，謂之鞦韆。《荊楚歲時記》：寒食有打毬、鞦韆、施鈎之戲。

〔五〕《招魂》：湛湛江水兮上有楓，目極千里兮傷春心。

次章，全乎「飄泊」之感，清明只用點逗。起四，言「飄泊」而病廢，分承説下。但「左書空」似穉。中四，就節候上見「漂泊」。「十年」言久，「萬里」言遠。「歸紫塞」，人慚北鳥。「用青楓」，事同南俗。後四，遥想京國，結出飄泊之愁。「秦城」、「漢主」，心在長安。「洞庭水闊」，身在湖南，嫌其阻隔也。而「鶯花」、「錦繡」，亦映帶清明。

嶽麓山道林二寺行〔一〕

玉泉之南麓山殊〔二〕，道林林壑争盤紆。寺門高開洞庭野，殿脚插入赤沙湖〔三〕。五月寒風冷佛骨，六時天樂朝香爐。地靈步步雪山草〔四〕，僧寶人人滄海珠〔五〕。塔劫通級宫牆壯麗敞，石一作香厨松道清凉俱。蓮池一作花交響共命鳥〔六〕，金榜雙迴三足烏〔七〕。方丈涉海費時節〔八〕，玄圃尋河知有無〔九〕。暮年且喜經行近，春日兼蒙暄暖扶。飄然斑白身奚適？傍此煙霞茅可誅。桃源人家易制度，橘洲田土仍膏腴〔一〇〕。潭府邑中甚淳古，太守庭内不喧呼〔一一〕。昔遭衰世皆晦迹，今幸樂國養微軀。依止老宿亦未晚，富貴功名焉足圖！久爲謝客尋幽慣〔一二〕，細學何朱云：當作周顒免興孤〔一三〕。一重一掩吾肺腑〔一四〕，山鳥山花吾一作共友于。宋公放逐曾題壁〔一五〕，物色分留待一作與老夫。

〔一〕《方輿勝覽》：自湘西古渡登岸，夾徑喬松，泉澗盤遶，諸峰叠秀，下瞰湘江。岳麓寺在山上百餘級。又：道林寺在岳麓之下。○湖南詩。

〔二〕《隋煬帝集》：開皇十二年，智顗禪師至荆州，創立玉泉寺。

〔三〕《岳陽風土記》：赤沙湖，在華容縣南。夏秋水漲，與洞庭湖通。

〔四〕《楞嚴經》：雪山大力白牛，食其山中肥膩香草，其糞微細，可和合旃檀。

〔五〕洙注：滄海珠，言性圓明而無瑕纇。

〔六〕《彌陀經》：七寶池中，蓮花大如車輪。有伽陵頻伽共命之鳥，出和雅音。《寶藏經》：雪山有鳥，一身二頭，神識各異，同共報命。

〔七〕黄生注：猶云日射黄金榜。

〔八〕在海東。

〔九〕在西域。

〔一〇〕《寰宇記》：橘洲在長沙縣西南江中。大水洲渚皆没，此洲獨存。

〔一一〕《舊書》：大曆四年二月，以湖南觀察使韋之晉爲潭州刺史，因是徙湖南軍於潭。

〔一二〕《異苑》：靈運生於會稽。其家以子孫難得，送於錢塘杜明師養之。十五方還，故曰客兒。

〔一三〕周顒好佛。

〔一四〕仇云：一重一掩，山形稠疊。

〔一五〕原注：宋之問。○《之問傳》：睿宗立，詔流欽州。按：宋必道經長沙，留題於此。

《杜臆》云：此排律化境。愚按：詩題曰行，本屬歌體。然亦可作拗體長排也。前十二句，誌二寺之勝。中四句，爲上下過接。後十六句，歷述風土之美，而思結廬終老焉。洋洋灑灑，如翻水成。詩境愈老愈熟，只作一片讀也可。○玉泉去二寺殊遠。舉「玉泉」者，見叢林之盛，自玉泉以南，惟此二寺足與相敵也。首聯，蓋分提寺名。下二，總提二寺之連亘高廣。「五月」以下八句，皆合寫其勝。「佛骨」，疑寺中所貯。「朝香爐」，繞爐而舉梵樂也。中四云方丈、玄圃之難求，不若二寺之可即，更帶插春景一筆。此束上起下處也。「斑白」、「誅茅」，後段提筆。隱居可學，肥田可耕。以俗則淳，以訟則簡。正宜效昔人之晦迹者，此中洵樂國也。此六句，足上「茅可誅」意。「依止」六句，言道味親而世味淡。時欲探幽寄興，而巖壑動植之趣，又適得吾性之所近。此又暢寫誅茅後之樂境也。「分留」，謂宋公留賸此物色，待我重題也。重題非即指本篇，謂日後棲隱於此，必將逐一題咏耳。

讀杜心解卷六

卷六之上　五絶　詩甚少年譜不别纂

即　事〔一〕

百寶裝腰帶，真珠絡臂韝〔二〕。笑時花近眼，舞罷錦纏頭〔三〕。

〔一〕疑天寶中，西陂韋曲間詩。

〔二〕同韝。《通鑑》注：臂捍也。

〔三〕《通鑑》注：賞歌舞人，以錦綵置之頭上，謂之錦纏頭。

「花近眼」，見含羞映花之態。

因崔五侍御寄高彭州一絶〔一〕

百年已過半〔二〕，秋至轉饑寒。爲問彭州牧，何時救急難〔三〕？

〔一〕肅宗上元元年，公在成都作。○高即高適。彭州，今爲縣，在府北九十里。
〔二〕公時年四十九。過半者，過去一半也。
〔三〕仇注：《詩》「兄弟急難」，叶「况也永歎」，俱讀平聲。

公入蜀後，生計全資於人。

絶　句〔一〕

江邊踏青罷，回首見旌旗。風起春城暮，高樓鼓角悲。

〔一〕亦似成都詩。

「旌旗」「鼓角」，仇指吐蕃之警。然不必執。

王録事許修草堂資不到聊小詰〔一〕

爲嗔王録事，不寄草堂資。昨屬愁春雨，能忘欲漏時？

〔一〕梁氏編代宗廣德二年，嚴武復鎮，自閬重歸草堂詩。

小詩代札。

絶句二首

遲日江山麗，春風花草香。泥融飛燕子，沙暖睡鴛鴦。

只寫春景，未出意。

江碧鳥逾白，山青花欲燃。今春看又過，何日是歸年？

此則對景出情。○前首截中四體。此截後四體也。

絶句六首

日出籬東水，雲生舍北泥。竹高鳴翡翠，沙僻舞鵾一作鶤雞〔一〕。

〔一〕《爾雅翼》：鵾雞似鶴，黄白色，長頸赤喙。

春深草堂作也。大抵六絶内，過雨新晴之景居多。

藹藹花蕊亂，飛飛蜂蝶多。幽棲身懶動，客至欲如何？

六絶句，只此下二不對。有倦遊息交之意焉。

鑿井交椶葉，開渠斷竹根。扁舟輕裊纜，小徑曲通村。

此述幽事，不是空景。

急雨捎溪足，斜暉轉樹腰。隔巢黄鳥並，翻藻白魚跳音條。

舍下筍穿壁，庭中藤刺簷。地晴絲冉冉，江白草纖纖。

二首意境，與第一首略相似。

江動月移石，溪虚雲傍花。鳥棲知故道，帆過宿誰家？

此首筆意尤勝。○六絶興與境會，觸手成咏。《杜臆》所謂獨七絶之漫興也。不必逐首分疏所咏何景。○絶句截中四者殊少。惟公獨多。後人六言詩，往往用此體。

絶句三首〔一〕

聞道巴山裏，春船正好行一作還。都將百年興，一望九江城一作山〔二〕。

〔一〕題依仇本，舊俱作九首。《詩説雋永》謂并前六絶爲九也。○此三首集外詩。

〔二〕九江城，謂江陵。

水檻温江口〔一〕，草堂石筍西〔二〕。移船先主廟，洗藥浣花一作沙溪。

〔一〕《地志》：温江在成都西五十里。

〔二〕石筍二株，成都古蹟也。

謾一作漫道春來好，狂風太放顛。吹一作飛花隨水去，翻却釣魚船。

仇氏以此三首編代宗永泰元年，辭官嚴幕，將去成都之時。不與六絶合併。良是。蓋三詩一串，胸中素有下峽之志。適見風狂，聊爲此咏。乃行止摇摇之感也。〇首章，先明欲去之懷。次章，就本地留連停頓。卒章，本欲去矣，却以風狂暫阻。故作一跌。綽有别致。

答鄭十七郎一絶〔一〕

雨後過畦潤，花殘步屧遲。把文驚小陸〔二〕，好客見當時〔三〕。

〔一〕永泰元年，去成都，入雲安作。

〔二〕陸機之弟雲，世號小陸。

〔三〕鄭莊也。置驛通賓客。

有《雲安九日鄭十八攜酒》詩，見三之四。此亦同時作，乃十八之兄也。與十八攜酒賦詩之後，十七郎復留宴，故有下二句。「小陸」比十八，「當時」比十七。

武侯廟〔一〕

遺廟丹青古一作落，空山草木長。猶聞辭後主〔二〕，不復卧南陽〔三〕。

〔一〕張震《武侯祠堂記》：唐夔州治白帝，武侯廟在西郊。○代宗大曆初夔州詩。下同。

〔二〕《蜀志》：後主建興五年，亮率諸軍，北駐漢中。臨發上表。

〔三〕《蜀志》注：《漢晉春秋》云：亮家於南陽之鄧縣，在襄陽城西二十里，號曰隆中。

後二語，穩括兩《出師表》而出之。許先帝以馳驅，欲報之於陛下，此生不復敢再逸其身也。臣罪當誅，天王聖明，昌黎《羑里操》，能寫得文王心事出。鞠躬盡瘁，死而後已，少陵此詩，能達得武侯心事出也。詩中單指「後主」者，本武侯兩表來，表上於後主時也。朱氏分别兩主，疏解盡忠之説，多少痕迹。其疏「猶聞」二字云：空山精爽，如或聞之。却有味。

八陣圖〔一〕

功蓋三分國，名成八陣圖。江流石不轉〔二〕，遺恨失吞吴〔三〕。

〔一〕《東坡志林》：諸葛造八陣圖於魚復平沙之上，壘石爲八行，相去二丈。桓温征譙縱，見之曰：此常山蛇勢也。吾常過之。自山上俯視百餘丈，凡八行，爲六十四蕝。蕝正圜，不見凹凸處，如日中蓋影。及就視，皆卵石漫漫不可辨，甚可怪也。《成都圖經》：武侯八陣有三。在夔者，六十有四，方陣法也。在彌牟鎮者，二十有八，當頭陣法也。在棋盤市者，二百五十有六，下營陣法也。

〔二〕《劉禹錫嘉話録》：夔州西市，俯臨江沙。下有八陣圖。三蜀雪消之際，澒涌滉瀁。大木十圍，枯槎百丈，隨波而下。及乎水落川平，萬物皆失故態，諸葛小石之堆，標聚行列依然。近六百年，迨今不動。

〔三〕《蜀志》：先主忿孫權之襲關羽，遂帥諸軍伐吴。次秭歸，進軍於夷道猇亭駐營。章武二年六月，陸議大破先主軍於猇亭。又《法正傳》：亮歎曰：法孝直若在，必能制主上，令不東行。説是詩者，言人人殊。大率皆以吞吴失計之恨，與武侯失於諫止之恨，坐煞武侯心上着解。抛却「石不轉」三字，致全詩走作。豈知「遺恨」從「石不轉」生出耶？蓋陣圖正當控扼東吴之口，故假石以寄其惋惜。云此石不爲江水所轉，天若欲爲千載留遺此恨跡耳。如此纔是咏陣圖之詩。彼紛紛推測者，皆不免脱母。

復愁十二首〔一〕

人煙生處僻一作遠處，虎跡過新蹄。野鶻一作鶴，一作鷂翻窺草，村船逆上溪。

〔一〕公懷無時不愁。復愁，猶云咏懷。一動懷而愁復至也。○亦夔州詩。

釣艇收緡盡，昏鴉接翅稀一作歸。月生初學扇，雲細不成衣。

吴論：上二章，皆言景。

萬國尚戎馬，故園今若何？昔歸相識少，早已戰場多！

「昔歸」二句，悠然不盡。昔歸已如此，今復何如耶？一則亂久而不忍言，一則别久而不深悉。

身覺省郎在，家須農事歸。年深荒草徑〔一〕，老恐失柴扉。

〔一〕指東京故園。

亦因經亂久客，故恐鄉園蕪廢。此足上首之旨，乃不歸之感也。○吴論：上二章，皆言情。

金絲鏤一作縷箭簇，皂尾掣一作製旗竿。一自風塵起，猶嗟行路難。

「風塵起」，安、史造亂。「行路難」，今日阻歸。曰「一自」、曰「猶嗟」，見久而未息。此首承前起後之詞。○吴論：此下五章，因亂後而作。

胡虜何曾盛，干戈不肯休。閭閻聽小子，談笑覓封侯。

首句，撲下口氣，勿呆看。《杜臆》云：定外寇易，定人心難。邵長蘅曰：有喜亂樂禍之懼。

貞觀銅牙弩〔一〕，開元錦獸張〔二〕。花門小箭好〔三〕，此物棄沙場〔四〕。

〔一〕《南越志》：龍川有營澗，嘗有銅弩牙流出，皆以銀黄雕鏤。父老云：越王弩營處也。按：貞觀時或倣爲之。

〔二〕弓以手開者曰臂張，以足蹋者曰蹶張。舊説良是。蓋張與弩對，當作實字用。曰錦獸者，或是弓飾，或是弓服之飾耳。仇主師氏張設射侯之説，非。

〔三〕朱注：收東京時，回紇於黄埃中發十餘矢。賊驚顧曰：回紇至矣。遂潰。此花門箭好一證也。

〔四〕此物指弩與張。

中國之「弩」「張」，不如回紇之「小箭」。此不特慨借兵之損威，蓋深以回紇爲不可狎而警之。

今日翔麟馬〔一〕，先宜駕鼓車〔二〕。無勞問河北，諸將角榮華！

〔一〕太宗十驥，其九曰翔麟紫。

〔二〕《漢書》：文帝以千里馬駕鼓車。

爲朝廷不問河北，而反詞以醒之也。一、二，與子貢欲去餼羊同意，言有馬而不思建功。總之不用矣，不若置之無用之地也。何則？河北擅命如此，上恬下嬉，曾莫有過而問者也。諷意在第三挑出。舉國驕惰之象，在第四指點出。

任轉江淮粟，休添苑囿兵〔一〕。由來貔虎士，不滿鳳凰城。

〔一〕唐史：内侍魚朝恩以神策軍從上屯苑中，分爲左右廂，居北軍之右。

爲寵任宦官，專掌禁旅而諷也。首句勿呆認，亦是反呼下文之詞。言且勿論軍餉之難也。任爾繼運不絶，亦休添禁旅也。下以正言點破之。蓋唐初府兵，藏之於民。盧氏所謂隱述祖制，以諷時事是也。廂軍之害，不言而見矣。明季魏閹，創立内操，包藏叵測，不獨冗食是憂。讀此知公深識遠慮。

江上亦秋色，火雲終不移。巫山猶錦樹，南國且黄鸝。

言氣候之異於北方。○吴論：此下三章，仍説現前景事。

每恨陶彭澤，無錢對菊花〔一〕。如今九日至，自覺酒須賒。

〔一〕《續晉陽秋》：陶潛九日無酒，於宅邊摘菊盈把。久之，望見白衣人，乃王弘送酒。

窮而自恨也。反將「恨」字貼「彭澤」説，活甚。

病減詩仍拙，吟多意有餘。莫看江總老〔一〕，猶被賞時魚〔二〕。

〔一〕江總，自謂。

〔二〕《會要》：開元中，張嘉貞奏曰：致仕及内外五品以上檢校試判，聽準正員例，許終身佩魚。以理去任，亦許佩魚。自後賞緋紫，例兼魚袋，謂之章服。

此是結束體。上二相承説，言病後拙於安句。吟雖多，而意中無窮之愁，寫不能盡也。下二，一直讀，作歇後語。蓋謂莫看我老被賞魚，以爲尚堪用世也。正見頽廢意。如舊解，則身分低。

歸雁

東來萬一作千里客，亂定幾年歸。腸斷江城雁，高高正一作向北飛。

舊編廣德二年自梓、閬還成都作，則「東來」字不合。當是大曆三年出峽後詩。○神味高遠。

卷六之下　七絶　起玄宗天寶初訖代宗大曆

按：七絶止一百餘首，今與五絶都爲一卷，而分爲卷之下。各於本詩，略誌其時與其地。譜不復纂。

贈李白

秋來相顧尚飄蓬，未就丹砂愧葛洪〔一〕。痛飲狂歌空度日，飛揚跋扈爲誰雄？

〔一〕《晉書》：葛洪聞交趾出丹砂，求爲勾漏令。至廣州，止羅浮山煉丹。天寶初，公與李相遇於齊、魯之間而贈之。前在東都贈白詩云：「亦有梁宋遊，方期拾瑶草。」今乃相顧飄蓬，丹砂未就，正與前詩相應也。白爲人，喜任俠擊劍。夫士不見則潛，失職不平，禍之招也。下二，寫出狂豪失路之態。既傷之，復警之。

虢國夫人〔一〕

虢國夫人承主恩，平明上馬入宫張集作金門。却嫌脂粉涴顔色，淡掃蛾眉朝至尊〔二〕。

〔一〕集外詩。○朱注：此詩，《張祜集》作《集靈臺》二首。

〔二〕《楊妃外傳》：妃有三姊，皆豐碩修整，工於謔浪。入宫，移晷方出。虢國自衒美艷，常素面朝天。

詩似淺露，不類少陵語。

蕭八明府實處覓桃栽〔一〕

奉乞桃栽一百根，春前爲送浣花村〔二〕。河陽縣裏雖無數〔三〕，濯錦江邊未滿園〔四〕。

〔一〕鶴注：數首俱肅宗上元元年初營草堂時作。○仇注：桃栽，猶俗云桃秧。榿栽、松栽，亦然。

〔二〕在成都西郭外，即置草堂處。

〔三〕《白帖》：潘岳爲河陽令，遍樹桃李。

〔四〕《一統志》：蜀守李冰，穿二江，通成都。《宋·郡縣志》：蜀人以此濯錦鮮明，又名錦江。

仇云：「河陽」，比明府。○《杜臆》：諸章皆以詩代札，乃公戲筆。

從韋二明府續處覓緜竹一有三數叢三字〔一〕

華軒藹藹他年到，緜竹亭亭出縣高。江上舍前無此物，幸分蒼翠拂波濤。

〔一〕蔡曰：產緜竹縣之紫巖山。

「他年到」，當是來蜀時曾經明府處。

憑何十一少府邕覓榿丘宜切木一有數百二字栽〔一〕

草堂塹西無樹林，非子誰復見幽心。飽聞榿木三年大，與致溪邊十畝陰。

〔一〕《蜀中記》：玉壘以東，多榿木。易成而可薪，美陰而不害。

取其易於成林而覓之。

詣徐卿覓果一有子字栽〔一〕

草堂少花今欲栽，不問緑李與黄梅。石筍街中却歸去〔二〕，果園坊裏爲求來〔三〕。

〔一〕朱注：公有《徐卿二子歌》。

〔二〕杜光庭《石筍記》：成都子城西，曰興義門金容坊，有石二株，高丈餘。

〔三〕果園坊，定是當時坊名。

此所覓，非一種。石筍街，公自徐歸草堂之路。果園坊，徐所在。

憑韋少府班覓松樹子栽〔一〕

落落出群非櫸柳，青青不朽豈楊梅？欲存老蓋千年意，爲覓霜根數寸栽。

〔一〕鶴注：公有《涪江泛舟送韋班》詩。

櫸柳高可及松而易凋。楊梅不凋，類松而幹矮。故兩夾爲襯。

又於韋處乞大邑瓷碗〔一〕

大邑燒瓷輕且堅，扣如哀玉錦城傳〔二〕。君家白碗勝霜雪，急送茅齋也可憐。

〔一〕《唐書》：大邑縣，屬邛州。

〔二〕徐陵賦：哀玉發於新聲。按：錦城，即成都。

當即覓松栽時帶索者。

絶句漫興九首〔一〕

眼見客愁愁不醒，無賴春色到江亭。即遣花開一作飛深造次，便教鶯語太丁寧。

〔一〕編上元二年之春。依仇本。

此九首，乃累日散漫而成，彙在一處者。○此章，仇云：旅況無聊，發爲惱春之詞。○「眼見」，即俗所云眼見得也。仇謂衆眼共見，非。

手種桃李非無主，野老牆低還是家。恰似春風相讀如率欺得〔一〕，夜來吹折數枝花。

〔一〕陸游云：白樂天用相字，多作入聲。如「爲問長安月，如何不相離」是也。此亦從入。仇云：似乎春風亦欺人者。按：「相欺」不看作欺花，得解。

熟知茅齋絶低小，江上燕子故來頻。銜泥點污琴書内，更接飛蟲打著人。

身棲矮屋，見燕而寄其嘲也。

二月已破三月來〔一〕，漸老逢春能幾回？莫思身外無窮事，且盡生前有限杯。

〔一〕破，殘也。

因月换而寄興。

腸斷江春一作春江欲盡頭，杖藜徐步立芳洲。顛狂柳絮隨風去一作舞，輕薄桃花逐水流。

因春暮而寄興。

懶慢無堪不出村，呼兒日一作自在掩柴門。蒼苔濁酒林中静，碧水春風野外昏。

索居自遣之詞。○「日在」，猶言日逐。下二，從不出村領趣。「林中静」，村内致也，悠然自得。「野外昏」，村外致也，無預我事。着一「昏」字，亦惱花恨鳥之意。

糝徑楊花鋪白氈，點溪荷葉叠一作纍青錢。筍根雉一稚稚子無人見〔一〕，沙上鳧雛傍母眠。

〔一〕趙曰：雉性好伏其子。俗本訛作稚子，遂起紛紛之説。漢鐃歌有《雉子班》。

本只點綴景物，其下二，微寓蕭寂憐兒之感。

舍西柔桑葉可拈，江畔細麥復纖纖。人生幾何春已夏，不放香醪如蜜甜。

與「二月已破」章同旨，節换而寄興也。

隔户一云户外楊柳弱嫋嫋，恰似十五女兒腰。誰謂朝來不作意，狂風挽斷最長條。

此與「手種桃李」章不同。乃好物不堅牢之意，蓋以自况也。三、四，謂造物有意摧損之。○七言絶句，至龍標、太白，入聖矣。少陵自是别調。然宋、元以還，每以連篇作意，别見新裁。王、李遺音，已成《廣陵散》，淵源故多出自少陵也，特聲韻比杜諧貼耳。明空同、大復，多效此種。

春水生二絶

二月六夜春水生，門前小灘一作籬渾欲平。鸕鷀鸂鶒莫漫喜，吾與汝曹俱眼明。

仇云：此見春水而喜。○下二，言莫便獨誇得意，吾亦不輸與汝曹也。

一夜水高二尺强，數日不可更禁當？南市津頭有船賣，無錢即買繫籬旁。

仇云：此見水生而憂。○「更禁當」，言若水漲不止，怎當得起？末句，是歎詞，亦是不了語。言水沒須船。要船儘有，只是無錢去買。奈何！正是「更禁當」處。

少年行二首

莫笑田家老瓦盆，自從盛酒長兒孫。傾銀注玉舊作瓦驚人眼〔一〕，共醉終同卧竹根〔二〕。

〔一〕此以美器相形説。

〔二〕杜田《補遺》：《酒譜》云：竹根，飲器也。庾信詩云：「野爐然樹葉，山杯棒竹根。」次公注：醉卧竹傍耳。飲器豈可謂之卧？愚按：杯壺欹倒，俱謂之卧。卧字何害於義？醉後狼籍，正復如是。公正用庾詩，謂飲器之陋者，與首句應。至仇舉公詩「只想竹林眠」以證次公之説，竟是塌地卧耶？謬矣。

巢燕養一作引雛渾去盡，江花結子也無多。黄衫年少來宜數〔一〕，不見堂前東逝波。

〔一〕《北史》：麥鐵杖呼其三子曰：「阿奴當備淺色黄衫。」

二詩爲題所誤，解作少年行徑，昏昏久矣。不知兩首串下，乃自傷衰遲減興。暗用「今我不樂，日月其除」意。以少年命題，聊爾自勸，非爲少年覺悟也。若舊解，不特詩義不明，且戾於誥教小子之旨。誤人子弟，少陵不爲。〇上首只自寫當前模樣。「田家」，自謂。言我今取醉，賴此「瓦盆」，「莫笑」其陋也。口氣不完。此首云：不見春去波流乎？人惟趁年少時，領取風光耳。我今放懷自遣，無多日矣。正繳完上首。

少年行〔一〕

馬上誰家白面一作薄媚郎，臨階一作軒下馬蹋一作坐人床。不通姓字粗豪甚，指點銀瓶索酒嘗。

〔一〕此便指少年說。

夏客云：貴介子弟，非才非俠。徒供少陵詩料，留千古一噱耳。

贈花卿〔一〕

錦城絲管日樂府作曉紛紛，半入江風半入雲。此曲祇應天上有樂府作去，人間能得幾回聞？

〔一〕西川牙將花驚定，手誅梓州叛刺史段子璋，恃功大掠。公有《戲作花卿歌》，見十之二。須參看。

或曰：花卿，歌妓也。○朱注：唐曲《水調歌》，後六疊入破第二，即此詩。見郭茂倩《樂府》。楊慎曰：花卿在蜀，頗用天子禮樂。子美諷之，意在言外。最得詩人之旨。愚按：僭禮樂事無考。但其人驕恣，必多非分之奢淫耳。○胡元瑞謂贈歌妓，《杜臆》謂非歌妓所能當。愚按：若作贈妓詩，反覺膚淺少味。

李司馬橋了一作成承一無此字高使君自成都回〔一〕

向來江上手紛紛，三日功成事出群。已傳童子騎青竹一作馬〔二〕，總擬橋東待使君〔三〕。

〔一〕上元二年冬，公再至蜀州。時李司馬在皂江造竹橋，邀公同觀。公有《陪觀造橋》七律，及《觀作橋成》五律兩詩。先是高適以蜀州刺史攝尹成都，至是回舊治也。

〔二〕《後漢書》：郭伋爲并州牧，始行部，有兒童數百，騎竹馬迎之。

〔三〕鶴注：蜀州東至成都百里，故云橋東。

適當橋工甫畢，高君回任渡此橋，率爾成咏。上二，了橋成。下二，即借「橋」字帶合「使君」。

江畔獨步尋花七絶句〔一〕

江上被花惱不徹，無處告訴只顛狂。走覓南鄰愛酒伴〔二〕，經旬出飲獨空床〔三〕。

〔一〕舊編寶應元年成都詩。按：寶應係代宗元。時方在春，尚繫肅宗。

〔二〕原注：斛斯融，吾酒徒。

〔三〕古詩：「蕩子行不歸，空床難獨守。」按：公有《聞斛斯六未歸》詩。

與九絶句一類。○「愛酒伴」，謂愛酒之伴。上一字連讀。

稠花亂蕊畏一作裹，非江濱，行步欹危實怕春。詩酒尚堪驅使在，未須料理白頭人。

上二，言花滿而「畏江濱」。非「畏江濱」，實以老而「怕春」也。春即從「花蕊」見出，語勢曲甚。若從《正異》改作「裹」字，便無味而俚。且與「實」字不應。「白頭人」，應「行步欹危」。

江深竹静兩三家，多事紅花映白花。報答春光知有處，應須美酒送生涯。

黄云：「多事」，亦故爲嗔之。

東望少城花滿煙〔一〕，百花高樓更可憐。誰能載酒開金盞一作瑣？喚取佳人舞繡筵。

〔一〕《蜀都賦》：亞以少城，接乎其西。注：小城也，在城西，市在其中。

黄注：百花樓，買醉之地。按下二，只是望樓而酒興動。仇謂招飲無人，便低。

黄師塔前江水東〔一〕，春光懶困倚微風。桃花一簇開無主，可愛深紅愛淺紅。

〔一〕黄師塔，僧葬處。

兩「愛」字有致。

黄四孃家花滿蹊，千朵萬朵壓枝低。留連戲蝶時時舞，自在嬌鶯恰恰啼。

「黄四孃」自是妓人，用「戲蝶」「嬌鶯」恰合。四更勝三。

不是看一作愛花即索一作欲死，只恐花盡老相催。繁枝容易紛紛落，嫩蘂商量細細開〔一〕。

〔一〕嫩蘂一作嫩蕊。

向來無數惱花，得此起二語道破。仇云：過時者易謝。方來者有待。下二，亦寓悲老惜少之意。

重贈鄭鍊絶句〔一〕

鄭子將行罷使臣，囊無一物獻尊親。江山路遠羈離日，裘馬誰爲感激人？

〔一〕有《贈鄭赴襄陽》五律，見三之三。

寫出廉吏清風。「尊親」，猶言尊人也。下二慨鄭，亦自己衷語。

中丞嚴公雨中垂寄見憶一絶奉答二絶〔一〕

雨映行宫辱贈詩〔二〕，元戎肯赴野人期一云欲動野人知。江邊老病雖無力，强擬晴天理釣絲。

何日雨晴雲出溪，白沙青石先無泥。只須伐竹開荒徑，倚一作柱杖穿花聽馬嘶。

嚴來詩必有雨晴相訪之約，故答之如此。

〔一〕時嚴武鎮蜀，待公最厚。

〔二〕《通鑑》：玄宗離蜀，以所居行宫爲道士觀。

謝嚴中丞送青城山道士乳酒一瓶〔一〕

山瓶乳酒下青雲，氣味濃香幸見分。鳴鞭走送憐漁父，洗盞開嘗對馬軍〔二〕。

〔一〕青城山，在蜀州西。道書爲第五洞天。○楊慎以張率《對酒》詩「似乳更堪珍」爲乳酒所本，非也。乳酒定是酒名，必色白而釃，但釀法莫考。

〔二〕原注：軍州謂驅使騎爲馬軍。

下二，急送急嘗。彼此恩感俱見。然「走送」似與「見分」複矣，須知。

三絶句

楸一作春樹馨香倚釣磯，斬新花蕊未應飛〔一〕。不如醉裏風吹盡，可忍醒時雨打稀。

〔一〕《爾雅》椅梓，注：即楸也。《圖經》云：梓木花紫。

惜花飛也。看次句，當是先見有謝者。

門外鸕鷀去一作久不來，沙頭忽見眼相猜。自今已後知人意，一日須來一百回。

盟鸕鷀也。去久乍見，因而祝之。

無數春筍滿林生，柴門密掩斷人行。會須上番看成竹〔一〕，客至從嗔不出迎。

〔一〕《猗覺寮雜記》：元詩：「飛舞先春雪，因依上番梅。」朱注：獨孤及詩：「舊日霜毛一番新」。皆讀去聲。

護新筍也。《杜臆》：竹初番出者壯大。○三絶與七絶，直開宋、元家數。

戲爲六絶句

庾信文章老更成〔一〕，凌雲健筆意縱横。今人嗤點流傳賦，不覺前賢畏後生。

〔一〕庾信，梁人，官於北周。詩賦綺麗，謂之庾體。

後生輕薄，附遠而謾近。蓋遠者論定既久，不敢置喙。至於近人，則哆口詆訶，以高自誇詡。剽竊古人影響，博其談資。究於古人所謂師承派別之源流，茫乎未有聞也。少陵痌焉，而作是詩。故前三章，錯舉近代詩人以立案。○首章提出「老更成」三字，便爲後生頂門一針。末句，謂聽其「嗤點」無忌憚之言，「不覺前賢」且生畏矣。爲前輩稱屈，正使後生知警也。

楊王盧駱當時體〔一〕，輕薄爲文哂未休。爾曹身與名俱滅，不廢江河萬古流。

〔一〕唐初四傑。

此與首章同旨。逗出「輕薄爲文」四字，則於文之所謂體者，不足與言。宜於一時成體之文而哂之矣。首章下二，反言以警醒之。此則正言以點破之。

縱使盧王操翰墨，劣於漢魏近風騷。龍文虎脊皆君馭〔一〕，歷塊過都見爾曹〔二〕。

〔一〕《漢・西域傳贊》：蒲梢龍文，魚目汗血之馬。《天馬歌》：虎脊兩，化若鬼。

〔二〕王褒頌：過都越國，蹶若歷塊。

四傑於時尤近，必嗤點更多，故此章申言之。舉盧、王而楊、駱可知。○風騷爲韻語之祖。後來格調變移，造端於漢之蘇、李，繼軌於魏之建安。至唐初諸子出，而體裁又變。要之皆同祖風騷也。故言「縱使盧、王翰墨」，「劣於漢、魏之近風騷」者，要亦國初之風騷也。譬猶天閑上駟，頓足雲霄，吾見駑馬之竭蹶而不副矣。上抑下揚，極有分刌。

才力應難誇數公，凡今誰是出群雄？或看翡翠蘭苕上〔一〕，未掣鯨魚碧海中。

〔一〕郭璞詩：翡翠戲蘭苕，容色更相鮮。

此總前三章而與爲等量之。見小家大家，判若霄壤。下二，與前章相似。但前章意在表暴四傑，此章意在針砭凡今。語氣各有歸重。○錢箋：「翡翠蘭苕」，指當時研揣聲病，尋章摘句之徒。「鯨魚碧海」，則所謂渾涵汪洋，千彙萬狀，兼古人而有之也。○江左以還，辭條豐碩，取多而用弘。唐初不改風尚。雖或結體浮靡，然未有以軨材虛器，濫竽述作者。迨乎景光摹揣之詩作，近於後人別趣別腸之旨。弊且流爲束書蔑古，叩寂張空，而風雅道淪矣。想少陵之世，俗學已開。讀此詩下二，知其有深懼也。

不薄今人愛古人，清詞麗句必爲鄰。竊攀屈宋宜方駕，恐與齊梁作後塵。

此與末章，乃推廣而正告之。意重在「不薄今人」邊。統言今人，則齊、梁而下，四傑而外皆是。統言古人，則漢、魏以上，風騷以還皆是。「竊攀」「恐後」，直指附遠謾近之病根而藥之也。

未及前賢更勿疑，遞相祖述復先誰。別裁僞體親風雅，轉益多師是汝師。

「前賢」所包者廣。躋近代作家於風雅之班，而統謂之「前賢」也。「風雅」亦非顓指三百，凡往近作者皆是。「遞相祖述」，前賢各有師承，如宗支之代嬗也。「祖述」字本《曲臺記》，是好字眼。錢氏解爲沿流而失源，誤矣。以齊、梁以下爲沿流，正是後生附遠謾近之張本。不且自相矛盾耶？「復先誰」者，詰其輕嗤輕哂，妄分先後也。此三字，正籠起「多師」二字。下乃開示法門，「別裁」其「翡翠蘭苕」，竊「屈、宋」、後「齊、梁」之「僞體」。而惟降心易氣，「多師汝師」。不獨風、騷、漢、魏，遥溯淵源；即齊、梁、國初，悉皆宗仰。此中灼見「祖述」源流，而後爲能得師，而後爲「親風雅」。傾倒至此，其誘掖後進，一片婆心，千古爲昭矣。○錢箋曰：六絶寓言以自況也。退之詩：「李杜文章在，光焰萬丈長。不知群兒愚，那用故謗傷。蚍蜉撼大樹，可笑不自量。」然則當公之世，謗傷亦不少矣。故借庾信、四子以發其意，諄諄然呼而寤之。愚按：此非正意。○齊、梁體製，少陵亟稱之。乃其自爲詩，不聞有好濫燕女，趨數敖辟之音。宋人力黜之，而詩反纖薄。然則古人所爲風雅者，有本領焉，有原委焉。孔子删詩，不廢鄭、衛。宜崑山顧氏論真氏《正宗》，有執理太甚，使徐、庾不得爲人，陳、隋不得爲代之歎也。○金源元好問《論詩》三十首，託體於此。

惠義寺園一無此字送辛員外〔一〕

朱櫻此日垂朱實，郭外誰家負郭田？萬里相逢貪握手，高才仰望足離筵。

〔一〕寺在梓州郪縣。編廣德元年。○集外。

甚不佳。

答楊梓州〔一〕

悶到楊郭作房公池水頭〔二〕，坐逢楊子鎮東州。却向青溪不相見，迴船應載阿戎遊〔三〕。

〔一〕仇注：前有李梓州，後有章梓州，此又有楊。一歲三更代，何速耶？

〔二〕《一統志》梓州鹽亭縣有揚溪，疑即楊公池。

〔三〕楊必偕其弟在官。

公在梓時，有《行次鹽亭》詩，是年嘗至鹽亭也。其時楊或嘗寄詩相約，以行縣所經，同遊揚溪。楊竟他往不至，故作答以訂耳。首句一頓。「坐逢」者，正值其爲州長，非逢於池頭也。俗解作遊池而逢，則下句説不去矣。又郭知達改楊公作房公。房池在漢州，漢與梓各爲一州，不得云「坐逢」

矣。末句囑之。

得房公池鵝〔一〕

房相西池鵝一群，眠沙泛浦白於一作如雲。鳳凰池上應迴首〔二〕，爲報籠隨王右軍〔三〕。

〔一〕上元、寶應間，房琯爲漢州刺史，鑿池曰西湖，即此。○廣德元年春，由梓至漢州，房已被召北去。

〔二〕房向在中書，茲復内召。

〔三〕《法書要録》：王羲之好鵝。山陰曇禳村道士，養好者十餘。道士言府君若能書《道德經》，便合群以奉。羲之爲寫畢後，籠鵝而歸。

下二，切貼而雅韻。

官池春雁二首〔一〕

自古稻粱多不足，至今鸂鶒亂爲群。且休悵望看春水，更恐歸飛隔暮雲。

〔一〕公有《舟前小鵝兒》詩，自注云：漢州城西北角官池作。蓋謂房公湖也。

二絶皆寓言也。此章見旅食阻歸之感。次句，猶屈子言雞鶩争食也。謀食而與此輩爲群，亦宜去此而歸矣。道阻且長，當復奈何！

青春欲盡急還鄉，紫塞寧論尚有霜。翅在雲天終不遠，力微矰繳絶須防。

此章見歸心最緊，亦最決，而末句仍申「隔暮雲」意。「春欲盡」，激之也。「塞有霜」，雖河朔尚多拒命，弗顧也。「翅在」句，足上意。「力微」句，仍縮住。然則志雖決而路終阻矣。○「翅在」「力微」，須一讀。

投簡梓州幕府兼簡韋十郎官一無官字

幕下郎官安隱一作穩無〔一〕？從來不奉一行書。固知貧病人須棄一云不知貧病關何事，能使韋郎跡也疏。

〔一〕《説文》：隱，安也。《通鑑》：禄山踞床不拜，曰聖人安隱。又按：佛書通作安隱。

舊云「不奉書」，不接來書也。愚謂如此解，則通首面謾矣。「不奉一書」者，蓋云我固不敢強通也。然韋郎迥異凡流。吾能概以世情之疏略料之乎？語致殊婉。

戲作寄上漢中王二首〔一〕

雲裏不聞雙雁過〔二〕，掌中貪看一作見一珠新〔三〕。秋風嫋嫋吹江漢，只在他鄉何處人。

〔一〕原注：王新誕明珠。○王名瑀。據鶴注，爲蓬州刺史。

〔二〕范雲詩：寄書雲間雁，爲我西北飛。

〔三〕《三輔決録》：孔融見韋元將、仲將，與其父書曰：「不意雙珠，生於老蚌。」信疏而思往，且欲道誕珠之喜。「貪看」，公自謂也。結句，言或稽梓，或到蓬，總是他鄉，何定處耶？亦離鄉之感。

謝安舟楫風還起〔一〕，梁苑池臺雪欲飛〔二〕。杳杳東山攜妓去舊作漢妓〔三〕，泠泠一作陰陰修竹待王歸〔四〕。

〔一〕《謝安傳》：安嘗與孫綽等泛海。雲起浪涌，諸人並懼。安吟嘯自若，猶去不止。風轉急，徐曰：如此將無歸耶？

〔二〕《漢書》：梁孝王築東苑，廣睢陽城爲複道，自宮屬於平臺，三十餘里。晉灼曰：或言兔園在平臺側。謝惠連《雪賦》：梁王不悦，遊於兔園，俄而微霰零，密雪下。

〔三〕謝安居東山，每遊賞，必以妓女從。

〔四〕《西京雜記》：梁孝王苑中，奇果瑰禽畢備。世人言梁王竹園也。枚乘《兔園賦》：修竹檀欒夾池水。

不言己心思歸。就王寫出歸思，而己意亦顯。

黄河二首〔一〕

黄河北岸海西軍〔二〕，椎鼓鳴鐘天下聞。鐵馬長鳴不知數，胡人高鼻動成群〔三〕。

〔一〕廣德二年，嚴武復鎮，重歸成都詩。

〔二〕朱注：河水經自于闐、疏勒，而東逕金城、允吾縣北。闞駰曰：縣西有卑禾羌海，世謂之青海。按：海西軍，唐盛時所置。

〔三〕時已陷於吐蕃。

黄河南一作北，一作西岸是吾蜀，欲須供給家無粟。願驅衆庶戴君王，混一車書棄金玉〔一〕。

〔一〕趙注：棄金玉，如傳言不寶金玉之義。

二詩爲吐蕃不靖，民苦饋餫而作。蓋代蜀人爲蜀謡以告哀也。先言蕃横而囂，次言蜀窮而困，以兩首爲層次。○海西軍盛，自昔有聞，而今鐵馬成群，悉爲彼用，可慨也。至於給軍無粟，一心猶戴君王，吾民亦良厚矣。忍復以玩好之供困之乎？民言其情，且冀上之恤其情。詩可以觀，所謂勤而不怨者與！

絶句四首〔一〕

堂西長筍別開門，塹北行椒却背村。梅熟許同朱老喫，松高擬對阮生論〔二〕。

〔一〕亦嚴武復鎮時作。

〔二〕原注：朱、阮，劍外相知。

「長」，讀上聲。筍高而欲長養之，故門「別開」。「行」，讀如字，如行春之行。爲欲看椒，故「背村」而往。下二，志存棲隱。

欲作魚梁雲覆湍，因驚四月雨聲寒。青溪先有蛟龍窟，竹石如山不敢安。

爲「作魚梁」而賦，而自況不凡。須知「蛟龍」之想，只從「雲覆」、「雨寒」生出，值雲雨而蹴起文情也。「竹石」，皆爲梁之具。「不敢安」，非真不安也，雨止雲收即安矣。趙汸乃謂溪有蛟龍，公不敢冒險取利，是爲公所愚也。

兩個黄鸝鳴翠柳，一行白鷺上青天。窗含西嶺千秋雪，門泊東吴萬里船。

「鸝」止「鷺」飛，何滯與曠之不齊也？今「西嶺」多故，而「東吴」可遊，其亦可遠舉乎？蓋去蜀乃公素志，而安蜀則嚴公本職也。蜀安則身安，作者有深望焉。上興下賦，意本一串。注家以四景釋之，淺矣。

藥條藥一作菜甲潤青青，色過椶亭入草亭。苗滿空山慚取譽，根居隙地怯成形。

下二，就藥寄慨。空山隙地，蕭閒寂寞之濱也，亦無取於見知矣。與首章意略同。觀此，知幕職之就，亦强而後可。

奉和嚴公軍城早秋〔一〕

秋風嫋嫋動高旌，玉帳分弓射虜營。已收滴博雲間戍〔二〕，欲奪一作次取蓬婆雪外城〔三〕。

〔一〕時在嚴幕。

〔二〕滴博，他處作的博。《困學紀聞》：的博嶺，在維州。《通鑑》：武以崔旰爲漢州刺史，使將擊吐蕃於西山，連拔其城，攘地數百里。

〔三〕蓬婆，《舊書》作蒲婆。鶴云：吐蕃城名也。《元和志》：柘州城，四面險阻，有安戎江，蓬婆山在西南。又大雪山，一名蓬婆山，在柘縣西北。

此破蕃曲也。詩比嚴詩更透一層。蓋「滴博戍」爲我被陷之邊，「蓬婆城」爲彼據險之處。嚴云：莫遣馬還，是欲殄彼來攻之寇，尚就我地言。此云「欲奪蓬婆」，是益壯我深入之氣，直向彼地去也。○「雲間」，狀其高。「雪外」，形其遠。○附嚴詩。

軍城早秋　　嚴　武

昨夜秋風入漢關，朔雲邊雪滿西山。更催飛將追驕虜，莫遣沙場匹馬還！

三絶句〔一〕

前年渝州殺刺史，今年開州殺刺史〔二〕。群盜相隨劇虎狼，食人更肯留妻子？

〔一〕編入永泰元年，辭幕去成都後。

〔二〕《唐書》：開州，屬山南西道。錢箋：亂後蜀中山賊塞路，渝、開之事，史不及書，而杜詩載之。師氏曲爲之説，皆僞譔耳。

此記近境之雜亂。二州皆在蜀之東界。「更肯」，豈更肯也，指群盜言。仇謂指虎狼，非。

二十一家同入蜀，惟殘一人出駱谷〔一〕。自説二女齧臂時〔二〕，迴頭却向秦雲哭。

〔一〕《唐書》：鳳翔府盩厔縣，有駱谷關。按：自關而南，即《唐書》洋州興道縣之駱谷路。洋今洋縣，屬漢中府。又南則爲夔州府境。公時在夔之雲安。

〔二〕《世説》：趙飛燕少貧微。及召見，與女弟齧臂而別。

此記北人之避亂而南者。亂在山南隴右間，西羌爲患也。「回頭」句，乃狀此人説時情景，非述二女哭也。此句添毫。

殿前兵馬雖驍雄〔一〕，縱暴略與羌渾同〔二〕。聞道殺人漢水上，婦女多在官軍中〔三〕。

〔一〕時以宦官魚朝恩爲觀軍容使，統禁兵。《通鑑》：永泰元年，羌衆入寇。朝恩請索城中私馬，男子皆團爲兵。民大駭。

〔二〕羌，吐蕃、党項之屬。渾，土谷渾也。

〔三〕團民不足，及於婦女。

注意尤在此章。刺中人典禁軍也。禁軍之害，等於山賊羌、渾，可以鑑矣。

存殁口號二首

席謙不見近彈棋〔一〕，畢曜一作耀仍傳舊小詩〔二〕。玉局他年無限笑一作事，白楊今日幾人悲？

〔一〕《梁冀傳》注：藝經曰：彈棋兩人對局，白黑棋各六枚，其局以石爲之。《古今詩話》：彈棋有譜一卷，唐賢所爲。其局方五尺，中心高如蓋。其顛爲小壺，四角微起。義山詩：「中心最不平。」樂天詩：「最妙是長斜。」譜中具有此法。

〔三〕原注：道士席謙，吴人，善彈棋。畢曜善爲小詩。

鄭公粉繪隨長夜，曹霸丹青已白頭〔一〕。天下何曾有山水？人間不解重驊騮。

〔一〕原注：高士滎陽鄭虔，善畫山水。曹霸，善畫馬。

題云「存殁口號」，謂已存而四人俱殁也。公《遺懷》詩憶高李云：「存殁再嗚呼。」時高適、李白亦俱殁也。自容齋有每篇一存一殁之説，謂席、曹存，畢、鄭殁。人皆因之。吴論於首篇又謂席殁而畢存。總屬臆説。夫以生存之友，與物故之人並舉，殊屬礙理。且若每篇兩人，曾皆一處聚首，而各亡其一。不免殘缺興悲，並提寄慨。乃席、畢與公，一會於京，一會於梓，不相蒙也。雖鄭、曹於天寶中同在京師，或嘗共會。於席、畢則未有處也。今按兩詩，只次篇「已白頭」句，疑曹尚存。然此句亦追憶廣德二年成都相遇時語耳。其時贈曹《丹青引》云：「途窮反遭俗眼白。」蓋亦老而漂泊者也。鄭即以是年殁於台州，公有《哭鄭司户》詩，與《丹青引》同時作。故知此詩所云，蓋謂鄭公長夜之時，正曹霸白頭之日。今則「山水」「驊騮」，俱留名蹟而已。均爲殁後語無疑。

夔州歌十絶句〔一〕

中巴之東巴東山〔二〕，江水開闢流其間。白帝高爲三峽鎮，瞿塘一作夔州，非險過百牢關〔三〕。

〔一〕大曆元年入夔州詩。

〔二〕《華陽國志》：劉璋分墊江以上爲巴郡，居巴西、巴東之中，曰中巴。《唐書》：夔州，本信州巴東郡。

〔三〕《唐書》：漢中郡西縣，有百牢關。《圖經》云：孔明所建。兩壁山相對，六十里不斷。漢江流其間，乃入金牛益昌路也。

第一首，領全勢。「高爲峽鎮」，頂首句，就本地形勝作意。「險過百牢」，頂次句，以他處地險相形。瞿塘兩崖對峙，中貫一江，正與百牢夾漢相似也。○前九首俱截律詩上半，故下二對結，往往有律詩高調。

白帝夔州各異城〔一〕，蜀江楚峽混殊名〔二〕。英雄割據非天意〔三〕，霸王并吞在物情〔四〕。

〔一〕朱注：古白帝城，在夔州城東。按：陸游解作相連而難辨，非。

〔二〕朱注：瞿塘峽，舊名西陵峽，與荆州西陵之名相亂。

〔三〕如公孫述、劉焉輩。

〔四〕如蜀先主、李特輩。

此下二首，借形勢以儆蜀寇。着「異城」、「混名」等字，便含分裂淆亂意，以擊動下二。「天意」難誣，「物情」易逆，屹然正論。開示强梁不少。

群雄競起聞一作問前朝，王者無外見今朝。比訝漁陽結怨恨〔一〕，元聽舜日舊簫韶。

〔一〕指安、史也。朱浮《責彭寵書》：奈何以區區漁陽，結怨天子？

此因上章「天意」「物情」之論，而舉安、史覆滅之事以實之。舊以「舜日」指明皇入蜀者，非也。言逆寇徒然狂噬，而聖朝不改鐘虡。豈非「天意」難圖，「物情」順則之一證乎。

赤甲白鹽俱刺音切天〔一〕，閭閻繚繞接山巔〔二〕。楓林橘樹丹青合，複道重樓錦繡懸。

〔一〕《一統志》：赤甲山，在府城東北七里。土石皆赤，如人袒臂，故名。白鹽山，在府城東十七里。崖壁高峻，色若白鹽。

〔二〕公詩云：「峽人鳥獸居，其室附曾巔。」山上皆居民也。

詩可作畫。青紅層疊，樓榭參差，不嫌山體之孤峻矣。○舊俱不解居人在山上，盍疏觀在夔前後諸詩？

瀼東瀼西一萬家〔一〕，江南江北一作江北江南春冬花。背飛鶴子遺瓊蕊〔二〕，相趁鳧雛入蔣牙〔三〕。

〔一〕《寰宇記》：夔州大昌縣有千頃池，分三道，一道南流，爲奉節縣西瀼水。

〔二〕趙曰：《楚辭》「屑瓊蕊」，是言玉英。陸機詩「采瓊蕊」，則言花白。王粲《白鶴賦》：食靈岳之瓊蕊。

〔三〕《蜀都賦》：攢蔣叢蒲。

上章言山家。此章言水村。下二，比成都詩「筍根雉子」一聯較勝。

東屯稻畦一百頃〔一〕，北有澗水通青苗〔二〕。晴浴狎鷗分處處，雨隨神女下朝朝〔三〕。

〔一〕《困學紀聞》：東屯，公孫述留屯之所。距白帝城五里，田可百頃，稻米爲蜀第一。

〔二〕《一統志》：青苗陂，在瞿塘東。

〔三〕《高唐賦》：妾，巫山之女也。朝朝暮暮，陽臺之下。

特舉東屯以誌資生之利，他日所以置莊於此也。晴雨之景，處處可入。獨於東屯言之，正與農事絢染。

蜀麻吴鹽自古通〔一〕，萬斛之舟行若風。長年三老長歌裏，白晝攤錢一作白馬灘前高浪中〔二〕。

〔一〕常璩《蜀志》：桑漆麻紵之饒。《吴都賦》：煮海爲鹽。

〔二〕《梁冀傳》：能意錢之戲。注：何承天曰：詭億，一曰射意，一曰射數。黃生云：此猜枚射覆之類，攤錢則與意錢不同。《艇齋詩話》云：攤錢，即攤賭也。

蜀在夔西，吴在夔東，夔峽乃其咽喉。此記商貨之走集也。「三老」、「攤錢」，寫出習水饒財之狀。○《日知録》引伸李雯行鹽之議，謂宜就場收税之後，不問其所之，則國與民兩利，舉此詩首句爲證。言若如今日之法，各有地界，吴鹽安得至蜀哉！嗚呼！顧氏之論，通論也。天下皆官鹽，天下安有私鹽也？劉晏轉鹽之法正如此。譬則穀粟然，商販通行，則貨不稽而事不擾。司國計者得此説而進之，一除數百年積弊，豈不大快！○要之，詩意只在夔當孔道耳。又詩云：「死生射利兼鹽井。」地自有鹽，不仰吴産也。

憶昔咸陽都市合，山水之圖張賣時。巫峽曾經寶屏見〔一〕，楚宮猶對碧峰疑。

〔一〕《西京雜記》：武帝爲寶屏風，設於桂宮。

爲襄王遺事咏也。又以虚運出奇。昔觀屏上之巫峽，反見楚宮。今想峰外之楚宮，但餘巫峽。有有無無，顛倒互換。

武侯祠堂不可忘〔一〕，中有松柏參天長。干戈滿地客愁破，雲日如火炎天涼。

〔一〕《一統志》：武侯廟，在夔州府治八陣臺下。

想「武侯」之神，而「干戈」之「愁」可「破」。承「松柏」之蔭，而「雲日」之「炎」可「涼」。是分頂格。

閬風玄圃與蓬壺〔一〕，中有高唐一作堂，非天下無〔二〕。借問夔州厭何處？峽門江腹擁城隅。

〔一〕朱注：閬風、玄圃在崑崙。蓬壺在東海。

〔二〕《吴船録》：陽臺高唐觀，在來鶴峰上。

是詩誇美夔州，以爲十首結局。「高唐」句，意不在古跡。特舉本地仙靈之境，謂足與蓬、閬相抗耳。推崇高唐，即是推崇夔州也。意境極闊遠。如此收束，乃得尊題法。注家不曉。○十絶内間有俚句。而體格特高，放低便是竹枝詞。

解悶十二首

草閣柴扉星散居，浪翻江黑雨飛初。山禽引子哺紅果，溪女一作友得錢留白魚。

是寓西閣即景語。「留」字逸甚。

商胡離別下揚州，憶上西一作蘭陵故驛樓〔一〕。爲問淮南米貴賤？老夫乘興欲東遊。

〔一〕《會稽志》：西陵城，在蕭山縣西。謝惠連有《西陵阻風獻康樂》詩。吴越改曰西興，東坡詩「爲傳鐘鼓到西興」是也。

因人動興。○「離别」，商自與其徒别耳。朱注以爲來别，太泥。

一辭故國十經秋，每見秋瓜憶故丘〔一〕。今日南湖采薇蕨〔二〕，何人爲覓鄭瓜州〔三〕？

〔一〕《水經注》：長安霸城門，又名青門。門外舊出佳瓜，其南有下杜城。

〔二〕公有《寄題鄭監湖上亭》詩，湖在江陵。

〔三〕原注：今鄭秘監審。○張禮《遊城南記》：濟潏水，陟神禾原，西望香積寺，下原，過瓜洲村。錢箋：許渾《和淮南相公重遊瓜洲》詩注：瓜洲村，與鄭莊相近。鄭莊，虔郊居也。審爲虔之姪。按：錢説得之。州，當作洲。

「憶故丘」，因而憶鄭監。鄭監長安所居，與故丘近也。今公在夔府，鄭在南湖，彼此離鄉，故云爾。

沈范早知何水部〔一〕，曹劉不待薛郎中〔二〕。獨當省署開文苑，兼泛滄浪學釣翁〔三〕。

〔一〕《梁書·何遜傳》：范雲見其對策，大相稱賞，結忘年交好。沈約亦愛其文，嘗曰：「每讀卿詩，一日三復，猶不能已。」

〔二〕原注：水部郎中薛據。○仇注：曹、劉爲建安之冠，能推獎名士。

〔三〕陳師道曰：「省署開文苑，滄浪學釣翁」即薛據詩。

水部郎中，古今同官，故舉何以況薛。何早爲沈、范所賞，薛不得與曹、劉同時。何賓薛主，下即點綴辭，亦一法門。

李陵蘇武是吾師〔一〕，孟子論文更不疑〔二〕。一飯未曾留俗客，數篇今見古人詩。

〔一〕僧皎然曰：五言始於蘇、李，天與其性，發言自高。

〔二〕原注：校書郎孟雲卿。

黄生云：「蘇、李吾師」，即「孟子論文」語。此説最合。「數篇今見」，乃孟子自爲詩。服其議論，而美其風雅也。

復憶襄陽孟浩然，清詩句句盡堪傳。即今耆舊無新語，漫釣槎頭縮頸一作項鯿〔一〕。

〔一〕槎頭鯿，載習鑿齒《襄陽耆舊傳》，詳《打魚歌》注。浩然詩云：「魚藏縮項鯿。」又云：「試垂竹竿釣，果得槎頭鯿。」

耆舊新語，孟已獨漱其芳，今無能爲者。漫以把釣之逸致，方之而已。時浩然已亡。

陶冶性靈存底物？新詩改罷自長吟。孰古通熟知二謝將能事〔一〕，頗學一作覺陰何苦用心〔二〕。

〔一〕朱注：謝靈運、謝朓。

〔二〕朱注：陰鏗、何遜。

自言攻苦如此。鹵莽其學殖者，可以矍然矣。「將」字與「縱之將聖」將字，同一微婉。

不見高人王右丞，藍田丘壑漫一作蔓寒藤〔一〕。最傳秀句寰區滿，未絶風流相國能〔二〕。

〔一〕《舊書・王維傳》：晚得宋之問藍田別墅，墅在輞口。水周於舍下，竹洲花塢，與裴迪浮舟往來。

〔二〕原注：右丞弟，今相國縉。◯《金壺記》：王維與弟縉，名冠一時。時議云：論詩則王維、崔顥，論筆則王縉、李邕。

美二王詩筆競爽也。

先帝貴妃今寂寞，荔枝還復入長安〔一〕。炎方每續朱櫻獻〔二〕，玉座應悲白露團。

〔一〕錢箋：《通鑑》云：歲命嶺南馳驛致之。樂史《外傳》云：六月一日，貴妃生日，於長生殿奏新曲。會南海進荔枝，因名荔枝香。而蔡君謨《荔枝譜》曰：涪州歲命驛致。東坡亦曰：天寶歲貢取之涪。蓋當時南海與涪並進也。

〔二〕仇注：據李綽《歲時紀》，櫻桃薦寢，取之內園，不由蜀貢。此特言夏薦櫻桃，而荔枝繼獻耳。此下皆言荔枝事。蜀歲貢荔枝，書所觸也。此章志舊貢未除也。詩情悠遠，含有兩意。荔枝爲先朝所嗜，當茲續獻，得無對「露團」而悽然乎？荔枝又禍亂所因，至此還來，得無撫「玉座」而惕然乎？蓋兩諷云。

憶過瀘戎摘荔枝〔一〕，青楓隱映石逶迤。京華應見無顔色從陳無己本，紅顆酸甜只自知〔二〕。

〔一〕《方輿勝覽》：蜀中荔枝，瀘、漵爲上，涪次之，合又次之。涪以妃子得名，有妃子園。按：公上年去蜀，經戎州。《宴東樓》詩：「輕紅擘荔枝。」

〔二〕《荔枝譜》：廣南及梓、夔間所生者，肌肉薄而味甘酸。

此下因荔枝雜感，勿專在充貢上索解。此有呈身取輕意，箴士品也。楓石棲遲，何其高也。京華塵染，斯失色矣。悠悠而節自甘，逐逐而趣轉澀，此意惟人自領耳。

翠瓜碧李沈玉甃〔一〕，赤梨蒲萄寒露成〔二〕。可憐先不異枝蔓，此物娟娟長遠生。

〔一〕魏文帝書：浮甘瓜於清泉，沈朱李於寒水。

〔二〕《南史》：扶桑國有赤梨。按：詩意不指難得者言。

此亦見品之異者，寄身必遠。下二，言諸果在處多有，無異蔓生。惟此娟娟美好之物，往往出自幽遠之區也。「長」字作常字解。

側生野岸及江蒲〔一〕，不熟丹宮滿玉壺。雲壑布衣鮐背死，勞人一作生害馬翠眉須一作疏。

〔一〕《蜀都賦》：旁挺龍目，側生荔枝。劉熙《釋名》：草團屋曰蒲。

此又因荔枝入貢，慨士阨窮也。仇云：荔生遠僻，不植宫中。而偏「滿玉壺」。錢云：「雲壑布衣」，老死「鮐背」，曾不如荔枝奔騰傳置，供翠眉一笑，深可歎也。一詩之解，截用兩注始得，全用兩注俱失。○同一荔枝也，前二首主褒，此詩主貶。前則即荔爲比，此則舉荔相形也。託物見志，有轉無竭。

承聞河北諸節度入朝歡喜口號絶句十二首〔一〕

禄山作逆降天誅，更有思明亦已無。洶洶人寰猶不定，時時戰鬭欲何須？

〔一〕朱注：《唐書》：大曆二年正月，淮南節度李忠臣入朝。三月，汴宋節度田神功來朝。河北入朝之事，史無明文。疑公在夔，特傳聞未實耳。○要是借逕暢發意中願望之詞，乃乘機開示之妙用也。

須通局一片看去，乃鐃歌鼓吹之變體也。○首二章在題前，一戒一勸。○首提安、史，誌禍首也。禍首之人，正是前車之戒。下二句，已虚逗諸節度，作反詰之詞，使其自悟。

社稷蒼生計必安，蠻夷雜種錯相干。周宣漢武今王是，孝子忠臣後代看。

擡出皇靈，定群疑也。「計必安」，謂終有奠安之日。「錯相干」，不止謂逆節之非，直謂其算策之左。下言通大有爲之主，落得做享盛名之臣，代爲較得失之詞也。

喧喧道路好童一作多歌謡，河北將軍盡入朝。自是乾坤王室正，却教江漢客魂銷。

此章乃點題處，所謂「承聞入朝歡喜」也。

不道諸公無表來，茫茫庶事遣一作使人猜。擁兵相學干戈鋭，使者徒勞百萬一作萬里迴〔一〕。

〔一〕與《有感》詩「諸侯春不貢，使者日相望」同意。

此與下章作一反一正之勢。○此首，反勢也，「不道」二字，直貫四句，作不完口氣。若曰：不料其擁兵勞使有如前事者。

嗚玉鏘金盡正臣，修文偃武不無人。興王會静妖氛氣，聖壽宜過一萬春。

首句正轉，與上章緊相呼應。次句仍歸柄於本朝之有人。三句更推本於天威之震世，而末乃致其頌禱。如此立説，則歸命雖在諸鎮，而握權原由主極矣。此豈小家數所能？

英雄見事若通神，聖哲爲心小一身〔一〕。燕趙休矜出佳麗，宫闈不擬選才人。

〔一〕《通鑑》：元年十月，帝生日，諸道獻金帛珍馬。常衮上言：「斂怨求媚，不可長也。」

此與下章乃諷頌之語。○此以諷君者曉諸道也。「英雄」不必専指其人，總見朝多有識。燕趙佳人，因珍玩推類言之。此二句，的是風人之旨，使蠱惑之計頓灰。

抱病江天白首郎〔一〕，空山樓閣暮春光。衣冠是日朝天子，草奏何時入帝鄉？

此遥頌之體，惜未能入賀也。衣冠兼及朝臣，不獨指諸道入朝者。

〔一〕公自謂。

澶漫山東一百州〔一〕，削成如案抱青丘〔二〕。包茅重入歸關内，王祭還供盡海頭。

此與下章皆排場咏歎法。○此指淄青軍言。淄青東臨渤海。

〔一〕《西京賦》：澶漫靡迤，作鎮於近。

〔二〕《寰宇記》：青丘在青州。

東逾遼水北滹沱〔一〕，星象風雲喜共和〔二〕。紫氣關臨天地闊〔三〕，黄金臺貯俊賢多〔四〕。

〔一〕大小遼水，皆經今遼東境。滹沱源出山西代州，經直隸保定府。

〔二〕周宣王時，號共和之世。

〔三〕趙注：紫氣關即函谷關。

〔四〕《上谷圖經》：黄金臺在易水。

此指盧龍、成德等軍言。「紫氣臨」，統贊京都形勢之控制；「金臺貯」，懸擬北地賢才之嚮風，皆唱歎之詞。

漁陽突騎邯鄲兒〔一〕，酒酣並轡金鞭垂。意氣即歸雙闕舞，雄豪復遣五陵知。

〔一〕漁陽，今直隸東北境。邯鄲，在河以北。

《杜臆》云：此并開導諸道之叛卒。愚按：首句統括河北諸處，下乃鼓舞其來歸之興致也。

李相將軍擁薊門〔一〕，白頭惟有赤心存。竟能盡説去聲諸侯入〔二〕，知有從來天子尊。

〔一〕朱注：光弼在玄、肅朝嘗加范陽節度使，又嘗兼幽州大都督府長史。

〔二〕錢箋：《舊書》：光弼輕騎入徐州，田神功遽歸河南，尚衡、殷仲卿、來瑱，皆相繼赴闕。

錢箋：末二章，舉李、郭二公以爲儀表，立意深處。○此以李公赤心戴主爲儀表也。但李已卒於廣德二年。此云「盡説諸侯」，非指本事言，特舉往事以爲況耳。提出臣節大主腦，明白曉示，全重在「有赤心」、「知天子」兩句。

十二年來多戰場〔一〕，天威已息陣堂堂。神靈漢代中興主，功業汾陽異姓王〔二〕。

〔一〕自天寶十四載至大曆二年。

〔二〕《郭子儀傳》：寶應元年，進封汾陽郡王。

以汾陽功業爲儀表也。上二句，總括禍亂始終，作大結束。下二，君臣配美，與《洛誥》之文「其作周匹休」「我二人共貞」同一筆法，極淋漓頌歎之致。所以感動藩臣者至矣。○十二首竟是一大篇議論夾叙事之文，與紀傳論贊相表裏，錢氏所謂敦厚雋永，來龍透而結脉深是也。若章章而求，句句而摘，半爲土飯塵羹矣。

上卿翁請修武侯廟遺像缺落時崔卿權夔州〔一〕

大賢爲政即多聞，刺史真符不必分。尚有西郊諸葛廟，卧龍無首對江濆。

〔一〕大曆二年，公有《送王信州崟北歸》詩。信即夔也，王罷守而去，故崔卿翁權攝州事。武侯號卧龍，遂借用《易》文「无首」字以狀神像缺落，然太涉戲。

喜聞盜賊總退口號五首〔一〕

蕭關隴水入官軍〔二〕，青海黄河卷塞雲〔三〕。北極轉愁一作深龍虎氣〔四〕，西戎休縱犬羊群！

〔一〕《舊書》：大曆二年九月，吐蕃寇靈州，進寇邠州。《通鑑》：十月，朔方節度使路嗣恭破吐蕃於靈州城下，吐蕃引去。

〔二〕蕭關、隴水，俱在靈州南境。

〔三〕青海在西域。黄河亦指塞外者，正謂吐蕃也。

〔四〕龍虎氣，比官軍。

首章，分頂而下，直提蕩寇事，作發端。○張遠以「轉愁龍虎」爲魚朝恩掌禁兵、中外受制而發。愚謂：詩正以殲賊而喜。鯁入此意，則文氣不屬。蓋愁乃愁慘之義，見我軍殺氣方盛，賊不得犯也。

贊普多教使入秦，數通和好止煙塵。朝庭忽用哥舒將，殺伐虚悲公主親〔一〕。

〔一〕《唐書》：開元末，金城公主薨，吐蕃遣使告哀，因請和，不許。天寶初，以哥舒翰節度隴右，攻拔石堡城。

次章，原開釁之由。

崆峒西極過崑崙，駝馬由來擁國門〔一〕。逆氣數年吹路斷，蕃人聞道漸星奔。

〔一〕駝馬，吐蕃所貢。

三章，上二，追述奉貢時事，爲下二引脉。此首大意，乃總計叛亂之年數，以及於今日之引退也。

勃律天西采玉河〔一〕，堅昆碧碗最來多〔二〕。舊隨漢使千堆寶，小一作少答胡王萬匹羅〔三〕。

〔一〕《唐書》：大勃律，直吐蕃西。小勃律，距吐蕃牙帳東八百里。《使于闐行程記》：玉河源出崑山，西流至于闐界，爲三河，曰：白玉河、緑玉河、烏玉河。其源雖一，而其玉隨地而變。

〔二〕《唐書》：堅昆國在康居西，葱嶺北。仇注：碧碗，琉璃碗也。

〔三〕錢箋：宣律師云：雪山之西，名寶主，偏悦異珍，而輕禮重貨。按：詩正言彼此報禮，不應主是説。

四章，咏歎平時往來報禮之常，冀復循此舊好也。○上二，錯舉吐蕃西境諸國，以概吐蕃貢物之盛，俱趕入「最來多」三字中。第三，承此説下。末句，主朝庭説。「小答」，不作輕微解，言少酬其禮，亦必萬匹。

今春喜氣滿乾坤〔一〕，南北東西拱至尊。大曆三年調玉燭，玄元皇帝聖雲孫〔二〕。

〔一〕朱注：蕃退於二年冬，詩作於三年之春。

〔二〕《爾雅》：晜孫之子爲仍孫，仍孫之子爲雲孫。

末章，全寫喜意，頌揚讚歎，著字欲飛，纔結得五首住。不知者以爲熟俗。

漫成一首〔一〕

江月去人只數尺，風燈照夜欲三更。沙頭宿鷺聯拳静一作起，船尾跳魚撥一作潑剌鳴。

〔一〕似出峽詩，當編大曆三年。

夜泊之景，晝不能到。○月映江而覺近，故可尺量；燈颭風而漸昏，故知更次。

書堂飲既夜句復邀李尚書下馬月下句賦絶句〔一〕

湖月一作水林風相與清，殘樽下馬復同傾。久拚野鶴如雙一作霜鬢，遮莫鄰雞下五更〔二〕。

〔一〕先有《宴胡侍御書堂李尚書之芳鄭秘監審同集》詩，見三之六。○出峽後到江陵詩。

〔二〕《鶴林玉露》：遮莫，俗話所謂儘教也。劉朝霞《獻明皇幸温泉詞》：「直攖得盤古髓，掐得女媧孃。遮莫爾古時千帝，豈如我今日三郎？」此是俳諧，正合俗語。

題止云「下馬月下」，詩則謂月下更酌也。周珽曰：風月既清，酒興未闌。飲當垂白，達旦何妨？鍾情自道，氣味宛然。

江南逢李龜年〔一〕

岐王宅裏尋常見〔二〕，崔九堂前幾度聞〔三〕。正是一作值江南好風景，落花時節又逢君。

〔一〕《雲溪友議》：李龜年奔泊江潭，杜甫以詩贈之。曾於湘中採訪使筵上，唱「紅豆生南國」，又「清風明月苦相思」，合座慘然。錢箋：《史記》：王翦定荆江南地，蓋指江湘之間。○朱氏編潭州詩內，在大曆四五年間。

〔二〕《舊書》：岐王範，睿宗子，雅愛文章之士。

〔三〕原注：崔九即殿中監崔滌，中書令湜之弟。○《舊書》：滌素與玄宗款密，用爲秘書監，出入禁中。

黄生曰：此與《劍器行》同意。今昔盛衰之感，言外黯然欲絶。見風韻於行間，寓感慨於字裏。使龍標、供奉操筆，亦無以過。乃知公於此體，非不能爲正聲。○仇本載黄鶴云：岐王範、崔九滌，並卒於開元十四年。其時未有梨園弟子。公見李龜年，必在天寶十載後。如此，則崔九之自注爲失實，而解益支離矣。嘗考《明皇雜録》，梨園弟子之設，在天寶中。時有馬仙期、李龜年、賀懷智，皆洞知律度者。是則龜年等乃曲師，非弟子也。曲師之得幸，豈在既開梨園後哉？明皇特舉舊時供奉，爲宜春助教耳。則開元以前，李何必不在京師？又公《壯遊》詩云：「往者十四五，出遊翰墨場。」開元十三、四年間，正公十四五時，恰是年少遊京之始。於「岐宅」、「崔堂」，更復暗合。世有細心讀書人，請無信後人之臆解，疑作者之原文也。

篇目索引

C

D

E

F

H

J

K

L

O

P

Q

R

S

W

X

Y

Z